献给维西傈僳族自治县
成立三十周年

编 委 会

民族文字出版专项资金资助项目

A. MI: Lꓯ. Lꓯ. MY.. BI., XU:
阿娜姑娘的泪

WEI:-XI LI-SU Xꓵ: CI. ꓛY: Jꓵ: XE, P.. XY: Cꓱ, ꓶU
维西傈僳族自治县人民政府

WEI:-XI LI-SU Xꓵ: WU: L MO.. L GW.. Zꓱ ZI; GU.,
维西傈僳族发展研究会

BO.. SU LI-FI-ꓛY ꓛAI-WU:-ꓛD,
李自强 蔡武成 著

ꓷO, SU., W-ꓛUI H-ꓛUI-HW:
王 春 汉春华 译

Tꓷ-HO ꓩO Xꓵ: ꓕO ꓶ: DO.. GU
德宏民族出版社

目　录

HW DU

引　　言

那年阔时（即，过年或过新年）的三十晚上快要吃年饭的时候，天上铺天盖地的下起了鹅毛大雪。从县城回来刚进门的阿登，见家人已经把饭菜摆上了桌子，顾不上喘气休息，拿了一个盆子盛上各种酒、菜，点上香，正准备祭祀吾伞菩拉（即，天上的菩萨。下同）和祖宗亡灵时，只见年过百岁、白发苍苍的爷爷，步履蹒跚的走了过来，对阿登和家人说："阔颇行时（即，翻年新月）下大雪，必是丰收好年景。还是由我来祭给保佑人们的菩拉和祖宗吧！"说完从阿登手里接过时徐徐冒着烟雾的香，走到院子上边那尊象征着他的附神石前，顶着睁不开眼的鹅毛大雪，从头至尾，一句不漏地念颂完了祈祷诗。他那洪钟般的声音久久回荡在山谷中。

入夜，一家人围坐着火塘。火塘里熊熊燃烧的火焰，把烧烤着的猪头肉、鸡肉鸡腿、各种粑粑烘得黄生生脆生生的；小锅炒着的丫华斯布只（即，鸡肉木瓜炒酒）飘散出一阵阵诱人扑鼻的香味。

一家人边吃边喝，静静的听着爷爷那古老而又神奇的摆本（即，故事）。本来摆本就很多的爷爷，一碗丫华斯布只下肚后，更是像打开的水闸门，滔滔不绝。那些本来就带有神秘感的情节，被他描述得更是惟妙惟肖。

Bꓯ.. ꓒꓶ ꓘꓶ:

GO ꓕI: ꓘO; ꓘO; Xꓵ: Vꓯ; NYI Nꓯ.; KW ꓘO; Xꓵ: Z Z: T. ꓕꓯ;-. MI: WO; KW NY W: M ꓕI: ꓒY. LI. ꓕI: Xꓱ ꓤ: T. Xꓵ: YI. D: M LI L W-. ꓕꓱ ꓕI: NYI ꓕꓯ;-. A. - Tꓶ. NY Jꓵ ꓘU: KW NI VE KW L: ꓛI ꓕꓯ;-. YI. NYI VE KW SU NI ꓘO; Xꓵ: Z: ꓘꓶ: Z: MI M A: MY, X, V, SI. J FI. ꓕꓯ; SI N: V, M MO LI ꓕꓯ;-. YI. Sꓯ; LI. NI V NY, M: Mꓶ BI NI, ꓝ SI. Kꓶ. ꓕI: M HW L SI. Z: ꓘꓶ: Z: MI M Kꓶ NIWU - S - ꓒU: - L BE VE KW ꓝO MO: ꓝO TI Mꓶ: YI SU Dꓯ TI GO: M JY; Gꓶ: NY, ꓕꓯ;-. YI. Mꓶ. ꓕꓯ; KW NY O. ꓒU LI. ꓒU LI, Xꓵ: ꓝO MO: ꓕI: RO M NY A ꓤ ꓤ BI L SI. YI. BE VE KW SU Dꓯ Bꓯ "ꓘO; ꓒO, V KW W: D: M LI ꓕꓯ;-. ꓝI NI, NY Z: WO; LO WO; A: MY, XW W D ꓥ LO = . GO LI NY ꓥW NI WU - S - ꓒU: - L BE Mꓶ: YI SU ꓝO MO: ꓝO TI Dꓯ DI GO; NI = ." YI. NY ꓕꓱ LIB ꓯ Gꓶ ꓕꓯ; A. - Tꓶ. Lꓯ; ꓒꓯ, KW NI SI. Kꓶ. M RU L SI. ZO ZO DI KW ꓭ. ꓒ: K ꓕI: M M Mꓶ. ꓕꓯ; KW VE; V, SI. ꓕI: ꓘꓶ: GU ꓕI: ꓘꓶ: BI YI. Mꓶ: KW NI YI. Pꓶ. KW ꓛI N BI NYI: Bꓶ: TI ꓘꓶ: M Bꓯ GU YIO = . GO NY YI. NYI: Bꓶ: TI Sꓯ; M Gꓶ LO ꓛO; LO MI KW LI. LO SU TY, LO = .

ꓕꓱ ꓕI: Mꓶ: ꓘꓶ: ꓕꓯ;-. YI. W: ꓕI: VE NY A. TO. KW BI: ꓘꓶ: KW CO LO LO BI YI T. V, SI. A. TO. KO-. HW; Xꓵ: HW; MI ꓛU Z:-. Z Bꓵ, LO Bꓵ, KO Z:-. A. LU KW NY ꓭ HW; KW NI SI: Pꓵ. Jꓵ C. V, M NY A: ꓘꓶ. SO MI TY, LO = .

YI. W; ꓕI: VE NY Lꓯ; Xꓵ Z: Lꓯ; Xꓵ DO SI. Yꓯ. P NI Bꓯ Pꓶ CW M. NY, M N N, NY, = . Yꓯ. ꓒ NY M: ꓥ ꓕꓯ; LI LI. Bꓯ Pꓶ A: ꓘꓶ. CW KU.-. A: Mꓶ. NY Jꓵ ꓒꓶ: M A. TI. DO Gꓶ ꓕꓯ; Lꓯ; HW. YI. Bꓯ Pꓶ M A LI Gꓶ CW M: N: W-. Bꓯ Pꓶ M Gꓶ CW NI Lꓯ; HW. A. DI: N N, S M: ꓥO = .

第一章　烈火焚剩俩孤儿
危难时刻遇好人

很古老很古老的时候，在一个漆黑的夜晚，一场无情的烈火吞没了一个叫挖几佧的傈僳族村寨。村寨中有一家挖咱时（即，余氏）的父母和家产也未幸免于难。只是两个儿子挖几波和挖几才兄弟俩，因到山背后的别咱佧（即，蜂氏村）外婆家过夜才幸免于难。

时过几日，当外婆带挖几波、挖几才两兄弟回家时，不仅见不到一个活着的人，就连村子的模样也不复存在时，年迈的外婆当场被活活的气死了。

挖几波和挖几才兄弟俩叫天天不应，求地地不灵啊！还好，过路的好心人们齐心协力，帮忙掩埋了外婆的遗体和父母的遗骸。年幼的弟兄俩从此就成了无家可归的孤儿，到处流浪讨饭度日。

这真是：

杜鹃鸟儿立冬雀，无娘引路飞哪头。
无靠孤儿水中叶，风吹雨淋随之漂。
深冬寒得天地冻，不知哪里春回暖。
江河奔流浪花激，不知何时雄鸡鸣。

兄弟俩乞讨得一点过一顿，讨不着时只能到路边的树林草丛中采摘些野果和鲜草嫩叶来充饥。在寒冷的冬天里讨不着饭，林中和野地里也捡不到可充饥的东西时，可怜的兄弟俩只能到路旁沟中以喝冰凉的泉水来填肚子，真是饥寒交迫，度日如年。

兄弟俩相依为命。哥哥很会心疼弟弟，每当要得一点东西时都先让弟弟吃。弟弟也很会尊重哥哥，那怕讨得的只是一个火烧芋头，都要分一半给哥哥方才甘心。

兄弟俩在茫茫的大地上，在深深的沟箐里，在陡峭阴森的大山中，边讨边行，力图有朝一日能找到一个安身之处。

有一天，兄弟俩好不容易来到一个大寨子中的大户人家的门前时，心想定能讨得一顿饱饭吃了。

哥哥便领着弟弟走上台阶前去敲门。一公子从门缝中来窥视，当看到站在门口的是俩个衣着破烂、肮脏不堪、披头乱发、面黄饥瘦的小咱迪哈蔑时，（即，叫花子）返身跑回院中一边“哈，哈，哈”大笑，一边把看家的恶狗放了出来。

主子打开大门，一恶狗便张开龇牙裂嘴，凶神恶煞般地向手无寸铁而又弱小的兄弟俩扑了过来。

瞬间，站在前面正在敲门的哥哥已来不及躲闪，就被恶狗扑倒在地被嘶咬着，“哎哟！哎哟！”被狗咬的部位钻心的疼痛，使他发出无助的惨叫。站在哥哥后边的弟弟看到哥哥被咬的惨景，怒火冲天急中生智。说时迟那时快，他转身从堆在门口旁边的柴火堆里，拿起一根硬栗木柴棒，奋不顾身地朝恶狗头上猛打过去，一棒紧接一棒地打得恶狗“哇，哇，哇”高声叫着，夹着长长的尾巴，摇晃着脑袋，一头逃进了院子的深处。

弟弟还不解心头之恨，举着木柴棒瞪着圆圆的一双大眼，怒视着不知所措的富家公子。

这时，闻声走过来了一个身穿羊皮褂，半赤裸着身子的阿俄扒（即，大爹或大伯的意思），急急劝兄弟俩道：“咱迟（即，儿子，也含有孤儿之意）你俩兄弟咱个能跟恶人家斗啊，还不赶快逃命去！”阿俄扒边说边从怀里拿出了两个火烧山芋塞到兄弟俩手里，拉拢敞着的两扇大门并迅速反插上了门梢。

这时院子的深处传来了叫恶狠狠的骂声：“是那里来的咱尺门减（即，要饭的叫花子）还敢打我的狗，敢恐吓我的儿子！”

阿俄扒深知情况不妙，一边推开还在呆站在那里的兄弟俩示意快跑，一边扣住快要被从里边拉开的大门。

主人见大门被人从外面扣着，就大声朝院子里高声叫喊道："给是你们都死了噶，嘛是都成了聋子，瞎子了。赶快来开门，不然他们跑了我要你们的命。"随着主人的叫骂声，听得"叮叮咚咚"从院子深处跑来了一大群男人。

兄弟俩连声"谢谢"都没来得及说，互相搀扶朝着村后大山的密林深处逃去。

兄弟俩没命地逃啊，逃，跑啊，跑，哥哥被狗咬伤的腿怎么也迈不开步，只得一手搭在弟弟的肩上，一手拄着一根拐杖，艰难的朝远处一瘸一拐杖逃到了后山梁上时，俩弟兄都精疲力尽地倒躺在了地上。兄弟俩的喉咙像一条劳累了的老牛一般"呼啦呼啦"的喘着吓人的粗气，汗水从头上雨点般滴落在眼睛里，感到火辣辣的，又从眼睛混着泪水顺着小脸庞流进了嘴里，满嘴只觉得又咸又酸。被汗水和泪水淋满的双眼，向前望去，大路和大山都贴到了一块。但为了逃命，这一切都已经顾不上了。

在休息的片刻的时间里，阿俄扒被富贵人家毒打的"啊哟，啊哟"惨叫和"啪，啪，啪"的鞭打声，以及不堪入耳的谩骂声回荡在山谷中，剧烈地震撼着两颗还未成熟的小心灵。

哥哥的拳头捏出的汗水，一滴一滴的落到了地上；弟弟愤怒得把牙齿咬得"咯吱，咯吱"作响。俩兄弟把脚下的地蹬得"蹦蹦蹦"地作响。

无奈斗不过强人与恶狗，仇恨只得埋藏于心灵的深处，怀着愤愤不平的心里，噙着满眼的辛酸泪水，迈着艰难的步履，一步一跌地翻过了山梁，逃入了茫茫的密林之中。

夜幕降临了，本来白天都已显得十分阴森的大山里，这时漆黑得更是伸手不见五指了，吓得年幼的小兄弟俩全身直打哆嗦。

这时，四周时而响起"窝哇啊，窝哇啊"似幼儿啼哭般的惨叫声，时而又响起"啊吾，啊吾"震撼心菲般怪叫的声音。更使人毛骨悚然的是，由远而近，一步一步逼近来的"窝啊——，窝啊——，窝啊——”之声后，还伴随着“叽哩梓哩，叽哩梓哩”阴风惨惨的饿狼狂嚎声。

狼嚎越来越近了，甚至已经能听到了“咔嚓，咔嚓，咔嚓”踩在草丛树叶子上的的脚步声。

可能狼正在窥探之中吧，不然，直扑过来的话，俩个幼小的娃娃怎能敌得过呢。

情况万分危急。

哥哥边抱边扛地把弟弟好不容易先弄上了长有密密麻麻树枝的大树上安顿起来，然后使出了全身的力气，自己才免强上得树来。与弟弟一起像飞鼠一样趴在树枝丫上。

还未等兄弟俩找到安稳之处，胸前一片雪白，竖着两只长长的大耳朵，张着血盆大口裂牙切齿，似狗非狗的一只大灰狼，登着一双发出绿光的大眼睛，围着兄弟俩攀爬的那棵大树根上“嗷嗷嗷”地又叫又刨。吓得兄弟俩的心啊，差不多从口里跳出来了。无奈的俩兄弟啊，只得在树上发出“哦——，哦——，哦——”的吼叫声，试图驱赶那可恶的大灰狼走开。

可是，狼也许听出了是小孩子的声音，也许是狼饿急了，也许是狼改不了吃人的本性，兄弟俩越在树上大吼大叫，狼就围着树子更疯狂地跳来跳去，像是怕俩个小孩下树逃走似的。

狼是轰不走了，人也绝对不能下树了，“天亮以后狼总会走的吧”，他们心里这样想着，顾不得寒冷和饥饿，全身哆嗦着趴在树枝上一动也不敢动。等啊，等，盼，啊盼。等着天赶快亮起来，盼着又一个黎明快点到来。

为什么今天的夜晚特别寒冷？为什么今天的夜晚这样漫长。在漫长的等待中，连穷凶极恶的狼，这时也横卧在树下睡着了。狼还发出了刺耳的“呼噜，呼噜，呼噜”的鼻鼾声。可是兄弟俩呢，连眼皮也不敢眨一眨。还是等啊，等，夜是哪么样的长，熬啊，熬，天还是那么样的黑，那么样的冷。

好不容易等来子贝来（即，报春鸟）鸟叫头遍了。

又等啊，等，熬啊，熬，天边终于露出了一点鱼肚白。可是，那可恨的狼还在那里横卧着打呼噜，就是不肯走开。

又等，又熬，终于画眉鸟在丛中“嘘一嘘一嘘”的叫开了，百灵鸟在空中欢鸣了，天蒙蒙亮了，狼还是不肯离去。

兄弟俩一整夜的又惊又吓，又冷又饿，实在支持不住快要从树上掉下来了。

狼呢，睡够了精神足了，醒来后唾涎至地上，依然贪婪地望着树上的兄弟俩跳来跳去，跑来跑去。

这时，远处传来了“哇，哇哇，哇，哇哇”有节奏的猎犬撵山发出的声音。

随着猎犬声的由远而近，狼也急了起来，“嗷，嗷，嗷”嚎叫着，向兄弟俩趴着的树上练起跳高动作来，第一个蹦跳差一点，二次蹦跳离人近一点，三次蹦跳更近了一点，在这万分危急的关头，三只猎犬“哇，哇，哇”地吼叫着，冲到了狼的旁边，从三个方向向狼你一口，我一嘴地发起了猛烈的攻击。狼扑向东边时，被西边的狗咬了；狼扑向西边的狗时，又被北边的狗咬了。你来我往，你咬我嘶，只几个回合，野狼已经感到敌不过对手了，正欲夹着尾巴逃跑之时，突然“绷”的一声响，一支沾了弩箭药的毒箭，不偏不倚地射中了狼的心窝里。只见随着一声狼“敖”的惨叫，才挣扎了几下，便倒地死了。狼的尸体被三条猎犬，嘶咬得东一块，西一条地污血迹地。

狼被杀死了，趴在树上的兄弟俩仍然不敢下地来。

这时，从射出弩箭的方向走来了一位身挎一把长阿嗒（即：阿嗒即刀子）和熊皮箭包，肩扛岩橡大弩弓的阿俄（即：叔叔）。

阿俄见兄弟俩趴在树上，被吓得惊魂不定不敢下来时，亲切地说：“阿哟喂天哪，我总算把你俩兄弟找到了，不然我怎么对得起你阿俄扒在天之灵啊!”

边说边爬上树一一把兄弟俩救了下来。

这真是：富人黑心害孤儿，良心最终被狗吃，穷人心善救孤儿，吾伞菩拉有眼见。

原来阿俄是那个好心阿俄扒的亲弟弟。他们年幼的时候，父母亲在灾荒年间，因还不起富贵家的地租，父亲被活活打死，母亲被抓去抵债受奸污后自杀，兄弟俩又成了富贵家终身的使奴。一辈子都过着牛马不如的生活。

阿俄扒已经五十出头了，阿俄也快五十了，都还没有讨过媳妇成过家，都只能是给富贵人家当牛做马。

阿俄扒昨天救了挖几波、挖几才兄弟俩逃走以后，就被富贵老爷指使家丁，吊在一棵核桃树上被活活打死了。

阿俄扒临死之前悄声交待给阿俄，一定要救活挖几波、挖几才兄弟俩。

阿俄俺埋过阿俄扒被打得骨碎肉绽的尸体后，扛上弩弓带上猎狗，找了整整一夜才找到了这里。兄弟俩听吧，跪倒在地上，认阿俄为再生的阿爸。

他们成了这个世界上不是亲人，胜似亲人的人。

挖几波、挖几才兄弟俩在危难之中得救了，又有了阿俄这个阿爸，茫茫林海中的恐惧感和饥寒感也消失了，原来的绝望被新的希望代替了。从今天以后，他们将与阿俄一起追求新的生活，去与大自然搏斗，与恶人搏斗。

第二章　穷人孩儿早成器
山中老虎能牵回

阿俄虽然救得了挖几波、挖几才俩兄弟。但是为救这两个孩子被富贵人家到处追杀。为躲避富贵家的追杀，他和孩子们不仅不可能再回到原来的寨子里去，连其它寨子里也不能去讨生活了。

天无绝人之路，大路朝天各走一方。阿俄带着挖几波和挖几才兄弟俩，走入了茫茫无边的原始森林深处。

从此，他们走到了与世隔绝的大山里搭起了窝棚，以采集野菜、野果、野菌和狩猎渡日子。

挖几波、挖几才兄弟俩在阿俄的养育下逐步长大了起来。他们不仅学会了跨沟过箐采野菜，爬树攀藤摘果子的本领，还学会了攀岩走壁掏蜂子、设扣寻印抓猎物的一身过硬本事。他们在采集、狩猎活动中，还在山里认识了来自山外的许多寨子里进山的人们，并结成了好喀卓（即老庚）。

这一天，有一个老庚来到窝棚里来向阿俄和挖几波、挖几才请求道："阿俄和俩个小老庚啊，有一条凶猛的母老虎，差不多要把我们那个寨子里的人吃光了。你们最有打猎的本事，寨里人特意叫我来请你们帮打掉那条老虎，事成之后全寨人一定会有重谢的。"说罢便跪下要叩响头。

阿俄急忙扶起老庚答到："老庚啊，老庚，不用重谢，老虎吃人是我们共同的灾难，打虎就是我们的事情，我们将不惜生命的代价也要把虎除掉，请乡亲们放心。"

送走老庚后，阿俄留了哥哥挖几波守窝棚，带着弟弟挖几才去打虎。

临走前向挖几波交待道："如果七天之后不见我们回来，你就到山外寨子里去谋生吧，乡亲们不会嫌弃你的。"说罢腰间各插一把用老黄竹做成的撑虎伞和扣子等打虎工具，带着弟弟挖几才朝着老庚指虎的方向寻着脚印追去了。

追啊，追，追到太阳落西山时，俩人走到一块小平地里安营扎寨了。

手脚勤快的挖几才砍来一捆又一捆的毛竹，阿俄把毛竹密密实实地编扎出了老虎、饿狼无法侵入的小窝棚。一切编扎完成后，阿俄捡来干柴烧火架锅，挖几才拿上竹筒去沟中打水。

挖几才走到沟中正用竹筒在接山泉水时，低头朝沟中望去时，清清的积水潭里倒映出一匹大花马的影子。抬头一看是一只张牙舞爪全身长满金黄色镰刀斑纹的老虎正在向他扑过来了。

想逃已经来不及了，硬拼是敌不过的。挖几才只好假装死亡，一动不动地任其老虎摆动，老虎把挖几才扑倒后，像猫玩耗子似地玩了一阵子后，用嘴轻轻地叼着挖几才消失在密密麻麻的原始森林深处。

阿俄见挖几才去了很久也没有打水回来，才知十有八九出事了，便挂刀扛弩来到沟边一看，不出所料，老虎的脚印清清楚楚走向了森林的深处。不幸中的有幸，是没有留下老虎咬伤挖几才的血迹。也就是说，老虎虽然叼走了挖几才，但挖几才还没有死，还有救的余地。

阿俄也就顾不得疲劳和饥饿的折磨，顺着脚印走啊，找啊，找了整整三天三夜，也没有找到挖几才和老虎。没奈何下，流着不断线的悲愤泪水，回到了挖几波留守的窝棚里。

挖几才记得阿俄每次狩猎回来都会满载而归。运气十分好时，要么会扛着一只大野猪，要么会拖着一条麂子，就算运气差点时候，回家时，左边挂着箭包和岩桑大弩弓，右肩上少不了挂上两只野兔或山鸡什么的。脸上总是带着那永不消失的微笑。有时一到家里还会说上一两句玩笑，逗逗兄弟俩开开心。但今天，与往常完全不一样。除了挂着熊皮箭包里面的箭满满的。肩上扛着他那把红得发紫的大弩弓外，一样猎物也没有拿着，丧着长长的脸，两只又红又肿的眼里噙着欲滴未滴的泪水，进得窝棚里，一言不发跌坐在用木杆搭成的床上发呆。

挖几波见阿俄这般表情，以为是运气不好没有打着猎物而在生气，就边给阿俄倒了一碗烧开的水，边用安慰的口吻向阿俄说道："阿俄啊，关在圈里的鸡，要捉它时都还要折腾一番的。山里的东西又不是圈里关着的，有时打不着也是情理之中的事啊！您老心里别难过了。况且，您走后，我倒附近山沟里转了转，还采得了许多竹笋和半边菌呢，够我们吃好几天了。"

听了挖几波的一番劝意之后，更激起了阿俄内心中的悲伤。它"哇"的一声嚎啕大哭起来，泣不成声地告诉挖几波，弟弟挖几才被老虎伤害的不幸之事。

听了阿俄告诉的不幸之声，为失去自己唯一的亲骨肉，也跟着阿俄悲伤地"哇哇"地哭了起来。

阿俄和挖几波为失去挖几才抱头痛哭一阵后，决心第二天继续上山，非除掉这只害人的畜牲不可。由于悲愤交加，直到深夜俩人都无法人睡，只是默默地坐在火塘边。

山鸡叫起头遍时，窝棚附近突然响起了"辟哩，啪啦"杂乱的脚步声。阿俄和挖机波俩人猜想，一定是吃挖几才的那只老虎寻到这里来了。

阿俄拔出了雪亮的长阿嗒，挖几波张弩搭箭，一切准备就序，只等虎来送死了。

突然，传来了"阿俄，阿俄"和"阿依，阿咦（即：哥哥)"的喊声。俩人一听，便听出是挖几才的声音。感到非常惊呀，被老虎叼去的挖几才怎么会来叫呢？莫不是深夜阴魂回家来了？不管是人还是鬼，俩人提心吊胆地比示着手中的武器，打开门来看了个究竟。

月光下，果然是挖几才回来了，更惊喜的是，挖几才还像武士牵马一般，拉回来了那只镰刀花毛色在夜幕下都还显得金灿灿的大老虎。昔日，在山中百兽面前耀武扬威，不可一世的大老虎，这时鲜血从獠牙上顺着它的下嘴唇一滴一滴落在地上。它的喉咙随着心脏的跳动，发出“格洛，格洛”的声音，就像一壶烧开了的开水一样响亮，鼻孔也一张一缩地“唬，唬”喘着粗气。连那牛眼一般又圆又大的眼睛里，此时也布满了恐惧。平时在百兽面前高昂的头，这时也无力的垂下了。平时里能扫到人们的又长又硬的尾巴，这时也像夏天里被割到的一株禾苗一样，毫无力气的、软绵绵地任其拖在污泥浊水遍布的地上。一切行动都乖乖地听从着挖几才的指挥。这真是昔日欺兽又害人，无恶不作丧天良，今朝丧威风，罪恶得到应有惩处。

阿俄看到挖几才把老虎征服得老老实实，规规矩矩，高兴地走上前去拍着挖几才的肩膀连声称赞道：“咱佧扒（即，能干人的意思），咱佧扒，真是咱佧扒?”

哥哥挖几波走上前，激动地从弟弟手中接过牵着老虎凳伞柄，连上一根非常结实的绳子，把老虎牢牢拴在窝棚门口的那棵大树上。然后，烧起大火为弟弟煮了一大锅半边菌炖竹笋。已经饥饿了几天的挖几才，见到哥哥煮的又香又嫩的半边菌炖竹笋，二话不说，狼吞虎咽地吃得饱饱的。

阿俄和挖几波见挖几才吃饱喝足了，才问起是怎么把凶恶的大老虎制服拉回家来的。

当时那种大难不死，竟能相逢的心情和为挖几才的勇敢而激动的场面就不用提了。

原来，挖几才被老虎扑倒叼走后，使的是以智取胜的策略。他任其老虎摆弄，暗中则寻找着制服的机会。他被老虎连夜叼着走啊，走，拖啊，拖，不知被叼了多远，也不知被拖了多长的路。当第二天太阳出来时，他被叼拖到一块草坝里，人被折蘑得骨架都散了一样疼痛难忍，不过老虎也因为累了，就把人放在坝子的中央，它自己跑到草坝边上的树阴下横卧着，两只眼睛依然带着凶狠的神光，直视着横躺的挖几才。只要挖几才稍微一动荡，老虎立马就猛扑过来。而挖几才老老实实地躺在地上时，老虎又慢慢地会转到树荫下。如此反复。

挖几才深知，这是制服老虎和逃生的最好时机。便乘老虎稍不注意之机，慢慢地翻过身去，并轻轻地抽出腰间插着的撑虎器握在手中，备足了全身的力气后，故意做出一个动荡的动作来勾引老虎扑来。

果然老虎以为挖几才要逃走了。就张着血盆般的大口鱼跃而起朝挖几才猛扑过来。

说时迟，那时快，挖几才也”唰”地从地上一跃而起，拼足所有力气，举起手中的制虎器，勇猛地塞进老虎的口中奋力撑开。

昔日凶猛的老虎只觉口中千根竹签犹如千把刀绞，它越动荡就越疼痛，张开的嘴竟不能合拢又不能咬人，折腾了半天又疼又累，最终只得乖乖地跟着挖几才来到了人们的住地。

天明以后，阿俄和挖几波、挖几才兄弟俩牵着老虎朝着昔日深受老虎危害人的寨子里走去。

这天早晨，晴朗的天空中的云朵、红彤彤的朝霞布满天空。把本来就蓝蓝的天空打扮得五光十色，煞是好看。太阳慢慢地从东方升出来，普照着大地，大地披上了一层金色的光芒。太阳把人们牵着的大老虎照得更加金灿灿，金灿灿的发着耀眼的光芒。

本来就该热闹了的山林里，当百兽千禽们看到昔日里对它们作威作福，不可一世的家伙，乖乖地跟在人的屁股后面向前走去时，都来到道路两旁的草地上，林子里，一声声为之“叽叽喳喳”“汪汪，嗷嗷”地唱起挽歌来。

一行人来到村子后的大山梁上时，阿俄用猎人特用的方式，从腰间挂着的大熊皮箭包里抽出了牛角号“唔唔唔”的吹了起来。顿时，激昂的牛角号音回荡在群山峡谷的山山岭岭之间。

人们听到牛角号声，知道有猎人猎取到大猎物了，家家户户打开了房门，男男女女，老老少少都出得门来，不约而同的聚集到了村头的大核桃树下，向山梁上吹响牛角号的地方望了过去。

不过一刻，只见山梁上下来了一小伙人。他们后面还牵着一匹似马非马的大东西。那大东西在阳光的照耀下，一闪一闪地闪着金色的光芒。

“看到了，看到了。是拉来了一条大老虎。”几位头发花白的长者告诉众乡亲们。

人们将信将疑地静静地向山梁上目不转睛的看着。

“看到了，看到了，头最像猫的头，身上的镰刀花纹都看见了。”

“是常年在深山里打猎的阿俄和他的俩个侄儿子拉来老虎了。”

众乡亲像烧开了的锅一样，七嘴八舌的议论起来。

村长老啊把趣（即，阿祖老）拉堆扒见众人，只是议论纷纷，还没有人去动手时，高声吩咐道：“小的们，别光是说长论短了，赶快烧火的烧火，回家拿东西的快拿东西，准备庆贺了。”

听了啊把趣的吩咐，人们才“哗啦”一下子散开，有的回家拿东西去了，有的在核桃树下烧起一大堆熊熊大火。等待着打虎英雄们的到来。不一刻，回家拿东西的人们有的抱着蜂蜜坛子；有的端着荞麦煎粑粑；有的提着水酒桶；有的拿着煮好的猪头肉；有的端着煮熟了的鸡蛋……聚集到了核桃树下。

全村的人们刚一到齐，阿俄他们三个也拉着大老虎来到了人们的面前。

众乡亲们一齐高喊着“咱佧扒，咱佧扒”的口号，呼啦一下把阿俄他们围了起来。这个问伤着人没有？哪个问是打着还是逮着？…有几个调皮的小男孩，还跑上前去摸摸大老虎的脊背，又拍拍老虎的屁股，着实地把老虎吓得“嗷嗷”乱叫唤。

啊把趣一边接过阿俄递过来的虎伞绳，一边一语双关地对阿俄他们，又像是对那几个小调皮鬼道：“人说老虎屁股摸不得，你们是老虎脊梁骨也把它摸下来了，真是咱佧扒，咱佧扒!”

在啊把趣的带领下，乡亲们像办一件大红喜事一样，围着熊熊烧着的火堆，敲起木筒、弹起起本（即：琵琶），拉起吉兹（即：弦子），吹着局律（即：竹笛）和玛弓（即：拉口弦）处处（即：弹口弦），跳起了欢乐的哇器器。

全村乡亲们还要像阔时一样，杀猪宰羊，泡酒跳舞热闹非凡地要招待打虎英雄们三天三夜。还聚集了许多金银财宝要送给他们。

阿俄和挖几波兄弟俩惋言谢绝了乡亲们的好意，一人只喝了乡亲们的两碗水酒，便又要到山里去了。

阿俄他们这样就要走了，众乡亲们说什么也不准。你推我让，你拉我走的一场推拉战格外地热闹起来。最后，还是啊把趣打了圆场。他老人家眼里噙着热泪对阿俄三人道："我老人家一辈子就是打猎的行家，什么猎没打过。但是还没有活捉过老虎呢，你们为民除了一大害，乡亲们招待一下是在情理之中的啊！"

阿俄对啊把趣和众乡亲们道："我们能在山里生活下来，全靠了乡亲们的保护啊。如果没有乡亲们的保护，我们早就被富贵人家杀死了。"

啊把趣接过阿俄的话题道："侄儿子你说的也是。但你们在山里没粮没盐的，日子太艰难了。要我说，你们不拿一点粮食和盐巴去的话，怎么叫乡亲安心呢？"

啊把趣诚恳的话打动了阿俄他们的心。三人拿了一些粮食和盐巴，回到了大山里，依然过着狩猎和采集度日的生活。

第三章　富户人家招女婿
弟让阿哥去享福

原来在山中以狩猎采集为生的阿俄和挖几波兄弟过着无忧无虑的生活，但自从打了大老虎后，不仅名声在外，而且在日常生活中也多了许多事务。

有一天窝棚里来了一个嘴尖眼滑猴腮面的中年人，看上去年纪约莫在四十来岁左右的汉子。来人坐定后，向阿俄和挖几波兄弟俩寒喧了如此如此，这般这般一番后，眯着那贼溜溜的双眼，带着很神秘似的口气说道："本人是腊咱作（即，虎氏村）富贵人腊咱咪扒家的管家。俗话说世上只有藤缠树，从来没有树缠藤。现在我们把俗话倒回来说了，虽然世上只有藤缠树，今天要来树缠藤。我家嗨腮扒（即，家主）看到你们俩兄弟中有一人能把老虎拉回来很是佩服。决定把他家的姑娘腊几咪嫁给你们当中的打虎英雄，招其为上门女婿。这对于无家可归的你们兄弟俩来说是天大的好事啊，托我家腮扒的福哕。"

阿俄回敬到"树上鸟窝各搭各，自古嫁娶门当户对。我家无爹无娘又无产的俩个孤儿，怎可能做你家嗨腮扒千金小姐的女婿？莫不是太阳从西边出来了？"

管家更是用妖里妖气的语言道"贵尧鸟儿寄山雀，秋来领着照回家。腮扒家金银满柜粮堆山，六畜满圈家产多，别人来求都求不上，自家来找的咱个不去上门啊！"

阿俄也想到"是啊，树大要分枝，男大讨媳妇，女大要嫁人。俩弟兄总有一天都需要成家啊，何况自家找上门来的。"想到这里便一语双关地说到："那还得看兄弟俩谁是打虎的英雄呢？"

弟弟挖几才想"虽然虎是自己舍命拉回来的，但从小哥哥对自己关心得无微不至，况且以后哥哥富裕了，自然自己也有好靠山了。这个好事就先让给哥哥罢。”便抢先说道：“老虎是哥哥挖几波拉回来的，打虎的英雄是哥哥。”哥哥挖几波感到非常吃惊，羞得满脸通红，一时答不上’话来。弟弟挖几才则想，做^要做到底。紧接着又补充说道：“那晚上，哥哥你不是鸡都叫了才拉到屋头的嘛，阿俄和我俩叔侄急得眼泪都哭干了。”阿俄知道了弟弟挖几才的用意。觉得这娃娃已经懂事了。便顺水推舟的说：“山溜果总是从头熟起的，一家人排个大小这是礼数。这样，还是老大先上你们家的门吧。”

哥哥挖几波思绪联翩。“弟弟诚心先让，阿俄心中有数，况且自己成了家以后，可以把弟弟和阿俄接过去一起过就是了。等弟弟有了对象那天，我又给他娶媳妇便是了。”想到这里就应允到：“弟弟和阿俄都这样支持我，我就不推辞了。但管家，我们要说好，我要带阿俄和弟弟一起过去的。”

管家点头哈腰道：“这当然是，当然是，请阿伊（即，老大儿子）放心，一人得势全家沾光这是理所当然的嘛。况且我们嗨腮扒日常觉得几个大院子里人气太少了，增加个把俩个人是他老人家最高兴的事罗!”

说罢，像一条舔着油气的看家狗一样，摇着尾巴复命去了。

过了几天以后，管家带着人又来到窝棚前。一见到阿俄和挖几波、挖几才俩兄弟的面，洋洋得意地口角含着白沫子说道：“树上喜鹊喳喳鸣，山中猴儿叽叽叫，我家嗨腮扒找尼扒（即，巫师）打卦看相，算着今天是个吉顺的日子，特派我和几个弟兄，来接腊咱咪的姑爷和阿俄俩叔侄回家来啦。”

阿俄应道：“我家窝棚门前怎么没有画眉鸟来唱喜歌，早上只听树上老鸹叫。我家挖几波既然被你家嗨腮扒和腊咱咪姑娘看得起了，那就接腊咱咪姑爷回去吧。我和挖几才俩叔侄在山里过惯了，怕在富裕人家不适应，我们还是在山里自在些。”

这时管家的脸变得比猴腮还难看，阿俄的话气得他脖子上的青筋有几根都数得出来了，结结巴巴地道：“你，你，你们不，不，不要敬酒，不，不，不吃吃，吃，吃罚酒格。这山是我家嗨腮扒的山，这地是嗨腮扒的地，天是嗨腮扒的天，你们想咱，咱，咱个整就咱个整得成格?”

挖几波想，为了自己闹翻了绝不会有好事。便把阿俄拉到一旁央求道：“阿俄，阿俄，是你救了我的命，是你把我拉扯成人的。况且，那天您和弟弟都答应过的事，今天不从的话，不是成了说话不算数了吗？同时送我上门也是礼数呀。而且是白是黑还不见，我们咱个晓得是好坏嘛。求求您老人家在他们那里不住，也等弄清楚再定好吗?”挖几波的这一翻话才触动了阿俄的心。

挖几波见阿俄沉默了，便又跑到管家跟前打圆场道：“管家啊，管家，我家阿俄是跟你开玩笑的，你是大管家怎么能把玩笑都当成真的呢，你大管家大肚量咱个能记小民的口头之过呢。”

这样管家脖子上的爆筋也慢慢地消失了。他当着大家的面说：“阿咪姑爷说得有道理，当真也罢，玩笑也罢，我们大人不计小人过罗。”说着招呼大家收拾了窝棚里屈指可数的那小点家当，领着阿俄和挖几波俩兄弟直奔腊咱抗村。

当一行人来到腊咱作村头时，只见村子中间位置里，有一院四平头的木楞子房，院子里烟雾腾腾，人嚷狗叫。村头站满了穿着花花绿绿麻布衣服和少数穿着锦缎长衫的人们。有一个四十岁出头，体肥脑大的男人，身穿着花花绿绿的锦缎长袍，脚套一双牛皮鞋，头戴的大羊毡帽上还插了几根大红锦鸡的花羽毛，在微风的吹动下一摇一摆，与主人家做出的摇头晃脑正好在摇相呼应。这一特别的装束和与众不同的傲慢举止，别人不用介绍便知是腊嗨腮扒家的重要人物了。

一行人离村中相迎的众人还好远，管家就飞也似地跑到那不同众人穿戴的人面前，向条久离主人的看家狗一样点头哈腰，摇首摆尾围着主人不知说了一堆什么耳语话，只见那主人得意地仰天哈哈大笑说道“好，好，好。”

得到主人奖赏的管家，又像一条牧羊犬一般飞快地回到从山上下来的一行人跟前，对着阿俄和大家把声调都弄得像唱调子似的说道：

“阿俄和姑爷的到来，我家嗨腮扒连说了三声“好”。真是树上喜鹊喳喳叫，我家喜事多多有啊！阿俄和大家请进村吧。”

阿俄心里想到，“管家这个样子还真不愧是一条看家狗啊！”不过场面还得应付啊。阿俄随即答到：“可能树上的喜鹊被这腾腾烟雾吓飞了，我说怎么听不到喳喳的叫声。不过喜鹊鸣和老鸹叫都是雀子叫嘛，你看，今天的老鸹鸣的叫还伴有锣鼓声呢。我们还是洗耳恭听去吧。”

管家听罢脸色变得一阵红一阵紫，但在这个关节眼上他也无奈，只好当作耳旁风，用差不多弊不过气来的架式说：“还，还，还是阿俄会，会说话，大家请，请吧。”

一行人在管家的带领下，很快来到了来迎接的队伍跟前。

人们还未站定，管家就忙着向嗨腮扒和众人介绍到：“这，这是阿俄；这，这是阿咪的姑，姑爷……”接着向阿俄他们三人介绍到：“这，这，这是我家的嗨腮扒，也就，就，就，就是阿普挖，挖，挖几波的老岳父，父了。”

阿俄紧接着说道：“不用介绍了，老鸹和灰喜鹊我还是分得清楚的，豹狗和虎子的样子就不相同嘛。”管家又因此自讨没趣了。

腊嗨腮扒见自己的管家被阿俄回敬得无言可对了，便指着管家赶紧打园场道：“你看，你这管家多不中用嘛，不是一家人不识一家面嘛。我们亲家不用介绍就认识我了嘛。”

阿俄又赶快答道：“是啊，虽然斑鸠出门各叫各，但到窝前都唱调嘛。”

说得腊嗨腮扒也只得应付到：“你看，你看，我们亲家不仅能打老虎，而且说话也是言之有理呀。我们回屋慢慢叙，慢慢叙。先进屋，先进屋。”

阿俄说：“我们这沾满了黑泥巴的脚，跨进嗨腮扒这富丽堂华的家恐怕不协调吧？”

腊嗨腮扒先是一楞，方醒才接着说到：“哪里，哪里，现在我们都是一家人了，不讲究这些，不讲究这些。”

阿俄这才道："是也是啊，山中的蚂蚁堆不是蚁王一只衔起来的，富实人家的财物也是大众苦出来的嘛，何况嗨腮扒这么看得起我们，我们就不客气了。"说罢便在众大小村官、族长们的陪同下走进了村中腊嗨腮扒家的大院里。

到了腊嗨腮扒家，对挖几波如何如何好就不必讲了。且说给阿俄和挖几才的待遇吧。

腊嗨腮扒家把阿俄和挖几才先是当作贵宾对待了。在宽敞带窗的一栋木楞房里，隔出的外间是煨茶烤火的火塘间；里间是铺了地板放有两张床的卧室间，这种装饰既方便又清洁。一天三顿饭不是杀鸡就是煮肉，还少不了两个菜。火塘旁的茶罐罐里喂的是腊油茶，烘的不是小麦细面粑粑，就是油煎糯米粑粑。床上垫的是赶出来的厚厚的毡子，盖的是绒绒的羊毛被子，到了晚上还有水酒可喝，就是整天闲着无事可做。

这些对于长期住在山间窝棚、山火御寒、用山茅野菜度日的阿俄和挖几才来讲，真是磕头遇着天了。但阿俄和挖几才都很纳闷，腊嗨腮扒葫芦里面究竟装的什么药呢？他们相信，黄鼠狼给鸡拜年肯定不安好心。

这一天，性情直的阿俄便找到腊嗨腮扒想问个究竟。腊嗨腮扒见阿俄这般闲不住，就哈哈大笑说："亲家真是勤快之人啊，两天的功夫都闲不住了。"

阿俄道："嗨腮扒啊，你也晓得，阿丫麻栖匝麻哇，措咱麻以匝麻波（即，鸡不扒地吃不着，人不劳动吃不饱）。"

"但今天我请来的客人，就是让他们白吃白喝个够。"腊嗨腮扒满脸推笑献殷勤地说。

"岂不是太阳从西边出来了。"阿俄也装作客气地说。

腊嗨腮扒更装出大胸怀似地道："亲家，亲家别管太阳是从西边出来，还是东边出来。我家里有的是酒肉，有的是粮食。即便吃完了，那些摆色（即：百姓或佃户的意思）还敢不送来吗。"

看来，不吃白不吃，吃了也白吃，白吃也应该吃。又不是他的血汗。阿俄心里想到，同时也想，何不如慢慢看他玩的什么把戏不更好吗？便顺水推舟地应了“是了，是了，一辈子吃了上顿没下顿，托吾伞菩拉的福，在嗨腮扒家过上几天神仙日子吧。”

腊嗨腮扒见阿俄老实了，但又怕事情未成人就走掉，那在众人面前脸面就丢尽了。便心计一动想到，“是啊，放牛的老倌不是想回家几天吗？同时也不能叫这俩个穷鬼白吃白喝呀。又是他们提出来要做事的，也怪不得我无情无义呀。”便装做很不情愿的样子说道：“唉，亲家说的也是实话，忙惯实（方言：习惯）了的人啊，总是闲不住的。这样吧，为了使亲家不感到寂莫，你俩叔侄白天把牛放到山上，早晚抱点草喂点水给它们吧。”

“好，好，我们就学当一下牛官吧，总比闲着白吃白喝好受嘛。”阿俄答到。

这样几天来，阿俄和挖几才俩叔侄给腊嗨腮扒家的一大群牛早晚喂水喂草，白天吆到山上去放牧，过起放牛打工的日子。

这样过了一段时日，一天晚上，腊嗨腮扒主动找上门来，对阿俄和挖几才说：“亲家啊，下个月正是‘以勺行’（即喜事月，指农历冬月）了。到了属雀或属鼠的那天我们把你家阿普挖几波和我家阿娜阿咪的婚事办了吧”。

阿俄答道：“办不办婚事？咱个办婚事？什么时候办？你得问我家阿普挖几波才行。”

腊嗨腮扒道：“我家姑爷就是请阿俄选个吉祥日子了。娃娃不懂事，还是阿俄我俩个给他们做主算了，阿俄你看哪天好？”

阿俄想：“腊嗨腮扒是背着挖几波来诡诈办这桩婚事的。这桩婚事非得挖几波同意不可。”想到这里便回敬腊嗨腮扒道：“嗨腮扒啊，小斑鸠都不学叫声，大斑鸠到处乱飞怕不得吧！”

腊嗨腮扒听了这话后才知道阿俄这个穷光蛋，还藏有这么一套套。便好像吃桃子时桃核哽着了脖子一样，把涨红了的脖子一伸一缩了好大一会后，才拼出话来：“生米都快煮成熟饭了，自从进我家门那天到今天，阿俄你心里面不是还没有数吧？”

阿俄回答道："是不是一锅夹生饭，不烦打开锅盖瞧一瞧嘛！"

腊嗨腮扒只得叫管家叫来了挖几波和阿咪俩个。对着他俩个说："下个月是以勺行了，想把你们的婚事办了，我请你们的阿俄把事情定了，你们的阿俄很看中阿普你，一定要你自己说了才算数。姑爷你看咱个整来？"

阿俄和弟弟挖几才怎么会知道这一段时间来，哥哥挖几波已经被腊嗨腮扒家富裕的生活和阿咪的姿色吸引过去了。只听得挖几波开口说："阿俄和弟弟啊，就把婚事办了吧。这一段时间来我们在嗨腮扒家有吃又有喝，家里面样样都有，这种家庭打起松明火把也找不着了。再说这久来阿咪待我是扎实的好了。我想，今后阿俄和弟弟不也有处靠山了嘛？"

阿俄和挖几才也想到，既然挖几波都这般意思了，别管我们有没有靠山，只要他首先过得好，夫妻俩人恩爱便好了。

弟弟挖几才抢先说到："斑鸠出门各叫各，既然阿依都愿意这么做了，我们怎么能逆水而行呢？只要阿依以后好过了我们就高兴了。"

阿俄既对挖几波，又对腊嗨腮扒接着说："我们本身就穷得光不鲁一条身子的人，没有什么本事给阿普你办婚事了。你找着富裕人家上门，我们就管不了，办事的事情就一次性麻烦嗨腮扒你家了。"

腊嗨腮扒一听就来了劲，他把大腿一拍道："这样就好了嘛。这么定了，以勺行月属鼠的那天，我们家就一次性把婚事办了。属鼠日子好哇，以后我家孙男孙女就向耗子崽崽一样多啦，香火就扎实扎实旺啦！"

腊嗨腮扒这么一拍板，婚庆的日子就定了下来。

根据腊嗨腮扒的旨意，管家这一个多月来指挥着众家丁，有的忙着催喂肥猪喂肥牛，有的忙着簸粮煮酒，有的到山里砍树劈大柴，有的则被派出去到三乡四邻请客送单，好一派婚礼前的热闹气氛。富裕人家见了能吃能玩笑开颜，穷人看了为找这伤礼来愁断肠。

这真是：

山头红叶催猪月，树叶落地升酒日；
能圈肥猪富人家，有酒煮的富家婆。
雀月来到乌鸦啄，鼠日之时田鼠藏；
富人结婚向田鼠，穷人做客流眼泪。

到了以勺行的属鼠日前一天，腊嗨腮扒家一清早，大门口扎起了松毛青棚，院子里洒满了青松毛，青青的松毛上摆了几十扇大簸箕。杀猪的杀猪，宰牛的宰牛，洗菜的洗菜，打面果饭的筛面备锅，还有升白酒、泡水酒的，炊烟袅袅，人来人往，声势浩大，真是忙得不可开交。

属鼠日的这一天，太阳升至两竹杆左右，做客的人们陆续来了。客人们有的带钱，有的带来腊肉，有的拿来酒，有的抱来鸡，有的拉来猪或羊子，有的则背来粮食等等不一。

客人们按照傈僳族不兴挂礼的礼节，不管带的礼物是什么，进门后都主动地往院子中间摆着的大竹簸箕里放，活畜活禽则由家丁们一一放到圈里，簸箕里装满了。收，收了又装满了。收得的东西，仓里装满了粮食，柜里堆满了银钱，坛里灌了水酒、白酒。一个轮回，又一个轮回，到太阳偏西时，盛大的婚宴就开始了。

随着主宴人的大喊大叫，一道道冒着热气腾腾、飘着诱人垂涎的佳肴摆上桌来。

“俄尚奔智扒（即，厨师之意），第一道菜，请上尼仕俄朵兹（即，红颜骨气硬之意）。”随着主宴人的吆喝，小弟兄们端出了红里透亮、粉嫩粉嫩的红烧排骨。

“俄尚奔智扒，第二道菜，请端咱古咱母尼俄只（即，漆油烧鸡木瓜酒）。”随着主宴人这吆喝声，一股漆油清香里裹着木瓜的鲜香味伴着烈烈酒浑厚，迎面扑来。使人有未喝先醉的酣畅。

“俄尚奔智扒，第三道菜，请上窝普尼麻晗（即，白头不分心之意）。”一碗圆似鸡蛋雪白如玉的山百合包肉沫映人众人眼帘。

“俄尚奔智扒，第四道菜，普化普哇梓，施化施波啦（即，青刺果油炸蜂蛹)。”营养极高又不燥火的金黄色菜肴引客人们竹筷不停。

接着“俄尚奔智扒，第五道菜，请上尼可行兹以减相（即，佳期如梦柔情似水之意)。”一道鲜嫩的树花婀娜舞动在豆浆变成的云雾中。

“俄尚奔智扒，第六道菜，请上阿丫麻栖咂嘛波，咱嘛明以嘛波(即，鸡扒地食饱，作郎不勤肚不饱)。”随着吆喝声，一钵山药炖猪手端上了桌，汤水还滋滋冒着热气，把撒着的香葱翻滚得如水中鱼跃。

“俄尚奔智扒，第七道菜，请上咂啶咂吓梓，卓哼卓那梓（即，五谷丰登，六畜兴旺之意)。”一盆喷香着五谷加腊肉味的腊猪头炖荫晒包谷再拌干竹叶菜的稀饭端上桌来。又引得众客人们争先恐后的舞勺递碗。

……

“最后请上同模金模王咱王，木转念咱吴咱吴（即众老长寿享天年，子孙兴旺似雪雀之意)。”这时又一阵爆竹声中，一个个木圆盘里装着圆圆的雪雀剁成的圆子，让客人们分享着未来的天伦之乐。

由于客人特别多，婚宴一直进行到天色黄昏才结束。

天黑以后，家丁们在院子中间烧上了几堆大火。起本、吉兹、局律、玛弓、处处、阿菩比、布鲁（即，琵琶、弦子、竹笛、拉口弦、弹口弦、葫芦笙、锁呐）乐器齐鸣。热闹的婚庆歌庄舞又开始了。

跳歌庄的人们，有的是带着礼物来做客的正式客人，更多的是自发地来自周围三乡五岭、上村下邑，专门来跳歌庄的。

人们围了里三层外三层，随着乐器的节奏舞姿翩翩，舞步时而缓慢的跳动，时而急风暴雨一般激烈。老人们边舞边唱着木刮。他们有的唱婚庆木刮；有的唱老人调。有几个大胆的竟然还唱起了“摆处木刮”(即，挖苦调)。腊嗨腮知道是在挖苦自己，但唱者非常萎婉和比喻恰当而无可奈何。有的年青人，用相互撞屁股的方式传递着爱情，有的则边跳边互相抓抓手心后，悄然地消失在夜幕之中。

用心传递感情　　　　（林永辉　摄影）

NI, ꓒU., NI, LƎ., Bꓯ.. PO. Gꓶ:

用心传递感情　　　　（林永辉　摄影）

NI, ꓒU., NI, LƎ., BⱯ.. PO. Gꓶ:

第四章　鸡脚杆上还刮油
正义阿俄被害死

婚庆进行到了第三天早上，腊嗨腮扒叫众家丁在平时议村寨大事、要事的堂屋里，摆上了桌椅，抱来了几坛上等的好酒后，招来了各村寨的头领。

头领们一坐定，腊嗨腮扒用傈僳人家的最高礼节，亲自给他们一人斟了一碗煞拉只（即，鸡肉木瓜炒酒）。一人发了足有斤把重的一块火烧肉，请他们边喝煞拉边用火烧肉来下酒。吃惯喝惯了的村寨头领们谁也不知道这是黄鼠狼给鸡拜的年。一个二个大碗大碗地喝着煞拉，大托大托地啃嚼着火烧肉。有的啃得粉红色的肉汁从十个指缝间滴了下来，有的喝得名酊大醉，口水流成滩滩，有的乘兴极力吹棒腊嗨腮扒对他们如何如何好。

等到村寨的头领们吃得差不多，喝得也都差不多时，腊嗨腮扒发话道："你们觉得我家的酒给好喝？我家的肉给好吃？"别说这个时候，就是平时也谁敢说不好喝、不好吃呀。小头领们只有都说："好喝，好喝。好吃，好吃。"紧接着腊嗨腮扒又问道："我家娶的姑爷好不好？"姑爷是打虎英雄怎么不好呢？大家七嘴八舌的答道："打虎英雄，最好不过了。是最能干的伙子啊！"；"这么好的小伙子打起松明火把都找着不得啊。"；"一个人就能够把老虎活生生拉回来的人，谁都比不上。"……

算计狡猾的腊嗨腮扒见众小头领们已经上勾，就乘势而入地说到："对，对，我家的酒最好喝，我家的姑爷是好姑爷，是为大家除害的大英雄，这真是来之不易啊！现在我把不好听的话说清楚，打老虎是要吃饭的，去深山老林里是要穿衣服的，胆子要大，力气要有才能捉老虎回来的呀。你们说是不是啊?”

众头领知道他要作什么文章了，但他的姑爷是打虎英雄一点也不假呀，何况大家说出的话已中他的圈套了。因此，大家都只得七嘴八舌而又有气无力地答到：“是了，是了。”“真的，真的。”

这时腊嗨腮扒毫不客气，凶像毕露的说：“你们都承认就好了，我想也不是元中生有。为民除了害应该是要有一点回报的，不然以后哪个还敢冒着生命危险去打吃人的老虎嘛。这样吧，你们回去以后，有五个人以上的家庭要拉来一条牛，有四个人的家庭拉来一只猪，有三个人的家庭拉来一只羊，二个人以下的家庭抱来一人一只正在下蛋的大母鸡。今天开始算起的第四天早上，由你们亲自带队交到我家来。”

本来就胆小怕事的众小头领们，用要死不活的语气，七嘴八舌地又答到：“是了，是了。”“遵命，遵命。”“照办，照办。”

胆子稍为大一点的几个头领低着头不语。腊嗨腮扒脸红脖子粗的望着他们吼到：“你们几个为什么不哼气呀？是不是吃撑喝涨了不想办事?”

这时，咱利佧（即，李氏村）的村头领声音瑟瑟支支吾吾的回答说：“不，不瞒嗨腮扒说，今年夏天干旱，我们村粮食欠收。有的人家户连口粮都没有了，恐怕这么高的打虎费是难得凑齐啊!”

咱利佧头领这一带头，别咱佧（即，蜂氏村）村、挖咱（即，余氏村）寨等头领都先后说“这么高的打虎费难得收齐。”

这些话如毒箭射中老熊一样，把腊嗨腮扒气得咆哮如雷般道：“你们这些饭桶只知道吃、喝，咱个不去想办法逼嘛，不管，到时交不齐的，我非要你们的命抵不可。”

原来热闹非凡的熊熊烈火般热情，这时就向倾盆大雨中的松明火把，突然之间熄灭了。只有腊嗨腮扒气得喘着的粗气，“扑哧、扑哧、扑哧”的还冒着一丁点儿雾气。

婚庆就这么似虎头般热闹非凡开头，似蛇尾般冷如冰雪的氛围里不欢而散了。

婚宴里吃喝了三天三夜的村寨头领们怀着一肚子敢怒而不敢言的气，回家准备打虎费去了。

阿俄和挖几才并不知道腊嗨腮扒要收打虎费的事情。也因冬天要来临不能到山上，所以和往常一样，在腊嗨腮扒家当牛倌混饭吃。

到了第四天的早上，东边的太阳刚出山，腊嗨腮扒家门口猪、牛、羊、鸡的叫声，与人们吆呼牲口的声音汇成了一片。看人流似赶集，听声音有点像奔丧。

来得最早的是咱利作村的人。村里的阿此拉来了一只山骟羊，当然二话没说就验收成功了。主人腊嗨腮扒还特意走下高高的石梯，捏了捏羊肢窝里，咪着一双贪馋的眼睛道："是只肥羊，是只肥羊。"

阿登家没有别的，只得把犁地用的那条老牛拉来上交了。管家看后，赶忙跑到腊嗨腮扒跟前弯着蚂蚁似的腰，结结巴巴的说："嗨腮扒，嗨腮扒，这，这，是一条，一条瘦的，瘦瘦的老，老牛。"

腊嗨腮扒一眼望去，确实是瘦得皮包骨头，连走路都要跌倒的老骟牛。便朝着阿登吼道："咱个拉来一条要瘦死的老牛？别的牛哪里去了？"

"慈善的嗨腮扒哟，我家那里还有什么别的牛呀，猪啊、鸡啊的。这条牛是去年好不容易用一石糯米才换得的。今年天旱庄稼无收成，牛也就这么瘦了。请嗨腮扒收下吧。我家实在别无办法了。"阿登央求到。

腊嗨腮扒把脸转向咱利作村长老问道："他家是不是穷到这个地步了？"

长老弯着腰如实回答到："回嗨腮扒的话，他家里除了这条牛外，连一颗包谷籽籽都没有了。"

"看来这只鸡脚杆上只有这点皮皮了。"腊嗨腮扒明白了。"牛虽然瘦，可是到了我家，放牛的人阿俄和挖几才会帮喂肥的嘛。"想到这里便装作开恩的口气说："阿呀喂，是啊，是啊，可怜了，可怜了，收下得了，收下得了，救人一次会成菩拉的。"

然后是阿尼拉来的是一只胖乎乎火塘猪，腊嗨腮扒也就非常愉快地收下了。

阿此背来的是三袋糯米，也收下了。

阿欠抱来的是两大坛核桃油收下了。

也此扒拉来一匹马收下了……

收完了咱利作村的以后，就收别然作村的；收完了别然作村的以后，收念咱挖作村的；收完了念咱作村的以后，收托底村的；收完托底村的以后，收色玛底村的……

当收到括咱作（即，乔氏村）村的别洒波家时，只见竹篮里装了半小篮山芋头。腊嗨腮扒很不高兴了，指着别洒波说：“你年年种我的地，一年到头砍我山里的柴买，到头来打虎费也只交来这么几个山芋头吗？这个连一个小娃娃也哄不着嘛。”

别洒波跪在腊嗨腮扒前，边嗑头边流泪，可怜地哭诉说到：“嗨腮扒啊，嗨腮扒，我那点敢哄你，我妻子一年到头瘫倒在床上不能做活路不说，连吃口饭都要得有人喂给她才行，俩个娃娃又小，还做不了活路。里里外外我一个人。夏天干旱忙不过来浇水，庄稼地里的禾苗都被干死了，秋上一无所获。这不是，听了族长安排凑打虎费后，我连续三天到山里才挖着这点山芋头。望嗨腮扒看在我家妻子病倒在床上和俩个无知无能的娃娃面上，请收下吧！不够的以后我又慢慢来补交。”

腊嗨腮扒想：“放了这个，下面就会出来很多交不起的。要杀鸡给猴子看才行。”便向凶神恶煞般的吼叫到：“别洒波你这个穷光蛋还敢狡辩。”边骂边转过来对着众家丁们说：”把他给我捆在树上，用火烧死他。看他还敢不敢狡辩了。”

别洒波再次跪着央求道：“嗨腮扒啊，再次求求你了，等明年天气暖和后，我下扣子、掏蜂窝、找蜂蜜，获得的东西一点不剩全交给你。你大人发发善心吧，求你了！”

众乡亲们都帮忙别洒保说：“他家确实什么也没有了，免了他吧；他家还有一个常卧床的病妻子，饶了他吧！……”

腊嗨腮扒不但听不进去，反而更加残暴地下令道：“你们这群家丁也是不是与他们同穿一条裤子了，还不赶快给我动起手来!”

在腊嗨腮扒的再次命令下，众家丁们向一群疯狗一样，不由纷说一拥而上，把别洒波拉的拉，抬的抬，拖到在一棵树庄上像个不可饶恕的犯人一样，被五花大绑了起来。

腊嗨腮扒见众罗娄们把别洒波捆绑好了，就把脸转向众乡亲们警告说：“你们都看好了，谁还胆敢不交，别洒波的下场就是他的下场。”

人命关天啊，众乡亲和各村族领们都跪拜在地一起为别洒波求情。可是，腊嗨腮扒就是听不进去。凶残地指使众家丁一边用棍子无情地抽’打帮助说情者，一边抱来干柴要烧死别洒波。

“快点火，赶快点火!”腊嗨腮扒向催命鬼一样崔促着众家丁们。在即将点火的关头，众乡亲突然听得从场外传来“住手!”“住手!”的高叫声。随着喊声，冲进来了一老一少。这一老一少便是给腊嗨腮扒家放牛的阿俄和挖几才。

阿俄和挖几才一边奋不顾身的护在别洒波的身旁，一边对腊嗨腮扒说：“本来这打虎费就不该收，你又这样残害乡亲们，我们坚决不答应!”腊嗨腮扒恶狠狠地说：“虎是我家姑爷捉来的，你们有什么权利答应不答应的。”边说边再次命人点火要烧别洒波。阿俄道：“你这贪得无厌又伤天害理的家伙，总有一天吾伞菩拉会惩罚你的。你要烧就把我们一起烧死吧。再过十八年，我们再来把你剁成肉酱喂给野狗。”说完与挖几才紧紧地和别洒波站在一起。

凶像必露的腊嗨腮扒撕破了假友善的脸皮道：“多管闲事的这俩个穷光蛋，他们既然也想一起死，那就成全了他们吧，怪不得我不认亲家了。”

乡亲们又一次围了上来帮忙说情，求腊嗨腮扒手下留情。腊嗨腮扒那里听得进去，他一边指使缕罗们用木棍再次乱打乡亲们，一边亲自点燃了柴堆。

这是用于透了的栗木柴和肥得发红的松树明子堆成的柴堆。腊嗨腮扒一点上火种，很快就燃成了一堆火海。

乡亲们“唔，唔，唔”的哭泣声和柴火发出的“辟哩叭啦，辟哩叭啦”声响成一片。乌黑色的火迷漫整村子的上空。

阿俄、挖几才和别洒波倾刻间就吞没在一股股狼烟之中，身上马上就被火烧着了。但他们像火中的青山一样巍然不动。真是：“富有富的凶办法，穷有穷的铁志气”。

在这千钧一发之际，又有一个人冲上了火场。这个人不是别人，是腊嗨腮扒刚过门的姑爷、挖几才的哥哥挖几波。挖几波边向火场跑去边喊到：“腊嗨腮扒你这六亲不认的家伙，你要把阿俄和弟弟也一同烧死的话，也把我一块烧死吧。”便要跳入燃烧着的火堆里。还好，被几个眼疾手快的家丁们拖住了。

也是在这关键的时刻，只听得有一个姑娘大喊大叫到：“心黑透的阿爸你，如果这么绝情绝意的话，女儿也不活了，把我也一块烧死罢。”

腊嗨腮扒一看是自己刚办完婚礼的姑娘，就上前一把拉住说到：“你一个姑娘家不懂事，不要来这里添乱。”

姑娘边哭边说：“以前别人背地里骂你是腊咱扒（即，狼一般吃人的汉子)，我还生气别人给你乱扣帽子。今天我终于明白了，你是众乡亲们头上名富其实的腊咱扒。你要把我刚过门的男人和阿俄还有弟弟都要烧死的话，这个家我也不要了，我和他们一块死去算了。”便要死活挣脱拉家丁们抓着的手，准备跳进火坑里。

独生女的这一招才触动了腊嗨腮扒的心。他朝着众家丁们高声喊到：“都这样了，一个二个地还干望着做什么？还不赶快灭火放人。”家丁们这才像如梦一般，手忙脚乱地放人的放人，灭火的灭火。

有财有势的腊嗨腮扒对乡们进行残酷剥削而制造的一场骇人听闻、灭绝人性的屠杀被迫停止了。

别洒波得救了，挖几才得救了。可是，迟迟不见阿俄从火堆中走出来。这就急坏了众亲们，当人们冲进火堆里时，只见阿俄已经被烈火无情地烧倒，大半边身体被烧焦了。人已奄奄一息，身上发出一阵阵皮肉烧糊的味道。

原来，阿俄为了保护别洒波和挖几才，站在点火口上，始终用自己的身体尽量阻挡着火势。因此被烧成了重伤。

阿俄被救下后，在众乡亲的逼迫下，腊嗨腮扒只得准许把阿俄抬进了原来住的牛倌棚里进行医治。

抬进屋后，乡亲们七手八脚的忙开了。有的忙着给阿俄喂水；有的忙着洗拭伤口；有的则爬到山崖上采来了带刺的仙人掌；有的找来了野山药；有的忙着舂芋泥；有的爬到鸡窝里拿来了鸡蛋；有的把草药和鸡蛋清汇合到一起；有的把合好的药敷到伤口上……

挖几才流着辛酸和仇恨的眼泪，一步不离地守在阿俄的病床前。

人到伤心处，九牛拉不回。腊嗨腮扒家叫挖几才去吃饭，挖几才死活也不肯去吃。腊嗨腮扒特意叫家丁给他端来了鸡肉米稀饭，他连望都不望一下。

乡亲们给阿俄该敷的草药都敷了，该喂的药汤也喂了，但可怜的阿俄被烧伤的面积太大、伤势太严重了。

到了被烧伤的第三天，阿俄痛苦的闭上了双眼，未能留下一句话，悄悄地走完了苦难的一生。

挖几才扑倒在阿俄的遗体上哭得死去活来。眼泪哭干了，可阿俄没有活转来。

这真是：

山中豺狼没良心，只要弱者都要吃；
肥瘦大小都不管，地上野物都害光。
血口青面大獠牙，抓着只管肚中填；
手下不留半点情，吞骨咽皮毛不留。
林间兔鼠是小物，活着还是有生命；
为了活命山间游，除了豺狼狐狸追。
夏天蚊叮冬寒冷，危机四伏春秋季；
兔鼠食的草与叶，豺狼逮住肉一餐。
人间仕扒如豺狼，是财都要怀里装；

穷富老弱他不管，众邻亲乡都剥削；
鸡脚杆上也刮油，不得钱财害人命。
天下穷人是可怜，生来就成他人奴；
披星戴月去劳作，到头都进仕扒仓。
袋无粮财手无权，就向林中兔与鼠；
只要仕扒心狠来，穷人生命就断送。

猎人后代

第五章　穷人团结斗恶霸
英雄阴魂也宽慰

有傈僳族民间古语曰：

林中猴儿众群居，东找西扒心一条；
无事生非别去逗，忍无可忍群攻之。
手脚粗了会做人，随便不要去狂妄；
要是把人逗急了，一条心来找你算。

腊嗨腮扒见阿俄断气了，暗中高兴极了。以为阿俄的惨死给穷人们起到了杀鸡给猴子看的作用，想："看他们以后谁还敢跟我作对。"他又像戴上假面具的演戏人一般，走到卧在阿俄尸体上伤心痛哭着的挖几才身旁，假惺惺的说："姑爷弟弟啊，阿俄的死，我也感到很伤心、很难过。但是没有办法的事啊，这是阿俄他不听话的结果啊。现在人都死了，再哭也没有用，况且阿俄不是我们家的人嘛，我们才是真正的一家人呀！别伤心了，别伤心了。"

挖几才越听越气愤。他"霍"的站了起来，一手捏紧拳头一手抓住腊嗨腮扒的前胸就要拼命。

腊嗨腮扒见挖几才要跟自己拼命，料定自己不是这个山里长大的娃娃的对手。吓得瑟瑟发抖，尿早已从裤裆里流到了地上，幸亏旁边站着的俩个家丁，一左一右把他挟得了，不然早瘫倒在地上了。

左右的俩个家丁见主人吓得都快要瘫坐下去了，一边扶着，一边用手轻轻地拍着他的背，嘴里安慰道："腮扒，腮扒，别气伤了身子。以保自重，以保自重。"

其中一个上了年纪的家丁献计道："腮扒啊，姑爷弟弟他毕竟年小无知，发点脾气也在情理之中啊。以后慢慢劝道也来得及，我们还是以和为贵，先把阿俄的后事料理为上策啊！"

"先把阿俄埋了，在理论也不迟。"听了老家丁的话，挖几才把腊嗨腮扒推朝了一边，然后冷冷的道。

腊嗨腮扒这时才从惊恐中稍为清醒过来一点，把家丁的计策听得半懂不懂。但他最清楚的是"料理后事"这句话了。因为料理后事就要得费物费财。他顿了顿，咬牙切齿地从嘴里吐出："你们到楼里拿床席子，把尸体裹了，扛到沟边把他葬了。"

挖几才听到腊嗨腮扒要把阿俄用草席裹了埋到沟边的话，再一次火冒三丈。再次暴跳了起来，抓住腊嗨腮扒的前胸就要厮打。

这时，旁边窜出来好几个家丁，把挖几才连拖带拉到一旁劝着。而腊嗨腮扒见自已人多势众，恶狠狠地下令道："打，给我狠狠的打，打死这个不听话的野娃娃。"

本来就狗仗人势的几个家丁，听了主子的令，就想在挖几才身上过打人的瘾。有的回去拿来了皮鞭子；有的拿来了木棒；有的把挖几才按倒在地上，又一场罪恶要开始了。

阿俄的惨死，使众乡亲见到了腊嗨腮扒的黑心，无奈斗不过地头蛇才强压住愤愤不平的怒火。这时，得寸进尺的腊嗨腮扒，又要毒打挖几才，大家不约而同的围在挖几才的周围，并高声喊起来："不许打人！""不许打人！"

腊嗨腮扒还想以势压人，一边退出众人的包围圈，一边命令家丁们回去拿刀，拿弩弓对付乡亲们。

乡亲们见腊嗨腮扒要拿武器对付大伙，"呼啦"一下就散开了。

腊嗨腮扒以为他的恐吓见效了，高兴得手舞足蹈地道："我早就说过，不给这些穷光蛋一点颜色看看，他们就会不识好歹的。"

错了，彻底的错了。腊嗨腮扒的如意算盘彻底打错了。众乡亲们并不是害怕他的淫威而走的，是按耐不住怒火，散去准备武器和他战斗的。

不过片刻，只听“呼啦啦，呼啦啦”的一片呐喊声，几村几寨的乡亲们，不分男女年幼，各自拿着武器，向决堤的潮水般向腊嗨腮扒家跑来。他们有的提了锄头；有的扛了斧头；有的带了砍刀；有的揣了削箭刀；胆子更大的还抄起了打熊的大弩弓；大家不约而同地高喊着“还我打虎费!”“为枉死的阿俄报仇!”“打死腊嗨腮扒!”边呼边喊边把腊嗨腮扒家严严实实地围了个里三层外三层。

这真是：

狗熊不吃绵羊肉，竹箭不定扣子拴；
村中邻里不骗吃，吃多喝多自套脖。

昔日里高傲自大，作威作福的腊嗨腮扒这时被吓得小便都从裤裆里流到地上了。他自己不敢出来跟乡亲们交涉，只好指使看家狗一般的管家给乡亲们赔礼道歉。当场把已经收了的打虎费退还了乡亲们，并同意厚葬阿俄。乡亲们还不得，要腊嗨腮扒减轻三年的地租山税，不然的话要放火把腊嗨腮扒家烧了不可。

本来就口吃，又被吓得战战兢兢的管家不敢当场表态，对乡亲们说：“我，我，……向，向……腮扒报，报告去。”说着向条被挨打了的看家狗一样，弯着腰夹着尾巴跑回到腊嗨腮扒的院子里去了。

管家跑到腊嗨腮扒跟前报告到：“腮，腮，腮扒，那，那，那些穷，穷，穷鬼们，要，要，要减轻三，三，三年的租子。怎，怎，怎，怎么，办?”

吓得早已魂不附体的腊嗨腮扒，这时知道最要紧的是保住性命了。他也管不了那么多了，顺口说到：“算了，算了，依他们吧，就说减半三年。叫他们别在围了，赶快散了。”

“是，是，是。”管家又像一条被唆使的哈叭狗一样，边回答边退了出去。

管家到了门口，嘻皮笑脸地跟乡亲们回话：乡，乡亲们，我家腮扒说，说了，看在大，大家都是不合亲戚就是同乡的份，份上，山税地租费减半三，三，三年。请，请大家散，散了吧。”

乡亲们悲喜交加。悲的是善良勇敢正直的领头人阿俄被害死了，喜的是与腊嗨腮扒的斗争取得了胜利。

紧接着，乡亲们按照腊嗨腮扒的承诺，有的从他家里抬出红杉木做的棺材、绸缎做寿衣给阿俄装殓入棺；有的杀猪宰羊；有的升酒、泡酒；有的烧火做饭，找了一块背靠青山，面临常绿水的坟地，男女老少都头拴麻皮，腰系麻带，按照傈僳族丧葬的规矩，为阿俄举行了厚葬。

过年喂狗

第六章　阿俄坟头长奇草　抽烟解除心悲伤

阿俄埋葬入土后，挖几才就准备独自一人离开腊嗨腮扒家讨生活去了。可是腊嗨腮扒怕在众乡亲前面有失面子，更怕的是乡亲饶不过他。就指使挖几波一定要挽留住挖几才。

哥哥挖几波找到挖几才，回忆了俩兄弟相依为命的过去，想像了美好的未来。最后说道："弟弟啊，事情不出都出了，我们又是亲兄弟，请你务必不看一面看一面，看在哥哥才找着一个家的份上留下来吧。"

哥哥说到这份上，为弟的挖几才也只好答应暂时留下来继续帮腊嗨腮扒家放牛来度日子。

从此，挖几才默默无语，每天都把牛群吆到水草茂盛的地方放牧。他想，牛虽然是腊嗨腮扒家的，但牛的心不是和腊嗨腮扒一样坏，它们是无辜的。牛群也好像明白放牛人的心思一样，非常听从挖几才的管理。挖几才把它们吆到哪里，它们就走到哪里，挖几才把它们放到哪里，绝对不会跑到另一个地方。

牛群中有一条毛色花白的大公牛，脖子上生的骗包足有五六岁小娃娃坐着那么高大。是三乡五岭斗牛场上的王子。它性格刚烈，脾气暴燥。不管是别的牛还是人，只要惹火了它，都不会给好果子吃，都会受到猛烈的攻击。它一见到腊嗨腮扒都会瞪着发红的双眼，扒着前蹄非要攻击不可。所以，腊嗨腮扒从未敢接触这条公牛。腊嗨腮扒对这公牛是又爱又怕。

但是这样横暴的一条牛，竟然和刚放它不久的挖几才交上了朋友。公牛不仅对挖几才百依百从，而且一放出圈门，挖几才就可以骑到它的背上，悠闲自在地吹着笛子，吆着牛群去放牧。

乡亲们见了都说："不要说是人心是肉长的，连牛都能分清是非曲直了。"

日复一日，月复一月。

村头山岗上的梅花开了，坡上的碎米花、杜鹃花开了。

贵贵尧鸟开始叫了。

杜鹃鸟也叫了。

那杜鹃鸟没娘般的鸣叫声音，是多么的揪人心菲啊！阿俄的坟山上开满了白色的杜鹃花。一蓬蓬白色杜鹃望去就像一束束戴在头上的白色帕子。

有人说，"每逢佳节倍思亲。"这时的孤儿挖几才则是"杜鹃鸟鸣倍思亲，望见白花伤透心。"

到了署处行的署处尼（即，指三月清明节）这一天一大早，挖几才就来到了阿俄的坟前给阿俄扫坟烧香，并把平时省吃下的食品供给了阿俄。默默地祝祷着阿俄在天之灵吉祥如意，万事阿克吉！

做完一切，挖几才去到山林里选了三棵葱绿的香树种在阿俄的坟前。他的用意是表达他们兄弟俩永远和阿俄站在一起。可惜不知为什么，其中的一棵香树没能栽活。后来，挖几才补种了几次也没有成活。再活了的两颗树子则长得非常茂盛，四季长青。这两颗树意味着的是挖几波兄弟俩呢，还是示意着挖几才与阿俄的深厚情意？给活着的人们不得不说是留下了一个耐以寻味的谜。

话归正题，当挖几才要离开阿俄的坟时，突然间发现阿俄的坟头上长出了一棵从来没有见过的绿茵茵的植物。他觉得非常希奇，就把其它杂草都拔了，仅留这棵苗苗在那里生长。

从此以后，他每次去坟上时，都要特别留心看看这棵草的长势。天旱季节，他还用自己喝水的竹筒背上水去给它浇灌。

说来也怪，这棵草像白菜，又不像白菜，像青菜也不太像青菜。椭圆形的叶子厚厚的肉质，还生得嫩嫩而密密的，散发出一种香香而刺鼻的味道。

又是日复一日，月复一月，转眼到了秋天。这棵草上开出了黄色的花朵。花谢了以后又结出了圆圆的果实。果实里包着许多细小的籽粒。

随着成熟期的到来，逐步变成了干枯的黄草。

挖几才想，是阿俄坟头上长出来的，是阿俄的草。把种籽留好后，便用这草在坟前烧起来。

火焰带出来一阵阵香香的味道，闻了以后有一种特别舒服的感觉。挖几才思念阿俄而心烦意乱的感觉，慢慢地平静下来了。

见此神奇，挖几才把烧剩的草收好，每当心烦意乱时烧上一点用来闻了解闷。到后来，他干脆把干叶搓碎了放在空心的小竹杆中点火抽了起来，觉得便能解除烦闷的心情。

从此挖几才认定，这是一种能解烦闷心情的神草。

第二年的春天来临之时，挖几才又把这神草般的种子播种在地里，年复一年，收了一季又种一季，抽了一年又一年。

有了这种神草以后，隔壁邻居及众乡亲们哪个有烦闷的心情，挖几才都会把这神草送来抽吸解除。

这神草一年传一年，一代传一代，留传到今天的就是傈僳族人种来抽的腊花烟。抽了腊花烟不仅能提神解闷，它还可以用来医治刀枪及破皮流血的伤口，再神奇的是，它还可以用来解某些毒药的毒性，或当消毒剂使用。傈僳族抽烟也由此而来。

第七章　天下贫者都可怜
要下老牛出富门

阿俄惨死以后，挖几才听从哥哥挖几波的挽留，继续在腊嗨腮扒家以帮放牛为生。他不分白天黑夜，雨天还是晴日，总是把牛喂得饱饱的。一年以后，每条骟牛都肥得像瓜一样圆；条条牯子牛肩上的骟包都像坐着一个娃娃似的；每条母牛都生了一条小牛。原来的几条牛变成了一大群牛。

但是，腊嗨腮扒家对挖几才越来越苛刻。吃的是残汤剩饭，住的也由原来的木楞房撵到了牛圈里的草楼上，真的成了与牛打成一片。这还不够，腊嗨腮扒家对挖几才做的事情，常常是鸡蛋里面挑骨头似的，无中生有的指责谩骂。

为了哥哥以后能成为这家的主人，这一切挖几才都忍受住了。他像冬天黑夜里的一只寒号鸟一样，盼望着又一个黎明的到来，盼望着又一个春天的到来。

到了第三年十冬腊月的一天，腊嗨腮扒拉着一条皮子皱巴巴，瘦得骨架上都可以挂箭包的老骟牛，找到挖几才说："姑爷弟弟啊，自古以来树大分枝，人大分家。你年纪也差不多了，该自立门户的时候了。我给你一条牛，你到东边埋葬着你阿俄的山坡上开荒种地，自立门户去过日子吧。"

挖几才知道这是对自己下的逐客令，就答应到："好吧。不过牛也不用给我了，我自个生活去就可以了。"

腊嗨腮扒见挖几才不想要这条老牛时道："它虽然瘦一点，可还是一条牛麻。而且是一条骟牛哩。真是穷惯了的笨蛋，连条牛都不想养。好麻，给你你不要的话，我就叫人把它杀了垛给野狗吃好了。"

这时，老牛凄惨而又有气无力“哞、哞、哞”地叫了三声。这一叫声平常人听来是正常的。但对一个放牛娃来讲，这一叫声特别的揪心，是振撼心菲的声音。

是啊，没有受过冻伤的人，不知冬天寒冷的滋味，没有伤心过的人，哪会区别声音中酸甜苦辣的韵味呢。挖几才一眼望去时，只见老牛浑浊的眼里充满了辛酸的泪水，勃子上结着厚厚的老茧，说明是一条拉犁拉老了的老牛；从秃秃的牛踢上可以知道，这条老牛已经走过了不平凡的路程；从寡瘦的驱体中，可以体会到这条老牛过着十分艰难的生活。看着，看着，使挖几才想到，“这条老牛不正是自己一样贫穷吗？只不过自己可以说话，而老牛伤心到了极点也不会言语而已。”一阵阵可怜之意涌上心头。

挖几才赶紧改口到：“你们既然要杀掉它丢给野狗吃的话，这条牛我要定了。”说完牵着老牛跨出了腊嗨腮扒家的门槛，头也不回地走向了茫茫的野外。

挖几才牵着老牛来到埋葬阿俄的山坡上，在好心的众乡亲帮助下，搭起了一个人字形的“千根柱脚落地，万片房板档雨”的小窝棚。

但是，众乡亲都贫穷得几乎一无所有，大家都想帮挖几才置点家当。可是，大家凑了半天，也只凑得一口帽子一般大小的破铁锅和一只木碗。窝棚里依然还是显得空空荡荡的。但好的是挖几才和老牛都有一个可以避风雨的地方了。只是说起来有点寒酸而已。

这真是：

因为成为杜鹃儿，在的地方无一处；
还是雪雀鸟一只，群鸟同来搭窝子。
一只衔来一小撮，一只一根衔堆来；
千根柱脚落地了，万片叶子盖好了。
野狼不给搭窝子，雪雀把窝起好了；
狐狸不给住暖窝，斑鸠栖处已有了。

即便如此，只是一付肩膀扛着一个头的挖儿才来讲，总算是有了一个家，心里还是万分感激众乡亲。他决心通过用自己艰辛的劳动成果来报答众乡亲给予的难忘的养育之恩。

由于一无所有，开初的几天里，挖儿才每天一大早到山里砍柴背到只登（即，街上）卖柴换回来口粮渡日。同时，又抓紧时间砍来木、竹材料，在窝棚边上给老牛修了一间很暖和的圈。

从此，挖儿才每天除了砍柴、卖柴换口粮渡日子外，还不停地在窝棚旁边开荒挖地，准备着来年种庄稼。他还不管怎么忙、怎么累，早晚都抽出时间来割草喂饱牛。不仅如此，还把口粮分出来一半给老牛添膘增肥。

第八章　借的糈米苗未出
收得只有豆一把

日复一日，经过一段时间后，原来瘦得皮包骨头的老牛，被挖几才喂养得膘肥体壮，窝棚旁也开荒出了一大片土地。挖几才不仅把自己的事情料理得有头有序，而且，村里寨中谁家缺人做活路，谁缺柴少力都有他的影子。众乡亲都称赞说："这个咱尺是阿克吉，阿克吉（即，这孤儿很好，很好）啊。"

山中的布谷鸟又叫一轮了，又一个播种的春天来到了。别家人都在栽种庄稼了。可靠砍柴卖柴来维持最基本生活，拮据到吃了上顿愁下餐的挖几才哪来的种子可下地啊！向众乡亲借吧，大家都非常贫穷，哪家都不会有剩余的种籽。无奈之下，挖几才只得厚着脸皮到腊嗨腮扒家借种子。

这天一大早，挖几才就赶到腊嗨腮扒家敲开门来求道："嗨腮扒啊，实在没有办法了，我挖好的地里没有种子可种，求你借给几升糈米种籽吧，到秋收后加倍还你。"

腊嗨腮扒认为一大清早就来敲门借粮种，是败坏了他家的存粮风水，很是不高兴。但又不得不顾姑爷挖几波的面子，就板着脸用挖苦的语言答道："我说是今天咱个些了，天一亮不闻得喜鹊叫，只听得老鸹鸣嘛。原来是从不屈人的姑爷弟弟登门借粮来了。姑爷弟弟啊，我们一家人不说两家话了。这种子是要借给你的。但一大清早借粮有损于家中存粮的风水啊，你还是下午些来拿吧。"说完随手把大门"咣当啦"一声关上了。这一"咣当啦"的响声，对于一般人来说只不过闻到关门的声音而已，可是就上门借粮的挖几才来讲，差一点气得晕倒在地上了。

还没有借到种子，就被腊嗨腮扒一顿奚落，心里自然十分不愉快。但没有办法啊，不求他，又能求谁呢？况且，男子汉要能屈能伸嘛，挖几才只有这样来安慰自己。

到了下午，憋得一肚子气的挖几才，终于在腊嗨腮扒家借到了两升半糈米种籽。这两升半糈米种刚好也可以撒满他一年来辛辛苦苦开荒出来的土地里。

挖几才想，待苗出齐后再施两道老牛粪混克素肥（即，山中烧出的火灰肥），再好好除草耕种，到了秋天就可以收三、四石糈米了。自己将吃上自己种的粮食了。那时不仅自己口粮不用吃了上顿愁下顿，连老牛也可以经常喂上糈米面水了。

想着这即将到来的好日子，挖几才情不自尽地轻轻唱到：

阿爸育下我这儿，阿妈生下我这女；
育不错来我这儿，生不错来我这女。
阿爸先前老去了，阿妈先前走去了；
一度成了孤儿子，一时成了孤女儿。
成为孤儿有十年，变为孤女有九年；
杜鹃一样悲惨了，斑鸠一样受苦了。
阿爸本来雪雀氏，阿妈自古麻雀氏；
雀窝已经搭起了，鼠窝已经建起了。
斑鸠群群相助下，鸽子群群相帮下；
小米地也挖好了，糈米地也砍好了。
明天山中红叶时，后天山中落叶时；
收的小米堆满仓，收的糈米堆成山。
满仓小米来煮酒，大堆糈米来升酒；
九坛米酒看星秀，十罐糈酒瞧月亮。

自从下种糈米以后，挖几才不管是在放牛割草的间隙，还是砍柴回来的点滴时间，都要到地里看看禾苗是否长出来了。

早上看，也还没有长出来；晚上瞧也没有长出来；今天看也没有长出来；后天瞧也还不见长出来。日复一日不见长出来，月复一月也只见长草，不见长出禾苗。在过一些时候仔细在草棵中察看时，只见长了一棵四季豆，糯米苗连宗影也没有。

原来，狠毒透顶的腊嗨腮扒，把借给挖几才的糯米种在蒸子里蒸过了，长出来的那棵豆苗，是不小心留在口袋底上没有抖干净，才有幸下到地里长出来的苗。气得挖几才几次瘫坐在地上。但无奈在人吃人、人害人的那个社会里，有理是三扁担，无理还是扁担三。

这真是：

穷人穷得露骨头，走起步来都摔跌；
老天这种不兴有，大地这样做不合。
阿妈太阳您快来，阿爸月亮你来看；
明天太阳把头调，后天月亮把话说。
地上富人这一族，土上山官这一家；
富人之心像老虎，山官之肺似豺狼。
太阳光啊你快照，月亮光啊你快亮；
阳光晒死心狠人，月亮照死毒肺人。

众乡亲得知此事，个个气氛之极，人人义愤填膺，要去找腊嗨腮扒算账。但挖几才一想起阿俄扒和阿俄的惨死，知道与这些恶人讲理是讲不通的，硬的也不可乱来。只有好汉报仇三年不晚。便说服了众乡亲，把仇恨先深深地埋在心底，不是有仇不报非汉子，而是时候不到还不报。

第九章　放了一个豆涨屁
换得年货一大堆

挖几才说服了众乡亲，自己还是像往常一样起早贪黑，一边割草喂牛，一边砍柴卖柴来度日子，还给那棵难得长出来的豆子苗除草、施肥、培土。同时，不知辛劳地开荒挖地，准备来年重新找好的种子来栽种。他就向山中被人砍过的竹子蓬蓬一样，决心用自己的双手创造幸福生活的锐气半点也不减。

到了秋天，一年又苦到头的人们多少都收得了粮食。可挖几才只收得了一把四季豆挂在窝棚里。仍然吃了上顿没有下顿。

俗话说："绳子那里细，就会从那里断。"这年快到年关的时候，天公不作美，连续下了几天几夜的大雪。出门的路也被大雪封了好几天了。这时，富裕人们火塘里烧着大柴，锅里煮着腊猪脚炖可双俄力，满屋子暖烘烘的，还飘着诱人的缕缕香味。

本来就砍一背柴，换一顿饭的挖几才来说，可就悲惨了。他已经断粮三天了。为了活命，这天一大早起来，给老牛喂了一小捆干草后，他把挂着的那把四季豆摘下来，放到火塘里刨了刨，勉强的吃了下去，然后喝了一大木碗冷水，算是吃早饭了。

真的也见效，吃了烧豆子又喝了冷水后，空荡的肚子撑了起来，也提起了一点精神。挖几才便背着一背柴火，踏着没膝深的雪，艰难地踏上了去只登卖柴换粮的道路。

路被雪埋没了。皑皑白雪覆盖的大地，到处都像是可以走的路，但到处都又深又滑，哪里也走不通。

挖几才背上背着柴禾，手里拄着棍子一步一滑，二步一跌的缓慢向前走去。走着，走着，好不易容走到了河边悬崖上的那段路上。这段悬崖上的路，别说是下雪天，平时背着柴一不小心都会滑到深沟里的。挖几才一探一步，慢慢地走着，一边走一边心里默默地念叨着："吾伞菩拉呀，千万不能叫我失脚，千万不能叫我失脚!"

俗活说，越小心时越有事，越细心时越坏事，这话说的一点都不假。挖几才越怕滑跌倒，手脚越颤颤打战。就在这时，迈朝前的右脚踩了一个空，原来，脚已踩到路面以外的雪地里了。由于整个身体和背上背的重心都经移到了踩空了的右脚，想收回来是不可能了。相反，人越使劲身体和柴背子越向前倾压。最终人和柴背子一起向深沟的陡坡上一直像小孩滑雪般滑了下去。挖几才想抓住一个地方，可一样也抓不到；想蹬在一个地方，也没有地方可蹬得住。这时的人和背子越滑越快，越失去了控制，危险也就越来越近，只能听天由命了。快要滑到深沟的悬崖边上时，幸好人和柴背子都被一棵麻栗树庄挡住了。好大一会才缓过神来的挖几才，四下里看了看，真是太危险了。如果从这悬崖边上再往下滑去的话，那就要掉入洪水滚滚的万丈深渊了，不说粉身碎骨，也要活活被洪水巨浪吞没不可。

狗急跳墙，人急生智。要活下来的欲望使挖几才又增添了几分勇气。他想，"我不能就这样死啊，不说别的，我死了连可怜老牛都没有伴了。"他用身子托着柴背子，两手抓着一棵棵小树枝，不知闲了多少次气，不知流了多少汗和泪，更不知费了多少劲才爬到了路面上来。这里离卖柴的只登还远着呢，不说是千里遥途第一步，也是艰难路上打开头。

挖几才吸取了滑到路下吃亏的教训，身上托着柴背子，弯着腰，用四肢趴在雪地上，小心了又小心的终于爬过了致生命于危险的悬崖路段。

爬过了悬崖路段，其它路段也并不好走。挖几才才迈开第一个步伐，又连人带柴背子像骑马一般，骑在雪地上动荡不得了，搞得既不能前进，也不能后退。

挖几才没有其它办法，只得把柴背子歇下来，只身从雪坑中爬出来，然后用身体拱开一段路，回过头来把柴背过来一段；再用身体拱开一段路，又回过头来把柴背过来一段……这样一段，又一段，一节又一节，平时一上午就可以走完的路程，到了下午才免强来到了只登城里面。虽然把柴背到了只登，但一路上在雪地里滚来滚去后的身子变得湿冰冰的了，连原来已经干透了的柴火，也已经变成了湿冰冰的了。加上已经到下午，可怜的挖几才又愁起来："如果没人买柴，今天吃什么呢?"

受尽雪地里背柴行走折磨的挖几才，这时只得熬住寒冷和饥饿，尽快卖着柴才是出路。他继续忍着饥饿疲惫不堪地背着沉重的柴，向冒着缕缕青烟，飘散着食物香味的街巷走去。

由于早上吃的是烧四季豆，白天又累又渴时又吃了几把冰雪，挖几才在路过他也扒（即，旧社会对县官一级的称呼）门口时，由于肚子胀得忍不住，就放出了一个响屁。他也扒听罢，便跑出门来大叫到："哪个放的屁，刚才是哪个放的屁?"挖几才前后左右看看别无他人，只得听天由命。就承认了是自己放的屁，并等待着受他也的惩处。

他也扒见挖几才承认了放屁，不仅没有生气，反而高兴地说到："真是香香屁，真是香香屁啊。"边说着边使唤三个衙役，一个抱柴，两个把冻累得迈不开双脚的挖几才，架到烧得暖烘烘的火盆边烤火。待挖几才烤热烘后，又请挖几才美美的吃了一顿饭。然后又请挖几才在三个罐里放满了屁封好，当场奖偿给了他许多年货钱财物回家了。

这就是：

腊月正逢过新年，穷人富家不一样；
富人梁上挂满肉，穷人满地找盘缠。
过年时节下冰雪，冰雪冷得透骨寒；
富人烤火暖烘烘，穷人卖柴冻身寒。
富人放屁臭烘烘，穷人放屁香喷喷；
县官闻屁乐滋滋，穷人得财喜洋洋。

第十章　白日做梦发横财
倒把婆娘屎塞死

这场雪连续下了七天七夜，到了第七天天放晴时，堆积的雪把家家门口都封住了。已经睡得腰酸背痛的腊嗨腮扒坐在温暖的火塘边，一边喝着热腾腾的腊油茶，一边想，“这场大雪肯定把挖几才的窝棚压垮了。即使雪没有把窝棚压垮，找一天吃一顿的挖几才肯定饿死无疑了。这是好事情啊，挖几才死了就可以把他开荒出来的那块地又可以归我所有了。这又是一件不劳而获的美事了。”

但是，当太阳升到二、三竹竿高的时候，他懒洋洋地爬出家门来，站在高处朝挖几才住的方向望去，“嘿，真是太怪了，我家的木楞房都压垮了两间，挖几才那摇摇欲坠的烂窝棚，为什么还好好的？莫不是我看花了眼？”腊嗨腮扒觉得很令人不解。

只知住房，不会起屋的腊嗨腮扒殊不知，挖几才的窝棚是用木杆正三角形建起来的。空间虽然小一些，但便于排雨水，滑积雪，还有利于防震。

“窝棚虽然没有被雪压倒，挖几才肯定饿死了。”腊嗨腮扒心里又幸灾乐祸的想。便假惺惺地把姑爷挖几波叫来交待道：“下了这么多天的大雪，你弟弟挖几才可能没有饭吃了，你拿点粮食给他送去，以免饿死。”

腊嗨腮扒的姑爷挖几波拿了一点粮食，去看望了挖几才。挖几才和老牛都还好好的活着。不仅如此，窝棚还添置了许多家具财物。就问挖几才是怎样度过大雪天的？这些家具财物是哪里来的？

老实巴巴的挖几才如实告诉了放屁得到他也扒奖赏的经过。

腊嗨腮扒从姑爷嘴里得知了挖几才放屁发财的事情以后很贪馋，

自己也想去发这种轻而易得的财。第二天天刚刚亮就起了床。叫腊嗨腮妈拿了半升来的生黄豆，硬着头皮吃了下去。然后喝饱冰冷的水。象征性的背了点柴火朝只登走去。

走到只登时，吃下去的生黄豆在冷水的浸泡下，把他本来就鼓有油肚的肚子，胀得像只大水桶似的，再加上背了寥寥可数的几根柴，使他走路像头肥猪摇摇晃晃，每走一步都喘着“呼赤，呼赤”的粗气。但为了钱财他坚持着来到了他也扒家的大门口，把柴火歇在台阶上，然后狠狠地放了两、三个响屁。果然不出所料，他也扒听罢又有人在门口放屁，迅速走出大门来大声叫道：“是谁在放屁，是哪个在放屁?”他也的话音未落，腊嗨腮扒便迫不及待地大声回答到：”是我放的屁，是我放的香香屁。”他也扒看到这个肥猪一样胖的卖柴郎，就知道了是想来骗钱财的。便使唤三个衙役，一人抱柴，两人把腊嗨腮扒从大门外架了进来。然后指着一大桌饭菜叫腊嗨腮扒吃。

腊嗨腮扒心想：“发财太简单了，发财太简单了。”饭饱汤足后，他也又命人拿出了半升生豆叫腊嗨腮扒吃下去。

“这他也扒是怕我放不够屁，才叫我又吃生豆子的。只要发财别说吃豆，就是铁弹子我都可以吃下去。”腊嗨腮越想越高兴。很快又吃下去了半升生豆子。

“豆子也吃完了，这回肯定奖赏给我钱财了。”腊嗨腮扒乐滋滋的想。

不料他也扒见腊嗨腮扒吃完了生豆子后，就使唤了五六个衙役把他按倒在一张桌子上，脱去裤子，并命人把腊嗨腮扒的肛门密密缝了起来，然后像赶狗一般赶出了衙门。

腊嗨腮像一条丧家之犬，又像一只胖黑熊被人用毒弩箭射着的一样“啊哟，啊哟喂，啊哟喂”的呻吟着，朝着家里连滚带爬地跑去。

一路跑来，一路叫，一路爬来，一路胀。

想拉屎，肛门又被缝上。实在支持不住了，刚跑到村尾子他就张开大嘴朝家里大声喊到：“娃娃妈，娃娃妈，快点拿剪子来，快点拿剪子来。”

他妻子大声应到："娃娃他爹，有什么花布绸缎子拿回家来剪得了嘛，我还有穿的，不用那种急嘛。"

腊嗨腮扒这时又痛又气，声音都变成杀猪似地叫骂到："你家妈！叫你拿来你就快点拿来，再磨磨曾曾看我咱个收拾你。"

"剪子找不着了。"腊嗨腮扒的媳妇答到。

"背实倒义的烂婆娘，剪子找不着，就不会拿菜刀下来吗？"腊嗨腮扒恶狠的催骂到。

腊嗨腮这一骂，他妻子才反应过来，赶快朝厨房里跑去找菜刀。一只脚刚跨出就滑跌倒在门槛外面。手中的菜刀也丢到了一边去了。倒在地上到处一摸，就没有摸到菜刀，倒摸到了一摊湿冰冰的肠子。她认为是自己的肚子破了，肠子流出来了。哭叫到：”娃娃他爹，我的肠子都流出来了，我的肠子出来了。"

腊嗨腮扒更生气的骂着催到：”背实倒义的烂婆娘，自己咱个把自己的肠子都整出来了嘛？抱着肠子快点找菜刀拿来。"

听了腊嗨腮这催骂，他婆娘又像热锅上的蚂蚁，没头没脑地一手抱着一大堆肠子，跑到灶房到处摸菜刀。可是不知怎么搞的，摸了半天也摸不着。她就大声地又回话给男人："娃娃他爹，到处摸了也摸不着菜刀了。"

腊嗨腮扒又说到：”你这个背实倒义的婆娘，摸不着嘛不会到灶门口里着火把照亮了找找吗？"

他妻子又丧魂落魄地到灶窝里扒火种准备燃火照明找菜刀。但她把手刚伸进去，就被什么东西给咬住了。就又大声哭喊到："娃娃他爹，不好了，不好了，灶神咬住我的手了。"

这时的腊嗨腮扒肚子胀痛得满头大汗了，就极斯底里的叫到：”娃娃妈啊，娃娃妈，不要管它是灶妈还是灶爹，摸不着菜刀嘛，抬着灶神，搂着你的肠子快点来罗！"

他妻听罢，这才一手提着所谓的灶神头，一手搂着所谓的自己肠子，慌慌张张跑来了。

跑到跟前，腊嗨腮扒一看，哪里是什么灶神？原来是一只被宰杀了的羊头咬住了妻子的手。再摸摸那摊肠子，原来是一堆羊肠子。

他恶狠狠的又骂到:”你真是个烂婆娘啊，什么灶神？你咱个整的，让羊头咬住了自己的手嘛？连给是自己的肠子你也分不清楚了，还拿羊肠子来吓唬我，真是实足的背实鬼了。”

蒙在鼓里的妻子一看，真是咬着自己手的是一只羊头，而抱着的也是一堆羊肠子。

这是怎么一回事呢？

原来，头天晚上，腊嗨腮扒和妻子商量着怎样去放屁发财，发财后又怎么花销的事，等到很晚才睡下。因此，一睡便睡着了，连小偷把自家的羊子杀吃了都不知道。是小偷们用羊头下的扣子咬住了妻子的手。是小偷们把羊皮反垫在灶房门槛前，又把羊肠子放在近旁，妻子滑倒后才认为自己的肠子流出来了。这富家婆娘腊嗨腮妈也真是笨到底了。

且说已无法忍受的腊嗨腮扒管不了那么多了。用双手搬开咬妻子手的羊头。叫妻子快扔掉那摊肠子，用牙齿来咬断自己被缝住的肛门。

他妻子也没有其它办法，只得如此了。

当他的妻子帮他肛门上缝着的线一咬断，还没有来得及躲让开的一刹哪，“彭”的一声，腊嗨腮扒积胀得蜂桶似的屎喷出来塞进了妻子的嘴里。活活把腊嗨腮妈塞死了。

这真是：

收粮门道要恰当，聚财门路要正当；
不流汗水不进财，手摸不到饭不吃。
富人越富越贪心，金奶赵多越想要；
堆起金银不满足，粮食如山心不甘。
心狠过头老天知，肺毒过狠大地晓；
老天会来照你影，大地会收你的尸。

第十一章　老牛先知天有变
舍身告知善良人

话说回来，挖儿才无意中放屁，意外的换得了一大堆钱财到家后，越想越觉得这是不劳而获的东西。它们虽然是他也扒给的，但最终是穷苦众乡亲们的血汗聚成的。而且，自己有难时，是在众乡亲帮助下度过来的。这些钱财不能自己一个人独得。想到这里，他把所得的钱和财物除留下几升糈米面做口粮外，都一一分送到了贫穷的乡亲们手中。乡亲们怎么也不肯收挖儿才这靠卖柴换来的财物。挖儿才便向乡亲告诉了其真实的来历。乡亲们见挖儿才是一片真心实意，这才勉强收下了。

他也扒偿给的钱财没有了，但挖儿才心里能为众乡亲尽了一份力而心里感到非常的踏实。

人穷之时天地欺，大雪下了七天七夜。家家户户的门口又被雪堵住了。挖儿才的千根柱脚落地的窝棚被压得”咯吱，咯吱”乱响。房门也打不开了。

挖儿才用锄头挖，用双手刨，弄了大半天才把窝棚的门打开了一个人侧身才能进出的一条缝来。但是头天打开的门缝，第二天早上起来时又被封住了。挖儿才同样又尽力气挖开了一条缝。

门刚刚被打开，一只又瘦又黄的野兔钻了进来。这简直是不用守株也能待到兔了。

当挖儿才要捉野兔时，兔子也没有跑开的意思，而是乖乖的站在那里。挖儿才感到有些奇怪，就小心翼翼的抱了起来，认真观察时才发现，这只野兔是被人用箭射中后逃到这里来的。再看兔的面部时，兔子红红的眼睛里流下了两行眼泪。见到此状，挖儿才心里一阵寒挖几才也想，没有什么特别重要事情的话，老牛是绝对不会做出这样做作的。就问老牛道：“老牛啊，那你知道什么重要事情了吗?”

老牛告诉挖几才说：“年青的主人啊，大地上将要发生大洪灾了，现在的整个大地都要被毁灭。我已经老了，帮不了你什么忙了。我死以后你把我的皮剥了，用皮缝制成一个大皮口袋。在洪水到来时，你抱一只公鸡躲在里边，公鸡不鸣时不管有什么事情你都别出来。一直等到公鸡叫三声以后才能出来。”

老牛的一席话使得挖几才自知有愧。他紧紧的抱着老牛的头声泪俱下地道：“老牛啊，老牛，在这个世界上你就是我唯一的亲人了，你千万不能死。我有本事养活你的。你千万要与我一起活下去啊。”

老牛也流下两行浑浊的泪水，缓缓地说道：“你的心情我理解，生错死不错这是吾伞菩拉定好了的，谁也没有办法改变啊。你一定要按我说的办。来世我们再相会吧。”

说着，说着，老牛的泪水流干了，慢慢地闭上了双眼，然后又慢慢地倒在地上死了。

挖几才扑倒在老牛的身上悲痛地哭啊，哭，嚎啊，嚎，声音斯哑了，泪水流干了，但老牛还是没有活过来。真是树怕剥皮，人怕伤心啊。

伤心之极的挖几才，只好抓了一把腊花烟，放在烟锅里一锅接一锅的抽起来。当抽完第三锅时，猛地才从悲伤中清醒过来，想起了老牛临终时的嘱咐。

他放下嘴里的烟锅，立即走村串寨，把要发大洪水的消息告诉了众乡亲，好让乡亲们都有充分的准备时间。

把要发大洪水的消息告诉所有的众乡亲以后，挖几才才找来了削箭刀，忍着钻心的悲痛，含着泪水一刀一刀地剥下了老牛的皮，好好地挂在窝棚里。又找了一个向阳而靠山的地方，埋葬了老牛的尸体。待做完这一些后，又用老牛的皮缝制成了一个大口袋，等待着漫天洪水的到来。

根据挖几才平时为人的品德，乡亲们对将要发大洪水的消息无不

相约舞场　　　　　　（余海中　摄影）

GW.. ƆE, ƆE, GU WU. L∀; ꓘU.,

相约舞场　　　　（余海中　摄影）

GW.. ꓛE, ꓛE, GU WU. Lꓯ; ꓘU.,

相信。大家都根据各自的情况，有的造船，有的扎伐子，有的做皮伐子……做好了洪水到来时逃生的准备。

腊嗨腮扒见大家听了挖几才传的消息后，都在作逃生的准备，就叫姑爷挖几波去看挖几才是怎么作准备逃生的。挖几才看在弟兄情份上，一一给挖几波作了介绍。

腊嗨腮扒听了以后，便叫挖几波和家丁们，杀光了所有的牛，剥得皮来把肉煮吃了。仿照挖几才的做法缝了好几个比挖几才的还要大，还要好得多的牛皮口袋，准备好了逃生的器具。

当大家都准备好以后，果然，天上下起了七七四十九天的飘泼大雨。天上的雨越下越大，地上的水越积越多，遍地是水。最后连路旁的青蒿芝棍头和灶头的竹筷子头上都在淌水了。茫茫的洪水漫无边际的涨了起来。涨得没有地方可躲避了。深深的峡峪不见了，高高的山头被淹没了。

大家都各自用自己准备下的船、伐子、皮伐等等器具逃难了。滚滚的洪水像恶狼猛虎一般，一个巨浪跟着一个巨浪向人们的船等逃生器具凶猛的打了过来。有的器具打来一个浪头就被淹没在了汪洋大海中，有的熬过了几个巨浪。但最终都葬身在了洪水之中。

话说挖几才，带着削箭刀，抱着一只公鸡钻进了老牛皮的口袋里，缝紧袋口后，在黑暗中任凭洪水漂呀，流啊。也不知道是流到了哪里，漂到了哪里。

挖几才不知漂了多少时间（实际上漂了九九八十一天）只觉得向左边狠狠地撞了三下又漂了一段时间，然后朝右边又狠狠地撞了三下。然后又漂去一段时间，又朝头顶上狠狠的撞了三下后，又不知漂向那里。最后朝底下狠狠地撞了三下。本来这么长时间的漂流，就使得挖几才早就晕头转向魂不附体了。接着来的左三撞，右三撞，又是上下再各三撞，就更加使得挖几才吓成了半痴不呆的人了。还好，人虽然半痴呆了，但命最终还是活下来了。

这时怀抱里的公鸡连叫了三声。按理挖几才应该出来了。但他仍然不知所措。这时，老牛嘱附他的声音在皮伐中不断响了起来，挖几才这才本能地拨出腰间插着的小削箭刀，割开皮口袋钻了出来。

不钻出来还罢，一钻出来摆在挖几才眼前的是不堪人目的景像。大地上茫茫一片黄土，什么也没有。没有山，没有水；没有树，没有草；更没有人和动物了。真是不寒而栗啊！挖几才顿时瘫倒在地。

这真是：

蓝天之下是大地，大地之上没事物；
抬头只见蓝天遮，底头只见黄土地。
左看不见有山峰，右听不闻波浪声；
有棵树来心还热，有苗草来肺还暖。
什么妈来教成这，那样爹来兴这样；
不是这般不心酸，不成这样肺不寒。
造大地的你这个，蓝天教的你这人；
要补补在道理上，要教教在合理处。
今天我呀独一人，今朝我啊独一身；
叫妹一声不答应，想见阿哥影不见。
独儿子来伤心啦，独姑娘来肺冷啦；
要赶路来迈不开，要去窜来路没有。

第十二章　慈善之心有善报
天上菩拉留人种

泛滥的洪水退却之后，从老牛皮做成的皮口袋里幸存下来的挖几才，从皮口袋里出来一看，大地上除了一望无际的茫茫黄土以外，一无所有。此时的境况，使他陷入了一筹莫展的困境。孤独无援的他，蹲在地上只会嚎啕大哭了。他越哭越伤心，越伤心就越哭。

哭着，哭着，突然眼前一亮，含满泪水的眼睛模模糊糊望见从西方的远处，一朵彩云徐徐地朝自己飘来。

飘啊，飘，当飘到自己跟前时，彩云中走出来了一个长满白发长须的长者。长者站定后对挖几才说："我是天上的吾伞菩拉。挖几才啊，你不要伤心，反而要高兴才是。你是被留在大地上的人种啊。"

这时，伤心得一句话也不说不出来的挖几才，只会边哭，边拍拍自己的身体比划着什么。

吾伞菩拉很快明白了他的意思。对挖几才说到："哦，这不要紧。等会儿有一群队伍从南至北要从这里经过。你想要谁做你的伙伴，你就跟谁打招呼就是了。"

说完，一股白烟腾空而去，吾伞菩拉消失在西边的空中了。

这真是：

赤条条来到大地，一个伙伴也不见；
为什么来这样兴，为哪样来成这般。
赤条下来是人种，没有伙伴心别愁；
蓝天规矩这样兴，大地本身这规矩。
赤条下来别难过，没有伙伴肺别疼；

等来菩拉会教给，记住吾伞会算给。
心宽宽来地上在，喜欢欢来把人做；
明天地上去转动，后天路上去奔跑。
地上转转心中喜，路上走走肺也畅；
地上转转肚子饱，川中走走得子孙。

挖几才听清楚了吾伞菩拉的话，望着那些伙伴们的到来，急切的期盼中大约过了抽完一袋烟的时间，挖几才朝南嘹望时，真的从南朝北风尘仆仆地走来了一支大队伍，队伍过处硝烟迷漫，声音沸腾，煞是壮观。

已经感到万般寂寞的挖几才，看到了那么多的一支队伍朝自己这边走来时，高兴极了。还没有看清是什么队伍，就用嘶哑的声音手舞足蹈“吾嘿嘿，吾嘿嘿，吾嘿嘿”地大声欢呼起来。

当那支队伍的先头来到跟前时，吓得挖几才连大气都不敢出来了。

原来，这是由野生动物组成的一支队伍。它们的头领是大象，然后跟着来的是野牛、野马、野驴、野猪、狮子、老虎、老熊等等一有尽有。把挖几才扎实地看呆了。

待挖几才的头脑里反应过来时，长长的队伍都快要收尾了。这时吾伞菩拉“你看上谁就跟谁打招呼”的话音，再次回响在耳旁。他才意识到，在不打招呼可就来不及了。

恰逢其时，正好像似人模样的一只猴子从远处蹦蹦跳跳地来到了挖几才的跟前。

此时，再也不能瞻前顾后了，挖几才立即走上前去，像小伙子跟小姑娘打招呼一样道：“依妮玛阿克吉（即，小妹子啊你好），阿克吉！”。

听到挖几才说话声的猴子，也停下脚步来用流利的傈僳话语答到：“阿咦扒阿克吉（即：大哥哥啊你好），阿克吉！”并惋惜的说到：“不过，刚才已经走过去的那些大姐姐们，本事都比我大得多了。阿咦扒你为何不要她们一个呢?”

还在胆颤心惊中的挖几才，这时终于像三岁小孩学说话一样说道：“因，因为——提_ 一我——喜欢——你嘛。”

猴子姑娘听了这句话非常得意，又有些羞羞答答地说："阿咦扒，你真是晓得吾伞菩拉的旨意了。就是吾伞菩拉要使我们成为大地上的俩口子。还要叫我们生儿育女繁衍后代，组成大地上的傈僳族呢。"

挖几才虽然听明白了猴姑娘的一番话意，但只会说："啊，啊，是，是——了罢。"

"阿咦扒啊，你给是真心相爱妮玛我啊?"猴姑娘还有些心存芥蒂地问挖几才。

挖几才看到，猴姑娘虽然全身都长满毛，但举止灵敏，慈眉善目，小小的鼻子向上翘着，明亮的眼光里永远充满着欢快的神光，微微向外翻着的嘴唇是红彤彤的，让人看了更加爱慕难舍。在这样寂寞的环境下，别说有了这么个漂亮、精灵的娘姑做媳妇，就是只有个能说话的活物做伙伴也都是满足了。对于猴姑娘的到来，对挖几才来说是怕求之不得，喜出望外的事哟，哪还有求全责备的余地啊。听了猴姑娘心存芥蒂的问话，心里虽然有千言万语，只因大洪水的颠簸而傻后，口头就是表达不出来。他只好用机械地动作拥抱着猴姑娘亲了亲嘴，然后用目不转睛地看着猴姑只会傻笑着说"阿克吉（即，最好），阿克吉，阿克吉!"

"阿咦扒啊，那就让我们向鸳鸯一样成对对，蝴蝶一般成双双吧。"猴姑娘深切的说到。

挖几才一连串地答："对对，双双，对对，双双。"心底里却在说："我的心是你的肺，我的肺是你的心；一颗心来相互疼，一片肺来互相挂。"这时俩人的心都是：

湖中鸳鸯鸟一对，地上蝴蝶飞一双；
阿哥阿妹向鸳鸯，阿妹阿哥是蝴蝶。
阿哥心来阿妹肺，阿妹肺来阿哥心；
你一步来我一跨，我甩手来你搭肩。
一条心来组成家，一片肺来建成窝；
百灵鸟似来塔窝，山蝴蝶样育后代。

第十三章　猴姑热泪感地神
泪飘空中变银河

话说挖几才虽然已成为傻子之人，但他英俊潇洒的模样仍旧没有消失，特别是那颗纯朴善良的心永远都将伴随着他。天上的吾伞菩拉把这样好的人赐给猴姑娘，猴姑娘也感到万分的欣慰。

当然，遗憾的是挖几才毕竟被无情的洪水颠波成了痴呆之人，除了与自己作伴以外，对劳动和生活的思维能力基本没有了。这就意味着猴姑娘就将成为了今后俩人所有劳动、生活活动的主体了。整个大地上的傈傈族就出现了一个生产、生活以女人为主体的时代。

因此，当天上的吾伞菩拉把英俊潇洒、心地善良的好人挖几才配给猴姑娘时，聪明伶俐的猴姑娘没有沉浸在成双成对的喜悦中，她想到的是以后的生活。想到这里，猴姑娘转喜为悲伤。她便跪在地上抱头哭诉起来："阿把（即，爷爷之意）吾伞菩拉啊，阿把吾伞菩拉，是您老人家把我和挖几才留做了大地上的傈傈族人种，您的恩情我们将永世不忘啊！但现在大地上茫茫一片黄土以外，什么都没有。这一无所有的生活啊，让我们怎么过呢?"哭说罢，两行泪水似不断的麻线滚滚而出。"嘀嗒，嘀嗒，嘀嗒"的泪水落湿了脚下的黄土地。

跪啊，跪；哭啊，哭。越哭越伤心，越哭泪越多，泪水变成了暴雨。

猴姑娘流出的泪水形成的暴雨淋湿了地上的明波（即，地圆、地球或大地之意）菩拉的衣裳。

可怜的猴姑娘跪啊，跪；哭啊，哭。越哭越伤心，哭泪水越多。最后，哭得他（她）们的头顶上竟然下起带有热汽的雨水。

猴姑娘的热泪之雨，淋湿了脚下漫漫的黄土大地，淋湿了专司管理土地职责的明波菩拉的衣裳。

自古以来，天上下下来的任何雨水都是凉的。但明波菩拉感到，这次淋湿他的衣裳的雨水是热呼呼的。使他感到非常蹊跷。就“嘘”的一声，从地下钻出地面想看个究竟。

明波菩拉钻将出来到地面一看时，只见眼前一个英俊消洒的小伙子身旁，有一个美丽动人的猴姑娘，正蹲在地上伤心地哭着。她的哭声变成了“轰隆，轰隆”的雷声，响彻在大地上；她淌出的泪水飘向空中，变成雨“哗、哗”地落到大地上。而且，姑娘的哭声越大，雷声越响；淌的泪水越多，空中落下的雨水也就越大。

看到这一情景，明波菩拉越更感到了奇怪。他要弄个明白。就走上前，拍了拍挖几才的肩膀亲切的问道：“小伙子啊，她为什么这般伤心地哭啊?”

傻呼呼的小伙子挖几才看着明波菩拉慈祥的面孔，只是“嗯，嗯，啊，啊”地傻笑着，一句正经的话也说不清楚。

明波菩拉只得跨过一步，来到猴姑娘的身旁，弯下腰，轻轻地拍了拍她的肩膀，用温柔的声音问道：“姑娘啊，姑娘，你有什么为难的事情可以跟我说，我会尽力地帮助你。”

猴姑娘以为是挖几才在拍她，在跟她说安慰话，就没有心思理会，连头也不抬地跪着继续哭泣。

明波菩拉见猴姑娘没有理他，就运了运气。再次拍了拍她的肩膀。这时的猴姑娘感到一股暖流徐徐地从被拍处流入了心菲，流入了全身。她这才意到，拍肩和对她讲话的人，绝非一般人也。就忍住悲伤，擦了擦满面的泪水，转过背来看了个究竟。只见身材矮小而又长得十分结实、头发胡须雪白的一个长者，像一尊小银塔，站在跟前慈祥地望着自己。

猴姑娘这才明白，是菩拉来到了自己的身边。就如此这般，这般诉说了自己哭泣的缘由。猴姑娘的一席话，感动了明波菩拉那善良的心扉。

但明波菩拉只能管得着大地上的事，制造大地上的万物只有吾伞菩拉才能做得到。

被深深感动了的明波菩拉，决心帮助猴姑娘。他没有什么办法，只得告知吾伞菩拉。就用尽力气，在大地上吹起气来。

明波菩拉吹起的大气形成一阵阵龙卷风，把猴姑娘暴雨以的泪水向一股股泉水般地送上了蓝天。

送到蓝天上的泪水，遇到天上的冷空气就形成了一条银白色河水挂在了蓝天上。

猴姑娘见明波菩拉消失在黄土地中了，就认为，先前他说的这番话是假的。因此仍然蹲下来一个劲的悲哭着。还是越哭越伤心，越伤心哭声就越大，哭的声音越大，流出来的泪水就越多。

不过，猴姑娘这次哭出的泪水，一流出眼眶不是往下滴，而是被一股股劲风卷向了蓝蓝的天空中。与先前的泪水一起混合后，把天空中的银河变得越来越辉宏。

这时，明波菩拉做完了这一切后，又亲切的对猴姑娘和挖几才说道："你们别伤心了。吾伞菩拉看到我的报告后，会下来给你们造的。"说完从猴姑娘和挖几才旁边的地上"嘘"的一声钻人了土中。

又是一朵彩云从西边徐徐地飘到了猴姑娘和挖几才的身边。是明波菩拉又来到大地上了，正站在猴姑娘的身后呢。可正哭得伤心的猴姑娘一点也没有察觉。突然，她觉得自己的肩膀被人拍了拍。她还以为是痴呆的挖几才拍的，所以就没有去理会他。明波菩拉见她不理，就运了运气，再次轻轻拍了两下她的肩膀。这时候姑娘觉得被拍处涌来的一股暖流暖遍了全身。这才忍住悲伤，擦了擦满面的泪水转过背来一看，只见身材矮小而又长得特别结实、头发胡须花白的长者。

当猴姑娘转背站定后，长者慈祥地对她说："姑娘啊，姑娘，我是从天上派下来管理大地事务的明波菩拉。姑娘你的哭声震醒了我，你的泪水淋湿了我的衣服，更感动了我的心扉。但我无能创造大地上的万物。我用最大的本能，把你的泪水吹到了天空中，好让天上的吾伞菩拉知道你们的要求。猴姑娘你别哭了，将从西边天上下来的吾伞菩拉会来给人间制造万物的。"听罢明菩拉的一番话语，猴姑娘看到事有可解了。就赶紧跪在明波菩拉面前，一连叩了数十个响头。边叩边谢到："尊敬的阿把明波菩拉啊，我知道您为我们尽心尽力了，您的大恩大德我们将永世不会忘记。"

明波菩拉一边拉爬起猴姑娘，一边说道："姑娘啊姑娘，搭救你们是我应尽的职责。不用谢了，不用谢。只要你们今后好好谋取生活，快快繁衍大地上的人类，我就心满意足了。"说罢，只听得"嘘"的一声，又消失在了黄土地里。

明波菩拉的一席话，使悲伤到了极点的猴姑娘得到了心灵上的安慰。这真是：

姑娘有泪不轻弹，只是不到伤心处；
茫茫大地需人烟，菩拉留的是好人。
只要心灵是善美，天下没有绝人路；
善人悲处感菩拉，泪水变成天上河。
吾伞菩拉是护神，本是为人做神仙；
菩拉知道泪成河，定会为人造万物。

再说，日理万机的吾伞菩拉，被繁重的事务烦得心慌意乱。就从他办公的天宫中出来到外面散步透气。他在柔软似棉的云彩里，边走边思考着问题。当他定神了望时，突然，发现本来浩瀚无际的天空中，出现了一条银白色的河流。天空事务一清二楚的他，见到这河流时，百思不得其解。就命人找来了专管天空事务的小菩拉问道："本来这明明朗朗的天空中，怎么突然出现了一条银白色的河流啊？"

专管天空事务的小菩拉怕吾伞菩拉责怪他隐瞒情况而心惊胆战的，答道："禀报大菩拉，是先期派往凡人间管理的明波菩拉，把大地上有一个人的泪水吹到空中凝固而成了这条银白色的河流。因见您公务太忙，恕我未能及时报告，小的真是罪过，罪过。"

专管天空事务小菩拉的报告，使吾伞菩拉从繁杂的思绪中猛然醒悟过来。"可不是吗？光顾处理案头上的事务，却忘记了留做大地上傈僳族人种的挖几才和配给他的妻子猴姑娘他们的事情了。我得赶紧到大地上处理一下有关人们的事情才是啊。”

吾伞菩拉想罢，叫人赶紧召集了已经分配去大地上专项分管各事务的小菩拉们，如此这般，这般地作了详细的安排。随后就急忙带领着他们一同乘着祥云，往人间大地上飞奔而来。

出征前的祭祀

第十四章　猴姑求得世间物
萨玛阁山繁人烟

且说，得到明波菩拉帮助的猴姑娘和挖几才，还是心急如焚地期盼着吾伞菩拉的又一次到来。

猴姑娘睁着圆圆的大眼睛目不转睛地盯着西边的天空。她恨不得吾伞菩拉立即带来世间上的万物。

突然，西边天空中一阵闪电处，出现了一片巨大的五光十色的云朵。随后，徐徐地朝猴姑娘他们在的大地上飘来。不一会儿，彩云就飘到了他们的跟前。

啊！好大的一片彩云啊！把整个大地差不多都覆盖了。

彩云飘定以后，首先从云里走出来的是一位身材特别高大魁吾，头戴一顶金银珠做线的高帽，身着金丝织布龙袍，连足上蹬的靴子都是金光闪闪的大人。跟着又走出来的随从，穿戴各异。有的斯文得像是秀才；有的捧着文书像是文官；有的披甲带刀枪像是武将……

原来，这穿金戴银，气势不凡而面带慈祥的大人，就是天上最大的吾伞菩拉。他把猴姑娘和挖几才全身上下看个遍，然后喃喃自言自语道："不错，不错。真是般配的一对，真是般配的一对人啊。"然后，似有抱歉之意又似开玩笑的口吻向猴姑娘和挖几才说道："唉，我这个天上最大的吾伞菩拉扒一天到晚忙忙碌碌的，不小心把你们凡人间的事情都给忘了。使你猴姑娘的眼泪水把我的天庭给淹没了。"

猴姑娘一听吾伞菩拉扒说，自己哭的泪水把天庭都给淹没了的话时，惊恐万状，不知所措的立即跪倒在吾伞菩拉的跟前连连边叩头边不停的说着："请吾伞菩拉治罪，请吾伞菩拉治罪。"

吾伞菩拉见猴姑娘这样认真，便哈哈大笑道："猴姑娘啊，别说是你那条小小的泪变银河淹不了我的天庭。就是再几千、几万条大江大河的水也无济于事的，我只不过跟你开个玩笑罢了。其实我是为你和人间解难来了。”

吾伞菩拉的这种宽宏大量的胸怀，深深地感动着猴姑娘的心灵。她赶紧又陪不是到：“阿把吾伞菩拉扒啊，都是民女的心情太迫切，打搅了您老人家了，敬请原凉，敬请原凉。”

吾伞菩拉听了猴姑娘一番肺腑之言后，慈祥地安慰道：“是老仙不小心暂忘之过，不怪你这个凡人姑娘哕。”

然后，向猴姑娘和挖几才真诚的说：“选准的人种们啊，现在大地上什么事物都没有。这你们也不用伤心，你们需要的事物我会给你们创造出来的。”说完，回首向众随从扫视了一眼。

见众随从们都在不住的点着头后，问到：“你们首先想要哪几样东西?”然后他把脸转向猴姑娘。

痴呆的挖几才“咿咿，呀呀”的什么也说不出来。还是猴姑娘聪明伶俐的答到：“阿把吾伞菩拉扒啊，只要今后生活中需用的一切东西，大地之上兴有的一切事物我们都要。”

吾伞菩拉说：“人们生活中需用的一切东西都一次帮创造下是不可能的。如果是那样的话，将来你们人间的人们就会变成一无所为的懒人了。衣来伸手，食来张口的话，这人间大地上就变成你抢过来，我夺过去的乱糟糟世间了。所以，我只能给你们创造最基本的事物，生活中具体需要的一些东西还得你们自己去拼搏创造。同时也给你们人类留下不断可创造事物的空间，使你们人类成为聪明智慧的创造者。”

吾伞菩拉停了停又说：“原来聪明善良的挖几才因洪水飘泊变成了痴呆之人，只好由你猴姑娘来决定跟我要什么东西了。而且，跟我要的事物只准提三个大的方面。你想好了才跟我说吧。”

猴姑娘想啊想，什么都需要啊，但是什么东西是最基本的呢?她想来想去，首先想到的是：“我本身来自大山的森林里，没有大山和森林我们就很难生活下去嘛。”

想到这里，猴姑娘便首先要到："阿把吾伞菩拉扒啊，我先前是在深山老林中生活的，我们离不了大山和森林啊。现在茫茫大地上没有山和森林，我们就无法生活了。请您老先给我们创造大山和森林吧。"

吾伞菩拉答应到："可以嘛，你们把眼睛都闭上，我叫造山、造森林的俩位菩拉就给你们创造吧！"随即使唤俩位菩拉："你们赶快按照在天庭里计划好的一样，把大山和森林创造出来。"

吾伞大菩拉一阵念念有词后，叫猴姑娘和挖几才睁开眼睛。

当猴姑娘和挖几才俩人睁开眼睛一看时，原来一片茫茫的黄土大地上，一座座高山巍峨拔地而起，一条条沟壑纵横交错，像绿色海洋似的森林，在微风吹动下传来一阵阵欢歌般的涛声。猴姑娘见后高兴得手舞足道，半痴呆的挖几才见猴姑娘这般高兴，也就跟着："嘿、嘿、嘿"地傻笑个不停。

猴姑娘又突然想起什么，停住笑声问吾伞菩拉道："阿把吾伞菩拉扒啊，您创造了数也数不尽，望也望不到边的大山、沟壑和森林我们很是高兴了。这么多山里面，哪座山最适合我们居住呢？"

吾伞菩拉答到："我给你们想到了，专门给你们创造了一座萨玛阁（即，即最好在的山之意）。你们就从这座山上繁衍生息吧。"

这真是：

人间大山数不尽，身披绿衣头发白；
高耸入云显身手，都成大地一奇观。
萨玛阁山更显奇，山头入云顶宽宏；
森林茂密草场宽，山中万物数不尽。

猴姑娘和挖几才一眼望去，这座山山体高大，峻峰立林，森林茂密，鲜花盛开。真是一座难得的大山啊！

"葱葱郁郁的树上到处长着白胡子（指长在古树上的松罗）的那种树，是什么树呀。"猴姑娘求教到。

“树子特别老了才长胡子。长满萨玛阁山头上的那些树子叫杉树。萨玛阁山上的杉树种类很多。它们当中有冷杉。冷杉类中又可分秃杉、红杉、白杉、黑杉、铁杉、高山香柏、高山青松（即，云南松）、松籽松（即，华山松）等等。它们属于针叶林类型树种。其中，秃杉和高山香柏是稀有树种。这些针叶树它们春天长出的嫩尖，秋天结出的果实，还有挂着的树胡子今后你们都可以食用。”吾伞菩拉答到。

“阿把吾伞菩拉扒啊，长着宽叶子的那些又是什么树啊?”猴姑娘又问到。

吾伞菩拉如数珍宝道：

“萨玛阔叶上百种，山脚长到山头上；
每种树子都有用，人们生活离不了。
见明仕布拱桐树，山里猴儿称木瓜；
果味酸甜又开胃，中秋上树可摘果。
树花之王厚朴树，满树花朵多英姿；
层层叠叠花鲜颜，牡丹花树做棺材。
大叶杜鹃可披身，山中避雨不离它；
盛夏开花最漂亮，花似金杯惹人爱。
树虽不大花火红，杜鹃中的马樱花；
花心心中装蜜水，蜜蜂采花林中忙。
高山杜鹃更是奇，盘根错节弯弯曲；
五颜六色花朵亮，黄色花儿名中贵。
黄色小花山葫椒，春上开花金满树；
花落结果秋上熟，烹调佐料满锅香。
萨玛阁中阔叶林，长的山楸和羊掌，
不易变形用山楸，雕刻最好大羊掌。
刺栗柏栗青刚栗，树质坚硬是它们；
劳动工具用栗木，三岁牯子拉不断。
萨玛山上果树多，坚果浆果样样有；

山中不愁饿饥肚，树上就可食得饱。
坚果核桃和板栗，结得枝断压弯树；
麻栗柏栗青刚栗，秋果树下拾不尽。
要数浆果更是多，春熟刺果和樱桃；
夏有藤子山溜果，秋摘山樟鸡素子。
要说树子特别多，针叶阔叶落叶林；
三天三夜摆不完，只缘身在深山中。”

猴姑娘不用问，阿把吾伞菩拉又说教到：

“山中还有竹林子，实竹毛竹空心竹；
玛仕达（即，箭竹）竹来削箭，空心竹子做牧笛。
夏天砍竹编蓝子，秋天削箭在竹林；
春天到来长竹笋，笋子鲜嫩最可口。
树下沟边都有竹，春夏秋冬叶都青；
食草牲口都吃叶，要喂牲口满圈肥。”

接着又说山野菜道：

“萨玛阁山大森林，树大林密腐叶厚；
腐叶里头埋菌种，生出菌子几百种。
松坡林里铺松针，松针埋着松茸菌；
一朵生来伴十朵，拾得松茸十里香。
栗树丛下一窝菌，颜色灰白团团生；
下得锅来可作汤，味美胜过鸡肉鲜。
麻果树桩朽得时，不出金菇生木耳；
片片生满树桩桩，鲜食晒干都好菜。
干枯松树也生宝，黄白木耳树上挂；
黄得金色白透明，金汤银汤补身强。

柏树林中奶浆茵，摘得茵子流奶水；
生吃烧食都可以，吃得一饱有力气。
栗树桐子生香菌，还没见着有香味；
不仅能食还治病，干咳不愈可用它。
树上长的半边菌，地上出的牛肝茵；
到了季节遍山有，走入林中背不完。
七月出的同乐菌，八月生的虎掌茵；
地头拱出馒头茵，乔粑茵子满坡滚。
…… ……
说完茵子还有菜，林中荒坡到处有；
叶菜杆菜根径菜，生食熟吃都可以。
沟边长着山白菜，春来发芽嫩又白；
箐里又长山芹菜，味道香来水溜溜。
坡上生有龙爪菜，贵尧鸟鸣就去打；
背阴出有水厥菜，一早打得一大蓝。
红杆头圆马厥菜，路迦坎上随便采；
地米菜生草丛里，用把小锄随手挖。
高山密林竹叶菜，叶似竹子杆光滑；
黑土地里长韭菜，一蓬割得一大把；
崖缝长着小绿葱，味道香来还入药。
山大百合高杆花，大棵大棵长一片；
小百合来开红花，喉疼咳嗽它能治。
刺蓬缠有山药藤，腾结果实根块大；
山芋长在肥土中，杆可做菜根面甜。
香椿长在树尖上，树头菜叫刺老包；
布谷鸟叫去山中，一棵树上一大篮。
灰挑地米四季有，藤藤叶子也是菜；
烧得开水在锅里，旁边就可摘菜煮。
树上长的灰胡子，岩上生的青蛙皮；

开水里头滚一翻，做汤凉菜都可口。

…… ……

山上野菜多如毛，人们尽情可享用。”

吾伞菩拉停了停继续说教到：

“你们跟我来看，这树林子底下，竹蓬间隙中，沟边箐里生长着的上千种植物是可以治病的。”说完便又数道：

“冬虫夏草加蝉茵，明目清胆补原气；
无叶红杆是天麻，补气滋脑治头疼；
湿地沟边长重楼，跌打损伤拔出脓；
宽叶木香草地生，胃疼腹涨快嚼根；
别看柴胡一棵草，山风感冒它驱除；
进山劳作会刀伤，格瘩三七粉敷上；
山中百合去痰好，润肺心来又是菜；
心烦难眠最伤神，可煨一罐五味子；
跌伤骨折先扶位，续断绿藤接骨快；
雪盲眼病免不了，雪莲花朵时常备；
叶厚杆肥三分三，用药不过重三分；
草乌本是大毒草，门当户对还是药；
狼毒黄花有美景，上下不通可用药；
薄公英和车前草，遍地生来做消炎；
山中黄连味苦凉，除热止泻上等药；
起死回生搏心脏，回心草用蜂蜜拌；
鸡素子叶破碗花，消痒除虫算良药；
黄七配搭翻白叶，生津止渴解口干；
鱼腥草长沼泽地，平时生吃做凉拌；
贝母生在雪线上，养肺止咳全断根；
高山丛林有刺参，炖肺喝汤结核散；

松坡林下大红袍，根治胃病必止痛；
林边沟旁天南星，拔毒麻醉要用它；
沟边丛林八角枫，打除痨病又接骨；
要是地头遇骨折，就地取材用续断；
山中绊藤骨头碎，剥来藤皮快敷上；
路边刺蓬长山药，治病防病食用好；
泡参双参蓝花参，久病体虚补原气；
长刺逗人仙人掌，烧伤疡伤离不了；
向阳坡中白蒿枝，满口苦涩是良药；
松树流出松明油，生疮牙痛都可擦；
…… ……
萨玛阁山长草药，一屁股下药三棵；
生病伤着不用愁，采把草药治病好。

吾伞菩拉一边说教，一边往前走到一块一眼望不到边的草地旁。

猴姑娘又兴奋地问到：“阿把吾伞菩拉扒啊，高山草坝子里咋个这么美丽呀?”

“这是给你们创造的高山牧场。以后你们可以在这里放养各种牲畜。草坝子里开着黄黄鲜花的是蒲公英，开着蓝蓝花朵的是龙胆草，一片片开着白花的是将军草，一片片地开着粉红色花朵的是报春花……”吾伞菩拉说。

“阿把吾伞菩拉啊，草坝空中叫声攸扬的是什么东西呀?”猴姑娘闻声便问到。

“那是高山百灵鸟在唱情歌嘛。”

“阿把吾伞菩拉扒啊，……”猴姑娘还没有问出口，吾伞菩拉就接过话题到：“聪明的猴姑娘啊，这些细小问题你就不用问了，以后你自己慢慢会明白的。现在你提第二个方面的要求吧。”

“过去是洪水把大地都淹没了，现在又来一个大地上没有水，没有水人怎么生活呢?”猴姑娘想到这里便提出了第二个方面的要求。

“阿把吾伞菩拉扒啊，大地上没有水源，我们会渴死掉的。请您给我们创造下水源吧！”

吾伞菩拉答应到：“好吧。”说完又叫猴姑娘和挖几才都闭上眼睛。随即又安排专司水的菩拉赶快造水。又一阵念念有词后，叫猴姑娘和挖几才睁开眼睛看时，沟沟箐箐里都有了水源。

猴姑娘看了以后，觉得有还有一点不满足。便不管三七二十一地说到：“阿把吾伞菩拉扒啊，谢谢您在沟沟箐箐都造了水源。但是山头、山梁上没有水源，我们到山上劳动或生活时会很不方便呀！”

“你这聪明的猴姑娘，沟沟箐箐有水都不得，还要在山头上也有水。好吧，好吧，依了你吧。”说完便又念到：“但愿山有多高，水有多高。山有多高，水便有多高。”

猴姑娘和挖几才向山头和山梁上望去时，果然，山头上和山梁上也有了水源。因此，直到现在，当人们走到大山头上，也仍然有泉水可找来解渴。

江上过溜

吾伞菩拉又对猴姑娘说：“三个方面，你已经要了两个方面了。这剩下的最后一方面你想要什么呢？”

“这么宽广的大地上，孤苦伶丁只有我们俩个人，到了黑夜一定是会很害怕的。”想到这里，猴姑娘又向吾伞菩拉到：“阿把吾伞菩拉扒啊，广阔得无边无际的大地上，只有我们俩个人，一到晚上天黑后，没有月亮的时候，不仅寂寞而且会很害怕的，请你在大地上不兴有黑夜吧。”

吾伞菩拉回话说：“一天有二十四时辰，又分白天和黑夜，一个月有三十天，一年有十二个月三百六十五天，又分春、夏、秋、冬四个季节，这是不能打破的规律。没有这个规律，大地上的人们也就不能生存了。你们既然害怕黑夜到来的话，你们就跟着太阳走，跟着月亮行嘛。”因此，猴姑娘和挖几才的后代——傈僳族就一直跟着太阳走，跟着月亮走，是一直向西边走去的民族。这是后话。

话归正传，吾伞菩拉停了片刻后，又对猴姑娘和挖几才说：“不过，为了使你们在黑夜还有光亮作伴，不感到太寂寞，又可以对你们以后的生活有所帮助，我还可以送给你们一对猎狗。”

猴姑娘高兴的答到：“谢谢阿把吾伞菩拉扒。有了猎狗我们不仅黑夜到来时不怕了，而且还可以放狗撵山打猎物吃了。”

痴呆了的挖几才仍然只会“嘿嘿、嘿嘿”的傻笑。但他的傻笑也说明，对吾伞菩拉赐给的猎狗是感到非常高兴的。

吾伞菩见猴姑娘和挖几才都非常乐意养猎狗，就指使身旁专司天狗事务的克（克，即狗）菩拉说：“你从天宫狗圈里给大地人间放下一对狗下来，叫猴姑娘她们饲养繁殖。”

克菩拉立即答应到：“大菩拉，小的尊命。这就喊猎狗下大地来。”然后念到：

蓝天上的猎狗给兹（即，花勃狗）你听好，
大地上的人种没有作伴的；
天庭中的神犬来普（即，白手狗）你听着，
人间上的人种寂寞又孤独。
大菩拉来发话了，
要你下到大地来生活；
大菩拉来旨意了，
要你下到人间来繁衍。
大地万物样样有，
人间物产最丰富；
这里的人们心地最善良，
这里的人们心胸最开阔。
大地就是你们最好的家，
白天红日照得暖烘烘；

人间的景色是最美丽，
夜晚月光照得亮堂堂。
你不必怕来哪天饿，
好心人们不吃会给你；
你不必愁来哪天渴，
善良人们不喝会给你。
一日三餐有饭吃，
你们快点到人间；
一天三顿有肉下，
你们赶快来大地。”
停了停，接着又念到：
“蓝天上的给兹狗，
你要顺着月光下地来；
天空中的来普狗，
你要顺着阳光下地来；
蓝天上的给兹狗，
三岁猪头地上摆起了；
天空中的来普狗，
三岁羊头地上煮好了。
蓝天上的给兹狗啊，
你的主人不吃先给你；
天空中的来普狗啊，
你的主人不喝先送你。
来普，来普快下大地这里来，
给兹，给兹快回人间这边来；
明天主人领你去撵山，
后天家人带你去追鹿。
明天撵得鹿子七十只，
后天追得麂子九十条；

今日阿娜们

世上最好吃的鹿子肉，
世上最好喝的鹿子汤。
神狗，神狗，快快下来吧，
神犬，神犬，快快下来吧；
神犬，神犬，快快回到大地来，
天狗，天狗，快快回到人间来。”

帽饰

随着克菩拉的呼喊声，从西边的天空中又缓缓飘来了一朵彩云，慢慢地落在了挖几才和猴姑娘的跟前。当猴姑娘和挖几才仔细一看时，一条来普狗和一条给兹猎狗欢快地摇着尾巴，好向见到久别的主人一样嘴里亲热地“嘶，嘶，嘶”叫着，围着他们转来转去。真是不是哪家的狗，不会认那家的人，是哪家的狗，才会认那家的人。

猴姑娘和挖几才，为得到了一对神犬而高兴得忘乎所以只顾跟狗玩耍的时候，吾伞菩拉向他们招了招手，带着慈祥的微笑，率领众司职的小菩拉们，乘上彩云缓缓地向西边升上了蓝天。

猴姑娘见连头都没有来得及叩一个，吾伞菩拉就去了时，流着满面的热泪，一遍又一遍大声的呼喊着：“谢谢阿巴吾伞菩拉，谢谢阿巴吾伞菩拉啊！……”

但是，除了她自己的声音在群山中一阵阵回响以外，再也看不到吾伞菩拉那慈祥的面孔了，再也听不到吾伞菩拉那温馨的声音了。

从此以后，猴姑娘和挖几才，以及他们的后代——傈僳民族都认定，最大的菩拉是天上的吾伞菩拉。地上的菩拉们则是吾伞菩拉下派到大地上的各司其职的小菩拉。因此，每逢逢年过节或村中、或族中、或家中一有大无小事给菩拉祭祀时，都要首先要祭祀给吾伞菩拉。然后才分别祭祀其它司职的菩拉们。

也因此，直到今天，傈僳族仍然认为，当年吾伞菩拉赐给猴姑娘和挖几才的神犬给兹和来普，就是当今所有狗的祖先。也因此，傈僳族每当唱有关狗的调子时，比喻词都说给兹和来普。这也是傈僳人不兴吃狗肉的原因之一。

第十五章　家住密林萨玛阁
男人月子生马蜂

天上下来的吾伞菩拉给洪水淹没后的大地上创造下万物以后，就乘着载来一对神猎犬的那朵彩云，带着微笑，缓缓地从西边升回了天空中。猴姑娘和挖几才则领着那对神猎犬给兹和来普，来到了萨玛阁的深山里生活了。

萨玛阁山从山脚快到山顶是一片片一眼望不到边的原始森林，山顶上又是这一片一片的草坝。

萨玛阁的春天，在那一沟沟，一箐箐的原始森林里，各种山茶花、杜鹃花、厚朴花、鸽子花争先怒放。织成了一幅又一幅繁花似锦的景色；青松、红松、麻栗、柏栗、刺栗、黄栗、豆腐渣树、大小羊掌树、白杉、冷杉、秃杉、野毛桃、山梨子、核桃树，总之，所有针叶树、阔叶树都长出了嫩嫩的新芽；羊肚菌、馒头菌在蕨菜林中，在松树林中冒出土来；龙爪菜、山白菜、水芥菜、灰挑菜、地米菜也长出了新鲜的叶片。

萨玛阁的夏天，一沟沟，一箐箐里的原始森林里阴凉爽快，蜘了在树上一声一声的唱歌；一坝坝，一片片的高山草甸里，各种野花千姿百态地盛开在绿草地里。微风吹过，碧波千层滚滚，食草的动物们在攸闲自在的吃着嫩草，百灵鸟在蓝天中唱的一曲曲情歌，犹如天籁之音；竹菌、半边菌、牛肝菌、虎掌菌、松茸菌、奶浆菌、铜乐菌等等遍地开花；竹叶菜、山菲菜、山葱、山竹笋竞先出土。

萨玛阁的秋天，阔叶树都会披上红彤彤的拉嘛装。红松和柏杨树则以金黄的秋色层林尽染；核桃、板栗、麻栗、柏栗、青冈栗等坚果，铺天盖地地掉在地上，供来者随意捡食；成熟了的野梨子、山留果、野毛桃、野刺泡、野草莓、野李子、野桃子、野苹果、野海棠果、野羊奶果、野樱桃果、野五味子、野藤子等浆果应有尽有。

萨玛阁的冬天，虽然北风呼啸、白雪皑皑，一片北国风光。但秋天留下的坚果，山芋头、则尔根、蕨菜、野茨菇、野山药、野百合、山百合、野蔓荛、山葛根等等缩茎根块植物，和寒风中依然飘动的松罗都可供食用。

生活在萨玛阁的山林里的猴姑娘和挖几才，白天领着神猎犬给兹和来普撵些野物，或到树上摘些嫩叶鲜枝，或到沟沟箐箐里采些山茅野菜来食用，生活得自由自在。

萨玛阁得天独厚的自然环境条件，给猴姑娘和挖几才生活、繁衍后代奠定了良好基础。但是挖几才因洪水中长时间的漂流、撞击得了痴呆症，固然当担不了家庭栋梁的责任了。由此，生产、生活全部责任压在了猴姑娘一个人的肩上。

该生儿育女繁衍后代了。可是痴呆的挖几才，除了做一些如打水、烧火等简单的活路以外，就做不了什么。猴姑娘考虑到自己要承担整个生产、生活的责任，就决定把生儿育女的事情由挖几才来承担。

不久挖几才就怀孕了。自从怀孕以后，挖几才除了烤太阳，吃饭以外连打水、烧火的事也做不了。全部的生产、生活只有猴姑娘一人顶着干。苦点累点没什么，难堪的事情没有就算好了。

挖几才怀孕已经半年了，也没有生产孩子的征兆。怀了十个月也没有生产孩子的征兆；怀了十五个月也没有生产孩子的征兆；怀了两年也不见有生产孩子的征兆；怀到快三年的头一个月，终于才有了生产孩子的征兆。

看着挖几才怀了三年的孩子快生产了，猴姑娘想，“怀了三年才生产的孩子不是一个了，很可能是几个，甚至是十个吧。”她越想心里越高兴。就领着猎犬给兹和来普，用了七天七夜的功夫，撵来了一条很大的野牛来伺候挖几才。

挖几才天天睡在铺着厚厚干叶子、干草的柔软床上，过起“衣来伸手，饭来张嘴”的生活。吃完了整整一条牛肉后，才从小腿上的膝盖骨里飞出来了一只马蜂，除此以外，就没有生出什么孩子来了。从此，怀孕的痕像也消失了。

说傈僳族男人怀孕生孩子，吃了一条骗牛的肉，也只生出一只蜂子的典故，便一直流传到了今天。

第十六章　姑娘吃鸡做月子
男人连做傻子事

猴姑娘对于自己的男人挖几才，怀了三年的孕，吃了两条牛的肉，才生了一只马蜂的事，既好气，又可怜。想来想去，便把生育孩子的工作还是自己承担起来了。这一回她不自作主张了。她把自己所能找到的山珍、山味，在一块自以为可以代表吾伞菩拉的大石头前，摆了一大堆后念到：

“嘿，阿把吾伞菩拉扒您听起，阿也（即，阿奶）吾伞菩拉妈您听着，

这，我没有事来不找您，我没有难来不烦您。

嘿，我今天有事来求您办，我今夜有难事来麻烦您，

这，我的阿巴吾伞上的菩拉扒啊，我的阿也蓝天上的菩拉妈呀。

嘿，为了请您来把事情办得好，为了烦您来把事理清爽；

这，我爬到山顶把山珍找来了，我跨过沟箐把山味采来了。

嘿，为了山珍吃来味道好，为了山味闻来气味正；

这，火塘炖煮七天七夜了，锅里翻炒九天九夜了。

嘿，我不吃来七岁野猪头来摆起了，我不偿来三岁野鸡肉来摆起了：

这，七岁野猪头来最香了，三岁野鸡肉来最嫩了。

嘿，阿把吾伞上的菩拉扒，您快点下来吧，阿也蓝天上的菩拉妈，您快点下来了！

嘿，山中树尖子我已摘着了，沟中野菜我已挖着了；

这，山中树尖味道最新鲜了，沟中野菜汤水最好喝。

嘿，阿巴吾伞菩拉扒啊，阿也吾伞菩拉妈呀；

这，我到山梁上找着茵子了，我到箐边生挖着笋子了……”

嘿，阿把吾伞上的菩拉扒啊，阿也蓝天上的菩拉妈呀；

这，请您一定要把肉吃好了，请您一定要把汤喝好了。

嘿，阿把吾伞上的菩拉扒啊，阿也蓝天上的菩拉妈呀；您喝饱了才有精神，您吃好了才有力气。

嘿，您吃饱了有精神，您喝好了有力气，

有了精神请办事，有了力气请帮我。

嘿，阿把吾伞上的菩拉扒啊，阿也蓝天上的菩拉妈啊；

这，前天您把我来当人种，昨天您要我来繁人类。

嘿，阿把吾伞菩拉啊，阿也蓝天菩拉啊；

这，我到大地之上有九年，我来到大地之上有七年。

嘿，阿把吾伞菩拉扒呀，阿也蓝天菩拉妈啊；

这，我来到地上九年无得子，来到地上七年无生女。

嘿，阿把吾伞菩拉啊，阿也篮天菩拉啊；

这，来到地上的人儿要断根，来到地上的人儿不繁衍。

嘿，阿把吾伞上的菩拉呀，啊也蓝天上的菩拉啊；

这，人间没有烟火怎么成，大地没有人儿咱个行。

嘿，阿把吾伞上的菩拉啊，阿也蓝天上的菩拉呀；

这，为了大地有人烟，为使人间不断根；

这，请您准我怀胎十月生儿子，清您准我怀胎九月生姑娘；

这，生下姑娘就能续烟火，生着儿子就会去繁衍；

这，姑娘多了烟火旺，儿子多了更繁衍。

……

随着猴姑娘的祈祷声，摆着的山珍、山味冒出一缕缕白烟，徐徐地向天空中升去了。猴姑娘深信她的祈祷，天上的阿把吾伞菩拉扒和阿也吾伞菩拉妈都知道了，并会应允的。

事隔不久，猴姑娘的确怀孕了。肚子一天天挺了起来。她挺着一天天长大的肚子，只能采摘一些容易采摘到的野果、野菜来维持一家人的生活。当体力只靠吃野果、野菜支持不了时，猴姑娘还得领着给兹和来普两条猎犬，艰难地到山野里猎取野兔、山鼠、野鸡这样一般的猎物来补充体力。

猴姑娘怀孕快到十个月了，肚子也挺得特别的大，已经感觉到孩子不时在肚子里”嘣，嘣，嘣”乱踢了。猴姑娘知道自己快要做妈妈了。

可是，已痴呆的男人挖几才什么东西都弄不到。自己一坐月子吃的饭便成了问题。为使不断炊，她艰难地到山中剥来麻皮，又在大腿子上搓成了十几条牢实的线儿，到附近的箐沟和山头上，下了十几窝脚扣、勃扣、悬扣，准备逮一些山鸡、野兔和山鸟之类的猎物准备坐月子时吃。

猴姑娘刚好下完扣子的这一天夜里就生产做月子了，也就没有来得及去收获被扣着的猎物，孩子倒是顺利地生产下来了。可痴呆的男人挖几才什么也不会帮媳妇料理。只顾火塘里一个劲的加柴凑火。身上倒烤得热呼呼的了，可是前一天打的水刚好用完了，猴姑娘使挖几才快去背水，打算用温水好好地把孩子洗干净。

打着火把去打水的挖几才，来到平时打水的水塘边时，只见平时积满水的小水塘，已经没有了。原来这天晚上一群从远处迁徙路过的野牛在此争水喝时，把小小的水塘踩成了小沼泽地。痴呆的挖几才在这里转来转去就是找不着水塘。转啊转，瞧啊瞧，就是不见可爱的水塘。只到天亮以后才见到隔他不远的小沟里淌着一股清清的山泉水。那里的”叮咚，叮咚，叮咚”的流水声也听得清清楚楚。可怜的是挖几才把流水声误认为是林涛声而耽误了打水的时间。

见到了流水以后，挖几才发现忘了拿打水的水瓢，又不会用水桶直接接水。而是用手一捧一捧地往桶里放水，等到水满背回家时，太阳都出得一竹竿高了。

挖几才把水背回到家里，还向媳妇表功似的说：“昨晚上我们吃的那口水井跑掉了。幸好今天早上我在旁边的沟沟里找到了它。不然以后我们就没有水喝了。”

猴姑娘知道是怎么回事，弄得啼笑皆非。只得叫挖几才赶快热水好洗孩子。

挖几才又弄了老半天，又才端来热水给猴姑娘清洗孩子。这时已经到第二天的中午了。幸好在等待挖几才打水回来的漫长时间里，猴姑娘已经用附近找得的柔软叶子，把孩子擦得干干净净了。所以用温水洗洗就可以了。只因等待的时间太长，孩子前脑门心上的一小块血迹干枯变黑而无法洗去，变成了一块黑疤。传说因这个原因，一直到今天，傈僳族刚生下的小孩的脑门心上，那块黑疤很长时间才能去得掉。

话说做月子的第三天早上，猴姑娘向挖几才“这里，这里，那里，那里，这般，这般，那般，那般”的仔仔细细交待了一通后，叫他去山上把扣子下着的野物解开拿回家来。挖几才“啊，啊，啊”的答应了几声后便去了。

挖几才去后，猴姑娘等啊，等。直到太阳偏西时才听见回来了的动静。猴姑娘起来去看时，只见挖几才手里艰难的握着一捆扣子杆杆，后面拖着几只野兔、野鸡和山鸟。这些野物基本上被拖得体无完肤了。

原来挖几才不知道从扣子上解下野物拿回来，而是连扣子的弹杆一并拔了回来。这样一来，不仅自己拖得费劲，而且把好端端的一只只野味都拖烂了。

挖几才放下野物，又告诉猴姑娘到：“这些鸡呀，雀啊，兔的，一只只都抓住一根杆杆死不放。因此我连杆杆一起把它们拖回家来了。”猴姑娘听了男人的这话，看了看被拖得稀烂的野物又气又好笑。只得看着自己那痴呆的男人摇摇头苦笑一番。

挖几才看到自己的女人摇头在苦笑时，还以为是在表扬自己，跟着洋洋得意的傻笑着，把猴姑娘弄得无可奈何。

这时，挖几才又告诉猴姑娘说：“有几家人的一条小牛和两只羊子站在路旁就是不肯让道。我只得把它们都推到路下边“蹦咚，蹦咚、蹦咚”跳到山沟里去喝水了，它们的主人一个也不见。”

猴姑娘知道，痴呆的男人把扣住了的大野物不仅没有解了背回来，而且误认为是别人家的牛和羊挡道，推下悬崖水沟里去了。真是气得有苦难言啊。

又过七八天后，挖几才拖回来的鸡、兔、鸟都已经吃完了，猴姑娘不做月子，就得去为生活奔波了。

这一天，一大早起床来，猴姑娘就把小宝宝喂饱了奶放在铺里，叫挖几才认真抱领好。自己便领着猎犬给兹和来普到山里狩猎去了。

由于猴姑娘去狩猎的地方比较远，到了中午的时刻也回不到家。这时，孩子早上吸的奶已经消耗完了，肚子饿得哭了起来。挖几才把孩子抱起来到处走了几圈也哭不息。他想，“这孩子前几天哭的时间都没有这么长呀！一定是什么地方生病了。”就抱着孩子左看看，右看看，又是脚上瞧瞧，头上瞧瞧。果然他发现孩子的前脑门上，有一小处似乎塌陷了，而且有什么东西正在跳动着。他想，“这肯定是孩子他妈不注意碰伤后灌脓了。所以孩子痛得在哭啊。”他找来一根刺在他认为是被灌脓的孩子前脑门上扎了一下，只见鲜血直流，孩子哭得更利害。这下他更认为找准了病根，他非要把脓整完不可。就放下孩子东找找，西找找就是找不到合适的物件，给孩子挤或刮脓水。最后，他发现锅里有把小木勺，随手拿来便在孩子前脑门上使劲挖了起来。第一勺挖下去，孩子大声惨叫了一下。当挖出第二勺脓血后，孩子闭上眼睛不叫不哭了。挖几才认为，他着实找准了病根，就一勺接一勺的把孩子头里有的“脓血”全部挖干净了。然后把孩子放在铺上，自己在旁边闲得自在。

太阳偏西的时候，猴姑娘背上背了一大背梅花鹿肉，领着给兹和来普才回到家里。一进家门见孩子也没有哭，就觉得有些奇怪。便问挖几才道：“孩子早就该饿了，现在也还没有哭，你给他喂了什么东西？”挖几才笑着回答到：“孩子上午就哭了，我抱着走了几圈也哭不闲。原来他的头上灌脓了才痛得在哭。我可怜他，就用勺子把脓和血水舀干净后睡着了。”

听到是这么一回事后，猴姑娘猛的扑向孩子，悲痛欲绝地痛哭了起来。她一边哭一边抱起孩子看时，脑浆被舀得干干净净，孩子痛苦状的紧闭眼睛，尸体早已冰凉地放在铺上了，真是惨不忍睹。

挖几才把媳妇的嚎哭，当作是在大笑，还凑过去讨好地对媳妇说："给是娃娃他妈，如果脓血水不舀干净的话，孩子永远都会哭闹的。"猴姑娘听了更是伤心至极，气愤之极，甩手就给了男人两记耳光。并告诉痴呆的男人："你舀的哪里是什么脓血水，是把孩子的脑浆和血都舀干净死了。"说着继续又悲伤的哭着。

这时，挖几才才知道，是他亲手把亲生的孩子弄死了。自责地像个小娃娃似地在地上滚来滚去"哇，哇，哇"的痛哭起来。

小俩口子都十分悲痛地哭啊哭，嚎呀嚎，但终究孩子是不能复活了。还得处理后事。

猴姑娘含着悲痛的泪水，用热水把孩子尸体洗干净，然后用一张麂皮裹好，叫挖几才拿一把锄头抱着孩子，去山野里埋掉。

不大一会儿功夫，挖几才就回来了。开初，猴姑娘还想，这痴呆的男人今天还有用了，很快就把孩子安葬好了。不料，挖几才用安慰的口吻对猴姑娘说："娃娃他妈，都怪我的不是。不过不要伤心了，不光是我家孩子死了，别人家的孩子也有死的。我回来的路上还看见别人的死孩子丢在路边呢。"猴姑娘半信半疑。回过头来又想到，是不是这痴呆的男人把孩子尸体丢在路边上了？猴姑娘越想越不对劲。要挖几才带着她去看那路边丢的孩子。

当俩人走到跟前一看，果然是自家的孩子尸体。猴姑娘又教挖几才继续带她去看埋葬的孩子时，只见麂皮上盖了半截子黄土，半截子皮还露在外面。猴姑娘用手一拉鹿皮子就被拉出来了，根本没有孩子的尸体。想想自己的痴呆男人的所做所为，猴姑娘是又气又觉得可怜。

事情到了如此地步，猴姑娘又只得重新把孩子认真料理清楚后，亲自动手才掩埋好了孩子的尸体。

事过一年的光景，猴姑娘又怀孕了。她接受了前胎生产时的教训，平日就风干好了许多野兽肉，特别是准备了许多只风干好的野鸡、锦鸡肉。挖了一只大木槽满满的装上了水，砍好了一大堆干柴火。还特意叫挖几才砍来了两背松明子以备夜间生产时点火照明用。

孩子生产的这一天又到来了。一有了生产的征兆，猴姑娘就教挖几才首先烧好开水，点起松明子火把，炖好野鸡汤，把包孩子用的兔皮准备好。总之，有条不紊地顺利生产了。一看生得的是一个白胖胖的小男孩时，小俩口高兴极了。为了确保孩子能健康成长，猴姑娘就把他取名为“阿普。”（即，白胖长子的意思。）

由于一切都准备得充分，猴姑娘实实在在的坐完了月子。

满月以后，猴姑娘再也不把孩子托付给挖几才照管了。而是自己背着去狩猎，去采野果、野菜或砍柴拉柴。从此以后，傈僳族的妇女们经常背上背着孩子还挖地做活路。背上背着背子的时候则是把孩子吊在胸前赶路，十分吃苦耐劳。也因此，傈僳族的孩子对母亲特别孝顺。

猴姑娘天天背上孩子要么去狩猎撵山，要么去采摘野果嫩芽，要么去挖野菜，其辛苦程度是可想而知的。

这一天，天还没亮，猴姑娘就做好了早饭，和挖几才一起吃了，并喂饱了两只猎狗，给挖几才交待好了打水、砍柴的家务事后，背着阿普、领着狗进山打猎、下扣子去了。

刚进得山，给兹和来普就“哇、哇、哇”地叫了起来。从叫声中可知道，是遇着了一只大的猎物。猴姑娘循着猎犬的叫声冲了过去。果然，一只长着七、八叉长角的梅花鹿，被猴姑娘前几天下好的扣子逮住并被两只猎犬咬翻了。

待两只猎犬吸完鹿血死后，猴姑娘把皮剥了挂在一个树桩上，去了内脏等物，背上背着鹿肉胸前吊着宝宝阿普，还不到中午时刻就回到了家。

午饭吃罢，猴姑娘这般，这般交待一番后，叫挖几才拿上一根绳子，去背那挂在树桩上的鹿皮回来。

挖几才按照猴姑娘说的方向和记号，很快找到了挂鹿皮的那个地方。见到挂在树桩上的鹿皮后，他用绳子连树桩一起捆住背了起来。但怎么背也背不动，就围着树桩和鹿皮转了几圈，也不会拿下鹿皮背起走，照旧捆着树桩和鹿皮一起背，还是背不动。再围着树桩和鹿皮又转起来，还是背不动。实在背不动了，他就喃喃地念叨到："衬几嘟嘟，尺几嘟嘟，阿普以妈摆拉哇；尼几嘟嘟，衬几嘟嘟，阿普以妈得拉哩（即，鹿皮起起，牛皮起起，不然要挨阿普妈来吗；牛皮起起，不然鹿皮起起，要挨阿普妈的打）……"

天将近黄昏了，猴姑娘见挖几才还没有背鹿皮回来，又怕出什么事情，就背着阿普去路上看。走啊走，一直走到挂鹿皮处才看见挖几才。看到挖几才连皮带树桩，在地上起不来的样子时，不禁又心疼又好笑。

挖几才看见猴姑娘来了，便说到："阿普他妈啊，这张鹿皮最调皮了，要不是我的手脚快把它拴住了，还不知道它跑到那点去了。你看，现在它又赖着不起来了。"

猴姑娘把挖几才拴着的绳子解开，拿下皮子捆了，教挖几才背起来，挖几才见一背就起来了非常奇怪。边走边自言自语到："这是一张女鹿皮子，这是一张女鹿皮子。只会听女人的话，不会听男人的话。"猴姑娘则跟在他后面，忍不住地小声"嘿，嘿，嘿"笑了起来。

第十七章　阿普阿登长成人
阿娜阿妮操家务

猴姑娘和挖几才顺利生出了大儿子阿普以后，又生了大姑娘阿娜；生了阿娜姑娘以后又生了二儿子阿登；生了二儿子阿登以后，又生了老二姑娘阿尼；（注：傈僳族的儿中子阿普、阿登、阿此、阿敌等等，姑娘中的阿娜、阿尼、阿叉、阿欠等等都是老大儿子、老大姑娘，老二儿子、老二姑娘，老三儿子、老三姑娘，老四儿子、老四姑娘的排行而言。）。猴姑娘经过千辛万苦都把他们扶养成人了。俩个儿子体格健壮，思维敏捷，长得英俊大方。大儿子阿普从小就非常懂事，他的三个弟妹是他帮忙母亲带大的。老二儿子阿登也不比哥哥阿普弱，五、六岁就开始跟着母亲进山学会了放狗狩措、下扣子逮雀、找蜂掏窝、蹬山爬大树等技巧。阿娜和阿尼俩个姑娘长得秀气漂亮，心灵手巧，从小就不仅跟妈妈学会了割麻剥麻、捻线织布、缝补衣裳、操持家务。还跟妈妈学会了识别野果、野菜及采摘、烹调的一整套本领。四个子女都成了生龙活凤一般。

猎犬给兹和来普也下得四只小狗儿了。它们当中有两只是公狗，两只是母狗，正好是两对。四只小狗从小就非常机灵。刚会学跑步就跃跃欲试地要跟着父亲给兹和母亲来普到野外撵山。长大后，它们第一次进山就逮住了一窝松鼠，一条狗衔一只鼠，把松鼠全都衔回到家里展示在主人的面前。乐得主人笑在脸上，欢在心里。

猴姑娘想，“人是俩男俩女俩对孩子，狗也是两公两母两对狗仔，这肯定是吾伞阿巴菩拉和阿也明俄菩拉故意安排给的了。作为大地上的人种，把孩子们都扶养成人了，挖几才和我尽到了责任，没有辜负吾伞菩拉的期望。”心里感到非常宽慰和踏实，今后老了归天时也有个好的交待了。

四个孩子也相继长大成人，阿普和阿登兄弟俩每天带着猎狗都能狩到猎物。特别是兄弟俩撵山时非常齐心，因此，撵着的一般都是大猎物。阿娜和阿尼姐妹俩则天天背着竹蓝到山里，要么一人采摘回来一蓝子野果，要么就一人采摘回来一蓝子野菜，或者是磨姑山菌。回到家里又把打水、做饭、洗碗她们全都包揽了。

这真是：

前天东山挖龙潭，东边太阳照额头；
昨天山梁砍火山，西边雨水湿透身。
东边种下卖兰树，（卖兰树，即杜鹃树类中的厚朴花树。）
日晒卖兰低了头；
西边撒下卖格种，（卖格，即高山杜鹃花树。）
雨冲卖格弯了身。
今朝来到东山坡，不怕太阳晒疼身；
今天来到西山梁，不烦雨水淋湿身。
种下卖兰已成林，林下可以躲阴凉；
播下卖格已成树，卖格树下躲雨淋。

长辈人逐步衰老了，孩子们逐步长大了。昔日披星星戴月亮辛苦的猴姑娘也变成了猴妈妈。还过，在四个儿女们的操持下，猴妈妈再也不必为生活辛劳奔波了。但是，四个孩子怎么成家，成了猴姑娘的一块心病。

她想啊，想，终于有一天让她想出了道。“在整个大地上再也没有其它人烟的情况下，这孩子们又是俩男俩女，这是吾伞菩拉的意思，叫他（她）们可以结成俩对人家吗?”

为了证实这是否是吾伞菩拉的真实旨意，猴妈妈砍了两个竹节子，并各划成两半放在簸箕里边念咒语边使劲簸起来。连续菠了三遍，四半竹块都是各自合成了两个竹节子。猴妈妈这才放心了。

这一天晚上，等阿普、阿娜、阿登、阿尼都从外面回来齐后，猴妈妈把孩子们召集到温暖的火塘旁边，开口说道：“孩子们，你们的父亲虽然是傻子，但他是人间良心最好的人。因此，他才被吾伞菩拉在洪水淹没大地的时候留做了人种。是因洪火漂流中撞击才变痴呆了的。现在我们把你们扶养成人了，你们也到成家立业的时候了。根据吾伞菩拉的旨意，你们必须要继续繁衍人间。现在除了我们家外，大地上没有人烟了。我用竹节打卦，吾伞菩拉非常同意我的意思。为了繁衍多多的人烟，阿普和阿那结婚，阿登和阿尼结婚吧。”四个孩子本来就十分敬重母亲，又说及吾伞菩拉准许的，因此都表示说：“蓝天之下阿爸大，大地之上阿妈大；吃不得的阿爸懂，做不得阿妈知。我们就按阿妈说的办，好好生活，好好繁衍人烟。”从此，四个孩子结成了俩对夫妻，承担起了继续繁衍人类的责任。

因此，直到当今，傈僳族的男女青年们的婚姻，没有征得妈妈的同意是不成的。也因此，男方给女方的骋礼中必须要有给女方妈妈的一套衣服，这也叫吃奶服。

话说，阿普她们四兄妹结婚以后，更是互敬互爱，从不发生是非口角。也十分尊敬二老。从不许二老做体力劳动，大无小事以阿妈说的为准，让二老过上了不愁吃，不愁穿的幸福美满的人间生活。

生产劳动上，俩兄弟仍然还是披星戴月到野外狩猎，有时出去几天甚至更长的时间才能背着猎物回家来。俩姐妹每天都到附近的山里采集野菜、野果，早晚做家务事，照顾二老的生活起居。一家人和和睦睦、团团结结。而且俩对人都开始生育了子女。

俩对人家各自都有了四男四女孩儿。为繁衍更多的人烟打下了人口基础。

第十八章　猎狗带来粮食种
老人去世泪成泉

这时，昔日的猴姑娘、小伙子挖儿才都已经老态龙钟的人了。变成了名富其实的猴奶奶和老爷爷了。

有一天，已经当了父亲的阿普和阿登带着他们的儿子们，领着发展起来的猎狗群，到大山深处去狩猎。但是这么多个阿普、阿登等怎么招呼呢？当父亲的阿普决定说："这次狩猎除了获取猎物外，我们还要给孩子们取名字。方法是：谁先猎取到什么，谁就跟着叫什么名字。如谁首先抓住松鼠，谁就是鼠阿普、鼠阿登等，谁首先砍死老熊，谁就叫熊阿普、熊阿登等等。"这正是：

扛着弩弓撵山人，不戴帽子找蜂人；
没有猎迹我不撵，蜂子不飞我不望。
深山密林狩猎处，蕨菜林中找蜂子；
深山密林大猎物，蕨菜蓬边蜂窝多。
撵山翻了十座山，找蜂过了七条箐；
大猎物上去追赶，大蜂窝上去查找。
狩猎男是好汉子，找蜂女才好女儿；
大兽不逮我不转，大蜂不掏我不回。
逮着猎物扛回家，掏着蜂儿捧回家；
鹿肉煮给老爸吃，蜂儿炒给老妈尝。

他们在父亲阿普和阿登的带领下，在遮天避日的大森林覆盖下的大山大箐里找啊找，寻啊寻。他们首先在一条水沟边上发现了老虎来喝水的脚印。一伙人跟着脚印找到了老虎睡觉的地方。昼宿夜行的老虎这时正在睡大觉。猎狗们闻到老虎的气味时，都夹着尾巴一声不吭的跑到一边去了。而不可一世的山大王老虎怎么也没有料到猎人们的光临。父亲阿普的儿子小阿普首先发现了正在熟睡的老虎。说时迟，那时快。小阿普张开弩弓搭好毒箭，“嘣”的一箭正好射中了老虎的心窝子。老虎“哇”的一声惨叫，跳得丈把高后卧下直挺挺的死了。

一群猎人围住死虎看，只见毒箭穿透肋骨，把心脏都划作两半了。大家都称赞小阿普这一箭射得精准，射得扎实。父亲阿普、父亲阿登就为他取名叫“腊色扒（即，打虎汉之意）腊阿普”了（沿袭下来成为虎、胡氏家族）。

大家七手八脚剥完虎皮时，天色晚了，一伙猎人就地烧火宿营。

这天夜里，手脚勤快的阿登儿子小阿普乘大家休息时，在附近的竹林里连续逮住了两只又肥又大的竹鼠给大家烤来食用。父亲阿普、父亲阿登又为他取名叫“嘿（即，鼠）阿普”了（沿袭下来成为鼠、浩氏家族）。

第二天天还没亮透，父亲阿普的儿子小阿登在附近的树丛里抓住了正在鸣叫的山雀和钻草鸡，父亲们又为他取名叫“念（即，鸟或雀）阿登”（沿袭下来便是雀氏家族）。

总之，以后每一天新的收获，每人都有每人的劳动成果。日复一日，月复一月，窝棚里和搭起的熏烤架上堆满了熏干、晒干的各种兽肉干。

更可贵的是，他们这次出门狩猎，孩儿们都表现了各人所长。因此，各人都取得了不同的名字。打破了过去人人都只是阿普、阿登，阿娜、阿尼的排行名字。

随着狩措物的不断曾多，大山也从深绿色的夏季服装，开始换上了黄、红相间的秋服了。父亲阿普和父亲阿登决定带领大家收工打道回府。

当他们背的背，扛的扛，拿的拿满载而归到家时，已值这年的深秋季节了。

见孩儿们收获了这么多猎物时，年老体弱在家的猴奶奶和挖几才老爷爷，还有妇女们那高兴的劲头就不言而喻了。

这天晚上妇女们正去喂狗食时，发现头狗给兹和来普不见了。是在昨天夜里被豹子咬了吗？不是。今天早晨出发时还和大家一起上路的。是在路上遇到猎物去撵山了吗？不对。如果是去撵山的话，它们都会用“汪，汪，汪”的叫声来告知人们的。究竟怎么一回事了呢？全家人正在着急当头，只见给兹和来普拖着长长的尾巴回来了。

给兹和来普两只猎狗一进得门来，就直奔年老的猴姑娘跟前“思，思，思”的叫过不停，并把尾巴在猴姑娘面前摇来摆去的。

猴姑娘觉得两只狗的做作有点异常，便弯下腰来仔细观察时发现，狗的尾巴上沾了许多金灿灿的籽粒。猴姑娘拿下两粒在火中一烤，“叭，叭”的两声，籽粒炸成了白白的花。随之一股诱人的香味扑鼻而来。她下意识地捡了一籽放在嘴里嚼了起来，满嘴是香喷喷的味道。她觉得很好吃，便把另一粒拿给了挖几才吃。挖几才吃了过后破开荒地说了正经话：“真香，真的香。是粮食，是粮食。”

这时猴姑娘眼前出现了吾伞菩拉的影子，她意识过来，这肯定是吾伞菩拉赐给的种子。连忙把狗尾巴上的种子一粒不剩的捡了起来。

这天晚上，猴奶奶在火塘边召集了所有的儿孙，捧着金灿灿的种子交待到：“儿孙们，我们天天狩猎残害生灵来维持生活是背过失的事。同时也不是长远之计。现在猎狗给兹和来普给我们带回了吾伞菩拉赐给的粮食种子。从今以后，阿普、阿登你们兄弟俩，各人带着各人的家眷去种植粮食，以劳动收获的粮食来生活去吧！”

俩个儿子问到：“好妈妈，那我们去到那里种粮食呢？”

猴妈妈答到：“先在这萨玛阁山的坝子里试种。不成的话你们就各奔东西。往东的去尼耐（即，黑水之意）看太阳是那点出来的。往西的找王巴（即，众人向往的地方之意），以后就跟着太阳走吧！”

孙子们说：“我们听奶奶的话，少杀生，跟着父母亲去种粮食来维持自己的生活。我们要把爷爷、奶奶抬的抬，背的背，奶奶和爷爷一定跟我们一起走吧！”

猴奶奶道："我和你们的爷爷，还有给兹和来普都很老了，走不动了，让我们永远留在这茫茫林海的萨玛阁大山里吧。"说完，慢慢地闭上双眼安详的死去了。

挖几才爷爷见心爱的猴夫人死去了，就扑在她的身上流了两行浑浊的泪水，也安详地死去了。

给兹和来普见俩位老主人相继去逝了，也就在俩位老主人的遗体旁卧下安详的死去了。

猴奶奶和挖几才爷爷的儿孙们见双亲和两只神狗都去世了，感到万分的悲痛。全家人围着俩位老人的遗体哭了三天三夜。一个个把眼睛哭得像鸡蛋般红肿，泪水也流干了，声音哭哑了，即便如此，已死去的两位老人和心爱的俩只猎狗再也没有活转过来。

父亲阿普想，一家人光哭不是一个办法，总要得把俩个老人的后事处理好啊。就这般，这般劝慰了全家大小。并组织大家把俩位老人的遗体及俩位老人经常用的铜、铁器等物，抬到萨玛阁山的山顶顶上掩埋了，垒成了一个又大又高的坟堆。给老人的坟堆顶上供上了一枚野鸡蛋，坟前供上了许多山珍、野味以示儿孙们对他们的孝敬。直到今天，傈僳族的新坟上，都必须贡一枚鸡蛋以示对逝者的尊敬。

埋好了俩位老人后，儿孙们又把两只猎犬埋葬在俩位老人的坟墓旁边，叫它们也永远赔伴着俩位老人。

人们刚刚把狗埋葬好，晴朗的天空中由西边飘来一朵彩云，随着彩云的到来，天空中一声"轰隆隆"的雷响，从埋葬两只猎狗的坟墓堆中腾空飞出一对雄鹰，雄鹰腾飞时身上的泥土高高飞扬了起来。一雄一雌两只雄鹰久久盘旋在俩位老人的坟头上，直至天黑才向茫茫的林海飞去。

天长日久，埋葬俩位老人的坟墓变成了又高又大的一座座山头。当年供在老人坟墓顶上的那只鸡蛋，也变成了一座像似鸡蛋一样圆形的山头。后来人称这个山头为："阿丫皂鲁阁（即，鸡蛋圆形山）。"

如今见到阿丫皂鲁阁山顶上"哗，哗，哗"直泻而下的高山流水时，人们不禁会问："为什么那样高的山顶还会冒出这么大的水源来呢?”这就是当年猴姑娘的后人哭俩位老人时淌出的泪水变成的。

当年随俩位老人埋下的铜、铁器物，如今演化成了各种金属矿藏。如今萨玛阁山脉上，铁、铅、锌、铜、锰、铝等诸多矿石随处可见。

当年两只雄鹰腾飞高高带出的泥土，后来变成了一座座刀辟斧剁般的悬崖峭壁。这悬崖峭壁的形状千奇百怪，使人一看既稀奇，又望而生畏。

悬崖峭壁问无人能攀登的峰顶上，一对对雄鹰自由自在地飞来飞去。悬崖、峰顶的岩洞是它们冬天避寒的住所；春天它们在悬崖避雨的台阶上或山峰的岩洞里，叼来枯枝树叶搭建起一个个温暖的窝。然后下蛋、孵出小鹰。又从遥远的地方找来野兔、野鸡等把小鹰喂养成能高飞傲翔的雄鹰。

有人说，这些雄鹰就是当年从神狗坟堆里腾飞去的那一对雄鹰的后代了。

由于它们是神犬变成的神鹰后代，这些雄鹰还会从蛋里孵出来小神猎犬。孵出的小神犬都会得到雄鹰爸爸、妈妈们的精心喂养，并且保护得比一般的小鹰还严格。一般的小鹰孵出来以后，鹰爸爸、鹰妈妈都离开窝去觅食了。而孵出的是小神犬的鹰爸爸、鹰妈妈则不然，总有一只时时刻刻守在窝旁保护着。直到小神犬们自己从窝里跳出去为止。

人们又传说，如果能获取一只鹰神猎犬养活的话，山中的什么动物都能被鹰神猎犬不费吹灰之力就可以获得。

不过鹰神猎犬的窝都做在很高、很险的悬崖峰顶上或绝壁间，加上守护小神犬的鹰爸爸、鹰妈妈、鹰叔叔、鹰阿夷们都十分尽职尽责而又凶悍。因此，人们是随便拿取不到鹰窝中的小神犬们的。

小神犬们长到会走动后，迟早都会从鹰窝中掉下万丈悬崖。在丧命的舜间，其尸体还未落地就会被守护的大雄鹰们抓走。人们连尸体都看不到。

话又说安葬了俩位老人后，阿普、阿登他们两家人，一边狩猎、采集讨生活，一边在萨玛阁山里选择了一块干旱时有水源可灌溉，涝时可排水的又肥沃又好耕作的大平坝子，砍倒了树木，挖去了草丛，清理了树桩草根，垒好了田埂。到春回大地，贵贵尧鸟和布谷鸟鸣叫开，山里盛开百花的时候，由长者们小心翼翼地把部分粮食种子播入了黑土地里试种。“功夫不费有心人”，过了十天半月光景，地里一撮撮整齐地长出了禾苗。一大家子人高兴得嘴都合不拢。心想，只要管理好，定能获得好收成。人们早一次，晚一转到地里维护得只长禾苗不长一棵杂草。到了冷蝉叫时，禾苗打出了天花。但是，由于山高气候寒冷，长了穗的禾苗灌不了浆，随着萨玛阁满山红叶的干枯、落地而颗粒无收。实践证明在萨玛阁高山上是种不出来粮食的。

如今，当年祖先们开出来的一蚯蚯梯田正置在茂密原始森林怀抱着的草甸之中，一撮撮青草像人们栽种下的稻谷一般，整齐地排列在“稻田”里。人们管叫：“措鲁冲咪”（即，古人谷田或先人田）。

石磨

第十九章　山雀下得三个蛋
两只雀儿奔东西

猴奶奶与挖儿才爷爷以及两只神猎狗的去世，对于后人来讲是一巨大的打击和悲痛，更是生产、生活上的巨大损失。

老人健在时，一年四季不饿肚子。老人说东山有野兔，儿孙们领上猎狗就能撵到；老人说南山可以设扣子，儿孙们设扣便逮住了又肥又大的麂子、獐子、野猪、野牛；老人说西边山中有山菜，儿孙们背着篮子便采回来了鲜嫩的山白菜、山芥菜、山荠菜、山百合、野芋头；老人说北山梁上有菌子，儿孙们一去便可采到松茸菌、奶浆菌、铜乐菌、青头菌、半边菌、虎掌、牛肝菌、羊肚菌；老人说南边沟里有野果，儿孙们便可以摘到山桃、毛桃、野梨、野柿、羊奶果，樱桃、草莓、野苹果、核桃、板栗、野橡子、野争子……

老人健在时，冬寒夏热不用愁。冬天来了，老人说东边岩洞可避风，儿孙们便住到岩洞里寒风吹不着；炎热的夏天到了，老人说西山梁子上树大叶子密，儿孙们便在大树底下好乘凉；雪雨天来了，老人说大树洞中可栖身，儿孙们便藏身树洞冰、雪、雨不寒……

老人去世了，现在饿了无人管；冷了无人问；什么时节该做什么无人教。一大家子越想越伤心，一次又一次在一起抱头痛哭了起来。哭啊，哭，音声嗓哑了，但再也听不到老人的谆谆教诲声；泪水流啊，流干了，但眼前再也见不到老人慈祥的影子。只有那山风在身旁"呼，呼"刮个不停，凉透人们的骨头。那蓝天上的朵朵白云不停地缓缓飘啊飘，飘向无际的天边，使人望断心肠。

"在再这般哭下去也不是一个办法。"老爹阿普想。活着的人总得活下去呀，总得过生活啊。就对一家人劝慰到："山上的树子一年一落叶，地上的草一年一发芽，大地间的人们也要一辈接一辈地生下来又死去，老了的要死去，生下来的要长大成人，这是天理地规了。大家都别过份伤心了，该做什么就做什么，该怎样生活还得怎样生活才是啊!”阿普老爹对众人说。

听了阿普老爹的一席话，大伴都觉得十分在理。人们又开始了新的生产、生活。从那时起，傈僳族就形成了长者发话算数的优良传统。

随着山中树叶子的渐渐枯黄落地，坝子里小草们的渐渐干枯，秋天很快过去了。又一个冬天来临了。不过，这年的冬天不仅到来得特别早，而且初霜就特别重。树叶还没有完全落完，小草还没有彻底枯萎，一场白雪撒满了萨玛阁的山山、水水。夜晚雪停了，空中突然星光灿烂，北风却“呼、呼、呼”的吹过不停，真是寒风刺骨凉啊。还好，一家大小在阿普老爹、阿登老爹的带领下，来到一个山洞里，大家挤在一堆，把小的放在中间，互相用身体温暖渡过了一个又一个寒冷的夜晚。

非常不幸的是这年的冬天，大雪一场接一场的下个不停。最大的一次竟然下了七天又七夜。山洞的门口被堵住了。洞门被封倒是避风了。但夏、秋天储备在这个洞里的干兽肉、干菌子、干笋子和干果子食用完了，雪还没有开封。

这天，夜很深了，洞内的阿普老爹考虑到全家人快断炊了，而久久不能人睡。洞外，除了“嗖，嗖，嗖”的山风以外，大地上再也没有别的声音了

“冰雪的寒冷，山风的刺骨，躲在干燥的山洞里是可以避过去了，干渴了，可以到洞口抓把雪润润便是。但是饥饿的肚子没有东西可填，人怎么能活下去呀。然而，这么深的雪，别说到野外去狩猎，就是一脚踏陷下去，雪就会盖过头，连爬出来都是困难的。想到沟里去寻找食物吧，到处都是又滑又厚的冰层，别说有食物，就连泉水也得砸开厚厚的冰层才能取到。到树上去寻果子、嫩叶，这深冬腊月那能有哇。即使有个别挂在枝头上的干果、瘦果，但这一棵棵冰柱以的树

杆上怎能爬得上去呢！就连储备在远处山洞中的食物也没法去取了。”想着想着，又看看大小一大家子人，阿普老爹心酸的泪水又像扯不断的线流了下来，流到地上的泪水马上就结成了硬邦邦的冰托子。

冬天的夜晚是那么寒冷而又漫长，好像故意为难人似的，人越难熬它越漫长。

是“天无绝人之路”这句话在灵验，还是老天有眼故意安排的。突然，洞口外传来了“啪喳，啪喳，啪喳”踏破冰雪的声音。阿普老爹小心翼翼的摸到洞口往外一看，一条身体庞大的啊公（指，野水牛）正在在掩盖过头顶的积雪里从北向南走去。由于它身体太重，每向前迈进一步，就深深地陷入了积雪中一次，每前进一步就得拼命地挣扎一次。它一边挣扎一边从鼻孔里喘着粗气，粗气带出来的气雾很快在它的鼻子上结成了一片冰块。像是鼻子开着一大朵银花，闪闪发亮着。

阿普老爹本来想叫醒大家，一同宰杀这送到门口的肉。但牛的气越喘越急，越急越粗，鼻子周围结的冰块也随之越结越多，越结越大。牛身上由于挣扎而淌出的汗水和冰冷的雪接触后，身上又结起了冰块，牛身上结的冰块像似挂甲带挂一样，走起路来还发出“稀哩，唰拉”一阵阵的响声，使它越走越困难。见到这种情景，阿普老爹觉得，“这牛跟人不也是一样可怜吗？雪地里没得吃没得喝的。”母亲猴妈妈“今后你们要少杀生”的话语也在耳旁回响。因此，他不仅没有叫醒家人宰杀，而且也不去惊动它，任其它在雪地里缓缓而去。

天，终于又亮了。太阳慢慢地普照在铺满白雪的大地上，一眼望去，银光刺得使人直流泪水。

熬过寒冷夜晚的家人们看到有阳光，都从洞中爬出来找块背风的块方，晒取着几乎还没有撒发出热量的阳光。

晒着晒着，人们的身上多少热呼了一些。可是肚子饿得一个劲地“咕，咕”乱响，忍不住直淌清口水。几个年纪小的娃娃几呼饿昏了过去。

阿普老爹看了看娃娃们的可怜像，又有点后悔昨晚上没猎取那啊公。他下意识地轻手轻脚爬到啊公走过的地方一看：脚印非常大，是一条悍见的大牛。牛走过的地方成了一条雪槽。雪槽里撒满了鲜血，鲜血都冻成了红色的冰。顺着牛走去的方向，白雪里成了一条红带子。又从牛的脚印上看，越往前走，牛脚蹄越往外分开。牛的脚蹄越分开，说明牛越没有精神了。

“哦，”阿普老爹这时明白过来了，这是一条受了重伤的牛。现在牛怎么样了？他心里非常担心，想助牛一臂之力。就叫上了阿登老爹和几个较大的男孩子们，寻着牛闯出的雪槽和血带找了过去。他们深一脚，浅一脚艰难地走啊走，才走出了三箭之遥人们就累得喘不过气来了。阿普老爹只好叫大家休息休息再走。

休息好了又往前走了两箭之遥后，突然，前面正被一大堵横着的悬崖挡住了去路，牛的脚印也突然消失了。“牛到哪里去了？它究竟怎样爬上去的呢？”

阿普老爹为牛的生死捏出了一把汗。

大家在悬崖周围找来找去，终于发现牛已掉入一个深深的雪坑里死了。看来，牛是被狼或其它什么一样天敌伤害的。它的大腿上深深地被咬伤了一口后才逃到这里来的。

阿普老爹看到后，惋惜地摇了摇头，说道：“可怜，可怜，真可怜。又是一条活生生的生命没有了。”牛死了，本来还想助它一臂之力的人们，在阿普老爹的指挥下，大家七手八脚地把它剥了、砍了连肉带骨弄到洞里充饥去了。

幸得的牛肉解了人们面临无食饥饿的然眉之急，救了一大家子人的性命。连皮带骨，连肠加头，每天只是熬点汤来喝，终于坚持到了雪化得可以到外面寻找食物之日。

雪一天天的化完了，天气也一天比一天暖和起来了。但受过严冬痛苦煎熬的人们，最知道春天温暖的来之不易。

为了避开冬天的寒冷和饥饿的再折磨，为了将来有个稳定的生产、生活环境，也为了实现母亲猴妈妈“少杀生，不杀生”的遗言，阿普老爹和家人们经过再三商量，决定离开曾经养育过他们的萨玛阁大山。去开避新的领地，寻找新的生活门道。

遵循老母亲猴妈妈的遗言，阿普老爹带着家人，朝太阳出来的东方去寻找自己的领地；阿登老爹带着家人，跟着太阳走，朝西边去寻找自己的领地。

分手的日子到了。阿普老爹、阿登老爹及家人们要分手的这天一大早，大山上突然开满了百花。有红的、有黄的、有紫的、有粉的、有白的、有蓝的……好像是故意让人们深深留恋一般；一大群，一大群的画眉鸟、布谷鸟、百灵鸟、花喜鹊、灰喜鹊等百鸟在人们住的周围树林里鸣叫不停，像是在挽留人们在这大山里永久作伴下去。特别是似人非人的猴群们，也许可能它们同这眼前的人们是同一祖宗的原因吧，它们有的成群结队，有的拖儿带女，有的扶老携弱流着眼泪，在人们的脚跟前"哗，哗，哗"的鸣叫着跳来跳去，就向久处结下情深的朋友要离去时依依不舍一般，真使人难分难离。人们被这一景景，一幕幕的深情厚意深深地打动了。可是为了"不杀生"，只得向它们招招致意的手，还是要得离别了，把这美丽宽敞的大山空间留给了它们。

人们互相嘱托，互相祝福，互相安慰，流着热泪，一步一回头，依依不舍地朝自己要去的目标走去。

这一动人的场面，在没有文字的时代里无法记录下来。只有用自己独特的曲调世代流传了下来。

起本（即，琵琶）《四个山雀蛋》调道：

"傈僳老人弹起本，欢乐了啦，嗒来嗒来嗒（指琵琶的旋律。下同。）
弹得一手好起本；欢喜了来，若来若来嗒；
起本弹出道道来，弹出道来，嗒来嗒来嗒，
道道讲的远古事，喜欢讲呀，嗒来嗒来嗒。
远古事来比山雀，比得好来，嗒来嗒来嗒，
两只山雀一起飞，一条心来，嗒来嗒来嗒；
到处飞来找雀寓，真辛苦来，嗒来嗒来嗒，

一棵好树见到了，幸运了啊，喏来喏来喏。
高山厚朴枝叶茂，占古兹来，喏来喏来喏，
三岔枝枝好搭窝；选得好来，喏来喏来喏；
厚朴长在阳坡上，知道了啦，喏来喏来喏，
一个结上有四岔，瞄得准来，喏来喏来喏。
要到那里找窝草，要找好来，喏来喏来喏，
要到那山扒窝叶，别找错来，喏来喏来喏；
到了阳坡扒草窝，找得好来，喏来喏来喏，
到了山箐衔嫩叶，没选错来，喏来喏来喏。
窝门开朝那方了，别看错来，喏来喏来喏，
夜来风吹要挡寒，别忘记来，喏来喏来喏；
窝门已朝太阳开，要开好来，喏来喏来喏，
密封窝窝风不透，要算好来，喏来喏来喏。
窝顶盖的要扎实，要注意来，喏来喏来喏，
窝底要垫暖烘的，别搞差来，喏来喏来喏；
卖叶三层雨不漏，这样盖来，喏来喏来喏，
窝底铺毛有九层，没垫差来，喏来喏来喏。
雀窝这个搭得好，高兴了来，喏来喏来喏，
雀窝这个做得好，真是好来，喏来喏来喏；
雀儿下蛋最保险，放宽心来，喏来喏来喏，
鸟儿孵蛋最暖烘，这放心来，喏来喏来喏。
春天这个来到了，高兴了哇，喏来喏来喏，
太阳这个暖烘了，舒服了呀，喏来喏来喏；
月亮这个明亮了，心欢了来，喏来喏来喏，
下种时节来到了，准备好来，喏来喏来喏。
山雀这对进窝了，双对双来，喏来喏来喏，
斑鸠这对进房了，心连心来，诺来喏来喏；
山雀进窝要下蛋，下好蛋来，诺来喏来喏，
百灵进房要生蛋，生好蛋来，诺来喏来喏。

山雀下蛋有三个，蛋三个来，诺来喏来喏，
斑鸠生蛋是回枚，没数差来，诺来喏来喏；
三个蛋来抱着了，要抱好来，喏来喏来喏，
三枚蛋来脬着了，别丢掉来，喏来喏来喏。
山雀抱蛋有九天，是辛苦来，喏来喏来喏，
斑鸠脬蛋有十天，真劳累来，喏来喏来喏；
小雀钻出蛋壳了，没白苦来，喏来喏来喏，
小鸟破蛋出来了，没白累来，喏来喏来喏。
三蛋出了两只雀，等出齐来，喏来喏来喏，
雀蛋壳来丢出窝，清好窝来，喏来喏来喏；
一个成了寡鸟蛋，别生气来，喏来喏来喏，
把这寡蛋丢出去，只得丢来，喏来喏来喏。
两只小鸟养好了，别饿着来，喏来喏来喏，
一天喂食要九次，真辛苦来，喏来喏来喏；
两只小雀喂好了，爸劳累来，喏来喏来喏，
一夜尿布换七次，妈辛苦来，喏来喏来喏。
小雀吃得肚子圆，长得快来，喏来喏来喏，
身体长得圆又胖，父母恩来，喏来喏来喏；
小鸟长出好翅膀，好翅膀来，喏来喏来喏。
小雀羽毛长丰了，像雀爹来，喏来喏来喏，
羽毛长丰要离窝，像鸟妈来，喏来喏来若；
小鸟展开大翅膀，真带劲来，喏来喏来喏，
展开翅膀要飞翔，可翔来，喏来喏来喏。
小山雀来去那里，要想好来，喏来喏来喏，
好地方来要去找，要算准来，喏来喏来喏；
小鸟儿来去那点，要看准来，喏来喏来喏，
好山水来要去找，好山水来，喏来喏来喏。
小雀子来算好了，算好了来，喏来喏来喏，
月亮出处去寻找，算着了来，喏来喏来喏；

小鸟儿来想好了，想好了来，嗒来嗒来嗒，
跟着太阳去寻找，算准了来，嗒来嗒来嗒。
月亮出处哪地方，别看错来，嗒来嗒来嗒，
太阳落方在哪点，别算差呀，嗒来嗒来嗒；
月亮出处在东边，想着了哇，嗒来嗒来嗒，
太阳落方在西方，算着了来，嗒来嗒来嗒。
东边地方有什么？别估错来，嗒来嗒来嗒，
西方地点有什么？别算偏来，嗒来嗒来嗒；
东边地方有尼耐（即，黑水）算好了来，嗒来嗒来嗒，
西边地方有以每（即，响水）想到了来，嗒来嗒来嗒。
一只飞向东边去，想好了来，嗒来嗒来嗒，
飞朝东边到尼耐，好地方来，诺来嗒来嗒；
一只飞朝西边去，算好了来，嗒来嗒来嗒，
飞向西边到以每，好山川来，嗒来嗒来嗒。
衔着谷穗到尼耐，好田耕来，嗒来嗒来嗒，
肥田就有九万架（即，一架为三亩），好栽秧来，嗒来嗒来嗒；
衔着麦穗到以每，好地种来，嗒来嗒来嗒，
沃地就有七万架，好种麦来，嗒来嗒来嗒。
万蚯水田开好了，栽好秧了，嗒来嗒来嗒，
千块火山挖好了，种好麦了，嗒来嗒来嗒；
万里尼耐稻花香，高兴了啦，嗒来嗒来嗒，
千里以每麦抽穗，兴奋了啦，嗒来嗒来嗒，
万顷稻谷金波翻，有稻收了，嗒来嗒来嗒，
千架麦浪银波滚，有麦割了，嗒来嗒来嗒；
坝下稻谷堆成山，丰收了来，嗒来嗒来嗒，
打下麦子装满仓，丰产了来，嗒来嗒来嗒。
盘地种粮就是好，就是好来，嗒来嗒来嗒，
种粮吃饭我们啊，种粮吃来，嗒来嗒来嗒；
山里生命我生命，我生命呀，嗒来嗒来嗒，

林里野物我朋友，是朋友来，嗒来嗒来嗒。
山上不去狩猎了，不狩猎来，嗒来嗒来嗒，
下河不捞鱼了呀，不捞鱼来，嗒来嗒来嗒；
不杀生的我们呀，不杀生哇，嗒来嗒来嗒，
和谐共处在山里，在山里来，嗒来嗒来嗒。
山间百花在盛开，在盛开来，嗒来嗒来嗒，
林间百兽在舞蹈，百兽舞呀，嗒来嗒来嗒；
牲口满圈肥又壮，肥又壮来，嗒来嗒来嗒，
五谷杂粮装满仓，装满仓哇，嗒来嗒来嗒。
桃李树上画眉唱，画眉唱呀，嗒来嗒来嗒，
房角篱下蜜蜂翔，蜜蜂飞翔，嗒来嗒来嗒；
儿孙坐满火塘边，满火塘来，嗒来嗒来嗒，
傈僳人们最欢乐，最欢乐来，嗒来嗒来嗒。”

第二十章　依依不舍离萨玛
途留蜂蛹见善心

在萨玛阁山的坝子里试种粮食不成功以后，阿普老爹、阿登老爹兄弟俩决心按照老祖猴妈妈的指引另寻出路，人们怀着对萨玛阁依依不舍的恋情，各奔东西谋生存去了。

且说兄弟两家分手以后，阿普老爹和家人背着简单的行礼，领着猎狗，朝太阳升起的东方一路寻去。

一家人走啊，走啊，走。走得大人们气喘嘘嘘，走得骑在大人背上的小孩也满头大汗，走得猎狗们也吐出了长长的红舌头，嘴里“嘘，嘘”的喘着粗气。

走到一棵大树下时，阿普只得叫大家稍事休息。

这是一棵几人才能合抱的古山老（即，云南榧木）树。树高几十丈，参天入云端。树杆下部长得笔立直没有一根枝丫和结子。笔直而粗大的树杆上挂满了一缕缕长胡子似的松罗。在微风吹动下徐徐飘舞的长长松罗，好像在诉说着自己古老的年岁一般。笔立直的树杆长到三、四丈以后才生有粗壮而下垂的枝丫。茂密的枝丫上带有革质的翠绿色叶子，长得密不透风。方圆几丈的树下铺满了厚厚戎戎的干枯了的树叶子。虽然是在大雪刚溶化的初春，大树下还是干干燥燥的，使人坐上去就想躺着不想走了。

大树的周围长满了开着鲜花和正在含苞待放的各种杜鹃花。随微风向人们扑来一阵阵沁人心脾的花香味。

在大树的正前方，有一块方圆十多里的大草坝。坝子里已经长出了嫩嫩的青草。一眼望不到边的绿草里，长满了各式各样、颜色各异的小花朵，真是：鲜花长在绿草里，草原变得更美丽。

在大树不远的右前方，是一座长满了青竹的大山坡。坡脚下被竹林围住的巨大红豆杉树根下“叮咚，叮咚，叮咚”地冒着一股清清的泉水。一群群小鸟簇拥在泉眼边，有的尽情地喝着水，有的在红豆杉树枝上、竹蓬里“叽叽，喳喳”地跳来跳去。

这时，走得口干舌燥的女人们，赶紧到竹林里取水喝去了。

孩子们则半卧半躺地在戎戎的干树叶上，等待着母亲们取水来解渴。

阿普老爹则坐在地上静静地思考着什么。突然，他抬起头来好向听到了什么。并把目光引向了大树的高处。

看着，看着，他的脸放出兴奋的红光，叫喊到：“蜜蜂，蜜蜂，树上有一窝很旺的蜜蜂。”

啊，原来是他看到了这棵古树已经腐朽的枝丫间，有一窝非常旺盛的蜜蜂在“嗡，嗡，嗡”地飞来飞去。

对于走得口干舌燥的人们来说，蜜蜂的发现不正是雪里送炭吗？

孩子们更是高兴得手舞足蹈地大声叫嚷着“掏蜂蜜啦，掏蜂蜜啦。”

妇女们也听说有蜂蜜可掏了，便把清凉的水舀的舀，提的提赶回到了大树下。

但是这么高、这么粗又直的树上谁能爬得上去掏得来呢？正在为难间，蜂阿克自告奋勇地要求上树去掏蜂蜜。

阿普老爹想，蜂阿克虽然身材矮小，可手脚十分灵便，平时别人上不去的大树上生的半边菌啦，老鹰菌等，他就是摘得下来。可今天这特别粗、特别直且又高的大树，他能爬得上去吗？

阿普老爹还在犹豫不决的时候，只见蜂阿克身挂小木桶、腰插大砍刀，像只猴子一样，已经爬到丈把高的大树杆杆上去了。

还不到一代烟的功夫，蜂阿克掏了满满一桶蜂蜜下来了。一大家子人高高兴地，有的拿着黄灿灿的蜂饭往嘴里送；有的捧着快要流出来的蜜水用舌头舔吃着；有的干脆把蜜放到清水里拌搅成清凉地蜜水喝起来。蜂阿克还从怀里掏出一饼装满蜂蛹的蜂饼递给老爹阿普吃。

阿普老爹接过蜂饼，正要吃起来，却又停了下来。沉思片刻后，像是自言自语，又像是在教育儿孙们道："不能杀生，不要杀生。蜂儿儿也是生命呀！它们是找蜜的工蜂呢，我们不能吃，更不能把它们幼小的生灵杀掉。"

蜂阿克和众人都若有所悟地跟着说道："老爹说得有理，老爹说得有理，我们不杀害生灵了。"

说话间，蜂阿克又掏出另一块蜂饼递到老爹手里："老爹这是公蜂蜂蛹饼。"

老爹接过认真地看了起来。然后说："这是一饼装满黑公蜂蛹的蜂饼，可以把它吃掉。因为黑公蜂它们不会劳动，不会采蜜。"说着把这块蜂饼分给了小孙们吃了。随后又吩咐蜂阿克把装满工蜂蛹的蜂饼，重新上树放回了蜂窝里。这才接过儿孙们递过来的蜜水喝了个够。这真是：

征程赴赴人走急，汗水淋淋饥又渴；
不知何地解饥渴，大山林中无绝有。
青青竹林清泉涌，参天山老养蜜蜂；
阿克上树把蜜掏，一人能干众人甜。
老祖遗言记心间，不杀生灵处处做；
虽是好食也不吃，蜂洞还生见真心。

第二十一章　害林之兽作猎物　深山林中衬以比

人们喝足了，但猎狗们还在张着大大的嘴，伸出红红的舌头，正静悄悄地卧在一旁看着主人们。

阿普老爹平时就非常心疼这群狗，现在看到群狗们干渴的样子，更是心疼完了。他叫人把拴狗的绳子都给解开了，叫它们跑到泉边去喝水解渴。

绳子一解开，狗群“思，思，思”地叫着，在头狗的带领下直奔泉水而去。它们低着头伸出舌头，在沟边“啪唐啦，啪唐啦，啪害啦”喝了个够。

喝够水的猎狗们又“思，思，思”地轻声叫着回到了人们的身边。

要动身启程了，这才发现头狗不见了。人们“阿俄——，阿俄——，阿俄一”的呼唤起来。可就是不见头狗化拾（即，狗名）回来。

“别坐着等它了，我们边走边等吧。”阿普老爹说着首先站起身来，带领大家继续朝太阳升起的东边走去。

刚走出一个小沟箐，听得远远响起了“汪，汪，汪”的头狗撵山发出的叫声。

阿普自言自语地道：“头狗化拾啊，化拾，山上的猎物也是朋友啊。我们决定不再撵山杀生过日子了，你怎么不听话呢?”

儿子们则用猎人召回猎狗的特殊叫声叫到：“啊嘿——，啊嘿——，啊嘿——。”即便如此，头狗也没有回来的意思，仍然在那山里向日常撵山一样有节奏地“汪——汪，汪——汪，汪——汪”一会儿在那山，一会儿又撵到这山。

听到头狗的撵山声，群狗们也激动起来了。趁人们不注意挣脱了松套在勃子上的绳子，“汪，汪，汪”大叫着，一条跟一条向头狗叫的方向猛扑过去了。

阿普老爹和家人们也无可奈何。只好祈祷“猎物是一只能上树的獐子就好了。”

头狗翻过一座山梁又一座山梁，后面的群狗也跟着跳过一条大箐又一条大箐。

阿普和家人们也只好一边跟着狗群撵山的后面，爬过了一座又一座山。一边又在山野里一面采集竹笋、山菜等做晚饭的原料。

跟着，跟着，采着，采着。待走到一大片竹林边缘时，看见青青的竹林一片又一片地倒在地上。有的竹叶子好像刚被砍掉一般，还有一些青绿色，有的早已干枯了。刚冒出土的新竹笋更是被拖啃得一片狼迹。

老爹阿普告诉家人：“这是被竹鼠吃的。一个地方如果竹鼠太多了，这个地方的竹子就会被吃光，变成荒山。今天正好没有汤可做，我们逮上只把竹鼠做汤去吧。”说着带领男人们一人削了一根长竹签找竹鼠去了。

不过三代烟功夫，老爹阿普和男人们逮到了几只又肥又大的竹鼠。小孩子们看见逮到的竹鼠，就好奇地摸摸竹鼠肥圆了的身子，又去搬搬吃竹子啃黄了的竹鼠牙齿。

一大家子人正闹得欢喜时，只听得猎狗声由远而近，朝着人们前面的山梁梁上撵过来了。

撵着，撵着，离人们的跟前也越来越近了。

阿普老爹十分当心今天这不听话的猎狗们把不幸的猎物伤害了。就在那里十分着急起来。

孩子们见老爹这般着急，便上前劝求到：“老爹啊，老爹，奶奶说的是叫我们少杀生或不杀生。没有说绝对不能杀生。况且，我们找地方去的路上，没有盘缠可吃了。你就准我们撵着这只猎物吧。”

“是啊，找地方走路得吃饭啊。”老爹阿普也想到。

“那么还能不能撵山，得祈求里箐华米仕（即，司职管理动物的山神）才行。”

老爹叫孩子们砍来一节竹筒，把它一划两半拿在手中，一边用双手搓着，一边念到：

管山沟的阿把仕米斯，管树林的阿也仕米斯；
没有事情不来打搅您，没有难来不会麻烦您。
这，
今天有事情来打搅您，今天有难事来麻烦您；
做得的事情请您教给，搞得的门路请您说给。
…… ……
这，
山中野物到处都是有，林中飞禽到处都是多；
野物多了没有青草吃，飞禽多了没有食可扒。
这.
今天我家要去找地方，明天我们要去赶路程；
路上盘差已经要吃完，程上饭食已经没有了。
这，
请您开恩准来撵山去，请你开恩准来捉飞禽；
撵着大猎物来当盘差，抓着大飞禽来当饭食。
…… ……
这，
找着好地方来去种粮，见着好坝子来去撒糈；
粮食好了收得九大仓，糈米好了搓得七大堆；
好粮食来报答您恩情，好糈米来报答您感情。
…… ……
这，
求您开恩情来划木桐，求您准许办来丢木桐；
您开恩情请把木桐合，您准许办时把木桐对。
哈——哈，哈——哈，木桐合起可以去撵山；
哈——哈，哈——哈，木桐对了可以逮飞禽。

这，

爸爸吾伞快来帮忙了，阿妈菩拉快来施舍了；

别让人们饿着肚子咯，别叫我们受罪来行程。

合起来，合起来，合起来。

念罢，在一小块干净而平整的地上，连续丢下去三次都是合拢的。

老爹阿普高兴的告诉大家，“吾伞菩拉和仕赶米仕都准许我们在这非常困难的时候狩猎。但狩猎前要祭祀华赶米仕，获得准许才行。”

大伙听了非常高兴。

这时，头狗突然变化了叫的声法。它的叫声从有节奏中变成急促起来。群狗的掺杂声也一阵紧似一阵。

老爹阿普知道，这是猎狗快要逮住猎物时发出的叫声。

他赶紧先爬上山梁顶上，朝狗叫的方向望去，眼前是一片一眼望不到边的大草坝子。他知道猎物只要跑到开阔的坝子里，比在山里就好撵得多了。随即取下挂在箭包上的牛角号“嘟——，嘟——，嘟——”地吹响起来。

众猎人向战场上的勇士听到冲锋号声一般，个个拼足力气勇猛地冲上了山梁。

待众人跑到跟前后，老爹阿普说到：“娃娃们，猎物已经跑下山去了，进入了眼前这一大草坝子里，待我们前去捉拿。”

听罢阿普老爹这么说，众人向前望去时，前面草坝的边缘里，一只头上长着七、八叉角的梅花斑大马鹿，翘着雪白的小尾巴，一闪一闪地朝草地深处跑去了。

随即，头狗带领下的众猎狗”汪，汪，汪……”的狂叫着追了过去。

老爹阿普一声“追!”的令下，众猎人们“阿嘿嘿，阿嘿嘿……”的吼叫着一齐向草坝深处追去。

猎狗和众猎人们追呀追，撵呀撵，追过了草坝，又撵翻过了两座山头后，来到了一条清沏沏的河边。先前追到河边的猎狗们，在一声急促的“汪，汪，汪……”的狂叫之后，便围着河边方圆只有里把的一个小湖边不出声气了。在一般的情况下，这是群狗逮住或围住了猎物。但当老爹阿普他们到达湖边时，除了猎狗们小声地”思，思，思……”叫着，围起湖在转悠外，什么也没有看到。猎人们也只好跟着转攸了起来，但什么也没有看到，使大家都感到非常奇怪。

突然，随着湖中一层层水波的荡起，梅花鹿的头在水中高高扬起，并使劲地扬去了还在往下淋着的水花。

这是多难得的机遇啊！

老爹阿普和众猎人们都争先恐后地搬起各自手中的弩弓，迅速地搭上锋利的竹箭“嘣，嘣，嘣”的射了起来。

平时里能百发百中的猎人们的箭，这时，要么射不到一丁点儿，要么射超过了一丁点儿，要么射偏左了一丁点儿，要么射偏右了一丁点儿。射出的一支支飞箭在鹿的周围沾起了一次次小水花。但大家把箭包里的箭都射完了也没有射中一箭。

当人们射完了箭，一筹莫展地惊呆在湖边时，梅花鹿分明是在洗澡一般，在清澈的湖水里翻了几翻，然后嘴里衔着一小把谷穗一样的东西，昂起头爬到湖岸上，向惊呆了的人们点了点头，扬起雪白的小尾巴消失在了东边的竹林子里。这时，猎狗们也对它很“客气”，既不出声叫唤，更不去追赶它了。

望着远去的梅花鹿，老爹阿普才道：“这是菩拉马鹿，我们撵不得，撵不得。这里是衬以比，这里就叫衬以比（即，地名。马鹿溏之意思）。”

折腾了一整天，太阳也落山了。猎狗和人们都疲痨到了极点。老爹阿普只得招呼大家在衬以比边上的几棵大冷杉树下就地缩营。人们有的到泉边打水；有的剥着竹鼠皮；有的捡着菜，有的烧起篝火。待篝火烧旺盛后，便在火里烤的烤，煮的煮着白天收获得的竹鼠和青笋、山白菜等。大家一顿美美的晚餐后，各自拉来枯枝树叶，扒来干蕨菜的叶子做好“床铺”，劳累一天的人们，随着锦鸡“好好一睡觉，好好——睡觉，好好一睡觉”鸣声的消失，很快进入了梦乡。

第二十二章　白公獐子河边行
牵手渡河落人烟

随着百鸟争鸣的声音，新的一天又开始了。从东边翠绿、翠绿的山头上泛起了一线白白的光亮，不一会儿，太阳就像一团红彤彤的火球，慢慢地升上了天空。

同时，一缕青烟在衬以比边上升腾了起来。宿营在衬以比边的人们从干叶铺着的铺上起来了。他们还是打水的打水，烧火的烧火；然后是烧烤的烧烤，煮的煮。填饱肚子，喂好狗后，在阿普老爹的一声“走”的令下，又开始了新的一天的征程。

人们往东边行走还不到半袋烟的功夫，眼前被一条滚滚东去的美丽河水吸引住了。

碧绿，碧绿的河水清澈见底。河中间冒出的一块块石头上和一桩桩树格瘩上，一棵棵横七树八的老朽木上，都长满了绿茵茵的青苔。

平缓缓的河岸两边的原始森林遮阴下，长着一蓬蓬，一片片密不透风的竹林。被河水冲下的七弯八扭，奇形八怪的竹根，黑的、灰白的连成了永不断线的链条。

在清清的河水里，在一串串的竹根下，游动着长不过一掌，粗不过水中竹根一般的一群群小鱼儿，自由自在游动的身影使人目不移去。

在一棵棵苍天大树与一蓬蓬青竹的空闲处，长满了厚厚又绒绒的地衣。一脚踩上去又柔又软。一身躺下去那种舒服法使孩子们久久留恋忘行。

孩子们请求到：“老爹，这么好的地方，我们就在这里安家吧?”老爹回答说，“这里确实是好地方，但你们看，山上到处长的卖格子

（即，高山杜鹃树），这里还种不出粮食来。”

老爹的话音刚落，猎狗们又叫了起来。人们随着猎狗的叫声一眼望去，一只雪白的公獐子翘着尾巴露出两支又长又黄的獠牙，从竹丛里跳了出来。它好像根本没有听到被后有猎狗追赶的叫唤声音一样，向人们点了点头，欢快地顺着河流向东边一溜烟跑去了。

獐子本来就没有雪白的毛，再加上这只根本没有把猎狗们对它的追赶放在眼里，以及还向人们点头的动作，使人们更加觉得奇怪。“这是不是吾伞菩拉派来给我们指路的米斯神啊?”阿普老爹想，便自问自答道：“肯定是了。”

众人们一听阿普老爹这没头没尾的话觉得很奇怪。便大胆的问道：“老爹啊，老爹，你这没头没尾的肯定是了，在说什么呀?”

阿普老爹知道孩儿们没有听懂他心里说的这番话，就认真的说：“娃娃们，我是在说，这雪白的公獐子从来没有见过。这獐子又不怕猎狗撵它，它还向我们点头，又向东边跑去，这肯定是吾伞菩拉派来给我们引路的使者了。”

孩子们听懂了老爹的话，都相信这白公獐子是吾伞菩拉来派给引路的使者。就异口同声地向阿普老爹请求道：“老爹，那我们就朝这条腊普（即，白獐子或公獐子之意）河，去寻找我们能够生活的地方吧!”

“对，就顺着这条腊普河去寻找我们生存的新天地。”老爹说着带领自己的队伍加快步伐朝前走去。

这时猎狗撵山时急促叫唤的声音，变成了缓缓的相挑逗开玩笑般的叫声。

人们朝前头望去时，更叫人惊呆了。猎狗们不是在追赶那只白公獐子，而是在那河边厚厚而柔软的地衣上，与白公獐子向久别重蓬的伙伴一样，滚来翻去的在逗乐。

“狗和猎物虽然都不会说话，但它们都成了和睦相处的朋友了，何况猎物又不与人们争食霸饮，更应该和睦相处才是。”人们边感叹地议论着，边向猎狗和白公獐子游戏的地方友好地走去。

白公獐子看到人们怀着友好的态度向它走来，也就无拘束地与狗逗乐。渐渐地人们快接近它时，它又一次向人们点过头后，与群狗一起顺河蹦蹦跳跳地朝前跑去了。

这正是：

依依不舍离萨玛，花鹿跑到衬以比；
以比山水无限美，行人恋留难离走。
河边有只白公獐，猎犬獐子本不亲；
却向重逢老相知，亲热样子亲上亲。
菩拉变的白獐子，虽不语来意儿表；
专为人们来引路，跟到东边去安营。

当人们落伍时，白公獐子和猎狗们又在地上玩耍。当人们快要接近时，它们又朝前跑去一程。落伍一程，又跟上一程；跟上一程，又落伍一程……一直在拉普河边向东行走。

走啊走，还是走啊。走过了一片片的毛竹林，迎来了苍天的冷杉树林；走过了冷杉树林，迎来了红松树林；走过了红松树林，迎来了西南桦树林；走完了西南桦树林，迎来了刺叶栗树林；走过了刺叶栗树林，又迎来了青岗栗树林；走过了青岗栗树林，又迎来了山老树（即，云南榧木）林；走完了山老树林，又迎来了狗尾松（即，铁杉）树林；走完了狗尾松树林，又迎来了一片蕨菜地；走完了蕨菜地，又迎来了柏栗树林；走完了柏栗树林，又迎来了白杨和鸡素子果林；走完这一林带，刚好进入云南松树林带。这时，猎狗们突然无节奏地“汪，汪，汪”叫起来。

人们住足向前方望去时，只见猎狗们站在河边的一小块沙滩上婉惜似的朝河里在叫唤。

猎狗们的叫声中，人们只见白公獐子“扑咚”的一声跳入了滚滚奔腾的腊普河里，向对岸的一大块台地那边游去了。到了河对岸，白公獐子头朝河的对岸，向人们和猎狗们点了点头，抖净了身上的水珠，缓缓地走进了台地。在台地边延一道长满古树林的悬崖下消失了。

阿普老爹看了这个镜头道："娃娃们，今天时候也不早了，白公獐子领我们要找的地方可能就是那块小坝子了。"接着指指河岸边陡峭山岩下一个宽敞的岩洞指挥到："现在女人们在岩洞里生火做饭，晚上就在岩洞中住下过夜。男人们在这河滩上跟我一起垒筑桥墩，明天一早建座木桥准备过河到哪边去。"

孩子们按照阿普老爹的话，女人们在河岸边的宽敞岩洞里，整理的整理，烧的烧火，打水的打水，做饭的做饭；男人们则在阿普老爹的亲自带领下搬石挖土，开始垒筑桥墩至天黑方才闲工。未垒筑完的准备第二天继续垒筑。

当第二天人们起来的时候，头天垒筑好了的桥墩，已经变成了一座高大而完整的桥墩只待人们搭桥了。人们仔细观察时，两边桥墩上渗出的泥浆都已变成了七形八怪、千姿百态的泥笋、泥柱。

阿普老爹道："娃娃们，这是吾伞菩拉在帮助我们啊，赶快砍来几棵树搭桥哕。"

阿普老爹的话音刚落，人们又听见猎狗们欢快地"汪，汪，汪"叫了起来。一眼望去，原来是那只白公獐子从对面的台地上下来后，朝河这边游过来了。

白公獐子爬上岸来吹了吹鼻子里的水，抖完了身上的水珠，又向人们点了点头，与群猎狗一起欢快地顺河向东跑去。

人们都呆呆地望着白公獐子与猎狗们跑去的背影。还是阿普老爹务实，他对众家人道："娃娃们，看来桥暂时不用搭了，赶快收拾东西跟着白公獐子后面走才是啊。"

昔日阿普老爹他们在腊普河边垒筑的桥墩现今仍存。当年彻筑桥墩时渗出形成的泥笋、泥柱，当今已经变成石笋、石柱悬挂在腊普河的两岸。人们以那天然的桥墩为依托，架设了一座悬空的钢索板面桥。阿普老爹他们当年搭桥梦想，变成了现实。这悬空的小桥犹如一道彩虹，悬挂在半空中。人们行走在桥上一悠一闪如行云雾间。这是

盼着打猎的父亲归来　　（余海中　摄影）

A: B: FI. FI. K; K; ɅO.. LO SU

盼着打猎的父亲归来　（余海中　摄影）

A: B: FI. FI. K; K; ΛO.. LO SU

腊普河上小桥流水美景的一个缩影。此为后话。

且说，大家又在阿普老爹的带领下，跟着白公獐子走啊走，走到太阳偏西时刻，来到了另一条河流流人腊普河的交叉口，这里三山夹两河，河边有一大块平整的土地。黑色肥沃的地边，生长着一棵棵长满青苔和挂满长长松罗的古老核桃树、板栗树、鸡素子果树、青松树、白山茶花树等等。鸟儿在树上唱唱跳跳，蜜蜂在花丛中自由自在的采蜜。

“这是一块好地方啊！”阿普老爹道。

孩子们也央求到，“老爹，我们就在这里住下来吧！”

阿普老爹道：“这里虽然是一片好地方。但是没有我们住的地方。况且，白公獐子还在往前走哇，我们还是跟下去吧！”

众人又依依不舍地离开了他们心目中的这块好地方。又朝东边一路行去。

太阳即将落山的时候，人们来到了一个从南向北突出的一块台地的对面。这块突出的台地使腊普河转了一个大弯弯，大弯弯又使奔腾的河水流速缓慢了起来。河面也宽大了许多，水的深度也由于河面的宽敞随之浅了起来。

这时，前面不远处的白公獐子掉转头来，向人们点了点头后，又转过身子从容地下到了河里向对岸泅去。不知为什么，从来没有泅过水的众猎狗们也没有半点胆怯的样子，一条跟着一条下到河里向对岸游去了。

阿普老爹见状道：“娃娃们，你们看，白公獐子和群猎狗们都到对岸去了，菩拉指给我们的地方就是对岸了。”

但都在萨玛阁大山里生长大的人们，谁也没有涉过这么大的水，都你看着我，我看着你无手措足，谁都不敢冒然下水。

还是老爹阿普急中生智：“娃娃们，獐子和狗都过去了，我们把小娃娃们背的背上，大人们就互相戈登（即，相互牵手涉过去的意思）着涉过去吧。”

听老爹这么一说，大家背上小的，男人们在排头，女人们在排尾，一个牵着一个，一步一步小心翼翼地蹬过齐胸深的河水，到达了对岸台地下的沙滩上。

岸边的斜坡只有一箭之遥的地上长满了苍天的柏栗树、核桃树、樱桃树、板栗树、红木树还有红果果树。一棵棵树都大得几人才能合抱得过来。树枝上都挂满了白白的、长长的松罗，这种景观跟萨玛阁大森林差不多。

走完斜坡，就到了台地下的悬崖脚下，悬崖虽然不高，不过十多丈高吧。但形成的岩壳、岩洞却十分能避风雨，也许是吾伞菩拉故意造下给人们的吧！

这时夕阳已经落山了，歇在柏栗树上的锦鸡好像在崔促人们似的叫了起来："好好——看看，好好一看看，好好一睡觉，好好一睡觉"。

阿普老爹在悬崖脚下，左看看，右看看后道："娃娃们，这是吾伞菩拉给我们造下的好住所啊！我们就在这里安营扎寨吧。"

人们听从阿普老爹的话，就在这戈登悬崖下的岩壳石洞里安营扎寨了。

为了解决肚子问题，阿普老爹这边叫小孩们捡柴烧火，另叫妇女们到附近沟边树林里采摘野菜。叫几个大男人则到河里去试摸鱼来准备改善生活。

阿普老爹和小孙孙们刚把火烧然，妇女们各采了一大抱野菜回来了，妇女们刚把菜捡好，男人们各人提了几条不大不小的鱼也回来了。

河水煮河鱼，又在河鱼汤里煮出来的野菜，味道真是鲜美极了，一大家子人一来就美美饱餐了一顿。

吃完晚餐，又在岩洞里铺好了床的人们，一齐坐在熊熊燃烧的火塘边，您一言我一语的议论着一路上的感受至深夜。阿普老爹见时间差不多了，总结似的说道："腊普河岸真的是好地方啊，将来必定是美丽富饶的鱼米之乡。"

第二天一大早，天还没有亮，从柏栗树上还没有下来的锦鸡又好向崔促人们一样唱了起来："好好——看看——起来，好好——看看——起来"；不甘寂莫的铁甲鸟也跟着附合了起来："金贵夹贵——好地方，金贵银贵——好地方"；贵贵尧鸟儿也奏起热闹到："自本楞一起来，自本楞——起来"；布谷鸟则告诉人们："呱本——种下了，呱本——种下了"；白头翁小雀也到："实在好——好地方，实在好——好地方"；本来就能歌善舞的百灵鸟升到台地的高空中唱起了优美的旋律。

此情此景，让人们都再也睡不着，躺不下了。男女老幼都不叫而起来了。一边静静的听这百鸟鸣声合成的优美音乐，一边从岩洞不远的东边缓坡上，爬上台地去看个究竟。

当人们爬到台地边上一眼望去，不觉感叹到："哦，真是好地方，真是好地方。"

台地虽然不很大，但是一个平坦、肥沃的小坝子。坝子的东边是滚滚流泻的腊普河，清沏透底的河水里黑压压的鱼群自由自在的游来游去；坝子的西边是一望无际的萨玛阁大森林，森林里传来的百兽声在山谷里彼此起伏；坝子的南、北的大山上，都长满着高大茂密的青松树林。树林下堆积着又柔软又厚实的松针腐质山基土；坝子中间是大片、大片的似草又非草的地。说它是草地，地上确实长着嫩绿的青草；说它是非草地，地上长的草不是无规则的一片毡，是一蓬蓬一排排地整齐有序。

当人们走进坝子中的地里时，才恍然大悟，"这不正是当年在萨玛阁大山顶上种下无收成的庄稼禾苗吗?"

从此，阿普老爹一家人，结束了以狩猎为主，漂泊不定的生活，完成了从大山中走出来的目标，在这块土地边上、岩洞里安营扎寨定居了。

阿普老爹带着他的一大家子人，边在附近地方采集野菜、野果度生活，边给地里的禾苗拔除杂草、培土。到了这一年的秋天，就收得金黄色的稻谷了。

从此，阿普老爹一家就在戈登开始过起了不靠狩猎撵山，不滥杀野生动物，以自己的辛勤劳动种植庄稼的农耕生产、生活。

在二十世纪五十年代开展的“大跃进”运动中，一群农民在积肥时，于拉（腊）河普岸戈登的悬崖石洞里，掘出了许多新石器时期的遗物。人们说，那就是阿普爹他们曾经使用过的东西了。戈登从此载入了人类历史的史册。

上刀山

第二十三章　跟着太阳往西走
骑上野猪险送命

话说猴妈妈和挖几才老爹俩位老祖去逝以后，按照老人的嘱咐，阿普老爹带着一家子老小，依依不舍的离开了萨玛阁大山，沿着太阳出来的东方去寻找可以不杀生生活的地方去了以后的不久，老二阿登老爹也同样怀着对曾经养育过的大山的深情，带着自家的老小，向西太阳落山那边行去。去寻找老人临终前提示下的，众人都向往的王巴明地方。

离别了阿普大爹一家人以后，乘萨玛阁大山里迎来的春暖花开的好气候，阿登老爸带领着自己家的人马，带着简单的行礼，从阿丫凫鲁阁走啊走，走到第二天下午就开始下山了。俗说得好“下山更比上山难。”一家老小你牵着我，我拉着你，艰难地行进在下山的道路上。路难行，难行路。走啊走，行啊行，直到太阳快要落山的时候，一家子人终于来到了一处缓缓的半山坡里。

这处半山坡上有一处较为平缓的小坝子，虽然不是十分平整，也不是一望无际，但对于这些峻峭的大山里，是难得的平坝子了。坝子和坝子周围都密密麻麻长满了几人才能合抱的大青冈栗树。树上长长的松罗，好像是使人走进了挂满长绸缎子的大屋里一样。七弯八扭的树枝上堆着一堆堆的松鼠窝。大大小小不计其数的松鼠们，看到来了这么一群两足直立行的人们时，不知是欢迎的意思，还是驱赶的恶意，在树上跳来跳去“叽，叽，叽，喳，喳，喳”叫个不停。

只会抬头看着树上松鼠唱歌般跳舞的人们，不注意脚下时，不知被什么东西滑得一个二个仰面朝天倒在了地上。当人们爬起来仔细看时才发现，这把人滑跌倒的竟然是树上掉在地上的栗子果。

由于栗树长得大，长得密，栗子也结得多，这群松鼠根本食用不完。上年秋、冬天的果子现都还堆在地上，把整个缓坡都铺得满满的。

阿登老爸仰面躺倒在栗子上，随手一边抓了一把栗子嚼着，一边高兴得哈哈大笑说到："原来这个地方是个贝底（即，栗子坪的意思）呀，太好了，太好了。"随后从栗果上爬起来指挥大家搭窝棚的搭窝棚，找水的找水，捡栗子的捡栗子。晚上，人们把栗子烧的烧，煮的煮，开了一个盛大的栗子宴会方才入睡。

第二天阿登老爸和家人在贝底里整整捡了一天的栗子。捡得的这些栗子足够路上吃了，直到第三天早上才又出发去继续寻找理想中的王巴明地方。

第三天一大早，阿登老爸就带着一大家子人，又蹬上了往西南方向的路程。扶老携幼，一家人艰难的向前方走去。

在经过一大片宽敞的蕨菜林地时，这片蕨菜地到处有被人挖掘过一样的痕迹。走过这片蕨菜林地后，进入了一条大沟箐。大箐沟沟边长着的一片片山百合又被什么动物拱吃完了。

经验丰富的阿登老爸对大家提醒道："这是野猪群觅食的地方，我们大家都小心些，免得受到野猪的攻击。"

接着又翻过了几道梁梁和几条沟沟都有这样的痕迹。当走到松树林中夹生着竹子林的一大片森林中时，人们看到许多小树和竹子被什么咬断拖走了，地上成了一条条小路。

阿登老爸告又诉大家，"这些竹子和树枝是野猪拖去做窝的。猴妈妈说：'一猪二熊三老虎'，野猪带着小猪时非常凶狠的，大家更要小心些才是。"

果不其然，当人们小心翼翼地向前才走了不到两箭之遥，在一片长着密密麻麻小松树林的一个凹地里，看到了用竹子和树枝搭建起来的一堆堆野猪窝。有的窝里还散出淡淡的雾气。有的窝里不时还传来小猪吸奶时的欢叫声。

为了不打扰野猪们的安宁生活，也是为了不给自己带来不必要的麻烦，阿登老爸使终走在前面。众人们几乎是屏住呼吸，一个个紧紧地跟在老爸的身后。猎狗们也很听话，半夹着尾巴，只是小声“思——，思——，思——”的叫着，紧紧跟在人们的身旁一同快速前进着。

突然，一只长着长长黄门牙、体魄硕大的野母猪，从一大堆冒着热雾气的窝中，向人们的斜则面猛冲了过来。

在这危急时刻，孩子和女人们都惊呆了。

阿登老爸见状急中生智，他一边“说，说，说”急促地唆使猎狗们冲向野猪，一边飞速地从前斜面跑到侧面来顶挡野母猪的攻击。

顿时，人们的尖声尖气的惊叫声，群猎狗们“汪，汪，汪”的撕咬声，和野母猪引来的群猪狂奔狂叫声，充满了整个大山箐，回荡在山岭之间。整个山间顿时遍布着一片紧张恐怖的气氛。

真是无巧不成书。疯狂的大母猪正对着奔出人群的阿登老爸冲来。这紧急关头，还是阿登老爸眼明心快，“嗖”的一声跳向前面一步之遥的一棵树上，两只手抓住了一根横长着的树枝，让野猪从胯下冲了过去。

人们正为老爸抓着了一根树枝避过这突来的灾难而要庆幸的时候，由于阿登老爸抓住的是一根朽枝，承受不了人体的重量，连人带树枝掉了下来。正好野猪调转头又一次冲了回来。事情也真碰巧，冲回来的野猪正钻到了从树上往下掉的阿登老爸的胯下，成了人骑马的姿势。

家人们一个二个急得大喊大叫：“老爸，快点跳下来，快点跳来。”猎狗们更是跟后面“汪，汪，汪”的叫个不停，弄得野猪狂上加狂更加飞快地奔跑起来。

“这群人与这几条狗，真是不吃酸浆草，不知酸味道。”阿登老爹像骑在小牛背上一样，双脚不能着地的事怎么跳啊！再说，这山间悬崖上，跳下去的话那肯定摔死无疑。

骑上去了无法下来的阿登老爸，只好紧紧地抓住猪鬃不放，硬骑着野猪在山间悬崖峭壁上任其狂奔了起来。

骑在野猪身上的阿登老爸，本来可以腾出一支手，抽出身上的长阿嗒（即，长刀子）砍死野母猪的。但当他闻到一大股腥味时想到，如果把母猪砍死了，嗷嗷待哺的那群小猪不是太可怜了吗？因此，几次抽出来的长阿嗒又都把它放入了刀鞘。

这真是：

心里装着王巴明（即，地方的意思），跟着太阳往西行；
爬过山梁九十座，跨过大沟七十条。
心里想着不杀牲，怕踩蚂蚁脚步轻；
偏遇野猪闹麻烦，不知何时能闲脚？

阿登老爸为了使小野猪们不失去母爱，骑啊骑，跑啊跑。心想，“我只是从窝旁经过一下，又没有逗着你，你非要背着我跑的话就跑嘛，看你跑得了多久，跑得了多长，过失也不会背到我头上。”骑过悬崖，跨过了几条大沟，翻过了几座山梁，又回到野猪的窝旁。野母猪终于喘着粗气，口吐白沫倒下了。

阿登老爸从野猪背上下来，用手拍了拍野猪的头道：“哦，原来这是粤哒底（即，猪睡的坪子之意）啊。你们在你们的，我们只是路过这里而已，对你们根本没有任何恶意。你和你的小宝贝们就在这里好好地休养生息吧。”说完，哄上群猎狗，带上众家人一起又上了西行的路。

第二十四章　四面青山环大地 潺潺翠河向北流

阿登老爸一家人走啊走，走到第三天的下午，眼前突然一亮，山下的西边有着一块平地。这块平地座北朝南，一望无际；宽约有一天左右的路程；四面被青青的山所怀抱，就像是盆中的一块绿宝镜摆在人们的面前。

一大家子人望着这块宝地都兴奋不已。“这是多么令人向往的地方啊！真是王巴明，真是王巴明啊！”阿登老爸感叹到。俗话说的，人逢喜事精神爽，这话一点也不夸张。在惯了深山老林的阿登老爹一家人，看到这宽敞平坦的王巴明后，个个忘了几天来的行路疲劳，都自然加快了前进的步伐。

这时春天的王巴明，四面青山一座连一座，一起一伏连绵不断。每座巍峨的山都披上了绿中带彩的纱帐。把一块绿宝石似的大地团团怀抱中央。

高高的山顶上是一片片青油油的草坝。草地盛开着一朵朵白绒绒的是高山雪莲花；盛开的一朵朵黄灿灿的是高寒蒲公英；一蓬蓬盛开的天蓝色小花是雪山紫龙胆；盛开着一朵朵白点花的是千年将军草；头顶一蚝托绣球帽的是续断花；在趴地草丛中含羞开着小红花的是雪线金钱草；一节高过一节头戴紫单帽的是高山珠子参花；头顶四瓣黄伞的是高寒翻白叶；盛开着各种颜色小花的是血竭草花；雪白的一条条一撮撮趴地长着的是高山雪茶；还有那无数数不清说不尽的红的、白的、粉的、黄的、紫的颜色小花花。到处是花的世界，到处是明媚的春光，根本没有半点高寒地貌的感觉。

高山草甸的周围生长着的是高山小杜鹃花。这些小杜鹃有的花是红的；有的花是粉红色的；有的花是紫红色的；有的花是淡黄色的；有的花是天蓝色的。它们有的是自成一片，一片一种颜色；有的点点丛丛，白中有红，红中有黄，黄中有紫，紫中有粉，粉中红……近看，像是一条条花带子，一片片织成的花地毯。远看，是落人人间的一道道五光十色的彩虹。

紧接着小杜鹃林生长着的是高山卖腊树。它们有大叶卖腊；中叶卖腊；小叶卖腊，有灰背叶卖腊；滑背叶卖腊；还有毛背叶卖腊。由于每年冬天大雪的欺压，这些卖腊树没有一棵树杆树枝是直的。它们的形状虽然是七弯八扭的，但它还是盘根错节的长得蓬蓬勃勃，显示出它们的强大生命力。一到春季，冬上的积雪尽管还没有化尽，它们的花蕾就竞相开放了。这真是：

风骚啸啸雪未尽，冰霜皑皑冻沟壑；
杜鹃花开白雪里，白雪映眺花更艳。

大叶子卖腊开出的是金杯杜鹃花；中叶卖腊开出的是红杜鹃花；小叶卖腊开出的是粉红色的杜鹃花；灰背叶卖腊开的是白色的杜鹃花；滑背叶卖腊开出的是黄杜鹃花；毛背叶卖腊开的是红、粉红相交的杜鹃花。

一片片七弯八扭、稀奇古怪的古董般的卖腊树林后面便是一片片望不到边际，遮天盖日，拔地而起刺破白云般的杉树林。

它们从上往下生长的顺序是：冷杉树林；黑杉树林；白杉树林；红杉、铁杉树林。一棵棵千百年的老树都长着长长的树胡子，在微风的吹拂下缓缓而动，向是与人们讲述着它本来的经历和历史。本来就茂密而阴森的树林子下，密密麻麻地长满了箭竹、实心竹、空心竹、扫把竹、毛竹、金竹等竹类。

这些密密麻麻几乎不见阳光、不通风的林子，便是黑熊和老虎的领地了。在这里，它们饿了可食竹笋，可追捕獐子、鹿子；渴了可以到竹蓬下喝潺潺流淌的竹根清泉；累了可钻到洞穴或大树底下安静地休息；过着那无忧无虑的生活。

冷杉、黑杉、白杉和铁杉树的叶子，一年四季都是绿的。唯有红杉树的叶子是春长冬落叶。每当春天红杉树发芽时，山上一片一片地铺洒着一层银灰的颜色；秋天来临时，红杉树们又披上了一件件金黄色的袈裟，真是层林尽染，一片金黄。

紧接下来生长着的是阔叶林。它当中有豆腐渣树、野争子果树、山溜果树、高山海棠树、大羊掌树、小羊掌树、厚朴树、拱桐树、白山茶树、红山茶树、小山茶树、大叶刺栗树、青冈栗树、山楸树、山胡菽树、火绳草树、野核桃树、五贝子树、红豆杉树、榧木树、麻栗树、柏栗树、红木树、白杨树等等。

每当初春来临，新发芽的嫩枝小叶红红，红红的一片片把沟壑尽染。接着各色山茶花儿开了；花中之王厚朴花开了；像飞翔般的鸽子花——拱桐花开了；黄灿灿的山胡菽花开了，红得发紫的马樱花开了；漫山遍野的碎米花开了……

这真是：

王巴地方多多花，数不尽的是鲜花；
山上山下都是花，一年四季可赏花。
大叶卖腊金杯花，红透发紫马樱花；
沟边开满山茶花，漫山遍野碎米花。
这里讲的树之花，还没论说其它花；
树花之王厚朴花，树做棺材牡丹花。
山中开满无数花，名花都属山中花；
群鸟似翔鸽子花，名贵黄色杜鹃花。
说不尽来山中花，道不完来王巴花；
真心想赏山中花，王巴地方就是花。

山脚和坝子里冒出来的一座座山头上，生长着的全是青松杂树林。一棵棵笔直而挺拔的青松，有的大得三五个人才能合抱。一棵棵巨大的古老青松树枝上挂满了一串串珍珠般的松明油。它们有的是白里透明，有的是黄里透明，有的是红里透明，像一串串珍珠玛瑙，真是使人爱不择手。黄里透明的松树明子随手可捡。厚厚的松针腐质叶里，长着松茸菌、铜乐菌、奶浆菌、青头菌、一窝鸡菌、刷把菌、牛肝菌、黄伞菌、棘子菌等应有尽有。

山脚的沟沟箐箐里长满了樱桃树、鸡素子果树、核桃树、柒树、木瓜树、柿花树、桃子树、板栗树、李子树、海棠树、野苹果树、羊奶果树、红刺泡、黑刺泡、野葡萄藤、大青藤、小青藤、青刺果树、红花菽树、绿花菽树……

当还在冬天里的时候，一蓬蓬青刺果树花，像一串串炸开的鞭炮一样，开满了沟沟坎坎；青刺果花还没有谢完，雪白的野樱桃花开满了一棵棵粗壮古老的大树；樱桃花还没谢完，粉红的桃花、白色的李子花又开满了大地，接着犁树花开了，接下来苹果花开了，接下来花菽树开花了，接下来鹦武花开了，接下来板栗树花开了，接下来刺泡花开了，再接下来柒树花了，再接下来鸡素子果树花开了……

花还没有开结束，各种果子相继成熟了起来。一串串的青刺果黑油油的成熟了；接着红彤彤的樱桃果成熟了；接下来红色白刺泡、黑色刺泡成熟了；接着一树树红里透黄的羊奶果熟了；接着黄灿黄灿的野李子果成熟了；接着一团团鲜红色的花菽果成熟了；接着粉红色的桃子成熟了；接着梨子成熟了：苹果成熟了；然后是核桃可以下了；板栗可以下了；柒籽可以捡了；鸡素子果可以摘了……

一到春天以后，耳环似倦曲着的水蕨菜可以采了；紫色油亮的马蕨菜长出来了；齐腰深的龙爪菜向银钩般一片片，一山山可以打了；在密密的杜鹃林里的大、小竹叶菜长出土了；嫩秧秧满沟满壑的山白菜可采了；沟边的三叶菜要开白花了；水边的荠菜背也背不完；鲜嫩的山韭菜向人工种植的一样，一墒墒，一垅垅割也割不尽；山百合的叶子宽大得可以当伞顶；野白合花开满了山坡；地米菜、犁头菜、灰挑菜走路也要踩倒一大片；树胡子、青蛙菜随手可采一大把……

四面青山怀抱下的肥沃黑色土地一眼望不到边。南北足有三日路，东西要走一整天。在那一片片望不到头的肥沃的土地上，长着绿蒿等杂草。杂草里还生长着小米苗、糈米菜、包谷苗、谷子苗、麦子苗等粮食作物的苗苗。当到秋天时这些成熟了的果实都成了人们种植粮食作物的种子。

一条发源于萨玛阁南端的竹根水集成的河水，先是从北朝南流去，又从东下西流经水帘洞以后，突然又从南拐朝北边滔滔的流去。河的上游两岸长着茂密的山竹。盘根错节的山竹根把河的两岸盘结得牢牢实实。使河水终年保持着清幽幽的颜色。

河里自由自在地游戈着一群群个儿不大，全身乌黑随手可捞的这些鱼儿，是这里特有的竹根鱼。

四面山头上潺潺流下来的几十条大箐、小沟里的水又都汇人了这条河里。河水很深，深得整条河向一根碧绿碧绿的玉带。水，清沏得完全可见底。

河水从南向北拐角的地方，有一溏清水，“突，突，突”地从地下往上冒出来，一条条小鱼儿，永不休止地从鱼溏里游向大河深处，给这条永远清翠的河水输送着永不止息的生灵。由此，人们管叫这个地方为：“鱼塘”。

河水从南向北拐流后，河的两岸长满了苍天的各种大树。它们有柏栗树、青栗树，有红木树、麻栗树，有野核桃树和火绳树，有豆腐渣和枫树，更多的是几人围不拢的核桃树和柒树。

紧挨着河水的两岸，生长着一排排不规则，但枝叶茂密的垂柳和白杨树。它们像卫士一般护卫着两岸的黑色土地。

阴凉湿润的大树林下，铺着一层层深厚的枯枝腐叶。人们一踏上去柔软得向羊毛被子一般。倒入河中的粗壮古老的树上，露出河面的大小石头上，都长满了绿绿的厚厚的水青苔。

一群一群的白鲤鱼，在清沏的河水里自由自地在游来荡去，石扁头鱼趴着河水中的石头爬来爬去；水老鸹们在河中露出水面的树根和石头上跳来晃去，点水雀用尾羽在河面上如舂碓般点着水。

清沏透底的永翠河滔滔不停地向北永远地流去。给这块宝石般的大地系上了永不变色的玉带子。

阿登老爸和家人，选准了这块宝地——王巴。他们搭棚、挖地、下种、养殖，永远地在这里繁衍生息下来了。

第二十五章　山中闺秀名传扬
王底射弩成恋人

阿登老爹的傈僳家族成了王巴这块地方的主人。他们在这块众人都向往的地方，世世代代的繁衍生存了下来，也就在这块土地上，创造下了许许多多催人泪下的故事。在这许许多多感人的故事中，一个阿娜姑娘流下的热泪的故事特别感人至深，使人回味无穷，更使王巴这一地方蒙下了一层层神秘的面纱。

在很远的年代里，不知道是那年那月；也不晓得是阿登老爹的第几代子孙的事了。有一对十分勤劳的傈僳族俩口子，结婚多年都未有生育。这未免引起了上村下邑的一些非议。有的在背地说："这俩口子是不是做了什么见不得人的事。"有的则认为这两口子的前辈做孽，他们才不会有生育。这些非议没有影响感情深厚的小俩口子。他们坚信吾伞菩拉是会关注有情人的。年复一年，月复一月，日复一日他们始终互敬互爱，形影不离，就连碗里的油渣都要分作双份才吃。真是："不能同生，但求同死"。

功夫不费有心人。也许可能是他们忠贞的爱情、勤劳的精神感动了吾伞菩拉。双双进入二十六岁的这年，他们终于怀上了孩子。

这年山上的枫树穿上了仕拉嘛（即，红色的秋天林景）装的一天清晨，东方还没有发白，小俩口子房前的大柏栗树上，突然"好好——看看，好好——看看，好好——看看"地叫起了锦鸡的歌声。随着，又在近处的大核桃树上也"叽叽喳喳，叽叽喳喳，叽叽喳喳"的叫起了喜鹊声音。傈僳族俗话说："锦鸡无事不鸣声，好事来叫好好看；清早闻到喜鹊叫，好事来临到门前。"

果然，太阳刚刚升出地皮线的那一刻，家中的女人顺利地产下了一个水灵灵的女婴。孩子“哇，哇，哇”的哭声惊动了隔壁邻舍的众亲友。孩子刚接生好，隔壁邻居、亲朋好友们就已纷纷带着鸡和好吃的东西前来登门祝贺了。祝贺的乡亲们看了刚生下的这个女婴儿都说“是个少见的漂亮机灵的小姑娘”。

由于这小姑娘是俩口子的第一胎，当然也是唯一的一胎。人们按照家中姑娘阿娜、阿尼、阿叉、阿咪、阿都……的排名，就取名叫阿娜了。从此，小俩口把全部精力都放在了扶养这难得的小姑娘身上，恨不得自己的小宝贝那天早上就长成大姑娘。

小姑娘也非常能迎合父母亲的心愿，自从生下来以后就没有患过什么大病大痛，身体非常健康。而且越长越漂亮，越长越能干。

她，十来岁就长得像个仙女似的。细高细高的身材，腰杆像山中的细腰蜂一般轻盈；瓜子型的脸蛋就像快要成熟的鲜桃一样粉红色中透亮；笔直而不显高又不显矮的鼻梁头圆而润滑，两个椭圆形的鼻孔通向鼻梁的深处；不薄不厚的双嘴唇中间，不时露出两排整齐而洁白的牙齿；在柳树叶一般弯曲的眉毛、双眼皮上长长的眉捷下，一双黑白分明而又明亮的眼睛，就像天上的星星一样闪闪发光；浓密而又粗大长得垂至大腿弯部的发辫更让人陶醉在女人的品味之中。

她，还处在妙龄少女之中。可是，明礼而善思维，开朗而稳重的性格；机灵而勤快的动作；温柔而贤慧的品质大大超越了自身的年岁。加上她能歌善舞和有一付百灵鸟般的歌喉更是使人倾倒。

阿娜姑娘方龄才十四，求婚的小伙子们都快要把家里的门坎踏破了。这不仅为难了父母亲，也为难了阿娜她本人。真是答应了阿普，阿登将不罢休；答应了阿登，阿敌又将不罢休……

为了解除这一难题，阿娜决定以射努来选择自己未来的丈夫。她把射努的时间选为次年的念慈只朵尼（直译为：吃药的日子。实指五月端阳节。）地点选在王巴背后的王底山头上的高山草甸里。并把消息告知了众乡亲。

到了第二年的念慈只朵尼这一天，天还没有亮，人们就在山上的锦鸡“好好——看看，好好一看看”歌声和山鸟“俄茏提波三咱咱，

（即：一棵白菜吃三顿）俄片提波三咱咱”的叫唤声中，早早的起床，有的带了热灰炒的包谷花花，有的带了放有蜂蜜的苦桥粑粑，有的带了放有蜂蜜的燕麦炒面，有的带了油煎的花桥粑粑，有的带了毛耳朵粑粑……不管带什么做午饭的人，同时都灌了一大竹筒的蜂蜜。小伙子们更是打扮得格外英俊肖洒，身上挂上大熊皮箭包，箭包里都涨鼓鼓地塞满了竹箭，肩找起大弩弓，像是比武又像是会友。人们像赶街一样地从各个不同的村寨，奔向王底山头。

太阳刚刚从东边的山头上刚冒出来，平日里静悄悄的王底草甸上，被四山八梁，九村十寨赶来的人们挤得水泄不通。小伙子们则到处做着射弩前的练习。

太阳出得两竹竿高的时候，阿娜所在村的长老挖兹波阿俄扒老大爹选择了一棵尼嘎菩拉（即，司情山神）大树，在大树前平出一块小地方，上面上青松叶，敬上茶水，摆上人们带来的食物。祭祀祈祷道：“嘿，尼嘎菩拉呀，您是人间恋爱事情的管理者，您是大地人们情事的决断者。这，今天我不吃，来拿来了，今天我不喝来敬上了；敬的是香茶，贡的是五谷。您要快点下来了，您要赶紧过来了。香茶冷了，变味道，五谷久了不好吃……嘿，喝了茶的尼嘎菩拉呀，吃了五保粮的尼嘎菩拉啊，今年阿娜姑娘有年龄，今朝阿娜姑娘有年龄，今朝阿娜姑娘到岁数。这有年龄来需相伴，岁数到来要择偶。这喝得好的呢。菩拉，吃得香的尼菩拉，今天请帮阿娜，今日请助阿娜相好伴，今天请帮阿娜择好偶……”然声，两只鹰都掉在了众人的面前。

挖兹波阿俄扒老大爹捡起两只山鹰，高兴地站到高土坎上，向人们宣布到：“两只山鹰都被阿欠、阿娜射中了，这是吾伞菩拉的意思了。阿欠和阿娜将来是恩爱的夫妻了。”

众人听罢，“好哇，好哇，好哇”的欢呼起来。一阵热闹过后，挖兹波阿俄扒老大爹又宣布到：“明年的今天，请乡亲们又来这里见证阿娜、阿欠的定亲仪式吧。”

又一片“干尺哇，干洒哇”（即，很好，很好的意思）的欢呼声中，红彤彤的太阳也慢慢落下了西边的山。人们在草甸中央烧起了一堆堆熊熊的篝火。红彤彤，红彤彤的烈焰仿佛是在与天上的星星比美一般，把王底山头上那蓝蓝的天空照得似霞光明亮。人们一群又一群地欢骤在一堆堆的篝火旁，对唱起悠扬动听的木括（即，山歌）。在一片片歌声和如潮般的欢声笑语中，在长者们“达登达減”（即，琵琶曲名）和“虫玛怒玛”（即，琵琶曲名）琵琶曲的引导下，小伙子们抽出了腰间的竹笛“丁哩六，丁哩六”吹了起来，姑娘们摸出装在花腊裱里的处处、玛弓（即，弹口弦、拉口弦）“王然王然王，王然王然王”地弹、拉了起来。娃娃爹们拉起吉兹（即，弦子），小娃娃们也吹起柳枝哨，跳起了欢乐的哇器器（即，歌庄舞）。直到第二天天明才各自散去。

亭亭玉立

第二十六章　心慈姑娘助幼兽
危急关头显英雄

话说，阿欠远在隔山隔水的怒明地方，而阿娜在王巴，他们为什么在射弩前就认识了呢？这里又有一个感人的故事。

头五年的一个明媚春天里，阿娜的阿爸、阿妈趁着晴朗的天气，带着心爱的女儿到俄米底山上去找竹叶菜，采蘑菇菌子和竹笋。一家三口人来到俄米底当天，阿爸、阿妈很快就搭好了窝棚。窝棚旁边还搭起了两、三排晒菜、晒菌子、晒竹笋的架子。又从附近树林中砍好了一大堆干柴。一切就像是长期家居一样安排得井井有条。

第二天，阿爸、阿妈就带着阿娜姑娘开始了采集的活路。还不到中午，阿爸、阿妈各人就采了一大篮子鲜嫩的竹叶菜，高高兴兴地领着心爱的姑娘回窝棚来了。

当一家三口人走到半路上，看到路边的竹蓬旁，一只红脚鸡卧地而亡了。阿爸拿起来看时，这只母鸡是刚刚被天敌啄死的。身上的肉基本被吃光了。这时旁边的竹林里，还传来了“叽，叽，叽”的小鸡叫声。阿爸卸下身上的篮子，仔细搜寻时，捡到了刚出窝不久的两只小红脚鸡仔。阿妈说：“太可怜了，把它们放了吧！”阿爸则说：“它们的妈妈已经死了，它们还有学会找东西吃。如果把它们放回竹林里，非饿死不可。我们还是把它们拿回去饲养到它们自巳可以独立生活时才放回竹林吧。况且我们的阿娜就有小伙伴了。”阿爸的主张得到了阿妈和阿娜的赞同。

回到窝棚后，阿爸砍来竹子编了一个鸟笼，把小鸡养了起来。阿娜姑娘更是高兴得不得了，一会儿扒来小虫，一会儿摘来小果子，把两只小鸡喂得饱饱的。小鸡也非常懂得人性，吃饱喝足后，互相依偎着睡着了。醒来后再也不发出烦人揪心的叫唤了。从此在这个窝棚里阿娜小姑娘有了两个小伙伴。

过了几天后的这一天，天一亮，阿爸、阿妈早早地起来做了早饭吃以后，要到较远的山箐里去采蘑菇菌子，怕阿娜走不动，就让她留在窝棚里守家。同时，翻晒几天来采得的竹叶菜、笋子、菌子，给两只小鸡找东西喂。

父亲、母亲走以后，懂事的阿娜姑娘首先找东西喂饱了两只小鸡。然后又翻晒了竹叶菜、竹笋和菌子。一切做得像大人一样认真仔细。

到太阳晒在头顶时刻，窝棚门口的老树枝上和小树丛里“唏唏、嘘嘘，唏唏、嘘嘘”地飞来了一大群穿着五颜六色盛装的小蜂鸟。鸟儿们一会儿在这棵树上唱唱跳跳，一会儿又在那棵树上唱唱跳跳；一会又飞到花丛里吸蜜；一会儿又闲在窝棚顶上唱唱跳跳。胆大而十分漂亮的几只雄蜂鸟，视阿娜不在一般地飞进窝棚里来进行“视察”，并与她在窝棚里飞来飞去的开起玩笑来。

小蜂鸟们在阿娜的周围飞来飞去，有的时而闲在她的左肩膀上；时儿又闲在她的右肩膀上；时而又闲在她的近处。但她用手去抓它们时，它们又机警的跳开或飞开了。

蜂鸟们的到来，给寂寞的小姑娘带来了惊奇和欢乐。在这般情景下，幼小的阿娜歌兴大发。她对着小鸟们唱到：

采摘野菜到山中，挖着竹笋在山里；
采得菜叶十九篮，挖得山笋十七堆。
篮篮菜叶是鲜嫩，堆堆笋儿肥又大；
菜叶晒得轻飘飘，笋子晒得干生生。
晒菜姑娘心欢畅，凉笋女儿心怒放；
鸟儿也知姑娘情，雀儿也晓姑娘心。
孤独之时来做伴，寂寞之处做朋友；
小小鸟儿心真诚，小小雀儿意真切。

来叙我们友情话，来唱我们友爱歌。
山间都是我们家，箐沟都是我们窝；
唱唱山歌来散心，说说心话来渡日。
小伙伴呀伙伴们，小朋友呀朋友们；
明天也来请叙情，后日也来请唱意。

她一边唱一边把阿爸、阿妈留给她的晌午饭，撒给了小鸟们。小鸟们也非常领情“叽、叽，喳、喳”地吃个精光。

小鸟们吃过阿娜给的午饭，一只只在树上安祥地打了盹后，又下得树来“唏唏、嘘嘘，唏唏、嘘嘘”热闹到太阳偏西的时候，带着依依不舍的恋情飞进了大森林里。

小鸟们飞走了。阿娜又一个人呆坐在窝棚门口的树墩上盼望着阿爸、阿妈的回来。

坐着，坐着，突然从窝棚很远的林子边上，“嗷，嗷，嗷”的边叫着边走出来了一只似小狗非小狗的动物。小家伙好像闻着气味一样朝窝棚这边走来了。

阿娜见状，认定是一只对人友好的小动物。听着它的叫声就知道是肚子饿了。阿娜走过去接近那小动物时，小动物不仅不惊不跑，而且主动钻到阿娜的怀窝里，像久别的小狗见到主人一样，一个劲地亲近人。阿娜抱着、抚摸着，把仅有的一点香喷喷的锅巴喂给了它。小家伙在阿娜的怀里吃得津津有味。

原来这是一只跟母熊走失多日的小熊。可阿娜姑娘一点不知道。喂完锅巴饭的小熊在阿娜的怀里玩闹得个没完没了。

正当阿娜和小熊玩得狂欢时，母老熊翅着红红的鼻子，边闻着小熊的气味边朝这边找来了。它走着，走着，除了自己孩子的气味以外，还闻到了人的味道。她认为是人把自己的孩子弄走的，还说不定人们把自巳的孩子害死在附近了。就“哇，哇，哇”的红着两眼，口吐白沫狂叫着朝阿娜家的窝棚冲过来。可心地善良又没有经验的阿娜小姑娘全然不知危险的来临。老母熊离窝棚越来越近，离窝棚越近了，小熊与人掺和着的气味也越来越浓。老母熊闻到的气味越浓就越发显得疯狂和暴躁，连挡着它的小树、小草，都被拔的拔，丢的丢，咬的咬，撕的撕，就像哪咆哮而来的山洪水一样凶猛地冲过来。

凶狠残暴的老母熊离阿娜姑娘越来越近，情况在万分危急之中。

正在这千均一发的时刻，窝棚旁边的树林里猛然冲出一个机灵的小伙子。他一步跳过来，一把抢过阿娜怀中的小熊丢向一旁，同时一把抱过惊呆中的阿娜姑娘，冲进窝棚迅速关起门来。

就在小伙子刚做完这一切的一刹那，怒气冲天的老母熊口吐白沫，喘着急促的粗气，大吼大叫地冲过来，一只手抱起了小熊，一只手在窝棚的外边抓来咬去的闹腾了起来，凡能抓的东西被它抓得五七八糟，凡能咬的东西被它咬得粉碎。吓得抱在小伙子怀中的阿娜小姑娘，大气不敢出，一个劲的发抖。

老母熊把啊娜姑娘晒的菜呀，笋呀，菌呀弄得满天飞。一直折腾得它自己认为出完了气，自己也折腾得够累了，才抱着安然无恙的小熊“嗯哦，嗯哦，嗯哦”小声叫着悻悻地走开了。

“啊，真是好险哪!”老母熊走后，小伙子长长的出了一口气说道。

阿娜则吓得连“谢谢”的话都说不出口来了。

这时，窝棚外急促地走来了一位中年汉子。当他看到阿娜姑娘和小伙都安然无恙时，长长的出了一口气道：“谢谢阿把吾伞菩拉，谢谢阿把吾伞菩拉救了这俩个娃娃。”随后他一边安慰着阿娜姑娘，一边夸奖着小伙子舍命救人做得好。还和小伙子一起先把被老母熊破坏殆尽的晒架，重新架好。然后把老母熊抓乱丢得遍地都是的山菜干、笋干、菌干一一捡来放在晒架上。

原来这是从怒明来到这俄米底采菜捡菌子的父子俩人。汉子名叫怒化扒，小伙子是怒化扒的独儿子，名叫阿欠。阿欠成了阿娜姑娘的救命恩人。

晚上，阿娜的父母亲看到一场被浩劫痕迹，但自己心爱的女儿毫毛未损安然无恙的情景时，对舍已救人的阿欠父子感恩不完。

从此，两家人在俄米底互敬互爱，亲密无间地渡过了整个春夏。在俄米底期间，两家的大人都把阿娜姑娘看作是自己的亲生小女儿，关心得无微不致。阿欠更是时时处处都想着阿娜。他今天找来山雀蛋给阿娜，明天又掏蜂蜜给阿娜，关心得比亲妹子还亲。他（她）们之间也由此结下了深厚的感情。只不过，因为阿欠救了阿娜，又鉴于阿娜年还纪小，婚恋的事始终没有提出来。阿欠和父亲认为，有情人终会成眷属的，等双方都长大一点再提亲也不嫌迟。也由于两家人相隔山山水水，信息不通而被暂时搁置了下来。谁知阿娜姑娘的越来越能干与贤慧的品质和越长越漂亮的相貌，引起了所有小伙子的追求，差一点使阿欠失去了美好的婚缘。

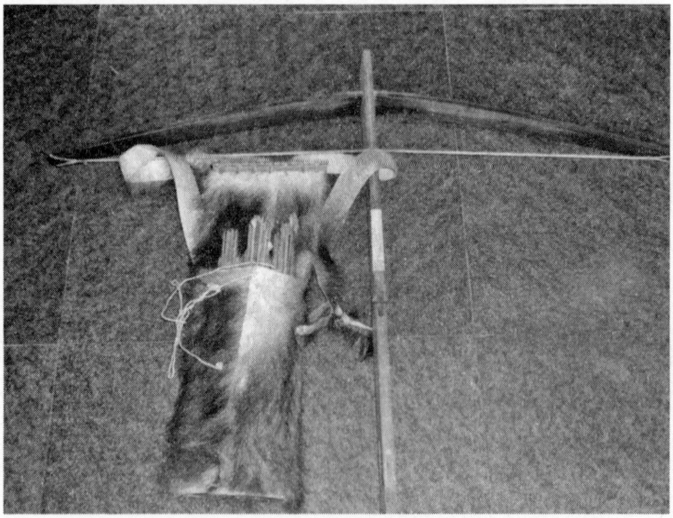

第二十七章　阿娜美名传千里 金银驮来四十驮

王巴有一个聪明能干、漂亮得像仙女一样的阿娜姑娘的消息，一传十，十传百，百传千，千传万；这村传那村，这寨传那寨；这山传那山，这箐传那箐，传到了很远很远的兰贝明（直译为白族在的地方。这里是泛指所有其他民族在的地方）。

在那遥远的兰贝明，有一个早年因灾丧失父母，由奶妈扶养长的小伙子，名叫阿才的人。

幼年失去父母的阿才，在奶妈的辛勤扶养下，十岁就开始拜师当了木匠学徒，十三岁离师成业。他人年纪虽小，可是大到造楼竖房，小到做柜雕刻样样精通。特别是他雕刻的窗花门扇的花鸟、草木翔翔如生，双面雕刻，更是精美绝仑。成了年小技强的“小人大师傅”。

阿才自立成业后，收入都比较优厚。但他省吃俭用，除了赡养年老的奶妈外，都储蓄起来。到了这一年，金、银、和铜、铁、铝、锌等用具装了几大间屋子。

阿才听说西边的王巴明地方出了一个美如仙女而又能干贤慧的傈傈族女子阿娜姑娘，就动了心，决定来求婚。

刚开春的兰贝明地方，春光明眉，菜花飘香，天气十分晴朗。阿才到附近的寺庙里算好了卦，就雇了人、马一大帮，金、银和铜、铁、铝等用具驮了整整四十驮，朝西边的王巴明地方赶来寻找他心中的女神——傈傈族的阿娜姑娘。

阿才和雇来的一大帮人马，驮着驮子走啊，走啊，走，不停息地朝西边走。他们不知涉过了多少条河流，翻过了多少座山梁。这一天，来到了一座当地人名叫阁捏吗（即大黑山的意思）的山头大坝子里时，太阳又从西边落下了山。心急如焚的阿才只好和一大帮人马就地宿营。人们御下马驮子，把马放人草坝让它们自由自在地去吃草。众人则埋锅造饭，搭建窝棚闲息下来。

走了这么多天也没有见到美丽的王巴明地方，更没有半点关于阿娜姑娘的消息。阿才有点沮丧，也有点动摇了自己的信心。入夜他从窝棚的缝隙里望着星光灿烂的蓝天，整夜失眠了。第二天早上懒洋洋的成了最后一个起床人，起来后精神仍然有点恍惚。

突然间，手下有人在窝棚前惊叫起来：“大家来看呀！昨天晚上我们放马屙的尿在草坝里成了水潭潭了。”

阿才听罢半信半疑地起得身来，跑到窝棚门口一看，果真是昨晚放马的草甸里，出现了一个接一个的水潭。人们数了数，一共有九十九个小水潭。

原来这一夜，四十匹马在水草肥美的大草甸里吃得肚饱水足后，夜里屙的九十九泡尿积成了九十九个小水潭。一个接一个的小水潭在刚从东方升起的阳光照耀下碧波荡漾，银光闪闪。

一夜之间，马屙的尿都成了九十九个龙潭的蹊跷事，使动摇信心的阿才引起了新的思路：“我的马队马在夜里屙下的尿都成了龙塘，只要信心在，王巴的阿娜姑娘还怕找不到吗？马尿成水潭，这肯定是上帝在暗示，我的心愿是会实现的。”想到这里，他又信心百倍的带领一班人马，驮上驮子继续朝西急行而去。

这一天，又正好是阿才他们出门西行的第七七四十九天。太阳落山的时候，他们刚好赶到一条箐沟的一个傈僳族山寨。这个不足十户人家的傈僳族山寨，见来了有三四十匹组成的马帮队，全寨男女老少都出来看热闹了。好客贤惠的人们一个劲地邀请马帮队的人马住到自己家里。

阿才见傈僳族同胞们如此好客，就叫大家把驮子集中卸在村子中间的一块平坦的院坝里，如此，如此交待一番后，分成若干组分别住到各家各户中。

晚饭吃罢，像遇到节日一样，村里的人们在阿才他们放着马驮子的院坝里，燃起了一堆熊熊的篝火。拿出了陈装的别鲁（即，陈蜜），弹起了起本（即，琵琶）、拉起了吉兹（即，弦子）、吹起了竹笛。热情洋溢地邀请阿才和他的伙伴们，喝着甜蜜蜜的定只，跳起了欢乐的哇器器（即，歌庄舞）。

阿才边和傈僳族姑娘跳舞，边打听了阿娜的有关消息。她们告诉他："阿娜是一个无比美丽而又能干贤慧的傈僳族姑娘，别说小伙子们个个都被迷住了，连我们这些姑娘都被迷得迈不开腿脚。她家居住在王巴明永翠河的中游一带。"她们并告诉他说，向北翻过这座米仕朵（即，地名为祭山神处之意思）就到了永翠河的分支源头了。顺着河水流去的方向便是阿娜姑娘家乡方向。

阿才他们虽然在这个傈僳寨子里只住了一晚上，但他们被第一次遇到的傈僳族同胞的朴实、热情、好客所深深感动了。第二天早上，他们临走之前，从马驮上拿出盐巴等物品分送给了村里的每一户人家。

傈僳族同胞接过阿才他们的礼物深切说道："喀卓，喀卓（即，朋友）尚格里拉，尚格里拉（即，明天回来）。"

这时，太阳又从东边的山头上红彤彤的冒出了走来，又到了应该上路的时候了。阿才又习惯性的在上驮之前，数起了马驮子和马匹。可是左数也只有三十九驮三十九匹，右数也只有三十九驮三十九匹。阿才想可能是昨天不小心走丢了一匹马，这么朴实又好客的村子里，是绝对不会有小偷的。也就不哼声地让人驮上了驮子。

驮完驮子再一一认真数时，又不多不少正好四十驮子，四十匹马。阿才感到很蹊跷，不驮上去时少一匹又一驮，驮了上去后，正好是四十匹四十驮。从此这个地方人们都习惯叫四十驮了。这是后话。

真是一夜之情深深扎根啊。寨子里面的傈僳族同胞看到阿才他们要走了，都从家里拿出平时舍不得吃的鸡蛋、核桃油、柒油送给他们。并依依不舍的来送行。

阿才和他的伙伴们边挥手向送别人们致意，边用刚刚学到的傈僳话生硬地告别道："尚格里拉，尚格里拉。"

一上路后，阿才一边走一边回味着：上驮之前三十九，上好驮子四十驮这蹊跷的事情。想着，想着不知不觉地太阳已经有两竹竿高了。是小憩的时间了。也正好走到了米斯多（即，祭山神处）山丫口下的一块草地里。草地里的青草一片绿油油的。马儿们不由纷说就跑上前去“稀刷、稀刷”地争着吃起草来。这时，太阳也升得三、四竿高了，是赶路人小憩的时候了。

见状，阿才叫大家放马于草地上进行小憩。也好自己察着一下路线。人们席地坐在柔软的草蓬上，纷纷议论着自己第一次接触傈僳山寨的感受。

有两个精灵的小伙子，提着桶不一会儿就提回来了一桶清凉甘甜的山泉水给大家喝。“真是清凉甘甜，真是清凉又甘甜的水。”人们边称赞边把桶水喝得滴水不剩。

阿才独自上前走到丫口处打三个松毛挂，都倒朝西边去了。他联想起四十驮的蹊跷来就决定改朝北行为朝西跟着太阳走。

古老的毡帽

第二十八章　三江并流天下奇
思恋阿娜流热泪

话说四十匹马四十驮子，未上驮时怎么数也少一匹马，少了一驮驮子。驮上马数时正好又是四十匹马，四十驮子时，阿才感到很蹊跷，就改变了原向北翻过米斯多山丫口，顺永翠河沿岸寻找的计划。决定一直朝正西的八山阁方向去寻找。

阿才带领他的一班人马，朝正西的方向走啊，走。当来到一片开阔而较缓的一处山坡上时，正在开放的矮丛杜鹃花有紫红色的、有粉红色的、有白色的、还有黄色的和天蓝色的遍满了山坡。山坡如一块心灵手巧的姑娘绣出的花腊裱（即，花挂包）一般漂亮。采蜜的蜜蜂发出的“翁、翁、翁”声响彻云宵；凑热闹来的蜂鸟们也“叽叽叽，叽叽叽”地忙着与蜜蜂争吸花蜜；百灵鸟则在空中唱着天籁之歌。使人走入梦幻中的仙境一般。

突然，在半坡远处的鲜花丛中，有一个身穿麻花布衣服的人，健步向西边走着。他头上缠着傈僳族男女都常常缠带的头帕，头帕上的拉贝（即，饰头的贝壳）在初升的阳光照耀下，放着白亮白亮的光芒。两边耳朵上挂的藤制耳坠，随走动的步伐攸攸地晃动着。他身上穿的花麻布长衫和身上挂着的花腊裱饰须，在微风的吹拂下轻轻的飘动着。身上左肩右斜挂的熊箭包里塞满了制好的竹箭。肩上扛着的岩桑弩弓也发出耀眼的紫红色光芒。说前面走着一个人，还不如说前面走着一个英俊的模特更要准确得多。

阿才丢下一帮人马在后面跟进，自己则以飞快的步伐，去追赶那位英後的傈僳族伙子问路。

当他走近小伙子身后时，小伙子依然没有发现有人跟踪似的只顾往前赶自己的路。

跟了一会儿，阿才实在憋不住了，就轻声地喊到：“喂，这位小兄弟。”可是，对方仍然没有听见似的只顾走自己的路。阿才以为自己的声音小了，对方没听到。就放大声音在后面近处喊到：“喂，前面走的这位小兄弟啊！”对方还是仍然没有答话，更没有回头。

实在没有办法的阿才，只好奔朝前去，边叫边拍了拍他的肩膀，这才有回音道：“阿咦扒（即，阿哥），您有什么事吗？”一个少女般的声音非常温柔地问到。同时把头回了过来。接着说到：“阿咦扒您打的招呼不是我没听见，而是我有急事在赶路。阿咦扒您一再打招呼，肯定是有急事要问，还是叫我让路呢？”

阿才定睛一看，啊，这哪里是男娃娃，是一个十足的小姑娘，是一个美如仙女的小姑娘。激动得阿才半晌说不圆话。“哦，哦，你是一个小姑娘，不是一个小伙子。对，对，对不起了，事，事，事情是，是，是这，这样。我，我，我想打听一个人，一个叫阿娜的妹子，你给晓得在哪点吗？”

对方停住了脚步，认真的听阿才把话讲明白。原来是这么一回事。再对阿才认真打量了一番，觉得也不像有坏心眼。就坦白地说：“我就是阿娜。只不过不知道您找的是哪个阿娜。”

真是踏破铁鞋无处觅，来得全不费功夫。

说时迟，那时陕。阿才弯下腰一把抱住阿娜的腰部道：“亲爱的阿娜妹子啊，我真心地爱你。为了找到你，我驮了四十驮金银和用具，已经走了七七四十九天还多两天的时间了。腿也走疼了，腰也走弯了，脚也走肿了，脸也晒黑了。但能找到你，我是无怨无悔啊！你答应我吧，亲爱的阿娜妹子！”阿才说罢，把阿娜抱得更紧，害怕怀中的一只小鸟飞走一般。

阿娜答到：“阿咦扒您的心我领了，可是还有阿欠哥哥等着我同他喝定婚酒呢。请您松手让我快走吧。”

阿才听罢更觉不得了。“如果今天见不到她，她就同别人定婚了。在这里巧遇是天意啊！”想罢不仅不肯松手，还叫手下人把马驮子都卸下来，摆在了俩个人的周围。

阿娜见阿才不肯松一下手，就使尽全身力气挣扎着。无奈少女怎能随便摆脱得了已成木匠大师傅的阿才呢。想到焦急等待中的阿欠哥哥，阿娜流下了热泪。

阿才怕失去了阿娜，他一边怀里紧紧地抱着阿娜，一边向上天祈祷到：

青青的苍天在头上，
您是人间的菩拉扒；
高高的蓝天在顶上啊，
您是人间的实嘎扒（即，管事人）。
王巴地方姑娘有阿娜，
兰贝地方伙子有阿才；
阿才千山万水寻阿娜，
真心实意远道来求情。
我求苍天来帮我的忙啊，
我请蓝天来解我的难啊；
帮我留得王巴阿娜成妹子啊，
助我取得王巴阿娜成妻子啊。
为了留得妹子永远在，
为了取得阿娜做我妻；
求请苍天划断她去西边路，
恳请菩拉隔断我返东边道。

天上的吾伞菩拉见阿才对阿娜的爱情是真心实意的，因此，用力地在阿才返回家路的东边划了一条深深的沟，深深的大沟里一条滔滔的长江从北向南又拐向东边永不停止的流去。这就是现在的贡堆耐以江（即，金沙江）和尼耐而拟江（即，长江）。

天上的吾伞菩拉又根据阿才的第二个要求，在西边阿娜和阿欠之间，又划了一条深深的大沟。从此滔滔翻滚的王巴捏以江水从北朝南永不停止地奔流而去。

阿才对阿娜的真心爱情感动了吾伞菩拉，为了昭示后人珍重自己的爱情，就把阿才拥抱阿娜的形像变成了两座青青的大山。

身材魁梧的阿才是弯着腰抱着阿娜的，所以变成了稍矮而山体庞大的王嘿贡大山（即，指现在的大宝山）。

阿娜是站立着拦腰被阿才抱住的，所以变成了高于王嘿贡，但山体稍小的倮普登山。阿娜头上带的白色拉贝则变了倮普登（即，指现在的雪龙山）山头上的一大串白马牙石头。

阿娜思念阿欠流下的泪水，是淌在俩人中间的。所以，天长日久后，在王嘿贡大山和倮普登大山中间地段变成了一个黑龙潭。每当人们静悄悄地走近黑龙潭时，龙潭里的水就"叮咚，叮咚，叮咚"往上直冒。这是阿娜在悄悄地流着眼泪的原故。而人们大声喧哗时，湖水又静如平镜。这是因为阿娜知道有人来了，就强忍住了流下来的泪水。

当年阿才在他和阿娜俩人周围放下的金、银和铜、铁、铝器物，如今就变成了埋藏在王嘿贡和倮普登大山周围的金、银、铜、铁、铝、锰各种矿藏。这条山脉上因有如此众多的矿藏和茂密的森林，后来，人又称为大宝山和大宝山脉，这是后话。

话说，从西边急行而来的阿欠远远地看到自己心爱的女人被人抱住的影子非常气氛。又无奈去路被滚滚的王巴捏以江水挡住了。急得他在江边上下不停地来回寻找着能够过江的地方。但没有一个地可供他过江。他悲惯地朝天哭唱到：

蓝天上的妈妈太阳啊，
请你竖起耳朵帮听听；
空中里的月亮爸爸啊，
请您睁开眼睛帮瞧瞧。
王巴有个姑娘叫阿娜，

长像关丽心善良；
怒明有个伙子叫阿欠，
善良有智又有谋。
阿娜阿欠本是一对，
不知什么原因隔两地；
阿欠啊娜本是要成一双，
不知什么缘由把路断。
为了我的真爱情，
敬请天上妈妈太阳来帮忙：
为了我的真感情，
敬请空中爸爸月亮来助力。

太阳听到了阿欠的哭唱声感到很同情。但它下来帮忙的话，太阳光的热光会把人晒死的。只好叫月亮去帮忙。

月亮在空中问阿欠："需要帮他做什么事?"阿欠说："月亮爸爸啊，为了表示我对阿娜姑娘的真心爱情，你帮我把回家的路隔断了吧。"

月亮听了以后，使尽力气在阿欠的身后，从北至南挖了一条深深的大沟。从此，怒江水在峡峪群山中永远地滚滚向南奔流而去。阿欠再也没有回去怒明的路了。

从此，前进不得，后退无路的阿欠，只能从澜沧江的西岸向东眺望阿娜的身影。天长日久，阿欠的身影变成了岩砌咧大山，永远地屹立在倮普登大山正对面的澜沧江西岸。

阿欠在澜沧江的西岸站在高高的山头上，天天想念着心中的阿娜姑娘，不免经常流着思念的泪水。两眼淌下的泪水，天长日久便积成了大山左右一对龙潭。人们都叫它们为："怒明阁夸龙以波（即，怒明山丫口水龙潭）。"

白天思念，夜晚思念。白天思念时，还可远远望见阿娜姑娘身影变成的倮普登大山。但到晚上就无法看到阿娜姑娘的身影了，独自在大山头上的阿欠，夜晚寂莫万分。他底头只听见两条江水滔滔奔流的声音；抬头只能望见时圆时缺的月亮和闪闪放光的群星。在这寂莫的夜晚，他心酸的唱到：

“阿爸生下的我这个。
阿妈带下的我这人；
不是吉时就生下吧，不到吉日就产下吧。
可能阳光没照着了，
可能月光没有射我；
太阳不见长成弱小苗，
月亮不见长成了独儿子。
多么没福气的我这独儿，
实在没吉祥的我这独子；
心中人儿见不了，
意中恋人成不了。
山中黑夜这么样的长，
山中夜晚这么样的黑；
今晚阿妈太阳快出来呀，
今夜阿爸月亮别落山啊。
我想成为太阳的儿子，
我要变成月亮的姑娘；
太阳，太阳请来驱黑夜，
月亮，月亮请把光明留。”

阿欠在每个夜晚唱的歌声太阳没有听到，仍然按照天上定的规矩早升晚落。阿欠夜晚唱的歌声，月亮则听得真真切切。可是晚升早落的天规是不能破的，又心疼阿欠独身一人夜晚在大山上寂寞。为了既不触犯晚升早落的天规，又能给阿欠有所帮助，就在怒江西岸高高的悬崖峭壁上留下了一轮皓皓的石月亮“哑哈巴”，永远赔伴着可怜的阿欠。

维西傈僳歌舞之乡　　　　（胡兰英　摄影）

WEI-XI LI-SU XΛ: MU: GW: GW.. MΛ:

维西傈僳歌舞之乡　　　　（胡兰英　摄影）

WEI-XI LI-SU Xꓵ: MU: GW: GW.. Mꓵ:

第二十九章　蜜蜂传情过丫口
阿娜头帕挂树梢

话说回来，阿娜挣脱不了阿才的拥抱，天长日久就必然成了阿才的妻子。加之傈僳族有抢亲的习俗，但是怎么也阻止不了身在曹营心在汗的阿娜那颗热血喷涌着的心。要想从她心灵中抹去阿欠是不可能的。不过在漫长的共同生活中，阿才对阿娜是无微不至的关怀。同时，怕阿娜与阿欠藕断丝连，还指使手下人严密跟踪看管，阿娜只得做了家庭主妇。

这一天，阿娜到山林里去采野菜时，在一蓬碎米花的旁边，看到一对蝴蝶双双自由自在的飞来飞去时，思念阿欠的热泪又止不住涌了出来。她跟着这双蝴蝶跨过了三条箐沟，爬上了三道山梁。三道山梁上的丫口上都是歇气的好地方。以后每有时间时阿娜都会跑来这三道山梁的丫口来歇气散心。每来一次都会淌出思念阿欠的泪水。久而久之，阿娜在三个山丫口上淌的泪水都积成了一个小龙潭。龙潭虽都不大，但在微风的吹拂下，浪花起伏，银光闪闪。

这三个龙潭，面积虽然都不大，又在山脊梁上。可是怎么干旱也永远不会干枯。人们说这是因为阿娜不停的热泪充灌的原因。

这三个龙潭的周围和附近，春、夏、秋、冬都开着各种鲜花。小杜鹃花开谢了，桃花开了；桃花谢了，梨花开了；梨花谢了，破碗花开了；破碗花谢了，鸡素子花开了；鸡素子花谢了，小草花开了；小草们的花谢了；木瓜花、梅子花又开了。阿娜每每看到采花的蜜蜂飞来飞去时，自言自语而又好向对蜜蜂们说，“如果我有翅膀就好了。我就飞向阿欠身边告诉他，我思念你，我思念你。”

有一只天天到这三个丫口采蜜的蜜蜂听到了阿娜这席话后，非常感动。回到蜂巢里报告给了蜂王。蜂王听了也很感动，也很同情。便对这蜜蜂道你约几个伴采蜜时去远一点嘛，顺便给阿娜和阿欠之间传传情嘛。”

从此以后，蜜蜂们就带上三天的口粮到很远的地方觅蜜了。报告阿娜流泪说话的那只自然就约了几个伙伴带上口粮准备到王巴捏以西边的岩砌列大山上采蜜传情。

可是当蜜蜂们飞到高高的王巴大山梁上，准备飞越时，被从西边吹来的“呼，呼”大风卷了回来。

被风刮回来的蜜蜂们，又如时的把情况报告给了蜂王。知道了情况的蜂王也想：“翻不过山去，不要说给阿娜、阿欠传情，以后山前的蜜不够采了，后代们那不是等着饿死吗？这些不行，我得向吾伞菩拉请求开给一个能翻山的丫口才行。”

蜂王定下决心，第二天就带着它的卫兵，随从一大群组成浩浩大大的队伍，“嗡，嗡”艰难地盘旋着，一点、一点地向空中升去，准备到天上找吾伞菩拉。但是，无数数升到空中，又被气流压了下来。每上升一次，下后来都牺牲了不少卫士、随从，可是坚定的蜂王没有妥协，一直到最后只剩它自己，也仍然作着最后的努力。

话说司职管理空中事务的小菩拉，看到蜜蜂们无数次地想升到天庭来，牺牲完了所有的卫士、随从。现只剩蜂王自己了还在向上飞腾的情况后，感到非常感动。就及时报告了吾伞菩拉。吾伞菩拉估计蜂王可能有要事相求。就叫空中小菩拉去问个明白。

空中小菩拉找到了蜂王，了解清楚后，报告了吾伞菩拉。吾伞菩拉应允了蜂王的请求，派了一个小菩拉，并限它从晚上天黑到鸡叫头遍之间的时间内，挖一道深深的山头缺口，以供蜜蜂们为阿娜和阿欠传情和采蜜过往。

小菩拉早就听说了人间阿娜和阿欠的爱情故事非常感动。对这一次派到的差事就非常乐意，决心尽心尽力为这对不能相见面，但真心相爱的年青人之间方便传递情意，尽量把缺口挖深挖宽来贡献力量。因此，这天夕阳才西下，就早早地来到山头上准备好了工具，备足了力气只等天黑时刻的到来。

天终于黑下来了，小菩拉拼足了力气，一鼓作气的开挖起来。挖啊挖，把挖出来的土石搬啊搬。使用的锄头挖钝了一把又一把，端土的撮’箕烂了一把又一把，山头上的缺口降了一点又一点。干得全身都被汗水渗湿得像落汤鸡一样也顾不上休息。这样干得半夜刚过，山的东坡脚下一村子里的一只公鸡突然叫了，跟着整个村子里的所有公鸡叫开了。紧接着隔壁村子的鸡也叫开了。

一村带一村，一寨连一寨，整个王巴明地方的鸡都叫了。

还没有到鸡该叫的时候，鸡确实叫了，真是不知为什么。该挖的山还没有挖够，小菩拉对自己使命的完成很不满意。但是它也没有办法，鸡叫就得收工，这是吾伞大菩拉规定的。它一气之下，用一把新新的大锄在南边的山头上，狠狠地挖丢了两锄头。燃后，十分无奈的、带着自责的心理，一步一回头地朝天庭复命去了。

原来，山东坡脚下有一个小寨子旁边的大箐里，有很多损粤(即，当地人称豪猪)。一到晚上天黑以后，这些损粤经常到村子里寻东西吃。如果家里的芋头、粮食等收藏得不当时，便被它们偷吃了。

这天晚上，有一人家户，不小心把白天拿出去晒的一簸箕糯米，收回来后，连簸箕一起放在鸡窝旁一个直立的蜂桶上。到了半夜时分，损圆就前来光临了。首先钻进来的一只损粤后闻到蜂桶上面有粮食，就把蜂桶上面放着糯米的簸箕用嘴“啪达达”一声拉了下来。簸箕里放的糯米散得一地都是。后面跟来的一大群损粤听见“啪达达”的声响，先是一惊，以为什么天敌来袭击了，都静静地在一旁准备着逃命。但在那短暂的寂静期间，只听得拉翻簸箕的那只损粤仍然发出“叭达，叭达”不停的吃食声响，同时一大股粮食香味扑鼻而来。早已垂涎三尺的它们便不顾一切地一拥而上，争吃起散落在地面上的糯米。争吃糯米的损粤群，把簸箕你拱过来，我拖过去，使其不断发出了似公鸡拍打翅膀一样的“拍、拍、拍”响声。本来不直立的蜂桶也被一只损粤拱倒。拱倒的蜂桶又正好压到另一只正在贪吃的损粤身上。被蜂桶压住的损粤疼痛得发出了似公鸡鸣叫的“喔，喔，喔”

声音。

损粤们在争吃糯米时，弄出来的声音传到了旁边鸡窝里。公鸡把这一连串声音误认为是其它公鸡叫开了，自己也就跟着叫了起来。这只公鸡的叫声传给了其它的公鸡。一传十，十传百，一村传一村，一寨传一寨。形成了这天晚上公鸡早叫的局面。早叫的公鸡声使得小菩拉在没有达到预期的目的就不得不停止了挖山。

这天晚上提前叫出来的鸡声，气着了本来想好好地为阿娜姑娘做一件好事的小菩拉。他一气之下，使出全身力气，左一锄右一锄狠狠的挖丢掉了他左右两边的两个山头，使原来的两个山头变成了两个坝子。后来傈僳牧羊人总是喜欢把羊吆到这两个草坝子中去放。天长日久，两个草坝子一个当成了迟哕底（即，放山羊的坝子），一个当成了友哕底（即，放绵羊的坝子）。当地人也称为“大羊场”、“小羊场”。

小菩拉挖下的山缺口虽然不是很深。但还是成了一个山丫口。比起原封不动的山梁矮得多了。

从此蜜蜂们就从这个山丫口中飞越王巴大山，到澜沧江西岸为阿娜给阿欠传情，顺便采来了岩砌列大山的蜜背回到王巴明来。

至到今天，当人们走到这个山丫口时，都会听得到一大股“嗡、嗡、嗡”的蜜蜂飞翔的声音。

人们叫这个山丫口为：“决块王平（即，蜂过丫口）。”

话说，阿才能干得家里什么都不缺。可以说阿娜完全可以冷来可穿暖衣，饿来用美食来饱肚。完全可以过无忧无虑的生活。可是这也抹不去她对阿欠的思念之情。茶余饭后，早早晚晚，只要一有空，她都会一个人悄悄爬到王巴对面的大青山上，向太阳落山的西边去了望阿欠。虽然望不到阿欠的身影，但一朝西边了望一会，就会多少得心灵上的一些安慰。

阿才见到阿娜到王巴的东山坡上，一人朝西独思。便知道她心中的苦衷，就不仅不责备阿娜，还经常爬到阿娜的身边陪伴她。久而久之，他们相依偎着坐的影子，变成了一尊似俩拥抱的石人，永远地屹立在王巴的东山坡上。傈僳人称“尼梓哑（即，情人石）”。当地人也称为“石爷爷、石奶奶。”

阿娜虽然心里一直装着阿欠，但都是默默地忍受着心灵的痛苦。除偷偷朝西边了望一眼眼以外，从不找阿才的半点麻烦，做好了一个女人应该做的角色，这使阿才也十分高兴。他们和睦相处，养儿育女过着人们应有的正常生活。

但每年的五月端阳节这一天，是过去阿娜设靶射弩决定择亲的日子。所以这一天，谁都阻拦不住阿娜去王底那个大山头上。

这一年的五月，远在东边的阿才家的几个亲戚朋友，听说阿才在的王巴明地方，古树遮天，牧草茂盛，鲜花盛开。而且，端午节这天傈僳族同胞们用蜂蜜水泡的药能治百病。因此就不顾路途遥远，千里迢迢，于端阳节的头两天来到了阿娜家。

阿娜本来就非常贤慧好客，一听说来人是千里以外阿才的亲属更是忙得不可开交。杀羊宰牛，亲自下厨做饭做菜，摆桌添饭，顿顿如此。使客人感到倍加亲切。

端阳节的这一天，雄鸡还没有鸣叫，阿娜就一个人起了床。不声不响地给客人和家里做好了饭菜，又喂过了牲口。然后，带了午饭，一个人高一脚，低一脚地向王底山上走去。

再说，阿才醒来时，天已蒙蒙亮，发现媳妇不在了，怕待慢了客人，也就急忽忽地想阻拦阿娜去王底。

可是，阿娜和阿才没有走一条路。阿娜像有预兆似的没有走旧路。而是走了从色抓底过的新路。

阿才则以为阿娜走的是麻地直通王底的旧路。就直追旧路而去。

两条道路的中间有一条实扒米大箐。大箐非常深，也非常陡峭，两边山梁上行走的人可以互相看得见，连大声说话的声音对方也可以听得清楚。但要两人相碰头，需过密林穿刺蓬，下着悬崖涉过水，还要往上爬陡坡路，这真是打声“阿嘀嘀”对方知，俩人见面走一天。

天大亮时，阿娜走到了新路的阔念兹佐（即，地名，藤条地之意）的地方。阿才也从旧路追到了拉鲁底（即，地名，滚獐坡之意）

的地方。

阿才大声的呼喊着："阿娜你别去了，我不会做饭菜!"

阿娜大声的答应到："你和客人的早饭、午饭我都做好了，牲口也喂过了，你回去吧。"

"那你什么时候回来?"阿才问到。

"我回来做晚饭好了。"阿娜回答到。

阿才很不相信的说："我不相信。"

"我把头帕作为信物留下来，你应该相信了吧?"阿娜边说边摘下头帕，向阿才那边丢了过去。头帕因为轻，所以只丢到沟那边的半坡上就落在了树上。久而久之，挂在树上的头帕变成了一个大南瓜似的树瘤长在树上。从此，千百年来，这个坡上长的树瘤，一棵枯了，又生一棵从不间断。如今这棵树上的树瘤直径足有六、七尺大。上面足足可以并起来坐六、七个人。

阿才拿不到阿娜的头帕，就还是不放心地对阿娜说到："头帕拿不到了，我还是不放心。这样吧，你先到王底山上去玩。下午从山梁上转到我在的这边山头来，我在那里等你。晚上从这边一路回去。"

阿娜见阿才也如此痴心，只好也如此了。就答应下午时从阿木搭顺山梁转到他在的这边来会。

阿娜和阿才在半山坡上对讲话的地方，后来都长了特别大的树子。阿才在的山梁上长出了很大的红木大树，倒了一棵又长成了一棵。后来人们就称这个地方为："以黑梓左（即，红木梁）。"阿娜在的山梁上则长出了许多很大的柏栗树，也是枯了一棵又长大了一棵。后来人们就称这个山梁为"贝都梓左（即，柏栗树梁）。"

阿才跟阿娜说定在山头上等后，就一边往上走，一边在山路旁的蕨林里和山柳林里，捡到了许多嘎土母尺（即，羊肚菌）。有了菌子，没有带午饭的问题也解决了。由干捡菌子，使阿才累得满头大汗。就找了一棵枝叶茂盛的冷杉树下乘凉休息。过一会儿他听到对面不远的竹林下，"波通通，波通通"地叫个不停。他知道现在正是开春季节，这是一对野公鸡在争夺配偶而在打架。他想，别去打扰它们吧，反正打完一架它们自然就走了。

这时只见从远方的天空中飞来一只山鹰，在两野鸡的头上盘旋了起来。两只斗得正起劲，全然不知道有生命危险正向它们来历。山鹰盘旋了几圈找准了攻击的目标后，正对着两只野鸡鸣叫打斗的地方箭也似地附冲而下。这时的两只野鸡想逃命也已经来不及了。随即传来了野鸡“叽喳，叽查，叽查”被鹰扑打啄咬的惨叫声。阿才意识到这是野鸡被鹰害了。就“阿嘿嘿——，阿嘿嘿——阿嘿嘿”地高叫着跑了过去救鸡。但当他跑到出事地点时，残忍的山鹰用巨大的翅膀把两只野鸡都打死了。鹰见阿才跑了过来抢救野鸡时，就强叼着其中的一只野鸡，连头也不回地飞向了远方。

阿才把另一只野鸡捡起来想救它一命，但早死亡了。正好肚子也饿得差不多了。捡来的吃了也不应该有罪。想罢，把野鸡打整干净了，烧下一堆大火，边烤菌子和野鸡等着媳妇阿娜。

阿才正好把菌子和野鸡烤熟了，又到沟边打了一竹筒山泉水，阿娜也到了。俩口子美美地吃了一餐烧烤，喝饱了甘甜的山泉水。这时，也许是饭饱神虚吧，俩人都感到很困，就在温暖的篝火堆旁不知不觉地睡着了。当俩人醒来时，太阳已经落山，天也快黑了。这时，双双才急忽忽地下山赶回家来。

后来才知道，只要吃了鹰一类天敌残害的飞禽，就会使人爱打瞌睡。

从此，阿才烧野鸡的那个山头，人们都习惯称它为“阿丫处（即，烧鸡山）。”

阿娜每年的瑞阳节去到阿木搭（即，地名放马平之意），都要爬到最高的那个山头——王底，望着阿欠的化身岩砌咧大山，默默地流下泪水。年复一年，阿娜流下的泪水在这高高的王底山头上，积成了一个小龙潭。人们称这个小龙潭为“念菊以比（即，泪水之潭）。”这个龙潭虽然面积小，又在高山之巅上，但一年四季水都不会干枯。人们说，这是因为阿娜的热泪不停的在流淌才不干枯的。

也因此，阿木搭及王底便成了青年男女向往的谈情说爱的最好去处。不仅每年端阳节的这一天，聚集在这里热闹非凡。就是在平时里恋爱双方的男女青年还会以放牧牲畜或打蕨菜、找山菜、捡菌子等机会，到这里来谈情说爱。他们坐在这高高山顶的树荫下，向东欣赏着王巴明城的全貌，向西领略着白雾辽绕的弯曲王巴明大江英姿和雄伟壮观的岩砌咧大山的美景，向对方倾诉着未来美好的憧憬。

第三十章　善心话错酿成祸
阿娜宽宏处和谐

话说阿才和阿娜成了一家人以后，阿才由于是木匠手艺人。加上他心地善良，为人诚实，又爱扶贫济困，深得三乡五岭的众人喜爱、尊重。阿娜更是心地善良，为人贤慧。因此他们的家中来往的人缘一年四季都不断，就像是马店里一样热闹。真是：钱多粮多不如人缘多，山潮水潮，不如人来潮。

阿才经常被人请做木匠手艺在外时，家里来往客人的接待任务自然就落到了阿娜的肩上。磨面打柴，挑水做饭，她都任劳任怨；递烟倒茶，招待客人她不分贫富，不论大小，不因远近，都十分贤慧周到。来客个个都是欢欢喜喜而来，高高兴兴而去。也由于阿娜的热情好客，请阿才做木匠手艺的也越来越多，成了远近闻名的“大奔智扒(即，大木匠师傅)。”

一天，阿才又被人请到远处做“奔智”去了，一时回不了家。凑巧这时家里来了一个做铁匠的老庚（即，朋友）来串门。待人十分贤慧的阿娜首先给客人递了一把腊花烟请抽。又烧了一壶开水，搬了几包青嫩的包谷请边煨茶，边烧青包谷下茶吃。按排妥当后，又从鸡圈里捉来一只芦花大母鸡准备杀了招待客人。

阿娜生在长在傈僳山寨里，汉话基本上不会讲。会讲的那几句日常用语还是阿才教的。现在阿才不在家，逼着只得用半生不熟的汉话来跟客人交流起来。由于汉话说得不准确，当阿娜按照傈僳族的规矩，杀鸡前把应念的：“老庚，老庚，好老庚；喀卓（即，朋友），喀卓，好喀卓。你的喀卓扒不在家来也无妨，你的喀卓妈来我做主。阿丫妈减（即，芦花母鸡）杀给你，不必害羞饱饱吃。吃完饭来天要黑，你脱下衣裳做枕头，你的带子墙上挂，脚朝这边好好睡。”误说成是“老庚，老庚，好老庚；喀卓，喀卓，好喀卓。你的喀卓扒不在家来也无妨，你的喀卓妈来我做主。阿丫妈减你上杀。不会害羞饱饱吃。吃完饭来到天黑，你的头来这里装，你的皮来这点枕，你的肠子墙上挂，你的脚来这里装。”说完一手提刀，一手捉鸡到厨房里杀鸡煮饭去了。

铁匠老庚听罢阿娜这般咒语，心里想，“别人说这傈傈婆娘如何如何能干，我还不大相信。今天晚上既然还想杀我，真是个恶婆娘啊！等着被杀不如走为好。待今后又来慢慢收捡她也不迟。”想罢，趁阿娜去杀鸡煮饭的功夫，像条丧家之犬，连正路都不敢走，专捡小路朝自家方向逃了回去。

阿娜完全不知道自己念祷告语时说错汉话，把客人吓跑了。还以为是客人有什么急事才不告而别了呢。

再说铁匠老庚从阿娜家逃跑回家以后，真的把阿娜说错汉语当作了一回事情，并且准备找机会好好报复一下。

待事情过得一段时日一天，铁匠老庚托人带口信给阿娜，请她下来家中串闲。

阿娜接到口信非常高兴。心想，“前次铁匠老庚到家中，连正在杀的鸡都没有顾上吃就走了。现在请我去他家闲，真是大人大肚量不计过去事了。”想吧，用一天的时间专门到山上采了一大篮新鲜的山菜和菌子背着，外还抱了一只大公鸡，前去铁匠老庚的家中去做客。

当阿娜来到铁匠老庚的家中时，只见老庚“呼哧——呼哧——呼哧”地拉着风箱，视阿娜没有到跟前一样，连个坐位也没有指给。

阿娜生气的责问到：“老庚啊，老庚，你真不愧是铁老庚了。不是你邀请，我也不会来你家的。现在到了你家里，连个坐处都不给，你给是真的铁了。”

这时铁匠老庚才道：“亲爱的老庚妈呀，请你千万别生气。我是想到你在大山里实在太冷了，这不是见你来了，我赶紧吹火让你烤嘛。”说着指了指一个铁墩子又道：“请老庚妈先在这里坐片刻歇歇气，我去张罗茶水和点心请你享用。”

走得上气不接下气的阿娜，不知是计，把背子和鸡放下以后，在铁墩上一屁股坐了下去，当即被烫得“阿咱，咱咱咱”大叫着，从铁墩上如被大土甲蜂叮着一样跳了起来。烫得疼痛难忍中，狠狠地抓了一把臀部，一大块被烫坏的皮子就被抓了下来鲜血直流。

阿娜被欺得忍无可忍。但她还是强忍着放下鸡和背子，只说了一声“啥给你磨搭（即，会后有期）。”便离开了铁匠老庚家。

铁匠老庚则实现了自己的“杰作”而暗自高兴。

阿娜在回家的路上遇着了好心的另一个老庚。老庚见阿娜脸上有丝痛苦的样子，就开口问出了什么事情没有。阿娜为了给铁匠老庚的恶作保密，强忍着剧烈的疼痛，回答好心的朋友：“没有什么事情嘛。”

好心的老庚不相信阿娜没有事情。就认真地观察起来。突然惊叫道：“啊得得得得，得，老庚嫂啊，考庚嫂，你真是能干人啊，屁股上的皮子都没有了，鲜血从屁股上流到地面上了，你还说没有事情呢！”随即跑回家拿了鸡蛋，又在路边采了绿茵茵的仙人掌，把仙人掌捣碎取汁，混合鸡蛋清给阿娜的伤口敷上。

阿娜那火辣辣的伤口这才清凉了下来。

阿娜感谢道：“好心的老庚啊，谢谢你给敷了药，使我的伤口剧烈的疼痛终于减轻了。但我这红彤彤的屁股实在太丢人眼了。”

好心的老庚想了想说：“老庚嫂呀，这好办。你回去以后用你织出来的白麻布，按照自己的尺寸，缝一条短裤穿上，既遮住了红屁股，又显得漂亮美光了。”

“谢谢好心老庚给我治了伤，又给了我如此好的指点。”阿娜谢过了好心的老庚后，就上了回家的路。

阿娜由于走了一天早上的下山路，到铁匠家连冷水也没有喝上一口。这时她是又痛，又饿又渴。她一边走一边寻找着水源准备解渴。可是找不到水。不过在路边见到了一棵土地瓜。啊，土地瓜也可以解渴又可以饱肚嘛。阿娜找来一根木杆，顺着藤子艰难地一点一点挖着土地瓜。不知是体力不支的原因，还是土地瓜生得太深了，阿娜挖得满头大汗也没有挖到土地瓜，真是痛上加痛，渴上加渴。

这时，也许是天无绝人之路的话在应验吧，在这艰难的时刻，阿娜挖土地瓜的坑边，竟然露出了一根又肥又嫩，又水灵灵的紫红紫红的草根。口干舌燥难忍的阿娜一看这水灵灵的草根，不管三七二十一地放到口中先嚼了起来。原来这是一种叫紫草的根，它不仅水份丰富、口感甘甜，而且还是治烧伤和烫伤的良药。阿娜越吃越解渴，还觉得不断地在减轻伤口的疼痛。吃完了一棵抬头看时，在旁边既然生长着一大片。

阿娜挖啊，吃啊。吃也吃饱了，干渴的口也湿润了，伤口的疼痛也大大减轻了。就又挖了一些紫草根拿回家继续治疗伤口去了。

由于紫草的根皮是紫红色的。阿娜治伤常吃后，整个嘴唇就被染得紫红紫红的很是漂亮。从此傈僳族妇女就用紫草根来把自己的嘴唇打扮得紫红紫红的，显得格外漂亮。

本来就漂亮得出众的阿娜，嘴唇染得紫红、紫红，再穿上自己缝制的白色短裤后，更加楚楚动人了。

伤好以后听人说是自己说错了汉话，才在老庚铁匠之间引起了这场误会的。本来就心胸宽广的阿娜，心想，人在世上没有不做错事的，做人一世和为贵。所以伤口痊愈后，并没有把坐着铁墩子的事放在心上。更没有因此而记恨铁匠老庚。

事过一年左右的时间，阿娜听说远处的一个朋友生了病。同时，又听说铁匠的妻子也生小孩做月子了。正好他两家就在一条路上。就准备了东西一路去看望他们。

去看望的这天，阿娜背了一篮子鸡和蛋，首先来到了铁匠的家。铁匠看到阿娜一副红光满面，体身健康，没有半点受过伤的迹像。反而嘴唇被染红了，又穿上了白短裤后，真是美上加美，百思不得其解，就含羞问了个究竟。

阿娜听了铁匠的发问，不但不生气，更没有责怪的意思。而是露出十分高兴的脸色答道："老庚啊，老庚，这得感谢你叫我坐了烫铁墩子。使我学会了穿上这漂亮的白短裤。这嘴唇嘛，是吃了治烫伤的草药变红的。真是太谢谢你了。”

阿娜一边说着一边从竹篮子里拿出两只大公鸡和一袋子鸡蛋送给了铁匠，请他用之服侍坐月子的妻子。

铁匠很不好意思地接过了阿娜送的鸡和鸡蛋，并一再挽留在家里闲下。

阿娜半开玩笑半认真地说，“我闲不闲是小事情，但你不得亏待月母子中的老庚妈啊。再说老庚你这样盛情的话，待我先去远处看望生病的老庚，回来的时候又才在你家里闲下，喝一碗你烧的月子蜂蜜水吧。”

铁匠见阿娜心胸这样宽广，就很诚恳热情的道：“这就好了，这就好了。我们一定要好好叙叙，一定要好好叙叙。”

说定后，阿娜背上剩下的鸡和蛋急匆匆地赶路去了。

阿娜一走后，扎实被感动了的铁匠老庚，把一头肥胖火塘猪杀了炖好，准备好好招待阿娜。但自己觉得还不能完全赎回给阿娜坐烫铁墩的罪过。就很想为阿娜做一件好事。做什么一件好事呢？想了想后，他拿定了主意，并决定下午阿娜回来时就当面兑现掉。然后到打铁的炉子上取下黑烟灰做成一大碗墨汁准备好。

到了下午时分，阿娜看了远处生病的老庚，返回到了铁匠老庚的家。

阿娜才坐下，铁匠老庚按照傈僳族探月母子的规矩，首先热了一大碗蜂蜜水煮鸡蛋汤请阿娜喝了。

待阿娜喝完后，铁匠老庚非常真诚的说：“老庚妈啊！老庚妈！由于误会，叫你坐了滚烫的打铁墩，使你受了皮肉之苦。真是我的过错，真是我的过错。还请老庚妈多多原谅，多多原谅。”

阿娜则笑咪咪地说道：“老庚呀，老庚，山中没有一点不弯的树子，人吃饭时牙齿还咬着舌头呢。世上那有一点也不过错的人。我们要以和为贵，只要和谐了什么困难都不怕，只要团结了什么事情都能办得了。过了的事情大家吸取教训就是了。你看，当天我还不是把汉话说错了嘛。”

铁匠老庚深受启发的答道：“老庚妈虽然是个女的，但你的胸怀比我们当男人的还宽广得多，你的心肠与你美丽的容貌一样难得啊！老庚妈说的极是啊，我们什么时候都要和睦相处，什么事情都要团结为上，世界上就没有办不了的事了。”接着他说道：“为了表示对我过错的悔过，我很想帮老庚妈你做一点好事，其它大的事情现在还帮不了，我想先给老庚妈你的白麻布衣裳画一下花纹好吗？”

阿娜高兴的回答道：“哦，真是的。我这白麻布衣裳早就想打扮一下，可就是找不到打扮的头路。如果老庚能给画上一些花纹的话，肯定十分漂亮了。只不过太麻烦老庚了。”

“不麻烦，不麻烦。只不过是举手之劳而已，请老庚妈不要在意，那我们现在就开始。”铁匠老庚说完，拿出准备好的墨汁和笔，认认真真地给阿娜的白麻布衣服上，一条，一条地画了起来。

画完了，铁匠老庚又端来一大木盆清水，让阿娜看看是否满意。

阿娜在水里看到了画得一条一条的花纹后，高兴得用半生不熟的汉话答谢道：“老庚，老庚，好好——看看好好——看看。”边说边轻盈地手舞蹈起来。阿娜被打扮完后高兴得手舞足蹈的动作，早就被悄悄闲在铁匠老庚门口老核桃上的俩只雪白的山鸡学去了。它们也互相帮助下，把自己打扮得花花绿绿，得意得嘴里不停地“好好，看看，好好看看”边叫边飞进了茂密的大森林里。传说，一只变成了锦鸡，一只变成了灰喜鹊。

从此以后，傈僳族就织起有条纹的花麻布来打扮自己的服饰了。

再说，铁匠老庚见阿娜对画的花纹非常满意，就高高兴兴地把用剩的墨汁收到了门口的高处，以备后用。然后就用香喷喷的火塘猪肉和乔麦油煎粑粑招待了阿娜老庚嫂。

阿娜吃饱喝足了以后，要铁匠老庚如此，如此，这般，这般招呼好月子中的老庚妈后，边走出门来，边又用半生不熟的汉话，向铁匠俩口子一语双关的告别到：“老庚，老庚，好好一看看，好好一看看。”

铁匠见阿娜要走了，就跟着从屋里出来送别。他正在跨出门槛的一刹那，家里的那只花猫正看见一只老鼠正在楼上偷吃东西。说时迟，那时快。猫从门外的篱笆上一纵步跳进楼门来捉老鼠。不巧的是，猫这一跳碰倒了铁匠收在门口高处的墨汁，墨汁把铁匠老庚泼得全身又黑又湿。铁匠老庚见状便失声叫到：“完了，完了。”

送走阿娜老庚妈后，铁匠脱下被墨汁染黑了的衣服泡到木盆里准备洗净时，不仅洗不干净了，而且整件衣服倒反都全部黑完了。铁匠没办法，只得任其变成黑色晒干了。等第二天晒干后，穿在身上仔细一看时，泼下的黑汁不仅不成坏事，还真成了好事呢。穿在身上的衣服比原来的白颜色好看多了，而且又耐脏。从此，铁匠老庚那家族人，就不兴再穿纯白色的衣服，也不兴戴纯白色的帽子了。

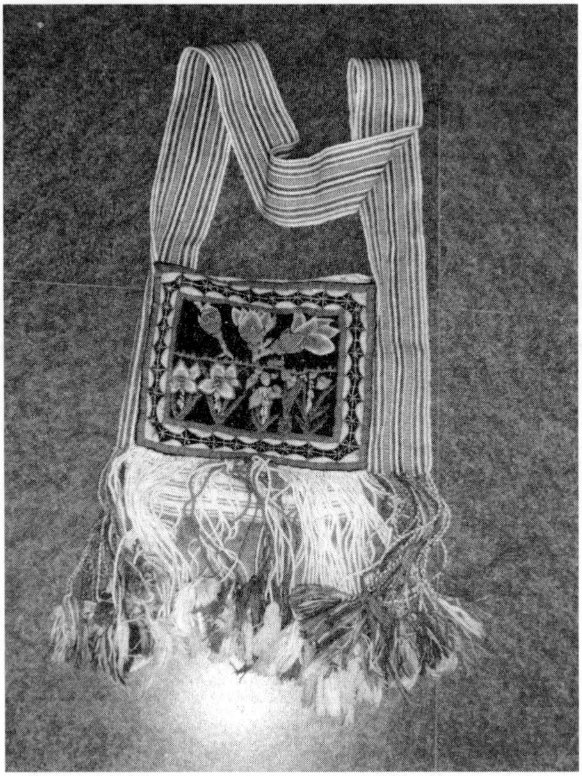

第三十一章　小鸟鸣声报春到
挖槽渡江被阻拦

话说阿欠朝东边前方寻找阿娜姑娘的路被滚滚的王巴捏以江水挡住了去路，朝西回家的路又被汹涌澎湃的怒明捏以江水阻断了。真是前进无道，后退也无路啊！但他坚信，每年的念兹只朵尼这一天，心里的恋人阿娜就会来到王巴背后最高的山峰一王底来看他的。在这种精神的支配下，阿欠站在王巴捏以大江的西岸，向东远眺着王底大山上，期待着一年一度的念兹只朵尼的到来。他不分昼夜地望啊望，看啊看，真是“痴汉等情人”了!。

每天，阿欠从早一直望到晚。天亮到太阳落山，月亮升起；太阳又升起，太阳又落山，月亮又升起……

痴情的阿欠啊，忘了记吃喝，忘记了时间，忘记了自己的生命。这时，天上的吾伞菩拉有七个十分漂亮的姑娘。她们专门替父亲巡视并管理着人间大地上凡人们的婚姻恋爱大事。因此，每当夜幕降临，天空无云遮挡，能从蓝天中看得见大地上的时候，她们都会从东至西，整夜窥视着人间大地上的婚恋大事。

尽职尽责的这七个吾伞菩拉的女儿们，早就把阿欠和阿娜的真情厚意看得真真切切了。

又来临的新一年正月，一场大雪从初一下到十四。初十五这天晚上，大雪过后的天空晴朗得万里无云，皓月照耀下的人间大地亮如白昼。从空中鸟瞰，人间大地的一切，尽收眼底。

这时，吾伞菩拉的女儿们又发现，阿欠头顶已是皑皑白雪，人已成为一尊冰雕的塑像了。即便如此，阿欠仍然在两条奔流的大江中间狭小山头上，背西朝东地痴情遥望着阿娜在的王巴地方。头顶上的白雪不时被呼啸而来的狂风，一片片吹落了下来；浓浓的眉毛也被寒冷的北风，吹结成了一根根晶亮的冰凌；穿在身上原来本是柔软而又暖烘的麻布衣裳，这时也变成了刺骨的冰壳壳；身背后寒波滚滚的怒明捏以大江，身前的王巴捏以大江的波浪；“啪嗒、啪嗒，啪嗒”无情地拍打着他脚下的大地，混浊的江水从脚上不时漫过了膝盖头；严寒一次次刺透骨髓。但阿欠仿佛是一尊精工雕塑的雪人儿巍然屹立不动。

仙女们从空中仔细看透了阿欠的全身，只见他的身躯外壳已被寒气浸透疆硬了。好在他的心脏仍然不屈地“突，突，突”跳动着。看了到触目惊心的这一幕后，仙女中的大姐姐便对众姊妹道：“姊妹们你们看，这就是天下大地凡人间真正的恋情厚意了。”众姊妹们异口同声说道；“耳听还虚，眼见为实。我们看到了什么是人间真正的爱情。”大家话音刚落，“各位姊妹们，我们不用评价他们爱情的深浅程度了，还是救人要紧呀。”小妹阿叉急切地道。二姐阿妮也催促道：“是呀，应尽我们的能力，先救快要被冻死的阿欠才是呀。”接下来姊妹们七嘴八舌，都说救人要紧。大姐见已到火候，拍板说“姊妹们说得对，我们得赶紧救人。大家看用什么办法才能做到既不违背天规又能把事情办好的办法呢?”五姐阿都快言快语地道：“他们的真情厚意不是值得掉泪吗？让我们先用滚烫的热泪去暖烘阿欠冻疆的身躯吧。”说罢，便首先流下了冒着热气的泪水。紧接着所有姊妹都朝着大地上的阿欠身上散下来了滚烫的泪水。

傈僳族俗话说：“实吉以也面。(即意思为：好事多磨。)”仙女们的一番好意，不料被魔鬼尚拍尼听到了。尚拍尼利用天空中的寒气，把仙女们的热泪变成了银光闪闪的、小如豆粒，大如鸡蛋般的冰雹砸到了阿欠的身上。仙女们的热泪不仅没有能给阿欠带去温暖，而且成了雪上加霜。

原来，尚拍尼是早年就被吾伞菩拉扒下派到大地人间上专司管理凡人间男女婚姻恋爱的小菩拉。他来到大地人间后，看到人间的漂亮姑娘就起歹心，滥用手中的职权，千方百计进行调戏，被他糟踏的民女不计其数。他不仅糟踏民女，还极力破坏家庭婚姻。在他的纵容指使下，不计其数的婚姻被离异，多少家庭被破坏，多少无辜少年成孤儿。

吾伞菩拉发现了他的罪行后，革除了尚拍尼的职权，并由自己的七个女儿代行职权，从空中巡视管理大地人间的恋爱、婚姻事务。同时下了诏书让尚拍尼回天庭赎罪。可是，浪荡惯了的尚拍尼，从菩拉变成了魔鬼，拒不回天庭，浪荡在天庭与大地的空间，继续窥视着人间的俊男美女。一旦有机可乘，又继续糟踏着人间的恋爱、姻缘。

对傈僳族美女阿娜，尚拍尼早就已经垂涎三尺了。只是因为一直没瞅到下手的机会。他嫉妒阿才的同时，就千方百计置阿欠于死地而后快。所以，就给阿欠制造了雪上加霜的严寒事端。

尚拍尼加害了阿欠以后，为躲避吾伞菩拉和仙女们对他的惩罚，就躲进了阴暗幽深见不得光亮的岩壁中，树洞里。从那时起，尚拍尼就开始在阴暗的山洞、树洞、幽峪里和森林里等待着人们的到来。特别是正在恋爱中的青年男女们的到来。人们一旦被它们缠上，神精就会错乱，整天只迷惑于异性之间的爱恋情感而不知冷暖，不知饥饿，不知羞耻，到处疯疯癫癫，直至丧失宝贵的生命。因此，直到今天，青年男女们到深山老林，特别是悬崖水洞边上生产活动时，都不兴大吼大叫，更不兴唱调子。以防惊动尚拍尼。如有人患上神精错乱的病时，就要组织用火把香面进行驱鬼方能治好。这是题外语不在此多议论。

且说，仙女们并不知道她们善良的举动，被尚拍尼利用加害了阿欠的后果。只是又在后来的夜巡中，看到阿欠原来蓬松的银发，已经变成了晶亮晶亮的银铁板。但他仍然一动不动地凝视着阿娜在的王巴方向。

本来就很想下凡来人间，为人间恋情办实事的仙女阿叉，见状心急如焚。她大着胆子对大姐姐道："大姐姐，大地人间中的阿欠对爱情忠贞到了痴情的地步，照这般下去就会出人命的呀。小妹请求，准许下凡到人间前去解救吧！"

“天庭规定她们是不能下凡到人间的。私到人间是要受惩罚的。”大姐姐想到。“但事到如今，只有下派一得力的人去解救为上策了。”就郑重其事地向阿叉交待道：“看来也只有亲临解救这一办法了。劳阿叉妹妹背着天庭下去人间一趟代办吧。请你速去速回，免得天庭追究，大家受处罚。”

阿叉赶紧谢过大姐姐们，乘着天庭平静之时，带着俩个随从，乘着一朵紫祥云，日夜兼程地朝阿欠所在的人间大地上直奔而来。

阿叉一到人间大地，很快就找到了阿欠。首先心痛地为阿欠轻轻地扫去了堆积在身上的冰雪，然后又把他拥抱在怀里取暖，化去透入骨髓的冻冰。接着，为了使阿欠醒来时能有好的心情，阿叉叫俩个随从，把从天上带下来的鲜花种籽，播种在阿欠身旁的土地上。

随着阿叉仙女带来的温暖阳光，大地复苏，春意盎然。播下的鲜花一天天地长大了。首先是腊梅花开了；然后是满山的小杜鹃花开了；木瓜花开了；厚朴花开了；山茶花开了；马樱花开了……但是，受尽严冬寒冷的阿欠，在阿叉仙女怀中沉睡不醒。阿叉姑娘不忍心难得甜睡的阿欠，便把阿欠轻轻地放在地上，自己则变成一只小鸟，不厌其烦地一遍又一遍“阿欠——喔，阿欠——喔，阿欠——喔”的呼唤起来。见阿叉不辞辛劳地呼唤着阿欠，随从也就符合着“快快，快快快，快快快”地帮助呼唤起来。阿叉姑娘她们的呼唤声，如今仍然回荡在高山密林之中。

阿欠被这一声声“阿欠——喔，阿欠——喔，阿欠——喔”和“快快，快快快，快快快”的呼唤声中，终于慢慢地苏醒过来了。

阿欠醒来四处张望时，只见自己身处的岩砌列大山上，到处都是树木葱葱，绿草遍地，鲜花盛开，百鸟争鸣，蜜蜂嗡嗡，蝴碟飞舞了。这样明媚的春色，无疑给阿欠带来了好心情。但他没有完全沉醉在明眉的春色之中，怀念阿娜的激情一阵阵催促着他。他得想办法渡过江去。主意打定，便在岩砌列大山头上的密林间，选了一棵最老、最大的三所子（即榧木树），用身上挂着的长阿嗒，日以继夜地磨刀、砍树。锐了磨，磨了又砍，终于把几围粗的大树砍倒了。

大树砍倒了，砍树磨起的血泡把好端端一双手肿得像又肥又大的熊掌，刀也握不住了，劲也使不上了。面对这种情况，阿欠愁得肠子都快要断了。这时，阿腊俄小鸟在树上温馨地叫到：“你别愁来，你别愁，拔棵草来擦擦手。你莫愁来，你莫愁，你爸斧头在身旁。你别急来，你别急，你爷挖锛（即，锛斧）在旁边。”阿欠听罢，首先顺手拔起一棵草来擦了擦手，又红又肿的手完好如初了。再往旁边看时，一把明晃晃的大斧和一把挖锛正置身边。

人逢喜事精神爽。这话一点也不假。在倍感无奈之时，手上的伤也好了，又得了大砍斧的阿欠，顿时精神倍增。用三天三夜的时间截断了大树桐子；又用七天七夜的时间刨面并挖空了树筒。虽然像只大得无比大的猪食槽，但别说一个人乘在里边，就是乘条牛也绝对不会沉入江水中。

后来人们把阿欠艰难砍树挖槽造船的故事，编成了一首顺口溜，并一直流传到了今天。顺口溜道：

王巴有一条大耐以，从此一直奔向南；
滔滔江水流不息，惊涛骇浪把路拦，
江西对门有座山，这山就是阿尺来；
山中有位能伙子，名字叫做阿欠咱。
阿欠要借一把斧，老祖给了斧一把；
老祖斧头大又快，用斧砍倒大树子。
砍倒大树咱个整，砍倒大树截成筒；
截成树筒做什么，树桐砍成槽料子。
阿欠还要借把锛，老爹钢锛叫他用；
钢锛平整刃锋利，把筒挖成猪食槽。
挖得槽槽大又深，要用它来做什么；
挖出木槽大又大，要用它来做渡船。
大树筒子做战船，拉到岸边放水中；
江水浮起小渡船，坐上船儿去寻伴。

第三十二章　小鸟智斗江中龙
尚格另拉成永恒

渡江准备妥当，念兹只朵的日子也到了。这一天，天还没有亮，阿欠从山顶上拖着渡船急急地赶向了江边。他使尽全身的力量地拖啊拖，拉啊拉，不知跌了多少次跤，身上被砸了多少次，只见脸上、手上、脚上被披荆划破得伤痕累累。贵在坚持，功夫不费有心人。终于在太阳刚升出东山头的时候，赶到了汹涌澎湃的王巴捏以江边。

阿欠顾不得一切了。还没喘过气来，就把木槽推下了水中，然后回到岸上拿划桨，准备上木槽划向对岸。

阿欠回岸拿桨的瞬间，不料江面上突然“呼啦啦，呼啦啦”地刮起了一阵紧似一阵的龙卷风。把阿欠也卷入了江中，人与木船一起像一片树叶一般，高高地耸起，又跌入一眼望不到底的巨浪深谷中；又从深深的浪谷中，又抛向高高的万丈空间；一浪高过一浪，一次更比一次险恶。一口口混浊的江水，早把本来已饥饿得贴到脊梁骨的肚子，灌得像只圆圆的蜂桶；一个个巨浪使人天旋地转、惊心动魄。不知过了多少时间，也不知折腾了多少次。折腾得阿欠头晕脑涨，身上的骨架被拆散一般，一股股钻心的疼痛，把他又一次次推向了死亡的边缘。“为了心中的恋人，坚持，坚持；为了梦想中的美好未来，坚持，坚持，再坚持。”唯有他清醒的心脏默默地念叨着，支撑着那冰冷的身躯顽强地坚持着。恶作剧者的良心狠到了极点，见巨浪怎么也淹不死阿欠，就使出了吃奶的力气，玩出了它哪丑恶的最后一招，连人带船卷到了蓝天白云间，然后又从天空中狠狠地向大地上丢了下来。这时的阿欠，只觉得身体像块石头急促地向大地飞下去，“呼，呼，呼”的狂风灌得两耳带头颅都快要胀裂了。阿欠意识到，从这么高的空中丢下去，绝对会是摔得粉身碎骨了。想到临死还没有见到阿娜时，一股比梅子还酸的味道顿时涌上心头来。他欲叫声“阿——娜”，可连口气都喘不过来的狂风中，叫喊出声那更痴心妄想了。无奈的阿欠只能落下了点点滴滴的泪水。阿欠在天空中落下来的泪水，后来变成了王巴明大江西岸晴天也下的阵雨。阵雨中一条条彩虹连接着大江的东西两岸。人们说，彩虹把阿欠和阿娜的心连接起来了。

无巧不成书。阿欠从空中摔下来快要落地的千均一发之际，他突然觉得有什么一股气浪，使下垂急速的身体飘浮了起来。然后，慢慢而平稳地落到了地上。

阿欠人倒活下来了，可恶作剧的家伙，把阿欠的船和划桨狠狠地摔在了望尘莫及的岩砌咧山尖那刀劈斧剁般万丈深渊的绝壁上。千百年来，人们远远望去，依稀可见那船和桨，都还夹在悬崖的石缝间。

这到底是怎么回事呢？谁是陷害阿欠的罪魁祸手？又是谁搭救了阿欠？

原来阿欠造船准备渡江的事，又被心怀叵测的尚拍尼发现了。它怎能容忍阿欠去会阿娜呢？便心里又生了一条毒计。它用花言巧语和哄骗手法唆使了原来在大海里犯了龙宫法律死罪后，潜逃到王巴捏以大江里浪荡着的一条青龙，来阻止阿欠去会阿娜。

本来就成天浪荡，无所事事的这条青龙，听得尚拍尼骗讲，说是阿欠过江，是要去杀害了自己的妻子、儿女。并答应只要青龙能阻止阿欠过江，就给它一笔钱。青龙信以为真，又为了得到将赏，就答应阻止阿欠渡过江去。

尚拍尼见青龙好唆使利用，决心把事情做绝了。它把在人间搜刮得的一笔金银财宝当时就付给了青龙，叫青龙永远阻止阿欠过江去王巴。

青龙拿到自己永远吃不完喝不尽的金银财宝，就应承了这件伤天害理的差事，做了尚拍尼的忠实走狗。从此，它像一条忠实主人的哈巴狗一样，时时刻刻窥视着阿欠的一举一动。

念兹只朵尼那天把阿欠和他的船卷到山顶悬崖间，及后来对阿欠实施的恶作事件，就是这条青龙所为是也。

青龙把阿欠从空中摔下来将要粉身碎骨的一瞬间，是仙女阿叉变成的阿腊俄小鸟用自己的浮力挽救了他。

阿腊俄小鸟见青龙是危害人间的一条毒虫，就不顾势单力薄，决心为人间除掉这一大害。它带领俩个随从，从高高的岩砌咧峰顶，顶着“呼呼”的山风，勇敢地下到王巴捏以大江里，与害人精青龙展开了殊死的搏斗。小鸟心想：“我为正义而斗，无所畏惧。”虽然身材与龙相比显得十分渺小。可它利用快速的飞翔速度与灵活的动作展开了一轮又一轮的拼搏，一次又一次的较量。到第三天的时候，用自己的聪明和才智，啄瞎了青龙的一只眼睛，啄掉了一只耳朵，龙须也被啄光了，龙身体也被小鸟啄得如跌倒在倒钩刺蓬中爬来的狗一般。

老命倒还没陪进去，可是已斗得遍体磷伤的青龙，自知不是对手。它眉头一皱计上心来。三十六计，走为上策，战死不如躲藏。当战到第四天早晨，趁阿腊俄小鸟战间小憩之机，躲入浓浓的江雾中，悄悄地逃入了岩砌咧大山背后的一个湖里躲了起来。

阿腊俄小鸟小憩过后，再找青龙决战时，原本碧绿的江水，此时被青龙眼里、身上流出的血染红了，滔滔的江水也只是闷声闷气地向南流将而去。阿腊俄小鸟在江里怎么也寻不着青龙了，也没有想到在大江大河里生活的它，既然会逃到深山老林的一个小小湖里躲藏起来。从此，山中本来无名的这个小湖，就成了青龙湖。昔日曾能翻江倒水作恶一方的一条巨龙，想发威也只能发声叫叫而已。

青龙逃到大山深处的小湖里后，为了得到金银财宝，没有因败在阿腊俄小鸟下而停止履行危害阿欠的协议，继续进行着罪恶的手段。一旦发现阿欠望着王巴地方的时候，青龙就会从湖里吹出狂风、发出巨大的吼声来威胁阿欠。青龙吹出的狂风能卷起核桃般大的石子满天飞舞；发出的“轰隆隆，轰隆隆”吼叫声，远在隔山隔水的王巴地方也能隐约听得到。天长日久后，人们每当看到岩砌列大山上刮起狂风灰尘漫天，或听到那来自湖里的“轰隆隆，轰隆隆”响声时，就知道天气要变化了。

话说阿欠被青龙旋风卷回到高高的岩砌咧大山头上，惊恐的情绪稳定下来时，已经是山中的鸡素子花落成果的时候了。无可奈的他，站在高耸入云的山头上，一遍又一遍的朝王巴方向大声呼唤着阿娜的名字。

躲在深山湖里的青龙，听到阿欠在大声呼唤阿娜，就从被后吹起了一阵又一阵的大风来威胁。但它殊不知，吹起的大风正好把阿欠的呼唤声传到了阿娜在的王底山头上。

阿娜正准备下山时，清清楚楚地听到了阿欠的呼唤声。她也发出了“阿欠哥哥，啥给尼毖（即，明天相聚之意），啥给尼毖”的呼唤声。但她的呼唤声被迎面吹来的大风给淹没了。

阿娜“阿欠哥哥，啥给尼毖”的呼唤声虽然被迎面吹来的大风淹没了。但被正在她身旁花丛中寻蜜的蜜蜂听得清清楚楚。蜜蜂回到王巴后，向蜂王报告了王底山发生的这一切。蜂王听了又一次深受感动。当听说阿娜的呼唤声被风所淹没，阿欠无法听到时，为挽惜人间的这种真情而流下了眼泪。他想帮人要帮到底才是真心。便命蜜蜂仍带上七七四十九天的口粮，无论如何也要给阿欠传递阿娜对他的深隋厚谊。

第二天天还没亮，蜜蜂群就从王巴朝高高的大山上飞呀，飞。三台坡一台更比一台陡，一台更比一台高。陡峭的山坡上直飞不了，蜜蜂们就绕起之字拐艰难的往上飞。渴了到路边的山泉里喝凉水，饿了吃一把随身带的干粮。三台坡上歇了三次气，终于越过了别块王平丫口。

越过了高高的别块王平丫口，可蜜蜂们一点也不敢马虎。因为一路上还不知有多少坎坷。因此，它们还是不停飞啊，飞。好不容易来到了王巴捏以大江边上。滚滚咆哮的江浪带来的气浪，又一次阻拦着小蜜蜂们前进的道路。几次试探飞越的伙伴，有的被气浪打回到岸边；有的更是被气浪卷入了滔滔的江水中夺去了宝贵的生命。半途而废是不行的。蜜蜂们想到，“蜂王不是常教导我们，团结是力量。大家一起齐飞起来，力量不就大了吗?”领头的蜜蜂对伙伴们说到。经过商量、策划，一大群蜜蜂你靠着我，他跟着你，同时展开翅膀，齐心用力扇动飞翔了起来，远远望去，在江面上形成了乳白色的一团云雾，忽上忽下，忽左忽右，一会躲过劈头盖脑而来的浪花；一会绕过呼啸而至的狂风，不顾一切顽强地向江的西岸冲去。最后，终于飞过了浪激风狂而又宽阔的江面。又不知经过多少的艰难困苦，来到了岩砌列大山里，给阿欠带去了阿娜“啥给尼恣”的期盼。阿欠的心里，从此就装上了“啥给尼恣”，痴情地在大山里等待着“啥给尼恣”那美好日子的到来。而王巴的蜜蜂们从那时起，在王巴与岩砌咧大山间，不停地飞来飞去，为阿欠和阿娜传递人间的情谊。如今在端阳节前后，人们仍然可以看到，王巴大江的江面上，不时有犹如一团团白雾似的蜜蜂飞来飞去。它们仍然孜孜不倦地履行地着为人传情的义务。

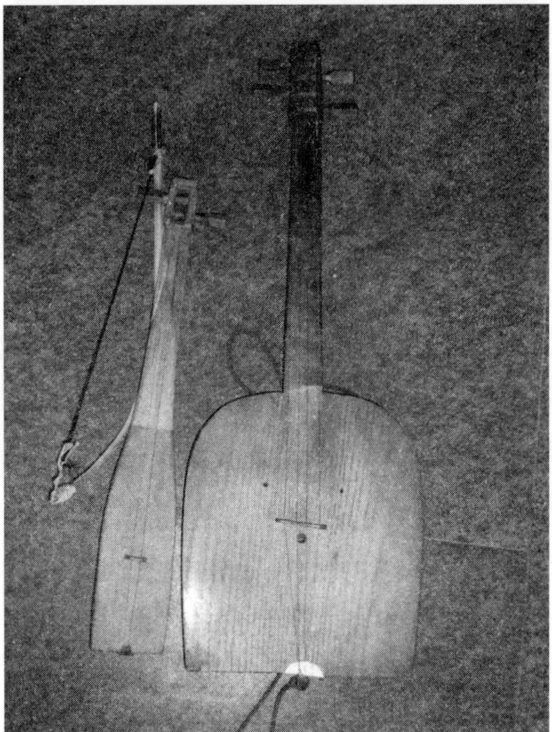

第三十三章　顽志斗败凶残龙　泪珠落成相思草

话说变成阿腊俄小鸟的仙女阿叉，还想继续帮助阿欠最终实现“啥给尼恣”。正在为此而动脑奔波时，接到了仙女大姐姐的传话：“小妹阿叉下到人间的事，被小人们告给了父亲吾伞菩拉扒。大姐姐向父亲如实禀报了小妹下到大地，是给人间助难消灾的。父亲虽然赞赏，但说天规不能违，阿叉必须速返天庭。否则，七个姊妹都将连带受到惩罚。”

不回天庭是绝对不行了。帮助阿欠实现“尚格另拉”只得另择时机了。但又不忍心丢下连生活都无着落的阿欠不管。善良无比的她，决定走前还是为阿欠的生活找好出路。便找到阿欠说：“阿欠啊，你和阿娜之间的恋情是人间最忠贞的。你的心是人间最真诚的。我本应帮助你实现心中的愿望，但应吾伞菩拉扒的招呼，不能相帮了。走之前还想为你办件事，不知你有什么要求？”

阿欠这才知道，自己几难不死，原来是这个漂亮无比的姑娘在搭救。又见姑娘急着回天庭，就怀着无比感激的心情诚实地说到：“谢谢神仙姑娘相助之恩，我孤独一人在深山里生活也难维持，你就帮我指条生活之道吧”。

仙女阿叉见阿欠仍然这般痴情和诚实，就答应到：“这山里树大林密树叶茂，高山坝子里水草肥美。是牧羊的好地方。我给你一群羊子，以后你就以牧羊为生吧。也为了以后你放牧羊群时好记忆，这条山脉就叫碧罗（即放公羊之意）雪山吧。”

随着姑娘话音，阿欠的跟前出现了一群活蹦乱跳的羊子。一只只羊子“咩，咩，咩”地向见到久别的主人一样，围着阿欠团团转，把阿欠寒酸悲伤的心情一扫而光，待阿欠反应过来，想感谢时，仙女阿叉姑娘已经乘着一朵彩云升到半空里了，她回过头来向阿欠招了招手，徐徐地从西边升上了哪遥远无际的天空。

从此，阿欠就在碧罗雪山上一面牧羊，一面继续寻找着度过王巴捏以大江的机会。时时准备着“啥给尼恣”，去会心上的阿娜姑娘。他把对阿娜的怀念只得放在放牧羊群的活路上。他以羊为伴，以牧解愁。每天早上天一亮，就吆着羊群到深山密林里专找竹叶茂密或水草肥美的地方放牧，生怕哪一天羊群吃不饱。日落天黑了，他把羊群圈在枝茂密不透雨水的大树底下，自己则在羊群边烧上一堆箐火，烤上白天牧羊时采得的山菌、山笋、山菜或野果来填饱肚子。然后向名卫士似地守护着羊群。天亮了，又吆着羊群去放牧。日复一日，年复一年，他牧羊走遍了碧罗雪山的沟沟箐箐，座座山梁。

这一天，阿欠又吆着他的羊群牧羊到了岩砌列山东北边的一座山上。这座大山高耸人云。站在山头上，视野开阔，远近的群山大地尽收眼底。无限的风光，美丽的大地使阿欠又深深怀念起远方的情人阿娜。他站在高高的山顶上，默默地向南眺望着阿娜在的东南方向。突然，从身后的密林深处，电闪雷鸣，震天动地，狂风大作。刮起的一股龙卷风，把阿欠和他的羊群卷到了空中。早已被锤炼得钢铁似意志的阿欠，吆喘着他的羊群，在滚滚的乌云中顽强搏斗着。狂风吹啊吹，旋涡卷啊卷，可怎么也卷不死阿欠和他的羊群；怎么也吹不散阿欠和他的羊群。不知飘了多远，不知卷了多少时候。风慢慢地停了，旋涡也慢慢地弱了，停了。阿欠和他的羊群仍然安然无恙。

当从空中往下落的那瞬间，阿欠回首眺望时，只见西南方向，一条青绿色的龙，有气无力地慢慢落入了密林中的一个黑色小湖里。

原来，被尚拍尼重金收买的青龙，看到阿欠眺望阿娜时，又在作怪了。其结果只能是像只斗败了的哈巴狗，钻进了狗窝里。

凶狠的青龙，殊不知它的作为不仅对意志顽强的阿欠没有作用，反而把阿欠和他的羊群带到了意想不到的，竹茂水草肥美的“玛仕达底”（即，实心青竹坪子）里。

这里是王巴捏以大江西岸群山中，两座大山结合的鞍部。方圆几十里的鞍部成为一个锅底形。

见得鞍部三面各有一股清清的泉水“哗哗哗”的直流而下。流水沟的两旁长着一片片山芹菜；一撮撮鲜嫩的山韭、山白菜；一蓬蓬粗壮的竹叶菜、龙爪菜；一棵棵茂盛的山白合……

三条水汇拢的清泉在锅的底部积成了直径约两弩射程的湖泊。清清的湖里碧波荡漾，一群高山水鸟自由自在的浮来荡去，不时激起的点点浪花，使静静的湖水生机盎然；围着湖边沿岸长满了一人深的高山水草，水草中开着一朵朵鲜花，把草带装点得像一条绿中带花的纱巾。使清沏、明亮的湖水，犹如漂亮的少女脖子上又带上了美丽的花环一般。

湖水的周围是一眼望不到边的缓坡草甸，点点小花把绿油油的草甸点缀得更加生机勃勃。

紧挨草甸边缘的便是长得青青的、一蓬蓬的实心竹林子。茂盛的竹叶坠得一棵棵竹子深深的弯下了腰，好像是一枝枝挂在羊栏边上的饲草一般。

这真是一片绝好的牧羊场啊！

阿欠吆着他的羊群就在这里安营扎寨了。在的是个好地了，只是不知道现在在的玛仕达底这个地方，离阿娜在的王巴隔有多远？在哪个方向上去了？更不知阿娜的音讯了。一想到心中的阿娜，阿欠的心啊，就像针扎一样的疼痛。堂堂一个男子汉常常流着心酸的泪水。

阿欠的泪水，“叮嗒，叮嗒”一滴又一滴流在了坝子里、竹林间、森林中的百草丛中。吸收到恋情泪水的一株小草儿，被阿欠的纯洁爱情深深地打动了，它在百草丛中瑟瑟抖动。年复一年，一茬传一茬的生长下来的这棵小草儿，只要叶子上挂上露珠，就会向风吹一样抖动。

后来，在一个春暖花开的清晨，一对在恋爱中闹矛盾的男女青年，在一块草地中正在相埋怨时，突然，他们发现了旁边这一株会抖动的小草。男青年便向女友道：“小草都被激怒了，我们别互相埋怨了，用这株小草儿见证我们的恋情吧。”说着，顺手把小草拔了起来各分了一半。然后用身上挂着的刀砍来两节小竹筒，把小草放入里边各自带在身上，以作爱情的见证。从此，俩人互敬互爱白头到老。

从此，这种小草成了傈僳族祖祖辈辈相传的“仗兹”（即，相思草），本地人一般俗称“盒盒药”。这种草被真心相爱的男女采到，并装入小竹筒中被恋爱双方随身带着时，长青而不枯。收藏的双方都会相爱得形影不离，甚至会到爱得死去活来的地步。不过，这种草不是具有真情实意的人是找不到的。

碧罗雪山

第三十四章　小鸟传送人间情
石羊点破天机密

言归正转，玛仕达底牧场实心青竹林又与无边无际的大森林紧密相连。一棵棵高山阔叶树的枝条一根搭一根，树杆一株依偎着一株；冷杉、云杉、铁杉、落叶松这些针叶树，一株株挺拔入云……林间鸟语花香。

可是，在百鸟争鸣的音海当中，有一只小鸟“西另另——虽轮轮，西另另——虽轮轮”的鸣叫声，叫人生出几分凄惨的感觉来。不用说，这凄惨的叫声更勾起了本来就已经很孤独很寂寞的阿欠对心中恋人的思念。

这一天，阿欠把羊群放到青竹林的边缘，刚在一棵冷杉树下坐下来时，那凄惨的“西另另——虽轮轮，西另另——虽轮轮”又在树头上叫开了。听着树上小鸟的鸣叫声，阿欠又坐在地上“叮嗒，叮嗒”地流起了泪水。

这时，树上的小鸟说话了“西另另——虽轮轮，我的遭遇跟你一个样；西另另——虽轮轮，我寻王巴把情探；西另另——虽轮轮，你耐心等来莫伤心。”说完展开翅膀，在阿欠头顶上飞翔了三圈后，一溜烟地向南飞走了。

其实这只“西另虽轮”小鸟，原来也在岩砌列的大山里居住生活着。祖祖辈辈在哪里繁衍生息，有一个非常温馨的家庭。可是，就在阿欠被龙卷风袭击的那场灾难中，正在窝里孵着幼鸟的妻子连带幼仔娘被龙卷风卷得无影无踪了。“西另虽轮”因外出觅食而幸存生命。但它回到原来做窝的地方寻找妻儿老小时，不仅找不到妻儿了，与阿欠一样还被龙卷风卷到了现在在的玛仕达底这个地方。

与阿欠成了同病相邻的伙伴。也因此，小鸟就自告奋勇地为阿欠探听消息去了。

由于有这层缘故，傈僳人认为“西另虽轮”是山中带有伤感的情鸟。“西另虽轮”一般也不会下山来。如果“西另虽轮”下山，特别是在寨下村旁鸣叫的话，村寨里会有年青人死去，村中不久的将来可能会有寡男寡女出现。

话归正题。小鸟飞走了的第四天一大早阿欠起来，匆匆吃过山菜、青笋做的早饭，依然吆着羊群去放牧。羊群“哜唰，哜唰”的吃着青草、嫩叶。他信步来到那棵冷杉树下正准备闲气时，只见天空中从南至北飞来一只小鸟，落在了大树枝上。

过不了片刻，还没有闲足气的小鸟，在树上拍了拍翅膀，上气难接下气地鸣叫到：“西另另——虽轮轮，王巴就在正南边，阿娜姑娘想念你。”听到小鸟的回话，阿欠那久锁的眉间才打开了一条咪缝。他不甘心地问小鸟道：“西另虽轮啊，西另虽轮，请告诉我，什么时候我与姑娘能相见？”小鸟回答到：“西另另——虽轮轮，你的阿娜心不变，明日蜜蜂要传情，后天蝴碟会做媒。”鸣叫完又拍了拍翅膀飞入了茫茫的林海中，独自“西另另——虽轮轮，西另另——虽轮轮”的鸣叫去了。

第二天当阿欠迎着朝阳把羊群吆人牧场时，发现平里日一片静悄悄的百花丛中，蜜蜂“嗡，嗡，嗡”，五彩宾纷的蝴蝶漫空舞蹈。阿欠顿感自己不在孤独不在寂寞了。这时，几只蜜蜂“嗡，嗡，嗡”地围着他转了起来。虽然听不出蜜蜂们说些什么话，但从那亲热的劲儿中，阿欠猜想到了这是它们代阿娜给自己转情来了。就亲切地对它们说：“亲爱的蜜蜂们，谢谢你们远道为我转情，我感受到了温暖。也请你们带去我对阿娜姑娘的深切挂念吧。”蜜蜂们像受领到任务的战士一般，“嗡，嗡，嗡”的向着南边飞走了。

蜜蜂们刚飞走，一群彩蝶又围着阿欠一个劲地飞舞。使阿欠看得眼花缭乱。看着，看着，觉得飞舞的碟群变成了阿娜哪水灵般的面容，向他投来了微微般笑脸。可不是么，连她脸上的小酒窝都看得清清楚楚嘛。阿欠沉浸在了美好幻觉当中。

突然，已到远处竹林里去吃叶子的羊群们，从鼻孔里“嗤，嗤，嗤”地吹着哨，急促地跑到了主人的身旁，一个劲地“咩，咩，咩”叫唤着，并不安地骚动起来。

阿欠还未品足美好而幸福的幻觉滋味，就被羊群的到来冲断了。他立即缓过神来，意识到羊群已经遇到危险了。就急忙吆着羊群回到了视野开阔的湖边草甸里。

待羊群悄悄安静下来，反复点数时少了一只羊。再认真细查时，发现少了的羊，正是那只平日里带领羊群的公头羊。失去了头羊对羊群和对牧羊人来说，比失去其它十只羊都要难过。同时，从首先袭击了头羊的情况看，来者很是不善。要与之较量并要战胜它，远远超出了首次袭击对象为一般羊者的难度。

但是，就视羊如命的岩砌列讲，哪能顾得了那么多。他把羊群吆回到更为安全的窝棚旁，并在羊群旁烧起了一堆熊熊的大火，以示对袭击者的警示。

一切安排妥当，早已义愤填膺的阿欠，“嗖”的拔出了身上挂着的长阿嗒（傈语，即长刀）紧握在手中，向上阵搏斗的武士一样“嗥，嗥”吼吼叫着冲进了密林之中。

进得密林中不一会儿，阿欠就见到了头羊与野兽搏斗的迹痕。从留下的杂乱脚印和斑斑血迹看，袭击头羊者还不是一只，少说也是两者以上联合所至。但这也吓不倒阿欠，他凭着自己的正义感，怀着必胜的信心，勇敢的寻着血迹追了下去。

寻啊寻，追阿追，当快到一堵悬崖旁的山脊上时，只听得悬崖底下沟沟里传来野兽“嗥，嗥，嗥”的相互搏斗声。听到野兽搏斗声，阿欠更是怒火冲天，挥舞着手中的大刀寻声勇猛地跳将下去。

阿欠一跳到山崖跟脚时，一股乳醒味扑鼻而来。再仔细寻找，一个不深的崖洞中，三只似猫的幼仔正张着嘴，正“嗷，嗷”待哺。原来是一窝刚生下地的金钱豹。窝旁博斗的痕迹伸向远远的沟底；母豹已被抓咬得遍体鳞伤，气喘吁吁地卧在地上动荡不了，被咬死的羊的

维西阿尺木刮传承之地　　　　　　（胡兰英　摄影）

WEI-XI A. ƆՈ; MՈ: GW: BɅ.. PꞀ.. MՈ

维西阿尺木刮传承之地　　　　（胡兰英　摄影）

WEI-XI A. ꓛꓵ; MU: GW: Bꓯ.. Pꓶ.. Mꓵ

尸体近在咫尺，它也无力顾及。当阿欠举刀走近时，只见母豹的眼角流下了两行泪水，然后闭上了双眼，好似等待着任人来宰割。再朝还传来激烈搏斗声的沟底看去，只见一只雄豹、一只雄虎“嗥，嗥，嗥”的孔叫着，互相撕咬得不可开交。看到这一幕，阿欠对着母豹高高举起的长刀，慢慢地放了下来。是啊，它们也是生命啊，也是这山中的一员啊！想罢，刚脆把羊尸体拖到窝旁让幼豹们享用起来。又在林中采了把治伤草药，用石头捣碎敷在母豹的伤口上，离开了这争斗还不息的地方。

阿欠在回来的路上，还看到许多食肉的野兽们，寻着那羊的血迹和腥味，在赶往虎豹搏斗的方向。他意识到，如继续在这里牧羊，不是斗不过它们，确实是它们太多了。与其相争斗，还不如离开这里，寻另地方。打定主意便快速赶回了驻地。

赶到驻地一看，临走烧下的箐火还徐徐地冒着青烟。但羊群却不见了。这还得了，阿欠顾不得窝棚里的东西是否完好，就急匆匆地望着羊群的脚印寻找起来。还好，从羊的脚印看，是向东边朝山下有序地一只跟着一只走去的。不是被野兽强追逐踏下杂乱无章的痕迹。

阿欠仍不放心地追啊，追，找啊，找。于刚刚日落西山，黄昏将至的那一刻，在临近王巴大江西岸的一个青松中，找到了羊群。

羊群在林间一尊像东昂首翘望的大公羊似的巨石旁安然无恙。有的安祥地卧在地上回着白天吃进胃里的青草、树叶慢条斯理嚼着；有的自由自在地于近处寻着青草树叶；有的则立、则卧互相舔着被树枝挂散的毛；母羊们也抓紧时间给羊羔喂着奶水。

阿欠见羊群安然无恙地在巨石旁时，一边抚摸着巨石一边情不自禁的自言自语道：“真是吾伞菩拉尼来保佑了，将来这个地方会出来措依妞（措依妞傈语，圣人或英雄之意）的。”

才别了大半天的羊群，见主人也来到了这里，都温声温气“咩，咩”叫着向阿欠围拢了过来。

见天色已晚，阿欠赶着羊群，找到了一块小平地露宿了起来，渡过了一个安祥的夜晚。

当年阿欠抚摸过的石羊对面的地方，人们叫地名为绵羊姑。不知是当年阿欠“会出措依妞”的话有灵，还是该地风水特别好的缘故呢，总之，后来傈僳族历史上最大民农起义的领袖——恒柞绷就是诞生在这块土地上。

第三十五章　草丛剩饭酿出酒 阿尺木刮欢歌舞

题归正传。这里虽然有石公羊的保护，但离江边近，气候炎热，地势又不具为牧场的条件。牧羊了几天后，阿欠又只得吆着羊群逆王巴大江而上另寻他处去了。

一边牧羊，一边向远处寻去。时间过到了这一年的秋天，阿欠吆着他的羊群找到了一处放牧的好地方。这个地方处在王巴大江上游西岸离江边一早上左右的路程。座西朝东的缓坡草坝，横在大山腰上，从南走到北有半天的路程。草坝里每隔两、三弩或四、五弩射程内，流淌着一股股清泉。靠北有一块方园十弩上下射程大的平台地，平台地两边和中间，各有一股清沏透底的山泉；台地的北边和西边的山上是一眼望不到边的大森林；这里上不属高山之巅，下不在江边河岸而形成四季如春的气候。即使酷署盛夏时，要到高山草甸去放牧也并不遥远；若是大雪皑皑的寒冬，则可到无雪的江边放牧羊群。同时，这里还可撒糯种菜进行农耕。正是人与羊群最好的居住地。阿欠找到了理想中又一块的牧羊地。

从此，在这块土地上，阿欠不仅把羊放牧得膘肥体壮，而且开荒出了一块块的肥沃土地。又从别人那里要得了糯米、乔麦等粮食种子和青白菜等种子，过起了自给自足的牧耕生活。后来人称这地方为“阿尺当哇”。有的谐音称为“阿尺达嘎”。（即：牧羊平或羊窝棚之意。）

由于阿欠相当能勤劳吃苦，又会耕作种地，加上有足够的羊粪作肥料，粮和菜年年都丰收。山中的一只小鸟看了他种的大白菜又嫩又大，感动得大声“俄苤提波洒咱咱，俄苤提波洒咱咱，俄苤提波洒咱咱（即傈语：一棵菜要吃三顿）”地唱了起来。直到如今，人们都认为，这种鸟叫得特别欢畅的时候，便是风调雨顺丰收之年。这种鸣声少或听不到时，将会是欠收之年。这是题外之言，且不深究。

言归正传。由于阿欠勤劳能干，羊群发展得越来越多，自己的生活也越过越富裕了。不仅不必用采菜挖笋来度日，而且，每到野外放羊时，还有足够的粮食可带上食用。真是：自足有余牧羊人，只愁未见心上人。

有一天，阿欠放羊到“滴夸里”（傈语地名。即，龙胆草坪或龙胆草坝之意）时，正值尚午时间。他把羊群吆到水泉边，边叫羊群喝水解渴，自己也吃起随身带来的糯米饭团。为了第二天继续来这里放牧时不必带晌午，他把饭团的一半，用一把干净的龙胆草包好放入了一个干燥的树洞里。

谁知，那天以后连续半个月都未能来到这个地方，饭团放在树洞里的事也忘了。半个月后，阿欠又放羊来到滴夸里时，才想起饭团来。便爬到树上从洞中掏出来一看，扑鼻喷来一阵阵香甜的味道。他想，这肯定是馊饭的气味，就从树上连饭带草丢了下去。当他还没从树上下到地上，在附近正吃着树叶的几只羊子。把砸成一地的馊饭团吃得精光。在远处闻到气味的羊子，也翘着鼻子都朝这边跑过来准备抢吃。

阿欠下得树来，感到非常纳闷。不多一会儿，吃过饭团与包着草的羊子们一只跟着一只，嘴里“咩哈哈，咩哈哈，咩哈哈”地叫着。发出的叫声非常动听。更奇怪的是，羊子们边歌边舞起来，有的动作似吃草；有的动作似喝水；有的动作似爬树；有的动作似被藤缠时的摇头晃身；有的动作似在山崖小径上跳跃而过；有的动作似狂欢中的奔跑；更奇特的是，还有小羊跪在母亲下哺乳般的动作。真是滑稽而优美。

这是为什么呢？聪明的阿欠找到了答案：肯定是那不起眼的滴夸（即，龙胆草。当地人称酒药草。）起了什么作用，饭团变成了兴奋的食物使羊群又歌又舞。

阿欠想，羊能欢歌舞，人吃了也必定会欢乐起的。他决心亲口尝一尝，试一试。待到牧归时，便拔了一大把滴夸草拿回去。当天晚上就煮了一锅糯米饭，待温凉后，拌了滴夸草盛入木盆里盖了起来。

过了十几天后，一打开木盆的盖子，果然一股又甜又清爽的酒香味扑鼻而来。放到口中时又甜既香，还有点辣辣的味道，非常可口。除留一碗自己吃外，其余全部喂给了羊群。羊群吃完后果然又歌又舞了起来。吃了一碗的阿欠也学着羊群歌舞了起来。

从那以后，人们就开始了酿酒、喝酒。沿袭到今天，傈僳人还再用龙胆草来自制酒药。用自制的酒药酿制造出来的小锅白酒，其甘甜、纯香的味道独具一格。且醉了不打头，也不翻胃，用该酒制成的“尚拉（即，鸡肉拌炒木瓜酒）”是待客的上品；用这种自制酒药酿造出的水酒、黄酒人称“傈僳啤酒”。是逢年过节、红白喜事中必不可少的饮品，用其酒煮出来的鸡肉鲜嫩可口而且滋补。用这种酒药酿制的杵酒和捏酒，不仅是酒类中的补品，因营养在汁中而酒可以当饭；用这种酒药酿制的米酒（或称饭酒）是妇女们做月子必备的首要食物。

打那以后，阿欠边牧边跟羊群学会了阿尺木刮歌舞。经过千百年的锤炼，就锻造成了今天古朴、热烈而激昂的阿木刮歌曲和阿尺木刮哇器器舞蹈。如今，阿尺木刮已被国家列入非物质文化遗产。

还是言归正传。有一年的夏天来得特别早，也显得特别热。为了给羊群避署，阿欠乘早就种完了庄稼。然后，背上盘缠把羊群吆到了阿尺当哇背后的高山牧场去放。

来到了高山上，只见这里的高山牧场宽阔平坦得一望无际。碧蓝碧蓝的天空中，数不清的百灵在凑着天籁之曲。牧场的边缘是四季长青的苍天密不透风的高山冷杉林和竹林，林中野猪、野兔、山鸡成群结队而栖，在原始森林的边缘上，被冬雪压得七形八状的高山杜鹃一片连着一片地盛开着五彩缤纷的鲜花。牧场背后皑皑白雪的山峰上流淌着一条条似银河落九天的瀑布。山脚下满的岩石有的似人安祥立地；有的似动物在奔跑；有的更是像魔鬼般一尊尊，一群群面目狰狞张舞爪。在茂密的原始森林间，在平坦的高山草甸中，明如美女镜一般的高山湖泊一个连着一个，一潭接一潭数不胜数。森林里，草甸间，高山地衣像绒毯一样，使人踩上去只觉松软舒适无比。当你行走在草甸，丛林中，魔幻般的云雾时而从你身边徐徐而过；时而夜幕般笼罩；时而从脚下一朵朵袅袅地向远处飘去……怜人心驰神往。

是这般肥美，是这般美丽的地方，怎能不吸引人呢？

阿欠十分高兴地安营扎寨了起来。为长远之计，他还砍来了长长的槽，专门用来给羊群喂盐水。

从此，这里成了远近的人们首选的夏天牧场。这是因为，在这既放牧了牲畜，又可以观赏到美丽的风景。年复一年，一代接一代都是如此。人们并把这里取地名为："嚓波朵嘎"（嚓波为盐巴，朵嘎为喂处。即，喂盐水的地方）。

腊普河上的悬桥

第三十六章　八面来客聚王巴
四方成亲走天涯

说话阿才和阿娜居住在王巴地方虽然不大。但它是嘿明贡明（泛指遥远的汉族地）从东往西、往北做丝绸布区的生意人；兰欠、贝依明（泛指白族和傣族地方）从北往南、往西做皮毛药材做生意的人；怒明、虫明（即：怒族、独龙族地方）从西往东做山货药材及皮货生意人最佳路线的中间点和必经之地。

这些南来北往，东走西去的做生意人们，他们的货物除了从西往东往南走的部分是用工人背送以外，其余不管是从东往西流动的丝绸、布匹，或是从北往南输进的皮毛药材，还是从南往北流进的茶叶等等货物，都是由组成的马帮队伍驮运的。

这些马帮多则可达几百匹（人），少则数匹（人）。他们走的路程，不管从东往西，或是从南往北的，还是西边崇山峻岭中来的。走到了王巴这一地方，每每都是傍晚歇脚的时候了。人们都得在此歇息一晚或数月。

同时，王巴这地方北高南低，西高东矮的中间带地带。这里的气候四季如春。一年里，春夏秋冬的气候变化很不明显。因此，南来北往，东走西奔的生意人们，在这里生活上几天，甚至数十天后，就可以帮助从高去低，从低处上高原气候不适应的调节。

又同时这里是四山环抱的盆地，盆地里地势宽阔，水草丰美。驮着沉重物资的马匹，在路上必要耗去体力，体质必然下降的情况下，要让马匹恢复体力，增加膘水。这里就成了放牧马匹最理想的地方。

又由于，南来北往，东走西奔的生意人都需经过此地。加之大家都是做买卖生意来赚取自己所需的物资为目的。只要目的达到，谁都不愿做出无谓的付出。因此，这里又成了生意人们，与自己需要的对象，互相交换物资品或获取金钱的理想地方。

再加之，以阿娜家为代表的土著傈僳人，为人诚实，宽宏达仁，待人贤慧好客。这里自然就成为了人们向往的——王巴明。

心灵手巧

第三十七章　茶马驿站成王巴
丝绸之路连八方

傈僳俗话到："王里梓苦忍麻佐，措咱喀卓绵生吉（即，下雪柱子牢才稳，做人朋友多的好）"。又说："咱妈达谷贡，咱巴捏以块（即，女人搭好桥，男人能过江）"。由于阿娜待人真诚、贤慧，不分春、夏、秋、冬，家中客人络绎不绝，门庭若市。

阿娜待客贤慧，诚实而得到四方喀卓老庚们在财物上的支持外，阿才不仅对阿娜姑娘关心体贴入微，而且重操旧行当木匠的活儿手艺高超而家庭收入不菲。

在阿才和阿娜共同的操持下，小俩口的日子过得红红火火。人们都称赞她是："天生的一对，地配的家庭。"

随着时间的推移，阿才和阿娜俩口子，进入了生儿育女的天规地律之道中。

他们成家后的第二年的夏末秋初，人们在地里正在撒播荞子的时候，长子老大出生了。这孩子一生下来就有其它人两、三岁的孩子那样重。从阿娜身上一下地就睁开着又圆又大的眼睛，两只大大的耳朵直垂两肩。像一座山般挺拔的鼻梁，直架中央。一张大大的嘴里不是震耳欲聋的哭着，就是"咿、咿、呀、呀"的自念自乐。这孩子更为奇特的是，一生下地，脸颊上竟已长满黑黑的粗毛。人们见了这个娃娃都说将来必定会成为措妞（即：奇人、圣人之意）。从出生的时节和长相及头胎长子的排行，阿才和阿娜给他取名叫做：括阿普（即，乔老大或乔家长子之意）。

括阿普长两岁时，阿娜又生了第二胎。这个孩子是女的，长得跟她母亲阿娜一模一样。人们都说："真像从模子里倒出来的一般漂亮。”生下这个长女的时候，人们正在山中烧荒撒麻。就取名叫做：兹阿娜。

兹阿娜长到两岁后的时候，阿娜做了第三个孩子的母亲。生下的是一个男孩，从而成为他们次子。坐月子时，家里正好来了一秋做金银铜铁器生意的老庚，就取名叫了火阿登。

火阿登长到两岁后的那年，房后山梁花满了牡丹花似的卖腊王花的时候，阿娜生了第四个孩子，这个孩子是女的。成了阿才、阿娜他们的次女。虽然没有像长女兹那娜那样像母亲，但长得眉清目秀，体形显得有些小巧玲珑。父母将其取名为仕允阿尼。

仕允阿尼满两岁这年的刚秋收完后，阿娜生了第五个孩子。这个孩子是个男孩。阿才正在招呼做月子的妻子里，有老庚来请他帮做木匠活。他们就把这第三子名叫了奔智阿克。

奔智阿克长满两后的这年种菜节季的一天，阿才和阿娜到东山坡的火烧地里去种菜。不料阿娜在地边的大核桃树下，顺利的产下了他们的第三个女儿。取名叫做俄阿叉。

这六个子女，随着年龄的不断长大，他们的性格和爱好都各有所长。

长子括阿普，可能是其与长相有关。从小就爱搬弓弄刀。带兄弟和寨里的小伙们整天不是挂刀砍树、劈柴，就是学大人样子扛弩打猎。经常把打着的野兔、山鸡拿回家来给家人打牙祭。有一天，括阿普和寨上的几个小伙伴吆着羊子到山里去放。当他们放牧来到俄几苦的牧场边上，有个小伙伴爬到树上砍给羊子树叶子吃时，看到旁边一棵大树下有一只老熊把他放牧的一只头羊活活咬着拖进了大树洞里。吓得这个小伙伴从树上掉了下来，幸亏树的枯叶积得很厚，就像毯子都还软而免于一难。括阿普则一点也不怕，他带着伙伴们，找来了三五根圆木杆，交叉着塞进了熊的洞口。为了保险起见，他又指挥大家砍来了许多分枝分叉的树杆，由他亲自一枝接着一枝朝熊洞里塞。还没有来得吃羊肉的老熊，见自己的洞外塞进来许多树杆。就暴跳如雷地只顾往里拉。其结果它越拉，洞口堵得越结实。真是：癞蛤蟆穿了套裤自己蹬打不开。待堵住了熊洞口后，括阿普又叫同伴们砍来一大堆松树明子。他又把明子点上火，一把接着一把丢进了熊窝里。老熊还是一个劲地把烧着明子往窝里拉，越拉越多，越拉洞内的火势越大。老熊只得发出一声一声“嗷、嗷”闷雷般的吼声，最终被活活烧死了。熊不仅没有伤着一群孩子，反倒孩子们在括阿普的带领烧死了熊，美美一餐烧肉剩下的，一个二个像老猎人的样子把它扛回家来了。大人们见了都说，那是一只凶恶的黑熊，已经吃过好几只羊子了。还曾经伤害过放羊的大人。他们都看得出来，这个小括阿普不仅相貌堂堂，而且胆大智聪，长大必会成为措妞。

长女兹阿娜心地善良，是小弟弟、小妹妹们的保护伞，从小就有母亲的品性。同时，最喜爱捻麻织布。才十一、二岁，一晚上可以捻出一个大线团，十四、五岁就能织出双层麻布。人们都称她：“也尺定妈。”

火阿登长着一个黑塔似身体，性格显得有些内向，见人不会多言语。但他爱好打铁制器。十二、三岁打造出来的刀具就可削铁如泥。十四、五岁时就成了金、银、铜制器的大师傅。人们称他为“小小年纪，大大师傅。”

仕允阿妮身体长得比较小巧，但她是个心灵手巧的姑娘。从小喜爱针线活。十来岁就可以裁缝衣服，十二、三岁绣出的花裱上的花鸟翔翔如生。人们说“这是天上的绣花姑下凡到人间了。”

奔只阿克外貌及性格都像他爹阿才一模一样。而且从小喜爱做木匠活。十二、三岁时制出的木柜里倒满水也不会漏一滴点。十四、五岁就像父亲一样不仅能建房造成宇，雕刻出来的艺术品远销北边高原干祖明地方。

三女俄阿叉在六个兄弟姊妹中属最小的。但俄阿叉根本不像是幺妹，倒是向一个成熟了的女家长。七、八岁就帮助母亲涮锅洗碗，招待客人无不周到。十二、三岁时把家中的事情料理得清清爽爽，人们人人见了人人爱，都称赞她“将来定是一个能算会做的管家婆。”

傈僳族古语道：“别洒以海波，咱吴以卓邓”（即蜂旺起来要分窝，孩子长大打门路）。阿才阿娜的六个子女，先后都长大成人了。人生的命运正招唤着他们。

从小就善于当头，爱打打闹闹的长子括阿普，十六岁的这一年，巧好遇着从东边驮丝绸布匹到西边去做生意的嘿明贡明扒老庚爹，就非要跟着去不可。结果，腰挂长阿嗒，肩扛阿欠仕弩弓帮着赶马帮去了。三个月回家时，嘿扒老庚爹对阿才和阿娜说："这次进去那边，多谢了带着括阿普这孩子。要不是他射弩百步穿杨，劈刀舞刺过人的话，别说能驮回来这么多的山货药材，路上就会被那些老虎吃掉了。你们看，我们驮回来的五张虎皮中，这比较新鲜、又大又长的两张虎皮，就是虎袭击马帮的紧要关头，被括阿普射死的。将来会成为措依妞的。"父母看上去时，括阿普的身体更加壮实了，英气更加逼人了。

远方的嘿扒老庚爹们走了以后，有一天晚上括阿普，对坐在火塘边的父母郑重其事的说："阿爸、阿妈，我跟着嘿扒老庚他们去赶马帮时看到，往西边太阳落去的方向，有许多肥沃的土地可耕种，气候也很炎热。而且那里的猛兽频频害得人们不得安生，需要一个有勇有谋的人带领他们。家中还有俩弟弟和三个妹妹，我想求二老，为我们民族的发展，准许我带上我的伙伴们跟着太阳去谋新的生活之道。"

二老听了括阿普的话，觉得很有道理。"念吴门管局，咱吴明得中（即：鸟大空中飞，儿大窜地方）嘛"。又看到括阿普的信心也非常足，就同意了他的请求。

过了一段时间，括阿普带着一群披甲带挂的小伙伴们，向着太阳落去的方向，去寻找他们理想中的新地方去了。不过，每隔一时间，括阿普和他的伙伴都会带着家眷和那边的亲戚朋友经常回来看望。他们从那边运过来许多山货药材，又从这边运进去丝绸布匹等。括阿普由于智慧高超，武艺过人，为人正直，就成了那边的头领。

长女兹阿娜织出来麻布被嘿扒老庚看中要了一匹带到东边的嘿明去了。东边有一个专门捻线织丝绸布匹的小伙子，被兹阿娜精湛的手工织布技艺深深吸到住了。他不顾道路遥远，千里昭昭找到了兹阿娜。用求艺的口吻与兹阿娜进行了交流。同时同语深，同语能知心。

从此，英雄的嘿扒伙子与美丽的傈傈姑娘恋爱之情，结成了伉俪。他结婚过后，为了更好地发展他们的织布事业，就回去了东边的嘿明贡明。他们不仅经常给家中捎来丝绸缎布匹，还经常带着亲友回来家乡看望父母及亲朋。

被人们称为“小小年纪，大大师傅”的火阿登，看到家乡并没有大的活路，就跟着兰贝扒老庚爹去了兰贝明，从事各种器皿的打造。不久被兰贝扒招为了上门女婿。漂亮能干的妻子，每年都与火阿登回来探父母。家中需要的金、银、铜、铁器具，他们都会一应俱全地送来。

仕允阿妮长大后，嫁到了富饶美丽的南边贝依明。家中的茶叶精细粮都是他们送来的。

奔智阿克与寨上的姑娘念阿几结了婚。念阿几里里外外是一把手，又会疼爱公婆，她把一家的生活安排妥妥当当。奔智阿克由于有能干的媳妇持家务，就专心地继承着父亲的木匠手艺。后来还与父亲一起北上造屋宇去了。

幺女俄阿叉，也与寨上的挖阿此成了家。俩人不仅互敬互爱，形影不离，把自家的事情办理得头头是道，而且一早一晚都到婆家帮忙招呼客人，料理家务。

本来人来马往的王巴明，加上阿才阿娜家四面八方的亲戚来往，更加显得热闹非凡了。

朋友们的支持，孩子们的创业下，阿才和阿娜过上了幸福的生活。

第三十八章　蜜蜂传情知牧羊
巧过难关寻恋人

来往的客人中，除邻近的亲戚朋友以外，更多的是南来北往、东来西去赶长途马帮的老庚朋友。他们当中有的是嘿扒喀卓（汉族老庚）、来卖适喀卓（白族老庚）、鲁门适喀卓（纳西族老庚）、干祖适喀卓（藏族老庚）、轮轮适喀卓（普米族老庚）、怒适喀卓（怒族老庚）、曲适喀卓（独龙族老庚）、贝以适喀卓（傣族老庚）等等。

这些朋友从东边来的是驮着丝绸布匹、铜铁银器等生产生活用品，向北、向西去做生意的；从南边来的是，驮着茶叶等生活必须品，向北、向西去做生意的；从北边来的是，驮着兽、畜皮、毛和虫草、麝香、雪莲等物，往东往西去做生意的；从西边过来，到东边和南边去的一般是驮着黄莲、虎骨、熊胆等药材做生意的。

阿娜家客人多，开销也大。常常是才吃了尚午又有客来到，只得又再做午饭，门前人流不尽，整天炊烟不断；琵琶肉的水汽还没干，就得割开了；公鸡才开叫，就成了锅中尚拉（即，鸡肉闷酒）了；骟羊留不到三岁；火塘猪儿拴不着三个月……

但是，东来老庚送匹绸，南来老庚给托茶；西来老庚留袋粮，北来老庚带肉干；有的老庚还资助点银钱……阿娜家的生活不仅不贫穷，反而充实还有余。

更欣慰的是，这些南来北往，东来西去的老庚们见广识多，又善言谈，新鲜有趣的消息，精典开心的玩笑，使阿娜整日都有开心之事。这真是：吃好穿好，不如开心好；财多粮多，不如朋友多。

即使处在这样的富裕而又充满欢声笑语的环境中，仍然挥不去阿娜心中对恋人阿欠的怀念。

一天清晨，阿娜再次悄悄来到王底，向西远眺阿欠时，只见浓浓的云雾像幅乳白色的帐幔，把岩砌列大山遮得严严实实。那儿的天也好似矮下来了，地连着天，天连着地。原来那层层叠叠的群山，已经消失了一般。只有那淹没在浓雾之中的王巴大江，“轰隆隆，轰隆隆”的声音像暴雨前的闷雷声，时断时续地传来。这使急情中的人，不免更增加了几分忧虑感。

阿娜极力克制着快要从喉咙里蹦出来的那颗心，坐立不安地在柔软得羊毛毡似的草地上，瞪大着她那双水灵灵的大眼睛，时而目不转睛的直视着对面；时而焦急地来回渡着信步；时而蹲在地上底头沉思；时而又呆若木鸡似的站立着。等啊等，云雾好像故意在为难似的；时间像凝固了一般。

山下村里的袅袅炊烟早已散去，伸向底处的山梁子上传来了牧童声声时，云雾才慢慢地散去。岩砌列大山也才像羞答答的新娘一样，从帐幔中渐渐露出脸来。急切期待中的阿娜举目远望，只觉得大山头似乎比起以前长矮了许多。那山腰、山头上的大树似乎被什么横扫过一样，树叶有些干枯了；小草有些枯黄了；本来一片葱郁的山体上雨淋沟迹斑斑。再细看时，原来站在山尖上的阿欠无影无踪了。

痴情的阿娜以为自己激动而看花了眼，掏出随身携带的手巾把眼揩了揩，再细细观看也没有看到，便跑到水泉边认真冲洗过眼睛后再来看时，只见一只山鹰突然展开巨大的翅膀，从山尖尖上腾空而起，然后逆王巴大江向北方向远远地飞去了。

阿娜知道，阿欠遇到什么不可抗拒的灾难，不得不离开了这座像征他们爱情的大山。而且从山鹰飞走的方向看，十有八九是逆江而去了。阿娜望着向北的方向伤心地哭啊哭，眼睛都像快成熟了的山桃一样又红又大，泪水也快流干了。太阳也渐渐从西山顶上落去了；带有凉气的晚风开始把周围的森林吹得发出“哗啦啦，哗啦啦”的响声，吹得绿毯般的草甸碧浪一波紧一浪。但痴情的阿娜，仍像一棵草甸的中的小杉树那样，任凭风浪吹拂，一动不动地望北而继续哭泣着。

这时，从林中飞出一只小鸟轻轻的落在离阿娜不远的一棵树尖上，带有凄惶的音调呜叫到："西另另虽轮轮，太阳落山了，忍着伤心回家了；西另另虽轮轮，啥给（即，明天。这里泛指以后的日子。）你往北去寻找。"唱完便飞向了森林的深处。

阿娜听得西另虽轮鸟的劝告，也觉得有道理，"留得青山在，那怕没柴烧"呢。"啥给往北去寻找"才是最好的出路。想罢，踏着金色的晚霞朝山下的王巴而去。

世上还真有无巧不成书的事情。阿娜正打算寻机向北寻找阿欠时，工艺出众的阿才也正好得到了在北边远方的老庚朋友们请他和他的徒弟们去帮建造庙宇。盛情难却之下，阿才答应了老庚朋友的邀请。家中的一切事务有聪明、能干的妻子操持着是再放心不过了。

但是，一想到阿娜与阿欠还有着深深恋情时，不得不令人心劳日拙。

临走之前，阿才略施了一计，以自己不在家时防止强盗为由，首先派了一名心腹在王巴通向北边路的半坡上管窥着阿娜是否向北的行踪；又在离王巴一晨之远的别玛（即，蜜蜂）箐派了一群小徒弟管窥；再往北王巴河与大江汇合处，派了一群艺高技强的徒儿，日以继夜的赶砌了一大堵石墒，挡住了去路。这还不算，暗中还派人日夜守着隘口，以防阿娜去会阿欠。

一切安排妥当以后，阿才和儿子奔智阿克带领着众徒弟们，依依不舍地乘着老庚朋友们的远途马帮，踏上了向北的道路。

由于阿才他们的木匠技艺高超，把被请朋友们的庙宇建完后，又被朋友的朋友们请去建盖。一请再请，一建再建，怎么也做不完，一时也回不了家。一去就过了二十多年。

阿才和儿子奔智阿克他们走了以后，阿娜心中不仅装着阿欠，也挂着阿才的冷暖。等啊等，盼啊盼。从恋情升入挂念；又从挂念转到担心；再从担心升到焦急。度日如年中眼角挂上了层层梯田，也没能等到阿才回家，更没有见着阿欠。当年英姿飒爽的阿娜也成了中年妇女。真是一寸光阴，一寸金，寸金难买寸光阴啊！人说，痴汉等老婆。而阿娜则是痴妻等丈夫了。

阿娜决心在有生之年一定要寻找到阿欠和阿才。一切都准备好了，要起程时，家人和被阿才指定管窥的徒弟们，因当心阿娜人老了，怕路上经不住折磨，二则见了阿才也不好交待，而坚决未允许。

无可奈何的阿娜，只得悄悄地爬到王底大山上，对着向北的方向边流着心酸的泪水，边喃喃地向吾伞菩拉倾诉起来。

不知阿娜的倾诉传到了吾伞菩拉的耳朵里，还是再次感动了林中的小鸟。心酸的眼泪流着，流着；诉着，诉着。西另虽轮小鸟又飞到她的身旁，歇在树上唱到："西另另——虽轮一轮，阿欠、阿才在北边；西另另——虽轮——轮，床头边上有拐杖；西另另——虽轮——轮，你拄拐杖往北走。"唱完便飞进了茫茫的林海之中。

阿娜回到家里一看，果然在自己的床头边竖着一支雕刻精细，花鸟翔翔如生、金光闪闪的手杖。

第二天凌晨，公鸡才鸣头遍，阿娜拄着手杖悄悄地踏上了往北茫茫的寻夫之路。

是手杖的神灵，还是守路人的大意。阿娜经过守路人的面前时，守路人若无其事的站在半坡上，眼巴巴的让阿娜走过去了。

当家人发现阿娜已出走，去询问守路人时，守路人被惊呆在半坡上一句话也说不出来。突然老得头发、胡须一下子花白了。并在众目睽睽之下慢慢的变成了一座一对恋人似的石人。后来人称为"石爷爷石奶奶"。

阿娜的步履不减当年，当太阳从东方普照到大地时，她轻盈的影子，映在河面上随波逐流。与河岸上行进着的她形如一双。

忽然，阳光下有一队人马，朝阿娜这边追了过来。阿娜断定是家人敢来阻拦的。就用手中的拐杖向河里指着自巳的身影说了一声"定住"。果然，影子活脱脱像个活人立在了河流中间。阿娜则不停步的向前赶去。

当追赶阿娜的人赶到这里时，只见她昂然不动的立在河的中间。人们多少人下河一齐去拉都丝毫未动。正想办法抬回去时，便慢慢的变成了高大的巨石。家人认定此石就是阿娜了，因此就不在追赶寻找了。千百来，河流中的这尊巨石，不仅长年累月被河水冲刷着，日晒风吹雨淋着，而且不知经历了多少山洪暴发带来的巨大泥石流的冲击，依然在激流中巍然屹立。祖祖辈辈人都知道此石，是“石老奶”。并流传着动人而神奇的故事。

再说，当阿娜走到人们该吃早饭的光景，来到了一个依山傍河的寨头，远远看到松坡林里炊烟袅袅，香味扑鼻。就径直朝那里走去，准备讨顿饭吃。当她走到跟前一看，长着几棵巨大松树的一块小平地里，一堆篝火旁有几个男子七歪八扭地躺在地上睡着了；火塘里煨着的盐巴茶正“噗、噗、噗”地冒着热气；已经从火灰起出来烤得黄生生的包谷粑粑和放在火里扒剩的包谷花花，散发出诱人垂涎的香味。一顿“包谷粑粑盐巴茶”正待开餐。

为了讨吃，阿娜站在近旁连连大声道：“喀卓扒，喀卓扒，喀卓扒（即，朋友)”，但都没有一人应声。走过去拉动着一个一个地叫喊，不仅没有一人醒来，而且个个鼾声如雷。阿娜也不知道是她手中的神杖在起作用。

阿娜见一个二个都喊不醒，就倒茶下粑粑吃个饱后，在火塘边按讨吃规矩，用一块石头压着一把青叶表示谢意，便又赶路了。

原来这群男子汉是在这里专司阻拦阿娜的又一伙阿才的徒弟。待到阿娜走了两天后，这伙人才醒来。一问村中人说，有如此，如此妇人吃过他们的茶，急急地往北走了后，方知是阿娜无疑了。怕以后怪罪受罚，几个人便躲到一处不易外人看得见的山里。天长日久，不敢下山的徒儿们变成了石埠、石树留在了那里。成了王巴河流域的“小石林”。

王巴河沿岸村寨里晚间的烟火袅袅的时候，急急赶路的阿娜向正北望去，又高又陡的大山挡住了去路。路人告知，要向往北到王巴江边去，上山走一天，下山走一天。如果能顺着河流走，不用两袋锅烟的时间就可到江边了。

听罢路人言，阿娜举目顺流望去，果然，“轰隆，轰隆”咆哮着、翻滚着乳白色巨浪的巴唦河，从陡峭的高山上似一泻千里汇入了王巴河里。使本来就水深、流激的河水如一条被激怒的巨龙，把前面横挡着的山，似快刀切成的面团一般一劈两段，从缝中奔腾而过。由于溢口相当狭窄，河边没有一点立脚之地；耸人云端里的悬崖峭壁上，一托士乇似被烈焰烘烤、又似猴头非似猴头的巨石，面目狰狞地挂在万丈悬崖之间。人们称为“见明哑”（见明，即猴子，哑，即崖）。真是：

见明哑呀，见明哑，举目望山云缭绕，山鹰只在半山飞；
见明哑呀，见明哑，悬崖陡似磨刀石，岩羊无处把脚闲。
见明哑呀，见明哑，底眼见峡一条缝，河水击岸浪滔天。
见明哑呀，见明哑，猴子见了要落泪，水獭不敢在此游。
见明哑呀，见明哑，人到山前只叹气，马到峡门爬山行。

阿娜想，本来一锅烟的时辰就可通行的地方，人们还得爬山下坡走几天，真是为难了过往的行人了，更为难了那些南来北往的老庚们了。她决心为人们开通一条近道。想罢就来到了峡的入口处。但见有一条蟒蛇盘蜷着巨大的身躯在那里似睡非睡。

原来，危害阿欠的那条青龙派这条蟒蛇来专门阻拦阿娜往北去会阿欠的。这条巨蟒来到这里后，已经伤害了许多附近的村民和路人。从远处来这里喝水的岩羊、麂子、兔子，直至麻雀、松鼠更是它的“盘中餐”，无一逃过劫难。附近的村民组织了几次捕杀，都以献出了生命而告败。人们对它早就恨之入骨，但又无奈斗不过它。

一点也不知情的阿娜见那蛇自顾躺在那里，就善心地想，“它也是一条生命呀，它不来伤害，就任其它吧。”便自劂顷河向崖壁下走了去。

殊不知那条巨蟒根本不是在睡觉，而是像捉鼠的猫一样窥视着阿娜。当阿娜刚到它身旁的一瞬间，便发出山崩地裂似的吼声，同时。猛然翘起粗壮的尾巴，一个扫堂腿把阿娜重重地扫倒在地上。非同小可的这般突袭，使阿娜手中的神杖掉到了离人很远的地方。还没等阿娜反应过来，可恶的蛇就把阿娜的身子缠得透不过气来。

从不认输的阿娜，使出全身的力气与蟒展开了激烈的搏斗。蛇蜷着人，人撕着蛇。时而在岸上翻滚，时而在水中搏击。不知斗了多少个回合，也不知拼搏了多长时间，这时的阿娜用钢钳般的双手狠狠地掐住了蛇的七寸。憋得快要断气的蟒蛇，再也顶不住了，求生的欲望使它使出了最后的一招。用尽全力向弩箭出膛一般，把阿娜从水花中甩在了岸上。阿娜正好落在神杖的旁边。说时迟，那时快，阿娜迅速地抓住了杖柄，然后使出全身力气，愤怒地向蛇身狠狠地打去。随着一声“轰”的巨响，砸得蛇肉横飞。那肉末一片片，一点点溅到石滩上，挂到刺蓬间。蛇血染得河水翻滚着紫红色的浪滔望江而去。

砸碎了的蛇肉末，后来变成许多小蛇，伤害着所有到这里喝水、觅食的小鸟、小动物。当然更伤害着过往的行人和牲口了。惨事一桩桩，一件件，凡过此处，即使幸免被蛇伤害，也使人感到毛骨竦然，见绳便恐蛇。还好的是，阿娜没打碎的蛇头变成了一尊石块，张着大嘴立在河岸上，警示着人们：“这里有毒蛇，过往要小心。”

言归正转。阿娜斗赢了巨蟒，可人也已经拼得精疲力竭了，全身的骨头就像散了架一样，肚子也饿得”咕噜，咕噜”的乱叫。而随身携带的干粮，早已在搏斗中被水卷走了。她有气无力地躺在河岸的沙滩上，望着天空默默地祈告到：“吾伞菩拉啊，快来帮帮善良的人们吧!”

这时天也黑了下来。突然，黑色的夜幕中亮起了一串串火把。原来是附近的众乡亲听到阿娜与蟒搏斗的声响后支援来了。支援的男男女女、老老少少中，有的扛弩挎箭，有的扛斧带刀，有的拿杆备绳……心细的几位阿俄扒、阿俄妈（即，大爹、大妈）手里还提着煨茶热水的工具及茶和食品。众乡亲见恶蟒已经被杀死了，为民除了一大害。而且见英雄是个女的，都感动得热泪滚滚。大家七手八脚烧水的烧水，做饭的做饭，好好的慰劳了一番阿娜。

餐毕，人们把饮剩的开水、茶汤倒入了河岸的石壁岩缝中。顿时，河岸的岩缝里冒出了一股股热雾。不多一会儿热雾变成了一眼眼热泉。从此，这滚烫的温泉，供着过往的人们洗漱、泡脚。长途跋涉伤肋脚痛的人，只要在此泉里泡上一两袋锅烟的时辰，便又可轻松的上路了。经常腰酸腿疼者，每年开春时泡上一两次，酸痛就会烟消云散。未嫁人的姑娘们，每年春节都能来泡澡洗面的，肤色更加艳丽；刚完月子的妇人下地做活之前，在此泉中泡澡洗身后，就可免除妇科病的干扰……

又言归正转。喝茶吃罢饭，乡亲们一致邀请阿娜到村里作客。但阿娜告诉众乡亲，她要连夜在崖壁上修一条道路。“可在这悬崖绝壁上修路不是一件容易的事情啊，能修得通吗?”有的人当心的小声议论到。阿娜坚定的说，“我们一定会把它修通的!”大家看了看摆在地上的巨蟒蛇头，又看看精神抖擞的阿娜，都充满了必胜的信心，都自愿留下来与阿娜一起开山修路。

开动起来就全仰仗阿娜手中的神杖了。神杖所到之处，石头开了花，崖壁裂了缝。众亲乡紧跟着阿娜的身后，有的点着松明火把；有的烧火煨茶；有的挥锄开挖；有的拿杆撬石；有的拿锤砸崖；有的刮土平路个个干得热火朝天，人人拼得汗流夹背。

人们拼命地挖啊挖，撬啊撬，手上磨起的一个个血泡破了，又起了，起了又破了。一双双手不停地流着殷红的鲜血，一张张脸庞上如雨淋般地滴着汗水。但见在头的阿娜已经几次累倒，但起来仍在拼搏着的情景后，没有一个叫苦的，没有一人喊累的。

第二天东边又一轮红日刚刚升起的时候，离河面三、四竹杆高的猴子崖绝壁上，一条人马驿道终于修通了。从此，天堑变了通途。

连续奋战了一天一夜，体力已经耗尽的阿娜，带着乡亲们打发的盘缠依依不舍地告别了众乡亲，又踏上了北行的道路。

第三十九章　瘟疫缠身梦识药
挽救生灵路有伴

告别了众乡亲们后，阿娜拖着虚弱的身体时而登过披棘丛丛的羊肠小道；时而爬行在脸贴地皮般的陡坡上；时而攀越岩峭石头间；时而连滚带滑下过陡坡；时而卷裤淌过滔滔流急的河水；时而似山中的猴儿借藤当溜越天堑。顶着炎炎烈日艰难地行进在王巴大江东岸边上。灼热的太阳把阿娜又白又嫩的瓜子脸，不肖一上午就烤得已成古铜色。劳累、烈日曝晒汗淋淋，干渴难忍。这时的阿娜多么想得到一口水喝啊！说来也怪，这时正巧路从一棵大核桃树下经过。树上的知了声也好象快干哑了。茂密的树叶遮荫下，有一个歇脚地正好乘凉休息。阿娜便在台上坐定片刻时，只见树根下显出来一小片长满水青苔的泥土。有青苔就会有水，这是山里生活的常识。阿娜把手中的拐杖放到路上坎的树根旁，找一根干树枝瞅着那长满青苔的土上使劲刨挖起来。当她刚把青苔刨开，拐杖“咔塔啦”的掉了下来。不已为然的主人把它放回了原处。又没挖多久，拐杖又一次滑了下来。为防再掉下来，阿娜干脆把它挂在了半空中的核桃树枝上，自己则低下头来继续挖寻着水源。这时，挂着拐杖的树枝“唰，唰，唰”地摇动了起来。阿娜以为这是风吹摇动，也没去理会，还是只顾挖水。终于一般似鼠尾粗细、不清又不浊的水，从核桃树根的土夹石层中淌了出来，慢慢地积满了阿娜刨出的小坑塘。见水已积满坑塘，阿娜卧下身不顾一切地去吸吮。她刚卧下的那瞬间，整棵核核树就“唰，唰，唰，”不停地在摇动着。但干渴得迫不及待的她，对神杖发出的这一切警示，都以为是正常的风吹树摇，而被胡视了。一场灾难就要来临了。

傈僳俗语说：“参明以尺巴那啦，俄嘿资哇以参朵（即，热土冷水会成疾，劳累之时喝开水)”。果不其然，体虚劳累口干燥的阿娜，喝了这不凉又不热，泥臭冲鼻而又带感味的水后，不仅没有去疲解渴，而且，只觉得太阳突然从天上掉下去了一样寒冷得只打多嗦；浑身就如木瓜一般酸溜；四肢骨节和腰间向铁锥子乱戳一样疼痛难忍。这还不算，一阵阵从肚中往上翻吐得连黄胆都带出来了，肚子里拉出来的全是紫红色的血。在这前不挨村后不着店的地方，真是叫天天不应，喊地地不灵啊！她用顽强的毅力手拄拐杖象一个年过古稀的老太婆一般，步履维艰的坚持着，坚持着，再坚持着。可是一个人的承受能力总之是有限度的。最后，阿娜来到路旁的一个岩洞中倒下了。

被迫躺倒在岩洞中的阿娜，一阵阵抖动着全身，在撕裂般的疼痛中昏迷过去了。她在似睡非睡，似眠非眠中看到一个手持龙头拐杖、身披长白大衫、白发苍苍而又精神抖擞的老奶奶来到身旁弯下腰来，从头到脚轻轻地抚摸了自己一遍后，喃喃地说到：“这些鬼魔真是坏透顶了，既然还把难堆缠给这么好的良家女子。”说着又推推阿娜，见阿娜神志有点清醒，就凑近耳边压低声音道：“它有它的诡计，我们要有我们的对策。你到高山雪线上如此这般就会将病除疾灭”的交待了一番后消失了。

不知过了多少时间，躺在岩洞中的阿娜终于从昏迷中苏醒过来了。这时的她喉咙中就象烧着一把灭不了的火一样，一股又一股热气从肚中往上直冒；干瘪的嘴唇和舌头裂开了一道道的口子，渗出来的鲜血早已变成变干枯的凝血块，用手一抠下来就是一大块；头象大蜂桶一样沉重；四肢似散了的麦架一般老是不听使唤了；肚皮饿得紧紧地贴在脊梁上，象一只空而压瘪了挂在木楞壁上的皮口袋；不知什么时候身上已经起了一层厚而粗燥的皮子；长长的头发象密密麻麻的蜘蛛网，铺在岩洞石板上。她用尽全身仅有的力气，才从躺着的地上免强坐了起来。突然，沉重的脑袋昏天黑地地旋转了起来，整个身体又不由自主地重重躺了下去。阿娜又一次昏迷在岩洞中。

时间又不知过了多久，天上下起了瓢泼般的大雨。有一股雨水顺着岩壁间的一条棱角一滴，一滴地从高处滴了下来。滴下来的雨水正好送到了阿娜那干瘪的嘴里。嘴唇被淋湿了，干硬的舌头滋润了许多。雨滴又从嘴中慢漫滋润着全身。阿娜从昏迷中蒙蒙胧胧地又一次醒了过来。她下意识地在身旁到处抓摸着，试图抓摸一点什么东西，来填填饥饿难忍的肚子。摸来摸去满头大汗了，摸着的不是硬邦邦的石板，便是沉得拿不起来的石头。

休息了片刻，活命的意识再次崔促着她。这次她首先把整个身体缓慢地向洞外翻了一个滚，又休息了片刻，才用手去到处抓摸。真是功夫不费有心人。这一次，终于抓住了一棵从石岩缝中长出来的小草，拿过眼前一看，便知这是没有毒性的摆呢子给抓（意译：蒸罢叶草）。就势把草叶放到嘴里使劲地嚼了起来，那味道涩中带苦很难咽下去。阿娜只得又把身子朝洞里滚到原来的位置，仰头张嘴接住滴下来的雨水，一点一点强咽了下去。咽了又把余草再放到口里咬嚼，又接着水滴再强咽下去，吃完整棵草时，腹中燃烧似的火全慢慢消下去了；干瘪的口中逐步有了润气；憋塞难喘的气逐步顺畅了起来；蒙蒙胧胧的脑袋也渐渐清醒过来了。嚼吃完了抓得的草，又继续张口接喝了一阵雨水，终于扶着崖壁醉汉般摇晃着站立起来，用眼巡视洞内时，还好，见明哑通路后乡亲们送给的那袋燕麦炒面拌蜂蜜的干粮，还完整无损地掉在干燥的石板上。人说："人是铁，饭是钢"这一点也不假。阿娜半扶半挪地过去拿了干粮，干洒洒地强吃了几把后，顿时就有了精神。

但是肚痛、头痛和四肢酸痛仍然难忍。她相信梦见老仙人的情景是真的。就强支着病体跨出岩洞步履维艰地向山的高处慢慢爬去。

真是：好人有好运。当她爬到一处青松林中时，听得有"格……格……格……"的欢叫声，就循声慢慢地走过去看时，只见几只野鸡在大雄鸡的带领下，正从土中啄食着什么。它们明知旁边已有来人，可若无其事地慢摇慢摆边啄食边朝前走。奇怪的是，它们啄食的是一种小萝卜似的植物根茎和深黄色的草根，而且有意似地留了一部份在那里。阿娜想，野鸡都可以吃的东西肯定是没有毒的，说不定还能治病呢。想罢折了一根树枝把野鸡吃剩的根茎挖来吃了起来。味道是苦凉的。苦口良药嘛，阿娜坚持着嚼了好几把。只觉得药到之处，肚中的疼痛感随之缓解了，再过一时就觉得解除了。

后来，人们叫这两种草为达归轮咱几（即，野鸡食根）和施是几（即，黄草根）。傈僳人多用来治疗腹胀腹痛和拉痢性的病症。

但是，拉便血的腹泻、头痛时寒时烧的症状还未好转。阿娜又继续向山的高处艰难的爬去。当爬完高山阔叶林，到了与冷杉林接壤的地方，一道长得望不到边，高不可测的悬崖绝壁挡住了去路。她念了许多祈祷诗，用手杖砸，或用手杖挖都一事无成，岩壁上连个小坎也挖不出来。

无奈之下，阿娜在悬崖下的石缝里、草丛中仔细的寻找辩认仙老耳语的那两种草药。终于在一条浸着水气的岩缝中找到各一株。阿娜意识到，这就是菩拉给自己治此病的断根药了。就折来一根干竹杆，小心翼翼地连须根都不留完整的挖了出来。药刚挖完，太阳也悄悄地钻到了西边的山肚子里去了。密林深处开始传来了一声声“哇啊，哇啊”似小孩哭叫的声音；随之又传来了“咕、咕、咕”似叫人的喊声；又传来了“窝啊，窝啊”的似狗哭声；这些叫唤声越来越多，越来越烈。虽是有些热闹，可还是阴风惨惨之感。这里不是久留之地。

阿娜连跑带滑很快下到了半山腰一棵挂满了树胡子的巨大拉贡（即，红豆杉）树下的泉水旁，乘着饥饿和干渴，用清凉甘甜的泉水合着燕麦炒面，狼吞虎咽地吃了几把，先把肚子垫了底。然后从那两株草上各撕下来一小枝，放到嘴里嚼细了用凉水吞了下去。不大功夫，头疼脑胀的感觉不断地减轻了；怕寒怕冷消失了；腹泻的便血止住了。她仍旧回到了那个山洞里过夜。由于久病体虚和劳累，一觉睡到第二天早上醒来时，太阳都出来一竹杆多高了。难忍的疼痛已经全部消除了，只是全身上下痒痒而有气无力。痒处用手一抓，病时变得粗糙的皮肤，一块一块脱落了下来。真是斗胜了病魔，但也到了“脱胎换骨”的境地了！

白发仙人告知的那两棵草，阿娜把它们分别取名为蔼来几（即，曲根草）和朵腊几（即，解毒草）。

重病初愈的阿娜，把仅剩的一把炒面当作早点兼午饭吃了后，又踏上了逆江而上的朝北路。由于不敢喝江边的生水，气候又炎热，吃的又只是一把炒面，到太阳当头的中午时分，干渴和饥饿一次又一次地使人两眼直冒金花，不时发起黑晕来。阿娜一边向前走，一边寻找着人烟，哪怕讨得一碗白开水也能解解燃眉之急啊！

天无绝人之路。在阿娜又一次快要支持不住的时候，只见山弯前突出的一道山梁上，有一不大不小的平地。平地的中间长着几棵苍天挺拔的古松。古松林中时断时续地冒着缕缕青烟。顿时，阿娜又一次免强提起精神来到了古松林中。只见古松荫映下有一天然石台可供行人乘凉；凉台边上有一堆将要熄灭的炊火从三支支锅石的中间还不时冒着余烟。不知是故意留给后来人，还是急赶路而遗忘的一只土茶罐摆在边上。古松林靠北的上方还有一小片阔叶夹毛竹的林子，林子里有一眼“突，突，突”往外冒的清泉可供行人和牲口饮用；古松林的周围都是草地，草地里到处散堆着一堆堆马粪。有的马粪变得发白了，有的马粪还半干不稀，有的马粪还微微冒着气雾，是刚刚屙下的。青青的草儿都被牲口啃过后静静地趴在了土地上，可就是找不到一点可以吃的东西。

出门三里不比家，饿中白水顶三分。虽然没什可吃的东西，但用那土罐烧开的水喝来也是可解燃眉之急呀。想罢，阿娜把前人烧剩的柴棒赶紧往火塘里一凑，干透的柴棒即刻燃起了火焰。看着将要熄灭的火已燃了起来，阿娜拿着土罐就去打水。走到泉边刚接满水时，忽然听到矮树丛中传来“卟哧，卟哧”的牲口吹鼻声。阿娜赶紧提了水架在火塘上后，转来再细看时，一匹老得毛都已经白了大半的青马，半卧半躺的在小树丛中一阵接一阵的喘着粗气。还不时“卟哧，卟哧”地吹着鼻子，沼泽中稀泥巴似的屎沾得两腿到处都是，散出一股恶臭味，被红的、黄的、灰的牛翁蜇过的遍体淌着淡黄色的浓水，大大小小的苍蝇围着嗡嗡乱飞。驮的东西已经下走了，可是鞍子仍然安在背上。“这真是被役一辈子，临死还背鞍啊！”见阿娜朝它走了过来，老马的眼角滚出了浑浊的泪水，并向阿娜点了点头，似乎是在求救。这是一匹走长途病了被遗弃的老马。阿娜见老马这般情景，可怜的泪似水流了出来。

“马吹喷子是下鼻，下鼻多得发热病；马儿发烧是拉稀，拉稀驮马必卧下。”阿娜忍着马身上发出来的那一股股恶臭，轻轻抚摸了马的全身，只觉得一片滚烫。这马得的病跟自己得的很是相同。相同的病应当可以用相同的药治疗。阿娜看准病情后，很快在附近的松树林里找到了达归轮咱几和施仕几两味草药，再配上自己节省下来的葛来几和朵腊几，用石头捣碎后喂到马的嘴里。不知是领阿娜的人情呢，还是知道药能除病，老马既然把这又苦又涩的药吃得连末梢都不剩。阿娜见它这般乖，就用自己头上的帕子接了泉水喂给了三、四次后，才回到火塘边去喝土罐中的开水。因土罐中的水烧剩无几，根本解不了难忍的干渴。阿娜直得又去打了一土罐守着烧开喝了才解了难忍之渴。

喝了一土罐多开水的肚子，虽然还是“括达啦，括达啦”乱响，但总比干渴和肚中空空如也来还是好得多了。得赶紧上路则是。但她放心不下那病中的老马，便过去查看。当她走到泉边时，惊奇的看到，老马已经站起来走到泉边喝足了水后，正在啃着青草。阿娜高兴地把它牵到泉眼下游的水沟里，用清水把马的全身冲洗得干干净净。

人说：“人靠衣装，马靠鞍。”这还不够，马也还须打扮。看，那满身粪便被人遗弃的这匹老青马，被阿娜耐心的清洗干净后，头也抬起来了，耳朵也竖起来了，还摇尾吃草了。阿娜高兴地拍了拍老马告别道：“我是行路人，不能照顾你了。你到这附近找一善心人家去度晚年吧！”交待完便匆匆上了路。

走了两、三箭之遥的路程光景，正在朝前行的阿娜，突然听得背后有“蹄嗒，蹄嗒”的马蹄声。回过头去看时，老青马背着那没下的鞍子，正跟了过来。阿娜只得停下脚步想把它吆了回去。可是老马一个劲地向她点着头，怎么吆也不回去。看来它已经认定了阿娜是好人或是新的主人了。老马这样领情，这般依懒，也只好如此了，况且路上有了一个伴总不寂寞啊。从此，人走一步，马跟一步，人走一截，马跟一截。甚至到了道路宽敞的地方，人与马亲密得并排行走。一见到有鲜嫩的青草，阿娜都要让老马吃了再走，有的嫩草马吃不到，她都不顾自己劳累爬坡下坎拔来喂到马的口中。在阿娜精心照料下，老马的头越走越昂起来了，毛色也在阳光下越来越亮了起来。阿娜看老马神奇般的健壮起来，不觉心里乐得开了花，把身上的东西一一驮在了马背上，忘记了劳累，也忘记了饥饿只顾朝前走去。

石老爷和石老奶

第四十章　恶魔肆虐倴本坝
为众献身出英雄

被救的老马神奇般健壮起来而一时高兴得心欢怒放的阿娜，由于只顾赶路，忘了劳累与饥饿的她，不知不觉地走到了傍晚时分，来到了前不挨村后不着店的一块草坝子里。这时才感到累得有气无力。她把老马背上的东西放了下来，让马尽情地去草坝里吃草。自已则躺在地上饥肠辘辘难以入眠，望着那蓝天上点缀着的星星和月亮。心想，怎么走到这么前不挨村后不着店的地方，天就黑了呢？不然哪怕讨得一碗野菜汤也能打发了这肚子啊！这时，从草坝背后的矮山梁那边传来了阵阵犬声。有犬声，就意味着不远处有人家户了。

阿娜不顾一天的疲劳，爬到山脊往前一看，炊烟袅袅星火点点。阿娜见了长喘一声，紧接着脱口而出："倴本，倴本（即，大村，大村）。"说完转回草坝料理好东西，带着老马从山梁上向着那倴本走去。山梁下去便是一条河，河上架有一座用原木搭起的小桥，过得小桥，上了一个并不高的土坎子就已来到了村边。

刚要进村时，只见有一火把下，一妇女背着小孩子在路下的地里好象拉动着什么。还听得那妇人说道："小牛啊，小牛，你究竟得了什么病，让你要死了呀。"说完还伴随着小声的哭泣。

阿娜走了下去问了个明白。原来这是娘俩家仅有的一条小牛。两天前不知得了什么病，整天不吃不喝，还一个劲地拉稀屎。现在连站都站不起来了。急得主人只哭泣。阿娜听得小牛的病情与先前老马得的病基本一样，便立即拿出仅剩的那点葛来几和朵腊儿，用石头捣碎喂给了小牛。小牛也很领人情的吃了个精光。不多一会儿，小牛的肚子里"咕噜噜"地响了一阵子，随着又"嘣"的放出了一个响屁后，自己慢慢地站立了起来，还摇头摆尾地在黑暗中觅寻着青草。

主人见阿娜神奇般地医治好了小牛的病，又惊又喜。便要跪地叩头致谢，即被阿娜拉住道："助人之难救人命，是吾伞菩拉教的。况且这点小事算不了什么嘛，只不过是举手之劳而已。不过，小妹子啊，如果方便的话，我能在你家歇一晚就感激不尽了。"妇人立即答应到："菩拉似的阿俄妈（即，大妈），家中虽然有点寒酸只能避风雨，但只要大阿俄妈不嫌弃，别说闲一晚上，三年五载都能同在一起的话，更是我们娘俩的荣幸了。"边说边牵着小牛在前面领路。不一会就来到了妇人的家院里。

用竹篱笆围起的小院子，土面平整而打扫得干干净净。柴火和一些劳作用具及喂牛水的槽，都收拾得井井有条。使人一眼就可以看出，这里有一个聪明勤快的家庭主妇。院子的下坎是一间千根柱脚都落地的小牛圈。牛圈虽小，但房头板盖得严严实实，垫圈的松毛叶子干燥而显得温暖。圈楼上堆着的一大堆青草快要干枯了，说明小牛病的时间已经不短了。上坎的正院里只有一间半旧不新的小木楞房。这就是妇人与她的女儿的住房了。

主人和阿娜从草楼上抱下来一大抱青草，先安排了老马同小牛同吃同住。说来也怪，素不相识的老马和小牛既然你舔舔我的毛，我亲亲你的脸，象久散亲人重逢一般和睦。

安排好牲口的吃住后，好客贤慧的主人热情地引阿娜进得门来，只见屋里扫得干干净净，收拾得有条不紊。屋子里用泥巴彻成的火塘里，很有规则的立着三棵支锅石。上面架着一口不大的陶罐；几只木盆和木碗、木勺摞起来整齐地摆在屋角里用木杆搭成的桌子上。火塘边用木板头对头的支着两席床，床上铺着的薄毡子和羊皮非常伸展。每席床上虽然只有一条半旧的麻织毯子，但显得干净，叠得有方有梭地摆那里。

贤慧的主人在土罐里舀上水架在火塘上烧起来。然后面带难色的对阿娜道："阿俄妈啊，家里穷得实在没有办法。白天从山上采得的山菜又分给了无法揭锅的几家邻居后，剩得的那一小把被我们娘俩煮吃了。请稍等片刻，我去弄点东西给你吃。”阿娜见此状况后劝道：“好尼妈（即，妹妹）啊，你就烧罐开水给我喝就行了。”少妇道：“阿俄妈啊，能填肚子的一点东西尼妈还是有办法找到的，你就放心吧。”说完背着女儿急匆匆地消失在夜色中。

约莫过得两袋锅烟时辰，少妇一手提着用她那补丁叠了补丁的围腰布包了点什么，另一手里提着一只小提箩进来了。少妇边把围腰里包的东西抖在火塘边上，边用道欠的口吻对阿娜说：“阿俄妈啊，这山芋是我自己种在地里面的，刚开花，所以小了一些。这几个鸡蛋是乡亲们听说你来了这么一个良家女，一家凑一、两个给你的。请你凑合着安慰一下皮口袋里叫得十分慌张的猫吧。”说着，扒开火塘中红红的火灰把山芋捂了起来。又把开水倒在碗里请阿娜先喝着，一边把鸡蛋放入土罐中煮起来。

待到火柴头揍过两次后，少妇用竹杆扒出了山芋放在火塘边上，把煮好的鸡蛋捞在一个木碗里请阿娜食用。捂得又粑又黄的山芋和煮熟了的鸡蛋，散发出一阵阵诱人的香味。就是饭足肚饱的人也会诱起胃口的，何况现在是摆在饥肠辘辘人的面前呢！但阿娜看到面前这面黄肌瘦的母女俩时，怎么也吃不下去。一场你推我让的持久战，以阿娜的胜利才得以告终。

吃过山芋和鸡蛋的小女孩，在妈妈的怀里很快进入了她幼稚而美丽的梦乡里。阿娜和小少妇头对头地躺在床上彻夜未眠地说起了白话，拉起了家常。

原来，这个坝子确实也叫作本。不过以江水的流向和中间有条河为界，分为上作本和下作本两个村。少妇叫阿咪，年方二十三岁，原是上作本村人。十九岁那年与一个名叫阿迪的小伙子成了亲，嫁到了下作本村。因为阿迪少年就丧了双亲，是靠亲戚和众乡亲你家一顿饭，我家一碗糈；东家一件衣，西家一条毯供养大的。所以，除了自身以外一无所有。但俩人成婚后，互敬互爱，在众乡亲的帮助下，开挖了两架牛左右的荒地，盖起了房子，还养了几只羊和一头母牛。功夫不费有心人。在俩口子辛勤的耕耘下，刚开荒的地里第一年就收得了好收成。糯米除了够吃外，还接济了两、三家缺粮的邻居。羊也从原来的两只发展成六只，母牛也下了一条小牛。虽然说不上富裕，但小日子还过得可以。同时最可喜的是，结婚的当年生得了一个长得像她阿妈一样漂亮的女儿。众乡亲都羡慕道："这俩口子真是吾伞菩拉配对的一个美好家庭了。"

但是幸福的日子对他们留得太短了。上年夏季一个晴朗的日子里，碧蓝的天空中，突然从西边冒出来一团黑压压的乌云望着头顶而来。一时间电闪雷鸣，倾刻，鸡蛋般大小的冰雹从天而至。把地里生长着的庄稼砸得象竹刷把一般。被人们称之为鱼米之乡的作本坝子这一年的粮食颗粒无收了。传说，那天有人看到雹停云散的时候，乌云中钻出来了一条似蛇非蛇的巨大动物，望着东边大山头上缓缓落将下去了，不知是假还是真。不过那天以后，作本东边的那座山中时常传来"轰隆、轰隆"的响声。有时万里无云，太阳当空，山上一声巨响，大雨倾盆而下。人们觉得作本地方的天有点变了。

原来曾经残害过阿欠的那条青龙，在那深山的小湖里忍不住寂寞，乘吾伞菩拉不注意，偷偷地从江西的天空中到江东的作本地方作恶来了。

人说祸不单行，事实如此也。是年开春，人们还没有从上年雹灾困境中缓过神来。又一种使人和牲畜都会发烧，并至上吐下泻的难堆（即，瘟疫之意）又从天而降。许多男女老少和牲口都被难堆夺去了生命。

人们听老人传说，东边那座太阳出来的高山头上，生长着的葛来几和夺腊几草根，可以治好这种难堆。可要去采这两味药，要得爬过两道刀削斧剁般的陡峭岩壁才能找到。为了救亲人和家畜的生命，许多有志之士都曾尝试过寻药的滋味。但一到那陡峭如壁的悬崖前时，都只得望而却步了。

看到疫情一天比一天扩大，死去的人们与日俱增的阿迪，再也按奈不住了。就在月前的一个清早，匆匆吃过阿咪做的早饭，不顾众乡亲们的劝阻，挎上他的长阿搭，与妻子、女儿和众乡亲们依依不舍中

维西阿尺木刮发展之地　　　　（胡兰英　摄影）

WEI-XI A. ꓛꓵ; MU: GW: WU: L., Mꓵ:

维西阿尺木刮发展之地　　　　（胡兰英　摄影）

WEI-XI A. ꓛꓵ; MU: GW: WU: L., Mꓵ:

和另外俩个小伙子踏上了采药的山路。

他们互相鼓励，互相帮助，勇敢的攀登上了第一道悬崖峭壁。但当阿迪在前首攀上第二道峭壁上，凸出的那道石台后，跟着的俩个伙伴怎么也攀不上来了。其中一人不小心中摔下去差点出了人命。阿迪怀着坚定的信心，只好一人继续向更高的绝壁上攀去。攀啊攀，爬啊爬，累得汗水从头上似雨般淋向脸颊。汗水从脸颊上似泉水淌下脊梁的深处，又从脊梁顺着大腿过小腿，不停的淋湿着脚下的岩石。好不容攀到了悬壁腰部能容一人的一块石台上。当阿迪在石台上半蹲半坐稍闲之时，但见离石台不远的岩壁上，生着一个伸向岩壁深处的黑洞，洞口长满了矮矮的山竹。从竹蓬生长的状况看，经常似被什么东西碾踏过。为了给众乡亲们采到救命之药，顾不上左顾右盼的阿迪，细心地观察着向上攀登的路线。

突然，岩壁的洞里发了一声接一声“喔——喔——喔——”震天动地般吼声。阿迪随着声音望去时，一条似蛇非蛇，似蟒非蟒的庞然大虫，从洞里伸出了又粗又长的脖颈。脖颈上拖着长长毛须，摇晃着分了几叉的两支硬骨角。张着的血盆大口里一阵接一阵的喷射着狂风，向阿迪步步逼来。面对恶虫，阿迪右手迅速抽出挎着的长阿搭，左手紧紧抓住扎根岩缝中的一棵高山卖腊树，顶着洞口喷来的狂风，待机一搏。当恶虫的血盆大口快要接近头顶的那一瞬间，阿迪放开抓住树的左手，两手紧握长阿搭，被马蜂叮了一般腾地从石台上跳跃起来，举刀狠狠地向虫的脖颈砍将下去。手起刀落处大虫的脖胫被砍出了一条深深的大裂缝。顿时，大虫的脖颈处伤口像喷泉一般喷洒出殷红殷红的鲜血来。鲜血染红了大块、大块的岩壁。这时，疼痛难忍的恶虫，将整条巨大的身躯从洞中飞将出来，一个尾巴扫堂，把措手不及的阿迪从万丈高的悬崖上扫落了下去。

生死关心，眼疾手快的阿迪，在落到悬崖半空中的那瞬间，“唰”的一声，用手紧紧抓住了一棵长在岩缝中的卖腊树枝枝，悬空吊在了那里。

站在悬崖跟下的俩个伙伴被这一切看得目瞪口呆。但没等他们缓过神来，吊在树枝上的阿迪一个猴子翻身，便稳稳地趴在树上了，手里挥动的长阿搭在阳光下闪闪放光。机智勇敢的阿迪无所畏惧地准备着迎接更加残酷的拼搏。

在这紧要关头，不知那虫发出什么神威，从岩壁里发出了一声“轰隆隆”的巨响，顿时，岩壁天崩地裂般坍了下来。阿迪被塌下来的石块泥土卷人了深不可测的沟壑中去了。阿迪为了给众乡亲治病救命，献出了年青宝贵的生命。

俩个伙伴躲进了岩壁下的一个山洞里，才得以保住性命。

阿咪为失去自己心爱的丈夫悲痛欲绝，用家里的六只羊子和所有的口粮，料理了后事。因此，使女儿和自己穷到了现在这种景状。但一想到丈夫是为众乡亲而献身时，又为有英雄的丈夫而感到自豪。她决心用自己的聪明和才智重建富裕的家庭，扶养好心爱的女儿。

她背上背着孩子，起早贪黑，别人用两天才能做得完的活计，拖着孩子的她，一天就做完了。还把两条牛饲养得膘肥体壮。乡亲们都称赞她“是一个好女人”。不料她的母牛得难堆（即，瘟疫之意）死了。现在剩下的小牛也得病了。怎么能不伤心呢？遇到阿娜大妈，小牛才得救了。

蛇头

第四十一章　勇战两道石门关
采药救治众乡亲

话说阿迪遇难以后，温疫仍然漫延，可村中再也没有人能去攀岩采药了。

阿娜听了阿咪的遭遇，既感惋惜又感敬佩。更对众乡亲的遭难忧心忡忡。决心用自己的聪明才智，为众乡亲找到治病救命的那药材。便把自己的想法告诉了阿咪。

阿咪听了阿娜要冒险去为乡亲们找药治病，十分感动，坚决要求与她同行。阿娜见阿咪态度坚决，就同意一同前往。

第二天一大早，她们喂过老马和小牛，吃过昨晚剩下的山芋和鸡蛋，把阿咪的女儿寄托好后，就要出发了。众乡亲听说阿娜和阿咪要冒着生命危险为大家去采药，都拿出自家最好吃的东西，一齐到村口祝祷平安，依依不舍地送行。

太阳升至两大竹竿高时，她们就来到了第一道悬崖下。仰头放眼向空中望去，悬崖的山顶掩映入白云之中，那陡峭的岩壁真是令人毛骨悚然。可见，当时阿迪他们能攀登上去真不愧是爬山的高手啊。现在由俩个女人去攀登谈何容易啊。俩人正在发愁之时，林中飞来一只西另虽轮鸟闲在她们的旁边唱道："西另虽轮——轮，别发愁来说给你，别心焦来告给你，你祖拐杖可开路。"唱完飞进了茫茫的林海中。鸟儿的提醒使阿娜想起了一直带在身上的拐杖。便口中念到："阿巴施减谷啊，阿也普减谷（即，爷爷金拐杖啊，奶奶银拐杖）我要上山去采药啊，采得药来救乡亲，阿巴金杖开山口，阿也银杖修给路"。念毕举起拐杖向山崖上砸了过去。只见杖到之处悬崖陡坡上开出了一条大裂缝。她们顺利地通过了第一关，心里踏实了许多。但不知还有什么险恶等待着她们去战胜。

当她们马不停蹄的走到第二道悬崖跟前，还立足未稳时，林间草丛里“哇啊——，哇啊——”大声地叫起奇怪的声音来，吓得阿咪赶快躲到了阿娜的身后。阿娜安问道：“依尼妈啊你别怕，有你阿俄妈在你身边；依尼妈呀你别愁，阿俄妈手杖灭豺狼。”正说话间，只见那声响处钻出来了曾害死阿迪的那条巨大的虫子。它耀武扬威地摇晃着七形八叉的头角；口中吹出的气雾把自家的胡须都吹得“嘘，嘘”作响，把茫茫的林海刮得“哗拉拉，哗拉拉”一阵阵翻起绿色的波滔；勃子上被阿迪砍伤的伤疤还流着浓黄水，散发出一阵阵刺鼻的恶臭味。见站在面前的是两个弱女子时，更肆无忌弹的猛冲了过来。说时迟那时快。只见阿娜用手中的拐杖向其头上狠狠猛砸过去。一棒，两棒才砸过去，那大虫的头就不由自主的开始摇晃起来了。阿娜心中想到被它害死的阿迪，想到多少乡亲还待救命时，愤怒的烈火在心头熊熊燃烧。她发扬痛打落水狗的精神，越打越勇，越战越强。几个回合后，大虫见难斗过这个女子，便要狗急跳墙。把整个身躯蜷作一团，堆成一座小山似的肉堆子来，头搭在肉堆的尖尖上张着血盆大口，象猫待耗子一般等待着最佳的进攻机会。阿娜看出了这畜牲的恶毒用意，两手紧握着手杖，趁它眨眼的功夫，用尽全身的力气高高地举起拐杖，再一次狠狠的朝那肉堆打将了下去。手起杖落处只听得震天动地“嘣”的一声巨响，一缕青黑色烟雾飞快地朝西边的天空飘去。顿时，整条巨虫变成碎肉片从空中撒向了山谷。

撒入丛林里、水沟边的大虫碎片，真是尸碎心不死，春风吹又生。天长日久后，变成了千千万万身披毒刺的藿麻，长在阴暗的角落里，处处阻挡着人们前进的道路。这是后话，在此不深论也。

消除了害人的大虫，阿娜静下心来又念起了开山祷词，念毕又用手杖敲了敲悬崖，悬崖开出了一条通向山顶的陡坡大缝。后来人叫这两座悬崖为：“哑嘎克（即，悬崖门或石大门）”。

从石大门中缓缓爬到山顶，阳光明眉，春风习习；宽阔无际的草甸里开满了各色各样的鲜花；蓝天白云下白灵鸟挥动着翅膀唱着天籁之歌；杜鹃、画眉、红脚鸡、锦鸡、啄木鸟们在草甸中间的灌木丛、竹蓬里跳着优美的舞蹈；雪羊、麂子、梅花鹿、野猪、野牛、山驴等等大小食草动物们，在草甸里自由自在的觅食着各自所喜爱的嫩草鲜叶；草甸与森林边缘那园艺造型般的高山杜鹃树上，开满了五颜六色绚丽多姿的花朵；花丛中蜜蜂、蝴蝶翩翩起舞，真是一片美丽壮观的景色啊！

这般美丽的景色也吸引不了寻药治病心切的阿娜和阿咪。她们连口水都未喝，就急忙在草甸里、矮树丛中、沼泽地边、大树之下寻找挖起葛来几和夺腊几。太阳离西边山头还有一竹杆高的时候，就挖好了两大蓝，背着急急地朝山下走去。

当回到那用神杖敲开的石门关前，阿娜似想起还要做什么，招呼阿咪把背子放下稍事休息。只见阿娜用手杖边敲击石门边念道：

“吾伞菩拉啊，吾伞菩拉，
您是人间的神，您是大地的神；
请您发善心啊，请您发兹悲啊，
请您正义驱难堆，请您慈悲救人命。
吾伞菩拉啊，吾伞菩拉，
仵本这村是好人，仵本地方是善人；
请把仵本放心上，请为这村驱除魔，
仵本众人感谢您，仵本乡亲要祭献。”

念到这里，转过身来用拐杖朝山下的仵本方向边挥动边继续念到：

“阿巴菩拉扒啊，阿也菩拉妈，

您是人间的普布扒，您是大地的施布妈（普布扒，即造银汉；施布妈，即造金女）；

您堆的银子九大山，您搬的金子七大堆，

您使人间金满柜，您使天下银铺地。
佧本地方人心善，佧本几寨是好人，
祖祖辈辈做善事，时时处处积善德。
为使这地方来粮丰收，为使这几寨来有银钱，
沟箐岩石成普洛明（普洛明，即银沟箐），江岸河弯沉金沙。”

念完这段祷诗，她又转向身旁站立的阿咪，并用手杖在阿咪头上轻轻地边敲边又继续念到：

“会养人的阿巴菩拉扒啊，会心疼的阿也菩拉妈啊，
世间好人您培育，大地穷人您来助。
尼妈阿咪好心人，尼妈阿咪最会把人做；
十里八乡有目都共睹，男女老少齐颂扬。
丈夫阿迪配成对，互敬互爱又会持家务；
为了救治众乡亲，阿迪寻药斗顽献生命。
阿咪无悔丈夫为众献生命，艰辛操持还助人；
阿巴菩拉来关照，将来阿咪院中生出门措妞（即，女豪杰）。
阿也菩拉妈您来相帮，来日阿咪家中紫气升腾掌门措妞扒（即，男豪杰）。”

阿娜真心实意的祈祷变成了现实，从那以后，人们在佧本背后的大箐里到处可以挖着银子了。大沟箐也被人们名为普洛。可惜的是，有一汉子把用不完花不尽的白花花银子垫在家院的过道上，毫无痛心地踩来踏去。从此，银矿变成了重沉沉的铅矿。况且，这铅矿还得过二道石大门才能挖得到。

也是从那以后，在佧本界内的王巴江的沙滩里，只要你专心，拾一只金蛤蟆或捡个金龟子并不是难得的事情了。不过，有一年方二十来岁，从小受到父母溺爱的独生小伙子，父亲重病卧床、母亲又需照顾病人的情况下，叫他把关了两、三天圈里的牛群，吆到江边的芦韦

滩里去放牧。小伙子在沙滩上跑去吆牛的时候，然突被什么东西绊倒了。等他爬起来仔细一看时，喜得使他高跳八丈起来。原来这是一托一人还难得拖动的闪闪放光的黄金。喜坏了的他，忘记了放着的牛群，忘记了重病卧床的老父亲，得意忘形地约了俩个酒肉朋友，背起金托子不告而别，到繁华的只登卖掉，然后若无其事的花天酒地起来。

再说，无人放牧的牛，吃了一大块正在打腊色的麦地之后，被主人家吆去抵押，专等牛的主人赔偿赎回了。病重的父亲听说了儿子所为，顿时口吐鲜血而亡去。见儿子浪荡不归，丈夫身亡时，母亲也活活气死了。众乡亲们便请了俩个身强体壮的年青男子汉，连夜赶到只登告知了小伙子。要他赶快回来料理双亲的后事。被酒灌得半醉不醒的他，听了不幸的消息，不仅没有悲伤的表情，还边喝酒边答复："作里哇，作里哇（即，好了，好了）"。来人以为这是酒话，就强拉他到沟边冲了个凉水澡，见他清醒了，便催促他赶紧回去。谁知他已经全无半点良知了。打发来人道："给你们酒钱，找个酒铺子喝酒去吧，别在我这里尼子（即，烦人）了"。说罢拿了一些碎银子强塞给了俩个来人。来人只好回家与众乡亲们一起掩埋了俩位老人。那不孝的独儿子，没过几天也就醉死在大路旁。从那以后，人们在沙滩上再也捡不着金蚝蚝了。不仅如此，心计不良的人去淘金还会空手而归。

当然，变成良田的仵本坝子，养育着一代又一代的人们。

善良、贤慧而勤劳的阿咪，从那以后，种糯糯得收，栽谷谷满仓，养畜畜成群。日子一天比一天富裕。人丁也代代兴旺。过了很久以后，阿咪的家族里果真的出了一个措门以妞。人们称她为阿弓玛。阿弓玛穿的裙子长度就有一丈八尺六，一夜能修通百里长的水渠；一天能开出百架牛才能犁得完的梯田………还惩恶扬善，扶贫济困，助人为乐留下了千古流芳的轶事。

再说阿娜和阿咪，顾不得歇气休息跟着太阳紧赶快往回走，于夕阳西没时回到了仵本村。众乡亲看了累得上气不接下气，被汗水浸湿的人就象刚捞出来的落汤鸡一样的阿娜、阿咪时，感动得都流出了热泪。妇女们把早就准备好的饭菜、热气腾腾地端了上来。可阿娜顾不上休息闲气，更顾不上喝水吃饭，急忙向吾伞菩拉念祷告、切药、煨药熬汤，给每个病人都喝了药才端起饭来。放下饭碗的时候，公鸡已经拍着翅膀叫开，时间已经是第二天的凌晨了。

难堆患者们，喝了阿娜煨的药汤，第二天早上病情就显得轻松多了。又喝了两、三次后，病都痊愈了。

三乡四岭的人们听说阿娜能治好难堆，都到传本村来要药。为了给更多的众乡亲治好难堆，阿娜暂时住了下来继续行医。阿咪就成了她的得力助手和最好的徒弟。她们在阿咪的家里开起了义诊药房，只要前来要药的她们不仅热情接待，而且不取分文药费，门前热闹得门庭若市。

新石器遗址戈登

第四十二章　豹精变成石膏山
菩拉花开年年艳

由于难堆在大江沿岸流行起来，前来要药的人越来越多，阿娜她们采来的药很快用完了。她们不得不再次上山去采药。为了能采回更多的药，阿娜想把老青马也带上好驮回来更多的药，但已上了年岁且病才瘉的老马是否能前往？就到马跟前说道："老马啊，老马，难堆要把人都死光了，我们不能见死不救啊。我们采来的药已经用完了。你能不能跟我们一道上山去驮一驮子药回来给人们治病？"老马欣然答应地点了点头。连老马都能理解人意，能为众人做善事了，阿娜感到非常自豪。

她拍着老马的头，激动地对老马又说道："真是我的好马啊，真是我的好马。你的功德吾伞菩拉会知道的。他会保佑我们一辈子的。"

第二天早晨鸡才叫头遍，阿娜和阿咪都起床了。阿娜忙着给老马和小牛喂草喂水，阿咪把熟睡中的孩子从怀里轻轻放下，盖好毯子后，在火塘里架上那口土罐忙着炒乡亲们送给她们做干粮的燕麦。燕麦的麦芒非常藿人的。真是：炒面好吃麦难炒啊！阿咪把燕麦放到罐里一炒，麦芒就满屋子飞扬起来。她怕藿着阿娜，把门关了插上门闩不让阿娜进来。阿娜叫了几声阿咪都只管叫道："阿俄妈您别进来，等我炒完了才进来吧。"阿娜非常理解其用意，真是多善良的好妹子啊！为了给阿咪家的小牛备下饲草，阿娜便挎了一只竹篮，摸着黑到村边的田间地角里割草去了。

本来就心灵手巧的阿娜，不多时就割好了一篮子青草。正要收工回家时，又看到一田埂上长着一片鲜嫩的青草非常吸引人。阿娜又放下篮子再去割。她怕眈误了上山的时间，就加快了割草的速度。突然，只觉得“噌”的一下钻心疼痛，抓草的左手食指上被镰刀深深地割了一个大口子。鲜血立马流得象股小泉水似的。这时天还没有亮，田地里找不到一个帮手的人们，自己身上又没有能包扎伤口的东西。找过去找过来，只有身边长着的几蓬嫩蒿叶外，什么都找不到。急中生智的她，采来一大把青蒿叶，用石头捣绒后敷在伤口上，伤口上流着的血马上止住了。她忍着疼痛装好青草背了回去。

阿娜把割来的青草往草楼上放好，刚来到院子里，巧好阿咪也把燕麦炒好了，背上背着醒来的小姑娘，出得门来准备到隔壁阿俄扒家去推炒面。不管阿咪怎么劝她休息一会，阿娜还是要和阿咪一起推面。只不过阿娜使终把左手揣在怀里面的衣服里，一面推得汗水淋淋，一边还和阿咪和女主人家阿俄妈谈笑风生，不时发出“嘻嘻哈哈”的笑语。在旁的人们谁也不知道她的手上有个还流着血的大伤口。

天刚亮，炒面也磨完了。她俩回到阿咪家的院子里时，只见众乡亲东边家拿来了拌炒面的蜂蜜，西边家送来了下菜的腊肉；村头家送来了煮好的鸡蛋，村中间的人家户提着油煎粑粑送行来了。

阿娜知道，大灾之年这些东西都是众乡亲从牙缝中好不容易攒下来留着急用的。所以不管乡亲们怎么劝，她都不肯收下。又一场你央求我推让的拉锯战在这小小的农家院里热闹非凡地展开了。这场推让战持续得把年以过百岁的村中长老阿巴趣（即：阿祖老）鲁只（即：赞名。为牧神或牧头之意）都惊动了。阿巴趣见双方都有道理，用长辈的身份评说道：“阿娜也俄妈（即，她大妈）你把这么多乡亲从病魔手中救出来的情，这小点东西算得了什么，就是几十、几百头牛也买不来这么多人的生命啊！你还要继续冒险去为大伙采药治病，药钱又分文不取，还得非让你们只喝凉水去采药吗？肚子里没有一点东西也爬不了山，斗不过顽敌，采不起药嘛。”说到这里，阿巴趣停了停，把眼睛转向阿娜、阿咪道：“你们必须从这些东西中，拿足上山采药时所需的口粮。否则我和众乡亲都不会退让。”然后又对众乡亲们道：“她们拿剩了的，也请乡亲们各自拿回家去过日子吧。”

阿巴趣的话音刚落，“佐里哇（即，好的之意）”一声，送东西的众乡亲们又一次把阿娜围得水泄不通。又一场“激战”开始了。这个说，“我家爷爷的病被冶好了，这是他老人家叫送的。”那个说，“我家四口人，三个得病的都被救活了，应该拿我家的。”又一个说，“我家的独生子病得快不行了，吃了药后被救活了，不然我们老了怎么办？应当拿我家的。”接着又一个说，“我全家人和大牲畜的命都是从病危中救转活过来的，这点心意都不收下的话，叫我们怎么做人呢”……

真是：

人心都是肉头长，世间善恶众人辩；
善心做事有善报，众人心意可难违。

最后，阿娜只得把每家送来的东西都留下了一点，这场激战方才宣告结束。

阿娜和阿咪匆匆吃了乡亲们送来的早饭，出来准备收拾上山的东西时，只见众人已把马牵到院里备好了鞍具，盘缠和工具也备齐了。见阿娜、阿咪出得门来，大家就七手八脚地该驮的驮上了马背，该俩人背挂的随手就可到手，根本不用费精费神就可以上路了。俩人与众乡亲告别后，牵着马一步紧似一步地朝着大山上爬去。

阿娜被镰刀割伤的伤口，一阵一阵的疼在心窝里。但她始终把伤手放在怀里，不哼一声，也没让阿咪知道。当爬到俄米底时，只见野菜掺杂着各种小草把毛毛路都遮盖完了。如果是平地，走在这种垫着绒毯般青草的道路上真是一种享受了。可现在是在爬脸都快要贴在地皮上的陡坡上时，这种绒毯般的野菜青草叶们，便成了润滑剂了。她们只得一步一滑，一抓一步的攀登才能前进。伤痛又加劳累后，突然一个旋昏袭来，本来就只能一只手抓着往上爬的阿娜，便一屁股坐到陡草坡上飞速地向下滑去。急得阿咪带着恐惧的声音，跺着双脚一个劲地大声叫喊到；“阿俄妈——陕用手抓住！快用手抓住！”听到阿咪一遍遍的叫喊声，阿娜如梦初醒，顾不得保护受伤的手了，立即从怀中“嗖”的抽出来，边滑边用两只手一把又一把地抓着旁边任何可抓的东西。

好人磨难多，老天长眼会帮忙。阿娜带伤的左手终于抓住了一蓬矮小的竹子后才稳住了飞速下滑的身体。抓好竹蓬往下一望，才知道双脚已经悬在一道悬崖的半空中了。用两眼的余光往下一望，陡得快刀切成的豆腐块似的崖壁足有四、五十层楼那么高。也就是说，如果没有抓着竹蓬的话，从崖顶上滑下去的阿娜将是粉身碎骨。

处在危险境地的阿娜，沉着应对着局面。她用双手紧紧抓住了竹蓬，想使两脚找到一个登爬的地方，可在空中翻来翻去大汗淋淋了也踩不到一个立脚的条缝。情况越来危急，这时连滚带滑的阿咪也赶到了。阿咪一手紧紧地抓着旁边一大蓬竹子，一手紧紧地拉着阿娜的手。俩人一齐使劲才把阿娜从悬崖边上拉了出来。闲息了一会，缓过神来后，俩人你看我，我看你带着胜利的喜悦笑了起来。这时阿娜觉得被割伤的手也已经没有疼痛的感觉了。就把手缩到眼前仔细一看，原来多大的一个伤口，现在只有一点点小疤痕了。再仔细看，伤口处沾着一小片嗨施俄（一种高海拔草本植物）的叶子。说来也巧，阿咪来援救阿娜时，左臂上被刺划破了一个大口子，这时正流出血来，疼痛得阿咪紧绉着眉头。阿娜立即找来一把嗨施俄，放在嘴里嚼细了给阿咪的伤口敷上。阿咪顿感清凉止了疼痛。她们休整片刻，再来察看俩人的伤口时，都已愈合得只剩一条小小的疤痕了。从那以后，山里的人们一受刀、斧划伤或其它被伤肉皮时，就会用该草来医治了。

折腾了一番过后，正要前行时，突然从阿娜滑得悬空吊着的旁边，有一道仅容一人贴身才能移动的岩缝的尽头，飘来一阵阵奇异的味道，把她们俩人深深地吸引住了。为了弄清是什么东西散出的味道，阿娜把身子紧贴着岩壁一步步地挪了过去。到了岩缝的尽头，但见向外凸出的一处岩壳下，有一干燥的浅洞穴。再挪近洞穴旁看时，只见垫满干草、树叶做成的窝里，有一窝小狼仔们象是吃饱喝足的样子，挤在一堆安静地睡在那里。狼窝的旁边铺满了白黄色、短松针似的兽毛。在大山里生活的阿娜知道，这是被狼吃剩下的獐子毛，而且应该是一只年老的公獐子的毛。便在窝附近仔细地寻找起来。果然，小狼们也吃不下去这似皮非皮、似肉非肉且有一大股刺鼻味道的东西。这就是宝贵的药材麝香了。“嗬，真是个宝贝啊，一个又大又香没有被咬烂完整无损的籽香呢。”阿娜捡起来用叶子擦干净了沾在麝香上的狼仔淫液，从布衣服上扯下一截子线，把麝香的口子扎紧，小心翼翼地收起来。

话归正转。好象老天有意安排一样，这天的整个上午，天上飘着淡淡的白云，太阳在云朵里时隐时现。使人凉爽舒适，这是初夏季节里最适应赶路或做活计的天气。阿娜她们乘着这难得的天气，马不停蹄，人不休息一鼓作气地赶路。中午时分就到了两道石门关口。这时，早上急匆匆中俩人都只吃了两杯茶的肚子饿得“咕噜噜”乱叫了起来。那刚恢复体力的老青马，虽然驮的东西不多，可整个上午不停歇地爬陡坡，使它汗水淋淋犹如刚捞上来的落汤鸡一般，站立在地上的四肢脚都累得微微发抖。

进入两道石门关后，坡将更陡更难走。人是铁饭是钢。为了使人与马都有充足的精神爬过两道石门关。她们在第一道石门关的悬崖根下，好不容易选了一块能容马和俩个人的小石台地用来休息。放下背、驮着的东西，一人生火打水，一人砍来几大抱青竹叶喂给马。

不一刻，一缕青烟在悬崖脚下的森林中袅袅升起。这时，西边的天际中，向这里急促地飘来了一团乌云。乌云立即笼罩住了她们所处的山头。瞬时间雷声大作震耳欲聋，从天上倒下来似的雨水里夹杂着核桃般大小的冰雹，打得人们无处躲藏。阿娜和阿咪只好把背紧紧地贴着石壁站立，好让用崖壁上往外凸出的石台遮着淋到头上的雨水。老青马也只好把身子学着主人紧贴岩壁而立，还把头塞进了一孔岩石洞里。人和马真是都只顾得了头上的疼，顾不了尾巴上的痛了。

不过这场雨只是公鸡屙屎头节硬。因为下得只有半袋烟的时间，就像泼干了盆中的水一样，突然停住就滴雨未下了。

那么，这样平和的天气里，怎么还会突如其来下起一场大瀑雨呢？原来这是前一次被阿娜打得体无完肤的那条大虫，其阴魂乘着那一小缕云雾逃到西边的大山里，投靠了隐居在大山深处小黑湖里的恶龙。它随时准备着报复。今天远远看见阿娜带阿咪上山采药来了。就如此这般这般地报告了青龙。青龙得知是曾杀伤它的阿欠的恋人时，当然准许了。所以这场雨是那条虫前来报复造成的。它恨不能置阿娜她们于死地而后快。可无奈实斗则胜不了。所以，前来报复也只敢在空中作怪一下罢了。因此，这场雨虽然下得很猛、很大，但只能是阵雨，持久不了。只要当时不被害死，它是奈何不了的。

雨过之后来到火堆边看时，本来烈焰熊熊燃烧着的火，不仅看不到一点火星子，而且，连火带柴被雨水冲到了石台子的下边去了。架在火堆上烧着开水的罐罐，也被冰雹砸成了碎片。再看看从皮咱课（即，用皮缝制适用于野外使用的口袋）里拿出来放在一旁的炒面时，只见小麻布口袋湿漉漉的，打开里面的炒面，已经成为面团了。她俩清理了一下东西物件，总共损失了那个土罐罐。这个损失不算大，因为值不了多少钱；但又是巨大的损失。因为在回到家之前，别说煮饭烫菜，连打水喝的东西也没有了。这真是：烂虫烂透顶，整不死人气死人。

既然炒面都淋成了面团，也免得还用水去合它，干脆就捏成冷水面团边走边吃，还节省了时间。想到这里，她们便先捏了一大团喂给了老青马。然后各人手中捏好一团，边吃边又上了路。

一场雨过后，太阳一出来，一道道五光十色的彩虹，连接着一座座山峰，连接着一条条沟壑；林间凉风习习，百鸟争鸣；花丛中彩蝶纷飞，蜜蜂嗡嗡，好一派热闹的景象。得到了雨后天晴奖赏的大自然，也献给了人们美妙无穷的享受。吸取到了充足而新鲜纯洁空气的阿娜和阿咪，忘却了一路上的劳累，忘却了遇到过的惊险，精神倍加抖擞地前进在间山的道路上。

但就在这时，又一次危险悄悄地等待着她们的到来。原来被阿娜用拐杖打死了的大虫的部分碎尸溅到了两道石门关里的乱石堆与岩缝中，在得到了大虫灵魂从天上洒下来的魔雨滋润后，便很快复活过来，变成了害人的小妖精——毒蛇。这真是：神杖打不尽，魔雨淋了又复生。

当阿娜她们跨越石门关，向山顶作最后冲刺的时刻，正是雨过天晴，气暖雾蒙的时刻。在这个时候，也是那些复活了的蛇出来觅吸树叶、草丛中魔雨露水最佳的时候。

阿娜她们根本没有想到曾被砸开的石门关乱石堆中、石崖缝中还会埋藏着险机。就只顾一个劲地朝山顶上爬去。

也不知为什么，原来一直走在人后面的老青马，拔开阿娜、阿咪抢到前头去了。阿娜、阿咪还以为是不是这马想前到山头上乘机多吃点草。也就没有在意。

爬着，爬着，走在人前面的老青马，突然发出悲惨的嘶鸣声，然后跪下了四肢，痛苦的喘着粗气。心急的阿咪急着要爬到前面去看个究竟，被多了一个心眼的阿娜制止住了。她对阿咪道："别乱动，肯定是有一样我们不易发觉的东西害着了老青马。待我用神杖镇住，再来收捡这些可恶的东西。"说完举起手中的拐杖念道：

"天上的菩拉阿把（即，爷爷）啊噔，噔（噔，噔为祈祷附加口语。下同），地上的菩拉阿也（即，奶奶）呀，噔，噔；

有事请您帮忙了噔，噔，遇难请您来挽救噔，噔。
为救人命把山爬，噔，噔，为灭瘟疫来采药，噔，噔；
爬山路上有灾了，噔，噔，采药道上遇魔了，噔，噔。
林间树下鬼狰拧，噔，噔，山头乱石魔猖厥，噔，噔；
狰狞鬼来伤人了，噔，噔，猖獗魔来害人了，噔，噔。
阿把菩拉来驱鬼，噔，噔，阿也菩拉杀死魔，噔，噔，
阿把神灵显杖头，噔，噔，阿也神功附杖身，噔，噔。"

念完祷词后，大声喊"尼色（即，杀鬼）——，斯色（即，杀魔）——。尼克（即，鬼逃）——斯只（即，魔让）。"边把举着的手杖在空中挥舞起来。做完这一切才叫阿咪爬到马的跟前看个究竟。

阿咪不见便罢，一看吓得“哇”的大声惊叫起来，连跳带滚地跑到阿娜身后，怕得瑟瑟发抖。阿娜问她见到什么，阿咪节节巴巴的说道：“是，是蛇，蛇，多，多，多多的蛇。”阿娜安慰了阿咪几句后，亲自上前看时，土上、石头坎坷里、崖壁石缝中，到处是一条条约手指般大小，口中吐着舌头的小蛇。不过在阿娜神杖的威力下，现在它们都象严冬黑夜里用水泡过后冻疆的麻绳一般动荡不了了。从那以后，夏天里一雨过天睛，山中的蛇都立即四处活动起来，来吸允它认为的大虫从天上洒下来的所谓甘露。在山中放牧的牲口和劳作的人们，这时最容易被伤害，而且这时的蛇毒性发作也最快、最大。傈僳古人有言为证：冬天毒蛇动不了，人见掷石便毙命；春蛇回处去游荡，顾得觅食少害人；夏雨过后蛇出洞，吸着露珠毒更烈；秋蛇忙得去找洞，草丛树叶哗哗响。此是题外之语，不去细论。

话说阿娜见许多蛇在马的周周，从竹丛里砍来一根老竹杆，口中边念“死蛇除，死蛇除”边用竹杆一条一竹杆刷下去打死，又把它们挑丢得远远的。其中有一条装死而未被发现的蛇，乘阿娜还没有收捡它的机会，飞一般向陡坡下溜去。阿娜用竹杆一个武士投枪，不偏不倚，不左不右正扎在蛇的脑袋上，将其深深地扎进了泥土中。蛇尾还缠着直立的竹杆弯来曲去的在那里挣扎呢。

挑开了周围的蛇，速来细看卧着不起的老青马时，但见马的四蹄伤口上，分别渗着被毒蛇咬出的紫黑色血液，蛇毒正在发作。马的鼻孔中喘出的气越来越急促，越来越粗。阿娜想起了她小时候，阿爸用麝香来救治被毒蛇咬伤的人和牲畜的经验。赶快取出麝香拌入带在身上的达归轮咱几，放在马的口中教马先吃了下去，以达到把毒首先从里往外攻出的目的。然后，把达归轮咱几用石块舂碎拌入麝香，围住伤口以防蛇毒向身上扩散。最后用麝香从头至脚涂擦马的全身。果然过了片刻，老青马吹了两下鼻子轻松的站起来了。

从那以后，人们就用麝香和达归轮咱几来医治蛇伤了。出门人，特别是赶长途马帮的人，更是把麝香当作必备的药。由于竹杆溜的速度比蛇还快，就成为了蛇的刻物。路过蛇多的地方，拿上一根竹杆做的拐杖，蛇就很少见到。即使见了蛇，用一竹杆子唰下去，可以胜过其它木棒打三下的效果。

闲话少提，把话说回来。这一次阿娜亲自柱着拐杖在前面开路，说什么也不让老马和阿娜咪走在前边了。

不知是害怕了神杖的功力，还是惧怕了麝香的味道，反正，那些没有半点人性的毒蛇们，再也不敢在阿娜她们前进的路上为非作歹了。恶魔清除了，行路速度更快了。不到两代烟的时间，她们就爬完了两道石门关，来到了采药的高山草坝尺鲁玛底。到了坝子里，她们把东西卸在了路边宽敞的地方，放马在草地间自由自在的去吃青草。然后，她们背上篮子，一边寻找，一边不停的挖了起来，不一会儿挖完了附近长着的草药。她们又朝北边转到了离尺鲁玛底要走两时辰的尼鲁玛底继续挖。到太阳快要落山时，足足挖好了一驮子又两大背的草药。

这时她们才意识到，从两道石门关原路返回的话，还没有下山天就黑了，不如从尼鲁玛底顺着山梁，下到底哇抗村去歇脚还近。主意打定，驮好马驮子，收拾好东西顺着梁子下得山来。上山往上爬要使劲，累得汗流夹背，可下山也不见得轻松。背上背着背子，脚下一步更比一步陡。半是走路半是滑行。真是：上坡好似练抬腿，下坡好比小跑步；上坡爬得汗似水，下坡走得脚翻筋。

西边碧罗雪山尖上的介明门仓（即：猴子太阳）黄灿灿的时候，她们才艰难地下到底哇佧村山头上的阿粤鲁登处。这时真是又累又渴。阿咪见老青马和阿娜下起坡来两腿都在颤颤打战了，就建议道：“阿俄妈，这样颤抖着脚慢走，不如我们在此休息一下，等养好了精神在赶路可能还会走得快一些。”阿娜听了也觉得很有道理，便答应到：“神虚慢走不如神饱快行，我们找个合适的地方先休息养点精神，再下山也不闲迟。”说话间已来到了一块荒坡地里，但见这块不陡的缓坡地中间，长着一棵几人才能合抱过来的买腊王（即：杜鹃树种类中的厚朴树），该树杆高大叶茂根发达。树下晚风习习阴凉爽快，粗大而横竖交错长着的树根成为一台台，一道道的天然美观、实用的歇气台，真是天赐人也。到得树下，她们一个帮一个扶着放下了身上的背子，歇了下来。

老青马见得主人们歇了下来，自己也就找了一小块平地，喘着粗气闭目养起精神来。

这季节，漂亮的厚朴花期早以过去，宽大的树叶长满了枝头。歇在厚朴树下，只听得茂密的枝叶间，有一只长尾山鸡欢快地："冲啊串串，冲啊串串"叫个不停。阿咪仰着头朝发声处望去时，只见那枝头上突然开满了大朵大朵似牡丹的鲜花。鲜花丛中一只大红冠子，鲜颜脖胫，花纹满身，长长尾巴的大公鸡洋洋自得地摇来晃去。真是牡丹鲜花映彩凤呢！阿咪见此情景激动得高声嚷嚷道："阿俄妈，阿俄妈，快来看哪，大花公鸡把买腊王花都叫开了。"阿娜听罢，也感到非常稀奇，"怎么这时候买腊王会开着花嘛。"就半信半爬地站起来走到阿咪旁边，朝着叫声嘹望去时惊呆了。等缓过神来她脱口说道："是菩拉巴巴（即：菩萨鲜花），真是菩拉巴巴。"从那以后，人们把朵大、瓣肥、色颜的厚朴花认作是吉祥物的化身——菩拉花了。人们都不轻易地去砍伐厚朴树，也不随便采摘那美丽的花朵。人们还知道，厚朴花开得又多又艳的年份，定是五谷丰收六畜兴旺的好年景。反之是灾多欠收的年成。

闲话勿论，言归正题。阿娜她们看到了稀奇的一幕，激动了一番，又歇息了一会，劳累感被驱散了。可口干舌燥得胸中如烈炭烧着似的难忍。真是人渴似火烧，无奈在半山；远闻水哗声，旁无半滴露。干渴实在难忍的阿咪喃喃地自语道："若是此地有泉水，跪下地来叩十头；谢过吾伞大菩拉，一定要喝够。"这话着实提醒了阿娜，她拄着手杖站了起来，双手合十念道："阿巴菩拉扒啊，您是救命的神；阿也菩拉妈啊，您是帮人的神；为救乡亲去采药，回返路上累倒人；为医难堆去挖药，回来途中要渴死。求您发出慈善来，盼您发出神灵来；神杖指处路开来，神杖挖处泉出来。吾伞吾萨好吾伞，菩拉菩拉好菩拉；您的恩情永不忘，您的美德千古扬。"念完把手杖向底哇佧村方向指了指，密密的树儿让开了一条缝，崎驱的羊肠小道顿时宽阔起来了，两匹驮马并行也足够了。她又走到大树下的岩石前用手杖挖了挖，突然一股清泉”叮咚，叮咚”地从岩缝中冒出来了。从那时起，人们都认为凡是泉水，都有以斯扒、以斯妈。在饮用之前都要进行祷告，以求斯扒、斯妈的赐给。同时认为，泉还能给人们带来福气，每年的大年初一公鸡始叫，大家带上酒气、茶气、猪肉三牲，祭献给泉神；点上三柱大香，打回头水，以求神赐福。这是题外之语，不可扯远。

话说当时泉水“叮咚，叮咚”地从岩缝里冒出来后，当然乐坏了阿娜和阿咪。她们和老青马都在大树下的岩石前卧下身体，把头埋下“咕嘟，咕嘟”地把甘露般的泉水，个个喝了个够。

喝够泉水，养好了精神，又是神杖开出的大道，再说剩下的路程也并不远。约两、三袋烟的功夫她们就来到了底哇佧村子。

当时的底哇佧，称村不如为户更为恰当些了。因为这村只有一户人家。这户人家实际又只有俩个人。他们分别是：哥哥别玛波，弟弟别几才。兄弟俩见来了客人，非常客气地迎接了阿娜她们。还主动帮助她们卸下马驮子，喂好老青马；烧水让铺。这一切做完后，只见哥哥向弟弟使了个眼色，弟弟拿了一个仕六摆（即：木盆子）跟着哥哥出去了。

过了片刻，兄弟俩一个端着仕六摆，一个捧着一大把刚打过腊色的小麦穗子，面带难色地进来说道：“阿俄妈和依你妈比（即：小妹子）实在对不起了，由于上年的庄稼被冰雹打得颗粒无收，家中实在无粮做炊了。只得请你们烧麦下蜂蜜来填一下饥饿的肚子了。”阿娜见状激动地谢道：“洒咱（即：侄儿子）啊，出门人给个住处就很满足了。你们兄弟俩把偿新麦的礼遇都让给了我们，又用蜂蜜来让我们下饭，这是我们傈僳人的最高礼节之一呀，真是太谢谢了。这真是吃在嘴里，甜在心里啊！”说完边烧边吃喝，边聊起了家常。

这里青山绿水，要说靠山有山，整山的大树下竹叶萃绿，缓缓的山坡上到处是齐腰深的青草，是最好放牧牛羊的地方。靠水有水，周围的三面坡上，到处都有泉源，旱有水用，涝可排洪。要地有地，村前平整的大片大片土地完全可以耕耘。四季如春的气候得天独厚。真是一块背靠青山山有宝，门临绿水水滋润的风水宝地啊。

那这样好的一个地方怎么人烟这样稀少呢？原来这附近的深山密林中有一只凶恶的豹子精。这豹精遇到牛羊便吃，没有牛羊牲畜时，连狗也变成了它的美中餐。不仅如此，它见人就追着咬杀，这样横行了千百年，全身的毛色都已经雪白了。因此，没有人敢在这里居住。

别玛波的父亲是一个优秀的猎人，生前别说是豹子，就是一猪二熊三老虎也被他猎取的不计其数。他听说这里有一只千年豹子精横行霸道经常伤残人畜，便带着妻儿从遥远的弓登，特来这里除害。不料，刚安营扎好寨，地里第一次播下的麦子都还没有来得及尝新，一场上吐下泻，怕寒又怕冷的疾病夺去了他与妻子的生命。

丢下的俩个儿子在这荒无人烟的地方，叫天天不应，喊地地不灵的时候，北边山脚的那个深不可测的山洞里走出来一位白发苍苍、胡须垂地而慈祥的老爷爷。他叫兄弟俩到洞中拿了一切需用的物件和食物来料理了双亲的后事。老爷爷还安慰兄弟俩：“这里害人畜的豹精原是吾伞菩拉扒的一条狗，因偷吃了菩拉扒的早点而被责打了一顿后，它便背着天庭的人偷跑到人间的这深山老林里干起罪恶的勾当。我因是只管土地的，拿它也没办法。报到吾伞那里，吾伞菩拉扒曾派人捉拿，都被它逃脱了。这里虽然是深山密林，但还是一块风水宝地。你们可安心地在下来，不用怕那只豹精，在我的旁边料它也不敢怎么样。再说，不久的将来有一个女豪杰要来收捡了，它会得到报应的”。

兄弟俩与阿娜、阿咪围着火塘正细叙之时，听得老青马“嗤，嗤”地吹响了鼻子。随之北边的山梁上也发出了“嗥，嗥”的豹子叫声。火塘边坐着的三位年青人都神经质地紧张了起来，立即用坚硬的栗木棒棒紧紧的顶好了门。只有老道的阿娜，从容地拿起了手杖，念起了祷告语。

说时迟，那时快，阿娜刚念完祷告词，月光下闪闪发出银光的那条豹子精，象遇到了不共戴天的仇人一般，张牙舞爪地来到了门口。

向紧闩着的木楞房门展开了一阵紧似一阵的猛烈进攻。只听得坚硬的爪子“唰啊，唰啊”地抓得门板一阵阵摇晃起来。它使劲地抓呀抓，摇呀摇，始终未能抓破，也没法摇垮。豹精的第一次进攻没有成功。

又过得片刻，它又发起第二次进攻，也没有成功。又歇了一会儿，更猛烈的第三次进攻开始了。它改用牙齿来撕咬的战术，一会儿象猪咬食槽一般“咯噔噔，咯噔噔”直响；一会儿又象耗子啃风箱一样“唰，唰，唰”地响；一会儿又象得了疯子病的人一样又咬又抓。折腾来折腾去，峰利的爪子抓断了；刀刃一般的牙齿咬折了，血盆似的大口里流出紫色的鲜血，血从房外的木楞杆杆的缝里流进了房子里。但仍然无法突进来，又一次以失败而告退了。这次，它连尾巴也无力摆动一下，向一个战败的武士倒提手中的长剑般，在地上长长的拖着尾巴，底着那不可一世的头走了。真是：癞蛤蟆穿上套裤，自己蹬打不开。

阿娜清楚，这畜生完全是冲着自己来的，它想置我于死才而后快之。知已知彼方才能生出克敌制胜的计策。阿娜安慰三位年青人不必恐惧。并如此这般这般进行了交待，三位年青人都点头称是。然后各自行动起来，弱小的阿咪从挂在木楞房壁的刀削里抽出阿搭冲（即：尖刀子），立在最后面作为预备力量随时准备着支援前线；兄弟俩各执一把长阿搭，一左一右立在门的两旁随时准备攻击来犯之敌；阿娜站在中央紧紧的握着手杖，从门缝中窥视着外面的动静准备着痛歼顽敌。

一贯持强欺弱者，得不到毁灭性打击，是不甘心失败的。真的不出阿娜所料，只见那豹子精去到沟边喝饱了冷水。然后又回到了院子里，象猫待耗子一样，虎视眈眈的头朝木楞房门，卧在地上随时准备猛扑过来。

约莫三袋烟的功夫，那畜牲再也等待不了了，再一次凶猛的扑向房门。这一次它把抓、咬改为刨、挖。即，从门槛下的地上一个劲猛刨起来。不一刻就刨通了一个碗口大小的洞。并在洞口用鼻子朝里闻了又闻，然后把那又长又粗硬的尾巴从洞中伸进来试探性地在地上一个劲地横扫起来。冷不防把前来助战的阿咪重重地挨了个扫堂腿。“扑通”一声倾倒在阿娜的怀里，被阿娜一把抱住才免了摔地之痛。阿娜见战机已到，叫阿咪往后一退，叫兄弟俩抓住豹精的尾巴拼命地往后逮着。兄弟俩抓住豹尾往门槛上蹬开八字脚狠狠地往后一逮，豹精痛得只顾“嗥嗥”乱叫。同时，阿娜叫阿咪迅速地打开了房门。说时迟那时快，阿娜朝着豹头上手起杖落猛地砸下去，只见火花贱出银色的豹毛“扑”地一声像隆冬里的雪花一样漫天飞舞起来。这一棒就使豹精偿到了利害，它知道了定肯斗不过对手，就来了一个三十六计走为上计。使出全身的力气拼命的往前一窜，被兄弟二人抓住的尾巴根根上瞬间一阵钻心的疼痛，终于从洞中拉脱了出来。

原来豹精并不是把自己的整条尾巴从洞中拔了出来，而是人和豹一个往外拼命一拉，一个往里使劲的逮时，拔出去的只是瘦小的尾巴骨。而尾皮尾肉则被兄弟俩紧紧地逮脱了下来。从此以后，山中豹子的尾巴就变得细小了。

话说阿娜见豹精逃跑了，追出门来一看，痛得“嗥，嗥”豪叫的豹精滚在地上，正在舔着鲜血淋淋的尾巴。见阿娜又举着手杖扑过来了，便顾不得疼痛了，一个猛窜望着北山梁上逃命而去。阿娜一个箭步猛追过去，举着的手杖照准它的心脏部位从肩与脊梁中间一棒砸了下去，豹精“嗥”的一声震天动地惨叫，于黑暗中逃入了密不透风的箭竹林中。人们料定那畜牲再也不活不下来了。便回房睡了个安稳觉。

从此，山中凶恶的豹子也不敢吃人，也不敢轻易伤人了。不过它们把对人的报复放在帮助人们狩猎的狗身上，专门吃狗，成了狗在山中的克星。

又说，第二天一清早起来的阿娜她们，只见院子里到处是雪白的豹子毛和紫黑紫黑的污血。为了不留后患，阿娜又带着三个年青人，沿着血印朝北边的山梁上寻找去。找到半山时，曾帮助过别玛波兄弟俩的白发老爷爷迎面走了过来，见是阿娜时高兴地称赞道：“咱每迟（即：夫人）你下手得非常准啊，一棒打得它晕了头，再一捧打得它心肺都炸裂了。”便指着地上一片片紫黑色的血块道：“这是那害人精从心肝里流出来的，它昨天夜里逃到这山梁上就一命乌呼了，是罪有应得的下场啊。它生前不知残害了多少人畜的生命，吸够了人畜的鲜血，吃够了人畜的骨肉，本来是死无葬身之地的。但我想到过去他吃人们，现在要人们去吃它，就把它的尸体埋在山上为民造福吧，你们不用去找它了。”说着，眼前突然升起一缕白烟，老爷爷消天在晨曦中。随着老爷爷的话举目望去，整个山梁上的岩石都变得一片雪白。原来这豹精的尸体被土地菩拉爷爷埋入土中后，把它化成了一整山的石膏石。从那时起这里的石膏任其人们采用，露天里雪白的石膏石用手一捏便是一大把粉末，人们用不着舀碎就可以使用了。

白发苍苍胡须垂地的土地爷爷说，这里风水好的话也不错。后来人们在底哇建有一座庙宇，因多种原因搬往别处去时，庙宇里的那尊主菩萨，于搬运途中曾数次跑回到原址。

话说，寻找豹精尸体回来，用得烧麦下蜂蜜的早餐后，别玛波兄弟俩见年岁已大的阿娜和体弱的阿咪还背着这么重的背子，非常心疼。就帮忙把装着药材的背子一直朝佧本村阿咪的家中送去。

阿娜和阿咪在别玛波兄弟俩的帮助下，太阳才斜往西边的时候就回来到了村头的小圆尖山头上。这个小圆尖山头长着几棵巨大的青松树，紧挨着大路的上坎子上，长着一棵几人才能抱拢的常绿叶念咱梓(即：鸟食树)。正好为过往的行人歇气时遮着阴凉。路下边是一大片缓坡的草地。念咱梓树根下冒着一眼冬暖夏凉，回味甘甜的山泉，它冬不干枯也不会结冰，夏不发涨更不搅浑。累得上气不接下气的路人，只要喝上这清凉甘甜的泉水，顿感清爽。再在阴凉而平坦的路旁着实歇上一会，浑身的劲又上来了。因此，这里是人们上山、下山必歇的地方。也就取地名为纳登（即：歇台）。自然，阿娜她们到了这里放下背着的背子与马背上的东西，放马于草坡上，堆起干柴烧火煨茶准备歇好气才回家。

马才打了两次翻滚，火塘里的茶罐水才涨开，就听得坡下有人气喘吁吁地向上赶来。爬出树林子才看清楚，是佧本村的窝儿才。窝儿才一直走到火塘边，本来就口吃的他，这时更加打着格斗对着阿娜说："阿，阿，阿俄，俄俄妈，不，不不，不好了，阿把趣鲁只快，快，快不行，行，行了。乡，乡，乡亲们，叫，叫叫，叫我，我请你快，快，快点回，回回来。他，他，他们来来，来接了。"可怜巴巴的窝儿才等到把话说清楚时，脸面一片通红，脖子上的肌脉都鼓得像山中的一条条青藤一般了。

从罐罐中正在往碗里倒茶水准备喝的阿娜，听得是阿把趣鲁只病重，立即放下手中的茶罐、茶碗，站起身来，一只手抓了一把葛来儿，一只手抓了一把朵腊儿，只忙得羸说了句："你们后面来"。就一溜烟似地连跑带滑地下山去了。

阿娜从山上跑到阿把趣床前时，全身被汗水淋得像只刚捞上岸的落水鸡一般。她见阿把趣还有一口气时，连脸上的汗水也不擦，立即把药舀碎，倒上开水连碗放入冷水中降至能喝的温度时，拔开众人用小木勺一口，一口的给阿把趣喂了起来。只剩一口气的阿把趣，很领阿娜的情，双目虽然睁不开，但坚持咽完了一木碗药汤静静地入眠了。

阿娜这时才感到腰酸腿软，四肢无力，一屁股坐下来连转动身体的力气都几乎没有了。乡亲们七手八脚的给她端来了温温的洗脸水，烫烫的俄面俄（即，一种草药的名字）煮成的泡脚水，还端来了放了蜂蜜的煮鸡蛋，真是关心得无微不至。她擦过一把脸，边把发肿的脚泡在水里，边不客气地吃完了一木碗煮鸡蛋。众乡亲脸上都露出了笑容。

吃完了碗中的鸡蛋，顾不得双脚是否泡好了。阿娜又一家接着一家的察看病情，熬药煨汤，快到鸡叫半夜才回到阿咪家免强躺了下来。迷迷糊糊才入睡，又听得院子里有人讲话的声音，一听是又有人病倒了。不等来人敲门叫起，阿娜和阿咪起床了，把养马喂牛等家里的一应事情只得委托给还没有回转去的别玛波兄弟俩。她们带着阿咪的女儿. 去挨家挨户地看病给药。整整半月有余，阿娜、阿咪每天都到了很晚才能回来家中躺下睡一觉。但见家中一应事务被别玛波兄弟俩收拾得井井有条。地里的庄稼全都薅完了，成熟的冬小麦割了挂上粮架，小牛长了一拳之高，老青马换了一身青亮的毛衣。

半月之后，原来一头乌发的阿娜两鬓出现了白发；阿咪的眼角上也出现了皱纹。但是一场难堆被控制了，包括阿把趣鲁只在内的千百条人命获得了新生。

就是这半月有余艰辛的救死扶伤过程中，阿娜与阿咪结下了深厚的友谊。她们虽然没有血缘联系，可亲密得比亲人还亲。真是：不是亲人胜似亲人。

也就是在这半月来的艰辛里，阿咪与别玛波产生了纯洁的爱情。在阿娜、阿把趣鲁只和乡亲们的撮合下，他（她）们结成了白头偕老的姻缘。在后来的人生漫长旅途中，她们互敬互爱留下了许多动人的故事。不在此议论。

第四十三章　树歇白鸽成名花
獐皮文字被狗食

再说，难堆已经治好了，作为徒弟的阿咪可以独挡一面了。阿娜阿俄妈也应该去办自己的事情了。

这是一个天空中飘着淡淡云彩的中夏早晨，十里八乡的乡亲们都赶来看望她们的救命恩人阿娜。他们有的捉鸡；有的拿了油煎粑粑；有的拿了鸡蛋；有的提来了粤波华（即：琵琶肉）；有的背来了乔面；有的背来了麦面；有的背来了克要俄力；有的背来了拌好蜂蜜的燕麦炒面；有的妇人还拿来了打好的兹起尼（即：麻草鞋）；有的送来了刚织好的细麻布匹；有位阿俄妈则把在自己身上量载缝成的麻布衣裳送来了；阿把趣鲁只也步履维艰地赶来，把自己亲手赶出来的一床新的披毯拿来嘱咐阿娜道："要不是你给医治好了，我这把老骨头早送上山了。这是我亲自用海行嘿（即：八月毛）织出来的，冷了可以盖它，下雨可以披它防淋，背上东西可以垫它，累了可垫它歇气，你走的路还长着，就带上它吧。"说着披在了阿娜的身上……阿咪家的院子到村口人山人海，比只赶（即：赶街或赶集）还热闹。男男女女，老老少少都流着感激不尽的泪水，紧紧地拉着阿娜的手苦苦挽留。阿咪更是扶在阿娜阿俄妈的肩头泣不成声。

阿娜收下了阿把趣鲁只送来的披毯，收了点路上必需的盘缠驮在了马背上。用傈僳族跪叩的礼节谢过了阿把趣鲁只和众乡亲，牵着老青马就出发了。

阿娜接受了走江边路喝着江边冷水会生病的教训。这次把前行的路改在了半山上。阿把趣和阿咪带着众乡亲一直送到了纳登，人们才再一次依依不舍的道别。阿把趣和众乡亲有的挥手；有的挥帽；有的挥舞头帕；有的则一阵阵跳跃着，一声又一声的高喊道："尚给力拉——，尚给力拉——"。阿娜也边走边反过面来，一手牵着老青马，一手挥向众乡亲致意道："啥给兹拉（即：明天相会）——啥给兹拉"。慢慢地消失在崎岖的北行山路上。

阿娜牵着老青马，时而爬上了陡坎，时而跃过了小溪，时而下到了箐底，时而登上了山梁，没有一截山路是平坦的。真是：北行路茫茫，山高坡又陡；一步一台梯，步步都难行。

将近中午时分时，沿着崎岖山路紧赶的阿娜感到有些劳累和饥饿。边走边想着到什么地方歇气吃晌午。这时，看到箐沟对面的山头上，正在冒出一股浓浓的烟火。烧这么大的烟火肯定是有一群人在那里，要么是开挖生地，要么是砍树取料，要么是放牧集中后准备做午饭吃的吧。俗话说：措组明咱朵，咱咱虫派明（即：人多出活路，吃饭有伴香）。有火烟的地方就会有人，有人也就有伴了。

阿娜想罢，牵着马加快了赶路的步伐，不一会儿就来到冒烟的那个山头上。但见一群人在一座新坟旁，又在做着什么，头上拴着、腰间系着麻皮的一群小青年和儿童，在一口棺木前叩着响头；旁边站着几个四、五十岁光景的男女捶胸跺脚的在痛哭。显然，又是一个人也跟着死去了。

一群男人在旁边准备着绳索、木杆等。像是要抬走那口棺木。虽然山风把旁边那些树叶吹得"哗哗"的发出声来，但人们烧着的青烟火的烟雾一点也不肯散去，反而围着埋好的新坟像旋风一般团团转起来。熏得正在准备绳索木杆的那群男人们眼泪长淌，呛得个个发出不停的咳嗽。但谁也搞不清楚是怎么一回事，把大家搞得抬走也不成，不抬走也不是。

阿娜见到有死人本想让道而去，却无路可避。就只得径直地走了过去。

见有来人，从正在哭泣的人群里走出来了一男一女，来到阿娜跟前跪哭道："听老人讲，家有死人朋友来，死人喜欢活人福。今天是我家儿子死了，差不多没有遇着您阿俄妈了，是祸是福还不说，这人怎么也抬不走了，请您老人家帮忙看一下吧。”

阿娜把夫妻俩扶起来安慰道：“也俄依妈约（即：他叔他婶）啊，人的洒双洒波明俄中（即：三起三落是天道）；施色赶嘛尼仕中（即：生死都由神鬼定）人死又不能复生，活着的人要往好处多想才是。让我清楚事情的原因也才能帮上忙，我们还是前聊聊清楚再行事吧。”众人一看到阿娜就有一种不同凡人的气魄，说的话也入骨三分不同一般。就静下来听从阿娜的言语。

“兹俄嘛转，兹灾嘛吉（即：乱麻不顺，线捻不成）”。阿娜接过主人递来的茶水，一边喝着茶一边静静地听着那俩个徇情死亡的年青人的故事。

原来，这俩个年青人都是同洛佧村括咱欠和念洒洞两家人的独生子女。括几洒是括咱欠家的独儿子；念几鲁是念洒洞家的独姑娘，今年都刚好二十岁。俩家的木楞房挨着木楞房，房头板搭着房头板，俩个年青人从小青梅竹马。特别是自懂事这些年来，俩人互敬互爱，形影不离。两家人的里里外外，轻活重事被俩人做得踏踏实实，收捡得整整齐齐。在他俩的辛苦劳作下，两家人连年丰收牲畜兴旺。

这一切，双方的大人看在眼里，喜在心里头。众人也都说，“这是天生的一对，将来白头皆老是人们爱情与生活的楷模。”

去年的以署行明尼（即：喜事月的猴日。喜事月，为冬月）两家父母见这俩个孩子已经长大了，应该成亲了。但双边都舍不得嫁出来招过去。这事不难办，本来两家就亲如一家人了，何必分你我。就决定既不嫁出去也不讨进来，两家人二合为一。并要在今天的以署行俩家迎亲招婿合一举行。

但是，天有不测之云，人有祸福旦夕。今年的阿尼阔时行（即：牛过年月。指二月八日）那天，有一队从很远很地方来的大马帮，歇在王巴的江边上。在此期间，有人到村里来用茶换马料，并采买鸡呀、蛋啊等菜蔬。

括几洒和念洒鲁家都分别用马料换给了赶马帮的人。由于来换料的人背不完马料，就请了括几洒念几鲁等六七个年青人帮他们送到了江边。马料送到江边时，从帐蓬内走出来了一位身着华丽服饰、高大魁梧，约四十岁上下样子的男人，可能就是马锅头。他验收了马料后，像选什么一样，对送来马料的人群一个一个地审视了一遍。然后指着念几鲁问他手下办料的人："她是哪点人，家里还有什么人"等等。办料的人如实作了回答。

括几洒见马锅头是黄鼠狼要给鸡拜年。便一把拉过念几鲁藏于自己的背后，睁着圆圆的大眼睛怒目而视。其它几个小伙伴也个个紧握着拳头，怒气冲冲地站到了括几洒身旁。

那马锅头叫人从帐篷里拿出一袋沉甸甸的东西递过来，走到括几洒他们的跟前皮笑肉不笑的对括几洒说道："兄弟，这姑娘我要了，这是订婚用的银子。"还没等马锅头说完，念几鲁从括几洒背后走出来，一把从马锅头的手中拖过口袋摔在地上。随之"哐嘡嘡"的一声响，白花花的银子滚满了遍地。

那马锅头见状便要发作之际，模样像是二锅头的人凑了过来。在他的耳旁嘀嘀咕咕地不知道说了些什么。大锅头转怒为嬉笑的道："兄弟们，兄弟们，本人只是玩笑玩笑罢了，别当真的。"说着就叫人如数换给了相应马料的东西。括几洒他们带着胜利的微笑回到了村里。

前两天，那对马帮又从北边返回到江边憩息。有天早上马锅头领着二锅头、三锅头，马上驮来两驮子普鲁花褥子，金银皿器、酥油、牛肉干等物，来到了念几鲁家提亲。被念洒洞、括咱欠，腊几才、阿普登和一般小青年赶出了村子。哪知，马锅头贼心不死，驻扎在江边后，天天派人来窥视念几鲁的行踪。这一天，念几鲁一人吆着两家的六十多只羊子，到山上放牧。窥视的喽啰见罢，报信给了大锅头。大锅头便带着一大帮人，把念几鲁抢了去。到了傍晚家人只见羊子三三两两地回来了，可没有见念几鲁的踪影。便请全村人打着火把遍山寻找。括几洒更是心急如焚，打着熊熊燃烧的松明火把，带着哭咽着声调，一遍又一遍地呼唤着念几鲁的名字。呼唤的声音久久回荡在群山中。

找了一夜的人们，还是没有见着姑娘的踪影。父母和括儿洒急得绝望，难以自拔。这时天也亮了，乡亲们找到了姑娘随身挎的花腊裱。花腊裱是被人挂在树上的，里面装了一袋白花花的银子。

括几洒什么都明白了，自己心爱的姑娘是被那马锅头抢去了。欺人不欺妻，顿时怒火中烧的括儿洒，抽出了随身挎着的长阿搭，大声吼叫着“色、色、色（即：杀）”，一阵风似的向王巴江边跑去。小伙伴们也一齐抽出阿搭吼叫着跟在括儿洒的后面一起跑下山去。一场流血的格斗已迫在眉睫了。

两位父亲见孩子们就要去拼杀了，心里真是急坏了。我们山里人从来也不兴人杀人啊，况且还有抢亲的习俗嘛。想吧，叫了两个还在身旁楞着的小伙子，快叫孩子们千万不能乱来。

再说，很讲道理的括儿洒和伙伴们，到了江边还是以礼相让，叫马锅头把人给交出来就无事了。马锅头则称，他没有见到念儿鲁姑娘。忍无可忍的小伙子这才不客气地提着一把把明晃晃的长阿搭，窜进了帐篷。可是，帐篷内一片狼藉外，却没有找到念儿鲁姑娘。没有足够证据，小伙子们是不会惹是生非的。一个二个提着阿搭退出了帐篷，狠狠地瞪了瞪马锅头就回来了。

那这姑娘哪里去了呢？当天在念儿鲁对面山上放羊人告诉家人，亲眼所见，姑娘确实被人强行拉走了的。山里有规矩可以抢亲。但抢亲了后不仅不给家里打招呼，连面也不准见，这是何道理呀！这时连老人也被激怒了。有人大喊道：“给给依王花，色色友的花（即：骗骗别人赢，杀杀我们胜。）”

随着喊声，男女老少都抄起了家伙，一齐愤怒地朝王巴江边涌去。当愤怒的人们再次赶到江边时，那群马帮早已不知去向了。有几个小伙伴拉着括儿洒望着马帮的脚印向前追去了。

括儿洒他们追去不到一刻，后有乡亲赶来报道：“念儿鲁姑娘身穿一套新的嘿扒依克（即，内地好布新衣服之意），在山上自尽了。全村老小一片哗然，哭声一片。

原来，姑娘被抢去以后，马锅头强行给她换上了一套新衣服，戴上了金银首饰，用尽花言巧语来哄骗，念几鲁则誓死不从。但弱力的姑娘怎么敌得过这如狼似虎的马锅头呢？这纯洁的姑娘被侮辱了。当欢淫了一夜的马锅头，在公鸡鸣叫时分进入梦乡之际，姑娘悄悄的逃了出去。她一路走一路想不通，觉得玷污了自己心爱的括几洒，也没有脸面去见父母和乡亲了。便在回家的路上，上吊自尽了。

再说，那个马锅头见惹出了大事，想到逃走了事。便招呼手下立即启程。走了一段路后，又怕括几洒他们追来，便出高价乘了船，渡过了江，往江西逃去了。等括几洒他们追到渡口时，已经无影无踪。船老大也怕惹火烧身弃船躲避去了。追赶的人们只得无功而返。

回到村里，括几洒听说心上人已经被害死了，就像疯了一般狂奔到念几鲁的尸体旁就晕了过去。人们把他几次救醒，又几次昏去，最后，在他身旁的人们只听得他的胸口里突然“嘣”的一声响后，鼻孔里，嘴里同时流出了紫黑色的鲜血，脉搏停止了跳动，睁着永不瞑目的双眼慢慢断了气。

小伙子猝死后，父母亲和众乡亲无不悲伤。根据祖上还没有正式来派咱（即：拜堂成亲）的，死后不能合葬的规矩，人们想把括几洒埋到另一处去。不料就出现了现在这种局面。

阿娜听后很是惋惜，连连说道：“是一对纯洁无霞的恋人啊，一对有心人啊！”感叹之余她道：“生时同心，死后同宿。虽然他们未婚过，但他们的心是早已经相通了。我们何不与他们来个不求同生但求同死呢？如果大家担心他们走不到一块，那就让我引导他们同上天堂吧。”

众人觉得阿娜阿俄妈说的非常有道理，就照着办了。

当括几洒同念几鲁合葬好后，阿娜大妈拄着拐杖，站在他们的新坟前唱起了长长的尼贝顶卓（即，《送终哀悼祭祀调》）。

阿娜大妈作的这调子，先是告知了两位年轻人已经在大地上失去了生命。然后告知了他们亲人如何挽留也违不了有生有死的天规的心情；歌颂了他们在世时的辛劳成果和美德，给他们祭送了畜种、粮种，给他们打发了人天堂的礼物，指给了上天堂的路线……

唱得句句是情，条条是理，唱得众人个个动心容，心扉翩翩，哭泣的声音一阵又一阵的回荡在山中。

阿娜大妈的祭歌声音有起有伏，时激时缓，时快时慢，用祭祀仪式激发出了活着的人们对逝者的一片真情实意。歌声不仅感动了人们，也感动了周围的树木。林中也发出了一阵“唏嘘，唏嘘”的响声，天上洒起“滴答，滴答”的雨点。真是天地人都同悲啊！

这时，原来一直围绕在念几鲁姑娘坟头上不散的浓烟，也变成一团团白云，徐徐地向天空中升去了。从此以后，人们认为，人死了以后必须祭祀才能上得了天堂，，回归阴间之路。

再说，阿娜大妈快要唱结束时道：“嘿！括几洒啊，这，你在世的这一天，你在人间的这一夜，念几鲁是你朋友，嘿，生世你们未成亲，在世你们未成婚，这，现在你们手牵手，现在你们双对双，同去吾伞过日子，结成夫妻作伴去。”

阿娜阿俄妈这几句词刚唱完，只见坟头上飞出来两只白鸽子，在新坟与人们的头上打转转。阿娜大妈见状又念道：“你走你的天堂道，我行我的阳光路。我的脚也折掉了，我的脚腿也断掉了，你走，你走的阴间道”时，两只鸽子带着不知哪里出来的一大群鸽子，在人们的头顶上飞翔了三大圈后，向远处山中的箐沟里飞去。

正在这时，有两骑流着汗水淋淋的骏马来到了阿娜的跟前。马上下来的人跪下叩过三个头道：“阿俄妈，我们也尺底得了难堆，已经死了好多乡亲了，听说您老人家是治难堆的神医，众乡亲特叫我们来请您医治。”阿娜大妈听说难堆病疫又在他们那里流行，便立即放下手中的茶碗说：“别夸什么神医不神医的，我们还是救人要紧。既然你俩个来了，又各有一匹马，这就好了。马鞍上驮上驮子跟我一起上山挖药去。”来人遵命同行去上山挖药去了。

当他们走到那群鸽子停留的附近地方时，远远望去看到有一种阔叶林里一群群白鸽子在树梢上欲飞欲而未飞，显得非常漂亮和壮观。待赶到近前一看时才恍然大悟。原来是一朵朵白鸽子似的花朵开满了树梢。见罢，阿娜阿俄妈脱口而出：“得本仕子，得本仕子（即：鸽子花树）”。从此，这山中年年开满了漂亮无比的鸽子花。人们说，这鸽子花是括几洒和念几鲁的心变成的。因为这花朵有一个非常明显、又最像人的心脏的心心。由于鸽子花生长的环境，幽静而漂亮，恋爱中的青年男女，总是利用放牧、打山菜或挖药材等生产劳动的机会，去到叶茂花艳的鸽子花树下去互相倾吐心声。

在十九世纪的某一年，人民共和国总理周恩来到某国访问，当看到这种非常漂亮的花时，问起花的来处。该国的领导人告诉总理，这是中国云南滇西北王巴明采来的花种。从此，此花名扬世界。

话说阿娜大妈带着俩个来人，连夜去到山中采了三驮子药。急急忙忙赶到了也尺底，不辞辛劳地为乡亲们治病。不几天就根除了也只底的难堆病疫。

在治病期间，阿娜阿俄妈觉得有点奇怪，这里的人们很勤快，特别是那些妇女，个个能捻线，人人能织布，这不愧为是名副其实的也只底（即：织布坪）。但是，平整的地里庄稼却长得稀稀疏疏，黄而不青。就向人们问起原由来。人们告诉她道，也只底是王巴大江边最大的一块坪地，但一到庄稼生长季节，只闻后山在打雷，不见坝子的天上有雨下。所以种得多好的庄稼也被干枯死了。男人们只得上山打猎或采集，妇女们则呆在坝子里捻线织布换粮来度日。这也就是取其地名为也只底的缘故了。

阿娜抬头观望这块本应富饶的地方时，发现后山形状像似一对龙在戏珠子。还有一只巨大的乌龟撅着高高的屁股，把头伸向了也只底坝子，但龟嘴里却吐不出半滴水来。阿娜见这情景，心里明白了是怎么一回事。“肯定是那两条龙镇住了这只大乌龟，使乌龟吐不出水来。既然你不让乌龟吐水解旱情，我就不会叫你们吐水吗?”想罢，请乡亲们杀了一只白色的公鸡，备了一份猪头三牲，供了茶水，点起香，烧起烟火念道“嗬啊！蓝天上吾伞菩拉扒啊，白云上的吾萨拉妈啊；您是大地上的兴旺神啊。没有您来人间不平安啊，没有您来大地不兴旺啊；请您快来护人间啊，请您快来帮人间啊。嗬啊！

嗬啊！也尺底来这地方，也尺底这群人；只听天上雷在响，不见云中下来雨。也尺底来这片山，也尺底来这片土，春上撒下七石种，春到种下九石谷；秋收不见糈满箩，秋收不见谷堆仓……

嘀啊！敬请吾伞菩拉扒来，恭请吾伞菩拉妈来；可怜也尺底的这群人，可怜也尺底的这片物……

请把神灵附杖上；降龙吐水解人渴，扶龟流水助人间。显神，显神；显灵，显灵！”念完左手紧握着手杖，用右手掌在山上的右龙似的山脊梁方向轻轻地拍着道：“右边的龙爷啊，右边的龙爷。天上吾伞管着你，地上菩拉看着你。戏玩一阵你要收，戏玩够了务正业。你为人间造幸福，你为人类行阴功，这样你才成得佛，这样你才成得仙。”接着又把左手上的手杖交到右手握着，用左手掌在山上的左龙似的山脊梁上，轻轻地拍着又念道：“左边居的老龙爷啊，左边居的老龙爷，现在你要清醒了，现在你要正经了。要为人间办事才成佛，要给人们解难才成仙。”

道完两条龙，阿娜阿俄妈的手杖指向两龙戏着的圆珠珠上，一边用力截着，一边念道：“龙珠龙珠，好龙珠；珠珠要流水水来，不流水水，不是珠。龙珠龙流出水，流出清泉解人渴。龙珠龙珠，快流水；流出甘泉灌田地，田地种出庄稼来。龙珠，龙珠快出水，喝了清泉人延寿。龙珠，龙珠快流泉，泉灌大地岁岁收，大地五谷堆满仓。龙珠，龙珠快出水，泉水喂给畜与禽；六畜兴旺家禽壮。人寿延年恩不忘，大地丰收情不尽。以朵（即，出泉或出水之意）拉，以朵拉。”说着话音未落下，一股清泉从陡峭悬崖的半空中汹涌而出。似银河落九天般落入沟箐中潺潺的流进了也尺底坝子。从此，那两条巨龙不再兴风做浪，静静地卧在东山头上，竭尽全力地为人类洒着甘泉。也尺底坝子真正真的成了良田，养育着一代又一代的人们。

由于有二龙戏宝，巨龟吐露的风水，这里的后来人中还出过能管三条大江区域的头儿。这是题外语，在此不多言论。

阿娜阿俄妈为也尺底众乡亲做了一件永世难忘的好事，也尺底人民是不会忘记的。为感谢阿娜阿俄妈的大恩大德，出来泉水的第二天，天还未亮，男人们互相吆约着到山上打猎去了。

开始进山时，一大群男人撵了一天什么也逮不着猎物。傍晚，大家都有些灰心丧气地将打道回府时，猎狗在对面的山箐里发出了“汪，汪，汪”有节奏的声音。有经验的猎人们都知道，这种有节奏的犬叫声，是猎犬们在通报给猎人们，它们已经发现了目标，而且是大猎物。猎人们又兴奋了起来。一天的疲劳感被驱散得干干净净。他们有的吹响了牛角号为狗冲锋打气；有的“啊嘿，啊嘿嘿”的叫着，互相通报着情况；有的隐避到各条小道或丫口的路旁张弩搭箭，等待着目标的出现。

华鲁至扒（即：猎头或猎神的意思）腊咱波想，这肯定是只野猪或野牛吧。就张开了他祖上传下来的又红又硬的那把大阿欠（即：岩桑弩），搭上了朵资见卓（即：毒箭）爬在一棵笔立直的栗树上，静静的等待着猎物的到来。猎狗“汪，汪，汪”地在那边山头上转了三个大圈后，直朝华鲁至扒在的这边来了。突然，在狗叫声前十箭远的地方，传来了猎物与猎狗踏着树叶子发出的“唰、唰”的响声。他镇静的端好了弩弓，只待射击。但当猎物跳到跟前一看时，不是他想象中的大猎物，而只是一只公獐子。只见公獐子横长着又长又黄的两只僚牙，全身一片雪白，在傍晚黄昏暗色中，竟然还能闪出耀眼的银色光芒。猎道俗话说：“拿物要在中午间，过了午后物不见；若是下午遇猎物，白费力气去撵它。要是晚上遇猎物，不是大物就是宝。”但华鲁志扒见它是一只獐子，慢慢缩回了瞄准好的弩。把毒箭换成白箭，再次瞄准獐子的胸部“嘣”的一箭射出，只见獐子高高的蹦了起来，然后静静的卧下不动了。

这时，还没等华鲁志扒从树上下来，后面撵过来的猎狗们，已经把獐子团团围住了。按照过去的状况，这群猎狗早已扑上去把猎物你一口，我一嘴地撕咬得体无完肤的时候了。可今天，猎狗们都只是围而不攻，猎物也没有挣扎，静静地躺在地上等人来拿。这真是“千年獐子全身白；公白獐子是宝物，没有运气宝不遇，若是宝物犬不咬。”

一大群猎人们见这天他们收获的是一只宝贵的千年白公獐子时，就高高兴兴地连夜扛回来。找到阿娜阿俄妈说：“阿俄妈啊，阿俄妈，你治好了我们村的难堆。为表乡亲们的一片心意，我们一群男子汉到山上撵了一只獐子给您，望您一定收下大家的一片心意。”

阿娜看了看这雪一般白的大公獐子，心里就知道了这不是一只一般的猎物，真是一只宝物。正好自己一路上可以拿上麝香给众乡亲治更多的疾病。就高兴地说：“自古以来山中的獐只有青黑色的，没有见过有雪一样白的獐子。这是一只难得宝物啊！谢谢大家的一片心意。但是这猎物，我们要按山中猎物见人有份，小盐雀也要分成十七份的规矩来办。麻烦各位阿咦尼咱（即，大哥、小弟之意）把獐子剥了，全村人各家一份分了，头给射中箭的华鲁志扒。獐皮和麝香就算是给我的吧。皮子我正好用来给马驮鞍时做垫子，麝香我要用来一路上给生病的众乡亲治病。”

众猎人们听了阿娜阿俄妈的这一番话，都感到又感动又在理。更知道阿娜阿俄妈说出来的话，就是九条扇牛来拉也拉不转回来的。大家只得七手八脚地獐子剥了，把心和肝送给了村中年纪最长的阿把趣念咱化扒；把獐子头砍了留给了华鲁志扒；其余的獐肉全村每家都分给了一份。然后把剩得的獐皮和那小陀螺似的麝香拿到阿娜阿俄的跟前。

阿娜不客气地接了过来。她把麝香收好，又在松明火把照亮下，仔细地查看起皮子的质地来。

突然，阿娜阿俄妈惊奇地说道：“这真是一张宝皮，上边画满了弯弯曲曲的是文字。”接着她招呼道“大家都过来看看，这獐皮上写满了文字，这是吾伞菩拉给我们民族创造的文字啊，我们不用愁没有文字了。”

大伙围在一起，在松明火把的照亮下，果真看见在皮子上弯弯曲曲地写满了文字。人们好奇地认真数了起来，一共有一千零三十个文字。

阿娜拿着写有文字的獐皮，在手里翻来覆去的看了又看。用手中的神杖在獐皮上指了指，画了画，然后，一个字一个字的念出了声音。众人见阿娜阿俄妈把獐皮上的字都念出来了，就更感到惊讶。唯有比大家都见过一点世面的华鲁志扒不感到惊讶，只感到兴奋。他对众人说到：“你们不用惊讶了。这文字是吾伞菩拉给我们创造的。阿娜阿俄妈就是文字的吗妈（即：女教师之意）了。”

众人一听说自己的民族有了文字，而且阿娜阿俄妈是教授大家的吗妈时，都高兴得“嘎尺哇、嘎尺哇，嘎洒哇，嘎洒哇!”的一片欢呼起来。阿娜见众乡亲对文字这么看重，这么有兴趣。就决定在这一带先传授几天文字知识再去做自己的事情。

众人一听说阿娜阿俄妈，放弃自己要做的事情，特定留下来要给大家教书识字时，再一次“作里哇（即：很好了），嘎尺嘎洒哇!”的欢呼起来。

第二天一大早，全村的男女老少都不由而同的来到了阿娜居住的华鲁志扒家的院子里。华鲁志扒家的院子本身并不很宽敞。两间木楞房架在用石头垒成的四平头上。不大的房前院子里种着一棵巨形伞似的念咱丈（即，鸟食树）果树。现在全村人都集中到这里，确实有点难找立足之地的感觉。尽管如此，人们谁也不想打退堂鼓。他们有的坐在床上，有的蹲在火塘边，有的站在门背后，有的弯腰卧在柜子上，有的靠在木楞壁上，有的或站、或坐、或蹲在念咱丈果树底下。还有几个手脚灵便的小伙子则干脆爬到树上的大枝丫上像山中的猴儿一般坐着。这派势，既像只赶（即：赶街），又像以署（即，办事之意）一样热闹。

阿娜见众乡亲们对学习文字如此积极，心里更是充满了说不出的高兴。教书的信心就更足了。

为了使乡亲们把书读好，阿娜还制定了教授的计划。她向大家宣布到：“大家对学习文字有这么高的积极性，是一件非常好的事情。掌握了文字，以后大家办什么事情都非常方便了。黑字写在白纸上，他人也随便欺骗不了我们了。为使大家人人都能学习好，我们先用三天的时间学会读它的音。在学会了读音的基础上，我们再来学习它的写法。会写了以后，我们再学习它的使用方法，为了不影响劳动生产、生活的时间，除了今天以后，我们白天劳动，晚上再来读书。为了晚上也能读书，大家多砍些松明子来照亮……”阿娜阿俄妈就这样开始了教授文字的活动。

由于华鲁志扒的木楞房里没有窗户，光亮度不够，二则众多的人们也挤不进来。阿娜便叫来几个机灵一些的小伙子，削来一些硬竹签，把有文字的獐子皮钉在外面的木楞房壁上。又叫人从附近堆着的木料堆里，抬来一些方料，搭成一排排的凳子。让大家有序秩地坐好进行读音教授。华鲁志扒俩口子则当起了后勤服务员，给大家张罗着茶水。

众乡亲们学习兴致都非常高，也认真的听讲读。阿娜阿妈才教了一天，有的年青人就能认出十多个字了。年龄偏大的老人们也认识了几个字。阿娜高兴地想到“如果照这样教下去，用不了多长时间，大家就完全可以掌握运用了。这些人又可当吗扒（即：男教师之意）吗妈，教授更多的人。如此滚雪球一般，整个民族都能掌握运用了。”

到了晚上休学的时间，站了一天教学的阿娜已经十分疲劳了。她吃过华鲁志扒妻子华鲁志妈做好的晚饭后，坐在火塘边唠嗑了一阵子家常的话后，便躺在华鲁志妈帮她铺好的铺上，难得地早早进入了梦乡。

见阿娜阿俄妈难得今天早早睡下了。忙出忙进，累了一整天的华鲁志扒、华鲁志妈俩口子也忘了收拾还钉在外面木楞房壁上的獐皮文字，倒下床就睡了过去。

快到鸡鸣前时分，正是人们睡得最香甜的时候。但对于猎人来讲，这个时候正好是起床打整人和猎狗食物，准备上山的时机了。

华鲁志扒象习惯成自然式地在这个时候从睡梦中醒了。但是，由于不是去上山狩猎，就翻个身子准备睡个懒觉。待他刚翻过身，正待又要进入梦乡的时候，突然，从村尾到和村头的猎狗都先后“汪、汪、汪”地叫了起来。唯独在村中间的自家猎狗们没有动静。他想，是哪个到亲戚朋友家闲过头的人，这时候才打着火把回家去的吧。也就没有在意，还准备继续睡下去。不料，白天钉着獐皮文字的木楞房壁上，传来像被人硬拉扯下来一样东西似的“唰啦啦，唰啦啦”的两声响动。随响动声，自己家的猎狗们才被突然惊醒一样，几条狗同时“汪”的一声叫了起来。并朝村外的野地里猛追了过去。

华鲁志扒终于明白了，村里肯定进来了一条猛兽。而且这一猛兽还袭击到自己家里。他以猎人特有的灵巧动作，从床上猛跳起的瞬间，就穿戴好了服装。当紧接着跳起的第二步时，拿到了挂在枕头上方的他那阿欠和熊箭包。跳出门口时，便从熊箭包中拿出牛角号“呜、呜”地吹响了。

村里的猎狗听到猎人的牛角号声，都一齐向这边“汪、汪、汪”地吼叫着围过来。

村里的猎狗群们还没有跑到村口，机灵的华鲁志扒已经先前跑出了村口，向那不明的野兽追了过去。

村子里还在梦乡中的猎人们，听到猎犬们的叫声和牛角号声后，个个象久经训练的武士一样，从床上跳将起来，迅速披挂上自己的装备，不到半袋烟功夫，向华鲁志扒跑去的方向冲了出去。

再说，本来是女人且已有年纪的老妇人来讲，对抗拒野兽侵犯的事情，完全可以不管。但阿娜在睡得朦胧中听到了木楞壁上被硬性撕扯下来东西的那种“唰啦啦、唰啦啦”的声响时，开初她也没有什么反映。当华鲁志扒猛的冲出房门的那一瞬间，头脑里猛然想起，挂在房壁上的獐皮文字还没有收回来。会不会这野兽是冲着它来的。便迅速起床走出房门。她刚跨出房门，华鲁志妈也同时走了出来。

阿娜着急地问华鲁志妈：“昨天由于太累了，那獐皮文字没有收着，你们俩个想到没有哇。”这一问，华鲁志妈才想起来：“真是的，我们也没有想到啊!”

说罢俩人一起快步走到钉獐皮的房壁前一看，都你望我，我瞧你的惊呆了。原来是钉得牢牢的獐皮文字没有了。

“啊，原来是刚才睡意朦胧中发出的‘唰啦啦、唰啦啦’的响声是那不明身份的野兽撕走了獐皮文字。”阿娜觉得这事非同小可。一边与华鲁志妈说：“我们一起去追赶那畜牲。”一边跑进自己睡的房间内拿起神杖，拉着华鲁志妈跟着猎人们一起尾随华鲁志扒而去。

一寨有事，八面呼应。是傈傈族自古以来的传统。附近村寨的人们听到尺底佧村里犬声阵阵，牛角声声后，都猜测到了有野兽的袭击。村寨的猎人们，不约而同地打起串串松明火把，找上阿欠，套上箭包，挂上阿搭。从四面八方向华鲁志扒他们追撵的地方围了过来。真是有：天网恢恢，疏而不漏，来者插翅难逃之势。

在四周火把闪耀，人声沸腾，一派四面楚歌的情况下，那狡猾的野兽王只得往江边奔逃而去。

这时，阿娜用最快的速度跟上了华鲁志扒他们。阿娜一看野兽有跳入王巴捏以江水潜逃的意图，就边跟上众猎人，边大声说道：“大家再加把劲，防止这畜牲跳入江中跳跑。”

阿娜说话间，本是漆黑一团的天空中，月亮从乌云中钻了出来，把那野兽跑去的地方照得如白天般白花花的一片。

在这明亮的月光照耀下，人们才看清楚了正在追赶的这头野兽，是一条全身雪白的大野狗。不用说，从雪白的毛色中，就可以知道，这又是一条千年的野狗精了。

这时，只见那野狗精一边拼命向前奔跑着，一边从口角里流出长长的唾液，拼命的吞食着写有文字的獐皮。人们见这畜生这般凶残，更是人人义愤填膺，个个怒发冲冠。使足了全身的力气，一齐向目标发起了潮水般的冲刺。

狡诈的野狗精见人们越追越勇，越追越快时，就使出了看家的本领。它把逃跑的路线时而朝左，当人们向左边追去时，它又朝右边方向跑去。当人们跟着朝右边追去时，它又逃到高处的土坎悬崖上爬去。当人们紧跟着它爬上高处时，它又一下子逃向大路一溜烟的奔跑了起来……

阿娜阿俄妈见野狗这般狡诈，就提醒华鲁志扒：“其追击的战术，要根据其变而变化。不然，人们的体力耗尽了，野狗还会逃跑。”

一听阿娜阿俄妈的提醒，华鲁志扒觉得非常有道理。真的不能这样一窝蜂地跟着它的屁股转了。当即，他就叫一些人守住上山的路，叫一些人守住左边方向，叫一些人守住右边方向。自己和阿娜阿俄妈等狩猎高手则紧跟其身后，随时准备予以歼灭性的攻击。

人们追啊追，撵啊撵。最后撵到离江边只有几丈远的时候，不知天赐人们良机，还是那畜牲命中的注定。一条小藤绊得野狗四脚朝天的倒在那里挣扎。

紧跟其后的华鲁志扒，端起手中的弩弓一个立姿射去，“嘣”的一声，箭出弦之处，正好射中了正在仰面挣扎着的野狗脖子。野狗“嗷”的一声，翻起身来，从地上蹦出丈把高后，不由自主地摇晃着雪白而体壮的身躯，一纵步跳入了滚滚的王巴捏以江水中。

阿娜见这畜牲想轻易逃过性命，举起手中的神杖，一个箭步冲向前，手起杖落。一声雷鸣般的巨响，正砸在要落入水中的野狗脊梁上。瞬间，火花冒处，碎尸四溅，江涛翻滚。一条不可一世的巨大野狗身影消失在滚滚的浪涛中。

野狗精原形虽然消灭在滔滔的江水中了，但它毕竟是经过千年锤炼的精。所以，身躯被消灭了，它的阴魂还会在。再说被它吞下肚的獐皮文字还没有下落。因此，阿娜分别布置一部分人到也尺底的上边守候，一部分人到村后的山上守候，自己和华鲁志扒亲自带大队人马守候在野狗精落江处的前面守候。其目的一是怕它死灰复燃危害人们，二是追回有文字的獐皮。

人们听从阿娜的指挥，连眼睛都不敢眨下，认真的各司其职。但一夜过去了，直到天明也没有发现野狗精的踪影。

天明了，新的一天又开始了。人们为了寻找到那宝贵的獐皮文字，又都不由而同的来到野狗精被打落入水的地方。但见，平日只有滔滔而去的王巴捏以江中，出现了一座形状似狗入水的小岛。也可能是因为受了一箭之伤的野狗精没了足够的力气吧，这个小岛也紧靠江的东岸。小岛上除了沙滩鹅卵石外，长的尽是些恢茫茫的烂茅草。这些草远远望去就像那狼身上长的毛一样难看。不过，岛上和周围的江岸沙滩上，只要留心寻找，直到今天，人们还可以拾到有文字样式的石块。人们说，这些有文字样式的石块，是当年被阿娜用神杖，把白野狗精吃到肚子里的文字獐皮碎末变成的。这些石块上显像的文字图像大多是青石白字，有的是白石青字。如果能拾到白石红字或青石红字，对于奇石收藏爱好者来说，那是最幸运不过的事了。

这条可恨又可恶的白野狗精是什么来路呢？

原来，这条雪白色的野狗精，乃是躲在王巴捏以大江西岸碧罗雪山深处黑湖里的坏青龙的又一条走狗。

事情是这样的。一直想置阿娜于死地的尚拍尼魔窥视到了阿娜得到了吾伞菩萨拉给的獐皮文字，并且开始在人间传教。认识了文字，人们就有了知识。有了知识的人们就会更加聪明。大地上的人们都更加聪明了，一切黑暗的东西都将识破。一切歪门邪道都将行不通。那对躲在阴暗角落里靠尽干见不得光明，见不得正义的事情生活着的尚拍尼必将是致命的打击。因此，它又叫坏青龙收买了千百年来在王巴捏以大江沿岸浪荡的白野狗精，特来偷吃吾伞菩萨给傈僳人文字的獐子皮。这就酿成了狗吃掉獐子皮文字的事件。

其实，天上的吾伞菩拉在创造人类的同时，就大地明波上所有的民族都创造给了文字。为使人们认识和使用好文字，吾伞菩拉还分派了同嘿（即：文字或纸张之间）小菩拉专司此职。

年青的同嘿小菩拉，在分发人类民族文字的时候，正值他与天仙姑娘在热恋中。这一天，他正紧张正地在下发各民族的文字时，小仆人告诉他："有一姑娘在公堂外等待着您。"同嘿菩拉来到公堂里一看，是自己的恋人天仙姑娘。就请她进来在旁等候。

人说无独有偶，看来仙界的事情也如此。当同嘿菩拉写到最后几个民族文字的时候，领来的纸张用完了。转过头去看恋人时，天仙姑娘表现出有点不耐烦的样子了。一边是下达文字的任务没有完成，纸张用完了，一边是侯着的恋人不耐烦了。而要重新去领纸张，需得过几道手续，一时半刻拿不到。别说当误了与天仙姑娘的约会，而且，今天不完成下达文字的任务就要受惩。真是急得同嘿菩拉团团转，他在桌旁像热锅上的蚂蚁一样不停的来回踱了几圈步。突然，发现小随从弄来要缝制披甲的一堆皮子在门的背后。他急中生智，顺手拉过皮子当纸张，在上面写起还没有写上纸的各民族文字。当拿到獐子皮时，正好是写到傈僳族的文字。下发的时候傈僳族的文字就显在了獐子皮上。

獐子皮被狗吃掉了，傈僳族就没有了自己的文字。

后来，吾伞菩拉在视察大地人间事务的时候发现，已经创造给过文字的傈僳民族，没有一个人认识自己民族的文字，更没有人使用自己民族的文字而处在苦难中时，惹得他大发雷霆。手下人只得招来了司此职的同嘿菩拉。

同嘿小菩拉早就得知獐皮文字被狗吃掉的事情，自知自己脱不了干系，就想一直隐瞒下去。不料被吾伞菩拉发现了。又见吾伞菩拉怒发冲冠地望着自己，想必再也难逃被惩罚的厄运。就全身瑟瑟发抖，脸上不由自主地滚下了豆大的汗珠。跪地求饶道："都是小臣的过错。如果不是微臣把傈僳族文字写在獐皮上，就不会被狗吃掉。微臣知罪，知罪，万望大菩拉给予从轻发落。"

吾伞菩拉听罢猛拍案桌怒吼道："把一个民族的文字都被你搞丢了，这还算小事吗?"随即向门外道"来人呀!"

一声道："到!"左右来了几个银甲武士，紧紧按住了同嘿小菩拉。

吾伞菩拉紧接着道："把这不中用的拖出去，给他打个五百大板。"吾伞菩拉话音刚落，进来的银甲武士连推带拉的把同嘿菩拉拖下去了。

从此，同嘿菩拉不仅受了五百大板的惩罚，还被革除了司职管理人间文字的职务，被贬为天庭仆人去饲养天马。

吾伞菩拉革除了不称职的同嘿菩拉职务后，觉得文字是创造大地人类文明的头等大事，就不再分派他人小菩拉司职了。而是叫自己七仙女中的阿都姑娘来司其责。

阿都姑娘本来就对大地上的人间非常同情。见父亲又委以了如重大的责任，当然就尽职尽责了。她总结了同嘿菩拉的教训，就把写在纸上下达文字，改为对相信和可靠的人托梦的方法。做到写有文字的纸张遗失了，人的脑子里的文字永远都不会遗失。

因此，傈僳族的文字，后来就托梦给了原来被狗吃掉獐皮文字地方的尼扒达玛（即：大祭师）哇兹波。

也由于，原来写有文字的獐皮被狗咬碎处，被阿娜杖砸下时，狼精的尸体变成了点点石块。所以，洼兹波创造的文字首先是写于石板上的。石板上最先显现的文字为：王腊乌念王兹拉（召集众人众人齐），王起乌念普底兹（召了众人聚银坪）；普施友普算麻达（有财不是我们财），措组兹生普梓达（团结起来才发财）。

哇兹波受托梦创造的傈僳族音节文字，成了国家认定的最后一种少数民族的文字。傈僳族从此就又有了自己民族的文字。此为后话。

第四十四章　沿途施救再显善
白头相望成千古

从龙珠里引出了甘甜的泉水，干枯的整个也只底，在泉水的浇灌下，一夜之间变了样儿，土地变绿了；人们精神了；林中的卖蜡花开了；坝子里的石榴花开了；白鸟在林中歌唱；蝴蝶在花丛中飞舞；连知了也在树上一声一声的歌唱了起来；沟中鱼儿游动；田间泥鳅翻腾；一个名副其实的鱼米之乡展现在王巴江边。

阿娜看在眼里，喜在心中，她为众乡亲又办了一件有意义的事情而到由衷的高兴。

也只底坝子宽大、气候宜人，又方便牧马。阿娜也就在也只底多住几日，以便休整。

好客贤惠的乡亲们，把阿娜当成上等的宾客，轮流着每天都请她做客。每到一家，都用最好的饭、茶水招待。但是，当轮到贫困的人家招待时，还得到处借贷来筹备。阿娜见到如此这番，心中顿觉不安起来，就决定很快离开也只底。

为了不再惊动众乡亲们，这天，鸡才叫过头遍，她就一个人悄悄地起来喂好马料，收拾好自己的随身物品，做吃了早点，待天一亮就准备出发了。哪知道，她的这些举动被房东阿俄扒尺鲁扒和阿俄妈尺鲁妈老俩口看在眼里，急在心里了。她们背着阿娜悄悄地出去把阿娜要走的消息传给了家家户户。

乡亲们得知阿娜要走，都立即起床，有的做饭，有的做干粮，有的割琵琶肉，有点准备马料……

当阿娜舀起锅中煮着的饭准备吃早点时，突然，院子里热闹了起来。只见乡亲们有的拿着煮好的鸡蛋；有的提着割好的琵琶肉；有的端着热气腾腾的饭菜；有的提着做好的干粮；有的背着备好的马料……

一阵你推我让后，几个阿把、阿也和阿俄扒、阿俄妈陪着阿娜吃了一顿告别饭。饭毕，阿娜牵着老青马，老青马的背上驮着乡亲们打发的盘缠、马料。三步一回头，二步一叩首依依不舍地再次踏上了北行的道路。

这一回，阿娜再也不担心喝了江边的冷水还会得病了。因为她有华鲁志扒他们送的麝香在身。因此，也不用避开江边，再到高半山上去走冤枉路了。累了找个阴凉的地方歇一歇，渴了见到泉水放上一点麝香就尽情的喝个够。

但是，夏季的老天给赶路还是带了许多困难和阻险。夏天的江边气候时而像一个得意忘形的商人得了一笔横财般高兴得放开脸面哈哈大笑，烈日炎炎，晒得路边的岩石上放上鸡蛋清也能煎熟，老青马拉下的屎，瞬间就干得像羊屎疙瘩那样坚硬了。没走多远，阿娜露在麻布衣服外面的皮肤，就像被烫着开水一样起了水泡泡。时而老天又像一个伤心透顶的老婆娘一样，阴云密布，雷声大作，瓢泼大雨使人无处躲藏，只觉得又到了寒冷的初冬一般。更为难受的是被雨冰打破了的水泡处钻心地疼痛。但这一切却阻挡不了阿娜的信心和决心。

人靠着坚定的信念，坚强地坚持下来了。可是，年纪已大的老马，却经不起这样的折磨，又一次得病了。它喘着粗气，身上的汗水湿了又干，干了又湿，四腿不由自主的打起哆嗦来。见状，阿娜只得想找个地方休息了。可这前不挨村后不着店的地方，哪里有人家户？更不幸的是，天上的雨越下越大，道路上到处都是水的世界，再走一程，老马肯定要倒下了。马道俗语说："老马不怕瘦，瘦马能抗累，就怕马得病，病马必倒下。"是啊，老青马倒下去的话，也许永远起不来了。

正当危难关头，只见前面一、二箭之遥的悬崖脚下，突然冒出了烟火。真是马到山前还有路啊。阿娜牵着老青马，顶着大雨艰难地走了过去。走近一看，悬崖脚下紧挨着江边有一个宽敞无比的大岩洞，烟火就是从岩洞右边一块大石头的背后冒出来的。岩洞左边石板上有一条尺把宽、四五寸见深的小水沟。水沟里潺潺地流淌着一股冒着热气，闻起来有鸡蛋臭味的溪流。

阿娜把马牵进岩洞内一块平整干燥的地方栓了，自己则朝着冒出火烟的深处继续寻去。没走多远，一位依妈友从大石块的背后出来，见有个阿俄妈进来，便十分高兴的邀请道："阿俄妈快点进来烤烤火，以免冷出病来就麻烦了。"

阿娜一边向依妈友致谢，一边跟着来到了大石头的后面。这块大石头好似一扇门，正好挡住了外面吹进来的冷风，也像一尊门神一样守护在门口。绕过石头走进来一看，约莫一间木楞房大小的洞中洞出现在眼前。洞里地面上的石板如人工雕作过一般，显得十分平整，靠洞壁和石头一方，如床般各有一条宽见两尺上下、长约六尺见方的石台，可供人们作床之用；床前的石板上烧着一堆熊熊的火塘。靠洞壁的石床上，铺着一些干草，上面躺着一位汉子；靠石头的床上坐着一个小女孩，小女孩见有人来，便很有礼貌地站了起来让位。

原来这是有三口子的一家人。家住在半山上的挖波作村子里。躺在干草上边的是这家的男人。这个男人是一个打渔的能手，只要下得江边，从不会空手而归。打渔便成了这个人家的一大生产活动。这男子和家人每次打得鱼背到家中，从村头到村尾每户都必分一份。长期如此，因此深得乡亲们的爱戴。由于他打的鱼从未空手，人们取给他一个名赞名叫做：挖鲁志（即，打渔神之意）。这几天雨水多不便做农活，挖鲁志便又带着妻子和女儿来到江边打渔，想给饿得青黄不接的乡亲们补点元气。

昨天下午一到这里，挖鲁志放下背上的女儿，就到江边撒拦网去了。可昨晚一整夜的大雨，下得江水上涨了许多，把下的拦网都淹没的淹没，冲走的冲走，不仅一条鱼也没有打到，还白白赔了那些撒下去的拦网。一气之下，挖鲁志冒着大雨撒夹网去了。一个上午就夹得了一萝拖罗海（即，当地人叫的一种小鱼的名字）和挖门鹃（即，石扁头鱼）。其中，夹到了一条大得罕见的石扁头，足有起本（即，乐器中的琵琶）那么大。

挖鲁志提得鱼进到洞口，就大声对妻子和女儿说道："要有贵人遇着了，要有贵人遇着了。看，打着了一条没有见过的挖门鹃了。"随后吩咐妻子道："把这大挖门鹃养在洞中的泉水里，等遇到那贵人到了才下锅招待。

由于下水夹鱼时，身上被大雨淋透，脚下被冰凉的江水浸泡久了后，挖鲁志得病了。全身时而烧得汗水淋淋，时而冷得全身直打哆嗦，四肢骨头如针戳一般疼痛难忍。因此只得躺在石床干草铺上煎熬着。妻子领着还不懂事的小女儿急得团团转，可一点办法也没有。

阿娜听挖鲁志是如此一般病法，就一边安慰他的妻子女儿，一边从皮咱科中取出带着的草药，放在茶罐里熬汤给挖鲁志喝了一道药汤。又赶紧去看老马。躲进洞里的老马不再打着哆嗦了。可是又一个劲的打着喷嚏，嘴里草料未进。阿娜在马身上摸过去时，一片冰凉。马的病情一点也没有减轻。阿娜想了想，眉头一皱计上心来。

老马是因一热一冷得的风寒病。如果逼出一身汗，再擦上一点麝香定能见效。想罢，走到山洞中的深处，一直找到了热水源泉处。见那泉源从岩缝里滚锅似地"叮咚，叮咚"往外冒着滚烫的热水。热水蒸发的气雾把整个洞口喷得热烘烘的。这正是治病的好地方。

阿娜领着挖鲁志，牵着老青马在热泉源头的洞里扎扎实实地蒸出了一身大汗，冲去了身上的汗水方才叫出来。

病人和老马出得热水洞，阿娜又叫挖鲁志喝了早已熬好的药汤，给老马全身上下抹擦了麝香水。稍息片刻后，挖鲁志的病全好了，好得像一个负重行路的人，放下背着的东西时的那般轻松。老马的身上不再冰凉了，鼻子不吹了，嘴里开始香甜的吃起草料来。

挖鲁志的病彻底的好了，一家人高兴得不得了。齐赞阿娜阿俄妈是个神医。马的病也好了，阿娜心头悬着的那块石头也落地了。

病好了的挖鲁志叫妻子从清泉中抓出那条大大的挖门鹃，满满当当的煮了一锅。待炖熟了，四口人围着火塘吃了香喷细嫩的鱼肉，安息在洞中彻夜无话不谈。

第二天早上起来，挖鲁志小俩口一再挽留阿娜阿俄妈在江边多闲几日，再喝上几顿鱼汤补好身子在赶路，但被阿娜谢绝了。夫妻俩只好把拖罗海煮了一锅，与阿娜共用了早餐。在江边送了一程又一程，最后在阿娜的苦苦劝说下，才转回到岩洞前的江边继续打渔。

阿娜分别挖鲁志俩口子后，天上蒙蒙下着的细雨也慢慢地晴了。雨过天晴后，天气格外爽朗，阿娜牵着老青马一边走，一边欣赏着路边的景色。一颗颗石榴花，一蓬蓬野玫瑰花正在开得绚丽，一阵阵花的清香味扑鼻而来。蝴蝶在路边飞来飞去，蜜蜂们则在花从中忙来忙去地采集着花蜜。

突然，一只蜜蜂围着阿娜的脸嗡嗡地飞来飞去，不肯离去。阿娜几次试图躲过却不行。就对蜜蜂唠叨道："你是我的好朋友嘛，今天给是有事找我，如果你有事请我帮忙的话，你在前面引路吧。"话音刚落，蜜蜂在人的眼前晃了一晃，向路旁的一蓬野玫瑰花丛中慢慢的飞去。

阿娜近前仔细一看时，只见一朵花瓣上，有两只蜜蜂被蜘蛛网网住飞不出来了，正在拼命的往外挣扎着。阿娜明白了，原来蜜蜂是来请帮忙救伙伴的啊！便找来一根干草棍，小心翼翼地拔开了缠在蜜蜂身上的网。两只蜜蜂清理清理了全身，扬起小翅膀围着阿娜飞了三圈，又在阿娜眼前晃了晃，高兴地采蜜去了。阿娜长长的喘了一口气。走起路来更加小心的观察路的两旁，随时准备帮助有难者。

又走了一段路，突然，在路边一条猎狗躺在地上粗喘着气，欲站不能，欲卧不能地痛苦挣扎着。阿娜蹲下仔细查看时，只见，猎狗的一肢腿上流着紫黑色的污血，腿已经肿得像根圆萝卜。狗的嘴里不断地流着唾液。这是被毒蛇咬伤的症兆，生命垂危。阿娜从皮咱科中迅速拿出麝香，从头到脚的给猎狗擦了起来。药到之处泡肿就开始消下去了，被麝香撵出来的毒水，变成淡黄色的液体，从被蛇咬伤处往外直淌。

麝香擦完了片刻，那淡黄色的毒液便淌光，狗嘴里也不吐唾液了。猎狗慢慢地把蜷缩的身体舒张开来，从地上爬起来，用力抖了抖身上的毛，走到江边喝饱了水，摇着尾巴来到阿娜跟前“思，思”亲个不停。阿娜动身赶路了，它又紧跟其后。阿娜几次试图吆它回去，狗却不肯离去，无奈只得让它顺其自然地跟着。

这天晚上阿娜和老青马还有猎狗只得歇在江边的一块大石头下过夜。不过有条狗在身边，还觉得增加了许多安全感。

第二天一早起来，这只不大的队伍又开始了新一天的路程。接近中午时分，他们来到了一条大河旁边，河水虽然不是很猛，但从玉一般绿的水色中可以知道，这河水是很深的。人和马要涉步过去是根本不可能的。阿娜在河的上、下游找遍了，也没有一处是水浅的，更找不到一座桥梁。

正在着急之时，只见河的对岸来了一大群大男人，还拖来了四根长长的方匹（方言，即方形木条之意），像是用来搭桥的。但是，人们把方匹拖到河边后，第一个难题就摆在了他们的面前，深得发绿的河水里怎么丈量出河面的宽度呢？砍来的四根方匹是否长够了？人们有的试着下到河里，可还没有走进几步，河水就淹过人头了。幸亏岸上的人们赶快递下去竹竿，下河的人才得以抓住竹竿被拖上岸边。有的在上下游寻找着涉水处，都未找到合适的地方。一大群男人在河边忐忑不安的走动着，却想不出一招好的办法来。

阿娜在河的对岸早就看在眼里，盘算在心间。她卸下驮在老青马背上的所有东西，解下鞍绳和牵马绳。然后连接起来，一头紧紧地拴在一棵树上，另一头拴上一块合适的石头。一阵念念有词后，用力向对岸一投掷，正好落在人群的面前。两边一拉紧，量好河面的尺度，并做好记号后，阿娜这边把绳放了过去，就知道了河面的总宽度。

但第二个问题又出来了，一量方匹的长度时发现，与河面的宽度短了一丈左右。一群男人又没有办法了。

阿娜思考了一下，眉头一皱又计上心来。她首先叫男人们，仿照她的做法，把绳子夹牢固后，一头投掷过来。绳子的两头紧挨河面，两头在树上拴牢。再叫上几个身强体壮的小伙子，抓住绳子爬过来。一个过来了，两个过来了，三个过来了……一连过来了十多二十个人。然后她叫两岸的人们各砌了一道前高后矮的厚厚桥墩。桥墩上各铺上一层伸出河面六、七尺长的原木。原木在桥墩上的部分压上重重的石块，这样，两边各伸六、七尺长的圆木头，就解决了方匹长度不够的问题。

然而，这么沉重的桥方怎么搭过河面？又成了第三个难题。一大群男人想了半天也还是没有想出可取办法来。

阿娜又叫对岸的人们，把桥方扛到河的上游，桥方两头拴好绳子，由这头的顺水边飘边拉过河面来。飘到桥墩边后，两岸的人们各抬一头放上伸出河面的原木上。一根如此，二根如此，三根如此，四根如此。两头抬杆，中间高一层的一座八字桥就稳稳搭成了。

人们都十分敬佩阿娜大妈的聪明和智慧，更感谢她又为众乡亲们做了一件积善的事情。架桥的人们把阿娜请进村里，用隆重的礼节，丰盛的饮食招待她的事情，这里不细表述，看官们也会猜得着的。

阿娜告别这里的人们，牵着老青马，领着猎狗，又风尘仆仆的赶着北上的道路。

这天，江边无路可行，阿娜和老青马、猎狗不得不又一次爬上了一座又高又陡的山。当她们爬到山脊梁的一个前不挨村后不着店的地方的时候，天色又晚了。还好，她们立即在附近找到了一处泉水，泉水边上有几棵参天的杉树。杉树们向下垂着的枝叶，像房板一样一层紧叠一层，即使下大雨也淋不下来。因此，树下非常干燥，且又平整，真像是老天有意给她们准备的驿站一样。

这是夏天难得一遇的，非常晴朗的一个晚上。选定驿站后，阿娜首先在附近割了一大抱青草喂给了老青马。老青马在树下“叭嗒，叭嗒”的嚼着青草。阿娜又砍来一些干柴烧起了一大堆火塘。然后拿出乡亲们送的干粮——燕麦炒面，给狗捏了一大坨炒面粑粑，自己才慢慢地一面喝茶一面吃起炒面来。人与马，还有猎狗亲如一家，大家都互相依存着。

天黑下来了，抬头望着蓝天，天上星星点缀，像是青石板上钉上了许多银钉一样闪闪放着光芒；再看江对面的大山，山中又一堆篝火一闪一闪的特别明亮。还隐隐约约传来一声声的狗叫声音。身边的猎狗也不时发出“汪，汪，汪”的叫声。听来像是与江对面的狗声摇同呼应。

到了下半夜，本来在远处的老青马也来到火塘的近处，卧着打起盹来。猎狗则像一个忠实的卫士，在大树下一会转一圈，一会儿又转一圈。直到东方快发白的时候才睡了一小觉。

天亮了，阿娜从铺着干树叶的地铺上爬起来，首先向江对岸望去时，只见对面半山里有一块坪台地。坪台地上隐隐约约地看得有一户人家。这时，对面又传出了狗的叫声。奇怪的是，对面的狗叫了几声后，阿娜这面的猎狗又叫几声，对面的狗又叫了几声，很像是两个人在对唱山歌传情一般。

喂了马料，煨了一罐茶下得燕麦炒面，一切都就绪了，又该启程赶路了。但是，老青马自由自在地摇着那长尾巴，站在原地不肯往前走，猎狗更是一股劲地围着阿娜“汪，汪，汪，汪，汪，汪”的叫个不停，还是不肯朝前走，搞得阿娜真有些哭笑不得。

正在折腾的时候，山中的鸟儿们突然一起鸣叫了起来。它们的歌声织了一曲无比美妙的天籁之音。阿娜的心被陶醉了，仿佛使她回到了王底射弩择亲的那时刻中。

突然，西另虽轮鸟飞到身边的大树上鸣叫道：“西另另谁轮轮，你朝江西瞧一瞧，西另另谁轮轮，你朝江西瞧一瞧。”随着鸟的鸣声，阿娜举目朝西望去时，对面平台地上那人家户里吆出来一群雪白的绵羊来。这群羊犹如云里雾里显出来一般，不一刻就到江的对岸边上了。

只见一身披毡的老牧羊人，站在羊群的旁边一个劲地朝这面嘹望着，似乎在寻找着什么。啊，看清楚了，看清楚了。两鬓虽然花白了，背有点驮了，可当年的英姿依然可见。那正是自己日夜思念的阿欠阿咦嘛。阿娜首先认出来了。“啊咦——啊欠啊，啊咦——阿欠啊”。喊声一阵阵回荡在王巴大江的峡谷里，回荡在群山之中。

啊欠听清了，听清楚了，声音虽然带了一点浑厚，但她那念菊鸟

（即，百灵鸟）般的音韵依然如故。那是自己苦苦追求了一辈子，苦苦寻找了一辈子，苦苦等待了一辈子的心上人。“尼玛阿娜啊——尼明模拉哇（即，今天相见了），尼玛阿娜啊——尼明模拉哇。”

摇相呼应的喊声，永远的回荡在王巴大江的群山峡谷之中。心中爱恋一辈子的俩位恋人近在咫尺了。可这滔滔奔流不息的大江水依然阻隔着他们相会。

啊欠在江西岸边上捶胸顿足，对天长叹道：“吾伞菩拉啊，让我们拉一拉手吧！”

阿娜站在江东岸边上泣不成声，对天呼喊道：“吾伞菩拉，让我们拥抱、拥抱一下吧！”

这时，高山上的西另虽轮鸟飞到江岸边上唱到：“西另另虽轮轮，一夜搭成一座桥，天黑开始鸡鸣完。西另另虽轮轮，你们就能会到面。”唱完便又飞回到大山里去了。

啊欠和阿娜听了西另虽轮鸟唱的歌声后，俩人各自在江的岸边，搬来了许多砌桥墩用的石块和架桥用的木头料子。

天很快黑下来了，俩人各在一边，对准对岸的地方，紧张的堆砌着桥墩。这天晚上天空中万里无云，就像天高气爽的秋冬季节夜晚一样。月亮当空，雪白的亮光把大地照得到处都亮汪汪的，好像是故意照给阿娜和啊欠建桥的一样。为了鸡鸣前搭好桥梁，他们不顾一切地搬着石头，砌着桥墩。手被石头磨破了，鲜血流在石头上粘糊糊的，钻心的疼痛使人难受。千百次弯下去又直起来，抬过去又摆过来使着劲的腰杆快要直不起来了。但是，坚定的信念仍然支持着他们拼命的干着，干着。全身的骨头骨节也都快散架了。

到了下半夜的时候，桥墩快要砌好了，突然，在东岸的阿娜累得晕倒在地。在西岸的啊欠看在眼里疼在心上，但过也过不来，帮也帮不了。把他急得热锅上的蚂蚁一样，只得隔着江捶胸顿足。这真是人在节骨眼上最爱出差错啊。

正当在江西岸的啊欠急得束手无策的时候，只见那猎狗围着阿娜一会儿咬住衣角拉扯起来，一会儿在身边“汪，汪，汪”的叫唤着。

但是，阿娜还是没有醒来。这时老青马也着急了，它“嘶，嘶，嘶”的高声叫了起来，但主人仍然无动于衷。无奈中的老青马走到备着的石头堆堆跟前，扬起两肢前蹄一个劲地刨了起来，顿时石头发出了“稀哩哗啦，稀哩哗啦”的巨响声，这才终于把阿娜惊醒了。

阿娜一醒过来就意识到，是自己被累晕了。就赶快到江边捧起冰凉的江水，从头洗了个脸，迫使自己清醒过来，又投入到架桥的工作中。

在西岸的啊欠看到阿娜醒过来了，更是信心百倍，越来越有劲。

四更时分，两岸拔地而起的石砌桥墩建好了，只等架起桥梁，搭上桥板，天堑就要通途了，日思梦想的俩人就要见面了。俩人的心头啊，那个喜悦的心情真是比嘴吃蜂蜜都还甜。啊欠怀着激动的心情，准备首先从西岸搭过来第一根桥梁，招呼阿娜在东岸注意搭好头后，便使足全身的力气把梁竖了起来。但刚往东岸搭过去的哪一瞬间，南边的江心中，有一只公鸡突然“哦，哦，哦”的鸣叫了起来。随着江心中的那只公鸡的鸣声，村村寨寨的鸡也就鸣叫了起来。

原来，这个时候还没有到鸡鸣的时间。是那个可恶可恨的青龙窥视到了阿娜他们的行动后，躲在江中作怪所致。

再说，说时迟，那时快，阿欠一使劲把竖着的桥梁搭了过去。可是，不知量错了，还是老天故意捉弄的，伸过江面的桥梁偏偏就差了那一丁丁点儿，擦着东岸的桥墩掉下江顺水漂走了。

老青马看到即将搭成的桥梁没有成功，非常为两位恋人惋惜。他决定帮真诚的这对恋人作最大的努力，架桥不成，就给他们扯一根溜索吧！想毕，从悬崖上扯下一根长长的青藤，一头让阿娜和猎狗拉住，自己用嘴衔住另一头，使出全身的力量腾空跃向江对岸。可惜，热心的老马由于年纪过大，已经力不从心，前蹄只踏到对岸桥墩跟上，就一头栽入了滚滚的激流中，被无情的江水漂走了。如今人们仍然能看到对岸的岩壁上，还有老青马留下的那深深的马蹄印子。

猎狗看了老马英勇献身的这一幕，也就奋不顾身的跳入滚滚的激流中去抢救老马。猎狗很快游到老马的身旁，想帮助老马游回岸边。

可不巧的是老马的前蹄在踩入对岸桥墩的石缝时就被折断了。折断了的两肢前蹄怎么也不听使唤，更无力游动了。见状，猎狗用尽全身力气极力托住老马的头，在激流漩涡中寻机游回岸边。但一条狗要把一匹马从激流中托回岸边谈何容易啊！猎狗托着马的头，一边任其激流漂着，一边使劲地游啊游，总是游不到岸边。

不知漂了多久，也不知漂到了什么地方。突然，江心中翻起“哗哗哗”的巨浪，迎面逆水游来了一条似鱼非鱼，似蛇非蛇的家伙。原来这家伙就是那条做尽坏事的青龙。青龙在接近老马和猎狗的瞬间，猛然跃出了江面，恶狠狠地扑向老马和猎狗。老马和猎狗本能地进行了反抗。

只见激流中老马时而咬对方的某一部位使劲地摇晃着，时而用双脚把对方踢得“嗷嗷”怪叫。但老马最终力敌不过对手，浪花滔天的几个回合以后，被青龙活活的拖进水中害死了。

猎狗怒火中烧，绝不示弱。它利用自己小巧玲珑的身躯，机动灵活地与对方展开了奋力的搏斗。它时而游到龙头首，咬住对方的耳朵拉扯几下，使对方痛得只摇头晃脑。等到对方用前爪乱抓时，它又像一只水獭一样向尾部溜之大吉；时而又钻到对方的腹下，狠狠的咬上几口，待对方弯过腰来要收捡时，它又游到另一边去了。猎狗的一招又一招，使得那青龙想甩也甩不开，想灭也无法灭掉，想溜也溜不了。活脱脱像只大热天中的肥虫遇到一只凶悍的蚂蚁一样，左防不胜，右防也不胜，顾头舍尾地只得顺水而逃。

这时猎狗则以逸待劳，紧紧咬住青龙的尾巴不放。结果被咬得疼痛难忍的青龙，用尾巴一抛，抛到了江东岸的山坡上才告一段落。但是始终不忘自己使命的猎狗，一直在半山的岩壁上，虎视眈眈的窥视着青龙的行踪。青龙也因猎狗的监视，不敢久留江中，只得趁机会悄悄逃回了山中的小黑湖里，再也不敢胡作非为了。如今人们到共原以玛河与王巴捏以江水汇合的半山悬崖上，还可以看到当年猎狗虎视眈眈窥视着江中青龙的威武雄姿。

第四十五章　巧手精绣花腊裱
小草传情香万里

话说阿娜和阿欠辛辛苦苦搭的桥，在即将大功告成了的关键时刻，在那条作恶多端的坏青龙的暗地操作下，不明不白的付之东流了。更令人气愤的是，大事不成还不算，忠实的老青马为之献出了生命，机警的猎狗下落不明。真是折了大将损失了精兵。

傈僳族俗话说：“仕卓仕贡施，咱卓尼玛要（即，树怕剥掉皮，男怕伤透心）。”思念一辈子，马上可以见面时，突然被破坏被阻隔。同时亲眼看着年迈的老青马和奋不顾身的猎犬，在惊涛骇浪之中，一次次的拼搏，一遍遍的挣扎的动人情景，怎能不动人心弦啊！

这一突如其来的打击，对于阿娜和岩砌列讲，当然更伤心至极了。悲愤交加的他们大王巴捏以大江的东西两岸呆若木鸡，只能用无限的深情遥望着对方的身影。

然而，代吾伞菩拉从天空中巡视着人间大地上恋爱婚姻大事的七仙女，从来就没有放弃过对阿娜和阿欠恋情的关注。哪怕阿娜和阿欠有细微的举动，她们看在眼里，记在心中。任何悲与喜，都深深的牵动着仙女们的心。

当这次阿娜和阿欠即将相会时，被恶魔破坏的事，当然更逃不脱仙女们的火眼金睛。她们虽然不能亲自到人间来了，可是，她们还能从空中助些力量。

恶魔青龙对阿娜和阿欠实施的暴力，使仙女们无不义愤填膺，怒火中烧。当她们得知，斗败了的青龙又潜回到碧罗雪山中的小黑湖里时，从天发了一阵阵“轰隆，轰隆”的雷声来警告恶青龙。因此，直到如今，人们还经常在晴天里能听到从碧罗雪山深处传来的，仙女们教训青龙的打雷声。

心底慈善的仙女们，又一次被阿娜和阿欠的真诚恋所感动。她们恨不得不飞到人间大地来，使阿娜和阿欠真正成为伉丽。但天规不能使她们欲心所为，只能在旁暗助些力量才是。

感动中的仙女们，把阿娜和阿欠相互遥望的身影化作两座大山。当时呆立于王巴捏以江东岸的阿娜身影化作了像丰奶中的母乳房一般的圆滑的山头。人们称它为奴奴贡（即，奶头山之意）。当时站立在江西岸的阿欠身影化成了一座高大的山头。人们称它为措菊模贡（即，老人立像之意）。

又说老马和猎狗与恶青龙在江水里搏斗中，双方流出的鲜血曾染红了整条江水。红红的江水一直朝南流到了燕子们生活的地方。

这一天，常在江面上飞来飞去的燕子们，看到平日一片碧绿的江水，今天怎么变成了红色的呢？还看到一架挂着一副马头的骨架，也随着红颜色的水漂向下游去了。燕子们想：“是不是上游的人们遇到了什么灾难。说不定还能帮上一些小忙呢？”为此，她们邀约了一群热心的伙伴，一路逆江而来。当它们来到阿娜和阿欠搭桥的地方时，感到江面非常狭窄了，觉得有些异常。就跟在这里鸣叫着的西另虽轮鸟儿问了个明白。

燕子们得知了阿娜、阿欠的执着恋情后，决心给他们做点力所能及的事。就永远的留在了这里。

随着时间推移，久而久之。阿娜和阿欠支彻起来的石桥墩，变成了高不可攀的悬崖绝壁。悬崖绝壁的石缝、石洞就成了燕子们天然的住所。紧挨着王巴捏以江水线的悬崖跟下，老青马踩踏过的蹄印深深地镶在石壁上。

从那时起，燕子们每天都“叽、叽，喳、喳”地飞翔在这狭窄的江面上。它们以自己不辞辛劳的飞翔，为阿娜和阿欠之间递交着深深的恋情。特别是每当空中布满乌云，天气沉闷的时候，燕子们在江面上飞翔的速度更快，显得更加慌张。人们知道，这是最懂人性的燕子们，更加及时地为思绪沉重的阿娜和阿欠传递着相互间的问候。

日复一日，年复一年。陡峭而深不可测的峡谷崖壁上长满了青苔、藤条，从缝隙里顽强长出来的一株株松柏和枫树，正与峡谷争着高低，刺破蓝天；藤架、刺丛中，松枝枫叶间画眉鸟儿歌声阵阵，都来为阿娜和阿欠解忧除愁。

自古不甘落于它人的燕子们，更是忠心耿耿地履行着为阿娜、阿欠传情递慰的义务。它们忠实地服务，也为峡谷又增添了一道绚丽的风景线。

从此，人们称这一峻峭的峡谷为“每念哑（即，燕子岩之意）”。

话说回来，互相苦苦追寻和等待了大半辈子，为其经历了无数艰难险阻，付出了毕生精神的阿娜和阿欠，近在咫尺即将相聚的这一刻，成为他们一生中最激动的时刻，是他们早已心驰神往的时刻，成为他们最幸福的时刻。但这一刻，从他们眼前消逝了。这怎么不念人心如刀绞呢？怎能不让人怒发冲冠呢？

这一严酷的现实，对于阿娜和岩砌列说，犹如五雷轰顶，神形俱灭一般，气得瞬间天旋地转，六神失控，双双一动不动地在王巴以江岸上呆若木鸡。他们进入了似梦非梦中，时而觉得俩人已近在尺尺；时而又觉得俩人相隔千山万水；时而觉得俩人似在窃窃私语；时而又觉得影声憧憬；时而又觉得有着千军万马在极力地撕扯着对方……就这样，不幸的他们，在这精神的恍惚中，一直呆站着，竟然过了整整三天三夜。

话又说，三天前的晚上，当在空中巡视大地人间爱情事务的七仙女们，看到阿娜和阿欠双双都在垒石彻桥墩时，心里感到一块石头落了地，“大地人间上又一悲伤的姻缘要结束了。”不料，第二天晚上出来巡视从空中再鸟瞰时，使她们的心凉了半截。阿娜他们的桥还没有架成功，俩人都像木鸡般呆在那江边休息呢。“也许他们太累了，休息够了再架吧。”但第三、第四个晚上也都原样无动于衷时，姐妹才想必出了什么错差。就跟大地上专司河流江水的小菩拉打探后才知真情。

天规不能违，但又不忍心凡人受灾难的仙女们，急得团团转。她们商量来商量去，觉得当务之急是要使阿娜和阿欠从极度悲伤，精神即将崩溃，肉体也将死亡中挽救出来才是上策。

主意打定，正想推选执行人选时，阿叉又一次挺身而出，自告奋勇，姐妹们又一次被她那颗善良之心打动了。一致同意阿叉前去执行，并完全赞同阿叉用七姐妹的热泪去浇醒的救治方案。六个姐姐们再次交待道："事不宜迟，阿叉妹妹早动手才是啊!"阿叉信心百倍地道："请姐姐们放心，我们现在就把泪水滴入神桶吧。"说着拿出神桶，首先"哇"的一声哭了起来。随即姐妹们无一不动容的。不一会儿泪水就滴满了神桶。

后来，人们传说，有时天上无云也有雷声，那是因为仙女们在为阿娜他们哭泪的声音。

话说，仙女姐妹们哭满泪水后，阿叉就提着桶朝阿娜他们在的大地上直奔而来。

仙女想救治阿娜、阿欠的情事，不料被游荡在空中的尚怕尼偷听到了。而且知道是体弱力薄的阿叉前去执行时，正中了他的下怀。就赶在阿叉的前面设下了埋伏，伺机阻挠，来解心头之醋意。

当阿叉经过空中道路时，原来宽敞的道路上，被尚拍尼栽了一蓬又一蓬的倒钩刺。阿叉只得跑回去拿出了天刀，砍除了堵不死倒烦死人的倒钩刺。重新开出了道路才能前行。走得半响，到空中的银河边，原来架得好好的天桥不见了。阿叉又只得解下自己的腰带拉了一根溜索，才过得河来。她心里想，这回不该有什么麻烦了吧。这时又见虽然天色微黑，但道路还畅通。救治心切的她，无意中赶路的速度越来越快。不料又正中了尚拍尼的下怀。可恨可恶的尚拍尼，瞅准阿叉顾不了路上拦绊的急情。解下身上的粗腰带，横拴在路两旁的大树桩上，下了一个很大的绊脚扣，然后，专门躲在旁边看笑话。

不知情的阿叉被四脚朝天的绊倒在地上，神桶中的泪水也泼洒了半桶。

尚拍尼见到他的杰作见效了，看了阿叉被绊倒时的滑机动作，憋不住在阴暗的角落里"哈，哈哈"大笑起来。

善良的仙女阿叉这才知道，这一路上障碍重重，原来是这个可恶的尚拍尼所为。顿时怒火中烧，举起手中的神镰刀就要朝尚拍尼的头上狠狠砍去时，吓得那尚拍尼收住大笑，跪在地上叩头求饶道：“心地善良的阿叉仙女啊，都是我这颗贪色的心作的怪，给您增添了麻烦。请您发发慈悲饶了狗命吧。多谢仙女阿叉姑娘，多谢仙女阿叉姑娘！”边说边把头在地上叩得“崩、崩”直响。然后，眼里还假惺惺淌出两行泪水，向阿叉仙女表示道：“小的从此以后再也不敢胡作非为了，不敢胡作非为了。如有越规行为天诛地灭，天诛地灭！”

一副可怜的求饶像，几句悔改的花言巧语触动了本来就慈悲为怀的仙女阿叉的心。她想：“世上那有不过错的呢？况且尚拍尼还保证不作恶了，免人一死功德当永世啊！”就如此这般，这般地教训了一遍后，放走了尚拍尼。

由于路上被耽搁，到第四天早上，仙女阿叉才忽忽赶到了阿娜他们在的燕子岩地方的天空中。这时，太阳刚刚从东边的地皮线上升起，金色的阳光把西边的碧罗雪山照得像镀金般的发光。阿叉顾不上呼云唤雾了，一瓢紧接一瓢地，从空中把泪水洒了下去。

果然，燕子崖地区的上空万里无云，阳光灿烂的早晨，在无声无息中，突然降起了一场大雨。瓢泼似的雨水把王巴捏以大江两岸的山山水水，冲刷得干干净净。得到甘露滋润的万物显得更加精神，更加清秀。

温暖的雨水把已经呆立了三天三夜的阿娜和阿欠从头浇到脚。一遍又一遍的冲刷，使他们从半是梦乡，半是昏迷中慢慢地清醒过来。一条五彩缤纷的彩虹飞架在奔腾的王巴大江上，彩虹的一头连着阿娜，一头连着阿欠。真是藕断丝连心映心啊。

仙女阿叉见他们俩人在泪雨的浇洗下终于清醒过来了，就把他们阳光照耀下的身影塑造成了两座大山头。阿欠身影在江的西岸碧罗雪山山脉塑成了措局模贡（即，老头像山之意）。因阿欠在三天三夜极度悲伤中头发胡须都全白了。所以措局模贡的山头，从此一年四季都堆积着皑皑的白雪。后来人又叫“麻几洼（即，永不化的雪之意）。”

心胸宽广的阿娜也经过三天三夜的煎熬折磨，两颊仍然斑白了。所以立在江东萨玛阁山脉上的奴奴贡，整座山顶上布满了白马牙石。远远望去一片青白青白色的。

仙女阿叉为了使阿娜和阿欠重新走人生活，就又委托西另虽轮小鸟去开道他们。自己只得心有余悸地回天庭去了。

一直认真负责的西另虽轮小鸟，肩负着仙女阿叉赋予的使命，又从高高的碧罗雪山上，飞到了王巴捏以江边燕子崖的大树上，温柔地一遍又一遍叫道“西另另虽轮轮，天有阴又有晴，人有一难又三灾；只要人都好，啥给尼兹啦定会到。”

阿娜和阿欠听了小鸟的鸣声，心里得到了安慰，为了心中的“啥给兹啦”，他们又顽强地生活着。阿欠仍吆着他的羊群精心地放牧着。阿娜则在江的东岸一边等待着与阿欠“啥给兹啦”的到来，一边打听着阿才的下落。

人生真是祸有不单行，灾难还会双重来。这一天，阿娜从远远的山头上看到王巴捏以大江上游的岸边走下来了一群人们，就想：“这是不是已经北上去了几十年的阿才他们回来了？”想罢，就收拾好随身的东西，一溜烟地下来到燕子崖前面江弯的山头上，等待着人群的到来。

这群人正是阿才和儿子奔智阿克他们的队伍。不过，队伍里已经没有阿才了。长期艰苦的生活与沉重的活计，使阿才积劳成积，北边气候寒冷，又缺少医药，不幸过世了。儿子奔智阿克和徒弟悲痛万千，可死去的人怎能活转来呢？当地的喀卓老庚们，为他举行了盛大的葬礼，用了七七四十九天的时间，抬到行人罕至的雪山顶上埋葬了，好让他永远遥望着王巴。

建完了宏大的庙宇，失去了父亲的奔智阿克，婉言谢绝了喀卓老庚们的一再挽留，心中忐忑不安地踏上了回家的路程。

这天，正走到快入王巴地方的王附平（即，望夫丫口之意）地方时，走在最前面的小徒弟括咱登突然惊叫起来：“你们快看，那山头站着的不正是阿娜师奶吗？”

奔智阿克跑上前一看，那远远的山头站着的正是我自己的母亲——阿娜。看到两颊都花白了的母亲，还亲自到这么远的地方来迎接。自己倒没能把父亲带回来，愧疚和自责，一阵阵涌上心头。越想越觉得无脸见母亲了。就面朝母亲的方向跪在江边的一块石头悲拗地痛哭得休克了过去。

跟着的徒弟们哪有师傅没有了，只有徒弟回来的道理啊，怎么向乡亲父老交待呢。已经没有了大师傅阿才，现在奔智阿克又死去了，惊得一个二个像木鸡一样，一排排在江边呆立着。天上的仙女们见徒弟对师傅这般忠诚。就把他们慢慢地变成了一排排的香柏树，永远生长在了江边的石缝岩壁里。直到如今，人们都还能看到那些当年由阿才的徒弟们变成的香柏树，一排排地长在王巴捏以大江边上。他们把不屈的头还歪朝王巴的方向。

悲恸得暂时休克了的奔智阿克，清醒过来向后面的人招呼时，却迟迟无人答应。他向后转身一看，一个人影也没有了。只见江边的小路长着一排排的小香柏树。

奔智阿克想，原来没有了爸爸，对不起的只是母亲和亲友。现在连徒弟们也一个不剩了，怎么给众乡亲们交待呢？一气一愁之下，奔智阿克口吐鲜血，倒在石头上去世了。天上的仙女们看到奔智阿克如此能尊老爱幼，为教育大地的后来人们向奔只阿智学习，就把那块石头和承克，变成了一块巨大的石头，巍然地屹立在王巴捏以大江边上。(后来人们叫那个地方为：哑玛嘎（即，大石头之意。)

奔智阿克和众徒弟们的这一悲壮场景，巧被从后面赶着马帮跟上来的木粗扒喀卓老庚看得一清二楚。

他们都深深地被奔智阿克和徒弟们的壮举感动和惋惜。就向亲去世一样，在江边用他们民族的仪式，立上经番，念颂人天的诗经，祝福早日投生。然后赶着马帮继续朝王巴方向行来。

阿娜看第一支人马不见了，还以为是自己老花了眼神。这次第二支人马风尘仆仆地朝自己走来时，心里那份高兴劲儿是无法形容了。

当人马到了跟前一看时，见到的只有喀卓老庚们，没有一个家乡人的踪影。阿娜跟喀卓老庚们一阵寒喧过后，便问起了阿才及儿子奔智阿克他们的情况。老庚们一昕阿娜的问语，都面面相觑谁也说不出一句话来。在老庚们面面相觑中，聪明的阿娜便知道了别人难言之隐的事情。一下子头发全白了，脸上布满了梯田层层般的皱纹。无奈的她一顿捶胸顿足，脸面朝天正在长叹气的时候，西另虽轮小鸟又飞到身边的一棵大树上一遍又一遍地鸣叫到："西另另虽轮轮，生死早由天来定。死的活不来，寒冬过后是春天。啥给兹啦装心里。"

听西另虽轮鸟儿一遍遍温馨的规劝，阿娜又一次坚强起来。她缓过神来，反倒安慰似的对喀卓老庚们道："世间上没有样样都顺心的事，有生有灭是天经地义。我们还能活着的人们应当好好的活着，这也是对去世的人最好的祭奠。"说完，告别了喀卓老庚们，转身步人了茫茫林海之中。继续追寻着心中的啥给兹啦。

用什么东西做尚格兹啦时的礼物呢？阿娜想，阿欠天天吆着羊群到处去放羊，身上应该有个背午饭和装东西的挂包就不是更方便了吗？而且身上背着挂包心里就永远装自己了。想罢，阿娜不顾劐人，割来了许多野麻，细心地剥皮，捻线，又把线团洗得雪一般亮白。然后织成布缝制起她心中的挂包——花腊裱。她想，我们在三条大江的中间，就织成了三股颜色配成的背带；我们的地方是深山密林，就用密密长长的须须装饰了口袋的边缘。为了表示俩人之间是心连着心的，她把口袋的装饰面，用五彩缤纷的线，一针一线地缝成了一个没有缝隙的框框。框内表答的是自己的心情。她就绣上了一株小草上盛开着一朵纯洁的白花。代表对方形像的，则在框内的右上方，绣上了一只翔翔如生，飞来采蜜的蜜蜂。

阿娜坐在从东向西一座高高的山梁上，一边朝西望着阿欠那披着一头银发的身影，一边一针一线地绣着花腊裱。浑浊的泪水一滴一滴地落在花腊裱上，又从花腊裱上落到了地下的土里。

今天缝，明天绣，缝啊缝，绣啊绣。日复一日，月复一月，一只灿烂夺目的花腊裱，在银发苍苍，煞纹满脸，步履蹒跚的阿娜这位老妇人手中诞生了。

美丽而翔翔如生的花腊裱绣完了。在阿娜绣花腊裱时泪落土中的地方长出了与她绣在花腊裱上的小草一模一样的一株兰草。兰草开出的洁白花朵里散发出一阵阵诱人的清香味。

从此，王巴捏以大江东岸的密林，幽箐森林中生长着一种独有的兰花——细叶莲瓣兰。

一天，阿娜请来了一位身强力壮的小伙子，用扁弩（即，用绳累制成的远掷物器），把花腊裱掷给了江边岸的阿欠。

花腊裱落地之处，又出生了细叶莲瓣兰。

从此，王巴捏以在大江两岸年年岁岁都盛开着清香的兰花。滔滔奔流的江水给远方的老庚朋友们带去了兰花那温馨的问候。也带去了这古老的传说故事。

歌唱美丽的维西　　　　　（胡兰英　摄影）

K, ƆI: N., S M WEI-XI MՈ: Tꓯ GW.. K, Lꓯ.,

歌唱美丽的维西　　（胡兰英　摄影）

K, ƆI: N., S M WEI-XI M∩: T∀ GW.. K, L∀.,

1 A. TO. V NI ᴚ: C∩: LO;-. X. M⅂: ꓘ⅂: KW ℲO JI ZI

A: NƎ NƎ ⊥∀; ⊥I: M⅂: ꓘ⅂: N∀.; KW-. W-CI-ꓘ, B∀ LO X∩ LI-SU ⊥I: ꓘ, M NY A.TO. NI V M⅂: LI W= ꓘ, KW ΛW. ᴚ: X∩: ⊥I: VE YI. ᴚ: NYI: X∩. M NY KO K. NY. BY;-ᴚ:-ꓘ, Y∀. RW T∀. VE KW YI; T. NY, VI, P⅂. DU NI X∩; WU M D∀ M: ZI LI-. G⅂ SI. YI. d: YI. M NY M⅂: LI W=

NYI: S NYI LO, YI ⊥∀;-. Y∀. RW NY W.-CI- PO BE W.-CI-Ⅎ∀; NI: X∩. D∀ HO; T. SI. VE KW L; YI NY-. ꓘ, KW L: ℲO S∀. T. X∩: M: MO M-LI M: ℲI-. ℲO ꓘ, M A. TO. V NI ⊥I: X∩: LI. M: JW, M D∀ MO LI ⊥∀;-. Y∀. RW G⅂ NI, SI: SI: BE S∀; M Ⅎ⅂, LI W=

⊥I M K. NY. YI. W; NYI: X∩. M NY A LI YI N K⅂ M G⅂ M: S⅂. M D∀ JY; XW. NY, ⊥∀; ℲO JI NYI: S RO ZI LI W-. ℲO JI SU NI JW SI. NI Y∀. RW BE YI. d: YI. M D∀ D∩. GO G⅂ W-. GO ⊥∀; YI. W; NYI: X∩. NY VI M: JW, A KW ƆI ƆI Z DI: Z: SU ᴚ: C∩: LO; LI W=

⊥I M J∩ J∩ NI

FI. P⅂; Lᗡ; M⅂ NY JY FI. ƆI-. M M: HO; NY A KW BYƎ=

d: M M: NY, YI SI, dY:-. V LI YI J∩; K. NY BU=

JY FI. ƆI NY Ɔ⅂; ᴚ: Ɔ⅂;-. A KW SI. NI LƎ L NI,=

YI: M JY NY BO; ᴚ: BO;-. A ⊥∀; SI. NI NY, M⅂ MI,=

YI. W; NYI: X∩. NY ⊥I: Z: DI: Z: W NY ⊥I: Z: LO, YI-. DI: Z: M: W ⊥I: NYI ⊥∀; NY SI, N∀. MI KW S⅂, S⅂; LO S⅂; BE SI, dY; LO dY; HW SI. NI VI: DU ᴚ: NO. NY, LO= JY FI. V∀; NYI KW Z DI: Z: M:-. SI, N∀. MI KW G⅂ VI: DU NO. DU HW M: W ⊥∀;-. YI. W; NYI: X∩. NY JY GU ꓘ⅂: KW YI JY DO SI. VI: DU NO. NY, LO-. J∩ J∩ VI; M⅂: BE JY NI ℲO JO NY, M-. ⊥I: NYI M LI. NI ⊥I: ꓘO;- LI LO, LI T. LO=

YI. W; NYI: X∩. NY NI, ⊥I: C⅂,-LI ℲO JO TY, LO-. Y∀. YI: G⅂ NYI: ᴚ: D∀ A: ꓘ⅂. NI, ΛO-. A ⊥∀; ⊥I: ꓘO, DI: Z: W LI. NI NYI ᴚ: D∀ M⅂. ⊥∀, Z: ZI-. NYI ᴚ: G⅂ Y∀. YI: D∀ A: ꓘ⅂. dU: GO; KU.-. H⅂: BI; ⊥I: M ᴚ: DI: Z: W B∀ LI. Y∀. YI: D∀ ⊥I: TƎ ᴚ: GO: G⅂ ⊥∀; SI. NI, M V LƎ BO LO=

YI. W; NYI: Xꓵ. NY LO ꓛO; LO MI BE SI, Nꓯ. MI KW Lꓯ; Xꓵ DI: Z: Lꓯ; XU JI-. NI, M ꓘU; KW DI: JW; T. M NY A ꓕꓯ; ꓕI: NYI SI. NI Z: BO NY, N-MI=

ꓕI: NYI ꓕꓯ;-. YI. W; NYI: Xꓵ. NY Sꓯ; ꓕꓵ: ꓕꓵ: BE ꓝO ꓘ, D; M ꓝO BO ꓕI: VE K ꓘꓶ: DU; Mꓶ. ꓕꓯ; KW ꓛI LI ꓕꓯ; NI, M KW ꓕI LI Dꓵ: JW; NY, LO-. NYI. MI N: A LI LI. BO N Xꓵ: ꓕI: Z: DI: Z; W D ꓥ=

Yꓯ. YI: NY NYI ꓤ: Dꓯ HO; T. SI. ꓝO BO ꓕI: VI M Tꓯ. K ꓘꓶ: E YI NY-. K ꓘꓶ: YI. NY KW NI ꓤ: GU; Lꓯ. ꓕI: RO NYI L, LO-. ꓤ: GU; Lꓯ. M K ꓘꓶ: Mꓶ. JY KW XW. NI GW; DU LI. V; Lꓯ, BE O. ꓝꓵ LI. ꓘꓶ ꓥ:-LI Xꓵ: ꓝO XW. NYI: RO VI: T. M Dꓯ MO LI ꓕꓯ; NYI LI. M: NYI-. Lꓯ; Xꓵ Sꓯ; NY Lꓯ; Xꓵ VI K DU A. N: M ꓞU DO Gꓶ W=

VI SI ꓒ: NY K ꓘꓶ: M ꓒU Gꓶ ꓕꓯ;-. A. N: M FI, Hꓶ; Hꓶ; BE YI. W; NYI: Xꓵ. Dꓯ Tꓶ, ꓘO; L, LO=

ꓕI ꓕꓯ;-. K ꓘꓶ; Mꓶ: ꓕꓯ; KW NY, SU Yꓯ. YI: NY Tꓶ, Gꓶ Tꓶ, Jꓵ NY, M: Mꓶ-. A. N: M NI ꓘO; NI “A-L A-L”BE N WU; NY, LO= NYI ꓤ: M Yꓯ. YI: Dꓯ A. N: NI ꓘO; T. M Dꓯ MO LI ꓕꓯ;-. NI, M ꓘU; KW SI: FU-LI FU T. SI. VE ꓘꓶ: SI, CO. Pꓵ, KW SI, ꓛO. ꓕI: K. Jꓵ, DO L SI. A. N: M Dꓯ Sꓯ; ꓞU ꓞU TI. Gꓶ NY, LO-. Gꓶ ꓕꓯ;-. A. N: M W. ꓤ: W. BE E. Mꓶ. Mꓯ; O. Dꓵ ꓷ, SI. VE ꓘU; KW Tꓶ, ꓘE, LI W=

YI. NYI ꓤ: M ꓕI LI Gꓶ NI, ꓘW; M: Xꓵ Sꓷ-. NY Sꓷ; M A. NYI: NY DU LI BE JO NI ꓛꓶ; ꓤ: ꓛꓶ; T. DU ꓤ: GU; Lꓯ. M Dꓯ NYI TY, LO=

ꓕI ꓕꓯ;-. A. ꓛꓵ: JI KW, T. SU A. WO; ꓒ: NY A. N: Sꓯ; M Bꓯ JW; LI ꓕꓯ; NI, ꓝ L SI. YI. W; NYI: Xꓵ. Dꓯ ꓕI LI Bꓯ NY, LO “ꓤ: Nꓵ O-. NU W; NYI: Xꓵ. N: M: JI SU Dꓯ HW. M: D M:-. NI, ꓝ Tꓶ, ꓘE, LI V” A. WO; ꓒ: M Lꓯ; Xꓵ Bꓯ NY Lꓯ; Xꓵ ꓛY Lꓯ; KW NI Hꓶ: BI; NYI: M RU DO L SI. YI. W; NYI: Xꓵ. Dꓯ Lꓯ; ꓒꓯ, KW RU Kꓶ GO; NY, LO-. A. WO; ꓒ: NY K ꓘꓶ: M Jꓵ, Fꓶ. Gꓶ SI. M. MI, Sꓯ K. Gꓶ LO=

ꓕI ꓕꓯ, VE ꓘU; KW NI ꓕI LI LO Jꓵ Pꓵ, T, Bꓯ JW, LO “A KW NI L Xꓵ: Z DI: Z: SU ꓥ-. ꓥW Tꓯ. A. N: Dꓯ LI. TI. Pꓶ.-. ꓥW ꓤ: Dꓯ LI. CO, Pꓶ. Xꓵ:”

A. WO; ꓒ: NY NI, M ꓘU; KW SW; NI NY Xꓵ: WU M M: ZO; W-. GO LI NY YI. W; NYI: Xꓵ. Dꓯ Lꓯ; ꓒꓯ, ꓕI: B; M JO Lꓯ; Xꓵ ꓥ. ꓞU SI NI, ꓝ Tꓶ, KE, Bꓯ-. ꓕI: B; M NY K ꓘꓶ: M Dꓯ LO Jꓵ TO, V,=

VE SI ꓒ: NY K ꓘꓶ: M Mꓶ Sꓯ KW JO LO Jꓵ TO, V, M JW, W ꓕꓯ;-. VE ꓘU; KW NI ꓕI LI ꓘU Pꓱ, NY“NU W A: Jꓵ; Xꓵ Mꓶ: LI ꓥ LI. Bꓯ M: JW; ꓥ-. NI, ꓝ K Kꓶ: M ꓒU Gꓶ-. M: ꓥ YI. W; Tꓶ, ꓘE, LI Bꓯ NU W; Dꓯ W Z: LI ZI SI:”-. VE SI ꓒ:

M ⊥I LI SU G⅂ ⊥∀;-. ᴚ: ⊥I: ZU M VE ꓘU; KW NI BU; ᴚ: BU; T⅂, T. Xꓵ: S∀; B∀ JW, LO=

YI. W; NYI: Xꓵ. NY A. WO; d: D∀ XW. MO LI. B∀ NY, M: M⅂-. L∀; d∀, GO L∀; HO SI. ꓘ, K. NY. SI, N∀. MI KW T⅂, ꓘE, LI W=

YI. W; NYI: Xꓵ. NY S∀; M LI. M: JW, BE T⅂ KE,-. Y∀. YI: ƆI d∀, KW A. N: ꓘO; G⅂ P⅂. DU A LI G⅂ T⅂, M: HW.-. GO ⊥∀; L∀; d∀, ⊥I: B; M NY NYI ᴚ: L∀; d⅂ KW TO, V,-. ⊥I: B; M NY JY: ʌU; TO, V, SI. A ᴚ ᴚ BE KO K. NY. KW T⅂, ƆI ⊥∀; S∀; LI. M: JO BE ⊥I: B, ᴚ: N: NY, LO-. YI. W; NYI: Xꓵ. NY WO; H⅂ NI S∀; V LI. ɾU; ᴚ: ɾU;-. Ⅎ CI. YI LI. A JY ꓘO; ⊥I: T. M-LI -. Ⅎ CI. YI M MY S⅂: KW ꟻO LI ⊥∀; NY A: ꓘ⅂. dI N T. -. Ⅎ CI. YI BE MY JƎ M NY ꟻI; MY NYI: ƆO; KW NI ꓘW; BI: KW ꟻO LI ⊥∀; NY ꓘ; ꓘ; CO CO T.-. GO ⊥∀; MY S⅂: M G⅂ ʌ. M: D-. A: ⅂, ⅂, KW NYI NY -. KO BE JY GU M LI. ⊥I: KW T T. MI LI MO, ʌ= G⅂ SI. T⅂, ꓘE, M P⅂. DU ⊥I Xꓵ: D∀ G⅂ SW; NY, M: M⅂ W=

YI. W; NYI: Xꓵ. NY A. WO; d: D∀ ꟻO BO d: M: JI SU NI D⅂: NI “A L A L” SU NY, DU S∀; M BE PƎ, NY, DU S∀; M B∀ JW; LI ⊥∀; -. NI, M ꓘꓵ; KW A. DI JY: XW. NY, LO=

⊥I ⊥∀;-. Y∀. YI: M NI, SI; NI L∀; Tꓵ, KW JO Ⅎ CI. YI DO L M LI. ⊥I: Z∀ Z∀ BE M⅂ ƆY ꟻ⅂ T. LO-. NYI ᴚ: M G⅂ NI, SI NI SI: ƆI LI. ꓘO; NI “K⅂ Jꓵ K⅂ Jꓵ” M⅂,-LO-. YI. W; NYI: Xꓵ. SI: FU NI MI ƆY KW LI. ƆY d∀, NI PI, NI “BO BO ” M⅂, LO=

M: JI SU D∀ G⅂ HW. M: D-. NI, M ꓘU; KW SI: SI: SW; V,-. XW. DU MY BI ZI V, SI. A ᴚ ᴚ ⊥I: ⊥O; ⊥O; BE KO K. NY. PO, SI. SI, N∀. MI ꓘU; KW KE, PY LO=

MI: MI LO, YI GU ⊥∀;-. SI, N∀. MI KW M: ʌ MO: LO LI. NY ꟻI, T. M M⅂ ꓘ⅂: ƆI NY L∀; V. NY ꟻI, ⊥O;-LI K⅂ LI-. A KW X⅂, LI. X⅂, M: MO-. G⅂ ⊥∀; YI. W; NYI: Xꓵ. M JO NI Ɔ⅂; ᴚ: Ɔ⅂; T. LO=

⊥I ⊥∀;-. YI. W; NYI: Xꓵ. ⊥I: B, NY SI, N∀. MI KW JO. ᴚ: Nꓵ S∀; ʌU,- LI Xꓵ B∀ JW; LI-. ⊥I: B, NY “A WU A WU ”B∀ T. Xꓵ: S∀; B∀ JW LI= Jꓵ Jꓵ NI A: ꓘ⅂. JO M NY A: ⅂ KW NI N⅂: N⅂, KW ⊥I: ⊥O ⊥I: ⊥O BE“WO A WO A WO A”Xꓵ: S∀; B∀ JW; K. NY. NY “CI LI ZI LI CI LI ZI LI ”Xꓵ: XO. ꓘ⅂ S∀; B∀ JW; M ʌ LO=

XO. ꓘ⅂ S∀; M W M⅂ W N⅂-. “ꓘ; Ⅎ: ꓘ; Ⅎ: ” BE SI, N∀. MI KW SI, dY; ⊥∀; SI ⊥O: T. DU S∀; M LI. B∀ JW; T. LO=

Gꓶ NY XO. ꓘꓶ M A: ꓶ KW NI ꓘU; ꓒI, NYI NY, M Pꓶ. DU NI-. M: ꓥ Bꓯ Tꓶ, ꓘO; L Bꓯ YI. W; NYI: Xꓵ. NY A LI YI SI:=

ꓒI, NYI NY Xꓵ: WU M Jꓵ Jꓵ A: ꓘꓶ. M: ZO; N T. LO=

ꓕI ꓕꓯ-.Yꓯ. YI: NY NI, ꓞ BE NYI ꓤ: M Dꓯ Mꓶ. ꓕꓯ; SI, ZI MO: KW Sꓯ; ꓕꓵ; ꓕꓵ; BE ꓥ. ɾU Gꓶ SI. ꓛI. ꓛY; Gꓶ Sꓯ; ɾU ɾU SI, ZI MO; KW Tꓶ, Dꓯ YI LO= YI. W; NYI: Xꓵ. NY Hꓶ: Jꓱ-LI SI, Lꓯ; K. ꓕꓯ; SI PY NY, LO=

YI. W; NYI: Xꓵ. NY PY NY, LI. PY M: ꓤꓶ ꓕꓯ; LI -. Mꓶ: JY; KW N. PO LI.Tꓱ, Tꓱ,-. SI: ꓛI LI. FI, Hꓶ:-. MY Sꓶ LI. NI, ꓛI-LI Xꓵ: A. N: ꓘꓶ: ꓒU ꓕI: LI, T. Xꓵ: XO. ꓘꓶ ꓕI: ꓘ, VI T. LO= YI. W; NYI: Xꓵ. PY NY, LO SI, ZI ꓘꓶ: KW "SI: SI: SI:"BE Tꓶ, CO NY, LO=

ꓕI ꓕꓯ; YI. W; NYI: Xꓵ. NY JO NI NI, M LI. A: L Tꓶ, DO YI W-. A LI M: YI O-. LE; LE; BE SI, ZI MO; KW NY, SI"WO WO WO" Bꓯ SI. NI XO. ꓘꓶ M Dꓯ Tꓶ, ꓘE, LI ZI NY, ꓥ=

ꓕI ꓕꓯ; XO. ꓘꓶ M M: ꓥ NY ꓤ: Nꓵ Sꓯ; N N, W- LI-. M: ꓥ NY VI Mꓶ: M Pꓶ. DU-. M: ꓥ NY YI. W; NYI: Xꓵ. Tꓶ, ꓘꓶ M Pꓶ. DU-. M: ꓥ NY XO. ꓘꓶ ꓞO HW; Z: Xꓵ: Pꓶ. DU NI Lꓯ; V."SI: SI: SI:"BE Mꓶ SI. SI, ZI ꓘꓶ: KW Tꓶ, CO NY, LO=

XO. ꓘꓶ NY A LI CO, Gꓶ M: ꓘE, YI-. YI. W; NYI: Xꓵ. Gꓶ A LI Bꓯ Gꓶ SI, ZI KW JO. Mꓶ ꓛY ꓤꓯ: M: Dꓯ-. GO ꓕꓯ; YI. W; NYI: Xꓵ. NY ꓕI LI Dꓵ: JW; NY, LO"XO. ꓘꓶ NY Mꓶ: ꓕꓯ; JI ꓕꓯ; KE, KU. DU ꓥ"-. ꓕI ꓕI: Vꓯ; M KW-. YI. W; NYI: Xꓵ. NY A LI JY Gꓶ M: K ZI; V, SI -. ꓛꓶ; ꓤ: ꓛꓶ; BE SI, Lꓯ; K. ꓕꓯ; SI Lꓵ LI. Lꓵ M: Pꓶ. NI PY NY, V,-. NI, M ꓘU; KW SI: SI: BE Mꓶ: ꓕꓯ; NI, ꓞ JI L-. MO: LO ꓛI L M Dꓯ LO NY, TY, LO=

NI. MI Mꓶ: ꓘꓶ: A LI Bꓯ SI. ꓕI LI JY-. YI. Vꓯ; M ꓕI LI Xꓵ ꓥ MI-. LO NY, LO NY, NI XO. ꓘꓶ LI. YI Mꓶ NI "BU BU BU " BE N ꓘU; CO, T. W-. ꓕI LI ꓥ Bꓯ Gꓶ-. YI. W; NYI: Xꓵ. NY YI: Mꓶ ꓕO, Gꓶ MY Sꓶ ꓞI, M: Pꓶ.-. LO NY, LO NY, NI Mꓶ: ꓕꓯ; A LI Gꓶ M: JI L-. NY ꓞI, ꓕO BE JY NI Gꓶ M: D=

LO NY, NI A L LI. CI. Pꓶ, Lꓶ: Sꓯ; M: Mꓶ L W=

LO NY, NI A L LI. Mꓶ: ꓕꓯ; A. TI. ꓤ: M: JI L W-. Gꓶ NY XO. ꓘꓶ M O. LI TO. YI: T. SI. N ꓘU; CO, NY, SI:-. A LI Gꓶ M: TU KE, LI=

Fꓯ I, LO NY, NI NY, Bꓶ: Jꓵ, M Mꓶ NI Mꓶ: ꓕꓯ; Lꓯ; L Gꓶ XO. ꓘꓶ M M: TU ꓘE, SI:=

YI. W; NYI: Xꓵ. NY ꓕI: Mꓶ: ꓘꓶ: Nꓯ.; KW JO KO. BO. JO-. JY KO. BO. JY-.VI; Mꓶ: KO. BO. VI; Mꓶ:-. Jꓵ Jꓵ BE SI, ZI MO; KW JO ꓞꓶ L T. W=

Gꓶ SI. XO. ꓘꓶ M NY YI: T. NI Mꓶ: ꓶ LI. Xꓵ, T.-. ꓕI ꓕI, ꓤ: BE SI, ZI ꓘꓶ: KW Tꓶ, CO NY, LO=

ꓕI ꓕꓯ;-. ꓶ ꓤ KW NI HW; G; ꓘꓶ: Sꓯ;“W. W. W.”BE Mꓶ L, LO=

HW; G; ꓘꓶ: Sꓯ; M ꓶ ꓤ KW NI Nꓶ: Nꓶ, KW Mꓶ ꓛI L ꓕꓯ;-. XO.ꓘꓶ M Gꓶ“SI: SI: SI:”BE Mꓶ SI. JO T. LO-. GO ꓕꓯ; ꓕI: FU ꓕꓯ; SI ꓕI: FU MO N Tꓶ, DU SI. YI. W; NYI: Xꓵ. Dꓯ Tꓶ, ꓘO; Xꓵ: YI NY, LO-. Xꓵ: WU M A: ꓘꓶ. M: ZO; T. Mꓶ: ꓘꓶ: ꓕꓯ;-. HW; G; ꓘꓶ: S M M “W. W. W.”BE XO. ꓘꓶ ꓒ ꓕꓯ, ꓛI LI SI. ꓕI: M ꓕI: ꓛO; BE XO. ꓘꓶ M Dꓯ FI, ꓘO NY, LO-. A. N: S M M XO. ꓘꓶ M Dꓯ MO ꓤ ꓕI: B, FI, ꓘO; Gꓶ ꓕꓯ; XO. ꓘꓶ M HW. M: D Xꓵ: SW; W-. YI. Mꓶ. Mꓯ SI. Tꓶ, ꓘE, T. ꓕꓯ; ꓶ ꓤ KW NI “BO” ꓕI: ꓕꓶ, BE DO; CY Cꓶ, VI V, Xꓵ: NI NI, M KW LU LU ꓤ: BE Bꓶ ꓤꓯ: LI O-. GO NY XO. ꓘꓶ M MI ꓛY KW NYI: S FU FU Gꓶ ꓕꓯ; Sꓯ; M ꓝꓶ, LI W-. XO. ꓘꓶ MO M NY HW; G; ꓘꓶ: S M M NI NO ꓕI: ꓘꓶ: ꓥW ꓕI: ꓘꓶ: BE Jꓵ, Z: Gꓶ W=

XO. ꓘꓶ M SI Gꓶ Gꓶ-. YI. W; NYI: Xꓵ ꓤꓯ; L M: Pꓶ. SI:=

ꓕI ꓕꓯ; A. ꓕ; MU: ꓛU Dꓱ: T.-. WO ꓒ: ꓛY, PU. Mꓯ T.-. ꓛY, ꓕI: K. PYꓱ. ꓕ. Xꓵ: A-WO ꓕI: RO M NY A: SO CY CO, Bꓶ L, ꓕI ꓛO; KW JO DO L, LO=

A-WO NY YI.W; NYI: Xꓵ. JO NI SI, ZI MO KW JO ꓤꓯ; L M: Pꓶ. M Dꓯ MO LI ꓕꓯ; ꓕI LI Bꓯ LO-.“ZO; LI W-. NU W; NYI: Xꓵ. Dꓯ A: L LI. HW M: MO W-. M: ꓥ NY Mꓶ YI SU NU W; Tꓯ. A-WO;- ꓒ: Dꓯ A LI Bꓯ GO; ZO; DO ꓥ= ”

A-WO NY Lꓯ; Xꓵ Bꓯ NY Lꓯ; Xꓵ YI. W; NYI: Xꓵ. Dꓯ SI, ZI MO; KW NI Tꓯ, ꓤꓯ; ꓝꓶ L; W=

ꓕI M Jꓵ Jꓵ LI.“ꓝO BO M: JI ꓤ: ꓛꓵ: Vꓯ.-. NI, M K. NY. ꓘꓶ: NI Z:= XW. SU NI, JI ꓤ: Cꓵ: CYO.-. MI: WO; ꓒU: L NYI T. ꓥ=

A-WO NY JI SU A.-WO;-ꓒ: Tꓯ. NYI ꓤ: ꓥ-. YI. W; A. TI. T. ꓕꓯ;-. YI. ꓒ: YI. M NY XW. ꓘO; Mꓶ: ꓘO; Nꓯ.; KW ꓝO BO MI Nꓯ ꓒꓵ; M Fꓱ, M: HW. M Pꓶ. DU NI YI. ꓒ: Dꓯ Sꓯ. Sꓯ. BE TI. Xꓵ Gꓶ-. YI. M Dꓯ NY ꓤU YI ꓕꓯ; A LI M: K YI SI. CI. ꓛY; Sꓯ; M ꓝꓶ, Gꓶ= ꓕI M K. NY. YI. W; NYI: Xꓵ. NY ꓝO BO JO P. LO: YI-. ꓕI: ꓛꓵ. A. NYI: A. MO; LI Xꓵ; ꓝO JO TY, LO=

A.-WO;-ꓒ: NY 50 ꓘO; K Tꓯ LO W-. A-WO Gꓶ 50 ꓘO; ꓛI T. W-. Gꓶ SI. YI. W; NYI: Xꓵ. NY ꓤ: Mꓶ M: NY,-. VE Gꓶ M: JW,-. ꓕI: ꓛꓵ. A. NYI: A. MO; LI BE ꓝO BO JO P. YI NY, LO=

A.-WO;-ꓒ: NY A MI W.-CI- PO BE W.- CI-ꓝꓯI; Dꓯ CYO. Gꓶ K. NY. Tꓯ;-. ꓝO BO ꓕI: VE M: NI JO P. Dꓯ ZI ɾU SI. Sꓯ. Sꓯ. BE O. DO; ZI ꓕI: ZI Dꓯ ꓝO, TI

XꓵZI W=

A.-WO;-ꓒ: Xꓵ Mꓶ: KW A-WO Dꓯ ꓕI: LI Bꓯ T. NY, VI, ꓥ-. A LI Bꓯ LI. W.-CI- PO BE W.- CI-ꓝꓯI; NYI: Xꓵ. Dꓯ CYO. JW=

A-WO NY A.-WO;-ꓒ: Dꓯ Tꓵ. Gꓶ K. NY. NY ꓛY, PYꓱ. T.-. HW; G; ꓘ:LK: HO: T. SI. NU W; NYI: Xꓵ. Dꓯ ꓕI: Vꓯ; HW CO Gꓶ ꓕꓯ; SI. HW MO LI LO= YI. W; NYI: Xꓵ. ꓕI M N N, Gꓶ ꓕꓯ;-. ꓛI FI. M Gꓶ; SI ꓕI LIB ꓯ LO“A-WO; NU ꓥW NU NYI: Xꓵ. Tꓯ. A: B YI Lꓯ= ”

ꓕI M K. NY.-. YI. W: NY Cꓵ Cꓵ ꓕI: VE SU LO YI LO=

W.-CI- PO BE W.- CI-ꓝꓯI; NY XW. Mꓶ: ꓘ:LK: KW CYO. W LI-LI: M: ꓝI-. FꓯI, NY YI. ꓒ: LI. ꓕI RO NY, LI W-. GO NY XW. DU JY DU M Dꓯ FꓯI, Gꓶ JO M: ꓛꓵ W-. ꓕI M Pꓶ. DU YI. W; NYI: Xꓵ. NY K, ꓛꓵ: T. M ꓝO JO NYI MO L W-. ꓕI ꓕI: NYI K. NY.YI. W; NYI: Xꓵ. NY A-WO ꓕI: ꓛO K, K, ꓛꓵ; ꓛꓵ; BE ꓝO JO TY, LO=

2 XW. SU ꓤ: NY Sꓶ. NI, ꓞ-. KO ꓕꓯ; L: M Gꓶ Hꓱ N

A-WO NY W.-CI- PO BE W.- CI-ꓞꓯI; NYI: Xꓵ. Dꓯ CYO. GO; Gꓶ Pꓶ. DU NI ꓞO BO M: JI SU ꓕI: VE NI A KW ꓛI ꓛI G; SI: NY, LO= A-WO BE ꓤ: Nꓱ BU NY G; SI: L, M Dꓯ KE, PY NI Mꓶ: JY: SI NY, M ꓞO ꓘ, KW L: YI M: Pꓶ.-LI: M: ꓞI-. Nꓯ. Bꓯ ꓘ, KW Gꓶ ꓞO JO YI M: D LO=

YI. W; NYI: S P. L Cꓵ Cꓵ XW. NI A KW JI LI. M: ꓥ-. A-WO NY YI. W; NYI: Xꓵ. Dꓯ HO; SI. SI, Nꓯ. MI KW Dꓵ; JI W=

Gꓶ ꓕꓯ; YI. W; NY SI, Nꓯ. MI KW VE X, SI.-. Sꓶ, Sꓶ LO Sꓶ;-. KO WO; ꓒY: WO; MI BE HW; G; ꓕꓶ NI ꓞO JO TY, LO=

W.-CI- PO BE W.- CI-ꓞꓯI; NYI: Xꓵ. NY A-WO NI HO NI ꓕI: NYI ꓕꓯ; SI ꓕI: NYI WU: L W-. YI. W; NYI: Xꓵ. NY LO ꓛO; LO MI KW WO; ꓒY: WO; MI HW-. SI, ZI ꓕꓯ; SI Dꓯ SI. Sꓶ, Sꓶ LO Sꓶ; H Xꓵ SO W M-LI M: ꓞI-. FꓯI NI ꓭ. B; KW BY; ꓤ: ꓒY,-. HW; ꓘꓶ: HW; MI ꓤ: LI ꓕU Xꓵ: Gꓶ SO KU. LI O= YI. W; ꓕI LI ꓞO JO K, NY, Gꓶ Mꓶ Sꓯ KW NY, SU Dꓯ A: ꓘꓶ. ꓕ: Lꓯ; HO-. A Mꓶ NY K ꓛO; LI A: ꓘꓶ. NY, ꓥ=

ꓕI NYI ꓕꓯ;-. Mꓶ Sꓯ KW NY, SU K ꓛO; ꓕI: RO M YI. W; S P. L: Tꓯ. VE KW L SI. ꓕI LI Bꓯ NY, LO“K ꓛO; BU-LI M: ZO; W-. ꓥW NU: ꓕI: ꓘ, KW L; M M ꓕI: ꓘ, M NI ꓞO ꓤ: A L Z: GU YI T. W-. Gꓶ ꓕꓯ ꓘ, KW NY, SU NY NU W; A: ꓘꓶ. HW; G; KU. M Sꓶ. SI. ꓥW Dꓯ FI ꓩU L ꓥ-. NU W; A LI LI. SI: JW L-. L: M M Dꓯ SI: Gꓶ ꓕꓯ; ꓕI: ꓘ, SU A: Jꓵ NU W; Dꓯ; ꓒU: GO; DO ꓥ= Mꓶ Sꓯ KW NY, SU K ꓛO; M NY X. W Kꓶ: M ꓕꓱ GU ꓕꓯ; ꓛI FI. Gꓶ; SI. NI YI. W; S P. L Dꓯ O. Dꓵ ꓕꓱ; Gꓶ LO=

A-WO NY NI, ꓞ BE K ꓛO; Dꓯ GO TU L SI. ꓕI LI Bꓯ“ K ꓛO;-. ꓥW NU: Dꓯ ꓒU: GO; M: ꓛꓵ-. L: M ꓞO ꓤ: Z: Bꓯ DU Xꓵ: WU M ꓥW NU: A LI LI. YI JW ꓥ-. NU L: JI SI. ꓘ, KW NY, SU Dꓯ JY XW. M: ꓛꓵ Bꓯ GO-. ꓥW NU: NI L: M M Dꓯ A LI LI. SI: Gꓶ DO ꓥ=

A-WO NY K ꓛO; Dꓯ HO; V Gꓶ K. NY. NY NYI ꓤ: Dꓯ HO; SI NI L: M SI: YI W-. Yꓯ. YI: Dꓯ NY VE KW K NY, HE, ZI=

A-WO BE NYI ꓤ: JI Mꓶ: ꓕꓯ; KW W.-CI-PO Dꓯ ꓕI LI Bꓯ NY, LO“ ꓥW NU:

Xꓵ: NYI LO, YI Gꓶ M: YI: L Bꓯ NU SI, Nꓯ. MI KW JI DO YI SI. ꓝO ꓘ, KW ꓝO JO JI-. ꓘ, KW NY, SU NU Dꓯ M: JI M: ZO Xꓵ: M: YI L-.” ꓕI LI Bꓯ Gꓶ K. NY. NY A-WO NY L: M SI: DU ꓶ ꓣ: ꓶ MI Tꓯ, V NYI ꓣ: Dꓯ HO; SI NI K ꓛO; NI Bꓯ M. L, KW JI SI. L: M ꓛY DU G; YI W=

YI. W; NYI: P. L NY L: M ꓛY DU G NI Mꓶ: ꓝ LI. LO, YI GU-. Gꓶ ꓕꓯ; NY A W M: K VE PE ꓕI: VE X, SI. N: Xꓵ: SW; Gꓶ LO=

W.-CI -ꓝꓯI; NY A. ꓕ; ꓕꓯ, SI. M D ꓕI: Cꓱ. ꓛꓵ L-. A-WO NY M NI KW NI YI: T. GU M L: M XO. ꓘꓶ LI. Lꓱ L M: D Xꓵ B NY,-. YI: T. DU B; GU YI ꓕꓯ;-. A-WO NY SI, CO. HW SI. NI Z: ꓛY.-. W.-CI-ꓝꓯI; NY M D ꓕO. Tꓯ, SI. YI JY ꓘO; YI=

W.-CI-ꓝꓯI; NY LO ꓛO; KW JI SI.YI JY D; NY, ꓕꓯ;-. YI JY ꓘU; KW ꓕI: ꓕꓶ, ꓒI, NYI NY A. MO; Gꓯ; Lꓯ: ꓕI: LI, Xꓵ: YI. H ꓥO MO LI-. Gꓶ ꓕꓯ; O. DU M ꓛꓵ: SI. ꓕI: ꓕꓶ, ꓒI, NYI NY L: M Gꓯ; Lꓯ; ꓕI: ꓘ, M FI, Hꓶ, BE YI. Dꓯ Tꓶ, ꓘO; L, LO=

ꓕI ꓕꓯ; Tꓶ, Gꓶ Tꓶ, ꓘE, M: Mꓶ-.SI: Bꓯ LI. SI: M: HW.= GO NY W.-CI-ꓝꓯI; NY Xꓵ Gꓶ Xꓵ: YI M-LI ꓥO-. Lꓵ Gꓶ Lꓵ M: Pꓶ.-. L: M NI A LI YI Gꓶ YI T. ZI-LI: ꓥO-. L M NY W.-CI-ꓝꓯI; Dꓯ Tꓯ, NI. Gꓶ K. NY. NY HW. Lꓯ; NI V, RU, M-LI ꓕI: B, GW Gꓶ ꓕꓯ; NY ꓘW; BI: KW ꓘO; T. SI. NI SI. LI KW NYO, DU LI W=

A-WO NY W.-CI-ꓝꓯI; YI JY ꓘO; M Mꓶ ꓣ Gꓶ M: LI: L.ꓕꓯ; Xꓵ: WU DO LI M NY SW; H, LO-. GO NY A. ꓕ; Dꓱ-. ꓛY, PYꓱ. SI.NI LO ꓛO; KW HW YI-. Cꓵ Cꓵ SW; M HO. LEO-. L: M ꓛY DU M Zꓶ Lꓶ; Lꓶ: BE SI, LI KW DU DU YI LO-. Gꓶ SI. NI, M KW V Lꓱ BO M NY L: M NI ꓘO; Gꓶ Xꓵ ꓝO ꓣ: SI: M: MO T.-. GO ꓕꓯ; ꓕI LI SW; ꓛꓵ ꓥ-. L: M NY W.-CI-ꓝꓯI; Dꓯ NYO, YI Gꓶ ꓥ Bꓶ M: Z: Gꓶ, SI:-. Sꓯ. T. SI: ꓥ=

A-WO NY WO; Hꓶ VE Mꓶ M: K BE L: M ꓛY DU M Dꓯ G; NI S; NYI S Vꓯ; G; Gꓶ Gꓶ HW M: MO-. Gꓶ NY A LI M: YI O-. NI, SI: NI MY BI ꓣ: LI. XU: XU: BE W.-CI-PO NY, KW L: YI W=

W.-CI-PO SW; T. NY A-WO HW; G; NY A ꓕꓯ; ꓕI: ꓘO, LI. A: MY, G; W: SI. L: L LO-. Xꓵ: HO. A: ꓘꓶ. JI ꓥ Bꓯ-. M: ꓥ NY Wꓯ; TI. ꓕI: M PYꓱ. H,-. M: ꓥ NY L ꓕI: ꓘ, GO H,-. Xꓵ: HO. M M: JI ꓥ Bꓯ LI. LI: L NY Lꓯ; JW ꓕI: ꓛO: KW ꓛY, PU. BE ꓛY, Mꓯ; H,-. Lꓯ; ꓷ. ꓕI: ꓛO: KW NY ꓕO: L M ꓥ NY CY ꓛO PYꓱ. T. SI. B Hꓶ BI Sꓯ; T. ꓥ LO= VE ꓘW L: ꓛI ꓕꓯ; NY ꓥW NU: NYI: Xꓵ. Dꓯ Sꓯ; ꓥU Bꓯ ꓛI Lꓯ; HO-. Gꓶ SI A-WO NYI. MI NY Mꓶ: JY: SI ꓕI LI, M: T.-. ꓛY, PU. KW CY CO, Gꓶ ꓒ BI. BI.-. Lꓯ; ꓒꓯ, KW Gꓶ ꓛY PYꓱ. T. M-LI-. HW; Gꓶ M: PYꓱ. H,-. ꓝI: MY Gꓶ Fꓶ, Hꓶ; Hꓶ; BI MY Sꓶ LI. SI: SI: -LI MY BI XU: XU: ꓝꓶ T. LO-. VE ꓘU; KW

DU L Gꓶ X. W ꓘꓶ: Gꓶ M: ꓕꓱ TU TU BI YI T. V=

W.-CI-PO NY A-WO Xꓵ: HO. M: JI SI. HW; G; M: W Pꓶ. DU NI, SI; NY, ꓛI ꓛ,-. GO NY A-WO Dꓯ YI ꓝ Lꓯ; Xꓵ Lꓶ. GO; Lꓯ; Xꓵ ꓕI LI Bꓯ GO NY,“ A-WO-. RO VE KW A. ꓭ. Bꓱ V, LI. YI. Dꓯ RU ꓕꓯ; Sꓯ; A. TI. ꓨU N Gꓶ ꓥ-. KO ꓕꓯ; HW; NY RO NI M: Vꓱ H, M G; M: W NY JW, CI ꓥ Lꓯ;-. NU NY NI, M ꓕ: XW. V-. Fꓯ I, Bꓯ NY-. NU W; JIG ꓶ K. NY. ꓥW LO ꓛO; KW CO SI. M D NYO BE Mꓶ Pꓯ ꓒU A. TI. HW W M RO NYI: S; NYI Z: N JW, ꓥ= ”

A WO NY W.-CI-PO Bꓯ ꓘꓶ: M N N, Gꓶ K. NY. Lꓯ; V. A. DI; NI, SI: NI“ W; W; W;” BE ꓥU DU L SI W.-CI-PO Dꓯ YI. NYI ꓤ: L: M NI NYO, YI M Bꓯ GO Gꓶ LO=

W.-CI-PO NY A-WO NI Bꓯ M N N, Gꓶ ꓕꓯ; NI, M KW A. DI NI, SI NI A-WO ꓕI: ꓛO“ W; W; W; ”BE ꓥU NY, LO=

A WO BE W.-CI-PO ꓥU Gꓶ K. NY. NY NI, M KW SI: SI: SW; JI SI. K. NY. ꓕI: NYI ꓕꓯ; KO KW JI SI. L: M M Dꓯ SI: M W LI. M: ꓨUYI Bꓯ LO-. Xꓵ: WU ꓕI M Pꓶ. DU-. YI. W; NYI: P. L ꓕI ꓕI: Mꓶ: ꓘꓶ: NY A LI Gꓶ YI: Mꓶ M: D ꓕꓯ; A. TO. ꓘꓶ: KW YI T. LO=

CY ꓛO Sꓯ; M Mꓶ L ꓕꓯ;-. VE ꓘꓶ: KW “ꓒI; LI ꓒ: L” Mꓶ, Xꓵ: Bꓯ JW; M NY YI. W; NYI: P. L; ꓕI LI SW; NY,“A LI LI. W.-CI-ꓝꓯI; Dꓯ NYO, DO L: M M Lꓯ, ꓥO= ”

A WO NY A. ꓕ; Cꓵ, DO L-. W.-CI-PO NY ꓛY, M ꓥU H, SI. L: M Dꓯ SI: BI YI NY, H, LO=

Gꓶ ꓕꓯ ꓶ ꓤ KW NI A WO A. YI BI ꓘU T. Xꓵ Bꓯ JW LO=

YI. W; NYI: P. L: JI JI N N, NY Cꓵ Cꓵ W.-CI-ꓝꓯI; Sꓯ; M ꓥO-. Gꓶ SI. W.-CI-ꓝꓯI; NY L: M NI NYO, LI M A LI Bꓯ SI. ꓘU KU. SI: NI.-. YI. M. MI SU M Lꓯ, M: ꓥ KW.= NYI: Gꓶ ZO-. ꓝO ꓤ: Gꓶ ZO-. YI.W; NYI P. L; NY Lꓯ; ꓒꓯ, KW L: M SI: DU ꓶ M Tꓯ, H, SI. K ꓘꓶ: M ꓒU SI. A. Xꓵ ꓥ M ꓒI, NI Bꓯ NY, LO=

V B Sꓯ; Yꓯ. ꓘW ꓒI, NYI NY Cꓵ Cꓵ W.-CI-ꓝꓯI; LI: L. Bꓶ-. Gꓶ SI A LI M NY W.-CI-ꓝꓯI; NY L: M Gꓯ Lꓯ; Xꓵ ꓕI ꓘ, SI LI L.= Mꓶ: ꓕꓯ; SI KO ꓕꓯ; KW GU ꓘ, NI A LI M: ꓥ T. DU L: M M Gꓶ ꓕI ꓕI: B, NY YI. SI: LI. Mꓶ: Nꓶ, KW NI XU: XU: Zꓯ T.-. YI. ꓛY: BI KO LO, M LI. YI ꓝ FU T. M-LI BE “KO LO KO LO” Mꓶ T.-. N ꓘꓵ KW Sꓯ; M Gꓶ“ ꓨU ꓨU ” BI V T.-. YI, MY Sꓶ M A. NYI: MY Sꓶ ꓕI WU. T. M Gꓶ ꓕI ꓕꓯ; N: Xꓵ M Dꓯ JO T. W= Mꓶ: ꓕꓯ; SI KO HW; Mꓶ. JY A. DI: D Bꓯ Gꓶ ꓕI ꓕI: B, NY Sꓯ; M: JO LO-. Mꓶ: ꓕꓯ; SI A. Xꓵ: LI. G; ꓘO; Z: W ꓘU M-. A Mꓶ

NY ꓞ Jꓵ, ꓕꓯ; SU NI Xꓵ. Jꓵ, ꓒI H,SI Xꓵ T. M-LI-. Sꓯ; Gꓶ M: JO-. YI; LI BI MI ꓛY GO; SI H, LO= GO NY W.-CI-ꓞꓯI; NI A LI YI Bꓯ NY GO LI YI N LO-. ꓕI M Cꓵ Cꓵ LI. Mꓶ: JY KW A. TI. Xꓵ: KO HW BE L: ꓞO Dꓯ Tꓶ, ꓘO;-. M: ꓘO; W LI. YI. M: ꓝU-. A Mꓶ NY NU Fꓱ. JW, M Pꓶ. DU NU Dꓯ RU W LI O=

A WO NY W.-CI-ꓞꓯI; NI L: M M Dꓯ ꓕI LI L TI NI M. H, M Dꓯ MO YI ꓕꓯ; Mꓶ. JY JI SI. W.-CI-ꓞꓯI; Lꓯ; ꓒꓶ KW TI. SI. ꓕI LIB ꓯ NY,“ꓤ: ꓘ, ꓒ:-. NU N: Cꓵ Cꓵ ꓤ: ꓘ, ꓒ: ꓥ Bꓶ= ”

Yꓯ. YI: W.-CI-PO Gꓶ Mꓶ. JY JI SI. YI. NYI ꓤ: Lꓯ; ꓒꓯ, KW L: M ꓞO, DU M RU H,-. FꓯI, NI VE CW ꓕI: ꓕꓱ F. SI. L: M M Dꓯ VE K ꓘꓶ; Mꓶ. ꓕꓯ; KW O. DO; ZI M Dꓯ TI, TI, BI ꓞO, H, Gꓶ ꓕꓯ;-. Yꓯ. YI: NY A. TO. ZI SI. YI. NYI ꓤ: Dꓯ Mꓶ Pꓯ ꓒU BE M D NYO ꓕI: A. LU; CY. WO-. YI. NYI ꓤ: NY NYI: S; NYI Z M: Z: Pꓶ. DU Yꓯ. YI: NI ꓕI LI Z: MI Xꓵ: CY. T. M Dꓯ MO ꓕꓯ NYI: ꓘꓶ: M: Bꓯ“ HO HO HO” BI Z: GU W=

A WO BE W.-CI-PO NY W.-CI-ꓞꓯI; Z: BO LI K. NY. NY ꓕI LI N NYI NY,“ NU A: LI YI SI. L: M M Dꓯ ꓞO, LI: L ꓥ= ”

Mꓶ. JY; W.-CI-ꓞꓯI; Dꓯ L: M NI NYO, YI NY ꓥW NU: JY; XW. GU M: D-. A Mꓶ NY ꓕI: Xꓵ: LI. M: N LI-. JI JI ꓤ: BI ꓕI KW HI T. ꓕꓯ;-. NI, M ꓘU; KW K, Cꓵ: DU M Bꓯ LI. Bꓯ M: Cꓵ=

Gꓯ ꓕI LI ꓥ Bꓶ-. W.-CI-ꓞꓯI; Dꓯ L: M NYO, LI K. NY. NY-. YI. NY L: M NI A LI YI Gꓶ YI T. ZI-LI ꓥO-. Gꓶ SI. YI. Gꓶ NI NI, M ꓘU; KW A LI YI SI. L: M M Dꓯ ꓞO, W D M SW; NY, ꓥ-. YI. Dꓯ L: M M NI ꓕI: Vꓯ; KW NYO, NI GO NI A ꓶ KW ꓛI Gꓶ M: Sꓶ. O= K. NY. ꓕI: NYI Mꓶ: ꓞ ꓕI: L ꓕꓯ; YI. Dꓯ NY Xꓵ. LI ꓕI: DI KW NYO, ꓛY. Bꓶ-. NYO, NI ꓕI: KO ꓕI: MI LI. N: NI A LI M: YIO-. GO SI. L: M Gꓶ NYO, NI WO; Hꓶ LI SI. Xꓵ. LI TI, XY NYO, ꓝU H, SI. Xꓵ. LI ꓘꓶ; KW MY Sꓶ: M A. NYI: MY Sꓶ: BI Bꓶ H, SI. NI SI, ZI Yꓯ. KW YI: T. H, SI W.-CI-ꓞꓯI; Dꓯ NYI LO. H, LO= W.-CI-ꓞꓯI; ꓕI: Lꓶ, ꓤ: Lꓵ Gꓶ ꓥO Bꓯ L: M NY NI, ꓞ Tꓶ, TU L SI. Tꓶ, ꓘO; L ꓥO-. M: Lꓵ ꓥO Bꓯ L: M NY SI, ZI Yꓯ. ꓘW JI JI ꓤ: YI: T. SI. WO; Hꓶ N: ꓥO=

ꓕI ꓕꓯ; W.-CI-ꓞꓯI; DU: JW; NY L: M Dꓯ RU NY A: ꓘꓶ. ZO; T. M ꓥO-. Gꓶ ꓕꓯ; YI. NY L: M M A. TI. ꓤ: N: K, Cꓵ: LI ꓕI: B, ꓕꓯ; NY A ꓤ ꓤ BI KO Dꓱ ꓒO, Gꓶ SI. NI JI: FI. KW JO. L: M ꓕU DU M RU DO L-. GO NY Sꓯ; TI, TI, BI ꓝU SI. A TO Lꓵ Xꓵ: YI NI L: M M Dꓯ ꓕU DO YI ZI NY, LO=

L: M M NY YI. Tꓶ, ꓘE, LI T. Xꓵ ꓛ, K, LI W-. GO NY SI: ꓛI LI. FI, Hꓶ, BI

YI. Dꓯ Tꓶ, ꓘO; L, LO=

GO ꓕꓯ; W.-CI-ꓞꓯI; Gꓶ MI ꓛY KW NI Sꓯ; TI, TI BI ꓩU H, SI. NI Tꓶ, TU L-. Lꓯ; ꓒꓯ, KW L: M ꓕU DU M Tꓯ, H, SI. NI L: M ꓘW; BI: Cꓵ, H Gꓶ SI Tꓯ, TU. Gꓶ LO=

L: M M Dꓯ Tꓯ, TU. W LI ꓕꓯ; N NI A LI M: YIO-. Lꓯ; H. Lꓵ NY Lꓯ; H. N-. YI . Mꓶ: Nꓶ, KW ꓕU W YI NY ZI: Gꓶ ZI: M: N-. ꓘO; Gꓶ ꓘO; M: N-. Mꓶ ꓤ ꓕI: B, K Tꓶ, Gꓶ ꓕꓯ;-. N KO. BO. N-. WO; Hꓶ KO. BO. WO; Hꓶ LI SI. W.-CI-ꓞꓯI; K. NY. ꓞO ꓘ, KW ꓛI W=

Mꓶ: ꓕꓯ; JI LI NY-. A WO BE YI. W; NYI: Xꓵ. L: M M SI H, SI NI Mꓶ: JY L: M NI ꓞO ꓤ: Z: Bꓯ LO ꓕI: ꓘ, KW JI W=

ꓕI ꓕI: Nꓯ NY MI: WO; KW MI: TI Gꓶ A: ꓘꓶ. JW, LO-. Gꓶ NY MI: WO; KW MI: TI M A. DI BI M: ꓥ= Mꓶ: ꓞ Gꓶ A ꓤ ꓤ BI DO L SI NI MI Nꓯ ꓕꓯ; SI ꓕI L W-. Mꓶ: ꓞ Sꓯ; NI ꓕI: NI MI Nꓯ KW LI. JI: ꓒ: H, M-LI T.-. L: M M Gꓶ Mꓶ: ꓞ Sꓯ; NI ꓕI: NI Lꓯ; H, Xꓵ NI MY Jꓱ N T. LO= SI, Nꓯ. MI KW NY, SU HW; ꓕI: HW. M NY Mꓶ: ꓕꓯ; SI A: ꓘꓶ. M: JI YI SU L: M M ꓞO ꓤ: NI SI T. M MO LI ꓕꓯ;-. A: Jꓵ LI. NI SI, LI ꓘꓶ: KW NY, SI. NI “ CI. CI. Cꓵ Cꓵ W W AO AO ” ꓕI: ꓛO BI K, Cꓵ: NI Mꓶ NY, LO=

YI. W; NYI: S P. L NY ꓘ, K. NY. W; Zꓱ KW ꓛI ꓕꓯ;-. A WO NY HW; G; ꓒ: ꓕI: LI, JI FI. KW NI Mꓵ DU A. NYI: YI. ꓛI M RU DO L SI“ WU WU WU ”MU Gꓶ NY,= ꓕI ꓕꓯ Mꓵ DO L DU Sꓯ; M NY KO ꓕꓯ; KO MI LO ꓛO; LO MI KW LI Mꓶ T. LO=

ꓘ, KW NY, SU L: ꓞO BU NY Sꓯ; M Bꓯ JW; YI ꓕꓯ; HW; G; ꓒ: HW; G; W SI. MU T. M Sꓶ. ꓥ-. Gꓶ NY ꓘ, KW NY, SU WU: WU: RO RO A: Jꓵ VE ꓘW NI ꓕI: RO K. NY. ꓕI: RO Tꓶ, DO L SI. ꓘ, GU KW O. DO: ZI M K ꓕI; ZI Mꓶ. ꓕꓯ; KW HE; H, SI. Sꓯ; Mꓶ T. ꓕI: ꓛO; KW NYI NY, LO=

ꓕI: B, ꓕꓯ;-. W: Zꓱ KW NI ꓤ: S RO ꓤꓯ; L,W-. YI. W; K. NY. NY A. MO; ꓕI: LI, Xꓵ: ꓕI: ꓛI SI T.-. ꓕI M NY Mꓶ: ꓞ Sꓯ; Yꓯ. ꓘW KW NY JI: ꓕI: LI Xꓵ LI, BI MY Jꓱ T. LO=

ꓘ, KW WU: SU NYI: S; RO NI P Sꓯ; BU Dꓯ ꓕI LI Bꓯ GO; NY,“ ꓒI, NYI-. ꓒI, NYI-. L: M ꓕI; ꓘ, SI L, Bꓶ= ”

ꓘ, KW NY, SU NY M: C C BI MY Sꓶ: LI ꓕI WU Bꓶ SI. NI W; Zꓱ KW NYI NY, LO=

ꓕI: B, NYI Gꓶ ꓕꓯ; -. A: Jꓵ SU Gꓶ ꓕI LI Bꓯ W“ MO LI W-. MO LI W-. O. DU

M NY HW. L∀;-LI-. KO DƎ M NY G∀; L∀; G∀; L∀; T. X∩: Λ B⅂= ”

“C∩ C∩ G⅂ SI, N∀. MI KW NY, SI. HW; G; SU S P. L: M L: M ⊥I: ꓘ, SI T. SI. L, B⅂= ”

⊥I ⊥∀;-. ꓘ, KW NY, SU A: J∩ NU ⊥I: ꓘ⅂: ΛW ⊥I: ꓘ⅂: BI A: ꓘ⅂. B∀ K, NY, LO=

ꓘ, KW K SU A P NY L: ꟻO BU NU ⊥I: ꓘ⅂: ΛW ⊥I: ꓘ⅂: BI A: ꓘ⅂. B∀ K, NY, SI. N∀. B∀; X∩: X∩: WU M: YI T. ⊥∀; ⊥I LIB ∀ NY,“ ꓘ, KW NY SU WU: WU: RO RO-. A: J∩; ⊥I: KW B∀ ꓘ⅂: ⊥: HW NY, H-. NI, ꟻ VE KW L: SI ⅂ RU SU RU-. A. TO ZI SU ZI SI. NI YI. W; S P. L: D∀ XW. MO GO; L∀= ”

ꓘ, KW NY, SU NY A B NI ⊥I LI B∀ G⅂ ⊥∀;-. A: J∩; SU“HW; L” BI L: YI W-. ⊥I: HW. NY VE KW L: SI. ⅂ HW YI-. ⊥I: HW. NY O. DO; ZI Y∀.ꓘW A. TO. FI SI. NI HW; G; ꓤ: ꓘ, d: S; RO M D∀ ՐU NY, TY, LO= ⊥I: B, ⊥∀;-. ꓘ, KW NY, SU ⊥I; HW. NY VE ꓘW KW JO BY; T∀, LI-. ⊥I: HW. NY GW; P∩, T∀, L-. ⊥I: HW. NY J∩ d⅂; Ɔ∩: L-. ⊥I: HW. NY A. W∀; HW; T∀, L-. ⊥I: HW. NY CY. H, X∩: A. B. ՐUT ∀, SI. NI O. DO; ZI Y∀.ꓘW ZI: L LO=

ꓘ, KW NY, SU A: J∩; ⊥I KW ZI: LI ⊥∀;-. YI. W; S P. L: G⅂ L: M M SI T. SI. ⊥I KW ƆI L W=

G⅂ ⊥∀ ꓘ, KW NY, SU NY ⊥I: ƆO BI“ꓤ: ꓘ, d:-. ꓤ: ꓘ, d: ”B∀ SI. NI YI. W; S P. L: D∀ CO LO LO WO; H, LO= G⅂ ⊥∀;-.⊥I: RO NY ⊥I LI N NI NY,“NU W; L: M RU ⊥∀; N YI M: N YI-.” N∀. B∀ ⊥I: RO NY ⊥I LI N NY NY,“ L: M M RO W Λ LI ⊥U W Λ-.” ꓤ: NU NYI: S RO M L∀; H. L: M M: JY JI SI. K T∀ KW BE YI. DO KW X⅂, NI L: M LI JO NI “SI: SI: SI: ” T. LO=

A P NY L∀; X∩ A WO NI MO. DU VE JW M RU-. L∀; X∩ A WO D∀ ⊥∩ NI ꓤ: NU D∀ B∀ M.-LI “SU B∀ L: M M. DO X⅂, M: D-. NU W: NY K T∀ KW NI M. DO KW LI X⅂, P⅂ B⅂-.C∩ C∩ NI ꓤ: ꓘ, d: Λ=

A P NI ꓘ, KW NY, SU D∀ HO: SI. X∩: WU X, NI YI XO T. M-LI YI G⅂ LO-. A: J∩; SU NY A. TO. D∀ JO H, SI.-. ƆI B⅂ ƆI, SU ƆI,-. JƎ; LƎ: MU SU MU-. JI: FI. ⅂; SU ⅂; -. ƆU: ƆU: ƆI, SU ƆI, SI. NI K, K, Ɔ∩: Ɔ∩: BI KW ꓘE, ꓘE, NY, LO=

ꓘ, KW NY, SU NY LI-SU ꓘO; X∩: T. M ⊥I: LI-. A. Ɔ∩: SI: NI SI:-. A. W∀; SI: NI SI:-. J∩ d⅂; TI, N TI, SI. YI. W; S P. L D∀ JI JI dU: G⅂; NY, LO-. F∀I NI dU X∩ ꓤ: MI, SI. NI YI. W; D∀ GO NY, LO=

G⅂ SI. YI. W; S P. L NY ꟻO ꓘ, KW L: ꟻO BU NI GO M M: RU-. ⊥I: RO TI, J∩ M NYI: K⅂. DO G⅂ SI. NI SI, N∀. MI KW JI T. LO=

YI. W; S P. L ꓕI LI JI T. ꓕꓯ;-. ꓘ, KW NY, SU NY A LI Bꓯ Gꓶ M: D-. NU A. TI. MO.-. ꓥW A. TI. MO. NI A: ꓘꓶ. SU TY, LO-. Gꓶ SI YI W; NY A LI Bꓯ Gꓶ M: RU-. ꓕI ꓕꓯ;-. A P NY MY Sꓶ; KW LI. MY BI ꓶ Lꓶ, ꓤ: T. BI ꓕI LI Bꓯ “ꓥW NY ꓕI: ꓛꓵ. HW; G; M A. Xꓵ: HW; LI. G; W FO ꓥ-. Gꓶ SI Sꓯ. Sꓯ. Xꓵ: L: M N: RU W M: FO-. NU W; NY L: M ꓞO Z: ꓕI: ꓘ, M Dꓯ RU W NY-. Cꓵ Cꓵ LI. ꓘ, KW NY, SU BU Dꓯ ZO; LI W-. Gꓶ ꓕꓯ; ꓘ, KW NY, SU NI A. TI. ꓤ: ꓒU: GO; M NY D ꓥ Lꓯ;=

A WO NY A P BE ꓘ, KW NY, SU Dꓯ ꓕI LIB ꓯ NY,“ꓥW NU: SI, Nꓯ. MI KW ꓞO JO D M NY NU W; NI PO; JW Pꓶ. DU ꓥO-. NU W; NI M: PO; JW ꓥO Bꓯ-. ꓥW NU: Dꓯ A ꓕꓯ;-LI ꓞO BO M: JI SU NI SI: GꓶO=

A P NY ꓕI LI Bꓯ“ NU Bꓯ DU M Gꓶ ꓥ W-. Gꓶ SI. NU W; SI, Nꓯ. MI KW Z: BE ꓞ; BO M: JW, NY A LI YI SI:-. ꓥW Bꓯ NY“ NU W; A LI LI Z DU A. TI. ꓤ: Tꓯ, YI ꓕꓯ; SI. ꓥW NU: V Lꓱ BO ꓥ= ”

A P Bꓯ ꓘꓶ: M NY YI. W; S P. L NI, M KW Dꓵ LIO-. GO NY YI. W; ꓘ, KW SU NI GO; L DU Z: ꓘꓶ: Z: MI Tꓯ, H, SI. SI, Nꓯ. MI KW HW; G; BE Sꓶ, Sꓶ LO Sꓶ H -.KO WO; ꓒY: ꓤ: HW SI ꓞO JO JI LO=

3 ꓞO BO Mꓯ. WU HW NY, NY-. NYI ꓤ: A. YI: Dꓯ JI ZI-.

M: Λ ꓕꓯ; A WO BE W.-CI-BO NYI: Xꓵ. NY SI, Nꓯ. MI KW HW; ꓤ: G; SI. ꓞO JO TY, M- LI Λ-. Gꓶ SI. YI. W; L: M ꓕU W K. NY. NY A KW ꓛI ꓛI MI DO JW, LI M LI M: ꓞI-. Mꓶ: ꓕꓯ; K. NY. SI Mꓶ Sꓯ KW NY, SU L: ꓞO BU ꓕI: ꓛO A: ꓘꓶ. W: JW Lꓯ; HO Λ=

ꓕI NYI ꓕꓯ;-. YI. W; VE ꓘW ꓒI, NYI NY 4O ꓘO; ꓛI LO, Xꓵ: L: ꓞO ꓕI: RO Dꓵ L SI. YI. W; NYI: S P. L: Dꓯ ꓕI LI GO LI BI X. W ꓘꓶ: ꓕꓵ Gꓶ K. NY. NY A.Xꓵ: Λ M MI, ꓕI LI Bꓯ LO“ ΛW NY L:-ꓤ:-ꓘ, KW NY,SU ꓞO BO ꓒ: L:-ꓤ: MI. ꓒ: Tꓯ. VE KW; SU Λ-. SU NI Bꓯ-. NYI GU; CW N: SI, ZI Dꓯ LI KU. SI.-. SI, ZI N: NY GU; CW Dꓯ LI M: KU.-. Gꓶ SI. NYI. MI ΛW NY SI, ZI M NY NYI GU; CW Dꓯ LI ZI Bꓯ SI. L Λ= ΛW VE SI ꓒ: NY NU W; NYI: Xꓵ. YI. ꓘU; KW L: M ꓞO, W SU ꓕI: RO M Dꓯ A: ꓘꓶ. K, ꓛꓵ: Λ-. GO NY YI. Bꓯ L: M ꓞO, SU ꓕI: RO M Dꓯ YI. Mꓯ. WU HW SI. YI. ꓤ: Mꓶ L:-CI-MI. Dꓯ Lꓯ; F. ZI Bꓯ. Λ= ꓕI M NY ΛW VE SI ꓒ: NI NU W; NYI: Xꓵ. Dꓯ Bꓯ ꓕꓯ; A: ꓘꓶ. ZO DU Xꓵ: WU ꓕI: Cꓶ, YI GO Λ LO= ”

A WO NY ꓕI LI DO LI. NY,“ NY, NY SI, ZI ꓕꓯ; SI YI. ꓘꓶ LI MI Tꓯ. Tꓯ. ꓘꓶ CI-. A: NꓱNꓱ ꓕꓯ; LI Gꓶ NYI: RO NI, HO. ꓕꓯ; SI. Lꓯ; F. CI Λ= YI. ꓤ: NYI: Xꓵ. NY A. TI. ꓕI: NYI ꓕꓯ; LI ꓒ: M M: JO M-. A LI Bꓯ SI. YI. W; ꓞO BO ꓤ: Mꓶ Dꓯ HO. D Λ-. ꓕI M: N: Cꓵ Cꓵ NI Mꓶ: ꓞ LI. M. MI, Sꓯ NI DO L O=

VE KW; SU NY ꓤ: Mꓶ: ꓤ: Sꓯ; LI BI ꓕI LI Bꓯ NY“ ꓛI. Pꓶ. Lꓶ NY YI. ſU M Nꓯ. Bꓯ Xꓵ: NY, Dꓯ Mꓵ. GO; HW SI.-. YI. ꓤ: Pꓶ, YI ꓞ: FI. ꓕꓯ; YI. M NI HO; JI CI Λ= ΛW VE SI ꓒ: VE KW Jꓶ; ꓤ: M ꓞI Gꓶ A: ꓘꓶ. MY;-. ꓒU Xꓵ BE Z: WO; LO Xꓵ NY KO-LI ꓒꓵ T.-. Nꓯ. Bꓯ; SU YI. Mꓯ. WU YI NI, Xꓵ LI. YI W M: Dꓯ-. A Mꓶ NY ΛW VE SI ꓒ: NI YI. T. T. NI NU W; Dꓯ Mꓯ. WU HW Gꓶ A LI Bꓯ SI. M: YI Λ=

A WO Gꓶ ꓕI LI Dꓵ: JW; ꓛI“YI. Bꓯ. DU M Gꓶ Λ W-. SI, ZI WU: L NY YI. V, V, CI-. ꓤ: WU: NY VE SI M HW CI-. Mꓶ WU: L NY SU VE ꓘW LI: JI CI-. YI. W; NYI: Xꓵ. NY A ꓕꓯ; Bꓯ LI. VE SI M HW N LO Λ-. A Mꓶ NY RO Tꓯ. Tꓯ. LI. HW M: ꓛꓵ-. SU NI VE ꓘW HW L M-. Gꓶ SI. NI A Mꓶ JY XW. NY, M NY YI. W; NYI:

Xꓵ. A M Dꓯ NYI W NI.=

NYI ꓤ: W.-CI-ꓝꓯI; NY ꓕI LI Dꓵ: JW; TY,"L: M M ꓥW NI ꓝO, LI L Bꓯ Gꓶ-. ꓥW, YI: NY ꓥW A. TI. T. ꓕI: NYI ꓕꓯ; LI LO Cꓵ JI ꓥ-. X, NYI YI. BO YI Bꓯ Gꓶ-. ꓥW KU NY, GU JW, SI:-. GO NY ꓕI M ꓥW, YI: Dꓯ Jꓵ GO= " ꓕI ꓕꓯ; W.-CI-ꓝꓯI; NY NI, ꓝ BI ꓕI LI Bꓯ NY," L: M NY ꓥW, YI: W.-CI-PO NI ꓝO, LI: L ꓥ-. ꓥW, YI: N: Cꓵ Cꓵ A: ꓘꓶ. D SU M ꓥO-."Yꓯ. YI NY ꓕI Bꓯ ꓘꓶ: M N N, W ꓕꓯ; A A BI A LI W-. X. TO NI ꓝI; MY LI. K; SI, ꓤ: BI X. W; ꓘꓶ: LI. ꓕꓱ M: DO L= YI. NYI ꓤ: W.-CI-ꓝꓯI; NY SW; NY-. Xꓵ: WU M YI NY YI. Pꓶ. ꓝꓶ, N YI N LO-. GO NY LE LE ꓝꓯI, Bꓯ NY" A. YI O-. NU O. ꓕI: Mꓶ: ꓘꓶ: NY A. ꓭ. LI. Bꓵ, ꓕꓯ; SI. NI SI LI: L. M: ꓥ-. A WO BE ꓥW LI JY; XW. NI ꓥU LI. MY BI M: DO L= "TI ꓕꓯ;-. A WO NY W.-CI-ꓝꓯI; A LI YI T. M Sꓶ. T. ꓥ-. NI, M KW Dꓵ: JW; NY ꓤ: Nꓱ ꓕI M Cꓵ Cꓵ WU: L Sꓶ. L W-. GO NY ꓕI LI Bꓯ "Sꓶ, Sꓶ LO Sꓶ: LI. ꓕI: M WU NY ꓕI: M MI ꓥ-. ꓕI: VE SU NY A: Bꓶ, KW NI VE SI M HW CI-. GO NY W.-CI-PO Dꓯ Mꓶ. ꓕꓯ; Mꓯ. WU TO, YI ZI NI= "

Yꓯ. YI: W.-CI-PO NY A LI YI LI. M: ꓥ-."NYI ꓤ: NY P YI. Jꓵ GO M NY A WO NI, M KW Sꓶ.-. Gꓶ SI. ꓥW ꓝO BO VE KW Mꓯ. WU TO, YI NY A WO BE NYI ꓤ: Dꓯ Gꓶ ꓕI: ꓛO HO; YI ꓛꓵ ꓥ-. GO NY NYI ꓤ: X, NYI Nꓯ. Vꓯ; VE SI M ZO; Xꓵ: ZI LI NY ꓥW NI YI. Dꓯ HW GO ꓛꓵ ꓥ= " GO ꓕꓯ; Yꓯ. YI: NY ꓕI LI Bꓯ NY," A WO BE NYI ꓤ: LI. ꓥW Dꓯ ꓕI LI D ꓥO Bꓯ ꓥW Gꓶ A LI M: Bꓯ W-. Gꓶ SI. VE KW; ꓒ:-. ꓥW NY A WO BE NYI ꓤ: Dꓯ Gꓶ ꓕI: ꓛO HO; YI DU ꓥ=

VE KW SU Gꓶ O. Dꓵ ꓥU: SI. ꓕI LI Bꓯ NY,"ꓕI LI NY ZO; ꓥ Lꓯ;-. ꓤ: GU: Lꓯ. NU NI, ꓕ: XW.-. ꓕI: VE KW ꓕI: RO ꓤ: ꓘ, NY A: Jꓵ; Dꓯ LI. ZO; D ꓥ-. ꓥW NU: VE SI ꓒ: M: ꓥ ꓕꓯ; LI. VE ꓘW ꓝO ꓤ: A. TI. ꓤ: NY, Bꓯ ꓥ-. A Mꓶ NY NYI: RO: MY: L NY Lꓯ; H. K, ꓛꓵ: Xꓵ O=

Bꓯ Gꓶ NY NI, ꓝ A. N: ꓕI: LI, BI VE SI ꓒ: Dꓯ Bꓯ GO; YI W=

NYI: S NI LO, YI K. NY.-.VE KW; SU M YI. ꓛO; ꓒꓯ, NYI: S; RO HO; SI. FꓯI NI L W-. GO NY A WO BE YI. W; NYI: Xꓵ. Dꓯ MO ꓕꓯ; K, ꓛꓵ: NI ꓘW; BI: KW LI. YI. ɾꓵ. ɾꓵ. T. N: ꓕI LI Bꓯ NY," SI, ZI ꓕꓯ; SI A. Nꓯ ꓛ; ꓛ; Gꓶ Mꓶ T. W-. SI, Nꓯ. MI KW Cꓯ, MI Gꓶ Mꓶ T. W-. ꓥW NU: VE SI ꓒ: NYI: ꓒ: Dꓯ YI. NYI SW; WO; HW NY-. NYI. MI N: YI. NYI JI Bꓯ SI. ꓥW NU: NYI: S Xꓵ. Dꓯ NU W; NYI: S P. L: Dꓯ ꓝI L ZI ꓥ= "

GO NY A WO ꓕI LI DO; LI. NY,"ꓥW VE K ꓘꓶ: Mꓶ. ꓕꓯ; KW A LI Bꓯ SI. A. GU: ꓛꓱ, GU Gꓶ M: Mꓶ L-. Nꓯ; W ꓕꓯ; A. Nꓯ Sꓯ; LI Mꓶ, Xꓵ: Bꓯ JW; ꓥ= ꓥW NU:

VE KW W.-CI-PO Dꓯ NU W; VE SI ꓒ: BE YI. ꓤ: Mꓶ: LI. NYI HO. ꓥO Bꓯ HO; YI V-. ꓥW NU: NYI: NI: P. L: NY SI, Nꓯ. MI KW NY, C; LI SI. BO Xꓵ: VE ꓘW NY, M: C; KU. ꓥ-. ꓥW NU: NY SI, Nꓯ. MI KW NY, SI. ZO; N T. Bꓶ=

ꓕI ꓕꓯ; VE KW; ꓒ: M NI, ꓞꓶ, NI Lꓯ BI KW YI. JU A MY JU JW, M LI. MO Dꓯ BI ꓕI LI Bꓯ NY,“NU W; Dꓯ ꓥW NU: NI Lꓯ; HW. ꓤO: JI NY Lꓯ; HW. ꓤO: ꓕ: T. ꓥ-. ꓕI KW JW, DU V Xꓵ: V CI LI. NI ꓥW NU: VE SI ꓒ: Tꓯ. ꓥ-. NU W; A LI YI NYI, Xꓵ N: O. LI YI M: N M= ”

ꓕI ꓕꓯ; W.-CI-PO NY ꓕI LI Dꓵ: JW; ꓛI-. Xꓵ: WU M ꓥW Pꓶ. DU Xꓵ: M: DO L ZI Bꓯ NI A WO Dꓯ ꓕI: ꓛO; KW GO SI. NI ꓕI LI Bꓯ NY,“ A WO-. A WO-. NU NY ꓥW Dꓯ Sꓯ; M CYO. SU BE Vꓱ WU: L SU ꓥ-. GO NY NU W; NYI: P. L: A MI XW ꓕꓯ; O. Dꓵ ꓥO; FO ꓥ-. NYI. MI NU W; M: JI ꓥO Bꓯ A: TO Bꓯ Gꓶ M-LI: ꓥO-. LE; LE; NU W; JI SI. ꓥW Dꓯ HO: V YI Bꓯ Gꓶ NY YI. LI ꓕI: Xꓵ: ꓥ L:-. A Mꓶ NY Xꓵ: WU M ZO; M: ZO; LI. M: Sꓶ. M-. ꓕI: ꓘO, M: JI NY A LI Bꓯ SI. Sꓶ. SI:-. GO NY NU W; NYI: P. L: YI. W; VE ꓘW M: NY, ꓥ Bꓯ Gꓶ Xꓵ: WU M A LI ꓥ M ꓒI, NYI Gꓶ ꓕꓯ; SI. NI A LI YI M JW, NI ꓛꓵ ꓥ Lꓯ;-.” ꓕI ꓕꓯ; W.-CI-PO Bꓯ ꓘꓶ: M Cꓵ Cꓵ A WO NI, M KW ꓘE, Dꓵ; LI W=

W.-CI-PO NY A WO O. Dꓵ M: ꓛꓵ: NY, DU M Dꓯ MO LI ꓕꓯ; VE KW; ꓒ: Mꓶ. JY JI SI. ꓕI LI Bꓯ NY,“VE KW; ꓒ:-. VE KW; ꓒ:-. ꓥW Tꓯ. A WO NU Dꓯ A: TO Sꓯ ꓥU Bꓯ NY, ꓥ Lꓯ;-. NU VE KW; ꓒ: NY ꓕI Xꓵ: Sꓯ ꓥU M Cꓵ Cꓵ Xꓵ: WU ꓥ Xꓵ: ꓛI ꓛ, M: ꓥ KW.-. NU VE KW; ꓒ: NY P Sꓯ; Bꓯ ꓘꓶ: Dꓯ Gꓶ NI, M KW Gꓶ M: ꓥ KW.=

ꓕI ꓕꓯ; VE KW; ꓒ: Kꓶ. FI. KW YI. JUT ꓶ. T. DU M Gꓶ A ꓤ ꓤ BI M: MO W-. YI. NY A: Jꓵ; SU NY, KW ꓕI LI Bꓯ NY,“ꓤ: GU; Lꓯ. NU Bꓯ M: A: ꓘꓶ. ZO ꓥ-. C; C; Bꓯ Gꓶ ZO;-. Sꓯ; ꓥU: Bꓯ Gꓶ ZO;-. ꓥW NY NI, M KW M: Kꓶ= ꓕI LI Bꓯ Gꓶ NY A: Jꓵ; SU Dꓯ VE KW ꓶ ꓤ: ꓶ MI M XW; ZI SI. NI YI. W; NYI: P. L: Dꓯ HO; SI. L:-ꓤ: ꓘ, KW JI W=

YI. W; NY L:-ꓤ:-ꓘ, ꓘ, GU; KW ꓛI ꓕꓯ;-. ꓘ, TI, XY KW Dꓱ Lꓱ; VE CO LO LO VE, Xꓵ: ꓕI: JY; MO LI-. VE ZO ZO DI KW A. TO. MU: ꓘU; KU ꓕU: ꓕU: DO NY,-. A. N: BE ꓞO ꓤ: Sꓯ; Gꓶ Xꓵ: Xꓵ: T.-. GO NY ꓘ, GU; KW ZI: Fꓯ. Bꓶ ꓞI; BI XW FI Bꓶ ꓞI; GW, Xꓵ: VE BI T. LO-. ꓒI, NYI NY 40 ꓘO; ꓛI LO, Xꓵ: ꓤ: ꓕI: RO M NY Bꓶ ꓞI M XW FI Bꓶ ꓞI; GW; T.-. ꓛI NYI NY A. NYI: JI NI X, H, Xꓵ: ꓛI NYI Dꓱ; T.-. N: HO, NY ꓘO; L: B NI X, H, Xꓵ ꓕI: CU. HO, T.-. GO NY N: HO, Dꓯ CY ꓛꓶ Mꓵ LI. NYI: S; CW ꓛꓶ, H, SI:-. MI: VI ꓕI: ꓕꓶ, Jꓶ Gꓶ NY ꓶ, Lꓶ ꓶ, Lꓶ BI

VE SI d: NI O. D∩ ΛO; T. M ⊥I: LI, M D∀ ZO; T. LO-. ⊥I: LI M: ⊥I: X∩: N GW; SI. NY, M M: B∀ M. LI. C∩ C∩ VE SI d: Λ X∩: S⅂. Λ LO=

YI. W; ⊥I: HW. NY ꓘ, KW M∀. WU L∀. ℲI SU D∀ ⅂; ꓤ KO, T. SI: Λ-. G⅂ SI. VE KW; d: NY NY, BYƎ, ⊥I: LI, BI T⅂, SI. NI M: ⊥I: LI, X∩: B⅂ ℲI; GW; T. SU M⅂. JY; JI SI A. N: ⊥I: LI, BI O. DU ΛU: T.-. YI. M⅂. ⅂, T. SI. NI VE SI d: D∀ A ꓤ: ꓤ: BI A. X∩: B∀ GO; NY, G⅂ M: S⅂.-. VE SI d: NY K, Ɔ∩; NI H; H: S∀; SI. ⊥I LI: B∀ NY,“ ZO; Λ-. ZO; Λ= ”

VE SI d: NI VE KW; d: D∀ dU: GO; G⅂ NY Ⅎ∀I, ⊥I: ꓘO, Ɔ∩: LO. ꓘ⅂: ⊥I: LI, BI T⅂, SI. NI ꓘ, GU; KW NY, LO A: J∩; SU M⅂. ⊥∀; KW MU: KW; B∩, M-LI ⊥I LI B∀ NY,“A WO BE M∀. WU L∀. ƆI L: W-. ΛW NU: VE SI d: NY ⊥I: ꓘ⅂: ⊥∀; SI ⊥I: ꓘ⅂: ZO B∀ NY, Λ-. C∩ C∩ G⅂ SI, ZI ⊥∀; SI A. N∀ Ɔ; Ɔ; M⅂ NY ΛW NU VE KW A: ꓘ⅂. ZO W-. A WO BE A: J∩; SU ꓘ, ꓘU; KW D∩: YI V= ”

A WO NY NI, M KW ⊥I LI D∩: JW; NY,-. “VE KW; d: N: C∩ C∩ G⅂ A. N: ⊥I: LI, Λ B⅂-.”G⅂ SI. SU D∀ G⅂ ℲI; MY N: GO; N LO: Λ B∀ SI. NI ⊥I LI DO; LI. NY,“GO NY SI, ZI ⊥∀; SI KW NY, DU A. N∀ Ɔ; Ɔ; N: A. TO. MU: ꓘU; D∀ JO SI. BYƎ YI N. L∀;-. ΛW B∀ A LI G⅂ M⅂, X∩: B∀ M: JW; LO= G⅂ SI. A. N∀ Ɔ; Ɔ; BE A. N∀ M⅂ G⅂ NY, S∀;-LI: ΛO-. NYI. MI A. N∀ M⅂: S∀; ⊥I: ƆO NY D: ꓘU S∀; LI. VƎ, T. SI:-. ΛW NU: G⅂ JI SI. N N, YI SI: NI=

GO NY VE KW; d: M N N, NI ℲI; MY LI. NI SI: LI, ꓤ: K⅂ LEO-. G⅂ SI. NI X∩: WU ⊥I ⊥I: P⅂. KW YI. G⅂ A LI YI M: N-. K TI TI ZI: H, SI. NI M: N N, W; M ⊥I: LI, BI NI, SI; SI: ⊥I LI B∀ NY,“A WO N: C∩ C∩ A: ꓘ⅂. B∀ KU. B⅂-. A: J∩; SU D∩: JI L∀;= ”

A: J∩; SU NY VE KW; d: NI HO; T. SI. NI M∀. WU L∀. ℲI SU ⊥I: HW. M⅂. ⊥∀; ƆI W=

ƆI NI ℲO ꓤ: LI. VE M: ZO. ⊥∀; LI VE KW; d: NY VE SI d: BE A: J∩; SU D∀ ⊥I LI B∀ M. NY,“⊥I ⊥I: RO NY A WO-. ⊥I ⊥I RO NY RO T∀. M∀. WU-........ LE; LE, NY A WO BE YI. W; NYI: X∩. D∀ B∀ M. NY,“ ⊥I ⊥I: RO NY ΛW NU: VE SI d:-. GO NY W.-CI- PO T∀. A WU ΛO= ”

A WO DO: LI. NY “ B∀ M. M: Ɔ∩ W-. A. N∀ SI. A. N∀ Ɔ; Ɔ; N: ΛW G⅂ S⅂. Λ-. L: M SI. XO. ꓘ⅂ T∀. dYƎ; NY ⊥I: LI, M: T.-. G⅂ ⊥∀; VE KW; d: NY A: TO B∀ M. G⅂ ⊥I: LI, K⅂ YI O=

VE SI d: NY CI. ƆY; VE KW; d: D∀ A WO NI B∀ NI X. W ꓘ⅂: LI. ⊥∩ N M: JW, K⅂ LI ⊥∀; VE KW; d: D∀ L∀; NYI K∀. SI. ⊥I LI B∀ NY,“NYI-. VE KW; d:

NU N: Cꓵ Cꓵ M: D O-. ꓕI VE SU Dꓯ Gꓶ ꓕI LI Bꓯ M. ꓛꓵ ꓥ= ”

GO ꓕꓯ; A WO Gꓶ NI, ꓞ DO: LI. NY,“ ꓥO Lꓯ;-. GO NY A. GU: LI. Mꓶ Sꓯ Bꓬꓱ YIN Y NU Mꓶ NU Tꓱ, Tꓱ, Mꓶ ꓥ Bꓯ Gꓶ YI. VE Mꓶ. ꓕꓯ; KW ꓛI ꓕꓯ; ꓕI:- LI, Mꓶ, M: ꓥ= ”

GO ꓕꓯ; Bꓯ NI VE SI ꓒ: Gꓶ ꓕI LI DO: LI. NY,“ꓒI, NYI-. ꓒI, NYI-. RO Xꓵ: W NY L: M TI. KU. M-LI: M: ꓞI-. X. W; ꓘꓶ: Bꓯ LI. YI. LI ꓕI LI JW, M-. NI, ꓞ VE KW Dꓵ: SI. HW, K, Lꓯ-. NI, ꓞ-. NI, ꓞ= ”

GO NY A WO Bꓯ “ ꓥW NU: ꓛI ꓒꓯ, KW N: Nꓱ. Vꓱ;-LI-. NU W; ꓞO BO VE KW DU: YI N: A. TI. M: D W.= ”

Gꓶ ꓕꓯ; VE SI ꓒ: Gꓶ ꓕI: ꓕꓶ, ꓤ: A YI SI. NI Bꓯ NY“ ꓕI LI ꓕ: Bꓯ-. A Mꓶ RO: NY ꓕI VE SU-. ꓕI Xꓵ: GO. Xꓵ: ꓕ: WO, Lꓯ= ”

A WO Bꓯ“ ꓥ Gꓶ ꓥ W-. KO ꓕꓯ; BO: LO VE NY BO: LO K NI, X,- LI: M: ꓞI-. ꓞO BO Tꓯ. ꓶ ꓤ: ꓶ MI BI P Sꓯ; BU NI XW. DO L Xꓵ: ꓥ-. GO NY RO: VE SI ꓒ: RO: Dꓯ ꓕI LI NI Mꓵ M RO: Gꓶ ꓕ: K Lꓯ V= ” ꓕI LI Bꓯ Gꓶ ꓕꓯ; NY ꓘ, KW K SU ꓕI: ꓛO VE SI ꓒ: VE KW Dꓵ: JI O=

VE SI ꓒ: VE KW ꓛI ꓕꓯ; W.-CI PO A LI D M Bꓯ M. M: ꓛꓵ O-. Gꓶ SI. A WO YI. W; NYI: P. L: Dꓯ A LI YI M Bꓯ N LO: ꓥ=

VE SI ꓒ: NY A WO SI. W.-CI-ꓞꓯI; NYI: P. L: Dꓯ Mꓶ. ꓕꓯ; Xꓵ: W; WU ꓕI: LI, YI GO; NY, LO-. Dꓱ; Lꓱ: VE Mꓶ Sꓯ NY L; C. C. DO BI A. TO. KO DU YI H,-. YI. ꓘU; KW NY YI: T. GU YI H,-. Cꓵ Cꓵ BI A: ꓘꓶ. Xꓯ T. ꓥ= ꓕI: NYI S Z M M: ꓥ NY A. ꓭ. HW;-. M: ꓥ NY Nꓯ. Bꓯ Xꓵ: HW;-. FꓯI NI Nꓯ. Bꓯ Xꓵ: WO; ꓒY: Lꓱ H, Xꓵ: NYI: M M: ꓞꓶ= A. TO. ꓘꓶ: Lꓯ. Bꓵ; KW NY HW; JU Kꓶ SI. L: C. C. H,-. L: C. Lꓯ Nꓵ. NY M: ꓥ NY XW Pꓵ,-. M: ꓥ NY N. Pꓵ,= YI: T. GU KW NY ꓘO; L: B: A: ꓕU, ꓕU, Xꓵ: ꓘO; H,-. CI DU NY A. RO Mꓵ NI X, H, Xꓵ: L: B-. Mꓶ: ꓘꓶ: ꓛI NY TI, Jꓵ DO ꓛꓵ-. Cꓵ Cꓵ Gꓶ Vꓯ; NYI KW ꓕI: Xꓵ: LI. YI M: ꓛꓵ N: K, LO=

ꓕI Xꓵ: ꓞO JO M NY A ꓕꓯ; Mꓶ ꓕꓯ; SI, Nꓯ. MI KW NY, C LI SU A WO BE W.-CI -ꓞꓯI; Dꓯ Bꓯ ꓕꓯ; Cꓵ Cꓵ NI ꓒU: L ꓞO JO NY, M-LI: ꓥO= Gꓶ SI. A WO BE W.-CI ꓞꓯI; NYI; P. L: NY NI, M KW A LI Gꓶ M: V Lꓱ BO-. VE SI ꓒ: ꓕI M A LI Bꓯ SI. ꓕI LI YI ꓥ MI,-. SU Bꓯ Vꓯ, BI NI A. ꓭ. Dꓯ ꓘO; Xꓵ O. DU ꓕꓱ NY NI, M: CI Bꓯ T. ꓥ LO=

ꓕI: NYI ꓕꓯ;-. A WO NI, Tꓱ, SU NY VE SI ꓒ: Dꓯ HW; SI. NI A LI ꓥ M N NY Xꓵ: SW; NY,-. VE SI ꓒ: NY A WO N: BU NI M: D NY, M Dꓯ MO LI ꓕꓯ; Sꓯ SI. ꓕI LIB ꓯ NY,“ Xꓵ: W; NU N: Cꓵ Cꓵ A: ꓘꓶ. D SU ꓥ Bꓶ-. ꓕI: NYI: NYI ꓤ: N: LI.

NI N: NY, M: D T. LO= ”

A WO Bꓯ“VE SI ꓒ: O-. NU Gꓶ Sꓶ. Lꓯ;-. A. ꓭ. M: ꓛI, Z: M: W-. ꓝO ꓤ: M: YI Z: M: BO= ”

GO ꓕꓯ; VE SI ꓒ: NY B: Hꓶ: BI ꓕI LI Bꓯ NY,“ NYI. MI ꓥW NI ꓘU DU YI ꓤ: NY-. Z: BO DO BO ZI Bꓯ SI. ꓘU ꓥ Lꓯ;= ”

GO NY A WO Gꓶ C-ꓥ BI Bꓯ NY“NYI. MI N: Mꓶ: ꓝ M M. LI: M, Sꓯ NI DO L, N. M:= ”

VE SI ꓒ: NY NI, M A: ꓘꓶ. Tꓱ, ꓥ-BI Bꓯ NY“Xꓵ: W O-. NU NY Mꓶ: ꓝ M A KW JO DO L M ꓕ: K-. ꓥW VE KW HW; Gꓶ JW,-. Z Gꓶ JW,-. Z: GU YI Bꓯ LI. P Sꓯ; FꓯI NI Tꓯ, L DO ꓥ= ”

GO NY A WO ꓕI LI Dꓵ: JW; ꓛI-. ꓒI, NYI NY M: Z: LI. A: TO TO ꓥ Bꓶ-. Z: Bꓯ Gꓶ YI. NI MI: YI DO H, Xꓵ: M: ꓥ Lꓯ;-. ꓥW NY A ꓤ ꓤ LO NY, SI. YI. A. Xꓵ: YI M ꓒI, NYI NI-. GO ꓕꓯ; YI. Bꓯ ꓘꓶ: M Dꓯ HO. LI N Bꓯ NY“ ꓥ W-. ꓥ W-. ꓥW ꓕI: ꓛꓵ. M NY ꓕI: Z: BO NY ꓕI: Z: M: BO-. A Mꓶ NY WU S ꓒU: L NIX ꓱ. Gꓶ: NI VE SI ꓒ: VE KW ꓒU: L-LI Xꓵ: ꓝO JO W LEO= ”

VE SI ꓒ: NYI NY A WO N: ꓝO Tꓱ, ꓒ: ꓥ M NYI W-. Gꓶ SI. Xꓵ: WU YI. Pꓶ. M: ꓝꓶ, ꓕꓯ;-LI JI M JO NY,-. Xꓵ: WU YI. Pꓶ, M: ꓝꓶ, ꓕꓯ; LI JI ꓥO Bꓯ ꓥW A: Jꓵ; SU Mꓶ. ꓕꓯ; A LI YI SI:= GO NY LE; LE; ꓕI LI Dꓵ: JW; ꓛI “ꓥ W-. A. NYI; LO. SU NYI: S; NYI LI: JI Bꓯ Gꓶ ꓝO XW. ꓕI NYI: RO M Dꓯ ꓕI KW MI: M: YI Z: ZI DO ZI N M: JW, M= YI. W; ꓝꓯI NI Xꓵ: WU Bꓯ ꓥO Bꓯ-. ꓥW Gꓶ M: ZO; M: Tꓱ, YI KU. ꓥ= ”GO NY VE SI ꓒ: NY XW. W ꓕꓱ NI, M: Xꓵ-BI Bꓯ“ Xꓵ: W NU Bꓯ M Gꓶ Cꓵ Cꓵ ꓥ W-. MI YI C LI SU N: N: M: MI LO= GO NY ꓕI LI YI Lꓯ-. NU W; NYI: P. L: NY, BU ꓥO Bꓯ-. MO: LO ꓕꓯ; ꓥW A. NYI: M KO KW LO. GO; YI-. Nꓯ W Mꓶ: ꓘ: ꓕꓯ; Xꓵ. A. TI. Tꓯ, CW. GO-. A JY ꓤ: A. TI. ꓛꓵ: TO GO= ”

A WO DO: LI NY“ D ꓥ-. D ꓥ-. ꓥW NU: Gꓶ A. NYI: LO. SO NI-. M: ꓥ N N: SI. Z: DO Gꓶ NY, M: HW. O=

GO NY ꓕI NYI: S; NYI KW-. A WO BE W.-CI-ꓝꓯI; NY VE SI ꓒ; Tꓯ. A. NYI M Dꓯ Nꓯ; W Mꓶ: ꓘꓶ: LI. Xꓵ. Tꓯ, CW.-. A JY ꓛꓵ: TO-. MO LO NY KO KW LO. YI SI. VE SI ꓒ: Tꓯ. A. NYI: JO P. YI NY, LO=

ꓕI LI ꓕI: Jꓵ, KO, Gꓶ ꓕꓯ;-. ꓕI: Mꓶ: ꓘꓶ: Nꓯ.; KW-.VE SI ꓒ: NY YI. W; NYI: P. L: Dꓯ HW L SI. ꓕI LI Bꓯ NY,“Mꓶ: ꓩU O-. A Mꓶ V B ꓕI: M NY YI XO NYI ꓥO= GO NY Vꓯ, NYI ꓕI: NYI M Dꓯ YI. W; NYI: Xꓵ. YI XO Xꓵ: WU M YI Gꓶ Lꓯ= ”

A WO Bꓯ“YI XO M: YI XO-. A LI YI XO-. A ꓕꓯ; YI XO M N: W.-CI-PO Dꓯ

N NY N NYI ꓕꓯ; SI D ꓥ= ”

VE SI ꓒ: Bꓯ“ ꓥW Mꓯ, WU NY Yꓯ. WO NU Dꓯ YI. NYI A ꓕI: NYI JI M SW; GO; ZI ꓥO= ꓤ: Nꓱ NY M: Sꓶ.-. Gꓯ Yꓯ.WO NU SI. ꓥW NY YI. NYI JI Xꓵ: ꓕI: NYI SW; GO Gꓶ Lꓯ-. Yꓯ. WO NU Bꓯ A ꓕI: NYI M ZO; N T.=

A WO SW; NY“ VE SI ꓒ: ꓕI M NY W.-CI-PO Dꓯ LI. C, M: W LI YI Xꓵ: SW; NY,-. YI XO Xꓵ: WU ꓕI M W.-CI-PO O. Dꓵ M: VU NY YI M: D= ” GO ꓕꓯ; VE SI ꓒ: Dꓯ ꓕI LI Bꓯ NY“VE SI ꓒ: O -. Dꓯ; Pꓶ ꓤ: LI. M: Mꓶ SO T. SI; M-. Dꓯ; Pꓶ ꓒ: K Mꓶ. ꓕꓯ; N: A KW ꓛI ꓛI BYꓱ JO M: D W.= ”

VE SI ꓒ NY ꓕI Bꓯ ꓘꓶ: M N N, Gꓶ ꓕꓯ-. A WO ꓞO XW. BI; ꓛꓵ: NI, M KW A LI SW; T. M JW, W LEO= GO NY RO Sꓶ, Sꓶ: Z: ꓕꓯ; Z: MY; SI. Lꓯ BI KW ꓞI LI M–LI, ꓛU; ꓞꓶ, ꓛU; ꓞꓶ, BI ꓕI: B, Kꓶ YI ꓕꓯ; SI. Bꓯ NY“ Z: ꓕI: L, CY. MI LI T. W-. GO NY NU ꓥW VE KW DU L ꓕI: NY ꓕꓯ; LI A Mꓶ ꓒ ꓛIG ꓶ NI, M: KW ꓕI: Xꓵ: Gꓶ M: Dꓵ: JW; ꓛI ꓥ= ”

A WO Bꓯ“ CY. M: MI Xꓵ: ꓕI: BI CY. H, N. Lꓯ;-. M: ꓥ Bꓯ NU ꓒU SI. ꓒI, NYI NY= ”

VE SI ꓒ: NY VE KW; ꓒ: Dꓯ Bꓯ SI. YI. W; NYI: RO Dꓯ ꓕI KW Lꓯ ZI NY,-. YI. W; NYI: RO Dꓯ ꓕI LI Bꓯ NY“A Mꓶ V ꓒU ꓕI: M ꓕꓯ; NU W; Dꓯ YI XO GO; Gꓶ Xꓵ: SW, NY, ꓥO-. ꓥW NU N WO Dꓯ WO; HW SI. YI. NYI M Bꓯ Gꓶ SW, H,-. Gꓶ. SI. N WO NY NU Tꓯ. Tꓯ. SW; ZI Bꓯ ꓥ-. ꓥW Mꓯ. WU NU Bꓯ A ꓕI: NYI M YI Lꓯ Bꓯ= ”

A WO BE W.-CI-ꓞꓯI; NY W.-CI-PO ꓕI ꓕI: FI. M KW ꓞO BO ꓞO JO BI A. MI: ꓤ: NI Kꓶ. Dꓵ: LI M A LI Bꓯ Gꓶ SW; M: ꓛI SI:-. GO NY W.-CI-PO ꓕI LI Bꓯ NY,“ A WO BE NYI ꓤ:-. ꓥW NU: YI XO Xꓵ: WU M YI Gꓶ Lꓯ V-. ꓕI ꓕI: FI. Dꓯ C, NYI NY-. VE SI ꓒ: VE KW A. Xꓵ: LI. A: ꓘꓶ. JW, Bꓶ-. ꓕI LI ZO; Xꓵ: N: M: ꓥ NY RO: XO, BO PY LI. HW W M: D M:-. FꓯI, Bꓯ A. MI: Gꓶ ꓥW Dꓯ A: ꓘꓶ. JI ꓥ-. ꓥW Dꓵ: JW; NY X, Gꓶ Nꓯ. Vꓯ; NU W; NYI: P. L: Gꓶ ꓞO JO XW. M: ꓛꓵ LO=”

GO ꓕꓯ; YI. W; NYI: P. L: Gꓶ ꓕI LI SW; NY,“ W.-CI-PO LI. ꓕI LI Bꓯ NY-. RO: XW. M: XW. M Mꓶ. JY ꓕ: Bꓯ-. W.-CI-PO NYI: RO ꓕI: NI, M-LI ꓞO JO NY D W= ”

Gꓶ ꓕꓯ; W.-CI-ꓞꓯI; Mꓶ. ꓕꓯ; ꓕI LI Bꓯ NY,“SU Bꓯ Dꓯ; Pꓶ Mꓶ ꓛY DO YI NY MI Tꓯ. Tꓯ. Mꓶ ꓥ JO-. Gꓯ ꓥW, YI: CI. ꓛY; LI. ꓕI LI Bꓯ M-. ꓥW NU: Gꓶ A LI M: WO, Lꓯ;-. Mꓶ: ꓕꓯ; K. NY. SI ꓥW, YI: ꓞO JO S NY ꓥW NU: Gꓶ K, ꓛꓵ: ꓥ= ”

A WO NY W.-CI-PO BE VE SI ꓒ; Dꓯ Bꓯ NY“ꓥW NU: NY XW. NI KO Dꓵ;

ꓕI: ꓕꓶ,-LI-. NU Dꓯ Gꓶ YI XO GO M: HW.-.GO NY A Mꓶ NU ꓞO BO VE KW Mꓯ. WU TO, YI Bꓯ-. ꓥW NU: NY M: K; W-. YI XO Xꓵ: WU M NY VE SI ꓒ: NU Tꓱ, Tꓱ, YI K, V= ”

VE SI ꓒ: NY ꓕI LI Bꓯ M N N, Gꓶ ꓕꓯ K, ꓛꓵ: NI ꓕI LI Bꓯ NY,“TI LI NY ZO; W-. GO NY YI XO NYI M Vꓯ, NYI ꓕI: NYI M YI Lꓯ-. ꓥW NU: VE KW NI ꓕI: ꓘO, XO GO NI-. Vꓯ, NYI N: A: ꓘꓶ. JI ꓥ-. X, Gꓶ Nꓯ. Vꓯ; ꓥW LI. P. LI. M LI. Vꓯ, ꓤ: HO: M-ꓕI: LI, A: ꓘꓶ. MY: L DO ꓥ-. Gꓶ NY Mꓶ: ꓕꓯ; K. NY. NY ꓥW NU: ꓞO ZU M A: ꓘꓶ. ZO ꓥ= ”

VE SI ꓒ: NY ꓕI: LI ꓕI: ꓘO, YI Gꓶ NY-. Cꓵ Cꓵ YI XO NYI M ꓕI TI Gꓶ W=

GO NY VE SI ꓒ: NY V B ꓕI ꓕI: M KW VE KW; ꓒ: Dꓯ A LI YI M Bꓯ M. SI NI VE KW JO P. ꓕI: HW. Dꓯ YI XO YI MI: YI ZI NY, LO-. A. Wꓯ; CW. SU CW.-. A. NYI: CW. SU CW.-. Jꓵ ꓒꓶ: PU. SU PU.-. SI. CO. HW SU HW-. YI ꓤ: ꓘU SU ꓘU-. Cꓵ Cꓵ BI A. DI ꓞ NY, M: ꓥ= GO NY BO SU NY A. Xꓵ: Bꓯ LI. JW,-. XW. SU NY YI XO ꓒ: B, M A W HW YI M LI JY XW. NY, SI: LO=

Cꓵ Cꓵ NY

SI, ꓒY: SI: NY Wꓯ; CW. V-. SI, ꓒY: ꓞꓶ NY Jꓵ PU. NYI=

Wꓯ; CW. HW. SU ꓞO BO VE-. Jꓵ PU. HW. SU ꓞO BO ꓒ:=

NY, V NY A. Nꓯ. ꓕO,-. Vꓯ, NYI ꓛI NY Vꓯ, ꓛI, PY=

BO SU YI XO Vꓯ,-LI -. XW. SU ꓶ ꓣU MY BI DO=

Vꓯ, NYI Mꓶ. ꓕꓯ; ꓕI: NYI NY-.VE SI ꓒ: ꓕI: VE NY Nꓯ; Nꓯ: BI K ꓘꓶ: Mꓶ. ꓕꓯ KW ꓕO: K. ꓞO, N ꓞO,-. ZO ZO DI KW ꓕO: ꓒY: ꓒ: N ꓒ:-. ꓕO: ꓒY: NI, ꓛI; ꓕꓯ; SI KW NY N. ꓘW. LI. A: MY, N: H,= ꓯ. Wꓯ; SI: SU SI:-. A. NYI: SI: SU SI:-. WO; ꓒY: WO; MI ꓞI: SU ꓞI:-. ꓘO; XW MY PU. SU PU.-. TI, Jꓵ TI, SU TI,-. A. TO. MU: ꓘU: Gꓶ KU ꓕU: ꓕU:-. ꓞO ꓤ: Gꓶ Xꓵ: ꓤ: Xꓵ: BI A. DI: ꓞ, NY, M: ꓥ=

Vꓯ, NYI ꓕI ꓕI: NYI: KW Mꓶ: ꓞ M NYI: BO ꓛI ꓕI: T. ꓕꓯ;-. YI ꓤ: BU Gꓶ A ꓤ: ꓤ: BI L, W-. ꓒU Tꓯ, SU Tꓯ,-. HW; Tꓯ, SU Tꓯ,-.Jꓵ ꓒꓶ: Tꓯ, SU Tꓯ,-. A. ꓭ. Tꓯ, SU Tꓯ,-. A. Wꓯ; SI SU SI-. A. ꓛꓵ: SI SU SI-. Z: Mꓯ SU Mꓯ-.

YI ꓤ: BU NY LI-SU Xꓵ: ꓒ: B, RU M: CI Pꓶ. DU NI A. Xꓵ: Tꓯ, L LI. M: K ZO ZO TI, Xꓯ KW N. ꓘW. ꓕI: M M ꓕꓯ; SI Kꓶ NY, LO-. Jꓶ; ꓤ: M ꓞI Tꓯ, L SU NY VE JO P. NI HO: SI. YI. Bꓱ KW SI ꓣU NY,-. ꓶ ꓤ: ꓶ MI M N. ꓘW. KW Kꓶ BI LI ꓕꓯ; VE KW Lꓯ; Xꓵ Lꓶ. ꓣU Lꓯ; Xꓵ Gꓶ NY,-. Tꓯ, L DU ꓶ ꓤ: ꓶ MI NY-. K, KW Z: Kꓶ BI LI-. ꓒU Kꓶ DO KW ꓒU Kꓶ BI LI-. ꓕ. BI KW NI Jꓵ Kꓶ BI LI-. ꓕI LI BI ꓕI: ꓒO. K. NY. ꓕI: ꓒO-. GO NY Mꓶ: ꓞ M ꓞO ꓤ: O. DU KW ꓛI ꓕꓯ; NY Z Z: W=

VE SI ꓒ: NI ꓕI: ꓘꓶ: WO, Gꓶ K. NY.-. WO; ꓒY: WO; MI BI HW; Xꓵ: HW Jꓵ A: ꓘꓶ. Z: MI Xꓵ S L ꓕꓯ; SI TI L, T. LO=

Z X. SU ꓒ WU. ꓕI: Kꓶ. ꓛꓵ, L, M NY NYI: Xꓵ WO DO: ZI MI ꓥ-. ꓕI M NY A. Wꓯ; NYI GU; KW NI X, H, Xꓵ: ꓥ-.

Z X. SU NYI: Kꓶ.ꓕI: Kꓶ. ꓛꓵ, L, M NY ꓤ: GU ꓤ: Mꓶ NYI W ZI MI ꓥ-. ꓕI M NY Cꓱ; Yꓯ KW NI HW; ꓕꓱ, H, SI PU. H, Xꓵ: ꓥ-. GO NY A: Jꓵ; SU LI. NYI A LI W=

Z X. SU Kꓶ. ꓕI: Kꓶ. ꓛꓵ, L, M NY ꓒU HW ꓒU W ZI-. Xꓵ HW Xꓵ BO L MI ꓥ-. ꓕI M NY X, D ꓝꓶ KW NI X, H, Pꓶ. DU-. A: Jꓵ; SU LI. ꓕI M Dꓯ A: ꓘꓶ. Z: NY, LO=

Z X. SU LI Kꓶ. ꓕI: Kꓶ. ꓛꓵ, L, M NY NYI: ꓘꓶ: V; ZI YI JY X MI ꓥ-. ꓕI M NY KO ꓕꓯ; KW JW, LO SI, BI: LI: KW NI X, H, M ꓥ LO=

Z X. SU ꓥW; Kꓶ. ꓕI: Kꓶ. ꓛꓵ, L, M NY A. Wꓯ; M: SI: Z: M: BO-. Z: M: MI YI. M: BO MI ꓥI-. ꓕI M NY Mꓶ: SI. A. Wꓯ; Lꓯ; ꓒꓯ, ꓕI: ꓛO CY. H, Xꓵ: ꓥ-. Cꓵ Cꓵ A. DI: Z: MI-. A. DI: SO MI M ꓥ LO=

Z X. SU ꓛO; Kꓶ. ꓕI: Kꓶ. ꓛꓵ, L, M NY Z Z: Z Pꓶ, ZI-. Jꓱ: Vꓱ Jꓱ: N ZI MI ꓥ-. GO NY A: Jꓵ; SU NY A. Wꓯ; O. Dꓵ HW; KW NI ꓘO; XW ꓛ; WO: BI WO Bꓱ ꓕI: ꓛO C. H, Xꓵ: ꓛꓵ: L, M MO ꓕꓯ; ꓕI: RO K. NY. ꓕI: RO SI. Kꓶ. MO. SI. ꓱ, GO; HW NY, LO=

K. NY. ꓕI Kꓶ. M NY ꓕO: MO: CI. MO: W; ꓤ: W:-. MU: JW NY, ꓤ: Xꓵ: ꓤ: Xꓵ: MI ꓥ-. GO NY Hꓶ: PO Sꓯ; ꓕI: ꓛO BI NY, HW; KW NI X, H, LO Xꓵ: ꓕI: Kꓶ. ꓛꓵ: SI. YI ꓤ: BU Dꓯ Z: ZI NY, LO=

GO NY YI ꓤ: MY Pꓶ. DU NI-. Mꓶ: ꓘꓶ: NY ꓝI Kꓶ ꓕꓯ; SI. GO LI LO=

Mꓶ: ꓘꓶ: NY ꓝI, Kꓶ ꓕꓯ;-. VE JO P. SU NY ZO ZO TI, XY KW A. TO NYI: S BI ZI NY,-. GO NY Jꓱ; Lꓱ; Mꓵ SU MU-. ꓛI Bꓶ ꓛI, SU ꓛI,-.JI: FI. ꓶ SU ꓶ SI. NI K, ꓛꓵ: KW ꓘE, ꓘE, NY, LO=

KW ꓘE, ꓘE, SU NY YI ꓤ: BU-LI M: ꓝI-. ꓶ R ꓘ, KW JO Lꓯ SU Gꓶ A: Mꓯ, ꓘE, NY, ꓥ=

KW ꓘE, ꓘE, SU NY YI. ꓘU KW S Tꓱ,-. Mꓶ Sꓯ KW S Tꓱ BI CO H, SI. Jꓱ; Lꓱ; -. ꓛI Bꓶ -. JI: FI Sꓯ; Dꓯ N N, NI-. ꓕI: B, NI, ꓝ-. ꓕI: B, A ꓤ ꓤ BI A. DI: K, ꓛꓵ: N ꓘE, NY, M: ꓥ= ꓝO MO: NY Lꓯ; Xꓵ ꓘE, Lꓯ; Xꓵ MU: GW; Bꓵ-. ꓕI: HW. NY YI XO MU: GW; Bꓵ NY,-. ꓕI: HW. NY ꓝO TI MU: GW; Bꓵ NY,= YI. CI WU: SU NYI: S RO M Lꓯ; H. Bꓯ ꓝU. MU: GW; Bꓵ, NY,= GO NY VE SI ꓒ: N YI. Dꓯ Bꓯ ꓝU. NY,

ꓟ ꓢꓶꓸ ꓥ꓾ ꓖꓶ ꓢꓲꓸ ꓐꓵ ꓢꓴ ꓠꓬ ꓐꓯ ꓫꓪꓸ ꓑ ꓢꓲꓸ ꓐꓵꓹ ꓠꓬꓹ ꓕꓯꓼ꓾ ꓬꓲꓸ ꓖꓶ ꓮ ꓡꓲ ꓟꓽ ꓬꓲꓳ꓿ ꓬꓲꓸ ꓡꓯꓸ ꓕꓲꓽ ꓧꓪꓸꓠꓬ ꓟꓸ ꓓꓳ ꓰꓼ ꓡꓯꓼ ꓧꓳ ꓢꓲꓸ ꓠꓲꓹ ꓠꓵ ꓡꓯꓼ ꓧꓳ ꓠꓬꓹ꓾ ꓕꓲꓽ ꓧꓪꓸ ꓠꓬ ꓡꓯꓼ ꓫꓵ ꓘꓰꓹ ꓡꓯꓼ ꓫꓵ ꓖꓳ ꓡꓯꓼ ꓧꓳ ꓢꓲ ꓠꓲ ꓙꓲ ꓖꓶ ꓪ꓿

4 A. ꓭ. ꓛI ꓒꓯ, ꓞꓶ M: JO-. JI SU A WO Dꓯ Hꓯ. Xꓵ

YI XO Gꓶ S: NYI: Nꓯ; W ꓕI: NYI ꓕꓯ;-. VE SI ꓒ: NY VE JO P. ꓕI: HW. Dꓯ A ꓕꓯ; Mꓶ ꓕꓯ; ꓘ, KW ZI: DU VE KW S; L TI H,-. Jꓵ ꓒꓶ JI Xꓵ: NYI: S; BI ꓛꓵ: TI H, Bꓯ SI. ꓘ, KW SU BU Dꓯ ꓘU L NY, LO=

ꓘ, KW SU BU NY ꓕI KW YI T. Gꓶ ꓕꓯ;-. VE SI ꓒ: NY LI-SU LI A: Bꓶ, M ꓤꓱ: SI. NI A: Jꓵ; SU Dꓯ X: L. Jꓵ M Lꓶ. GO;-. HW; Gꓶ NI ꓕI: RO Dꓯ ꓕI: Pꓯ. RU GO; SI. NI Lꓯ; Xꓵ Z: Lꓯ; Xꓵ DO ZI NY, LO= GO NY ꓘ, KW SU ꓕI: HW. NY VE SI ꓒ: NI YI. W ꓕU T. M Dꓯ M: Sꓶ. SI. NI ꓕI: RO GU ꓕI: RO Z: NI DO NI K, ꓛꓵ M: D T. W-. ꓕI: HW. NY HW; Z: NI YI. ꓞꓶ M LI. Lꓯ; ꓒꓯ, NY KW NI XU: XU; YI T.-. ꓕI: HW NY Jꓵ ꓒꓶ YI: NI HW. M: ꓛI; T. W-. ꓕI: HW. NY VE SI ꓒ: Dꓯ A: ꓘꓶ. ꓒU: GO; NY, SI:=

VE SI ꓒ: NY LO NY, NI ꓘ, KW SU Z: BO DO BO YI ꓕꓯ; ꓕI LI Bꓯ NY,“NU W; Bꓯ NY ꓥW VE KW HW; M Z: JI Z: M: JI Bꓯ-.Jꓵ M DO JI DO M: JI Bꓯ-. ”GO NY ꓘ, KW SU ꓕI: HW. NY ꓕI ꓕI: B, Lꓯ; H. Z: M: JI DO M: JI Bꓯ M: Pꓶ M-. A: Jꓵ; SU LI. ꓕI: ꓘꓶ: BI Bꓯ NY“ A: ꓘꓶ. Z: JI DO JI ꓥ= ” LE; LE; NY VE SI ꓒ: FꓯI, Bꓯ“ ꓥW Mꓯ. WU M D, M: D,-.”ꓕI ꓕꓯ; ꓘ, KW SU Lꓯ; H. Bꓯ NY“ L: M LI. ꓞO, W ꓘU Xꓵ: N: Cꓵ Cꓵ A: ꓘꓶ. D SU ꓥO-. ꓕI LI D Xꓵ: SI. NI NU Mꓯ. WU YI M ZO: ꓥ-. A Mꓶ N: ꓕI LI D Xꓵ: Mꓯ. WU N: A. TO PY LI. HW W M: D-. YI. ꓕI: RO BI L: M LI. ꓞO, W ꓘU SI. SI LI: L M:-. A M YI. ꓕI: LI, D SI:= ”

A. DI: Kꓶ. KU. M VE SI ꓒ: NY A: Jꓵ; SU LI. YI. Bꓯ MU: M Dꓯ C T. ꓕꓯ; ꓕI LI Bꓯ NY,“ꓥ W-. ꓥ W-. ꓥW Tꓯ, Jꓵ ꓒꓶ: N: Cꓵ Cꓵ DO JI ꓥ-. ꓥW Tꓯ. Mꓯ. WU Gꓶ A: ꓘꓶ. ZO; ꓥ-. YI. NY RO: MU: RO: LO KW ꓞO ꓤ: Z: DO L: M M Dꓯ SI: Gꓶ W-. Cꓵ Cꓵ Bꓯ NY A: L LI. ꓕI Xꓵ: ꓕI: RO M: ZI W-.” GO NY A Mꓶ ꓥW N N, M: S Xꓵ ꓕI: NYI: ꓘꓶ: ꓕꓱ NI“L: M Dꓶ: TI. SU NY Z: N LO:-. GW; N LO:-. Z: BO DO BO ꓕꓯ; SI. NI Sꓯ; JO JO BI L: M Dꓶ: HW. ꓥ M: ꓥ= ”

A: Jꓵ; SU NY YI. A LI Xꓵ: ꓕI: Xꓵ: Bꓯ T. M Sꓶ. T. W-. Gꓶ SI. YI. Mꓯ. WU NY L: M Dꓶ: SU NY Cꓵ Cꓵ ꓥ LO-. FꓯI, Bꓯ NY A Mꓶ RO: A: Jꓵ; SU LI. YI. Bꓯ ꓘꓶ: KW Dꓵ: DU: LI W= GO NY A: Jꓵ; SU LI. “ ꓥ W-. Cꓵ Cꓵ ꓥ W Xꓵ: ꓘꓶ: Bꓯ M-LI

Λ W= ”

ꓕI ꓕꓯ; VE SI ꓒ: NY D: DO, DO, Bꓯ “NU W; A: Jꓵ; LI. C NY ZO; W-. ΛW Bꓯ Gꓶ Cꓵ Cꓵ ꓕI LI ΛO= RO: ꓘ, KW ꓞO ꓤ: Z: DU L: M SI: Gꓶ SU Dꓯ NY A LI LI. ꓒU: GO; N Kꓶ Λ-. M: Λ NY X, Gꓶ Nꓯ. Vꓯ; ꓞꓯI, L Bꓯ A M NI SI: JW L SI:= GO NY ꓕI LI YI Lꓯ-. NU W; L: YI NY ꓘ, KW SU L: ꓞO BU Dꓯ ꓕI LI Bꓯ GO“ꓞO VE KW L: ꓞO 5 RO ꓕꓯ; SI NY, SU NY A. NYI: ꓕI: ꓘ, SI L-. 4 RO NY, SU ꓞO VE NY A. Wꓯ; ꓕI: M SI L-. 3 RO NY, SU ꓞO VE NY A. ꓛꓵ: ꓕI: M SI L-. 2 RO Yꓯ. ꓘW NY, SU ꓞO VE NY ꓕI: RO A. B. M K ꓕI: M ꓛꓵ: L= A Mꓶ LI. NYI ꓕI: NYI Nꓯ W; NU W: NY P Sꓯ; BU NI Tꓯ, MO. L DU M ΛW VE KW Tꓯ, ɾU L= ”

GO NY ꓘ, KW SU YI, CI A. T. RU SU NY A LI M: Λ BI Bꓯ“ Λ Lꓯ;-. NU A LI Bꓯ NY O. YI NI= ”

Mꓶ: ꓕꓯ; K. NY. LI. YI. CI A. TI. WU: SU Gꓶ O. Dꓵ LI. M: ꓛꓵ: BI NY, H, ꓕꓯ;-. VE SI ꓒ: NY NI, ꓞꓶ, NI ꓞI. MY LI. SI: SI: BI Pꓱ, NY“ NU W; NYI: S; RO NY A LI Bꓯ SI. Sꓯ; M: ꓕꓱ: Λ-. Z: BO DO BO YI ꓕꓯ; A. Xꓵ: Gꓶ M: YI SW; NY, Λ= ”

ꓕI ꓕꓯ; ꓤ:-LI,-ꓘ, KW NY, SU ꓘ, KW SU NY X. W ꓘꓶ: LI. ꓕꓱ M: Zꓶ; BI Bꓯ“VE SI ꓒ: O-. ꓞI NI, NY MI Nꓯ ꓛO, Pꓶ. DU NI ꓘ, KW Z Gꓶ A MY XW M: W-. ꓕI: VE VE Lꓯ; H. ꓕI: Xꓵ: Z LI. M: W-. GO NY NU ꓕI LI Bꓯ M N A. TI. YI XW. T. LO= ”

ꓕI Bꓯ ꓘꓶ: M VE SI ꓒ: N N, Gꓶ ꓕꓯ; NI, ꓞꓶ, NI A LI M: Λ BI Pꓱ, NY“NU W; ꓕI ꓕI. HW. M NY Z: KU. DO KU. M-LI:-. GO NY P Sꓯ; Dꓯ G; ZI: M: KU. Λ-. ΛW M: K-. A Mꓶ LI. NYI ꓕI: NYI Nꓯ; W M: Tꓯ, L ΛO Bꓯ NU W; Sꓯ; M M LI. RU Gꓶ SI:= ”

M: Λ ꓕꓯ; NY K, ꓛꓵ: NI Z: DO NY, M-.ꓕI ꓕI: B, M ꓛI ꓕꓯ; NY Mꓶ: V ꓛꓵ: HO; NI A. TO. Xꓵ Gꓶ M-LI Gꓶ LI W= VE SI ꓒ: NY NI, ꓞꓶ, NI Sꓯ; ꓤ: LI. NI“ H; ꓒU: H; ꓒU:” H NY, LO=

YI XO Xꓵ: WU M NY O. DU TU ꓕꓯ; A. DI: ꓘ, ꓛꓵ: M: Λ O-. Gꓶ SI. E. Mꓶ: W ꓛI NY YI JY ZI: LI ZI: BI N: YI W=

GO NY ꓘ, KW SU NY Z: Z: DO DO S; NYI S Vꓯ; YI Gꓶ K. NY. NY A LI M: Λ BI ꓘ, KW L: YI SI. NI VE SI ꓒ: Bꓯ M Xꓵ WU YI YI W=

A WO SI W.-CI- ꓞAI; NY VE SI ꓒ: ꓕI LI YI T. M M: Sꓶ SI: LO= GO NY JY FI. CI L T. M: Pꓶ. DU NI Mꓶ: JY SI ꓕI: LI, VE SI ꓒ: Tꓯ. A. NYI: LO. GO; NY, Λ=

LI. NYI ⊥I: NYI N∀; W KW -. M⅂: ꟻ G⅂ A.TI. Я; DO L, ⊥∀; LI VE SI ԁ: VE M⅂ S∀ KW J⅂; Я: M ꟻI S∀; BE L: ꟻO S∀; LI. X∩: Я: X∩:-. N N, NYI NY J∩ K; T. M-LI T. Λ LO=

A: ꓘ⅂. N∀; N L∀, M NY Я:-LI,-ꓘ, KW SU-.ꓘ, KW A.-ꟻI NY A. Ɔ∩: N. ⊥I: M SI SI. L, Λ-. GO NY VE SI ԁ: NY A.Ɔ∩: N. M D∀ X⅂, Я, NYI NY B∀“⊥I M N: C∩ C∩ A: ꓘ⅂. ZO; Λ-. A. DI: ꟻ⅂ X∩: A. Ɔ∩: N. Λ B⅂= ”

ꓘ, KW NY, SU A.-T⅂, NY VE KW N∀. B∀; X∩: ⊥I: X∩: G⅂ M: JW,-. A. NYI: M: DU ⊥I: ꓘ, Я: JW, M LI. SI ſU L W-. GO NY VE KW ԁ: NY A. NYI: M D∀ ԁI, NYI G⅂ T∀; VE SI ԁ: M: JY JI SI. B∀ NY“VE SI ԁ:-. VE SI ԁ:-. A. NYI: ⊥I ⊥I: ꓘ, M N: MO; NI A: ꓘ⅂. CO T. B⅂= ”

G⅂ NY VE SI ԁ: G⅂ A. NYI: M D∀ JI JI ⊥I: ⊥⅂, ԁI, NYI NY B∀“C∩ C∩ G⅂ NYI: MO; K ⊥I: ꓘ, Λ B⅂-. JI LI. LƎ. YI N T. X∩:= ”TI ⊥∀; A.-T⅂. D∀ MY S⅂: LI. PO YI M: MI NYI H,SI. B∀“A LI B∀ SI. NYI: MO; K ⊥I: ꓘ, SI L Λ-. N∀. B∀ A. NYI: M A KW JI W= ”

A.-T⅂. NY JO NI ⊥I LI DO: LI. NY,“ ԁU: L VE SI ԁ: O-. ΛW VE KE A. X∩ J⅂; Я: M ꟻI NY, HW. SI:-. A. NYI: NYI: MO; ⊥I ⊥I: ꓘ, M LI. A: NI, Z ԁU ⊥I: MO NO KW NI P L X∩: Λ-. ꟻI NI, NY MI WO; B P⅂. DU Z G⅂ XW M: W-. GO NY A. NYI: G⅂ ⊥I LI CO Λ LO-. VE SI ԁ: NU NY RU H, H:-. ΛW VE KW N∀. B∀; X∩: N: ⊥I: X∩: LI. M: JW, W= ”

⊥I ⊥∀; VE SI ԁ: NY ꟻI; MY M Я:-LI,-ꓘ, KW KW SU M D∀ ԁO, H, SI. B∀“YI. ΛE KW J∩ J∩ ⊥I LI XW. T. Λ= ”

Я:-LI,-ꓘ, KW KW SU ꟻO MO: NY B∀“VE SI ԁ: O-. YI. VE KW NY A. NYI: ⊥I ⊥I: ꓘ, ΛO-. N∀. B∀; NY Z ⊥I: M LI. JW, M: HW.= ”

“C∩ C∩ G⅂ XW. NI YI. JI JU-LI Z⅂, B⅂-. ” G⅂ SI. VE SI ԁ: G⅂ DU: JW; NY “A. NYI: M CO Λ B∀ G⅂ ΛW VE KW ƆI NY YI. W; NYI: P. L: D∀ A Я Я VƎ ꟻ⅂ LI JI Ɔ∩ Λ= ”GO NY B∀“Λ W-. Λ W-. C∩ C∩ XW. YI Я: NI M: D W-. Ɔ, H, SI. L: JI V-. ΛW NY NU D∀ NYI, MI ԁU: L-LI JI ΛO= ”

⊥I M K. NY A.-NI NY A. W∀; ꟻ⅂ ⊥I: M SI L ⊥∀;-. VE SI ԁ: NY K, Ɔ∩: NI M D BI NYI: ꓘ⅂: M: B∀ RU VI, W=

A.-ꟻI NY Z ԁU S; MO NO M∀ L,-.

A.- ƆY, NY O DO: ꟻ⅂ NYI: BI Ɔ∩: L,-.

YI-ꟻI:-ԁ: NY A. MO: ⊥I: ƆI SI L,-.

Я:-LI, ꓘ, SU T∀. XW GU LI K. NY. NY BY;-Я: ꓘ, KW SU D∀ XW ƆI W-.

BY;-ꓤ: ꓘ, KW SU Dꓯ XW GU LI NY NY,-ꓤ: ꓘ, KW SU Dꓯ ꓛI-. NY,-ꓤ: ꓘ, KW SU Dꓯ XW GU LI NY ꓕO:-TI ꓘ, KW SU Dꓯ ꓛI-. ꓕO:-TI ꓘ, KW SU Dꓯ XW GU LI NY SI:-M.-DI ꓘ, KW SU Dꓯ ꓛI=

Gꓶ NY GW;-ꓤ: ꓘ, KW BY;-S-PO ꓕI: VE Dꓯ XW ꓛI Tꓯ;-. K, ꓕU KW Hꓶ: BI: ꓕI: PI ꓤ: LI ꓛꓵ: T. M Dꓯ MO NY NI, M ꓘU; KW K, M: ꓛꓵ: SI. YI. Dꓯ Bꓯ“NU ꓕI: ꓘO; ꓕI: ꓘO; ꓥW MI Nꓯ YI-. ꓕI: ꓘO; ꓕI: ꓘO; ꓥW KO ꓕꓯ; KW SI. CO. NI M-. A Mꓶ NY Hꓶ: BI: ꓕI LI ꓕI: ꓘE; Tꓯ, L SI. A M Dꓯ Kꓶ. Bꓯ= ”

ꓕI ꓕꓯ; BY;-S-PO NY VE SI ꓒ: Mꓶ. JY Lꓯ; Xꓵ ꓛI FI. Gꓶ-. Lꓯ; Xꓵ O. DU ꓕꓵ: SI. ꓥU NI Bꓯ“VE SI ꓒ:-. VE-SI-ꓒ:-. ꓥW NU Dꓯ A LI Kꓶ. Pꓶ. SI:-. ꓥW VE SI M NY ꓕI: ꓘO; CO LO N: NI MI: Gꓶ YI M: HW. SI. VE ꓘW NY, H,-. YI. Z Z: LI. NI ꓒI, CW. N LO:-. ꓤ: Nꓱ NYI: RO NY, M NY BI. BI. T. SI:-. MI: Gꓶ YI M: HW.-. GO NY MI: YI SU ꓥW ꓕI: Mꓶ. Tꓯ. ꓤ: ꓥ-. ꓞ FI. NY ꓞ M Pꓶ. DU Z: WO; LO WO; LI. ꓤ: Dꓯ YI JY ꓕI: M: W Pꓶ. DU NI ꓛO, Xꓵ Gꓶ W-. Gꓶ NY XW Jꓵ, ꓕꓯ; ꓕI: Xꓵ: Gꓶ XW M: W= ꓕI M LI. NI ꓘ, KW SU NI Bꓯ L K. NY. KO ꓕꓯ; KW S NYI CU. ꓛI ꓕꓯ; SI. CU. W ꓥ LO= NU NY ꓥW VE KW XW. M Dꓯ NYI SI. A. TI. ꓤ: YI GO; L V-. M: LO; DU M NY X. NYI Nꓯ. Vꓯ; SI. A ꓤ ꓤ Tꓯ, GO L NI= ”

L:-VE -SI -ꓒ: DU: JW; NY“ ꓕI M Dꓯ LI. ꓕI LI ꓣU Gꓶ ꓥO Bꓯ-. A Mꓶ Yꓯ. ꓘW GO; M: HW. Xꓵ: A MY, YI L KU. ꓥ-. YI. Dꓯ Hꓶ Hꓶ ꓤ: A. TI. M. GO; ꓕꓯ; SI. C ꓥ= ” GO NY L:-VE -SI -ꓒ: Pꓱ, NY“BY;-ꓤ:-PO NU ꓕI LI Kꓶ. Pꓶ. M-. ꓥW NI NU Dꓯ NYI. MI M. GO NI-.” Lꓯ; Xꓵ ꓒꓱ, NY Lꓯ; Xꓵ VE JO P. Dꓯ Bꓯ“YI. Dꓯ SI, ZI KW ꓞO, TI H,-. Sꓯ. Sꓯ. A. TO. KW NI Mꓶ. SI-. YI. ꓥW Dꓯ FꓯI NI Kꓶ. Pꓶ. Kꓶ. M: Pꓶ. M ꓒI, NYI NI= ”

BY;-S-PO NY A LI M: YI BI Bꓯ“ L:-VE -SI -ꓒ: O-. Bꓯ M: ꓛꓵ W-. Nꓯ. Vꓯ; ꓥW BY; ꓤ: HW-. HW; ꓤ: ꓕU SI. NI NU Dꓯ GO NI-. NU ꓥW Dꓯ ꓕI LI ꓕ: YI=”

A: Jꓵ; SU Gꓶ BY;-S-PO Dꓯ Bꓯ JW NY“YI. VE KW Cꓵ Cꓵ A: ꓘꓶ. XW. ꓥ-. VE KW NY VE SI M N NY, SI:-.NU NY YI. Dꓯ ꓣU GO; Gꓶ V= ”

L:-VE -SI -ꓒ: NY A LI Bꓯ Gꓶ M: N N,-. Lꓯ; H. SI: FU BI VE JO P. Dꓯ Bꓯ“ NU W ꓕI ꓕI: HW. M YI. ꓕI: ꓛO Z Z: SU ꓥ-. A Mꓶ Gꓶ NI, ꓞ M: YI SI: M= ”

L:-VE -SI -ꓒ: NI ꓕI LI Bꓯ Gꓶ ꓕꓯ;-. VE JO P. ꓕI: HW. M NY ꓘꓶ: Mꓯ, BI Tꓶ, SI. NI BY;-ꓤ:-PO Dꓯ GO NI GO-. PYꓱ. NI PYꓱ.-. VE CW HW SI. NI SI, ZI Dꓯ ꓞO, TI H, LO=

L:-VE -SI -ꓒ: NY BY;-ꓤ:-PO Dꓯ ꓞO, TI H, M NYI Gꓶ K. NY. NY-. ꓞI MY M A: Jꓵ; SU Dꓯ ꓒO, SI. Bꓯ“A: Jꓵ; SU ꓒI, NYI H,-. A Mꓶ ꓥW Dꓯ A M Kꓶ. Pꓶ.

NY YI. Dꓯ ꓕI: LI, YI ꓥO=”

A: Jꓵ; SU NY BI;-ꓤ:-PO Dꓯ A LI Bꓯ JW Gꓶ L:-VE -SI -ꓒ: N N, M Dꓵ:-. Lꓯ; HW. VE JO P. Dꓯ FI NY A M Bꓯ JW NY O. M Dꓯ TI.-. Lꓯ Xꓵ Bꓯ NY Lꓯ; Xꓵ: SI. CO. Tꓯ, SI. A. TO Mꓶ Pꓱ, NY, LO=

L:-VE -SI -ꓒ: NY VE JO P. Dꓯ Bꓯ NY“NI, ꓞ Mꓶ.-. NI, ꓞ A. TO. Mꓶ-.” GO NY A. TO M A: L ꓤO Mꓶ. T. ꓕꓯ;-. A: Jꓵ; SU NY Mꓶ Sꓯ ꓕI: ꓛO; KW NI“ꓕ; Mꓶ-. ꓕ; Mꓶ.-.” SU T. Xꓵ: Bꓯ JW W= ꓕI SU T. M NY L:-VE -SI -ꓒ: VE KW A. NYI: LO. GO; NY, SU A WO SI. W.-CI-ꓞꓯI; NYI: P. L: M ꓥ Bꓶ=

A WO SI. W.-CI-ꓞꓯI; NYI: P. L: NY BY;-ꓤ: PO M JY NY, H, SI. Bꓯ NY“M: ꓥ-LI Gꓶ L: M TI. ꓒꓵ: XW M CI-. NU NY Lꓯ; H, P Sꓯ; Dꓯ ꓕI LI H. NY, M-. ꓥW NU: A LI LI. NU Dꓯ M: YI ZI= ”GO NY L:-VE -SI -ꓒ: NY NI, SI: SI: BI Bꓯ“L: M NY ꓥW Mꓯ. WU NI TI. L Xꓵ: ꓥ-. NU W; NYI: P. L: K; M: N M: JO= ” Lꓯ; Xꓵ Bꓯ NY Lꓯ; Xꓵ A. TO. Mꓶ Bꓯ TY,= A WO Bꓯ“ NU NY Cꓵ Cꓵ M: JI SU L: ꓞO ꓥ Bꓶ-. X, NYI Nꓯ. Vꓯ; ꓕI: NYI NY ꓒU: L WU S NI M. L KU. ꓥ-. NU Mꓶ. Bꓯ ꓥW NU: Dꓯ Gꓶ ꓕI: ꓛO Mꓶ. L-. ꓥW NU Xꓵ Gꓶ 18 ꓘO; K. NY. ꓕI: KW Lꓯ; NI NU HW; M LI. B: SI. XO. ꓘꓶ Dꓯ CW. SI:-.” ꓕI LI Bꓯ Gꓶ K. NY. NYI-. YI. W; NYI: P. L: Gꓶ BY;-ꓤ:-PO ꓕI: ꓛO VI T. LO=

GO NY L:-VE -SI -ꓒ: Bꓯ“ NU W; NYI: P. L: Gꓶ YI.ꓕI: ꓛO Xꓵ NI, Xꓵ ꓥO Bꓯ D ꓥ-. Gꓶ SI. ꓥW Xꓵ: M: Sꓶ. N: ꓕ: Bꓯ ꓥ,=

A: JU: SU NY ꓞꓯI, ꓕI: ꓘO, Bꓯ JW NY“ L:-VE -SI -ꓒ: O-. NU YI. W; Dꓯ ꓩU GO; H-.” GO LI ꓥ Bꓯ Gꓶ L:-VE -SI -ꓒ: N N, M: Dꓵ YI-. Lꓯ; HW. VE JO P. Dꓯ ZI SI. SU T. ꓕI: HW Dꓯ Dꓶ: TI. Bꓯ NY,-. YI. NYI CI ꓛY; BI A. TO Mꓶ. GꓶO=

SI. CO. ꓕI M NY A. DI H S Xꓵ: M: ꓥ-. GO NY L:-VE -SI -ꓒ: NI ꓕI: ꓕꓶ, Mꓶ. Gꓶ NY “BO BO ” BI H T. LO=

ꓕI ꓕꓯ; A: Jꓵ; SU “WU: WU: WU:” ꓥU Sꓯ; BE A. TO. H NI“ ꓒI: LI: ꓒ: L; ꓒI: LI: ꓒ: L;” Sꓯ; ꓕI: ꓛO Fꓱ LI W-. A. TO. MU: ꓘU: M LI. ꓞO ꓘ, KW KU ꓕU: KU ꓕU: T. LO=

GO NY YI.W; S; RO Dꓯ NY A. TO. MU: ꓘU: NI Bꓱ NI A TO. M NI, ꓞ YI. W; Dꓯ H ꓛI T. W-. Gꓶ SI. YI. W; S; RO NY Lꓵ LI. M: Lꓵ BI VI: H,-.Cꓵ Cꓵ Gꓶ“ BO SU NI, M: JI-. XW. SU NI, M: XW.= ”

A. TO. H NI ꓕI: LI T. ꓕꓯ;-. Mꓶ Sꓯ KW NI L: ꓞO ꓕI: RO M Gꓶ YI. ꓘU: KW Tꓶ, Dꓵ: LI Xꓵ SW; NY,-. ꓕI M NY Nꓯ. Bꓯ SU M: ꓥ-. L:-VE -SI -ꓒ: Tꓯ. Mꓯ. WU M ꓥ-. W.-CI-PO NY A. TO. H T. KW Lꓯ; Xꓵ Tꓶ, NY Lꓯ: Xꓵ ꓘU Pꓱ, NY“

L:-VE -SI -ꓒ: NY Xꓵ: W; LI. M: Sꓶ. Bꓶ-. NU YI. W; NYI: P. L: Dꓯ Mꓶ. Xꓵ Bꓯ ꓥW Dꓯ Gꓶ ꓕI: ꓛO Mꓶ. Xꓵ GO V= ”TI LI Bꓯ Gꓶ NY Cꓵ Cꓵ A. TO. KW Tꓶ, Dꓵ: LI NY,-. Gꓶ SI. VE JO P. NYI: S; RO NI K W LI SI:=

GO NY ꓕI ꓕI: B, KW A. MI: ꓕI: RO Gꓶ W. ꓤ: W. BI Bꓯ“ A: B NU NI, M M A. DI: Nꓯ M: ꓥ Bꓶ-. NU Cꓵ Cꓵ ꓕI LI YI ꓥO Bꓯ-. ꓥW Dꓯ Gꓶ ꓕI: ꓛO Mꓶ. SI: Gꓶ V=”

L:-VE -SI -ꓒ: NY ꓒI, NYI NY Cꓵ Cꓵ YI. ꓤ: Mꓶ M ꓥ ꓕꓯ;-. NI, ꓝ GO H, SI. Bꓯ“NU A. MI: ꓤ: ꓕI: RO M ꓕI: Xꓵ: Gꓶ M: Sꓶ.-. ꓕI KW A. Xꓵ: YI L ꓥ= ”

A. MI: NY Lꓯ; Xꓵ ꓥU Lꓯ; Xꓵ Bꓯ“ Mꓶ: ꓕꓯ; SI SU NI Bꓯ NU NY L:-Z: -ꓒ: ꓥ JO-. Gꓶ ꓕꓯ; ꓥW NY YI. W; A LI M: K Bꓯ ꓛI ꓛ, SI. A. DI: NI, SI: M: ꓥ= Gꓶ SI. NYI. MI N: Sꓶ. LI W-. NU NY Cꓵ Cꓵ M: JI SU L:-Z:-ꓒ: ꓥ Bꓶ= NU NY Cꓵ Cꓵ YI. W; Dꓯ Mꓶ. X ꓵZI ꓥO Bꓯ-. ꓥW Gꓶ NU ꓤ: Mꓶ M: YI LI. D-. YI. W; ꓕI: ꓛO Xꓵ Gꓶ W= ” GO NY YI. ꓒ: Lꓯ; ꓒꓯ, KW Sꓯ; ɾU ɾU BI YI SI. NI A.TO. KW Tꓶ, Xꓵ: YI NY,= ”

L:-VE -SI -ꓒ: Gꓶ YI. ꓤ: Mꓶ ꓕI LI YI Gꓶ ꓕꓯ; NI, M KW A. TI. H LI W-. GO NY VE JO P. Dꓯ Bꓯ“ Xꓵ: WU M LI. ꓕI LI Kꓶ LI W-. NU W A A BI A. Xꓵ: YI NY, SI: ꓥ-. NI, ꓝ A. TO M SI: Gꓶ-. ” VE JO P. NY ꓝO ꓤ: ɾUS U ɾU-. A. TO SI: SU SI BI A: ꓘꓶ. ꓝ; NY, LO=

Cꓵ Cꓵ M: JI SU L:-VE -SI -ꓒ: ꓕI LI YI T. DU Xꓵ WU M ꓕI KW ꓛI ꓕꓯ N: YI W=

BY;-ꓤ:-PO SI W.-CI-ꓝꓯI; NY ꓛYO. DO L W-. Gꓶ SI. NI A WO NY A LI LO NY, Gꓶ M: DO L,-.ꓕI ꓕꓯ; A: Jꓵ; SU LI JY XW. LO-. GO NY A. TO. H T. KW Tꓶ, DU: YI SI. A WO Dꓯ MO ꓕꓯ;-. A. TO. NI H NI Sꓯ; M LI. A L ꓝꓶ, YI T. W-. A. TO. NI ꓛU NI HW; ꓛU T. LI Xꓵ: Sꓯ; Nꓵ: W. LO=

A WO NY YI. W; NYI: K Dꓯ PO; JW Pꓶ. DU NI A. TO. H ꓕI: ꓛO; KW KO Dꓱ KW NI K; H,-. A Mꓶ NY A. TO. ꓛU NI A: ꓘꓶ. N LI W=

A WO Dꓯ ꓛYO. DO L Gꓶ ꓕꓯ;-. A: Jꓵ; SU NY L:-VE -SI -ꓒ: Dꓯ Bꓯ SI. A WO D ꓯVE KW NY ꓝI; X, ZI LO=

VE KW ꓛꓵ: ꓛI ꓕꓯ;-. ꓕI: HW. NY A WO Dꓯ YI JY TO GO;-. ꓕI: HW. NY N LI GU KW ꓝI: GO;-. ꓕI: HW. NY KO KW JI SIN Y ꓝI; HW YI-. ꓕI: HW. NY A. ꓭ. ꓘ, ꓕU KW ꓭ ɾU HW SI NY ꓝI; ꓕI: ꓛO Vꓱ, SI. N GU KW VI: GO; NY, LO=

W.-CI-ꓝꓯI; NY NI, SI: NI MY BI LI. ꓶ: Lꓶ, ꓤ: BI Yꓯ. WO Dꓯ ɾU NY, TY, LO=

ꓝO ꓤ: N: M: JI Xꓵ: ꓕI: ꓘO, YI Gꓶ K. NY. NY SU Gꓶ Sꓶ. ꓥ= GO NY L:-VE -SI -ꓒ: NI W.-CI-ꓝꓯI; Dꓯ VE KW Z Z: YI Lꓯ ꓘU Gꓶ M: JI XO W-. L:-VE -SI -ꓒ: NY VE JO P. Dꓯ ZI SI. A: ꓘꓶ. Z: JI Xꓵ: X, SI. Tꓯ, GO; JI Gꓶ M: Z: LO=

ꓘ, KW NY, SU BU NY A WO Dꓯ NY ꓝI; A: ꓘꓶ. X, GO; NY,-.Gꓶ SI. NI A WO Dꓯ A: ꓘꓶ. N LI Pꓶ. DU NI NI, ꓝ ꓘW; M: D O=

A. TO. H N LI S; NYI ꓕI: NYI ꓕꓯ;-. A WON Y MY Sꓶ MY ꓝI, BI X. W LI. ꓕI: ꓘꓶ: LI. ꓕꓱ NY, M: Mꓶ BI Mꓶ: YI W=

W.-CI-ꓝꓯI; NY A WO Mꓶ: YI FO H, M Mꓶ. ꓕꓯ; KW ꓥU NI A LI M: YIO-. Gꓶ SI. NI ꓝO ꓤ: Mꓶ: YI NY ꓥU NI MY BI M: JW, Bꓯ Gꓶ M: Sꓯ. L LO=

ꓕI M Cꓵ Cꓵ Gꓶ

KO KW XO. ꓘꓶ NI, M; JI-. M: Cꓵ. SU M YI. NI Z:=
A LI T. Gꓶ YI. M: K;-. V MO ꓕI: G YI. NI Z:=
ꓘO; NI SI: ꓤ: XU: ꓤ: XU-. RU W ꓕI: G VE; M Kꓶ=
A: TO XW. YI ꓤ: M: KU.-. Z: NI ꓕI: Xꓵ: Gꓶ M: JO=
Vꓯ, ꓤ: Vꓯ, MI HW: ꓤ: ꓛꓵ:-. NY, ꓕI: NYI NY Sꓯ; M JO=
Sꓯ. M Pꓶ. DU Tꓶ, ꓘE, NY,-. GO NY L, DU: Gꓶ NI YI. Dꓯ G;=
Mꓵ: ꓝU: JY Pꓶ. NI, Lꓱ YI-. ꓝ FI. N: NY NI, XW. ꓘꓶ=
Vꓯ, BE ꓕO: L Xꓵ. ꓤ: Z:-. XO. ꓘꓶ: G; W ꓕI: ꓘꓶ: LE=
ꓝO KW SI ꓒ: XO. ꓘꓶ LE-. A. Xꓵ: MI Xꓵ: YI. NI, Xꓵ=
XW. XW. Mꓶ: Mꓶ: YI. M: K-. A M M: K; YI. NI HO=
XW. NI A. Xꓵ: Gꓶ M: JO-. GO NY YI. NY Sꓯ; M: RU=
XW. SU D ꓯNY XW. NYI ꓤ:-. MO ꓕI: NYI LE JO P. LO:=
ꓕI: ꓘO; CO LO MI: YI Gꓶ-. K. NY. XW W SU Tꓯ. LO:=
NY, ꓕI: NYI G: SU JO P.-. GO NY KO ꓕꓯ; HW: ꓤ: LE=
SI: ꓒ: NI, M M: S Bꓯ-. XW. SU N: NY Mꓶ: M LE=

5 W: Lꓯ; HO SI. YI ꓥO B-. ꓤ: ꓘ, MI DO: K. NY. JO

RO: LI-SU ꓞO MO: ꓞO TI NY ꓕI LI Bꓯ ꓥ

SI, LI CY, MI: ꓕI: Dꓱ; Dꓱ;-. NU NI, ꓥW NI, ꓕI: Cꓶ,-LI=

M: ZO; M: Tꓱ, ꓕ; YI ꓕꓶ-. ꓕI: Dꓱ ꓤ: BI C, L KU.=

WU: L GUN Y ꓞO JO KU.-. A TO GU; ꓘ, YI M: D=

M: ZO; M: Tꓱ, YI W NY-. L ꓛꓶ-BI Gꓶ LI L KU.=

L:-VE -SI -ꓒ: NY Yꓯ. WO Mꓶ: YI ꓕꓯ; NI, M KW A: ꓘꓶ. K, ꓛꓵ: NY,-. DU: JW; NY"ꓥW Bꓯ ꓘꓶ: M: N N, NY ꓕI LI Kꓶ L ꓥO-. Mꓶ: JY K. NY. ꓥW Dꓯ A M M: N N, M ꓒI, NYI NI= "GO ꓕꓯ; A: TO Mꓶ: TO BI ꓥU SI. NI W.-CI-PO Dꓯ Bꓯ" Mꓯ. WU NYI ꓤ: O-. Yꓯ. WO Mꓶ: YI M NY ꓥW Gꓶ A: ꓘꓶ. NI, SI: ꓥ-. Gꓶ SI. Xꓵ: WU ꓕI M NY Yꓯ. WO ꓥW Bꓯ ꓘꓶ: M: N N, O. NYO ꓥO-. A Mꓶ Mꓶ: YIN Y ꓥU Gꓶ M: Sꓯ. L W-. Yꓯ WO M: ꓥ BI RO: ꓕI: VE M: ꓥ-. A Mꓶ: RO: SI. NI Cꓵ Cꓵ ꓕI: VE ꓥ-. ꓕ: NI, XW. V=

W.-CI-ꓞꓯI; NY Lꓯ; HW. Bꓯ NY Lꓯ; HW. NI, SI:-.Cꓵ Cꓵ ZI: M: HW. YI ꓕꓯ;-. VE TU L SI. L:-VE -SI -ꓒ: O Mꓶ: Bꓶ ꓞI; Dꓯ Cꓵ, TU L LO=

L:-VE -SI -ꓒ: NY W.-CI-ꓞꓯI; NI ꓕI LI YI GO; Gꓶ ꓕꓯ;-. HW. M: ꓘU Pꓶ DU JO NI LO. ꓕI KW LI. L: C. C. DO L, W-. Gꓶ SI. NI YI ꓘꓶ: KW JO P. NYI: RO NI ꓕI: ꓛO; ꓕI: B TO, H, SI: -. M: ꓥ Bꓯ NY A ꓕꓯ; LI JO Lꓱ. YI LI. M: Sꓶ. W=

YI. JO P. NY L:-VE -SI -ꓒ: M JO NI VI; LI. VI; M: ZO. ꓕꓯ;-. Lꓯ; Xꓵ TO, H,-. Lꓯ; Xꓵ YI. K Tꓯ KW E SI. Bꓯ"VE-SI ꓒ:-." NU NY ꓕ: NI, SI: V-. M: ꓥ NY KO Dꓵ: Dꓯ N L KU. ꓥ= "

Nꓯ. Bꓯ YI. ꓞI; WU: T. DO JO P. NY Bꓯ"VE-SI-ꓒ: O-. Mꓯ.WU NYI ꓤ: NY A. TI. T. SI. ꓥ-. YI. A. Xꓵ: LI. M: Sꓶ. NI NI, SI: ꓕꓯ; M: ZO; Xꓵ: YI NY RO: A. TI. Jꓵ GO; ꓛꓵ ꓥ-. X, Gꓶ K. NY. SI. NI A ꓤ ꓤ M. NI-. A Mꓶ NY RO: ZI: GW SI. NI Yꓯ. WO Dꓯ Mꓶ. ꓕꓯ; XW Tꓵ. ꓩU Gꓶ Lꓯ= "

W.-CI-ꓞꓯI; NY ꓕI LI Bꓯ M N N, Gꓶ NY L:-VE -SI -ꓒ: Dꓯ ꓕI ꓕꓶ, Tꓶ, JI Gꓶ SI. ꓩU GꓶO=

L:-VE -SI -ꓒ: NY ꓕI ꓕꓯ; SI. NI A. TI. ꓤ: JO ꓘW; LI W-. Gꓶ SI. NI A SO

JO P. Bꓯ ꓘꓶ: M N N, W LI ꓕꓯ;-. VE KW ꓒU Xꓵ ꓤꓱ M Dꓯ JO SI.-. SI: ꓛI ꓘO; ꓘO; BI Bꓯ “NU W; NY VE KW Xꓵ. ꓘO; DU M RU L SI.-.Yꓯ. WO MO M D ꓯLI SI NI LO ꓛO; ꓘꓶ: KW ꓥU Tꓵ. YI= ”

W.-CI-ꓩꓯI; NY L:-VE -SI -ꓒ: ꓕI LI Bꓯ M N N, W ꓕꓯ;-. FꓯI, ꓕI: ꓘO, NI SI: SI: BI Tꓶ, TU L SI. L:-VE -SI -ꓒ: O Mꓶ: Bꓯ ꓩI; Dꓯ C, H, LO=

ꓕI ꓕꓯ; YI ꓘꓶ: KW NI VE JO P. NYI: S; RO Tꓶ, DO L SI. W.-CI-ꓩꓯI; Dꓯ GO H,-. Gꓶ ꓕꓯ; L:-VE -SI -ꓒ: NY YI. ꓩO ꓤ: MY Pꓶ. DU NI M: JO Bꓯ“TI.-. LO Jꓵ TI.-. A. N: P. ꓕI M Dꓯ TI. Xꓵ Gꓶ ZI= ”

M: ꓥ ꓕꓯ; LI. L:-VE -SI -ꓒ: Dꓯ A: ꓘꓶ. JO T. M-. ꓕI LI Bꓯ Gꓶ ꓕꓯ; Lꓯ; HW. W.-CI -ꓩꓯI; Dꓯ Xꓵ Xꓵ SI: Xꓵ: SW; NY, LO= GO NY ꓕI: HW. NY L: YI SI NI A. NYI: TI. DU HW-. ꓕI: HW. NY SI, Lꓯ; WU HW-. ꓕI: HW. NY YI. Dꓯ RU H, SI. NI TI. T. W=

A WO Xꓵ M NY-. A: Jꓵ; SU LI. L:-VE -SI -ꓒ: M: JI M Sꓶ. LI W-. Gꓶ SI. ꓕI LI ꓥ Bꓯ Gꓶ A LI YI SI: NI.-. ꓕI ꓕꓯ; L:-VE -SI -ꓒ: Lꓯ; H, YI. Dꓯ Dꓶ T. ꓕꓯ;-. A: Jꓵ; SU NY W.-CI-PO Dꓯ CO LO LO CO H, SI. Bꓯ“ Dꓶ: M: D-. D: M: D= ”

L:-VE -SI -ꓒ: NY NI, ꓘW; M: Xꓵ: SI. NI DO L GU ꓕꓯ;-. VE JO P. ꓕI: HW. Dꓯ Bꓯ NY“A. ꓕ; Tꓯ,-. ꓛY, Tꓯ, SI. NI P Sꓯ; Dꓯ SI: = ”

P Sꓯ; BU NY L:-VE -SI -ꓒ: NI ꓕI LI Bꓯ T. M Bꓯ JW LI ꓕꓯ; “WU” BI Tꓶ, YI W=

L:-VE -SI -ꓒ: NY ꓕI LI Tꓶ, ꓘE, YI M Dꓯ MO ꓕꓯ;-. K, ꓛꓵ: NI BI Bꓯ“ ꓥW ꓕI LI M: Bꓯ Gꓶ NY-. YI. W; ꓥW ꓕI LI D M M: Sꓶ. SI:= ”

Gꓶ SI. NI L:-VE -SI -ꓒ: NY Cꓵ Cꓵ SW; ꓥO: LI W-. P Sꓯ; BU NY YI. Bꓯ ꓘꓶ: M Dꓯ JO SI. ꓘE, YI M: ꓥ-. Cꓵ Cꓵ NI, M KW ZI: M: HW. NI-. ꓶ ꓤ: ꓶ MI Tꓯ, SI. Dꓶ: TI. Lꓯ; HO SW; NY, ꓥ=

ꓕI: B, Lꓯ; KW GW NI-. P Sꓯ; BU NY ꓶ ꓤ: ꓶ MI Tꓯ, H, SI.-. L:-VE -SI -ꓒ: VE KW JI T. ꓥ-. YI. W; NY A: GO Tꓯ, SU Tꓯ,-. A. ꓩO, PYꓱ. SU PYꓱ.-. A. ꓕ; Tꓯ, SU Tꓯ,-. ꓕI: HW. HW. Lꓯ; H. WO ꓒ: Dꓯ Bꓶ DU ꓛY, PYꓱ. T. SI. A: Jꓵ; SU Bꓯ“ ꓥW NU: ꓶ ꓤ: MI GO; Gꓶ DU M LI. GO; L-. Yꓯ. WO Dꓯ LI. SI: Gꓶ M-. L:-VE -SI -ꓒ: Dꓯ TI. Xꓵ ZI-.” GO NY L:-VE -SI -ꓒ: VE Dꓯ CO LO LO BI CO ꓩI; H, LO=

ꓕI M Cꓵ Cꓵ Gꓶ

WO Lꓯ; GE, NY RO M: ꓘO;-. W M: ꓕU NY YI. M: WU=

ꓘ, ꓤ: ꓘ, MI ꓕ: Kꓶ. Z:-. Z: BO DO BO W LE KU.=

弦声传递心愿　　（胡兰英　摄影）

ꓛꓲ.. ꓐꓶ.. ꓠꓲ, ꓢꓯ; ꓙ., ꓙꓰ ꓪ

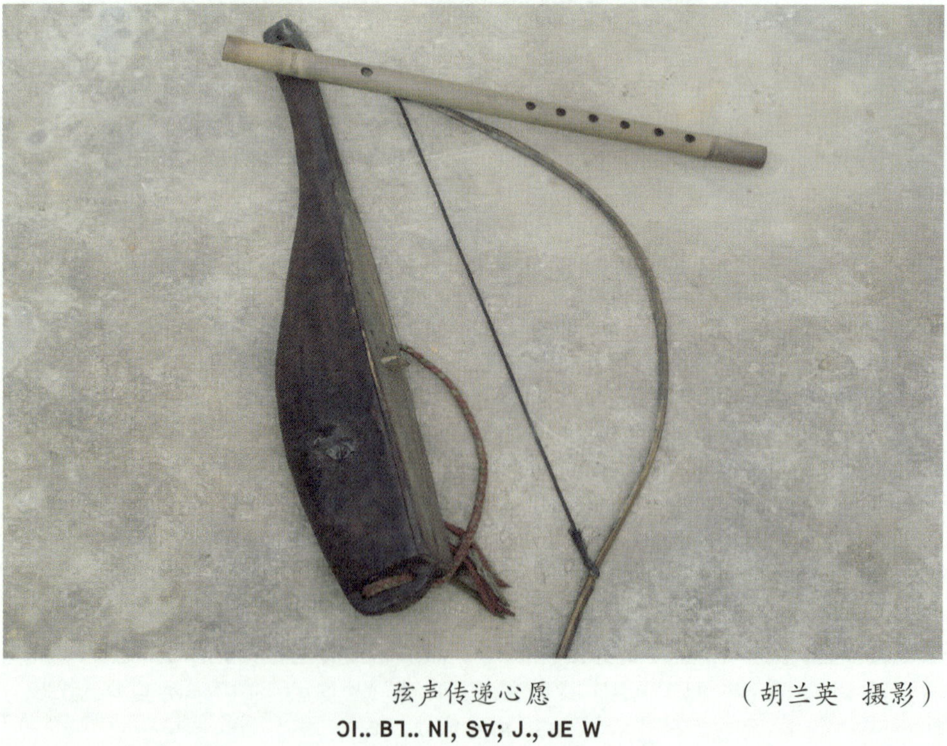

弦声传递心愿　　　　（胡兰英　摄影）

ƆI.. B⅂.. NI, S∀; J., JE W

M: ꓥ ꓕꓯ; NY GU; ꓘ, NI A LI M: ꓥ T. DU L:-VE -SI -ꓒ: Gꓶ ꓕI ꓕI: Bꓯ Dꓯ ꓛI ꓕꓯ; JO NI L: C. LI. LO. ꓕI KW Xꓵ, LI W= YI. NY DO L SI. NI Bꓯ M: Pꓶ.-. GO NY VE JO P. Dꓯ ZI SI. P Sꓯ; BU Dꓯ YI M: ZO KW Bꓯ YI ZI NY, LO-. GO NY ꓶ ꓤ: ꓶ MI M Gꓶ Tꓯ, LI. GO-. Yꓯ. WO Dꓯ Gꓶ Tꓵ. GO-. Gꓶ SI. P Sꓯ; BU NY ꓕI LI Gꓶ M: D SI:-. A: Jꓵ; SU Bꓯ“L:-VE -SI -ꓒ: NY ꓥW NU: Dꓯ MI Nꓯ ꓒꓵ S ꓘO; M: XW Bꓯ D ꓥ-. M: ꓥ NY YI. VE M LI. A. TO. Mꓶ Gꓶ SI:= ”

M: ꓥ ꓕꓯ; LI. A A BI T. SU VE KW ꓒ: NY-. ꓕI ꓕI: B, ꓕꓯ; Lꓯ; HW. JO NI CI ꓛY; A LI ZO; M Bꓯ M: Pꓶ.-. Gꓯ A: Jꓵ; SU Dꓯ ꓕI LI Bꓯ“ ꓥW VE- SI- ꓒ: Dꓯ Bꓯ GO YI NI= ”Gꓶ ꓕꓯ; NY A. N: YI. Mꓶ. ꓶ, T. M-LI BI L:-VE -SI -ꓒ: M JY Tꓶ, JI W=

VE KW ꓒ: NY L:-VE -SI -ꓒ: Dꓯ Bꓯ“ ꓞO XW. ꓕI: HW. NI Bꓯ NY-.YI. W; Dꓯ MI Nꓯ ꓒꓵ S ꓘO; M: XW ꓕꓯ; SI. D JO-. A Mꓶ NY A LI YI Lꓯ Bꓯ= ”

L:-VE -SI -ꓒ: NY M: ꓥ LI. JO NI M: D T. M-. A Mꓶ NY Sꓯ; M M PO W NY A LI Gꓶ M: K W-. GO NY Bꓯ“ D ꓥ-. D ꓥ-. YI. W: A LI Bꓯ M O. LI YI-. YI. W; Dꓯ NI, ꓞ L: YI V Bꓯ= ”

VE KW ꓒ: NY“ꓥ-. ꓥ-.” Bꓯ SI. A. N: ꓕI LI BI L: YI W=

VE KW ꓒ: NY B Hꓶ: Hꓶ: Sꓯ SI. A: Jꓵ; SU Dꓯ Bꓯ“ P Sꓯ; BU-.ꓥW NU: L:-VE -SI -ꓒ: NI Bꓯ NY-. RO: NY ꓕI: ꓘ, ꓕI: LO SU-. Mꓶ Nꓯ ꓒꓵ M S ꓘO; Bꓶ M: ꓛꓵ JO-. NU W; NI, ꓞ L: YI V= ”

P Sꓯ; BU ꓕI ꓕI: B, KW K, Gꓶ K, ꓛꓵ:-. NI, Gꓶ NI, SI: T. LO= K, ꓛꓵ: M NY L:-VE -SI -ꓒ: Dꓯ HW. LI W-. NI, SI: M NY Yꓯ. WO Dꓯ L:-VE -SI -ꓒ: NI Hꓯ. Xꓵ W=

ꓕI M K. NY.-. P Sꓯ; BU NY L:-VE -SI -ꓒ: Bꓯ ꓘꓶ: N N, SI.-. ꓕI: HW. NY D, P ꓛꓵ: SU ꓛꓵ:-. ꓕI: HW. NY Jꓶ; ꓤ: M ꓞI SI: SU SI:-. ꓕI: HW NY Jꓵ ꓒꓶ: TI, SU TI,-.ꓕI: HW. NY Z: C. SU C.= GO NY JI Xꓵ: YI. G ꓕI: G HW SI.-. A: Jꓵ; SU NY RO: LI-SU Xꓵ: Dꓯ Tꓯ SI. NI Yꓯ. WO Dꓯ Tꓵ. Gꓶ W=

6 A WO Lꓯ; ZU SI, ZI YW-. MU: KU: ꓛꓵ: Gꓶ NI, Lꓱ BO-.

A WO Dꓯ Tꓵ. Gꓶ K. NY. Tꓯ-. W.-C-ꓝVI; Dꓵ: JW; NY L:-VE -SI -ꓒ: VE KW L: YI SI. NI MI Tꓯ. Tꓯ. FO JO Xꓵ: SW; TY, LO= Gꓶ SI. L:-VE -SI -ꓒ: NY YI. MI DO: M ꓒI: LI BE P Sꓯ; NI M: ꓨU L M JO NI W.-CI-PO Dꓯ ZI SI. YI. NYI ꓤ: Dꓯ NY, PI, Bꓯ LO=

W.-CI-PO NY YI. NYI ꓤ: Dꓯ HW W ꓕꓯ;-. YI. W; NYI: Xꓵ. Mꓶ: JY; SI A LI ꓕI: NI, M LI ꓝO JO BE X, Gꓶ Nꓯ. Vꓯ; A LI ꓝO JO Bꓯ DU M Dꓵ: JW; ꓛI O= GO Bꓯ NY“ NYI ꓤ: O-. Xꓵ: WU M: DO LI. DO W-. NU SI. ꓥW NYI NYI: Xꓵ. YI-. NU NY L:-VE -SI -ꓒ: Dꓯ ꓒI: M: GO; Bꓯ Gꓶ ꓥW Dꓯ NYI SI. NI NY, ꓒI, Lꓯ;=

Yꓯ. YI: ꓕI LI Bꓯ ꓕꓯ;-. NYI ꓤ: Gꓶ A LI M: YI BI NY, ꓒI, SI. NI L:-VE -SI -ꓒ: Dꓯ A. NYI: LO. GO; NY, W=

ꓕI M K. NY.-. W.-CI-PO NY XW. W; Gꓶ A: ꓘꓶ. ꓕꓵ N M: JO-. ꓕI: NYI GO ꓕI: NYI BI A. NYI: Xꓵ. A: MY, JW, GW G; SI. LO. NY, LO= YI. Dꓵ: JW; NY“ A. NYI: M L:-VE -SI -ꓒ: Tꓯ Bꓯ Gꓶ-. YI. NI, M M N: L:-VE -SI -ꓒ: ꓕI: LI, M: T. LO= GO NY A. NYI: Gꓶ YI. NI, M Sꓶ. M-LI: BI YI. Bꓯ ꓘꓶ: A: ꓘꓶ. N N, LO= YI. NY A. NYI: M Dꓯ A W G; ꓨU NY O. W JI-. Nꓯ. Bꓯ Xꓵ: GW Gꓶ M: JI=

A. NYI: ꓕI ꓕI: Dꓱ M KW NY Gꓯ; Lꓯ; Xꓵ: L: Bꓵ ꓕI: ꓘ, NY,-.YI. Bꓵ LI. NI ꓤ: Nꓱ 5 ꓘO; K Tꓯ Xꓵ: Tꓯ O. Dꓵ ꓕI WU. T.-. Cꓵ Cꓵ BI NYI: K ꓕI: ꓘ, ꓥ= A. NYI: ꓕI ꓕI: ꓘ, NY A: ꓘꓶ. ZI ꓥ-. YI. Dꓯ A. Xꓵ: NI ꓛI; W LI. M: K-. Cꓵ Cꓵ ꓛI; W LI ꓥO Bꓯ YI. NI ꓒI, L M NYI V, G ꓥO= L:-VE -SI -ꓒ: MO Bꓯ Gꓶ MY Sꓶ: LI. ꓕI WU BI NYI V, SI. Lꓯ; ꓒꓯ, ꓛI, NI ꓒI, Xꓵ: YI NY, ꓥO= GO NY L:-VE -SI -ꓒ: NY YI. Dꓯ NI, KO BO NI, Nꓵ-. JO KO. BO JO NI Nꓶ: M: Pꓶ=

A. NYI: ꓕI LI ZI Xꓵ: ꓕI: K, Gꓶ W.-CI-ꓝVI; Mꓶ Y ꓕI: Jꓵ, LO. Gꓶ ꓕꓯ; ꓕ; LI W= YI. NY W.-CI-ꓝVI; Bꓯ Mꓵ: N N, M-LI: M: ꓝI-.YI. Bꓱ KW NI ꓨU Gꓶ NYI Zꓶ: T. SI. NI Jꓱ; Lꓱ; MU: BI LO. YI ꓛꓵ ꓥ=

P Sꓯ; BU MO YI ꓕꓯ Bꓯ NY“ꓝO ꓤ: NY NI, M JW, M Bꓯ M: ꓛꓵ O-. A. NYI: LI. NI A M: JI M A: ꓘꓶ. Sꓶ. Bꓶ= ”

ꓕI: NYI GU ꓕI: NYI-. ꓕI: V GU ꓕI: V=

ꓘ, KO Dꓯ KW SI: ꓒꓶ: YI-. Mꓯ, BO YI-. Kꓶ ꓕꓶ: YI LI Yꓱ T. W=

CI. Pꓶ, Lꓶ Gꓶ Mꓶ L W=

FI. Pꓶ; Lꓷ; Gꓶ Mꓶ L W=

FI. Pꓶ; Lꓷ; NY M M: NY,M-LI: Mꓶ NI A. DI: NI, M N M: ꓥ-. GO NY A WO Lꓯ; ZU MO: KW Gꓶ ꓒU LI, Xꓵ: Mꓯ, BO Yꓱ Yꓱ T. W-. PU LI, ꓤ: Bꓯ NI ꓶ ꓤ KW NI NYI ꓤ: XW. JW; O. ꓕꓶ, ꓕꓶ, T. M-LI: T. ꓥ=

SU NIB ꓯ" Pꓯ; NYI ꓩI NY Xꓵ: DI: JW;-." ꓕI ꓕꓯ; W.-CI-ꓩꓯI; Lꓯ; HW. FI. Pꓶ; Lꓷ; Sꓯ; N N, BE Mꓯ, ꓒU Yꓱ Dꓯ NYI SI. NI A WO M: NY, SU Dꓯ A: ꓘꓶ. DI: JW; LO=

GO NY XO ꓛU NYI ꓕI: Nꓯ; KW ꓛI ꓕꓯ;-. W.-CI-ꓩꓯI; NY Yꓯ. WO Lꓯ; ZU Mꓶ. JY KW L: SI. NI XO ꓛU GO LO-.YI. NY Mꓶ: ꓕꓯ; KW Z: DU XW H, M Gꓶ Tꓯ, L SI. Yꓯ. WO Dꓯ TI GO; NY, LO= NI, M ꓘU: KW M: WO, BI Bꓯ NY"A WO NU M. Mꓵ: DI KW ꓛI NY KO Dꓵ: S S, TO; T ZI-. A. Xꓵ: LI. A: ꓘꓶ. ZO; ZI= "

ꓕI LI TI GO; Gꓶ ꓕꓯ;-. W.-CI-ꓩꓯI; NY SI, LI KW JI NI XO. P ZI S; ZI Cꓵ. SI. Yꓯ. WO Lꓯ; ZU Mꓶ. ꓕꓯ; KW Tꓶ, NY,-. SI, ZI ꓕI M NY YI. W; S P. L: ꓕI: ꓩI; ꓕI: P ꓕI: KW: NY, Bꓯ ꓥ-. Gꓶ SI. A LI Kꓶ Gꓶ M: Sꓶ.-. XO. ꓒ ꓕI: ZI M Xꓵ W-. ꓕI M K. NY.-. W.-CI-ꓩꓯI; A MY ꓘO, Tꓶ Gꓶ M: Sꓯ. L= Sꓯ. T. DU NYI: ZI M NYꓕI: ꓘO; CO LO NI, ꓩI BI A: ꓘꓶ. RW JI LO= GO NY ꓕI NYI: ZI M NY YI. W; NYI: Xꓵ. ꓥ LI. W.-CI-ꓩꓯI; NI Yꓯ. WO Dꓯ NI, Nꓵ Bꓯ ꓥ= ꓕI M NY K. NY. NY, SU ZI: GW ꓘꓶ: LO: YI W=

ꓕI ꓕI NYI KW W.-CI-ꓩꓯI; NY Yꓯ. WO Lꓯ; ZU M: JY NI L: YI T. ꓕꓯ;-. YI. NY Yꓯ. WO Lꓯ; ZU MO: KW MO M: ZO NI, ꓩI Xꓵ: MO: ꓕI: ZI RO T. M MO LEO-. GO NY YI. Gꓶ NYI A LEO-. YI. NY Nꓯ. Bꓯ Xꓵ. M Cꓵ, Gꓶ SI. NI ꓕI ꓕI ZI M Fꓶ V, LO=

Bꓯ NYI ꓕꓯ; Gꓶ A N T. ꓥ-. MO: ꓕI ꓕI: ZI M NY ꓒI, NYI NY WO; ꓒU:-LI-. Fꓯ I, ꓒI, NYI NY WO: ꓒI-LI= YI. ꓒY: M NY LU. LU. BI A: ꓕU, ꓕU T.-. A: ꓘꓶ. ZI: N JW, ꓥ-. Nꓵ: NYI ꓕꓯ; NY A: ꓘꓶ. SO MI T. Xꓵ Nꓵ: W. LO=

ꓕI: NYI GU ꓕI: NYI-. ꓕI: V GU ꓕI: V BI ꓩ FI ꓛI L W= MO: ꓕI ꓕI: ZI M NY Xꓵ LI, Xꓵ Yꓱ DO L W-. Yꓱ HO; LI ꓕꓯ; NY Lꓱ. Lꓱ. Xꓵ: YI. Sꓶ: Dꓵ: DO L NY,= YI. Sꓶ: YI. ꓘU: KW NY YI. M Sꓶ: A. TI. Xꓵ: A: MY, JW, LO=

MO: ꓕI M NY ꓕI: NYI GU ꓕI: NY BI A ꓤ ꓤ MO: ꓛO, YI W=

W.-ꓛI-ꓩꓯI; SW; NY" MO: ꓕI M NY A WO Lꓯ; ZU MO: KW JW, Xꓵ: ꓥ-. GO NY A WO Tꓯ. MO: ꓥO Bꓯ SI. NI YI. Xꓵ. M ꓩꓶ: VI, ꓕꓯ;-.YI. ZI M Mꓶ. Gꓶ W=

ꓮꓸ ꓔꓳꓸ ꓟꓴꓽ ꓘꓴꓽ ꓟ ꓠꓬ ꓮꓽ ꓘꓶꓸ ꓢꓳ ꓟꓲ ꓫꓵꓽ ꓠꓵꓽ ꓪꓸ ꓡꓳ꓾ ꓠꓵꓽ ꓖꓶ ꓠꓬ ꓠꓲꓹ ꓟ ꓗꓪ ꓡꓲꓸ ꓐ ꓡꓲꓸ ꓤꓽ ꓔꓸ꓿ ꓪꓸ-ꓚꓲ-ꓝꓯꓲꓼ ꓬꓯꓸ ꓪꓳ ꓓꓯ ꓓꓵꓽ ꓙꓪꓼ ꓔꓸ ꓟ ꓖꓶ ꓮ ꓤ ꓤ ꓐꓲ ꓘꓪꓼ ꓡꓲ ꓪ꓿

ꓪꓸ-ꓚꓲ-ꓝꓯꓲꓼ ꓠꓬ ꓟꓳꓽ ꓕꓲ ꓟ ꓕꓲ ꓡꓲ ꓔꓸ ꓟ ꓚꓹ ꓪ ꓕꓯꓼ꓾ ꓮꓸ ꓔꓳꓸ ꓟꓶꓸ ꓜꓶ ꓟ ꓫꓪ ꓧꓸ ꓢꓲꓸ ꓠꓲ꓾ ꓟꓶꓽ ꓕꓯꓼ ꓗꓸ ꓠꓬꓸ ꓢꓲ ꓠꓲꓹ ꓟ ꓗꓪ ꓗꓹ ꓟ ꓛꓵ ꓔꓸ ꓕꓯꓼ ꓮꓸ ꓔꓲꓸ ꓛꓴ ꓢꓲꓸ ꓠꓲꓹ ꓡꓱ ꓜꓲ ꓠꓬꓹ ꓡꓳ꓿ ꓗꓯ ꓠꓬꓸ ꓕꓯꓼ ꓡꓯꓼ ꓧꓪꓸ ꓬꓲꓸ ꓙꓴ ꓒꓬꓽ ꓟꓽ ꓢꓱꓹ ꓖꓶ ꓢꓲꓸ ꓠꓲ ꓟ ꓓ ꓬꓲꓸ ꓓꓴ ꓓꓴꓹ ꓫꓵꓽ ꓘꓴꓽ ꓗꓪ ꓗꓶ ꓢꓲꓸ ꓠꓲ ꓛꓵ ꓠꓬꓹ ꓡꓳ꓾ ꓬꓲꓸ ꓐ ꓯꓠꓬ ꓕꓲ ꓡꓲ ꓕꓯꓼ ꓡꓯꓼ ꓧꓪꓸ ꓮꓽ ꓘꓶꓸ ꓓ ꓐꓶ꓿

ꓕꓲ ꓟꓽ ꓗꓸ ꓠꓬꓸ ꓕꓯꓼ꓾ ꓪꓸ-ꓚꓲ-ꓝꓯꓲꓼ ꓠꓬ ꓟꓳꓽ ꓕꓲ ꓟ ꓠꓲꓹ ꓟ ꓮꓽ ꓘꓶꓸ ꓟꓽ ꓢ ꓕꓯꓼ ꓛꓵꓽ ꓘꓪꓼ ꓐꓶ ꓐꓯ ꓠꓬꓹ ꓡꓳ꓿

ꓗꓸ ꓠꓬꓸ ꓕꓲꓽ ꓘꓳꓼ ꓟꓶꓽ ꓠꓶ ꓒꓳꓹ ꓡ ꓕꓯꓼ꓾ ꓪꓸ-ꓚꓲ-ꓝꓯꓲꓼ ꓠꓬ ꓟꓳꓽ ꓕꓲ ꓟ ꓟꓲ ꓠꓯ ꓗꓪ ꓔꓶ ꓖꓶ꓾ ꓕꓲꓽ ꓘꓳꓼ ꓐꓲ ꓕꓲꓽ ꓘꓳꓼ ꓔꓶ ꓠꓲ ꓛꓵꓽ ꓠꓲ ꓬꓲꓠ ꓬꓹ ꓡꓳ꓿

ꓟꓳꓽ ꓕꓲ ꓕꓲꓽ ꓫꓵꓽ ꓟ ꓙꓪꓹ ꓡꓲ ꓖꓶ ꓠꓬ꓾ ꓘꓹ ꓗꓪ ꓠꓬꓹ ꓢꓴ ꓑ ꓢꓯꓼ ꓐꓴ ꓮ ꓕꓲꓽ ꓣꓳ ꓟ ꓠꓲꓹ ꓟ ꓟꓽ ꓢ ꓐꓯ ꓙꓪꓼ ꓕꓯꓼ꓾ ꓪꓸ-ꓚꓲ-ꓝꓯꓲꓼ ꓠꓬ ꓟꓳꓽ ꓟ ꓔꓯꓹ ꓢꓲꓸ ꓛꓵ ꓜꓲ ꓠꓬꓹ ꓡꓳ꓿

ꓟꓳꓽ ꓕꓲ ꓟ ꓠꓬ ꓕꓲꓽ ꓛꓵꓸ ꓐꓲ ꓕꓲꓽ ꓛꓵꓸ ꓔꓶ ꓠꓲ ꓮ ꓟꓶ ꓒ ꓛꓲ ꓛꓲ ꓪ꓾ ꓕꓲ ꓟ ꓠꓬ ꓮ ꓟꓶ ꓣꓳꓽ ꓡꓲ-ꓢꓴ ꓐꓯ ꓓꓴ ꓡꓽ-ꓧꓪꓸ-ꓬꓯꓸ ꓟ ꓥꓳ꓿ ꓡꓽ-ꓧꓪꓸ-ꓬꓯꓸ ꓕꓲ ꓟ ꓛꓵꓽ ꓠꓬ ꓠꓲꓹ ꓟ ꓢ-ꓡꓲꓽ ꓟꓽ ꓝꓲ꓾ ꓬꓲ ꓠꓬ ꓮꓸ ꓕꓼ ꓠꓲꓸ ꓪ꓾ꓬꓲꓸ ꓙꓲ ꓙꓲꓽ ꓡꓲ ꓕꓯꓼ ꓡꓲꓸ ꓘꓪꓼ ꓥ꓿ ꓚꓵ ꓚꓵ ꓓ ꓟ ꓠꓬ ꓬꓲꓸ ꓠꓯꓸ ꓐꓯꓼ ꓫꓵꓽ ꓓꓳꓽ ꓓꓯ ꓡꓲꓸ ꓗꓽ ꓧꓪꓸ ꓥ꓿ ꓣꓳꓽ ꓡꓲ-ꓢꓴ ꓫꓵꓽ ꓟꓴꓽ ꓘꓴꓽ ꓛꓵꓽ ꓐꓯ ꓟ ꓠꓬ ꓕꓲ ꓡꓲ ꓡ ꓥꓳ꓿

7 XW. SU D ꓯNY XW. NYI ꓤ:-. NYI: MO: SI SI. ꓝO JO JI=

A WO Mꓶ: YI K. NY.-. W.-CI-ꓝꓯI; NY Yꓯ. YI: Bꓯ MO N N, SI. NI L:-VE -SI -ꓒ: VE KW A. NYI: LO. GO; NY, LO= YI. NY MO: LO Mꓶ: ꓘꓶ: M: K -.LI LI B B M: K BI A. NYI M Z: NI ꓒ BO ꓤ: Kꓶ ꓕꓯ; SI. G; YI: L= ꓕI: ꓘO; LO, YI K. NY.-. A. NYI: L: Xꓶ. ꓕI: HW. M NY ꓝꓶ NI A. ꓒꓵ:-LI-. L: Bꓵ NY YI. Bꓵ DO NI ꓤ: Nꓱ ꓕI: RO Zꓶ: NY, M-T.-. A. NYI: M ꓕI: HW. M Gꓶ YI. R: MO H, W-. Mꓶ: JY: SI NYI: S ꓘ, M A Mꓶ NY ꓕI: Dꓱ; LO: YI W=

Gꓶ SI. L:-VE -SI -ꓒ: NY W.-CI-ꓝꓯI; Dꓯ W NY, W NI, ZO-. Z: DU NY Z: Zꓶ CW.-. YI: T. DU NY Dꓱ; Lꓱ; VE KW NE A. NYI: Xꓵ. ꓝO KW Cꓵ. LI Z -. Cꓵ Cꓵ Gꓶ A. NYI: Dꓯ ꓕI: LI YI NY, ꓥ= ꓕI LI-LE: M: ꓝI-. L:-VE -SI -ꓒ: NY W.-CI-ꓝꓯI; Dꓯ Xꓵ: WU YI ZI NY-. A LI YI JI Gꓶ NI YI. NI, M KW M: Lꓯ; SI. LO Cꓵ Pꓱ, NY, LO=

NYI ꓤ: NY Yꓯ. YI: Mꓶ: ꓕꓯ; K. NY. VE SI ꓒ: LO: YI ZI Bꓯ NI A: ꓘꓶ. ZI: SI. ꓣU NY, TY, LO= YI. NY JY FI. NY, Mꓶ, M-LI BI Mꓶ NI ꓒO, L: M Dꓯ LO NY, TY, LO=

S ꓘO; ꓕI: ꓘO; Tꓯ. Mꓯ, X, V ꓕI: NYI KW ꓛI ꓕꓯ;-. L:-VE -SI -ꓒ: NY Cꓱ NI MI: VI ꓕI: ꓕꓶ, Jꓶ; LI. Bꓱ: YI T. Xꓵ: A. NYI: NYI: MO: ꓕI: ꓘ, SI SI. W.-CI-ꓝAI; Dꓯ Bꓯ“Mꓯ. WU NYI ꓤ: O-. A: Nꓱ Nꓱ ꓕꓯ; LI Bꓯ-. SI, ZI WU; L YI. V, DO-. L: ꓝO WU: L VE TI LO:= GO NY NU Gꓶ YI. ꓘO; A. TI. M: T. W-. VE SI M ꓤ: HW SI. ꓝO JO V= ꓥW NY NU Dꓯ A. NYI: ꓕI: ꓘ, GO NI-. NU NY N WO Tꓵ. H, M KO Dꓯ MI Nꓯ ꓥU SI. ꓝO JO YI V= ”

W.-CI-ꓝꓯI; NY L:-VE -SI -ꓒ: NI YI. Dꓯ G; T. M Sꓶ. ꓥ-. GO Bꓯ“ D ꓥ-. A. NYI: Gꓶ ꓥW M: Nꓱ-. ꓥW NY CI. ꓛY; ꓝO JO NI= ”

L:-VE-SI -ꓒ: NY W.-CI-ꓝꓯI; A. NYI: M: Nꓱ M Bꓯ JW; NY Bꓯ“ A. NYI: ꓕI: M Cꓱ ꓥ Bꓯ Gꓶ L: Xꓶ. ꓕI: ꓘ, ꓥ Lꓯ;= NU W; Cꓵ Cꓵ XW. C LI NI A. NYI: ꓕI: ꓘ, LI. Vꓱ NI, M: Xꓵ-. Gꓯ NU Dꓯ GO; NY NU M: Nꓱ-. ꓥW NY SI: Gꓶ SI. NI XO.ꓘꓶ CW. Gꓶ W=

ꓕI ꓕꓯ; -. A. NYI: NYI: MO: M XW. NI ꓤ: NI LI. M: Dꓯ BI Sꓯ; M: JW, JW, “ O.

A:-. O. A:-. O. A:= ”S ꓘꓶ: Mꓶ NY,= N∀. B∀ SU N N, NY A. Xꓵ: Gꓶ M: T.-. Gꓶ SI. A. NYI: LO. SU ꓥW B∀ JW; NY NI, M KW A. DI: N M ꓥ=

ꓥ W-. JY M: FO SU NY JY FI. ꓕ∀; A LI JY M M: Sꓶ= NI, XW. M: FO SU NY A. Xꓵ: S∀; B∀ JW; LI. ꓕI: LE, ꓥO= W.-CI-ꓝ∀I; NY A. NYI D∀ ꓒI, NYI NY MY BI ꓤ: LI. JY L∀, ꓤ: T.-. Kꓶ. FI. W NYYI. ꓘO, JI LI. K T.-. Dꓵ: JW; NY A. NYI: ꓕI M M: DU ꓕI: ꓘ, ꓥ= YI. ꓛI KW BI YI. KO Dꓵ: D∀ NYI NY Cꓵ Cꓵ BI ꓥW ꓕI: LI, A: ꓘꓶ. XW. LI Xꓵ: ꓥ Bꓶ= ꓒI, NYI-. ꓒI, NYI-. W.-CI-ꓝ∀I; NY ꓕI LI Dꓵ: JW; ꓛI“ A. NYI: ꓕI M Gꓶ ꓥW ꓕI LI, Xꓵ:-. Gꓶ SI. ꓥW NY XW. W ꓕꓵ N-. YI. NY XW. B∀ Gꓶ ꓕꓵ M: N ꓕI: G-LI ꓥO= ” ꓕI ꓕ∀; NI, M KW A: ꓘꓶ. XW. NI ꓤ: LO=

W.-CI-ꓝ∀I; NY A: SO B∀ ꓘꓶ: M ꓒO, SI. B∀“ NU W; NY A. NYI: ꓕI M D∀ SI: SI. XO. ꓘꓶ CW. M: ꓕO: NY ꓥW Nꓱ VI, W= ”GO ꓕ∀; A. NYI: M SI T. SI. NI ꓶ ꓤ KW ꓝO JO JI W=

W.-CI-ꓝ∀I; NY A. NYI: SI SI. Y∀. WO Tꓵ. H, KO KW ꓛI ꓕ∀,-. ꓘ, KW L: ꓝO BU NI JW SI.-. Mꓶ ꓛY SI, K. NYI: S K. TO, V,-. MO: KW NY SI, ꓒY: ꓒꓱ; H, Xꓵ: VE Cꓱ ꓕI: VE X, DO LI W=

Gꓶ SI. ꓘ, KW NY, SU Gꓶ XW. NI ꓕI: Xꓵ: Gꓶ M: JW,-. A: Jꓵ; SU YI. D∀ VE KW ꓤꓱ DU A. TI. JW B∀ Gꓶ Mꓶ ꓤ HW Gꓶ T∀; SI. NI A. LU; ꓕI M-. SI. Kꓶ. ꓕI: M-LI: W LO= GO NY VE Cꓱ KW GO; LO: T. ꓥ B∀ Gꓶ Mꓶ: V M: ꓕO,-. MI VE Jꓶ ꓕ; A. TI. ꓘW M Gꓶ A: ꓘꓶ. ZO; T. LO= Gꓶ SI. B∀ K L NY A. TI. XW. NYI ꓤ: ꓕI: G ꓥ=

ꓕI M Cꓵ Cꓵ Gꓶ
ꓤ: Cꓵ: LO; M Pꓶ. DU NI-. NY, GU ꓕI: G Gꓶ M: JO=
Gꓶ SI. ꓝO JI Pꓶ. DU NI-. A: Jꓵ; SU NY VE X, JW=
ꓕI: RO ꓕI: K. JW B∀ LI.-. A: Jꓵ; N: NY ꓕI: ꓒꓱ, ꓒꓱ,=
ꓥE ꓛI ꓒ∀, ꓤ: TO, JI W-. V EVE WU. ꓤ: ꓒꓱ: JI W=
NU NY ꓥW D∀ G; Gꓶ NI-. ꓥW Gꓶ VE M X, DO LEO=
NU Gꓶ ꓥW D∀ M: M: NY, ZI NY-. ꓥW Gꓶ NY, Tꓶ. HW W LEO=

ꓕI LI ꓥ B∀ Gꓶ-. W.-CI-ꓝ∀I; NY A. NYI: ꓕI: ꓘ, SI T. SI. NY, Tꓶ JW, LI W-. ꓕI M NY ꓘ, KW NY, SU P S∀; BU D∀ X. MO W= W.-CI-ꓝ∀I; NY NI, M KW MI: JI JI, YI: SI, P S∀; BUD ∀ ꓒU: GO; SW; TY, LO=

ꓕI: Xꓵ: LI. M: JW, Pꓶ. DU NI-. YI. TU TU ꓕ∀; A: ꓘꓶ. XW. LO= W.-CI-ꓝ∀I; NY N∀; N∀: TU SI. SI, CO. HW WU: NI Z ꓒU P= LE; LE, NY SI, K. NI. SI. NI YI. A. NYI: D∀ Gꓶ VE Cꓱ X, GO; NY, LO=

ꓕI M K. NY.-. W.-CI-ꓞꓯI; NY SI, CO. HW WU NI Z P M LI: M: ꓞI-. YI. NY VE Cꓱ ꓘꓶ: KW Mꓶ BI: ꓥU SI. NI Z: WO; LO WO; Tꓶ NY,= YI. NY A LI ꓞ: BE A LI WO; Hꓶ LI. M: K-. Nꓯ; W Mꓶ: ꓘꓶ: LI. A. NYI: Dꓯ ꓒ BO ꓤ: BI Xꓵ. ꓶ; CW. NY, ꓥ= ꓕI LI LE M: ꓥ-. YI. NY Z: Gꓶ A. TI. ꓞꓶ; SI. NI A. NYI: Dꓯ ꓞꓶ L ZI YIN Y, ꓥ=

8 N. Xꓵ. ꓥW. L M: RO DO-. N PY ꓕI: ZI ꓤ: RO L=

ꓕI: NYI GU ꓕI: NYI-. ꓕI FI. LO, YI NY-. M: ꓥ ꓕꓯ; Cꓱ NI Bꓱ: LI. Bꓱ: YI T. DU A. NYI: M Gꓶ A: ꓘꓶ. ꓞꓶ L W-. VE Cꓱ ꓘꓶ: KW Gꓶ MI Nꓯ A: Bꓶ, ꓕI: ꓘU. ꓥU V, W= GO NY W.-CI- ꓞꓯI; NY YI. CI CY; MI: M JI JI YI Gꓶ M-LI: M: ꓞI-.ꓘ, KW SU A M Tꓯ. MI: YI N JW, Gꓶ YI YI JW; LI ꓥ= P Sꓯ; BU LI. Bꓯ NY“ W.-CI-ꓞꓯI; NY Cꓵ Cꓵ A: ꓘꓶ. JI SU ꓕI: RO ꓥO= ”

KO Tꓯ; KW K. Bꓱ Mꓶ NY Z Tꓶ FI. ꓛI L W= ꓘ, KW NY, SU Gꓶ Z A: Kꓶ. Tꓶ NY, LO= Gꓶ SI. W.-CI- ꓞꓯI; NY SI, HW SI, WU: BI ꓞO JO NY, M A KW NI Z Xꓵ. JW, SI:= ꓘ, KW SU Dꓯ ꓥW. SI. Tꓶ Bꓯ LI. YI. W; Gꓶ XW. NI Zꓶ T. Xꓵ: A M JW, SI:= GO NY A LI M: YIO-. W.-CI-ꓞꓯI; NY ꓒI: KO, ꓕU ꓕU BI JI SI. L:-VE -SI -ꓒ: Dꓯ ꓥW. YI LO=

W.-CI-FꓯI; NY Nꓯ; Nꓯ: BI JI SI. L:-VE-SI-ꓒ: VE K ꓘꓶ: E; NI Bꓯ“ L:-VE-SI-ꓒ: O-. A LI M: YIO-. ꓥW MI Nꓯ KW Tꓶ DU Z Xꓵ. M: JO-. NU NY ꓥW Dꓯ N. Xꓵ. A. TI. ꓥW. GO; Lꓯ-. ꓥW NY NU Dꓯ XW FI. NY YI. Pꓶ, Pꓶ, N LI. GO-NI= ”

L:-VE-SI-ꓒ: NY ꓕI Nꓯ; LI K ꓘꓶ: E; SI. Z Xꓵ. ꓥW. L, M Bꓯ JW; ꓕꓯ:-. YI. VE KW Dꓯ M: ZO; Bꓯ SI. NI A: ꓘꓶ. K, M: ꓛꓵ: T. LO= Gꓶ SI. NI YI. Mꓯ.WU Dꓯ ꓒI: GO; Pꓶ. DU NI NI, ZO M: D-BI Bꓯ“ꓥW N: A. Xꓵ: ꓕI: Xꓵ: Kꓶ LI ꓛI ꓛ,O-. Mꓶ: ꓕꓯ; A. TI. JI NY A. N ꓛ; ꓛ; M: Mꓶ SI. NI A. Nꓯ Mꓶ, M Lꓯ; HW. A ꓕꓯ; LI.SU Dꓯ M: W; ꓘW; SU Mꓯ. WU NYI ꓤ: M Z Xꓵ. ꓥW. L. Bꓶ Lꓯ;= Mꓯ. WU NYI ꓤ: O-. RO: NY ꓕI: VE ꓞO ꓤ: M NYI: Xꓵ: ꓕ; ꓕꓱ Lꓯ;-. Z Xꓵ. NY NU Dꓯ ꓥW. GO; ꓛꓵ ꓥ-. Gꓶ SI. ꓕI Nꓯ; NY A: ꓘꓶ. M: ZO-. NU NY Z JO; Z: Jꓵ, LO, YI SI. RU Lꓯ= ” ꓕI LI Bꓯ Gꓶ ꓕꓯ; NY K ꓘꓶ: M “KW; T; L:” BI FI. Gꓶ W= GO NY “ KW; T; L:” ꓕI ꓕI: ꓘꓶ: M NY Nꓯ. Bꓯ; SU Dꓯ Bꓯ NY A. Xꓵ: Gꓶ M: ꓥ-. Gꓶ SI Z Xꓵ. ꓥW. SU W.-CI-ꓞꓯI; Dꓯ Bꓯ ꓕꓯ;-. NI, ꓞꓶ, NI A: L Lꓱ. YI W=

Z Xꓵ. LI. ꓥW. M: W. ꓕꓯ; L:-VE-SI-ꓒ: NI Mꓶ. JY; ꓛU. ꓒY. W SI. NI NI, M KW A. DI: NI, SI: M: ꓥ O= Gꓶ SI A: LI M: YIO-. YI. Dꓯ M: ꓥW. NY-. A M Dꓯ ꓥW. YI SI:= FꓯI, Bꓯ-. ꓤ: NY XW. XW. Mꓶ: Mꓶ: ZI: N LO; Bꓯ SI. NI NI, M KW CI ꓛY; NI, Lꓱ NY, LO=

Z JO; Z: Jꓵ, LO, YI M KW ꓛI ꓕꓯ;-. W.-CI-ꓝꓯI; NY NI, SI: NI A LI M: ꓥ BI L:-VE-SI-ꓒ: VE KW JI SI. NI N. Xꓵ. NYI: CI ꓥW. W LI W= ꓕI N. Xꓵ. M NY YI Mꓶ Nꓯ KW Tꓶ LO; N T. ꓥ=

W.-CI-ꓝꓯI; SW; NY-. N. Xꓵ. M RO L ꓕꓯ; NY-. A. NYI: ꓘE: BI ꓘO; V M ꓕI: ꓛO Vꓱ, SI. ꓒ:-. MO: ꓤ: Xꓵ. ꓤ: MO;-. GO NY XW FI. ꓛI NY A LI Bꓯ LI. A: MY. ꓤ: XW W D ꓥ= ꓥW NY CI. ꓛY; Tꓶ V, Xꓵ Z Z: W D W-. FꓯI, Gꓶ ꓕI: Z: M: BO ꓕI: Z: BO Xꓵ: JY; XW. M: ꓛꓵ W-. ꓥW A. NYI: Dꓯ Gꓶ N. Hꓶ: TO ꓛꓵ O=

ꓕI LI K, ꓛꓵ: Xꓵ: ꓝO JO ꓛI L T. M Dꓯ SW; ꓛI ꓕꓯ;-. W.-CI-ꓝꓯI; NY K, ꓛꓵ: BI MU: GW; ꓕI LIB ꓵ NY,

A: B: ꓥW Dꓯ Tꓯ, Tꓯ, NI-. A M ꓥW Dꓯ Vꓱ Vꓱ NI=

Tꓯ, M: ZO; Xꓵ: M: ꓥ Lꓯ;-. Vꓱ M: ZO; Xꓵ: M: ꓥ Lꓯ;=

A: B: Mꓶ. JY; Mꓶ: Mꓶ: NI-. A M Mꓶ. JY Mꓶ: Mꓶ: NI=

ꓥW NY ꓤ: ꓛꓵ: ꓤ: LO: LI-. ꓥW NY ꓤ: ꓛꓵ: Mꓶ: LO: LI=

ꓤ: ꓛꓵ: ꓤ: LO: M 10 ꓘO; LO:-. ꓤ: ꓛꓵ: Mꓶ: LO: M 9ꓘO; LO=

Mꓯ, WE.. ꓕI LI, XW. NI ꓤ:-. Dꓯ; Pꓶ ꓕI LI, O: NYI ꓤ:=

A: B: N: NY NY, Xꓵ: ꓥ-. A M N: NY ZI: Xꓵ: ꓥ=

NY, VE M: ꓥ NYI, DO LEO-. Vꓯ, VE M: ꓥ Lꓱ: DO LEO=

A. GU: ZU NI JW JW NI-. Dꓯ; Pꓶ ZU NI JW JW NI=

ꓝꓱ; MI Gꓶ NI ꓥU V, W-. N. MI Gꓶ NI ꓥU V, W=

KO ꓕꓯ; SI, ꓒY: SI: L ꓕꓯ;-. KO ꓕꓯ; SI, ꓒY: ꓝꓶ L ꓕꓯ;=

ꓝꓱ; M K, KW ꓒI LI W-. N. M K, KW ꓒI LI W=

ꓝꓱ; NI Jꓵ ꓒꓶ: PU. Gꓶ W-. N. NI Jꓵ ꓒꓶ: PU. Gꓶ W=

9 BI ꓝꓱ; Jꓵ TO, SI. KO MY ꓤꓶ NYI-. 10 BI N. Jꓵ TO, SI. V B NYI=

N. Tꓶ Gꓶ K. NY. NY-. W.-CI-ꓝꓯI; NY A. NYI: LO. SI. Xꓵ. ꓶ; BE SI, HW ꓕI: B, N, NY, Lꓯ; KW Gꓶ Mꓶ Nꓯ KW JI SI. RO L, M: RO L, M ꓒI, NYI YI ꓥ=

Nꓯ; W NYI Gꓶ M: RO L,-. Mꓶ: ꓘꓶ: NYI Gꓶ M: RO L,-. NYI. NYI NY Gꓶ M: RO L,-. X, Gꓶ NYI Gꓶ M: RO L,= ꓕI: NYI GU ꓕI: NYI-. ꓕI: V GU ꓕI: V LO, YI Gꓶ RO L, Xꓵ: M: MO= FꓯI, ꓕI: FI. LO SI. ꓕI: ꓘO, ꓒI, NYI NY NO ꓒY ꓕI: ZI ꓤ; RO T.-. N. ZI NY ꓕI: ZI Gꓶ M: MO=

ꓕI ꓕꓯ; SI. C, W NY-. M: JI SU L:-VE-SI-ꓒ: NY N. Xꓵ. M Bꓯ; NI. KW PU. SI: Gꓶ SI. ꓥW. GO; L, Bꓶ-. NO PY ꓕI: ZI RO L, M LI. NI MU NO Yꓯ. ꓘW M: ꓶ, XY BI JW, DO M ꓥ Bꓶ= W.-CI-ꓝꓯI; NY NI, SI: NI A LI M: YIO-. Gꓶ SI A Mꓶ Xꓶ, HUI, NY ꓝO ꓤ: BI ꓝO ꓤ: ꓘO; Lꓯ; HO T.-. LI JW, Bꓯ Gꓶ O. LI-. M: JW, Bꓯ Gꓶ O.

LI ꓥO=

ꓕI M Cꓵ Cꓵ Gꓶ

XW. NI O: TO ꓒU L W-. JI ꓕI: ꓕO: LI Lꓱ. N T.=

ꓒU L ꓕI LI M: CI W.-. WU S ꓕI LI M: HO. W=

A M NU NY ꓒI, NYI NY-. A: B: NU NYI ꓒI, NYI NY=

Mꓶ: ꓞ NU Dꓯ WO, NI, Xꓵ-. V B NU Dꓯ ꓕꓱ NI, Xꓵ=

BO SU ꓕI ꓕI ZU M NY-. K; SU ꓕI ꓕI: VE M NY=

BO SU NI, NY L: M-LI-. K; SU Bꓵ; NY XO. ꓘꓶ-LI=

Mꓶ: ꓞ NU NY NI, ꓞ ꓕI-. V B NU NY NI, ꓞ Lꓯ;=

M: JI SU Dꓯ ꓞ Xꓵ ZI-. M: JI SU Dꓯ ꓕI Xꓵ ZI=

P Sꓯ; BU NY ꓕI LI M C, W ꓕꓯ;-. A: Jꓵ; LI. NI NI, SI: NI L:-VE-SI-ꓒ: Dꓯ HW Xꓵ: SW, NY,= Gꓶ SI. W.-CI-ꓞꓯI; NY Yꓯ. WO BE A. WO; ꓒ: A LI Xꓵ M Dꓯ SW; ꓛI ꓕꓯ;-. M: JI SU N: LI M: Sꓶ. Bꓯ SI. NI P Sꓯ; BU Dꓯ M: JI ZI LO= YI. NI, M KW Dꓵ: JW; NY“ M: JI YI V, M: NY NI, M ꓘU: KW TI TI SW; V, ZI-. A Mꓶ YI. Dꓯ M: YI NY ꓥW ꓤ: ꓘ, M: ꓥ ꓕ; Bꓯ-. GO NY YI. Jꓵ, M A. TI ꓤ: M: ꓛI SI:= ”

9 NO ꓘE: ꓕI: ꓕꓶ, ꓩUG ꓶ NY-. ꓘO; ꓶ ꓕI: ꓒꓵ, P W LE

W.-CI-ꓱꓯI; NY A: Jꓵ; SU Dꓯ Bꓯ ꓕO, ZO; LI K. NY. NY Mꓶ: JY; SI ꓕI:-LE BI ꓱO JO TY, LO= YI. NY A. NYI: Dꓯ Xꓵ. ꓶ; CW-. SI, HW SI, WU: M-LI: M: ꓱI-. MI Nꓯ KW NO PY ꓕI: ZI ꓤ: RW DO L, M Dꓯ Gꓶ Xꓵ. MO; GO-. Jꓵ: ꓘE: ꓤ: LI. A: ꓘꓶ. Kꓶ GO; NY, ꓥ= LE; LE, NY MI Nꓯ ꓤ: LI. A: ꓘꓶ. ꓥU SI. NI Nꓯ. Vꓯ; Z Xꓵ. HW SI. Tꓶ M Dꓵ: JW; NY, ꓥ= YI. NY KO ꓕꓯ; KW L: ꓱO BU NI M D ꓘꓶ, Gꓶ K. NY. A: ꓘꓶ. Nꓵ: NI, ꓱ M-LI BI Sꓯ; ꓕꓵ: SI. NI A: ꓘꓶ. JI N Xꓵ: ꓱO JO ZO; L ZI M Dꓯ YI NY, LO=

KO ꓕꓯ; KO MI KW SI, ꓒY: ꓱꓶ Jꓵ, ꓛI L ꓕꓯ;-. P Sꓯ; BU NY ꓕI: ꓘO; MI: YI M Z: XW W LI W= Gꓶ SI. W.-CI-ꓱꓯI; NY NO PY ꓕI: BU, ꓤ: LI: XW W SI. NI VE ꓘU: KW ꓥ V, = YI. NY Mꓶ: JY; SI ꓕI:-LI, BI ꓕI: Z: BO ꓕI: Z: M BO ꓱO JO TY, LO=

L: ꓱO BU NI Bꓯ“VE CW A KW ꓱI, NY O. KW NI ꓱꓶ, ꓥ= ” ꓕI: ꓘO; ꓘO; Xꓵ: V M ꓛI L NY-. MI: WO Gꓶ NI NYI M: Mꓵ-LE: BI ꓕI: NYI Pꓶ. F. ꓕI: NYI A: ꓘꓶ. NYI: S; NYI W: LI L W= GO NY YI. Cꓶ, Gꓶ A: ꓘꓶ. NYI: S; NYI ꓱI: LI W= ꓕI ꓕꓯ; BO SU L: ꓱO BU NY A. TO. M A: Bꓶ, FI V, SI. NI ꓯ. Wꓯ; ꓛI ꓒꓯ, KW NI ꓘO; XW WO; Lꓯ; CY. Z: NY, LO-. GO NY VE ꓘU: KW NI YI. Sꓯ; DO L, M LI. A: ꓘꓶ. SO MI T. LO=

W: ꓕI LI LI L Pꓶ. DU -. W.-CI-ꓱAI; NY Mꓶ: Tꓯ; SI SI, ꓕI: ꓶ WU: NY Z ꓕI: Z: P Z: DU ꓱO JO M Lꓯ; HW. A: ꓘꓶ. XW. L W= YI. NY Z M: Z: Xꓵ: S; NYI LO: W-. Gꓶ SI. YI. NYI Sꓯ; M M PO; W ZI Pꓶ. DU-. ꓕI: NYI NY Nꓯ; Nꓯ; TU SI. A. NYI: Z CW. Gꓶ ꓕꓯ;-. VE ꓘU: KW ꓥ V, LO NO PY ꓕI: BU, M RU L SI. NI A. TO. KW Pꓵ Z:-. YI JY ꓕI: Kꓶ. DO SI. NI Nꓯ; W Z YIN Y, LO=

ꓕI LI Z: Gꓶ K. NY. ꓕꓯ;-. W.-CI-ꓱꓯI, Gꓶ VE: DO A. TI. NO. V, -. GO NY Sꓯ; Gꓶ A. TI. JW, L W= ꓕI ꓕꓯ; YI. NY SI. CO. ꓕI: ꓶ M Mꓯ V,-. W: GU; SI. NI A. DI: XW.-LE: BI Cꓵ.-Tꓶ. KW Z ꓤ: P Z: YI NY, LO=

W: A: ꓘꓶ. TI LI M Pꓶ. DU NI YI, Jꓶ, Gꓶ MO M: D-. AꓘW ꓛI ꓛI LI. JI D, M-LE: T.-. Gꓶ SI. AꓘW JI LI. Nꓯ. KO BO Nꓯ.-. ꓛꓶ; KO. BO Cꓶ; SI. JI M: N LO=

W.-CI-ꓱꓯI; NY SI. CO. M Mꓯ V,-. JY; ꓥU: ꓕI: K. TO, V, SI. NI A ꓤ ꓤ ꓕI:

ꓕO; ꓕO; BI Mꓶ. ꓕꓯ; JI NY,= JI NI JI NI A: L LI. LO K. ꓘꓶ: B. ꓒI: ꓕI: ꓛO; YI. Jꓶ, KW M: ꓛI W= GO NY YI. Jꓶ, ꓕI ꓕI: Jꓶ, M KW W: LI ꓕ: Bꓯ SI:-. Mꓶ: JY; SI M: LI ꓕꓯ; LI. A. TI. ꓤ: M: RW MU Bꓯ LO ꓘU: KW ꓞI ꓞO YI N T. ꓥ= W.-CI-ꓞꓯI; NY A ꓤ ꓤ ꓕI: ꓕO; ꓕI: ꓕO; BI Lꓯ; Xꓵ JI Lꓯ; Xꓵ NI, M ꓘU: KW Bꓯ“WU-S- ꓒU-L O-. A LI Bꓯ LI. ꓥW Dꓯ ꓕ: Lꓱ. YI ZI-. A LI Bꓯ LI. ꓥW Dꓯ ꓕ: Lꓱ. YI ZI= ”

L: ꓞO BU Bꓯ“Lꓯ; HW. RW MU NY Lꓯ; HW. Xꓵ: WU DO KU.= ” ꓕI Bꓯ ꓘꓶ: M Jꓵ Jꓵ ꓥ Bꓶ= W.-CI-Fꓯ I; NY Lꓯ; HW. Lꓱ. M JO NY Lꓯ; HW. Lꓯ; ꓒꓯ, ꓛI ꓒ, ꓤ: LI. ꓛꓶ; ꓤ: ꓛꓶ;= ꓕI ꓕꓯ;-. YI. NY Lꓯ; ꓶ. ꓕI: B M YI. Cꓶ, M. ꓒꓯ, SI ꓕO: W YI SI. NI SI. CO. M ꓕI: ꓛO; NI. V,-. L: Bꓯ Gꓶ L: M: N W= GO NY Sꓯ; Lꓯ; HW. ſUN Y Lꓯ; HW. ꓞꓶ Lꓱ. YI T. W= K. NY NY TO, M: HW. YI SI. NI SI. CO BI ꓞO ꓤ: ꓕI: ꓛO ꓤ: Nꓵ W; XO T. M-LE: Lꓱ. YI W-. YI. NY Lꓯ; ꓒꓯ,KW JO. ꓕI: Xꓵ: Dꓯ Jꓵ, Bꓯ Gꓶ ꓕI: Xꓵ: LI. M: JW,-. ꓛI ꓒꓯ, KW JO. ꓕI: Xꓵ: Dꓯ PI, Bꓯ Gꓶ ꓕI: Xꓵ: Gꓶ M: JW,= ꓕI Tꓯ; YI NY TO, Gꓶ TO, M: HW-. A LI XO M Gꓶ XO LO, T. ZI-. Sꓯ; M M Gꓶ B, B, WU-S Dꓯ NYI N, V;-LE: ꓥO= A L ꓤ: B. ꓒI: ꓕꓯ; SI XO ꓞI T. ꓕꓯ;-. ZO M NY L: ꓞO BE SI. CO. M ꓒꓯ; ZI ꓕI: ZI NI K LI W= Mꓶ ꓤ ꓕI: B, LO: ꓕꓯ;-. W.-CI-ꓞꓯI; NY MY DU M Bꓶ SI. YI. ꓘꓶ: CO LO ꓒI, NYI NY Cꓵ Cꓵ A. DI: RW MU XW. N T. M: ꓥ= GO NY ꓕI B. ꓒI: KW NI XO Lꓱ. YI ꓥO Bꓯ NYI ꓛI LI. M: D Xꓵ LO ꓘU: KW NI YI JY ꓘU: KW ꓞꓶ ꓞO LE ꓥO= ꓕI LI ꓥO Bꓯ KO TO ꓘꓱ, LI M: ꓥ Bꓯ LI. NI YI JY KW Sꓯ; M M LI. GU LI W=

XW. Mꓶ: W ꓛI ꓕꓯ;-. L: ꓞO NY A: ꓘꓶ. ꓕI ꓥ= W.-CI-Fꓯ I; NY Sꓯ; M M PO; W ZI Dꓵ: JW, NY, M Lꓯ; HW. A: ꓘꓶ. ꓕI L W= YI. SW; NY“ꓥW NY ꓕI LI Xꓵ Gꓶ M: D-. Nꓯ. Bꓯ; Xꓵ: M: SW; Bꓯ LI. ꓥW Xꓵ Gꓶ NY-. ꓥW A. NYI: M A LI YI SI:= ” YI. NY SI. CO. M Mꓯ V,-. Lꓯ; ꓒꓯ, NYI: B: M NY SI, ZI Dꓯ C, V, SI. A ꓤ ꓤ BI MO: KW Dꓯ-. ꓕI LI MO: KW Dꓯ M NY Cꓵ Cꓵ Sꓯ; M A MY V Gꓶ Gꓶ M: Sꓶ.-. ꓞ CI. Gꓶ A MY Xꓵ, LI M: Sꓶ. ꓕꓯ; SI. NI MO: KW YI. Cꓶ, KW Dꓯ ꓛI L= YI. Cꓶ, KW Dꓯ ꓛI Bꓯ Gꓶ Cꓵ.-Tꓶ. MU: NY A: ꓶ, ꓶ ꓥ, SI-. A Mꓶ NY Cꓵ.-Tꓶ. KW JI DU YI. Cꓶ, M YI. TU TU T.-LE: ꓥ LO=

W.-CI-ꓞꓯI; NY A SO ꓕI: ꓘO, XO Lꓱ. YI M NI, M KW SI: SI; Dꓵ: JW; V,= GO NY SI. CO. M Mꓯ V, SI. NI-. A. MO: KU. KU. Dꓵ: SI. A ꓤ ꓤ ꓕI: ꓕO; ꓕI: ꓕO; BI A: ꓘꓶ. JI XW. DU B. ꓒI: ꓕI ꓕI: TO. M JI LO, YIO=

JI XW. DU B. ꓒI: ꓕI ꓕI: TO. M JI LO, YI Bꓯ Gꓶ-. Nꓯ. Bꓯ YI. Cꓶ, Gꓶ JI M: S LO= W.-CI-ꓞꓯI; NY ꓛI ꓕO; Mꓶ. ꓕꓯ; SI ꓕI: ꓕO: Cꓵ. Gꓶ NY-. SI. CO. BE YI. NY W: ꓛI KW A. MO: Zꓶ V, M-LE; Lꓱ. YI W-. GO NY Lꓵ Gꓶ Lꓵ M: D-. Mꓶ. ꓕꓯ;

JI G⅂ M: Λ-. K. NY. L: G⅂ M: Λ K⅂ LI W=

W.-CI-F∀I; NY A LI M: YIO-. YI. NY SI. CO. M N: V, SI. NI CI. ƆY; YI. C⅂, ⊥I: C⅂, GU;-. F∀I, L: L SI. NI SI. CO. M M∀ L-. ⊥I LI ⊥I: TO. ⊥I: TO. A ꓤ ꓤ YI NY, LO-. ; M: Λ ⊥∀; YI. C⅂, ⊥I M NY ⊥I: MO: LO JI N JW,-. A M⅂ NY M⅂: ꓘ⅂: S∀ ƆI L LI. A: L ꓤO C∩.-T⅂. J∩ KW M: ƆI W= GO NY SI. ƆO. M C∩.-T⅂. J∩ KW M∀ ƆI G⅂ YI. C⅂, CW CW W: Ɔ⅂; LƎ. YI P⅂. DU NI ℲO ꓤ: BE SI. CO. LI. d: LI W= F∀I, B∀ A M⅂ NY M⅂: ꓘ⅂: ƆI W-. W.-CI-Ⅎ∀I; JYL XW. M NY“ SI. CO. M WU SU M: NY, B∀-. NYI. MI A. X∩: Z: SI:= ”

W.-CI-Ⅎ∀I; NY YI. C⅂, CW CW M: XW. LI. XW. LO; YI W-. ⊥I ⊥I: B, NY XW. XW. M⅂: M⅂: ZI: V, SI. NI SI. CO. M WU: DO YI ⊥∀; SI. ZO: Λ= GO NY A LI VE; M⅂: WO; H⅂ M: KW BI SI. CO. M M∀ V, SI. NI Z JY. WU: J∩ KW M∀ WU: YI LO=

YI. NY N∀; W NO PY ƆU Z:-. MO: LO NY WO; H⅂ SI. NI W: A. TI. Z: G⅂ M P⅂. DU ⊥.-Y∀-d: VE K ꓘ⅂: KW JO. JI ⊥∀-. VE; M M O NI ZI M: HW. SI. NI ꓘE; M A B⅂, M⅂ X∩: ⊥I: ⊥⅂, ꓞU G⅂ LO= ⊥.-Y∀-d: B∀ JW; YI ⊥∀; NY K ꓘ⅂: KW NI DO L SI. NI ꓘU P∩, B∀“ A M NI ꓘE; ꓞU Λ-. A SO ⊥∀; A M NI ꓘE; ꓞU Λ= ” ⊥I ⊥∀; W.-CI-Ⅎ∀I; NY YI. ꓘ⅂: YI. JY A KW ƆI ƆI dI, NYI G⅂ ℲO ꓤ: ⊥I: RO G⅂ M: MO-. GO NY ΛW NI ꓞU ΛO B∀ SI. ⊥.-Y∀-d: NI A LI YI L ΛO M D∀ LO NY, TY, LO=

⊥.-Y∀-d: NY W.-CI-Ⅎ∀I; R⅂ G⅂ M P⅂. DU NI, SI: M ⊥: B∀ SI:-. YI. NY L∀; HW. K, C∩: C∩: BI B∀“ꓘE S∀; M A: ꓘ⅂. SO MI B⅂-. ꓘE S∀; M A: ꓘ⅂. SO MI B⅂= ” L∀; X∩ B∀ NY L∀; X∩ YI. JO P. D∀ SI. CO. ⊥I: RO T∀, JW ZI-. NYI: RO M NY W.-CI- Ⅎ∀I; D∀ ⊥I: RO ⊥I: ƆO; PYƎ. SI. NI A. TO ꓘ⅂: KW KO ZI NY,= W.-CI-Ⅎ∀I; A. TI. ꓤ: KO LƎ YI K∀. NY. NY A: ꓘ⅂. Z: MI X∩: Z CW. WO;= F∀I, NY W.-CI-Ⅎ∀I; D∀ ꓘE M ⊥. BI KW S BI ꓞU BI YI ZI SI. NI ꓘO; X∩: ⅂ ꓤ: ⅂ MI A: MY, GO NY, LO=

⊥I M C∩ C∩ G⅂

M∀; X, V ƆI NY ꓘO; X∩: NYI-. XW. SU BO SU M: ⊥I LE=
BO SU VE KW HW; JU JU-. XW. SU VE KW GO; LO: LO:=
ꓘO; X∩: NYI KW W: LE L-. XW. SU JY NI Ɔ⅂; ꓤ: Ɔ⅂;=
BO SU NI, ꓤ: LƎ LƎ. T.-. XW. SU SI, WU: Ɔ⅂; ꓤ: Ɔ⅂;=
BO SU ꓘE; ꓞU Ɔ∩: NƎ SI.-. XW. SU ꓘE; ꓞU SO MI B⅂=
K; d: XW. ꓘE; S∀; N∩: K, Ɔ∩: Ɔ∩-. XW. SU BO SUdU W K, S S=

10 WO; MY ꓘO LI. ꓒU W ꓘO-. ꓒU NYI, Vꓯ. Pꓶ. DU ꓝO M Mꓶ:

W: ꓕI ꓕI: ZU M NY Xꓵ: NYI Xꓵ: Vꓯ; LI Gꓶ K. NY. NY B LE W= GO NY W: TI NI VE ꓘꓶ: VE JY LI. NI JI M: D O= ꓕI ꓕꓯ; VE KW YI: T. NI KO Dꓱ; KO MI LI. N YI LO L:-VE-SI-ꓒ: NY A. TO. ꓘꓶ: KW NY, SI. Lꓯ; Xꓵ L: C. DO Lꓯ; Xꓵ SW; NY“W: ꓕI ꓕI: ZU M NY W.-CI-ꓝVI; VE M A LI LI. NI. Bꓱ; YI DU ꓥ= VE M M: NI. Bꓱ; YI Bꓯ Gꓶ VE; Mꓶ: Xꓵ DU ꓥ= ꓕI M NY Cꓵ Cꓵ A: ꓘꓶ. ZO; DU Xꓵ: WU ꓕI: Xꓵ: ꓥ LO-. W.-CI-ꓝVI; Xꓵ Gꓶ NY YI. NI ꓥU V, LO H MI M ꓥW Tꓯ.-LE ꓥO W= ꓕI M NY Cꓵ Cꓵ Sꓯ; LI. ꓕꓵ: M: ꓛꓵ Xꓵ: A: ꓘꓶ. ZO; DU M ꓥ, LO=

Gꓶ SI. NI Mꓶ: ꓝ M NYI: S; BO ꓛI ꓕI: T. ꓕꓯ;-. YI. NY VE KW NI DO L-. A MO, MO KW VE; SI. W.-CI-ꓝVI; NY, VE Dꓯ ꓒI, NYI NY“A Pꓶ,-. ꓕI LI N: M: ꓥ W.-. ꓥW Tꓯ. Dꓱ; Lꓱ; VE LI. NYI: VE NI. Bꓱ; LI W-. YI. Tꓯ. VE PYꓱ M A LI Bꓯ SI. M: NI. Bꓱ; YI NI.-. ꓥW NYI ꓥU: LI N: M: ꓥ W.= ” L:-VE-SI-ꓒ: NY Cꓵ Cꓵ A LI Gꓶ SW; M: N W=

SU NI VE X, V, M-LE: Tꓱ, Tꓱ, NY, KU. DU L:-VE-SI-ꓒ: NY M: Sꓶ. SI:-. W.-CI-ꓝVI; Tꓯ. VE PYꓱ M NY K, LO-BI S; KU TO, V, ꓥ LO= VE M A. TI. ꓤ: T. Bꓯ Gꓶ Mꓶ: V LI. Zꓯ S-. W: Gꓶ XO S-. Mꓵ: ꓶ, L LI. ꓶ, Bꓱ; YI M: D=

L:-VE-SI-ꓒ: NY ꓕI LI ꓥ Bꓯ Gꓶ NI, M KW ꓕI LI SW; NY,“VE PYꓱ M W: NI M: NI. Bꓱ; YI Bꓯ Gꓶ-. ꓝO ꓤ: NY A LI LI. VE; Mꓶ: Xꓵ ꓥ= ” GO NY YI. Mꓯ. Wꓵ Dꓯ ZI ꓩU NY“ W: ꓕI MY NYI LI Gꓶ M-. NU NYI ꓤ: NY Z: DU M: JW, DU ꓥ-. NU NY YI. Dꓯ Z: A TI. Tꓯ, GO; YI-. M: ꓥ NY VE; Mꓶ: Xꓵ L KW.-LI= ”

L:-VE-SI-ꓒ: NY YI. Mꓯ. Wꓵ Dꓯ Z: A TI. MO. ꓩU SI. NI ꓒI, NYI YI ZI= GO NY W.-CI-ꓝVI; BE A. NYI: M Sꓯ. T. M-LE M: ꓝI-. VE KW LI. NI ꓶ ꓤ: ꓶ MI A: ꓘꓶ. JW, SI:= GO ꓕꓯ; Yꓯ. YI: NY NYI ꓤ: Dꓯ N NYI“NU NY W: ꓛI KW A Xꓵ Z: ꓥ-. NU VE KW ꓶ ꓤ: ꓶ MI M A KW JO. HW L ꓥ= ”

W.-CI-ꓝVI; NY Yꓯ. YI: Dꓯ KE; ꓩU SI. W M Tꓱ, Tꓱ, ꓤ: Bꓯ GO NY, ꓥ=

L:-VE-SI-ꓒ: NY YI. Mꓯ. Wꓵ NI ꓕI LI Bꓯ GO; Gꓶ ꓕꓯ; Lꓯ; HW. ꓒU Dꓯ A: ꓘꓶ. NI, Vꓯ. W-. GO NY YI. Gꓶ ꓕI LI YI SI. NI ꓒU Kꓶ. Xꓵ: SW; NY,= K. NY. ꓕI: NYI Mꓶ: ꓕꓯ; JI L ꓕꓯ; L:-VE-SI-M Dꓯ NO PY M Tꓯ, L Bꓯ SI. NI Z Gꓶ-. YI JY

DO Gꓶ- YI. K Tꓯ KW SI. CO. ꓕI: ꓶ Mꓯ SI. Cꓵ.-Tꓶ. Jꓵ KW JI LO=

Cꓵ.-Tꓶ. Jꓵ KW JI ꓛI ꓕꓯ;-. L:-VE-SI-ꓒ: NY NO PY Z-. YI JY YI Cꓵ: DO Gꓶ M Pꓶ. DU -. M: ꓥ ꓕꓯ; LE VE; M M SI, ꓕU: LI T. M Lꓯ; HW. VE; O NI A. DI WU: T. M: ꓥ-. FꓯI NI SI. CO. A. TI. Mꓯ Tꓯ. SI. JI LI. A. Wꓯ; ꓕI: LI, Lꓵ ꓤ: Lꓵ-. Sꓯ; V LI. ꓕO: ꓤ: ꓕO:= Gꓶ SI. NI ꓒU Kꓶ. M Pꓶ. DU NI A LI WO; Hꓶ M: KW ꓕ.-Yꓯ-ꓒ: VE K ꓘꓶ: KW ꓛI-. YI. NY SI. CO. M YI. ꓕI. Dꓯ Mꓯ N: V, ꓕꓯ; SI. NI ꓘE; M Tꓶ, Tꓶ, Xꓵ: S ꓕꓶ, ꓩU Gꓶ-. ꓕ.-Yꓯ-ꓒ: NY FꓯI, ꓕI: ꓘO, ꓘE; ꓩU M Bꓯ JW; ꓕꓯ; NI, ꓞ Tꓶ, DO L SI. ꓘU Pꓱ. Bꓯ“A M NI ꓘE; ꓩU ꓥ-. A M NI ꓘE; ꓩU ꓥ= ” ꓕ.-Yꓯ-ꓒ: Bꓯ ꓘꓶ: LI. ꓕꓵ M: GU, ꓕꓯ; LI L:-VE-SI-ꓒ: DO: LI. Bꓯ“ ꓥW NI ꓩU ꓥ-. ꓥW ꓘE; Sꓯ; M A: ꓘꓶ. SO MI ꓥ= ” ꓕ.-Yꓯ-ꓒ: NY ꓕI LI ꓞꓶ Xꓵ: ꓕI: RO SI. CO. WU: L, M NY ꓒU Kꓶ. L, M Sꓶ. SI. ꓥ= YI NY YI. JO P. Dꓯ ꓘU L SI.-. ꓕI RO M Dꓯ SI. CO. Tꓯ, ZI-. NYI: RO M Dꓯ NY L:-VE-SI-ꓒ: Dꓯ VE ꓘU: KW GO Dꓵ: L SI. NI Z ꓕI: S; L Z: ZI LO=

L:-VE-SI-ꓒ: Dꓵ: JW; NY“ ꓒU NY A: ꓘꓶ. HW S Bꓶ-. ꓒUN Y A: ꓘꓶ. HW S Bꓶ= ” Z: BO DO BO K. NY.-. ꓕ.-Yꓯ-ꓒ: NY NO PY Tꓯ, DO L SI. NI L:-VE-SI-ꓒ: Dꓯ Z: ZI LO=

“ ꓕ.-Yꓯ-ꓒ: ꓕI ꓕI: RO M ꓥW ꓘE; ꓩU M M: LO; M JO SI. FꓯI, NO PY Z: JI LO= ꓥW ꓒU W NY NO PY Z: ꓕ: Bꓯ-. HO M Sꓶ: Z: Bꓯ LI. Z: ꓥ= ” L:-VE-SI-ꓒ: W SW; W K, ꓛꓵ-. ꓕI: B, LI: BI Z: GU YI W=

L:-VE-SI-ꓒ: NI, M KW SW; NY“ NO PY Gꓶ Z: GU YI W-. ꓕI ꓘO, N: ꓒU GO; L DU ꓥ=”

ꓕ.-Yꓯ-ꓒ: NY L:-VE-SI-ꓒ: NO PY M Z: GU K. NY. -. YI. JO P. ꓥW; ꓛO; RO ꓘU L SI. NI L:-VE-SI-ꓒ: Dꓯ S; L ꓕꓯ; SI ꓕꓯ, NI. V,-. LO. ꓕI M YI. Gꓶ SI. NI YI. ꓘꓶ: E. DU M Dꓯ WO; KW NI ZI: ZI BI XI Tꓵ, V, SI. A. N: ꓕI: LI, G ꓩU Gꓶ W=

L:-VE-SI-ꓒ: NY A. N: ꓘꓶ: Mꓯ, ꓕI: LI,-. WO ꓒ: Dꓯ HW; G; SU NI Bꓶ ꓤꓯ: YI ꓕI:-LE, BI “A L-. A L-. A L-.” N WU: SI. NI KO. BO. ꓕ BO. C, SI. VE KW L: JI W=

Lꓯ; Xꓵ JI NY Lꓯ; Xꓵ N WU:-. Lꓯ; Xꓵ JI NY Lꓯ; Xꓵ VE O=

ꓘE; E. Bꓯ LI. XI Tꓵ, V.= Cꓵ Cꓵ ZI: M: HW. W-. YI. NY ꓘ, DO KW Tꓶ, ꓛI ꓕꓯ: LI W. ꓤ: W. ꓘU Pꓱ, NY“ ꓤ: Nꓱ YI. M-. ꓤ: Nꓱ YI. M-. NI, ꓞ ꓞꓶ: Tꓯ Tꓯ, L-. NI, ꓞ ꓞꓶ: Tꓯ Tꓯ, L= ”

YI. ꓞO M DO: LI. Bꓯ“ꓤ: Nꓱ YI. ꓒ:-. A. Xꓵ: Bꓶ ꓞI X, DU Gꓶ VE KW ꓛI ꓕꓯ;

SI. ꓝꓶ; ꓛꓵ ꓥ-. A Mꓶ ꓥW GW DU JW, SI:-. NU JY: XW. M: ꓛꓵ= ”

L:-VE-SI-ꓒ: NY W N W NI, SI:-. Sꓯ; M LI. NI A. NYI: Sꓯ; LI Pꓱ, Bꓯ“ NYI: M MO:-. Tꓯ, L Bꓯ ꓕꓯ; NI, ꓝ Tꓯ, L-. NU A Mꓶ ꓕI: B,-LI. M: Tꓯ, L Bꓯ NU W Z: SI:= ”

YI. ꓝO M DO: LI. Bꓯ“ ꓝꓶ; Tꓯ Gꓶ HW M: MO W= ”

L:-VE-SI-ꓒ: NI, ꓝꓶ,-BI Pꓱ, Bꓯ“ NYI: M MO NU ꓝꓶ; Tꓯ HW M: MO NY A. ꓕ; Tꓯ, L M: KU. ꓥ= ”

L:-VE-SI-ꓒ: ꓕI LI Bꓯ Gꓶ ꓕꓯ; YI. ꓝO M M C, W LI W-. YI. NY NI, ꓝ Z X, GU KW Tꓶ, JI SI. NI A. ꓕ; HW YI= Gꓶ SI. Tꓶ, DO L ꓕꓯ; Lꓯ; HW. K ꓘꓶ: Dꓯ ꓛI ꓒꓯ, M ꓥ LI SI. Lꓵ. YI W-. Lꓯ; ꓒꓯ, KW Tꓯ, T. M A. ꓕ; Gꓶ ꓝꓶ LI W-. YI. NY MI ꓛY KW A. ꓕ; Xꓶ, Gꓶ Xꓶ, M: W-. Lꓯ; HW. E. WU ꓕI: ꓒꓵ, Xꓶ, W LEO= YI. Dꓵ: JW; NY CI. ꓛY; VE; M M ꓶ PO LI SI. E. WU DO L, ꓛI ꓛ,= ꓕI ꓕꓯ; ꓥU SI. Bꓯ“ ꓤ: Nꓱ YI. ꓒ:-. ꓥW E. WU LI. DO L W-. ꓥW E. WU LI. DO L W= ”

L:-VE-SI-ꓒ: NY Lꓯ; HW. NI, ꓝꓶ, BI Pꓱ, Bꓯ“ NYI: M MO: NU A LI Bꓯ SI. CI. ꓛY; E. WU M DO L ZI ꓥ-. NU E. WU M SO. V, SI. NI A. ꓕ; M Tꓯ, L= ”

L:-VE-SI-ꓒ: NI ꓕI LE Bꓯ Gꓶ ꓕꓯ;-. YI. ꓝO M NY NI, ꓝ NI A KW Xꓶ, LI. M: ꓥ-. Lꓯ; ꓒꓯ KW E. WU M SO. T. SI. NI Z X, GU KW A. ꓕ; HW YI= Gꓶ SI. A LI Gꓶ M: Sꓶ.-. A. ꓕ; M MO ꓤ Xꓶ, Gꓶ Gꓶ Xꓶ, M: W= GO ꓕꓯ; W. ꓤ: W. BI Bꓯ“ ꓤ: Nꓱ YI. ꓒ:-. A KW ꓛI ꓛI Xꓶ, Gꓶ Xꓶ, M: W BO= ”

L:-VE-SI-ꓒ: Bꓯ“ NYI: M MO NU Xꓶ M: W NY A. TO. PY SI. HW M: KU. ꓥ= ”

YI. ꓝO M NY JO NI Sꓯ; M LI. M: JO BI Z X, GU W A. TO. PY SI. A. ꓕ; HW Tꓶ= Gꓶ SI. Lꓯ; ꓒꓯ, M ꓕI: ꓕꓶ, Xꓶ, NY Lꓯ; HW. A. Xꓵ: ꓕI: Xꓵ: NI ꓘO; ꓝO, YI W= GO NY W. ꓤ: W. ꓥU SI. Bꓯ“ ꓤ: Nꓱ YI. ꓒ:-. M: ZO; W-. M: ZO; W-. K, FO: NYI: ꓥW Lꓯ; ꓒꓯ, ꓘO; V, W= ”

ꓕI ꓕꓯ; L:-VE-SI-ꓒ: NY VE M O N NI ꓝ CI. ꓤ: LI. XU ꓤ: XU-. N: NI ZI: M: HW. NI Bꓯ“ ꓤ: Nꓱ YI. M-. ꓤ: Nꓱ YI. M-. A. Xꓵ: NYI: Gꓶ ꓕ: K-. A. ꓕ; Xꓶ, M: W NY K, FO: NYI: M Tꓯ, V,-. NU E. WU M SO. V, SI. NI, ꓝ Lꓯ= ”

ꓕI ꓕꓯ; YI. ꓝO M NY Lꓯ; ꓒꓯ, ꓕI: B: M K, FO: NYI: YI. Dꓵ ꓛꓵ V,-. ꓕI: B: NY E. WU M SO. V, SI. NI NI, ꓝ ꓝ Tꓶ, JI LO=

YI. ꓝO M M L:-VE-SI-ꓒ: Mꓶ. JY: Tꓶ, ꓛI ꓕꓯ;-. L:-VE-SI-ꓒ: NYI NY-. ꓕI M A: Xꓵ: K, FO: NYI: ꓥ-. ꓕI M NY A. ꓛꓵ: SI: Gꓶ DU O. Dꓵ M NI ꓘO; V,= FꓯI NI E. WU M Dꓯ Xꓶ, NY A. ꓛꓵ: WU ꓕI: ꓒꓵ, ꓥ Bꓶ=

L:-VE-SI-ꓒ: NY Lꓯ; HW. NI, ꓞꓶ, BI ꓒꓱ, Bꓯ“ NU NY Cꓵ Cꓵ NYI: M MO: ꓥU-. A. Xꓵ: FO. NI:(灶神)-. NU A LI YI ꓥ-. A. ꓛꓵ: O. Dꓵ LI. NIL ꓯ; ꓒꓯ, KW ꓘO; L ZI Xꓵ:-. NU CI. ꓛY; E. WU ꓥ M: ꓥ LI. M: Sꓶ. M-. Lꓯ; HW. A. ꓛꓵ: WU KW NI ꓥW Dꓯ CO, Kꓶ. L-. NU NY Cꓵ Cꓵ NYI: M MO: ꓥO= ”

YI. ꓞO M NY Cꓵ Cꓵ ꓕI: ꓕꓶ, ꓒI, NI NY C C A. ꓛꓵ: O. Dꓵ NI ꓘO; V, Bꓶ-. SO. V, DU M Gꓶ A. ꓛꓵ: WU ꓕI: ꓒꓵ, ꓥ Bꓶ=

ꓕI M A LI ꓕI: Xꓵ: ꓥ Lꓯ;=

GO NY Mꓶ. ꓕꓯ; ꓕI: Mꓶ: ꓘꓶ ꓕꓯ;-. L:-VE-SI-ꓒ: BE YI. ꓞO M ZI: GW NY A LI ꓘE; ꓩU ꓕꓯ; SI. ꓒU Kꓶ. W D-. ꓒU Kꓶ. W NY A LI ꓤꓱ Bꓯ NY Mꓶ ꓤ LO: ꓕꓯ; SI. YI: T. LO= ꓕI M Pꓶ. DU NI VE ꓘU: KW YI: Mꓶ NI ꓞO ꓘU: M A. ꓛꓵ: SI: Gꓶ LI CW, M: W LO= ꓞO ꓘU: NI A. ꓛꓵ: O. Dꓵ KW NI ꓕU V, LO M NY L:-VE-SI-ꓒ: ꓞO M Dꓯ ꓘO; W YI-. A. ꓛꓵ: JI M NY M. MI, MI, ꓒO, V, SI. NI K ꓘꓶ KW ꓘO; V,-. YI. WU M NY YI. ꓘꓶ: KW ꓒꓵ, V,-. ꓕI M Pꓶ. DU L:-VE-SI-ꓒ: ꓞO M Lꓱ. YI NY CI. ꓛY; E. WU DO L, ꓛI ꓛ,-. ꓕI ꓞO M M Gꓶ Cꓵ Cꓵ A: ꓘꓶ. Mꓶ Xꓵ: ꓥ Bꓶ Lꓯ;=

L:-VE-SI-ꓒ: NY A LI Kꓶ Gꓶ K NY, M: Mꓶ W-. YI. NY YI. ꓞO M Dꓯ ꓘO; V, DU A. ꓛꓵ: O. DU M Jꓵ, ꓥ. Gꓶ-. A. ꓛꓵ: WU M NI, ꓞ ꓶ, ꓩUG ꓶ Bꓯ SI. NI YI. SI: ꓛI KW NI XI V, DU WO; Cꓶ, M ꓘO; ꓞꓶ, Gꓶ Bꓯ LO=

YI. ꓞO M NY ꓕI LI M: YI NY A. Xꓵ: Gꓶ M: YIO=

YI. ꓞO M NY XI V, DU WO; Cꓶ, M ꓘO; ꓞꓶ, LI Tꓯ; Jꓵ LI. Jꓵ NY, M: Mꓶ “BO ” ꓕI: ꓕꓶ, BI L:-VE-SI-ꓒ: VE; M KW JW, DU A: Jꓵ; ꓘE; M YI. ꓞO M ꓘW; BI KW ꓞO LI-. GO NY YI. ꓞO M M Sꓯ. Sꓯ. BI ꓞI Xꓵ W=

ꓕI M Cꓵ Cꓵ Gꓶ

Z: XW Pꓶ NY ZO; N LO:-. ꓒU HW Cꓶ, NY Tꓱ, N LO=
ꓞ CI. M: DO ꓒU M: W-. Lꓯ; ꓒA, M: ꓞI Z M: Z:=
BO SU W BO W NI, Vꓯ.-. ꓒU W MY W NI, Xꓵ=
ꓒU KO ꓒꓵ, Gꓶ NI, M: BI-. Z KO ꓒꓵ, Gꓶ NI, M: Lꓯ=
NI, M: Tꓱ, NY ꓒU:-L Sꓶ-. Bꓵ: M: Tꓱ, NY WU-S Sꓶ.=
ꓒU:-L NU Dꓯ M. L KU.-. WU-S NU Dꓯ XW L KU.=

11 A. NYI: MI: WO; NYI N, KU.-. ꓞO JI SU Dꓯ YI. DO: GO;

XW. W Kꓶ: M Bꓯ NY W.-CI-ꓞAI; ꓘE; ꓩU SI. ꓒU ꓕI: ꓒꓵ, P W YI K. NY. Tꓯ; W SW; W NI, M KW A. TI. M: S LO= ꓒU ꓕI M NY ꓕ.-Yꓯ-ꓒ: NI GO: Bꓯ Gꓶ P Sꓯ; BU Tꓯ. ꓥ-. FAI, Bꓯ ꓥW CI. CY; XW. ꓕꓯ; P Sꓯ; BU NI TO, JW SI. LO, L ꓥ-. GO NY ꓒU ꓕI M ꓥW ꓕI: RO-LE ꓤꓱ; M: D= ꓕI LI M SW; ꓛI ꓕꓯ;-. W.-CI-FAI; NY XW Hꓶ: M A. TI. ꓤ: XW V, SI. NI ꓒU BE ꓶ ꓤ: ꓶ MI M NY P Sꓯ; BU Dꓯ ꓕI: VE A. TI. B, GO; Gꓶ ꓥ= Gꓶ SI. P Sꓯ; BU NY A LE Bꓯ Gꓶ YI. SI. CO. WU: SI. P V, LO ꓒU NY M: RU= ꓕI Tꓯ; W.-CI-ꓞAI; NY ꓒU A LE Lꓯ M Tꓱ, Tꓱ, ꓤ: BI P Sꓯ; BU Dꓯ Bꓯ GO; Gꓶ W-. P Sꓯ; BU Gꓶ YI. ꓕI LE NI, Tꓱ, Pꓶ. DU NI XW Gꓶ NY ꓥ=

ꓕ.-Yꓯ-ꓒ: NI YI. Dꓯ ꓒU BE ꓶ ꓤ: ꓶ MI GO; DU M M: JW, W-. Gꓶ SI. YI. NY P Sꓯ; BU Dꓯ A. TI. ꓤ: TO, JW W LE ꓕꓯ; NI, M KW B Lꓱ, ꓤ: T. ꓥ=

ꓞO XW. D ꓯNY MI: WO; LI. NYI M: Mꓵ-. W: M Xꓵ: NYI Xꓵ: Vꓯ; LI Gꓶ NY A: Jꓵ; SU VE ꓘꓶ: KW LI. DO M: D-. W.-CI-ꓞAI; Tꓯ. VE PYꓱ M Gꓶ W: NI NI. NI“ K: Cꓵ-. K: Cꓵ-. ” Mꓶ T.-. K ꓘꓶ: Gꓶ ꓒU M: D W=

GO ꓕꓯ; W.-CI-ꓞAI; NY A: GO KW NI CU. N CU.-. Lꓯ; ꓒꓯ, KW NI ꓛI, N ꓛI,-. Mꓶ R ꓕI: MO: LO YI Gꓶ ꓕꓯ; SI. NI ꓞO ꓤ: Zꓱ: Zꓱ: Lꓱ: N T. Xꓵ: ꓕI: ꓒI: X, DO YI= Gꓶ SI. NI Mꓶ. JY ꓕI: NYI Lꓱ: D, M Gꓶ K. NY. Nꓯ; W ꓛI ꓕꓯ; FAI, ꓞI: LI W= W.-CI-ꓞAI; NY LE; LE; Sꓯ; ꓩU SI. NI X, NY, SI: ꓥ=

K ꓘꓶ: M A. TI. ꓕI: ꓒI; ꓤ: ꓒU Gꓶ ꓕꓯ; Cꓱ NI A LI M: ꓥ T. Xꓵ: ꓕO: L ꓕI: M Tꓶ, Dꓵ L, LO= ꓕI M Cꓵ Cꓵ LE. HW; G; M: ꓛꓵ CI. ꓛY; L, W=

W.-CI-ꓞAI; NY ꓕO: L M Dꓯ RU T. ꓕꓯ;-. ꓕO: L M Gꓶ Tꓶ, ꓘE, Xꓵ M: YI-. Lꓯ; HW. M: Lꓵ,-BI VE T. ꓥ= GO ꓕꓯ W.-CI- FAI; NY A LE M: ꓥ BI Tꓯ, V, SI. NYI ꓕꓯ;-. ꓕO: L ꓕI M SU NIB ꓶ ꓤꓯ; YI SI. ꓕI W Tꓶ, ꓘE, L, Xꓵ: ꓥ Bꓶ-. YI. MY DU KW ꓒI, NYI NY MY BI LI. XU XU ꓞꓶ T. LO= ꓕI LI NYI W ꓕꓯ;-. ꓕO: L M ꓕI LE XW. M Pꓶ. DU W.-CI-ꓞAI; LI. NI, M ꓛꓵ: ꓛꓵ, ꓤ: Kꓶ LE W-. GO ꓕꓯ; YI. NY W: ꓛI KW W: ꓛI, Gꓶ SI. NI Xꓵ. ꓤ: HW CW. NY,= ꓕO: L M Gꓶ MY Sꓶ M W.-CI-ꓞAI; Dꓯ NYI V, SI. NI B Lꓱ, ꓤ: BI Xꓵ. M Z: NY, LO=

ꓕO: L M Xꓵ. Z: Gꓶ K. NY.-. W.-CI-ꓞAI; NY LE; LE; YI ꓞ F SI. NI ꓕO: L

YI. N GU KW ꓞI: GO NY,-. NY ꓞI; ꓤ: MI GO; NY,-. A. TO. ꓤ: Tꓯ, KO GO; NY, ꓥ LO=

W.-CI-ꓞAI; NI ꓕO: L Dꓯ ꓕI LE X, GO; NY, M VE Mꓶ: NI A LI M: ꓥ T. DU NY, ꓤ: ꓕI: HW. M NY ZI ZI MU MU BI ꓒI, NYI V, ꓥ-. GO NY YI. W: Gꓶ NI VE PYꓱ Kꓶ: G; Lꓯ: G; JI A. Xꓵ: ꓕI: Xꓵ: ZI: GW NY, M-LE BI“Xꓵ: Xꓵ: Xꓵ:” Mꓶ CO NY, LO= ꓕI: B, ꓕꓯ; Lꓯ; HW. VE ꓘU: KW BYꓱ Dꓵ: L SI. NI YI. KU YI. K KW Z: DU MI, Z: YI NY,= ꓕI: HW. M Lꓯ; HW. C LE. M: C BI W.-CI-FAI; Lꓯ; ꓒꓶ KW VE V,-. O. DU MO: KW K Tꓶ, NY,= W.-CI-ꓞAI; NY ꓕI: M RU SI. YI. BI KO; LO, KW Xꓶ, NYI NY ꓒY. K ꓤ: T.-. Cꓱ NI YI. KO: TO-LE Zꓶ, Bꓶ= NY, M Lꓯ; KW GW NY, Gꓶ Sꓯ; M: JW, SI. NI BYꓱ LE. BYꓱ M: HW. T. W= NY, M NY Lꓯ; HW. W—CI-ꓞAI; Dꓯ NYI V, SI. NI “XO: XO: XO” Mꓶ NY, LO= W.-CI-ꓞAI; NY NY, ꓕI LE T. M NYI ꓕꓯ; Z: DI: Z T. Bꓶ DU: JW; ꓛI W-. NY, Gꓶ NI Sꓯ; M ꓕI: Cꓶ, ꓥ-. ꓥW CI. ꓛY; VE Mꓶ ꓛꓵ LE. YI. W Dꓯ VE Mꓶ: ZI M: D Bꓯ SI. NI Z A. TI. XW V, DU M NY, ꓤ: Dꓯ CW. GO; Gꓶ LO= Z M CW. Gꓶ NY NY, ꓤ: Gꓶ M: BYꓱ YI-. Lꓯ; HW. VE ꓘꓶ: KW“XU: XU: XU: ” Mꓶ NY, LO=

Z M Gꓶ S; NYI M: JW, ꓕꓯ; LE NY, Dꓯ CW. GU YI W-. Gꓶ SI. YI. NY ꓕI M Pꓶ. DU NI, M: XW.-. Lꓯ; HW. K, K, ꓛꓵ: ꓛꓵ: BI YI. W: ꓕI: ꓛO ꓞO JOT Y, LO=

S; NYI LO, YI Gꓶ NI MI: WO; M M: B L, SI:=

Z A. TI. ꓤ: JW, DU M Gꓶ Z: ꓞꓶ, YI W=

ꓕI ꓕꓯ; A KW ꓛI ꓛI LI. W: TI NI SI, ZI LI. YI. N. NIO-LI MO D,-. KO ꓘꓶ: KO MI LI. W: TI NI: KO B: DI: DI, ꓤ: T. LO= Mꓶ: JY; SI SI. CO. NI. GU KW LI. ꓕI: Xꓵ: Gꓶ M: MO W-. SI. CO. NI. WU: YI Bꓯ Gꓶ M: N O-. SI. CO. NI. M: W NY WU: DO M: JW,-. SI. CO. WU: M: W NY Z: ꓤ: P Z: W M: D LO=

W.-CI-ꓞAI NY VE PYꓱ ꓘꓶ: KW W: ꓛI, Gꓶ SI. NI Xꓵ. ꓤ: MO NY Xꓵ. M A. NYI: BE ꓕO: L Dꓯ CW.-. YI. CI M NY CI. ꓛY; Z:-. FAI, LO: A: GO KW NI ꓥU SI. NI NY, ꓤ: ꓕI: HW. Dꓯ Bꓶ: DI CU. CW.= YI. W: NY W.-CI-ꓞAI; YI. ꓘꓶ: YI, JI KW CO LO LO ꓤ: NY, K, LO= ꓕI Xꓵ: ꓞO JO NY A. DI: XW. M: ꓥ LO= Gꓶ SI. NI YI. W: ꓕI: HW. M ꓥW ꓛO; ꓒꓯ, YI NY, M ꓥW NI, M ꓘU: KW A: ꓘꓶ. K, ꓛꓵ: LO=

MI: WO; B YI W=

V ꓒU ꓕI: Bꓶ ꓛI ꓕꓯ; W: Gꓶ ꓘ, KO ꓕꓯ; KW JI ꓛI W=

ꓕO: L N DU M: Gꓶ ꓘW; YI W= YI. NY YI. L ꓛꓶ KW NI W.-CI-ꓞAI; Lꓯ; ꓒꓯ, KW Lꓶ: Gꓶ K. NY. NY ꓕI: FU ꓕI: FU BI SI, LI KW Tꓶ, DU YI W=

NY, ꓤ: ꓕI: HW. M Gꓶ YI. Lꓯ; ꓒꓶ KW Tꓶ, SU Tꓶ,-. YI. DU KW ꓥW SU ꓥW

SI. MU: GW; Bꓵ NI L: M Yꓯ BI BYꓱ YI W=

M: ꓥ NY Mꓶ: JY; SI A: ꓘꓶ. MY N ꓞO JO M-. A Mꓶ NY YI. BE A. NYI: M-LE Zꓶ LEO=

W.-CI-ꓞAI; NY Mꓶ: JY; SI ꓕI:-LE, BI ꓞO JOT Y, LO-. YI. Jꓵ, A. TI. ꓤ: JW, Gꓶ NI N: M: Yꓯ-. Mꓶ Nꓯ ꓤ; ꓥU SI. NI Nꓯ. Vꓯ; Z: Tꓶ DU JY; Gꓶ: NY, LO=

Gꓶ SI. ꓕI: NYI ꓕꓯ;-. YI. NY SI. CO. WU; SI. L: L CW, W NY YI. Mꓶ Nꓯ ꓥU V, DU M SI, ZI LO ZI ꓤ: RO BI YI W=

ꓕI M K. NY. YI. NY ꓕI: NYI GU ꓕI: NYI ꓥU Gꓶ NI K. NY. ꓕI: NYI NY SI, ZI LO ZI RO BI YI O-. ꓕI LE T. M NY YI. NI, M KW SW; M: N O-. A M NI ꓕI LE YI ꓥ NE?

ꓕI NYI ꓕꓯ;-. YI. NYI A: TO SI. CO. Mꓯ WU: YI Xꓵ: YI SI. SU Dꓯ CW, M W BI SI, ZI K. NY. ꓘE, PY V, SI. ꓘU: ꓒI, NYI NY, LO=

ꓕI: B, LO, YI ꓕꓯ;-. YI. Tꓯ. A. NYI: M YI. Bꓱ KW NI DO L SI. YI. Mꓶ Nꓯ ꓥU V, KW YI. Mꓶ.S ꓕꓶ, ꓶ, Gꓶ ꓕꓯ; MI Nꓯ M SI, LE LO; YI W= GO NY Xꓵ: WU M ꓕI LI ꓥ Bꓶ-. W.-CI-ꓞAI; NY NI, M KW A LE Gꓶ SW; M N W-. “ꓥW YI. Dꓯ ꓕI LI JI M-. YI. A LE Bꓯ SI. ꓥW Dꓯ ꓕI LI YI L NI,?”

W.-CI-ꓞAI; NY NI, SI: SI: BI A. NYI: M: JY JI SI. Cꓵ Cꓵ A LE ꓥ M Bꓯ“ A. NYI: O-. A. NYI: O-. NU A LE Bꓯ SI. NI, M ꓕI LI M: Tꓱ, ꓥ? Mꓶ: JY; SI NU Dꓯ ꓥW NI M: Vꓱ V, Bꓯ NU NY XO. ꓘꓶ Z LO; YI W= ꓥW NY NU Dꓯ Xꓵ. ꓤ: ꓶ CW-. ꓥW ꓛO; ꓒꓯ;-LE YI M-. NU A Mꓶ ꓥW Dꓯ A LE Bꓯ SI. ꓕI LE YI L ꓥ Lꓯ;= ”

A. NYI: M W.-CI-ꓞAI; A: ꓘꓶ. NI, SI: T. M C, W ꓕꓯ; Bꓯ“ ꓥW VE SI ꓒ: O-. NU NY Mꓵ: KU, Dꓵ Dꓵ KW NY, SU ꓞO JI ꓒ: M ꓥO-. NU NI ꓥW Dꓯ M: Vꓱ V, Bꓯ-. ꓥW A Mꓶ ꓕI KW M: NY, W-. NU ꓥW Dꓯ JI V, M A LE Bꓯ SI. MI YI D SI:-. Gꓶ SI. A Mꓶ ꓥW ꓕI LI YI M NY NU Dꓯ Vꓯ. M: ꓥ-. ꓥW NY NU Dꓯ A: ꓘꓶ. ꓞ: Xꓵ: Xꓵ: WU ꓕI: Cꓶ, Bꓯ GO Bꓯ ꓥ= ”

W.-CI-ꓞAI; Gꓶ NI, M KW DU: JW; NY “C; C; Gꓶ Xꓵ: WU M: JW, Bꓯ YI. Gꓶ ꓥW Dꓯ ꓕI LI M: YI L DU= ” GO NY A. NYI: Dꓯ Bꓯ“ A. NYI O-. NU Bꓯ A. Xꓵ: Xꓵ: WU DO L T. ꓥ= ”

A. NYI: NI Bꓯ“VE SI ꓒ: O-. MI Nꓯ KW YI JY Mꓶ. L T. W-. GO NY MI Nꓯ KW ꓕI: Xꓵ: LI. M: JW, L DU ꓥ= ꓥW NY MO: T. W-. NU Dꓯ A. Xꓵ: Gꓶ JW W M: D W= ꓥW Xꓵ Gꓶ Tꓯ; YI. JI M Xꓵ SI. MO NO ꓕI: M JI Gꓶ= YI JY Mꓶ. L ꓕꓯ; NU NY A. ꓭ. ꓒꓵ ꓕI M Tꓯ, SI. YI. ꓘU: KW DU YI-. A. ꓭ. M: Bꓵ NY A LE Bꓯ LE. ꓕ: DO L-. A. ꓭ. S WO. Bꓵ Gꓶ ꓕꓯ; SI. DO L= ”

A. NYI: NI ꓕI LE Bꓯ Gꓶ Tꓯ; W.-CI-ꓞAI; A LE M: YIO= YI. NY A. NYI Dꓯ SO. V, SI. ꓥU NI Bꓯ“ A. NYI: O-. A. NYI: O-. NU NY Mꓵ: KU, Dꓵ Dꓵ KW NY, M ꓥW ꓛO; ꓒꓯ, ꓕI: RO ꓤ: ꓥ, LO-. NU NY A LE Bꓯ Gꓶ Xꓵ M: D= ꓥW NU Dꓯ LE. Vꓱ Sꓯ. L ꓘꓵ M-. NU A LE LI. ꓥW ꓕI: ꓛO ꓞO JO JI Lꓯ=

A. NYI: Gꓶ NI MY BI ꓤ: LE. XU: XU: ꓞꓶ T. SI. Bꓯ“NU Bꓯ. M ꓥW Sꓶ. ꓥ-. Gꓶ SI. NI Sꓯ. Sꓯ. Mꓶ: Mꓶ: NY ꓒU:-L WU-S NI ꓕꓱ: V, ꓥ-. A M Gꓶ NI YI M; N= NU NY A LE LI. ꓥW Bꓯ. M-LE YI ꓥ-. RO FAI, ꓕI: ꓛꓵ. SI. ZI Lꓯ= ”

ꓕꓱ NI Tꓱ NI A. NYI: MY BI ꓤ: LI. ꓛO, YI W-. GO ꓕꓯ; A ꓤ ꓤ BI MY Sꓶ: M MY ꓞI, ꓤ: BI MI Nꓯ ꓕꓯ; SI Lꓱ. T. SI. Xꓵ Gꓶ W=

W.-CI-ꓞAI; NY A. NYI: M Xꓵ Gꓶ ꓕꓯ; ꓥU NI Sꓯ; ꓤ: LE. ꓛ; Mꓵ YI W-. MY BI Gꓶ ꓥU NI M: JW, W-. Gꓶ SI. NI A. NYI; M Gꓶ FAI NI M: Sꓯ. L W-. Cꓵ Cꓵ Gꓶ“ SI, ZI JI Xꓵ JO-. ꓞO NY NI, SI: JO= ”

W.-CI-FAI; NY NI, SI; NI MU: ꓘU: ꓒY: M ꓕI: C, C, L SI. ꓕI: KW. K. NY. ꓕI: KW. ꓛꓵ: NY,-. S KW. ꓕI: KW Dꓯ ꓛꓵ: ꓛI ꓕꓯ; A. NYI: NI A LE Bꓯ. M DU: JW; ꓛI W=

YI. NY MU: ꓘU: M N: V, SI. NI ꓘ, KW NY, SU Dꓯ YI JY Mꓶ. L T. M Bꓯ GO; SI JY Gꓶ NY, ZI LO=

YI. NY ꓘ, KW NY, SU Dꓯ Bꓯ GO Gꓶ ꓕꓯ; A. ꓕ: Tꓯ, SI. MY BI ꓤ: LE. ꓶ: Lꓶ, BI ꓕI: ꓛꓱ ꓕI: ꓛꓱ A. NYI: JI M Xꓵ SI. VE ꓘU: KW ꓥ V, LO= YI. NY MI ꓒP ꓕI: ꓛO; HW SI. A. NYI: MO M ꓥU Tꓵ. Gꓶ= ꓕI M K. NY. NY A. NYI: JI M MO NO JI SI. NI YI JY Mꓶ. L M Dꓯ LO NY, TY, LO=

W.-CI-ꓞAI; NY NI, Tꓱ, Pꓶ. DU P Sꓯ; BUG ꓶ YI. Bꓯ M M: C Xꓵ: M: NY,-. A: Jꓵ; SU LE. X, SI. NI LE YI JY Mꓶ. L DU M Dꓯ JY: Gꓶ: NY, LO=

L:-VE-SI-ꓒ: Gꓶ P Sꓯ; BU NI ꓕI LE CW T. DU M Bꓯ JW; ꓕꓯ;-. YI. NY YI. Mꓯ. WU Dꓯ ZI ɾU SI. W.-CI-ꓞAI; A LE JY Gꓶ NY, M NYI N, YI ZI LO= W.-CI-ꓞAI; NY NYI: Xꓵ. ꓥ DU M Dꓯ NYI V, SI. NI A LE YI M Tꓱ, Tꓱ, ꓤ: Bꓯ GO; Gꓶ W=

L:-VE-SI-ꓒ: NY YI. Mꓯ. WU Bꓯ M N N, Gꓶ ꓕꓯ;-. YI. NY YI. Mꓯ. WU BE JO P. Dꓯ ZI SI. A. NYI: M SI: Gꓶ -. YI. JI M Xꓵ Gꓶ SI. NI YI. HW M CY. Z Gꓶ NY ꓥ= K. NY. NY YI. JI M MO NO A: Bꓶ, Xꓵ: JI SI. NI Sꓯ; M CYO. DU JY: Gꓶ: NY, ꓥ=

A: Jꓵ; SU LE. JY: Gꓶ V, GU K. NY. Cꓵ Cꓵ Mꓶ: V M 49 NYI LI Gꓶ W= Mꓶ: V M W LI W WU-. MI ꓛY KW YI JY Gꓶ W LI W MY:-. A KW ꓛI ꓛI LE. YI JY-LE= VE ꓘU KW A. JU BE YI. Cꓶ, ꓘꓶ: KW YI, ꓘW ꓕꓯ; SI KW LE. Mꓶ: V Zꓯ L, W= YI

JY M Jꓵ NI A KW LE. NYI ꓛI M: D-. A ꓘW ꓘE, PY LE. ꓘE, PY G M: JW,= LO CO; LO MI BE SI, ZI ꓤ: LE. M: MO W=

ꓕI ꓕꓯ; A: Jꓵ; SU Gꓶ CI. ꓛY; JY: Gꓶ: V, DU M NI Sꓯ; M CYO. NY, LO= YI JY M Mꓶ. NI BO: ꓤ: BO:-. ꓕI: Tꓱ, K. NY. ꓕI: ꓕꓱ, T. NI A LE M: YIO-. ꓕI: HW. HW. NY ꓕI: NYI; Tꓱ, TI. M K: HW. SI;-. Gꓶ SI. NI K. NY. NY A: Jꓵ; LE. YI JY KU: KW Dꓵ: YI W=

W.-CI-ꓝAI; NY Gꓶ A. ꓕ; XO DU Tꓯ, V,-. A. ꓭ. ꓒꓵ M SO. V, SI. NI A. NYI: JI MO NO KW Tꓶ, Dꓵ: YI W-. YI . NY YI JY KW BU NI A KW BU ꓛI Gꓶ C, M: W=

W.-CI-ꓝAI; NY A MY NYI BU Gꓶ Gꓶ M: Sꓶ.(Cꓵ Cꓵ Bꓯ NY 81 NYI ꓥ)-. CW, W. DU M NY Lꓯ; ꓶ. ꓕI: ꓛO; S ꓕꓶ, Tꓶ, CU, Gꓶ NY FAI, BU -. Lꓯ; JW ꓕI: ꓛO; S ꓕꓶ, CU, NY FAI, BU= O. Dꓵ ꓕI: ꓛO: S ꓕꓶ, CU, NY FAI, BU-. ꓛI KW ꓕI: ꓛO; S ꓕL, CU, NY FAI, BU= ꓕI LE Mꓶ R BU Gꓶ NY O. Dꓵ LE. O. Mꓶ NE A LE M; ꓥ M ꓕꓯ; Bꓯ SI:-. FAI NI Lꓯ; ꓶ. S CU,-. Lꓯ; JW S CU,-. O. Dꓵ ꓕI: ꓛO: S ꓕꓶ, CU,-. ꓛI KW ꓕI: ꓛO; S CU, Gꓶ ꓕꓯ; Lꓯ; HW. ꓝO ꓤ: M LE Mꓶ Mꓶ Gꓶ YI W= Gꓶ SI. NI ꓝO ꓤ: M Mꓶ Mꓶ Kꓶ YI Gꓶ Sꓯ; M JW, NY ZO YI W=

ꓕI ꓕꓯ; YI. SO. T. DU A. ꓭ. M Gꓶ ꓕI: WO. K. NY. ꓕI: WO. BI S WO. BU L W= M: ꓥ NY ꓕI ꓕꓯ; N: DO L D, W-. Gꓶ SI. YI. NY Lꓯ; HW. A. Xꓵ: Gꓶ M: YI NY,= ꓕI ꓕI: B, ꓕꓯ;-. YI. Dꓯ A. NYI: NI Bꓯ M. LO Sꓯ; M MO NO ꓘU: KW Mꓶ L W-. W.-CI-ꓝAI; NY ꓕI ꓕꓯ; SI. NI JI: CI. KW Dꓱ: T. DU A. ꓕ; LE: M RU DO L SI. MO NO M ꓘꓶ: Gꓶ SI. NI DO L LO=

M: DO L LE. ZO; SI: -. DO L NY MY Sꓶ: MO MO M NY NY PY YI W= MI Nꓯ ꓕꓯ; SI A KW ꓛI ꓛI NI. Vꓱ Xꓵ Xꓵ-LE BI-. Nꓯ. Bꓯ ꓕI: Xꓵ: Gꓶ M: JO-. KO-. SI, ZI-. Xꓵ.-. L: ꓝO-. Sꓯ. Xꓵ: Sꓯ. Jꓵ; Bꓯ Xꓵ: ꓕI: Xꓵ: Gꓶ M: JW,= W.-CI-ꓝAI; NY ꓕI LE M NY W Tꓯ; NI, SI; NI MI Nꓯ ꓕꓯ; SI Lꓱ. YI W=

ꓕI M Cꓵ Cꓵ Gꓶ

MI: WO; Yꓯ. ꓘW MI. Nꓯ ꓥ-. MI Nꓯ ꓕꓯ; SI YI. GO: LO:=

MO: KW NYI NY MI: WO,-LE-. MI ꓛY NYI NY MI HW;-LE=

ꓕ BO. NYI NY KO M: MO-. KO. BO N N, Sꓯ; M: Mꓶ=

SI, ꓕI: ZI JW, LE. NI, Lꓱ SI:-. Xꓵ. ꓕI: ZI MO LE. Bꓵ: S SI:=

A LE Bꓯ SI. ꓕI LE ꓥ-. A LE Bꓯ SI. ꓕI LE CI=

ꓕI LE M: ꓥ NI, M: XW.-. ꓕI: LE M: ꓥ Bꓵ: M: XW.=

Mꓵ: Pꓵ, SU NU ꓕI: RO NY-. MI: WO; CI SU NU ꓕI: RO NY=

ꓕI LE N NY LI M; ZO; W.-. ꓕI LE N: NY LI M: Tꓱ, W.=

ꓮ ꓟꓶ ꓥꓪ ꓕꓲꓽ ꓤꓳ-ꓡꓰ꓾ ꓮ ꓟꓶ ꓥꓪ ꓕꓲꓽ ꓟꓶꓸ ꓔꓯꓹ-ꓡꓰ꓿
ꓠꓬꓲ ꓟ ꓘꓴ ꓖꓶ ꓟꓽ ꓓꓳꓽ ꓡꓲꓸ ꓡ꓾ ꓮꓸ ꓬꓲꓽ ꓘꓴ ꓖꓶ ꓦ ꓥꓴꓽ ꓡꓲꓸ ꓟꓽ ꓟꓳ꓿
ꓣꓽ ꓛꓵꓽ ꓥꓪ ꓠꓬ ꓠꓲꓹ ꓧꓪꓸ ꓪ꓾ ꓣꓽ ꓛꓵ ꓥꓪ ꓠꓬ ꓐꓵꓽ ꓧꓪꓸ ꓪ꓿
ꓙꓲ ꓐꓯ ꓡꓰꓸ ꓛꓲ ꓕꓳꓽ ꓚꓵꓸ ꓟꓽ ꓠ꓾ ꓙꓲꓐ ꓯ ꓡꓰꓸ ꓬꓲꓸ ꓚꓶꓹ ꓟꓽ ꓟꓳ꓿

12 ꓞO JI SO NY ZO; L KU.-. MI: WO; ꓒU:-L NYI V, ꓥ

YI JY Mꓶ. Gꓶ K. NY. A. NYI: JI MO NO KW NY, SI. Sꓯ. LE DU W.-CI-ꓞAI; NY DO L SI. NI ꓒI, NYI NY MI Nꓯ KW NI. Vꓱ: Xꓵ-LE ꓥ-. Nꓯ. Bꓯ Xꓵ: ꓕI: Xꓵ: Gꓶ M: JW,= ꓕI LE ꓥ Bꓯ DU NI YI. NY A. DI: XW. M Kꓶ LE W= YI. NY A LE YI M: ꓥ BI MI Nꓯ ꓕꓯ; SI NY, SI. W. W. ꓥU NY, LO= YI. NY Lꓯ; HW. ꓥU NY Lꓯ; HW. NI, SI:-. Lꓯ; HW. NI, SI: NY Lꓯ; HW. ꓥU DO L=

ꓥU NI ꓥU NI ꓕI: B, ꓕꓯ; ꓕI: ꓕꓶ, BI Lꓯ; L W-. GO NY MY Jꓱ LE. ꓶ; Lꓶ, ꓤ: BI Bꓶ DU: ꓘꓶ: ꓕI: ꓛO; KW NI MI: TI M ꓩꓵ Dꓵ: ꓩꓵ Dꓵ: BI W.-CI-ꓞAI; M JY L, Xꓵ: MO, ꓥ=

MI: TI M YI. Mꓶ. JY BYꓱ ꓛI ꓕꓯ;-. YI. ꓘU: KW NI ꓞO M: ꓕI: RO DO L, ꓥ-. ꓞO MO: NY W.-CI-ꓞAI; Dꓯ Bꓯ“ꓥW NY MI: WO; KW NY, SU WU-S ꓒU:-L ꓥ-. W.-CI-ꓞAI; NU T: NI, XW.-. Lꓯ; HW. K. ꓛꓵ: ꓕꓯ; SI. ZO; ꓥ= NU NY MI Nꓯ ꓕꓯ; SI ꓞO Xꓵ. Fꓶ V, M ꓥ LO=

ꓕI ꓕꓯ; NI, SI: NI X. W ꓘꓶ: ꓕI: ꓘꓶ: LE. ꓕꓱ DO L M: D SU W.-CI-ꓞAI; NY Lꓯ; Xꓵ ꓥU Lꓯ; Xꓵ Lꓯ; ꓒꓯ, KW NI Mꓶ NYI: WU. NY, LO=

WU-S ꓒU:-L NY ꓕI: B, ꓕꓯ; YI. Mꓶ NYI: WU. NY, M Sꓶ. LE W-. GO NY Bꓯ“E-. JY: XW. M: ꓛꓵ-. A: W ꓕI: B, ꓕꓯ; ꓕI KW NI ꓞO ZU ꓕI: HW. L ꓥ= NU A M Dꓯ ꓛO; ꓒꓯ, YI NI, Xꓵ NY O. M Dꓯ Mꓶ NYI: WU. ꓕꓯ; D W= ”

ꓕI LE Bꓯ GU ꓕꓯ; MU KU. ꓕI: PU PY. SI. MI: WO; KW JI W-. WU-S ꓒU:-L NY Pꓶ Dꓵ: ꓘꓶ: KW Mꓶ: YI W=

ꓕI M Cꓵ Cꓵ Gꓶ

ꓕI: RO ꓤ: BI MI Nꓯ KW-. ꓛO; ꓒꓯ, ꓕI: RO Gꓶ M: MO=

A LE Bꓯ SI. ꓕI LE ꓥ-. A LE Bꓯ SI. ꓕI LE CI=

ꓕI: RO ꓤ: M ꓞO Xꓵ. LO-. ꓛO; ꓒꓯ, M: NY NI, XW. LO=

ꓒU:-L ꓕI LE CI; Pꓶ. DU-. WU-S ꓕI LE CI; Pꓶ. DU=

ꓕI: RO ꓤ: Gꓶ NI, ꓕ: XW.-. ꓛO; ꓒꓯ, M: NY, Bꓵ: ꓕ: XW.=

ꓒU:-L NU Dꓯ M. GO; KU.-. WU-S NU Dꓯ M. GO; KU.=

K, ꓛꓵ: ꓛꓵ: BI NY, K, V-. N S S BI ꓞO JO V=

X, Gꓶ MI Nꓯ CO K, NYI-. W NYI YI. Cꓶ, CW K, NYI=

MI Nꓯ CO NY NI, Lꓱ, ꓤ:-. YI. Cꓶ, CW NY Bꓵ: Lꓱ, ꓤ:=

MI Nꓯ CO SI. VE; BO D-. YI. Cꓶ, CW SI. ꓞO ZU LO;=

W.-CI-ꓞAI; NY WU-S ꓒU:-L Bꓯ. DU M Sꓶ. YI W-. GO NY YI. ꓛO; ꓒꓯ, ꓛI L M Dꓯ LO NY, LO-. LO NY, NI MU: ꓘU: ꓕI: KW. ꓛꓵ: NI ꓛI ꓕꓯ;-. W.-CI-ꓞAI; NY YI Nꓯ ꓕI: ꓛO; KW NYI NY Cꓵ Cꓵ Gꓶ YI Nꓯ KW BI YI Mꓶ ꓕI: ꓛO; KW NI L: ꓞO ꓕI: ZU L, Bꓶ= L ꓞO L, GU KW NY MU KU LE. SU: ꓤ: SU:-. Sꓯ; ꓤ: LE. Zꓶ. ꓤ: Zꓶ.-. A. DI: NYI S M: ꓥ LO=

ꓕI: RO ꓤ: NY, M D T. DU W.-CI ꓞAI; NY ꓕI MY Xꓵ: ꓕI: ZU M YI. ꓕI: ꓛO; KW L, ꓕꓯ; A: ꓘꓶ. K, ꓛꓵ: NY, ꓥ= A. Xꓵ: ꓕI: ZU LE. M: NYI V, ꓕꓯ; LE“ W, HO; HO;-. W, HO; HO” BI ꓘU N ꓘU-. Mꓶ NYI: WU. N WU. NY, LO=

ꓕI: ZU SUꓕI: HW. Tꓯ. K, ꓒ; M YI. Mꓶ. ꓕꓯ; ꓛI ꓕꓯ;-. YI. NY CO NI Sꓯ; ꓤ: LE. V M: Pꓶ LEO=

ꓕI ꓕI: ZU M NY Sꓯ. Xꓵ: Sꓯ. Jꓵ; NI T V, Xꓵ: ꓕI: ZU ꓥ Bꓶ-. YI. W; Tꓯ. K; ꓒ: M NY V M ꓥ Bꓶ-. K. NY. KW L, M NY KO ꓕꓯ; KW NY, DU A. NYI:-. A. MO:-. A. MO:-. A. Wꓯ;-. L: M -.WO ꓒ: ꓤ: V CI LO-Xꓵ: Sꓯ. Xꓵ: Sꓯ. Jꓵ; ꓥ Bꓶ= W.-CI-FAI; NY NYI NI NYI A LEO=

GO NY W.-CI-ꓞAI; ꓕ BO. ꓒO, SI. ꓒI, NYI T. ꓕꓯ;-. ꓕI ꓕI: ZU M JI LE. JI LO, YI T. Bꓶ= ꓕI ꓕꓯ; WU-S ꓒU:-L NI NU A M Dꓯ NYI HO. NY O. M Dꓯ Mꓶ NYI WU. Bꓯ Sꓯ; M NY YI. N. PO ꓘꓶ: KW Mꓶ L W= GO ꓕꓯ; YI. Dꓵ: JW; ꓛI NY A Mꓶ ꓕI: B, LE. M: WU. ꓥO Bꓯ G; M: Mꓶ T. W=

ꓕI ꓕI: B, KW-. ꓶ; R KW NI L: ꓞO ꓛO; Dꓯ ꓛO; ꓶ, Xꓵ: CY, MI: ꓕI: M M NY YI. Mꓶ. ꓕꓯ; KW Tꓶ, L LO=

ꓕI ꓕꓯ,W.-CI-ꓞAI; NY ꓕ BO KO. BO LE. ꓒI, NYI NY, M: Mꓶ BI NI, ꓞ Mꓶ. JY: Tꓶ, SI. ꓤ: GU: Lꓯ. NI ꓤ: Mꓶ: Lꓯ. Dꓯ Bꓯ M-LE Bꓯ“ YI. NI M A: ꓘꓶ. JI-. A: ꓘꓶ. JI=

CY, MI; M W.-CI-ꓞAI; Bꓯ ꓘꓶ: M N N, W YI ꓕꓯ; JI,-M N: Gꓶ SI. NI LI-SU ꓥU KW NI Bꓯ“A. YI: A: ꓘꓶ. JI-. A: ꓘꓶ. JI-.” FAI, NY NI, ꓘW; M: Xꓵ BI Bꓯ“ A SO Mꓶ. JY SI JI LO, YI SU A. FI BU NY ꓥW ꓕꓯ; SI D ꓥ= A. YI ꓒ: NU A LE Bꓯ SI. ꓕI: RO Dꓯ LE. NYI M: W ꓥ= ”

NI, M LE. Tꓶ, NI BO: BO: T. DU W.-CI ꓞAI; NY ꓤ: Nꓱ XW. ꓕꓱ SO T. M-LE BI Bꓯ“ ꓥW——ꓥW——NU Dꓯ SI.——NI, Xꓵ ꓥ= ”

CY, MI NYI M ꓕI ꓕI: ꓘꓶ: M N N, W YI ꓕꓯ; A: ꓘꓶ. K, ꓛꓵ: W-. GO NY X. TO

TO BI Bꓯ“ A. YI: ꓒ: O-. NU NY Cꓵ Cꓵ WU-S ꓒU:-L Bꓯ Kꓶ: M Sꓶ. Bꓶ-. WU-S ꓒU:-L NY RO: NYI: RO Dꓯ ꓕI: W NY, SI. NI ꓤ: Nꓱꓤ: Vꓱ SI. LI-SU ꓝO Xꓵ LO ZI Bꓯ ꓥ LO= ”

W.-CI-ꓝAI; NY CY, MI: NYI M A LE Bꓯ. M NY Sꓶ. T. ꓥ-. Gꓶ SI. A-. A-. ꓥO-. ꓥO-. ꓕI LE LE: Bꓯ KU. LO=

CY, MI: NYI M NY A: TO TO BI W.-CI-FAI; Dꓯ N NYI NY“ A. YI: P: O-. NU Cꓵ Cꓵ NYI M ꓥW Dꓯ NI, Xꓵ ꓥ= ”

CY, MI: NYI M M E. Mꓵ LE. BI: LE JW, ꓥ Bꓯ Gꓶ XW. W ꓘꓶ: LE. A. DI: Tꓱ KU. M: ꓥ-. YI. MY CI. LE. A: ꓘꓶ. NYI S SI:-. YI. N ꓘꓵ Gꓶ ꓕꓯ, ꓕꓯ, BI NYI JI ꓥ-. YI. MY Sꓶ: Gꓶ BO: Lꓯ, ꓤ: BI A ꓕꓯ; Mꓶ Tꓯ; LE. K, K, ꓛꓵ: ꓛꓵ; LE T. ꓥ-. YI. Mꓶ: Nꓶ, M Gꓶ SI: LI, ꓤ: BI Lꓯ; HW. NI, Nꓵ NI V, M D O= GO NY A Mꓶ ꓕI ꓕꓯ; ꓕI LE BI Xꓵ: ꓤ: Mꓶ: Lꓯ. ꓕI: RO VE SI M YI W NY M: K. ꓛꓵ: M ꓕꓯ; Bꓯ SI;-. XW. W ꓘꓶ: ꓕꓵ SU ꓕI: RO ꓤ: NY, LE. A: ꓘꓶ. ZO; ꓥ= A Mꓶ NY ꓕI LI BI Xꓵ: ꓤ: Mꓶ: Lꓯ. ꓕI RO L NY W.-CI-ꓝAI; Lꓯ; HW. K, ꓛꓵ: M LE. Bꓯ GU M: Dꓯ-. Nꓯ. Bꓯ; Nꓯ. JI Xꓵ: A LE WO, NI, Xꓵ SI: NI,= A SO ꓕꓯ; CY, MI: NYI M Bꓯ ꓘꓶ: M N N, Gꓶ NY ꓥW A: ꓘꓶ. ꓕꓱ Xꓵ: SW; NY, ꓥ-. Gꓶ SI. YI JY Mꓶ. NI O. Dꓵ Mꓶ YI K. NY. XW. W Kꓶ: M A: ꓘꓶ. ꓕꓵ M: BI W-. YI. NY Lꓯ; KO. Lꓯ; Tꓯ BI JI. SI. ꓕI: ꓘꓶ: BO: Gꓶ K. NY. NY Mꓶ Mꓶ Tꓯ; Tꓯ BI Sꓯ; NI Bꓯ“ A: ꓘꓶ. JI-. A: ꓘꓶ. JI-. A: ꓘꓶ. JI= ”

CY, MI; NYI M NY Bꓯ“A. YI: ꓒ: O-. RO NY A. BU: LU,-LE ꓕI: Zꓱ YI Lꓯ;=”

W.-CI-ꓝAI; Gꓶ ꓕI Kꓶ: K. NY. ꓕI: ꓘꓶ; Bꓯ“ ꓥ, Lꓯ;-. ꓕI: Zꓱ-LE YI-. ꓥ, Lꓯ;-. ꓕI: Zꓱ-LE YI= ” NI, M ꓘU: KW Gꓶ Dꓵ: JW; NY“ ꓥW NI, M NY NU Bꓵ:-LE-. ꓥW Bꓵ: M NY NU NI,-LE= ꓕI: NI, M-LE YI K, Lꓯ-. ꓕI: Bꓵ:-LE TO, K, Lꓯ= ”

ꓕI M NY RO: NI, M ꓥ
LU: Bꓵ NY, ꓤ: ꓕI: Zꓱ ꓥ-. MI ꓕꓯ; BU: Lꓵ, ꓕI: Zꓱ ꓥ=
A. YI: NYI M NY,-LE-. A. YI: NYI M BU: Lꓵ,-LE=
A. YI: NI, NY NYI M Bꓵ:-. NYI M Bꓵ: NY A. YI: NI,=
NU ꓕI: ꓕO; NY ꓥW ꓕI: V-. ꓥW Lꓯ; ꓛꓶ NY NU Lꓯ; CI,=
ꓕI: NI, M-LE ꓕI: VE YI-. ꓕI: Bꓵ: Mꓵ-LE NY, GO X,=
ꓕO: Tꓶ LE NY, DU X,-. A. BU: LU,-LE ꓝO ZU MO=

13 CY, MI: Mꓶ: Lꓯ. ꓥU M MI.. SI.. NI, ꓞO LE-.
MY BI ꓤ: LE. GU., ꓤ: LO., LO

W.-CI-ꓞAI; NY ꓞO Mꓶ LO; YI Bꓯ Gꓶ YI. ꓒYꓝ; M NY Mꓶ: JY: SI ꓕI: LE, ꓤ: ꓘ, T. ꓥ-. YI. NI, M Gꓶ Mꓶ: JY: SI ꓕI: LE, Tꓝ, T. ꓥ= WU-S ꓒU:-L NY ꓕI LE Xꓵ: ꓕI: RO M CY, MI: Mꓶ: Lꓯ. Dꓯ M. GO; NY YI. Gꓶ A: ꓘꓶ. K, ꓛꓵ: LO=

Gꓶ SI. A. TI. ꓤ: M: ZO; M NY W.-CI-ꓞAI; YI JY Mꓶ. Gꓶ K. NY. NY Mꓶ Mꓶ Tꓯ; Tꓯ; Xꓵ: ꓕI: RO LO; YI W-. GO NY CY, MI: Mꓶ: Lꓯ. ꓛO; ꓒꓯ, YI K, M-LE ꓥO-. MI: YI BE ꓞO JO Xꓵ O. Nꓶ. M: JW, W= ꓕI M Pꓶ. DU CY, MI: Mꓶ: Lꓯ. NY Mꓶ: ꓕꓯ; K. NY. VE ꓘU: KW MI: YI SU LO; ꓥ= MI Nꓯ ꓕꓯ; SI KW NY, DU LI-SU Xꓵ: Gꓶ A. MI: ꓤ: NI MI: YI ꓞO JO Xꓵ: ꓕI: TO. LO; ꓥ=

WU-S ꓒU:-L NY CY, MI: Mꓶ: Lꓯ. Dꓯ NI, JI ꓒYꓝ; BI SU W.-CI-ꓞAI; Dꓯ M. GO; -. Gꓶ SI. CY, MI: Mꓶ: Lꓯ. NY ꓕI LE Pꓶ. DU M: V Lꓝ BO-. YI. DU: JW; M NY Mꓶ: ꓕꓯ; K. NY. A LE ꓞO JO SI. ZO;= ꓕI LE M Dꓯ SW; ꓛI ꓕꓯ;-. CY, MI: Mꓶ: Lꓯ. NY K, ꓛꓵ: T. M LE. NI, SI: L W-. YI. NY ꓛI FI. Gꓶ NI ꓥU Bꓯ“ A P WU-S ꓒU:-L O-. A P WU-S ꓒU:-L O-. NU NY ꓥW NU: NYI: RO Dꓯ LI-SU ꓞOX ꓵ. Zꓶ V, ꓥ-. NU Dꓯ ꓥW NU: ꓕI: ꓛꓵ. LE. MI YI M: D= Gꓶ SI. A Mꓶ NY MI Nꓯ ꓕꓯ; SI MI HW; Xꓵ-LE-. Nꓯ. Bꓯ ꓕI: Xꓵ: Gꓶ M: JW,-. ꓕI LE NY ꓥW NU: A LE ꓞO JO NI,= ” CY, MI: Mꓶ: Lꓯ. NY ꓥU NE MY BI ꓤ: LE. “TI: T-. TI: T” BI MI Nꓯ ꓕꓯ; SI KW ꓞꓶ T. LO=

ꓛI FI. Gꓶ: SI. ꓥU NI W ꓥU W NI, SI:-. W ꓥU W MY BI MY-. MY BI ꓤ: LE. V ZU LO; YIO=

CY, MI: Mꓶ: Lꓯ. MY BI M V ZU LO; YI NY MI Nꓯ KW ꓒU:-L Bꓶ ꓞI Dꓯ LE. ꓒ: YI W=

CY, MI: Mꓶ: Lꓯ. NY ꓛI FI. Gꓶ: SI. ꓥU NI W ꓥU W NI, SI:-. W ꓥU W MY BI MY-. ꓕI M K. NY NY YI. W O. Dꓵ MO: KW LE. NI YI. Sꓯ; ꓞ, Xꓵ: Mꓶ V LE L W=

CY, MI: Mꓶ: Lꓯ. Tꓯ. MY BI M NY MI HW; Dꓯ ꓒ: YI-LE M: ꓞI-. MI- PO dU:-L Tꓯ. Bꓶ ꓝI; Dꓯ Gꓶ: d: YIO=

A Nꓱ Mꓶ: Nꓱ ꓕꓯ; LE MI: WO; KW ꓝꓶ L, DU Mꓶ: V NY ꓛꓵ: ꓛꓵ: Xꓵ: ꓥ-. Gꓶ SI. NYI. MI NY MI- PO dU:-L Dꓯ ꓕO, L M NY ꓝ ꓝ, ꓤ: T. LO= YI. Gꓶ A: ꓘꓶ. A YI W-. GO NY MI Nꓯ KW NI DO L SI. A LE ꓥ M NYI LO=

MI- PO dU:-L DO L SI. NYI NY-. YI. Mꓶ. ꓕꓯ; KW A: ꓘꓶ. ꓤ: ꓘ, Xꓵ: ꓤ: GU; Lꓯ. YI. ꓘꓶ: KW A. MI: ꓕI: RO M MI ꓛY KW ꓱ, SI. NI ꓥU NY, Bꓶ= YI. ꓥU Sꓯ; M NY MU: GU: Sꓯ; LO; YI SI.“ GO; LO:-. GO; LO:” BI Mꓶ LO-. YI. MY BI M NY Mꓶ V LO; YI SI.“ HW;-. HW;-.” BI LI T. LO= LE; LE; NY A. MI: ꓥU Sꓯ; M W WU: NY MU: GU: Sꓯ; M Gꓶ W Mꓶ-. YI. MY BI M W DO MY; NY Mꓶ: V M W WU: T. LO=

MI- PO dU:-L NY ꓕI LE T. M MO ꓕꓯ; Lꓯ; HW. A: ꓘꓶ. A LE W-. GO NY A LE ꓥ M dI, NYI Bꓯ NI Mꓶ. JY JI SI. W.-CI-ꓝAI; Lꓯ; dꓶ KW Nꓶ: NI Bꓯ“ꓤ: GU: Lꓯ. O-. YI. NY A LE Bꓯ SI. ꓕI LE ꓥU NY, ꓥ= ”

Mꓶ Mꓶ A A T. SU W.-CI-ꓝAI; NY MI- PO dU:-L Dꓯ NYI T. SI.“ E-. E-. A-. A-.”BI Sꓯ NY, M-LE-. JI JI Xꓵ: ꓕI: ꓘꓶ: Gꓶ ꓕꓵ M: BI:=

MI- PO dU:-L NY LE; LE; Mꓶ. JY: ꓕI: ꓕO: JI SI. A. MI: Dꓯ A ꓤ ꓤ BI Bꓯ“ꓤ: Mꓶ: Lꓯ.-. ꓤ: Mꓶ: Lꓯ.-. NU A. Xꓵ: Xꓵ: WU ZI NY ꓥW Dꓯ Bꓯ GO; L-. ꓥW NI NU Dꓯ TO, JW NI= ”

CY, MI: Mꓶ: Lꓯ. NY W.-CI-ꓝAI; NI Nꓶ: L, ꓛI ꓛ, SI. C LE. M: C-. Lꓯ; HW. O. Dꓵ LE. M: ꓛꓵ: BI ꓥU NY, LO=

MI- PO dU:-L NY Mꓶ Lꓯ. M YI. Dꓯ M: NYI ꓕꓯ; Sꓯ; ꓤ: ꓩU SI. NI FAI Lꓯ; dꓶ KW Nꓶ NY,-. ꓕI ꓕꓯ; Mꓶ: Lꓯ. NY YI. KO Dꓵ: KW LE. Lꓱ Lꓱ, ꓤ: T. Xꓵ: Sꓯ; Lꓯ, M C, W LEO-. YI. C, W NY YI. Dꓯ Nꓶ: SI. XW. ꓕꓱ L, M NY A: TO Xꓵ: L: ꓝO M ꓥ LO= GO ꓕꓯ; YI. NY NI, SI: M ZI: V,-. MY BI M SI, Gꓶ SI. NYI NY KO Dꓵ PY PY-. A: ꓘꓶ. O: Xꓵ:-. YI. ꓝꓱ BE Mꓶ: ZI LE. dU LE, BI YI. Mꓶ. JY: KW LO dꓵ, ꓕI: LE-. A: ꓘꓶ. JI N T. Xꓵ: ꓝO MO: ꓕI: RO VE T. Bꓶ=

ꓕI ꓕꓯ; Mꓶ: Lꓯ. NY dU:-L YI. Mꓶ. JY: Lꓯ, M Sꓶ. YI W-. GO NY A LE XW. XW. Mꓶ: Mꓶ: M Bꓯ GO; Gꓶ = Mꓶ: Lꓯ. ꓕI LE Bꓯ Gꓶ ꓕꓯ; MI- PO dU:-L LE. XW. NI ꓤ: W=

Gꓶ SI. MI- PO dU:-L NY MI Nꓯ-LE K: SU-. MI Nꓯ ꓕꓯ; SI KW NYI CI LO CI Xꓵ: X, SU NY WU-S dU:-L NI CI ꓥ LO=

MI- PO dU:-L M: ꓥ NY Mꓶ: Lꓯ. Dꓯ SI: SI: TO, JW Xꓵ: SW; NY, ꓥ-. Gꓶ SI. YI. Gꓶ A LE M: YIO-. GO NY MI Nꓯ KW NY, SI. Sꓯ; ꓩU ꓩU BI Mꓵ: SI. WU-S

ꓒU:-L Dꓯ CW, W ZI NY, ꓥ=

MI- PO ꓒU:-L NI Sꓯ; Mꓵ DO M NY LU: MI: VE D M ꓕI: Cꓶ, LO: YI SI. NI-. Mꓶ: Lꓯ. MY BI M YI JY ꓕI: DU-LE BI MI: WO; KW V ꓩU Gꓶ W=

MI: WO; KW V ꓩU Gꓶ DU MY BI M NY JY Sꓯ; ZI LE ꓕꓯ;-. MI: TI ꓕI: ꓘU. LO; YI SI. NI MI: WO; KW BYꓱ T. LO=

Mꓶ: Lꓯ. NY MI- PO ꓒU:-L M M: MO Gꓶ ꓕꓯ;-. YI. Mꓶ: JY: Bꓯ ꓘꓶ: M M: C LO-. GO NY ꓛI FI. Gꓶ: SI. FAI, ꓥU NY,= W ꓥU W NI, SI:-. W NI, SI: NY Sꓯ; M W WU:-. Sꓯ; M W WU: NY MY BI M W MY; LO=

A Mꓶ Mꓶ: Lꓯ. ꓥU SI. MY BI DO L M NY Mꓶ: JY: SI ꓕI: LE Mꓶ ꓛY ꓞꓶ M: ꓥ-. YI. NY MI: VE Sꓯ; KW NI MI: WO; KW Cꓵ, ꓩU NY, ꓥ-. ꓕI ꓕꓯ; MI BI M Mꓶ: JY: SI ꓕI: ꓛO Vꓱ YI SI. MI: WO; KW MI: TI M Lꓯ; HW. A: ꓘꓶ. MY L LO=

MI- PO ꓒU:-L NY ꓕI LE YI Gꓶ K. NY. NY YI. W; NYI: RO Dꓯ Bꓯ“ꓕ: NI, SI: V-. WU-S ꓒU:-L NY ꓥW NI Bꓯ M C, W LE ꓕꓯ; NU W; Dꓯ X, WO; L ꓥ= ” ꓕI LE Bꓯ Gꓶ ꓕꓯ; MI- PO ꓒU:-L NY“XU” BI MI Nꓯ KW Lꓱ; YI W=

Bꓶ Dꓵ: ꓘꓶ: ꓕI: ꓛO; KW NI MI: TI ꓕI: ꓘU. M NY A ꓤ ꓤ BI YI. W; NYI: RO M: JY BYꓱ L, W-. GO NY MI- PO ꓒU:-L M FAI ꓕI: ꓘO; L SI. NI Mꓶ: Lꓯ. K. NY. VE T. ꓥ= Gꓶ SI. NI, SI NI ꓥU NY, LO Mꓶ: Lꓯ. NY C, M: W. SI:= YI. NY Lꓯ; ꓒꓶ KW Nꓶ: L, M-LE C, W.-. Mꓶ: Lꓯ. NY W.-CI-ꓞAI; NI Nꓶ: L, ꓛI ꓛ, SI. NI C LE. M: C LO= MI- PO ꓒU:-L NY Mꓶ: Lꓯ. M YI. Dꓯ M; NYI ꓕꓯ; Sꓯ; Mꓵ SI. NI FAI ꓕI: ꓘO, Lꓯ; ꓒꓶ KW Nꓶ Gꓶ-. ꓕI ꓕꓯ; Mꓶ: Lꓯ. NY YI. KO Dꓵ: KW ꓞ ꓞ, Xꓵ: Sꓯ; Lꓯ, M C, W LE= GO NY NI, SI; M N Gꓶ-. MY BI SI, Gꓶ SI. K. NY. ꓒO, NYI NY KO Dꓵ: PY PY-. A: ꓘꓶ. O: Xꓵ:-. YI. ꓞꓱ BE Mꓶ ZI LE. ꓒU LI, T. Xꓵ: ꓞO MO: ꓕI: RO ꓥ Bꓶ=

Mꓶ: Lꓯ. NY ꓕ BO. ꓒO, SI. VE V, ꓕꓯ;-. ꓞO MO M NY B; Hꓶ: ꓤ: BI Bꓯ“ Mꓶ: Lꓯ. O-. Mꓶ: Lꓯ.-. ꓥW NY MI: WO; KW NI ZI ꓩU L SI. MI Nꓯ ꓕꓯ; SI KW K; L ZI ꓥ= NU MY BI M NY ꓥW Bꓶ ꓞI; LE. ꓒ: YI W-. ꓕI M NY ꓥW Gꓶ A: ꓘꓶ. TO, JW NI, Xꓵ ꓥ-. Gꓶ SI ꓥW NY MI Nꓯ ꓕꓯ; SI KW NY, LO V CI; LO CI; Xꓵ: CI; M: KU.-. ꓥW NY Sꓯ; ꓩU SI. NU MY BI M MI: WO; KW V ꓩU GO; SI. WU-S ꓒU:-L Dꓯ C, W LE ZI ꓕI: G-LE ꓥO= Mꓶ: Lꓯ. NU NY ꓕ: ꓥU V-. Bꓶ Dꓵ: ꓕI: ꓛO; KW NI ꓤꓯ: L, SU WU-S ꓒU:-L NY NU W; Dꓯ X, GO; L ꓥ= ” ꓒU-L NI ꓕI LE Bꓯ Gꓶ ꓕꓯ; -. Mꓶ: Lꓯ. NY Sꓶ. YI SI. NI, ꓞ BI ꓒU:-L Dꓯ O. Dꓵ ꓞI ꓕꓶ, ꓕꓵ: NY,= YI. NY Lꓯ; Xꓵ ꓕꓵ: Lꓯ; Xꓵ Bꓯ“ A P ꓒU:-L O-. NU NY ꓥW NU: Dꓯ A: ꓘꓶ. TO, JW Gꓶ W-. NU ꓕI LE JI V, M ꓥW NU ꓕI: ꓞI; ꓕI: P LE. MI YI M: D O= ”

MI- PO ꓒU:-L NY Mꓶ: Lꓯ. Dꓯ Lꓯ; Xꓵ GO TU Lꓯ; Xꓵ Bꓯ“ Mꓶ: Lꓯ. O Mꓶ:

Lꓥ.-. NU W; Dꓥ TO, JW M NY ꓥW Tꓥ. YI MI: ꓥ LO= X. MO M: ꓛꓵ-. X. MO M: ꓛꓵ-. NU W; Mꓶ: ꓕꓥ; K. NY. SI JI JI ꓞO JO SI. L: ꓞO A: MY, Mꓶ L ZI NY ꓥW K, ꓛꓵ: W= ” ꓕI LE Bꓥ Gꓶ ꓕꓥ;“XU” BI M: MO W=

MI- PO ꓒU:-L Bꓥ ꓘꓶ: M NY Mꓶ: Lꓥ. NI, M KW LE. A: ꓘꓶ. K, ꓛꓵ: W= ꓕI M Cꓵ Cꓵ Gꓶ

Mꓶ: Lꓥ. MY BI M: DO NY-. NI, SI: Cꓶ, KW M: ꓛI SI:=

MI GO; LO: KW ꓞO NY, LO:-. ꓒU:-L Zꓶ M ꓞO JI SU=

L: ꓞO NI, ꓤ: ꓕꓱ, ꓥO Bꓥ-. ꓞO JO Cꓶ, NY JW, ꓥ Lꓥ;=

NI, JI ꓒU:-L Sꓶ. ꓥ Lꓥ;-. MY BI ꓤ: LE MI: TI LO=

WU-S ꓒU:-L PO; SU ꓥ-. L: ꓞO BU Tꓥ. K; SU ꓥ=

ꓒU-L MY DO JY LO Sꓶ.-. V Xꓵ: LO Xꓵ: CI; GO; KU.=

Cꓵ Cꓵ Bꓥ ꓕꓥ; WU-S ꓒU:-L NY Xꓵ: WU MY Pꓶ. DU A: ꓘꓶ. ꓞ; SI. NI, SU ꓥ= YI. NY YI MI: YI Tꓶ. KW NI DO L SI. MI TI ꓕꓥ; SI Sꓥ; ꓤ: V-. Lꓥ; Xꓵ JI NY Lꓥ; Xꓵ SW;-. YI. NY ꓕI: B, ꓕꓥ; C, W M NY-. M: ꓥ ꓕꓥ; MI: WO; KW ꓕI: Xꓵ: LE. M: JW, M-. NYI. MI A LE Bꓥ SI. YI JY-LE Xꓵ: MI: TI ꓕI: Cꓶ, JW, ꓥ= MI: WO; ꓕꓥ; SI A. Xꓵ: Xꓵ: WU LE. Sꓶ. M-. NYI. MI ꓕI M MO NY A LE M: ꓥ O= GO NY YI. JO P. Dꓥ ZI ꓣU SI. MI: WO; K; SU M Dꓥ ꓘU SI. N NYI NY“ M: ꓥ ꓕꓥ; MI: WO; KW ꓕI: Xꓵ: LE. M: JW, M-. NYI. MI A LE Bꓥ SI. YI JY-LE Xꓵ: MI: TI ꓕI: Cꓶ, JW, ꓥ= ”

MI: WO; K SU NY WU-S ꓒU:-L NI YI. Tꓱ, Tꓱ, M: Bꓥ GO; Pꓶ. DU Bꓥ L M JO NI Bꓥ“ WU-S ꓒU:-L O-. MI ꓛY KW K; SU MI-PO ꓒU-L NY MI ꓛY DI KW Mꓶ: Lꓥ. ꓕI: RO Tꓥ. MY BI M MI: WO; KW V ꓣU NY JY Sꓥ; ZI ꓕꓥ; ꓕI LE LO; YIO= ꓥW NY NU Xꓵ: WU MY Pꓶ. DU Bꓥ GO; M: W-. ꓥW M: HO: M Sꓶ. LEO= ”

MI: WO; KW K; SU ꓒU:-L NI ꓕI LE Bꓥ Gꓶ NY Xꓵ: WU MY SI. NI, SU LO WU-S ꓒU:-L NY ꓕI: ꓕꓶ, BI HW. ꓛI L O= GO Bꓥ“ M: ZO; W-. ꓥW NY MI: WO; KW Xꓵ: WU M-LE YI SI. MI ꓛY KW LI-SU Xꓵ: ꓞO Xꓵ. NYI: RO M Tꓥ. Xꓵ: WU M LE. MI YI W-. ꓥW NY NI, ꓞ MI ꓛY KW JI SI L: ꓞO Xꓵ: WU M X, YI TO ꓥ= ”

GO NY WU-S ꓒU:-L NY MI Nꓥ ꓕꓥ; SI K; SU ꓒU-L ꓕI: HW. M Dꓥ ꓘU ZI: SI NI MI Tꓱ, Tꓱ, Xꓵ: WU M B, GO= Xꓵ: WU B, GO; Gꓶ NY A: Jꓵ; SU MU KU. Zꓶ SI. MI ꓛY KW JI W=

14 V Xꓵ: LO CI DI: W YI-. S-M-KO; KO ꓝO ZU Mꓶ

W.-CI-ꓝAI; BE Mꓶ: Lꓯ. NY MI-PO ꓒU:-L NI TO, JW Gꓶ ꓕꓯ; WU-S ꓒU:-L L M Dꓯ SI: SI: ꓩU NY, TY, LO=

GO NY Mꓶ: Lꓯ. NY Bꓶ Dꓵ: ꓘꓶ: ꓕI: ꓛO; KW MY Sꓶ: LE. MY ꓝI, M: KU.-BI NYI NY, SI. WU-S ꓒU:-L NI V Xꓵ: LO CI; Xꓵ: CI; GO; L M Dꓯ SI: SI: ꓩU NY, LO=

ꓝ; ꓝ; BI Bꓶ Dꓵ: ꓘꓶ: ꓕI: ꓛO; KW ꓥW. NYI: ꓕI: ꓕꓶ, Zꓶ Gꓯ; Kꓶ Gꓶ NY A: ꓘꓶ. BI Xꓵ MI TI ꓕI: ꓘU. DO L LO-. MI; TI ꓕI M NY YI. W; NY, ꓕI: ꓛO; KW BYꓱ L,-. ꓕI: B, LO; YI ꓕꓯ;-. MI: TI NY YI. W NYI: RO Mꓶ. JY KW BYꓱ ꓛI W=

A WU Xꓵ: MI: TI ꓕI: ꓘU. ꓥ M-. MI Nꓯ KW LE. A: L ꓒꓱ; BI N T. LO=

MI; TI M BYꓱ N: YI ꓕꓯ;-. YI. ꓘU: KW NI Mꓶ. JY: DO L, M NY N: VO, M LE. ꓒU Xꓵ VO, T.-. Bꓶ ꓝI Gꓶ ꓒU Xꓵ Bꓶ ꓝI GW; T.-. ꓛI NYI Gꓶ ꓒU Xꓵ ꓛI NI Dꓵ: T.-. KO Dꓵ: LE. ꓕI WU BI A: MO, MO Xꓵ ꓕI RO ꓥ LO= YI. K. NY. Lꓯ, SU NY GW; DU Dꓵ: DU M: ꓕI: LI,-. ꓕI: HW. NY ꓒI, NYI ꓕI: G LE A: Xꓵ: LE. KU. Xꓵ: D SU ꓛO;-. ꓕI: HW. NY ꓕO: ꓶ Tꓯ, SI. K; ꓒ: ꓛO;-. ꓕI: HW. NY A. ꓕ: Dꓱ; SI. Dꓶ: Lꓯ; ꓘO D SU ꓛO; ꓒU Xꓵ GW; T. Dꓵ: T.-. ꓒI NYI NY A: ꓘꓶ. JI N T. SU M NY MI: WO; KW K; ꓒ: D: M WU-S ꓒU:-L M ꓥ Bꓶ= YI. NYI YI. W; NYI: RO Dꓯ JI JI ꓒI, NYI Gꓶ NY CI. ꓛY; Bꓯ“ZO; W-. ZO; W-. Cꓵ Cꓵ Gꓶ A: ꓘꓶ. HO. Xꓵ: ꓕI: Zꓱ ꓥ Bꓶ= ” ꓕI M K. NY. WU-S ꓒU:-L NY Bꓯ ꓛI; NY, M-LE BI YI. W; NYI RO Dꓯ Bꓯ“E-. ꓥW NY MI: WO; KW Xꓵ: WU M-LE ꓝ; NY, SI. NU W; MI ꓛY KW Xꓵ: WU M MI YI W= GO NY Mꓶ: Lꓯ. NU MY BI M LE. ꓥW NU: NY, GU KW Mꓶ. YIO= ”

Mꓶ: Lꓯ. NY WU-S ꓒU:-L NI Bꓯ LO ꓥU SI. MY BI M YI. W; NY, Tꓶ Mꓶ. Gꓶ ꓕꓯ;-. JO NI NI, ꓝ WU-S ꓒU:-L Mꓶ. JY: Gꓶ: SI. Lꓯ; Xꓵ O. Dꓵ ꓕꓵ: Lꓯ; Xꓵ Bꓯ“ WU-S ꓒU:-L NU ꓥW Dꓯ ꓛ; GO;-. WU-S ꓒU:-L NU ꓥW Dꓯ ꓛ; GO;= ”

WU-S ꓒU:-L NY Mꓶ: Lꓯ. M ꓕI LE JO NY, ꓕꓯ; H. H. BI Sꓯ SI. Bꓯ“Mꓶ: Lꓯ. O-. NU MY BI ꓕI: Cꓶ, NY ꓥW NY, Tꓶ. KW Mꓶ. M: HW.-. FAI NI YI. TU Cꓶ,-. YI. Mꓶ: Cꓶ, ꓥ Bꓯ Gꓶ A: TO-LE ꓥ= ꓥW NU Dꓯ A: TO Sꓯ ꓥU Bꓯ ꓥ= ꓥW NY NU Xꓵ: WU BE MI ꓛY Xꓵ: WU X, L, ꓥO= ”

WU-S ꓒU:-L ꓕI LE NI, Tꓱ, M NY Mꓶ: Lꓯ. NI, KW LE. A. DI: K, ꓛꓵ: W= GO NY Mꓶ: Lꓯ. Bꓯ“A P WU-S ꓒU:-L O-. ꓥW NI, M ꓞ; Pꓶ. DU NU Dꓯ SU W LEO-. M: ZO; W-. M: ZO; W= ”

WU-S ꓒU:-L NY Mꓶ: Lꓯ. Bꓯ ꓘꓶ: M N N, Gꓶ ꓕꓯ; B; Hꓶ: BI Bꓯ“ꓕI M NY ꓥW MI YI SI. NI M: HO: YI ꓥ-. Mꓶ: Lꓯ. NU Dꓯ ꓥW M: Bꓯ= ”

WU-S ꓒU:-L LE; LE; NY YI. W; NYI: RO Dꓯ Bꓯ“ꓞO Xꓵ. BU O-. A Mꓶ MI ꓛY KW ꓕI: Xꓵ: Gꓶ M: JW, SI:= Gꓶ SI. NU W ꓕ: NI, XW.-. ꓥW NY NU W A. Xꓵ: ꓤꓱ; ꓕO: NY O. Xꓵ: CI; GO; DO ꓥ= ” ꓕI LI Bꓯ Gꓶ ꓕꓯ; A: Jꓵ; SU Dꓯ NYI Gꓶ LO=

WU-S ꓒU:-L NY A: Jꓵ; SU NY NY, M: HW. BI O. Dꓵ ꓥU; NY, M MO ꓕꓯ; Bꓯ“ NU W; NY A MY Xꓵ: Mꓶ. JY; NI, Xꓵ ꓥ= ” ꓕI LI Bꓯ Gꓶ ꓕꓯ; YI. NY ꓞI; MY M Mꓶ: Lꓯ. ꓕI: ꓛO; KW ꓒO, YI LO=

Mꓶ Mꓶ Tꓯ; Tꓯ; T. DU W.-CI-ꓞAI; NY YI YI Y; Y; BI A. Xꓵ: Gꓶ ꓕꓵ DO L M: D-. GO ꓕꓯ; Mꓶ: Lꓯ. NY Bꓯ“A P WU-S ꓒU:-L O-. Mꓶ: JY: K. NY. ꓞO JO KW ꓤꓱ; ꓕO: DU ꓶ ꓤ: ꓶ MI BE MI Nꓯ ꓕꓯ; SI KW JW, Xꓵ: JW, CI LI. A: Jꓵ; Nꓱ ꓥ= ”

WU-S ꓒU:-L Bꓯ“ ꓞO JO KW ꓤꓱ; ꓕO: DU ꓶ ꓤ: ꓶ MI A: Jꓵ; LI. CI; GO; M NY M: D ꓥ-. ꓕI LE CI; GO; Gꓶ ꓥO Bꓯ-. Mꓶ: JY: K. NY. SI L: ꓞO BU LI. A: Jꓵ; ꓞO BU LO; YI LO= A. Xꓵ: LE. YI M: ꓛꓵ-. Lꓯ; ꓒꓯ, ꓛꓶ ꓕI: G-ꓛꓵ ꓥO Bꓯ-. MI Nꓯ ꓕꓯ; SI KW NY, SU NY HO Lꓯ; HO NY, M-LE SU L ꓥ= GO NY A Mꓶ ꓥW NU W; Dꓯ M: D M: ꓤꓱ; DU ꓕI: HW. M CI; GO; NI-. Nꓯ. Bꓯ NY NU W; K. NY. SI A ꓤ ꓤ BI CI. ꓛY; X, SO= ꓕI LE YI NY A: Jꓵ; SU LE. O. Nꓶ. Rꓱ; SI. ꓞO JO ꓛꓵ ꓥ-. NU W NY MI Nꓯ KW NY, M A: ꓘꓶ. D SU M ꓥ, LO= ”

WU-S ꓒU:-L NY ꓕI: B, N: SI. FAI, Bꓯ“ M: ꓥ ꓕꓯ; A: ꓘꓶ. ꓤ: ꓘ, DU W.-CI-ꓞAI; NY YI JY Mꓶ K. NY ꓞO Mꓶ LO; YI W-. GO NY Mꓶ: Lꓯ. NU A. Xꓵ: Nꓱ M NU CI. ꓛY; SW; ꓕI: G-ꓥO-. Gꓶ SI. NU NY ꓥW Dꓯ A: Bꓶ, Xꓵ: S Xꓵ:-LE DI: D ꓥ-. NU NY SW; JI ꓕꓯ; SI. ꓥW Dꓯ Bꓯ L= ”

Mꓶ: Lꓯ. SW; NYI NY A. Xꓵ: LE. ꓤꓱ; N T. ꓥ-. Gꓶ SI. A. Xꓵ: SI. NI M: ꓤꓱ; M: D NI,= YI. NY ꓕ BO. SW; NI KO. BO SW;-. Mꓶ. JY: SW; ꓛI M NY“ꓥW NY M: ꓥ ꓕꓯ; LE Gꓶ SI, LE KW NY, SU ꓥ-. KO BE SI, ZI M: JW, NY A LE ꓞO JO SI:= ”

ꓕI LE SW; ꓛI ꓕꓯ;-. Mꓶ: Lꓯ. NY Bꓯ“ A P WU-S ꓒU:-L O-. ꓥW NY Mꓶ: JY: Gꓶ SI, LE KW NY, ꓥ-. ꓥW NU NY KO BE SI, ZI Dꓯ H, M: D= A Mꓶ NY MI ꓛY KW KO BE SI, ZI M: JW, Pꓶ. DU ꓥW NU ꓞO JO M: N= NU NY ꓥW NU Dꓯ ꓕI Xꓵ: Mꓶ. JY; CI; GO; L= ”

延续古老的传说　　　　（胡兰英　摄影）

ꓮꓽ ꓠꓱꓺ ꓟꓵꓽ ꓠꓱꓺ ꓟꓸ ꓟꓲꓽ ꓙꓺ ꓑꓶꓺ ꓙꓰ

延续古老的传说　　（胡兰英　摄影）

ꓮꓽ ꓠꓱꓹ ꓟꓵꓽ ꓠꓱꓹ ꓟꓸ ꓟꓲꓽ ꓙꓹ ꓑꓶꓹ ꓙꓰ

WU-S ꓒU:-L Bꓯ“ D ꓥ-. NU W; MY ꓞI Bꓯ H,-. ꓥW NY KO CI; SI, ZI CI; SU ꓒU-L Dꓯ Bꓯ SI. CI; ZI NI= ” ꓕI LE Bꓯ Gꓶ ꓕꓯ; ꓒU-L NYI: RO Dꓯ Bꓯ“NU W; NI, ꓞ MI: WO; KW JY: Gꓶ: V, M ꓕI: LE, CI; V= ”

WU-S ꓒU:-L ꓘW; BI: KW KU: NU; KU: NU; Bꓯ Gꓶ K. NY. ꓕꓯ; YI. W; NYI: RO Dꓯ MY Bꓶ Bꓯ ZI LO=

YI. W; NYI: RO MY Bꓶ SI. ꓒI, NYI ꓕꓯ;-. M: ꓥ ꓕꓯ; MI HW; Xꓵ-LE T. DU MI Nꓯ M-. A Mꓶ NY KO ꓕI: KO K. NY. ꓕI: KO-. LO ꓛO; Gꓶ ꓕI: LO ꓛO; GU ꓕI: LO ꓛO;-. A KW ꓛI ꓛI SI, ZI LE. NI, ꓛI; ꓛI; ꓤ= MI: VE ꓕI: ꓕꓶ, Jꓶ; ꓕꓯ; BO BO BI Mꓶ.; LO= Mꓶ: Lꓯ. NY ꓕI LE M MO ꓕꓯ; K, ꓛꓵ; NI A LE M: ꓥ O-. Mꓶ Mꓶ Tꓯ. DU W.-CI-ꓞAI; Gꓶ Mꓶ: Lꓯ. M ꓕI LI K, ꓛꓵ; NY, Tꓯ;-. YI Gꓶ“ Hꓶ: Hꓶ: Hꓶ:” BI Sꓯ NY, LO=

Mꓶ: Lꓯ. NY ꓞ; ꓞ; ꓕI: Xꓵ: SW; ꓛI YI W-. GO NY Sꓯ M N: Gꓶ SI. WU-S ꓒU:-L Dꓯ Bꓯ“ A P WU-S ꓒU:-L O-. NU NI ꓕI MY Xꓵ: KO-. LO ꓛO;-. SI, ZI LO ZI CI; GO; L M ꓥW NU: A: ꓘꓶ. K, ꓛꓵ: W= Gꓶ SI. ꓕI MY Xꓵ: KO KW-. ꓥW NU: A ꓕI: KO KW NY, SI. ZO; NI,= ”

WU-S ꓒU:-L Bꓯ“ꓥW NU W; Dꓯ SW; GO; V, GU W-. ꓥW NY S-M-KO; MI LO-Xꓵ: KO ꓕI: KO CI; SI. NU W; Dꓯ O. KW ꓞO JO ZI Bꓯ ꓥ= ”

ꓕI M Cꓵ Cꓵ Gꓶ
KO ꓤ: LO ꓤ: A: ꓘꓶ. MY;-. SI, MO: B: L; XU; ꓤ: XU;=
ꓕI: KO ꓕꓯ; SI ꓕI: KO MO-. Cꓵ Cꓵ A. DI: NYI JI LO=
S-M-KO; KO V. NYI MO-. KO Bꓶ. ꓤ: LE. MI: WO; TO,=
SI, ZI LO ZI ZI:-LE-. V Xꓵ: LO CI; A: ꓘꓶ. MY=

YI. W; NYI: RO NY S-M-KO; KO M Dꓯ NYI NY Cꓵ Cꓵ Gꓶ A: ꓘꓶ. MO-. SI, ZI LO ZI BE SI, WE LO WE Gꓶ A: ꓘꓶ. MY-. ꓕI M NY A: ꓘꓶ. JI Xꓵ: KO ꓕI: KO ꓥ, LO=

Mꓶ: Lꓯ.NY WU-S ꓒU:-L Dꓯ Bꓯ“ XU LU; BI Mꓶ: FI ꓕI: LE, TO LO DU M A. Xꓵ: SI, ZI ꓥ= ”

WU-S ꓒU:-L Bꓯ“SI, ZI MO: YIN Y SI, Mꓶ: FI RW ꓥ-. S-M-KO; KW JW, DO SI, ZI M NY VI., Lꓱ., ZI.,-. S-M-KO; KO KW VI., Lꓱ., ZI., NY A: ꓘꓶ. NYI: S Xꓵ: JW, ꓥ= ꓕI M YI. ꓘU: KW NY Bꓯ LO Xꓵ: ꓕI: Xꓵ: JW,-. Xꓱ., ZI ZI.,-. Xꓷ. M NY-. VI., Lꓱ ꓒU-. VI., Lꓱ Nꓯ..-. Sꓱ.. XW, ZI-. ꓕO: ZI.,-. ꓕO: Sꓱ., ZI.,= YI. W; A: Jꓵ; LE. NI JY: Mꓵ: KW JW, DU SI, ZI ꓥ=XO. M., NI NY A: ꓘꓶ. JI Xꓵ: SI, ZI ꓥ= SI, ZI ꓕI Xꓵ: NY Mꓶ: Nꓶ ꓕꓯ; YI. ꓒY; Nꓵ:-. ꓞ FI. ꓕꓯ; YI. Sꓶ: Dꓱ;-. YI. W; Dꓯ

Dꓵ: T. DU SI, XU: LU: NY ꓝO ꓤ: LE. Z: D ꓥ= ”

Mꓶ: Lꓯ. NY FAI, Bꓯ“ A P WU-S ꓒU:-L O-. GO NY YI. PY: A: XU, XU M NY A. Xꓵ: SI, ZI ꓥ Lꓯ;= ”

WU-S ꓒU:-L NY ꓕI: Xꓵ: Xꓵ: BI Bꓯ M. LO

SI, ꓒY: XU M A: MY, Xꓵ:-. KO CI JW, NI KO ꓕꓯ; ꓛI=

A ꓕI: Xꓵ: LE. ꓤꓱ; N ꓥ-. ꓝO JO GU KW V, M D=

CY, MI: SI: Pꓵ. ZI M NY-. KO ꓕꓯ; CY, MI: SI: Pꓵ. Bꓯ=

YI. Sꓶ: M NY NY ꓝI; ꓥ-. V B LU. NYI V; D W=

SI, XU: RW ZI SI, K; ZI-. SI, XU Dꓵ: BI A: ꓘꓶ. BI=

ꓕI: Tꓱ, ꓕI: Tꓱ, NYI BI NI-. SI, L: W: WE.. ZI D, P X,=

Mꓯ, L: ꓒY: NY W. ꓛꓵ SI:-. Mꓶ: V LI L TO, ꓘW; SI:=

ꓝ FI, SI, WE WE L NY-. KO ꓕꓯ; KO MI BO; ꓤ: BO;=

SI, M: BI LE. WE ꓤ: BI-. Mꓯ, BO WE ꓤ: NYI BI LO=

SI, WE, TI, XY BY; YO: JW,-. BY; M ꓤ: LE. ꓛꓵ: ꓤ: ꓛꓵ:=

KO ꓕꓯ; Mꓯ, BO NYI JI ꓥ-. W; NI NI. NI GO; LO; LO:=

SI, WE Gꓶ NI NYI: S Xꓵ:-. SI, WE Xꓵ NY A: ꓘꓶ. JI=

SI, WE Xꓵ NY KO Zꓱ: ꓥ-. Mꓶ: Nꓶ ꓒO, WE BO; ꓤ: BO;=

SI, WE HO: YI YI. Sꓶ: Dꓵ:-. YI. Sꓶ: M NY SO MI LO=

S-M-KO; KO SI, ZI KW-. YI. ꓒY: XU M X.. CYU BE T. Y: Z: GO; NI, M: Xꓵ X.. CYU ꓤꓱ;-. BI Xꓵ: Zꓶ NY T. Y: Z: ꓤꓱ;=

Zꓶ. ZI Sꓱ ZI ꓕO: Sꓱ ZI-. YI. Sꓶ: KO, M YI W; ꓥO=

MI: YI ꓤꓱ; NY Zꓶ. ZI ꓤꓱ;-. NYI: L: Bꓵ LE. Cꓵ, M: HW.=

Z: DU SI, ZI A: ꓘꓶ. MY-. A. Xꓵ: ZI LE. JW, ꓥ LO=

KO ꓕꓯ; VE; Mꓶ: XW. M: ꓛꓵ-. SI, Sꓶ: LO Sꓶ: Z: BO D=

O Dꓵ: Zꓶ. M Sꓶ: M NY-. Dꓵ: NI Lꓯ; K. ꓤ: LE. GO; YI W=

ꓒꓯ; ZI Sꓱ ZI ꓕO: Sꓱ ZI-. ꓝꓶ Jꓵ, GO GU M; D LO=

NU; Sꓶ: Gꓶ NI A: ꓘꓶ. MY-. Mꓶ: Nꓶ ꓒO, MI Lꓶ Sꓶ ꓥ=

ꓝ FI. Xꓶ: Jꓶ LO: Dꓱ; L-. ꓝ FI. Xꓶ Jꓶ Sꓶ: V; D=

SI, ZI A: ꓘꓶ. MY ꓥ Bꓯ-. A. Xꓵ: ZI LE. JW, ꓥ LO=

S NYI S V; Bꓯ GU M: D-. CI. ꓛY; JI SI. NYI K, YI=

Mꓶ: Lꓯ. NY N LE. N NY M: ꓛꓵ-. A P ꓒU:-L NY FAI, Bꓯ

KO KW M D ZI JW, SI:-. A. Xꓵ: M D LE. JW, ꓥ=

M Xꓵ. CY Cꓶ, YI ꓛꓵ ꓥ-. M Vꓱ Jꓱ; Lꓱ; YI ꓛꓵ ꓥ=

ꟻ FI. M NI. ꓘ, ᗺ; Ɔ∩-. ꟻ FI. M LI CY C⅂ X,=

M⅂ N⅂ dO, ƆI M M∩: V-. M M∩: NU: NI Z: MI LO=

A KW ƆI ƆI M ZI JW,-. ꓕI: ꓘO; CO LO NI, ƆI; ƆI;=

M dY: A. NYI: G⅂ CW. Ɔ∩-. A. NYI: ꓤ: LE. A: ꓘ⅂. ꟻ⅂=

FꓯI, NY KO ꓕꓯ; WO; dY: WO MI Bꓯ

S-M-KO; KO Nꓯ.; KW-. SI, PY LO dY: A ꓕU, ꓕU=

SI, dY: Ɔ∩ KW M⅂ Ɔ∩: DO-. M⅂ Ɔ∩: G⅂ NI A MY, X∩:=

ꓕO: ZI LI KW ꓕO: dY: O.-. ꓕO; dY; ꓘU: KW ꓕO: M∩ DO=

ꓕI: M DO NY ꟻI M M⅂-. ⅂ R KW NI SO MI LO=

dꓯ; ZI Yꓯ. ꓘW MU KU DO-. ꓕI: ꟻU ꓕI: ꟻU DO NY, LO=

MU KU V. ꓤ: CY. DO NY-. ᗺ HW; V. ꓕꓯ; SI SO MI SI:=

dꓯ; ZI MO: X∩ ZI Dꓯ NY-. Vꓯ, M⅂ Ɔ∩ LE. DO L SI:=

SI, ZI ꓕI: ZI LE. GI LE; LE;-. ꟻ; Z: LƎ. ƆO, LE. Z: MI=

ꓕO: MO: X∩ ZI M⅂ Ɔ∩ JW,-. Vꓯ, M⅂ Ɔ∩: X∩ GI LE; LE;=

X∩ NI A LE Bꓯ M: N-. Z: G⅂ KO D∩: LE. JI SI:=

Vꓯ, DO: ZI JW, Ɔ∩ MU DO-. Ɔ∩ MU ZI LE. NO, NO:-LE=

ꟻ; Z: CꓵZ: LE. D Λ-. Z: BO ꓕꓯ; NY Sꓯ; ꓤ: WU:=

X∩ ꓘW; ZI Dꓯ Z⅂. M∩ DO-. M: MO ꓕꓯ; LE Sꓯ; N∩: W=

Z: D NY ꟻI; LE. ꓘW; Λ-. ꟻ⅂: N⅂: FI. SU Z: KW; Λ=

SI, ZI JW, DU M⅂ Pꓯ PU-. M⅂ CY JW, DU O. P. M∩=

YI. J∩, ꟻI NY A: ꓘ⅂. MY-. Mꓯ LE. Mꓯ GU M: D LO=

X∩: V ƆI NY ƆO, M∩ DO-. VE; V ƆI NY L: M∩ DO=

MI ƆY ƆI, NY ꓕO: LƎ: MO-. ꓕO: L ꓘE; LE. LƎ. A: ꓘ⅂. MY

M⅂ Ɔ∩: Bꓯ GU WO; dY: Bꓯ-. SI, Nꓯ. MI KW A: ꓘ⅂. JW,=

WO; dY; WO; MI A: ꓘ⅂. MY-. ꟻ: Z: CY. Z: LE D Λ=

LO ƆO; ꓘ⅂: KW NY O: ꓘW JW,-. M⅂: N⅂ dO, L NU: L LO=

LO RO. ꓘW NY Lᗡ.. WO: JW,-. A. DI; Z: MI M: Λ LO=

MI: B; KW NY D WO; JW,-. CI. P⅂, L⅂: M⅂ HW D W=

MI dO KW NY YI WO; dY: JW-. ꓕI: Nꓯ; HW NY ꓕI: ꓘ, ꓕU=

A. MO: D WO; LU. LU. ꓤ:-. YI. C⅂, CW CW A: ꓘ⅂. JW,=

TI. MI. WO: NY X∩. LE JW,-. A: GO Tꓯ, SI. Cꓵ. Ɔ∩ Λ=

KO D: M KW O B∩ JW,-. YI. dY: LU. LU. K. L∩: L∩:=

NƎ. VI Nꓯ KW X.. CYU: ƆAI. WO:-. ꓕI: PO ⅂ NY ꓕI: T∩, JW,=

ꓭ. ꓒI: KW NY ꓘW; Sꓱ JW,-. NY ꓝI: ꓤ: LE. YI D ꓥ=

KO ꓕꓯ; YI, ꓒU WE ꓤ: BO-. ꓕI: P, ꓕI: P, RO BI LE=

A: JY YI, ꓒU WE ꓤ: SI:-. FI. DU M Dꓯ A: ꓘꓶ. ꓘW=

A Yꓯ SI, ZI LE V, SI:-. YI. ꓛꓵ LE. NI A: ꓘꓶ. WU:=

S ꓒY: WO; NY MI JI KW RW-. YI. WU: M NY Z: ꓛꓵ SI:=

KO NIO NIO NY SI, Pꓶ. Nꓵ:-. SI, BI: LE NY SI, Mꓶ: ZI Bꓯ=

K. Pꓵ Mꓶ NY KO ꓕꓯ; JI-. ꓕI: ZI KW LE. ꓕI: ꓘ, ꓕU=

ꓕI: ꓘO; CO LO HUI., ꓕAO: TI. MI JW-. YI. ꓒY Gꓶ NI Z: DU ꓥ=

A. LU: YI ꓝ F V, NY-. YI. ꓘꓶ: HW SI. CY. ꓛꓵ ꓥ=

SI, ZI JW, DU SI, BI LE:-. ꓭ. Dꓯ JW, DU SI, KW; L=

YI ꓝ M KW TI, Gꓶ NY-. ꓝ Z: ꓛꓵ: Z LE. D ꓥ=

KO ꓕꓯ; WO; ꓒY: A: ꓘꓶ. MY:-. Z: LE. Z: GU M: D LO=

WU-S ꓒU:-L ꓕI: B, N: SI. FAI, Bꓯ

"NU W; ꓥW K. NY. Lꓯ-. ꓕI SI, Nꓯ. MI KW-. LO ꓛO; LO MI KW NY ꓝI; ZI LE. A: ꓘꓶ. JW, ꓥ= " LE; LE; Bꓯ

JY Bꓶ Jꓶ; ꓝ Xꓵ. Bꓶ Jꓶ; Mꓵ-. KO Dꓵ: KO MI A: ꓘꓶ. ꓘW;=

YI. ꓒY: M: JW, MO: ꓒO ꓥ-. O. Dꓵ N: M A: ꓘꓶ. ꓘW;=

LO ꓛO; ꓘꓶ: KW A: N: ꓩU CW JI JW,-. Lꓱ. B; N B; YI ꓛꓵ: G;=

MU: X. Xꓵ. LE KW JW, SI:-. VE; M O LE. ꓘW; SI: ꓥ=

CI. Pꓶ ꓛI; ꓛI; Xꓵ. ꓕI: ZI-. ꓝꓶ Nꓶ N LE. ꓘW; SI: ꓥ=

KO ꓕꓯ; MI: YI ꓕ: NI. KU.-. S. ꓛI; Hꓶ: M Tꓯ, MI V,=

KO ꓕꓯ; YI, ꓒU ꓝI. DU ꓘW;-. Bꓵ: MU JI BI Z: ꓛꓵ SI:=

YI: T. A ꓩU A: ꓘꓶ. X-. SI: JO LO ꓤ: CY. DO ꓛꓵ=

Lꓱ. YI WO; TO Xꓵ. LE NY-. Cꓵ, Tꓱ, SI. NI NY ꓝI; ꓩU.=

W; NY N L K M: HW.-. W; WE NY ꓝI; JY: Gꓶ: LO=

ꓒY: ꓕU K. JI S LO;-LE-. NY ꓝI; X, NY ꓕ: MY FI=

KO ꓕꓯ; DO NY A: ꓘꓶ. Vꓶ-. ꓤꓱ; JI ꓕꓯ; NY NY ꓝI; ꓥ=

SI. Xꓵ LO WE Vꓶ ꓥ Gꓶ-. NY ꓝI; ꓤ: Gꓶ A. TI. JW,=

ꓭ Dꓯ ꓛꓵ NY ꓘ: ꓥ SI.-. VE; M G; BI ꓝ L: ꓘW;=

Xꓵ Gꓶ Sꓯ. L NI, Xꓶ, NI-. NI, Xꓵ. ꓕI: ꓛO BY: YO: Vꓱ,=

Xꓶ: Jꓶ WE BI YI PI WE-.VE; M WO Bꓵ LE. GL HW.=

HW; ꓛI: SI. NI SI, ꓒY: Vꓱ;-. ꓘW; BI: ꓛO, LE. D SI: ꓥ=

ꓝ: Bꓯ, WO; NY YI: PI JW,-. YI. ZI: LE. NI Z: ꓛꓵ ꓥ=

M Mꓵ: N NY W; KO JW,-. Bꓵ: JI ZI. N LE. D ꓥ=
KO ꓕꓯ; KO MI ꓝI.-Sꓷ JW,-. CY. DO Gꓶ NY Bꓵ: Mꓵ JI=
SI, ZI Yꓯ. ꓘW A. N: ꓘꓶ: Sꓶ: JW,-. Z Kꓶ ꓒ: Dꓯ LE. ꓘW; SI:=
KO ꓘꓶ: LO ꓛO ꓕꓯ.,-N:-XE JW,-. KO Dꓵ: Tꓯ Dꓵ YI ꓛꓵ ꓥ=
MI: YI SI. NI WO; TO Xꓵ.-. GO NY YI. ꓘꓶ: YI JI NY ꓝI; HW=
NYI GU: CW NY WO; TO Xꓵ. ꓘW;-. YI. JI Xꓵ SI. ꓩU. V, ZI=
YI, Cꓶ, ꓘꓶ: KW A: Yꓯ JW,-. N X, N K LE. D ꓥ=
ꓒAO-Sꓷ-. XW-Sꓷ-. L:-HW-Sꓷ, Mꓶ R N Gꓶ NY PU ꓛꓵ=
ꓛ: ꓝI, TꓶU R: XE R: Z: Tꓶ. YI ꓝ YI LE. D ꓥ=
MI B; ꓕI; ꓛO; YI, ꓘW; ꓒU-. A. DI: ꓘ; LE. NY ꓝI; ꓥ=
ꓕO: ZI ꓕO; K, DO M NY-. Bꓶ N DI BI SI; ꓛI N LE. MI D ꓥ=
S-M-KO; KO NY ꓝI; MY-. ꓕI: ꓕꓶ, YI T. LE. S; ZI=
N YI Lꓱ. YI ꓕ: JY: XW.-. KO ꓕꓯ; NY ꓝI; HW X, ꓛꓵ=

WU-S ꓒU:-L Lꓯ; Xꓵ Bꓯ M. NY Lꓯ; Xꓵ Xꓵ. MI A: Bꓶ, ꓕI: ꓘU. M: JY JI NY, W=

Mꓶ: Lꓯ. NY NI, ꓝ; BI Bꓯ“ A P WU-S ꓒU:-L O-. KO ꓕꓯ; Xꓵ. MI KW A LE Bꓯ SI. ꓕI LE BI ꓥ= ”

WU-S ꓒU:-L Bꓯ“ ꓕI M NY ꓥW NI NU W; Dꓯ Jꓶ; LO. GU CI; GO; V, M ꓥO= NU W; Mꓶ: ꓕꓯ; K. NY. NYꓕI KW Jꓶ; ꓤ: M ꓛI LO. K,= Xꓵ LE KU Xꓵ Xꓵ WE T. M NY ꓒU.-KO-YEꓥ-. NY ꓛꓵ: WE T. M NY DI: ꓛꓵ ZI ꓥ-. ꓕI: ꓒY: ꓒY: ꓒU ꓒU T. M NY CY-CE-MO; ꓥ-. ꓕI: ꓒY: ꓒY: K; SI: Nꓶ T. M NY Mꓯ, BO ꓥ Mꓶ: Lꓯ. Bꓯ“ A P WU-S ꓒU:-L O-. GO NY Xꓵ. LE KW A: ꓘꓶ. N N, S N Mꓶ, DU M NY A Xꓵ: ꓥ= ”

“ꓕI M NY ꓕO: Tꓶ MU: GU: Bꓵ NY, ꓥ LO= ”

Mꓶ: Lꓯ. NY FAI, N NYI T. ꓕꓯ;-. WU-S ꓒU:-L NY YI. Bꓯ ꓘꓶ: M K Gꓶ SI. Bꓯ“ Mꓶ: Lꓯ. O-. NU NY A. Xꓵ MI Xꓵ: LE. ꓝI ꓝI ꓕ: N NY-. K. NY. SI NU A ꓤ ꓤ Sꓶ. L ꓥ= A Mꓶ NY NU NYI: Xꓵ: ꓕI: Xꓵ: M A. Xꓵ: Nꓱ NY Bꓯ V=

“ Mꓶ: JY; NY YI JY Mꓶ. SI. ꓕI LE LO; YIO-. Gꓶ SI. A Mꓶ NY MI ꓛY KW YI JY Gꓶ M: JW, NY A LE ꓝO JO SI:= ” Mꓶ: Lꓯ NY ꓕI LE SW; ꓝI ꓕꓯ; Bꓯ“ A P WU-S ꓒU:-L O-. MI ꓛY KW YI JY M: JW, NY ꓥW NU ꓛO, Xꓵ L ꓥ-. GO NY NU ꓥW NU Dꓯ YI JY CI; GO L= ”

WU-S ꓒU:-L Bꓯ“ D ꓥ-.” A Mꓶ NU W; NYI: RO MY ꓝI, Gꓶ V= YI. NY YI JY K; SU ꓒU:-L Dꓯ ꓘU SI. NI NI, ꓝ YI JY CI; ZI LO= GO NY ꓘW; BI KW KU: NU: KU: NU: Bꓯ Gꓶ ꓕꓯ; YI. W; Dꓯ MY Bꓶ ZI NY,-. GO NY YI. W LO ꓛO; LO MI

KW YI JY MO YIO=

Mꓶ: Lꓯ. NYI Gꓶ NY NI, M KW A. TI. ꓤ: NI, ꓘW; M: Xꓵ SI:-. GO NY M: K; K: Bꓯ“A P WU-S ꓒU:-L O-. NU NY LO ꓛO; LO MI KW YI JY CI; GO; L M Bꓯ M: ꓛꓵ O-. Gꓶ SI. KO ꓕꓯ; KO MI KW YI JY M: JW, NY ꓥW NU: MI: YI ꓕꓯ; A LE YI SI:= ”

“ MI: Lꓯ. O-. NU NY LO ꓛO; LO MI KW YI JY JW, Gꓶ NI, ꓘW; M: Xꓵ SI:-. FAI NI KO ꓕꓯ; KW Gꓶ JW, NI, Xꓵ-. D ꓥ-. D ꓥ-. ꓥW NY NU A LE Bꓯ M O. LE YI GO: NI-. Bꓯ Gꓶ NY KU: NU: KU: NU: Bꓯ“ KO A MO T. NY YI JY Gꓶ O. MO MO-. KO A MO T. NY YI JY Gꓶ O. MO MO= ”

YI. W; NYI: RO NY KO ꓕꓯ; KW NYI NY Cꓵ Cꓵ YI JY JW, LE Bꓶ-. TI M Pꓶ. DU-. A Mꓶ ꓕꓯ; KO ꓕꓯ; KW JI LE. YI JY DO W D ꓥ=

WU-S ꓒU:-L NY Mꓶ: Lꓯ. Dꓯ Bꓯ“ S Xꓵ: M NU NY NYI: Xꓵ: Bꓯ Gꓶ W-. A Mꓶ ꓕI: Xꓵ: Fꓶ M A. Xꓵ: Nꓵ Bꓯ= ”

“ ꓕI WU Xꓵ: MI Nꓯ ꓕꓯ; SI KW ꓥW NU: NYI: RO-LE: NY, M-. S ꓘW ꓛI NY A LE Bꓯ LI. JO ꓥ” ꓕI LE M Dꓯ Dꓵ: JW; ꓛI ꓕꓯ; Bꓯ“ A P WU-S ꓒU:-L O-. ꓕI WU Xꓵ: MI ꓛY DI W ꓥW NU NYI: RO-LE NY, M-. S ꓘW ꓛI NY NY, M: D-LE: M: ꓞI-. JO LE. JO SI: ꓥ-. NU NY S ꓘW M: JW, N Xꓵ: CI; GO Lꓯ= ”

WU-S ꓒU:-L Bꓯ“ꓕI NYI NY 24 Jꓵ, JW, ꓥ-. GO NY MO: LO BE Mꓶ: ꓘꓶ:-. ꓕI: V NY 30 NYI JW,-. ꓕI: ꓘO; NY 360 NYI JW,-. GO NY Mꓶ: Nꓶ-. Mꓶ: ꓞU-. ꓞ FI.-. JY FI. B, V, ꓥ= ꓕI M NY A TO Lꓶ. M: D= ꓕI LE M: JW, ꓥO Bꓯ MI ꓛY DI KW A LE ꓞO JO SI:= NU W; NY S ꓘW ꓛI M Dꓯ JO NY V B K. NY. G; YI= ” ꓕI M Pꓶ. DU-. YI. W; NYI: RO Tꓯ. YI. ꓤ: YI. Nꓵ NY RO: LI-SU Xꓵ: V B BE Mꓶ: ꓞ Dꓯ G; NI Bꓶ Dꓵ: ꓘꓶ: ꓕI: ꓛO; KW ꓛI SU LO; YIO-.

WU-S ꓒU:-L NY ꓕI: B, N: SI. Bꓯ“ ꓕI M M: ꓛꓵ-. NU W; S ꓘW Dꓯ JO NY-. ꓥW NU W; Dꓯ A. N: ꓕI: Zꓱ CI; GO; SI. NI ꓛO; Pꓯ, YI ZI NI-. ꓕI LE NY NU W; Gꓶ M: NY, BU-. Mꓶ: ꓕꓯ; K. NY. ꓞO JO KW LE; Rꓱ; ꓕO; SI: ꓥ= ”

Mꓶ: Lꓯ. NY K, ꓛꓵ; ꓛꓵ; BI Bꓯ“ A P WU-S ꓒU:-L O-. Bꓯ M: ꓛꓵ W-. HW; G; ꓘꓶ: JW, LE NY ꓥW NU S ꓘW Gꓶ JO M: ꓛꓵ MꓕE M: ꓞI-. KO ꓕꓯ; SI HW; ꓤ: LE. G; K, ꓛꓵ SI: ꓥ= ”

Mꓶ Mꓶ Tꓯ; Tꓯ, T. DU W.-CI-ꓞAI; NY“Hꓶ: Hꓶ: Hꓶ:” Sꓯ KU. M-LE= Gꓶ SI. YI. ꓕI LE S ꓯNY, M Gꓶ WU-S ꓒU:-L NI HW; ꓘꓶ: CI; GO; L Tꓯ; A: ꓘꓶ. K, ꓛꓵ; NY, SI: ꓥ=

WU-S ꓒU:-L NY YI. W; NYI: RO HW; ꓘꓶ: M Dꓯ A: ꓘꓶ. NI, Xꓵ M MO ꓕꓯ;-.

MI: WO; KW ꓘ⅂: K; SU ꓒU:-L D∀ B∀“NU NY MI: WO; A. N: B∩ KW NI A. N: ⊥I: ZƎ ꓩU DO L-. YI. W; NYI: RO D∀ VƎ ZI NI= ”

ꓘ⅂: ꓒU:-L NY B∀“ ꓒU:-L K; ꓒ: O-. Λ Ɔ-. ΛW A M⅂ NI, Ⅎ ꓘU-NE= ” GO NY KU: NU: KU: NU: B∀

MI: WO; KW NY, DU ꓘ⅂: JY: L∀; NU N N, V,-.

MI ƆY DI KW L: ℲO ƆO; ꓒ∀, M: NY, NI-.

MI: WO; KW NU, DU ꓘ⅂: ꓒU NU N N, V,-.

MI ƆY KW L: ℲO NY, M: D NI M: D JO=

ꓒU:-L K; ꓒ: NI B∀ NY-.

NU D∀ MI ƆY ℲO JOB ∀-.

ꓒU:-L K; ꓒ: NI B∀ NY-.

NU D∀ MI ƆY X∩. M⅂ B∀=

MI ƆY DI KW V X∩: V CI; JW, Λ LO-.

Z: ꓘ⅂: DO ꓘ⅂. JW, Λ LO-.

MI ƆY L: ℲO NI, JI SU-.

MI ƆY L: ℲO NI, TƎ, SU=

MI ƆY N: NY NU VE Λ-.

MO: LO M⅂: Ⅎ LƎ LƎ, ꓤ:-.

MI ƆY M∩: ꓤ: A: ꓘ⅂. BI-.

S ꓘW V B BO: L∀, ꓤ:=

VE; M⅂: XW. M JO M: Ɔ∩-.

NI, JI SU NI NU D∀ CW.-.

DO M: BO M JO M: ƆUI

NI, TƎ, SU NI NU D∀ TO=

⊥I: NYI S Z; CW. L Λ-.

NU NY NI, Ⅎ ꓤ∀; L V-.

S Z: LE. NI HW; ꓤ: JW,-.

NU NY NI, Ⅎ ꓤ∀; L V=

⊥I N: N G⅂ NY FAI, B∀

MI: WO; NY, SU ꓘ⅂: JY: L∀;-.

NU NY V B S∀; G; SI. ꓤ∀; L-.

MI: WO; NY, SU ꓘ⅂: ꓒU NY-.

NU NY M⅂: Ⅎ S∀; G; SI. ꓤ∀; L-.

MI: WO; NY, SU ꓘꓶ: JY: Lꓯ;-.

S ꓘO; Wꓯ; Dꓵ TI V, W-.

MI: WO; NY, SU ꓘꓶ: ꓒU NY-.

S ꓘO; ꓛꓵ Dꓵ TI V, W=

MI: WO; NY, SU ꓘꓶ: JY: Lꓯ;-.

NU SI ꓒ: LE. Z: M: Yꓯ NI TI V, LO-.

MI: WO; NY, SU ꓘꓶ: ꓒU NY-.

NU SI ꓒ: LE. DO M: Yꓯ NI TI V, LO=

ꓘꓶ: ꓒU ꓘꓶ: ꓒU NI, ꓝ Lꓯ-.

ꓘꓶ: JY: ꓘꓶ: JY: NI, ꓝ Lꓯ-.

X, Gꓶ HW; G; HO YI NI-.

W NYI Cꓵ G; HO: YI NI=

X, Gꓶ ꓛꓵ M 70 M G;-.

W NYI L M 90 M G;-.

Z: JI DU M ꓛꓵ HW; ꓥ-.

DO JI M NY L V. ꓥ=

HW; G; ꓘꓶ: NU NI, ꓝ Lꓯ-.

MI: WO; ꓘꓶ: NU NI, ꓝ Lꓯ-.

ꓘꓶ: ꓒU:-L NI ꓕI LE Bꓯ Gꓶ Tꓯ;-. Bꓶ Dꓵ: ꓘꓶ: ꓕI: ꓛO; KW NI MI: TI ꓕI: ꓘU. BYꓱ L, LO-. GO NY A ꓤ ꓤ BI YI. W; NYI: RO Mꓶ. JY BYꓱ ꓛI= Mꓶ: Lꓯ. NY JI JI, ꓒI, NYI Gꓶ ꓕꓯ-. ꓘꓶ: ꓒU BE ꓘꓶ: JY: Lꓯ; NY YI. Mꓶ. ꓶ, SI. “SI. SI. SI.” BI Mꓶ NI YI. W; NYI: RO Dꓯ CO NY, LO= Cꓵ Cꓵ Gꓶ A M Tꓯ. ꓘꓶ: NY A M Dꓯ Sꓶ.-. ꓘꓶ: NY A: TO VE SI ꓒ: M: ꓤꓶ, LO=

YI. W; NYI: RO NY A. N: ꓕI: Zꓱ W YI ꓕꓯ; K, ꓛꓵ: NI A. Xꓵ: LE. M: Dꓵ: JW; ꓛI O-. GO NY WU-S ꓒU:-L YI. W; Dꓯ Lꓯ; ꓒꓯ, ꓶ, SI. B; Hꓶ: BI YI. Mꓯ: Dꓯ HO: SI. Bꓶ Dꓵ: ꓘꓶ: ꓕI: ꓛO; KW NI MI: WO; KW JI W=

Mꓶ: Lꓯ. NY WU-S ꓒU:-L Dꓯ O. Dꓵ LE. ꓕI: ꓕꓶ, ꓕꓵ: GO; NY, M: Mꓶ Tꓯ; LE JI W-. GO NY Mꓶ: Lꓯ. NY MY BI XU: LU: BI Lꓯ; Xꓵ ꓥU Lꓯ; Xꓵ Bꓯ“A P WU-S ꓒU:-L O-. Bꓯ M: ꓛꓵ W-. A P WU-S ꓒU:-L O-. Bꓯ M: ꓛꓵ W= ”

Gꓶ SI. Mꓶ: Lꓯ. ꓥU Sꓯ; M NY KO ꓕꓯ; KO MI KW LU SU-LE:-. FAI NI WU-S ꓒU:-L Tꓯ ꓒYꓱ: BE Sꓯ; MO W M: D-. N N, W M: D O=

ꓕI M K. NY. YI. W; BE ꓤ: Nꓱ Mꓶ: Nꓱ-. LE. P. LE M A: Jꓵ; SU NY Bꓯ“
MI: WO; KW NY, DU WU-S ꓒU:-L NY K; ꓒ: A: Bꓶ, M ꓥ-. MI ꓛY DI KW NY, DU

ꓒꓴꓽ-ꓡ ꓠꓬ ꓬꓲꓸ ꓠꓲ ꓜꓲ ꓩꓴ ꓡ ꓢꓲꓸ ꓟꓲ ꓛꓬ ꓗꓪ ꓚꓲꓸ ꓛꓬꓼ ꓗꓼ ꓟ ꓗ ꓜꓲ ꓫꓵꓽ ꓥ꓾ ꓕꓲ ꓟ ꓑꓶꓸ ꓓꓴ꓾ ꓘꓳꓼ ꓫꓵꓽ ꓘꓳꓼ ꓟꓲ ꓕꓯꓼ ꓘꓹ ꓗꓪ꓾ ꓦꓰ ꓗꓪ ꓠꓬꓲꓽ ꓤꓽ ꓔꓲ ꓕꓯꓼ ꓪꓴ-ꓢ ꓒꓴꓽ-ꓡ ꓓꓯ ꓟꓶꓸ ꓙꓬꓽ ꓔꓲ ꓖꓳꓼ ꓥ꓾ ꓗꓸ ꓠꓬꓸ ꓕꓯꓼ ꓢꓲꓸ ꓠꓯꓸ ꓐꓯꓼ ꓒꓴ-ꓡ ꓓꓯ ꓔꓲ ꓥ꓿

ꓖꓳ ꓠꓬ ꓮ ꓟꓶ ꓕꓯꓼ꓾ ꓣꓳꓽ ꓡꓲ-ꓢꓴ ꓫꓵꓽ ꓠꓬ ꓐꓯ“ ꓟꓶꓽ ꓙꓬꓽ ꓢꓲ ꓪꓴ-ꓢ ꓒꓴꓽ-ꓡ ꓠꓲ ꓪꓸ-ꓚꓲ-ꓝꓮꓲꓼ ꓐꓰ ꓟꓶꓽ ꓡꓯꓸ ꓓꓯ ꓖꓳꓼ ꓓꓴ ꓘꓶꓽ ꓟ ꓠꓬ ꓮ ꓟꓶ ꓣꓳꓽ ꓦꓰ ꓗꓪ ꓦꓱ ꓦꓹ ꓘꓶꓽ ꓟ ꓘꓶꓽ ꓔꓲ ꓥꓳ꓾ ꓮ ꓟꓶ ꓣꓳꓽ ꓡꓲ-ꓢꓴ ꓫꓵꓽ ꓟꓴꓽ ꓖꓴꓽ ꓐꓵ ꓠꓬ ꓮꓸ ꓠꓽ ꓕꓲꓽ ꓚꓶꓹ ꓐꓵ ꓛꓲ ꓘꓶꓽ ꓒꓴ ꓘꓶꓽ ꓙꓬꓽ ꓐꓵ ꓥ ꓡꓳ꓾ ꓣꓳꓽ ꓡꓲ-ꓢꓴ ꓫꓵꓽ ꓘꓶꓽ ꓧꓪꓼ ꓜꓽ ꓟꓽ ꓚꓲ ꓟ ꓖꓶ ꓕꓲ ꓟ ꓑꓶꓸ ꓓꓴ ꓥꓳ꓿

15 S-M-KO; KO KW ꓞO JO TY,-. ꓤ: ꓞO Vꓱ NY BY: M Vꓱ

MI: WO; KW NY, SU WU-S ꓒU:-L NY YI JY Mꓶ. Gꓶ K. NY. MI ꓛY KW A. Xꓵ: LO Xꓵ: CI; GO; VE, ꓕꓥ; MI: TI Zꓶ: SI. Bꓶ Dꓵ: ꓘꓶ: ꓕI: ꓛO; KW NI MI: WO; KW L: YI W-. W.-CI-ꓞAI; NYI: RO NY A. N: M HO: T. SI. NI S-M-KO; KO KW ꓞO JO YI W=

S-M-KO; KO KW ꓒI, NYI NY A: ꓘꓶ. Nꓥ. Xꓵ: SI, Nꓥ. MI ꓥ LO-. KO ꓕꓥ; SI NY Xꓵ. DI DI A: Mꓥ, JW, ꓥ=

S-M-KO; KO KW Mꓶ Nꓶ ꓒO, ꓕꓥ;-. LO; ꓛO; LO MI BI SI, Nꓥ. MI KW SI, WE LO WE ꓤ: LE. A: ꓘꓶ. WE T. ꓥ= GO LE NY A. DI: BI M: ꓥ LO-. SI, ZI LO ZI Gꓶ NI YI. ꓒY: ꓤ: Nꓵ: L SI. NI NI, ꓛI; ꓛI; ꓤ: T. LO-. KO ꓕꓥ; ꓕI: ꓕꓱ SI, Nꓥ. MI KW NY Mꓶ K, ꓕU BI Mꓶ FU. ꓤ: LE. A: ꓘꓶ. DO NY, ꓥ-. ꓕO: LE KW Gꓶ Z: ꓘꓶ: Z: MI A: MY, RW DO L NY, W=

S-M-KO; KO KW ꓞ FI. ꓛI Tꓥ;-. LO; ꓛO; LO MI BI SI, Nꓥ. MI KW NY A. DI: ꓞ ꓘW; M: ꓥ-. Bꓶ: Jꓶ; Sꓥ; LE. Xꓵ: ꓤ: Xꓵ:-. Xꓵ. MI DI KW Gꓶ SI. WE LO WE A: MY, VE T. LO-. MI: VE ꓕI: ꓕꓶ, Jꓶ; NY Xꓵ. ꓤ: LE. NI ꓶ, Lꓶ ꓶ, Lꓶ ꓶ, T. LO-. Xꓵ. ꓤ: Z: SU Sꓥ. Xꓵ: Sꓥ. Jꓵ; BU NY A: ꓘꓶ. K, ꓛꓵ; N Z: K, NY, LO-. ꓕO: Tꓶ Gꓶ NI MU: GU: A: ꓘꓶ. N N, S N Bꓵ NY, LO= M Mꓵ:-. Mꓶ Pꓥ ꓒU-. O. P. Mꓵ-. ꓕO: Mꓵ:-. ... Bꓥ LO Xꓵ: LE. A: ꓘꓶ. DO NY,-. O Bꓵ-. M D NIO-. O: ꓘW-....Bꓥ LO Xꓵ: Gꓶ A: ꓘꓶ Nꓵ: T. W=

S-M-KO; KO KW JY FI. ꓛI ꓕꓥ;-. SI, ꓒY: ꓤ: LE. SI: L W-. SO. NYI.. BE KO, ꓛO; ZI YI. ꓒY: M NY Xꓵ Xꓵ BI A. DI: NYI S M: ꓥ-. O Dꓵ-. ꓒꓥ; Sꓶ:-. Bꓥ LO Xꓵ: NY MI ꓛY KW ꓞꓶ V, SI. NI L: ꓞO BE NY, ꓤ: Vꓥ, ꓤ: BU Dꓥ GO Z: NY, ZI LO-. SI: LE.-. A: Gꓶ Lꓶ:-. Lꓶ Sꓶ:-. Bꓥ LO Xꓵ: SI, Sꓶ: LO Sꓶ: Gꓶ A: ꓘꓶ. MI T. W=

S-M-KO; KO KW Mꓶ: ꓞU: ꓛI Tꓥ;-. W; ꓤ: LE NI-. MI: VE Jꓶ: Nꓶ A: ꓘꓶ. JY Bꓥ Gꓶ ꓞ FI. ꓕꓥ; HW V, LO SI, Sꓶ LO Sꓶ BE Z: ꓘꓶ: Z: MI M NY A Mꓶ ꓕꓥ; CY. Z: ꓛꓵ ꓥ LO=

S-M-KO; KO KW ꓞO JO TY, SU YI. W; NYI: RO NY-. MO: LO NY HW; G; ꓘꓶ: HO: T. SI. NI HW; ꓤ: G;-. SI. Nꓥ. MI KW SI, Sꓶ: LO Sꓶ: ꓤ: V-. LO ꓛO; LO

MI KW WO; ꓒY: WO; MI HW SI. A: ꓘꓶ. K, ꓛꓵ: N ꓝO JO TY, LO=

S-M-KO; KO KW Mꓵ: ꓤ: LO ꓤ: A: ꓘꓶ. JI M Pꓶ. DU NI YI. W; ꓝO JO NY A: ꓘꓶ. ZO; YI W-. Gꓶ SI. W.-CI-ꓝAI; NY YI JY Mꓶ. Gꓶ K. NY Mꓶ Mꓶ LO NI MI: ꓤ: YI M: KU. W-. GO NY A Mꓶ A. Xꓵ: Xꓵ WU LE. NI Mꓶ: Lꓯ. Dꓯ TO, ꓛI LO=

ꓤ: Nꓱ ꓤ: Vꓱ Jꓵ, ꓛI W-. Gꓶ SI. W.-CI-ꓝAI; NY A: ꓘꓶ. LO Xꓵ: Xꓵ: WU YI KU. M-LE;-. Nꓯ. Bꓯ NY YI M: KU.-. GO NY Mꓶ: Lꓯ. NY YI. Mꓶ: ꓕꓯ; K. NY. A. Xꓵ: Xꓵ: WU LE. YI N Kꓶ M Dꓯ SW; ꓛI ꓕꓯ;-. ꓤ: Nꓱ Vꓱ M NY W.-CI-ꓝAI; Dꓯ YI ZI SW; Gꓶ LO=

Mꓶ R ꓕI: Jꓵ, ꓕꓯ;-. W.-CI-ꓝAI; NY ꓤ: Nꓱ ꓕꓵ, YI W-. ꓕI M K. NY. YI. NY Mꓶ: ꓝ KO-. Z Z: Gꓶ NY ꓕI: Xꓵ: Gꓶ M: YI W-. GO NY A. Xꓵ: Xꓵ: WU LE. Mꓶ: Lꓯ. ꓕI: RO-LE: YI LO-. Mꓶ: Lꓯ, Dꓵ: JW; NY“ A. TI. ꓤ: XW. NY M: ꓛꓵ-. NYI M: S Xꓵ: Xꓵ: WU M: DO L NY ZO: W= ”

W.-CI-ꓝAI; ꓤ: Nꓱ ꓕꓱ, LE M NY V ꓒU ꓛO; M LO: YI W-. Gꓶ SI. NI ꓤ: Nꓱ MO L T. Xꓵ: M: ꓛO;-. V ꓒU ꓝI M LO; Gꓶ M: ꓛO;-. V ꓒU ꓝI ꓥW; M LO; Gꓶ M: ꓛO;-. NYI: ꓘO; LO Gꓶ M: ꓛO;-. GO NY S ꓘO; ꓕI: ꓘO; Tꓯ. Mꓶ. JY ꓕI: V M Dꓯ A L ꓤO MO L T. Xꓵ: ꓛO; W=

W.-CI-ꓝAI; NY VE M KW ꓤ: Nꓱ S ꓘO; ꓕꓱ, Gꓶ NY Vꓱ T. W-. Mꓶ: Lꓯ. SW; NY“ S ꓘO; ꓕꓱ, Gꓶ NY ꓕI: RO N: M: ꓝI-. ꓝI RO ꓛI ꓥ LE. M: Sꓶ.-.” YI. NY W SW; W K, ꓛꓵ-. GO NY HW; G; ꓘꓶ: HO: T. SI. Xꓵ: NYI Xꓵ: Vꓯ; G; NI A. NYI: ꓕI: ꓘ, G; W SI. W.-CI-ꓝAI; Dꓯ CY. CW. GO NY, LO=

W.-CI-ꓝAI; NY ꓕI: NYI ꓕI: NYI SI, ꓒY: NI ꓘO; V, DU YI: GU MO: K YI: T. SI. NI Tꓱ, Tꓱ, ꓤ: ꓘW; BI: ꓥ. SI. ꓝO JO TY, LO= YI. NYI A. NYI: ꓕI: MO Z: Gꓶ K. NY. ꓕꓯ; ꓛI FI. KW NI BY: M ꓕI: M BYꓱ DO L-. ꓕI M K. NY. NY ꓤ: Nꓱ Gꓶ M: Vꓱ DO L,-. GO NY ꓤ: Nꓱ Gꓶ Vꓱ ꓒI; M: MO LO=

GO NY LI-SU Xꓵ: ꓤ: P. ꓤ: ꓤ: Nꓱ Vꓱ M. MI: M NY A Mꓶ LE. CW NY, SI: LO=

16 ꓤ: Mꓶ B HW; Z: SI. A. TO. KO-. ꓤ: GU Xꓵ:

WU M: K; YI Mꓶ: Lꓯ. NY W.-CI-ꓝAI; VE M KW ꓤ: Nꓱ S ꓘO; ꓕꓱ, Gꓶ-. A. NYI: NYI: ꓘ, Z: Gꓶ SI. NI BY: M ꓕI: M ꓤ: Vꓱ DO L, ꓕꓯ; XW. KO. BO. XW. NI ꓤ:-. NI, SI: KO. BO. NI, SI:= ꓕ BO. SW; KO. BO. SW; NY ꓤ: Nꓱ Vꓱ Xꓵ: WU M NY CI. ꓛY; NI YI TO; LO= ꓕI ꓘO, NY YI. CI. ꓛY; M: YI-. YI. NY A: ꓘꓶ. Z: MI Xꓵ: HW SI. NI WU-S ꓒU:-L Dꓯ HO. N T. Xꓵ: B. ꓕI: M Mꓶ. JY: TI GO; BI Bꓯ “HE-. A P WU-S ꓒU:-L NU N N, V,-. A. RW: WU-S ꓒU:-L NU N N, V.-. ꓕꓱ,-. ꓥW NY Xꓵ: WU M: JW, NU Dꓯ M: HW L-. ꓥW NY XW. DU M: ZI NU Dꓯ M: SU L=

HE-. NYI. MI ꓥW NY Xꓵ: WU JW, SI NU Dꓯ HW-. NYI. Vꓯ; ꓥW NY XW. DU ZI SI. NU Dꓯ HW=

ꓕꓱ,-. A P WU-S ꓒU:-L O-. A. RW: WU-S ꓒU:-L O=

HE,-. NU Dꓯ Xꓵ: WU M TO, JW ZI Pꓶ. DU-. NU Dꓯ XW. DU ZI Xꓵ: WU M YI JW ZI Pꓶ. DU=

ꓕꓱ,-. ꓥW NY KO ꓕꓯ; JI SI. A: ꓘꓶ. Z: MI M Xꓵ HW L W-. ꓥW NY LO ꓛO; KW JI SI. A: ꓘꓶ. SO MI Xꓵ: HW L W=

HE,-. ꓥW NY KO ꓕꓯ; HW M Z: MI ZI Pꓶ. DU-. ꓥW NY ꓶO ꓛO; HW M SO MI ZI Pꓶ. DU=

ꓕꓱ,-. Xꓵ: NYI Xꓵ: Vꓯ; CY. Gꓶ W-. KU. NYI KU. Vꓯ; Lꓱ Gꓶ W=

HE,-. Xꓵ: ꓘO; Wꓯ; Dꓵ TI V, W-. S ꓘO; B HW; TI V, W=

ꓕꓱ,-. Xꓵ: ꓘO; Wꓯ; Dꓵ HW Z: MI ꓥ-. S ꓘO; B HW; SO MI ꓥ=

HE,-. A P WU-S ꓒU:-L O-. NU NY NI, ꓝ ꓤꓯ; L V-. A. RW: WU-S ꓒU:-L O= NU NY NI, ꓝ ꓤꓯ; L V= HE,-. KO ꓕꓯ; SI, NIO ꓝL, V, W-. LO CO; WO; ꓒY: HW V, W-. ꓕꓱ,-. KO ꓕꓯ; SI, NIO Z: MI ꓥO-. LO ꓛO; WO; HW. DO MI ꓥO= HE,-. A P WU-S ꓒU:-L O-. A. RW: WU-S ꓒU:-L O-. ꓕꓱ,-. ꓥW NY KO ꓕꓯ; Mꓶ: ꓛꓵ; HW L W-. ꓥW NY LO ꓛO; M Mꓵ: CU. L W=”HE,-. A P WU-S ꓒU:-L O-. A. RW: WU-S ꓒU:-L O-. ꓕꓱ,-. NU NY HW; M Z: BO ZI-. NU NY YI. V. DO BO ZI= HE,-. A P WU-S ꓒU:-L O-. A. RW: WU-S ꓒU:-L O-. Z: BO ꓕꓯ; SI. Sꓯ;ꓕꓵ: HW.-. DO BO ꓕꓯ; SI. Sꓯ; JW, ꓥ= HE,-. Z: BO DO BO Sꓯ; JW, W-. NU NY ꓥW Dꓯ TO, JW

Lꓯ-. NU NY ꓥW Dꓯ YI JW Lꓯ=

HE,-. A P WU-S ꓒU:-L O-. A. RW: WU-S ꓒU:-L O-. ꓕꓱ,-. NU NY ꓥW Dꓯ ꓝO Xꓵ. YI ZI-. NU NY ꓥW Dꓯ ꓝOX ꓵ. Mꓶ ZI= HE,-. A P WU-S ꓒU:-L O-. A. RW: WU-S ꓒU:-L O-. ꓕꓱ,-. ꓥW NY Xꓵ: ꓘO, NY, Gꓶ ꓥW-. ꓥW NY KU ꓘO; NY, Gꓶ W= HE,-. A P WU-S ꓒU:-L O-. A. RW: WU-S ꓒU:-L O-. ꓕꓱ,-. ꓥW NY Xꓵ: ꓘO; ꓤ: M: JW,-. ꓥW NY KU ꓘO; Mꓶ: M: JW,= HE,-. A P WU-S ꓒU:-L O-. A. RW: WU-S ꓒU:-L O-. ꓕꓱ,-. A Mꓶ ꓝO CI ꓝꓶ, YI T.-. A Mꓶ ꓝOX ꓵ. Mꓶ: YI T.= HE,-. A P WU-S ꓒU:-L O-. A. RW: WU-S ꓒU:-L O-. ꓕꓱ,-. Mꓶ ꓛY ꓝO Xꓵ. M: JW, A LE YI-. ꓝO ꓤ: M: NY, A LE YI= HE,-. A P WU-S ꓒU:-L O-. A. RW: WU-S ꓒU:-L O-. ꓕꓱ,-. A. TO, JW, ZI Pꓶ. DU NI-. ꓝO Xꓵ. Mꓶ ZI Pꓶ. DU NI= ꓕꓱ,-. NU NY ꓥW ꓝI V ꓕꓱ, NY ꓤ: Vꓱ ZI-. KU. V ꓕꓱ, NY Mꓶ: Vꓱ ZI= ꓕꓱ,-. Mꓶ: Vꓱ L NY ꓝO Xꓵ. Mꓶ-. ꓤ: Vꓱ L NY YI. CI Xꓵ=

ꓕꓱ,-. Mꓶ MY L NY ꓝO ꓤ: Mꓶ-. ꓤ: MY L NY YI. CI Xꓵ=

Mꓶ: Lꓯ. NI ꓕI LE Bꓯ Gꓶ ꓕꓯ;-. YI NI TI V, LO HW; ꓤ: HW; MI-. WO; ꓒY: WO MI M NY MU: ꓘU: LO SI. MI: WO; KW JI W= GO NY Mꓶ: Lꓯ. NY A P WU-S ꓒU:-L BE A. RW: WU-S ꓒU:-L JW, W LE SI. TO, JW L M Dꓯ ꓨU NY, LO=

Mꓶ R ꓕ: B, LO; YI ꓕꓯ;-. Mꓶ: Lꓯ. NY Cꓵ Cꓵ ꓤ: Nꓱ ꓕꓱ, YIO= VE M M NY ꓕI: NYI ꓕꓯ; SI ꓕI: NYI WU: L LO= YI. NY ꓕI: LE Pꓶ. DU NI SI, Sꓶ LO Sꓶ ꓤ: V; SI. ꓕI: VE Z ꓤ: HW LO= GO NY ꓕI Xꓵ: Z: SI. Sꓯ; M TO, M: HW. YI ꓕꓯ; HW; ꓘꓶ: M HO: SI. HW; ꓤ: G; NI ꓝO JO TY, LO=

Mꓶ: Lꓯ. NY ꓤ: Nꓱ M A: L ꓤO V ꓒU ꓝI M ꓕꓱ, Gꓶ ꓕꓯ;-. VE M M Gꓶ A: ꓘꓶ. WU: L W-. ꓤ: Nꓱ M Gꓶ Vꓱ M KW Lꓵ Lꓵ T. SI. NI Mꓶ: Lꓯ. NY CI. ꓛY; YI. M ZO; LE T. M JW, W LEO=

Gꓶ SI. Mꓶ Mꓶ Tꓯ; Tꓯ; T. DU W.-CI-ꓝAI; NY ꓕI: Xꓵ: Gꓶ YI M: KU.-. ꓥW ꓤ: Nꓱ Vꓱ NY Z: DU M A LE YI NI,= GO ꓕꓯ; Mꓶ: Lꓯ. NY XW. XW. Mꓶ: Mꓶ: BI KO ꓕꓯ; KW JI SI. ZI: Xꓵ NI VE CW WO;-. X, DO YI ꓕꓯ; LO ꓛO; LO MI KW JI SI. HW; W ꓤ: ꓕU NI ꓤ: Nꓱ Xꓵ. ꓕꓯ; Z: DU JY: Gꓶ: LO=

Mꓶ: Lꓯ. NY HW; W ꓕUG ꓶ ꓕ: Mꓶ: ꓘꓶ: NY ꓤ: Nꓱ MO YIO= GO NY ꓤ: Nꓱ M NY JI JI BI ꓒYꓱ: MO V, W-. Gꓶ SI. HW; ꓕU W M NY, XW NY, M: Mꓶ O-. W.-CI-ꓝAI; NY A. TO. ꓘꓶ: KW NY, SI. SI. CO. ZI KU. M-LE-. Nꓯ. Bꓯ NY ꓕI: Xꓵ: Gꓶ YI M: KU.-. GO NY KO Dꓵ: M NY ꓝ ꓝ, ꓤ: T.-. Gꓶ SI. YI JY M NY ꓤꓱ: GU YI W-. ꓕI ꓕꓯ; Mꓶ: Lꓯ. NY YI. Dꓯ ZI ꓨU SI. NI YI JY Mꓯ YI ZI-. YI. NY ꓤ: Nꓱ M Dꓯ YI Lꓱ KW NI ꓒU LE, ꓤ: ꓝI; GO; SW; NY, LO=

W.-CI-ꓝAI; NY A. TO. PY V, SI. NI YI JY ꓱ GU KW ꓛI ꓕꓯ;-. YI JY M NY Mꓶ. ꓕꓯ; ꓕI Mꓶ: ꓘꓶ: ꓕꓯ; LE A. NYI: ꓕI: HW. L SI.YI Bꓱ M Gꓶ ꓕO: NI YI BE; LE: LO: YI Bꓶ Bꓶ-.YI JY Gꓶ ꓕI: MI: Gꓶ M: JW,= ꓕI ꓕꓯ; W.-CI-ꓝAI; NY ꓕ: BO HW ꓕꓶ KO. BO. HW ꓕꓶ Gꓶ YI JY HW M: MO-. MI: ꓕꓯ; JI YI ꓕꓯ; SI. NI LO ꓛO; KW YI JY Sꓯ; M “TI: TO:-. TI: TO:” JI T. Xꓵ: Bꓯ JW; LO-. Gꓶ SI. YI. NY SI. Nꓯ. MI KW MI: VE Jꓶ: NI Mꓶ, ꓛI ꓛ, NI Mꓶ R T. GO GꓶO=

W.-CI-ꓝAI; NY YI JY MO YI ꓕꓯ;-. LE; LE; NY YI JY ꓱ, DO M LE. Tꓯ, MI YI SI: Bꓶ-. GO NY Bꓯ: ꓕU: KW NIG ꓶ D: M: KU.-. Lꓯ; HW. Lꓯ; ꓒꓯ, KW NI ꓘO; ꓞU NY,-. YI. NY VE ꓘU: KW ꓛI ꓕꓯ; Mꓶ: ꓝ LE. NI ꓕI: BO ꓛI LO, T. W=

W.-CI-ꓝAI; NY YI JY M VE ꓘW Mꓯ ꓛI ꓕꓯ;-. YI. ꓝO M Dꓯ M: HO. LE-BI Bꓯ“A MI Mꓶ: ꓘꓶ: RO: ꓱ, DO DU YI Bꓵ M M: MO-. Gꓶ SI. NYI. MI Nꓯ; W ꓥW NY LO ꓛO; KW YI JY HW W LE SI:= M: ꓥ NY RO: Mꓶ: ꓕꓯ; K. NY. LE. YI JY DO W M: D O= ”

Mꓶ: Lꓯ. NY A LE ꓥ M Sꓶ. SI. B: Hꓶ: BI Sꓯ NY,-. YI. NY W.-CI- ꓝAI; Dꓯ NI, ꓝ YI ꓝ F ZI NY, LO=

W.-CI-ꓝAI; NY Mꓶ R ꓕI: B, YI Gꓶ ꓕꓯ; SI. NI YI ꓝ M Tꓯ, L,-. Mꓶ: Lꓯ. NY YI Lꓱ KW NI ꓤ: Nꓱ M ꓝI; Gꓶ ꓕꓯ; K. NY. ꓕI: NYI Tꓯ. MO. LO LE. ꓛI W= GO NY W.-CI-ꓝAI; M: YI: L. ꓕꓯ; LE Mꓶ: Lꓯ. NY SI, ꓒY: NU: LE, Xꓵ: HW SI. ꓤ: Nꓱ M Dꓯ ꓒU LE, ꓤ: SI, GO; Gꓶ LO-. A Mꓶ NY YI Lꓱ KW NI A. TI. ꓝI; Gꓶ NY ꓒU YIO= Gꓶ SI. YI JY LO NY, NI Mꓶ R LO; Pꓶ. DU-. ꓤ: Nꓱ O. Dꓵ TI, Xꓯ KW ꓕI: P, M NY A LE Gꓶ ꓝI; M: D SI. Nꓯ Nꓯ ꓕI: P, LO: YIO= ꓕI LE ꓥ Bꓯ NI A Mꓶ RO: LI-SU Xꓵ: Tꓯ, ꓤ: Nꓱ Vꓱ L ꓕꓯ; O. Dꓵ TI, Xꓯ ꓕI: P, M Mꓶ R ꓕꓯ; SI. ꓝI; ꓒU YI D LO=

Mꓶ: Lꓯ. NY ꓤ: Nꓱ Vꓱ GU S; NYI LO; ꓕꓯ;-. YI. NY W.-CI-ꓝAI; Dꓯ ZI ꓞU SI. HW; W A KW ꓕU V, M ZI ZI MU MU BI Bꓯ M. SI. ꓒꓶ YI ZI LO= W.-CI-ꓝAI; NY “A-. A-.” BI DO: LE. SI. JI W=

W.-CI-ꓝAI; JI Gꓶ ꓕꓯ;-. Mꓶ: Lꓯ. NY LO NY, NI Mꓶ: ꓝ LE. LO, YI T. ꓕꓯ; SI. L: L, LO= Mꓶ: Lꓯ. NY NYI ꓕꓯ;-. W.-CI-ꓝAI; NY HW; W ꓕU K. KW NI HW; ꓕI: HW. M Dꓯ GO NI YI. HW; LE. GO N YI N GO T. LO=

W.-CI-ꓝAI; NY HW; ꓕU W M ꓒꓶ M: KU. Pꓶ. DU NI YI. K. M ꓕI: ꓛO; GO L LO-. ꓕI LE NY YI WO; Hꓶ M-LE M: ꓝI-. HW; ꓤ: LE. GO N YI W=

W.-CI-ꓝAI; NY HW; M N: V, SI Mꓶ: Lꓯ. Dꓯ Bꓯ“HW; ꓕI ꓕI: HW. M SI. K. M Dꓯ C, V, SI. NI M: ꓞU-. GO ꓕꓯ; ꓥW NY SI. K. M ꓕI: ꓛO Tꓯ, L O= ” Mꓶ: Lꓯ. NY YI. Bꓯ ꓘꓶ: M N N, Gꓶ NY NI, SI: SI: BI Sꓯ SI. O. Dꓵ ꓥO NY, LO=

W.-CI-ꓝAI; NY Mꓶ: Lꓯ. M Sꓯ NY, ꓕꓯ; YI. Dꓯ A: ꓘꓶ. D Bꓯ ꓛI ꓛ, SI. NI B; Hꓶ: BI Sꓯ LO-. Mꓶ: Lꓯ. NY A LE M: ꓥ O=

ꓕI ꓕꓯ; W.-CI-ꓝAI; NY Mꓶ: Lꓯ. Dꓯ Bꓯ“A M Tꓯ. A. NYI: A. ꓛꓵ: Gꓶ M: Sꓶ.-. YI. Cꓶ, ꓘꓶ: KW K; V, SI. NI ꓥW M: Jꓵ GO; L-. GO ꓕꓯ ꓥW NI PI, ꓩU SI.“BO: DO:-. BO: DO:” BI LO ꓛO; KW YI JY HW DO YIO-. Gꓶ SI. YI W Tꓯ. VE SI ꓒ: ꓕI: RO Gꓶ M: MO SI:= ”

Mꓶ: Lꓯ. NY YI. ꓕU W LE DU A. NYI: A. ꓛꓵ: M W.-CI-ꓝAI; NI SU Tꓯ ꓥ ꓛI ꓛ, SI. NI LO ꓛO; KW PI, ꓩU Gꓶ JW, W ꓕꓯ;-. NI, SI: NIX W. W ꓘꓶ: LE. ꓕꓵ NI, M: Xꓵ O=

WO; Hꓶ ꓕI: N: ꓛI LO, YI ꓕꓯ;-. W.-CI-ꓝAI; NI ꓒꓶ L DU HW; ꓤ: Gꓶ Z: GU LEO-. GO ꓕꓯ; Mꓶ: Lꓯ. NY TU YI SI. Z: ꓘꓶ: Z MI ꓤ: HW ꓕꓶ YIO=

ꓕI ꓕI: NYI ꓕꓯ;-. Mꓶ: Lꓯ. NY Nꓯ; Nꓯ; TU SI. NI ꓤ: Nꓱ Dꓯ NO, NO: TO BO LE SI. W.-CI-ꓝAI; Dꓯ NYI ZI LO= YI. NY HW; G; Kꓶ: M HO: T. SI. HW; G; YIO=

Mꓶ: Lꓯ. HW; G; GU M NY A: ꓘꓶ. ꓶ; Pꓶ. DU NI MO: LO Z Z: Jꓵ, ꓕꓯ; SI. L: L ꓛI D LO= ꓕI ꓕꓯ; ꓤ: Nꓱ Gꓶ NI Nꓯ: W NO, NO: ꓛꓵ: V, M NY VE; Mꓶ: SI. NI ꓥU NY, LO= W.-CI-ꓝAI; NY NYI: S CO Tꓯ, JO Gꓶ ꓥU M M: N: YI= YI. SW; NY“ꓤ: Nꓱ ꓕI M A: MI Xꓵ MI LE. NI ꓕI LE Mꓶ R M: ꓥU-. NYI. MI NY ꓕI LE ꓥU M A LE LE N, DU ꓥ= ” GO ꓕꓯ; ꓤ: Nꓱ M Dꓯ ꓕ BO. ꓒI, NYI-. KO. BO. ꓒI, NYI ꓕꓯ; Cꓵ Cꓵ Gꓶ NI O. Dꓵ Mꓶ. JY; KW NI. BI: NI. BI: T. Xꓵ: ꓕI: ꓘꓵ MO YI W-. YI. SW; NY“ꓕI M A LE LE. ꓤ: Nꓱ YI. M M M: ꓤ MO SI. N YI ZI NY YI ꓛꓵ: Z, ꓥ= GO ꓕꓯ; ꓤ: Nꓱ M N SI. ꓥU, ꓥ= ” YI. NY WO; ꓕI: ꓕꓶ, HW L SI. NI NI. BI: T. KW Kꓯ. Gꓶ Tꓯ; Lꓯ; HW. YI. SI: M ꓒO BI DO L SI. ꓤ: Nꓱ M ꓥU N: YI M: D O= ꓕI ꓕꓯ; YI. NY N Pꓶ. M HW W ꓛI ꓛ, SI. Lꓯ; HW. YI ꓛꓵ; M M: DO L M: ꓩU Bꓯ NI ꓤ: Nꓱ M ꓕI: G M: LU, ꓛ, V, ꓕꓯ;-. YI. NY YI ꓛꓵ; NI. DU HW ꓕꓶ NI A ꓘW HW Gꓶ HW M: W-. K. NY. ꓕI: B, ꓕꓯ; YI. NY A. LU: ꓘU; KW YI, GU ꓕI: K. HW W YI SI. NI NI. BI: T. KW Kꓱ. LO= ꓒ WU. ꓕI: ꓕꓶ, Kꓱ. NY ꓤ: Nꓱ M W. BI ZI, DO L-. K. NY. ꓕI: ꓕꓶ, Kꓱ. NY YI. SI: LU: DO, M Kꓱ. DO L ꓕꓯ; ꓤ: Nꓱ Gꓶ MY ꓝI, BI M: ꓥU L O= W.-CI-ꓝAI; NY N Pꓶ. M Cꓵ Cꓵ X, W LE ꓛI ꓛ, ꓕꓯ; Lꓯ; HW ꓕI: Kꓱ. ꓕI: Kꓱ. BI ꓤ: Nꓱ O. DU KW SI: LU: V, M ꓘE. NI X X, YI GUO= Gꓶ ꓕꓯ; YIN Y ꓤ: Nꓱ M YI: T. GU KW ꓕꓯ, Xꓵ. V, SI. YI. ꓘꓶ: KW B Hꓶ: BI NY. TY, LO=

Mꓶ: ꓝ M A L ꓤ: LO, YI T. ꓕꓯ;-. Mꓶ: Lꓯ. NY ꓛꓵ ꓒ: K ꓕI: ꓘ, Mꓯ T.-. HW; Kꓶ: HO; SI. YI: L W= YI. VE ꓘU: KW L ꓛI Gꓶ ꓤ: Nꓱ M M: ꓥU ꓕꓯ; A. TI M: HO.

BI SW; ꓛI-. GO NY W.-CI-ꓞAI Dꓯ Bꓯ“ꓤ: Nꓱ NY VE; Mꓶ Jꓵ, ꓛI Gꓶ M: ꓥU, M NU A. Xꓵ: CW. V, ꓥ= ” W.-CI-ꓞAI; B; Hꓶ: BI Bꓯ“ ꓤ: Nꓱ M NU JI Gꓶ ꓕI: B, ꓕꓯ; A: ꓘꓶ. ꓥU ꓥ-. ꓥW NY NYI: S CO Tꓯ, CO Gꓶ M: N: YI= GO ꓕꓯ; ꓥW NY YI. O. Dꓵ KW YI ꓛꓵ; Z, M MO YI W-. ꓥW NY YI. Dꓯ XW. YI ꓤ: NI ꓒU LE, ꓤ: Kꓱ. GO; Gꓶ W= ”

Mꓶ: Lꓯ. ꓕI LE N N, Gꓶ ꓕꓯ; NI, SI: NI ꓤ: Nꓱ M Dꓯ Lꓯ; Xꓵ Nꓶ: Lꓯ; Xꓵ ꓥU SI. NYI ꓕꓯ;-. ꓤ: Nꓱ O. Nꓶ. M ꓒU LE, ꓤ: BI Kꓱ. Gꓶ Bꓶ-. ꓤ: Nꓱ M NY N XW. NI MY Sꓶ: LE. MY ꓞI, BI KO Dꓵ LE. ꓛꓵ: ꓛꓵ, ꓤ: YI: T. GU KW ꓛ, V, LO= ꓕI LE M Dꓯ MO YI ꓕꓯ; NI, ꓞꓶ, NI A LE M: YIO=

W.-CI-ꓞAI; NY YI. ꓞO M M K, ꓛꓵ; SI. ꓥU NY, ꓛI ꓛ,-. GO ꓕꓯ; K, ꓛꓵ; ꓛꓵ; BI YI. Dꓯ Bꓯ“ꓤ: Nꓱ YI. M O-. M: ꓥ Bꓯ-. ꓥW NY YI ꓛꓵ; M ꓒU LE, M: Kꓱ. Gꓶ Bꓯ ꓤ: Nꓱ NY ꓥU N: YI M: D O= ”

Mꓶ: Lꓯ. NY ꓕI ꓕꓯ; Lꓯ; HW. NI, SI: NI W.-CI-ꓞAI; Dꓯ B; C, NYI: ꓕꓶ, Vꓶ, Gꓶ SI. Bꓯ“ NU Kꓱ. M A. Xꓵ: YI ꓛꓵ; ꓥ Lꓯ;-. NU NY ꓤ: Nꓱ Tꓯ. O. Nꓶ. BE SI: LE. Kꓱ. GU W= ” ꓕI LE Bꓯ Gꓶ ꓕꓯ; NI, SI: NI A: ꓘꓶ. ꓥU NY, LO=

ꓕI ꓕꓯ, W.-CI-ꓞAI; NY YI. CI. ꓛY; ꓤ: Nꓱ M Dꓯ SI: Gꓶ Bꓶ Sꓶ. LEO= GO NY ꓤ: Nꓱ ꓕI: LE, NI, SI: NI MI ꓛY KW ꓒO, LO LO BI ꓥU NY, LO=

GO NY YI. W; NYI: RO A LE ꓥU Bꓯ Gꓶ ꓤ: Nꓱ M NY M: Sꓯ. L W= GO NY A LE Dꓵ. M JY: Gꓶ: ꓕI: K ꓥO=

Mꓶ: Lꓯ. NY MY BI ꓤ: LE. XU: LU, BI ꓤ: Nꓱ M ꓒU LE, ꓞI; Gꓶ ꓕꓯ; Cꓵ JI M HW L SI LI GO; Gꓶ LO= GO ꓕꓯ; YI. NY W.-CI-ꓞAI; Dꓯ A: GO ꓕI: ꓛI HW L ZI SI. ꓤ: Nꓱ M KO ꓕꓯ; KW Tꓵ. YI ZI LO=

W.-CI-ꓞAI; NY JI Gꓶ ꓕI: B, ꓕꓯ; L: YI L W-. Mꓶ: Lꓯ. NY SW“ NYI. MI NY ꓤ: GU ꓕI M N, ꓞ ꓤ: Nꓱ Tꓵ. Gꓶ SI. L: L, W-. GO NY A. TI. L TI L, Bꓶ= ” ꓕI ꓕꓯ; W.-CI-ꓞAI; NY Bꓯ“ ꓞO M O-. ꓥW NI M: ZO; W-. Gꓶ SI. NU Gꓶ ꓕ: NI, SI: V-. ꓤ: Nꓱ M RO: Tꓯ.-LE: M: ꓞI-. YI. W; Tꓯ. ꓤ: Nꓱ Gꓶ Xꓵ Bꓶ= A SO ꓥW L: L ꓕꓯ; YI. Cꓶ, ꓘꓶ: KW ꓕI: RO ꓶ, ꓒI V, ꓥ= ” Mꓶ: Lꓯ. NY C C M: C-LE: T. SI. SW; NY“ ꓞO Mꓶ: Tꓯ ꓕI M ꓤ: Nꓱ M YI. Cꓶ, KW ꓒI VE M: ꓥ KW.-. Mꓶ: Lꓯ. NY W SW; W M: HO. LO= GO NY W.-CI-ꓞAI; Dꓯ HO: ZI SI. NYI N, YIO=

YI. W; NYI: RO NY ꓕI KW ꓛI SI. NYI ꓕꓯ;-. Cꓵ Cꓵ Gꓶ CI. ꓛY; ꓤ: Nꓱ M ꓥ Bꓶ-. Mꓶ: Lꓯ. NY W.-CI-ꓞAI; Dꓯ ꓤ: Nꓱ M A KW Dꓵ. V, M HO: YI ZI ꓕꓯ;-. Dꓵ. V, GU KW ꓛꓵ JI M LE. ꓕI Bꓶ M NE. VE O. V,-. ꓕI: Bꓶ M NY Lꓯ; Lꓯ; MO LO= GO ꓕꓯ; Mꓶ: Lꓯ. NY ꓛꓵ JI M Dꓯ Jꓵ, DO L ꓕꓯ; ꓤ: Nꓱ NY M: MO LO-. YI. NY W.-

CI-ꓝAI; ꓕI LE Mꓶ NI YI M Dꓯ SW; ꓛI ꓕꓯ; NI, Gꓶ NI, SI:-. XW Gꓶ XW. YI ꓤ:=

Xꓵ: WU NY M: Gꓶ LE. ꓕI LE Gꓶ YI W-. Mꓶ: Lꓯ. NY ꓤ: Nꓱ M JI JI, ꓤ: YI SI. CI. ꓛY; Dꓵ. GO; Gꓶ LO=

ꓕI: ꓘO; LO, YI NY-. Mꓶ: Lꓯ. FꓯI ꓕI: ꓘO, ꓤ: Nꓵ ꓕꓱ, YIO= GO NY YI. Mꓶ. ꓕꓯ; ꓕI: ꓘO, XW. YI FO Pꓶ. DU A Mꓶ ꓕꓯ; Mꓶ: JY: Z: DU-. DO DU-. ꓤꓱ; DU A: ꓘꓶ. JY: Gꓶ: TY, LO=

ꓤ: Nꓱ Vꓱ T. ꓕI NYI M ꓕꓯ;-. YI. NY W.-CI-ꓝAI; Dꓯ YI ꓝ F N F ZI-. XO, BO DO: N DO: ZI-. HW; CY. N CY. ZI-. ꓤ: Nꓱ LE DU HW N HW ZI NY, LO= GO NY A: Jꓵ; JY: Gꓶ: V, GU ꓕꓯ;-. Mꓶ: Lꓯ. NY ꓒU LE, ꓤ: Xꓵ: ꓤ: ꓕI: RO ꓒYꓱ: MO L W-. GO NY YI. W; NYI: RO LE. K, ꓛꓵ: NI M: D O= GO NY ꓤ: Nꓱ M Mꓶ: JY: K. NY. SI KO Dꓵ: JI JI, T. ZI Bꓯ NI ꓤ: Nꓱ MI M NY "A.-ꓒU" MI ꓥO= "

A. Xꓵ: LE. JY: Gꓶ: JI YI Pꓶ. DU NI-. Mꓶ: Lꓯ. NY S S, ꓤ: BI V ꓒU BI YIO=

ꓤ: Nꓱ M V ꓒU BI YI ꓕꓯ;-. Mꓶ: Lꓯ. NY ꓤ: Nꓱ M W.-C-ꓝAI; Dꓯ NYI ZI M: Pꓶ. W-. GO NY CI. ꓛY; Mꓯ T. SI. NI HW; G;-. SI, Sꓶ LO Sꓶ V-. SI. CO. HW-. WO; ꓒY: LO ꓒY: ꓝꓶ, LO= ꓕI LE Pꓶ. DU-. RO: LI-SU Xꓵ: ꓤ: Mꓶ: ꓤ: NY ꓤ: Nꓱ Mꓯ SI. MI: YI LO= K Tꓯ KW ꓶ ꓤ: Mꓯ V, ꓥ Bꓯ-. ꓤ: Nꓱ M O Mꓶ: ꓛꓵ;-. Cꓵ Cꓵ A: ꓘꓶ. XW. ꓥ LO-. GO NY ꓕI LE Pꓶ. DU-. RO: LI-SU ꓤ: Nꓱ NY ꓝO MO: Dꓯ A: ꓘꓶ. JI TY, LO=

Mꓶ: Lꓯ. NY ꓕI: NYI ꓕI: NYI ꓤ: Nꓱ M Mꓯ V, SI. NI KO ꓕꓯ; KW HW; G;-. SI, Sꓶ: LO NIO HW -.WO; ꓒY: LO ꓒY HW NIX W. NY, LO=

ꓕI NYI KW Mꓶ: ꓕꓯ; LE. A: ꓘꓶ. M: JI SI:-. Mꓶ: Lꓯ. NY Nꓯ; W Z X, V, SI. NI YI. ꓝO ꓒ: ꓕI: ꓛO; Z: Gꓶ-. HW: ꓘꓶ: Dꓯ YI. Z CW. Gꓶ ꓕꓯ; W.-CI-ꓝAI; Dꓯ YI JY ꓱ,-. SI. CO. HW Bꓯ Gꓶ ꓕꓯ; A. ꓒU Dꓯ Mꓯ-. HW; ꓘꓶ: M HO: SI. HW; G HW; ꓕU YIO=

KO ꓕꓯ; KW ꓒ: ꓛI ꓕꓯ;-. HW; ꓘꓶ: NY "W. W. W." BI Mꓶ L LO= Mꓶ: Lꓯ. NY NYI. MI A LE LE. HW; D: M ꓕI: M ZI YI ꓥ Bꓯ SI. NI, ꓝ Tꓶ, YI ꓥ= Cꓵ Cꓵ Gꓶ ꓝꓶ, D: M ꓕI: ꓘ, M Mꓶ: Lꓯ. NI A: MI Xꓶ MI ꓕꓯ; LI ꓕU V, DU YI. W KW WU YI SI. HW; ꓘꓶ: NYI: M M NI ꓘO; ꓒO, NY, Bꓶ=

GO NY HW; ꓘꓶ; NI ꓛꓵ SI: M ꓝꓶ, GU YI ꓕꓯ;-. Mꓶ: Lꓯ. NY YI. JI M Xꓵ SI. SI. K. Dꓯ ꓥ V,-. YI. VE; M M ꓘꓶ: Gꓶ SI. Nꓵ M: D M ꓶ, ꓣU Gꓶ-. YI. HW; M K T KW Mꓯ V,-. ꓤ: Nꓱ M NY O Mꓶ: ꓛꓵ; V, SI. Z JO Z: Jꓵ, M: ꓝI ꓕꓯ; LE YI: ꓛI W=

VE ꓘU: KW L: ꓛI Z JO Z: Gꓶ ꓕꓯ;-. YI. NY W.-CI-ꓝAI; Dꓯ VE CW ꓕI: Cꓶ, Tꓯ, SI. ZI ZI MU MU BI ꓛꓵ JI M A KW ꓥ V, M Bꓯ GO; NI Mꓯ YI ZI O=

W.-CI-ℲAI; NY M⅂: LⱯ. A LE BⱯ M. M O. LE JI NY Ɔ∩ JI M HW W LEO=
YI NY VE CW KW NI Ɔ∩ JI Ʌ V, LO SI. K. M T TI ℲO, V, SI. MⱯ NY A LE MⱯ
G⅂ M: L∩ L-. GO NY SI. K. BE Ɔ∩ JI YI. ꓘ⅂: YI. JI CO SI. NYI: S CO NYI NY
Ɔ∩ JI M-LE RU ꓤⱯ; SI. MⱯ M: KU.-. LⱯ; HW. SI. K. M ⊥I: ƆO MⱯ NY A LE MⱯ
G⅂ MⱯ M: D-. FAI, ⊥I: ꓘO, CO SI. MⱯ NYI G⅂ MⱯ M: D-. C∩ C∩ G⅂ MⱯ M: D O-.
GO ⊥Ɐ; YI. NY KU: NU: KU: NU: BI BⱯ“Ⅎ⅂, JI TU TU-. Ɔ∩ JI TU TU-. A. ꓒU YI.
M BⱯ L W-. Ⅎ⅂, JI TU TU-. Ɔ∩ JI TU TU-. A. ꓒU YI. M D⅂: L NI= ”

S ꓘW ꓤ: ƆI L T. W-. M⅂: LⱯ. NY W.-CI-ℲAI; Ⅎ⅂, JI M M: MⱯ LE: L. ⊥Ɐ;
X∩: WU DO YI M JO-. GO NY A ꓒU DⱯ MⱯ T. SI. Ⅎ⅂ JI Ʌ V, KW ƆI LO-. GO
TⱯ; M⅂: LⱯ. NY W.-CI-ℲAI; SI. K. M ⊥I: ƆO Ⅎ⅂, JI MⱯ SI. TU M: HW. T. M DⱯ
MO ⊥Ɐ;-. SⱯ BI XW. YI ꓤ: LO=

W.-CI-FAI; NY M⅂: LⱯ. L, M MO ⊥Ɐ; BⱯ“ A. ꓒU YI. M O-. Ⅎ⅂, JI ⊥I M ɅW
NI, Ⅎ M: ℲO, V, BⱯ-. A M⅂ NY A KW T⅂, ƆI LE. M: S⅂ O-. NU NYI-. A M⅂ NY YI
A LE YI G⅂ M: TU L O= ”

M⅂: LⱯ. NY W.-CI-ℲAI; NI SI. K. DⱯ ℲO, V, DU VE CW M ꓒ⅂ G⅂ SI. Ⅎ⅂,
JI M ℲO, V, GU TⱯ;-. YI. NY W.-CI-ℲAI; DⱯ MⱯ ZI LO-. W.-CI ℲAI; NY A ꓤ ⊥I:
⊥⅂, MⱯ ⊥Ɐ; LE TU L, ⊥Ɐ; A: ꓘ⅂. A LEO= GO NY LⱯ; X∩ JI LⱯ; X∩ KU: NU:
KU: NU: BⱯ“⊥I M NY Ⅎ⅂ M JI Ʌ B⅂-. ⊥I M NY Ⅎ⅂, M JI Ʌ B⅂-. ꓤ: M⅂ BⱯ ꓘ⅂;-
LE: N N,-. ꓤ: P. ꓤ: BⱯ ꓘ⅂: M: N N,= ” M⅂: LⱯ. NY YI. K. NY. NY, SI. H⅂: H⅂:
BI W; SⱯ NY, LO=

17 A. ꓒU A. Dꓶ. ꓤO WU: L-. A. N A. NYI VE MI YI

Mꓶ: Lꓯ. BE W.-CI-ꓝAI; NY A: ꓘꓶ. ZO; N BI A. ꓒU Dꓯ Vꓱ Gꓶ K. NY. ꓕꓯ; A. N Dꓯ Vꓱ Gꓶ W= A. N Dꓯ Vꓱ Gꓶ K. NY NY A. Dꓶ. Dꓯ Vꓱ Gꓶ-. A. Dꓶ. Dꓯ Vꓱ Gꓶ K. NY A. NYI Dꓯ Vꓱ= Mꓶ: Lꓯ. NY YI. ꓤ: LI Xꓵ. Dꓯ A: ꓘꓶ. XW. NI Vꓱ WU: L LO= YI. ꓤ: NYI: Xꓵ. M NY KO Dꓵ: Gꓶ A: ꓘꓶ. JI-. O. Nꓶ. Gꓶ A: ꓘꓶ. ꓕI-. PYꓱ: Gꓶ A: ꓘꓶ. NYI S= A ꓒU NY A. TI. ꓕꓯ; LE A: ꓘꓶ. Bꓯ D-. NYI ꓤ: NYI M Dꓯ NY YI. NI NYI WU: L LO-. A. Dꓶ. NY Gꓶ NI Yꓯ. YI: ꓕI: LE, A: ꓘꓶ. D-. 5, 6 ꓘO; ꓕꓯ; LE YI. M ꓕI: ꓛO; KO ꓕꓯ; KW HW; G;-. HW; ꓕU-. BY: ꓒꓵ HW-. SI, ZI Dꓯ Xꓵ: SO ꓘU. YIO= A. N BE A. NYI Gꓶ ꓒYꓱ: A: ꓘꓶ. NYI S-. YI MI: Gꓶ A: ꓘꓶ. YI KU.-. A. TI. ꓕꓯ; LE YI. M ꓕI: ꓛO ZI: Xꓵ-. ZI: Fꓯ.-. Yꓯ; ꓛꓵ:-. Bꓶ ꓝI; X,-. VE ꓘW YI MI: YI Xꓵ SO KU.= KO ꓕꓯ; KW A Xꓵ: Z: D-. A. Xꓵ: Z: M: D Xꓵ: Gꓶ SO W YI= YI. ꓤ: LI Xꓵ. M NY Cꓵ Cꓵ A: ꓘꓶ. D LO=

HW; ꓘꓶ: NYI: M M Gꓶ ꓘꓶ: ꓒ: NYI: M-. ꓘꓶ: M NYI: M HO: V, W= A. N: ꓤ: M NY A: ꓘꓶ. ꓕI LO-. JI KU. ꓕꓯ; LE YI. ꓒ: YI. M ꓕI: ꓛO KO ꓕꓯ; KW HW; G; YIO= A: Bꓶ, Kꓶ YI ꓕꓯ; KO ꓕꓯ; KW HW; G; YI NY Vꓯ, BI: ꓕI: ꓘꓶ HW W YI-. GO NY ꓕI: M ꓕI: M NIO, T. SI. VE ꓘU: KW VE SI ꓒ: Dꓯ NIO, M. L LO= VE SI ꓒ: NY ꓕI LE M MO YI ꓕꓯ; NI, M KW A. DI: K, ꓛꓵ; M: ꓥ O=

Mꓶ: Lꓯ. SW; NY“ ꓤ: Nꓱ Gꓶ NI NYI Zꓱ-. A. N: Gꓶ NI NYI: Zꓱ-. ꓕI M NY A LE LI. A P WU-S ꓒU:-L BE A. RW: WU-S ꓒU:-L NI YI GO, NY, ꓥO= Mꓶ ꓛY DI KW NY, SU ꓥW NU: NY ꓤ: Nꓱ Gꓶ Vꓱ WU: L W-. WU-S ꓒU-L NU W JY: Gꓶ: V, M Dꓯ ZO; YI W= ” A Mꓶ ꓥW NU: NI, M ꓘW A: ꓘꓶ. K, ꓛꓵ;-. ꓥW NU MO: YI ꓕI: NYI NY NU W Dꓯ ZI Gꓶ NI, M V Lꓱ BO ꓥ=

ꓤ: N ꓱLI. ꓤO Gꓶ NI WU: L W-. ꓤ: NYI: Xꓵ. NY ꓕI: NYI ꓕI: NYI HW; G; ꓘꓶ: HO: SI. NI HW; G;= YI. W; NYI: Xꓵ. HW; G; NY ꓕI: NI. M-LE: YI-. GO NY HW; Gꓶ A Bꓶ, Xꓵ: G; W ꓥ= A. MI: NYI: Xꓵ. NY K, ꓕU Mꓯ SI. ꓕI: NYI ꓕI: NYI KO ꓕꓯ; KW Z: DU HW YI= M: ꓥW NY SI, Sꓶ: LO Sꓶ: ꓕI: ꓘ, Mꓯ L-. M: ꓥ NY WO; ꓒY: LO ꓒY: ꓕI: ꓘ, Mꓯ L-. M: ꓥ NY Mꓶ ꓛꓵ ꓕI: ꓘ, Mꓯ L-. VE KW ꓛI ꓕꓯ; NY VE ꓘU: YI MI: LE. A: Jꓵ; YI SI:=

⊥I M C∩ C∩ G⅂: X∩ MI B⅂ DO ⊥I: ƆO; LU: B∩ ƆU.-. M⅂: Ⅎ Ⅎ NI Ⅎ CI. XU=

A: MI KO ⊥Ɐ; SI. CO. NI.-. B⅂ D∩: ⊥I: ƆO; M⅂: V V=

B⅂ DO ⊥I: ƆO; MⱯ, L: T⅂-. M⅂: Ⅎ Ⅎ NI T∩, YI W=

B⅂ D∩: ⊥I: ƆO; MⱯ, K; T⅂-. M⅂: V ⊥O, NI GO; YI W=

A M⅂ B⅂ DO ⊥I: ƆO; ƆI-. M⅂: Ⅎ Ⅎ M M: JO W=

A M⅂ B⅂ D∩: ⊥I: ƆO; ƆI-. M⅂: V d: M M: NI, ZO=

MⱯ, L: T⅂ M LI LO: YI-. MⱯ, FI YⱯ. ꓘW TO, NY, Ɔ∩=

MⱯ, K; T⅂ M ROW U: LI-. MⱯ, K; YⱯ. ꓘW M⅂: V TO,

ꟻO WU NY ⊥I: NYI ⊥Ɐ; SI ⊥I: NYI MO: YIO-. Я: NƎ N: NY ⊥I: NYI ⊥Ɐ; SI ⊥I: NYI WU: L O= M⅂: JY A. DI: XW. M M⅂: LⱯ. NY Я: NƎ M Я: LO; YI W-. G⅂ SI. A M⅂ NY Я: NƎ WU: LI P⅂. DU NI-. Я: NƎ YI. M XW. M: Ɔ∩ O= G⅂ SI. Я: NƎ LI. ꓤO M K. NY. SI A LE NY, M M⅂: LⱯ. JY; XW. LO=

YI. NY GO LE SW; NY GO LE SW-. ⊥I: NYI ⊥Ɐ; NY ⊥I LE SW; W“⊥I M⅂ NⱯ KW NY NⱯ. BⱯ; X∩: L: ꟻO M: NY, LO-. Я: NƎ NY Я: NYI: RO-. M⅂: NYI: RO-. ⊥I M NY WU-S dU-L NI YI LO-. GO NY YI. W; LI X∩. DⱯ LⱯ; dⱯ, F. ZI NY D W.= ”

Я: NƎ YI. M NY ⊥I M WU-S dU:-L NI YI Λ M: Λ Я: NYI LO-. GO NY M D NYI: ⊥Ǝ NI. L SI. LI B ⅂ ꓘ⅂ G⅂-. YI. NY M D M W CI KW K⅂ V, SI. SⱯ; JW, JW, BI ⅂, LO= YI. NY M: N S ꓘO, ⅂, G⅂ G⅂ M D M ⊥I: W T; YI ⊥Ɐ; NI, M KW V LƎ BO YIO=

⊥I: M⅂: ꓘ⅂ KW-. Я: NƎ LI X∩. LE. YI: L ZI: YI ⊥Ɐ;-. YI. M NY A: J∩; DⱯ A. TO. ꓘ⅂: KW NY, SI. BⱯ“Я: NƎ BU O-. NU W; TⱯ. YI. d: NY ꟻO TⱯ Λ BⱯ G⅂ NI, M A: ꓘ⅂. JI LO= ⊥I LE M P⅂. DU NI YI. DⱯ WU-S dU:-L NI YI JY M⅂. G⅂ K. NY. ꟻOX ∩. F⅂ GO; Λ-. YI. NY YI JY M⅂. KW MO NO ꓘU: KW PY V, SI. ƆU, M⅂ YI X∩: Λ-. A M⅂ ΛW NU: NY NU W; DⱯ LE. VƎ WU: L W-. NU W; G: CI. ƆY; ꟻO JO N K⅂O= WU-S dU:-L NI BⱯ-. NU W: NY ꟻO X∩. M⅂ ZI N LO= G⅂ SI. A M⅂ MI ƆY DI KW RO: ⊥I: VE-LE-. NⱯ. B ⱯNY M: NY, LO= ΛW NY M D FI. KW NI SW; NYI NY-. WU-S dU:-L LE. D BⱯ Λ= GO NY MI ƆY DI KW ꟻO Я: A: MY, MY: L ZI NY“ A. dU BE A. N-. A. D⅂. BE A. NYI ⊥I: ꓘW NY, V=” Я: NƎ LI. RO NY M: Λ ⊥Ɐ;-LE: ꟻO MO: BⱯ ꓘ⅂: A: ꓘ⅂. N N,-. A M⅂ NY WU-S dU:-L LE. ⊥I LE BⱯ M ΛW NU: A LE BⱯ SI:= GO ⊥Ɐ; A: J∩; BⱯ“MI: WO; YⱯ. ꓘW A: B: WU-. MI NⱯ ⊥Ɐ; SI A M WU-. A LE Λ M ꟻO MO: S⅂.-. ΛW NU NY NU W; A LE B ⱯNY O. LE YI ⊥I: G ΛO-. MI ƆY DI KW JI JI, ꟻO JO SI. ꟻO Я: W NY, W MY: L ZI=” GO

NY ꓤ: Nꓱ LI. RO NY Lꓯ; F. SI. NI L ꓞO MY: L ZI Xꓵ: WU M YI TY, LO=

ꓕI M Pꓶ. DU-. A Mꓶ NY RO: LI-SU Xꓵ: ꓤ: Nꓱ Tꓯ. Lꓯ; F. Xꓵ: WU M NY YI. M M: D NY M: HO. LO= ꓤ: ꓕI: ꓛO; NY Mꓶ: ꓕI: ꓛO; YI. M Dꓯ Bꓶ ꓞI; ꓕIꓘꓱ,-. LO. ꓕI ꓕI: ꓘꓱ, GO; N LO-. ꓕI M NY NO, NO: TO XW. DU ꓒ: B, Bꓯ LO=

YI. W; LI Xꓵ. Lꓯ; F. Gꓶ K. NY. NY Lꓯ; HW. A: ꓘꓶ. NI, Nꓵ Lꓯ; ꓘO; LO-. Bꓯ Gꓶ M: Bꓯ Lꓯ; ꓘO-. ꓞO MO: Dꓯ Gꓶ A: ꓘꓶ. JI= ꓞO MO: D ꓯNY MI: A: ꓘꓶ. TI, M M: YI ZI-. A. Xꓵ: Xꓵ: WU YI LE. ꓞO MO: Dꓯ N N,-. ꓞO MO: Dꓯ Z: DU GW DU JY: XW. M: ꓛꓵ BI ꓞO JO TY, LO=

MI: YI Xꓵ: WU KW ꓤ: NYI: Xꓵ. NY KO ꓕꓯ; KW JI SI. HW; G;-. ꓕI: ꓘO, ꓘO, NY Mꓶ R NYI: S NYI JI Gꓶ ꓕꓯ; SI. HW; ꓤ: Mꓯ NI LE: L= Mꓶ: NYI: Xꓵ. M NY VE ꓘꓶ: VE JY SI, Sꓶ: LO Sꓶ: V -.WO; ꓒY: LO ꓒY: HW-. VE ꓘW YI MI: X,-. ꓞO MO: Dꓯ NYI-. YI. W; NY A: ꓘꓶ. K, ꓛꓵ; BI ꓞO JO TY, LO= GO NY Mꓶ: NYI: Xꓵ. Gꓶ ꓕI: Jꓵ, LO; ꓕꓯ; KO Dꓵ: NYI: Tꓱ, Kꓶ YIO=

YI. W; NY A: Jꓵ; Tꓯ. LE. Mꓶ: NYI: Xꓵ.-. ꓤ: NYI: Xꓵ. NY, LEO= GO NY MI ꓛY DI KW L: ꓞO A: MY, MY: L ZI Xꓵ: WU M JI JI BI ꓤꓱ TI V, LO=

18 ꓘꓶ: NY Z Xꓵ. NIO, L W-. ꓝO MO: Mꓶ: YI MY JY LO

A Mꓶ NY Mꓶ: Lꓯ. BE W.-CI-ꓝAI; NY A ꓤ ꓤ MO NI LI. ꓒ. LI. M LE. NY, T. W=

ꓕI: NYI ꓕꓯ;-. A. PU BE A. Dꓶ. NY YI. ꓤ: Dꓯ HO: T. SI. HW; ꓘꓶ: ꓕI ꓛO KO ꓕꓯ; KW HW; G; JI-. Gꓶ SI. ꓤ: Nꓱ NY YI. MI ꓕI: LE, Xꓵ: NY, M A LE YI NI,= GO ꓕꓯ; A. ꓒU Bꓯ“ NYI. MI NY RO: HW; G; M-LE: M ꓝI-. RO: NY ꓤ: Nꓱ Dꓯ YI. MI MI GO Lꓯ-. M: ꓥ NY ꓕI:-LE, ꓤ: MI NY A M Dꓯ ꓘU T. M LE. M: Sꓶ.= GO NY ꓕI Xꓵ: WU M ꓕI LE YI Lꓯ“ A M HW; A. Xꓵ: G; HW NY YI. MI M HW; MI M ꓕI: LE, MI= A M Mꓶ. JY Vꓯ, BI: G; W NY Vꓯ, A. ꓒU MI-. LE; LE; G; W M NY Vꓯ, A. Dꓶ. MI-. A M Mꓶ. JY: WO ꓒ: G; W NY WO A. ꓒU MI-. LE; LE; G; W M NY WO A. Dꓶ. MI=” ꓕI M Cꓵ Cꓵ Gꓶ

ꓛY, ꓤ: PYꓱ. SU HW; G; ꓒ:-. N: VO, M: VO, BY: G; SU=
HW; DU M JO HW; M G;-. BY: M M: BYꓱ ꓥ M: Tꓱ,=
SI, Nꓯ. MI KW HW; G; G-. D WO; LE KW BY: Tꓱ, G=
SI, Nꓯ. MI KW HW; K; JO-. D WO; LE KW BY: ꓒO JO=
HW; G; ꓝI KO ꓒO, YI W-. BY: Tꓱ, Xꓵ: LO LO, YI W=
HW; D: M Dꓯ G; YI LO-. BY: ꓒO K; Dꓯ HW YI LO=
HW; G; SUN Y ꓤ: ꓘ, ꓒ:-. BY: Tꓱ, SUN Y ꓤ: ꓘ, M=
HW; K; M: W ꓥW M: L:-. BY: K; M: W ꓥW M: P=
HW; G; W NY VE ꓘW PYꓱ.-. BY: Tꓱ, W NY VE ꓘW Tꓯ,=
ꓝꓶ, HW; M NY ꓒ: Dꓯ CW.-. BY: ꓤ: M NY M Dꓯ CW.=

ꓤ: Nꓱ BU NY YI. ꓒ: NI HO; T. SI. SI, Nꓯ. MI BE LO ꓛO; LO MI KW HW; HW ꓕꓶ= YI. W; NY LO K. ꓘꓶ: ꓕI: ꓛO; KW L: M YI JY DO H, Xꓵ: ꓛY DU MO YIO-. GO ꓕꓯ; A: JU; SU LE. ꓛY DU G; NI L: M YI: T. GU KW ꓛI O= L: M M NY S ꓘW ꓕI: Vꓯ; JIG ꓶ Pꓶ. DU NI YI: Mꓶ NY, SI:-. HW; ꓘꓶ: ꓕI: HW. M NY L: M Bꓵ: M Nꓵ: W YI ꓕꓯ; YI. Mꓶ. Mꓯ T. SI. M: WO, BI YI. ꓘꓶ: KW Tꓶ, YIO= L: M NY HW; G; SU ꓛI L, Xꓵ C, M: W SI:-. A. ꓒU A. TI. NY Mꓶ. JY: L: M YI: T. NY, M MO SI. NI, ꓝ ꓛY, M ꓥU: V,-. DO: CY Cꓶ, M TI V, SI. “ꓒO ” ꓕI: ꓕꓶ, BI L: M NI, M KW

Bꓶ ꓤꓯ: LEO= L: M NY“W.” ꓕI: ꓕꓶ, Mꓶ SI. ꓕI: BO ꓛIT ꓶ, Gꓶ ꓕꓯ; Lꓱ. YIO=

A: Jꓵ; SU NY L: M Dꓯ NY ꓕꓯ;-. CY Cꓶ KW NI Bꓶ ꓤꓯ: YI M NY YI. Lꓯ: ꓒP LE. Bꓶ ꓕO. YI SI. YI. NI, M LE. NYI: Bꓶ Kꓶ LEO= GO ꓕꓯ; A: JU; SU LE. A. ꓒU A. TI Dꓯ A: ꓘꓶ, Bꓶ ꓤꓯ: ꓘꓵ ꓥ Bꓯ = LE; LE; NY YI. Dꓯ“ L:-S-ꓒ:” MI GO LO=

A: Jꓵ; SU NY Lꓯ; JW Lꓯ; HO SI. NI L: M HW; ꓒY, GU ꓕꓯ; S ꓘW ꓛI YIO-. GO ꓕꓯ; YI. W; NY ꓕI KW A. TO. ZI SI. YI: T. LO=

ꓕI ꓕI: Mꓶ: ꓘꓶ: KW-. A Dꓶ. YI. ꓤ: A. ꓒU A. TI. NY A: Jꓵ; SU LE. YI: Mꓶ YI GU ꓕꓯ;-. YI. NY M D LE KW JI SI. M Vꓯ, NYI: M HW W LEO-. YI. NYI M Vꓯ, M A: Jꓵ; SU Dꓯ ꓛU CW. NY,-. ꓕI M Pꓶ. DU YI. ꓒ: BU NY YI. Dꓯ“ Vꓯ,-A.-ꓒU” MI LO=

K. NY. ꓕI: NYI Mꓶ: ꓕꓯ; LE. A: ꓘꓶ. M: JI L, ꓕꓯ;-. A. ꓒU YI. ꓤ: A. Dꓶ. A. TI. NY M D LE KW NY, ꓤ: NYI: M RU W YI-. ꓕI M Pꓶ. DU YI. ꓒ: BU NY YI. Dꓯ“ NY,-A.- Dꓶ.” MI LO=

YI. W; HW; G; NY ꓕI: NYI JI NY ꓕI: NYI G; W-. ꓕI LE ꓕI: NYI GU ꓕI: NYI-. ꓕI: V GU ꓕI: V HW; G; NI VE PYꓱ KW LE. A ꓘW ꓛI ꓛI HW; JU; JU: KEO=

ꓕI ꓘO, HW; G; YI M NY HW; G; W M-LE: M: ꓞI-. ꓤ: Nꓱ BU Gꓶ CI. ꓛY; KU. M ꓤꓱ; DO L SI. CI. ꓛY; YI. MI JW, LEO-. GO NY Mꓶ: JY: SI A. ꓒU-. A. Dꓶ.-. A. N ꓘU M NY A ꓤ ꓤ Lꓶ. P GꓶO=

KO ꓕꓯ; SI KW HW; ꓤ: Gꓶ ꓕI: NYI TI: NYI MY: L Pꓶ. DU-. SI, Nꓯ. MI KW SI, ꓒY: Gꓶ A ꓤ ꓤ Xꓵ SU Xꓵ-. SI: SU SI: L W= YI. ꓒ: BUN Y ꓤ: Nꓱ BU Dꓯ HO: SI. VE ꓘU: KW P YI NY, LO=

YI. W; NY HW; M Mꓯ NI VE ꓘW L: ꓛI ꓕꓯ; JY FI. ꓤ: LE. ꓛI L W=

YI. W NI HW; ꓕI MY Mꓯ LE: L, M MO ꓕꓯ;-. VE ꓘU: KW NY, SU ꓞO MO: BE Yꓯ. FI NYI M BU NY K, ꓛꓵ; NI A LE Bꓯ LE. M: ꓥ O=

ꓕI ꓕI: Mꓶ: ꓘꓶ: KW-. ꓤ: Mꓶ: ꓤ: NY A. N: Dꓯ Z CW. YI ꓕꓯ;-. ꓘꓶ: JY: Lꓯ; BE ꓘꓶ: ꓒU NY M: MO W= GO NY A: MI Mꓶ: ꓘꓶ L, DU: NI ꓘO; SI: Gꓶ N: M: ꓥ KW.-. ꓤ: ꓕI: HW. Bꓯ“M: ꓥ-. ” YI. MI Nꓯ; W LE. ꓥW NU: ꓕI: ꓛO DO L ꓥ-. GO NY YI. Cꓶ, CW CW HW; MO SI. G; YI M: ꓥ W.-. M: HO.-. YI. Cꓶ, CW CW HW; G; YI Bꓯ“ W. W. W.” BI Mꓶ SI. ꓥW NU: Dꓯ Bꓯ GO: L ꓥ= GO NY A. Xꓵ: Kꓶ YI NI,-. ꓕI: VE SU LE. JY: XW. NI M: HW. T. ꓕꓯ;-. A. N: NY YI. Mꓶ. KW ꓕI Xꓵ Xꓵ: GO V, SI. YI: L. LO=

A. N: NY MI ꓛY KW NI VE ꓘU: KW Tꓶ, Dꓵ: L SI.“SI. SI.” BI Mꓶ NI YI. W: ꓞO MO: M M JY JI W-. GO NY YI. Mꓶ. M ꓞO MO: M Mꓶ. JY A: ꓘꓶ. ꓶ, NY, LO=

ꓞO MO: M NY A. N: M A LE LE. ꓕI: Xꓵ: Bꓭ T. ꓥ Bꓭ SI. YI. Mꓶ. Dꓭ JI JI, ꓒI, NYI ꓕꓭ;-. Cꓵ Cꓵ Gꓶ YI. Mꓶ. KW Jꓱ; Lꓱ; Lꓱ; T. Xꓵ: A: ꓘꓶ. T; V, Bꓶ= ꓞO MO: M NY NYI: M RU L SI. NI A. TO. ꓘW Kꓶ Gꓶ NY“ PO” BI LO, BO NYI: M PO DO L, LO-. PO DU L, DU BO, LO M NY A: ꓘꓶ. SO MI Xꓵ: Nꓵ: W.= YI. NY BO, LO M GO SI. Z: NYI NY Cꓵ Cꓵ A: ꓘꓶ. Z: MI Bꓶ-. GO ꓕꓭ; YI. NY W.-CI-ꓞAI; Dꓭ Gꓶ ꓕI: M GO CW. Gꓶ-. W.-CI-ꓞAI; NY Z: Gꓶ ꓕꓭ; Bꓭ“ Cꓵ Cꓵ A: ꓘꓶ. Z: MI-. ꓕI M NY Z ꓥ-. Z ꓥ=”

GO NY ꓕI ꓕꓭ; Mꓶ: Lꓭ. Mꓶ: JY KW WU-S ꓒU:-L Tꓭ. V ꓥO MO YIO-. YIN Y Bꓭ“ ꓕI M NY WU-S ꓒU:-L NI RO: Dꓭ Z Xꓵ. GO; L ꓥ Bꓭ SI. NI, ꓞ BI A. N: YI. Mꓶ. KW T DO, DU M ꓕI: M ꓕI: M RU Gꓶ LO=”

ꓕI ꓕI: Mꓶ: ꓘꓶ: ꓕꓭ;-. A. RW; NY LI. P. LI. M A: Jꓵ; SU Dꓭ A. TO. ꓘꓶ: KW ꓘU ZI: L SI. Bꓭ“ LI. P. LI. M BU-. RO: NY ꓕI: NYI ꓕI: NY KO ꓕꓭ; KW JI SI. HW; G;-. SI; Sꓶ: LO Sꓶ V -.WO; ꓒY: LO ꓒY: ꓤ: HW Z M NY Mꓶ R TO, M: HW.-. FAI, Bꓭ Mꓶ: ꓕꓭ: K. NY. ꓕI NYI N: M: JW, L ꓥ= GO NY A Mꓶ WU-S ꓒU:-L NI RO: Dꓭ Z Xꓵ. ꓤ: GO; L O-. Mꓶ: JY; K. NY. SI NU W; NY CI. ꓛY; Z Xꓵ. M Tꓭ, V,-. ꓞO ꓤ: M VO; V, SI. Z Tꓶ BI ꓞO JO YI V=

ꓤ: Nꓱ NYI: Xꓵ. NY Bꓭ“ A M O-. GO NY Z ꓕI M A KW Tꓶ YI NI,=”

YI. M Bꓭ“ Mꓶ. JY: SI S-M-KO; W: DI KW Tꓶ ꓤ, NYI-. M: D ꓕꓭ; SI. Nꓭ. Bꓭ; KW ꓤ, NYI= YI Nꓭ ꓕI: ꓛO; KW NY Mꓶ: ꓞ M A KW JO. DO L, NYI-. W: B ꓕI: ꓛO; KW NY Mꓶ: ꓞ Dꓭ G; YI=”

LI. P. LI. M BU Bꓭ“ ꓥW NU: NY A, RW; Bꓭ ꓘꓶ: N N, ꓥ-. Sꓭ. Xꓵ: Sꓭ. Jꓵ; A. TI. ꓤꓱ; SI:-. ꓒ: M K. NY. Z Tꓶ MI: YI SI. ꓞO JO JI W= ꓥW NU: NY A P A RW Dꓭ PYꓱ. N PYꓱ.-. Mꓭ N M SI. ꓥW NU: ꓕI: ꓛO ꓞO JO ZO DU ꓥ=”

A. RW; Bꓭ“ ꓥW NU: BE HW; ꓘꓶ: NYI; M NY MO: YI W-. JI M: HW. O-. GO NY ꓥW NU: MO: MO: Sꓭ. Sꓭ. S-M-KO; KO KW NY, W=” ꓕI LE Bꓭ Gꓶ ꓕꓭ; MY DU: M MY ꓞI, BI Mꓶ: YIO=

A P NY A. RW Mꓶ: YI M Dꓭ MO ꓕꓭ;-. YI. Gꓶ A. RW; Dꓭ Tꓭ, V, SI. MY BI XU; LU: BI Mꓶ: YIO=

HW; ꓘꓶ: NYI: M M Gꓶ ꓞO MO: NYI: RO M ꓕI: RO K. NY. ꓕI: RO Mꓶ: YI ꓕꓭ;-. YI. W; Gꓶ ꓞO MO: NYI: RO YI. ꓘꓶ: KW YI: T. V, SI. Mꓶ: YI LO=

ꓞO MO: YI. ꓤ: YI. Nꓱ BE LI. P. LI. M NY YI. W: Mꓶ: YI GU ꓕꓭ; NI, M KW A. DI NI, XW. M: ꓥ LO= GO NY ꓞO MO: Mꓶ. JY: KW S: NYI S Vꓭ; A. XW. Jꓶ GꓶO= YI. W; NYI ꓥU NE MY Sꓶ: LE. NI SI: SI, ꓤ:-. MY BI Gꓶ NI ꓥU NI M: DO

L-. Sꓯ; ꓤ: Gꓶ NI ꓛ; Mꓵ LEO= ꓕI LE ꓥ Bꓯ Gꓶ ꓝO MO: NY FAI NI M: Sꓯ. L W=

YI. ꓒ: A. ꓒU SW NY“ RO: NY ꓕI LE ꓥU M LE: M: ꓥ-. GO NY ꓝO MO: Dꓯ A LE XW Tꓵ. M JY: Gꓶ: N LO=” GO ꓕꓯ; YI. NY A Jꓵ; SU Dꓯ ZI: KW SI. NI ꓝO MO: BE ꓶ ꓤ: ꓶ MI M S-M-KO; KO ꓕꓯ; KW Lꓯ; ZU A: Bꓶ, ꓕI: M Tꓵ. Gꓶ LO= LE; LE; NY ꓝO MO: Lꓯ; ZU Mꓶ. JY: ꓭ ɾU ꓕI: M BEZ: ꓘꓶ: Z MI A: MY, TI GO; SI. NI ꓒU GO; NY, ꓥ= ꓕI M Pꓶ. DU RO: LI-SU Xꓵ: NY A Mꓶ ꓒ ꓛI Lꓯ; ZU Mꓶ. JY KW ꓕI LE YIN Y, SI: LO=

ꓝO MO: Dꓯ Tꓵ. Gꓶ K. NY.-. YI. W; NYI HW; ꓘꓶ: MO: NYI M M Dꓯ Gꓶ ꓝO MO: Lꓯ; ZU YI. ꓘꓶ: KW Tꓵ. SI. ꓛO; ꓒꓯ, ꓤ: YI ZI Bꓯ ꓥ=

YI. W; NY A. N: M Dꓯ Tꓵ. Gꓶ ꓕꓯ;-. MI: WO; KW NI Bꓶ Dꓵ: ꓘꓶ: ꓕI: ꓛO KW MI: TI ꓕI: ꓘU. BYꓱ L,-. MI: TI Lꓯ ꓕI: ꓛO-. MI: WO; KW Gꓶ MU: GU: M“ GO: LO: GO: LO:” BI Mꓶ SI. A. N: Tꓵ. V, KW NI Zꓱ ꓕI: Zꓱ BYꓱ DO L O= GO ꓕꓯ; Zꓱ M NY YI. KO Dꓵ KW Nꓱ. Vꓱ; M A Gꓶ SI. BYꓱ CO L O= Zꓱ ꓕI: Zꓱ M NY ꓝO MO: Lꓯ; ZU MO: KW BYꓱ CO NI NY ꓛI, Kꓶ ꓕꓯ; SI. SI, Nꓯ. MI KW BYꓱ Dꓵ: YIO=

Mꓶ R TI: Jꓵ, LO: YI ꓕꓯ;-. ꓝO MO: Lꓯ; ZU M NY KO A: Bꓶ, Xꓵ: ꓕI: KO LO YIO= Mꓶ. ꓕꓯ; SI Lꓯ; ZU Mꓶ. JY KW TI V, M ꓭ ɾU M Gꓶ ꓭ ɾUD ꓯ ꓛO; Xꓵ: KO ꓕI: KO LO LEO= A Mꓶ Bꓯ NY “A. ꓭ. ɾU LO KO=”

A Mꓶ L: ꓝO BU NY A. ꓭ. ɾU LO KO O. Dꓵ KW NI YI JY M“HW; HW;” BI ꓝꓶ T. ꓕꓯ; Bꓯ“A LE Bꓯ SI. NI KO ꓕI MO Xꓵ: KW Gꓶ YI JY ꓕI WU JW, ꓥ Lꓯ;= ” ꓕI M NY A Nꓱ Nꓱ Bꓯ Pꓶ KW ꓝO MO: Mꓶ: YI ꓕꓯ; ꓤ: Nꓱ ꓥU SI. MY BI M NI BY LI ꓥ=

Mꓶ: JY: SI ꓝO MO Dꓯ HO BE JI NI X, V, LO ꓤꓱ; DU Tꓵ. GO; Gꓶ M NY-. A Mꓶ ꓕꓯ; A: ꓘꓶ. ꓤꓱ; ꓕO; Xꓵ LO ꓝI, KO LO:YIO= A Mꓶ S-M-KO; KO KW NY HO-. JI:-. ꓝI;-. Bꓯ LO Xꓵ ꓭ. LE. A: ꓘꓶ. JW, ꓥ=

Mꓶ: JY SI Zꓱ ꓕI: Zꓱ BYꓱ DO L SI. NI. Vꓱ A ɾU Gꓶ M NY A Mꓶ ꓭ. ꓒI: LO ꓒI: BY YIO-. ꓕI ꓭ. ꓒI: LO ꓒI: YI. ꓒI M NY A: MY, Xꓵ: LO: YI-. GO NY A Mꓶ L: ꓝO NYI NY A: ꓘꓶ. BI LO=

ꓭ. ꓒI: LO ꓒI: KW ꓝO ꓤ: LE. Dꓯ M: D GU KW Zꓱ NY K, ꓛꓵ; NI M: D BI BYꓱ CO NY, LO= ꓕI KW NY YI. W; JY FI. Tꓯ; YI. ꓘU: KW NY,-. Mꓶ: V LE FI. ꓕꓯ; Mꓶ: V TO, GU-. YI. ꓘꓶ ꓘꓶ Jꓵ, ꓕꓯ; NY SI, Lꓯ; K. ꓤ: NIO, SI. VE X,-. YI. ɾU ɾU-. YI. ꓤ: Mꓵ.= YI. ꓤ: Pꓶ, DO L Tꓯ; YI. M BU NY ꓶ: R KW NI ꓕO; L-. CY ꓛO-....ꓤ: NIO, CW. LO=

A Mꓶ L: ꓝO NI Bꓯ-. Zꓱ ꓕI ꓕI: HW. M NY Mꓶ: JY A. N: Lꓯ; ZU KW NI BYꓱ

DO L M Zꓱ Tꓯ. YI. ꓤ: YI Nꓱ ꓥO=

YI. W; NY A. N: KW NI Zꓱ BY; L Pꓶ. DU -. YI. W Tꓯ. YI. ꓞU KW NI HW; G; ꓘꓶ: ꓤ: LE. Mꓵ. DO L D Bꓯ ꓥ-. Mꓵ. DU L M HW; G; ꓘꓶ: NY Zꓱ ꓒ: Zꓱ M NI YI. Z JI JI HW CW.-. GO NY Nꓯ. Bꓯ; Zꓱ ꓤ: ꓕꓯ; SI JI LO= M: ꓥ ꓕꓯ; Zꓱ ꓤ: Mꓵ. DO L ꓕꓯ; YI. ꓒ: YI. M A: Jꓵ; LE. DO JI SI. YI. Z ꓤ: HW ꓕꓶ CW. LO-. Gꓶ SI. HW; ꓘꓶ: ꓤ: Mꓵ. DO L NY A ꓕꓯ; LE. NI ꓕI M M YI. ꓘꓶ: KW PO; NY, TY, LO= ꓕI LE T Cꓵ YI NI HW; ꓘꓶ: M YI. ꓘꓶ. KW NI Tꓶ, DO YI ꓒ ꓛI ꓥ=

A Mꓶ L: ꓝO BU NI Bꓯ-. Zꓱ NI ꓕI LE Mꓵ. DO L DU HW; ꓘꓶ: M Vꓱ V, NY A. Xꓵ: HW; ꓤ: LE. S S, ꓤ: G; W D ꓥ LO=

Zꓱ ꓕI Xꓵ: Tꓯ. YI. ꓘꓶ NY ꓭ. ꓒI: LO ꓒI: L: ꓝO BU JI M D Xꓵ: KW ꓘꓶ ꓥ-. FAI NY Zꓱ ꓒ: Zꓱ M NY A: ꓘꓶ. Vꓶ N PO; V, Pꓶ. DU HW; ꓘꓶ: Dꓯ RU NY RU M: S LO=

Zꓱ NI Mꓵ. DU L DU HW; ꓘꓶ: ꓤ: NY JI KU. YI ꓕꓯ; A KW ꓛI ꓛI JI CO SI. NI ꓭ. ꓒI: LO ꓒI: KW NI ꓝꓶ YI KU. ꓥ= Gꓶ SI. YI. NY MI ꓛY KW LE. M: ꓝꓶ ꓛI ꓕꓯ; LE Zꓱ ꓒ: Zꓱ M NI NIO, YI ꓥ= ꓕI M Pꓶ. DU L: ꓝO BUN Y YI. MO LE. MO M: D=

YI. W; ꓕI: VE NY ꓝO MO: Dꓯ Tꓵ. Gꓶ K. NY.-. A. ꓒU-. A. Dꓶ. NYI: VE NY Lꓯ; Xꓵ HW; G; BE SI, Sꓶ: LO Sꓶ: V;-. Lꓯ; Xꓵ S-M-KO; KO KW YI JY S-. MI Nꓯ HW; A: ꓘꓶ. JI Xꓵ DI DI ꓕI: ꓘU. HW SI. SI, ZI ꓘꓶ, Gꓶ-. Xꓵ. ꓤ: ꓥU Gꓶ-. SI, CI LO CI CW Gꓶ SI. MI: YI LO= Mꓶ: Nꓶ ꓒO, L-. CI. Pꓶ, Lꓶ: BE K. Pꓵ Mꓶ L-. SI, WE LO WE WE L ꓕꓯ;-. YI. ꓒ: YI. M BU NY Z Xꓵ. M MI Nꓯ KW Tꓶ Gꓶ LO=“ Cꓵ Cꓵ Gꓶ WU-S ꓒU:-L NI GO; L Pꓶ. DU Sꓯ; A TO M: ꓞU ꓒI; YIO=” Z Xꓵ. M Tꓶ Gꓶ 10 NYI ꓕꓯ; SI LO; ꓕꓯ;-. MI Nꓯ KW NY Z YI. ZI RW DO L LO= ꓕI ꓕꓯ; A: Jꓵ; SU LE. K, ꓛꓵ; NI A LE M: ꓥ W= NI, M ꓘU: KW SW NY-. RO: NY JI JI ꓤ: YI ꓥO Bꓯ-. A LE LE. Z XW W D ꓥ= GO ꓕꓯ; YI. W; NY ꓕI: NYI GU ꓕI: NYI Mꓶ Nꓯ KW JI SI. Xꓵ. ꓤ: MO; ꓤ: MO: GU NY, LO= GO NY JY Bꓶ: Jꓶ M Mꓶ L ꓕꓯ;-. Z YI. ZI ꓕI: HW. M NY YI. WE WE L W= Gꓶ SI. Mꓵ: Sꓯ; M A: ꓘꓶ. JY Pꓶ. DU-. YI. WE WE HO; YI Gꓶ YI. Sꓶ: M Dꓵ: L-. S-M-KO; KO KW SI, ꓒY: LO ꓒY: ꓝꓶ YI LE. NI Z ꓕI: M Gꓶ M: W LO= GO NY LO TI YI ꓤ, Gꓶ NY S-M-KO; KO KW NY Z Tꓶ M: N Bꓶ LO= A Mꓶ ꓕꓯ; S-M-KO; KO KW A: Nꓱ Nꓱ L: ꓝO BU NI MI Nꓯ ꓥU V, M NY SI, Nꓯ. MI YI. ꓘU: KW JW, SI: ꓥ-. MI Nꓯ ꓘU: KW Xꓵ. NY ꓕI: ZU ZU BI L: ꓝO NI Tꓶ V, M ꓛꓶ ꓕI: LE, JW, LO-. GO NY Bꓯ“ ꓝO Lꓵ ꓛꓶ MI=”

19 NY, M YI. ꓞU S; ꓞU ꓞU -. NY, NYI: M NY CI. ꓛY; BYꓱ

ꓝO MO: NYI: RO BE HW; G; ꓘꓶ: MO: NYI: M M Mꓶ: YI NY Cꓵ Cꓵ A. DI: NI, XW. M-LE: M: ꓝI-. ꓝO JO Cꓶ, KW LE. A: ꓘꓶ. XW. LEO=

ꓝO MO: NY, ꓕꓯ; ꓕI: ꓘO; CO LO VE; Mꓶ: XW. M: FO= ꓝO MO; Bꓯ Bꓶ DO ꓘꓶ: ꓕI: ꓛO; KW ꓕO: L NY, ꓥ-. GO NY LI. P. BU NY HW; G; ꓘꓶ: HO: SI. G; YI ꓛꓵ-. ꓝO MO: BꓯYI NꓯꓕI: ꓛO; KW HW; W ꓕU ꓛꓵ-. GO NY LI. P. BU NY HW; W ꓕU SI. HW; ꓤ: HW; MI A: MY, ꓕU W YI-. ꓝO MO: Bꓯ Bꓶ Dꓵ: ꓘꓶ: KW WO; ꓒY: WO; MI JW-. GO NY LI. M BU K, ꓕU Mꓯ SI. HW NY WO; ꓒY: WO; MI ꓕI: RO ꓕI: ꓘ, HW W LO-. ꓝO MO: Bꓯ YI Mꓶ ꓕI: ꓛO; KW Mꓶ ꓛꓵ JW-. GO NY LI. M BU K, ꓕU Mꓯ SI. HW NY Mꓶ ꓛꓵ: ꓕI: RO ꓕI: ꓘ, HW W LO-. ꓝO MO: BꓯYI NꓯLO ꓛO KW SI, Sꓶ: LO Sꓶ: JW-. GO NY LI. M BU K, ꓕU Mꓯ SI HW NY SI, Sꓶ: LO Sꓶ: ꓕI: RO ꓕI: ꓘ, W D LO.......

ꓝO MO: NY, ꓕꓯ; ꓕI: ꓘO; CO LO ꓕI: Xꓵ: Gꓶ JY: XW. M: ꓛꓵ= Mꓶ: ꓝU ꓛI ꓕꓯ;-. ꓝO MO: Bꓯ Bꓶ DO ꓘꓶ: ꓕI: ꓛO; KW B. ꓒI: JW,-. GO NY A: Jꓵ; SU O. KW JI SI. NY, YI-. JY FI. ꓛI ꓕꓯ;-. ꓝO MO Bꓯ Bꓶ Dꓵ: ꓘꓶ: ꓕI: ꓛO; KW SI, ꓒY: LO ꓒY: A: ꓘꓶ. MY-. GO NY LI. P. LI. M BU O. KW JI SI. TO, K, YI-. Mꓶ: V W: ꓤ: LE L ꓕꓯ;-. ꓝO MO; NY LI. P. LI. M D Bꓯ SI, ꓘU: KW PY YI

ꓝO MO: M: NY ꓕꓯ;-. A Mꓶ NY VE; Mꓶ BE JY LI. K; SU M: JO-. A. Xꓵ: FI. KW A. Xꓵ: YI Gꓶ Bꓯ M. SU M: NY, W= A: Jꓵ; SUN Y W SW; W NI, XW.-. A: Jꓵ; SU NY O. Dꓵ FU. LU: BI Bꓯ V, SI. ꓥU NY,= ꓥU NI ꓥU NI Sꓯ; ꓤ: LE. M: DO L W-. Gꓶ SI. ꓕI LE Gꓶ FAI NI ꓝO MO: NI M: Bꓯ M. L W= ꓥU NI MY BI ꓤ: LE. ꓛO, YI Gꓶ ꓝO MO: Dꓯ MO M: D O-. MI: VE Sꓯ; NY“HU HU HU” BI Jꓶ: NI Jꓶ: M: N:-. JY NI Bꓯ A LE M: YIO= MI: WO; KW MI: TI ꓤ: LE. Lꓵ Lꓵ BI M: N: N: JI NY,-. GO ꓕꓯ; ꓕI M Dꓯ NYI V, SI. Lꓯ; HW. A. DI: NI, XW. M: ꓥ O=

A. ꓒU YI. ꓒ: SW; NY Bꓯ“ RO: A: Jꓵ; ꓕI LE ꓥU NY, Gꓶ M: ꓥ-. RO: Sꓯ. SU NY A LE Bꓯ Gꓶ ꓝO JO N LO;-. SI, Nꓯ. MI KW SI, ꓒY: LE. ꓕI: ꓘO; Nꓵ: NY ꓕI: ꓘO; ꓝꓶ-. MI Nꓯ KW Xꓵ. Gꓶ ꓕI: ꓘO; ꓕI: ꓘO, Nꓵ:-. MI ꓛY DI KW NY, SU L: ꓝO BU Gꓶ ꓕI: ꓛꓵ. K. NY. ꓕI: ꓛꓵ: Mꓶ: Mꓶ: Sꓯ. Sꓯ. BI NY,-. ꓕI M NY A Nꓱ Nꓱ LI CI

M ꓥO= GO NY A: Jꓵ; SU Gꓶ ꓕ: NI, SI: V-. CI. ꓛY; A LE YI N T. M O LE YI-. A LE ꓝO JO N T. M O. LE ꓝO JO=”

A. ꓒU YI. ꓒ: NI ꓕI LE Bꓯ Gꓶ ꓕꓯ;-. A: Jꓵ; SU Gꓶ A: ꓘꓶ. HO. ꓥ Bꓯ= GO ꓕꓯ; A: Jꓵ; SU NY MI: YI ꓝO JO YIO-. ꓕI M Pꓶ. DU-. RO: LI-SU Xꓵ: NY A Mꓶ LE. ꓝO MO: Bꓯ ꓘꓶ: N N, LO Bꓯ LO=

GO NY KO ꓕꓯ; KW SI, ꓒY: LO ꓒY: A ꓤ ꓤ ꓝꓶ YI-. Xꓵ. DI DI KW Xꓵ. ꓤ: Gꓶ A ꓤ ꓤ Xꓵ YI Pꓶ DU-. JY FI. Gꓶ NI, ꓝ LO, YIO= A Mꓶ NY Mꓶ: ꓝU; ꓛI YI W-. ꓕI ꓕI: ꓘO; Mꓶ: ꓝU; M NY A. DI: NI, ꓝ M: ꓥ-. FAI NYI NYI ꓤ: LE. NI A: ꓘꓶ. LE= SI, ꓒY: LO ꓒY: LE. A: Jꓵ; ꓝꓶ M: HO:-. Xꓵ. ꓤ: LE. A: Jꓵ; M Xꓵ Yꓯ, ꓕꓯ; LE W: ꓕI: ZU M NY S-M-KO; KO KW ꓒU YIO= Mꓶ: ꓘꓶ: W: LE N: YI ꓕꓯ;-. MI: WO; KW KO M ꓤꓶ ꓤ: LE. Zꓶ: Lꓶ, ꓤ:-. Gꓶ SI. MI: VE Cꓶ; NI A: ꓘꓶ. JY LO= GO ꓕꓯ; A. ꓒU-. A. Dꓶ. YI. ꓒ NY A: Jꓵ; SU Dꓯ HO: SI. ꓭ. ꓘU KW PY YI NY,-. A: Jꓵ; SU NY ꓕI: KW ꓥ. Lꓯ; HO SI. KO, TY, LO=

ꓕI ꓕI: ꓘO; NY W: M ꓕI: DU: BI ꓕI: DU: A LE Gꓶ M: LE N: YI= A: Bꓶ, ꓕI: ꓘO, LE M NY Lꓯ; HW. Xꓵ: NYI Xꓵ: Vꓯ; LE GꓶO-. GO ꓕꓯ; ꓭ. ꓘU KW Gꓶ TI ꓝI YIO-. ꓭ. ꓘU KW TI ꓝI YIN Y MI: VE T ꓘW; ꓥ-. Gꓶ SI. Mꓶ: JY: ꓕꓯ; LE JY: Gꓶ: V, DU HW; M Z: GU YI Gꓶ W: M M: JI YI SI LO=

ꓕI ꓕI: Vꓯ; M KW-. A. ꓒU YI. ꓒ: NY Z Z: ꓝꓶ, YI T. M Pꓶ DU A LE Gꓶ YI: Mꓶ M: D-. Gꓶ SI. MI ꓛY KW MI: VE“ BO: BO:”Jꓶ, M Sꓯ; LE Bꓯ JW-. Nꓯ. Bꓯ NY ꓕI: Xꓵ: Sꓯ; Gꓶ Bꓯ M: JW; LO=

“ W; LE NY A. DI: JY M: ꓥ-. ꓭ. ꓘU KW TO, NY, NY JY M A. T. ꓤ: ꓘW;-. YI JY SI: NY W; C, Z: SI. NI NY, ꓛꓵ= Gꓶ SI. VE Mꓶ: NY Z DU M: JW, ꓕꓯ; A LE YI SI:= Mꓶ ꓛY KW W: ꓕI LE Nꓯ. N TI V, M DO YI SI. HW; G; ꓕ: Bꓯ SI:-. W: ꓛI KW ꓕI: ꓕꓶ, ꓕO: Vꓯ YI NY Dꓵ: DO L Bꓯ LE XW. ꓥ= LO ꓛO; KW JI SI. Z: DU HW ꓕꓶ YI Bꓯ Gꓶ A KW ꓛI ꓛI ꓛꓶ; NI Z: DU JW, ꓕ: Bꓯ SI:-. YI JY ꓕI: ꓘꓶ: ꓤ: DO LE. NYI ꓒY. M E: Gꓶ ꓕꓯ; SI. DO W D ꓥ= SI, ZI MO: KW SI, Sꓶ: LO Sꓶ BI SI, ꓒY: LO ꓒY: HW Z Bꓯ Gꓶ ꓕI ꓕI: FI. NY A KW JW, SI:-. SI, ZI MO: KW YI. JU Sꓶ: ꓕI: NYI: M ꓝO, ꓛꓵ: T. ꓥ Bꓯ Gꓶ A LE Dꓯ YI SI. V; YI= RO: NY ꓶ; ꓤ KW Z: DU A. TI. XW V, M LE. A Mꓶ NY HW W M: D O=” A. ꓒU YI. ꓒ: NY A: Jꓵ; SU Dꓯ NYI V, SI. W SW; W NY MY BI LE. XU XU BI NYI Xꓱ. Lꓱ. ꓤ: TO, ꓛꓵ: T. LO=

Mꓶ: ꓝU: Tꓯ; Mꓶ: ꓘꓶ: NY Vꓯ; M A. DI: Xꓵ M: ꓥ-. ꓕI M NY XW. SU Dꓯ A TO YI M-LE ꓥ LO=

GO NY SU Bꓯ YI. Cꓶ, NY JI GU M: JW, Xꓵ: M: JO M ꓥ NI.-. WU-S ꓒU: L

NI YI JW ꓥ M: Sꓶ.= ꓕI: B, ꓕꓯ; Mꓶ Sꓯ KW NI W: ꓕO: T. Xꓵ:"ꓒ: ꓛ; ꓒ: ꓛ;" Mꓶ L LO-.= A. ꓒU YI. ꓒ: NY A ꓤ ꓤ BI B. ꓘU Mꓶ Sꓯ KW NYI ꓕꓯ;-. A. NYI: ꓒ: K ꓕI: ꓘ, M NY W: ꓛI KW NI JI NY, Bꓶ-. YI. NY KO Dꓵ: M LE: Pꓶ. DU W: ꓛI KW JI NY A: ꓘꓶ. Vꓱ SI. NI Sꓯ; M ɾU ɾU Dꓯ NY, LO= YI. NY Lꓯ; Xꓵ Dꓯ NY Lꓯ; Xꓵ Sꓯ; V-. Sꓯ; M LE. NI N ꓘꓵ KW NYI JU ꓤ: Tꓱ, YI SI. NYI Xꓱ. Lꓱ. ꓤ TO, ꓛꓵ T. LO=

A. ꓒU YI ꓒ: NY M: ꓥ ꓕꓯ; A: Jꓵ; SU Dꓯ ꓘU SI. A. NYI: M Dꓯ SI: Xꓵ: SW,= Gꓶ SI. A. NYI: M NY Sꓯ; W V W ꓝ;-. W V W WU:-. N ꓘꓵ ꓘꓶ: KW LE. NI NYI Xꓱ. Lꓱ. M W TO. LO W WU: LO= A. NYI: NY W Dꓯ W ꓝ CI. M MY: SI. Lꓯ; HW. YI. KO Dꓵ: ꓕI: KO Dꓵ: LE. NYI Xꓱ. Lꓱ. TO, ꓛꓵ: T. W-. YI. KO Dꓵ: KW NYI K NI JI ꓕI: ꓕO; LE. NI "XW; L: XW; L:" BI Mꓶ, LO-. GO ꓕꓯ; A. NYI: JI NY Lꓯ; HW. A: ꓘꓶ. XW. W= A. ꓒU YI. ꓒ: NY ꓕI LE M Dꓯ MO ꓕꓯ; SW NY" A. NYI: Gꓶ ꓝO ꓤ: ꓕI: LE, ꓤ: XW. NYI ꓤ: LO-. W: ꓛI KW Z: DU DO DU M: JW= " YI. M NI Bꓯ LO NU W; Mꓶ: ꓕꓯ; K. NY. Sꓯ. Xꓵ: Sꓯ. Jꓵ; A: ꓘꓶ. ꓕꓯ; SI: Bꓯ ꓘꓶ: M Gꓶ YI. N. PO ꓘꓶ: KW LO SU LO= ꓕI M Pꓶ. DU-. YI. NY A: Jꓵ; SU Dꓯ Gꓶ M: Bꓯ Gꓶ-. A. NYI: M Dꓯ Gꓶ M: Nꓶ-. YI. CI. ꓛY; W: ꓛI KW XW. XW. Mꓶ: Mꓶ: JI ZI LO=

ꓕI ꓕI: NY ꓕꓯ; Mꓶ: ꓕꓯ; A L LE. M: JI L W-. GO NY Mꓶ: ꓝ M W: ꓛI KW ꓕI: V, ꓕꓯ; MY Jꓱ; NI MY BI LE. DO L O=

A: Jꓵ; SU NY ꓕI: Mꓶ: ꓘꓶ. XW. Gꓶ SI. Mꓶ: ꓝ MO YI ꓕꓯ;-. NI, ꓝ B. Kꓵ KW DO N JI SI. NI Mꓶ ꓝ ꓕI: Tꓶ KW KO YIO=

Mꓶ ꓝ KO NI KO Dꓵ: Lꓱ YI ꓕꓯ;-. VE M NY VE; Mꓶ: NI " KU: LU: KU: LU:" Mꓶ T. W-. ꓤ: Nꓱ A. TI. ꓕI: HW M Lꓯ; HW. VE; Mꓶ: NI RO.YIO=

A. ꓒU YI. ꓒ: NY ꓤ: Nꓱ ꓕI LE T. ꓕꓯ; NI, M KW A: MI Mꓶ: ꓘꓶ: A. NYI: ɾU Gꓶ M Dꓯ A. T. ꓤ: NI, ꓘW; M: Xꓵ O= GO ꓕꓯ; YI. NY A. NYI: JI GU M Dꓯ NYI ꓕꓯ; " A. NYI: ꓛY DU M A: ꓘꓶ. WU:-. Cꓵ Cꓵ A. NYI: ꓒ: K ꓕI: ꓘ, Bꓶ-. A. NYI: JI GU KW NY SI:-LE-. YI. SI: M LE. NYI K YIO-. GO NY A. NYI: JI GU KW G; YI NY W: M LE. ꓕI: Cꓶ, YI. SI:-LE-. W JI NY W A. NYI: ꓛY DU M A Xꓱ, Xꓱ V; T.-. GO NY A. NYI M Sꓯ; M: JO LO="

GO ꓕꓯ; A. ꓒU YI. ꓒ: NY A. NYI: ꓕI M N LE Xꓵ: ꓕI: ꓘ, M C, W LEO= GO NY A. NYI: ꓕI M A Mꓶ A LE T. MI, Bꓯ SI. NI, M KW A: ꓘꓶ. JY: XW. NY, LO-. YI. NY A. NYI: M Dꓯ JW Xꓵ: SW; NY, ꓥ= GO ꓕꓯ; A. ꓒU YI. ꓒ: NY A. Dꓶ YI. ꓒ: BE ꓤ: Nꓱ A: Bꓶ M Dꓯ HO: SI. NI A. NYI: JI GU CO CO HW ꓕꓶ LO= YI. W; NY W: ꓛI KW NYI: BO ꓛI JI Gꓶ ꓕꓯ; WO; Hꓶ NI Sꓯ; ꓤ: LE. H GU M: D O= GO ꓕꓯ; A. ꓒU YI. ꓒ: NY A: Jꓵ; SU Dꓯ ꓕI: B, N: SI JI ZI NY LO=

ꓕI: TO. N: Gꓶ SI. FAI NI NYI: BO ꓛI JI Gꓶ ꓕꓯ;-. Mꓶ. JY: SI NY ꓭ. ꓒI: ꓕI: ꓒI: NI K ꓛI YIO-. GO NY A. NYI: ꓛY DU Gꓶ M: MO= YI. W; SW NY“ A. NYI: M A GW JI NI,-. YI. NY A LE Bꓯ SI. Dꓯ DO YI NI,= ”

A. ꓒU YI. ꓒ: NY ꓕI LE Pꓶ. DU SW; NI ꓝ CI. LE. DO L LO=

A: Jꓵ; SU NY ꓭ. ꓒI: YI. ꓘꓶ: KW CO CO HW ꓕꓶ NY,-. ꓕI: B, ꓕꓯ; A. NYI: M W; ꓘU: KW ꓝꓶ ꓝO SI. Xꓵ Gꓶ M MO YIO= GO NY A. NYI: M NY A. Xꓵ: ꓕI: Xꓵ Dꓯ ZI SI. Xꓵ Gꓶ ꓥ N.-. YI. ꓛI ꓒꓯ, KW LE. A: Nꓯ. Nꓯ. ꓕI: ꓘꓶ: ꓘO; V, Bꓶ=

A. ꓒU YI. ꓒ: NY ꓕI LE M Dꓯ MO YI ꓕꓯ; O. Dꓵ M ꓶ, SI. Bꓯ“ XW. NI ꓤ: W-. Cꓵ Cꓵ Gꓶ XW. NI ꓤ: W-. Sꓯ; M Sꓯ. Sꓯ. BI Mꓶ: YIO= ” YI. W; NY M: ꓥ ꓕꓯ; A. NYI: Dꓯ JW Bꓯ ꓥ LO-. Gꓶ SI. A Mꓶ NY A. NYI: M Xꓵ GꓶO-. GO NY YI. HW; M ꓒY, SI. NI ꓭ. ꓘꓵ KW A: Jꓵ; SU CY. Z: YI LO=

A. NYI: HW; ꓕI M NY A: Jꓵ; SU D ꓯVE; Mꓶ: XW. ꓘW; LEO= A: Jꓵ; SU NY A. NYI: ꓕI: MO V Z: D LO. CY. CY. Z: Z: NI W: JI YI M Dꓯ LO NY, TY, LO=

W: NY ꓕI: NYI ꓕI: NYI JI GU LEO-. Mꓵ: Sꓯ; Gꓶ ꓕI: NYI ꓕI: NYI Lꓱ L W-. Gꓶ SI. Mꓶ: ꓝU; Dꓯ XW. FO SU ꓕI ꓕI: HW. M NY LO, NY, NI A: L Mꓶ: NI, M: ꓒO, L M SI: SI: SW; V, LO=

GO ꓕꓯ; YI. W; NY FAI, ꓕI: ꓘO, ꓕI LE M: XW. ZI-. Mꓶ: ꓕꓯ; K. NY. SI JI JI, ꓤ: ꓝO JO W ZI-. ꓝO MO; NI Bꓯ LO Sꓯ. Xꓵ: Sꓯ. Jꓵ; A: ꓘꓶ. ꓕꓯ; SI: ꓥ M Dꓯ V. ꓕꓯ;-. A. ꓒU YI. ꓒ: NY A: Jꓵ; SU Dꓯ ZI: GW ꓕꓯ; S-M-KO; KO KW V, JI SI. NI Nꓯ. Bꓯ; Xꓵ: Mꓵ: KW YI. Xꓵ: ꓝO JO Cꓶ, HW YI LO= A. ꓒU YI. ꓒ: NY YI. M NI Bꓯ DU ꓘꓶ: M N N, SI. Bꓶ DO ꓘꓶ: ꓕI: ꓛO; KW YI. Xꓵ: ꓝO JO Tꓶ. HW YIO-. A. Dꓶ. YI. ꓒ: NY VE ꓘW SU Dꓯ HO: SI. NI Bꓶ Dꓵ: ꓘꓶ: ꓕI: ꓛO; KW YI. Xꓵ: ꓝO JOT ꓶ HW YIO=

ꓕI: VE SU NY ꓕI ꓕI: NYI ꓕꓯ; V, Lꓯ; ꓘO W-. ꓕI ꓕI: NYI Nꓯ; W ꓕꓯ; KO ꓕꓯ; KW A KW ꓛI ꓛI SI, WE ꓤ: WE BI LEO-. SI, WE NY SI: SI: Xꓵ-. ꓒU ꓒU Xꓵ:-. Xꓵ Xꓵ Xꓵ: GO NY YI. W; V, M: Yꓯ; M-LE Pꓶ. DU ꓕI: LE, T. ꓥ LO-. NY, Gꓶ NI K. Pꓵ-. ꓕO; ꓛꓶ,-. A. Nꓯ ꓛ; ꓛ;-. ꓕI: Dꓱ; ꓕI: Dꓱ; SI, Nꓯ. MI KW Mꓶ NI Mꓶ N: YI M: D-. ꓕI M NY YI. W; Dꓯ ꓕ; JI Bꓯ M-LE T. ꓥ LO= CY, MI: M Lꓯ; HW. ꓕI: HW. NY ꓕI: M K. NY. ꓕI: M VE; V,-. ꓕI: HW. NY YI. ꓤ: YI. Nꓱ HO: V,-. ꓕI: HW. NY MI: MO: HO: V, SI. MY BI XU; XU; BI YI. W; Mꓶ. JY KW ꓕ BO. Tꓶ, KO. BO. Tꓶ, YI NY LO-. YI. W; NY RO: L: ꓝO ꓕI: Xꓵ: ꓥ Bꓯ M Pꓶ DU NI L: ꓝO BU L; YI T. ꓕꓯ; V, M: Yꓯ; T. ꓥ-. GO NY ꓕI LE M Dꓯ MO YI ꓕꓯ; Lꓯ; HW. NI, M KW A: ꓘꓶ. NI, Lꓱ YIO= Gꓶ SI. Sꓯ. Xꓵ: Sꓯ. Jꓵ; Dꓯ M: SI: Pꓶ. DU NI M: V, YI M D-. GO

NY ⊥I KW NY YI. W; D∀ JI JI, ꓤ: ꟻO JOT Y, ZI LO= L: ꟻO BU G⅂ MY BI ꓤ: X∩, V,-. ZO; X∩: XW. W Ʞ⅂: ⊥Ǝ SI. CI. ƆY; ꟻO JO M∩: KW JI YIO=

⊥I LE NI, XW. MY XW. X∩: X∩: WU NY Sꓷ. NI, M: S⅂. ꟻO JO J∩, KW BO TI M: N O= G⅂ SI. MU: GW: S∀ KW NI B∩ V, M NY A M⅂ G⅂ JW, SI: Λ= ƆI B⅂ [NY, ɾU LI. M] C⅂, MI M NY ⊥I LE B∀ Λ LI-SU ꟻO MO: ƆI B⅂ ƆI,-. K, Ɔ∩; W-. A LE: J. L∀; J.-. ƆI B⅂ A: Ʞ⅂. ƆI, JI L∀;-. N S W-. A LE: J. L∀; J.-. ⊥I: Ɔ⅂, ⊥I: Ɔ⅂, ƆI, T. LO-. ƆI, T. LO-. A LE: J. L∀; J.-. A: NƎ M. MI: ƆI, K, ΛO-. B∀ K, ΛO-. A LE: J. L∀; J.-. NY, ꓤ: ⊥I: ZƎ BYƎ-LE-. ⊥I: NI,-LE-. A LE: J. L∀; J.-. NY, ꓤ: BYƎ CO YI. Ʞ⅂ X, P⅂. DU-. XW. LE W-. A LE: J. L∀; J.-. SI, ZI ⊥I: ZI MO YI WI-. ZO; LE W-. A LE: J. L∀; J.-. SI, ꓒY: ꓤ: LE. NI, ƆI; ƆI;-. C∩ C∩ JI W-. A LE: J. L∀; J.-. S V, V, M Ʞ⅂ S Λ-. YI ZO; LEO-. A LE: J. L∀; J.-. SI, JI MI ꓒO JW, Λ B⅂-. Sꓷ. LE W-. A LE: J. L∀; J.-. ⊥I: FI KW LE, LI V, B,-. NYI JI LEO-. A LE: J. L∀; J.-. A KW NY, Ʞ⅂ B DU HW-. JI M HW-. A LE: J. L∀; J.-. KO KW SI, ꓒY: HW X, NY-. ⊥: ΛU YI ZI LO-. A LE: J. L∀; J.-. MI ꓒO ⊥I: ƆO X∩. ZO; HW-. JI M HW-. A LE: J. L∀; J.-. LO ƆO; JI NY NU: M NIO,-. ⊥: ΛU: ZI-. A LE: J. L∀; J.-. NY, Ʞ⅂ Ʞ⅂: M A KW ꓒO,-. ⊥: NYI ΛO: LE ZI-. A LE: J. L∀; J.-. S ƆW MI: VE JY M K-. ⊥: MI ZI-. A LE: J. L∀; J.-. NY, Ʞ⅂ Ʞ⅂: M ꟻ T⅂. ꓒO,-. ꓒO, JI ZI-. A LE: J. L∀; J.-. NY, Ʞ⅂ B ꟻI; A: Ʞ⅂. LƎ-. SW; JI ZI-. A LE: J. L∀; J.-.

NY, Ʞ⅂ VO, M X, JI ZI-. ꓤW MO LO-. A LE: J. L∀; J.-. NY, Ʞ⅂ DO NY LƎ N YI-. ⊥: ΛU: ZI-. A LE: J. L∀; J.-. S TƎ, ꓘO; NY V M: TO,-. ⊥I YI L∀-. A LE: J. L∀; J.-. D∩ KW KU TƎ, ꓘO; G⅂ L∀-. ⊥: ΛU: ZI-. A LE: J. L∀; J.-.N NY, Ʞ⅂ X, ZO; YI ⊥∀; N:-. K, Ɔ∩; W-. A LE: J. L∀; J.-. NY, Ʞ⅂ X, DO YI ⊥∀; N:-. N S W-. A LE: J. L∀; J.-. NY, ɾU ɾU LE. V LƎ BO-. NI, K, Ɔ∩;-. A LE: J. L∀; J.-. NY, ɾU M∩. LE. NI, LƎ LƎ-. NI, K, S-. A LE: J. L∀; J.-. M⅂ N⅂ ꓒO, J∩, ƆI L W-. K, Ɔ∩; W-. A LE: J. L∀; J.-. M⅂ ꟻ ⊥I: NIL Ǝ LƎ, ꓤ:-. N S W-. A LE: J. L∀; J.-. V B G⅂ NI BO: L W-. NI, S NI-. A LE: J. L∀; J.-. Z T⅂ J∩, ꓤ: ƆI L W-. JY: G⅂: V, W-. A LE: J. L∀; J.-. NY, M YI Ʞ⅂ KW D∩: LEO-. ⊥I: ZƎ ZƎ ꓤ:-. A LE: J. L∀; J.-.

A. GU; YI. X∩: VE D∩: LEO-. ⊥I, NI,-LE-. A LE: J. L∀; J.-. NY, NY YI. ɾU ɾU T. W-. ɾU T. W-. A LE: J. L∀; J.-. ⊥O: T⅂ YI. ɾU ɾU T. W-. ɾU T. W-. A LE: J. L∀; J.-. NY, B⅂: J∩, NY S; ɾU ɾU-. S; ɾU ɾU-. A LE: J. L∀; J.-. A. GU; YI. ɾU W∩ N LO-. M: W∩ ΛO LO-. A LE: J. L∀; J.-. NY, ɾU S; ɾU M∩. V, LO-. M∩. V, LO-. A LE: J. L∀; J.-. A. GU; S; ZƎ M∩. V, LO-. ⊥: ΛO: LE ZI-. A LE: J. L∀; J.-. NY, B⅂: J∩, M∩. KU. NYI LO;-. XW. YI W-. A LE: J. L∀; J.-. A. GU; M∩.

M ꓞI NYI LO;-. XW. YI W-. A LE: J. Lꓯ; J.-. NY, ꓤ: YI. ꓩU Lꓱ; T. W-. A: TO M: XW. LO-. A LE: J. Lꓯ; J.-. NY, ꓤ: YI. M NY Mꓵ. DO L-. A TO M: Mꓵ. LO-. A LE: J. Lꓯ; J.-. NY, S; ꓩU M NYI: M Pꓶ, DO L-. A: Jꓵ; DO Dꓯ ꓩU NI, NY,-. A LE: J. Lꓯ; J.-. YI. ꓩU KO. NY NIO, DO Gꓶ-. ꓒ ꓒU, ꓤ:-. A LE: J. Lꓯ; J.-. ꓕI: ꓩU M NY YI. GO; LO-. ꓕ: NI, XW. LO-. A LE: J. Lꓯ; J.-. YI. ꓩU GO; NY NIO, LO Gꓶ-. NIO, LO Gꓶ-. A LE: J. Lꓯ; J.-. NY, ꓤ: NYI: M Vꓱ V, W-. ꓕ: VE; Mꓶ ZI-. A LE: J. Lꓯ; J.-. ꓕI: NYI YI. Z KU ꓘO, CW.-. XW. YI W-. A LE: J. Lꓯ; J.-. NY, ꓤ: NYI: M Z CW. GO;-. ꓒ: XW. YIO-. A LE: J. Lꓯ; J.-. ꓕI: NYI ꓘE; ꓤI XW M Xꓵ: ꓘO, XW-. M XW. YIO-. A LE: J. Lꓯ; J.-. NY, ꓤ: Z: NI ꓒ BO, ꓤ:-. WU: NI, ꓞ LO-. A LE: J. Lꓯ; J.-. KO Dꓵ: RO JI ꓞꓶ NI ꓞꓶ-. ꓒ: M XW. MO W-. A LE: J. Lꓯ; J.-. NY, ꓤ: Dꓯ; Pꓱ. ꓤW JI LE-. RW JI LE-. A LE: J. Lꓯ; J.-. NY, ꓤ: YI. Mꓵ RW ZI: LE-. ꓒ: Dꓯ ꓛO; YI LO-. A LE: J. Lꓯ; J.-. NY, Mꓵ RW ZI: ꓘꓶ KW DO-. M ꓕI: LE, LO-. A LE: J. Lꓯ; J.-. NY, ꓤ: Dꓯ; Pꓱ. ꓶ, Gꓶ NY-. Sꓯ; TI, LO-. A LE: J. Lꓯ; J.-. Dꓯ; Pꓱ. ꓶ, SI. BYꓱ Xꓵ: SW;-. BYꓱ Xꓵ: SW;-. A LE: J. Lꓯ; J.-. NY, ꓤ: A KW JI Bꓯ ꓥ-. SW; JI ZI-. A LE: J. Lꓯ; J.-. ZO; Tꓶ. M KW HW JI ZI-. SW; JI ZI-. A LE: J. Lꓯ; J.-. NY, JI Tꓶ. M HW JI ZI-. SW; JI ZI-. A LE: J. Lꓯ; J.-. NY, ꓤ: N NY SW; JI W-. SW; JI W-. A LE: J. Lꓯ; J.-. V B DO Kꓶ: M: JY HW-. SW; JI W-. A LE: J. Lꓯ; J.-. Mꓶ: ꓞ ꓕI: ꓛO HW N LO-. SW; JI ZI-. A LE: J. Lꓯ; J.-. V B DO GU ꓕ: ꓥU: ZI-. ꓕ: NYI ꓥO: ZI-. A LE: J. Lꓯ; J.-. Mꓶ: ꓞ LO, GU ꓕ: ꓥU: ZI-. ꓕ: SW; ꓥU: ZI-. A LE: J. Lꓯ; J.-. V B DO Tꓶ. Bꓶ DO ꓘꓶ:-. SW; JI W-. A LE: J. Lꓯ; J.-. Mꓶ: ꓞ LO, Tꓶ Bꓶ Dꓵ: ꓘꓶ:-. SW; JI W-. A LE: J. Lꓯ; J.-. Bꓶ DO ꓘꓶ: KW A. Xꓵ: JW,-. ꓕ: ꓥU: ZI-. A LE: J. Lꓯ; J.-. Bꓶ Dꓵ: ꓘꓶ: KW A. Xꓵ: JW,-. ꓕ: ꓥU: ZI-. A LE: J. Lꓯ; J.-. Bꓶ DO ꓘꓶ: NY YI Nꓯ JW,-. SW; JI W-. A LE: J. Lꓯ; J.-. Bꓶ Dꓵ: ꓘꓶ: KW YI Mꓶ JW,-. SW; JI W-. A LE: J. Lꓯ; J.-. ꓕI: M M NY Bꓶ DO BYꓱ-. SW; JI W-. A LE: J. Lꓯ; J.-. Bꓶ DO YI Nꓯ ꓘꓶ: KW JI-. ZO; Tꓶ. ꓥ-. A LE: J. Lꓯ; J.-. ꓕI M N NY Bꓶ Dꓵ: JI-. SW; JI W-. A LE: J. Lꓯ; J.-.

Bꓶ Dꓵ: YI Mꓶ ꓘꓶ: KW JI-. ZO; Tꓶ. ꓥ-. A LE: J. Lꓯ; J.-.

Z Nꓱ NIO, SI. YI Nꓯ ꓛI-. Z JI, Tꓶ-. A LE: J. Lꓯ; J.-.

MI Nꓯ A. NYI: 27 Mꓶ: Fꓱ JW,-. Z JI, Tꓶ-. A LE: J. Lꓯ; J.-.

JI M LE. NI 21 Mꓶ: Fꓱ JW,-. XW ꓤ: Tꓶ ꓛꓵ ꓥ-. A LE: J. Lꓯ; J.-.

ꓛꓶ MI MI ꓤ: X, JI W-. Tꓶ JI W-. A LE: J. Lꓯ; J.-.

Bꓶ JY BI MI ꓥU JI W-. Tꓶ JI W-. A LE: J. Lꓯ; J.-.

YI Nꓯ ꓘꓶ: KW ꓛꓶ WE WE-. K, ꓛꓵ; W-. A LE: J. Lꓯ; J.-.

记载历史传承古今　（胡兰英　摄影）

A: NƎ.. M. MI: XY, FI. BⱯ.. P˥..

记载历史传承古今　　（胡兰英　摄影）

A: NƎ.. M. MI: XY, FI. BⱯ.. P⅂..

YI M⅂ ꓘ⅂; KW XW WE WE-. N S W-. A LE: J. L∀; J.-.

Ↄ⅂ ᴚ: ⊥I: M∩: X∩ X∩, ᴚ:-. XW W LEO-. A LE: J. L∀; J.-.

XW ᴚ: ⊥I: M∩: X∩ X∩, ᴚ:-. XW W LEO-. A LE: J. L∀; J.-.

Ↄ⅂ ᴚ: KO ⊥I: LE, ᴚ: ꓒ∩, V, W-. W YI W-. A LE: J. L∀; J.-.

XW ᴚ: ꓒ BI, K⅂ BI LEO-. W YI W-. A LE: J. L∀; J.-.

B⅂ JY BI T⅂ A: ꓘ⅂. ZO;-. A: ꓘ⅂. ZO;-. A LE: J. L∀; J.-.

MI: YI Z Z: ΛW NU: N-. ΛW NU: N:-. A LE: J. L∀; J.-.

KO ⊥∀; KW NY ΛW S∀; M-. ΛW S∀; M-. A LE: J. L∀; J.-.

S∀. X∩: S∀. J∩; ΛW K ↃO;-. ΛW K ↃO;-. A LE: J. L∀; J.-.

KO ⊥∀; HW; ᴚ: M: G; W-. M: G; W-. A LE: J. L∀; J.-.

YI M ΛW. ᴚ: M: ⊥U W-. M: ⊥U W-. A LE: J. L∀; J.-.

S∀. X∩: S∀. J∩; ΛW M: SI:-. ΛW M: SI:-. A LE: J. L∀; J.-.

⊥I, VE ᴚ: LE NY, K, ΛO-. NY, K, ΛO-. A LE: J. L∀; J.-.

KO ⊥∀; SI, WE WE BI LE-. WE BI LE-. A LE: J. L∀; J.-.

S∀. X∩: S∀. J∩; K, Ↄ∩; W-. K, Ↄ∩; W-. A LE: J. L∀; J.-.

JI; ᴚ: M FI A: ꓘ⅂. Ⅎ⅂-. A: ꓘ⅂. Ⅎ⅂-. A LE: J. L∀; J.-.

Z: WO; LO WO; K⅂ BI LI-. K⅂ BI LI-. A LE: J. L∀; J.-.

SI: CW. ZI D∀ ⊥O: T⅂ M⅂-. ⊥O: T⅂ M⅂-. A LE: J. L∀; J.-.

VE L∀; MI KW BY: M ⅂,-. BY: M ⅂,-. A LE: J. L∀; J.-.

LE. P. LE. M ⊥I: KW BI:-. ⊥I: KW BI:-. A LE: J. L∀; J.-.

LI-SU ꓱO X∩: K, Ↄ∩: W-. N S W-. A LE: J. L∀; J.-.

20 V, M: Yꓯ; BI V, YI W-. BY: ꓤ: Fꓶ NY ꓞO NI, MO

S-M-KO; KO KW Z ꓤ: Tꓶ SI. M D K. NY.-. A. ꓒU BE A. Dꓶ. YI. ꓒ: NY ꓞO MO: Bꓯ M. Cꓶ, M JI SW; LO-. GO ꓕꓯ; A: Jꓵ; SU NY S-M-KO; KO KW V, M Yꓯ; BI V, YI SI. CI. ꓛY; ꓞO JO JI O=

YI. W; NYI: Xꓵ. V, Lꓯ; ꓘO Gꓶ ꓕꓯ;-. A. ꓒU YI. ꓒ: NY YI. ꓤ: YI. Nꓱ HO: T.-. ꓶ ꓤ: ꓶ MI Mꓯ T.-. HW; ꓘꓶ: HO: T. SI. Bꓶ DO ꓘꓶ: ꓕI: ꓛO; KW JI W=

A. ꓒU ꓕI: VE NY JI NI ꓞO WU: LE. Sꓯ; M Sꓯ; ꓕO: ꓕO: V T. LO-. JI M: HW. SI. ꓞO MO: NI Mꓯ V, SU ꓤ: Nꓵ Bꓵ Gꓶ ꓞ CI. ꓤ: LE. XU; ꓤ: XU;-. HW; ꓘꓶ: Gꓶ JI NI L ꓛꓶ LE. ꓕI Xꓵ ꓛꓶ T. SI.“ SI. SI.” BI Sꓯ; V TY, LO=

A: Jꓵ; SU NY SI, ZI ꓕI: ZI M Yꓯ. ꓘW JI ꓛI ꓕꓯ;-. A. ꓒU YI. ꓒ: NYI ꓕI: KW ꓕI: B, N: SI: Bꓯ ꓥ=

SI, ZI ꓕI ꓕI: ZI M NY L: ꓞO A: MY, NYI: S RO SI. SO HW. N T. ꓥ-. SI, ZI NYI A: MO, MO T. SI. MO: KW LE. NYI ꓛI M: D= SI, ZI YI. CI MO: KW NY JO Lꓱ, ꓤ: BI YI. Lꓯ; K. YI. FI. LE. M: JW,-. MO KW SI YI. Lꓯ; K. Gꓶ JO Lꓱ, ꓤ: BI SI, Mꓶ: FI LE. A: ꓘꓶ. TO, ꓛꓵ: T. SI: ꓥ= MI: VE ꓕI: ꓕꓶ, Jꓶ; Gꓶ ꓕꓯ; CI. ꓛY; A: ꓘꓶ. MO: Xꓵ: SI, ZI ꓥ Bꓯ M-LE NI SI, Mꓶ: FI M ꓶ, Lꓶ ꓶ, Lꓶ T. LO= SI, ZI Lꓯ; K. NY JO Lꓱ, BI A: ꓘꓶ. NYI: S; BO ꓛI RO Gꓶ ꓕꓯ; SI. YI. Lꓯ; K. DO ꓥ= SI, Lꓯ; KW SI, ꓒY: NY NI, ꓛI; ꓛI; BI A: ꓘꓶ. JW, NI MI: VE LE. Jꓶ; Dꓵ: YI M: D N T.= SI, ZI Yꓯ. ꓘW NY SI, JU ꓒY: LE. A: ꓕU, ꓕU TI T. LO-. A Mꓶ NY W: JIG ꓶ SI. Mꓶ: Nꓶ ꓒO, L ꓕI: G-LE:-. Gꓶ SI. SI, ZI Yꓯ. ꓘW NY ꓛO, ꓛO, ꓤ: T. LO-. SI, ZI Yꓯ. ꓘW YI T. Gꓶ NY TU LE. TU NI, M: Xꓵ O=

SI, ZI ꓒ: K YI ꓘꓶ: YI JY KW NY Mꓯ, BO WE ꓤ: WE SU WE-. YI. FI. NY YI. FI. A: ꓘꓶ. JW, LO= ME VE ꓕI: ꓕꓶ, Jꓶ; L ꓕꓯ; A: ꓘꓶ. SO MI N Nꓵ: W LEO=

SI, ZI ꓒ: K Mꓶ. JY: KW NY Xꓵ. DI DI A: Bꓶ, ꓕI: ꓘU. JW, ꓥ-. Xꓵ. DI DI KW Xꓵ. ꓤ: LE A: ꓘꓶ. JW,= ꓶ: R KW NI NYI ꓕꓯ;-. Xꓵ. DI DI KW MI Xꓵ: V CI; LO Xꓵ: SI, WE A: ꓘꓶ. WE T. LO-. ꓕI M NY Cꓵ Cꓵ Gꓶ“ SI, WE Xꓵ. DI WE V, SI.-. Xꓵ. DI Lꓯ; HW. BI YI W= ”

SI, ZI ꓒ: K Lꓯ: JW ꓕI: ꓛO; SI NY M D LE ꓕI: ꓘU. ꓥ-. M D ZI NI CO V, DU

XO. M NI: ꓕI: ZI YI. CI KW NY YI JY ꓕI: DU DO T. ꓥ= NY, ꓤ: ꓕI: HW. M NY YI. JY DO SU DO-. SI, ZI MO: KW K Tꓶ, SU K Tꓶ,= M D LE KW“ CI: Cꓵ CI: Cꓵ” BI Mꓶ NY, LO=

ꓕI ꓕꓯ, JI NI YI JY SI: NI M: D T. SUM ꓶ: ꓕI: HW. M NY M D LE KW JI SI. YI JY DO YIO=

ꓤ: Nꓱ BU NY SI, ZI Yꓯ. ꓘW YI: T. V, SI. YI. M BU NI YI JY Tꓯ, TO L M Dꓯ ꓩU NY, TY, LO=

A. ꓒU YI. ꓒ: NY MI ꓛY KW M: WO, BI YI T. SI. A. Xꓵ: SW; NY, M: Sꓶ.= ꓕI: B, ꓕꓯ; YI. NY A. Xꓵ: ꓕI: Xꓵ: N N, W LE-BI SI. SI, ZI MO: KW NYI NY, LO=

NYI NI NYI NI YI. ꓒYꓱ: MY KW LE. A: ꓘꓶ. K, ꓛꓵ: LE Xꓵ: ꓒYꓱ: Tꓶ. T. SI. Bꓯ“BY:-. BY:-. SI, ZI MO: KW A: ꓘꓶ. JI N T. Xꓵ: BY: ꓕI: VE NY. Bꓶ= ”

O-. YI. NY SI, ZI M K YI. Dꓵ KW SI, MO: K. Dꓯ A: ꓘꓶ. JI Xꓵ: BY: ꓕI: VE NY, SI.“ BO: BO:” BYꓱ T. DU Sꓯ; M Bꓯ JW, Bꓶ=

GO NY JI NI VE; Mꓶ: KO. BO. VE; Mꓶ:-. YI JY KO. BO. YI JY SI: T. DU ꓕI: HW. Dꓯ Bꓯ ꓕꓯ;-. BY: ꓕI Xꓵ: ꓕI: VE MO NY Cꓵ Cꓵ Gꓶ A: ꓘꓶ. ZO; LE M: ꓥꓯ=

ꓤ: Nꓱ BU NY Lꓯ; HW. K, ꓛꓵ; SI. Bꓯ“ BY: ꓒY, Z: W-. BY: ꓒY, Z: W= ”

ꓤ: Mꓶ: ꓕI: HW. M Gꓶ BY: ꓒY, Z Bꓯ NI YI JY M ꓛꓵ: SI. SI, ZI Yꓯ. ꓘW ꓛꓵ: ꓛI W=

Gꓶ SI. SI, ZI NY ꓕI WU T. M A LE Dꓯ SI. BY: ꓒY, NI,-. ꓕI LE ꓕI: B, A NY, ꓕꓯ;-. YI. ꓤ: ꓩU.-A.-ꓘE NY ꓥW NI Dꓯ SI. ꓒY, YI NE Bꓯ ꓥ LO=

A. ꓒU YI. ꓒ: NY CI. ꓛY; ꓕI: B, Dꓵ: JW; NY, ꓕꓯ;-. YI. ꓤ: ꓩU.-A.-ꓘE NY Bꓯ; ꓕU: Tꓯ, V,-. A. ꓕ; JI: FI. KW Dꓱ; V, SI. ꓛY, MI: ꓕI: LE, BI SI, ZI MO: KW Dꓯ YIO=

ꓩU.-A.-ꓘE NY ꓕI: B, Lꓯ; KW NE BY: ꓕI: Bꓯ; ꓕU: ꓒY, SI. ꓤꓯ; L W= A: Jꓵ; SU NY K, K, ꓛꓵ; ꓛꓵ; BI BY: ꓘE: Z: SU Z:-. BY: Lꓶ: Z: SU Lꓶ: Z:-. BY V. JU, DO SU JU, DO= ꓩU.-A.-ꓘE NY ꓛY Lꓯ; KW NI BY: ꓤ: ꓕI: ꓛꓶ MO. SI. YI. ꓒ: Dꓯ Z: ZI LO=

A. ꓒU YI. ꓒ: NY BY: ꓤ: ꓛꓶ M RU Gꓶ SI. Z, T. ꓕꓯ; LE; LE; N: Gꓶ W= YI. NY BY: ꓛꓶ M N: Gꓶ SI. KU: NU: KU: NU: BI ꓤ: Nꓱ BU Dꓯ Bꓯ M.-LE: Bꓯ“ Sꓯ. T. Xꓵ: Sꓯ; M RU M: D-. Sꓯ. T. Xꓵ: Sꓯ; M RU M: D-. YI. W; NY BY: YO: ꓛꓵ: SU ꓥ-. RO: Z: M: D-. RO: NY BY: ꓤ: Dꓯ SI: M: D= ”

GO NY ꓩU.-A.-ꓘE BE A: Jꓵ; SU Gꓶ CW, W LE SI. Bꓯ“A: B Bꓯ M HO: ꓥ-. A: B: Bꓯ M HO: ꓥ-. RO: NY BY: ꓤ: SI: M: D= ”

YI. P: NY BY: ꓤ: ꓛꓶ Dꓯ JI JI, ꓤ: ꓒI, NYI Gꓶ SI. Bꓯ“ꓕI M NY BY: Mꓯ. ꓕI: ꓛꓶ ꓥ-. GO NY Z: Gꓶ ꓛꓵ O= BY: Mꓯ. NY YI MI: M: YI-. BY: YO: M: ꓛꓵ:-.” ꓕI LE Bꓯ Gꓶ ꓕꓯ; ꓤ: Nꓱ BU Dꓯ B, CW. GꓶO= GO NY ꓕI LE Pꓶ. DU-. YI. ꓒ: NY YI. ꓤ: ɾU.-A.-ꓘE Dꓯ SI, ZI MO: KW Dꓯ SI. NI BY: ꓤ: ꓛꓶ M YI. VE KW Kꓶ YI ZI LO= ꓕI M K. NY. YI. ꓒ: NY ꓤ: Nꓱ BU NI BY: V. MO. L M DO BO YIO= ꓕI M Cꓵ Cꓵ Gꓶ

ꓶ R JI NI ꓛI WO; Hꓶ-. VE; Mꓶ JY SI: CI. XU; LU;=

A KW SI. NI YI SI: ꓘW;-. SI, Nꓯ. MI KW ꓕ; JY: XW.=

M D LI KW YI JY DO-. SI, ZI MO: KW BY: VE JW,=

A. ꓘE SI, Dꓯ BY: ꓤ: ꓒY,-. ꓕI: RO ꓒY, NY A: Jꓵ; BO=

ꓝO MO: Bꓯ ꓘI: NI, M Kꓶ-. Sꓯ. Xꓵ: Sꓯ. Jꓵ; SI: M: D=

Z: JI ꓥ Gꓶ Z: M: D-. BY ꓤ: ꓛꓶ LE. NI, JI MO=

21 M: Tꓱ, HW; ꓘꓶ: Z: ꓘꓶ: YI-. SI, Nꓯ. MI KW ꓛꓵ NI BI

L: ꓝO BU NY DO BO YI W-. Gꓶ SI. HW; G; ꓘꓶ: NY ꓘW; BI: ꓤ: ꓥ. V,-. L ꓛꓶ ꓤ: ꓛꓶ V, SI. NI M: WO, BI L: ꓝO BU Dꓯ NYI TY, LO=

A. ꓒU YI. ꓒ: NY M: ꓥ ꓕꓯ; LE. A. N: Dꓯ A: ꓘꓶ. XW. NI ꓤ:-. A Mꓶ ꓕI LE T. M MO ꓕꓯ; Lꓯ; HW. NI, M N W= GO ꓕꓯ; YI. NY YI. ꓤ: Dꓯ A. N: ꓝO, V, M ꓒꓶ Gꓶ ZI SI. YI JY HW DO YI ZI O=

VE CW M ꓒU Gꓶ ꓕꓯ;-. A. N: NY “SI. SI.” BI Mꓶ SI. YI JY HW DO YIO= YI. W; NY L ꓛꓶ KW NI “ꓒ: L: ꓒ: L:” BI A: ꓘꓶ. DO NY, LO=

A. N: NY YI JY DO BO YI ꓕꓯ;“ SI. SI.” BI Mꓶ SI. L: ꓝO BU M: JY L: L W=

A: Jꓵ; SUN Y JI T. ꓕꓯ;-. ꓘꓶ: K; ꓕI: M M M: MO W-. GO ꓕꓯ; A: Jꓵ; SU NY“O O” BI ꓘU Gꓶ Gꓶ NI M: L: L W=

A. ꓒU YI. ꓒ: NY Bꓯ“ RO: NY YI T. V, SI. ꓕ: ꓩU NY, V-. Lꓯ; Xꓵ JI Lꓯ; Xꓵ ꓩU NY, Lꓯ= ” GO ꓕꓯ; A: Jꓵ; SU Dꓯ HO: T. SI. Bꓶ DO ꓕI: ꓛO; KW JI W=

Mꓶ R ꓕI: TO. JI Gꓶ ꓕꓯ;-. ꓶ R KW NI ꓘꓶ: K M“ W. W.” Mꓶ, Xꓵ: Bꓯ JW; YIO=

A. ꓒU YI. ꓒ: NY Bꓯ“ ꓘꓶ: K; HW. Xꓵ: O-. KO ꓕꓯ; KW NY, DU HW; Gꓶ RO: ꓛO; ꓒꓯ, ꓥ-. RO: NY Sꓯ. T. Xꓵ: M: SI: Bꓯ M-. NU A LE Bꓯ SI. M: N N. ꓥ= ”

ꓤ: Nꓱ BU NY HW; G; ꓘꓶ: ꓘU BI ꓘU“ A. VI-. A. VI-.” ꓕI LE ꓘU Gꓶ Gꓶ Kꓶ: K; NY L: L Xꓵ: M: SW; V,-.YI . NY SI. Nꓯ. MI KW ꓕI: B, ꓕI KW-. ꓕI: B, KO. KW BI W. W. W. W. Mꓶ NY, LO=

ꓘꓶ: ꓕI: HW. M Gꓶ ꓘꓶ: K; ꓕI LE Mꓶ T. ꓕꓯ; A: ꓘꓶ. SU L W= GO NY L: ꓝOB U A. TI. ꓤ: M: ꓤ MO YI ꓕꓯ; YI. CW M HO, Gꓶ SI. ꓕI: M K. NY. ꓕI: M W. W. BI SI. LE KW Tꓶ, YIO=

A. ꓒU YI.ꓒ: BE VE ꓘW SU NY A LE M: YI W= GO NY Bꓯ“ HW; M SI, ZI Dꓯ KU. Xꓵ: ꓕI: M ꓥ Mꓯ:= ”

ꓘꓶ: K; M ꓕI: KO K. NY. ꓕI: KO Tꓶ,-. YI. K. NY. Tꓶ, L, DU ꓘꓶ: ꓕI: HW. M Gꓶ YI. Dꓯ ꓕI: KO GU ꓕI: KO G; YIO=

A. ꓒU ꓕI: VE Gꓶ NI HW; G; ꓘꓶ: ꓕI: ꓛO ꓕI: KO GU ꓕI: KO JI -.Gꓶ SI. YI. W;

NY Lꓯ; Xꓵ JI NY Lꓯ; Xꓵ M D NIO BI WO; ꓒY: ꓤ: HW SI. Z YI NY,=

JI NI JI NI M D LE ꓘꓶ: ꓕI G KW ꓛI ꓕꓯ;-. M D NY ꓕI: ꓘU. ꓕI: ꓘU. Bꓱ: T.-. M D ꓕI: HW. NY YI. ꓒY: LE. NI, ꓛI; ꓛI; BI ꓝ; ꓝ; ꓘꓶ, Gꓶ M-LE-. ꓕI: HW. NY YI. ꓒY: LE. ꓛO, YI GU= M Mꓵ: Nꓵ: L, M Gꓶ Z: P, ꓘO; P, NI YI V, ꓥ=

A. ꓒU YI. ꓒ: NY A: Jꓵ; SU Dꓯ Bꓯ“ ꓕI M NY M Vꓯ; NI Z: ꓥ-. ꓕI: Mꓵ: KW M Vꓯ, A: ꓘꓶ. MY: NY M D LE. Z: Mꓶ: YI D ꓥ-. NYI. MI Mꓶ: ꓘꓶ: NY RO: Tꓯ. Z V. M: JW,-. RO: NY M Vꓯ, ꓕI: M RU SI. YI. V. YI Lꓯ= ” ꓕI LE Bꓯ Gꓶ ꓕꓯ; ꓤ: ꓕI: HW. M NY ꓕI: RO M D ꓝꓶ, LE. Xꓵ: ꓕI: K. Tꓯ, V, SI. HW ꓕꓶ YI W=

ꓕI B, Lꓯ; KW GW YI. W; NY M Vꓯ, A: ꓘꓶ. NYI: S M RU W LEO= ꓤ: Nꓱ BUN Y M Vꓯ, Dꓯ MO ꓕꓯ; NYI A YI SI ꓕI: KO ꓕI: ZI A: ꓘꓶ. Xꓶ, Cꓵ, NY, ꓥ=

A: Jꓵ; SU NY K, ꓛꓵ; NI M: D T. ꓕꓯ;-. HW; ꓘꓶ: Sꓯ; M W Mꓶ W Nꓶ: L W-. GO NY L: ꓝO BU NY, ꓕI: KO Dꓯ Mꓶ ꓛI O=

HW; ꓘꓶ: NY HW; G; NI Lꓯ; HW. W G; W Nꓶ W=

A. ꓒU YI. ꓒ: NY HW; ꓘꓶ: M HW; Dꓯ ꓘO; Gꓶ M Pꓶ. DU NI, M KW A: ꓘꓶ. JY: XW. NY, LO=

ꓤ: Nꓱ BU NY YI. ꓒ: A: ꓘꓶ. NI, ꓝ; T. ꓕꓯ; Bꓯ“ A: B: O-. A. RW NY RO: Dꓯ Sꓯ. Xꓵ: Sꓯ. Jꓵ; A. T. ꓤ: SI: Bꓯ ꓥ-. ꓕI: M LE. SI: M: D N: M: Bꓯ= A Mꓶ NY RO: JI ꓕI: ꓛO; KW Z: DU ꓕI: Xꓵ: Gꓶ M: JW,-. NU NY ꓥW NU: Dꓯ HW; G; YI ZI Lꓯ= ”

A. ꓒU YI. ꓒ: SW; NY“ ꓥ Gꓶ ꓥ W-. RO: NY, Tꓶ. HW NY Z: DU JW, N LO:= ”

“ Gꓶ SI. KO ꓕꓯ; KW HW; G; D G; M: D NY LI ꓛI HW; MI SI Dꓯ N NYI ꓕꓯ; SI. D ꓥ=

YI. ꓒ: NY ꓤ: Nꓱ BU Dꓯ M D ꓕI: ꓕO. NI. L ZI SI. NYI: Bꓶ ꓘꓶ: Gꓶ ZI-. GO NY M D Bꓶ M Lꓯ; Xꓵ Nꓵ, NY Lꓯ; Xꓵ Bꓯ LO ꓛO; K; SU A P MI SI O-. SI. LE K; SU A. RW: MI SI O-. Xꓵ: WU M: JW, ꓥW M: HW-. XW. Mꓶ: M: ZI ꓥW M: Bꓯ=

ꓕꓱ,-. NYI. MI Xꓵ: WU JW, Pꓶ. DU-. NYI. MI XW. Mꓶ: ZI Pꓶ. DU=
ꓕꓱ,-.SI, Nꓯ. MI KW HW; ꓤ: MY:-. SI, Nꓯ. MI KW NY, ꓤ: MY:-.
HW; MY ZI NY Xꓵ. M: JW,-. NY, ꓤ: MY: NY Z M: JW,=
ꓕꓱ,-. NYI. MI ꓥW NY NY, Tꓶ. HW-. X, Gꓶ ꓥW NY JY GU CW-.
YI. Cꓶ, CW NY Z: N Kꓶ-. Gꓶ. SI. Z: ꓘꓶ: M: JW, W=
NU NY ꓥW Dꓯ HW; G; ZI-. NY NY ꓥW Dꓯ NY, G; ZI-.
HW; G; SI. NI VE; DU NO.-. NY, G; SI. NI Z: ꓘW YI=

ꓕꓱ,-. NY, Tꓶ JI HW Z Tꓶ YI-. MI HW JI MO N. ꓘW YI-.

Z JI L NY A: MY W-. N. JI L NY A: MY, ꓒꓵ,-.

Z W LE NY NU Dꓯ ꓒU:-. N. W LE NY NU Dꓯ ꓒU:=

ꓕꓱ,-. NU NY NYI SI. ZI: HO. ZI-. NU NY Bꓯ SI. ZO HO. ZI-.

NU NY ꓥW Dꓯ NYI NYI MO:-. NU NY ꓥW Dꓯ C, C, MO:-.

H,.........H, H,..............H, M Bꓶ: ZI: NY HW; G; YIO-.

H,.........H, H,..............H, M Bꓶ: ZO NY NY, G; YIO=

ꓕꓱ,

A: B: WU-S ꓒU:-L O-. A M WU-S ꓒU: -L O-.

L: ꓞO BU Dꓯ ꓕ: VE; Mꓶ ZI-. L: ꓞO BU Dꓯ ꓕ: XW. ZI-.

ZI: L V;-. ZI: L V;=

ꓕI LE Bꓯ Gꓶ K. NY. M D Bꓶ: M MI ꓛY KW S ꓘO, ꓶ, ꓝU S ꓘO, ꓕI: KW ZO YIO=

A. ꓒU YI. ꓒ: NY K, ꓛꓵ; ꓛꓵ; BI Bꓯ“WU-S ꓒU:-L BI SI, K; MI SI NY RO: Dꓯ HW; G; YI ZI Bꓯ LO= Gꓶ SI. HW; G; YI Mꓶ. JY: HW; K; MI SI Dꓯ TI GO; Gꓶ ꓕꓯ; SI. G; D ꓥ= ”

A: Jꓵ; SU N N, Gꓶ ꓕꓯ; A: ꓘꓶ. K, ꓛꓵ; W=

ꓕI ꓕꓯ; HW; ꓘꓶ: K; NY Mꓶ Sꓯ; M Lꓶ. Gꓶ W-. YI. Mꓶ Sꓯ; M NY ꓕI: ꓘꓶ: ꓕꓯ; SI ꓕI: ꓘꓶ: Mꓶ T.-. YI. K. NY. Tꓶ, T. DU HW; ꓘꓶ: Gꓶ ꓕI: ꓘꓶ: GU ꓕI: ꓘꓶ: Mꓶ TY, LO=

A. ꓒU YI. ꓒ: NY ꓕI Tꓯ; HW; A: L G; DO: YI T. M Sꓶ. ꓥ=

YI. NY NI, ꓞ KO ꓒI: KW Dꓯ YI SI. HW; ꓘꓶ: Mꓶ NY, ꓕI: ꓛO; KW NYI V,-. YI. Mꓶ. JY: KW NY NYI LE. NYI ꓛI M: D Xꓵ: Xꓵ. DI ꓕI: DI ꓥ LO= YI. NY HW; M ꓕI Xꓵ: KW ꓕꓶ, L NY SI, Nꓯ. MI ꓘU: KW ꓕꓯ; SI G; S M Sꓶ. ꓥ= GO ꓕꓯ; YI. Dꓱ; V, DU A. NYI YI. ꓛI KW NI X, V, DU Mꓵ DU M“ DU DU DU” Mꓵ Gꓶ LO=

A: Jꓵ; SU NY Mꓶ: ꓕꓯ; SI SI: Lꓯ; ꓘO ꓕꓯ; Bꓵ; Lꓵ. Mꓵ SI. Tꓶ, T. M-LE Tꓶ, YIO=

A: Jꓵ; SU NY YI. ꓒ: Mꓶ. JY; KW Tꓶ, ꓛI ꓕꓯ;-. YI. ꓒ: Bꓯ“ ꓤ: Nꓱ BU-. HW; M NY KO ꓤꓯ; YIO-. RO: Mꓶ. JY: Xꓵ. DI KW HW; RU YI Lꓯ= ”

A. ꓒU YI. ꓒ: NI ꓕI LE Bꓯ Gꓶ ꓕꓯ;-. A: Jꓵ; SU NY Xꓵ. DI ꓘꓶ: ꓕI: ꓛO; KW YI. ꓛI LE. ꓛY, Lꓯ Xꓵ: ꓞꓶ, ꓕI: ꓘ, MO YIO-. ꓞꓶ M NY YI. Mꓶ. ꓕI: ꓶ, ꓕI: ꓶ, BI Xꓵ. LE KW Tꓶ, YIO=

ꓕI: B, ꓕꓯ, HW; ꓘꓶ: K; M Gꓶ YI. Mꓯ: HO. T. SI.“W. W. W.” BI G; YIO=

ꓮ. ꓒU YI. ꓒ: NY G; ꓕI: ꓘꓶ: Bꓯ Gꓶ ꓕꓯ;-. A: Jꓵ; SU NY“A. VI VI-.” Bꓯ SI. Xꓵ. LE KW Tꓶ, Dꓵ: YIO=

L: ꓞO BE HW; ꓘꓶ: NY G; NI Xꓵ. LE KW LO, YI-. KO LE. NYI: KO ꓒO, YI SI, NI YI JY ꓕI: DU: ꓘꓶ: KW ꓛI W-. Mꓶ: JY: SI G; ꓛI DU HW; ꓘꓶ: ꓕI: HW. M NY“W. W. W.” BI ꓕI: B, Mꓶ Gꓶ K. NY. ꓕꓯ; YI Bꓱ ꓕI: Bꓱ Bꓱ V, M Dꓯ CO NY, SI. M: LO W= M: Λ ꓕꓯ; ꓕI LE T. NY HW; ꓤ: G; W YI CI Λ-. Gꓶ SI. A. ꓒꓵ NY ꓕI KW ꓛI ꓕꓯ; ꓕI: Xꓵ: HW; Gꓶ M: MO-. A. N: NY “SI. SI.” Mꓶ NI CO LO LO CO, NY,= L: ꓞO BU Gꓶ YI. ꓘꓶ: YI JY CO SI. ꓒI, NYI Gꓶ ꓕI: Xꓵ: G: M: MO-. GO ꓕꓯ; A: Jꓵ; SU LE. A YIO=

ꓕI: B, LO; ꓕꓯ;-. YI Bꓱ ꓘU: KW NY YI JY BU: LU, DO L W-. GO ꓕꓯ; Cꓵ O. Dꓵ M NY YI Bꓱ KW NI ꓛꓵ; DO L O-. YI. NY O. Dꓵ KW YI JY JW, M Sꓯ; ꓣU ꓣU BI A Gꓶ O=

ꓕI M NY Cꓵ Cꓵ A: ꓘꓶ. ZO N ZI YIO=

ꓕI ꓕꓯ; A: Jꓵ; SU NY Lꓯ; ꓒꓯ, KW NY: M M Jꓵ, V, SI. YI JY ꓘU: KW ꓕI: ꓕꓶ, K. NY. ꓕI: ꓕꓶ, Bꓶ Gꓶ O=

M: Λ ꓕꓯ; NY A: ꓘꓶ. Bꓶ ꓤꓯ; D M-. NYI. MI NY M: Λ NY YI. ꓘꓶ: Jꓵ YIO-. M: Λ NY LO, YIO-. M: Λ NY M: ꓛI YIO= CY Cꓶ, NY Bꓶ NI YI JY KW LE. YI JY FU-LE FU-. Gꓶ SI. NI ꓕI: ꓕꓶ, Gꓶ Bꓶ M ꓤꓯ;=

GO NY A: Jꓵ; SU CY Cꓶ, M Bꓶ GU YI SI.YI Bꓱ ꓘꓶ: KW NY, SI. NYI ꓕꓯ;-. ꓛꓵ M NY YI JY ꓘU: KW KO Dꓵ: ꓞI; NY, M-LE: BI A: ꓘꓶ. Lꓯ. Lꓯ NY, Λ-. ꓕI: B, ꓕꓯ; YI. ꓘW; BI KW NI Z Nꓵ ꓕI: LE, Xꓵ: ꓕI: PU NIO, V, SI YI Bꓱ ꓘꓶ: KW Dꓯ DO L O= YI. NY A: Jꓵ; SU Dꓯ NYI SI O. Dꓵ ΛU Gꓶ ꓕꓯ; YI. Mꓶ. Mꓯ SI. SI. LE KW Tꓶ, Dꓵ: YIO-. ꓕI ꓕꓯ; HW; ꓘꓶ: ꓕI: HW. M Gꓶ LO Gꓶ M: LO-. G; Gꓶ M: G; YIO=

A. ꓒU YI. ꓒ: NY ꓶ; R KW Tꓶ, ꓛI LO ꓛꓵ M Dꓯ NYI SI. Bꓯ“ ꓕI M NY ꓛꓵ ꓒU:-L Λ-. RO: G; W M: D-. ꓕI KW NY ꓛꓵ YI PI-. ꓕI KW NY ꓛꓵ-YI-PI MI Λ=

ꓕI: NYI ꓕI LE YI Gꓶ ꓕꓯ; Mꓶ: ꓞ Gꓶ LO, YIO-. HW; ꓘꓶ: BE L: ꓞOB U LE. A: ꓘꓶ. WO; Hꓶ W-. GO ꓕꓯ; A. ꓒU YI. ꓒ: NY A: Jꓵ; SU Dꓯ ꓛꓵ-YI-PI XI XW. ZI NYI: S; ZI Yꓯ. ꓘW N: Bꓯ LO= L: ꓞO BU NY YI JY ꓱ, SU ꓱ,-. M Vꓯ, JI Xꓵ SU Xꓵ-. WO; ꓒY: GO SU GO-. A. TO. FI SU FI= A. TO. M FI NI A: Bꓶ ꓤ: Kꓶ YI ꓕꓯ;-. L: ꓞO BU NY MO: LO HW V, DU Z: DU M KO SU KO-. CY. SU CY.= A: Jꓵ; SUN Y ꓕI LE YI SI. ꓒ BO, ꓕI: Z: Z: Gꓶ ꓕꓯ; CI ꓛY; YI: T. GU HW SI. YI: GU X,-. GO NY CY ꓛO Mꓶ Sꓯ; ꓕI: ꓛO BI WO; MY ꓤ: ꓘO YIO=

22 L ꓒU ꓒ: NY LO K. JI-. L: ꓝO GO Lꓯ; ꓘO BI NY, Tꓶ. HW

NY, Sꓯ; Mꓶ NI Xꓵ: ꓤ: Xꓵ-. YI. Xꓵ: ꓕI: NYI ꓛI L W-. GO NY Bꓶ DO ꓘꓶ: ꓕI: ꓛO; KW ꓒU LE, ꓤ: ꓕI: B, Lꓯ: L ꓕꓯ;-. Mꓶ: ꓝ NY SI SI, ꓤ: BI A ꓤ ꓤ DO L W=

ꓕI ꓕꓯ; Cꓵ-YI-PI ꓕI: ꓛO; KW Gꓶ MU KU. M Gꓶ A ꓤ ꓤ BI ꓛꓵ; DO L W= GO ꓕꓯ; ꓛꓵ-YI-PI YI. ꓘꓶ: KW YI: T. NY, SU ꓕI: HW. M Gꓶ TU L W= YI. W NY Mꓶ: JY: SI ꓕI: LE, YI JY ꓱ, SU ꓱ,-. A. TO FI SU FI-. CY. SU CY.-. ꓛU SU ꓛU BI YI SI. ꓒ BO, ꓤ: Z: Gꓶ-. A. N: Z CW. Gꓶ ꓕꓯ; A. ꓒU YI. ꓒ: Bꓯ ꓘꓶ: N N, SI. YI. Cꓶ, CW YIO=

A: Jꓵ; SU NY Bꓶ DO ꓘꓶ: ꓕI: ꓛO; KW MU: ꓘU: ꓕI: KW. ꓛꓵ MI JI Gꓶ ꓕꓯ;-. YI. W; Mꓶ. JY: KW A: ꓘꓶ. BI Xꓵ: YI JY D: M ꓕI: DU: MO YIO=

YI JY LO K. NY XY NI MI ꓛY KW LE. MO D,-. YI JY ꓘU: KW B. BE SI, ꓛꓵ: K. ꓕꓯ; SIN Y YI Mꓵ: ꓘE; NI, ꓛI, ꓤ: BI TI V, LO=

YI JY LO K. NYI: ꓛO; KW NY SI, ZI ꓤ: LE. NY ꓝI, ꓤ:-. YI JY NI BU L DU SI, K. SI, MI BE M D ꓤ: NY YI JY ꓘU: KW A LE M: ꓥ BI JW, LO=

YI JY LO K. M D Yꓯ. KW; KW NY Lꓯ; ꓕI: ꓕꓵ JW, JW, M: JW,-. M D K. M WU Xꓵ: ꓥW. ꓕI: Dꓱ; Dꓱ NY, SI. YI JY S. NY, LO=

SI, M K ZI BE M D ZI YI. F. KW NY SI, BU LE. A: Nꓯ. Nꓯ. TI V,-. ꓕI: ꓕꓶ, ꓕO: Gꓶ ꓕꓯ; Nꓵ: LE, ꓤ: T.-. ꓤ: Nꓱ BU ꓕI: HW. NY ꓕI M ꓕꓯ; SI YI: T. V, SI. V, M: Yꓯ; T. LO=

ꓤ: Nꓱ BU NY Bꓯ“ A: B: O-. ꓕI KW NY A: ꓘꓶ. ZO; Xꓵ: ꓕI: G ꓥ-. RO: NY ꓕI KW NY, Gꓶ L V= ”

YI. ꓒ: Bꓯ“ ꓕI W N: Cꓵ Cꓵ A: ꓘꓶ. JI Xꓵ: Mꓵ: ꓥO-. Gꓶ SI. NU W; NYI-. ꓕI KO KW A KW ꓛI ꓛI LE. Mꓯ, BO ZI-LE-. ꓕI KW NY Z Tꓶ M: Mꓶ LO= ”

YI. ꓒ: Bꓯ ꓘꓶ: M N: YI ꓕꓯ;-. HW; ꓘꓶ: ꓕI: HW. M Gꓶ LO L W= L: ꓝO BU NY A. N: LO T. ꓕI: ꓛO; KW NYI NY-. L ꓒU ꓒ: ꓕI M NY YI. Mꓶ. Mꓯ T.-. YI. SI: ꓛI LE. FI, Hꓶ: BI M D LE KW NE Tꓶ, DO L O= YI. NY HW; G; ꓘꓶ: Sꓯ; Mꓶ,-M Bꓯ M: JW; ꓕI:-LE, BI L: ꓝO BU Dꓯ O. Dꓵ ꓶ, SI. LO K. C C Bꓶ DO ꓘꓶ: ꓕI: ꓛO; KW JEO=

L M: V ꓕꓯ; NY YI. Mꓵ M PU LE, M: T.-. YI. NY HW; G; ꓘꓶ: Dꓯ Gꓶ MY Sꓶ: KW M: NYI V,-. L: ꓝO BU Dꓯ Gꓶ O. Dꓵ LE. ꓶ, L, SI:-. ꓕI M Pꓶ. DU L: ꓝO BU Gꓶ A YIO= “ ꓕI M NY WU-S ꓒU:-L NI FI ɾU SI. YI. Cꓶ, HO: M. SU MI SI M: ꓥ W.= ” A. ꓒU YI. ꓒ: NY CI. ꓛY; SW; NI Bꓯ“Cꓵ Cꓵ ꓥ DU ꓥ= ”

A: Jꓵ; SU NYI A. ꓒU YI. ꓒ: ꓕI LE Mꓯ, Mꓯ, ꓤ: Bꓯ T. ꓕꓯ; A LE W= GO NY Bꓯ“ A: B:-. A: B:-. NU ꓕI LE Mꓯ, Mꓯ, ꓕ ꓕ Bꓯ NY, M A. Xꓵ: Bꓯ NY, ꓥ Lꓯ;= ”

A. ꓒU YI. ꓒ: NY ꓤ: Nꓱ BU YI XW. W ꓕꓵ ꓘꓶ: M N N, M: KU. ꓕꓯ; JI JI, BI ꓕO, ꓕI Bꓯ“ꓤ: Nꓱ BU O-. ꓥW Bꓯ ꓕI LE ꓒU LE, Xꓵ: L N: MO M: FO-. FAI NY L ꓕI M NY HW; ꓘꓶ: G; L M Gꓶ M: JO-. Lꓯ; HW. L: ꓝO Dꓯ LE. O. Dꓵ ꓶ, L, SI:-. A Mꓶ NY Bꓶ DO ꓘꓶ: ꓕI: ꓛO; KW JI YIO-. ꓥW Bꓯ ꓕI M N: WU-S ꓒU:-L NI FI ɾU SI. RO: Dꓯ YI, Cꓶ, HO: M. SU ꓥO= ”

ꓤ: Nꓱ BU NY ꓕI ꓘO, ꓕꓯ; YI. ꓒ: Bꓯ Kꓶ: M Sꓶ. YI W-. GO NY L M WU-S ꓒU:-L NI FI ɾU SI. YI. Cꓶ, HO: M. SU Bꓯ NI YI. ꓒ: Dꓯ Bꓯ“ A: B: O-. GO NY RO: Gꓶ L JI M ꓕI: LE, JI SI. NY, Tꓶ. HW YI L= ”

YI. ꓒ: Bꓯ“ ꓥ,-. RO: NY LO K. ꓕI ꓕI: DO Dꓯ JI SI. NY, Tꓶ. HW YI Lꓯ= ” GO ꓕꓯ; A. ꓒU YI. ꓒ: NY A: Jꓵ; SU Dꓯ HO: SI. NI, ꓝ JI YIO=

ꓕI ꓕꓯ; HW; G; ꓘꓶ: Mꓶ Sꓯ; M Gꓶ GW Lꓯ; HO Sꓯ; LO: YIO=

Mꓶ. JY: ꓕI: TO. JI Gꓶ ꓕꓯ; A: Jꓵ; SU LE. NYI A LE W-. HW; G; ꓘꓶ: ꓕI: HW. M NY L M Dꓯ G; NY, M: ꓥ-. Lꓯ; HW. Mꓶ R M: MO M ꓛO; ꓒꓯ, ꓕI: LE, YI JY ꓘꓶ: KW ꓒO, LO ꓒO, LO ꓛI; Lꓯ; HO NY, LO=

“ A. N: BE L NY XW. W ꓕꓵ M: KU. Bꓯ Gꓶ ꓛO; ꓒꓯ,-LE: BI A: ꓘꓶ. ꓕ: Lꓯ; HO LO= FAI, Bꓯ L NY YI. W; Dꓯ Z: ꓘꓶ: ꓤ: M: HO-. GO NY Lꓯ; HW. ꓕ: ꓕꓯ; SI. ZO; ꓥ= ” L: ꓝO BU NY Lꓯ; Xꓵ Bꓯ ꓘꓶ: ꓕꓵ NY Lꓯ; Xꓵ YI. W; K, NY, NY, KW NYI LO=

L NY L: ꓝO BU A: ꓘꓶ. K, ꓛꓵ; BI YI. M: JY L, ꓕꓯ; Lꓯ; HW. M: K; K; BI HW; ꓘꓶ: ꓕI ꓛO K, NY, NY,-. L: ꓝO BU YI. ꓒ ꓕI, KW ꓛI ꓕꓯ;-. YI. NY FAI, ꓕI: ꓘO, O. Dꓵ ꓶ, SI. NI HW; ꓘꓶ: ꓕI: ꓛO; K, NY, YIO=

ꓕI M Cꓵ Cꓵ Gꓶ

V, M: Yꓯ; BI V, L SI.-. ꓛꓵ NY ꓛꓵ-YI-PI KW ꓛI=

ꓛꓵ-YI-PI Mꓵ: A: ꓘꓶ. JI-. L: ꓝOB U LE. V, M: Yꓯ;=

LO K. ꓘꓶ: KW L ꓒU NY,-. ꓘꓶ; BI L NY M: ꓕI: VE=

Gꓶ SI. ZI NY A: ꓘꓶ. ꓕ:-. ꓕI VE ꓕꓯ; SI ꓕ: T. Bꓶ=

L ꓒU M NY ꓒU:-L ꓥ-. M: Bꓯ LE. NI Sꓶ. ꓥ Lꓯ;=

YI. NY YI. C⅂, HO: M. SU-. B⅂ DO ⊥I: ƆO; NY, T⅂. HW=

A: J∩; SU NY L BE HW; ⋊⅂: D∀ G; M: M⅂ ⊥∀;-. GO ⊥∀; L BE HW; ⋊⅂: NY L∀; X∩ K, NY, L∀: X∩ JI LO= L: ꟻO BU NY A L G; M⅂ YI T. ⊥∀;-. YI. W; NY H. NYI ⊥I: ⊥O: JI-. ⊥I LE-BI LO K. CW CW B⅂ DO ⋊⅂: KW JI TY, LO=

JI NI JI NI M D LE KW ƆI-. M D LE JIG U ⊥∀;XI XW. LE KW ƆI-. XI XW. LE KW JIG U ⊥∀; S. SO LE KW ƆI-. S. SO LE KW JIG U ⊥∀; XO M NI LE KW ƆI-. ⊥I LE BI ⊥I: X∩: GU ⊥I: X∩: LE KW JI ƆI-. K. NY. NY JI NE ⊥O: LE JW, KW ƆI W= ⊥I ⊥∀; HW; G; ⋊⅂: NY “W. W. W.” BI A: ⋊⅂. LO L W=

GO ⊥∀; L: ꟻO BU NY M⅂. JY: SI NYI G⅂ ⊥∀;-. HW; G; ⋊⅂: ⊥I: HW. M NY LO K. ⋊⅂: KW A. X∩: ⊥I: X∩: MO LE-BI LO NY, LO=

L: ꟻO BU NY NI, ꟻ JI SI. NYI ⊥∀;-. L d∩ d: M NY“PO: TO” BI LO K. ⋊U: KW T⅂, D∩: LEO SI. KO B: ⊥I: ƆO; KW YI JY S. YIO= L d∩ d: M YI JY KO B: ⊥I: ƆO; KW ƆI ⊥∀;-. YI. NY ⊥ B: KW NY, SU L: ꟻO BE HW; ⋊⅂: D∀ O. D∩ ⅂,-. YI. KO D∩: KW YI JY M A G⅂ SI. L∩ L∩ BI SI. N∀. MI B. dI: ⊥I: ƆO; KW D∩: JI NI M⅂: YI W=

A. d∩ YI. d: NY JI JI, BI NYI V, SI. B∀“ Я: NƎ BU O-. NYI. MI NY MI: MI G⅂ MI YI W-. L d∩ NI RO: D∀ HO: M. SI. NY. T⅂. HW M NY GO ⊥I: DI M Λ M: S⅂.= ” ⊥I LE B∀ G⅂ ⊥∀; LE; LE; NY B. dI: ⊥I: ƆO; KW L∀; d∀, K∀. V, SI. B∀“ A M⅂ Я: M⅂: ⊥I: HW. M NY B. ⋊∩ KW A. TO. FI SI. Z X, YI-. M⅂: ⋊⅂: NY B. ⋊∩: KW YI: T.= Я: ⊥I: HW. M NY ΛW ⊥I: ƆO LO K. KW KW ZƎ KO-. X, G⅂ M⅂: ⊥∀; JI NY RO: KW B: JI NI= ”

Я: NƎ BU NY YI. d: B∀ ⋊⅂: M N N, G⅂ ⊥∀;-. Я: M⅂: NY LO K. ⋊⅂: B ⋊∩ KW ⊥I: ⊥⅂, SI, G⅂ SI. A. TO FI SU FI-. YI JY Ǝ, SU Ǝ,-. Z CY. SU CY.-. Я: NY YI. d: ⊥I: ƆO B. Ɔ∩; N Ɔ∩; SI. KW; ZƎ KO DU d∩,NY,-. GO NY KW; ZƎ KO DU d∩, M M⅂: ⋊⅂: NY ꟻI Я: K⅂ YI ⊥∀; KO GU YIO= GO NY X, G⅂ ⊥∀; ⊥I KW SI. K. NYI: S K. KO G⅂ NY KO B: JI Ɔ∩ LO=

K. NY. ⊥I: NYI A: J∩; SU TU L ⊥∀;-. M⅂. JY: ⊥I: NYI ⊥∀; LE X, DO LE DU KW; ZƎ d∩, M NY L∀; HW. SI. K. NYI: S K. KO G⅂ ⊥∀; JI D N K⅂ YI B⅂-. GO ⊥∀; L: ꟻO BU NY JI JI, dI, NYI NY-. KW; ZƎ d∩, M G⅂ TI, TI, Я: X∩: NƎ. B∩, Я: LO YIO=

A. d∩ YI. d: B∀“⊥I M NY WU-S d∩:-L NI RO: D∀ YI JW L Λ-. NI, ꟻ JI SI. SI. K. NYI: S K. NI. KO L= ”

A. d∩ YI. d: NY XW. W ⋊⅂: M d B∀ GU ⊥∀;-. L: ꟻO BU NY HW; ⋊⅂: “W. W.

W.” Mꓶ, M B∀ JW; LEO= GO NY ꓕI: ꓕꓶ, ꓒI, NYI Gꓶ ꓕ∀;-. L ꓒU ꓒ: ꓕI: M M KO B: ꓕI: ƆO; KW NI ᴚ∀; L SI. ꓕI ꓕI: ƆO; KW L, Bꓶ=

L ꓒU ꓒ: NY ꓕI ꓕI: ƆO; KW ƆI ꓕ∀; YI . N ꓘ∩ KW YI JY JW, M M∩ DO Gꓶ-. YI. KO D∩: KW YI JY M A Gꓶ-. L: ꟻO BU D∀ O. D∩ ꓶ, Gꓶ SI. NI HW; ꓘꓶ: ꓕI: ƆO LO K. CO CO Bꓶ DO ꓘꓶ: ꓕI: ƆO; KW JI W=

L: ꟻO BU NY A A BI YI. W; JI GUM KW NYI NY,= A. ꓒU YI. ꓒ: NY NI, ꓕƎ, ᴚ: LE BI B∀“ᴚ: NƎ BU O-. ꓒI, NYI NY KW; ZƎ M KO M: Ɔ∩ O-. NI, ꟻ ꓶ ᴚ: ꓶ MI XW SI. L ꓒU ꓒ: D∀ G; YI L∀= ”

A Mꓶ Gꓶ NI A: NƎ NƎ ꓕ∀; A. ꓒU YI. ꓒ: BU NI X, V, DU KW; ZƎ ꓒ∩, M LE. JW, SI: Λ-. A: NƎ NƎ ꓕ∀; KW; ZƎ ꓒ∩, X, SI. NƎ. ꓒ∩,-. NƎ. VƎ; ZI LO M Gꓶ A Mꓶ L:-ꓒU YI JY KW B: ꓕ B; TO, T. Λ= A Mꓶ L: ꟻO BU NY ꓕI M ꓕ∀; SI NI HO WO; Cꓶ, ᴚ: ᴚƎ: SI. MO: KW V; L Ɔ∩; T. X∩: KW; ZƎ X, V, LO= A: NƎ NƎ ꓕ∀; A. ꓒU YI. ꓒ: BU JY: Gꓶ: M NY A Mꓶ ꓕ∀; C∩ C∩ LO YIO= A Mꓶ L: ꟻO BU NY KW; ZƎ MO: KW JI T. ꓕ∀; V; L V; L BI MI: WO; KW JI M ꓕI: LE, T. LO= ꓕI M NY A Mꓶ L:-ꓒU LO K. KW A: NƎ NƎ B∀ Pꓶ B∀ M Λ, LO=

A: J∩; SU NY A. ꓒU YI. ꓒ: NI HO: T. SI. L ꓒU ꓒ: ꓕI: ƆO JI NI JI NI Mꓶ: ꟻ X∩. YI ꓕ∀;-. L: ꟻO BU NY L:-ꓒU LO K. BI N∀. B∀ YI JY V, T. KW ƆI W-. ꓕI KW NY KO S; KO M YI JY NYI: DU D∀ NIO, V,-. YI JY ꓘꓶ: KW NY A: ꓘꓶ. DI X∩: MI N∀ ꓕI: ꓘ∩. JW,-. MI N∀ ꓘꓶ: KW NY MO: NI SI, BI: LE: ᴚ: LE. RW, X∩: O. D∩: ZI-. Fꓶ. M FI-. ꓕO: FI-. JW, LO= NY, ᴚ: NY MO KW ΛW; V, SI. Ɔ∩; Ɔ∩; BI Mꓶ NY,-. BY: M NY SI, WE Ɔ∩ NI Ɔ∩; Ɔ∩; T. LO=

A. ꓒU YI. ꓒ: B∀“ ꓕI KW NY A: ꓘꓶ. JI X∩: M∩: ꓕI: M∩: Λ LO= ”

ᴚ: NƎ BU NY B∀“ A: B: O-. RO: NY ꓕI KW NY, K, L V;= ”

A. ꓒU YI. ꓒ: B∀“ꓕI KW NY M∩: A: ꓘꓶ. JI ꓕI: M∩: ΛO-. Gꓶ SI. ꓕI KW RO: NY, Tꓶ. M: JW,-. FAI, B∀ L ꓒU ꓒ: M LE. Mꓶ. JY: JI T. SI:-. RO: NY YI. K. NY. JI L∀= ”

GO ꓕ∀; L: ꟻO BU NY V, LE. V, M: Y∀; BI ꓕI M∩: KW L: YI SI. Bꓶ DO ꓘꓶ: ꓕI: ƆO; KW JI GꓶO=

Mꓶ: ꟻ A: L LO, YI T. W-. L: ꟻO BU NY MI N∀ A: Bꓶ, X∩: ꓕI: ꓘ∩. ꓕ B KW ƆI W-. ꓕI MI N∀ M NY L:-ꓒU LO K. M LE. ꓕI: CO CO T. Λ-. ꓕI LE M Pꓶ. DU YI JY Gꓶ A ᴚ ᴚ BI JI T.-. YI JY Gꓶ A: XO, XO T.-. YI JY Gꓶ NI ꓕ∀; SI ᴚ: T. Λ=

ꓕI ꓕ∀;-. Mꓶ. JY: SI JI T. DU L ꓒU ꓒ: NY O. D∩ M ꓒO, L SI. NI L: ꟻO BU D∀ O. D∩ ꓶ, GO; Gꓶ NY,-. ꓕI LE M K. NY. ꓕ∀; YI JY ꓘ∩: KW JI SI. YI JY KW B: JI

YIO= Gꓶ SI. A LE ꓥ Gꓶ M: Sꓶ.-. HW; ꓘꓶ: ꓕI: HW. M Gꓶ M: ꓥ ꓕꓯ; YI JY LE. JI M: FO M-. ꓕI ꓕI: B, ꓕꓯ; NY ꓕI: M K. NY. ꓕI: M ꓕI: ꓘE: LE. M: JO BI YI JY KO B: JI W=

A. ꓒU YI. ꓒ: Bꓯ“ ꓤ: Nꓱ BU O-. NU W; NYI-. L ꓒU ꓒ: BE HW; ꓘꓶ: LE. YI JY KO B: JI W-. GO NY ꓒU:-L Gꓶ RO: Dꓯ M. GO; DU NY, Tꓶ. M NY KO B: Sꓯ ꓥ W=

Gꓶ SI. S-M-KO; KO KW RO WU: L DU L: ꓞO BU NY A ꓕI: RO Gꓶ YI JY KW JI GU; M: FO-. GO ꓕꓯ; NU ꓥW Dꓯ NYI-. ꓥW NU Dꓯ NYI BI YI SI. A ꓕI: RO Gꓶ Mꓶ. JY: YI JY KW JI M: Pꓶ. LO=

A. ꓒU YI. ꓒ: NY SW; ꓕI V, SI. Bꓯ“ ꓤ: Nꓱ BU O-. L BE HW; ꓘꓶ: LE. JI GꓶO-. RO: NY ꓤ: Nꓱ M Mꓯ V, SI. ꓕI: RO K. NY. ꓕI: RO GO NI YI JY KW B: JI NI= ”

YI. ꓒ: NI ꓕI LE Bꓯ Gꓶ ꓕꓯ;-. ꓞO MO: NY A. TI. Xꓵ: Dꓯ Mꓯ T.-. ꓤ: NY Mꓶ. JY: SI VE; V,-. ꓤ: Mꓶ: NY K. NY. SI VE; V, SI. ꓕI: RO GU ꓕI: RO A ꓤ ꓤ GO Lꓯ; ꓘO BI YI JY KO B: KW JI ꓷI W=

YI JY KO B: W; Zꓱ: KW NI ꓕI: BO ꓷI JI Gꓶ Tꓯ;-. MI Nꓯ KW NY Fꓶ ZI-. O Dꓵ: ZI-. Lꓶ Sꓶ: ZI ꓤ: A: MY, JW,= SI, ZI M NY A: Jꓵ; LE. WU: NI NYI: S; RO SI. SO. ꓷI N T.-. SI, Lꓯ; K. Dꓯ NY ꓒU ꓒU BI ꓕI Xꓵ Xꓵ: SI, BI: LE: A: ꓘꓶ. TO, ꓷꓵ: V,-. ꓕI M NY S-M-KO; KO KW SI, ZI ꓕI: LE, T. LO=

W; Zꓱ: KW ꓤꓯ; NI MI ꓛY KW ꓷI NY ꓭ. ꓒI ꓕI: ꓒI: ꓥ-. ꓭ. ꓒI: NY A: MO, MO M: T.-. Gꓶ SI. 10 BO ꓷI N: JW, ꓥ-. ꓭ. ꓒI: KW ꓭ. ꓘꓵ Gꓶ A: ꓘꓶ. NY, ZO; N T.-. ꓕI M NY WU-S ꓒU:-L NI RO: Dꓯ X, GO; V, ꓥ LE. M: Sꓶ. SI:=

ꓕI ꓕꓯ; Mꓶ: ꓞ Gꓶ LO, YI W-. GO ꓕꓯ; ꓒꓯ; ZI MO: KW ꓥW; NY, DU CY ꓷO; Gꓶ NI L: ꓞO BU Dꓯ N: Jꓵ, ꓷI W-. YI: T. Jꓵ, ꓷI W Bꓯ M ꓕI: LE, Mꓶ NY, LO=

A. ꓒU YI. ꓒ: NY ꓭ. ꓒI: KW JI SI. ꓕ BO. NYI KO BO. NYI Gꓶ ꓕꓯ; Bꓯ“ꓤ: Nꓱ BU O-. ꓕI KW NY WU-S ꓒU:-L NI RO: Dꓯ NY, Tꓶ. X, GO: V, M ꓥO-. RO: NY ꓕI KW NY, K, Lꓯ V;=

A: Jꓵ; SU NY YI. ꓒ: ꓕI LE Bꓯ Gꓶ ꓕꓯ; ꓭ. ꓘꓵ KW JI SI. NY, YIO=

Gꓶ SI. VE; M M BO YI ZI Bꓯ NI-. A. ꓒU YI. ꓒ: NY ꓤ: Nꓱ BU Dꓯ SI. CO. HW YI ZI-. Mꓶ: ꓕI: HW. Dꓯ SI, Nꓯ. MI KW WO; ꓒY: LO ꓒY: HW YI ZI-. ꓤ: ꓕI: HW. M Dꓯ NY LO K. KW ꓥW. ꓤ: Xꓶ, YI ZI NY, LO=

A. ꓒU YI. ꓒ: BI LE. P. LE. M ꓕI: HW. M A. TO. ZI V YI ꓕI: B, ꓕꓯ;-ꓤ: Mꓶ: ꓕI: HW. M NY WO; ꓒY: LO ꓒY: ꓕI: Lꓯ GO; HW L SI.GO NY,-. ꓤ: ꓕI: HW. M Gꓶ

ꓥW. ꓕI: RO ꓕI: NYI: M ꓛꓵ: SI. L: L, LO=

YI JY M F V, SI. NI ꓥW. BE WO; ꓒY: M CY. Gꓶ NY A. DI: Z: MI M: ꓥ-. GO NY ꓕI: VE SU LE. ꓒ BO, BI A: ꓘꓶ. Z: MI Xꓵ: ꓕI: Z: Z: GꓶO=

Z Z: Gꓶ ꓕꓯ;-. A: Jꓵ; SU NY YI: T. GU ꓘO; V, SI. A. TO. ꓘꓶ: KW NU ꓕI: ꓘꓶ: ꓥW ꓕI: ꓘꓶ: BI YI. ꓛꓶ, CW CW ZI DU Xꓵ: WU M CW NI S ꓘW TI, Jꓵ ꓛI LO=

A. ꓒU YI. ꓒ: NY YI Jꓵ, Dꓯ C, NI Bꓯ“L:-ꓒU LO K. KW NY Cꓵ Cꓵ A: ꓘꓶ. JI Mꓵ: ꓥ Bꓶ-. X, NYI Nꓯ. Vꓯ; A LE LE. A: ꓘꓶ. ZO; Xꓵ: L ꓞO NY, Tꓶ. PY: L ꓥO=

K. NY. ꓕI: NYI Mꓶ: ꓕꓯ; LE. M: Lꓯ; T. ꓕꓯ; LE-. ꓒꓯ; ZI MO: KW YI: T. NY, DU CY ꓛO NY L: ꓞO BU Dꓯ TU D, Bꓯ LE: Bꓯ“JI JI.........NYI V;.........TU D, W= ” CI. Pꓶ, Lꓶ: Gꓶ NI K, Cꓵ; YI SI.Mꓶ NI Bꓯ“ CI. Pꓶ, Lꓶ.........TU D, W= ” K. Pꓵ Gꓶ L: ꓞO BU Dꓯ Bꓯ M. NI Bꓯ“ KW. PO.........Z Tꓶ D W= ” NY, Bꓶ: Jꓵ, Gꓶ Mꓶ NI Bꓯ“ A: ꓘꓶ. JI............A: ꓘꓶ ZO= ” ꓕI ꓕꓯ; M: ꓥ-LE. MU: GW; A: ꓘꓶ. N S NI Bꓵ KU. DU ꓕO: Tꓶ Gꓶ NI MI: WO; KW BYꓱ CO SI. NI Bꓵ NY, LO=

ꓕI LE M Pꓶ. DU L: ꓞO BU Gꓶ YI: Mꓶ M: D-. YI: T. M: N W= GO ꓕꓯ; A: Jꓵ; SU LE. Tꓶ, TU L SI. Lꓯ; Xꓵ ꓕO: Tꓶ MU: GW; Sꓯ; M N N, Lꓯ; Xꓵ B. ꓘꓵ KW NI DO NI W; ꓒI: KW JI SI. A LE ꓥ M NYI YIO=

A: Jꓵ; SU NY W; ꓒI: KW Dꓯ ꓛI SI. NYI ꓕꓯ; K, ꓛꓵ; BI Bꓯ“O-. Cꓵ Cꓵ JI Mꓵ: ꓥ Bꓶ-. Cꓵ Cꓵ JI Mꓵ: ꓥ Bꓶ= ”

ꓕI ꓕI: DI M A: ꓘꓶ. M: WU: Bꓯ Gꓶ MI HW; JI-.YI. Mꓵ: DI ꓥ LO= MI Nꓯ DI Bꓶ DO ꓘꓶ: ꓕI: ꓛO; NY L:-ꓒU LO K.-. L: ꓒU LO K. KW NY YI JY M XY NI ꓥW. ꓤ: LE. NI ꓕI: Dꓱ; ꓕI: Dꓱ; NY, LO= MI Nꓯ DI Bꓶ Dꓵ: ꓘꓶ: ꓕI: ꓛO; KW NY S-M-KO; KO KW ꓕI: LE, SI. Nꓯ. MI ꓥ-. SI, LE KW NY, Sꓯ; LO Sꓯ; LE. A: ꓘꓶ. LO SU T. ꓥ-. MI Nꓯ DI K; BO; CO. BO KW NY ꓕO: ZI M ZI: ZI, ꓤ: RW, LO= ꓕO: ZI Yꓯ. ꓘW NY ꓕO: JU ꓒY: LE. A: ꓕU, ꓕU TI T.-. MI Nꓯ DI YI. TI, XY KW NY Xꓵ. ꓕI: LE, Xꓵ: A: ꓘꓶ. JW,-. Xꓵ. Bꓯ NY MI Nꓯ KW Cꓵ Cꓵ Gꓶ Xꓵ. RW V,-. Xꓵ. M: ꓥ Bꓯ NY Cꓵ Cꓵ Gꓶ Xꓵ. ꓕI: LE A KW ꓛI ꓛI M: ꓥ, T.-. YI. NY ꓕI: Fꓯ. GU ꓕI: Fꓯ. A: ꓘꓶ. NYI S LO=

L: ꓞO BU NY MI Nꓯ DI KW JI ꓕꓯ; ꓕI: ꓕꓶ, BI A YIO“ ꓕI M NY RO: S-M-KO; KO KW Tꓶ SI, XW M: W DU Z ZI M M: ꓥꓯ= ”

ꓕI M K. NY. A. ꓒU YI. ꓒ: ꓕI: VE NY HW; G;-. A KW ꓛI ꓛIT ꓶ, ꓕꓶ-.ꓞO JO DU M N: YIO-. YI. NY KO ꓕꓯ; K NI DO L SI. MI Nꓯ KW Z Tꓶ-. M: LU, NY, V LO ꓞO JO M W LEO=

GO ꓕꓯ; A. ꓒU YI. ꓒ: NY ꓕI: VE SU Dꓯ HO: T. SI NI YI. ꓘꓶ: YI JI KW SI,

S˥: LO S˥ V;-. WO; dY: LO dY: HW-. MI NⱯ KW XՈ. ᴚ: MO: ᴚ: MO:-. Z MI ΛU NY, LO= ⊥I ⊥I: ʞO; Z XW JՈ, ƆI ⊥Ɐ;-. YI. W; NY Ɔ˥ A: MY, XW W; YI LO=

A. dU YI. d: ⊥I: VE NY K˥:-T˥ MՈ: KW SⱯ. XՈ: SⱯ. JՈ; M: SI:-. Z: WO; LO WO; ᴚ: T˥ SI. ℲO JO TY, LO=

20 ƆՈ. 50 JՈ, “T,-Y,-CI,” LU SU T˥. KW L: ℲO BU MI: YI ⊥Ɐ;-. L:-dU LO K. K.-T˥ MՈ: B. ʞՈ KW A: NƎ NƎ ˥ ᴚ: ˥ MI A: MY. MI. W= A M˥ L: ℲO BU NI BⱯ“ ⊥I M NY A: NƎ NƎ A. dU ⊥I: VE NI ᴚƎ; DU ˥ M ΛO= ” ⊥I M P˥. DU K.-T˥. MՈ: NY A NƎ NƎ ⊥O: ˥ KW BO TI G˥O=

23 Bꓶ Dꓵ: ꓕI: ꓛO; KW G; YI-. Wꓯ; TI. Zꓶ NI A: L Mꓶ:

ꓝO MO: Mꓶ: YI K. NY. ꓕꓯ;-. YI. ꓤ: BU NY ꓝO MO: Bꓯ ꓘꓶ: M N N, SI. NI CI. ꓛY; ꓝO JO Tꓶ. HW YIO= A. ꓒU YI. ꓒ: NY ꓕI: VE SU Dꓯ HO: T. SI. S-M-KO; KO KW V, YI Gꓶ ꓕꓯ; Bꓶ DO ꓘꓶ: ꓕI: ꓛO; KW Z: WO; LO WO; ꓤ: Tꓶ NY, Tꓶ. HW JEO= A. ꓒU YI. ꓒ: BU JI Gꓶ ꓕI: Jꓵ, ꓕꓯ;-. A. Dꓶ. YI. ꓒ: ꓕI: VE Gꓶ NI S-M-KO; KO KW SI, WE LO WE WE Jꓵ, ꓕꓯ; ꓶ ꓤ: ꓶ MI Mꓯ T. SI. Bꓶ Dꓵ: ꓘꓶ: ꓕI: ꓛO; KW NY, Tꓶ. HW JEO= YI. W NY A.-RO-LO. LO KO KW NI JI NI K. NY. ꓕI: NYI Z JO; Z: Jꓵ, ꓕꓯ; A: JY Mꓵ: KW ꓤꓯ; W= SU Bꓯ NY“O. TI. JI NY MO: KW Dꓯ ꓕꓯ; SI XW. ꓥ= ” GO ꓕꓯ; YI. W; ꓕI: VE NY ꓕI: RO GU ꓕI: RO GO Lꓯ; ꓘO SI. NI A: JY Mꓵ: KW ꓤꓯ; LO=

YI. Cꓶ, Gꓶ A. DI: JI XW. M: ꓥ-. GO NY JI NI Mꓶ: ꓝ A: L LO, YI ꓕꓯ;-. YI. W; NY W; ꓒI: ꓕI: DI KW ꓛI SI. N: GꓶO=

W; ꓒI: ꓕI ꓕI: DI KW NY A. TI. DI T. ꓕI: G ꓥO-. ꓕ BO. KO. BO. M: DI Bꓯ LE. NI ꓕI: Xꓵ: KO ꓕꓯ; KW Bꓯ ꓕꓯ; A: ꓘꓶ. DI T. M ꓥ LO= W; ꓒI: DI YI. ꓘꓶ: YI JY NY SI, ZI M K LE. NYI: S; RO WO N T. Xꓵ: JW, ꓥ-. SI, ZI MO: KW NY SI, XU; LU; M XU; LU: BI TO, ꓛꓵ, SI. NI VE KW A ꓘW ꓛI ꓛI Bꓶ ꓝI; ꓒY. Lꓯ. TO, LO. M-LE: T. ꓥ= SI, ZI MO: KW G: Vꓯ, BI ꓘꓶ A: MY, ꓘꓶ.-. Vꓯ; BI: NY L: ꓝO BU L, Xꓵ: MO ꓕꓯ;-. K, ꓛꓵ, ꓥ M: Sꓶ.-. NI, SI, Gꓶ M: Sꓶ. BI SI, ZI MO: KW“ FI. FI. FI.” Mꓶ N: YI M: D O=

L: ꓝO BU NY A: Jꓵ; LE. NI SI, ZI MO: KW KW Vꓯ, BI: Mꓶ, NY, M- Dꓯ LE: NYI NY, ꓕꓯ;-. ꓛI ꓒꓯ, KW A. Xꓵ: ꓕI: Xꓵ NI ꓛꓶ; Lꓱ. YI-BI ꓕI: RO K. NY. ꓕI: RO ꓛꓶ: Lꓱ. YI W= GO ꓕꓯ; L: ꓝO BU NY JI JI ꓕI: ꓘO, ꓒI, NYI ꓕꓯ; ꓘꓶ: ꓛꓵ. Sꓶ: M ꓘO; V, SI. ꓛꓶ; T. Bꓶ=

ꓘꓶ: ꓛꓵ. ZI M NY WU: Pꓶ. DU-. YI. ꓒY: BE YI. Sꓶ: LE. A: ꓘꓶ. JW, LO= Vꓯ, BI: Gꓶ NI Z: GU M: D-. Mꓶ. JY: ꓕI: ꓘO; ꓕ: LE ꓝꓶ V, DU ꓘꓶ: ꓛꓵ. Sꓶ: M LE. ꓝꓶ NI MI ꓛY KW Pꓱ T. SI: ꓥ=

A. Dꓶ. YI. ꓒ: NY ꓘꓶ: ꓛꓵ. Sꓶ: MO: KW YI: T. V, SI. Lꓯ: Xꓵ ꓘꓶ: ꓛꓵ. Sꓶ M Tꓵ, Z: Lꓯ; Xꓵ K, ꓛꓵ; BI Bꓯ“ ꓕI KW NY Bꓶ-DI Mꓵ: Bꓯ M ꓥ Bꓶ-. ZO; LEO-. ZO;

LEO= ” ꓕI LE Bꓯ Gꓶ K. NY. ꓕꓯ;-. A. Dꓶ. YI. ꓒ: NY A: Jꓵ; SU Dꓯ VE PYꓱ X, Bꓯ LO-. GO NY VE PYꓱ X, DO K. NY. YI JY ꓱ, SU ꓱ,-. ꓘꓶ: ꓛꓵ. Sꓶ: GO SU GO= Mꓶ ꓘꓶ; ꓕꓯ; ꓘꓶ: ꓛꓵ. Sꓶ: M ꓛU N ꓛU-. CY. N CY. N Z: Gꓶ ꓕꓯ; SI. YI: T. LO=/\.

K. NY. ꓕI: NYI ꓕꓯ;-. YI. W; ꓕI: VE NY ꓘꓶ: ꓛꓵ. Sꓶ: M ꓕI: NYI GO Gꓶ SI. K. NY. JY GU CW Cꓶ KW Z: DU YI LO= GO ꓕꓯ; K. NY. ꓕI: NYI Tꓯ; SI. NI W;-B Mꓵ: Bꓯ KW HW YIO=

ꓕI ꓕI: NYI Nꓯ; W-. A. Dꓶ. YI. ꓒ: NY ꓕI: VE SU Dꓯ HO: T. SI. NI Bꓶ Dꓵ: ꓘꓶ: ꓕI ꓛO; KW JI YIO-. YI. W; NY JY GU CW CW A: ꓘꓶ. JW Lꓯ; HO NY, LO=

YI. W; NY JI NI A; ꓘꓶ. WU: Xꓵ: D WO; LE ꓕI: ꓘU. KW ꓛI ꓕꓯ;-. ꓕI D WO; LE KW NY L: ꓞO BU NI ꓥU V, M-LE: T. ꓥ-. YI. W; NY D WO; LE ꓕI ꓕI: ꓘU. KW JI LO, YI ꓕꓯ; LO ꓛO; ꓕI: Mꓵ: KW ꓞO YIO= GO NY LO ꓛO; KW YI, ꓒU ZI ꓤ: ꓕI: ꓘU. JW, M Gꓶ A. Xꓵ: NI Z: V, M-LE: T. LO=

A. Dꓶ. YI. ꓒ: NY A. Xꓵ: NI Z: V, M Sꓶ. LE SI. Bꓯ“ ꓕI M NY Wꓯ; TI. NI Z: V, ꓥ-. A: Jꓵ; SU NY RW Mꓵ-. Wꓯ; TI. N L: ꓞO BU Dꓯ ꓘO; L KU.= ”

ꓕI M K. NY A MY KO-. A MY LO ꓛO; JI Gꓶ Gꓶ ꓕI LE T.= GO NY L: ꓞO BU JI NI ꓕO: LE BE M D ZI Vꓱ, T. Xꓵ: ꓕI: ꓘU. M JY ꓛI ꓕꓯ;-. SI, ZI A. TI. ꓕI: HW. M NY A. Xꓵ: ꓕI: Xꓵ: NI ꓘO; NI P, NI BI JY GU ꓤ: LE. ꓕI: Cꓶ, LO: YIO=

ꓕI ꓕꓯ; A. Dꓶ. YI. ꓒ: NY Bꓯ“ꓕI SI, ZI ꓕI: HW. M NY Wꓯ; TI. NI YI. ꓘꓶ NIO, YI Xꓵ: ꓥ-. N, RW; NY, ꓕꓯ; Bꓯ“Wꓯ; WU: WO RO L K. NY.” Wꓯ; TI. YI. ꓤ: HO: T. ꓕꓯ; A: ꓘꓶ. ZI ꓥ-. A: Jꓵ; SU RW MO=

Cꓵ Cꓵ Gꓶ ꓥ Bꓶ-. L: ꓞO BU NY A R R BI JI NI NYI: BO ꓛI LO; ꓕꓯ;-. M D LE NY ꓞI, ꓕI: DI KW M D BI SI. K. NI YI. ꓘꓶ X, V, SI. YI. ꓤ: HO: V, Bꓶ= YI ꓘꓶ KW ꓕI: ꓘꓶ ꓘꓶ NY Sꓯ; DO T. SI:-. ꓕI: ꓘꓶ ꓘꓶ NY YI. ꓤ: NO, NO: ꓛꓵ: T. Xꓵ: Bꓯ JW, LO=

GO ꓕꓯ; L: ꓞO BU NY YI. W; Dꓯ M: CW, W LE ZI Bꓯ NI Sꓯ; M ZI V,-. M: WO, ꓤ: BI YI. ꓒ: K. NY. ꓕI: RO GU ꓕI: RO A ꓤ ꓤ JI NY, LO= HW; G; ꓘꓶ: Gꓶ YI. Mꓶ. Mꓯ V,-. Sꓯ; M A. TI. ꓤ:“SI: SI:” BI V T. SI. L: ꓞO BU K. NY JI TY, LO=

ꓕI: B, ꓕꓯ;-. Wꓯ; TI. M K ꓕI: M M NY YI. Jꓵ LE. Hꓶ: Hꓶ: BI YI. ꓘꓶ KW NI DO L SI. L: ꓞO BU NY, KW Tꓶ, L, LO=

ꓕI ꓕꓯ;-. ꓤ: Nꓱ BE ꓤ: Mꓶ: ꓕI: HW. NY JO NI Cꓶ; ꓤ: Cꓶ; T. ꓥ=

A. ꓒU YI. ꓒ: NY LO ꓕI, ꓤ: BI SW; SI. HW; ꓘꓶ: ꓕI: HW. M Wꓯ; TI. M K Dꓯ Tꓱ. ɾU Gꓶ O=

ꓕI ꓕꓯ; L: ꓞO BU NY JO NI FI, ꓤ: FI, SU NY,-. HW; ꓘꓶ: ꓕI: HW. M Gꓶ“W. W.

W.” BI Wꓯ; TI. M K Dꓯ A: ꓘꓶ. LO NY,-. HW; ꓘꓶ: Sꓯ; BE L: ꟻO Sꓯ; NY SI, Nꓯ. MI-. LO ꓛO; LO MI KW LE. A: ꓘꓶ. JO N LO SU TY, LO=

Wꓯ; TI. M M NY A. Dꓶ. YI. ꓒ: M: JY LU LU, ꓤ: Tꓶ, L,-. GO ꓕꓯ; YI. NY NI, ꟻ BI SI, ZI Lꓯ; K. M Dꓯ Lꓯ; ꓒꓯ, NYI: B: C, V, SI. TO, LO V,-. Wꓯ; TI. M NY YI. Yꓯ. ꓘW KW NI Lꓱ; YIO=

A: Jꓵ; SU NY A. Dꓶ. YI. ꓒ: SI, Lꓯ; K. C, V, SI. ꓛI, PY Gꓶ ꓕꓯ; JI JI, NYI Gꓶ LO-. Gꓶ SI. A. Dꓶ. YI. ꓒ: C, V, DU SI, Lꓯ; K. M NY SI, ꓛꓵ; ꓕI: K. ꓥ Bꓶ SI. YI. KO Dꓵ: Dꓯ W; M: HW.-. GO ꓕꓯ; SI. K. BE YI. NY ꓕI: ꓛO ꟻꓶ YI W= ꓕI ꓕꓯ; Wꓯ; TI. NY ꓕ BO. P L SI. L ꓕꓯ;-. A. Dꓶ. YI. ꓒ: NY Tꓱ, Tꓱ, ꓤ: BI Wꓯ; TI. MO: KW ꟻꓶ CI, LEO-. YI. NY A. MO: Zꓶ V, LE LO: YIO=

A: Jꓵ; SU NY JY: XW. NI M: D: BI Bꓯ“ A: B O-. NI, ꟻ Tꓶ, ꟻꓶ Lꓯ-. NI, ꟻ Tꓶ, ꟻꓶ Lꓯ= ” HW; G; ꓘꓶ: Gꓶ NI“W. W. W.” Mꓶ NI M: N: YIO-. GO ꓕꓯ; Wꓯ; TI NY Lꓯ; HW. YI. ꓒ: Dꓯ Mꓯ V, SI. K Tꓶ, YIO=

L: ꟻO BE HW; ꓘꓶ: BU NY ꓕI Xꓵ: Xꓵ: WU ZI M: FO NY A LE YI M M: Sꓶ. LO= A. Dꓶ. YI. ꓒ: NY ꓛI ꓒꓯ, M NYI: ꓛO; NIO, V, SI. A. NYI: ꓕI: ꓘ, Dꓯ Zꓶ: V, M-LE:-. GO NY A LE Tꓶ, NI.-. FAI, Bꓯ Tꓶ, N Bꓯ LE. ꓕI B. ꓒI: KW Tꓶ, Gꓶ NY Sꓯ; M M LE. Mꓶ: YI ꓕI: K ꓥO=

A. Dꓶ. YI. ꓒ: NY MO: KW Zꓶ: V, SI. Tꓶ, ꟻꓶ M: D ꓕꓯ;-. YI. NY Wꓯ; TI. Mꓵ M Tꓶ, Tꓶ, C, V, SI. A KW ꓛI ꓛI K Tꓶ, T. ZI ꓕI: G ꓥO LO=

Wꓯ; TI. KO: KW Zꓶ: V, SU A. Dꓶ. YI. ꓒ: NY M: ꓥ ꓕꓯ; KO Dꓵ: KW Dꓱ; T. DU A. ꓕ; M Jꓵ, SI. ꓛꓵ SI: Gꓶ ꓛꓵ: ꓥ-. Gꓶ SI. YI. NY Wꓯ; TI. M YI. ꓤ: HO: V, Pꓶ. DU Wꓯ; TI. ꓤ: Dꓯ XW. NYI ꓤ: BI M: SI:-. YI. NY A. ꓕ; M NYI: S ꓘO, Jꓵ, DO L M Gꓶ N: YIO=

ꓕI M Cꓵ Cꓵ Gꓶ

NI. KW W:-B Mꓵ: SW; V,-. Bꓶ Dꓵ: ꓕI: ꓛO; KW G; YI=

KO NY 90 KO Dꓯ Gꓶ-. LO NY 70 LO ꓒO, Gꓶ=

Sꓯ. Xꓵ: Sꓯ. Jꓵ; M: SI: SW;-. BO LO ꓕO: W LE. ꓛI ꓛꓵ:=

Gꓶ SI. Wꓯ; TI. ZI YI NY-. A LE YI SI. ZO; M: Sꓶ.=

A. Dꓶ. YI. ꓒ: NY Wꓯ; TI. ꓤ: M YI. M M: Mꓶ: YI ZI Pꓶ. DU Wꓯ; TI. M ꓕI: ꓛO Tꓶ, NI Tꓶ,= YI. NI, M KW SW NY“ꓥW NY NU YI. ꓘꓶ ꓘꓶ: KW NI JI ꓕI: G-. NU W; Dꓯ ꓕI: Xꓵ: Gꓶ M: ꓛI-. Gꓶ SI. NU NY ꓥW Dꓯ ꓕI LE YI L M-. GO NY NYI. MI NU A ꓶ KW Tꓶ, ꓛI KU M ꓥW NYI N, NI -. NU Tꓶ, Xꓵ Gꓶ ꓥW Dꓯ ꓕ; Bꓯ L= ” YI. NY Wꓯ; TI. M Zꓶ: V, SI. NI B. ꓒI: A MY ꓒI: JI Gꓶ M: Sꓶ.-. LO ꓛO; A MY LO

ꓒO, Gꓶ M: Sꓶ.-. KO A MY KO JI Gꓶ M: Sꓶ.-. Mꓶ RW ꓕI: B, LO: ꓕꓯ; Wꓯ; TI. NY YI. ꓘꓶ KW L ꓛI O-. Gꓶ SI. Wꓯ; TI. NY WO; Hꓶ NI ꓘW; BI: KW LE. YI. ꓩU. ꓒI NI WO; Hꓶ DO: YIO=

ꓕI ꓕꓯ; A. Dꓶ. YI. ꓒ: NY Wꓯ; TI: MO: KW NI ꓤꓯ; L SI. Wꓯ; TI. Dꓯ Nꓶ: NI Bꓯ“O-. ꓕI KW NY O-D:-DI ꓥ Bꓶ= NU W; NY NU W: CI. ꓛY; ꓝO JO K,-. ꓥW NU: NY ꓕI KW JI M-LE: ꓥ-. NU W; Dꓯ ꓕI: Xꓵ: Gꓶ M: YI-. NU BE ꓤ: Nꓱ Bꓵ NY ꓕI KW JI JI ꓤ: ꓝO JO V= ” ꓕI Bꓯ Gꓶ K. NY. HW; ꓘꓶ: BE VE ꓘW SU Dꓯ HO: T. SI. Bꓶ Dꓵ: ꓘꓶ: ꓕI: ꓛO KW JI O=

24 MI Nꓯ ꓘꓶ: KW SI, Nꓯ. MI-.YI JY LO K.YI. Mꓶ KW JI

A. Dꓶ. YI. ꓒ: ꓕI: VE NY JI NI JI NI S; NYI ꓕI: NYI MO: LO KW ꓛI ꓕꓯ;-.YI. W; NY Bꓶ Dꓵ: ꓘꓶ: ꓕI ꓛO; KW MI Nꓯ ꓕI: ꓘU. MO YIO= MI Nꓯ ꓕI ꓕI: ꓘU. M Xꓱ DU NY ꓕI: NYI D JW JI N JW,-.YI. ꓘꓶ: YI JY NY SI, ZI-LE:-. GO NY YI. W; Mꓶ. JY KW A: ꓘꓶ. BI N MO T. ꓥ =

A: Jꓵ; SU NY MI Nꓯ ꓕI: ꓕI: ꓘU. M Dꓯ MO ꓕꓯ; A. DI: K, ꓛꓵ; NY, M: ꓥ= GO ꓕꓯ; A. Dꓶ. YI. ꓒ: NY Bꓯ“ Cꓵ Cꓵ Gꓶ A: ꓘꓶ. NY, S Xꓵ: Mꓵ: ꓥ Bꓶ-. ꓕI M NY W:-B Mꓵ: ꓥO-. ꓕI M NY W:-B Mꓵ: ꓥO= ” SU Bꓯ NY JI Xꓵ: Xꓵ: WU ZI NY L: ꓞO ꓒYꓱ; LE. A: ꓘꓶ. NYI JI-. ꓕI M NY Cꓵ Cꓵ A: ꓘꓶ. C ꓥ= SI, Nꓯ. MI KW NY, C; LE SU A. Dꓶ. ꓕI: VE NY ꓕI: LE JI Xꓵ: W:-B Mꓵ: MO LE ꓕꓯ;-. A: Jꓵ; LE. NI WO; Hꓶ M C. W; M-LE: BI NI, ꓞ Mꓶ. JY: JI NY, LO=

ꓕI ꓕꓯ; W:-B Mꓵ: NY, Mꓶ: Nꓶ ꓒO, Jꓵ, ꓛI W-. YI. ꓘꓶ: YI. JI KW KO ꓤ: LE. ꓕI: KO GU ꓕI: KO-. ꓕI: Mꓵ ꓕI: PY BI A: ꓘꓶ. NYI S LO= KO ꓕꓯ; SI, ZI NY NI, ꓛI; ꓛI; BI Mꓯ; ꓤ: Bꓶ ꓞI; KW; T. M-LE: T. ꓥ= GO NY W:-B Mꓵ: Dꓯ ꓒU Xꓵ-BI CO V, ꓕI: LE. T. LO=

KO ꓕꓯ; SI NY Xꓵ. LE. NI, ꓞI; ꓤ: T. Xꓵ: Xꓵ. DI ꓥ= Xꓵ. DI DI ꓘU: KW NY A: ꓘꓶ. BI Xꓵ: W; SI, WE WE T.-. Xꓵ LE, Xꓵ: ꓒU:-K-YE WE T.-. NI, ꓞI; Xꓵ Xꓱ,-FI-LO-T. WE T.-. ꓒU LE, Xꓵ: ꓛY-NE-CY-Cꓱ-CAO WE T.-. N: VO, ꓕI: LE, Lꓱ. Lꓱ. T. Xꓵ: Xꓱ-TW-HW., WE T.-. SI: LE, Xꓵ: Xꓱ:-XE,-CE-XE,-ꓛAO WE T.-. Xꓵ. ꓕI ꓕI: DI KW NY A: MY, Xꓵ: SI, WE WE T. LO= GO NY A KW ꓛI ꓛI LE. SI, WE-BI GO ꓕꓯ; Mꓵ: MO Xꓵ: Mꓵ: M: ꓛI ꓛ, LO=

KO ꓕꓯ; Xꓵ. DI YI. ꓘꓶ: YI. JI KW NY Mꓯ, BO A: Kꓶ. JW, ꓥ= Mꓯ, BO YI. WE NY SI: SI: Xꓵ: JW,-. ꓒU LE, Xꓵ: JW,-. NY ꓛꓵ: Xꓵ: JW, Mꓯ, BO WE ꓕI: WE YI. ꓘU: KW YI. ꓞI; M LE. M: ꓕI: LE, LO-. ꓕI: HW. NY ꓕI: ꓞU ꓕI ꓞU T.-. ꓕI: HW. NY ꓒU ꓒU ꓘU: KW K; SI: JW,-. ꓕI: HW. NY SI: SI: ꓘU: KW Xꓵ Xꓵ JW, ꓒ Nꓶ: KW NI NYI ꓕꓯ; L: BY YI. CW BE MI ꓛY KW ꓘO; DU ꓛꓵ: V, M-LE: T. LO= ꓶ; R KW NI NYI ꓕꓯ; A. MO: Xꓵ, Xꓵ-LE: A: ꓘꓶ. NYI BI ꓥ=

Mꓯ, BO ꓘꓶ: KW NY Mꓯ, L: ZI RW, ꓥ= YI. W; NY YI. ꓒY: A: Xꓱ, Xꓱ T. Xꓵ:

M∀, L:-. YI. dY: A. TI. T. X∩: M∀, L:-. YI. dY: N∩: N∩, T. X∩: M∀, L:-. YI. dY: YI. M∩ RW, X∩: M∀, L: JW, Λ= ⊥I M∀, L: ZI ⊥I: HW. M NY ⊥I: ꓘO; ⊥I: ꓘO; W: LE Pꓶ. DU TƎ, TƎ, X∩: ⊥I: ZI Gꓶ M: JW,= Gꓶ SI. M∀, ZI M GO; GO: M: GO; T. B∀ Gꓶ YI. L∀; K. M NY d∩ LƎ; ꓤ: T. Λ= M∀, ZI NY S∀; M A ꓘꓶ. X∩-. W; A LE LE LI. M: X∩ LO= Mꓶ: Nꓶ dO, L SI. KO ⊥∀; KW W: A ꓤ ꓤ JI T. T∀;-. KO ⊥∀; M∀, L: Gꓶ A ꓤ ꓤ BI YI. WE WE L O= ⊥I M NY C∩ C∩ Gꓶ

KO ⊥∀; W NY A ꓤ JI-. LO ƆO; LO MI NYI A:-LE=

W: JI Pꓶ. KW M∀, WE WE-. M∀, WE WE NE BO: ꓤ: BO:=

YI. dY: A: XƎ, XƎ, T. DU M∀, L: WE M NY X∩ LE, ꓤ: T.-. YI. dY: TI, XY T. DU M∀, L: WE NY SI: SI, ꓤ: T.-. YI. dY A. TI. T. DU M∀. L: WE NY NY Ɔ∩: ꓤ: T.-. YI. dY: ⊥I: dO, KW KU ⊥U: T. DU M∀, L: WE NY dU LE, T.-. YI. dY: N∩: N∩, T. DU M∀, L: WE NY X∩ X∩ T.-. YI. dY: ⊥I: dO, KW YI. M∩ RW, DU M∀, L: WE NY SI: SI: NY C∩: T. Λ=

M∀, L: ZI JW, M K. NY NY NYI LE. NYI ƆI M: D-. MI: WO; KW TO, T. X∩: YI. dY: WO;-LE T. DU SI, ZI ⊥I: X∩: M JW, Λ=

GO NY MO: KW GW NI CO. BO. CO. BO. JW, DU SI, MI NY“VƎ LƎ; ZI-. XI XW. ZI-. XO. P ZI-. S SO ZI Λ= ⊥I SI, ZI ⊥I: HW. M NY YI. V∀ ꓘO; LO; T. SI. NI SI, BI: LE: A: ꓘꓶ. TO LO. LO= SI, BI: LE: M NY MI: VE ⊥I: ⊥ꓶ, Jꓶ Gꓶ ⊥∀; LƎ LƎ BI L: ℲO BU D∀ B∀ Pꓶ CW M. NY, M-LE: T. Λ= SI, LE KW M: Λ ⊥∀; LE LE. NY ℲI, ⊥O T. M L∀; HW. M D M ZI:-LE RW, LO=

⊥I LE NY, ℲI, T.DU SI. N∀. MI KW NY WO d: BE L: M NY, Tꓶ. Λ= ⊥I KW NY, NY YI. W; VE Mꓶ: T. ⊥∀; M M∩: HW Z: Ɔ∩-. L-. Ɔ∩ G; Z: Ɔ∩-. YI JY SI: T. ⊥∀; M D PO Y∀. ꓘW HW DO YI Ɔ∩-. WO; Hꓶ T. ⊥∀; SI, ꓘ∩ BE SI, M K ZI Y∀. ꓘW YI: T. Ɔ∩-. YI. W; NY C∩ C∩ A: ꓘꓶ. JI N X∩: ℲO JO TY, LO=

XI. XW.-. XO. P-. VƎ LƎ; ZI T∀. YI. dY: NY ⊥I: ꓘO; CO LO NI, ℲI; ꓤ: T. Λ LO= GO SI. XO. M NI: T∀. YI. dY: NY Mꓶ: ℲU: ⊥∀; Ⅎꓶ YIO= Mꓶ: Nꓶ dO, L SI. XO. M NI: YI. dY: N∩: J∩, ⊥∀;-. GO ⊥∀; KW NY ⊥I: ꓘU. ⊥I: ꓘU. NI, ℲI; ℲI; ꓤ: T.-. JY FI. J∩, ⊥∀; -. XO. M NI: dY: M NY ⊥I: ꓘU. ⊥I: ꓘU. X∩, LE, ꓤ: BI dU X∩ d: V, M-LE: T. LO=

YI. dY: WO-LE T. X∩: SI, ZI Pꓶ. F. KW NY YI. dY: A: XƎ, XƎ, X∩: SI, ZI Λ= ⊥I KW NY S∀, KW ZI-. A. D: Xꓶ. ZI-. X∩ ꓘW; ZI-. LO ⊥O; ZI-. A: MY, X∩: SI, ZI JW, Λ=

Mꓶ: Nꓶ dO, J∩; ƆI ⊥∀;-. SI, N∀. MI KW SI, NIO M SI: SI: BI ⊥I: KO ⊥I: LO

LE. A: ꓘꓶ. NYI BI LO= LE; LE; NY Mꓯ, BO WE BE KO ꓕꓯ; SI, WE K; Bꓯ LO Mꓯ, L: W: SI, L: W WE. T.-. GO-ꓕO Sꓯ, KW WE WE T.-. Kꓶ ꓕT: WE WE T ꓕI M NY Cꓵ Cꓵ Gꓶ W:-B Mꓵ: KU SI, WE MY-. ꓕI: Xꓵ GO Xꓵ GU M: D=

A: G A: JY SI, WE-LE-. ꓕI: ꓘO; CO LO SI, WE WE=

Mꓯ, K; L: WE Xꓵ-LE-. Lꓶ Sꓶ: WE NY SI:-LE=

LO ꓛO; LO MI Mꓯ, BO WE-. ꓕI: KO ꓕI: Mꓵ: Kꓶ ꓕT: WE=

SI, XU; K; M Mꓯ, L: W:-. T, P X, DU SI, L: W: WE.,（牡丹花）

KO ꓕꓯ; SI, WE WE BI LE-. JI M KO ꓕꓯ; SI, WE ꓥO=

NY, ꓛO; M NY A. GU: WE.,（鸽子花）-. JI DU M NY Mꓯ, Xꓵ WE=

KO ꓕꓯ; SI, WE GU M: D-. W:-B SI, WE GU M: D=

SI, WE LO WE NYI ꓥO Bꓯ-. W:-B Mꓵ: KW ZO; ꓥO Lꓯ;=

KO CI SI, LE KW NY ꓕO: ZI BE Nꓯ. Bꓯ Xꓵ: SI, ZI A: ꓘꓶ. JW, ꓥ= ꓕO: ZI NY ꓕI: ZI GU ꓕI ZI Jꓱ Lꓱ, ꓤ: BI NYI: S; RO SI. WO ꓛI N T. ꓥ= ꓕO: MO: ZI Lꓯ; K. KW NY ꓕO: ZI: Mꓶ: ꓘ, M XU; LU; BI TO LO T. ꓥ= ꓕO: ZI: Mꓶ: ꓘ, M NY ꓒU NI Jꓱ Lꓱ, ꓤ: T. N T.-. Xꓵ NI Jꓱ Lꓱ, ꓤ: T. N T.-. SI: NI Jꓱ Lꓱ, ꓤ: T. N T.-. ꓕI: HW. M Lꓯ; HW. Lꓯ WO: M Sꓶ:-LE T. SI. L: ꓝO BU LE. A: ꓘꓶ. BI Bꓯ NY,= GO NY XO, BO A ꓘW ꓛI ꓛI LE. A: ꓘꓶ. GO W D= ꓕO: ꓒY: Yꓯ. ꓘW NY ꓕO: Mꓵ-. O. P. Mꓵ-. ꓛO, Mꓵ A. Xꓵ: LO Xꓵ: LE. A: ꓘꓶ. DO. ꓥ=

KO CI LO ꓛO; LO MI KW NY Lꓶ Sꓶ: ZI-. Xꓶ: Jꓶ ZI-. CI. ZI-. O Dꓵ: ZI-. A. Xꓵ: LO Xꓵ: ZI LE. JW, ꓥ=

GO NY Mꓶ ꓝU: FI. ꓤ: ꓥ ꓕꓯ;-LE-. X, D WE NY ꓕI: PU ꓕI: PU BI LO ꓛO; LO MI KW A: ꓘꓶ. WE T.-. X, D WE M LE. M: WE HO: T. ꓕꓯ;-LE Lꓶ Sꓶ: WE WE T. W-. Lꓶ Sꓶ: WE M LE. M: WE HO: T. ꓕꓯ; LE Sꓶ, Sꓶ WE-. SI: CW. WE WE T.-. LE; LE; NY SI: LI. WE WE T ꓕI: Xꓵ: Pꓶ. F. ꓕI: Xꓵ: WE T. LO=

SI, WE LE. M: WE HO: T. ꓕꓯ;-LE-. SI, Sꓶ: LO Sꓶ: ꓤ: LE MI T. W= X, D Sꓶ: NY Nꓯ Nꓯ BI ꓕI: PU ꓕI: PU MI T.-. Lꓶ Sꓶ: MI-. SI: LI. MI -. Fꓶ. M MI-. ꓕI: Xꓵ: Pꓶ. F. ꓕI: Xꓵ: MI T. LO=

Mꓶ: Nꓶ ꓒO, L ꓕꓯ;-. KO ꓕꓯ; KW D WO; Gꓶ ꓘꓱ, D-. A. MO: D WO; Gꓶ Nꓵ: DO L-. Mꓯ, BO LE KW O Bꓵ ꓤ: Gꓶ Nꓵ: L-. ꓕI: Xꓵ: GU ꓕI: Xꓵ: A: ꓘꓶ. Nꓵ: DO L, LO=

YI. ꓘꓶ YI, JY SI, ZI NI CO V, DU Mꓶ Nꓯ M NY ꓕ BO. KO. BO. NYI Gꓶ NYI ꓛI M: D= ꓕ BO. KO. BO NYI A: L S; NYI JY GY CW N JW, ꓥ-. KO; BO. CO. BON Y A: L ꓕI: NYI JY GU CW N JW,-. ꓕI MI Nꓯ KW NY YI, ꓘW; BE Xꓵ. ꓤ: Xꓵ. MI

A: ꓘꓶ. RW, T. LO= Xꓵ. MI KW FAI NYI Cꓶ LI.-. ꓘO; XW LI.-. XW LI Z: WO; LO WO; ZI A: ꓘꓶ. RW, ꓥ= Z: WO; LO WO; ZI ꓕI: HW. M NY JY FI. ꓕꓯ; L: ꓞO BU Tꓶ DU Z Xꓵ. LO: YIO=

YI JY LO K. KW NY Nꓯ Nꓯ BI A: Bꓶ, M: T. Xꓵ: ꓥW. ꓤ: LE. A: ꓘꓶ. NY,-. ꓕI M NY M D ꓥW. Bꓯ ꓥ=

KO ꓕꓯ, KW NI YI. ꓞI DU YI JY DO L, M Gꓶ ꓕI KW Fꓱ YIO= YI JY NY A: ꓘꓶ. Nꓯ.-. YI JY M NY NI, ꓛI; ꓛI; ꓤ: T.-. Gꓶ. SI. XY NI MI ꓛY KW LE. MO D, ꓥ=

YI JY LO K. ꓕI: CO CO T. ꓕI: G KW NY MI ꓛY KW NI “BO; BO; BO;”FU T. Xꓵ: YI Bꓱ ꓕI: Bꓱ JW,= YI Bꓱ KW ꓥW. ꓕI: HW. M NY K Tꓶ, NI YI Bꓱ KW NI LO K. KW JI NY, SI LO K. KW YI JY ꓘO; ꓩU NY, M-LE ꓥ= ꓕI M Bꓶ. DU ꓕI KW NY ꓥW.-Bꓱ MI ꓥ=

YI JY LO K. M ꓕI: CO CO SI. DO YI ꓕꓯ;-. LO K. NYI: ꓛO; KW NY SI, M K ZI A: ꓘꓶ. JW,-. YI. W; NY ꓒꓯ; ZI-. Fꓶ. ZI-. O Dꓵ: V ZI-. A: MY, Xꓵ: SI, ZI JW,-. Gꓶ SI. V. NYI MY: DU M NY O Dꓵ: ZI BE CI. ZI ꓥO=

LO K. NYI: ꓛO; ꓒ ꓕI, KW NY KO, ꓛO; ZI BE Mꓶ: Zꓯ ZI ꓕI: XU XU BI JW, LO-. YI. W; NY MI Nꓯ ꓘꓶ: KW YI JY K; NY, M-LE: ꓥ=

LO K. NYI: ꓛO; SI, ZI Yꓯ. ꓘW NY SI, ꓒY: A: ꓕU, ꓕU TI T.= L: ꓞO BU MO: KW ꓕI: ꓕꓶ, ꓕO: Gꓶ NY V; L V; L T. ꓥ= YI JY ꓘU: KW Bꓵ: T. DU SI, K. Dꓯ NY YI Mꓵ: ꓘE: LE. A: ꓘꓶ. TI V,=

ꓥW. ꓕI: HW. M NY LO K. KW K, K, ꓛꓵ; Cꓵ; BI YI JY KW S. SU S.-. ꓭ. ꓒI: KW Lꓱ; N Lꓱ;-. YI Bꓶ: ꓕI: HW. M NY LO K. ꓘU: Bꓵ: T. DU SI, Lꓯ; K. Dꓯ ꓥW; NY,-. NY, ꓒI, NY YI. Mꓶ. KW NI YI JY K, NY, NY, LO=

A: ꓘꓶ. XY LO YO-ꓞUI, LO K. NY A ꓤ ꓤ BI YI Mꓶ ꓘꓶ: ꓕI: ꓛO; KW JI YIO= YI JY ꓕI ꓕI: DU: M NY Cꓵ Cꓵ A: ꓘꓶ. ZO; Xꓵ: ꓕI: DU: LO YIO=

A. Dꓶ. ꓕI: VE NY W:-B Mꓵ Bꓯ KW NY, ꓒI, W= YI. W; NY ꓕI KW VE ꓤ: X,-. MI: ꓤ: YI SI. ꓞO JOT Y, LO=

25 KO ꓕꓯ; A. MI: NYI BI NI-. W:-DI ꓛY, Bꓶ NI, Nꓵ HO.

A. ꓒU ꓕI: VE NY W:-B Mꓵ: KW NY, SU LI-SU ꓒ: LO YIO= YI. W; NY W:-B Mꓵ: KW NY, SI. ꓕI: ꓛꓵ. GU ꓕI: ꓛꓵ. ꓝO JO NY,-. ꓕI M Pꓶ. DU A Mꓶ NY W:-B Mꓵ: Bꓯ Pꓶ A: ꓘꓶ. JW, LO= ꓕI Bꓯ Pꓶ Nꓯ.; KW A. N MY BI ꓝꓶ Bꓯ LO M NY A: ꓘꓶ. N S ꓥ-. A Mꓶ L: ꓝO BU LE. N N, Gꓶ ꓕꓯ; A DI: K, ꓛꓵ: M : ꓥ-. GO NY W:-B Mꓵ KW A. Xꓵ: LO Xꓵ: A: ꓘꓶ. JW, YI LO=

A Nꓱ Nꓱ ꓕꓯ; A ꓕI: ꓘO; A ꓕI: V Gꓶ CI. M: W-. GO NY A. ꓷꓶ. ꓕI: VE A MY ꓛꓵ. Xꓵ: WU Gꓶ M: Sꓶ.= A: Nꓱ Nꓱ ꓕꓯ; A: ꓘꓶ. MI: ꓤ: YI Z: KU. Xꓵ: LI-SU NYI: RO NY, Bꓯ-. YI. W; NY YI XO Gꓶ K. NY Gꓶ ꓤ: Nꓱ M: JW,-. ꓕI ꓕꓯ; ꓕI: ꓘ, ꓕI: LO SU LE. A: ꓘꓶ. Bꓯ N JW, LO= ꓕI: HW. NY Bꓯ“ ꓕI NYI: RO M NY Mꓶ: ꓕꓯ; K. NY. KW M: JI Xꓵ Xꓵ: WU YI Gꓶ ꓥ NI,= ” ꓕI: HW. NY Lꓯ; HW. Bꓯ“ ꓕI NYI: RO Tꓯ. ꓝO MO ꓝO TI M: JI YI Gꓶ SI. A Mꓶ YI. W; ꓤ: Nꓱ Vꓱ M: N ꓥ= ” Gꓶ SI. L: ꓝOB U ꓕI LE Bꓯ Gꓶ YI. W; NYI: RO ꓕI: Xꓵ: Gꓶ M: T.-. YI. W; NY WU-S ꓒU:-L NI ꓒU: GO; L M Dꓯ SI: SI: SW; V, ꓥ= GO ꓕꓯ; YI. W; NY ꓕI: ꓘO; GU ꓕI: ꓘO;-. ꓕI: V GU ꓕI: V-. ꓕI: NYI GU ꓕI: NYI BI ꓕI: NI, M-LE: NI, Nꓵ Lꓯ; ꓘO NY, ꓥ-. Z Z: ꓕꓯ; SI. Kꓶ. KW HW; ꓝꓶ Pꓱ. ꓤ: LE. ꓕI: LE, BI B, Z: Lꓯ; HO NY,= ꓕI M NY Cꓵ Cꓵ Gꓶ“ ꓕI: ꓛO M: Vꓱ ꓥ Bꓯ LE. ꓕI: ꓛO ꓤ: Mꓶ: D ꓥ= ”

YI. W; NYI: RO NY A: TO M: LO NY, Gꓶ Bꓶ= GO NY YI. W; NYI: RO ꓕI: NI, M-LE: NI, Nꓵ Lꓯ; ꓘO BE Sꓯ; ꓕꓵ: NY, M WU-S ꓒU:-L NI NYI W LE Pꓶ. DU NIG ꓶ ꓥ M: Sꓶ.-. YI. W; NYI: RO ꓕI: LE, BI 26 ꓘO; ꓛI ꓕꓯ; ꓤ: Nꓱ ꓕꓱ, YIO=

ꓕI ꓕI: ꓘO; ꓕI: Nꓯ: Nꓯ.; KW-. Bꓶ DO ꓘꓶ: ꓕI: ꓛO KW NY M: ꓒU L, ꓕꓯ; LE YI. W; NYI: RO VE Mꓶ. JY ꓒꓯ; ZI Dꓯ NY, LO CY Cꓶ M“ZO; ZO; NYI NYI” BI Mꓶ NY,= LE; LE; NY O Dꓵ: ZI MO: KW A. Nꓯ ꓛ; ꓛ; Gꓶ“ CI CI C C”BI Mꓶ L W=

LI-SU BU NY Bꓯ“CY ꓛꓶ A: TO M: Mꓶ ꓕꓶ-. Xꓵ: WU ZO; NY JI JI Mꓶ= Nꓯ; Nꓯ; A. Nꓯ ꓛ; ꓛ; Sꓯ; Mꓶ NY-. ZO; Xꓵ: Xꓵ: WU L T. W= ”

Cꓵ Cꓵ Gꓶ Mꓶ: ꓝ M ꓕI: NI MI Nꓯ KW ꓛI ꓕꓯ;-. VE SI M NY A: ꓘꓶ. ZO: N BI ꓤ: Mꓶ: ꓕI: RO ꓒYꓱ; MO V, W= ꓤ: Nꓱ “W. W. W.”ꓥU Sꓯ; M NY YI. ꓘꓶ: YI JI NY, SU L: ꓝO BU Bꓯ JW; YIO= ꓤ: Nꓱ ꓒ Vꓱ L ꓕI: G ꓕꓯ; LE L: ꓝO BU NY A. ꓭ. BE Z:

MI Xꓵ: ꓶ ꓤ: ꓶ MI Tꓯ, SI. NYI L LO= NYI L SU L: ꓝO BU NY ꓤ: Nꓱ Dꓯ MO ꓕꓯ; Bꓯ“ Cꓵ Cꓵ Gꓶ A: ꓘꓶ. NYI S Xꓵ: ꓤ: Mꓶ: ꓕI: RO ꓥ Bꓶ= ”

ꓤ: Nꓱ ꓕI M NY YI.W; ꓒ WU. Vꓱ ꓕI: RO M ꓥ-. GO NY Gꓶ K. NY. ꓕI: RO Vꓱ M LO; YI= L: ꓝO BU NY RO: LI-SU Xꓵ MI MI DU KW NI MI ꓕꓯ; A. N ꓘU Bꓯ LO=

ꓕI M K. NY. YI. W; NY ꓤ: Nꓱ M Dꓯ JI JI, ꓤ: BI Sꓯ; ꓕꓵ: SI. NI KO, S ZI NY,-. Gꓶ SI. ꓤ: Nꓱ M NI, ꓝ WU: L M Dꓯ SI: SI: ꓣU NY, TY, LO=

ꓤ: Nꓱ Gꓶ NI YI. ꓒ: YI. M Dꓯ A: ꓘꓶ. NI, Nꓵ M-LE BI N Bꓶ M: JW,-. KO Dꓵ: A: ꓘꓶ. JI= FAI NY W WU: W BI-. W WU: W D=

ꓤ: Nꓱ NY 10 ꓘO; ꓛI ꓕꓯ; LE A: ꓘꓶ. BI LO= KO Dꓵ NY Cꓱ Cꓱ BI A: MO, MO T.-. YI. JI: FI. NY ꓝI, NI KO ꓕꓯ; BY M ꓝI, T. GU M-LE T.-. ꓝI; MY NY Cꓶ Cꓶ-BI SI, Sꓶ: ꓕI: LE; YI, Lꓱ, ꓤ: T.-. YI. N ꓘꓵ M NY MO Gꓶ M: MO-. PY Gꓶ M: PY BI A: ꓘꓶ. NYI S-. YI. SI: ꓛI Gꓶ ꓒU LE, ꓤ: BI A: ꓘꓶ. RW JI-. YI. MY CI Gꓶ Nꓯ Nꓯ, ꓤ: BI A: ꓘꓶ. NYI S-. YI. MY Sꓶ: NY KO M ꓤꓶ ꓕI: LE, BO: T.-. YI. ꓝꓱ M NY ꓕI WU ꓕI Xꓵ BI JI FI KW ꓛIT -. ꓤ: Mꓶ: Lꓯ. ꓕI M NY Cꓵ Cꓵ A: ꓘꓶ. BI M ꓥ LO=

YI. ꓘO; NY M: ꓥ ꓕꓯ; ꓤ: Nꓱ ꓤ: ꓥ, SI: LO-. Gꓶ SI. YI NY LI A: ꓘꓶ. Sꓶ.-. O. Nꓶ. Gꓶ A: ꓘꓶ. ꓕI-. A. Xꓵ: MI Xꓵ: LE. A: ꓘꓶ. YI KU.-. XW. W Gꓶ A: ꓘꓶ. ꓕꓵ KU.-. ꓝO MO: ꓝO TI Dꓯ Gꓶ A: ꓘꓶ. JI Pꓶ. DU NI ꓝO WU: ꓕI: LE, T. LO= FAI NI YI. NY MU: GW; KW ꓘE, ꓤ: LE. A: ꓘꓶ. KU.-. YI. Sꓯ; M NY ꓕO: Tꓶ Sꓯ;-LE: T. LO=

A. N NY 14 ꓘO; ꓤ: ꓥ, SI:-. Gꓶ SI. YI. Dꓯ DI: L SU ꓤ: NY A: MY JW, GU LO= ꓕI M NY YI. ꓝO MO SW; XW. M-LE: M: ꓝI-. YI. CI. ꓛY; Gꓶ NI A: ꓘꓶ. SW; XW. NY, ꓥ= GO NY A. ꓒU Dꓯ D Gꓶ Bꓯ LE. A. Dꓶ NI, ꓘW; M: Xꓵ-. A. Dꓶ. Dꓯ D Gꓶ Bꓯ LE. A. TI: NI, ꓘW; M: Xꓵ GO NY ꓕI Xꓵ: WU M JI JI ꓤ: YI Gꓶ Bꓯ NI-. A. N NY ꓛY, Bꓶ Tꓯ Lꓯ; HO SI. ꓤ: GU HW Bꓯ LO= YI. NY ꓛY, Bꓶ Tꓯ NYI M Nꓯ. Vꓯ; NY ꓝI; DO NYI ꓕI: NYI M-. YI. G NY W:-B K. NY. KO ꓕꓯ; Xꓵ. DI KW Bꓯ SI. L: ꓝO BU Dꓯ Bꓯ GO; GꓶO=

K. NY. ꓕI: ꓘO NY ꓝI; DO NYI ꓕI ꓕI: NY ꓕꓯ;-. L: ꓝO BU NY Mꓶ: ꓕꓯ; LE. M: JI ꓕꓯ;-LE CY ꓛꓶ Sꓯ;“ZO; ZO; NYI NYI” BE NY, Sꓯ;“ O: ꓒY: S Kꓶ. S Z: Z:” Mꓶ T. ꓕꓯ; LE TU SI. ꓘO; XW Lꓱ Tꓯ, SU Tꓯ,-. GW; Pꓵ; BY: Gꓶ SI. Tꓯ, SU Tꓯ,-. Mꓶ: Jꓵ Xꓵ. Hꓶ: Tꓯ, SU Tꓯ,-.GO NY L: ꓝO BU A. Xꓵ: Z JO Tꓯ, M: K;-. Gꓶ SI. ꓕI ꓕI: NYI NY BY: YO M: Tꓯ, Xꓵ: ꓕI: RO Gꓶ M: NY,= A KW ꓛI ꓛI NY, SU ꓤ: GU: Lꓯ. ꓕI: HW. NY KW DU JI JI, KW; T.-. ꓛY, PU. Mꓯ V,-. CY Cꓶ M ꓒ BI. ꓤ: Kꓶ V,-. ꓛY, PYꓱ. V, SI. NI Dꓶ: Tꓯ Lꓯ; ꓘO; Yꓯ, M-LE BI W:-DI KO ꓕꓯ; Xꓵ. DI

KW JI NY, LO=

Mꓶ: ꓝ NY ꓒ DO L, ꓕI: G ꓕꓯ; LE-. Mꓶ: JY: SI ꓒ SI, LE, ꓤ: T. DU KO ꓕꓯ; Xꓵ. DI KW NY YI. Cꓶ, CW CW LE. ꓝO ꓤ: M WO; ꓤ: WO;-. ꓤ: GU: Lꓯ. ꓕI: HW. M NY YI. ꓘꓶ: KW NY, SI ꓛY, ꓤ: Bꓶ ꓤ, NYI NY, LO=

Mꓶ: ꓝ NY A: L NYI: BO ꓛI ꓕI: T. ꓕꓯ;-. A. N ꓘ, KW K; SU W.-FI-PO A. WO; ꓒ: NY NI: ꓒU-L SI, ZI ꓕI: ZI HW-. GO ꓕꓯ; SI, ZI Yꓯ. ꓘW NY ꓕO: ꓒY: NI, ꓛI; A. TI. ꓘO;-. L: C TI V,-. Z: Xꓵ: Z: MI TI V, SI. Bꓯ“HO,-. NYI: K; ꓒU:-L O-. NU NY Lꓯ; F. Xꓵ: WU K; SU ꓥ-. NU NY Lꓯ; ꓝO, Xꓵ: WU K; SU ꓥ= ꓕꓱ,-. NYI MI ꓥW M: Z: NI Tꓯ, L W-. ꓥW M: DO NI Tꓯ, L W-. L: C. NU Dꓯ TO GO; NI-. Z ꓤ: NU Dꓯ CW. GO; NI-. NU NY NI, ꓝ DO L V;-. NU NY NI, ꓝ ꓤꓯ; L V-. L: C. M NY JY YI. T. O-. Z M N: NY Cꓵ: YI T. O-. Z: JY N: NY Z: M: JI-. HO,-. L: C. DO SU NYI: ꓒU:-L O-. Z ꓤ: Z: SU NYI: ꓒU:-L O-. NYI. MI A. MI: ꓘO; BI LE-. NYI. Vꓯ; A. MI ꓘO; HO. LE-. YI. ꓘO; ꓛI NY ꓤ: GU HW N LO-. YI. ꓘO; ꓛI NYI ꓤ: GU HW N Kꓶ= NU NY Z: JI ZI-. NU NY DO JI ZI= NYI. MI NU NY A. N Dꓯ HW JW-. NYI. Vꓯ; NU NY A. N Dꓯ SI JW” ꓕI LE Bꓯ Gꓶ K. NY ꓕꓯ; A: MO, MO ꓕI: G KW VE; T. SI. L: ꓝO BU Dꓯ ꓛY, Bꓶ Xꓵ: WU M ZI ZI Mꓵ Mꓵ BI Bꓯ M. GO GꓶO=

ꓛY, Bꓶ Tꓶ. M NY DI DI BI KO K; T. ꓕI: ꓛO; KW YI V, ꓥ-. GO ꓕꓯ; A. N NY O. Dꓵ KW VO, V, DU L Bꓶ KW NI Sꓶ V, DU M YI, Gꓶ SI. NI ꓛY, Bꓶ TI DU YI LO=

ꓛY, Bꓶ Tꓯ Lꓯ; HO DU M NY ꓕI: RO 10 ꓕꓶ, Bꓶ ꓛꓵ ꓥ-. A ꓕI: RO M L Bꓶ Dꓯ Bꓶ W NY O. M NI HW.-. HW. SU NY A. N Tꓯ. ꓤ: GU YI ꓥO=

ꓛY, Bꓶ Tꓯ Lꓯ; ꓘO W=

A KW ꓛI ꓛI KW NI L SU L: ꓝO BU NY CY Cꓶ, M A: ꓘꓶ. Tꓱ, NY, LO= A: Jꓵ; SU LE. ꓕI: ꓕꓶ, BI L Bꓶ Dꓯ Bꓶ ꓤꓯ; YI ZI M JY: Gꓶ: NY, LO=

Gꓶ SI. NI ꓤ: GU: Lꓯ. ꓕI: HW. M NY Lꓯ; ꓒꓯ, ꓛꓶ; ꓥ Pꓶ. DU Gꓶ M Sꓶ.-. MY: M: JW, Gꓶ M Sꓶ.-. A LE Bꓶ Gꓶ Gꓶ ꓕI: ꓕꓶ, Gꓶ Bꓶ M: ꓤꓯ:-. M: ꓥ NY Bꓶ LO, YIO-. M: ꓥ NY Bꓶ Jꓵ, YIO= ꓕI: Vꓯ RO Bꓶ Gꓶ-. ꓕI: TU Mꓶ: CY Cꓶ, K Tꓯ ꓛI Bꓶ Gꓶ Gꓶ A N NI Tꓯ. V, DU L Bꓶ M Dꓯ ꓕI: ꓕꓶ Gꓶ M: Bꓶ ꓤꓯ; YI=

ꓛY, Bꓶ ꓤꓯ, Lꓯ; ꓘO M NY Cꓵ Cꓵ ꓕI: NYI ꓤꓯ, Gꓶ SI. Mꓶ: ꓝ LO, YI T. ꓕꓯ;-. W.-FI-PO A. WO; ꓒ: NY ꓛY, Bꓶ Tꓯ ꓘꓶ: M SE; T. ꓕꓯ;-. Bꓶ Dꓵ: ꓘꓶ: ꓕI: ꓛO; KW NI A. MO: Fꓶ: T. Xꓵ: ꓕI: RO L SI. Bꓯ“ A. N NYI M O-. NU NY SU Dꓯ ꓕꓯ; N N,-. NU NY ꓥW Tꓯ. ꓥ-. ꓥW L, W= ”

ꓕI ꓕꓯ; L: ꓝO BU NY LE. A NY, SI: ꓕꓯ;-. A. MO: M NY YI. W; Mꓶ. JY; KW ꓕꓶ, ꓛI W= L: ꓝO BU NY A. MO: Zꓶ: SU M Dꓯ JI JI, ꓒI, NYI Gꓶ ꓕꓯ; Bꓯ“ Cꓵ Cꓵ

Gꓶ A: ꓘꓶ. ꓤ: K, Xꓵ: ꓤ: GU: Lꓯ. ꓕI: RO ꓥ Bꓶ = ”

ꓤ: GU: Lꓯ. ꓕI ꓕI: RO NY A: Jꓵ; SU Mꓶ. ꓕꓯ; KW Bꓯ“ NI, Nꓵ, M A. N NYI M O-. NU NY ꓥW VE SI M YI Lꓯ-. ꓥW NY NU Dꓯ ꓕI: ꓛꓵ. JI JI, ꓤ: JI DU ꓥ= FAI, Bꓯ NU Gꓶ ꓥW VE SI M YI N T. ꓥ=

A. N NY Bꓯ“A. YI: A. ꓛY, O-. NU NY A: ꓘꓶ. ꓤ: ꓘ, Xꓵ: ꓤ: ꓕI: RO ꓥ-. GO NY ꓤ: Mꓶ: ꓤ: Dꓯ Gꓶ A: ꓘꓶ. JI N T.= Gꓶ SI. NU ꓕI LE JI M ꓥW NI, M KW Kꓶ V, O-. NU NI ꓥW Dꓯ CYO. FO M ꓥW Mꓶ: ꓕꓯ; K. NY. SI. ꓷU: GO;-NE-. A Mꓶ ꓥW NY ꓛY, Bꓶ Tꓯ Lꓯ; ꓘO SI. VE SI ꓷ: HW M Bꓯ Gꓶ W-. NU ꓥW Dꓯ NI, Nꓵ ꓥ Bꓯ ꓛY, Bꓶ Tꓯ Lꓯ; ꓘO SI. YI Lꓯ=

XW. W ꓘꓶ: M ꓕI LE Tꓱ NY, ꓕꓯ;-. Bꓶ Dꓵ: ꓘꓶ; BI Bꓶ DO ꓘꓶ: ꓕI: ꓛO; Xꓵ. T. MI: WO; KW NI Zꓱ ꓕI: Zꓱ BYꓱ L, LO= GO ꓕꓯ; W.-FI-PO A. WO; ꓷ: NY Bꓯ“ NU W; NYI: RO LE. NI, ꓞ ꓛY, M RU V, SI. ꓕI: RO ꓕI: M Dꓯ Bꓶ V;-. NU W; NYI: RO NI LE. Bꓶ ꓤꓯ; LE ꓥO Bꓯ ꓕI: ꓛꓵ. ꓕI: KW NY, SU LO: D ꓥ= ”

ꓕI ꓕꓯ;-. A. ꓛY BE A. N NY NI, ꓞ ꓛY, M ꓥU: V,-. CY Cꓶ, TI V, SI. Bꓶ M JY: Gꓶ: NY,-. Zꓱ ꓕI: Zꓱ M YI. W; MO KW KW BYꓱ ꓛI ꓕꓯ; ꓕI: LE, “BO: BO:” BI Bꓶ Gꓶ NY Zꓱ M Dꓯ Bꓶ ꓤꓯ; YI SI. A: Jꓵ; SU Mꓶ. ꓕꓯ; KW Bꓶ ꓞꓶ L W=

A. WO; ꓷ: W.-FI-PO NY Zꓱ M GO V, SI. NI A: MO, MO KW VE NI L: ꓞOB U Dꓯ Bꓯ“ YI. W; NYI: RO NI Bꓶ ꓤꓯ; LE W-. ꓕI M NY YI. W; NYI: ROD ꓯ WU-S ꓷU:-L NI ꓕI: VE SU YI ZI M ꓥO=

A: Jꓵ; SU N N, Gꓶ ꓕꓯ;“ ZO; ꓥ-. ZO; ꓥ-.” BI SU NY, LO= ꓕI LE ꓕI: B, SU Gꓶ ꓕꓯ; A. WO; ꓷ: W.-FI-PO NY FAI, Bꓯ“Nꓯ. Vꓯ; ꓕI ꓕI: NYI NY A: Jꓵ; SU YI. W; NYI: RO Lꓯ; ꓷꓯ, F. NYI M Dꓯ NYI TI Lꓯ= ”

FꓯI, ꓕI: ꓘO,“ K, ꓛꓵ; W-. N S W-.” Bꓯ SI. SU NI Mꓶ: ꓞ LO, YI W= GO ꓕꓯ; L: ꓞO BU NY Xꓵ. DI DI KW A. TO. FI GꓶO= A. TO. ꓛY; Lꓯ; M NY MI: WO; KW KO M ꓤꓶ M ꓕI: LE, BI A: ꓘꓶ. BI-. W:-B Mꓵ MI: WO; KW LE. A: ꓘꓶ. Lꓯ; YIO= L: ꓞO BU NY A. TO ꓘꓶ: KW CO V, SI. NI MU: GW: Bꓵ-. ꓞO MO: ꓞO TI BU NY“D Tꓶ D JY BE ꓛO; M NO. M” MI Bꓯ Xꓵ: ꓛI Bꓶ ꓛI, NY,-. ꓤ: GU: Lꓯ. ꓕI: HW. M NY Jꓱ: Lꓱ: M RU DO L SI. Jꓱ: Lꓱ: Mꓵ NY,-. ꓤ: Mꓶ: ꓕI: HW NY L: BY KW NI ꓛU: ꓛU: BE M GO; RU DO L SI. “W: ꓤ: W:-. W: ꓤ: W:” Mꓵ NY,= ꓤ: Nꓱ YI. ꓷ: ꓕI: HW. NY JI FI. ꓶ; NY,-. ꓤ: Nꓱ Bꓵ NY SI, ꓷY: Mꓵ NY, SI. K, ꓛꓵ; MU: GW: Bꓵ NI K. NY. ꓕI: NYI Mꓶ: ꓕꓯ; JI ꓕꓯ; SI. L: JI LO=

26 NI, JI Mꓶ: NY Jꓶ Dꓯ JW-. XW. Mꓶ: ZI NY ꓤ: ꓘ, YI

A.-ꓛꓯ, NY ꓶ: ꓤ NO.-Mꓵ: KW NY,-. A.-N NY W:-B Mꓵ: KW NY,-. YI. W: NY A LE Bꓯ SI. ꓛꓯ, Bꓶ Tꓯ Lꓯ: ꓘO Mꓶ. ꓕꓯ;-LE Sꓶ. Lꓯ: ꓘO NI,= ꓕI: M NY A: ꓘꓶ. N N, S Xꓵ: Bꓯ Pꓶ ꓕI: TO. ꓥ, LO=

5 ꓘO; Mꓶ. JY: Mꓶ: Nꓶ ꓒO, Jꓵ ꓕI: NY Nꓯ.; KW-. A.-N YI. ꓒ: YI. M NY MI: WO; A: ꓘꓶ. JI M Pꓶ. DU NI YI. ꓤ: Mꓶ Dꓯ HO: SI. WO:-MI-TI KO KW O Bꓱ-. M Mꓵ: BE Mꓶ ꓛꓵ: LO Xꓵ: HW YI LO= YI. W: NY WO:-MI-TI KW ꓛI ꓕꓯ; NI, ꓞ BI VE PYꓱ X, DO LE-. LE; LE; NY VE PYꓱ ꓘꓶ: KW Gꓶ WO; ꓒY: LO ꓒY: ꓤ: Lꓱ. DU SI. K. A: ꓘꓶ. NYI: S K. X. Gꓶ= ꓕI LE YI Gꓶ ꓕꓯ; SI, Nꓯ. MI KW JI SI. SI. CO. A: MY, HW NE VE ꓘW ꓞO JO NY, M ꓕI: LE, YI TY, LO=

K. NY. ꓕI: NYI ꓕꓯ; YI. ꓒ: YI. M NY YI. ꓤ: Mꓶ: Dꓯ HO: SI. NI WO; ꓒY: WO; MI HW YIO= GO NY HW NE A: L ꓤꓱ: Z JO: Z: Jꓵ, ꓛI ꓕꓯ; O Bꓱ M ꓕI: RO ꓕI: ꓘ, HW W YI SI. NE K, K, ꓛꓵ: ꓛꓵ: BI VE PYꓱ KW L: YIO=

YI. W: NY L: NE D: JW ꓕ: Lꓱ KW ꓛI ꓕꓯ; YI. Cꓶ, ꓘꓶ: M D ꓕI: PO KW CY ꓛꓶ ꓕI: M Xꓵ DO, Xꓵ: MO YIO= GO ꓕꓯ; YI. ꓒ: NY RU SI. ꓒI, NYI NY Bꓯ“ CY ꓛꓶ ꓕI: M NY Zꓱ NE ꓕO, Xꓵ Gꓶ ꓥ Bꓶ-. YI. HW: LE. NE ꓕO, Z: GU YIO= ” ꓕI ꓕꓯ; M D LE KW NY“ CI CI CI”BI Mꓶ: T. Xꓵ: CY ꓛꓶ ꓤ: Sꓯ; Mꓶ T.= GO ꓕꓯ; YI. ꓒ: NY K, ꓕU M N: V, SI. NI JI JI, ꓤ: HW ꓕꓶ NY CY ꓛꓶ ꓤ: NYI: M HW W YIO= YI. M Bꓯ“ ꓞO MO: ꓒ: O-. YI. W: Dꓯ XW. NYI ꓤ: NE M: D-. ꓩU GO: Gꓶ V= ” YI. ꓒ: Bꓯ“ YI. W: Tꓯ. YI. M NY Xꓵ Gꓶ W-. YI. W: NY A. TI. T. SI. YI. Z Gꓶ HW Z: M: KU. SI:-. GO NY A Mꓶ ꓥW NE ꓩU Gꓶ NY VE: Mꓶ: Xꓵ M-LE: ꓥO= RO: NY Tꓯ, LE: JI SI. Vꓱ NI A: Bꓶ, Kꓶ ꓕꓯ; SI. ꓩU Gꓶ Lꓯ-. YI. W: Dꓯ Vꓱ V, NY RO: ꓤ: Mꓶ: LE. ꓛO; ꓒꓯ, ZO: SI: ꓥ= ” YI. ꓒ: Bꓯ ꓘꓶ: M NY YI. W: NYI: M. L: LE. ZO: ꓥ Bꓯ LO=

YI. W: VE PYꓱ KW L: ꓛI ꓕꓯ;-. YI. ꓒ: NY M D ꓕI: NYI: K. ꓛꓵ L SI. NI NY, ꓘ, ꓕI: M ꓭ; NE CY ꓛꓶ ꓤ: M Dꓯ YI. ꓘU: KW Vꓱ V,= GO ꓕꓯ; A.-N NY K, ꓛꓵ: BI CY ꓛꓶ ꓤ: M Dꓯ ꓕI: B, NY Bꓶ: DI HW CW-. ꓕI: B, NY SI, Sꓶ: LO Sꓶ: HW CW. NI CY ꓛꓶ ꓤ: M LE. ꓒ BO, ꓤ: T. LO= CY ꓛꓶ ꓤ: M Gꓶ L: ꓞO ꓕI: LE,-BI Z: BO DO BO YI

ꓕꓯ; M: WO, BI YI: T. KU.-. HW. ꓛI L Gꓶ M M: Mꓶ= ꓕI M Pꓶ. DU CY ꓛꓶ ꓤ: NYI: M M NY A.-N ꓛO; ꓒꓯ, LO: YIO=

ꓕI M K. NY. NYI: S: NYI ꓕI: NYI Nꓯ.; KW-. A.-N YI. ꓒ: YI. M NY Nꓯ: Nꓯ: TU SI. NI Z X, Z Z: Gꓶ ꓕꓯ; ꓶ: ꓤ KW JI SI. Mꓶ: ꓛꓵ: HW YI Bꓯ-. Gꓶ SI. YI. W: NY A.-N JI M: HW. Bꓯ NE VE PYꓱ KW NY, ZI= LE; LE; NY A.-N Dꓯ WO; ꓒY: WO; MI M Lꓱ. NY, ZI=

YI. ꓒ: YI. M JI Gꓶ K. NY.-. A.-N NY CY Cꓶ ꓤ: M Dꓯ YI. Z HW CW. BO YI GU ꓕꓯ; SI. NI WO; ꓒY: WO; MI M Lꓱ. ꓒO, LO= A.- N NY ꓝO WU: ꓕI: LE, BI A: ꓘꓶ. YI NY, LO=

ꓕI: NYI KW Mꓶ: ꓝ M ꓕI: NE Z JO: Z: Jꓵ, ꓤ: ꓛI T. ꓕꓯ;-. VE PYꓱ ꓘꓶ: SI, ZI ꓕI: HW. M: Dꓯ“XI XI XU XU-. XI XI XU XU” BI Mꓶ T. SI. NI NY, ꓤ: ꓕI: Dꓱ BYꓱ ꓥW: L W= NY, ꓤ: ꓕI: HW. M NY ꓕI: B, NY ꓕI ꓕI: ZI M Dꓯ Tꓶ,-. ꓕI: B, NY KO. BO. ꓕI: ZI M Dꓯ Tꓶ,-. ꓕI: B, NY SI, Nꓯ, MI KW BYꓱ SI. SI, WE ꓛꓵ: YI-. ꓕI: B, NY Vꓱ PYꓱ ꓕꓯ; SI BYꓱ SI. N: NY,= A: ꓘꓶ. BI LO Xꓵ: NY, ꓒꓵ ꓕI: NYI: M M Lꓯ; HW. A.-N Dꓯ M: JO BI VE PYꓱ ꓘU: KW BYꓱ YI SI. NI ꓕ BO. KO. BO. BYꓱ CO NY, LO=

NY, ꓤ: ꓕI: HW. M NY A.-N YI. ꓘꓶ: YI. JY KW BYꓱ CO NI ꓕI: B, NY YI. Lꓯ; ꓶ. ꓕI: ꓛO; KW ꓥW: V.-. ꓕI: B, NY Lꓯ; JW ꓕI: ꓛO; KW ꓥW: V,-. Gꓶ. SI. YI. NY NY, M Dꓯ RU T. ꓕꓯ;-. NY, M NY A: ꓘꓶ. ꓕI NE BYꓱ YIO=

NY, ꓤ: ꓕI ꓕI: HW. M ꓕI KW L M NY A.-N A: ꓘꓶ. K, ꓛꓵ: W= ꓕI M Pꓶ. DU A. N NY K, ꓛꓵ: SI. NI NY, Dꓯ MU: GW: Bꓵ Bꓯ

WO; ꓒY: LO ꓒY: KO ꓕꓯ; HW= M Mꓵ: M Sꓶ. KO ꓕꓯ; XO:=
WO; ꓒY: WO; MI 19 ꓘ,-. M Mꓵ: M Sꓶ. 17 Pꓵ,=
WO; ꓒY: WO; MI NU: M ꓥO-. M Mꓵ: M Sꓶ. JI M ꓥO=
WO; ꓒY: JU Lꓱ. LO, LO, ꓤ:-. M Mꓵ: JU Lꓱ. ꓛO; ꓛO, ꓤ:=
WO; Lꓱ. Mꓶ: NY K, ꓛꓵ: ꓛꓵ:-. M Lꓱ. Mꓶ: NY NI, S S=
NY, Gꓶ Mꓶ: NI, Sꓶ.-. NY, Gꓶ Mꓶ: Bꓵ: Sꓶ.
ꓕI: RO Mꓶ. Tꓯ. ꓛO; ꓒꓯ, LO:-. ꓕI: RO Mꓶ. Tꓯ. ꓛO; ꓒꓯ, ZO:=
NY, ꓤ: NI, NY A: ꓘꓶ. JI-. NY, ꓤ: Bꓵ: NY A: ꓘꓶ. ZO:
XI XI XU XU Bꓯ ꓘꓶ: ꓕꓵ-. XI XI XU XU MU: GW: Bꓵ=
K, ꓛꓵ: Bꓯ ꓘꓶ: ꓕꓵ K, Lꓯ-. N S MU: GW: Bꓵ K, Lꓯ=
RO: NY ꓕI: VE SU-. RO: NY ꓕI: Mꓵ: SU=
K, ꓛꓵ: MU: GW: Bꓵ K, Lꓯ-. N S YO, YI: YI: K, Lꓯ=

ꓛO; ꓒꓯ, BU Lꓯ: ꓛO; ꓒꓯ, BU-. K ꓛO; BU Lꓯ: K ꓛO; BU=

X, Gꓶ ꓕI KW CO L ꓥ,-. W NYI ꓕI KW L: L ꓥ,=

A.-N NY MU: GW: Lꓯ: Xꓵ Bꓵ Lꓯ: Xꓵ NY, ꓣ: ꓕI: HW. M Dꓯ YI. ꓒ: YI. M NI Z JO: C, GO: V, M CW. GO: NY,= NY, ꓣ: ꓕI: HW. M Gꓶ K, K, ꓛꓵ: ꓛꓵ: BI A: Jꓵ; Z: GU LE W=

NY, ꓣ: ꓕI: HW. M Z: BO GU ꓕꓯ; A: Jꓵ: LE. SI, ZI ꓕꓯ; SI N: YI-. GO NY ꓕI: B, ꓕꓯ; LE; LE; ꓣꓯ: L SI.“XI XI XU XU”BI Mꓶ NI Mꓶ: ꓞ M LO, YI ꓕꓯ; SI. L: M: Yꓯ; BI SI, Nꓯ. MI KW L: JEO=

NY, ꓣ: ꓕI: HW. M BYꓱ YI GU ꓕꓯ;-. A.-N NY ꓕI: RO Mꓶ. Tꓯ.-LE; VE PYꓱ KW YI T. SI. NI YI. ꓒ: YI. M Dꓯ LO NY, TY, LO=

A.-N NY ꓝU NY, NE ꓕI: B, LO: ꓕꓯ; ꓶ: ꓣ SI, Nꓯ. MI KW NI“ SI. SI. SI.” Mꓶ SI. NE VE PYꓱ ꓕI: ꓛO; KW A. N: ꓕI: LE, T. Xꓵ: ꓕI: M M ꓞO ꓣ: Bꓵ: Nꓵ: W SI. Tꓶ, L, LO=

A.-N NY Mꓶ Sꓯ; M Dꓯ N N. NY VE: Mꓶ: SI. NI L, Xꓵ: Sꓯ. Xꓵ: Sꓯ. Jꓵ: ꓕI: M ꓥ Bꓯ LO= GO NY A.-N NY YI. Mꓶ. JY: KW JI ꓕꓯ; YI. NY M: JO M: Tꓶ, LE; M: ꓞI-. Lꓯ: HW. YI. Lꓯ GO; KW Tꓶ, Dꓵ: L, LO= YI. NY A. N: ꓕI: LE, BI VE SI ꓒ: Dꓯ Mꓶ ꓣ M: MO-LE; A. ꓘꓶ. ꓕ: NY,= A.-N NY YI. Dꓯ Z ꓥꓵ. ꓣ: HW CW. Gꓶ ꓕꓯ:-. YI. NY A.-N Lꓯ GO: KW A: ꓘꓶ. Z: MI BI Z: NY, LO=

YI. NY YI. M Dꓯ A: ꓘꓶ. NYI: S: NYI JI V, LE DU WO ꓒ: ꓣ: ꓕI: M ꓥ= Gꓶ SI. A.-N NY ꓕI: Xꓵ: Gꓶ M: Sꓶ.-. WO ꓒ: ꓣ: M NY Z: BOYI Gꓶ ꓕꓯ; A.-N Lꓯ GO: KW A: ꓘꓶ. ꓛI: Lꓯ: HO NY, LO=

WO ꓒ: ꓣ: BE A.-N NY A: ꓘꓶ. K, ꓛꓵ: N ꓛI: Lꓯ: ꓘO NY, ꓕꓯ;-. WO; ꓒ: M K M NY FI, Hꓶ: BI YI. ꓣ: Bꓵ: M Nꓱ: W SI. Tꓶ, L, LO= WO ꓒ: M K NY YI. ꓣ: Bꓵ: M-LE; Nꓵ: W. M: ꓞI-. L: ꓞO Bꓵ: LE. Nꓵ: W SI:= WO ꓒ: M K M M NY YI. ꓣ: M L: ꓞO NE Tꓯ, YI SI, SI: Gꓶ ꓛI ꓛ,-. GO ꓕꓯ; YI. SI: ꓛI LE. FI, Hꓶ: BI VE PYꓱ ꓕI: ꓛO; KW Tꓶ, L,= Gꓶ SI. NI, Tꓱ, ꓞO Tꓱ, SU A.-N NY Xꓵ: WU DO L T. M Gꓶ M: Sꓶ.-. WO ꓒ: M K M NY VE PYꓱ KW W Lꓯ W Nꓶ: T.-. W Nꓵ: W L: ꓞO Bꓵ: A: ꓘꓶ. Nꓵ: W-. ꓕI ꓕꓯ; WO ꓒ: M K M NY NI, SI: SI: BI YI. Mꓶ. JY: KW JW, DU SI, ZI M ꓘO; N ꓘO;-. Cꓵ, N Cꓵ, BI YI SI. Tꓶ, L, W=

WO ꓒ: M K M NY A.-N Dꓯ W Lꓯ W Nꓶ: T.-. Cꓵ Cꓵ Gꓶ M; ZO: Xꓵ: WU M A: ꓘꓶ. ꓞ: T. LO=

ꓕI ꓕꓯ; VE PYꓱ ꓘꓶ: SI, Nꓯ. MI KW NI ꓣ: GU: Lꓯ. ꓕI: RO Tꓶ, DO L SI. A. N Lꓯ GO: KW ꓕꓯ, V, DU WO ꓒ: ꓣ: M ꓕI: ꓕꓶ, BI YI. ꓘꓶ: KW ꓶ, ꓝU Gꓶ-. LE; LE;

ꓠꓬ ꓮ.-ꓠ ꓓꓯ ꓔꓯ, ꓦ, ꓢꓲ. ꓠꓬꓲ, ꓝ ꓐꓲ ꓦꓰ ꓑꓬꓱ ꓘꓴ: ꓗꓪ ꓔꓶ, ꓓꓴ: ꓡꓰ ꓐꓲ ꓗ ꓗꓶ. ꓟ ꓔꓳ, 𑾰ꓴ ꓖꓶꓳ=

ꓤ: ꓖꓴ: ꓡꓯ. ꓟ ꓕꓲ: ꓡꓰ ꓬꓲ ꓖꓶ ꓕꓲ: ꓐ, ꓕꓯ;-. ꓟꓶ ꓢꓯ ꓗꓪ ꓠꓬ, ꓓꓴ ꓪꓳ ꓒ: ꓟ ꓗ ꓟ ꓠꓬ ꓬꓲ. ꓢꓲ: ꓛꓲ ꓡꓰ. ꓞꓲ, ꓧꓶ: ꓐꓲ ꓢꓯ; ꓟ ꓕꓳ: ꓕꓳ: ꓦ ꓔ. ꓢꓲ. ꓡꓯ: ꓫꓵ ꓬꓲ. ꓤ: ꓟ ꓓꓯ ꓔꓯ, ꓦ,-. ꓡꓯ; ꓫꓵ ꓟꓶ ꓢꓯ ꓗꓪ ꓢꓲ, ꓜꓲ ꓡꓳ ꓜꓲ ꓤ: ꓓꓯ ꓚꓵ, ꓠꓲ ꓘꓳ; ꓠꓲ ꓬꓲ ꓠꓬ, ꓢꓲ:= ꓕꓲ ꓕꓯ; ꓮ. - ꓠ ꓠꓬ ꓙꓳ ꓠꓲ ꓛꓶ; ꓤ: ꓛꓶ; ꓐꓲ ꓤ: ꓖꓴ: ꓡꓯ. ꓡꓯ ꓖꓳ: ꓗꓪ ꓠꓬ, ꓡꓳ=

ꓪꓳ ꓒ: ꓟ ꓗ ꓟ ꓠꓬ ꓟꓶ ꓢꓯ ꓗꓪ ꓡꓱ. ꓦ, ꓓꓴ ꓪꓳ; ꓒꓬ: ꓪꓳ; ꓟꓲ-. ꓟ ꓟꓵ: ꓐꓰ ꓟꓶ ꓛꓵ: ꓕꓲ: ꓧꓪ. ꓟ ꓮ: ꓙꓵ: ꓚ, ꓒꓲ ꓖꓴ ꓳ= ꓬꓲ, ꓠꓬ ꓮ. ꓫꓵ: ꓟ: ꓗ ꓚ, ꓠꓲ ꓠꓲ, ꓢꓲ: ꓐꓰ ꓪꓳ; ꓧꓶ ꓘꓪ; ꓬꓲ ꓕꓯ; ꓢꓲ. ꓬꓲ. ꓤ: ꓟ ꓓꓯ ꓔꓯ, ꓠꓰ ꓡ: ꓙꓰꓳ=

ꓪꓳ ꓒ: ꓟ ꓙꓲ ꓖꓶ ꓕꓯ; ꓤ: ꓖꓴ: ꓡꓯ. ꓠꓬ ꓢꓯ: ꓟ ꓮ: ꓐꓶ, ꓕꓲ: ꓘꓶ: ꓦ ꓖꓶ ꓢꓲ. ꓐꓯ“ꓮ-. ꓚꓵ ꓚꓵ ꓖꓶ ꓮ: ꓘꓶ. ꓬ ꓟꓳ ꓫꓪ. ꓪ= ”

ꓮ.-ꓠ ꓠꓬ ꓡꓯ: ꓧꓪ, ꓙꓳ ꓠꓲ “ꓫ. ꓟꓳ” ꓕꓲ: ꓘꓶ: ꓟ ꓡꓰ. ꓐꓯ ꓓꓳ ꓡ ꓟ: ꓓ ꓳ=

ꓕꓲ ꓕꓯ;-. ꓦꓰ ꓑꓬꓱ ꓟꓶ ꓢꓯ ꓗꓪ ꓠꓲ ꓤ: ꓕꓲ: ꓣꓳ ꓟ ꓓꓵ: ꓡ ꓢꓲ. ꓠꓰ ꓬꓲ. ꓪ; ꓠꓬꓲ: ꓣꓳ ꓟ ꓢ ꓢ, ꓐꓲ ꓫꓵ: ꓪꓴ ꓟ: ꓓꓳ ꓬꓲ ꓕꓯ; ꓢꓯ; ꓕꓲ: ꓘꓶ: ꓦ ꓠꓰ ꓐꓯ“ꓪꓴ-ꓢ ꓒꓴ:-ꓡ ꓓꓯ ꓫ. ꓟꓳ ꓳ-. ꓪꓴ-ꓢ ꓒꓴ:-ꓡ ꓠꓴ ꓠꓬ ꓤ: ꓠꓵ ꓠꓬꓲ: ꓫꓵ. ꓓꓯ ꓚꓬꓳ. ꓖꓳ: ꓖꓶꓳ= ” ꓕꓲ ꓡꓰ ꓐꓯ ꓖꓶ ꓕꓯ; ꓬꓲ. ꓠꓬ ꓡꓯ: ꓫꓵ ꓮ.-ꓠ ꓓꓯ ꓕ: ꓙꓳ ꓐꓯ-. ꓡꓯ: ꓫꓵ ꓤ: ꓖꓴ: ꓡꓯ. ꓓꓯ ꓒꓴ: ꓖꓳ: ꓠꓬ,-. ꓕꓲ ꓟ ꓗ. ꓠꓬ. ꓬꓲ. ꓪ; ꓠꓬꓲ: ꓣꓳ ꓟ ꓠꓬ ꓪꓳ ꓒ: ꓟ ꓗ ꓠꓲ ꓒꓬ, ꓖꓶ ꓓꓴ ꓪꓳ; ꓒꓬ: ꓪꓳ: ꓟꓲ-. ꓟꓶ ꓛꓵ: ꓐꓰ ꓟ ꓟꓵ: ꓕꓲ: ꓧꓪ. ꓟ ꓮ ꓤ ꓤ ꓖꓳ ꓢꓲ. ꓡꓱ. ꓖꓳ: ꓠꓬ, ꓡꓳ=

ꓬꓲ. ꓪ: ꓠꓬ ꓠꓵ:-ꓟꓵ: ꓗꓪ ꓙꓳ ꓡ ꓢꓲ.ꓪꓳ:-ꓟꓲ ꓔꓲ ꓗꓪ ꓪꓳ; ꓒꓬ: ꓪꓳ: ꓟꓲ ꓐꓰ ꓟꓶ ꓛꓵ: ꓤ: ꓧꓪ ꓡ ꓢꓴ ꓠꓬꓲ: ꓑ. ꓡ: ꓟ ꓥ , ꓡꓳ= ꓬꓲ. ꓒ: ꓠꓬ ꓠꓳ.-ꓧꓪ-ꓒ: ꓟꓲ-. ꓬꓲ. ꓤ: ꓠꓬ ꓤ: ꓔꓲ. ꓤ: ꓮ.-ꓛꓬ, ꓟꓲ ꓡꓳ= ꓕꓲ ꓟ ꓑꓶ. ꓓꓴ ꓮ.-ꓛꓬ, ꓠꓬ ꓮ.-ꓠ ꓓꓯ ꓚꓬꓳ. ꓙꓪ ꓢꓴ ꓡꓳ: ꓬꓲꓳ=

ꓕꓲ ꓕꓲ: ꓟꓶ: ꓘꓶ: ꓗꓪ ꓬꓲ. ꓒ: ꓬꓲ. ꓟ ꓠꓬ ꓦꓰ ꓑꓬꓱ ꓘꓶ: ꓗꓪ ꓕꓲ ꓡꓰ ꓬꓲ ꓦ, ꓟ ꓟꓳ., ꓬꓲ ꓖꓶ ꓬꓲ. ꓤ: ꓟꓶ: ꓟ ꓢ ꓢ, ꓔ. ꓕꓯ;-. ꓬꓲ. ꓪ: ꓠꓬꓲ: ꓑ. ꓡ: ꓓꓯ ꓫ. ꓟꓳ ꓓꓴ ꓟ ꓐꓯ ꓖꓴ ꓟ: ꓓ ꓳ

ꓕꓲ ꓟ ꓗ. ꓠꓬ.-. ꓬꓲ. ꓪ: ꓠꓬꓲ: ꓦꓰ ꓠꓬ ꓪꓳ:-ꓟꓲ ꓔꓲ ꓗꓪ ꓮ: ꓘꓶ. ꓕ: ꓡꓯ; ꓘꓳ ꓐꓲ ꓙꓬ ꓞꓲ. ꓟ ꓗꓳ, ꓖꓴ ꓬꓲꓳ=

ꓪꓳ:-ꓟꓲ-ꓔꓲ ꓗꓪ ꓠꓬ, ꓕꓲ: ꓞꓲ. ꓕꓯ;-. ꓮ: ꓙꓵ: ꓢꓴ ꓝꓳ ꓟꓳ: ꓕꓲ: ꓧꓪ. ꓟ ꓠꓬ ꓮ.-ꓠ ꓓꓯ ꓚꓲ. ꓛꓬ; ꓤ: ꓟꓶ: ꓐꓲ ꓮ: ꓘꓶ. ꓙꓲ ꓠꓬ,-. ꓮ.-ꓛꓬ, ꓡꓯ: ꓧꓪ. ꓮ. ꓫꓵ: ꓡꓰ. ꓠꓲ ꓮ.-ꓠ ꓓꓯ-ꓡꓰ; ꓙꓬ: ꓖꓳ: ꓖꓶ ꓠꓬ,= ꓬꓲ. ꓠꓬ ꓠꓬ, 𑾰ꓴ ꓧꓪ ꓠꓲ ꓖꓳ: ꓠ ꓖꓳ:-. ꓐꓬ: ꓤ: ꓕꓴ ꓠꓲ ꓖꓳ: ꓠ ꓖꓳ:-. ꓚꓵ ꓚꓵ ꓖꓶ ꓚꓲ. ꓛꓬ; ꓠꓬꓲ: ꓟ ꓕꓯ; ꓢꓲ ꓡꓰ. ꓙꓲ ꓠꓬ, ꓡꓳ= ꓕꓲ ꓟ ꓑꓶ. ꓓꓴ ꓠꓲ ꓬꓲ ꓪ: ꓠꓬꓲ: ꓣꓳ ꓠꓬ ꓮ: ꓙꓵ: ꓡꓰ. ꓠꓲ, ꓟ ꓗꓪ ꓮ: ꓘꓶ. ꓤ: ꓠꓲ, ꓠꓵ ꓡꓯ; ꓘꓳ ꓠꓬ, ꓡꓳ= ꓖꓶ ꓢꓲ. ꓠꓲ ꓮ.-ꓛꓬ, ꓠꓬ ꓮ.-ꓠ ꓓꓯ ꓚꓬꓳ. ꓖꓶ-. ꓮ.-ꓠ ꓠꓬ ꓬꓲ. ꓘꓳ; ꓮ. ꓔꓲ. ꓔ. ꓐꓶ. ꓓꓴ ꓠꓲ ꓠꓬꓲ: ꓣꓳ: ꓠꓲ, ꓠꓵ ꓫꓵ: ꓪꓴ ꓟ ꓟ: ꓐꓯ ꓡꓳ= ꓝꓳ ꓟꓳ ꓖꓶ ꓠꓲ ꓠꓲ, ꓟ ꓘꓴ: ꓗꓪ ꓓꓵ: ꓙꓪ; ꓐꓯ“ ꓬꓲ. ꓪ: ꓠꓬꓲ: ꓫꓵ. ꓕꓲ: ꓠꓲ, ꓟ-ꓡꓰ; ꓠꓲ, ꓠꓵ ꓡꓯ: ꓘꓳ ꓥꓳ ꓐꓯ-. ꓪꓴ: ꓡ ꓕꓲ: ꓠꓬꓲ ꓕꓯ: ꓢꓲ. ꓐꓯ ꓖꓶ ꓖ;

Mꓶ ꓥ= ”YI. W: NYI: VE NY ꓕI: VE BE ꓕI: VE ꓶ: M Pꓶ. DU ꓕI M K. NY. NY ꓕI: KW M: ZI FO W= A Mꓶ NY A.-N NY W RO W BI-. VE ꓘW VE MI Xꓵ: Wꓵ ꓤ: LE. A: ꓘꓶ. YI KU.-. ꓩO MO: ꓩO TI Dꓯ Gꓶ A: ꓘꓶ. JI Pꓶ. DU NI ꓤ: GU: Lꓯ. ꓤ: LE. A: ꓘꓶ. NI. Nꓵ SU JW,-. NYI. MI ꓥW ꓕI: ꓕO: ꓤ: L Lꓶ YI Bꓯ A.-N Dꓯ W M: D O=

27 A.-N ME DO: A: ꓘꓶ. JW,-. ꓒU Xꓵ LI. ꓞI JI, JI, L

W:-B., Nꓯ YI KW A: ꓘꓶ. ꓕI..-. A: ꓘꓶ. BI-. ꓒU: L ꓤ: Mꓶ: LI. T. Xꓵ: A.-N ꓕI: RO JW, ꓥ Bꓯ LO YI. DO: M NY-. ꓕI: RO NE ꓞI RO Dꓯ CW-. ꓞI RO NE ꓕI: V RO Dꓯ CW-. ꓕI: V RO NE ꓕI: TU RO Dꓯ CW-. ꓕI: TU RO NE ꓕI: Mꓶ: RO Dꓯ CW ꓛI= ꓕI ꓘ, KW CO. CW NE GO ꓕI: ꓘ, KW ꓛI-. ꓕI ꓕI: Mꓵ: KW CO. CW NE GO ꓕI: Mꓵ: KW ꓛI-. ꓕI ꓕI: KO KW CO. CW NE GO ꓕI: KO KW ꓛI-. ꓕI ꓕI: LO KW CO. CW NE GO ꓕI: LO KW ꓛI-. CW NE ꓶ: R M L: Bꓶ: Mꓵ: (L: Bꓶ: Xꓵ: NY, Mꓵ: Dꓯ Bꓯ-. ꓕI KW NY NI. Bꓯ; ꓞO Xꓵ: NY, Mꓵ: V ꓥ M Dꓯ Bꓯ ꓥ) KW ꓛI LE W=

ꓶ R ZO: M L: Bꓶ: Mꓵ: KW NY A. TI. ꓕꓯ; LI YI. ꓒ: YI. M M: JW, SI.-. A M Mꓯ. NE Vꓱ Sꓯ. LE Xꓵ: ꓤ: Vꓯ., ꓕI: RO JW,-. YI. Dꓯ NY A.-ꓞꓯ: ME ꓥ=

A. TI. ꓕꓯ; LI YI. ꓒ: YI. M M: JW, M A._ꓞꓯ: NY ꓞI ꓘO; ꓕꓯ; LI Bꓶ Jꓵ X, KU. SU Dꓯ Bꓶ Jꓵ X, SO NY,-. ꓞI S ꓘO; ꓕꓯ; LI Bꓶ Jꓵ X, ꓒ: ꓕI: RO LO; YIO= YI. NY YI. ꓞI; A: ꓘꓶ. YO LI. VI X, KU.-. S: G; Bꓯ LO Xꓵ: X, M: KU. Xꓵ: ꓕI: Xꓵ: LI. M: JW,= M: D M NY YI. NE S: G; Bꓯ LO ꓕI: Xꓵ: Xꓵ: ZE., DO L M NY A: ꓘꓶ. BI-. NY, ꓤ: SI, YI ZE., NY NY, ꓤ: M BYꓱ: KU. SI, YI YI L M LI: T.= MO; ꓤ: Xꓵ. ꓤ: ZE., DO L NY M: ꓥ LI LI MO; ꓤ: Xꓵ. ꓤ: LI T.-. NYI: ꓛO: D: Jꓵ: KW E ZE., H, M Lꓯ: HW. BI ꓥ=

A.-ꓞꓯ: YI. Tꓱ, YI. YI. MI: YI Kꓶ Kꓶ.. NY.-. ꓒU ꓤ: Xꓵ ꓤ: A: ꓘꓶ. HW W ꓥ= Gꓶ SI. YI. NY Z: M: Yꓯ; DO M: Yꓯ;-. YI. M Mꓯ. Dꓯ Vꓱ ꓒU: B SI-. A: Jꓵ: JI JI ꓤ: XW ꓛ, H, ꓥ= ꓕI: ꓘO; LO ꓕꓯ;-. ꓒU-. Xꓵ-. Jꓵ: Bꓯ LO Xꓵ: NY NYI: S KO, BI LEO=

A.-ꓞꓯ: NY Bꓶ: Dꓵ: ꓘꓶ: W-B Mꓵ: KW ꓒU: L ꓤ: Mꓶ: LI. BI-. L.. LI. A: ꓘꓶ. L.. TI.. Xꓵ: A.-N ꓕI: RO NY, Bꓯ M N N, W ꓕꓯ;-. YI. Tꓯ. ꓒY., LE-. YI. Dꓯ ꓞO MO: M YI FI NI, Xꓵ NY, ꓥ=

A.-ꓞꓯ: ꓥ SI. WO: HW L SU ꓕI: ZU M NY A. MO: G; SI. GO ꓕI: JE N: GO. ꓕI: JE-. Bꓶ Dꓵ: ꓘꓶ: Tꓯ. ꓛO: Sꓯ JE NY, ꓥ= YI. W: NY YI; M A MY Dꓵ: LO, YI LI. M: Sꓷ.-. W: ZI A MY TO ꓘꓱ: GU LI. M: Sꓷ. WO= ꓕI NYI M KW-. GO KW SU NE KO-NI,-M(KO D: M) Bꓯ LO Xꓵ: ꓕI: Mꓵ: KO ꓕꓯ: W: DI.. ꓕI: DI.. KW ꓛI

ꓕꓯ;-. MI: MI A: L XO., YI T. WO= A.-ꓝꓯ: NY A: ꓘꓶ. JW: XW. NY, LI. ꓝO ZU Dꓯ GO KW WO: Hꓶ N: FI NY, ꓥ= ꓝO ZU NY A. MO: Dꓯ ꓶCI, H, M RU ꓝE., L-. A. MO: Dꓯ W: DI.. KW Z Gꓯ., Z: FI NY, GU ꓕꓯ;-. LO, FO, TI.. NE Z C. NY,-. VI BYꓱ KO.. NE WO: Hꓶ N: NY, ꓥ=

ꓕI MY NYI JE GU LI. LO. BI_M W: B Mꓵ: KW M; ꓛI L-. A.-N YI. DO: Lꓯ: HW. LI.C, M: W= A.-ꓝꓯ: NY TO: NI, A. TI. JY: LI-. A: ꓘꓶ. K, NI, M: Xꓵ ꓤO: T. L W= ꓕI: S ꓒE ꓕꓯ;-. YI. NY VI BYꓱ ꓘU: KW CO. KO M ꓤI.. ꓛY: Lꓯ: Lꓯ; M MI; WO; Dꓯ NYI W ꓕꓯ;-. ꓕI: VY; MY ꓜU SI. YI. T. M: W WO= Kꓶ. NY. ꓕI: NYI Nꓯ; Nꓯ; ꓕꓯ; BU., YI SI. ꓘꓯ: M. ꓕꓯ; SI. TU L NY,-. TU L GU LI. O. Mꓶ O. Jꓵ: T. ꓥ=

ꓕI: ꓕꓶ, NE-. YI. ꓛO: ꓒꓯ, ꓕI: RO M NY VI BYꓱ: ꓘꓶ: KW CO. “A: Jꓵ: SU NI, ꓝ NYI Lꓯ-. A: MI Mꓶ: ꓘꓶ; RO A. MO: ꓜU YI ꓕꓯ; A. MO: ꓤI: Xꓵ, H, GU M NY LU: Bꓱ Pꓶ. LE BO” ꓘU NY, ꓥ=

A.-ꓝꓯ: NY C C.. M: C.. ꓤ: DO L SI. VI BYꓱ: A. ꓘꓶ: KW CO. NYI NYI ꓕꓯ;-. YI. WU. ꓕI: Mꓶ: ꓘꓶ; A. MO: ꓤI: Xꓵ, H, GU KW NY YI. Bꓱ A: MY, Bꓱ JW, H, Bꓶ= ꓝO ZU BU WU.. NYI ꓕꓯ; A: Jꓵ: ꓕꓯ; KU. ꓝI KU. Bꓱ JW, ꓥ Bꓶ=

Bꓯ NYI ꓕꓯ;-. GO ꓕI: VY; M KW-. A. MO: LI. ꓝI ꓛI M NY Xꓵ. MI W: DI.. D: M KW YI. Z Gꓯ., SI. Z: BO DO BO GU ꓕꓯ; GO KW YI. ꓤI: KU. ꓝI KU., DU: Xꓵ: T. YI. SI.-. YI Bꓱ KU. ꓝI KU. Bꓱ LO; YI W= Mꓶ ꓝ Tꓱ, W ꓕꓯ;-. YI Bꓱ ꓕI: M M: JO LI. BYꓱ; Lꓱ; Lꓱ; T. ꓥ=

ꓕI: VY; LI:-. A. MO: ꓤI: LI. LU: Bꓱ KU. ꓝI KU. Bꓱ LO; YI LO Xꓵ: WU M NY A. TI. M: ꓥ LI ꓤO: T. SI.-. A. TI. YI NI, M: Xꓵ ꓤO: T. M A.-ꓝꓯ: NY YI. Xꓵ; ꓕI: Xꓵ: SW; W LE-. “ꓥW A. MO: M NY S ꓘW ꓤI: Xꓵ Xꓵ, Kꓶ ꓕꓯ; A: Jꓵ: LI. LU: Bꓱ JO: LO; YI M-. TO, NI, JW, ꓕꓯ;-. W: B Mꓶ: Lꓯ. Tꓯ. HW M: W M JO ꓛꓵ Lꓯ:?A. MO: ꓤI: LI. LU: Bꓱ LO; YI D M-. ꓒU: L NE YI JW NY, ꓛO: ꓶ ꓥ-. ꓥW SW; H, M A LI LI. YI DO L D ꓥ”Dꓵ: JW: NY, ꓥ= ꓕI LI ꓒ.. SW; W ꓕꓯ;-. YI. NY Fꓯ, NE V Lꓱ BO BO. ꓤ: YI. ꓛO: ꓒꓯ, Dꓯ HO:-. A. MO: G; SI. Lꓯ: Xꓵ Mꓶ: ꓕꓯ: JE NY, ꓥ=

ꓕI: NYI M KW-. A.-ꓝꓯ: BU ꓕI: ZU M A. ꓘꓶ: DO GU LI. ꓝI KU. NYI LO; ꓕI: NYI M ꓛI L W= MI: MI XO: YI T. ꓕꓯ;-. YI. W: NY LO ꓘꓵ: ꓤO: KW ZO: Xꓵ: LI-SU ꓘ, ꓕI: ꓘ, KW ꓛI LEO= ꓝI VI ꓛI LI. M: JW, M LI-SU ꓘ, KW NY, SU NY-. S LI. ꓝI RO JW, M A. MO: G; ꓒ: ꓕI: HW. ꓛI L M MO: LE ꓕꓯ;-. ꓕI: ꓘ, Lꓱ. Lꓱ: KW SU A: Jꓵ: LI. DO L SI. NYI N, L NY, ꓥ= YI ꓤ: Dꓯ A: ꓘꓶ. JI KU._M ꓘ, ꓤ: K, M BU NY YI. W: Dꓯ VI ꓘU: KW K, YI Lꓯ Bꓯ NY, ꓥ=

A.-ꓝꓯ: NY LI-SU Xꓵ: YI; ꓤ: NYI ꓤ: BU ꓕI MY JI M MO ꓕꓯ;-. A: Jꓵ: SU Dꓯ

YI. ꓶ M ꓘ, KW W: DI.. ꓕI: G., KW ꓛ, H, FI SI.-. ꓕI LI N: GO LI ꓕI: N: M. GO: GU ꓕꓯ;-. YI. ZU Bꓱ NE M: ꓕ; M VI KW NY, JE FI NY, ꓥ=

Mꓶ: ꓘꓶ; Z: Z: GU ꓕꓯ;-. ꓘO; Xꓵ; ꓘO; MI ꓛI M ꓕI: LI,-. ꓘ, KW SUN Y A.-ꓝꓯ: BU YI. ꓶ, ꓛ, H, M KW CO. A. TO. A WU ꓕI: BE; FI H,-. BY: LU..(YI. WU. LI JW, M BY: YI) Tꓯ. DO L SI.-. ꓛI Bꓶ ꓛI,-. JI: FI. ꓶ;-. Dꓱ: Lꓱ: MU NE YI NY,-. NI, ꓒU NI, LI; ꓤ: A.-ꓝꓯ: BU Dꓯ TI, Jꓵ DO-. GW ꓘE, (KO CW GW ꓘE,) ꓘE, WU. NY, ꓥ=

A.-ꓝꓯ: NY LI-SU Mꓶ: Lꓯ. Tꓯ. GW ꓘE, Lꓯ: Xꓵ ꓘE, T-. A.-N YI. TO: Lꓯ: Xꓵ N NYI ꓕꓶ NY, ꓥ= Mꓶ: Lꓯ. BU NY YI. Dꓯ “A.-N N: A: ꓘꓶ. BI-. A: ꓘꓶ. NI, ꓘ, LI-SU M ꓕI: RO ꓥ-. ꓤ: GU., Lꓯ. ꓕI: ZU M YI. Dꓯ NI, ꓘO; NY, LI: M: ꓝI-. ꓥW NU: ꓤ: Mꓶ: YI. Dꓯ MO ꓕꓯ; LI. A: ꓘꓶ. T NI, Xꓵ NY, ꓥ= YI. NY W: -B Mꓵ: YO-ꓝUI-HO: YI: M ꓘꓶ MU: YI. KO LO ꓕI: ꓕO. KW NY, ꓥ”Bꓯ GO: L ꓥ= YI. W: NY Fꓯ, NE YI. Dꓯ YI: Nꓯ Tꓯ. ꓛO: SI JE SI. MI SI DO (MI SIN Y, Mꓵ:)M ꓘꓱ YI ꓕꓯ; YO-ꓝUI – HO: YI. FO, Mꓶ JW, Tꓶ. KW ꓛI LEO= YI: M CW CW JE ꓕꓯ; A.-N NY, Mꓵ: KW ꓛI D ꓥO Bꓯ GO: L ꓥ=

A.-ꓝꓯ: YI. W: NY LI-SU ꓘ, GO M KW ꓕI: Mꓶ: ꓘꓶ; ꓤ: NY, ꓒE, ꓥ Bꓯ LI.-. YI. W: NY LI-SU Xꓵ: YI; ꓤ: NYI ꓤ: NI, ꓒU NI, LI, ꓤ:-. YI ꓤ: Dꓯ A: ꓘꓶ. CO HU KU. M Pꓶ. DU A: ꓘꓶ. K, ꓛꓵ; LEO= Kꓶ. NY. ꓕI: NYI Nꓯ; Nꓯ; YI. W: A. ꓘꓶ: DO Mꓶ: ꓕꓯ; ꓕꓯ;-. YI. ꓶ CI, H, M KW CO. ꓝ BO Bꓯ LO Xꓵ: RU DO L SI. K, KW ꓕI: VI M: JO Dꓯ ꓕI: VI A. TI. Bꓱ GO: NY, ꓥ=

LI-SU Xꓵ: YI; ꓤ: NYI ꓤ: NY A.-ꓝꓯ: BU NE ꓶ ꓤ: GO: L M RU H, SI. “G., ꓛO: (A: ꓘꓶ. ꓕ: M ꓛO: ꓒꓯ,)WO:-. G., ꓛO: WO:-. X, Gꓶ LI; L-. X, Gꓶ LI; L (X, Gꓶ L: L)”Bꓯ NY, ꓥ=

ꓕI ꓕꓯ;-. Mꓶ: MI M Bꓶ DO ꓘꓶ: ꓕI: ꓛO: KW CO. DO L NY,-. Fꓯ, NE A. ꓘꓶ: DO Jꓵ, ꓛI L W= A.-ꓝꓯ; NY Fꓯ, NE YI. WU. YI M ꓕI: LI, A. MO: Dꓯ YI. ꓶ CI, Mꓶ: ꓕꓯ; ꓕ:-. YI. ꓶ ꓥ SI. A. MO ꓒ.. XY, JW, M: JW, M WU NYI NY, ꓥ= Gꓶ SI. YI. ꓕ BOW U N: KO BO. WU-. A LI WU LI. A. MO: S ꓝI KU. ꓛI_LI JW,-. YI. ꓶ S ꓝI KU., ꓶ_LI: JW, ꓥ= A.-ꓝꓯ: NY ꓕI ꓕꓯ; SI. YI. WU. ꓕI: Mꓶ: ꓘꓶ; M R MO M: LO; SI. A. MO: ꓕI: ꓛI JE ꓒI. LE ꓥ T.= ꓕI KW NY, SU ꓕI MY JI M-. ꓝO ꓘU: N: M: NY, DU ꓥ SW; SI.-. YI. Sꓯ; M: ꓕꓵ; ꓕꓵ; ꓛO: ꓒꓯ: Dꓯ YI. ꓶ CI, A. MO: G; SI. JE ꓨ: Bꓯ NY, ꓥ=

YI. ꓶ M CI, GU ꓕꓯ; SI. JI JI ꓕI: ꓘO, WU NYI ꓕꓯ;-. Fꓯ, NE A. MO: LI ꓝI ꓛI YI. ꓶ LI. ꓝI ꓶ WU W SO:=

A.-ꓝꓯ: NY YI. ꓶ M: CI, ꓕꓯ: A. MO: ꓕI: ꓛI M: LO;-. YI. ꓶ ꓒ.. CI, ꓕꓯ; M:

MY: M: NI. LI. ꓞI ꓛI JW, M A. TI. M: ꓥ M LI T. ꓥ SW; NY, ꓥ= ꓕI M KW CO. L: ꓞO BU NY GO ꓕI: Mꓵ: M Dꓯ LI. ꓞI CI, Bꓯ NY, ꓥ-. ꓕI M NY Kꓶ. NY. SI. Xꓵ; ꓥ=

Cꓵ Cꓵ LI. ꓕI: VY; ꓤ: Gꓶ A: ꓘꓶ. K, ꓛꓵ; LEO= ꓘ, KW LI-SU Xꓵ: YI; ꓤ: NYI ꓤ: NY A.-ꓞꓯ: BU JE Kꓶ M MO ꓕꓯ;-. A: Jꓵ: LI. VI ꓘU: KW CO. M: ꓕꓯ; Kꓶ. NY. LI. Z: M: Yꓯ; M A. ꓭ. ꓩU-. WO: DO; ꓞꓶ.,-. CI. ꓞꓶ., Bꓯ LO Xꓵ: M RU DO L SI. YI. W: Dꓯ GO: NY,-. Fꓯ, NY V M: Yꓯ; Yꓯ; ꓤ: YI. W: Dꓯ HO: H, L NY, ꓥ=

A.-ꓞꓯ: ꓥ SI. YI. ꓛO: ꓒꓯ, BU NY ꓘ, KW A YI; NYI ꓤ: A. FI NYI M BU Dꓯ H, JE ꓕꓯ;-. ꓒ.. SO L SE: LO LI-SU ꓥO: KW CO."X, Gꓶ LI; L-. X, Gꓶ LI; L" Bꓯ NY, ꓥ=

A. ꓘꓶ: DO L GU ꓕꓯ;-. A.-ꓞꓯ: NY Lꓯ: Xꓵ JE Lꓯ: XꓵYI. ꓶ CI, Mꓶ: ꓕꓯ; Sꓯ NY S ꓞI KU. ꓛI LI: JW,-. YI. ꓶ CI, GU ꓕꓯ; LI. ꓞI ꓛI JW, M A LI LI. M: ꓥ Dꓵ: JW: NY, SE:= SW; NYI SW; NYI ꓕꓯ; C, M: W KW NE MI: MI LI. Lꓯ: ꓕI: BO MO ꓛI JW, L, BO= WO: Hꓶ ꓕI: B, N: D W= GO ꓕI: B, M MO. MO. MI-SI-DO GU (MI-SI NY, Mꓵ:)Yꓯ. ꓘW Xꓵ. Hꓶ DI.. ꓕI: DI.. KW ꓛI LEO= Xꓵ. Hꓶ DI.. KW NY Xꓵ. Hꓶ NI, ꓛI; ꓛI; T. ꓥ= A. MO: M ꓒ.. ꓩU Kꓶ ꓕꓯ; ꓤI: ꓤI: Tꓶ, JE SI. "XI: XW:-. XI: XW:"Xꓵ. Gꓯ., Z: NY, W= ꓕI B, M NY ꓕI: MO: LO ꓛI LE SI.-. JY GU Sꓱ: SU WO: Hꓶ N: Jꓵ, ꓛI LEO=

ꓕI M Dꓯ MO ꓕꓯ;-. A.-ꓞꓯ: NY A: Jꓵ: SU Dꓯ A. MO: LO. SI. Xꓵ. Hꓶ DI.. KW WO: Hꓶ N: G: Bꓯ GO: NY, ꓥ= YI. Gꓶ NE YI, Cꓱ, HW ꓕꓶ NY, ꓥ= ꓞO ꓤ: ꓕI: HW. M NY Xꓵ. Hꓶ BY; KW NYI, T. NY,-. YI. W: NY ꓒ.. WU. ꓕI: ꓘ_, LI-SU ꓘ, KW L M A LI ꓥ M CW Lꓯ: HO K, NY, ꓥ=

A: ꓘꓶ. ꓕI.. Xꓵ: ꓤ: VY., NYI: RO M NY ꓕI: B, ꓤO: ꓕꓯ; Bꓯ: ꓕU: KW CO. YI. JY ꓕI: Bꓯ: ꓕU: ꓛꓵ: LI. L SI. A: Jꓵ: SU Dꓯ DO FI NY, ꓥ= ꓛO: ꓒꓯ, BU NY "Cꓵ Cꓵ LI. A: ꓘꓶ. DO JI Bꓶ-. Cꓵ Cꓵ LI. ꓛꓵ; FI. ꓤ: A: ꓘꓶ. DO JI Bꓶ"Bꓯ SI.-. YI ꓛꓵ; ꓕI: B, ꓕU: M ꓕI: ꓘꓶ: LI. M: JW, DO GU LEO=

A.-ꓞꓯ: NY YI. ꓕI: M Tꓯ. ꓤ: W: ꓒE, KW JE SI. ꓕO: SE; A M NE C, NYI ꓥO: YI ꓕꓯ;-. A: Jꓵ: LI. Bꓶ Dꓵ: ꓘꓶ ꓕI: ꓛO: KW LO, YIO= YI. NY A. MO: LI ꓞI ꓛI Xꓵ: WU M Dꓯ SW; W ꓕꓯ; A. TI. M: ꓥ M LI T. SI. YI: Nꓯ ꓕI: ꓛO: KW CO NE Bꓶ Dꓵ: ꓘꓶ: Tꓯ. SI JE ꓥ SW; NY, ꓥ=

28 Nꓯ YI S Dꓵ: ꓞꓱ.. GU KW-. A.-N Dꓯ Dꓵ: JW: MY BI Xꓵ:

Bꓯ LI. Bꓯ NY A. MO: LI. ꓞI ꓛI-. YI. ꓶ LI. ꓞI ꓶ M-. A. MO: Dꓯ M: CI, H, ꓕꓯ; A. MO: ꓕI: ꓛI M: MO-. YI. ꓶ ꓕI: CI, M: MO W= Gꓶ SI. YI. ꓶ M CI, H, ꓕꓯ; A. MO: LI. ꓞI ꓛI JW,-. YI. ꓶ LI. LI ꓞI CI, JW, Pꓶ. DU-. A._ꓞꓯ: NY A TI. M: ZO: M _LI T. SI.-. YI. WU. YI: Nꓯ KW CO. MI SI DO KO ꓘꓱ, NE YO-ꓞUI-HO: YI M ꓘꓶ:CW CW JE ꓥO: ꓞꓱ: H, M Lꓶ. KꓶO= Bꓶ Dꓵ: ꓘꓶ: ꓕI: ꓛO: KW CO. P,-S KO ꓕI: ꓛO: KW HW ꓕꓶ, YI SW; ꓥ=

A.-ꓞꓯ: NY YI. A. MO: ꓕI: HW. M G; YI. ꓛO: ꓒꓯ, Dꓯ HO: NE Bꓶ Dꓵ: ꓘꓶ: Tꓯ. SI JO: JE NY, ꓥ= GO LI JE N: GO LI JE SI. Lꓯ: Lꓯ. ꓤ: T. Xꓵ: W: ZI: ꓕI: G.. KW ꓛI ꓕꓯ;-. GO KW NY Mꓯ, YI JO: JO: YI BI H,-. SI: Nꓯ Xꓵ: JW,-. SI: ꓒU Xꓵ: JW,-. ꓒU LI. Xꓵ: JW,-. Xꓵ LI. Xꓵ: JW,-. NI, ꓛI; Xꓵ: LI. JW, ꓥ= W: ZI: M NY Nꓱ ꓘ, M ꓕI: RO NE Lꓯ: BY., CI; DO L M LI BI ꓥ= BY: M Gꓶ GO KW “WE. LI. WE. LI.”Mꓶ SI. A KW ꓛI ꓛI SI, BY: ꓛꓵ; NY,= BU Gꓶ “CI; CI; CI;-. CI; CI; CI;”Mꓶ SI. BY: M Dꓯ SI, BY: ꓛꓵ; Tꓯ Lꓯ: HO NY,-. Gꓶ MI; WO; KW A LI K, ꓛꓵ; NE BYꓱ K, NY, ꓥ SI.-. GO KW ꓒ.. ꓛI ꓕꓯ; ꓒU: S NY, GU LI T. ꓥ=

ꓕI: ꓕꓶ, NE-. W: ZI: ꓕI: ꓒE SI, YI LI KW CO. ZI: Yꓯ: Bꓶ ꓞI: GW: H, Xꓵ: ꓕI: RO M Bꓶ Dꓵ: ꓘꓶ: ꓕI: ꓛO: KW CO. L NY, ꓥ= YI. NY O. Dꓵ KW LI-SU Xꓵ: A ꓕꓯ: Mꓶ: ꓕꓯ; ꓶ: H, LO O. VI ꓶ: H,-. O. VI KW L Bꓶ.. (N: HO, KW BI Y., DU)M Mꓶ: ꓞ NE Tꓱ, W ꓕꓯ; BE; Lꓱ; Lꓱ; T. ꓥ= N. BO NY SI, N.. ꓘO, Tꓱ; H,-. ꓒ.. JE ꓕꓯ; N ꓘO, M Gꓶ Zꓯ.. Lꓯ ꓤ: Zꓯ.. Lꓯ T. ꓥ= YI. Bꓶ ꓞI: ꓥ SI. Lꓯ: BY Mꓯ H, M KW NY A: ꓘꓶ. BI Xꓵ: YI. Xꓵ: LU: ꓥO H,-. MI: VI JO; ꓕꓯ; Xꓵ: LU: LU: T. ꓥ= WO JI KW CO. X, LO ꓛY PU. Mꓯ Tꓯ, M KW NY CY ꓛꓱ, JO: Kꓶ BI LE-. YI. NE ꓛY, CYO. Dꓯ, M Gꓶ BYꓱ: LU; LU; SI: B B MU T. ꓥ= Mꓶ: ꓕꓯ; SI ꓞO ꓤ: ꓕI: RO L W Bꓯ M Dꓯ Sꓯ N: Mꓶ: ꓕꓯ; Sꓯ A: ꓘꓶ. BI Xꓵ: ꓤ: Vꓯ., ꓕI: RO L W Bꓯ ꓕꓯ; SI. Lꓯ: HW. ZO: N T. ꓥ=

A.-ꓞꓯ: NY YI. ꓛO: ꓒꓯ, ꓕI: HW. M Dꓯ V ꓒE, SI.-. NI, ꓞ Mꓶ: ꓕꓯ: JE SI. A: ꓘꓶ. BI LO LI-SU ꓤ: Vꓯ., GO ꓕI: RO M Dꓯ G; NE YI. Cꓱ, N NYI NY, ꓥ=

YI. ꓤ: Vꓯ., M ꓒ.. ꓕI.. KW ꓛI ꓕꓯ;-. ꓤ: Vꓯ., GO ꓕI: RO M NY YI G; L M C, M:

W M ꓕI: LI, Mꓶ: ꓕꓯ; JE NY, ꓥ=

ꓕI: B, ꓤO: G; Kꓶ ꓕꓯ;-. A._ꓝꓯ: NY Cꓵ Cꓵ ZI: M: D SI. A ꓤ. ꓤ: Bꓯ NE “WE-. ꓥW NYI ꓤ:”ꓘꓵ NY, ꓥ= Gꓶ SI. GO ꓕI: RO M NY GO LI LI. Bꓯ M: JW: M LI Mꓶ: ꓕꓯ JE NY, ꓥ= A.-ꓝꓯ: NY YI. YI. Sꓯ; M A. TI. ꓤ: T. SI. GO ꓕI: RO M Bꓯ M: JW: ꓥ MI, SW; SI.-. TI. Nꓶ: CO. W. ꓤ: W. “WE-. Mꓶ: ꓕꓯ: Sꓯ JE NY, M ꓥW NYI ꓤ: WO”ꓘU NY, ꓥ= Gꓶ SI. GO ꓕI: RO M NY GO LI LI. M: D: DO, L-. K. NY. Lꓯ: HW. LI. M: NYI L=

A LI M: YI SI. A.-ꓝꓯ: NY YI. Mꓶ: ꓕꓯ JE SI. Lꓯ: Xꓵ ꓘU Lꓯ: Xꓵ YI. Lꓯ Bꓶ: ZI KW Eꓵ, NY, ꓥIGO ꓕI: RO M NY ꓕI ꓕꓯ; SI. “A. YI; ꓒ: (A. YI;)WO-. NU A. Xꓵ: Xꓵ: WU JW, ꓥꓯ?” N NYI L-. YI. Sꓯ; M NY ꓤ: Mꓶ: Lꓯ. Sꓯ; LI T. ꓥ= D: DO, L GU ꓕꓯ; Kꓶ. NY. ꓒꓱ, L WO= Fꓯ, NY “A. YI; ꓒ: WO-. NU XW. ꓕꓱ L M Bꓯ M: JW: Mꓯ,-. ꓥW NY Xꓵ: WU JW, SI. ꓝ: ꓝ: JE ꓛꓵ ꓥ= A. YI; ꓒ: NU ꓕI NY ꓘL: ꓘU L M Xꓵ: WU JW, ꓥꓯ?ꓥW NI, ꓝ JE ꓛꓵ SE: ꓥ”Bꓯ ꓥ=

A.-ꓝꓯ: JI JI NYI NYI ꓕꓯ;-. O-. ꓕI M ꓤ: Vꓯ., A KW ꓥ SE:-. ꓕI M NY ꓤ: Mꓶ: Lꓯ. ꓕI: RO ꓥ Bꓶ-. ꓒU: L ꓤ: Mꓶ: LI BI Xꓵ: Mꓶ: Lꓯ.= A.-ꓝꓯ: NY K, ꓛꓵ; ꓝꓶ LI SI. ꓕI: N: LI. ꓕI: ꓘꓶ: XW. ꓕꓱ M: DO L= ꓕI: N: ꓕꓯ; SI. “ꓥO-. ꓥO-. NU N: ꓤ: Mꓶ: Lꓯ. ꓕI: RO ꓥ Bꓶ-. ꓤ: Vꓯ., M: ꓥ Bꓶ= A LI-. A LI-. A LI M: YI WO= Xꓵ: Xꓵ: Xꓵ: Xꓵ: WU JW, ꓥ= ꓕI LI-. ꓕI LI ꓥ-. ꓥW-. ꓥW-. ꓥW NY ꓝO ꓤ: ꓕI: RO N NYI NI, Xꓵ ꓥ-. A.-N MI Xꓵ: ꓕI: RO-. NU YI. A KW NY, M Sꓷ. M: Sꓷ. ꓯ?”Bꓯ ꓥ=

GO ꓕI: RO M NY N: Kꓶ SI. A.-ꓝꓯ: NE Bꓯ M JI JI ꓤ: N N, NY, ꓥ-. A LI ꓕI: Xꓵ: ꓥ M Sꓷ. LEO= Fꓯ, NY A.-ꓝꓯ: Dꓯ JI JI NYI GU ꓕꓯ; YI. M: JI ꓒ: LI M: T. M MO LE SI.-. Tꓱ, Tꓱ, ꓤ: Bꓯ NE “ꓥW NY A.-N ꓥO-. Gꓶ SI. ꓥW NY NU HW T. LO A.-N M A LI ꓕI: RO M ꓥꓯ M: Sꓷ. Mꓯ,”Bꓯ GO: L ꓥ=

Cꓵ. Cꓵ LI. HW ꓕI: B, M HW M; MO-. MO ꓕI: , M HW M: ꓛꓵ BO ꓥO=

B ꓯNY, M: Mꓶ ꓕI: MY ꓝI. NE-. A.-ꓝꓯ: NY A.-N JI: FI. KW SO. H, SI. “ꓥW NYI M BI. A.-N WO:-. ꓥW NY Cꓵ Cꓵ NU Dꓯ NI, Xꓵ ꓥ-. NU Dꓯ HW Pꓶ. DU-. ꓥW NY A. MO: LI. ꓝI ꓛI NE ꓒU Xꓵ ꓥ SI. ꓤꓱ: DU ꓤꓱ: Mꓶ. CI, SI. JE M LI. ꓝI KU. NYI M: BI NYI: NYI LI ꓥO-. ꓛI ꓒꓯ, LI. JE N LEO-. JI: FI. LI. JE GO; LEO-. ꓛI ꓒꓯ, O N O-. ꓒYꓱ: MY Nꓯ N Nꓯ Kꓶ LEO= Kꓶ SI. NU Dꓯ HW W NY-. ꓥW N: A MY XW. ZI LI. M: JO-. ꓥW NYI M A.-N NE-. ꓥ„; ꓝO MO: M YI JE Lꓯ” Bꓯ NY ꓥ= Bꓯ GU ꓕꓯ; A.-N Dꓯ TI, TI, WO: H, SI.-. Lꓯ GO; KW NY, ꓤ: ꓕI: M Dꓯ, H, SI. BYꓱ JE M JO M LI T. ꓥ=

A.-N NY “A. YI; ꓒ: WO-. NU ꓥW Dꓯ JI M ꓥW Sꓷ. LEO-. Gꓶ SI. A. YI; A.-ꓛ..

ꓥW Dꓯ LO. NY, SE:-. ꓥW NY YI. TI. ꓞꓯ: Bꓶ Jꓵ: DO M Tꓯ. LO. NY, SE:-. NU ꓩU Kꓶ ꓨ:”Bꓯ ꓥ=

A.-ꓞꓯ: N N, GU ꓕꓯ; Lꓯ: HW. LI. ꓩU Kꓶ M: Yꓯ; W= YI. NY “MI. MI YI. Dꓯ M: MO CI; ꓥO Bꓯ YI. N: SU ꓞO MO: M LO; YI T. BO-. ꓕI M NY Cꓵ Cꓵ LI. WO S NE YI JW NY, Xꓵ: ꓥ”SW; SI.-. ꓩU Kꓶ M: Yꓯ; LI: M: ꓞI-. YI. ꓛO: ꓒꓯ, BU Tꓯ. A. MO: CI, H, LO YI. ꓶ M YI. W: NYI: RO CO LO LO ꓛ, H, FI NY, ꓥ=

A.-N NY A.-ꓞꓯ: M: ꓩU Kꓶ L M MO ꓕꓯ;-. A: ꓘꓶ. HO LI, NY, ꓥ= Gꓶ SI. Mꓶ: Lꓯ. ꓥ Xꓵ: ꓥO NE A LI Bꓯ SI. Bꓶ Jꓵ X, ꓒ: A.-ꓞꓯ: Dꓯ HO Tꓯ HW. NE= A.-N NY YI. YI; A.-ꓛ.. YI. Dꓯ LO. NY, SE: M Dꓯ Dꓵ: JW: ꓛI ꓕꓯ;-. MY BI Xꓵ: Xꓵ: Kꓶ LEO=

A.-ꓞꓯ: NY A.-N ꓘE, JE M JO SI.-. Lꓯ: Xꓵ A.-N Dꓯ Dꓶ. Dꓶ. WO TI.. H,-. Lꓯ: Xꓵ MI; WO; Dꓯ ꓕI LI DI: NY, ꓥ=

NI, ꓛI; ꓛI; M MI; WO; NE-.

NU NY ꓒU: L O. JO: ꓥO=

A: MO, MO, T. M MI; WO; NE-.

NU NY Xꓵ: K: ꓒ: O. JO ꓥO=

W:-B Mꓵ: KW NY, A.-N ꓕI: RO NY,-.

L: Bꓶ: TI.. KW NY A.-ꓞꓯ: ꓕI: RO JW,=

A.-ꓞꓯ: NY Mꓵ: CO LO CO A.-N Dꓯ HW L-.

CU Cꓵ A.-N Dꓯ A: ꓘꓶ. NI, ꓒU ꓥ=

MI; WO; N: NE ꓥW Dꓯ YI JW Lꓯ-.

MI; WO; N: NE ꓥW Dꓯ Fꓱ: JW Lꓯ=

W:-B A.-N Tꓯ. ꓥW NYI M BI. ꓤ: YI FI Lꓯ-.

W:-B A.-N Tꓯ. ꓥW ꓞO MO: M YI FI Lꓯ=

YI. Tꓯ. ꓕI: ꓞI NYI M YI W FI Pꓶ. DU-.

YI. Dꓯ ꓕI: ꓛꓵ. ꓞO MO: M YI FI O. NYO=

WO S N: NE Bꓶ: Dꓵ: Kꓶ: KW YI. Cꓱ, M K: ꓞI: Kꓶ-.

ꓒU:-L N: NE Bꓶ DOꓘꓶ: KW YI. Cꓱ, M K: TI.. Kꓶ=

MI; WO; WO S ꓒU: L NY A.-ꓞꓯ: A.-N Dꓯ ꓕI MY NI, Xꓵ NY, M MO ꓕꓯ;-. Bꓶ DO ꓘꓶ: A.-ꓞꓯ: LI; JI Cꓱ, KW LO ꓘU: A: Nꓯ. Xꓵ: ꓕI: ꓘU: DU LI FI-. LO ꓘU: KW NY KU. Dꓵ: Nꓯ YI ꓕI: Dꓵ: JW, SI. YI: Nꓯ YI Mꓶ KW NI. Bꓶ DO ꓘꓶ: ꓕI: ꓛO: KW YI NY, ꓥ= ꓕI M NY A Mꓶ KU. Dꓵ: Nꓯ YI V SI. NI:-Nꓯ-ꓯ: Nꓯ YI M ꓥO=

MI KW WO; S ꓒU: L NY Fꓯ, NE A.-ꓞꓯ: NI, Xꓵ NY, LO NYI: Xꓵ: ꓕI: Xꓵ: M

ꓓꓯ ꓚꓹ ꓠꓰ꓾ ꓐꓶ ꓓꓵꓽ ꓘꓶꓽ ꓮꓸ-ꓠ ꓥ ꓢꓲꓸ ꓮꓸ-ꓛꓻ ꓠꓬꓲꓽ ꓗꓳꓸ ꓚꓳꓸ ꓗꓪ ꓙꓳꓸ ꓝꓯꓹ ꓠꓰ ꓡꓳ ꓘꓴꓽ ꓕꓲꓽ ꓡꓳ ꓘꓴꓽ ꓖꓴꓹ ꓡꓰ ꓝꓲ ꓠꓬꓹ ꓢꓲꓸ꓾ ꓕꓲ ꓟ ꓗꓪ ꓠꓲꓸ ꓳꓸ ꓔꓴ ꓔꓴ꓾ ꓕꓲ ꓟ ꓗꓪ ꓙꓳꓸ ꓬꓲꓽ ꓠꓯ ꓕꓲꓽ ꓛꓳ ꓗꓪ ꓙꓳꓸ ꓬꓲ ꓟꓶ ꓗꓪ ꓬꓲ ꓙꓰ ꓟ ꓪꓽ-ꓐ ꓠꓯ ꓬꓲ ꓕꓲꓽ ꓓꓵꓽ ꓙꓪꓹ ꓡꓰ ꓪ꓿

ꓮꓸ-ꓞꓯ ꓠꓰ ꓮꓸ-ꓠ ꓓꓯ ꓕꓲ ꓟꓬ ꓠꓲꓹ ꓒꓴ ꓠꓬꓹ ꓢꓲꓸ ꓪꓳ ꓢ ꓒꓴꓽ ꓡ ꓡꓲꓸ ꓮ ꓡꓲ ꓟꓽ ꓬꓲ ꓠꓰ꓾ ꓗꓶꓸ ꓠꓬꓸ ꓗꓶꓸ ꓟꓲ ꓢꓴ ꓓꓯ ꓠꓲꓹ ꓒꓴ ꓡꓯꓽ ꓧꓳ ꓕꓽ ꓙꓲ ꓙꓲ ꓠꓲꓹ ꓒꓴꓽ ꓪ ꓝꓲ ꓐꓯ ꓢꓲꓸ꓾ ꓮꓸ-ꓞꓯꓽ ꓠꓰ ꓮꓸ-ꓠ ꓓꓯ ꓢꓳꓸ ꓔꓲꓻ ꓧꓹ ꓡꓳ ꓬꓲꓸ ꓐꓬꓱꓽ ꓟ ꓐꓸ ꓠꓬꓲꓽ ꓐꓸ ꓑꓶꓸ ꓡꓲ ꓝꓲ ꓪ꓿

ꓗꓳ ꓓꓱꓽ ꓮ ꓪꓴ ꓮ ꓟꓳ ꓔꓸ ꓟ ꓮꓸ-ꓞꓯꓽ ꓠꓬ ꓖꓳꓼ ꓖꓳꓼ ꓟꓴ ꓬꓲ ꓢꓲꓸ ꓮꓸ-ꓠ ꓓꓯ ꓢꓳꓸ ꓔꓲꓻ ꓧꓹ ꓫꓵꓽ ꓥ ꓢꓲꓸ ꓑꓬꓺ ꓑꓬꓺ ꓤꓳꓽ ꓔꓸ ꓟ ꓪꓽ-ꓦꓲ-ꓗꓳ (ꓮ ꓟꓶ ꓔꓹ-ꓑꓳ- ꓗꓳ ꓔꓯꓸ ꓐꓯ ꓥ)ꓡꓳꓼ ꓬꓲ ꓪ꓿

ꓮꓸ-ꓞꓯꓽ ꓠꓰ ꓮꓸ ꓠ ꓓꓯ ꓢꓳ ꓕꓲꓻ ꓧꓹ ꓕꓯꓼ ꓮꓸ-ꓠ ꓠꓬ ꓦꓲꓼ ꓧꓹ ꓢꓲꓸ ꓪꓽ-ꓦꓲ-ꓗꓳ ꓕꓯꓼ ꓢꓲ ꓮꓸ ꓔꓲꓸ ꓟꓳ꓾ ꓖꓶ ꓡꓲꓸ ꓮꓸ ꓔꓲꓸ ꓤꓽ ꓔꓸ ꓟ ꓡꓳ-ꓒꓴ-ꓔꓶꓹ ꓗꓳ ꓡꓳꓼ ꓬꓲ ꓪ꓿ ꓮꓸ-ꓠ ꓳꓸ ꓓꓵ ꓗꓪ ꓒꓴ ꓡꓲꓸ ꓤꓽ ꓔꓸ ꓡꓳ ꓡꓻ ꓑꓶꓻ ꓟ ꓠꓬ ꓡꓳ-ꓒꓵ-ꓔꓶ (ꓮ ꓟꓶ ꓬꓹ-ꓡꓳꓽ ꓪꓽ ꓗꓳ)ꓗꓪ ꓡꓳ ꓒꓴ ꓤꓽ ꓡꓳꓼ ꓬꓲ ꓪ꓿

ꓮꓸ-ꓠ ꓠꓬ ꓮꓸ-ꓛꓻ ꓓꓯ ꓓꓵꓽ ꓙꓪꓽ ꓢꓲꓸ꓾ ꓟꓬ ꓐꓲ ꓫꓵꓽ ꓫꓵꓽ ꓬꓲ ꓠꓬꓹ꓾ ꓬꓲꓸ ꓪꓽ ꓠꓬꓲꓽ ꓗꓳꓸ ꓚꓳꓸ ꓗꓪ ꓬꓲ ꓞꓳ ꓡꓰꓳ꓿ ꓕꓲ ꓟ ꓑꓶꓸ ꓓꓴ꓾ ꓦꓬꓼ ꓠꓬꓲ ꓟꓶ ꓣ ꓡꓳꓼ ꓖꓴ ꓕꓯꓼ꓾ ꓪꓽ-ꓦꓲ-ꓗꓳ ꓥ ꓢꓲꓸ ꓡꓳ-ꓒꓴ-ꓔꓶ ꓗꓳ ꓠꓬꓲꓽ ꓗꓳꓸ ꓚꓳꓸ_ꓠꓬ ꓡꓴꓽ ꓐꓱ ꓓꓽ ꓟ ꓕꓲꓽ ꓟ ꓡꓳꓼ ꓬꓲ ꓪ꓿ ꓡꓽ ꓞꓳ ꓐꓴ ꓟꓽ ꓪꓳꓸ ꓤꓽ ꓡꓴꓽ ꓐꓱ ꓘꓶꓽ ꓗꓪ ꓙꓰ ꓠꓬ ꓕꓯꓼ꓾ ꓡꓴꓽ ꓐꓱ ꓗꓪ ꓠꓬ ꓬꓲꓸ ꓙꓬ ꓐꓳꓽ ꓓꓳꓹ ꓐꓳꓽ ꓓꓳꓹ ꓓꓳ ꓠꓬꓹ ꓥ꓿ ꓕꓲ ꓟ ꓠꓬ ꓮꓸ-ꓠ ꓟꓽ ꓪꓳꓹ ꓤꓽ ꓬꓲ ꓠꓬꓹ ꓢꓲꓸ ꓥꓳ꓿ ꓖꓶ ꓢꓲꓸ ꓞꓳ ꓤꓽ ꓮꓽ ꓘꓶꓸ ꓟꓬꓽ ꓕꓯꓼ ꓡꓴꓽ ꓐꓱ ꓗꓪ ꓠꓬ ꓕꓲꓽ ꓫꓵꓽ ꓡꓲꓸ ꓐꓯ ꓟꓽ ꓙꓪꓽ ꓪ꓿ ꓕꓲ ꓟ ꓠꓬ ꓮꓸ-ꓠ ꓞꓳ ꓤꓽ ꓡ ꓟ ꓢꓷꓸ ꓢꓲꓸ ꓟꓬ ꓐꓲꓺ ꓟꓽ ꓞꓰ ꓡ ꓝꓲ ꓜꓲꓽ ꓠꓬꓹ ꓑꓶꓸ ꓓꓴ ꓥꓳ꓿

ꓖꓳ ꓕꓲꓽ ꓘꓳꓼ ꓟ ꓗꓪ ꓮꓸ-ꓞꓯꓽ ꓠꓬ ꓬꓲꓸ ꓥ ꓢꓲꓸ ꓮꓸ-ꓠ ꓠꓬꓲꓽ ꓣꓳ ꓟ ꓖꓽ ꓡꓯꓽ ꓖꓽ ꓙꓲ ꓒꓴ꓾ ꓫꓵ꓾ ꓧꓳ꓾ ꓡꓱ ꓐꓯ ꓡꓳ ꓫꓵꓽ ꓮꓽ ꓟꓬꓹ ꓛꓬꓹ ꓔꓹ ꓬꓲꓸ ꓢꓲꓸ꓾ ꓮ ꓟꓶ ꓪꓽ-ꓦꓲ-ꓗꓳ ꓮ ꓠꓰ ꓡꓳ-ꓒꓴ-ꓗꓳ ꓖꓽ ꓡꓯꓽ ꓖꓽ ꓙꓲ ꓠꓬ ꓒꓵ꓾ ꓫꓵ꓾ ꓙꓵꓽ꓾ ꓧꓳ꓾ ꓡꓱ꓾ ꓟꓳꓽ ꓐꓯ ꓡꓳ ꓫꓵꓽ ꓒꓴꓽ ꓡꓳ ꓮꓽ ꓘꓶꓸ ꓙꓪꓹ ꓥ꓿ ꓗꓳ ꓖꓳ ꓟ ꓗꓪ ꓠꓬ ꓒꓴꓽ ꓡꓳ ꓥ ꓢꓲꓸ ꓢꓲꓹ ꓜꓲ ꓡꓳ ꓜꓲ ꓮꓽ ꓘꓶꓸ ꓙꓪꓹ ꓢꓲꓸ ꓠꓰ ꓗꓶꓸ ꓠꓬꓸ ꓕꓯꓼ ꓡꓽ ꓞꓳ ꓐꓴ ꓠꓰ ꓔꓹ-ꓑꓳ-ꓢ ꓗꓳ ꓐꓰ ꓔꓹ-ꓑꓳ-ꓢ ꓗꓳ ꓚꓲ ꓘꓴ ꓠꓬꓹ ꓥ꓾ ꓕꓲ ꓟ ꓠꓬ ꓗꓶꓸ ꓠꓬꓸ ꓕꓯꓼ ꓢꓲꓸ ꓥꓳ꓿

ꓐꓯ ꓠꓬꓲ ꓠꓬ ꓐꓶ ꓓꓵꓽ ꓘꓶꓽ ꓗꓪ ꓚꓳꓸ ꓠꓲꓹ ꓠꓲ ꓞ ꓞ ꓡ ꓠꓬꓹ ꓟ ꓮꓸ-ꓛꓻ ꓠꓬ ꓶꓽ ꓣ ꓙꓳꓸ ꓬꓲꓸ ꓠꓲꓹ ꓒꓴ ꓢꓴ ꓔꓯꓸ ꓢꓴ ꓠꓰ ꓢꓳꓸ ꓔꓲꓻ ꓧꓹ ꓡꓳ ꓬꓲꓸ ꓐꓬꓱꓽ ꓟ ꓔꓯꓸ ꓟꓳ ꓕꓯꓼ ꓮꓽ ꓘꓶꓸ ꓠꓲꓹ ꓢꓲꓹ ꓠꓬꓹ ꓥ꓿ ꓖꓶ ꓢꓲꓸ ꓪꓽ-ꓐ ꓠꓯ ꓬꓲ ꓗꓴꓹ ꓧꓹ ꓢꓲꓸ ꓕꓲꓽ ꓫꓵꓽ ꓡꓲꓸ ꓬꓲ ꓟꓽ ꓠ꓿ ꓬꓲꓸ ꓠꓬ ꓠꓯ ꓬꓲ ꓘꓶꓽ ꓗꓪ ꓖꓽ ꓐꓳꓸ ꓔꓶꓹ ꓚꓲꓸ ꓐꓳꓸ ꓔꓶꓹ ꓠꓰ ꓗꓳ ꓐꓽ ꓙꓰ ꓓ ꓡꓳ ꓬꓲꓸ ꓒꓰꓼ ꓧꓪ ꓕꓶ ꓠꓬꓹ ꓥ꓿ ꓖꓶ ꓢꓲꓸ ꓙꓰ ꓒꓰꓼ ꓕꓲꓽ ꓖ ꓡꓲꓸ ꓧꓪ ꓟꓽ ꓪ ꓢꓲꓸ꓾ ꓠꓲꓹ ꓫꓪꓸ ꓟꓬ ꓫꓪꓸ ꓤꓽ ꓕꓲ ꓡꓲ ꓖꓪ ꓠꓬꓹ ꓥ꓿

ꓟꓲꓼ ꓪꓳꓼ ꓗꓪ ꓟ ꓟꓲꓽ ꓟꓲ ꓮ ꓟ ꓪꓳꓽ꓾

ꓠꓴ ꓠꓬ ꓠꓸ ꓐꓳ ꓕꓯꓹ ꓕꓯꓹ ꓠ ꓠꓹ ꓧꓹ꓿

ꓟꓲꓼ ꓪꓳꓼ ꓗꓪ ꓟ ꓦ ꓐ ꓮꓽ ꓐꓽ ꓪꓳꓽ꓿

NU NY MY D∩: Λ. ṢI JI JI NYI=

W:-B M⅂: L∀. A.-N NY-.

BYƎ: BI NI, JI NƎ ꓘ, M=

NO. M∩: KW ΛW A.Ɔ.. NY-.

L TI.. ꓤ: ꓘ, A: ꓘ⅂. D=

A.-N A.-Ɔ.. NY ⊥I: FƎ SU-.

A. X∩: P⅂. DU NYI: M∩: KO,=

A.-Ɔ.. A.-N NY NI, ꓒU SU-.

A. X∩: O. NYO M: ꓒE; L=

ΛW NI, X∩_M P⅂. DU NE-.

MI; WO; A. M MI: MI., YI JW L∀-.

ΛW NI, ꓒU SU O. NYO NE-.

MI; WO; A: B: V B., TO, JW L∀=

MI: MI., A.-Ɔ.. ΛU S∀; M B∀ JW: ⊥∀; YI. T∀. A: ꓘ⅂. XW. ꓤ: NY, Λ= G⅂ SI. YI. YI JW L ΛO B∀-. ꓞO ꓤ: V Λ M D∀ T⅂. ꓞ X∩ DU Λ SW; SI.-. V ꓭ D∀ YI JW JE B∀ GO: NY, Λ=

V ꓭ., NY MI; WO; KW A.-Ɔ.. D∀ “A. X∩: YI JW Ɔ∩ ∀?”N NYI Λ= A.-Ɔ.. NY “A: B: V ꓭ., NE-. ΛW A.N D∀ A: ꓘ⅂. NI, X∩ NY, M Sꓷ. FI NI, X∩ Λ-. NU NY ΛW LI; JE CƎ, M K: ꓞI: GO: L∀”B∀ Λ=

V ꓭ., N N, GU ⊥∀;-. A.-Ɔ.. K⅂. NY. CO. ꓒ.. X∩ ⊥I: ꓘ⅂: MU ՐU K⅂ ⊥∀;-. YI: N∀ ⊥I: ƆO: KW CO. YI M⅂ ⊥I: ƆO: KW NY LO ꓘU: D: M ⊥I: LO ꓘU: JW, LEO= ⊥I M KW JO.-. NO.-M∩: LO ꓘU: KW NY N∀ YI WO: WO: YIN Y, SI.-. A.-Ɔ.. NY LI; JE M: N LEO=

⊥I M KW NI. ⊥∀;-. M⅂: ⊥∀; SI LI. JE M: D-. K⅂. NY. LI. LI; M: N LI M A.-Ɔ.. NY-. W: -B N∀ YI B⅂ D∩: ꓘ⅂: KW JO. B⅂ DO ꓘ⅂: ⊥I: ƆO: KW M A.-N YI. BYƎ: D∀ NYI NYI NY, SI.-. A: M⅂, M⅂ LO; ⊥∀;-. A.-Ɔ.. NY Y∀:-ƆI:-LI: KO LO; YI-. ⊥I: ꓞI; ⊥I: B LU-ꓒU-KO LU.M LU. KW JO. W: B N∀ YI B⅂ D∩: ꓘ⅂: T∀. ƆO: S∀ JW, ꓒE, W=

A.-Ɔ.. NY W:-B N∀ YI B⅂ D∩: ꓘ⅂: KO D∀: S∀ JO. ⊥I: NYI ⊥I: NYI A.-N D∀ JO: NYI H,-. A ⊥∀; M⅂: ⊥∀; MY BI X∩, NY, SI.-. M⅂ R LO; ⊥∀; L∀: RW L∀: ⅂. NYI: ƆO: KW NY LU: BƎ NYI: BƎ JW, L W= L: FO BU NY LU: BƎ GO M D∀ “NO. M∩: KO KW L∩; YI BƎ(NO. M∩: KW LU: BƎ)”KU NY, Λ=

MO: LO LI. D∩: JW:-. S ꓘU LI. D∩: JW:= MO: LO D∩: JW: ⊥∀; ⅂: R JO. A.-N

YI. BYꓱ: NE Pꓶ. YI_M LO-ꓒU-KO Dꓯ MO D SE:= Gꓶ SI. S ꓘW ꓛI ꓕꓯ; A.-N YI. BYꓱ: Dꓯ A LI LI. MO M: D SI.-. KO D: M KW ꓕI: M Tꓯ. ꓤ: NY, K, NY, M A.-ꓛ.. NY A: ꓘꓶ. NY, XW. NY, ꓥ= YI. NY CI. BO. NYI ꓕꓯ; Nꓯ YI NYI: Dꓵ: Sꓯ; M LI: Bꓯ JW:-. G: BO. NYI ꓕꓯ; V B., ꓛI ꓥ SI. KO MY ꓤI.. D ꓯLI NYI W ꓥ= ꓕI MY XW. NY, SI.-. YI. NY MU: GW: ꓕI LI GW NY, ꓥ=

A: B: ꓥW Tꓯ. Mꓯ ꓕI: NYI-.

A M ꓥW Dꓯ Tꓯ, ꓕI: NYI-.

Mꓯ Jꓵ, M: ꓛI Mꓯ L NE-.

Tꓯ, Jꓵ, M: ꓛIT ꓯ, L SI.

Mꓶ: ꓝ KO M: W Xꓵ ꓥO-.

V B., Tꓱ, M: W Xꓵ: Bꓶ=

MI: MI M: MO ꓒꓯ; M: JI-.

V B., M: MO ꓤ: TI. LO;=

ꓤ: TI. ꓤ NY ꓥW ꓕI: RO-.

MY: M: JI NY Jꓵ: M: JI=

NI, ꓒU SU Dꓯ M: MO LEO-.

NI, ꓛꓵ; SU Dꓯ M: ZI LEO=

Mꓶ: ꓘꓶ: S ꓘW A: ꓘꓶ. JY-.

Mꓶ: ꓘꓶ; S ꓘW NYI M: MO=

MI. MI Mꓶ: ꓘꓶ: A M MI: MI Tꓶ, DO Lꓯ-.

MI. MI S ꓘW A: B V B., ꓕ: XO, YI=

ꓥW NY MI: MI ꓤ: TI. ꓥ NI, Xꓵ-.

ꓥW NY V B., Mꓶ: Lꓯ. YI NI, Xꓵ=

MI: MI DO L B.. Lꓱ Lꓱ-.

V B., DO L Lꓯ: Lꓯ. ꓤ:=

A.-ꓛ.. ꓕI: Mꓶ: ꓘꓶ; M: JO ꓕI: LI GW NY LI. MI: MI NY Bꓯ M: JW:-. GO LI LI. Nꓯ W: DO Mꓶ: ꓘꓶ; ꓕꓯ; XO.. YI O= A.-ꓛ.. S ꓘW ꓕI LI KW M V B., NY PI, PI, ꓤ: Bꓯ JW: ꓥ= Gꓶ SI. Mꓶ: ꓘꓶ; ꓤO.. L-. Mꓯ: W XO.. CI; H, M Tꓯ. ꓒO, M: D= A.-ꓛ.. ꓕI: M Tꓯ. LI: KO Dꓯ NY, M Dꓯ XW. YI NY, LI. ꓩU. ꓩU. ꓥO= MI: WO MI Nꓯ CI; H, M D ꓯLI. M: ꓛ.. YI FI-. A.-ꓛ.. D ꓯLI YI JW W FI NI, Xꓵ SI.-. V B., NY NO. Mꓵ: Nꓯ YI Bꓶ Dꓵ: ꓘꓶ: ꓕI: ꓛO: B. CI. KW LU. LU. ꓤ: V B., LI T. Xꓵ: ꓕI: Dꓵ Dꓵ ꓒE,-. ꓕI: ꓛꓵ. Kꓶ. NY. ꓕI: ꓛꓵ. A.-ꓛ.. ꓛO: ꓒꓯ, YI NY, ꓥO=

29 ꓐꓬ: ꓟ ꓗꓳ ꓓꓯ ꓐꓬꓱ: ꓡ ꓕꓯ;-. ꓮ.-ꓠ ꓳ. ꓡꓶ, ꓢꓲ, ꓜꓲ ꓥꓳ

ꓕꓲ: ꓑꓶ. ꓗꓪ ꓠꓲ. ꓐꓯ ꓕꓯ;-. ꓮ.-ꓠ ꓠꓬ ꓮ.-ꓞꓯ: ꓠꓰ ꓢꓳ. ꓔꓲ.. ꓧ, ꓟ ꓓꓯ ꓧꓳ ꓡꓲ, ꓟ: ꓧꓪ. ꓢꓲ.-. ꓮ: ꓟꓶ, ꓟꓶ ꓡꓳ; ꓕꓯ; ꓮ.-ꓞꓯ: ꓞꓳ ꓟꓳ: ꓟ ꓡꓳ; ꓬꓲ ꓪ= ꓝꓯ, ꓐ ꓯꓡꓲ. ꓡꓲ-ꓢꓴ ꓫꓵ: ꓠꓬ ꓛꓲ ꓟ ꓡꓯ. ꓦꓵ ꓚꓲ; ꓥ= ꓖꓶ ꓢꓲ. ꓕꓲ: ꓟꓵ: ꓗꓪ ꓠꓬ ꓡꓲ. ꓠꓲ, ꓟ ꓟ ꓠꓲ. ꓐꓯ; ꓕꓲ: ꓟꓵ: ꓔꓯ. ꓥꓳ ꓧ, ꓢꓲ.-. ꓮ.-ꓠ ꓠꓬ ꓮ ꓕꓯ, ꓡꓲ. ꓮ.-ꓛ.. ꓓꓯ ꓟ: ꓟꓲ ꓡꓲ= ꓖꓶ ꓢꓲ. ꓟꓶ ꓣ ꓞꓳ ꓙꓳ ꓔ ꓗꓶ ꓕꓯ;-. ꓮ.-ꓞꓯ ꓠꓬ ꓮ.-ꓠ ꓓꓯ ꓮ: ꓘꓶ. ꓙꓲ ꓗꓴ.-. ꓝꓯ, ꓠꓬ ꓮ.-ꓠ ꓮ.-ꓛ.. ꓓꓯ ꓖꓳ ꓡꓲ ꓡꓲ. ꓓꓵ: ꓙꓪ: ꓟ ꓙꓳ ꓢꓲ.-. ꓮ.-ꓞꓯ: ꓠꓬ ꓞꓳ ꓤ: ꓝꓲ ꓠꓰ ꓮ.-ꓠ ꓓꓯ ꓙꓲ ꓙꓲ ꓡꓳ. ꓧ,-. ꓮ.-ꓠ ꓠꓬ ꓙꓲ ꓙꓲ ꓤ: ꓦꓲ ꓘꓴ: ꓗꓪ ꓠꓬ, ꓢꓲ. ꓞꓳ ꓙꓳ ꓗ, ꓕꓲ: ꓗ; ꓡꓲ: ꓠ ꓪ=

ꓕꓲ: ꓠꓬꓲ ꓟ ꓗꓪ-. ꓮ.-ꓠ ꓠꓬ ꓗꓳ ꓓꓯ ꓙꓰ ꓢꓲ. ꓗꓳ ꓪꓳ: ꓧꓪ ꓬꓲ ꓠꓬ,-. ꓛꓳ ꓒꓴ ꓘꓶ: ꓡꓲ: ꓕꓲ: ꓞꓳ ꓒ.. ꓕꓲ.. ꓗꓪ ꓐꓵ: ꓡꓴ, ꓠꓬꓲ: ꓟ ꓟ ꓔꓲ.. ꓐꓬ ꓔꓲ.. ꓐꓬ ꓐꓬꓱ ꓠꓬ, ꓟ ꓟꓳ ꓡꓲ ꓕꓯ-. ꓮ.-ꓛ.. ꓓꓯ ꓡꓯ: ꓧꓪ. ꓓꓵ: ꓙꓪ; ꓡ ꓢꓲ. ꓟꓬ ꓐꓲ., ꓫꓵ: ꓫꓵ: ꓥꓴ ꓠꓬ, ꓥ= ꓬꓲ. ꓠꓬ ꓐꓴ: ꓡꓴ, ꓖꓳ ꓠꓬꓲ: ꓟ ꓟ ꓮ ꓡꓲ ꓐꓬꓱ ꓟ ꓖꓳ ꓡꓲ ꓙꓰ ꓢꓲ.-. ꓡꓳ ꓘꓴ: ꓢ; ꓡꓳ., ꓡꓳ, ꓬꓲ-. ꓪ; ꓜꓲ ꓢ; ꓔꓳ ꓘꓱ, ꓬꓲ ꓪ= ꓪ: ꓜꓲ: ꓢ; ꓔꓳ ꓗꓪ ꓠꓬ ꓮ: ꓙꓵ: ꓡꓲ. ꓪꓳ: ꓧꓶ ꓮ: ꓘꓶ. ꓠ: ꓙꓲ ꓥ= ꓕꓲ ꓟ ꓗꓶ. ꓠꓬ.-. ꓮ.-ꓠ ꓠꓬ ꓕꓲ: ꓬꓲ. ꓙꓵ, ꓒ.. ꓙꓪ, ꓕꓯ;-. ꓕꓲ: ꓘꓳ, ꓡ ꓕꓲ: ꓘꓳ, ꓪ: ꓜꓲ ꓖꓳ ꓢ; ꓔꓳ ꓟ ꓗꓪ ꓙꓰ ꓢꓲ. ꓠ: ꓬꓲ ꓠꓬ, ꓥ= ꓖꓶ ꓢꓲ. ꓮ ꓡꓲ ꓕꓲ: ꓘꓳ, ꓡ ꓡꓲ. ꓮ.-ꓠ ꓠꓬ ꓠꓲ, ꓟ ꓫꓪ. ꓢꓲ. ꓟꓬ ꓐꓲ., ꓫꓵ: ꓫꓵ: ꓥꓴ ꓗ, ꓠꓬ, ꓥ= ꓟꓶ ꓣ ꓡꓳ; ꓕꓯ;-. ꓮ.-ꓠ ꓠꓰ ꓪ: ꓜꓲ: ꓢ; ꓔꓳ ꓗꓪ ꓟꓬ ꓐꓲ., ꓫꓵ, ꓧ, ꓟ ꓠꓬ ꓡꓴ: ꓐꓱ ꓤ: ꓢ; ꓐꓱ ꓡꓳ; ꓬꓲ ꓪ= ꓡꓴ: ꓐꓱ ꓟ ꓠꓬ ꓮ: ꓐꓶ, ꓡꓲ ꓟ: ꓔ.-. ꓖꓶ ꓡꓲ. ꓠꓰ ꓟꓲ: ꓦꓲ ꓒ.. ꓙꓳ, ꓡ ꓕꓯ; ꓬꓲ. ꓙꓬ ꓬꓲ ꓡꓯ ꓤ: ꓬꓲ ꓡꓯ-. ꓐꓬꓱ: ꓡꓱ; ꓡꓱ; ꓔ. ꓥ=

ꓡꓴ: ꓐꓱ ꓕꓲ ꓢ ꓟ ꓟ ꓠꓬ ꓮ: ꓐꓶ, ꓡꓲ ꓟ: ꓔ.-. ꓗꓳ ꓓꓯ: ꓢꓯ ꓥ ꓡꓲ.-. ꓟꓴ: ꓘꓴ: ꓮ ꓟꓬ ꓘ, ꓟ: ꓗ:-. ꓬꓲ ꓙꓬ ꓙꓳ: ꓐꓲ ꓧ, ꓥ= ꓡ: ꓞꓳꓐ ꓴ ꓠꓬ ꓳ. ꓟ ꓠ; ꓮ.-ꓠ ꓟꓬ ꓐꓲ., ꓥ ꓑꓶ. ꓓꓴ ꓥꓳ ꓐꓯ ꓠꓬ, ꓥ=

ꓡꓴ: ꓐꓱ ꓖꓳ ꓢ ꓟ ꓟ ꓖ: ꓡꓯ: ꓖ: ꓙꓲ ꓠꓬ ꓕꓲ: ꓘꓳ; ꓞꓲ ꓠꓬꓲ ꓦ ꓡꓲ ꓢꓲ, ꓬꓲ ꓡꓳ ꓬꓲ ꓬꓲ ꓐꓲ ꓧ, ꓥ= ꓗꓳ.. ꓕꓴ: ꓬꓲ ꓬꓲ ꓧꓳ: ꓬꓲ ꓕꓯ; ꓢꓶ, ꓢꓶ: ꓬꓲ ꓬꓲ-. ꓢꓶ, ꓢꓶ: ꓬꓲ ꓬꓲ ꓧꓳ: ꓬꓲ ꓕꓯ; ꓢꓲ: ꓛꓵ ꓬꓲ ꓬꓲ-. ꓢꓲ: ꓛꓵ ꓬꓲ ꓬꓲ ꓧꓳ: ꓬꓲ ꓕꓯ; ꓢꓲ.-. ꓬꓲ ꓬꓲ ꓧꓳ: ꓡꓰ ꓕꓯ; ꓢꓲ: ꓙꓬꓳ ꓬꓲ ꓬꓲ-. ꓢꓲ: ꓙꓬꓳ ꓬꓲ ꓬꓲ ꓧꓳ: ꓡꓰ ꓕꓯ; ꓫꓵ. ꓧꓶ ꓬꓲ ꓬꓲ-. ꓫꓵ. ꓧꓶ ꓬꓲ ꓬꓲ ꓧꓳ: ꓬꓲ ꓕꓯ; ꓢꓲ: ꓐꓵ. ꓬꓲ-. ꓢꓲ: ꓒꓶ: ꓬꓲ ꓬꓲ ꓡ ꓪ= ꓮ.-ꓠ ꓠꓬ ꓢꓲ, ꓐꓬ: ꓛꓵ; ꓢꓲ. ꓕ ꓐꓳ. ꓐꓬꓱ: ꓗꓳ. ꓐꓳ. ꓐꓬꓱ: ꓠꓬ, ꓟ ꓐꓬ: ꓟ ꓓꓯ ꓟꓳ ꓕꓯ;-. ꓬꓲ. ꓔꓱ, ꓬꓲ. ꓫꓪ. ꓕꓱ, ꓟ ꓡꓲ ꓮ: ꓡ ꓔ.-. ꓐꓬ: ꓟ ꓓꓯ ꓫꓪ. ꓕꓰ, ꓟ ꓡꓲ ꓮ: ꓡ ꓔ.-. ꓥꓳ: ꓠꓳ: ꓤ: ꓥꓳ: ꓠꓳ: ꓐꓰ “ꓥꓪ ꓖꓶ ꓠꓰ ꓓꓵ ꓡꓯ; ꓙꓪ, ꓥ ꓐꓯ ꓜꓳ: ꓫꓵ ꓪ-. ꓥꓪ ꓠꓬ ꓮ.-ꓛ..

ꓒ.. ꓕ-. .. ꓗꓪ ꓐꓬꓱ ꓙꓰ ꓢꓲ. ꓬꓲ. ꓥꓪ ꓬꓲ. ꓓꓯ ꓮ: ꓘꓶ. ꓓꓵ: ꓙꓪ: ꓥ ꓐꓯ ꓖꓳ: ꓥꓳ-. ꓥꓪ ꓠꓴ ꓓꓯ ꓮ: ꓘꓶ. ꓓꓵ: ꓙꓪ: ꓥ-. ꓥꓪ ꓠꓴ ꓓꓯ ꓮ: ꓘꓶ. ꓓꓵ: ꓙꓪ: ꓥ"ꓐꓯ ꓠꓬ, ꓥ=

ꓕꓲ: ꓠꓬꓲ ꓟ: ꓙꓳ ꓖꓳ ꓗꓪ ꓢꓲ, ꓐꓬ: ꓛꓵ; ꓡ ꓫꓵ: ꓐꓬ: ꓟ ꓕꓲ: ꓟ ꓟ ꓠꓬ ꓮ.-ꓠ ꓕꓲ ꓡꓲ ꓐꓯ ꓠꓬ, ꓟ ꓠ ꓠ, ꓪ ꓕꓯ;-. ꓮ: ꓘꓶ. ꓫꓪ. ꓬꓲ ꓤ: ꓠꓬ,-. ꓐꓬꓱ ꓡꓲ; ꓙꓰ ꓖꓴ ꓗꓶ. ꓠꓬ. ꓐꓬ: ꓜꓲ: ꓟ ꓓꓯ ꓐꓯ ꓖꓳ: ꓠꓬ, ꓥ= ꓐꓬ ꓜꓲ: ꓟ ꓠ ꓠ, ꓖꓴ ꓗꓶ ꓮ: ꓘꓶ. ꓫꓪ. ꓬꓲ ꓤ: ꓠꓬ, ꓢꓲ.-. ꓐꓬ: ꓟ ꓖꓳ ꓕꓲ: ꓟ ꓟ ꓓꓯ "ꓠꓴ ꓠꓬ ꓛꓳ: ꓒꓯ, ꓠꓬꓲ: ꓢ ꓟ ꓧꓳ: ꓧ, ꓢꓲ. ꓐꓬ: ꓛꓵ; ꓬꓲ ꓕꓯ; ꓶ: ꓣ ꓤꓳ: ꓛꓵ: ꓕꓶ ꓬꓲ-. ꓝꓯ, ꓠꓬ ꓮ.-ꓠ ꓥ ꓢꓲ. ꓮ.-ꓛ.. ꓓꓯ ꓮ ꓡꓲ ꓥ ꓟ ꓮ. ꓔꓲ. ꓟ. ꓖꓳ: ꓬꓲ ꓟꓳ:"ꓐꓯ ꓠꓬ, ꓥ=

ꓕꓲ ꓟ ꓗꓪ ꓙꓳ. ꓳ. ꓔꓴ ꓔꓴ-. ꓐꓬ: ꓟ ꓐꓴ ꓠꓬ ꓢ; ꓠꓬꓲ ꓢ ꓦꓬ; ꓜ: ꓓꓴ ꓔꓯ, ꓢꓲ. ꓶ: ꓣ ꓗꓪ ꓐꓬ: ꓛꓵ; ꓙꓰ ꓪ= ꓮ.-ꓠ ꓟꓬ ꓐꓲ., ꓫꓵ: ꓫꓵ: ꓔ. ꓥ ꓐꓯ ꓡꓳ ꓐꓬ: ꓟ ꓖꓳ ꓕꓲ: ꓟ ꓟ ꓠꓬ ꓬꓲ. ꓛꓳ: ꓒꓯ, ꓠꓬꓲ: ꓢ ꓟ ꓪꓴ. ꓧ, ꓢꓲ. ꓜ: ꓓꓴ ꓔꓯ, ꓠꓰ ꓪ:-ꓐ ꓠꓯ ꓬꓲ ꓐꓶ ꓓꓵ: ꓘꓶ: ꓕꓲ: ꓛꓳ: ꓗꓪ ꓬꓯ:-ꓛꓲ,-ꓡꓲ: ꓗꓳ.. ꓔꓯ. ꓢꓲ ꓢꓲ, ꓐꓬ: ꓛꓵ; ꓬꓲ-. ꓮ.-ꓠ ꓮ ꓡꓲ ꓥ ꓟ ꓐꓯ ꓖꓳ: ꓬꓲ ꓠꓲ, ꓫꓵ ꓠꓬ, ꓥ=

ꓖꓶ ꓢꓲ. ꓐꓬ: ꓟ ꓐꓴ ꓪ:-ꓐ ꓗꓳ ꓓꓯ ꓐꓬꓱ ꓛꓲ ꓢꓲ. ꓗꓳ ꓓꓯ ꓐꓬꓱ ꓘꓱ, ꓬꓲ ꓔ. ꓤꓳ: ꓕ:-. ꓐꓶ ꓓꓵ: ꓘꓶ: ꓕꓲ: ꓛꓳ: ꓗꓪ ꓙꓳ. ꓟꓲ: ꓦꓲ ɾꓳ: ɾꓳ: ꓙꓳ, ꓡ ꓢꓲ. ꓐꓬꓱ ꓘꓱ ꓟ: ꓓ ꓪ=

ꓟꓲ: ꓦꓲ ꓠꓰ ꓙꓳ; ꓡꓲ; ꓡ ꓟ ꓐꓬ: ꓟ ꓐꓴ ꓠꓬ ꓐꓬ: ꓜꓲ: ꓟ ꓓꓯ ꓮ ꓡꓲ ꓥ ꓟ ꓚꓪ ꓖꓳ: ꓘꓶꓳ= ꓐꓬ: ꓜꓲ: ꓟ ꓢꓷ. ꓡꓰ ꓕꓯ; "ꓐꓬꓰ ꓘꓱ, ꓬꓲ ꓟ: ꓓ ꓕꓯ;-. ꓮ.-ꓠ ꓫꓵ; ꓪꓴ ꓟ ꓮ.-ꓛ.. ꓓꓯ ꓐꓯ ꓖꓳ: ꓟ: ꓐꓯ ꓡꓲ.-. ꓕꓲ ꓛꓳ: ꓗꓪ ꓢꓲ, ꓐꓬ: ꓛꓵ; ꓧꓳ: ꓬꓲ ꓖꓴ ꓕꓯ; ꓗꓶ. ꓠꓬ. ꓗꓶ. ꓞꓲ; ꓐꓬ: ꓟ ꓮ. ꓫꓵ: ꓜ: ꓗ, ꓢꓰ: ꓟꓳ,?ꓕꓲ ꓡꓲ ꓠ: ꓟ: ꓓ-. ꓥꓪ ꓠꓬ ꓪꓳ ꓢ ꓒꓴ: ꓡ ꓓꓯ ꓗꓳ ꓖꓳ ꓟ ꓗꓪ ꓘꓰ, ꓡꓳ; ꓬꓲ ꓝꓲ ꓡꓯ ꓓꓲ: ꓛꓵ ꓥ"ꓢꓪ; ꓠꓬ, ꓥ=

ꓐꓬ: ꓜꓲ: ꓠꓬ ꓕꓲ ꓡꓲ ꓢꓪ; ꓞꓶ, ꓢꓲ.-. ꓗꓶ. ꓠꓬ. ꓕꓲ: ꓠꓬꓲ ꓕꓯ; ꓬꓲ. ꓓꓯ ꓑꓳ: ꓙꓪ ꓟꓯ; ꓧꓳ: ꓠꓰ-. ꓮ ꓟꓬ ꓕꓲ: ꓓꓱ: ꓙꓰ ꓠꓬ,-. "ꓪꓰ. ꓪꓰ. ꓪꓰ."ꓐꓬꓱ ꓠꓬ,-. ꓮ ꓤ ꓮ ꓤ ꓐꓯ ꓠꓰ ꓟꓲ; ꓪꓳ; ꓗꓪ ꓐꓬꓱ ꓙꓰ ꓠꓬ, ꓥ-. ꓟꓳ: ꓗꓪ ꓙꓰ ꓢꓲ. ꓪꓳ ꓢ ꓒꓴ: ꓡ ꓙꓬ ꓙꓰ ꓔꓳ; ꓠꓬ, ꓥ= ꓖꓶ ꓢꓲ. ꓟꓲ: ꓪꓳ; ꓗꓪ ꓮ: ꓟꓬ, ꓘꓳ, ꓐꓬꓱ ꓙꓰ ꓠꓬꓲ ꓡꓲ. ꓟꓵ: ꓢꓯ; ꓓ: ꓟ ꓜꓲ ꓢꓲ. ꓐꓬꓱ ꓤꓯ; ꓡ ꓗꓪ ꓛꓲ ꓡꓰꓳ= ꓕꓲ: ꓘꓳ, ꓒ.. ꓐꓬꓱ ꓓꓯ ꓬꓲ ꓕꓯ; ꓐꓬ: ꓟ ꓮ: ꓟꓬ, ꓟ ꓫꓵ ꓗꓶꓳ= ꓕꓲ ꓡꓲ ꓥ ꓡꓲ. ꓐꓬ: ꓜꓲ: ꓟ ꓠꓬ ꓟ: ɾꓴ ꓗꓶ-. ꓬꓲ. ꓕꓲ: ꓟ ꓜꓰ ꓬꓲ ꓡꓲ. ꓖꓳ ꓡꓲ ꓐꓬꓱ ꓧꓳ, ꓠꓬ, ꓥ=

ꓐꓯ ꓠꓬꓲ ꓕꓯ; ꓟꓲ; ꓪꓳ; ꓓꓯ ꓗ: ꓢꓴ ꓠꓬ ꓒꓴ: ꓡ ꓤ: ꓕꓲ: ꓟ ꓥ-. ꓐꓬ ꓟ ꓮ: ꓟꓬ, ꓟ ꓟꓲ; ꓪꓳꓗ ꓪ ꓐꓬꓱ ꓛꓲ ꓝꓲ ꓠꓲ, ꓫꓵ ꓢꓲ. ꓬꓲ. ꓘ_, ꓟ: ꓚ, ꓐꓬꓱ ꓧꓳ ꓠꓬ,-. ꓮ: ꓙꓵ: ꓫꓵ ꓟꓶ: ꓬꓲ ꓖꓴ-. ꓮ ꓟꓶ ꓐꓬ: ꓜꓲ: ꓟ ꓕꓲ: ꓟ ꓤ: ꓙꓪ, ꓡꓲ. ꓟꓲ; ꓪꓳ; ꓗꓪ ꓐꓬꓱ ꓡ ꓟ ꓟꓳ ꓕꓯ;-. ꓬꓲ. ꓠꓬ ꓠꓲ, ꓟ ꓗꓪ ꓓꓵ: ꓙꓪ: ꓪ ꓓꓴ ꓮ: ꓘꓶ. ꓙꓪ, ꓢꓲ.-. ꓠꓲ, ꓞ ꓪꓳ ꓢ ꓒꓴ: ꓡ ꓓꓯ ꓟ. ꓖꓳ: ꓗꓶ ꓪ= ꓪꓳ ꓢ ꓒꓴ: ꓡ ꓠꓬ ꓐꓬ: ꓜꓲ: ꓟ ꓫꓵ: ꓪꓴ ꓙꓪ, ꓠ ꓔ. ꓢꓪ; ꓢꓲ.-. ꓟꓲ; ꓪꓳ; ꓗ: ꓢꓴ ꓒꓴ: ꓡ ꓤ: ꓔꓯ. ꓠ ꓠꓬꓲ ꓕꓳ, ꓕꓲ ꓡꓰ ꓝꓲ ꓠꓬ, ꓥ=

ꓟꓲ; ꓪꓳ; ꓒꓵ ꓡ ꓠꓬ ꓐꓬ: ꓜꓲ: ꓟ ꓓꓯ ꓧꓪ ꓪ ꓡꓰ-. ꓮ ꓡꓲ ꓥ ꓟ ꓠ ꓠꓬꓲ ꓖꓴ ꓕꓯ;-. ꓪꓳ ꓢ

ꓒU: L Dꓯ Bꓯ GO: Kꓶ W=

WO S ꓒU: L NY BY: ZI: M NE DI: L M Tꓯ. D V Bꓯ Kꓶ-. ꓒU: L ꓤ: ꓕI: M FI SI. Mꓶ: ꓘꓶ; NYI M: MO KW JO. Kꓶ. NY. ꓕI: NYI Nꓯ; Nꓯ; A. ꓭ. Bꓵ Jꓵ, KW-. KO Dꓯ JO. YI. ꓘU ꓕI: ꓘU ꓕU SI. BY M Dꓯ A.-N ꓥ SI. A.-ꓛ.. Tꓯ. YI. DO: V JW-. SI, BY: ꓛꓵ; YI D ꓥ Bꓯ ꓥ=

ꓒU: L ꓤ: NY YI. WU._LI A.-N ꓥ SI. A.-ꓛ.. Xꓵ: WU M Sꓶ. GU SI. J: ZI: Mꓶ DU A: ꓘꓶ. JW, ꓥ= ꓕI ꓕI: ꓘO, M YI. MI: ꓕI M YI FI L M Tꓯ. A: ꓘꓶ. K, ꓛꓵ; NY,-. M: ꓥ M: S; Sꓯ; ꓕꓵ; SI. A: ꓘꓶ. NI, ꓒꓵ Lꓯ: HO NY, LI. ꓕI: YI. W: NY, M: W LO GO NYI: RO Dꓯ MO Lꓯ; HO FI NI, Xꓵ NY, ꓥ= ꓕI M Pꓶ. DU-. ꓕI NYI M KW Mꓶ: ꓝ ꓒ.. XO YI ꓕꓯ; LI YI. ꓶ YI. MI JY: Gꓶ: H, SI.-. NYI M: MO M Tꓯ. LO. NY, H, ꓥ=

MI YI SI. NYI M: MO L W-. ꓒU: L ꓤ: NY A: ꓘꓶ. W: ꓕꓵ; H, SI. KO Dꓯ CU. ꓥ. NY, ꓥ= GO LI CU. N: GO LI CU.-. Nꓱ. Vꓱ: CU. DO L M GO LO Tꓯ, HO: N: GO LI Tꓯ, HO: NY, ꓥ= A: GO LI. ꓕI: ꓛI Kꓶ. NY. ꓕI: ꓛI CU. Lꓱ YI-. Nꓱ. Vꓱ Tꓯ, DU Bꓯ: ꓛI Gꓶ ꓕI: M ꓨ: YI ꓕI: M Lꓶ. NY,-. KO M A ꓤ ꓤ Gꓯ., YI W= WO: Hꓶ NE ꓕI: KO ꓕI: Dꓱ: ꓛꓵ. YI G: G: YI. ꓒ; L; Kꓶ LE LI. N: NY, M: Mꓶ= ꓕI LI YI NE ꓕI: S ꓒE., Dꓯ ꓛI ꓕꓯ;-. KO Bꓶ: DO ꓘꓶ: Tꓯ. SI ꓝO ꓘ, ꓕI: ꓘ, KW A. ꓭ. M ꓕI: ꓕꓶ, Bꓵ., L-. ꓕI M Kꓶ. NY. ꓝO ꓘ, V ꓥ M KW A. ꓭ. M A: Jꓵ: Bꓵ., L W= ꓕI LI NE NI. Bꓯ; ꓝO ꓘ, KW A. ꓭ. Gꓶ Bꓵ., L WO=

ꓕI: ꓘ, N: ꓕI: ꓘ,-. ꓕI: LO N: ꓕI: LO-. W:-B Mꓵ: V ꓥ M KW LI. A. ꓭ. Bꓵ., L W=

A. ꓭ. Bꓵ., Jꓵ, M: ꓛI ꓕꓯ; LI A. ꓭ. Bꓵ., L M A. Xꓵ: Pꓶ. DU ꓥ LI. M: Sꓶ. O= KO CU. N T. M CU. M: GU SE:-. ꓒU: L ꓤ: NY YI. YI. MI: YI M: GU SI. A: ꓘꓶ. K, M: ꓛꓵ; NY, ꓥ= Gꓶ SI. YI. Gꓶ ꓕI: Xꓵ: LI. YI M: N YO-. ꓒꓵ L NY A. ꓭ. Bꓵ., Jꓵ, ꓕꓯ; YI M: D O Bꓯ ꓥ= NI, SI, DO L SI. YI. NY A: GO YI. Xꓵ; ꓕI: ꓛI KW JO. YI Mꓶ Tꓯ. ꓛO: KW KO Dꓯ Sꓯ; ꓕꓵ; ꓕꓵ; NYI: ꓛꓱ ꓥO ꓩU KꓶO= ꓕI GU ꓕꓯ; A LI M: YI M ꓒU: L ꓤ: NY NI, M XW. XW. ꓤ:-. ꓕI: ꓕO; ꓕI: NYI ꓕI: ꓕO; ꓕI: NYI LI; JE SI. ꓒU: L Dꓯ M. GO: YIO=

C, W ꓕꓯ;-. KO Bꓶ DO ꓘꓶ: ꓕI: ꓛO: ꓝO ꓘ, LO ꓘU: KW NY Bꓵ., (SUI AO,)A: MY, JW, SI.-. Mꓶ: ꓘꓶ; NYI M: MO ꓕꓯ; Bꓵ., NY V ꓕꓯ: Mꓶ: ꓕꓯ; ꓘ, KW Z: Xꓵ: LO Xꓵ: HW Z: ꓕꓶ L-. Tꓯ ꓥO: Bꓯ BE.,-. Z Bꓯ LO Xꓵ: M JI JI XW ꓛY, M: W ꓕꓯ; Bꓵ., NE ꓘU: Z: GU KU. ꓥ=

GO ꓕI: Mꓶ: ꓘꓶ; M KW-. R MO M: LO; SI. MO: LO ꓕꓯ, ꓛO ꓒU ꓕI: Bꓯ: ꓛI Lꓱ. YI M XW LI; L GU Kꓶ. NY.-. Bꓯ: ꓛI KW Kꓶ H, SI. A. ꓭ. Bꓱ ꓒ.. ꓕI.. BY: ꓕU: KW

Dꓯ: Sꓯ ꓛY, H,-. ꓕI: S ꓒE ꓕꓯ, Bꓵ., (SUI YW:) NE ꓘU: Z: L SI. ꓥ Bꓶ= ꓒ.. WU. ꓛI L LO Bꓵ., ꓕI: M M NY BY: ꓕU: Dꓯ: Sꓯ Z Sꓯ; Nꓵ: W ꓕꓯ; BY: ꓕU: Dꓯ: Sꓯ ꓛY, H, LO Bꓯ: ꓛI KW ꓛO: NYO: M Z: ꓕꓯ; Mꓶ: Lꓶ, NE “ꓒ; ꓕ: ꓕ; ꓯ,”ꓝI L FI= Bꓯ: ꓛI KW ꓛO NYO: M A: Jꓵ: BU: HO. LE-. Kꓶ. NY. SI. ꓛI L LO Bꓵ., ꓕI: HW. M “ꓒ; ꓕ: ꓕ; ꓯ,”Sꓯ; M Bꓯ JW: ꓕꓯ:-. A. Xꓵ: ꓕI: Xꓵ: L_MI SW; SI. Sꓯ; M ꓒ.. ꓝE, ꓘE, JE NY, ꓥ= Gꓶ SI. GO ꓕI: B, M KW Bꓯ: ꓛI KW ꓛO NYO: BU: HO. YI LO Bꓵ., ꓕI: M M “ꓒ: ꓕ;-. ꓒ: ꓕ; ”Z: Sꓯ; M Bꓯ JW:-. Z Sꓯ; NU: W LE ꓕꓯ;-. Mꓶ ꓛY., HO. H, LO ꓛO NYO: M Vꓵ Z: Lꓯ; HO NY,-. Bꓯ ꓛI M ꓕ BO. ꓥ. KO. BO. ꓥ. NY, SI.-. A. ꓭ. Bꓵ ꓕꓯ; YI. DU Lꓯ; “ꓒ;-. ꓒ;-. ꓒ;”E, Sꓯ; M LI T.-. BY: ꓕU: M Gꓶ Bꓵ., NE ꓥ. Lꓱ. Kꓶ SI. Bꓵ., ꓕI: M Dꓯ TI. NYI. LE-. Bꓵ., GO ꓕI: M M N ZI: M: HW. SI. A. ꓭ. Bꓵ Sꓯ; LI“WO.-. WO.-. WO.”Mꓶ NY, ꓥ Bꓶ=

Bꓵ., ꓕI: HW. M ꓛO NYO: ꓥꓵ Z: Lꓯ: HO Sꓯ; M A. ꓭ. Bꓱ ꓘꓶ: KW ꓒ.. ꓛI Bꓯ JW: LE SI.-. A. ꓭ. ꓒꓵ NY YI. Bꓵ Jꓵ, ꓛI L W SW; NY, SI. Bꓵ NY, Xꓵ: ꓥ= A. ꓭ. ꓒꓵ GO ꓕI: M M ꓒ.. Bꓵ ꓕꓯ;-. NI. Bꓯ; Gꓶ NE Xꓵ: Xꓵ: Bꓵ DO L-. ꓕI: M Bꓵ ꓕꓯ ꓝI M Bꓵ-. ꓝI M Bꓵ ꓕꓯ; ꓕI: V M Bꓵ-. ꓕI: ꓘ, KW A. ꓭ. Bꓵ GU ꓕꓯ; NI. Bꓯ; ꓕI: ꓘ, KW A. ꓭ. Bꓵ-. ꓕI: LO KW Bꓵ GU ꓕꓯ; ꓕI: LO KW Bꓵ SI. _GO ꓕI: Nꓯ M KW A. ꓭ. Bꓵ Jꓵ, M: ꓛI ꓕꓯ;_LI A KW ꓛI ꓛI A. ꓭ. Bꓵ DO L ꓥ Bꓶ= A. ꓭ. Bꓵ Nꓯ; MY: ZI SI. ꓒU: L ꓤ: NY KO M CU. M: GU LE ꓥO=

GO ꓕI: Mꓶ: ꓘꓶ; KW A. ꓭ. Nꓯ; Nꓯ; Bꓵ L ꓕI: M M NY ꓒU: L ꓤ: A.-N Dꓯ JI JI YI JW ꓥ SW; NY, M M: BY.. LI SI.-. ꓒU: L ꓤ: NY A: ꓘꓶ. NI, SI; NY,-. YI. NE ꓒ.. Xꓵ Sꓯ; ꓕꓵ; SI. ꓕ BO. ꓕI: ꓛꓱ KO. BO. ꓕI: ꓛꓱ ꓥO Kꓶ ꓕꓯ; YI. Lꓯ: ꓶ. Lꓯ: R NYI: ꓛO: KW W: ZI: NYI: M M CU. Kꓶ SI. W: TI.. NYI: M LO; YI W= Kꓶ. NY. ꓕꓯ;-. LI-SU Xꓵ: ꓛꓵ; LO. ꓒ: NY A: M LI. NE W: DI.. GO NYI: M KW A. ꓛꓵ; LO. ꓕꓶ NY, ꓥ= Mꓶ R LO; GU ꓕꓯ;-. W; DI: NYI: M M NY ꓛꓵ; LO. TI.. (A. ꓛꓵ; LO. GU)LO; YI= ꓕI: G M NY ꓛꓵ; LO. TI.. (A. ꓛꓵ; LO. GU)(A YO LO. GU)LO; YI-. ꓕI: G M NY YO LO. TI.. (A YO LO. GU)LO; YI-. GO KW SU NY “T,-Yꓯ:-ꓝ” “XAO-Yꓯ:-ꓝ”ꓘU NY, ꓥ=

ꓒU: L ꓤ: NY KO M A: Nꓯ. CU. M: HW. LI.-. GO KW NY W: ZI: ꓤ: ꓕI: M LO; YI-. YI. SU. KO M Dꓯ Tꓯ ꓕꓯ: A: ꓘꓶ. BY.. LI W=

ꓕI M KW NI. O. TU TU-. BY: M BU NY W: ZI; GO M KW JO. W:-B KO Tꓯ; BYꓱ ꓛI LE-. W:-B Nꓯ YI ꓘꓶ: KW A.-N NE A.-ꓛ.. Dꓯ Dꓵ: JW: NY, M M. GO: Kꓶ-. Yꓯ:-ꓛI,-LY, KW JO. SI, BY: ꓛꓵ; SI. W:-B Mꓵ: KW LI; L NY, ꓥ=

A Mꓶ KW ꓛI LI.-. L: ꓝO BU W: ZI: GO M KW ꓒ.. ꓘꓱ ꓕꓯ;-. A: M LI. BY: M

BYꓱ: Sꓯ; “WE.-. WE.-. WE.”Bꓯ JW: M LI T. ꓥ=

L: ꓝO BU NY W: ZI: GO M Dꓯ “BY: ꓘꓱ W: ꓒE;(BY: M BYꓱ ꓘꓱ M W: ꓒꓱ;)”Bꓯ NY, ꓥ=

Bꓯ NYI ꓕꓯ;-. A.-ꓝꓯ VI NY M: JW, ꓕI: Xꓵ: LI. M: JO= A.-N NY JY ꓕꓯ; Bꓯ ꓝI:GW; DU JW,-. VE; Mꓶ: Z: BO DO ꓝI.,-. ꓕI: ꓘꓶ: LI. JW; XW. M: ꓛꓵ ꓝO JO K, JI ꓥ= Gꓶ SI. A LI Gꓶ YI. NE A.-ꓛ.. Tꓯ. S; JY NY, M ꓕI: ꓘꓶ: LI. JY: LE M: D= Z BO DO BO M: K:-. Mꓶ; ꓘꓶ; Nꓯ; W M: K:-. YI. Jꓵ, ꓒ.. JW, ꓕꓯ; YI. NY ꓕI: RO Tꓯ. LI: W:-B KO B: KO Dꓯ Dꓯ JE SI. MI: MI XO YI ꓕI: ꓛO: KW A.-ꓛ.. Tꓯ. JO: NYI N, NY, ꓥ= A.-ꓛ.. Dꓯ M: MO CI; Bꓯ LI.-. Bꓶ Dꓵ: ꓘꓶ: ꓕI: ꓛO: KW ꓕI: B, ꓤ: NYI Kꓶ ꓕꓯ; NI, ꓘW: A. TI. Xꓵ M LI: T. ꓥ=

A.-ꓝꓯ: NY A.-N A ꓕꓯ: Mꓶ: ꓕꓯ: KO Dꓯ Dꓯ SI. Bꓶ Dꓵ: ꓘꓶ: ꓕI: ꓛO: KW LI: NYI NY, MO ꓕꓯ;-. YI. NI, M XW. NY, M Sꓶ. SI.-. YI. Tꓯ. M: Bꓯ LI: M: ꓝI-. A ꓕꓯ: Mꓶ: ꓕꓯ: YI. ꓛO: ꓒꓯ, YI JE NY, ꓥ= Mꓶ R LO; GU ꓕꓯ;-. YI. W: TI.. BY, ꓤ: NYI, T. NY, LO YI. BYꓱ: M Gꓶ SO. Lꓯ: HO M ꓝO ꓤ: LI Xꓵ: LO ꓝI, LO; YI-. YI. ꓝI; YI. B W:-B Bꓶ DO ꓘꓶ: ꓕI: ꓛO: KW D, H, W= LI-SU Xꓵ: NY “NI,-FI-ꓭ.(VY: ꓛO: LO ꓝI,)”Bꓯ NY, ꓥ= GO KW SU NY “ꓭ. A P-. ꓭ. ꓯ. RW:”KU NY, ꓥ=

A.-N NY A.-ꓛ.. Dꓯ JO: NI, M KW Kꓶ H, SI.-. NI, M A: ꓘꓶ. XW. NY, ꓥ= M; WO; WO; ꓤ: Bꓶ Dꓵ: ꓘꓶ: Tꓯ. ꓛO: SI ꓕI: BYꓱ; NYꓱ: ꓘU: NYI M B SI-. A.-ꓝꓯ: Dꓯ ꓕI: Xꓵ: LI. M: XW. C..-. JI JI ꓤ: BE A.-ꓝꓯ: ꓝO MO: M YI NY, ꓥ= ꓕI LI SI. A.-ꓝꓯ: Gꓶ A: ꓘꓶ. K, ꓛꓵ; NY,-. YI. W: NY M: Bꓯ Lꓯ; HO HO JI JI. ꓤ: ꓝO JO NY,-. ꓤ: Vꓱ Nꓱ Vꓱ NE VY; NYI KO. NY, ꓥ=

Gꓶ SI. ꓕI: ꓘO; M: JO LI. ꓥW; V TW-WU V Xꓵ: NYI M NY YI. WU. ꓛY Bꓶ Tꓯ NE A.-N NI, ꓒUS U SI NYI ꓥ SI.-. GO ꓕI: NYI M A.-N KO Dꓯ JE Bꓯ ꓕꓯ; TI: RO LI. K: W M: D=

GO ꓕI: ꓘO; M KW ꓥW: V ꓕꓯ;-. Bꓶ DO ꓘꓶ: ꓕI: ꓛO: KW NY, M A.-ꓝꓯ: Xꓵ: ꓤ: WO; ꓤ: NY W:-B Mꓵ: KW NY SI, ZI LO ZI NI, ꓛI; ꓛI;-. SI, YI LO YI B Lꓱ Lꓱ T.= Fꓯ, NE NY TW-WU Bꓯ: ꓕI: NYI M KW LI-SU Xꓵ: NY SI, BY: WO: YI KW CO. ꓛI ꓒꓯ, TI, ꓕꓯ: A. Xꓵ: N DU Dꓯ LI. ꓘW: ꓥ Bꓯ M Bꓯ JW: SI.-. A ꓶ JW, LI. M: K:-. TW-WU Bꓯ: M: ꓛI NYI: NYI ꓛI _LI ꓶ: R ꓶ: MI KW CO. L SI. A.-N VI NY, L ꓥ=

A.-N NY M: ꓥ LI. YI ꓤ: A: ꓘꓶ. NU Xꓵ: ꓥ-. ꓶ: R CO. Xꓵ: W: Xꓵ: MI L YI Bꓯ ꓕꓯ; NI, ꓝ NE A LI YI M: ꓥ T. ꓥ= A. ꓛꓵ; A YO SE;-. Z C. HW: C. NE CW. NY, ꓥ= ꓕI: Z M: JO ꓕI LI CO ɾU NY, SI.-. YI ꓤ: BU NY A: ꓘꓶ. K, ꓛꓵ; NY, ꓥ=

TW-WU Bꓯ: GO ꓕI: NYI M KW-. A. ꓭ. LI. M: Bꓵ ꓕꓯ: LI A.-N NY ꓕI: RO LI

TU L SI.-. YI. Sꓯ; LI. ꓕI: ꓘꓶ : LI. M: ꓕꓵ; YI ꓤ: ꓥ SI. VI ꓘU: KW SU Tꓯ. Z: C. CW. GU-. JO: Z CW. GU ꓕꓯ:-. Z JO: Tꓯ, H, SI.-. YI. ꓕI: RO LI: MO ꓕI: ꓕO; BY BY ꓕI: ꓕO; W: ZI: Tꓯ. SI JE RO=

Fꓯ, Bꓯ NY-. A.-ꓝꓯ: HW. ꓷI: L ꓕꓯ; Mꓶ: ꓘꓶ: ꓒ.. CI ꓥ SE:-. YI. ꓝO MO: M NY M: NY, BO= YI ꓤ: Dꓯ JI JI CO ꓞU M: W M JO SI.-. YI. NY NI, NI, ꓝ ꓝ A.-N A. ꓘꓶ: DO YI M Tꓯ. K: NY, ꓥ=

Gꓶ LI. A.-N SI. A.-ꓝꓯ: NY YI. Cꓱ, ꓕI: Cꓱ, KW JE M: W = A.-N NY C, W M LI Bꓯ NI YI. WU. TI: Cꓱ, KW M: JE-. Sꓯ;-CW-TI.. ꓕI: Cꓱ, KW CO JE W LEO=

A.-ꓝꓯ: NY A.-N NY M:-DI.. KW CO. W; DI.. KW ꓷI ꓕI: Cꓱ, M JE ꓷ, K, SI.-. GO. ꓕI: G; N: GO. ꓕI: G; JEO=

YI. Cꓱ, NYI: Cꓱ, M NYI: KO. CO. NY ꓝI VE; MI Xꓱ.. JW, Xꓵ: LO ꓷO: ꓕI: M KU, H, ꓥ= LO ꓘU: M A: Nꓯ. T.-. A: ꓘꓶ. MO SI. NYI: ꓷO: KW CO. JE NY, SU NY ꓕI: RO NE ꓕI: RO Dꓯ MO D-. XW. ꓕꓱ LI. Bꓯ JW: D ꓥ= Gꓶ SI. NYI: RO ꓕI: W ZI FI ꓥO Bꓯ NY ꓷU: LI SI, LI JW NE LO ꓘU: ꓤꓯ; SI. YI JY GU: GU ꓕꓯ; SI. T T Dꓯ ꓷꓵ SE: ꓥ= GO KW NY Cꓵ Cꓵ LI “A. HO HO”ꓕI: ꓘꓶ: HO, N LI. NYI: ꓷO: KW SU MY Dꓵ: NYI N, N, ꓕI: W Fꓱ YI M: D Xꓵ: ꓕI: G ꓥ=

Mꓶ: ꓘꓶ: CI., ꓕꓯ;-. A.-N NY YI. Xꓵ; ꓕI: Cꓱ, KW CO. ꓘO: NY, ꓝI: ZO.. (YI. CW YI. ꓘꓶ: Lꓶ: MY: GU)KW JE ꓷI LEO= A.-ꓝꓯ: NY YI. WU. JE Cꓱ, KW CO. L-LO.-TI.. (L Lꓱ. Mꓵ:)KW G; ꓷI YIO=

A.-ꓝꓯ: NY W. ꓤ: W. “A.-N NU ꓕ: JE ꓭ:-. ꓥW Z: C. M: KU.”ꓘU NY, ꓥ=

A.-N Gꓶ NE W. ꓤ: W. “NU ꓥ SI. YI ꓤ: Nꓯ. NU. A NE Z JO: A: Jꓵ: X, T. GO: YI. W-. JO: Z LI. CW. GU W-. NU LI; JE ꓭ:”D: DO, NY, ꓥ=

A.-ꓝꓯ: NY Kꓶ. NY. G; G; “Gꓯ NU A ꓕꓯ: LI; L Bꓯ”N NYI NY, ꓥ=

A.-N NY “ꓥW Mꓶ: ꓘꓶ; Z: X, LI; L ꓥO”D: DO, NY, ꓥ=

A.-ꓝꓯ NY M: C.. SI. “ꓥW M: C.. ”Bꓯ ꓥ=

A.–N NY “ꓥW O. Lꓶ, M ꓷY, ꓒE; NE-. NU A: L C.. D ꓭ:”Bꓯ SI.-. Lꓯ: Xꓵ Bꓯ Lꓯ: Xꓵ O. Lꓶ, M YI. SI. A.-ꓝꓯ: Dꓯ LO GO: NY, ꓥ= O. Lꓶ, M LO MY: ZI SI. LO ꓘU: KO B: ꓕI: ꓷO: SI, ZI Dꓯ ꓥO LEO= Mꓶ R LO; ꓕꓯ;-. SI, ZI KW ꓥO LE_M O. Lꓶ, M NY A. ꓒꓵ; ꓕI: M ꓕI: LI, SI, LO. BE., LO; YIO= ꓕI M KW CO.-. YI V YI. TU ꓘO; M KW LO ꓘU: GO M KW SI, LO. BE., NU:_M SI, ZI NY ꓕI: ZI Xꓵ GU ꓕI: ZI JW, L KU. ꓥ= A Mꓶ SI, ZI GO ꓕI: ZI M NY A. WU T. GU-. SI, Mꓶ. Dꓵ: ꓥ CI; ꓥO Bꓯ Dꓯ Sꓯ ꓷO; Xꓵ: RO NY, DI.. ꓥ=

A.-ꓝꓯ: NY A.-N O. Lꓶ, M RU M: W SI. V Lꓱ M: BO BO BE A.-N Dꓯ “O.

Lꓶ, RU M; W ꓕꓯ; ꓥW V Lꓱ M: BO= ꓕI LI YI Lꓯ-. NU NY W: ZI: KW Hꓶ. ꓕꓯ; K, JE ꓛ-. MO LO ꓕꓯ; W: ZI: KW CO. ꓥW ꓕI ꓛO: Sꓯ CO Lꓯ-. VW NY ꓕI ꓛO: KW LO NY, H, NE-. ꓥW NU Dꓯ LO NY, H, NE-. Mꓶ: ꓘꓶ; ꓕꓯ; ꓕI KW CO. ꓕI: ꓛO LI; JE NE”Bꓯ ꓥ=

A.-N NY A.-ꓞꓯ: ꓕI MY NI, NU NY, M Dꓯ MO ꓕꓯ; A LI M: YI SI. ꓥ Lꓯ Bꓯ GO: KW ꓛI= MO LO; ꓕꓯ; W: ZI: ꓘꓱ., NE A.-ꓞꓯ: ꓕI: ꓛO: KW CO. SI. ꓕI: ꓛO LI; JE NE Bꓯ ꓥ=

A.-N SI. NE A.-ꓞꓯ XW. W: ꓕꓱ ꓕI: TO. M KW SI, ZI NY Kꓶ. NY. ꓕꓯ; A: Jꓵ: LI. A. ꓘꓶ. WU ꓥ= A.-ꓞꓯ: NY, LO W: ZI: M KW NY SI, Nꓱ ZI: A WU Xꓵ: ꓕI: ZI YO L-. TI: ZI ꓘꓶ, Gꓶ ꓕꓯ: Fꓯ, NE ꓕI: ZI YO L KU. ꓥ= Kꓶ. NY. ꓕꓯ; L: ꓞO BU NY GO ꓕI: Mꓵ: M Dꓯ “YI-Hꓶ:-ZI-ZO..(SI,-NE ZI: JW, GU)”ꓘU NY, ꓥ= A.-N NY, LO W: ZI M Dꓯ NY Bꓶ Tꓵ. ZI A: MY, JW, L-. ꓕI: ZI ꓘꓶ, GU ꓕI: ZI JW, L NY, SI.-. Kꓶ. NY. ꓕꓯ; L: FO BU NE “Bꓶ-Tꓵ.-ZI-ZO..(Bꓶ Tꓵ. ZI JW, M W: ZI:)”ꓘU NY, ꓥ=

A.-ꓞꓯ: V SI. A.-N NY W: ZI: Kꓶ. NY. ZI Lꓯ: HO JW MO Gꓶ ꓕꓯ;-. G: BO. Dꓯ SI. YI. Cꓱ ꓘꓶ:-. SI, N ꓯLI KW JE SI. K,-ꓕU Mꓶ ꓛꓵ: (Mꓶ-K,-ꓕU)A; MY, HW W LEO= Mꓶ ꓛꓵ: M JW, LE ꓕꓯ;-. Z JO: M JW; XW. M: ꓛꓵ W= Mꓶ ꓛꓵ: HW YIP ꓶ. DU-. A.-ꓞꓯ: NE WO: Hꓶ NE Cꓵ. YI XU: XU: Kꓶ YI SI.IXO P ZI ꓕI: ZI HW SI. SI, ZI Yꓯ. ꓘW WO: Hꓶ N: NY, ꓥ= ꓕI: B, ꓤO: ꓕꓯ;-. YI. NY TI. Nꓶ: KW CO. “PO: TO: TO:-. PO: TO: TO: ”Sꓯ; JO: Bꓯ JW: L NY, ꓥ= YI. NY Mꓵ: NU FI. ꓛI L SI. M YI. M K: Lꓯ; HO SI. ꓕO, Lꓯ: HO NY, M Sꓶ. LEO= YI. NY ꓕ: K: K, ꓨ:-. ꓕI: B, ꓕꓯ; YI. W: Tꓱ, YI. W: N: YI SI. JE Kꓶ KU. ꓥO SW; NY, ꓥ=

ꓕI B, M KW-. ꓶ: R CO. Fꓱ ꓕI: M BYꓱ: L SI. NYI: M M ꓕꓯ; SI. ꓕI: N: BYꓱ: ꓯ NY, ꓥ= NYI: M M NY ꓕO, Lꓯ: HO NY, SI. Fꓱ BYꓱ L M Dꓯ M: MO SE:= Fꓱ NY ꓕI: N: ꓯ Kꓶ ꓕꓯ; LU LU. ꓤ: Bꓯ NE ꓕO, Lꓯ: HO NY, LO NYI: M M Dꓯ CY, L W= ꓕI B, M-. NYI: M M NY ꓘꓱ, NI, Xꓵ LI. ꓘE, M: LI,-. “CI. C.-. CI. C.-. CI. C.”Sꓯ; LI: Bꓯ JW: L O= A.-ꓞꓯ: NY ꓕI: B, ꓕꓯ; SI. NYI: M M Tꓯ. Fꓱ NE CY, Z: JE M Sꓶ. LE SI.-. “A. HO, HO,-. A. HO, HO, ”Bꓯ NE Lꓯ: Xꓵ HO, Lꓯ: Xꓵ Tꓶ, JE SI. Tꓯ. CYI NY, ꓥ= Gꓶ SI. YI. GO KW Tꓶ, ꓛI ꓕꓯ; Fꓱ NY NYI: M M A: Jꓵ: CY, SE; Kꓶ BO= Fꓱ NY A.-ꓞꓯ: L M MO ꓕꓯ;-. ꓕI: M NYO, SI. Kꓶ. NY. LI. M: NYI ꓶ R BYꓱ LO, YIO=

A.-ꓞꓯ: NY NI, ꓞ NIB ꓯ; ꓕI: M M GO SI. NYI NYI ꓕꓯ;-. NY Xꓵ Kꓶ BO= ꓕI B, M YI. Kꓶ VE; Mꓶ; M LI T. SI. Xꓵ Xꓵ: GO L M ꓕI: Xꓵ: LI. M: T. Bꓶ ꓥ SW; NY,-.

M XY XY ꓤ: X, Kꓶ-. A. TO. ꓕI: BE; FI SI. Mꓶ ꓛꓵ: ꓥ SI. M Lꓯ: Xꓵ ꓛU NY,-. YI. FO MO: M A.-N Dꓯ Lꓯ; Xꓵ LO NY, NY, ꓥ=

A.-ꓞꓯ: Mꓶ ꓛꓵ: ꓥ SI. HW: M ꓛꓵ MI LE SI.-. YI JY ꓕI: ꓘꓶ: ꓘO; J., YI ꓕꓯ;-. A.-N Gꓶ GO KW LI; ꓛI L W= YI. W: NYI: RO NY ꓒ.. BO ꓕI: Z: Z: Kꓶ GU ꓕꓯ;-. YI Mꓶ ꓕO, ꓕO, ꓤ: T. SI.-. HW. M: ꓛI: ꓛI: A. TO. ꓘꓶ: KW YI Mꓶ KꓶO= YI. W: HW. ꓛI: L ꓕꓯ;-. MI : MI XO.. YI GU-. A: L NYI M: MO T. W= ꓕI ꓕꓯ; SI. NI, NI, ꓞ ꓞ KO Dꓯ CO VI ꓘW LI; JE NY, ꓥ=

Kꓶ. NY, ꓕꓯ; SI. Sꓶ ꓕꓯ; Fꓱ NE CY, Xꓵ: Kꓶ Xꓵ: Z: W ꓕꓯ; A: ꓘꓶ. YI MO ꓕO, ꓥ JO:=

ꓕI M KW CO.-. A.-ꓞꓯ: NE ꓛU GU M Tꓯ. NY “A.-B. ꓛU(A.-B. HW: ꓛU Z: GU)”Bꓯ NY, ꓥ=

A.-N NY ꓕI: ꓘO; M: JO LI. A.-MO:-ꓕ: (A.-MO: LO: GU)KW JE-. A LI LI. W: ZI: A: MO KW W:-TI KW Dꓯ JE SI.-. A.-ꓛ.. KO Dꓱ: NE Pꓶ. YI_M Yꓯ:-ꓛI:-LI: KO Dꓯ NYI NY,-. MY BI XU: XU: T. NY, ꓥ= ꓕI: ꓘO; Kꓶ. NY. ꓕI: ꓘO;-. A.-N MY BI M NY W:-DI.. KW LU: Bꓱ ꓤ: LO; YI SI.-. L: FO BU NY LU: Bꓱ GO M Dꓯ “MY BI YI Bꓱ(MY BI NE YI Bꓱ LO; YI Xꓵ:)”Bꓯ NY, ꓥ= LU: Bꓱ GO M NY A. TI. ꓤ: T.-. KO Dꓯ JW, CI; LI. NE-. ꓕI: ꓘO; ꓞI NYI: V NE YI JY S ꓱLI M: KU.= L: FO BU NY GO M N: A.-N MY BI YI GU M: D SI. ꓥ B ꓯNY, ꓥ=

ꓕI M Pꓶ. DU NE-. A.-MO:-ꓕ: V SI. W:-DI.. Mꓵ: M NY ꓞI; Lꓯ. SU NU, ꓒU SU HW A NE ZI; Lꓯ: HO GU LO; YI W= ꓕI: ꓘO; M: JO LI. TW-WU Bꓯ: M ꓛI L ꓕꓯ;-. GO KW ZI; SU A: ꓘꓶ. MY: ꓥ= Mꓶ: ꓕꓯ; Kꓶ. NY. ꓕꓯ; _LI NU ꓒU Lꓯ: HO H, SU Gꓶ JO: LO.-. D WO: HW-. KO WO: ꓒY: HW-. Mꓶ ꓛꓵ: HW ꓥ Bꓯ ꓒU. SI. GO KW ZI; YI NY, ꓥ= YI. W: KO Dꓯ SI, ZI Yꓯ. ꓘW WO: Hꓶ N: K, NY, ꓕꓯ;-. Bꓶ DO ꓕI: ꓛO: KW W:-B Jꓵ M Tꓯ. PI, PI, ꓤ: MO D ꓥ= Bꓶ Dꓵ: ꓘꓶ: ꓕI: ꓛO: KW NYI NYI ꓕꓯ; A. DI> BI _M W:-B Nꓯ YI ꓥ SI. Yꓯ:-ꓛI-LY, KO M Dꓯ MO D-. NI, ꓒU SU Tꓯ. NI, M KW A. Xꓵ: SW; DU JW, M JI JI ꓤ: CW Lꓯ: HO K, D ꓥ=

30 ꓙꓲ ꓠꓲꓹ ꓔꓯꓹ ꓡꓲꓸ ꓐꓯ ꓥꓳꓽ ꓬꓲ꓾ ꓮꓸ-ꓠ ꓠꓲꓹ ꓠꓴꓽ ꓟꓽ ꓐꓯ ꓕꓶ

ꓐꓯ ꓡꓲꓸ ꓮꓸ-ꓠ ꓥ ꓢꓲꓸ ꓮꓸ-ꓞꓯꓽ ꓞꓳ ꓠꓱ ꓪꓽ ꓡꓳꓼ ꓬꓲ ꓗꓶꓸ ꓠꓬꓸ꓾ ꓮꓸ-ꓞꓯꓽ ꓠꓬ ꓐꓶ ꓙꓵ ꓮꓽ ꓘꓶꓸ ꓫꓹ ꓗꓴꓸ꓾ ꓠꓲꓹꓒꓴ ꓠꓲꓹ ꓡꓲꓽ꓾ ꓠꓲꓹ ꓔꓱꓹ ꓟꓬ ꓔꓱꓹ ꓤꓽ ꓔꓸ꓾ ꓘꓹ ꓤꓽ ꓘꓹ ꓟ ꓓ ꓯꓡꓲꓸ ꓮꓽ ꓘꓶꓸ ꓙꓲ ꓗꓴꓸ ꓢꓲꓸ ꓠꓰ꓾ ꓮꓽ ꓙꓵꓽ ꓢꓴ ꓡꓲꓸ ꓬꓲꓸ ꓔꓯꓸ ꓮꓽ ꓘꓶꓸ ꓗꓹ ꓛꓵꓽ ꓮꓽ ꓘꓶꓸ ꓠꓬꓲ ꓟꓵ ꓠꓬꓹ ꓥ꓿ ꓮꓸ-ꓠ ꓠꓬ ꓐꓬꓱꓽ ꓐꓲ ꓠꓲꓹ ꓐꓲ ꓢꓴ ꓥ꓾ ꓠꓲꓹ ꓘꓹ ꓟ ꓥ ꓢꓲꓸ꓾ ꓬꓲꓸ ꓪꓽ ꓦꓲ ꓘꓴꓽ ꓗꓪ ꓠꓬ ꓕꓲꓽ ꓘꓳꓼ ꓞꓲ ꓠꓬꓲ ꓦ ꓡꓲꓸ ꓬꓲ ꓤꓽ ꓫꓵꓽ ꓫꓵꓽ ꓠꓬꓹ꓾ ꓙꓵꓽ ꓘꓴꓽ ꓗꓪ ꓕꓲꓽ ꓡꓲꓹ ꓔꓸ ꓥ꓿ ꓒꓵ ꓙꓪꓹ ꓫꓵ ꓙꓪꓹ ꓡꓲꓸ ꓛꓳꓽ ꓒꓯꓹ ꓙꓪꓽ ꓟ ꓡꓲ ꓟꓽ ꓔꓸ꓾ ꓗꓳ ꓟꓬ ꓬꓲ ꓙꓬ ꓟꓬ ꓡꓲꓸ ꓞꓳ ꓤꓽ ꓟꓬꓽ ꓟ ꓡꓲꓸ ꓟꓽ ꓔꓸ ꓐꓯ ꓟ ꓚꓵ ꓚꓵ ꓡꓲꓸ ꓥ ꓐꓶ꓿

ꓮꓸ-ꓞꓯꓽ ꓓꓯ ꓢꓴ ꓠꓰ ꓮ ꓕꓯꓼ ꓟꓽ ꓕꓯꓼ ꓪꓳꓽ ꓧꓪ ꓢꓲꓸ ꓬꓲꓸ ꓐꓽ ꓗꓪ ꓐꓶ ꓙꓵ ꓫꓹ ꓠꓬꓹ ꓕꓯꓼ꓾ ꓦꓲ ꓘꓴꓽ ꓗꓪ ꓬꓲ ꓤꓽ ꓔꓯꓸ ꓚꓳ ꓩꓴ ꓡꓳ ꓬꓲꓸ ꓟꓲꓽ ꓟ ꓮꓽ ꓙꓵꓽ ꓡꓲꓸ ꓮꓸ-ꓠ ꓠꓰ ꓬꓲ ꓛꓵ ꓡꓰꓳ꓿ ꓜ ꓙꓳꓺ ꓢꓲꓹ ꓧꓪ꓾ ꓬꓲ ꓙꓬ ꓐꓬꓳꓸ ꓜ ꓫꓹ ꓐꓯ ꓫꓵꓽ ꓠꓬ ꓒꓺ ꓫꓬꓹ ꓡꓲꓸ ꓬꓲꓸ ꓠꓰ ꓬꓲꓸ ꓠꓰ ꓬꓲ ꓠꓬꓹ꓾ ꓟꓴꓽ ꓘꓴꓽ ꓐꓶꓺ꓾ ꓡꓽ ꓚꓸ ꓔꓲꓹ꓾ ꓕꓯꓼ ꓬꓲꓸ ꓠꓬ ꓞꓳ ꓐꓳ ꓞꓳ ꓫꓪꓸ ꓟꓽ ꓐꓱ꓾ ꓞꓳ ꓟꓳꓽ ꓤꓽ ꓠꓱ ꓟꓽ ꓐꓱ꓾ ꓶꓽ ꓣ ꓢꓴ ꓔꓲꓸ ꓠꓶꓽ ꓢꓴ ꓟꓽ ꓗꓽ꓾ ꓮꓽ ꓙꓵꓽ ꓓꓯ ꓡꓲꓸ ꓠꓲꓹ ꓒꓴ ꓠꓲꓹ ꓡꓲꓼ ꓤꓽ ꓚꓳ ꓩꓵ ꓠꓬꓹ ꓥ꓿ ꓖꓳ ꓗꓪ ꓡ ꓢꓴ ꓠꓬ ꓮ ꓟ ꓡꓲꓸ ꓗꓹ ꓗꓹ ꓛꓵꓼ ꓛꓵꓼ ꓤꓽ ꓡ꓾ ꓗꓹ ꓗꓹ ꓛꓵꓼ ꓛꓵꓼ ꓤꓽ ꓡꓲꓼ ꓙꓲ ꓥ꓿ ꓮꓸ-ꓠ ꓠꓲꓹ ꓒꓴ ꓠꓲꓹ ꓡꓲꓼ ꓤꓼ ꓔꓸ ꓑꓶꓸ ꓓꓴ꓾ ꓮꓸ-ꓞꓯꓼ ꓓꓯ ꓐꓶ ꓙꓵ ꓫꓹ ꓪꓳꓽ ꓧꓪ ꓡ ꓢꓴ ꓟ ꓡꓯꓽ ꓧꓪꓸ ꓡꓯꓽ ꓧꓪꓸ ꓟꓬꓽ ꓡ꓾ ꓖꓽ ꓡꓯꓽ ꓖꓽ ꓙꓲ ꓗꓪ ꓟꓲ ꓓꓳꓽ ꓮꓽ ꓘꓶꓸ ꓙꓪꓹ ꓟ “ꓐꓶ ꓙꓵ ꓒꓽ ꓓꓽ ꓟ (ꓐꓶ ꓙꓵ ꓮꓽ ꓘꓶꓸ ꓫꓹ ꓗꓴꓸ ꓢꓴ)”ꓡꓳꓼ ꓬꓲ ꓪ꓿

ꓕꓲꓽ ꓠꓬꓲ ꓟ ꓗꓪ꓾ ꓮꓸ-ꓞꓯꓽ ꓠꓬ ꓢꓴ ꓠꓰ ꓪꓳꓽ ꓧꓪ ꓢꓲꓸ ꓶꓽ ꓣ ꓕꓲꓽ ꓖ ꓐꓶ ꓙꓵ ꓫꓹ ꓙꓪ ꓙꓰ꓾ ꓮꓸ ꓟꓲꓸ ꓡꓲꓼ ꓡ ꓪ ꓟꓽ ꓓ꓿ ꓕꓲ ꓐꓹ ꓟ ꓡꓲꓸ꓾ ꓦꓲ ꓘꓴꓽ ꓗꓪ ꓠꓬ ꓧꓳꓽ ꓓꓶꓽ ꓒꓽ ꓖ ꓛꓳꓽ (ꓮꓽ ꓘꓶꓸ ꓕꓽ ꓡꓯꓽ ꓧꓳ ꓟ ꓛꓳꓽ ꓒꓯꓹ)ꓕꓲꓽ ꓣꓳ ꓡ ꓬꓳ꓿ ꓬꓲ ꓤꓽ ꓓꓯ ꓮꓽ ꓘꓶꓸ ꓚꓳ ꓩꓴ ꓗꓴꓸ ꓟ ꓮꓸ-ꓠ ꓠꓬ ꓬꓲ ꓤꓽ ꓓꓯ ꓟꓴꓽ ꓘꓴꓽ ꓕꓲꓽ ꓖꓪꓸ ꓐꓶ ꓗꓶ꓾ ꓮ ꓙꓬ ꓝꓺ ꓢꓲꓸ ꓡꓽ ꓚꓸ ꓔꓲꓹ ꓖꓳꓽ ꓠꓬꓹ꓾ ꓘꓳꓽ ꓫꓪ ꓠꓲꓹ ꓛꓲꓼ ꓘꓱꓹ ꓢꓲꓸ ꓛꓴ ꓚꓪꓸ ꓜꓽ ꓝꓲ ꓠꓬꓹ ꓥ꓿ ꓕꓲ ꓡꓲ ꓬꓲ ꓧꓹ ꓖꓴ ꓕꓯꓼ ꓝꓯꓹ ꓠꓰ ꓮꓸ ꓐꓸ ꓐꓱ ꓗꓪ ꓚꓳꓸ ꓮꓸ ꓐꓸ ꓟ ꓟꓵꓸ ꓕꓲꓽ ꓟ ꓣꓴ ꓡ ꓢꓲꓸ ꓢꓰꓼ ꓚꓪꓸ _ꓬꓲ ꓠꓬꓹ ꓥ꓿

ꓮꓸ-ꓠ ꓠꓬ ꓡꓲ-ꓢꓴ ꓘꓹ ꓗꓪ ꓠꓲꓸ ꓪꓴꓽ ꓡ ꓟꓳ ꓡ ꓫꓵꓽ ꓥ ꓢꓲꓸ꓾ ꓧꓶꓽ ꓥꓳꓽ ꓮꓽ ꓘꓶꓸ ꓫꓪꓸ ꓔꓱ ꓟꓽ ꓗꓴꓸ꓿ ꓮꓸ-ꓞꓯꓽ ꓠꓰ ꓞꓳ ꓙꓳ ꓗꓪ ꓤꓱꓽ ꓓꓴ ꓠꓬꓲꓽ ꓢ ꓘꓶꓽ ꓟꓸ ꓡ ꓟ_ꓡꓲ ꓢꓶꓸ ꓥ꓿ ꓮ ꓟꓶ ꓮꓸ-ꓞꓯꓽ ꓟꓽ ꓠꓬꓹ ꓕꓯꓼ꓾ ꓗꓴꓸ ꓟꓽ ꓗꓴꓸ ꓡꓲꓸ ꓫꓪꓸ ꓔꓱ ꓛꓴ ꓡꓰꓳ꓿ ꓧꓶꓽ ꓥꓳꓽ ꓙꓲ ꓙꓲ ꓟꓽ ꓢꓶꓸ ꓢꓲꓸ꓾ ꓮꓸ-ꓠ ꓮꓸ ꓐꓸ ꓢꓰꓼ ꓕꓯꓼ ꓡꓲ-ꓢꓴ ꓡꓲ ꓤꓱꓽ ꓠꓰ ꓮꓸ ꓐꓸ ꓢꓰꓼ ꓟꓶꓸ ꓕꓯꓼ ꓕꓽ “ꓖ ꓛꓳꓽ ꓖ ꓛꓳꓽ ꓖꓽ ꓛꓳꓽ ꓪꓳꓽ꓿ ꓖ ꓛꓳꓽ ꓖ ꓛꓳꓽ ꓖꓽ ꓛꓳꓽ ꓪꓳꓽ꓿ ꓠꓴ ꓖ ꓛꓳꓽ ꓒꓽ ꓦꓲ ꓘꓪꓟꓽ ꓠꓬꓹ ꓡꓲꓸꓟꓽ ꓛꓵ꓾ ꓠꓴ ꓖ ꓛꓳꓽ ꓟ

ꓥꓪ ꓠꓬꓹ ꓢꓰꓽ ꓥ꓿ ꓮꓸ ꓭꓸ ꓟ ꓙꓬꓼ ꓕꓲꓽ ꓟ ꓢꓰꓼ ꓚꓪꓸ ꓠꓰ꓾ ꓠꓴ ꓟꓽ ꓫꓪꓸ ꓓꓳ ꓓꓳ ꓜꓽ ꓥ꓿ ꓜ ꓜꓽ ꓖꓴ ꓕꓯꓼ ꓠꓬꓲ ꓟꓽ ꓟꓳ ꓪꓳ꓾ ꓠꓴ ꓠꓬ ꓐꓯ ꓞꓲꓽ ꓬꓲꓸ ꓗꓶ ꓢꓲꓸ ꓳꓸ ꓖꓳꓼ ꓬꓲ꓾ ꓠꓴ ꓙꓲꓽ ꓧꓶꓹ ꓟ ꓘꓶꓹ ꓛꓲ ꓗꓪ ꓥꓳ ꓧꓹ꓾ ꓕꓲ ꓛꓳꓽ ꓔꓯꓸ ꓢꓯ ꓒꓳꓹ ꓢꓲꓸ ꓬꓲꓼ ꓔꓸ ꓨꓽ”ꓐꓯ ꓟꓬꓼ ꓰ ꓢꓲꓸ꓾ “ꓖ ꓛꓳꓽ ꓖ ꓛꓳꓽ ꓖꓽ ꓛꓳꓽ ꓪꓳꓽ꓿ ꓖ ꓛꓳꓽ ꓖ ꓛꓳꓽ ꓖ ꓛꓳꓽ ꓪꓳꓽ꓿ ꓠꓴ ꓖ ꓛꓳꓽ ꓒꓽ ꓦꓲ ꓘꓪ ꓟꓽ ꓠꓬꓹ ꓡꓲꓸꓟꓽ ꓛꓵ꓾ ꓠꓴ ꓖ ꓛꓳꓽ ꓟ ꓥꓪ ꓠꓬꓹ ꓢꓰꓽ ꓥ꓿ ꓮꓸ ꓭꓸ ꓟ ꓙꓬ ꓠꓴ ꓔꓯꓸ ꓢꓰꓼ꓾ ꓫꓪꓸ ꓓꓳ ꓟꓽ ꓗꓴ ꓒꓺ ꓐꓳ ꓜꓽ ꓜꓽ ꓖꓴ ꓠꓬꓲ ꓕꓯꓼ ꓠꓬꓲ ꓟꓽ ꓟꓳ꓾ ꓬꓲꓸ ꓳ ꓓꓵ ꓟ ꓕꓲ ꓗ ꓪ ꓗꓶ꓾ ꓠꓴ ꓧꓪꓽ ꓙꓲ ꓠꓰ ꓳꓸ ꓖꓳꓼ ꓬꓲ꓾ ꓠꓴ ꓬꓲꓸ ꓪꓵ ꓟ ꓘꓶꓹ ꓛꓲ ꓗꓪ ꓥꓳ꓾ ꓠꓴ ꓛꓲ ꓒꓯꓹ ꓟ ꓕꓲ ꓗꓪ ꓗꓶ”ꓐꓯ ꓠꓬꓹ꓾ ꓐꓯ ꓖꓴ ꓕꓯꓼ ꓡꓯꓽ ꓒꓯꓹ ꓕꓲꓽ ꓐꓽ ꓟ ꓮꓸ ꓕꓽ ꓔꓯꓹ꓾ ꓕꓲꓽ ꓐꓽ ꓟ ꓮꓸ ꓭꓸ ꓤꓴ ꓢꓲꓸ ꓡꓳꓹ ꓩꓳꓹ ꓔꓲ ꓗꓪ ꓙꓰ ꓢꓲꓸ ꓜ ꓚꓸ ꓮꓸ ꓭꓸ ꓢꓰꓼ ꓬꓲꓳ꓿

ꓖ ꓛꓳꓽ ꓧꓳ ꓓꓶꓽ ꓒꓽ ꓠꓬ ꓮꓸ-ꓠ ꓠꓰ ꓕꓲ ꓡꓲ ꓚꓱꓽ ꓠꓬꓹ ꓟ ꓠ ꓠꓹ ꓖꓴ ꓕꓯꓼ ꓠꓲꓹ ꓟ ꓗꓪ “ꓢꓴ ꓐꓯ ꓠꓬ ꓡꓲ-ꓢꓴ ꓣꓽ ꓟꓶ ꓮ ꓡꓲ ꓮ ꓡꓲ ꓓ ꓙꓳꓽ꓾ ꓥꓪ ꓠꓬ ꓟꓽ ꓚꓺ꓿ ꓟꓲꓸ ꓟꓲ ꓟꓶꓽ ꓘꓶꓼ ꓡꓲꓸ ꓥꓪ ꓓꓯ ꓢꓰꓼ ꓠꓲꓹ ꓫꓵ ꓠꓬꓹ ꓟ꓾ ꓚꓵ ꓚꓵ ꓡꓲꓸ ꓠꓲꓹ ꓟ ꓟꓳꓽ ꓕꓲꓽ ꓤꓳ ꓥ ꓐꓶ꓿ ꓢꓰꓼ ꓡ ꓟ ꓓꓯ ꓡꓳꓸ ꓠꓬꓹ ꓐꓵꓽ ꓟ ꓠ ꓮ ꓟꓶ ꓡꓲ ꓘꓰꓹ ꓢꓲꓸ ꓥꓳ꓿ ꓗꓶꓸ ꓠꓬꓸ ꓗꓶꓸ ꓟꓲ ꓢꓲꓸ ꓬꓲꓸ ꓓꓯ ꓮ ꓣ ꓣ ꓫꓹ ꓖꓳꓽ ꓠꓰ”ꓢꓪꓼ ꓢꓲꓸ꓾ ꓮꓸ-ꓠ ꓮꓸ ꓭꓸ ꓢꓰꓼ ꓜ ꓚꓸ ꓬꓲ ꓕꓲꓽ ꓐꓹ ꓟ ꓗꓪ ꓠꓲꓹ ꓞ ꓘꓰꓹ ꓡꓳꓹ ꓡ꓾ ꓬꓲ ꓚꓱꓹ ꓓꓽ ꓟ ꓗꓪ ꓡꓲꓸ ꓙꓰ ꓟꓽ ꓑꓶꓸ꓾ ꓙꓬ ꓧꓹ ꓗꓪ ꓚꓳꓸ ꓬꓲꓸ ꓦꓲ ꓘꓴꓽ ꓗꓪ ꓘꓰꓹ ꓡꓲꓼ ꓙꓰꓳ꓿

ꓮꓸ-ꓠ ꓠꓬ ꓬꓲꓸ ꓘꓶꓽ ꓚꓱꓹ ꓕꓯꓼ ꓮꓸ ꓫꓵꓽ ꓐꓯ ꓥꓳꓽ ꓬꓲ ꓢꓲꓸ ꓬꓲ ꓣꓽ ꓡꓲꓸ ꓙꓳ ꓢꓲꓸ ꓘꓰꓹ ꓡꓳ ꓬꓲ ꓟ ꓟꓽ ꓢꓶꓸ꓾ ꓬꓲꓸ ꓠꓬ ꓬꓲ ꓣꓽ ꓫꓵꓽ ꓪꓴ ꓙꓪꓹ ꓢꓲꓸ ꓟꓽ ꓡꓲꓼ ꓙꓰ ꓟꓽ ꓓ ꓢꓲꓸ ꓐꓯ ꓖꓳꓽ ꓠꓬꓹ ꓟꓽ ꓟꓶ ꓡꓲꓼ ꓙꓰ ꓐꓶ ꓥꓳ ꓢꓪꓼ ꓠꓬꓹ ꓥ꓿

ꓧꓳ ꓓꓶꓽ ꓒꓽ ꓖꓳ ꓕꓲꓽ ꓤꓳ ꓟ ꓠꓬ ꓮꓸ-ꓠ ꓦꓲ ꓗꓪ ꓚꓳꓸ ꓘꓱꓹ ꓡꓲꓼ ꓡ ꓖꓴ ꓕꓯꓼ꓾ ꓮꓸ-ꓠ ꓫꓪꓸ ꓕꓱ ꓟꓽ ꓗꓴꓸ ꓢꓲꓸ ꓐꓯ ꓥꓳꓽ ꓬꓲ ꓟ ꓚꓵ ꓚꓵ ꓐꓯ ꓠꓬꓹ ꓥ ꓢꓪꓼ ꓠꓬꓹ꓾ ꓩꓯꓹ ꓠꓰ ꓠꓬ ꓬꓲꓸ ꓙꓵꓹ ꓧꓪ ꓢꓲꓸ ꓮꓸ-ꓠ ꓓꓯ ꓕꓲꓽ ꓘꓳꓹ ꓫꓹ ꓖꓳꓽ ꓥ ꓢꓪꓼ ꓠꓬꓹ ꓥ꓿

ꓫꓵꓽ ꓪꓴ ꓕꓲ ꓟ ꓡꓳꓹ ꓬꓲ ꓖꓴ ꓕꓲꓽ ꓙꓵꓹ ꓛꓲ ꓕꓯꓼ꓾ ꓧꓳ ꓓꓶꓽ ꓒꓽ ꓠꓬ ꓢꓴ ꓓꓯ ꓪꓳꓽ ꓧꓪ ꓢꓲꓸ ꓮꓸ-ꓠ ꓓꓯ ꓬꓲꓸ ꓦꓲ ꓘꓪ ꓗꓹ ꓠꓬꓹ ꓡꓯ ꓐꓯ ꓖꓳꓽ ꓠꓬꓹ ꓥ꓿

ꓮꓸ-ꓠ ꓠꓬ ꓬꓲꓸ ꓓꓳꓽ ꓕꓲ ꓟ ꓐꓯ ꓙꓪꓽ ꓕꓯꓽ ꓮꓽ ꓘꓶꓸ ꓗꓹ ꓛꓵꓼ ꓠꓬꓹ ꓥ꓿ “ꓮ ꓠꓬꓲ ꓖ ꓛꓳꓽ ꓫꓳꓺ ꓧꓳ ꓓꓶꓽ ꓒꓽ ꓟ ꓦꓲ ꓘꓪ ꓗꓹ ꓠꓬꓹ ꓡ ꓕꓯꓼ ꓮꓸ ꓭꓸ ꓢꓰꓼ ꓧꓹ ꓟ ꓡꓲꓸ ꓜꓽ ꓠꓬꓹ ꓟꓽ ꓟꓶ ꓡꓳꓹ ꓬꓲ ꓪ꓿ ꓮ ꓟꓶ ꓥꓪ ꓓꓯ ꓬꓲꓸ ꓙꓵꓹ ꓙꓪꓹ ꓕꓯꓼ ꓥꓦ ꓦꓲ ꓘꓪ ꓗꓹ ꓡꓯ ꓐꓯ ꓡ ꓟ꓾ ꓚꓵ ꓚꓵ ꓡꓲꓸ ꓠꓲꓹ ꓟ ꓗꓪ ꓟꓼ ꓗꓶ ꓫꓵꓽ ꓕꓲꓽ ꓤꓳ ꓥ ꓐꓶ”ꓢꓪꓼ ꓠꓬꓹ꓾ ꓟꓽ ꓥ ꓟꓽ ꓢꓼ ꓕꓲꓽ ꓠꓬꓲ ꓙꓰ ꓢꓲꓸ ꓗꓳ ꓪꓳꓽ ꓒꓬꓽ ꓥ ꓢꓲꓸ ꓟꓶ ꓛꓵꓽ ꓕꓲꓽ ꓗꓹ ꓕꓴ ꓧꓪ ꓡꓲꓼ ꓡ꓾ ꓮꓸ ꓭꓸ ꓒꓴ ꓔꓲꓺ ꓕꓲꓽ ꓟ ꓔꓯꓹ ꓔ ꓢꓲꓸ ꓖ ꓛꓳꓽ ꓧꓳ ꓓꓶꓽ ꓒꓽ ꓦꓲ ꓘꓪ ꓙꓰ ꓠꓬꓹ ꓥ꓿

ꓮꓸ-ꓠ ꓧꓳ ꓓꓶꓽ ꓒꓽ ꓦꓲ ꓘꓪ ꓛꓲ ꓕꓯꓼ꓾ ꓖ ꓛꓳꓽ ꓠꓬ “ꓧꓳꓽ ꓛꓵꓽ꓾ ꓧꓳꓽ ꓛꓵꓽ” ꓐꓯ ꓠꓰ ꓚꓵꓸ ꓓꓵꓽ ꓚꓵꓹ ꓠꓬꓹ꓾ ꓮꓸ-ꓠ ꓛꓲ ꓡ ꓡꓲꓸ ꓟꓽ ꓟꓳ ꓟ ꓡꓲ ꓬꓲ ꓧꓹ꓾ ꓠꓬꓲꓹ ꓔꓸ ꓖꓴ ꓡꓲꓸ ꓕꓲꓽ ꓟ ꓟꓽ ꓧꓪ ꓖꓳꓽ ꓡ꓿

ꓮꓸ-ꓠ ꓠꓬ ꓠꓲꓹ ꓢꓲꓹ ꓡꓲ ꓢꓲꓸ “ꓖ ꓛꓳꓽ ꓠꓰ꓾ ꓖ ꓛꓳꓽ꓾ ꓠꓴ ꓠꓽ ꓚꓵ ꓚꓵ ꓡꓲꓸ ꓧꓳ ꓓꓶꓽ ꓒꓽ ꓥ

BO= NU NE ꓥW Dꓯ VI ꓘW K, Lꓯ Bꓯ HW: NE ꓥW L M-. M: ꓥ Bꓯ ꓥW M: L= A Mꓶ NU VI ꓘW ꓛI ꓕꓯ; A. Xꓵ: O. NYO NE NYI, T. GU LI. ꓕI: M M: HW GO: L ꓥꓯ? NU NY Cꓵ Cꓵ LI. HO ꓕꓱ., BE., LI T. BO”Bꓯ ꓥ=

ꓕI ꓕꓯ;-. HO Dꓶ: ꓒ: NY “G ꓛO: M NE-. NU ꓕ-. MY ꓕ: NI, SI, MO:= ꓥW NY NU KO Dꓯ NY, SI. Cꓵ Cꓵ A: ꓘꓶ. JY ꓥO-. NU L M MO ꓕꓯ;-. ꓥW NY NU Dꓯ A. TO. KO FI Bꓯ NY, M: ꓥ Lꓯ:”Bꓯ ꓥ= Bꓯ GU ꓕꓯ; HO ꓕꓱ: BE ꓕI: M Dꓯ NYI, T. ꓛ Bꓯ ꓥ= Fꓯ, NY “G ꓛO: M NY ꓕI KW ꓕI: B, N: H, SE:-. ꓥW L: C. ꓥ SI. Z: DU ꓕI: ꓘꓶ: ꓤ: HW SI. NU Dꓯ GO: NE”Bꓯ ꓥ=

A.-N NY NI, SI, SI. Sꓯ; LI. V M: D T. NY,-. HO DL: ꓒ: NE Kꓶ. L M M: Sꓶ. SI.-. ꓘ, ꓕU M N: ꓘꓶ-. A. ꓭ. M ꓣU Kꓶ GU ꓕꓯ;-. HO ꓕE BE M Dꓯ Sꓯ NYI, T. NY, ꓥ= ꓕI: B, NE Tꓶ. NE W. ꓤ: W. “A F..-. A. F.. F.. ”Kꓶ LE-. HO ꓕꓱ BE M ꓕꓯ; SI CO. BY: TU NE Tꓶ. W LI M ꓕI: LI, TUT ꓶ, L W= Tꓶ. NE ZI: M: HW. SI.-. DO K KW ꓕI: N: ꓛI, Cꓵ, Kꓶ ꓕꓯ;-. YI. GU, JI LI. ꓕI: ꓒY. ꓛI, ꓛꓵ. LI SI. SI: Xꓵ: Xꓵ: Kꓶ LEO=

A.-N Tꓯ. XW. MO NE ZI: M: D LI LI.-. YI. NY ZI: H, SI. A. ꓭ. ꓥ SI. KO WO: ꓒY: Bꓯ LO Xꓵ: M HO Dꓶ: ꓒ: Dꓯ ꓛ, GO: ꓒE,-. “X, Gꓶ NYI MO Lꓯ”ꓕI: ꓘꓶ: Bꓯ ꓒE, ꓕꓯ; HO Dꓶ: ꓒ: VI ꓘW CO. LI; JE YIO=

HO Dꓶ: ꓒ: NY YI. A.-N Dꓯ ꓕI LI X, W LIP ꓶ. DU NI, M KW A: ꓘꓶ. K, ꓛꓵ; NY, SE: ꓥ=

A.-N NY LI; JE Cꓱ, KW A: ꓘꓶ. JI Xꓵ: NI. Bꓯ; G ꓛO: ꓕI: ROD ꓯ ZI SE: ꓥ= G ꓛO: NY A.-N N ꓥ; M: HW. T. MO ꓕꓯ; A LI Kꓶ LE W N NYI NY, ꓥ= A.-N NY HO Dꓶ: ꓒ: NE O. LI YI L M M: Bꓯ GO:-. N ꓥ; H, SI. G ꓛO: Dꓯ “ꓕI: Xꓵ: LI. M: ꓥ”D: DO, NY, ꓥ=

A: ꓘꓶ. JI_M G ꓛO: NY A.-N Xꓵ: WU M: JW, Bꓯ M Tꓯ. M: C.. SI.-. JI JI NYI ꓕꓶ NY, ꓥ= ꓕI: ꓕꓶ. NE “A Tꓶ Tꓶ Tꓶ:-. G ꓛO: M NE-. G ꓛO: M WO-. NU N: Cꓵ Cꓵ LI. A: ꓘꓶ. D Bꓶ MO,-. DO G KW YI. JI, ꓕI: ꓘU. M: JW, GU-. SI: XU: XU: YI L NY, ꓕꓯ:_ LI. Xꓵ: WU M: JW, Bꓯ ꓕꓶ NY, SE: M ”Bꓯ SI.-. VI ꓘW Tꓶ, JI SI. A. ꓭ. ꓣUT ꓯ, L-. YI. JO, ꓘꓶ: KW CO. V M L.. ꓛO.. ꓒY: ꓝꓶ, SI. TI. ꓒY; Kꓶ-. A. ꓭ. ꓣU ꓒU M ꓕI: W Vꓱ, H, SI. A.-N N DU KW PO: H, GW W=

ꓕI ꓕꓯ; SI. A.-N N DU LI M KW A. TI. ꓛU; FI; ꓤ: Kꓶ LEO=

A.-N NY YI. Dꓯ “G ꓛO: NE-. NU ꓥW Dꓯ Nꓯ FI; MI GO: L M Tꓯ. A: ꓘꓶ. XW. MO W-. ꓥW DO K M SI: Cꓵ, ꓘW: MU Kꓶ LI. SI. XW. DO NE M: DO O”Bꓯ ꓥ=

A: ꓘ⅂. JI_M G ƆO: GO ⊥I: RO M NY ⊥I: B, SW; NYI GU ⊥∀; “G ƆO: M NE-. ⊥I M YI S Ʌ= NU LI; JE K⅂. NY. YI. NU Ɔ∩: DO L LO Y: M ꓤƎ: SI.-. KO DƎ: D∀ T∀ NE YI. ꓘU: KW GW: DU LO. ⊥I.. ⊥I: ꓘƎ, CI; GW: H,-. ⊥I ⊥∀; D∩ G SI: SI: MO M LI. M: MO NY BE LI. BE W”B∀ Ʌ=

A.-N NY “G ƆO: NU ɅW D∀ N X, GO: L M-. F∀, NE NY ⊥I LIB ∀ M. L M T∀. A: ꓘ⅂. XW. MO W”B∀ GU ⊥∀; LI; JEO=

A.-N NY KO D∀ ⊥I: N∀; W JE GU SI. HO D⅂: d: VI ƆI LI. YI JY ⊥I: ꓘ⅂: LI. DO M: W= ⊥I B, M KW YI. NY N GO BO. N-. YI JY GO BO. SI;-. VI; M⅂; GO BO. VI; M⅂; NY, Ʌ= YI. NY L∀: X∩ JE L∀: X∩ YI JY HW T⅂ NY,-. G⅂ LI. YI JY HW M: W= YI. JO, ꓘ⅂: KW ⊥I: ZI MO LEO= E-. M K⅂ NY YI JY LI. SI; ꓘW:-. VI; M⅂; LI. ꓘW: Ʌ= A.-N NY SI. K. ⊥I: K. HW L SI.-. YI. CW M NYI NE CU. NY, Ʌ= YI. S∀; M: JW, SI. Ʌ M: S⅂.-. M A: N∀. KW DI.. H, SI. Ʌ M: S⅂.-. A.-N CU. NE C∩. YI XU: XU: K⅂ LI LI. CU. M: W= C∩ C∩ LI. N Ʌ; M: HW. LI: M: ꓞI-. YI JY L∀: HW. SI; LEO=

B∀ LI. ꓞO N: X∩ ꓘ⅂: KW M: ƆI B∀ M LI T.-. A. DI: XW. NY, ⊥I: B, M KW-. A.-N CU. M YI. ꓘ⅂: KW NY A: ꓘ⅂. WU: A: ꓘ⅂. NU:_M SI: NI.. X∩: X∩. H⅂ ⊥I: ZI JW, Ʌ= A.-N NY YI JY SI; ZI: M: HW. NE A LI K⅂ YI M: K: ꓞ⅂, SI. P Z: NY, Ʌ= ⊥I M NY ꓞI-CAO B∀ X∩: X∩. SI: NE ⊥I: X∩: Ʌ-. ⊥I M NY YI JY A: ꓘ⅂. K,-. ƆU LI. A: ꓘ⅂. Ɔ∩-. ƆU N LI A NE T⅂. N LI M D ∀LI. A: ꓘ⅂. ꓘW: X∩: X∩. ⊥I: X∩: Ʌ= A.-N NY L∀: HW. Z: YI JY L∀: HW. SI; ꓘW:-. T⅂. „; LI M KW G⅂ A: ꓘ⅂. M: N M LI C, W SI.-. ⊥I: ZI ꓞ⅂, Z: GU SI. JI JI NYI NYI ⊥∀; ⊥I: M∩: NE JW, M MO LEO=

A.-N NY GO LI ꓞ⅂, Z: N: GO LI ꓞ⅂, Z: SI.-. Z: BO LE-. YI JY SI; ꓘW: LE-. N DU M K⅂ A: ꓘ⅂. M: N LEO= ⊥I LI SI. YI. NY X∩ SI: NE M A: MY, ⊥I: MY. C∩, SI. T∀, LI; JE-. N X, YI ɅO SW; NY, Ʌ=

X∩ SI: NE K. M NY SI: NE NE ꓤ: T. SI.-. A.-N A ⊥∀: M⅂: ⊥∀: Z: G⅂ ⊥∀; M⅂: L⅂, M G⅂ SI: SI: MO K⅂ LE SI. A: ꓘ⅂. BE Ʌ= ⊥I M KW NI. ⊥∀;-. LI-SU X∩: ꓤ: M⅂: NY X∩. SI: NE NE M⅂: L⅂, KW MI NY, SI. L∀: HW. A: ꓘ⅂. BI Ʌ=

M: Ʌ LI. A: ꓘ⅂. BI_M A.-N NY M⅂: L⅂. M SI: SI: MO MI H,-. YI. TƎ, YI. CI; H, LO LO. ⊥I.. D∩, D∩, M GW: H, ⊥∀; L∀: HW. A: ꓘ⅂. BI DO L W=

N DU M D LI K⅂. NY.-. SU NE YI. H⅂: ɅO: ⊥Ǝ M: ZO: SI. G ƆO: HO D⅂: d: NE GO LI YI L Ʌ B∀ GO: L ⊥∀; SI.-. A.-N NY X∩: WU GO M C∩ C∩ LI. M: Ɔ LI LO X∩: M: Ʌ SW; W LEO= M: Ʌ LI. NI, dU NI, LI; ꓤ; M A.-N NY M∩: ⊥∀; SI

N: ꓥO: YI M: KU. Xꓵ: ꓞO ꓤ: JW, M: CI;-. ꓞO ꓤ: N: ꓕI: ꓞI; ꓕ: Lꓯ: HO KU. ꓛꓵ ꓥ SW; NY, ꓥ= N DU D LI Kꓶ. NY.-. HO Dꓶ: ꓒ: NE YI. Dꓯ MI ꓞ MI ꓞ M HO ꓕꓱ BE ꓕꓯ; SI NYI, T. FI LM NI, M KW ꓕI: ꓘꓶ: LI. M: Kꓶ-. HO Dꓶ: ꓒ: Dꓯ LI. ꓕI: ꓘꓶ. LI. M: NI, SI; NY, ꓥ=

Xꓵ: WU ꓕI M LO, YI GU ꓕI: ꓘO; ꓛI ꓕꓯ;-. A.-N NY ꓶ R NY, Xꓵ: ꓛO: ꓒꓯ, ꓕI: RO N LE M C, W LEO= Fꓯ, NE NY HO Dꓶ: ꓒ: ꓞO MO: M VI ꓘW XY. M C, W LEO= YI. W: NYI: VI M NY ꓕI: ꓛO: Tꓯ. SI KW ZO: SI.-. A.-N NY YI ꓶ A. TI. Tꓯ, NE YI. W: Dꓯ NYI N, YI ꓥ SW; NY, ꓥ=

NYI JE LO GO ꓕI: NYI M KW-. A.-N NY A. B. ꓭU ꓥ SI. NE A. B. Mꓯ SI.-. HO Dꓶ: ꓒ: VI ꓘW Hꓶ. ꓕꓯ; ꓛI L W= HO Dꓶ: ꓒ: NY A.-N BYꓱ: HW: P Lꓱ Lꓱ ꓤ: T.-. KO Dꓱ: A: ꓘꓶ. JI-. N YI LI. M: FO M LI T. = Mꓶ: Lꓶ, KW Gꓶ SI: SI: MO MI H,-. ꓒU ꓒU Xꓵ: LO. ꓕ-. H Dꓵ, DU, GW: H, SI. A: ꓘꓶ. BI M MO LE ꓕꓯ;-. A LI LI. Dꓵ: JW: M: W-. XW. ꓕO ZI: H, SI. N NYI NI, Xꓵ NY, ꓥ=

A.-N NY HO Dꓶ: ꓒ: NE N NYI L ꓕꓯ;-. NI, LI. M: NI, SI;-. Jꓵ LI. M: Jꓵ MO= BYꓱ: ꓒU NI, ꓒU ꓤ: Bꓯ NE “G ꓛO: NE-. G ꓛO:-. ꓕI M NY NU NE ꓥW Dꓯ HO ꓕꓱ BI KW NYI, T. FI L M Pꓶ. DU ꓥO-. M: ꓥ ꓥO Bꓯ ꓥW NYꓕI LI BI Xꓵ: LO. ꓕ-. Dꓵ, Dꓵ, GW: M: KU. SE: Mꓯ,= Mꓶ: Lꓶ, ꓕI M NY Tꓶ ꓞ LI M Dꓯ X, ꓘW: D Xꓵ: Xꓵ. SI: NE ꓕI: Xꓵ: Z: Z: SI ꓕI LI Kꓶ LE Xꓵ: ꓥ-. ꓥW NY NU Dꓯ XW. MO N T. SE:”Bꓯ GO: NY, ꓥ=

A.-N NY Lꓯ: Xꓵ Bꓯ Lꓯ: Xꓵ ꓘ, ꓕU KW CO. A. B. ꓒꓵ TI.. NYI: M-. A. B. ꓭU A. TI. RU SI. HO Dꓶ: ꓒ: Dꓯ GO: NY,-. YI. Dꓯ YI ꓞO MO: M Tꓯ. JI JI CO ꓭU GO: Bꓯ NY, ꓥ=

HO Dꓶ: ꓒ: NY XW. DO DO ꓤ: A.-N NE A. B. ꓥ SI. A. B. ꓭU GO: L M RU NY,-. Fꓯ, NY A.-N Dꓯ A LI LI. VI ꓘW ꓕI: N N: K, Lꓯ Bꓯ NY, ꓥ=

A.-N NY JI JIB ꓯ Bꓯ LI-. ꓛI Lꓯ; HO ꓛI; Lꓯ; HO M LI YI SI. “ꓥW NY N: LI. DM: N: LI. D ꓥ-. Gꓶ SI. NU N: ꓤ: Nꓱ Vꓱ Xꓵ. NY, SU Dꓯ JI JI CO ꓭU ꓛꓵ ꓥ= G ꓛO: NU ꓕ-. MY ꓕI: Bꓱ JI NY-. ꓥW ꓥW ꓛO: ꓒꓯ, ꓕI: RO N NYI N, GU SI. LI L L ꓕꓯ; SI. NU VI ꓘW N: K,-. NU VI KW CW BE, ꓕI: ꓘꓶ: DO ꓒꓱ, NE”Bꓯ NY, ꓥ=

HO Dꓶ: ꓒ: NY A.-N ꓕI MY JI M Tꓯ. MO ꓕꓯ;-. NI, ꓒU NI, LI; ꓤ: “ꓕI Bꓯ ZO: Xꓵ W-. ꓕI Bꓯ ZO: Xꓵ: W= RO NY JI JI CW. ꓕꓱ Mꓶ; ꓕꓱ K, ꓛꓵ ꓥ-. RO NY JI JI XW. ꓕꓱ Mꓶ; ꓕꓱ NE YI K, ꓛꓵ ꓥ”Bꓯ NY, ꓥ=

Bꓯ GU ꓕꓯ;-. A.-N NY ꓘ, ꓕU KW A. B ꓥ SI. A. B. ꓭU ZE H, M Mꓯ SI. NI, NI,ꓞ ꓞ JEO=

A.-N JE GU Kꓶ. NY.-. G ꓛO: HO Dꓶ: ꓒ: NY Cꓵ Cꓵ LI. K, ꓛꓵ; LEO-. Wꓯ; P. ꓕI: M SE; SI. A.-N Dꓯ ꓘU CW. ꓥ SW; NY, ꓥ= Gꓶ SI. YI. NY ꓕI M N: YI. WU. A.-N Dꓯ Tꓶ. N LI FI M M: ꓒU: SE: SW; SI.-. A.-N Dꓯ ꓕI: Xꓵ: YI JW ꓥ SW; ꓥ= A Xꓵ: YI JW NE? Dꓵ: JW: GU Dꓵ; JW: ꓕꓯ; YI. NY MO: LO A.-N LI; L ꓕꓯ; MY Dꓵ: MY MO YI JW SW; ꓥ= ꓕI GU ꓕꓯ; YI. NY HO Dꓶ GU KW JE SI. A. LU: Mꓯ. ꓘE: A. TI. RU SI. Mꓶ. N.. ꓕI: Kꓶ. X, H, GU W=

MO: L Oꓕꓯ;-. A.-N NY YI. G ꓛO: Dꓯ NYI GU SI. HO Dꓶ: ꓒ: VI ꓘW LI; ꓛI L O=

A.-N ꓒ.. NYI, T. Mꓶ ꓕꓯ;-. HO Dꓶ: ꓒ: NY LI-SU LI ꓤꓱ: SI. YI. Dꓯ SI, BY: KW CO. A. B. ɾU C. H, Xꓵ: ꓕI: Kꓶ. DO FI NY, ꓥ=

A.-N DO GU ꓕꓯ;-. HO Dꓶ: ꓒ: NY Tꓱ, Tꓱ, ꓤ: “G ꓛO: M WO-. G ꓛO: M-. YI. M: ZO: Pꓶ. DU-. NU Dꓯ A: ꓘꓶ. ꓝ M HO ꓕꓱ BE KW NY FI SI. NI A: ꓘꓶ. N LEO= ꓥW Cꓵ Cꓵ ꓥO: LEO-. ꓥW Cꓵ Cꓵ ꓥO: LEO= A LI M: YI NE G ꓛO: M NU NI, M KW ꓕ: ꓘꓶ-. NI, M KW ꓕ: Kꓶ”Bꓯ ꓥ=

A.-N NY B: Hꓶ; Hꓶ; ꓤ: YI H, SI. “G ꓛ: NE-. KO Dꓯ NY M: GO; Xꓵ; SI, ZI JW, M: CI;-. RO Z Z: LI. SI: ꓛI L.. ꓛO., ꓘO; CI; SE: M-. Mꓵ ꓕꓯ; S ꓯNY M: ꓥO: Xꓵ: ꓝO ꓤ: JW, M: CI; Lꓯ:= RO NY JI JI ꓕ: Lꓯ: HO ꓕꓯ; SI. ZO: ꓥ-. ꓕ: Lꓯ: HO ꓕꓯ: ꓕI: Xꓵ: LI. M: ꓛꓵ-. ꓕ: Lꓯ: KU. ꓕꓯ; A. Xꓵ: LI. YI JI ꓥ= LO, YI LO Xꓵ: WU M Tꓯ. ꓕ: SW; ꓨ:-. NU NYI NYI-. GO ꓕI: NYI M ꓥO LI. Hꓶ: ꓥO: ꓕꓱ: M: ZO: LE M: ꓥ Lꓯ:” Bꓯ ꓥ=

HO Dꓶ: ꓒ: NY NI, M KW JY: ZI: Mꓶ DU JW, LI SI. “G ꓛO: M N: ꓤ: Mꓶ: ꓥ Bꓯ LI. ꓥW NU: ꓤ: ꓕꓯ; SI NI, ꓘ, Bꓶ-. NU NY BYꓱ: BI LI: M: ꓝI NI, M Gꓶ A: ꓘꓶ. JIB ꓶ= G ꓛO: M NE Bꓯ M ZO: Xꓵ: W-. RO NY A ꓕꓯ; LI. JI JI ꓕ: Lꓯ; HO W FI Lꓯ-. A. Xꓵ; Xꓵ: WU JW, LI. JI JI ꓕ: Lꓯ; HO SI. YI NY Mꓵ: ꓕꓯ; SI. YI ꓒE; L M: D Xꓵ: Xꓵ: Xꓵ: WU JW, M: CI;”Bꓯ ꓥ= Fꓯ NE NY “ꓥW ꓥO: LE Pꓶ. DU-. ꓥW NY G ꓛO: M Dꓯ ꓕI: Xꓵ: YI JW SW; NY,-. Xꓵ: WU D: M YI JW W M: ꓘU CI; LI.-. ꓥW NY G ꓛO: M Dꓯ Y: ꓒU ꓒ.,. KW CO. YI. B, B, JW, LO Xꓵ: Bꓯ ꓝI: ꓕI: ꓘꓱ, CI; GO: NI, Xꓵ ꓥ ”Bꓯ ꓥ=

A.-N NY A: ꓘꓶ. K, ꓛꓵ; NY, SI. “WO:-. Cꓵ Cꓵ ꓥO= ꓥW Y: ꓒU ꓒY. M KW JI JI BI Y: X, ꓥ SW; NY, LI. YI. ꓒE; HW M: W L.= G ꓛO: NU NE YI. B, B, A. TI. ꓤ: BO GO: L Bꓯ NY Cꓵ Cꓵ A: ꓘꓶ. BI D ꓥO= Gꓶ SI. G ꓛO: NU WO: Hꓶ Xꓵ M:”Bꓯ ꓥ=

HO Dꓶ: ꓒ: NY “M: WO: Hꓶ-. M: WO: Hꓶ= ꓕI M S S ꓤ: YI W D ꓥ-. G ꓛO: M NU D ꓥO Bꓯ-. RO A Mꓶ LI YI Lꓯ ꓨ:” Bꓯ SI.-. YI. WU. LI JY: Gꓶ: H, LO Mꓶ. N

ꓥ SI. BO K. RU NE A.-N Y: ꓒU ꓒ.,. M KW ꓕI: Dꓶ.. ꓕI Dꓶ.. BO NY, ꓥ=

BO GU ꓕꓯ;-. HO Dꓶ: ꓒ: NY YI XY ꓕI: Bꓯ, ꓛꓵ: L SI. A.-N Dꓯ BI M: BI N NYI NY, ꓥ=

A.-N NY YI XY M KW CO. ꓕI: Dꓶ.. ꓕI: Dꓶ.. BO H, LO YI. BYꓱ: M MO LE ꓕꓯ;-. K, ꓛꓵ; SI. “G ꓛO:-. G ꓛO:-. NYI NYI NYI JI ꓥ”B ꓯNY,-. Lꓯ: Xꓵ Bꓯ Lꓯ: Xꓵ ꓛI LU Lꓯ: LU YI NY, ꓥ= A.-N Dꓯ BI BI ꓣ: YI JW H, GU ꓕꓯ;-. ꓛI LU Lꓯ; LU YIN Y, M NY A ꓕꓯ_LI M: WO, ꓣ: HO Dꓶ: ꓒ: VI A. ꓘꓶ: WO DO; ZI Dꓯ ꓥW: H, LO NE SO W LEO= YI. W: NY ꓕ BO. KO. BO. YI JW SI.-. BI LI BO LO YI H,-. Mꓶ: Lꓶ, KW LI. “NYI NYI NYINYI-. BI ꓥ BI ꓥ”Mꓶ NY,-. Lꓯ: Xꓵ Mꓶ Lꓯ: Xꓵ SI, LI, KW BYꓱ: JEO= CW NY, ꓕꓯ;-. ꓕI M KW CO. NY-.

ꓕI: M M NY LO; YI-. ꓕI: M M NY A. Nꓯ C, C, LO; YI JO:=

ꓕI M KW CO.-. LI-SU Xꓵ: NY Y: ꓛꓵ: Y: X, NE MI Tꓯ. MI A: ꓘꓶ. BI Xꓵ: Bꓯ ꓞI: CI; GW: KU. LE W=

G ꓛO: HO Dꓶ: ꓒ: NY A.-N ꓕI MY K, ꓛꓵ; NY, M MO ꓕꓯ;-. K, ꓛꓵ; LI SI. Mꓶ. N ZE H, M A. ꓘꓶ: A: MO KW XW ꓛ, H,-. Kꓶ. NY. Kꓶ. MI ꓣꓱ; YIN Y, ꓥ= ꓕI LI GU ꓕꓯ; A. Wꓯ; HW:-. GW: ꓥO. Bꓯ LO Xꓵ: X, SI. A.-N Dꓯ Z: FIN Y, ꓥ=

A.-N NY Z: BO DO BO Kꓶ. NY.-. HO Dꓶ:ꓒ: Dꓯ ꓕI LI N: ꓕI LI-. GO LI N: GO Bꓯ SI.-. G ꓛO: M Dꓯ JI JI CO ꓩU Bꓯ GO: NY,-. Lꓯ: Xꓵ Bꓯ N: Lꓯ: Xꓵ Hꓶ: ꓥO: NE “G ꓛO:-. G ꓛO:-. NYI NYI-. NYI NYI-. BI ꓥ BI ꓥ”Bꓯ-. Lꓯ: Xꓵ: LI; L YIN Y, W=

HO Dꓶ: P: NY A.-N LI; JE T. M MO ꓕꓯ;-. VI ꓘU: KW CO. DO L SI. HO: V L ꓥ= YI. A. ꓘꓶ: ꓒ.. DO T. ꓕI: B, M KW-. VI ꓘU: KW A: SI, ꓕI: M M VI Dꓯ Sꓯ Z ꓘU: Z: NY, Xꓵ: Vꓯ, ꓕI: M MO SI. ꓕI. ꓕꓶ. NE Mꓶ Sꓯ CO. VI ꓘU: KW Tꓶ, ꓞO L SI. Vꓯ, RU NY,-. HO Dꓶ: ꓒ: NE A. ꓘꓶ: Dꓯ Sꓯ Mꓶ. N ꓛ, H, M Dꓯ P: W SI. Mꓶ. N M A: Jꓵ: HO Dꓶ: ꓒ: Dꓯ HO. ꓕI.. LE-. HO Dꓶ: ꓒ: M N: Dꓶ; ꓘE. MO Kꓶ LEO= ꓕI M MO ꓕꓯ; HO Dꓶ: ꓒ: NY “M: ZO:-. M: ZO:”B ꓯNY, ꓥ=

G ꓛO: M A.-N Dꓯ HO: V GU ꓕꓯ;-. HO Dꓶ: ꓒ: NY Mꓶ. N Nꓶ: YI GU_M Bꓯ ꓞI: M YI. SI. ꓞI: NYI ꓕꓯ; ꓞI HO M: D GU LI: M: ꓞI-. ꓕI: ꓘꓱ, A: Jꓵ: LI. Nꓯ Dꓶ; MU Kꓶ LEO= HO Dꓶ: ꓒ: NY A LI M: YI SI. Nꓯ Dꓶ; MU ꓞI: Lꓱ. H, GW ꓛIO= Kꓶ. NY. ꓕI: NYI Lꓱ. ꓛO, YI SI. GW: NYI NYI ꓕꓯ;-. Mꓶ. N HO. ꓕI: LI M NY ꓕI: Xꓵ: LI. M: ꓛꓵ LI: M: ꓞI-. JI LO Xꓵ: ꓕI: Xꓵ: LO; YI SI.-. YI. WU. ꓒU LI. Xꓵ: GW: H, M ꓕꓯ; SI BI LI: M: ꓞI-. Nꓯ LI. A: ꓘꓶ. M: Nꓯ YI ꓥ= ꓕI M KW CO.-. HO Dꓶ: ꓒ: Xꓵ; WO: GO ꓕI: GW M NY Bꓯ ꓞI: ꓒU LI. Xꓵ: M: GW:-. N: ꓥO, Gꓶ ꓒU LI. Xꓵ: M: ꓥO, W=

31 NY, Sꓯ; Mꓶ NY MU: NU ꓛI-. Lꓱ., X, Lꓱ., KU. K: ꓞI LE

Bꓯ NY A.-ꓛ.. NY Bꓶ DO ꓘꓶ: ꓕI: ꓛO: KW JE SI. A.-N Dꓯ HW YI ꓕꓯ; W:-B Nꓯ YI NE K: ꓞI: Kꓶ-. Bꓶ Dꓵ: ꓘꓶ: ꓕI: ꓛO: KW NY NO. Mꓵ: Nꓯ YI NE K: ꓞI: Kꓶ SI. W= Cꓵ Cꓵ LI. Mꓶ. ꓕꓯ; LI. JE M; D-. Kꓶ. NY. LI. LI; M: N LEO= Gꓶ SI. YI. NY ꓕI: ꓘO; A_LI Nꓯ ꓞI; Jꓵ DO NYI GO ꓕI: NYI M KW YI. NI, NU_M A.-N NY A LI LI. W:-B Nꓯ YI ꓘꓶ. NY. W: ZI: W:-DI.. KW L SI. YI. Dꓯ NYI L DU ꓥ JO: SW; NY, ꓥ= ꓕI M Pꓶ. DU-. A.-ꓛ.. NY W:-B Nꓯ YI Bꓶ Dꓵ: ꓘꓶ: ꓕI: ꓛO: KW NY, H, SI. Bꓶ DO ꓘꓶ: ꓕI: ꓛO: W:-DI KO KW NYI NY,-. Nꓯ ꓞ-. ; Jꓵ DO NYI M NI, ꓞ ꓛI L M Dꓯ LO NY, H, ꓥ= YI. NY MO: LO NYI-. S ꓘW NYI-. ꓕI: B, M: JO LO NY, H, SI. “NI, ꓒU SU Tꓯ. LO NY, M ꓞO ꓛꓵ: ”LO; YIO=

ꓕI: NYI A_LI-. A.-ꓛ.. NY Nꓯ W LI NYI N, NE Mꓶ: ꓘꓶ; KW ꓛI-. Mꓶ: ꓘꓶ: JI M KW CO. MI MI: LO, YI Dꓯ ꓛI-. V B., DO L Dꓯ ꓛI= MI: MI DO L NE LO, YI Dꓯ ꓛI-. V B., DO NE LO, YI Dꓯ ꓛI W...... A.-ꓛ.. NY NI, ꓛꓵ; MY: ZI SI. Z: MI LE-. DO MI LE-. YI. Jꓵ, MI LE-. YI. Sꓯ; M D ꓯLI. MI LEO=

ꓕI ꓕꓯ;-. MI; WO; KW WO S NY A: ꓘꓶ. BI Xꓵ: ꓤ: Mꓶ: Xꓵ: RO JW,-. YI. W: NY YI. ꓒ: O. ꓛICO ꓕꓶ NE Mꓵ: ꓕꓯ; SI ꓤ: Lꓯ. Mꓶ: Lꓯ. Xꓵ: WU M Dꓯ K: JW, NY, ꓥ= ꓕI M Pꓶ. DU-. ꓕI: NYI LI Mꓶ: ꓘꓶ: ꓛI ꓕꓯ;-. Mꓶ: TI.. M: TI.. H, ꓕꓯ;-. YI. W: NY Mꓵ: ꓕꓯ: SI A LI T. M NYI W D-. YI. W: NY Bꓶ DO ꓕI: ꓛO: KW CO. Bꓶ Dꓵ: ꓘꓶ: KW ꓛI-. Mꓵ: ꓕꓯ; SI KW NU, ꓒU Lꓯ: HO SU Xꓵ: WU M JI JI ꓤ: NYI H, GU W=

ꓯ LI YI N T. GO LI YI NY, M WO S ꓤ: Mꓶ: BU NY-. A.-ꓛ.. ꓥ SI. A.-N Xꓵ: WU M JI JI ꓤ: NYI H, GU W=

YI. Xꓵ: ꓕI: ꓘO; ꓘO; Xꓵ; V M ꓛI L ꓕꓯ;-. V ꓒꓵ ꓕI: NYI KW CO. ꓞI LI. NYI KW ꓛI LI. W: A: ꓘꓶ. LI NY, ꓥ= V ꓒꓵ ꓞI ꓥW: NYI ꓕI: NYI M Mꓶ: ꓘꓶ; ꓕꓯ;-. W; LI N: YI SI. Mꓶ: TI.. ꓕI: ꓘꓶ: LI. M; JW,-. V B., ꓛI NE Mꓵ: ꓕꓯ; SI Tꓱ, NE B Lꓱ ꓤ: T. ꓥ= MI; WO; KW CO. NYI ꓕꓯ;-. Mꓵ: ꓕꓯ; SI A LI ꓥ M ꓕO, ꓕO, ꓕ-. ꓕI.. ꓤ: NYI W D ꓥ=

ꓕI B, M-. WO S ꓒU: L ꓤ: Mꓶ: BU NY A.-ꓛ.. O. Dꓵ KW NY W: TI.. H, SI.-

NYI JU: ꓕI: LI, Kꓶ YI M MO LEO= Gꓶ SI. NE-. A.-ꓛ.. NY GO LI LI. Nꓯ YI NYI: Dꓵ: M NYI: KO. CO. KW KO Dꓯ VE; H, SI.-. A.-N NY, M W:-B Mꓵ: Tꓯ. SI NYI N, NY, SE: ꓥ= MI: VI A: ꓘꓶ. JO. NY, SI.-. YI. O. Dꓵ KW W: TI.._M A ꓤ A ꓤ JO. ꓝE L W= YI. MY CI. M Gꓶ NE MI: VI JO. W SI. NYI JU: KO LE-. BI; Lꓱ BI; Lꓱ; T.-. Yꓯ: Bꓯ ꓝI: GW: H, M Gꓶ NE JY M: ꓘW: LI: M: ꓝI-. NYI JU: KO SI. KO, KO, MU T. GU W= YI. Mꓶ: ꓕꓯ; Kꓶ. NY. M NO. Mꓵ: Nꓯ YI ꓥ SI. W: B Nꓯ YI M NY WO: ꓤ: WO: YI NY,-. YI FI. M NY YI. ꓛI ꓒꓯ, Yꓯ. ꓘW “ꓒ.. ꓕ:-. ꓒ: ꓕ: ”Mꓶ NY, ꓥ= Nꓯ YI YI JY M YI. ꓛI FI. N K.. KW ꓛI NE ꓯ’ W NY,-. WO: TO KW ꓒ.. ꓛI JY ZI: M: S T. ꓥ-. Gꓶ SI. A.-ꓛ.. NY LU LI. M: LU W: NE ꓝO ꓤ: ꓕI: RO Bꓵ, H, M LI VE; NY, H, SE: ꓥ=

ꓒU: L ꓤ: Mꓶ: ꓕI: HW. M NY MI; WO; KW CO. A.-ꓛ.. Dꓯ JI JI. ꓤ: NYI NYI ꓕꓯ;-. YI. NY MI KO, MI KO, Kꓶ YI H, BO= Gꓶ SI. ZO: DU M N: YIN Y NI, M GO LI LI. “DO: DO: DO:” Tꓶ, NY, SE: ꓥ= ꓕI M MO ꓕꓯ;-. ꓒU: L ꓤ: Mꓶ: A.-N M NY YI. NYI M BU Dꓯ “NYI M BU WO:-. NU W: NYI NYI-. ꓕI M NY Cꓵ Cꓵ LI. Mꓵ: Dꓯ Sꓯ A: ꓘꓶ. NI, ꓒU KU. SU ꓥO”Bꓯ NY, ꓥ= YI. NYI M BU NY “Bꓯ JW: FO ꓕꓯ; M: C.. C.. T.-. MO ꓕꓯ; Cꓵ Cꓵ ꓥ Bꓶ O= RO NY Mꓵ: ꓕꓯ; SI NI, ꓒUSU A LI T. M Dꓯ MO LE W”Bꓯ ꓥ= YI. W: ꓒ.. Bꓯ GU ꓕꓯ;-. YI. NYI M DI.. NY “A. FI BU WO-. RO NY ꓕI KW CO. YI. W: A LI NI, ꓒU Lꓯ; HO NY, M ꓕ: CW K, Lꓯ ꓨ:-. YI. Dꓯ CYO. JW ꓛꓵ ꓥ”Bꓯ ꓥ= YI. FI A. NYI Gꓶ NE “ꓥ W-. RO NY A LI YI JW W D GO LI YI JW ꓛꓵ ꓥ-. A.-ꓛ.. A: L JY Xꓵ T. NE-. NI, ꓝ CYO. YI Lꓯ”Bꓯ ꓥ= YI. FI NYI M ꓕI: HW. M NY-. NYI: NY, N: NYI: NY,-. A: Jꓵ: LI. ꓝO ꓤ; Tꓯ. Mꓶ: ꓕꓯ; CYO. W FI Lꓯ Bꓯ NY, ꓥ= YI. FI A. N NY A: L D T. M MO ꓕꓯ;-. “NYI M BU Bꓯ M A: ꓘꓶ. ZO: WO-. RO NY YI. Dꓯ CYO. YI Lꓯ ꓨ:= A: Jꓵ: SU Bꓯ NY A LI CYO. ꓕꓯ; SI. MI: WO; KW YI. FI. M Tꓯ. LI. M: ꓛ.. YIN Y ꓝO ꓤ: Sꓯ; M LI. CYO. W D M Bꓯ NYI ꓨ:”Bꓯ ꓥ= YI. FI A. NI. Gꓶ NE “YI. W: ꓕI MY NI, ꓒU Lꓯ: HO_M MY BI., LI. Zꓯ N ꓛI ꓥO-. RO NY MY BI., NE A.-ꓛ.. Dꓯ CYO. YI Lꓯ”Bꓯ ꓥ= Bꓯ GU ꓕꓯ; MY: BI., Xꓵ: YI SI. Lꓱ Lꓱ. ꓤ: A.-ꓛ.. KO Dꓱ: Dꓯ Zꓯ ꓕI: LEO= ꓕI ꓕꓯ; YI. FI NYI M BU Gꓶ A.-ꓛ.. KO Dꓱ: KW MY BI., Zꓯ ꓕI: NY, ꓥ=

LI-SU Xꓵ: NY “Xꓵ: JI YI NY MY: (JI Xꓵ: Xꓵ: WU NY YI XW. ꓥ)”Bꓯ CI; ꓥ= ꓒU: L ꓤ: Mꓶ: BU JI NI, Tꓯ, SI. ꓕI LI YI M NY X, ꓒ: NI: NE MO LEO= X, -ꓒ: NI: NY MI: WO; KW JY Sꓯ; M MU SI. ꓒꓵ: L ꓤ: Mꓶ: ꓝ ꓝ T. LO MY BI., M BI; Lꓱ; Lꓱ;-. A. MO: NO WU ꓤO: T. Xꓵ: NYI RU: LO. YI FI NY,-. LO V TI. M ꓕI: LI, A.-ꓛ.. KO Dꓱ: Dꓯ ꓝE TI. NY, ꓥ= ꓒU: L ꓤ: Mꓶ: BU NE MY BI., Zꓯ ꓕI: M NY A.-ꓛ.. Dꓯ

Lꓱ YI FI M: N LI; M: ꓞI-. Lꓯ; HW. LI. A: ꓘꓶ. JY LI FI ꓕI: LI, ꓥ W=

Bꓯ NYI ꓕꓯ;-. X,-ꓒ: NI: NY YI. WU. ꓕꓯ; Mꓵ: Dꓯ: Sꓯ ꓤ: Lꓯ. Mꓶ: Lꓯ. NI, ꓒU Lꓯ: HO M Tꓯ. K: NY, Xꓵ: ꓒU: L ꓤ: ꓕI: RO ꓥ= YI. Mꓵ: KW DI.. KW ꓛI LI Kꓶ. NY.-. A: ꓘꓶ. BI., Xꓵ: Mꓶ: Lꓯ. Tꓯ. MO ꓕA; NI, M M: JI-. Jꓵ: W: ꓱꓤ: NE ꓞO BI., M Tꓯ. ꓛI, ꓕꓶ ꓥO: YI-. YI. NE XW. MO XW. C.. Gꓶ M Mꓶ: Lꓯ. NY BAG U LI. M: D = YI. NY ꓞO BI., M Dꓯ XW. MO XW. C.. ꓕꓶ LI: M: ꓞI-. Lꓯ: F. ꓤꓶ ꓕU: GU SU Tꓯ. ꓘꓶ Lꓶ: ꓥO: YI NY, ꓥ= YI. JI JI M: K: SI. NE-. Lꓯ: F. ꓤꓶ ꓕU: GU SI. V, Lꓯ: HO M SUB ꓯ GU M: D-. Mꓶ: YI GW YI Xꓵ: ꓞO VI A: ꓘꓶ. MY:-. ꓤ: ꓛꓵ: Mꓶ: BY Gꓶ A: MY, DO L W=

WO S ꓒU: L NY YI. Fꓱ. JW, ꓥO: YIN Y, M Sꓶ. LE ꓕꓯ;-. X, ꓒ: NI: Tꓯ. Jꓵ: W: M RU ꓨU Kꓶ-. Fꓯ, NY YI. ꓤ: Mꓶ: Xꓵ: RO M Tꓯ. K: FIN Y,-. MI: WO; MI Nꓯ KW Lꓯ: ꓞ. ꓤꓶ ꓕU: LO Xꓵ: WU D: M K: FI NY, ꓥ= Fꓯ, NE NY X, ꓒ: NI: Dꓯ MO: KW LI; JE FI NY, ꓥ= Gꓶ SI. ꓞO K L YI FOG U M X, ꓒ: NI: NY ꓒU: L ꓥ M KW CO. NI: LO; YI-. MI; WO; KW LI; JE M: XO..-. MI; WO; MI Nꓯ YI. KO LO CO ꓕꓶ NY, SI.-. Mꓵ: KW DI.. KW ꓤ: Lꓯ. Mꓶ: Lꓯ. NI, ꓒU Lꓯ: HO M Tꓯ. ꓘU: NYI N, NY,-. YI. Jꓵ, ꓒ.. JW, ꓕꓯ;-. NI, ꓒUS U Tꓯ. M. ꓒY, ꓥO: YI NY, ꓥ=

YI. NY LI-SU Xꓵ: ꓞO BI., M A.-N Dꓯ A ꓕꓯ; LI A: ꓘꓶ. NI, ꓘO; NY, ꓥ= Gꓶ SI. YI. Jꓵ, M: JW, SE:= YI. NY A.-ꓞꓯ: Dꓯ A: ꓘꓶ. NI, N NY, LI: M: ꓞI-. A.-ꓛ.. D ꓯLI. SE; Kꓶ NI, Xꓵ NE M: D T. ꓥ= ꓕI LI SI. NE-. A.-ꓛ.. Dꓯ MI XW. MI XW. Gꓶ LI FI NY, ꓥ=

X,-ꓒ: NI: NY A.-ꓛ.. Dꓯ Vꓯ. ꓥO: YI Kꓶ K. NY.-. WO S ꓒU: L ꓥ SI. NE YI. ꓤ: Mꓶ: BU NE YI. Tꓯ. X, L M JO SI.-. Nꓯ ꓞI. Nꓯ M ꓕO: T. Xꓵ: ꓭ. ꓘU-. SI, ꓘU KW JO: JO: PY ꓕꓶ NY, ꓥ= ꓕI M KW NI. NY-. X,-ꓒ: NI: N: ꓭ. ꓘU-. SI, ꓘU-. LO: ꓘU: LO Nꓯ.-. SI, N ꓯLI ꓛI KW YI. HO: NY, SI. ꓞO ꓤ: L M Dꓯ LO NY, H, ꓥ= M: D M NY NI, ꓒU Lꓯ: HO Xꓵ: ꓤ: Lꓯ. Mꓶ: Lꓯ. ꓛI L M Dꓯ LO NY, NY, ꓥ= L: ꓞOB U Tꓯ. YI. NE ꓒ.. MO LI ꓕꓯ;-. M YI; M Mꓯ, Kꓶ YI KU.-. ꓤ: ꓤ: Mꓶ: NYI: KO. CO. Xꓵ: WU M Dꓯ LI: SW; SI. JY M: Sꓶ.-. VE; Mꓶ; M: Sꓶ.-. XW. TO M: Sꓶ.-. A KW ꓛI ꓛI Mꓯ, JE-. Sꓯ; M LI. Mꓶ: YI KU. ꓥ= ꓕI M Pꓶ. DU-. A Mꓶ KW ꓛI LI. ꓤ: Lꓯ. Mꓶ: Lꓯ. BU SI, N ꓯLI ꓛI KW JE-. M: D NY ꓭ. B: ꓭ. CI.-. YI. Bꓱ ꓘꓶ: KW JE SI. YI. MI: YI YI ꓕꓯ;-. YI. Sꓯ; W. W. JU: M: D-. MU: GW: GW M: D= M: ꓥ ꓥO Bꓯ X, ꓒ: NI: C, W KU. ꓥO Bꓯ ꓥ= L: ꓞO ꓕI: Bꓱ M M YI; M Mꓯ, HW. M: ꓛI LE ꓕꓯ;-. A. TO. DO;-. Z Hꓶ: ꓒꓵ.. SI. NI: G; ꓥO: YI CI; ꓥ= ꓕI M NY NI. Bꓯ; ꓕI: ꓥO: ꓥO-. ꓕI KW M: Bꓯ W=

Fꓯ, B ꓯNY ꓒꓵ; L ꓤ: Mꓶ: ꓕI: HW. M NY YI. W: ꓕI MY JI NE YI A_M X, ꓒ: NI: NE NE A.-ꓛ.. Dꓯ Vꓯ. ꓥO: YI Gꓶ M M: Sꓶ.= Kꓶ. NY ꓕI: HW, CO ꓕꓶ L ꓕꓯ: A.-ꓛ.. YI. WU. K. Mꓶ: SI: MU T. LO O. ꓝꓱ M A: Jꓵ: NYI JU: KO H, GU LI.-. A.-N NY, M W:-B Mꓵ: Tꓯ. Sꓯ NYI N, NY, M MO LEO=

M: ꓥ LI. MU: KW DI.. KW L NI, Xꓵ NY,-. Mꓵ: KW DI.. KW ꓤ: Lꓯ. Mꓶ: Lꓯ. Tꓯ. YI JW NI, Xꓵ_M ꓒU: L ꓤ: Mꓶ: A.-ꓛ.. NY ꓕI M Dꓯ MO ꓕꓯ; NI, M A: ꓘꓶ. XW. NY, ꓥ= YI. NY CI WU: WU, ꓤ: Bꓯ NE YI. FI A. N Dꓯ “A. FI WO:-. MU: KW DI.. KW NI A.-ꓛ.. ꓕI: LI NI, JW, KU. Xꓵ: JW, Bꓶ NE-. ꓕI LI LO,-. NY Xꓵ: WU D: M DO L KU. ꓥ-. ꓥW Dꓯ ꓤꓯ; JE SI. CYO. JW JE FI Lꓯ ꓨ:”Bꓯ ꓥ=

YI. FI A. N NY “MI: WO; KW N: YI. W: Dꓯ A: TO TO MU: KW DI.. KW L M: D Bꓯ NE YI. FI. Tꓶ H, ꓥIM: WO, WO, L Kꓶ NY A: ꓘꓶ. X, L KU. ꓥ”-. “Gꓶ SI. A Mꓶ KW ꓛI ꓕꓯ; ꓕI: Xꓵ: LI. YI M: N W-. CYO. ꓩW SU FI ꓩU ꓕI: G; LI N W ”SW; NY SI.-. YI. NYI M Dꓯ “NYI NYI ꓕꓯ; TO: TO: JE SI. CYO. JW YI ꓕI: G; N BO-. NYI M NU WO: Hꓶ ꓛꓵ NE-. M: WO, TI: HW: ꓤꓯ; JE SI. YI JW YI ꓨ:NU NY NI, ꓝ JE NI, ꓝ LI; L-. M: ꓥ ꓥO Bꓯ Bꓯ L NE-. A: Jꓵ: SU LI. XW. ZI LE L KU. ꓥO”Bꓯ M. NY, ꓥ=

A.-ꓛ.. NY YI. FI BU Dꓯ XW. MO W Bꓯ ꓒE, ꓕꓯ;-. MI: WO; KW M: WO, ꓤ: T. SE: ꓕꓯ; LI ꓛO T SU NYI: RO HO: SI. Mꓶ: TI.. ꓕI: ꓘU. KW NY, SI. S ꓘW S MI A.-ꓛ VE; H, M ꓕI: ꓛO: KW L YI O=

A.-ꓛ.. Mꓵ: KW ꓒ.. ꓛI ꓕꓯ; NI, ꓝ A.-ꓛ.. Dꓯ HW W LEO= NI, M A: ꓘꓶ. N SI. A.-ꓛ.. KO Dꓱ: KW W: M SI, GO: NY,-. YI. Dꓯ Lꓯ GO; KW SO. H, SI. Lꓱ., Lꓱ. ꓤ: ꓩU, GO: NY,-. NYI JU: M JI: LI FI NY, ꓥ= Fꓯ, NY A.-ꓛ.. HW. ꓛI: L ꓕꓯ; NI, M S LI FI SW; SI.-. A.-ꓛY NY ꓛO T SU NYI: RO M Dꓯ MI: WO; KW CO. Dꓯ, L LO SI, YI Xꓵ. M Mꓵ: KW DI.. KW Tꓶ W FI NY, ꓥ=

A.-ꓛY ꓛI ꓕꓯ; Mꓵ: Sꓯ; Lꓱ., L Pꓶ. DU-. Mꓵ: KW NY A KW ꓛI ꓛI LI. MU: NU ꓛI L W= SI, YI Tꓶ H, M ꓕI: NYI Kꓶ. NY. ꓕI: NYI WU: L NY,-. SI: ꓒꓶ: YI YI HO: YI ꓕꓯ; KO ꓕU: YI YI-. KO ꓕU: YI YI HO: YI ꓕꓯ; SI: PU. YI YI-. YI YI L-. Mꓯ, YI YI L-. Lꓶ YI YI YI L WO...... Gꓶ SI. JY Gꓶ, LE_M A.-ꓛ.. NY ꓒU: L ꓤ: Mꓶ: A.-ꓛY Lꓯ GO; KW SO. H, LI. M: HW. ꓛI: L W= A.-ꓛY NY YI: Mꓶꓶ NY, M A.-ꓛ.. Dꓯ V., YI, M: Yꓯ; SI.-. A.-ꓛ.. Dꓯ A ꓤ. ꓤ: Mꓶ ꓛY ꓩU Kꓶ-. YI. NY NY, ꓤ: ꓕI: M ꓒꓶ. SI. ꓕI: ꓘꓶ: Kꓶ. NY. ꓕI: ꓘꓶ: “A.-ꓛ.. WO.-. A.-ꓛ.. WO.-. A.-ꓛ.. WO.”ꓘU NY, ꓥ= A.-ꓛY M: N: A.-ꓛ.. Dꓯ ꓕI LI ꓘU NY, M MO ꓕꓯ;-. ꓛO T SU Gꓶ NE “NI, ꓝ NI, ꓝ-. NI, ꓝ NI, ꓝ NI, ꓝ-. NI, ꓝ NI, ꓝ NI, ꓝ”ꓘU JW NY, ꓥ= A.-ꓛY BU NE ꓘU Sꓯ; M NY

A Mꓶ KW ꓛI LI. KO Dꓯ SI, LI KW Bꓯ JW: D SE: ꓥ=

A.-ꓛ.. NY “A.-ꓛ.. WO.-. A.-ꓛ.. WO. ꓯ.-ꓛ.. WO.”ꓘU Sꓯ; M ꓥ SI. NE “NI, ꓞ NI, ꓞ-. NI, ꓞ NI, ꓞ NI, ꓞ-. NI, ꓞ NI, ꓞ NI, ꓞ”ꓘU Sꓯ; M Bꓯ JW: ꓕꓯ; A ꓤ ꓤ HW. ꓛI: L W=

A.-ꓛ.. A KW ꓛI ꓛI NYI N, ꓕꓶ NYI ꓕꓯ;-. YI. NY Yꓯ:-ꓛI-LI: KO Dꓯ NY, M Sꓶ. LE-. A KW ꓛI ꓛI SI, ZI LOZI JO:-. MO; ꓤ; Xꓵ. ꓤ: NI, ꓛI; ꓛI;-. SI, YILO YI B Lꓱ Lꓱ-. BY: M SI: SI: BYꓱ:-. BU: LU, SI: SI: BYꓱ Xꓵ: Mꓵ: ꓥ M Sꓶ. LEO= ꓕI LI BI., Xꓵ: Mꓵ: KW NY, ꓕꓯ; A.-ꓛ.. NY NI, MS S ꓤ: T. ꓥ= GL SI. YI. NY Mꓵ: ꓤ: LO ꓤ: ꓕI MY JI LI. A. N Dꓯ M: MI LE-. YI. NY Lꓱ., X, Lꓱ., KU. NE Nꓯ YI ꓘꓱ SI. A.-N Dꓯ HW YI ꓥO SW; NY, ꓥ= SW; ꓞꓶ, H, ꓕꓯ;-. YI. NY Yꓯ:-ꓛI:-LI: KO Dꓯ JE SI. WU; N: WU: Xꓵ: S. SO ZI ꓕI: ZI ꓘꓶ, SI.-. A. ꓕ: Mꓯ H, M RU NE MO LO S ꓘW M: JW, Lꓱ., X, NY, ꓥ= A. ꓕ: Lꓯ: Xꓵ Sꓶ.-. SI, ZI Lꓯ: Xꓵ ꓘꓶ, NY, SI.-. SI, ZI A WU ꓕI: ZI M ꓘꓶ, Lꓱ. KꓶO=

SI, ZI M ꓘꓶ, Lꓱ. Kꓶ ꓕꓯ; YI. Lꓯ: ꓒꓯ, NYI: B: M Gꓶ NE SI: ꓛꓵ: SI: Lꓵ. A WU O LEIA. ꓕ: Kꓶ ꓤꓱ: M: N-. YI. Sꓯ; Gꓶ M: JW, W= ꓕI M MO ꓕꓯ;-. A.-ꓛ.. NY NI, M XW. NE YI. CI LI. A: L ꓒE; L O= ꓕI ꓕꓯ: A. L: WO NY, NY SI, ZI Dꓯ Sꓯ CO. “NI, ꓕ: XW. LI. NI, ꓕ: XW.-. Xꓵ Hꓶ Cꓵ, SI. Lꓯ; ꓒꓯ, ꓤI;-. NI, ꓕ: XW. LI. NI, ꓕ: XW.-. NU ꓒ: A. ꓞO, ꓒ.. ꓕI.. JW,-. NU ꓕ: ꓞ: LI. NU ꓕ: ꓞ:-. N P W Pꓶ, ꓒ.. ꓕI.. JW, ”Bꓯ GO: NY, ꓥ= A.-ꓛ.. N N, GU ꓕꓯ;-. Xꓵ. Hꓶ ꓕI: CW Cꓵ, SI. Lꓯ: ꓒꓯ, Hꓶ. ꓕꓯ: ꓤI; Kꓶ ꓕꓯ; Lꓯ: ꓒꓯ, O; M D LE= ꓒ.. ꓕI.. KW NYI NYI ꓕꓯ: Cꓵ Cꓵ LI. A. ꓞO, ꓕI: ꓛI-. W Pꓶ, ꓕI: M JW, H, BO=

K, ꓛꓵ: Xꓵ; WU ZI ꓕꓯ; NI, M: XW. Bꓯ M NY Cꓵ Cꓵ LI. ꓥ Bꓶ= A LI LI. YI M: N T. ꓕI: B, M KW-. Lꓯ: ꓒꓯ, LI. ꓘW: YI-. A. ꓞO, LI. JW, YI A_M A.-ꓛ.. NY Sꓯ; A: ꓘꓶ. JW, L M LI T. ꓥ= YI. NY S; NYI S VYL ꓕꓯ; SI: ꓕO. Dꓶ GU-. Xꓵ; NYI Xꓵ: VY; ꓕꓯ; SI, Dꓱ: KW KW YI. ꓘU CU. H, GU W= A. Wꓯ; LU ꓕU A WU Xꓵ: ꓕI: M ꓥ M LI T. LI.-. ꓞO ꓤ: ꓕI: RO NY, ꓕ: Bꓯ SE;-. A. NYI: ꓕI: ꓘ, CI; LI. Nꓯ YI KW DI.. YI M: D=

Kꓶ. NY. ꓕꓯ;-. L: ꓞO BU NY A.-ꓛ.. MI XW. MI XW. Lꓱ., X, LO M. MI: M Bꓯ ꓘꓶꓶ ꓕI: Xꓵ: Bꓯ NY, SI. A Mꓶ KW ꓛI NE Bꓯ NY, ꓥ=

W: -B Mꓵ: KW Nꓯ YI JW,-. Bꓶ DO ꓘꓶ: KW Tꓯ. Sꓯ YI=

YI JY WO: WO: YI NY, SI.-. A LI JE LI. JE M: D=

Bꓶ Dꓵ: ꓘꓶ: KW KO ꓕI: KO JW,-. ꓕI M NY A. ꓛꓵ: ꓥ=

KO Dꓯ ꓤ: Vꓯ., ꓕI: RO NY,-. YI. MI N: NE A.-ꓛ.. MI=

A.-ꓛ.. A ꓞO, ꓥW. L NY-. ꓒU: ꓒ: A ꓞO, ꓥ W. GO: Gꓶ=
ꓒU: ꓒ: A ꓞO, ꓕꓯ, LI. T.-. SI, ZI A: ꓘꓶ. ꓘꓶ, S ꓥ=
SI, ZI ꓘꓶ, SI. A. Xꓵ: YI-. SI, ZI ꓘꓶ, SI. SI, ꓕO. Dꓶ..=
SI, ꓕO. Dꓶ SI. A. Xꓵ: YI-. SI, ꓕO. DL SI. Lꓱ., ꓤ: X,=
A.-ꓛ.. N: NE W Pꓶ, ꓥW.-. YI. ꓒ: W Pꓶ, YI ꓤꓱ: FI=
W Pꓶ. A: ꓘꓶ. ꓕꓯ, SI. NE-. Lꓱ., ꓤ: A: ꓘꓶ. CU. K, JI=
Lꓱ., N: A: Nꓯ. CU. H, W-. Kꓶ SI. A. Xꓵ: YI T. MI,=
Lꓱ., M CU. DO LI ꓥO Bꓯ-. Nꓯ YI KO B: KU. JE TO;=
SI, Dꓱ: M NE Lꓱ., X, L-. GO SI. Nꓯ YI ꓘꓶ: KW ꓛI=
Lꓱ., ꓤ: KU. NE Nꓯ YI ꓘꓱ-. Nꓯ YI ꓘꓱ SI. A.-N HW=

32 NY, Я: NE LU: d: T∀. HW.-. X, G⅂ LI; L B∀ ꟻ⅂, K⅂

LƎ., KU. Λ JY: G⅂: H, GU ⊥∀;-. N∀ ꟻI; J∩ DO NYI M G⅂ ƆI L O= GO ⊥I: NYI M KW-. M⅂: ꓘ⅂: M: JI.. ⊥∀; LI-. A.-Ɔ.. NY KO NYO KW CO. LƎ., M NI, NI, ꟻ ꟻ N∀ YI ꓘ⅂: KW GO ƆI L W= YI. NY d.. X∩ S∀; ⊥∩; SI. GO ⊥I: GO N: GO ⊥I: GO NY,-. A MY ꓘO, LƎ. YI LI. C, M: W-. KO DƎ: KW A MY N DU LI LI. M: S⅂.-. dYƎ: MY-. L∀: d∀, ƆI d∀, KW LI. ƆU: NE A MY K∀. W LI. M: S⅂. WO= G⅂ SI. M: ɾU YI ⊥∀; A. X∩; LI. YI DO L D Λ-. M⅂: ꟻ d.. ЯO L ⊥∀; W:-B N∀ YI ꓘ⅂: KW ƆI LEO=

A.-Ɔ.. NY ⊥I: X∩: LI. K: M: W WO= S∀; LI. V M: DO ⊥∀; LI LƎ., M YI JY KW Λ. DƎ; ɾU K⅂ SI.-. N∀ YI ꓘ⅂: KW LƎ., KU. DU YI. K. M RU YI NY,-. LƎ., KU. NE KO B: ⊥I: ƆO: KW JE NI, X∩ NY, Λ=

A.-Ɔ.. N∀ YI ꓘ⅂: KW JE SI. LƎ., KU. DU M RU YI ⊥I: B, M KW-. N∀ YI D∀: S∀ NY ⊥I: ⊥⅂, Я: “HO L L-. HO L L”B∀ NE LU: MI: VI KO ⊥U: Я: KO ⊥U: JO; L NY, SI.-. A.-Ɔ.. D∀ N∀ YI ꓘ⅂: KW JO; ꟻO LE-. YI. BE LƎ., M ⊥I: ƆO N∀ YI KW ꟻO LI ⊥∀; SI: dY: ⊥I: dY: LI..-. A MO KW JO; ƆIG U ⊥∀; F∀, NE N∀ YI KW ꟻO YI SI. MO LI. M: MO= N∀ YI KW CO. ⊥I: ꓘO, JO; DO L GU ⊥∀; F∀, NE A MO KW JO; LO, YI-. ⊥I: ꓘO, K⅂. NY. ⊥I: ꓘO, MO-. ⊥I: ꓘO, K⅂. NY. ⊥I: ꓘO, V⅂ Λ= M: Λ LI. A: ꓘ⅂. VE; M⅂; NY, M A.-Ɔ.. NY N∀ YI YI JY NI, K: d∩; MO X∩: JO: DO W LE SI.-. VE; M LI. LO. LO. BE.. BE.. MU T. Λ= YI FI. D: M J∩: L ⊥∀;-. NI, M T⅂, NE YI. V LI. dO YI M: NYI., T. Λ= A M⅂ LO, YI LI. M: S⅂.-. A: MY ꓘO, JO; GU LI. M: S⅂. ⊥∀;-. A.-Ɔ.. NY O. M⅂ O. J∩:-. WO: TO LI. ꓘƎ, YI M LI ZE. Я: ZE. N NY, SI.-. YI. NY X∩ ꓘ⅂: KW LI. A: L ƆI LE SE: W= YI. NY “NI, dU SU P⅂. DU NE-. ⊥: ɾU_⊥: ɾU-. NI, L⅂; M CW CW YI dE; L FI ΛO B∀ ⊥∀; ⊥: ɾU-. ⊥: ɾU-. ⊥: ɾU LI. ⊥: ɾU”YI. HO: SW; NY,-. MI JY MI JY T. LI. X∩ M: ɾU ZI: H, Λ= A: TO TO LU: MI VI JO; SU NY C∩ C∩ A: ꓘ⅂. ƆU: Λ-. YI. FI. D: M A.-Ɔ.. D∀ ∀’ X∩ M: D M MO ⊥∀;-. d.. X∩ S∀; ⊥∩; SI. A: ꓘ⅂. V⅂ X∩: ⊥I: d.. JO; L-. A.-Ɔ SI. LƎ. , MI; WO; KW JO; ƆI LI GU ⊥∀; A. MO KW CO. M⅂ ƆY JO; ꟻE L FIN Y, Λ= ⊥I B, M-. A.-Ɔ.. NY KO DƎ: M LI. LO ꟻI, ⊥I: M LO ɾU M LI ЯE: YI B∀ NE M⅂ Ɔ.,;

织锦记录着文化　　（胡兰英　摄影）

YA; ƆU: L∀ W Sᗡ. NI, T⅂.

织锦记录着文化　　　　（胡兰英　摄影）

Yꓯ; ꓛꓵ: ꓡꓯ ꓪ ꓢꓷ. ꓠꓲ, ꓔꓶ.

ꓞE YI C, W-. MI: VI M “HO. ꓤ: HO.”JO; L SI. N. BO NYI: B: M ꓥ SI. O. Dꓵ M BO YI T. M LI: T. C, W ꓥ= A.-ꓛ.. NY ꓕI MO KW CO. ꓞE YI ꓥO: Bꓯ WO: TO LI. YI. Hꓶ: Nꓶ; YI DU ꓥO:-. Xꓵ LI. A.-N Dꓯ ꓕI: BYꓱ; M: MO SE: SW; W SI.-. B BE., LI. SU: LU: SU: LU: Kꓶ YIO= YI. NY W. ꓤ: W. “A.- N”ꓘU Dꓵ: JW:-. Gꓶ SI. MI VI GO WU JO; NY, SI. YI. Sꓯ; LI. V M: D-. ꓘU NI, Xꓵ LI. ꓘU DO L M: D= A-ꓛ.. NY ꓕI: Xꓵ: LI. YI M: N LI SI. MY BI., Xꓵ: Xꓵ: Kꓶ LEO= A.-ꓛ.. MO: KW CO. MY BI., ꓞE L M NY Kꓶ. NY. ꓕꓯ; W:-B Nꓯ YI Bꓶ Dꓵ: ꓘꓶ: ꓕI: ꓛO: KW B YI LI. Mꓶ: V LI_M NI, ꓛꓵ; Mꓶ: V LO; YI = Mꓶ: V LI ꓕꓯ;-. W: -B Nꓯ YI KW NY A. MO: Xꓵ, YI KO L KU. SI.-. L: ꓞO BU NY A. MO: Xꓵ, YI NY A.-ꓛ.. SI. A. N Tꓯ. NI, M JU: Cꓵ, GO: NY, M ꓥO Bꓯ NY, ꓥ=

A. Xꓵ: Bꓯ A Xꓵ: CI; Bꓯ ꓥ= A.-ꓛ.. A: MO KW CO. A: L ꓞE Xꓵ T. ꓕI: B, M KW-. YI. NY YI. Sꓯ; ꓕI: Xꓵ: NE Mꓵ.. W LE M LI T. C, W-. KO Dꓱ: M A ꓤ ꓤ ꓯ’ L GU ꓕꓯ; A ꓤ. ꓤ; MI ꓛY ꓛI LEO=

A.-ꓛ.. NY Sꓯ. LE-. Gꓶ SI. A: TO TO YI SU NY YI. Lꓱ., ꓥ SI. Lꓱ., KU. DU M Yꓯ:-ꓛI-LY: KO Dꓯ CU, W SI. A: Jꓵ: JO; Nꓶ: KꓶO= YI. TU YI. V ꓘO; LO; GU Gꓶ-. L: ꓞO BU ꓶ: R CO. NYI NYI ꓕꓯ; LI. Lꓱ., ꓥ SI. Lꓱ., KU. DU M B. CI; KW NYO, H, M Dꓯ MO D SE: ꓥ=

ꓕI M A LI Gꓶ YI MI?A: M NE A.-ꓛH Dꓯ Vꓯ. NY, MI?Fꓯ, NE NY A LI M NE YI. Dꓯ CYO. JW L MI?

Bꓯ NYI ꓕꓯ;-. A.-ꓛ.. Lꓱ., X, NY, M NY X,-ꓒ: NI: NE MO LE SI.-. A.-ꓛ A. N Dꓯ HW YI T. M MO ꓕꓯ; ZI: M: D SI. A.-ꓛ Dꓯ Vꓯ. NY, Xꓵ: ꓥ Bꓶ= YI. NY Hꓶ. KW LU: ꓒ: ꓛO DU YI. FI. Tꓯ. ꓛ YI SI. W:-B Nꓯ YI KW ꓘE, LO, L_M LU: NI, ꓛI; Dꓯ Kꓶ. Kꓶ. SI. A.-ꓛ.. NE A.-N Dꓯ HW YI M Tꓯ. K: L NY, Xꓵ: ꓥ=

M: ꓥ LI. ꓕI: Xꓵ: LI. YI N M: JW, SI. K L ꓕꓶ NY, M LU: NI, ꓛI; NY X,-ꓒ: -NI: NE A.-ꓛ.. NY Nꓯ YI KO B: JE SI. YI. ꓞO MO: M SI. YI ꓤ: YI. Nꓱ Dꓯ SE; YI T. ꓥ ꓘꓶ L M Dꓯ C LI SI.-. A.-ꓛ.. Nꓯ YI KO B: LO, YI M Dꓯ K: NY, Xꓵ: ꓥ= Fꓯ, NE NY A.-ꓛ.. Nꓯ YI ꓘE, YI M Tꓯ. K: W NY ꓒU A: MY, GO: ꓥ Bꓯ Kꓶ. M Dꓯ C YI-. ꓒU LI. W YI ꓕꓯ;-. A.-ꓛ.. Dꓯ K: YI ꓛ D; DO, Kꓶ Xꓵ: ꓥ Bꓶ=

X,-ꓒ: -NI: NY LU: NI, ꓛI; Dꓯ Kꓶ. S SI. A. Xꓵ: LI. YI DO L D N, M MO LE ꓕꓯ;-. = YI. NYꓞO ZU ꓞO Mꓯ; Dꓯ CO. ꓒꓵ Xꓵ Kꓶ L M LU: NI, ꓛI; Dꓯ GO: SI.-. LU: NI, ꓛI; Dꓯ A.-ꓛ.. Tꓯ. ꓕI: ꓞI; W:-B Nꓯ YI ꓕ: ꓘꓱ, JE FI Bꓯ NY, ꓥ=

LU: NI, ꓛI; NY ꓕI: ꓞI; ꓕI: B LI. Z: GU M: D N ꓛI Xꓵ: ꓒU Xꓵ GO: L MO ꓕꓯ;-. YI. G LI. M: JO Xꓵ: YI FI L LI. YI NI, Xꓵ NY, SI.-. X,-ꓒ: NI: Tꓯ. A. N:

ꓕI: LI, LO; YI= ꓕI M KW CO. NY A.-ꓛ.. A Xꓵ: YI NY, M Dꓯ JI JI ꓛ: LO. NY, ꓥ= Nꓯ ꓞI; Jꓵ DO NYI GO ꓕI: NYI M NY A.-ꓛ.. SI. Lꓱ., M MI: VI NE JO; ꓒY, YI FI-. Fꓯ, NY A.-ꓛ.. Dꓯ A: L Xꓵ FI M NY A: Jꓵ: LI. LU: NI, ꓛI; NE YI Xꓵ: ꓥ=

LU: NI, ꓛI; NY A.-ꓛ.. Dꓯ A MO KW CO. ꓞE L FI SI. Xꓵ FI NI, Xꓵ NY, ꓕꓯ;-. ꓒU: L ꓤ: Mꓶ: A.-ꓛ., NY A.-L: -WO NY, Pꓶ. SI. A.-ꓛH Dꓯ CYO JW NY, Xꓵ: ꓥ=

A.-L: -WO NY, NY LU: NI, ꓛI; NE ꓞO ZU Dꓯ Vꓯ. NY, M MO ꓕꓯ;-. HW. M: HW. LI. M: K:-. LU: NI, ꓛI; Tꓯ. SE; Kꓶ ꓥ SW; NY, ꓥ= YI. NY ꓛ JW SU NYI: RO M Dꓯ HO: SI.-. A MO T. M Yꓯ:-ꓛI:-LY: KO NYO CO. MI: VI “HO.-. HO. ”JO; NY, LI. M: K:-. M: JO JO W:-B Nꓯ YI KW BYꓱ: L SI. ꓞO SE; NY, M LU: NI, ꓛI; Dꓯ ꓤ, Lꓯ: HO NY, ꓥ= YI. NY “ꓥW N: YI. FI. YI. LI CW CW YI NY, Xꓵ: ꓥ-. ꓕI: Xꓵ: LI. JO M: ꓛꓵ”SW; NY, ꓥ= LU: NI, ꓛID ꓯ Tꓯ NYI ꓕꓯ; YI. KO Dꓱ: M A. LI. ꓤ: T. ꓥ= Gꓶ SI. YI. NY A: ꓘꓶ. BYꓱ MI M Tꓯ. C, NE-. Lꓵ: NI, ꓛI; Dꓯ M: ꓩU ꓤ, Lꓯ: HO NY, ꓥ= S; NYI ꓕI: NYI M ꓕꓯ;-. YI. NY O. Nꓶ. CO SI. LU: NI, ꓛI; MY Dꓵ: ꓕI: B: M ꓕO, ꓘU: YI FI-. N. BO ꓕI: B: ꓕO, N. BO: LI FI-. LU: Mꓶ: FI M ꓕO, ꓞE, LI FI-. LU: KO Dꓱ: M Dꓯ Gꓶ YI. MY; Lꓯ; ꓕO, Kꓶ SI. ꓛU: ꓘꓶ Lꓶ: KW Lꓱ ꓞO SI. DO L M A. N: LI: Kꓶ LEO=

SE; M M: ꓞE, YI LI. ꓕI: KO ꓕI: Dꓱ: N DU LI_M LU: NI, ꓛI; NY NY, ꓤ; Dꓯ HW. M: D M Sꓶ. LE-. YI. NY ꓕI: Xꓵ; SW; W LE SI.-. SE; Xꓵ M ꓕꓯ; SI N: NI, ꓞ ꓘE, LO, YI M NE HW. LEO SW; SI. LI. NYI ꓕI: NYI M Nꓯ Nꓯ; ꓕꓯ; A. L: WO NY, WO: Hꓶ ꓕI: B, N: NY, ꓕꓯ; Nꓯ YI KW ꓞO YI SI.-. M: WO, WO, Yꓯ:-ꓛI:-LY: KO Tꓯ. ꓛO: Sꓯ LU: Bꓱ ꓕI: M KW PY NY, JE W=

A. L: WON Y, ꓕI: B, N: Kꓶ SI. LU: NI, ꓛI; Dꓯ HW ꓕꓶ SI. SE; YI YI NY, ꓕꓯ;-. YI. WU. YI JY NI, ꓛI; ꓛI; T. M Nꓯ YI M NY LU: NI, ꓛI; MY Dꓵ:-. KO Dꓱ KO MI KW CO. SI: DO L M Nꓶ; YI SI. SI: LI. ꓤ: Kꓶ YI-. Nꓯ YI KO LI TI. WO: ꓤ: WO: YI Mꓶ ꓕI: ꓛO: KW YIJE NY, M MO LEO= A. L: WO NY, NY Nꓯ YI KW A LI HW LI. LU: NI, ꓛI; Dꓯ HW M: W-. YI: M Nꓯ YI KW NY, M: Pꓶ.-. SI, N ꓯLI ꓛI KW ꓘE, PY YI M Dꓵ: JW: M: W= ꓕI M KW CO.-. KO Dꓯ YI. WU. YI. MI: LI. M: JW, M LU: Bꓱ M NY LU: NI, ꓛI; Bꓱ LO; YI W= YI. WU YI M Nꓯ YI KW YI. ZI: YI. MO YI KU. M LU: NI, ꓛI; Gꓶ NE Fꓯ, NE A: ꓘꓶ. LU ꓕꓶ M: Pꓶ.-. E: LI; ꓤ: E; LI Kꓶ YO=

LU: NI, ꓛI; NY KO Dꓯ SI, LI KW ꓘE, PY YI Kꓶ. NY.-. ꓒU Xꓵ NU NI, Xꓵ SI.-. A. L: WO NY, Dꓯ M: HW. LI. M: K:-. A.-ꓛ.. Dꓯ K: ꓥO: YI NY, SE: ꓥ= A.-ꓛ.. W:-B Nꓯ YI ꓕI: ꓛO: KW ꓒ.. NYI ꓕꓯ;-. LU: NI, ꓛI; NY LU: Bꓱ KW CO. MI VI

D: M JO;-. YI. Sꓯ; A WU ꓩU DO L SI. A.-ꓛ.. Dꓯ CO, NY, ꓥ= YI. NI MI: VI JO; DO L ꓕꓯ;-. WO TO; WU T. LO LO ꓝI, M LI. A MO BYꓱ L HW.-. “HO: LO: LO:-. HO: LO: LO:”Mꓶ Sꓯ; M NY A ꓶ Mꓵ: KW ZO:_M W: B Nꓯ YI Mꓵ; KW LI. Bꓯ JW: ꓥ= Mꓶ R LO; GU ꓕꓯ;-. L: ꓝO BU NY Yꓯ:-ꓛI:-LY: KO Dꓯ MI: VI D: M JO; NE KO ꓕU: KO ꓕU: T.-. ꓥ, NY LU: Bꓱ KW “HO: LO: LO:-. HO: LO: LO:”Mꓶ Sꓯ; M Bꓯ JW: ꓕꓯ; Mꓵ: Sꓯ; YI. Tꓱ, ꓕI: Xꓵ: Gꓶ YI T. M Tꓯ. Sꓶ. W=

A.-ꓛ.. Tꓯ. LU: NI, ꓛI; NE A MO M Yꓯ:-ꓛI:-LY: KO Dꓯ JO; ꓩU Kꓶ SI. YI. V LI. A: L ꓒO, YI M A. TI. ꓤ: D YI ꓕꓯ; KO Dꓯ SI: BYꓱ Sꓶ: MI Jꓵ, ꓛI ꓥ= YI. NY A LI M: YI SI. A: MO, MO KW VI; H, SI.-. W:-B Nꓯ YI ꓕI: ꓛO: KW W. ꓤ: W. A.-N Dꓯ ꓘU Cꓵ, NY, ꓥ=

LU: Bꓱ KW PY NY, M LU: NI, ꓛI; NY A.-ꓛ.. NE A.-N Dꓯ ꓘU NY, M Bꓯ JW: ꓕꓯ;-. Kꓶ. NY. CO. LU: MI: VI JO; ꓩU SI. CO, NY, ꓥ= Gꓶ SI. YI. NY MI: VI ꓒ.. JO; ꓕꓯ; A.-ꓛ.. NE A.-N Dꓯ ꓘU Sꓯ; M Lꓯ: HW. LI. A.-N NY, M W:-DI.. Mꓵ: KW N N, W M M: Sꓶ.=

A.-N KO Dꓯ CO. ꓤꓯ; L YIN Y, ꓕꓯ;-. A.-ꓛ.. NE YI. Dꓯ ꓘU Sꓯ; M PI, PI, ꓤ; N N, W LI SI.-. YI. Gꓶ NE “A. YI; A.-ꓛ.. WO-. X, Gꓶ NYI ZI Lꓯ(X, Gꓶ ZI Lꓯ: HO Lꓯ)-. X, Gꓶ NYI ZI Lꓯ”D: DO, NY, ꓥ= Gꓶ SI. YI ꓘU Sꓯ; M NY MI: VI JO; L SI. ꓶ: R Bꓯ JW: M: D WO=

A.-N NE “A. YI; A.-ꓛ.. WO-. X, Gꓶ NYI ZI Lꓯ” ꓘU Sꓯ; M NY MI VI KW CO. Mꓶ: YI W= Gꓶ SI. YI. ꓒ.. ꓕI.. KW BY: ꓛꓵ; NY, M BY: M NE JI JI ꓤ: N N, W LEO= BY: M NY W:-B KW LI; ꓛIG U Kꓶ. NY.-. BY: ZI: M Dꓯ ꓕO, ꓕO, ꓕI.. ꓕI..H ꓤ: CW M. GO: KꓶO= BY: ZI: M N N, GU ꓘꓶ. NY. NI, M A: ꓘꓶ. XW JW NY,-. A.-N Sꓯ; M MI: VI NE JO; Mꓶ: YI SI. A.-ꓛ.. N N, M: W M C, W ꓕꓯ;-. MY BI., LI. XU: XU: Kꓶ LEO= YI. NY NI, M Nꓯ.; KW CO. JI JI YI JW W FI NI, Xꓵ SI.-. BY: M BU Tꓯ. LI. ꓝI LI. NYI Z: DU Tꓯ, SI.-. A LIB ꓯ M: K:-. A.-N Bꓯ ꓘꓶ: M A.-ꓛ.. Dꓯ C, W LE FI Bꓯ NY, ꓥ=

Kꓶ. NY. ꓕI: NYI Mꓶ: ꓘꓶ: LI. M: JI.. ꓕꓯ_LI-. BY: M ZU NY A MO T. M W:-B KO Tꓯ CO. GO LI BYꓱ N: GO LI BYꓱ-. Lꓯ: HW. NYꓱ NY Lꓯ: HW. MO ꓥ= A: ꓘꓶ. Tꓯ, B: T. M KW BYꓱ ꓘꓱ M: D CI; Bꓯ BY: M BU NY CO LO CO LO BYꓱ NY, ꓥ= YI JY SI; ꓕꓯ; KO Dꓯ YI JY A. TI. ꓤ: DO-. VE; Mꓶ; ꓕꓯ; Z Tꓯ, H, M Z: NY, ꓥ= Tꓯ, B: S F. ꓘꓱ, Kꓶ-. WO: Hꓶ S; TO N; Kꓶ ꓕꓯ-. BY: ꓘꓱ., W: ZI KW BYꓱ: LO, L WO=

A MO T. M BY: ꓘꓱ., W: ZI KW ꓘꓱ, L LI.-. BY: M BU NY ꓕI: ꓘꓶ: LI. N: M: Pꓶ.= YI. Cꓱ., ꓕI: Cꓱ, KW A. Xꓵ: XW. DU ZI L M: Sꓶ. SE: SI.-. YI. W: NY M: N:

BYꓱ NY, ꓥ= MI XW. MI XW. W:-B Nꓯ YI ꓘꓶ: KW BYꓱ ꓛI ꓕꓯ;-. Nꓯ YI NE YI. Cꓱ, K: ꓞI Kꓶ SE: W= YI. W: NYI: S; ꓘO, BYꓱ: ꓤ, NYI LI.-. ꓕI: Bꓱ M NY YI. FI. NE Nꓯ YI ꓘꓶ: KW PYO, LI; L-. ꓕI: Bꓱ M Dꓯ NY YI FI. NE Nꓯ YI KW JO; ꓞO LI SI. Sꓯ; M Mꓶ: YI W= M: D M: S; M: YIN Y M: D= Mꓶ: JY: HO_M BY: M NY “BY: ZI: M NY RO: Tꓯ. HO, Lꓯ: HO ꓕꓯ; SI. Sꓯ; W: TI, L ꓥ-. A: Jꓵ: SU ꓕI: ꓛO ꓤ: Sꓯ; ꓕꓵ; SI. BYꓱ NY BYꓱ LO, YI D ꓥO ”Bꓯ SI.-. JI JI ꓤ: Zꓱ., GW GU ꓕꓯ; BY: M BU NY ꓕI: M NE ꓕI: M Dꓯ Nꓶ: Lꓯ; HO H,-. ꓕI: ꓛO YI. Dꓵ Lꓯ; ꓛꓱ.. H, SI. ꓕI: ꓛO ꓒ.. BYꓱ DO L-. A: ꓶ CO. NYI ꓕꓯ; Nꓯ YI ꓕꓯ; SI ꓒU LI. Xꓵ: MO KU. ꓕI: Dꓵ: JE NY, M_LI T.-. ꓕI: B, G: BO.-. ꓕI: B, CO. BO.-. ꓕI: B, NY ꓕ BO.-. ꓕI: B, NY KO. BO.-. ꓕI: B, NY YI. FI. D: M Jꓵ: L M Dꓯ PY NY,-. ꓕI: B, NY MI: VI D: M JO; L M Dꓯ PY NY,-. Xꓵ LI. M: JO Bꓶ Dꓵ: ꓘꓶ: ꓕI: ꓛO: KW BYꓱ; JE NY, ꓥ= Kꓶ. NY. ꓕꓯ;-. MI: VI WO: WO: JO; YI. FI. KO ꓕU: ꓕU: M Nꓯ YI Dꓯ: Sꓯ CO. BYꓱ LO, L W= Fꓯ. NE A MY XW. Kꓶ LI. C, M; W ꓕꓯ; SI.-. Yꓯ:-ꓛI:-LY: KO Dꓯ ꓛI-. A.-N NE A.-ꓛ.. Dꓯ “X, Gꓶ NYI ZI ”Lꓯ Bꓯ SI. ꓥO LO. NY, M M. GO: Kꓶ W= ꓕI M KW CO. A.-ꓛ.. NI, M KW NY “X, Gꓶ NYI ZI”Bꓯ ꓕI: ꓘꓶ: M LI: SW; NY,-. NI, ꓤ: Bꓵ: ꓤ: LI. JY LI GU “X, Gꓶ NYI ZI”NYI M Dꓯ LO NY, H, ꓥ= W:-B Mꓵ: KW CO. L_M BY: M NY GO M KW CO. O. TU TU W:-B Mꓵ: SI. Yꓯ:-ꓛI: -LY: KO NYI: KO. CO. KW M: N: BYꓱ ꓕꓶ NY,-. A.-ꓛ.. SI. A.-N NI, JW, M ꓕ BO. KO. BO. M. GO: NY, ꓥ= A Mꓶ TW-WU Pꓯ: M ꓛI L ꓕꓯ;-. L: FOB U NY W:-B Nꓯ YI ꓕꓯ; SI BY: M M GO LI. LI. MO KU. ꓕI: Dꓵ: JE_M ꓕI: LI, BYꓱ NY, M Dꓯ MO D ꓥO= YI. W: NY WO: Hꓶ M: Sꓶ. L: ꓞO BU Tꓯ. YI. DO: V JW NY, ꓥ=

33 LU: d: D∀ G⅂ SE; HW. YI-. MY BI., ƎE L NI, JW: X∩.

A. L: WO NY, M LO; YI A_M dU: d ꓤ: M⅂: A.-ƆY NY A.-Ɔ.. D∀ YI JW SI. “X, G⅂ NYI ZI”B∀ M ⊥I: LI, YI W FI NI, X∩ Λ= X∩: WU ⊥I M P⅂. DU O. N⅂. A: ꓘ⅂. CO NY, ⊥I” B, M KW-. YI. FI A. N NE “NYI M A.-ƆY M∩: ⊥∀; SI ꓤ∀; JE LO X∩: WU M M: JI SU NE YI. d: dU: L D∀ G, K⅂ SI.-. A LI M: YI NE YI. M∩: ⊥∀: SI L SI. XW. ZI SU D∀ YI JW LO X∩: WU M dU: L D∀ B∀ GO: K⅂O= YI. d: NY O. LI YI M A: ꓘ⅂. ZO: Λ B∀ NY, LI.-. MI: WO; KW YI. FI. M T∀. Ɔ YI FI M: D-. A.-ƆY NY A LI LI. NI, Ⅎ MI: WO; KW LI; L Ɔ∩-. M: Λ B∀ YI. W: X∩: RO A: J∩: D∀ X, Λ B∀ NY, WO ”B∀ ՐU L W=

MI; WO; KW M: LI; JE NY M: D W= A.-Ɔ.. D∀ YI JW SI. “X, G⅂ LI; L ”FI ΛO: B∀ YI. J∩, M: JW, W= G⅂ SI. ⅎO JOG U LI. M: JW, SE: M A.-Ɔ.. D∀ V T. YI. M: Y∀;= NI, M A. DI: JI M A.-ƆY NY LI; JE M⅂. ⊥∀; A.-Ɔ.. D∀ JE GU ⊥I: dE; HW GO: T. YI. ΛO SW; Λ= ⊥I LI SI. YI. NY A.-Ɔ.. D∀ HW SI. “A.-Ɔ.. NE-. NU V SI. A.-N NI, dU L∀: HO M NY A: ꓘ⅂. dU: ΛO-. NU NY NI, dU SU D∀ A: ꓘ⅂. JI KU. SU Λ B⅂= ΛW NY NU D∀ YI JW SW; Λ-. G⅂ SI. WO S dU: L NE LI; L∀ 9: B∀ ⊥∀; NU D∀ YI JW W M: D O= ΛW LI; JE M⅂. ⊥∀; KW NU D∀ ⊥I: X∩: YI JW T. YI. NE-. NU A. X∩: YI JW FI NI, X∩ ∀?”B∀ Λ=

A.-Ɔ.. NY ⊥I ⊥∀; SI. YI. NY M: X∩ SE: B⅂ SW; W LEO= YI. D ∀NY ⊥I MY BI X∩: M⅂: L∀. ⊥I: ⊥I RO M NE YI JW NY, Λ B⅂= M⅂: L∀. M NI, Ⅎ MI; WO; KW LI; JW N T. M MO ⊥∀;-. YI. D∀ “dU: L ꓤ: M⅂: NU D∀ A: ꓘ⅂. XW. MO W-. ΛW ⊥I: M T∀. ꓤ: KO ⊥∀; LI ƆI KW ⅎO JO NY, ⊥∀:-. NU NY ΛW D∀ ⅎO JOG U ⊥I: dE; B∀ M. GO: L∀ MO:”B∀ Λ=

dU: L ꓤ: M⅂: A.-ƆY NY A.-Ɔ.. ⊥I: MY ⊥I: BƎ NI, JW: KU.-. ⊥I MY ⊥I: BƎ NI, TƎ, M D∀ MO ⊥∀; ⊥I LI B∀ Λ-. “KO D∀ NI SI, ZI LO ZI NI, ƆI; ƆI;-. X∩. MI W: DI.. M∩: Λ SI.-. JO: ꓤ: M ⅎI A: ꓘ⅂. VƎ JI Λ-. ΛW NY NU D∀ A YO ⊥I: HW. GO: NE-. NU NY A YO LO. SI. FO JO K, 9:= NU D∀ M⅂: JY: SI JO: LO. GU M M: MI LI FI ΛO B∀-. KO: ⊥-. M D∀ NY BI:-LO. W: KO(A YO BI: LO. GU)W: KO ꓘU K, 9:”B∀ Λ=

Mꓶ: Lꓯ. M ꓒ.. Bꓯ GU ꓕꓯ;-. A.-ꓛ.. Mꓶ. ꓕꓯ: NY A YO ꓕI: HW. Tꓶ, L W= A YO GO ꓕI: HW. M NY ꓕI: M GU ꓕI: M NY A.-ꓛ.. Dꓯ MO: LI ꓕꓯ: Mꓶ: YO M: MO GU M YO LO. ꓒ: Dꓯ MO YI M ꓕI: LI,-. ꓕI: M GU ꓕI: M “Mꓯ,-. Mꓯ, ”Mꓶ SI. YI G: Lꓯ: G: JI CO ꓕꓶ, NY,-. A.-ꓛ.. NI, M A. TI. S LE SI.-. YI. HW ꓛI; L ꓕꓯ; ꓒU: L ꓤ: Mꓶ: M Dꓯ XW. MO W Bꓯ YI NY, ꓕꓯ;-. A.-ꓛY Mꓶ: Lꓯ. NY MI: TI.. ꓕI: ꓘU. KW NY, SI. MO: KW ꓕI: ꓒE KW ꓛI LE H, BO= YI. NY Kꓶ. NY. ꓒꓱ, SI. NE A.-ꓛ.. Dꓯ Lꓯ: ꓶ., Lꓯ: ꓶ., YIN Y,-. A ꓤ ꓤ ꓶ: R LO, YI .MI; WO; KW NI. M: MO LEO=

ꓕI M KW NI.-. A.-ꓛ.. NY BI:-LO: W: KO KW A YO Lꓯ: Xꓵ LO.-. W:-B Nꓯ YI KO B: ꓕI: ꓛO: KW NY, M A.-N Dꓯ Lꓯ: Xꓵ HW ꓕꓶ NY, ꓥ= A ꓕꓯ; LI. “X, Gꓶ ZI Lꓯ”JO: SW; NY, M A.-ꓛ.. NY A.-N Dꓯ A: ꓘꓶ. MO NI, Xꓵ NY, ꓥ= YI. NY A LI Mꓶ YI SI. A.-N Dꓯ Dꓵ: JW: ZI: NE A YO JI JI LO. NY, ꓥ= YI. NY A YO Dꓯ ꓛO: ꓒꓯ, ꓕI: LI, NYI H,-. A YO JI JI LO. SI. NI, M M: XW. FI NY, ꓥ= ꓕI: NYI M: JO LI. Mꓶ: ꓘꓶ: ꓒ.. CI ꓕꓯ: A YO M KO ꓕꓯ: SI, LI KW MO; ꓤ: Xꓵ. ꓤ: A: ꓘꓶ. JI Mꓵ: ꓥ, NY SI, ꓒY: LO ꓒY: A: ꓘꓶ. JI Mꓵ: KW G; LO. YI NY,-. A LI ꓕI: NYI LI. A YO Z: M: BO M Dꓯ JW: XW. NY, ꓥ= MI: MI XO YI NYI M: MO ꓕꓯ; YI. NY A YO M YI. Lꓯ: K. A: ꓘꓶ. NY:-. Mꓶ: V ꓕꓱ, W M; D M SI. ZI Yꓯ. ꓘW G; YI T. NY,-. YI. NY A YO NY, M YI. ꓘꓶ: KW CO. A. TO. FI H, SI. MO: LO Mꓶ ꓛꓵ: Mꓶ MI-. M Mꓵ;-. KO WO: ꓒY: SI, Sꓶ LO SI: Bꓯ LO Xꓵ: HW L M ꓛU Z: NY, ꓥ= ꓕI GU ꓕꓯ; K: Mꓯ; ꓕI: LI, A YO Tꓯ. K: W FI NY, ꓥ= Mꓶ: ꓘꓶ: CI YI ꓕꓯ; LI; NE A YO G; LO. YI NY,= ꓕI: NYI Kꓶ. NY. ꓕI: NYI-. ꓕI: ꓘO; Kꓶ. NY. ꓕI: ꓘO;-. YI. NY A YO LO. SI. NE BI:-LO. W: KO KW LO ꓘU: LO M-. W: ZI: W: M KW M: ꓛI Mꓵ: M: JW, W=

ꓕI NYI M KW-. A.-ꓛ.. NY YI. A YO M G; SI. Yꓯ:-ꓛY:-LY, KO Bꓶ DO ꓘꓶ: YI: Nꓯ Mꓵ: ꓕI: ꓛO: KW NYI NY, ꓥ= KO GO M NY A: ꓘꓶ. WU: A: ꓘꓶ. MO ꓥ= KO Dꓯ VE; H, SI. NYI ꓕꓯ:-. A KW ꓛI ꓛI Lꓯ: Lꓯ. ꓤ:-. WU: WU: YO YO M KO V ꓥ M Dꓯ LI. MO ꓥ= ꓕI LI BI Xꓵ: Mꓵ: Dꓯ MO ꓕꓯ:-. A.-ꓛ.. NY ꓶ: R M A.-N Tꓯ. Dꓵ: JW: L SE: W= YI. NY A: MO KO Dꓯ VE; SI. Bꓶ DO YI Mꓶ Mꓵ: A.-N NY, ꓕI: ꓛO: KW NYI NY, ꓥ= ꓕI: ꓕꓶ. M: JO Kꓶ. NY. SI, LI KW CO. Mꓵ: GU, Pꓱ NE KO: LO: KO: LO-. YI ZI; YI. Lꓯ; K: NE B Lꓱ N: B Lꓱ T. L-. MI: VI D: M JO; L W= LU: MI: VI JO; L SI. NE A.-ꓛ ꓥ SI. YI. A YO M A: Jꓵ: MO: KW JO; LO, YI W= A ꓕꓯ: LI A. Xꓵ: LI. A: ꓘꓶ. ZI FO SI. ꓕI: Xꓵ: LI. M: JO M A.-ꓛ.. NY YI. A YO M G; SI. MU KU. SI: SI: M KW HO LI, NY, ꓥ= MI: VI M GO ꓕI: JO; N: GO ꓕI: JO; NY,-. A LI JO; LI. A.-ꓛ.. ꓥ SI. A YO M Tꓯ. M: JO; V, Kꓶ= A: ꓶ KW JO; ꓛI LI. M: Sꓶ.-. A Mꓶ JO; Kꓶ LI. M: Sꓶ.= MI: VI A ꓤ ꓤ JO; N: YI ꓕꓯ;-. MI VI ꓛY, WO; Gꓶ A ꓤ: ꓤ: N:

YI M: Xꓵ. L WO= A.-ꓛ.. SI. NE YI. A YO M NY ꓕI: Xꓵ: LI. M: T. SE: ꓥ=

MO KW CO. ꓝE L ꓕI: B, M-. A.-ꓛ.. Kꓶ. NY. ꓒO, SI. NYI NYI ꓕꓯ;-. Bꓶ Dꓵ: ꓘꓶ: YI Mꓶ Mꓵ: Tꓯ. ꓛO: Sꓯ NY NI, ꓛI; PI, Xꓵ: LU: ꓒ: ꓕI: M DO L SI. YI; LI; P; MU A ꓤ ꓤ SI, Nꓯ LI ꓛI Nꓯ Dꓶ; LI Xꓵ: YI Bꓱ ꓕI: Bꓱ KW ꓝE ꓝO LI MO O=

C, W ꓕꓯ;-. NI, X, ꓒ: NE Nꓯ. DO: LI_M LU: ꓒ: GO ꓕI: M M NY A.-ꓛ.. A.-N Dꓯ NYI NY, M MO ꓕꓯ; Fꓯ, NE ꓒY, Cꓵ, L NY, SE: ꓥ BO= Gꓶ SI. NE ꓘO; Lꓯ: HO M: HW. LI_M ꓘꓶ: Nꓯ Gꓯ. ꓕI: M M YI. ꓘꓶ: KW ꓝO LI M ꓕI: LI, Kꓶ YI BO=

MI JO MI O T. M LU: ꓒ: GO ꓕI: M M NY YI. ꓕI LI ꓘꓶ LI: M A.-ꓛ.. ꓕI: Xꓵ: LI. M: JO M M: Sꓶ.-. Lꓯ: HW. LI. YI. BE A YO ꓕI: ꓛO: ꓕI: ꓘꓶ: LI. Dꓵ: JW: M: W Xꓵ: ꓕI: Mꓵ: KW ꓛI LE-. Mꓵ: GO M NY YI JY YI MI V SI. Xꓵ. Hꓶ Xꓵ. MI A: ꓘꓶ. JW, M “M-SI,-D.. DI.. ”(M D A: ꓘꓶ. MY: MU:)M ꓥO=

GO KW NY W:-B Nꓯ YI Bꓶ Dꓵ: ꓘꓶ: ꓕI: ꓛO: KW KO A WU Xꓵ: NYI: KO Nꓶ; Lꓯ: HO H, M KW ZO:-. A. LU: A_LI CO. CO. MO A WU ꓕI: Mꓵ: ꓥ=

GO ꓕI: Mꓵ: S ꓛO: KW NY ꓕI: ꓛO: M: JO KW LI. YI JY “HW.. HW.. HW.. ”ꓕI: Dꓵ: YI NY,-. YI JY ꓘꓶ: KW NY A: Jꓵ: LI. JO: RO BI LE-. M ꓛꓵ WO:-. D WO:-. YI, ꓒU A: MY, JW, ꓥ=

YI JY Fꓱ H, Tꓶ. KW NY A: L JY Cꓱ, NYI: ꓕꓶ, ꓛI Bꓶ ꓕꓯ; SI. Bꓶ ꓛI D LO Xꓵ: YI Bꓱ ꓕI: Bꓱ LO; YI H, ꓥ= YI Bꓱ KW YI JY NY XY, XY. ꓤ:-. MO: KW NY KO Dꓯ YI NY, BYꓱ NY,-. GO ꓕI: B, LI YI JY Lꓯ ꓤ: Lꓯ T. NY, SI.-. YI Bꓱ M KW A: ꓘꓶ. K, ꓛꓵ; ꓥ= G: Lꓯ: G: JI NY A: L ꓝO ꓤ: ꓕI: VI; MO ꓛI JW, Xꓵ: KO Dꓯ Xꓵ Hꓶ NU: H,-. YI KO LO NY SI, YI YI. HO: YI H, SI.-. Xꓵ. Hꓶ M LI. JY; Lꓯ; ꓤ: A: ꓘꓶ. BI NE T.= NYI NYI ꓕꓯ; YI Bꓱ M NY Kꓶ. FI. KW ꓕI: Xꓵ: LI H,-. YI. Dꓵ KW SI, YI CO. H, M ꓝO BI M LI T. ꓥ=

YI Bꓱ ꓘꓶ: G: Lꓯ: G: JI NY Xꓵ. Hꓶ DI.. A WU Xꓵ: ꓕI: Mꓵ: ꓥ-. Xꓵ. Hꓶ DI.. KW NY SI, YI JO: YI BI.. LI H, SI. A: ꓘꓶ. BI ꓥ=

Xꓵ. Hꓶ DI.. YI. ꓘꓶ: NY M PO NI, ꓛI; ꓛI; T.-. M NYO M JO: LO. ꓤ: T. SI. A YO Bꓱ KW A YO Z Tꓯ, ꓛY, H, M LI T. ꓥ=

GO KW NY Cꓵ Cꓵ LI. A YO A: ꓘꓶ. LO. K, JI Xꓵ: Mꓵ: ꓥ Bꓶ=

A.-ꓛ.. NY GO KW A YO LO. NY, ꓒꓱ; W SW; ꓥ= GO KW NY Cꓵ Cꓵ NY, JI Xꓵ: Mꓵ: ꓥO-. Gꓶ SI. M-SI.-T-DI.. Bꓯ LO ꓕI Mꓵ: M NY A.-N NY,_M W:-B Mꓵ: Dꓯ A ꓶ KO, H, MI? A LI ꓕI: ꓛO: KW ꓥ MI? A.-N A LI T. M Lꓯ: HW. LI. M: Sꓶ. W= A.-N Dꓯ ꓒ.. Dꓵ: JW: ꓕꓯ; A.-ꓛ.. NI, M KW NY WO; NE ꓥO, L M ꓕI: LI, N NY,-. ꓤ: ꓥ CI; Bꓯ LI. ZI: M; D SI. MY BI., XU: XU: Kꓶ LEO=

A.-ꓛ.. MY BI., M W: DI.. KW-. M LI KW-. SI, LI KW A KW ꓛI ꓛI “TI; T: TI; T: ”Zꓯ ꓝꓶ LE SI.-. YI. MY BI., Zꓯ ꓕI: W_M Xꓵ. ꓣ: MO; ꓣ: V ꓕI: CW LI. A.-ꓛ.. GO MY NI, ꓛꓵ; KU. O. NYO NE YI. Dꓯ A: ꓘꓶ. NI, ꓛꓵ; JW NY-. ꓶ , Lꓶ ꓣ: ꓶ, Lꓶ T. ꓥ= ꓕI: ꓘO; Kꓶ. NY. ꓕI: ꓘ_;-. MO; ꓣ: Xꓵ. ꓣ: Gꓶ ꓕI: ꓒO, YO GU ꓕI: ꓒO. YO-. YI. ꓒY: KW Cꓵ. LI. JW, ꓕꓯ:-. MI: VI JO; ꓕꓯ; Eꓵ Lꓶ..-. Eꓵ Lꓶ.. T. KU. ꓥ=

Kꓶ. NY. Mꓵ: NU SI, YI YI Jꓵ, ꓛI LO ꓕI: Nꓯ; W ꓕꓯ;-. NI, ꓒU Lꓯ: HO_M ꓣ: Lꓯ. Mꓶ: Lꓯ. NYI: RO M Xꓵ. Hꓶ DI.. KW ꓛI SI.Bꓯ Lꓯ: HO NY,-. Jꓵ MU., Lꓯ: HO NY, ꓕꓯ;-. YI. W: NY ꓕI: ꓕꓶ. Eꓵ KU. Xꓵ: Xꓵ. Hꓶ ꓕI: CW MO LEO= ꓣ : NY ꓣ: Mꓶ: Dꓯ “Xꓵ. Hꓶ LI. NI, SI; LEO-. RO ꓕ: Bꓯ Lꓯ: HO Lꓯ ⅁:-. Xꓵ. Hꓶ ꓕI CW M NE RO NI, ꓒU Lꓯ: HO M Dꓯ Sꓶ. SU YI Lꓯ ⅁:”Bꓯ NY, ꓥ= Bꓯ GU ꓕꓯ; Xꓵ. Hꓶ M ꓝꓶ, L SI. NYI: Bꓶ: Cꓵ, NE ꓕI: ROT ꓯ. ꓕI: Bꓶ: YI NY,-. A. ꓕ: Mꓯ H, M NE M ꓕO: NYI: ꓕO. Dꓶ.. L SI. Xꓵ. ..ꓶ M ꓕI: ꓕO. KW ꓕI: Bꓶ: Kꓶ-. MI Tꓯ. MI Tꓯ, H, NY, SI.-. YI. W: NI, ꓒU Lꓯ: HO M Tꓯ. Sꓶ. DU SW; NY, ꓥ= ꓕI M KW CO.-. YI. W: NYI: RO M NY ꓕI: ꓝI; ꓕI: B.. M: Bꓯ Lꓯ: HO HO ꓝO JO W LEO=

ꓕI M KW CO.-. Xꓵ. Hꓶ GO ꓕI: Xꓵ: M NY LI-SU Xꓵ: ꓒU: ꓒ: P ꓒ: “JW: ꓝI; ”(JW: Xꓵ.)LO; YI-. GO KW NY, SU NY “HO, HO, Nꓯ ꓝI;”Bꓯ NY, ꓥ= NI, ꓒU Lꓯ: HO SU Xꓵ. Hꓶ GO ꓕI: Xꓵ: M HW W SI. M ꓕU: KW Kꓶ NE ꓕI: RO ꓤI: M Tꓯ, H, CI; Bꓯ-. A ꓕꓯ; LI. ꓛO, Xꓵ M: KU.= Xꓵ. Hꓶ Tꓯ, H, M ꓣ: BE ꓣ: Mꓶ: NY V, M: D Kꓶ LE-. Xꓵ: M NYI NI, JW: Lꓯ: HO KU. ꓥ= Gꓶ SI. Xꓵ. Hꓶ GO ꓕI: Xꓵ: M NY Cꓵ Cꓵ NI, M T Lꓯ: HO M NI, ꓒU Lꓯ: HO SU SI. M: ꓥ Bꓯ HW W M: D JO:=

34 NY, ꓤ: ZI: MO YI SU LO;-. A YO Xꓵ: WU M. SU LO;

YI. M. MI: M Dꓯ Bꓯ Tꓯ;-. M-SI-T-DI.. JO: LO. GU KW M LI M NY SI, KO: D: M Tꓯ. Nꓶ; Lꓯ: HO H, ꓥ= GO KW SI, ZI NY A WU Xꓵ: JO: ꓥ SI.-. SI, Lꓯ: K. LI. X. Lꓯ: HO NE ꓛO H,-. ꓕI: ZI Kꓶ. NY. ꓕI: ZI Nꓶ: Lꓯ: HO H, ꓥ= XO P ZI-. Vꓱ Lꓱ: ZI-. ꓕO: SHE ZI Bꓯ LO Xꓵ: NY A MO T.-. SI, KO: LO KO: KW NY NY, ꓤ: Vꓯ, ꓤ: Xꓵ: ꓤ: Xꓵ: T. ꓥ=

Gꓶ SI. NE NY, ꓤ: ꓕI M Xꓵ: M Nꓯ.; KW NY “XI.-LI. LI.-. Sꓱ.. Lꓱ.. Lꓱ.. ”Mꓶ KU. Xꓵ: NY, ꓕI: Xꓵ: JW, SI.-. ꓒ.. Mꓶ ꓕꓯ; NI, M LI. JY JY. ꓤ: T. KU. ꓥ= Bꓯ LI. M: ꓕO: W-. XI. LI. Sꓱ.. Lꓱ.. NY, Mꓶ Sꓯ; ꓒ.. Bꓯ JW: ꓕꓯ;-. A.-ꓛ.. NY MI ꓛY NY, H, SI. MY BI., “TI.. T:-. TI: T: ”Zꓯ K, NY, ꓥ=

ꓕI B, M KW-. SI, ZI Dꓯ Sꓯ ꓥW: H, LO NY, ꓤ: M NY “XI. LI. LI.-. Sꓱ.. Lꓱ.. Lꓱ..-. ꓥW Gꓶ NE NU ꓕI: LI, T. ꓥO= XI. LI. LI.-. Sꓱ.. Lꓱ.. Lꓱ..-. ꓥW NY W:-B Mꓵ: KW JE= XI. LI. LI.-. Sꓱ.. Lꓱ.. Lꓱ..-. NU NI, M ꓕ: XW. LO NY, H,”Bꓯ L SI.-. Bꓯ GU ꓕꓯ; YI. Dꓵ., Lꓯ; ꓛꓱ: NE A.-ꓛ.. O. Dꓵ KW S; CO CO Kꓶ SI. ꓕI: JO ꓤ: YI Mꓶ Mꓵ: Tꓯ. SI BYꓱ: JE W=

Cꓵ Cꓵ Bꓯ ꓕꓯ;-. XI. LI. Sꓱ Lꓱ.. NY, M NY YI. WU. Yꓯ:-ꓛI:-LY: KO Dꓯ NY, Xꓵ: ꓥ= YI. ꓝI; YI. B GO KW NY, SI. A: ꓘꓶ. JO S ꓥ= Gꓶ SI. A.-ꓛ.. Dꓯ LU: MI: VI JO; SI. XW. ZI LI GO ꓕI: ꓘO, M KW-. YI. ꓤ: Mꓵ. NY, LO NY, M B]SI. NY, ꓤ: NY A: Jꓵ: LU: MI: VI NE JO; Mꓶ: YIO= “XI. LI. Sꓱ.. Lꓱ.. NY ”Mꓶ Sꓯ YI. Z HW ꓕꓶ YI HW: NE M: Xꓵ Kꓶ= Gꓶ SI. YI. LI; ꓛI SI. NY, M Mꓵ. SI. NY, ꓤ: Dꓯ HW ꓕꓶ YI ꓕꓯ; HW M: MO SI.-. A.-ꓛ.. ꓕI: LI, LI. LU: MI: VI NE M-S-T-DI.. Mꓵ: KW JO; ꓛI L-. A.-ꓛ.. ꓛO: ꓒꓯ, LO; YI O. JO: SI.-. YI. NY Bꓯ M: ꓛU ꓛꓵ A.-ꓛ.. Dꓯ YI. DO: N NYI ꓕꓶ GO: YI NI, Xꓵ NY, ꓥ=

ꓕI M Pꓶ. DU NE-. LI-SU Xꓵ: NY “XI. LI. Sꓱ.. Lꓱ..”NY KO Dꓯ A. DI: NI, ꓛꓵ; KU. M NY, ꓤ: ꓥO Bꓯ ꓥ= “XI. LI. Sꓱ.. Lꓱ..”NY A ꓕꓯ; Mꓶ: ꓕꓯ: MO M: D-. “XI. LI. Sꓱ.. Lꓱ..”Dꓯ MO NY-. M; D M NY ꓝO ꓘ, ꓝO MI KW MO CI; Bꓯ ꓘ, KW ꓝI; Lꓯ.SU Mꓶ: YI KU.-. ꓕI: Jꓵ, ꓤO: ꓕꓯ; ꓘ, KW NY Mꓶ: ꓛꓵ: ꓒ: Mꓶ: ꓛꓵ: M JW, L KU. ꓥO Bꓯ CI; ꓥ=

YI. M. MI: M Dꓯ CW ꓛI ꓕꓯ;-. NY, ꓤ: BYꓱ: JE LO LI. NYI ꓕI: NYI M Nꓯ;

Nꓯ; ꓕꓯ;-. A.-ꓛ.. TU L SI. KO WO: BE M Mꓵ; A. TI. C. Z: Kꓶ SI. A YO LO. JEO= A YO ꓕI: HW. M NY “XI: XW: XI: XW: ”Bꓯ NE Xꓵ. Gꓯ Z: NY,-. YI. NY LU LU. ꓤ: XO B.. ZI: Yꓯ; ꓘW: L SI. N: K, YI NY, ꓕI: B, M-. YI Mꓶ Mꓵ: ꓕI: ꓛO: KW CO. NY, ꓤ: ꓕI: M BYƎ L SI. SI, ZI M Dꓯ ꓥW: YI W=

ꓕI: B, ꓤO: ꓕꓯ;-. NY, ꓤ: NY YI. Sꓯ; LI. JI JI V NY, M: Mꓶ-. YI. Dꓵ Lꓯ; Eꓵ; SI. Sꓯ; HO: N: Sꓯ; HO: Bꓯ NE “XI. LI. SƎ.. LƎ..-. W: -B M YI Mꓶ Mꓵ: KW ꓥ-. A.-N NU Dꓯ A: ꓘꓶ. Dꓵ: JW: ꓥ” Mꓶ NY, ꓥ= NY, ꓤ: ꓕI LIB ꓯ GO: L ꓕꓯ;-. A.-ꓛ.. ꓒI: MY Nꓯ WO; ꓤ; T. M D YI SI. A. TI. ꓤ: Hꓶ: L W= YI. NY NI, ꓘW: M: Xꓵ SI. NY, ꓤ: Dꓯ “XI. LI. SƎ.. LƎ.. NE-. XI. LI. SƎ.. LƎ..-. NU ꓥW Dꓯ Bꓯ GO: Lꓯ-. ꓥW A ꓕꓯ; SI. A.-N Dꓯ MO D?”N NYI ꓥ= NY, ꓤ: NY “XI. LI. LI.-. SƎ.. LƎ.. LƎ..-. NU NI, NU M A.-N NY NI, M M: ꓒO, YI-. X, Gꓶ BY: M NE YI. DO: V L ꓥ-. W NYI Bꓵ: LU, NE ZI: MO YI L ꓥ”Mꓶ GU ꓕꓯ; YI. Dꓵ Lꓯ; Eꓵ, NE SI, Nꓯ LI ꓛI KW BYƎ: ꓞO LE-. YI. ꓕI: M Tꓯ. “XI. LI. LI.-. SƎ.. LƎ.. LƎ..-. XI. ꓶI. LI.-. SƎ.. LƎ.. LƎ.. ” Mꓶ SI. M: MO BYƎ LO, YI W=

Kꓶ. NY. ꓕI: NYI A.-ꓛ.. A YO G; SI. JO: LO. GU KW ꓛI ꓕꓯ;-. Mꓶ: ꓕꓯ: Kꓶ. NY. ꓒI.. SI LI. ꓤ: T. M Xꓵ Hꓶ DI.. KW NY BY: M “WE. WE. WE. ”BYƎ NY,-. Bꓵ: LU, Xꓵ: ꓤ: Xꓵ: BYƎ NY, M MO LEO= A.-ꓛ.. NY YI. N: ꓛO: ꓒꓯ, JW, LE W SW; NY, ꓥ= ꓕI ꓕꓯ;-. BY: M NYI: S M M YI. ꓒ.. ꓕI: KW “WE. WE. WE.”BYƎ L NY, ꓥ= YI. NY BY: M A. Xꓵ: Bꓯ M N N, M: KU.-. Gꓶ SI. A ꓕꓯ; LI. GO LI K, ꓛꓵ; Xꓵ: JW, M: ZO-. A.-ꓛ.. NY YI. W: N: ZI: MO YI L WO SW; W LE SI.-. BY: M BU Dꓯ “BY: M WO:-. NU W: GO ꓶ CO. L SI. ꓥW Dꓯ YI. DO: V GO: M M Tꓯ. A: ꓘꓶ. XW. MO O-. ꓥW NY A: ꓘꓶ. K, ꓛꓵ; ꓥ-. NU W: NY ꓥW Gꓶ A.-N Dꓯ A: ꓘꓶ. Dꓵ: JW: NY, ꓥ Bꓯ GO: YI ꓭ:”Bꓯ NY, ꓥ= BY: M NY YI. MI: ꓕI: ”ꓵ: GO: L SI. YI JE_M Mꓯ; ꓤ: ꓕI: LI, “WE.-. WE.-. WE.”Mꓶ SI. YI Mꓶ ꓕI: ꓛO: KW BYƎ LO, YIO=

BY: M ꓒ.. BYƎ LO, YI ꓕꓯ;-. Bꓵ: LU, ꓕI: HW. M ꓕI: ꓘO, A.-ꓛ.. G: Lꓯ: G: JI JO: BYƎ NY, ꓥ= A.-ꓛ.. NY NYI N NE O. LI. O. Mꓶ YIO= GO LI NYI N: GO LI NYI ꓕꓯ;-. A.-N YI. Mꓶ. ꓕꓯ; NY, SI.YI. Dꓯ W: SHE L M LI T. ꓥ= Gꓶ SI. A LI Bꓯ M: K:-. YI. ꓒ-. : MY KW YO. YO. Mꓵ T. M NY ꓕO, ꓕO, ꓕI.. ꓕI.. ꓤ: NYI W M LI T. SI.-. A.-ꓛ.. NY A: ꓘꓶ. K, ꓛꓵ; NY, ꓥ=

ꓕI: ꓕꓶ, NE-. SI, Nꓯ LI ꓛI KW YI. Z Gꓯ Z: NY, M A YO ꓕI: HW. M Gꓶ “ꓛꓵ: ꓛꓵ: ꓛꓵ: ”Bꓯ NE YI. ꓒ.. ꓕI.. KW Tꓶ, ꓛI L-. “Mꓯ. Mꓯ. Mꓯ. ”Mꓶ N: YI M: KU.-. Fꓯ, NY ꓛI PI, Lꓯ: PI, T. ꓥ=

A.-ꓛ.. A.-N Tꓯ. Dꓵ: JW: M: LO; SE: ꓕꓯ; LI A YO M Tꓶ, LI; L Kꓶ SI.-. YI.

NY HW. ꓛI: ꓛI, ꓤ: Kꓶ LE-. A YO Xꓵ: WU ꓕI: Xꓵ: ZI L M Sꓶ. LE-. A YO G; NE W: DI.. KW ꓛI L W=

A YO ꓕI: HW. M M: WO. ꓤ: KL LI ꓕꓯ: SI. A YO WU NYI ꓕꓯ:-. A YO ꓕI: M M: MO LEO= Fꓯ, NE ꓕI: ꓘO, WU NYI ꓕꓯ: Cꓵ Cꓵ ꓕI: M M: JW, H, ꓥ= ꓒI; YI M NY A YO Tꓯ. HO: SU A YO BE: M ꓥ Bꓶ= Mꓶ: ꓕꓯ; HO: SU M: JW, ꓕꓯ; A YO ꓕI: HW. M SI. A YO LO. SU Dꓯ Bꓯ ꓕꓯ; NI. Bꓯ; A YO A: MY, M ꓒI; YI M ꓕꓯ; SI. LI. NI, XW. ꓥ= Fꓯ, NE NY A YO BE: M Tꓯ. ꓘO; M Dꓯ NYI ꓕꓯ;-. A: ꓘꓶ. Vꓶ Xꓵ: ꓕI: Xꓵ: NE ꓘO; YI ꓥ= YI. Tꓯ. HW. LI FI ꓥO Bꓯ NY YI. WU. NI. Bꓯ; A YO Tꓯ. ꓘO; SU Dꓯ SE; M ꓕꓯ; SI XW. ꓥ=

Gꓶ SI.-. M: ꓥ LI. A YO Dꓯ YI. Sꓯ; M ꓕI: LI, NYI H, M A.-ꓛ.. Dꓯ Bꓯ NYI ꓕꓯ;-. O. MY Dꓵ: JW: N M: JW,= YI. NY A YO M YI. Bꓱ KW G; Bꓱ Gꓶ-. YI. Bꓱ ꓘꓶ: KW CO. A. TO. A WU ꓕI: BE; FI H, SI.-. A YO Z: SU Dꓯ JO FIN Y, ꓥ=

ꓕI LI YI H, GU ꓕꓯ;-. A: ꓘꓶ. NI, SI; NY, M A.-ꓛ.. NY A. ꓕ: Mꓯ H, M "XW:"Bꓯ NE GO., DO L SI. Lꓯ; ꓒꓯ, KW Tꓯ, H,-. SE; Lꓯ: HO YI T. M Mꓯ; ꓤ: ꓕI: LI, "W. ꓤ: W."SI, N ꓯLI ꓛI KW Tꓶ, JEO=

SI, N ꓯLI KW ꓛI GU A Mꓶ M: LO; ꓕꓯ;-. A.-ꓛ.. NY A YO BI: SI. NI. JO: RU Lꓯ: HO GU M HW MO LEO= YI. ꓛI Dꓵ Dꓵ H, M Dꓯ C, ꓕꓯ:-. A YO BI: Dꓯ RU SU NY ꓕI: M M: ꓝI-. A. Tꓯ. B ꓯLI. NYI: M M: ꓝI JW, ꓥ= Gꓶ SI. YI. NY ꓕI: Fꓯ; LI. M: JO-. A LI LI. HW YI FI ꓥO SW; SI.-. YI. SI: Zꓯ, H, M CW CW G; JE W=

GO. ꓕI; G; NE GO. ꓕI: G;-. ꓭ. CI. ꓕI: G.. G; ꓛI ꓕꓯ;-. ꓭ. CI. Yꓯ. ꓘW LO ꓘU: KW CO. NI. JO: "HO: HO: HO:"RU Lꓯ: HO Sꓯ; Bꓯ JW: L O= YI. Sꓯ Bꓯ JW: ꓕꓯ: A.-ꓛ.. NY NI, SI, NE M: HW. SI. A. ꓕ: WU NE CO. BO. Tꓶ JEO=

A.-ꓛ.. ꓭ. CI. ꓤ: ꓕ: G Tꓶ, ꓛI ꓕꓯ;-. NO, NO: Bꓵ: ꓕI: BU: NU: W ꓥ= JI JI HW ꓕꓶ NYI ꓕꓯ;-. ꓭ. ꓘU ꓤ: ꓕI: M KW NY A: SI, ꓤ: LI Xꓵ: S M JW, SI. YI. Mꓶ: Lꓶ, ꓘO., H,-. "AO, AO, AO, "Mꓶ NE YI. Z LO. NY, H, Bꓶ= GO M NY L: S. ꓘꓶ ꓕI: ꓘꓶ. ꓥ Bꓶ= YI. ꓘꓶ ꓘꓶ: ꓒ.. ꓕI.. KW CO. ꓘO; Lꓯ: HO M LO ꓘU: KW ꓒ.. ꓛI T.-. L: S M Tꓯ. NY CY, NE ꓕI: KO ꓕI: Dꓱ: YI. JY; Lꓯ; Kꓶ YI GU-. Mꓶ ꓛI Lꓱ. DO: H, SI. LU LI. LU M: HW. GU-. A. YO BI: MO M ꓒ.. ꓕI KW JW, LI. ꓕI: ꓘꓶ: ꓘO; M: HW. T. ꓥ= A.-ꓛ.. A. ꓕ: M Tꓯ, SI. ꓒ.. ꓕI.. ꓛI ꓕꓯ;-. L: S. M M NY MY BI., XU: XU: YI GU ꓕꓯ; MY Dꓵ MY ꓝI. H, SI. SE; L M Dꓯ LO NY, H, ꓥ M LI T. ꓥ= Fꓯ, NE NI. JO: ꓘO; Lꓯ: HO NY, M Tꓯ. SI NYI NYI ꓕꓯ;-. L: S. ꓕI: M ꓥ SI. L: M ꓕI: M M Xꓵ M: ɾU ꓘO; Lꓯ; HO NY, "AO,-. AO,-. AO,"Mꓶ SI. YI. Hꓶ: ꓘO; Lꓯ; HO NY, SE: ꓥ= ꓕI M Dꓯ MO ꓕꓯ;-. A.-ꓛ.. NY L: S. M Tꓯ. A. ꓕ: Cꓵ, MO. H, M A ꓤ ꓤ ɾU KꓶO=

Λ W-. YI. W; G⅂ S∀; M ⊥I: CƎ, LI. V SE:-. KO D∀ NY, X∩: ⊥I: X∩: Λ SW; W ⊥∀:-. A YO BI: MO M LI. L: S. ꓤ: BU D∀ GO CW. NY, Λ= F∀, NE NY SI, N∀ LI ƆI KW CO. N∀ ꓞI; G; HW HW SI. LO DI.. NE TI. ꓒ; K⅂ SI. L: S. M N DU LI M KW PO: GO: NY,-. M: ɾU NU X∩ ΛW S∀. ꓘO; L∀; HO NY, M KW CO. LI; L K⅂O=

A.-Ɔ.. LI; L CƎ, M KW NY NI. JO: A: MY, MO SE: Λ-. YI. W; G⅂ NE YI. SI: Z∀ H, M CW CW L: S. SI. L: M ꓘO; L∀: HO GU M KW JE NY, Λ= YI. NY GO KW LI. A YO LO. SE; CI; ΛO B∀ NI. JO: D∀ HW. M: D-. NI. ɾO: A: ꓘ⅂. JW, B⅂-. YI. W; DA SE; L∀: HO B∩: M N: ꓘE, JE M NE HW. YI O SW; W LE SI.-. NI, ꓞ NY, GU KW L: JEO=

NY, GU KW ƆI ⊥∀: A. TO. FI T. YI. M GO LI LI. MU: ꓘU: DO NY, SE:-. G⅂ SI. A YO NY ⊥I: M LI. M: MO LEO= ⊥I M N: M: ⊥O: W B∀ SI. A.-Ɔ.. NY NI, ꓞ HW. D∩: KW ꓞO YI SI. YI. ꓘU: KW ⅂ ꓤ: ⅂ M A: J∩: JW, M: JW, SE: M NYI N, NY, M: M⅂-. NI, ꓞ A YO ƆI DU HW ⊥⅂ NY, Λ= A: L ZO; SE: M NY A YO ƆI DU M NY B⅂ DO ꓘ⅂: ⊥I: ƆO: KW CO. TI: HW. ꓒ.. KO D∀ CO. BO. R∀; LO, YI M MO LE-. NI. ɾO: NE ꓘO; Z: YI X∩: M: ƆO: E∩ Λ=

A.-Ɔ.. NY V LƎ M: BO SI. GO LI G; N: GO LI G;-. A YO HW ⊥⅂ NY, Λ= MI: MI A: L GƎ., YI ⊥∀;-. W:-B N∀ YI ꓘ⅂: B⅂ D∩: ⊥I: ƆO: ⊥O: N∀. LI KW CO. A YO ⊥I: HW. M HW MO LEO=

A YO ⊥I: HW. M NY SI, N∀ LI KW B⅂ DO ꓘ⅂: ⊥I: ƆO: KW NYI NY, M LI T. X∩: A YO BI: D∀ ƆO: X∩: Ƀ. ⊥I: M ꓒ.. ⊥I.. KW JI JI. ꓤ: NY, H, B⅂= ⊥I: BƎ M NY MI ƆY YI: T. SI. GW: TI; ꓒO, NY,-. ⊥I: BƎ M NY ⊥I: X∩: LI. M: Λ M LI YI. Z G∀ Z: NY,-. ⊥I: BƎ M NY YI: T. H, SI. SI. K. NE ΛU, W SI. ꓘ⅂ L⅂: MU K⅂ YI_M YI. MU D∀ L⅂; NY,-. A YO M G NY A YO ꓤ: D∀ A BU, DO NY, Λ=

A.-Ɔ.. NY A YO ⊥I: HW. M ⊥I: X∩: LI. M: T. A YO D∀ ƆO: LO Ƀ. M ꓒ.. ⊥I.. NY, M MO ⊥∀; Ƀ. M D∀ L∀: X∩ XO, L∀: X∩ “C∩ C∩ LI. WO S ꓒU: L NE YI JW L Λ BO-. ⊥I M NY M⅂: ⊥∀; SI. N: ꓞO YI. NYO(LI-SU ΛO:-. A: ꓘ⅂. D SU) DO L KU. ΛO” B∀ NY, Λ=

YO LO. ꓒ: D∀ ⊥I: Z JO: ꓤ; M: MO SE: M A YO ⊥I: HW. M NY A.-Ɔ.. D∀ MO ⊥∀; “M∀,-. M∀, ”M⅂ SI. ꓒ.. ⊥I KW JU: L NY, Λ=

MI YI T. M MO ⊥∀;-. A.-Ɔ.. NY A YO G; SI. W: DI.. ꓤO: T. X∩: ⊥I: G YI; T. YI NY,-. A: ꓘ⅂. K, Ɔ∩: NE ⊥I: VY; LO, YI W=

GO ⊥I: ꓘO; KW A.-Ɔ.. NE XO, FO LO A YO LI. T. M Ƀ. KO B: S ∀NY L: ꓞO BU NE A YO GU MI H, Λ= GO ⊥I: ꓘO; M A.-Ɔ.. NE” ꓞO YI. NYO DO L KU. “B∀

ꓒꓰ; ꓟ ꓠꓰ ꓥ ꓟ: ꓢꓶ.-. ꓖꓳ ꓕꓲ: ꓟꓵ: ꓗꓪ ꓠ: ꓚꓵ ꓚꓵ ꓡꓲ. ꓙꓲ ꓟꓵ: ꓥ-. ꓗꓶ. ꓠꓬ ꓡꓲ-ꓢꓴ ꓫꓵ: ꓚ.. ꓟꓲ: ꓗꓪ ꓐ ꓯꓡꓲ. ꓮ: ꓘꓶ. ꓕꓲ: ꓕꓳ ꓢꓰ; ꓡꓯ: ꓧꓳ ꓥꓳ: ꓓꓳ ꓡ ꓟ ꓗꓪ ꓧꓳ: ꓟ. ꓢꓴ ꓧꓶ:-ꓤ:-ꓐꓳ ꓠꓬ ꓖꓳ ꓕꓲ: ꓟꓵ: ꓗꓪ ꓢꓴ ꓥꓳ=

35 Xꓵ. LI Z JY Jꓵ ꓒꓶ: C.-. A. ꓛꓵ; MU: GW: GW ꓘE, ꓘE,

M. MI M Dꓯ CW ꓛI ꓕꓯ;-. GO KW NY A YO BI: LI T. LO ꓭ. JW, SI. JW: XW. M: ꓛꓵ ꓥ Bꓯ LI.-. Nꓯ YI ꓘꓶ: KW ZO:-. Mꓵ: Sꓯ; A: ꓘꓶ. ꓱ SI.-. A YO A: ꓘL. LO. M: JI M LI T. ꓥ= A YO NYI: S; NYI LO. Kꓶ ꓕꓯ;-. A.-ꓛ.. NY Fꓯ, NE A YO G; SI. W:-B Nꓯ YI G: BO. Tꓯ. ꓛO: SI L Kꓶ-. NI. Bꓯ; YO LO. GU HW ꓕꓶ YI W=

A YO Lꓯ: Xꓵ LO. NY, Mꓵ: Lꓯ: Xꓵ HW ꓕL, JE ꓕꓯ;-. VY; NYI A: ꓘꓶ. LO, YI S-. ꓕI: Jꓵ, NE JY Jꓵ, ꓛI L-. A.-ꓛ.. Gꓶ NE A YO A: ꓘꓶ. LO. JI Xꓵ: ꓕI: Mꓵ: HW W LEO= GO Xꓵ: Mꓵ: M NY W:-B Nꓯ YI G: BO. ꓕI: ꓕꓱ Bꓶ Dꓵ: ꓘꓶ: KW ZO:-. Nꓯ YI ꓘꓶ: CO. NY ꓕI: Nꓯ; W ꓛI Dꓯ ꓛꓵ ꓥ= W; ZI ꓤ; GO ꓕI: TO.. M NY KO D: M YI. KO LO ꓤO: ZO:-. Tꓯ, B: ꓤO: T.-. YI Mꓶ ꓕI: ꓛO: KW CO. YI: Nꓯ ꓕI: ꓛO: KW NY ꓕI: Z JO: ꓛI JE ꓛꓵ ꓥ= Xꓵ Hꓶ DI.. KW NY ꓛY, NYI: S ꓕꓶ, Bꓶ ꓶ ꓥ, NY LI ꓥW: ꓕꓶ, ꓛI Bꓶ ꓛI GU KW NY A KW LI. YI JY YI., NY,-. YI: Nꓯ ꓕI: ꓛO: KW NY ꓛY, ꓱI ꓕꓶ, ꓛI Bꓶ ꓛI WU T. LO Xꓵ: W: DI.. ꓕI: DI.. JW,-. W: DI.. NYI: ꓛO: KW ꓥ SI. YI. KO LO NY YI JY FO, Mꓶ JW,-. W; DI.. YI: Nꓯ SI. NE Bꓶ Dꓵ: ꓕI: ꓛO: KW NY SI, N ꓯLI ꓛI JO: ꓥ= GO KW NY A: ꓘꓶ. A: MO LI. M: T.-. Nꓯ YI ꓘꓶ: KW ꓕI: LI, ꓕI: ꓘO; ꓱI NYI V Mꓵ: Sꓯ; M: ꓕ: M LI LI. M: T.= A: ꓘꓶ. ꓱ Jꓵ, LI. KO Dꓯ Xꓵ. Hꓶ LI KW A YO LO YI JI-. Mꓶ: ꓱU: A: ꓘꓶ. JY SI. W: GW Jꓵ, LI. W: TI: M: ꓛI M Nꓯ YI ꓘꓶ: KW A YO LO. YI JI ꓥ= Fꓯ, NE NY GO KW N: MI: YI LO. YI Z WO: LO WO: ꓕꓶ Z: K, JI SE: SI.-. ꓱO ꓤ: SI. A YO Dꓯ Bꓯ LI. NY, JI Mꓵ: ꓥ= A.-ꓛ.. NY Cꓵ Cꓵ LI. NY, JI Mꓵ: HW W LEO=

ꓕI M KW CO.-. A.-ꓛ.. NY A YO M JI JI. ꓤ: LO. SI. A: ꓘꓶ. ꓱꓶ L FI NY,-. LI M: ꓱI-. ꓘꓶ. Xꓵ; ꓥO NE MI: YI Z Z: NY, ꓥ= Fꓯ, NE NY Xꓵ.-. GW: Xꓵ. HW L SI. ꓘW NY,-. WO: ꓒY, NI, ꓛI; ꓤ; Tꓶ Z: NY,-. A: ꓘꓶ. K, ꓛꓵ; NE ꓱO JO TY, ꓥ= Kꓶ. NY NY L: FOB U N: GO ꓕI: Mꓵ: KW Dꓯ “A. ꓛꓵ; T, W..”ꓘU NY, ꓥ= ꓕI: Bꓱ M NY “A. ꓛꓵ; T, G..”(A ꓛꓵ; LO. DI.. ꓥ, NY A. ꓛꓵ; Bꓱ GU Bꓯ M ꓥO)ꓘU NY, ꓥ=

A.-ꓛ.. NY XW. LI. XW. HW. L LI. L TI.. SI. YI. MI: A: ꓘꓶ. YI Z: KU.-. Fꓯ, NE NY A YO ꓘE: A: MY, JW, SI. JO: ꓘE: A: MY, Kꓶ W D-. ꓕI: ꓘO; M: JO Z Bꓶ, A: ꓘꓶ. Bꓶ, ꓥ= KO D ꓯNY, ꓕI: M M NY YI. NE WO: ꓒU Tꓶ H, M WU: LI. WU: NU:

LI. NU: M MO ꓕꓯ;-. K, ꓛꓵ; LI SI. “WO: ꓒY: ꓕI: PO S Z: Z:-. WO: ꓒY: ꓕI: PO S Z: Z:-. WO: ꓒY: ꓕI: PO S Z: Z:-. (WO: ꓒY: ꓕI: PO M Z Z Z: W D)”Mꓶ NY, ꓥ= A Mꓶ KW ꓛI LI.-. L: ꓝO BU NY NY, ꓤ: GO ꓕI: Xꓵ: M Mꓶ L ꓕꓯ; A Mꓶ A: ꓘꓶ. JI ꓥ Bꓯ CI; VO= NY, ꓤ: GO ꓕI: Xꓵ: M Mꓶ Sꓯ; MO M: D ꓥ, NY A: ꓘꓶ. MO M: D ꓕꓯ; XW. ꓘO; Mꓶ; ꓘO; ꓥ Bꓯ CI; ꓥ= ꓕI M NY NI. Bꓯ; ꓕI: Xꓵ: ꓥO-. Fꓯ, NE M: Bꓯ W=

M. MI: M Dꓯ CW ꓛI ꓕꓯ;-. A.-ꓛ.. A: ꓘꓶ. L TI.. SI. A YO Gꓶ A: MY, Mꓶ L-. YI. ꓝO JO M Gꓶ Lꓯ: HW. Lꓯ: HW. S L W= M Mꓵ; D.. WO: CU. ꓕꓶ M: ꓛꓵ; LI: M: ꓝI-. Mꓶ Sꓯ A YO LO. YI ꓕꓯ; Z JO: Gꓶ Tꓯ, N JW, LEO= ꓕI M N: Cꓵ Cꓵ LI. ꓝO JO M: XW. M YO LO. ꓒ:-. NI, ꓛꓵ; M: GU M NI, ꓒU SU LO; YI W=

ꓕI: NYI M KW-. A.-ꓛ.. NY DI:-ꓘW:-LI (DI.. ꓛꓵ A: ꓘꓶ. JW, M Mꓵ:-. DI:-ꓘW: A: ꓘꓶ. JW, M W:-DI..)KW A YO LO. YI NY, SI. MO: L Z Z: Jꓵ, ꓛI ꓤO: ꓕꓯ;-. YI. NY A YO M YI JY ꓘꓶ: KW G; L SI. A YO Dꓯ YI JY DO FI NY,-. YI. Gꓶ NE Z NYO: Tꓯ, H, M Z: NY, ꓥ= Kꓶ. NY. ꓕI: NYI M GO KW A YO LO. YI ꓕꓯ; Z JO: M: TA, W SW; SI.-. YI. NY Z NYO: M ꓕI: Bꓶ Bꓱ NE DI.. ꓘW: K. KW CO. JI JI ꓕꓱ, H, ꓕꓯ; ꓛO, ꓛO. ꓤ: T. Xꓵ: SI. ꓘU ꓕI: ꓘU KW Gꓶ H, ꓥ=

Dꓵ: JW: M: W M NY GO ꓕI: NYI M Kꓶ. NY ꓝI NYI V. LI. GO KW YO LO. YI M: W-. SI, ꓘU KW Z XW ꓛ, H, M Gꓶ MI LEO= ꓝI NYI V. ꓕꓯ; SI. A.-ꓛ.. NY Fꓯ, NE A YO G; SI. GO KW LO. L ꓕꓯ; SI. Z XW ꓛ, H, M SW; W LE-. SI, ZI Dꓯ NE SI, ꓘU KW CO. Z M RU DO L SI. NYI NYI ꓕꓯ;-. A: ꓘꓶ. XO.. MI NE T. ꓥ= YI. NY ꓕI M N: Cꓱ Sꓯ; ꓛꓵ: NU ꓥ SW; NY,-. Z M SI, ZI Dꓯ Sꓯ CO. LO ꓣU KꓶO= YI. LI. MI ꓛY ꓤꓯ; M: ꓛI ꓕꓯ; LI-. ꓒ.. ꓕI.. KW YI. Z Gꓯ Z: NY, Xꓵ: A YO NYI: S M M NY M-. ꓛY Tꓯ, LO Kꓶ M Z M A: Jꓵ: Vꓶ Z: GU W= ꓶ: R ꓤO: NY, M A YO Kꓶ NE YI. Sꓯ; NU: W SI. Tꓶ, L SI. Vꓶ Z: L NY, ꓥ=

A.-ꓛ.. Mꓶ ꓛY ꓤꓯ: ꓛI ꓕꓯ; A LI ꓥ MI SW; NY, ꓥ= ꓕI: B, ꓤO: ꓕꓯ;-. Z Z: FO Xꓵ A YO M ꓕI: M Kꓶ. NY. ꓕI: M “Mꓯ; ꓯ:-. Mꓯ;-ꓯ:-. Mꓯ; ꓯ:”Mꓶ NY,-. A: ꓘꓶ. N N, S ꓥ= YI. MO M: FO LO M NY A YON Y Lꓯ: Xꓵ Mꓶ Lꓯ: Xꓵ Tꓶ, NY,-. ꓕI: Bꓱ M NY Xꓵ. Hꓶ Gꓯ Z: NY, M_LI-. ꓕI: Bꓱ M NY YI JY DO NY, M_LI-. ꓕI: Bꓱ M NY SI, ZI D ꓯNY, M_LI-. ꓕI: Bꓱ M NY SI, ꓘꓶ Lꓶ: KW NYO, YI SI. HO Cꓵ, NY, M_LI-. ꓕI: Bꓱ M NY B> CI. Dꓯ CO. CO. BO. Tꓶ T. M_LI-. ꓕI: Bꓱ M NY ꓤI. ꓤ-. Tꓶ, ꓕꓶ NY, M_LI-. Fꓯ, NE ꓕI: Bꓱ M NY A YO ꓤ: ꓛI FI. Gꓶ: H, SI. A Bꓵ, ꓛꓵ; NY, M_LI T. SI. A: ꓘꓶ. K, ꓛꓵ; ꓥ=

ꓕI M A LI Kꓶ LI MI? A: ꓘꓶ. ꓕI.. A_M A.-ꓛ.. NY Sꓶ. LEO= ꓕI M NY DI: ꓘW: (DI: ꓘW: NY GO KW NY, SU NE Jꓵ ꓒꓶ: X, DU ꓕI: Xꓵ: Dꓯ Bꓯ ꓥ)M ꓕI: Xꓵ: T.

SI. Z M KW Vꓶ, H, Xꓵ: Z: W ꓕꓯ; A YO M GO LI Kꓶ YI ꓥ T. SW; W LEO=

A.-ꓛ.. NY A YO LI. FI Tꓶ, N: FIT ꓶ, T. M-. ꓝO ꓤ: Z: GU Kꓶ K, ꓛꓵ; Bꓶ ꓥO SW; SI.-. ꓕI: ꓘꓶ: Z: NYI NE NI, Xꓵ NY, ꓥ= A YO G; LI; JE D ꓕꓯ:-. DI: ꓘW: A WU ꓕI: Hꓶ, Cꓵ, LI; JE SI.-. GO ꓕI: NYI M KW ꓛO NYO: ꓕI: LU: C.-. Mꓵ: Mꓵ: ꓤO: Kꓶ LI ꓕꓯ; DI: ꓘW: Hꓶ: A. TI. Vꓱ, SI. SI, Bꓯ, ꓕI: M KW Kꓶ NE YI. ꓘꓶ: JI JI ꓝI: SI. ꓛ, H, ꓥ=

ꓝI NYI V. LO, YI ꓕꓯ:-. Bꓯ, YI. ꓘꓶ: M ꓒU Kꓶ ꓕꓯ; A: ꓘꓶ. MI Xꓵ: JO ꓒꓶ: Sꓯ; XO.. MI L ꓥ= Z: NYI ꓕꓯ; B.. LI. B: ꓛꓵ LI. ꓛꓵ SI.-. A: ꓘꓶ. Z: MI ꓥ= YI. Tꓱ. YI ꓕI: Kꓶ. ꓛ, H, GU ꓕꓯ;-. NI. Bꓯ; M A: Jꓵ: A YO Dꓯ CW. Kꓶ O= A YO Z: GU ꓕꓯ; Cꓵ Cꓵ LI. Fꓯ, NE FI Tꓶ, FI Gꓯ: T. L W= A-ꓛ.. ꓕI: Kꓶ. Z: Kꓶ ꓕꓯ; A YO A LI Tꓶ, M GO LI Tꓶ, NY, ꓥ=

GO M KW CO.-. LI-SU Xꓵ: NY Jꓵ ꓒꓶ: C. Jꓵ: ꓒꓶ: DO NY, ꓥ= A Mꓶ KW ꓛI ꓕꓯ;-. LI-SU Xꓵ: NY DI: ꓘW: NE DI: ꓛꓵ X, NY, ꓥ= MI Tꓱ. MI X, LO DI: ꓘW: Hꓶ: M NE Lꓯ: CI., PU. DO L M NY A: ꓘꓶ. DO MI-. ꓛꓵ LI. ꓛꓵ-. YI Sꓯ; LI. A: ꓘꓶ. XO.. MI ꓥ= DO YI; YI CI; LI-. O. Dꓵ N M: KU.-. SI: ꓕO: N M: KU.= Lꓯ: CI., KW CO. X: L.(Jꓵ ꓒꓶ: Kꓶ SI. A. ꓭ. HW: Lꓱ) X, M NY YI ꓤ: BU Dꓯ DO DU A: ꓘꓶ. MI Xꓵ: ꓕI: Xꓵ: LO; YI-. DI: ꓘW: Hꓶ: Kꓶ SI. TI, Jꓵ-. CW BI, M Dꓯ NY “LI-SU Xꓵ: ꓒI: CYO.. Jꓵ”Bꓯ NY, ꓥ= ꓘO; Xꓵ; ꓘO; MI-. Lꓯ: F. ꓤꓶ., ꓕU:-. ꓝO Xꓵ: W: Xꓵ: NE ꓝO ZI; W; ZI; CI; ꓥO Bꓯ ꓕI Xꓵ: A: ꓘꓶ. X, Z: ꓥ-. Jꓵ: ꓒꓶ: KW A. ꓭ. HW; C. DO L M NY A: ꓘꓶ. Z: MI ꓥ= Jꓵ ꓒꓶ: ꓕI XU: NY Jꓵ Lꓯ: ꓝI. ꓥ SI. Nꓶ, Jꓵ LI. X, DO L M NY-. A: ꓘꓶ. JI Xꓵ: Jꓵ ꓒꓶ: ꓥ LI M: ꓝI-. KO Dꓱ: Dꓯ W: ꓘW: DU A: ꓘꓶ. JW, SI. Z ꓛꓵ: ꓕI.. D-. DI: ꓘW: Hꓶ: Kꓶ SI. X, DO L LO CW BI, M NY LI-SU Xꓵ: ꓤ: Mꓶ: ꓤ: ꓤ: Vꓱ Nꓱ Vꓱ ꓕꓯ: M: JW, M: D ꓥ=

GO M KW NI. O. TU TU-. A.-ꓛ.. NY A YO Lꓯ: Xꓵ LO. A YO Dꓯ SO SI. A. ꓛꓵ; MU: GW: GW ꓘE, Lꓯ: Xꓵ ꓘE, SO NY, ꓥ= YI. TU YI. V ꓘO; LO; ꓕꓯ;-. A Mꓶ A: Jꓵ: SU ꓘE, NY, LO A. DI: K, ꓛꓵ; N S M A.-ꓛꓵ; MU: GW GW ꓘE, ꓕI: Xꓵ: LO; YI W= A Mꓶ A. ꓛꓵ; MU: GW: GW ꓘꓱ, M NY KUD; C ꓕI: F. M A: Nꓱ SD. NI, Dꓵ: GU: ꓕI: Xꓵ: SW; Kꓶ W=

M. MI: M Dꓯ CW ꓛI ꓕꓯ:-. ꓕI: ꓘ, M KW-. MU: NU NI, ꓝ ꓛI L-. ꓝ LI. A: ꓘꓶ. ꓝ ꓥ= A YO Dꓯ A: ꓘꓶ. M: ꓝ W FI ꓥO SW; SI. A-ꓛ.. NY Z WO: LO WO: M NI, ꓝ Tꓶ GU FI ꓕꓯ-. Z: ꓘW Mꓯ., SI. A YO M A.-ꓛꓵ;-T,-W KW G; LO; YIO=

KO Dꓯ ꓛI ꓕꓯ;-. GO KW Xꓵ. Hꓶ DI.. M NY A WU ꓕI: DI.. ꓥ= GO KW NY MI; WO; NI, ꓛI; ꓛI;-. A: MY, NY, ꓥ= JO: LO. GU G: Lꓯ: G: JI NY XO.. P ZI: ꓥ SI. M

D.. LI: JO: Ʌ= SI, N∀ LI KW NY A. W∀; TI..-. LI ƆI ⊥O: L-. B∀ LO X∩: A: MY, NY, Ʌ= SI, N∀ LI ƆI ꓘ⅂: KW NY W: NE NYI. GO; LI X∩: M∀ L: YI JO: YI H, SI. A: ꓘ⅂. BI., Ʌ= JO: LO. GU K: BO. NY W: Ԁ∩. LI. ꓤ: TI.. H, LO KO D∀ CO. YI L X∩: YI JY ⊥I: D∩: JW, Ʌ= KO CI KW NY ꓭ. ℲI, JO: JO:-. ⊥I: BƎ M NY ℲO ꓤ: ⊥I: RO VI; H, M_LI-. ⊥I: BƎ M NY NI. JO: ⊥⅂, NY, M_LI-. ⊥I: BƎ M NY NI: ⊥I: M M NY, H, M_LI JO NE M: D T. Ʌ= SI, N∀ LI ƆI YI. KO LO X∩. H⅂.. DI.. ⊥I: KW NY YI JY X., X. ꓤ: T. SI. A: ꓘ⅂. BI., X∩: LU: BƎ M ⊥I: BƎ K⅂. NY. ⊥I: BƎ F. L∀: HO H, Ʌ= SI, KO KW-. X∩. H⅂ DI.. KW-. KO D∀ S∀; X∩: S∀; J∩: M NY NU: LI. ꓤ: T. SI.-. GO KW CO. SƎ: ⊥∀; A: ꓘ⅂. K, Ɔ∩; Ʌ= ℲO ꓤ: ⊥I: RO M X∩. H⅂ DI..-. SI, KO KW CO. JE ⊥∀; MO KU. SI: SI: T. M C, W D-. ⊥I: B, B, ⊥∀; S ꓘW N∀ ℲI. ⊥O: MU T. M_LI-. ⊥I: B, B, ⊥∀; ƆI ⊥O; ⊥I.. KW CO. A ꓤ, ꓤ: ⅂ R KO ⊥U: KO ⊥U: SU JE NY,-. A. X∩: LI. A: ꓘ⅂. SW; K, JI Ʌ=

⊥I MY ⊥I: PƎ X∩: M∩:⊥I: MY K, Ɔ∩; X∩: M∩: D∀ MO ⊥∀; A M M: K, Ɔ∩; NE?

A.-Ɔ.. NY K, K, Ɔ∩; ƆU; ꓤ: B∀ NE GO KW NY, YI SI. VI BYƎ KO NY, W= GO KW A: M⅂, M⅂ NY, W FI SW; SI.-. YI. NY LU ⊥U LI. A WU A X∩ X∩: ⊥I: M CU. SI. A YO Ⅎ: BO DO DU YI NY, Ʌ=

⊥I M KW CO.-. GO ⊥I: M∩: M NY L: ℲO BU M∩: NU J∩, KW JO: LO. GU LO; YI W-GO KW NY JO: LI. LO. S-. K, LI. A: ꓘ⅂. K, NY, JI Ʌ= ⊥I: ꓘO; K⅂. NY. ⊥I: ꓘO;-. ⊥I: ℲI; K⅂. NY. ⊥I: ℲI;-. L: ℲOB U NY GO ⊥I: M∩: M D∀ “Ⅎ: BO DO GU(Ⅎ: BO DO GU-. Ⅎ: BOW O: YI JW, M∩:)”ꓘU NY, Ʌ=

36 W:-B Mꓵ: KW YI ꓤ: ZI;-. K ꓛO: K M Xꓵ: ꓤ: Xꓵ:

Bꓯ LI. Bꓯ A.-ꓞꓯ: SI. A.-N NY M W:-B Mꓵ: M NY A WU M: T.-. Gꓶ SI. Hꓶ: Mꓵ: GU, Mꓵ: (ꓶ R M Hꓶ: Xꓵ: NY, Mꓵ:)NY Bꓶ DO ꓘꓶ: KW CO. Bꓶ Dꓵ: ꓘꓶ: YI: Nꓯ Mꓵ: KW Yꓯ: ꓶ Lꓯ: YI SU-. L: -ꓛY,-. Bꓶ YI Mꓵ: (L: Bꓶ Xꓵ:-. Bꓶ YI Xꓵ: NY, Mꓵ: Dꓯ Bꓯ ꓥ)YI: Nꓯ Mꓵ: KW CO. YI Mꓶ Mꓵ: KW HW: JI HW: MI NA ꓞI; Nꓯ MI WU WU: SU-. NU. Mꓵ:-. ꓛO: Mꓵ: (NU. Xꓵ:-. ꓛO: Xꓵ: NY, Mꓵ:)KW Bꓶ Dꓵ: ꓘꓶ: KW CO. Bꓶ DO ꓘꓶ: KW KO Dꓯ JW, Xꓵ: JW, Jꓵ: WU WU SUN Y A: Jꓵ: LI. GO KW CO. LO, YI ꓛꓵ ꓥ=

ꓕI LI Sꓱ: CO ꓕꓶ NY, M ꓶ Lꓯ: YI SU NY Bꓶ Dꓵ: ꓘꓶ: KW CO. Bꓶ DO ꓘꓶ: KW-. YI Mꓶ Mꓵ: KW ꓶ ꓤ: Tꓯ, JE ꓕꓯ; ꓞO ꓤ: NE Mꓯ ꓛꓵ M LI: M: ꓞI-. Bꓶ DO ꓘꓶ: KW CO. Bꓶ Dꓵ: ꓘꓶ: KW Yꓯ:-. S., SO Mꓯ L ꓛꓵ M: K:-. ꓥ, NY YI: Nꓯ Mꓵ: KW CO. YI Mꓶ Mꓵ: KW HW: Xꓵ: HW: Jꓵ:-. Nꓯ ꓞI; Nꓯ MI Mꓯ L ꓛꓵ LI: M: K:-. YI Mꓶ Mꓵ: KW CO. YI: Nꓯ Mꓵ: KW L: C. Bꓯ LO Xꓵ: Mꓯ L LI. M: ꓞI-. A: Jꓵ: LI. A. MO, CI, ꓛꓵ ꓥ=

A. MO: CI, SU GO Xꓵ: NY A: ꓘꓶ. MY, ꓕꓯ; A. MO: YI. V ꓛI JW,-. A. TI. ꓤ: Bꓯ Gꓶ A: MY, ꓛI JW, ꓥ= YI. W: NY Bꓶ DO ꓘꓶ: KW CO. Bꓶ Dꓵ: ꓘꓶ: KW JE M: K:-. YI Mꓶ Mꓵ: KW CO. YI: Nꓯ Mꓵ: KW JE LI: M: K:-. W:-B Mꓵ: KW ꓒ.. ꓛI ꓕꓯ; ꓕI: NYI M: JO Mꓶ: ꓘꓶ; ꓛI LE SI. GO KW ꓕI: VY; ꓥ, NY YI. V YI: T. ꓛꓵ ꓥ=

ꓕI: M LI: M: ꓞI SE:-. W:-B Mꓵ: M NY YI: Nꓯ ꓕI: ꓛO: KW MO YI Mꓶ ꓕI: ꓛO: KW PY..-. Bꓶ Dꓵ: ꓕI: ꓛO: KW MO Bꓶ DO ꓕI: ꓛO: KW PY.. SI.-. ꓕI: ꓘO; ꓞI NYI: V LI. Mꓵ: NU_LI T. ꓥ= ꓕI: ꓘO; YI. ꓘU: KW Mꓵ: NU Mꓵ: ꓞI: Lꓶ. ꓕꓯ; Mꓵ: Sꓯ; M A: L ꓕI: LI, ꓤO: T. ꓥ= ꓕI M O. NYO NE-. JE JE L: L: M ꓶ Lꓯ: YI SU NY GO KW ꓕI: NYI: NYI NY, ꓒE, ꓥ, NY YI. ꓞI NYI NY, ꓒE, ꓕꓯ;-. JY Mꓵ: KW CO. ꓞ Mꓵ: KW JE SU-. ꓞ Mꓵ: KW CO. JY Mꓵ: KW JE SU A: Jꓵ: LI. GO KW NY, ꓕ: ꓥ=

Fꓯ, NE NY GO KW N: CO LO LO LI. KO JW, M W: DI.. Mꓵ: ꓥ-. YI JY JW,-. Xꓵ. Hꓶ DI.. JW, SI.-. YI. ꓶ CI, L M A. MO: Gꓶ A: ꓘꓶ. LO. S-. YI. ꓶ CI, H, M A. MO: JI Xꓵ: Z: W D SI. KO Dꓱ: A: ꓘꓶ. JI L KU. ꓥ=

Fꓯ, NE NY ꓕ BO. KO. BO Sꓱ: CO SI. ꓶ Lꓯ: YI SU NY A: Jꓵ: LI. GO KW CO.

JE NY, SI.-. A. Xꓵ: ꓶ Lꓯ: LI. A: ꓘꓶ. YI K, JI-. ꓶ: R ꓶ: MI JE M: ꓛꓵ SI. A: ꓘꓶ. S
ꓥ= ꓕI M Pꓶ. DU-. KO KW NY L: ꓝO BU MI Tꓯ. MIRE: ꓕO: Xꓵ: ꓶ Lꓯ: YI ꓥO: Zꓱ
GW JI-. GO TI.. GO WU WU: JI SE: ꓥ=

FꓯꓸNE NY A.-N BU LI Xꓵ: LI-SU Xꓵ: NY NI, Tꓱ, MY Tꓱ, ꓣ;-. YI ꓣ: Dꓯ A: ꓘꓶ. CO ɾU KU. SI.-. KO KW NY Cꓵ Cꓵ LI. L: ꓝO BU A: ꓘꓶ. K, ꓛꓵ;_M Mꓵ:-W:-B Mꓵ: LO; YI M ꓥO=

37 A. MO: G; CƎ, W:-B M∩:-. YⱯ; WU: S., SO WU: SU MY:

LI-SU ΛO: NY “W: LI ꓤꓶ., ꓘU ꓤI.. M ZO:-. ȾO ꓤ: K ƆO: MY: SI. JI(ꓤꓶ., ꓘU ꓤI.. ꓕⱯ; SI. W: TO, HW-. K ƆO: MY: ꓕⱯ; SI. JE ꓒE; MY:)”BⱯ CI; Λ= FⱯ, NE NY “ꓤ: Mꓶ: D: GU: KO-. ꓤ: P. NⱯ YI ꓘƎ(ꓤ: Mꓶ: NY D: GU KO SU Λ-. ȾO ꓒ. ꓤ: NY NⱯ YI ꓘƎ SU Λ)”BⱯ CI; Λ= A.-N NY NI, ꓒU NI, LI; ꓤ: T.-. SU TⱯ. A: ꓘꓶ. JI KU. SI.-. ꓕI: ꓘO; ȾI NYI: V M∩: NU M∩: ȾI M: JO YI ꓤ: A: ꓘꓶ. NY,-. VI ꓘU: KW ȾO SⱯ; X∩: X∩: T. Λ=

A.-N GO MY NƎ ꓘ, SI.-. X∩: M∩: KU. LO KW CO. L_M K ƆO: K M BU NY GO KW W: ꓘW: DU A: ꓘꓶ. W D LI: M: ȾI-. A.-ȾⱯ: NY A.-N DⱯ A: ꓘꓶ. JI KU. NY,-. LI: LI: Bꓶ J∩ A: ꓘꓶ. X, KU. SI.-. VI ꓘU: KW Gꓶ A: ꓘꓶ. KO. S NY, Λ=

A.-ȾⱯ; SI. A.-N NE ꓕI: ƆO: ꓤ: SⱯ; ꓕ∩; M KW-. ȾO JO M ꓕI: NYI Kꓶ. NY. ꓕI: NYI S L NY,-. L: ȾO BU NY YI. W: N: “W M: D M ꓕI: ZƎ..-. JW, M: D M ꓕI: VI ΛO”BⱯ NY, Λ=

YI. J∩, Mꓶ R LO; YI ꓕⱯ;-. A.-ȾⱯ: SI. A.-N NY NI. BⱯ; ꓕI: LI, TI. ꓤ: VƎ NƎ VƎ J∩, ƆI L W=

YI. W: LⱯ; F. ꓤꓶ ꓕU: KU Kꓶ. NY ꓕI: ꓘO; MU: NU LO; YI MU: ȾU: ƆI L T. ꓕⱯ;-. L: ȾOB U NY V MI KW GW: ꓘW NY, ꓕI: B, M ꓤ: ꓕI: RO VƎ L W= ꓤ: NƎ GO ꓕI: RO M NY ꓒ.. VƎ L ꓕⱯ;_LI NI. BⱯ; NYI: S ꓘO; LO;_M ꓤ: NƎ ꓕI: RO ꓕI: LI, ꓤꓶ., NYI Λ= A.-N KO DƎ: KW CO. ꓒ.. VƎ DO L ꓕⱯ; _LI MY D∩: LI. A WU GⱯ., LU. N: GⱯ., LU.-. N. PO NYI: B: M LI. A WU BⱯ NE LⱯ: Bꓶ: ZI.. KW CI, T. Λ= N BI., Gꓶ NE KO ꓕI: LI, JƎ., LI. ꓤ: T. Λ= Mꓶ: Lꓶ. M A WU T. SI. M: Λ NY W. ꓤ: W. ΛU NY,-. M: Λ NY “YI.. YI.. Y.. Y.. ”BⱯ ꓕꓶ NY, Λ= A: J∩: SU Λ YI DU M NY ꓤ: NƎ GO M N: ꓒ.. VƎ L ꓕⱯ;_LI ꓒYƎ: MY LI. YI. MO XW: L: MU T. Λ= L: ȾO BU NY ꓤ: NƎ GO ꓕI: RO M N: Mꓶ: ꓕⱯ; SI ȾO NYO (A: ꓘꓶ. D SU-. A: ꓘꓶ. ꓤ: ꓘ, SU)LO; YI DU Λ BⱯ NY, Λ= VƎ LO YI. J∩, M DⱯ NYI-. ꓒ.. VƎ L ꓕⱯ; LI YI ꓒYƎ: M DⱯ NYI-. FⱯ, NE NY ꓤ: WU: Λ M DⱯ NYI NY-. A.-ȾⱯ: SI. A.-N NY YI. DⱯ GW:-A-ꓒU (GW: X∩: A.-ꓒU-. GW: X∩: ꓤ: WU:)=

GW:-A-ꓒU NYI: ꓘO; LO; ꓕⱯ;-. A.-N NY FⱯ, NE ꓤ: Mꓶ: ꓕI: RO VƎ L W= ꓤ:

Mꓶ: GO ꓕI: RO M NY YI. M A.-N ꓕI: LI, BI ꓥ= L: ꓞO BU NY "YI. M YI. KU. CI., YI. Tꓵ. H, M ꓕI: LI T. ꓥ "Bꓯ ꓥ= ꓤ: Mꓶ GO M Dꓯ Vꓱ ꓕꓯ;-. L ꓞO BU NY ZI: ꓘW NY, SI.-. YI. Dꓯ NY ZI:-A.-N MI H, ꓥ=

ZI:-A.-N NYI: ꓘO; LO; GU ꓕꓯ;-. A.-N NY ꓤ: Nꓱ S; RO ꓕI: RO M Vꓱ L W= ꓕI ꓕI: ꓕO ꓕꓯ; ꓤ: ꓕI: RO Vꓱ L SI.-. ꓤ: NYI: RO ꓕI: RO M LO; YI W= VI ꓘW ꓤ: Nꓱ Xꓵ. YI. NY, ꓕꓯ;-. VI ꓘW NY ꓒU Xꓵ ꓶ Lꓯ: YI NY, Xꓵ: K ꓛO: ꓕI: RO L SI.-. HO-A.-Dꓶ. MI Kꓶ W=

HO-A.-Dꓶ. NYI: ꓘO; LO; GU SI.-. VI G: VI JI., NY Mꓯ, L: YI JO: YI BI LI GU ꓕꓯ;-. A.-N NY Fꓯ, NE ꓤ: Mꓶ: ꓕI: RO Vꓱ L SI.-. A.-ꓞꓯ: SI. A.-N ꓤ: Mꓶ: NYI: RO ꓕI: RO M LO; YI W= ꓤ: Mꓶ: GO M NY YI. ZI ZI:_A.-N ꓕI: LI, YI. M A.-N Dꓯ M: ꓒ.,ꓱ: LI.-. A: ꓘꓶ. NYI S-. A: ꓘꓶ. BI ꓥ= YI. ꓒ: YI. M NY YI. Dꓯ SI,-YI-A.-N MI H, GW, ꓥ=

SI,-YI-A.-N NYI: ꓘO; LO; SI. JY FI. Z Mꓶ XW GU ꓕꓯ:IA.-N NY Fꓯ, NE ꓤ: ꓕI: RO Vꓱ L W= A.-ꓞꓯ: YI. ꓞO MO: M Dꓯ CO ꓩU NY, ꓕꓯ;-. K ꓛO: ꓕI: RO M YI. Dꓯ Bꓶ Jꓵ X, WO: W L SI.-. YI. W: NY ꓤ: GO M Dꓯ Bꓶ-Jꓵ-A.-ꓘE MI H, ꓥ=

Bꓶ-Jꓵ-A.-ꓘE NYI: ꓘO; LO; GU SI. WO: ꓒY: Tꓶ Jꓵ, ꓛI L ꓕꓯ;-. A.-ꓞꓯ: SI. A.-N NY Bꓶ DO ꓘꓶ: KW Sꓯ; DI; ꓘꓶ: ꓘꓶ. Xꓵ; ꓕꓵ; NE WO: ꓒY: Tꓶ YI NY, ꓥ= SW; M: ꓛI ꓕꓯ;_ꓕI-. A.-N NY WO DO; ZI Yꓯ. ꓘW CO. ꓤ: Mꓶ: ꓕI: RO Vꓱ L-. YI. Dꓯ NY WO-A.-ꓛ.. MI H, ꓥ=

ꓤ: Nꓱ ꓕ-. ꓛO; Xꓵ. YI M A ꓤ ꓤ WU: L GU ꓕꓯ:-. YI. XO, M ꓕI: RO NE ꓕI: RO Dꓯ M: ꓛO: Lꓯ: HO-. ꓕI: RO ꓕI: Xꓵ: T ꓥ=

ꓤ: WU: GW:-A-ꓒU NY YI. ꓒYꓱ: M NI. Bꓯ; NYI: S Xꓵ. YI Tꓯ. M: ꓕ: Tꓯ, SI.-. A. TI. ꓕI: NYI_LI ꓛY-. A.ꓕ: Bꓯ Xꓵ: ꓤꓱ: K, NI, Xꓵ ꓥ= YI. NY YI. NYI ꓤ: SI. ꓘ, KW ꓛO: ꓒꓯ, BU Dꓯ HO: NE ꓕI: NYI LI A. ꓕ: Tꓯ, NE SI, ZI ꓘꓶ,-. SI, ꓘꓶ: NY,-. ꓞO WU: Dꓯ SO NE ꓛY, Tꓱ; HW: G; ꓥO: YI NY, ꓥ= LI ꓛI ꓕO: L-. Bꓯ LO Xꓵ: G; W ꓕꓯ; Tꓯ, LI, L SI. A ꓕꓯ; Mꓶ: ꓕꓯ; VI ꓘU: KW SU Dꓯ Z: FI NY, ꓥ= ꓕI: NYI M KW-. GW:-A-ꓒU SI. ꓘ, KW ꓛO: ꓒꓯ, NYI: S; RO M NY A YO G; SI. KO Dꓯ LO. YI NY, ꓥ= YI. W: WO-JI-ꓘU: KW LO; ꓛI ꓕꓯ;-. ꓛO, ꓒꓯ, ꓕI: RO M NY SI, ZI Dꓯ SI Dꓯ JE SI. A YO Z ꓘꓶ, CW. ꓕI: B, M-. SI, ZI A WO ꓕI: ZI M Yꓯ. ꓘW WO ꓒ: ꓕI: M NE YI. A YO ꓕI: M M Dꓯ ZI: ZI: PI, PI, SI, ꓘU KW GO ꓞO YI M MO LE SI.-. JO NE SI, ZI Dꓯ: Sꓯ CO. ꓞꓶ L WO= Gꓶ SI. SI, ꓒY: LO ꓒY: A: ꓕU.. TI.. H, Xꓵ: KW ꓞꓶ ꓞO LI SI. Xꓵ: WU M: DO L SE:= GW:-A-ꓒU NY ꓕI: ꓘꓶ: LI. M: JO-. YI. ꓛO: ꓒꓯ, ꓕI: HW. M Dꓯ HO: SI. SI, Lꓱ: LI ꓥO: ꓕꓶ, HW NE-. ꓕ BO. KO.

BO. X. NE WO ꓒ: NY, LO SI, ꓘU M KW KO. H, ꓥ= Xꓵ: WU M: DO L FI ꓥO SW; SI.-. YI. NY Fꓯ, NE ꓛO: ꓒꓯ, BUD ꓯ SI. K. NYI: S K. HW L FI SI.-. YI. Tꓯ. YI. ꓕI: K. ꓕI: K. WO ꓒ: NY, LO YI. ꓘU KW Kꓶ Gꓶ NY, ꓥ= A YO Z: NY, M: Mꓶ SE: M WO ꓒ: NY YI. ꓘU KW SI. K. ꓕI: MY K. L M Dꓯ MO ꓕꓯ;-. SI: FI SI. SI. K. SI. MI M YI. ꓘU KW JO: ꓘO; NYO, NY, SI.-. YI. Mꓶ: KW L: HW. GO ꓕꓯ; YI. ꓘU M Lꓯ: HW. ꓝI: LEO= ꓕI M NY O. P. GW: BE., KO, M LO. ꓕI.. GW: H, SI. YI. Tꓯ. YI. JE M: N Bꓯ M LI ꓥO= WO ꓒ: ꓘU M ꓝI: GU ꓕꓯ;-. GW:-A-ꓒU NY ꓛO: ꓒꓯ, BU Dꓯ XO, BO ꓕI: ꓒꓵ, HW L FI SI.-. A. TO. DO; NE ꓕI: MY. Kꓶ. NY. ꓕI: MY. WO ꓘU KW LO ꓩU NY, ꓥ= WO ꓒ: NY A. TO. M Gꓶ ꓕI: MY. ꓕI: MY. YI. ꓘU KW NYO, ꓩU NY,-. YI. ꓘU KW A. TO M Lꓯ: HW. Lꓯ: HW. WU: L SI.-. WO ꓒ: NY “WO: WO: ”Bꓯ NE MI JO MI JO Mꓶ NY,-. Kꓶ. NY, ꓕꓯ; ꓛU Xꓵ Kꓶ O= WO ꓒ: NY ꓤ: Nꓱ NU Dꓯ ꓕI: Fꓯ. LI. X, M: W LI: M: ꓝI-. GW: -A-ꓒU NE YI. ꓛO: ꓒꓯ, ꓕI: HW. HO: SI. ꓛU SE; Kꓶ-. WO: HW: ꓒ.. BO ꓕI: Z: Z: Kꓶ-. Zꓱ H, M NY HW: Tꓱ. ꓒ: HW: G; W M_ LI VI ꓘW CYO. LI; JE W= ꓝO WU: BU MO ꓕꓯ;-. A: Jꓵ: LI. NE WO ꓒ: GO ꓕI: M M A: ꓘꓶ. Vꓶ ꓥ-. A YO A: MY, M Z: FO-. Fꓯ, NE NY A YO LO. SU Dꓯ LI. ꓘO; W FO ꓥ Bꓯ NY, ꓥ= YI. W: NY GW:-A-ꓒU N: RO JI LI:M: ꓝI-. CI: LI. WU:-. ꓕI.. LI. A: ꓘꓶ. ꓕI..-. WU: L GU ꓕꓯ; ꓝO NYO LO; YI D ꓥO Bꓯ ꓥ=

ꓤ: Mꓶ: WU: ZI:-A.-N NY NI, M A: ꓘꓶ. JI-. YI. NYI ꓤ: YI. NYI M Dꓯ YI JW SU LO; YI-. A. ꓕI. TI: NYI ꓕꓯ; LI YI. M ꓕI: LI, T. ꓥ= Fꓯ, NE NY Yꓯ: ꓛꓵ: Yꓯ: X, NI, Xꓵ SI.-. ꓝI TI.-. ꓝI NYI: ꓘO; ꓕꓯ; LI ꓕI: Mꓶ: ꓘꓶ; ꓕꓯ; A WU ꓕI: Gꓶ., MY W ꓘU-. ꓝ-. LI ꓝI ꓥW: ꓘO; ꓕꓯ; NYI: Tꓱ, M ZI: Yꓯ; ꓛꓵ; KU. LEO= L: ꓝO BU NY YI. N: “Yꓯ: ꓛꓵ: TI.. M ”ꓥO Bꓯ NY, ꓥ=

HO-A.-Dꓶ. NY NY KO Dꓱ; A MO A WU T.-. A: ꓘꓶ. XW. Tꓱ N M: JO-. Gꓶ SI. YI. NY HO A: ꓘꓶ. Dꓶ: KU. SI.-. ꓝI NYI: ꓝI S ꓘO; ꓕꓯ; A. ꓕ: Dꓶ: DO L M NY NI. ZI; LI. B: W D ꓥ= ꓝI LI ꓝI ꓥW: ꓘO; ꓕꓯ; Xꓵ-. ꓒU-. JI: Dꓶ: ꓒ: ꓕI: RO LO; YI W= L: ꓝOB U NY YI. Dꓯ “ꓤ: Nꓱ ꓕI G M-. WU: L GU ꓕꓯ; HO Dꓶ: ꓒ: D: M LO; YI DU ꓥO”Bꓯ NY, ꓥ=

SI,-YI-A.-N NY KO Dꓱ: BE. BE. ꓤ: T.-. A: ꓘꓶ. ꓕI.. ꓥ= A. TI. ꓕI: NYI_LI Bꓯ ꓝI: Bꓯ MI A: ꓘꓶ. JI; NI, Xꓵ= ꓝI ꓘO; ꓕꓯ; Bꓯ ꓝI: JI; KU.-. ꓝI NYI: ꓝI S ꓘO; ꓕꓯ; Lꓯ: BY KW NY, Xꓵ: Vꓯ, Xꓵ: JI; DO L M A: ꓘꓶ. BI-. YI. Cꓵ ꓥ M LI T. ꓥ= L: ꓝO BU NY “MI; WO; KW Bꓯ ꓝI: JI; M M Mꓵ: ꓕꓯ; Sꓯ L BO”B ꓯNY, ꓥ=

Bꓶ-Jꓵ-A.-ꓘE NY YI. ꓒI: SI. YI. XO, M YI. ꓒ: Dꓯ ꓒYꓱ:-. A. TI. ꓕI: NYI_LI Bꓶ Jꓵ X, SO NY,= ꓝI NYI: ꓝI S ꓘO; ꓕꓯ; G, FI. DO L M NY YI JY LI. M: YI ZI;

ꓘU ꓥ= ꓝI LI ꓝI ꓥW: ꓘO; ꓕꓯ; YI. ꓒ: ꓕI: LI, VI X, KW X, NE A: ꓘꓶ. YI KU. LE-. YI. NE YI. B, B, ꓤ: ZE., DO L M NY YI: Nꓯ Mꓵ: KW K,-ZU Xꓵ: NE ZE., DO L M ꓕꓯ; SI LI. BI ꓥ=

ꓤ: Mꓶ: WO;-A.-ꓛ.. NY NYI: S Xꓵ. YI Nꓯ.; KW YI. DI.. M ꓥ = Gꓶ SI. YI. NY ꓤ: Mꓶ: DI.. LI: M: T.-. Lꓯ: HW. LI. A: ꓘꓶ. ꓝI; DI; SU_LI Bꓯ NE T.= Xꓵ: VE; ꓘO; ꓕꓯ;_LI YI. M Dꓯ SI. Kꓶ. SI. MI ꓝI: JW KU.-. YI ꓤ: Dꓯ CO ꓩU KU. ꓥ= ꓝI NYI: ꓝI S ꓘO; LO; ꓕꓯ; VI ꓘW Xꓵ: WU M JI JI ꓤ; YI KU.-. XY XY G; G; ꓤ: XW H, KU. SI.-. ꓕI: RO M: JO LI. YI. Dꓯ A: ꓘꓶ. K, ꓛꓵ; NY-. YI. N: “Mꓶ: ꓕꓯ; SI WU: L ꓕꓯ; VI ꓘW A: ꓘꓶ. KW XW KU. SU LO; YI DU ꓥ”Bꓯ NY, ꓥ=

LI-SU Xꓵ: NY A: Nꓱ Nꓱ ꓥO: “BY: S YI. H, Bꓱ-. ꓤ: WU: YI. JO, Dꓶ..”(BY: M MY: L NY YI. VI Bꓱ-. ꓤ: Nꓱ WU: L NY JE ꓒE; HW)Bꓯ Xꓵ: ꓕI: ꓘꓶ: JW, ꓥ= A.-ꓝꓯ: SI. A.-N ꓤ: Xꓵ. ꓤ: Nꓱ GO ꓛO; RO M NY Mꓶ: JY: Kꓶ. NY. A ꓤ ꓤ WU: L SI.-. YI. W: MY Hꓶ: M A LI ꓥ M Dꓯ MO YI T. W=

A. TI. ꓕI: NYI_LI ꓛO: ꓒꓯ, Dꓯ A: ꓘꓶ. HO: KU.-. A: ꓘꓶ. SU K, NI, Xꓵ_M GW:-A-ꓒU NY ꓝI ꓛO; ꓘO; GO ꓕI: ꓘO; M KW Bꓶ DO ꓘꓶ: ꓕI: ꓛO: KW CO. L_M Yꓯ: WU: SU Bꓶ Dꓵ: ꓘꓶ: KW ꓶ Lꓯ: YI SI. Hꓶ: Mꓵ: K ꓛO: ꓒ: KO-MI:-ꓒ: Gꓶ JY JE ꓕꓯ; M: D M: S; JE ꓥO Bꓯ NY, ꓥ= Kꓶ. NY. ꓕꓯ;-. A.ꓕ: Tꓱ;-. SI, ꓛY, CYO. NE A. MO: G; ZU Kꓶ. NY. LO, YI W= V B S M LO; GU SI. LI; L ꓕꓯ;-. K ꓛ_: Hꓶ: ꓒ: GO ꓕI: RO M NY A.-ꓝꓯ: SI. A.-N Dꓯ “ꓕI: ꓕI: ꓘO, GO Xꓵ: Mꓵ: KW JE M NY-. A-ꓒU Dꓯ HO: H, M A: ꓘꓶ. ZO: LE Bꓶ= YI. ꓛY, Tꓯ, NE A: ꓘꓶ. Bꓶ KU.-. A. ꓕ: Tꓯ, NE A: ꓘꓶ. ꓒY: Lꓯ; KU. SI. M: ꓥ CI; ꓥO Bꓯ A. Mꓶ LI: Nꓯ ꓝI; Nꓯ MI ꓕI MY HW LI; L ꓕ: Bꓯ SE:-. YI. JO, ꓕI: ꓒE., KW LI L: M NE Z: ꓕO, YIO= NU W: NYI NYI-. ꓥW NU: NE L: M CI ꓥW: ꓘꓱ, Tꓯ, LI; L M YI. ꓘU: KW ZI: NYI T. LO NYI: ꓘꓱ, M NY L: M NE A. MO: Dꓯ ꓘO; Z: YI T. ꓕI: B, M KW A-ꓒU NE Bꓶ SE; Kꓶ Xꓵ: ꓥ= Mꓶ: ꓕꓯ; SI NY ꓝO YI. NYO LO; YI D ꓥO”Bꓯ ꓥ= YI. ꓒ: YI. M NYI NYI ꓕꓯ;-. GW:-A-ꓒU KO Dꓱ: M Lꓯ: HW. LI. JI M LI MO ꓥ=

ꓶ: R NY, M K ꓛO: ꓒ: Hꓶ: ꓒ: BU LI; LO, YI GU ꓕI: Mꓶ: ꓘꓶ; M KW-. GW:-A-ꓒU NY A. TO. KW BE; Kꓶ: KW NY, M YI. ꓒ: YI. M Dꓯ ꓕI LI Bꓯ ꓥ-. “A: B:-. A M WO-. ꓥW NY Hꓶ: ꓒ: K ꓛO: Kꓶ. NY. JW SI. YI. W: A. MO: G; M Dꓯ NYI ꓕꓯ;-. B: Dꓵ: ꓘꓶ: MI: MI XO.. YI ꓕI: ꓛO: KW NY MI HW: A: ꓘꓶ. JI Bꓶ-. Mꓵ: Sꓯ; LI. A: ꓘꓶ. ꓝ ꓥ= Fꓯ, NE NY GO KW NY NI. JO: A; ꓘꓶ. MY: SI. L: ꓝO BU Tꓯ. A: ꓘꓶ. X W NY, ꓥ-. YI. W: D ꓯNY A: ꓘꓶ. D SU ꓕI: RO NE HO: M. ꓛꓵ ꓥ= VI ꓘU: KW NY NYI ꓤ: NYI: Xꓵ. YI-. NYI M S Xꓵ. YI NY, SE: ꓥ-. ꓥW NY ꓝO MO: Dꓯ RO ꓝO

Xꓵ: WU: L KW L M BE ꓶ: SW; ꓥ-. ꓥW Dꓯ ꓥW ꓛO: ꓒꓯ, ꓕI: HW. HO: SI. MI: MI DO L M Tꓯ. ꓛO: Sꓯ ꓝO JO ꓕL YI FI Lꓯ ꓨ:"Bꓯ ꓥ=

ꓝO MO: NYI: RO M GW:-A.-ꓒU Bꓯ ꓘꓶ: M N N, GU ꓕꓯ; YI. LI JW, M LI T. ꓥ= "NY, WU: MO: KW BYꓱ:-. ꓤ: WU: Mꓵ: Dꓯ CO(NY, ꓤ: WU: L NY MI; WO; KW BYꓱ CI;-. ꓤ: WU: L NY Mꓵ: CO LO CO CI;)"ꓥ= Fꓯ, NY GW:-A.-ꓒꓵ TO, NI, TI, TI, ꓤ: T. M MO ꓕꓯ; YI. Dꓯ JE ꓛY Bꓯ ꓥ=

ꓕI: Jꓵ, ꓤO: ꓕꓯ;-. GW:-A.-ꓒU NY Bꓯ ꓝ-. : GW: DU JI JI ꓤ: GW: H, M ꓛO: ꓒꓯ, ꓕI: HW. HO: NE-. MI MI DO GUT ꓯ. SI JE YI-. YI. W: ꓝO JO NI, Xꓵ Mꓵ: HW ꓕL YI W= Gꓶ SI. NE-. ꓕI: Jꓵ, LO; ꓕꓯ; GW:-A.-ꓒU SI. YI. ꓛO: ꓒꓯ, NY VI ꓘU: KW SU BE GO ꓕI: ꓛO: KW Xꓵ: ꓤ; WO; ꓤ: HO: SI. ꓒ: M BUD ꓯ A ꓕꓯ; Mꓶ: ꓕꓯ NYI LI; L NY, ꓥ= YI. W: NY GO Xꓵ: Mꓵ: KW CO. Nꓯ ꓝI; Nꓯ MI HW LI; L-. ꓕI ꓛO: KW CO. Yꓯ:-. S SO Bꓯ LO Xꓵ: Tꓯ, JE NY, ꓥ= GW:-A.-ꓒU NY A: ꓘꓶ. ꓕI..-. JI LI. WU:-. Dꓶ: Tꓶ. LI. D-. NI, Tꓱ, MY Tꓱ, ꓤ: T. SI.-. GO GW HO: SU LO; YI W=

ꓤ: Mꓶ WU: ZI:-A.-N NE Yꓯ; ꓛꓵ: DO L M NY K ꓛO: Hꓶ: ꓒ: NE NYI N, W LE SI.-. Yꓯ: ꓕI: BO Tꓯ, NE Bꓶ DO ꓘꓶ: Hꓶ: Mꓵ: KW Tꓯ, LI; JE W= Bꓶ DO ꓘꓶ: Mꓵ: KW NY Yꓯ: ꓛꓵ: Yꓯ: X, ꓥO: JO: YI NY, Xꓵ: ꓤ: GU Lꓯ. ꓕI: RO NY, SI.-. ZI:-A.-N Yꓯ: A: ꓘꓶ. BI NE ꓛꓵ: DO L M MO LE ꓕꓯ; A: ꓘꓶ. K, ꓛꓵ; NY,-. YI. NY A ꓶ KU, LI. M: K:-. ꓶ: R ꓶ: MI CO NE ZI:-A.-N Dꓯ HW ꓛI L-. ZI: -A.-N Dꓯ JI JI ꓤ: JW BE Lꓯ: HO NY, ꓥ= ꓕI LI YI M KW CO.-. YI. W: NY A: ꓘꓶ. XW. ꓕꓱ ꓕ: YI-. NI, M LI. T Lꓯ: HO YI W= ꓕI M KW CO.-. A: ꓘꓶ. D_M Hꓶ: ꓒ: ꓤ: GU Lꓯ. SI. A. DI: BI_M ZI:-A.-N NY NI, ꓒU Lꓯ: HO YI-. VI SI ꓒ: VI SI M LO; YI W= YI. W: Lꓯ. F. Rꓶ., ꓕU: GU ꓕꓯ;-. Yꓯ: ꓛꓵ: Yꓯ: X, MI: M Lꓯ: HW. YI JI FI NI, Xꓵ SI.-. Hꓶ: Mꓵ: KW LI; JE KꓶO= YI. W: NY VI ꓘW SU Dꓯ Yꓯ;-. S SO Bꓯ LO Xꓵ: Nꓱ GO: L LI: M: ꓝI-. A ꓕꓯ: Mꓶ: ꓕꓯ; ꓤ: Xꓵ. ꓤ: Nꓱ SI. K ꓛ_: K M HO: SI. ꓒ: M Dꓯ NYI GO: L NY, ꓥ=

L: ꓝO BU NE "ꓤ: Nꓱ ꓕI G M-. WU: L GU ꓕꓯ; HO Dꓶ: ꓒ: D: M LO; YI DU ꓥO"Bꓯ NY, M HO-A.-Dꓶ. NY YI. W: NY, Mꓵ: KW YI. MI: A: ꓘꓶ. YI M: JI N T. M MO ꓕꓯ;-. L: Bꓶ: ꓒ: K ꓛO: Kꓶ . NY. JE SI. ꓤꓱ: DU ꓤꓱ: Mꓶ. X, SO YI W= Mꓶ R M: LO; ꓕꓯ;_LI L: Bꓶ ꓒ: VI ꓘW Mꓯ. WU TO, YI W= YI. ꓝO MO: M NY A: ꓘꓶ. BI-. A: ꓘꓶ. L.. TI.. SI.-. ꓕI: ꓘO; M: JO LI. HO-A.-Dꓶ. ꓕI: ꓛO YI. ꓒ: YI. M Dꓯ NYI LI; L NY, ꓥ= Fꓯ, NE NY VI ꓘW ꓤꓱ; DU ꓒU-. Xꓵ-. HO-. Jꓵ: Bꓯ LO Xꓵ: KW CO. X, H, Xꓵ: A: MY, Tꓯ, LI; L NY ꓥ=

SI,-YI-A.-NYI NY WU: L GU ꓕꓯ; A: ꓘꓶ. NI, JI M YI Mꓶ Mꓵ: KW Bꓶ YI Xꓵ: ꓷI M MO YI-. VI ꓘW DO DU L: C.-. Z: DU Z Bꓯ Xꓵ: NY A: Jꓵ: LI. YI. W: NE V GO: L ꓥ=

Bꓶ-Jꓵ-A.-ꓘE NY ꓘ, KW Mꓶ: Lꓯ. NY,-A.-CI Dꓯ ꓘU ꓤ: Kꓶ-. NY,-A.-CI NY VI ꓘU: VI MI KW A: ꓘꓶ. YI Z: KU. LI: M: ꓞI-. Mꓶ Sꓯ YI. MI: YI ꓕꓶ Gꓶ A: ꓘꓶ. D-. YI. WU YI. NYI Dꓯ Gꓶ A: ꓘꓶ. JI KU.-. VI ꓘW A. Xꓵ: YI N T. M GO Xꓵ: YI GU-. ꓞO JO M JI JI ꓤ: GO: W FI NY, ꓥ= Bꓶ-Jꓵ-A.-ꓘE NY YI. ꓞO MO: M VI ꓘU: KW A: ꓘꓶ. YI Z: KU. SI.-. YI. ꓒ: Bꓶ Jꓵ Lꓯ: MI: M JI JI. ꓤ; SO NY,-. Kꓶ. NY ꓕꓯ; YI. ꓒ: ꓕI: ꓷO YI: Nꓯ Mꓵ: KW Bꓶ Jꓵ X, ꓕꓶ YI W=

ꓤ: Mꓶ: DI.. WO;-A.-ꓷ.. NY K, KW ꓥW.-A.-ꓞI Dꓯ JE YI-. Lꓯ: F. ꓤꓶ., ꓕU: GU ꓕꓯ; JI JI ꓤ: NI, ꓒU Lꓯ: HO NY,-. H LI. H, M: D T.-. VI ꓘU: VI MI KW XY XY G; G. ꓤ: YI H,-. Fꓯ, NY VI ꓘU: KW YI ꓤ: BU Dꓯ CO ꓩU NY,-. YI. MI: YI JW NY, ꓥ=

M: ꓥ LI. Sꓱ: CO SU A: ꓘꓶ. MY: M W:-B Mꓵ: KW NY-. A.-ꓞꓯ: SI. A.-N ꓕI: WO; M NY,-. Xꓵ: WO; BE K ꓷO: K M MY: Pꓶ. DU-. Lꓯ: HW. LI ꓞO ꓤ: Xꓵ: Xꓵ: T. L W=

K ꓷO: K M BU NE YI JW TO, JW M KW-. ꓤ: Nꓱ BUG ꓶ YI. MI: JI JI YI W LE-. A.-ꓞꓯ: SI. A.-N NY A. DI: K, ꓷꓵ; N S NE ꓞO JO K, NY, ꓥ=

CY,-MI;-ꓭ. NE CY,-MI;-ꓭ.-. Tꓯ, NE A. ꓕ: Sꓷ. NYO LI-. Vꓯ: ꓒꓯ, LI. ꓕO; M: DI..=

CY,-MI;-ꓭ. NE CY,-MI;-ꓭ.-. CO. BO. NYI NY ꓕI: ꓒE; LI:-. YI JY YI. FI. MO: KW ꓕ..=

CY,-MI;-ꓭ. NE CY,-MI;-ꓭ.-. CY, MI; MO LI MY: BI., Xꓵ,-. LI. NE NY, M: Pꓶ.=

CY,-MI;-ꓭ. NE CY,-MI;-ꓭ.-. ꓞO ꓤ: GO KW JE M: ꓒꓶ.-. A. MO: LI. NE ꓛI FI. Gꓶ:=

A.-N NY M: ꓥ LI. ꓕI: B, NE ꓛI D Xꓵ: Mꓵ: ꓥ M-. L: ꓞOB U NY G: BO. Dꓯ N: CO. BO. ꓤꓯ; KW ꓛI-. Sꓱ: JO SU A: ꓘꓶ. XW. ꓛꓵ LE-. YI Mꓶ YI: Nꓯ KW Sꓱ: CO NY, M K ꓛO: BU Dꓯ A: ꓘꓶ. XW. ꓤ: YI O SW; SI.-. YI. NY GO KW NY, SU Dꓯ TI. Nꓶ: Xꓵ: YI. JO, ꓕI: JO, Dꓶ.. T. GO: YI. ꓥ SW; ꓥ= YI. NY YI: M Fꓱ Tꓶ. KW L NYI ꓕꓯ;-. GO KW NY A WU Xꓵ: Lꓱ: ꓩU ꓕI: Cꓱ, YI: T. H, M LI: T. ꓥ=

Bꓯ NYI ꓕꓯ;-. A.-ꓛ.. Dꓯ SE; NI, Xꓵ NY, M LU: NI, ꓛI; NY Lꓱ: ꓩU GO M Dꓯ FI SI. A.-N YI: Nꓯ KW JE SI. A.-ꓛ.. Dꓯ HW YI M Tꓯ. K: NY, Xꓵ: ꓥ Bꓶ= Lꓱ: ꓩU GO M NY GO KW ꓛI GU ꓕꓯ; L: ꓞO Tꓯ. A: ꓘꓶ. Vꓯ. Gꓶ W= TI. Nꓶ: TI. JI CO GO KW YI JY HW DO L_M Vꓯ:-. ꓛꓵ-. L-. ꓕO: L-. NY, ꓤ:-. Vꓯ, NYI Dꓯ Lꓯ: HW. A: ꓘꓶ. Z:-. ꓕI: M LI. ꓘE, M: LI,= TI. Nꓶ: NY, M P Sꓯ; NY Lꓱ: ꓩU SE; M Pꓶ. DU A: MY, RO Mꓶ: YI W= L: ꓞO BU NY Lꓱ: ꓩU Dꓯ A: ꓘꓶ. NI, ꓞꓶ, NY, LI. YI. Dꓯ SE; M: HW.=

ꓕI: Xꓵ: LI. M; Sꓶ. M A.-N NY Lꓱ: ꓩU M YI. Tꓱ, YI. GO KW YI: T. H, MO ꓕꓯ;-. NI, M JI MY: FI SI. "ꓕI M Gꓶ Sꓯ; M ꓕI: Cꓱ, LI. ꓥ-. YI. M: ꓘO; L ꓕꓯ: N: YI K, ꓨ:"Dꓵ: JW: K, NY, SI.-. M: K: K: ꓭ. KW CO. YI: M ꓘꓶ: KW JE NY, ꓥ=

ꓛꓯ, M: W M NY-. Lꓱ: ꓩU GO M NY YI: T. H, Xꓵ: M: ꓥ-. A: SI, NE Vꓯ, Nꓯ NY, M LI A.-N Dꓯ Nꓯ NY, ꓥ= A.-N YI. ꓒ.. ꓕI.. ꓒ.. ꓛI ꓕꓯ;-. ꓭ. LI. Bꓶ: L M: NYI WU Tꓶ L-. YI. Mꓶ: NE A.-N Dꓯ N N JO; Lꓱ. Kꓶ W= ꓕI: ꓕꓶ, ꓕI LI Kꓶ YI SI.-. A.-N Lꓯ: ꓒꓯ, KW J: ꓥO: M Kꓶ A ꓶ KW ꓞE, LE W= A.-N A LI Kꓶ YI LI. M: Sꓶ. ꓕꓯ; LI-. MI JO MI JO T. M Lꓱ: ꓩU NY A.-N KO Dꓱ: KW LI.. H, SI. Sꓯ; LI. V M: D YO=

A ꓕꓯ; LI. ꓕI: Xꓵ: Tꓯ. LI. JO M: Sꓶ. M A.-N NY ꓒ.. Xꓵ Sꓯ; ꓕꓵ; SI. HO LI, NY, ꓥ= Lꓱ: ꓩU M ꓞO ꓤ: Tꓯ. LI-. ꓞO ꓤ: NY Lꓱ: ꓩU Tꓯ. CY, Cꓵ, NY, SI. ꓕI: ꓒꓵ, ꓒ: A LI ꓥ LI. HW. M: ꓛI LE= ꓕI: B, ꓕꓯ; Nꓯ YI ꓘꓶ: KW ꓛI-. ꓕI: B, ꓕꓯ; YI. JY KW ꓞO LEO= A MY ꓘO, ꓤ, Lꓯ: HO GU M: Sꓶ.-. A Mꓶ ꓤO: ꓤ, Lꓯ: HO GU LI. M: Sꓶ. YI ꓕꓯ;-. A.-N NY Lꓯ: ꓒꓯ, NYI: B: M NE HO M NYO LI: ꓩU NE Lꓱ: ꓩU YI. Mꓶ.

维西傈僳族的意思是“瓦扒木”是“终年积雪之处”（胡兰英 摄影）

WEI-XI LI-SU XՈ: L Bᗄ.. M NY “W: P.. MՈ:” Bᗄ.. M., NY“ꓕI: ꓘO; WU. WU. W: P.. TY. M., MՈ: Tᗄ. Bᗄ.. LO”

维西傈僳族的意思是“瓦扒木”是“终年积雪之处”（胡兰英　摄影）
WEI-XI LI-SU XՈ: L Bᗄ.. M NY “W: P.. MՈ:” Bᗄ.. M., NY“ꓕI: ꓘO; WU. WU. W: P.. TY. M., MՈ: Tᗄ. Bᗄ.. LO”

ꓤO: KW ꓝI. ꓕI.. H, ꓥ= Sꓯ; V M: D SI. A: L ꓝE, YI_M Lꓱ: ꓣU NY ꓥ; M: HW. YI SI.-. XU M JO NY, M Lꓱ: ꓣU NY ꓒ.. Xꓵ Sꓯ; ꓕꓵ; NE HO DO L SI. ꓛY, Bꓶ_M ꓕI: LI, A.-N Dꓯ YI JY KW CO. YI. ꓘꓶ: KW ꓛꓵ: LO ꓣU L-. A.-N NY M: ꓥ LI.. LI.. J: ꓥO: ꓒ.. ꓕI.. KW ꓝE., YI W= Bꓯ NY, M: Mꓶ: ꓕꓯ; LI-. A.-N NY J: ꓥO: M RU SI. W: NYI NYI, ꓤ: Lꓱ: ꓣU Dꓯ TI. NY, ꓥ= “HO,”Bꓯ JW: ꓕꓯ; Lꓱ: ꓣU Dꓯ YI. ꓒ; L; TI. Nꓶ; KꓶO= Lꓱ: ꓣU HW: M NY ꓕI: ꓒY. ꓕI: ꓒY.-. ꓕI: Zꓯ ꓕI: Zꓯ B. Dꓯ: Sꓯ Nꓶ: YI-. ꓛU: ꓘꓶ Lꓶ: KW NY ꓝO YI W= Lꓱ: ꓣU SI: M YI: M YI JY KW Nꓶ, LE SI. SI: Cꓵ, ꓘW: MO Bꓯ NE Nꓯ YI KW YI ꓝO LEO=

Lꓱ: ꓣU HW: Hꓶ: LI: M NY Kꓶ. NY. ꓕꓯ; Bꓶ: DI.. ꓣU LO; YI GU SI.-. GO KW YI JY HW DO L-. YI. Z HW Z: L_M NY, ꓤ: Vꓯ, ꓤ:-. NI. JO: Dꓯ ꓘO; NY,-. GO JW Sꓱ: JO L M ꓝO ꓤ: SI. JO: ꓤ: M ꓝI Dꓯ ꓘO; NY, ꓥ= MI JO MI JO Xꓵ: Xꓵ: WU A: ꓘꓶ. DO L NY, ꓥ= GO KW ꓛI SU V ꓥ M LI. ꓘE, M: LI, YI-. Bꓶ: DI.. ꓣU NE ꓘO; M: W CI; LI. JO NE M: D T.-. Bꓶ CW MO LI. Bꓶ: DI.. ꓣU MO M LI T. ꓥ= A. TI. ZO: DU M NY A.-N NE TI. SE; Kꓶ LO Lꓱ: ꓣU YI. Dꓵ M NY YI. Hꓶ: M: Nꓶ: YI SE: SI. B. ꓝI, ꓕI: M LO; YI-. YI. Mꓶ: Lꓶ, LI. ꓘU: ꓨ: MU YI: M ꓘꓶ: KW JW, SI.-. L: ꓝO BU Dꓯ “ꓕI KW Lꓱ: ꓣU JW, ꓥ-. Sꓱ: CO ꓕꓯ; R MO”Bꓯ GO: NY, M LI T. ꓥ=

M. MI: M Dꓯ CW ꓛI ꓕꓯ;-. A.-N NY Lꓱ: ꓣU Dꓯ HW. YI LI. YI. Gꓶ NE Sꓯ; W: M: JW, Kꓶ LE-. ꓕI: KO ꓕI: Dꓱ: LI. YI. YO LO Kꓶ YI-. VE; Mꓶ; NE VE; M LI. “KO: LO:-. KO: LO: ”Mꓶ NY, W= Gꓶ SI. YI. Z: ꓘW Mꓯ., H, M NY V ꓕꓯ: LI YI JY KW Bꓵ.. JEO= YI. NY YI. YO LO ꓤ: YI: M ꓘꓶ: ꓘꓶ: ꓛꓵ DI.. KW DO: H,-. MI; WO; KW NYI H, SI. “WO S ꓒU: L WO:-. ꓝO JI Tꓯ. A. TI. YI JW Lꓯ ꓨ:”Bꓯ NY, ꓥ=

ꓕI B, M NY NYI M: MO L W= ꓕI: ꓕꓶ, M: JO A. TO. A: MY, BE; MO L NY, ꓥ= ꓕI M NY TI. Nꓶ: KW NY, M ꓘ, ꓤ: K, M BU A.-N SI. Lꓱ: ꓣU SE; Lꓯ: HO NY, Sꓯ; Bꓯ JW: L JW L NY, Xꓵ: ꓥ Bꓶ= JW L SUN Y ꓤ: ꓤ: Mꓶ: JW,-. ꓝO MO: ꓤ: Nꓱ JW,-. ꓕI: Bꓱ M NY ꓛY, Tꓯ, CY Cꓱ, Mꓯ-. ꓕI: Bꓱ M NY A. ꓕ: A. ꓝO, BYO.-. ꓕI: Bꓱ M NY SI. K. Bꓶ CW Tꓯ, L NY, ꓥ= ZI: GU MI ZI. ꓤ: SW; KU. M A. WO: ꓒ:-. A. WO: M NYI: S; RO M NY YI F.. L: C. C. DU SI. NE L: C.-. Z: DU Bꓯ Xꓵ: Tꓯ, L NY, SE: ꓥ= YI. W: NY MI JO MI JO M ꓶꓱ: ꓣU Dꓯ SE; Kꓶ-. JW: XW. M: ꓛꓵ M MO-. Fꓯ, NY ꓤ: ꓘ, M ꓕI: RO NE SE; Kꓶ M MO ꓕꓯ; K, ꓛꓵ: SI. MY BI., LI. DO L W= A: Jꓵ: SUN Y YI ꓝ F.. SU F..-. Z X, SU X, SI. A.-N Dꓯ JI JI ꓤ: Z: FI NY, ꓥ=

Z: GU ꓕꓯ;-. ꓘ, ꓤ: ꓘ, M BU NY Z: ZE DO ZE M B. ꓘꓵ KW HO. ꓣU Kꓶ NYI ꓕꓯ; .-. YI: M ꓘꓶ: KW LI. YI. Sꓯ; KO ꓕU: N; KO ꓕU: Kꓶ LEO= ꓕI: B, ꓤO: ꓕꓯ;-. ꓝ

S∀; GO ⊥I: D∩: M NY YI LƎ D∩: ⊥I: D∩: LO; YI O= ⊥I M KW CO. YI LƎ D∩: GO M NY YI JY A: ꓘ⅂. LƎ.. SI. L: ℲO BU ƆI d∀, L∀: d∀,-. KO DƎ: KO MI A: ꓘ⅂. ℲI: K, Ɔ∩; Λ= M⅂ R SƎ: GU SI. ƆI WO: H⅂ SU NY YI LƎ D∩: GO M KW N LI ⊥I: NYI: ⊥⅂, ƆI TI, K⅂ ⊥∀: F∀, NE K K, Ɔ∩; Ɔ∩: ᴚ: SƎ: CO N LEO= ⊥I: ꓘO; M: JO ꓘO; X∩; ꓘO; MI ƆI L ⊥∀; GO KW ⊥I: NYI: ꓘO, TI, YI ⊥∀; N DU M ꓘW: YI-. HW. HW. T. C, W Λ= VI SI d: M: JW, SE: M M⅂: L∀. BU NY ⊥I: ꓘO; LI GO KW JE SI. dYƎ: MY ℲI: YI NY,-. ℲI: GU ⊥∀; dYƎ: HW: A: ꓘ⅂. JI Λ B∀ NY, Λ= ᴚ: NƎ d.. VƎ GU SE: M A NYI M NY YI. MI: YI JE M⅂: ⊥∀; SI YI LƎ D∩: GO M KW KO DƎ: ℲI: GU ⊥∀; SI. MI: YI ⊥∀;-. ᴚ: M⅂: ᴚ: N DU A: ꓘ⅂. M: JW, L Λ B∀ NY, Λ=

F∀, NE M. MI: M D∀ B∀ ƆI ⊥∀;-. L: C. DO GU Z Z: GU ⊥∀;-. ꓘ, ᴚ: K, M BUN Y A.-N D∀ VI ꓘW XY. YI L∀ B∀ NY, Λ= G⅂ SI. A.-N NY YI. W: D∀ YI. NY S ꓘW S MI B. KW YI. ꓘU ⊥I: ꓘU: ⊥U Ɔ∩ Λ B∀ NY, Λ= ⊥I: BƎ M NY “⊥I KW YI. ꓘU ⊥I: ꓘU ⊥U M A: ꓘ⅂. XW. Λ-. ⊥U D N T. L∀?”B∀ NY, Λ= A.-N NY X∩ M: ɾU “RO NY A LI LI. ⊥U DO D ΛO”D: DO, NY, Λ= A: J∩: SU NY M⅂ ƆY LƎ: ɾU O. D∩ M D∀ NYI NYI-. A.-N S∀; JO JO ᴚ: ɾU NY, M D∀ MO ⊥∀;-. A LI LI. ⊥U W D ΛO SW; SI.-. B∀ M: Ɔ∩ Ɔ∩ YI. D∀ YI JW, NY, dƎ, W=

YI. ꓘU ⊥∩ ⊥∀; d.. XY, LI. A.-N L∀: CO. KW JW, LO J: ΛO: M D∀ W: ꓘO, Ɔ∩ LEO= J: ΛO: M A KW ƆI NY B. M B⅂: YI GU-. G⅂; YI GU W= ꓘ, ᴚ: ꓘ, M BU NY A.-N K⅂. NY. G; H, SI.-. ⊥I: BƎ M NY A. TO. BY JW-. ⊥I: BƎ M NY YI Ⅎ F.. L: C. C. GO: NY,-. ⊥I: BƎ M NY A: GO NE ΛO-. ⊥I: BƎ M NY HO K. NE ꓘO, NY,-. ⊥I: BƎ M NY HO ⊥Ǝ BE.. T∀, SI. TI. NY,-. ⊥I: BƎ M NY YI ꓘU KW DI.. DI. ᴚ: X, K⅂ NY,-. ⊥I: RO M: JO LI. WO: H⅂ NE C∩. YI G: G: K⅂ LEO=

ℲO ZU NY X∩ M: ɾU ⊥∩ NY,-. GO LI ΛO N: GO LI ΛO-. GO LI Λ. N: ⊥I LI Λ. NY, SI.-. L∀: d∀, dU: YI GU-. dU: YI M BE; YI GU-. ⊥I: RO M: JO LI. L∀: d∀, KW SI: XU: XU: YI LE-. dYƎ: MY KW C∩. YI d; YI GU W= G⅂ SI. M⅂: ⊥∀; SI YIN Y, M A.-N WO: H⅂ SI. NYI: S ꓘO, LƎ. DO: YI LI. M: ɾU S∀; ⊥∩; NY, M MO ⊥∀;-. XW. Λ B∀ SU ⊥I: RO LI. M: JW,-. WO: H⅂ Λ BA SU ⊥I: RO LI. M: JW,=

K⅂. NY. N∀; W B⅂ DO ꓘ⅂: KW MI: MI DO L ⊥∀;-. A: L LI. ΛW: BO ƆI MO M CY, MI; B. D∀ NY ℲO ᴚ: SI. A. MO: JE D X∩: YI. CƎ, ⊥I: CƎ, ⊥U W LE SI.-. GO M KW CO. GO KW JE CƎ, M A: ꓘ⅂. K. ꓘO: LI W=

⊥I: NYI ⊥I: VY; S∀; ⊥∩; K⅂ ⊥∀;-. WO: H⅂ WO: LI; K⅂ YI_M A.-N NY ꓘ, ᴚ: K, M BU NE JY GU dU: GO: L M T∀, SI. V M: Y∀; Y∀; B∀ NE YI. N∀ T∀. ƆO: S∀ JE W=

39 WO: MY ꓘO NE Nꓯ ꓞI Sꓶ.-. A. MO: Dꓯ CYO ꓛO: ꓒꓯ, JW,

ꓘ, ꓤ: K, M BU Dꓯ V Gꓶ ꓕꓯ;-. A.-N NY WO: Hꓶ: XO: NE T. LI. ꓕI: B, B, ꓕꓯ; ꓛU: ꓘꓶ Lꓶ: KW CO. JE ꓛꓵ YI-. ꓕI: B, B, ꓕꓯ; Jꓵ LI. Jꓵ G; M: JW, M Tꓯ, NYI Tꓯ, B: KW CO. JE ꓛꓵ LE-. ꓕI: B, B, ꓕꓯ; B. FI. B. ꓒE; KW CO. JE ꓛꓵ LE-. ꓕI: B, B, ꓕꓯ; Tꓯ, B, XO: ꓛꓵ LE-. ꓕI: B, B, ꓕꓯ Lꓱ. ꓕI.. Eꓵ, SI. HW: HW: YI M YI JY KW GU: ꓛꓵ LE-. ꓕI: B, B, ꓕꓯ; CY, MI; ꓕI: LI, ꓕ B: KO B: Tꓶ, ꓘꓱ, ꓛꓵ LE W= W:-B Nꓯ YI ꓘꓶ: Bꓶ DO ꓘꓶ: KW NY Mꓶ ꓝ A: ꓘꓶ. ꓝ ꓥ= A.= N ꓒYꓱ: MY KW NY Mꓶ: ꓝ NE Dꓶ. NE A. TO. ꓛU M_LI T.-. ꓕI: Nꓯ; W LI. M: JW, ꓕꓯ;_LI SI: Nꓯ Nꓯ ꓤ: Kꓶ LEO= WO: Hꓶ N WO: Hꓶ-. Mꓶ: ꓝ Dꓶ. N Dꓶ.-. Cꓵ. YI G: G: Kꓶ YI-. YI JY A: ꓘꓶ. SI; LE SI.-. A.-N NY YI JY ꓕI: ꓘꓶ: ꓤ: DO NI, Xꓵ NY, ꓥ= Dꓵ: JW: M: W M NY-. GO ꓕI: B, M WO DO; ZI ꓕI: ZI Yꓯ; ꓘW CO. JE W SI.-. WO DO; ZI Dꓯ Sꓯ ꓥW: H, LO Bꓶ; JO; Gꓶ Mꓶ NE YI. Sꓯ; LI. R; YI GU T. NY,= SI, ZI Yꓯ; ꓘW NY ꓛU; FI; ꓤ: T. SI. WO: Hꓶ A: ꓘꓶ. N: K, JI M_LI T. ꓥ= A.-N NY NY GO KW ꓕI: B, ꓤ: N: YI ꓕꓯ;-. SI, ZI Yꓯ; ꓘW NY NI. ZI; P; L; ꓕI: Fꓯ. ꓤ: JW, SI. YI Mꓵ: ꓘE: TI.. A_M MO LEO= YI Mꓵ: ꓘE: JW, Tꓶ. KW NY YI JY JW, KU. ꓥO-. ꓕI M NY KO Dꓯ NY, SU A M LI. Sꓶ. ꓥ= A.-N NY Lꓯ: ꓒꓯ, KW Tꓯ, H, LO J: ꓥO: M YI. CO, ꓘꓶ: SI, ZI Dꓯ TO, KW H,-. SI. ꓘ. ꓕI: K. HW SI. YI Mꓵ: ꓘꓱ: JW, Tꓶ . KW ꓛI, ꓕꓶ NY, ꓥ= YI. YI Mꓵ: ꓘE: M ꓒ.. ꓛI, GU YI ꓕꓯ;-. J: ꓥO: M “ꓘ: ꓕ; L; ”Bꓱ: L W= YI. NY ꓕI: Xꓵ: LI. M: SW; SW; YI. WU. TO, H, GU KW TO, Kꓶ NY, ꓥ= ꓕI: B, LI. M: CU. ꓕꓯ; LI J: ꓥO: M Fꓯ, NE ꓕI: ꓘO, Bꓱ: YI SE: W= Fꓯ, NE Bꓱ: YI L M JO SI.-. A.-N NY WO DO; ZI YI. Lꓯ: K. Dꓯ ꓥO H, SI.-. YI. Dꓵ M: ꓛꓵ: YI JY Lꓯ; Xꓵ CU. ꓕꓶ, NY, SE: ꓥ= ꓕI B, M J: ꓥO: TO, H, LO WO DO; K. M NY “XW:-XW:-XW:”LU, L W= A.-N NY MI: VI JO; Xꓵ: ꓥ ꓛ, K, SI. M: NYI N,-. YI JY Lꓯ: Xꓵ CU. NY, SE: ꓥ= Kꓶ. NY. ꓕꓯ;-. Vꓯ; Mꓶ. WU ꓤ: T. Xꓵ: YI Nꓶ, ꓕI: ꓘꓶ: ꓤ: M WO DO; ZI: YI. CI.. B. ꓒE; KW CO. DO L-. A.-N NE YI. ꓘU CU. H, M KW A ꓤ ꓤ YI BI.. LI W= YI. JY M BI.. LI MO ꓕꓯ;-. A.-N NY A LI Kꓶ YI M: K: YI JY ꓛꓵ; DO NY, ꓥ= YI. GO; GO; MU ꓒ.. Eꓵ, NY, YI ꓕI: B, M KW-. WO DO; ZI ꓕI; ZI A: Jꓵ: “XW:-. XW:-. XW:”M: N: LU L W= Gꓶ SI. YI JY A: L SI, CY, YI_M A.-N NY J: ꓥO: NE ꓕI LI

GO M. GO: L M Dꓯ SI, ZI KW MI: VI JO; W SI. ꓥ T. JO: Dꓵ; JW: K, NY,-. NYI LI. M: NYI N,= YI. NY XW. DU ZI LE T. M M: Sꓶ. SE:=

LI-SU ꓥO: ꓘꓶ: NY “ꓞ Mꓵ: YI ꓛꓵ; P. N L-. WO: Hꓶ Jꓵ, KW YI ꓞ DO(ꓞ Mꓵ: KW YI ꓛꓵ; DO NY N L KU.-. WO: Hꓶ YI ꓞ DO CI; ꓥ)”Bꓯ Xꓵ: ꓕI: ꓘꓶ: JW, ꓥ= Cꓵ Cꓵ LI. ꓥ Bꓶ-. WO: Hꓶ WO: LI; T M A.-N NY Mꓵ: Mꓵ: ꓤO: T.-. NI. ZI; LI. ꓛꓵ: NU NY Nꓶ, Nꓶ, Mꓵ T. LO YI JY GO M DO Kꓶ ꓕꓯ; WO: Hꓶ YI JY SI, M M: ꓘW: LI: M: ꓞI-. ꓕI: ꓕꓶ, ꓤ: MI: MI XO: YI M LI. JY NI, WU., NE M: D Kꓶ YI-. ꓛO: ꓤ: ꓛO: Kꓶ YI-. ꓕI: KO ꓕI: Dꓱ: TI. N L-. ꓛI FI. Lꓯ; FI. SI. NE JI: FI. M Hꓶ K. NE TI. L M_LI Kꓯ. N ꓥ= ꓕI M LI: M: ꓞI SE:-. ꓒE; LI, ꓒE; HO Gꓶ YI SI. YI. CI., LI. ꓒE; DO L-. VE; M G; NE YI. SI: LI. G; Tꓶ. L W= ꓞO K, ꓞO VI M: JW, LO GO Xꓵ: Mꓵ: KW CO. ꓕI LI N L ꓕꓯ;-. Cꓵ Cꓵ LI. WO: HW G; M: JW,-. ꓘU ꓕꓶ G; M: JW, W= YI. NY A: ꓘꓶ. ZI: SI. J: ꓥO: TO, NE MI XW. MI XW. ꓕI: ꓕO; ꓕI: ꓕO; A ꓤ ꓤ Mꓶ: ꓕꓯ; SI JE NY, ꓥ= Gꓶ SI. ꓞO TI. W: TI. ꓤ: ꓕꓯ; A. Xꓵ: LI. A: ꓘꓶ. YI XW. ꓥ= Kꓶ. NY ꓕꓯ;-. A.-N YI. Cꓱ, ꓘꓶ: ꓭ. ꓘU ꓕI: ꓘU KW ꓛI ꓕꓯ; TO, M: HW. SI. Lꓱ. DO: YI O=

A LI M: YI SI. ꓭ. ꓘU: KW DO: H, M A.-N NY ꓕI: KO Dꓱ: LI. ꓛO: Mꓵ. NY,-. N ZI: M: HW. SI. MYO. DO: LE-. ꓕI: Xꓵ: LI. HW. M: ꓛI: W= YI. NY YI Mꓶ YI Mꓶ M LI-. Cꓵ Cꓵ MO Cꓵ Cꓵ MO M LI-. J: ꓥO: TO, H,-. ꓒU LI. Xꓵ: Bꓯ ꓞI: W. L; ꓕI: ꓘꓱ, GW: H,-. O. ꓞꓱ., LI. W; ɾU. LI: ꓒU-. ꓒI: HW: B Lꓱ Lꓱ T. Xꓵ: ꓕI: RO M YI. ꓒ.. ꓕI.. ꓛI L SI.-. YI. KO Dꓱ: KW ꓕI: B, XO, GO: GU ꓕꓯ; O: NO: ꓤ: O: NO: Bꓯ NE “NI: ꓕI Xꓵ: N: Cꓵ Cꓵ ꓕI: ꓘꓶ. LI. M: JI Bꓶ-. ꓕI LI JI Xꓵ: ꓤ: Mꓶ: ꓕI: ROD ꓯ ꓕI MY XW. ZI FI M ”Bꓯ NY,-. Fꓯ, NY A.-N Dꓯ A. TI. Dꓱ: Kꓶ SI. A.-N A. TI. HW. ꓛI: L M MO ꓕꓯ; YI. N. BO KW FO; H, SI. “YI. M: JI ꓥO: ꓤꓱ: KU.-. RO: LI. YI. Dꓯ X, ꓥO: JW, ꓥ= NU NY A: G.. KO Dꓯ JE SI. N DU M ꓕI LI GO LI X, ꓤ: YI”Bꓯ GO: L GU ꓕꓯ; Mꓶ: YI M LI T. C, W ꓥ=

A Mꓶ ꓤO: LO; GU LI. M: Sꓶ.-. ꓭ. ꓘU KW MYO. DO: LI_M A.-N NY A ꓤ ꓤ HW. ꓛI: L W= ꓕI B, M YI. Lꓯ BE., KW NY SE; Xꓵ M: D M A. ꓕO. ꓕI: BE; BY., NY, M LI T. C, W-. VE; M KW CO. ꓞ Sꓯ; ꓕI: Dꓵ: ꓕI: Dꓵ: DO L NY,-. Mꓶ: Lꓶ, M ꓛO: MY: ZI SI. YI. KO, Bꓶ YI..SI: LI. ꓕꓶ. L-. Lꓯ: ꓒꓯ, NE XO, NYI ꓕꓯ; SI: ꓘU. ꓕI: ꓒY. ꓕI: ꓒY. ꓥ. L W= O. Dꓵ M Tꓯ: Tꓯ: Mꓶ Mꓶ MO T.-. ꓛ-. , ꓒꓯ, Lꓯ: ꓒꓯ, M YI. WO: TO LI. M: JW, M LI YI. YO LO T.-. VE; Mꓶ NE VE; M LI. G, Mꓶ CY ꓕI.. LE GU-. MU NO, YI. GO: ꓕI: M JY, KW ꓥO H, M LI T.= A ꓕꓯ; ꓥ LI. M: Sꓶ. KO Dꓱ: KO MI KW Gꓶ Sꓯ, Sꓯ, Mꓵ Xꓵ: YI. KU. JI ꓕI: Tꓱ, LU. H,-. O. ꓞꓱ., M Gꓶ NY.

M ꓘꓶ: Lꓶ: LI Mꓶ ꓛY ꓒU: H, ꓥ= YI. NY Sꓯ; ꓕꓵ: ꓕꓵ: TU HO LI. A: L LI. NYI, T. M: HW. LEO= ꓕI: ꓕꓶ, M: JO-. O. Mꓶ CO L SI. ZI: M: D NE Mꓶ ꓛY LO. DO: YI SO: = A.-N NY ꓭ. ꓘU KW JO: JO: MYO. DO: LE W=

Fꓯ, NE A Mꓶ LO, YI GU LI. M: Sꓶ. ꓕꓯ;-. Mꓶ: V ꓒ.. Xꓵ LI.. L W= ꓭ. ꓘU: KW YUI JY Xꓵ L SI. ꓕI: Zꓯ ꓕI: Zꓯ Zꓯ L NY, ꓥ= Mꓶ: V Zꓯ L M M: ꓥ LI LI A.-N Mꓶ: Lꓶ, KW Zꓯ ꓝO LI SI.-. A.-N Mꓶ: Lꓶ, ꓛO, M A. TI. ꓘW: LE-. ꓕI: KO ꓕI: Dꓱ: LI. A. TI. ꓤ: K, ꓛꓵ; C, W LEO= A.-N NY V V MO MO Bꓯ NE HW. ꓛI: L SE: W= YI. NY ꓒ.. ꓕI.. KW K; XO, ꓕꓶ NY,-. A: ꓘꓶ. ꓕI: Xꓵ: XO, W NI, Xꓵ NY,-. Z: DU ꓕI: ꓘꓶ: ꓤ; XO, W Bꓯ A. TI. VE; Mꓶ; ꓘW: ꓥO Dꓵ: JW, NY, ꓥ= Gꓶ SI. ꓕ BO. XO, KO. BO. XO,-. Cꓵ. YI LI. DO L ꓕꓯ; LO ꓝI: SI. ꓭ. LI: XO, W-. NI. Bꓯ; ꓕI: Xꓵ: LI. XO, M: W=

WO: Hꓶ ꓕI: B, ꓤ: N: Kꓶ ꓕꓯ;-. YI. NY A LI LI. Xꓵ FI M: D SW; NY, ꓥ= YI. NY A ꓤ A ꓤ Bꓯ NE XO.. SI. ꓭ. ꓘU KW CO. Lꓱ. DO L-. Fꓯ, NE ꓕI: B, N: Kꓶ ꓕꓯ; SI. Lꓯ: ꓒꓯ, NE XO, Cꓵ, NY, ꓥ= Sꓯ; ꓕꓵ: ꓕꓯ; A. Xꓵ: LI. YI B., L CI; ꓥ= ꓕI ꓕI: ꓘO, ꓕꓯ;-. YI. NY ꓭ. CI; KW CO. Xꓵ Hꓶ ꓕI: CW Cꓵ, W LE-. RU L SI. NYI NYI ꓕꓯ; YI. DO; M: K, Xꓵ: B: NYI. ZI Gꓶ CW() ꓥ M Sꓶ. LE-. NI, ꓝ Z: Z: NY,-. Xꓵ Hꓶ GO ꓕI: Xꓵ: M NY ꓘꓯ: ꓘꓯ; ꓝI; ꓝI; MU T. SI. Gꓱ., LI. Gꓱ., M: TI; T. ꓥ= A.-N NY LI: LI: ꓭ. ꓘU: KW LI; L SI. Mꓶ: V Zꓯ L NY, M D: DO NY,-. Xꓵ. Hꓶ M ꓕI: ꓘꓶ: ꓕI: ꓘꓶ: Gꓱ., Kꓶ NY,-. ꓕI: B, ꓤ_: ꓕꓯ; Fꓯ, NE ꓕI: ꓘꓶ: Z:-. ꓕI: ꓘꓶ: Z: GU ꓕꓯ; Mꓶ: V ꓕI: ꓘꓶ: D: DO NY, ꓥ= A: Jꓵ: Z: GU ꓕꓯ; VE; M KW A. TO. ꓛU M_LI T. M A ꓤ ꓤ D LE-. Mꓶ: Lꓶ, Gꓶ A. TI. ZI: NYI, ꓤ; T. C, W-. YI. Sꓯ; A. TI. V D LE-. O. Dꓵ Gꓶ HW. ꓛI, ꓛI, ꓤ: Kꓶ YI C, W LEO= Xꓵ Hꓶ M Z: GU ꓕꓯ; Mꓶ: V WO: YI ꓕI: ꓘꓶ: DO NY, SI.-. ꓭ. Dꓯ TO, H, ꓕꓯ; A ꓤ ꓤ TU VE; N LE-. ꓭ. ꓘU: KW ꓕI: CO NY INYI ꓕꓯ; W: ZI: LO, L Kꓶ. NY. ꓘ, ꓤ: K, M BU NE SI, BY: NE Z MI Hꓶ: JU, H, Xꓵ: GO: L LO Mꓶ: ꓤU Xꓵ. MI Hꓶ: M ꓭ. ꓘU: KW JW, H, SE: M MO LEO= M: Bꓯ LI. “ꓝO ꓤ: HO ꓥ LI. Z Z: ꓛꓵ ꓥ”Bꓯ CI;-. A.-N NY DO., XO. DO., XO. XO.. JE SI. Mꓶ: ꓤU Xꓵ. MI Hꓶ: M NYI: S Tꓵ, Z: Kꓶ ꓕꓯ; YI. Sꓯ; A. TI. JW, L C, W LEO=

Gꓶ SI. VE; M N-. O. Dꓵ N ꓥ SI. ꓛ-. , ꓒꓯ, Lꓯ: ꓒꓯ, TI. N M NY ꓕI: ꓘꓶ: LI. M: ꓘW: YI= YI. NY ꓒU: L NE Bꓯ M. GO: L M Dꓯ Dꓵ: JW: W SI.-. A MY N NY, LI. M: K:-. A ꓤ A ꓤ KO Dꓯ Dꓯ JE NY, ꓥ=

ꓝO JI MY: JI Bꓯ M Cꓵ Cꓵ ꓥ Bꓶ= YI. ꓕO: LI ꓕI: G., Dꓯ ꓛI ꓕꓯ;-. “Gꓶ. Gꓶ. Gꓶ.”Sꓯ; B JW: ꓥ= YI. Sꓯ; M CW CW HW ꓕꓶ NYI ꓕꓯ; NYI: S M M NY YI. ꓒꓵ.. ꓕI: M NE HO: M KW YI. Z ꓛI, Z: ꓕꓶ NY, ꓥ= YI. W: NY ꓒ.. ꓕI.. KW ꓝO ꓤ: L Sꓯ;

B JW: LI. M: ꓘꓱ, JE-. ꓕI: Xꓵ: LI. M: ꓥ M LI YI. Z HW Z: ꓕꓶ NY, ꓥ= MO M: FO M NY-. YI. W: NY WO: ZI: LI T. Xꓵ: SI. NE Xꓵ Xꓵ Mꓵ T. Xꓵ: Xꓵ. CI ꓕI: Xꓵ: HW Z: NY, MO-. Fꓯ, NY ꓕI: Bꓱ FE H, SE: ꓥ= A.-N NY T GO Lꓱ LI. Z: D Xꓵ: N: YI. DO; M: JW, DU ꓥIN DU LI. X, D M: Sꓶ. NE Bꓯ SI. Z: ZE., M CU. Z: NY, ꓥ= Z: NYI ꓕꓯ; ꓘꓯ: ꓘꓯ: Mꓶ: Mꓶ: ꓤO: T.-. ꓘꓯ: ꓘꓯ: MO Xꓵ: N: Nꓯ ꓞI; ꓘW: ꓥ SW; SI. A.-N NY A: MY, ꓤO: Z: Kꓶ W= Z: NYI GU ꓕꓯ;-. VE; M N M A. TI. ꓘW: LI LI., T.-. Fꓯ, NE ꓕI: B, ꓕꓯ; M: N D LEO=

Kꓶ. NY ꓕꓯ;-. L: ꓞO BU NY Xꓵ. Hꓶ GO ꓕI: Xꓵ: M Dꓯ T GO Lꓱ Z CI (T GO Lꓱ Z)ꓥ SI. Xꓵ, Xꓵ CI (Xꓵ, Xꓵ)Bꓯ NY, ꓥ= LI-SU Xꓵ: NY GO Xꓵ: ꓤꓱ: SI. VE; M G; VE; O.. M Dꓯ X, NY, ꓥ=

Gꓶ SI. YI. SI: G; A NE O. Dꓵ TI. N M M: ꓘW: LI SE:= A.-N NY Lꓯ: Xꓵ G: BO. Dꓯ NY,-. XO. LI ꓕI: G Dꓯ ꓛI ꓕꓯ;-. XO P ZI: JO, JO: T. SI. ꓭ. A WU ꓕI: ꓭ. NE K: LE W= YI. NY ꓕI LI N GO LI A: ꓘꓶ. Jꓱ: Kꓶ LI. ꓕI: Xꓵ: LI. M: ꓕO:-. Lꓯ: ꓒꓯ, NE ꓛI,-. J: ꓥO: NE T. LI. ꓕI: Xꓵ: LI. M: ꓕO:-. ꓭ. M MI ꓩU MI ꓩU T. SI. YI. ꓘU ꓕI: ꓘU ꓤ: LI. CU. M: HW.=

A LI M: YI SI.-. A.-N NY ꓭ. CI. KW ꓒU: L NE M. GO: L M Nꓯ ꓞI; NYI: Xꓵ: M ꓕI: Xꓵ: ꓕI: ZI ꓤ: HW MO LEO= A.-N NY GO M N: ꓒU: L NE Nꓯ ꓞI; M. GO: L M ꓥO SW; SI. M D K. ꓕI: K. ꓘꓱ, NE A ꓤ, ꓤ, Bꓯ NE YI. CI KW CO. Cꓵ, DO L WO= Nꓯ ꓞI; M ꓒ.. Cꓵ, DO L ꓕꓯ;-. Mꓶ: ꓞ Gꓶ NE XO.. YI W= SI, N ꓯLI KW NY "W.-. W."Bꓯ NE ꓤ: Nꓱ ꓥU Sꓯ; LI: Bꓯ JW: L-. "KU-. KU-. KU"Bꓯ NE ꓞO ꓤ: ꓘU Sꓯ; LI Bꓯ JW: L-. Fꓯ, NE NY "WO.-. WO. WO."A. N: Mꓶ Sꓯ; LI Bꓯ JW: L-. YI. Sꓯ; M Lꓯ: HW. Lꓯ: HW. MY: L-. Lꓯ; HW. Lꓯ: HW. WU: L NY, ꓥ= ꓕI MY Xꓵ: Bꓯ JW: LI. NI, M KW JY JY. ꓤ: T. C, W ꓥ= GO KW NY Mꓶ R NY, M: D WO=

A.-N NY Lꓱ. NE XO.. NE KO ꓕI: ꓒE ꓤO: KW SI, BI: LI: NU:_M L-KO.. ZI ꓕI: ZI Yꓯ; ꓘW YI. JY ꓘꓶ: KW ꓛI LE-. A: ꓘꓶ. VE; Mꓶ;-. YI JY A: ꓘꓶ. SI; NY, SI. YI JY NE Mꓶ ꓤU Hꓶ: JU, SI. Z: NY, Mꓶ M: Mꓶ NYI: S Tꓵ, Z: Kꓶ ꓕꓯ; SI.-. A. TI. ꓤ: VE; BO LI W= ꓕI LI GU ꓕꓯ; A.-N NY Nꓯ ꓞI; HW L M ꓕI: Xꓵ: A. TI. ꓤ: Z: Kꓶ W= ꓕI: B, ꓤO: ꓕꓯ;-. O. Dꓵ N M ꓘW: LI-. JY NI, WU M Gꓶ ꓘW YI-. YI. SI: G; M Gꓶ ꓘW; LEO= YI. NY GO LI LI. ꓭ. ꓘU: KW YI. T. LI; JE NY,-. KO Dꓱ: M: JI Sꓯ; B: Pꓶ. DU-. ꓕI: MYO A: NE Kꓶ. NY. ꓕI: Nꓯ; Dꓯ ꓛI LE ꓕꓯ;-. Mꓶ: ꓞ LI. A MO T. GU W= N M Gꓶ A: Jꓵ: ꓘW: LI W-. Gꓶ SI. ꓕI: KO ꓕI: Dꓱ: NI, Mꓵ.. NE M: D T. ꓥ= Lꓯ: ꓒꓯ, NE ꓛI, Cꓵ, ꓕꓯ;-. YI. KU. JI M ꓕI: ꓘU. ꓕI: ꓘU. ꓛI, ꓞE., L ꓥ= Cꓵ Cꓵ

LI. N DU M Dꓯ TO, HW. LI ꓕꓯ;-. “YI. ꓒY: LI. Pꓶ. YI”WO=

O. ꓞꓱ., ꓒU LI. M ꓒU: L NE YI. Dꓯ Bꓯ. M. GO: L LO Nꓯ ꓞI; GO NYI: Xꓵ: M Dꓯ A.-N NY ꓯ, Lꓯ: CI (ꓛꓱ:-GD.. CI)-. DO; L: CI (DO; GO ꓘW: Xꓵ.)MI H, ꓥ=

A: ꓘꓶ. ꓕI: N DU LI SI. A. TI. ꓤ: KW: YI_M A.-N NY Mꓶ: ꓤU Xꓵ. Hꓶ: ꓕI: ꓘꓶ: ꓤ: ZE H, SE: M Z: Kꓶ GU ꓕꓯ;-. Fꓯ, NE YI: Nꓯ ꓕI: ꓛO: KW JE SE: W= Nꓯ YI YI JY DO M: Pꓶ.-. Mꓵ: Sꓯ; GO LI ꓞ-. Z MI Hꓶ: ꓕI: ꓘꓶ: ꓤ: LI: Z: W O. NYO NE-. MO LO Z JO: Z: Jꓵ, KW ꓛI ꓕꓯ;-. YI JY LI. SI; NY VE; LI. VE; Mꓶ; L-. MY Dꓵ: LI. ꓛY: B; ꓛY: B; Kꓶ LE-. O. Mꓶ CO L SE: W= A.-N NY Lꓯ; Xꓵ Mꓶ: ꓕꓯ; JE-. Lꓯ: Xꓵ ꓞO VI JW, M: JW, M HW ꓕꓶ NY,-. YI ꓞ., GO: ꓕI: ꓘꓶ: ꓤ: DO W LI. A: ꓘꓶ. ZO: M Kꓶ LEO=

WO S NY A LI LI. YI JW L KU. ꓥ= A.-N Fꓯ, NE ꓕI: ꓘO, DO; YI T. ꓕꓯ;-. KO Dꓯ CO ꓕI: G K W: ZI: ꓤ: ꓕI: M KW NY DI.. DI. ꓤ: T. Xꓵ: ꓕI: Tꓶ. MO ꓥ= W: DI.. KO LO NY A. WU A MO Xꓵ: ꓕO: ZI NYI: S; ZI JW,-. ꓕO: ZI LI KW NY MU: ꓘU: KO ꓕU: KO ꓕU: DO NY, MO ꓥ= ꓕI: B, NE-. A.-N NY ZI: ZI: PI, PI, ꓥ; H, SI. A ꓤ ꓤ ꓕO: ZI LI KW XO.. ꓛI LEO= NYI NYI ꓕꓯ; ꓕO ZI Yꓯ; ꓘW NY A: ꓘꓶ. NYI, T. JI Xꓵ: ꓕI: Tꓶ. JW,-. YI. ꓘꓶ: NY A. TO. A: L Xꓵ T. Xꓵ: KW BE; ꓕI: M JW,-. GW LO TI.. H, M KW CO. MU: ꓘU: DO NY, ꓥ= Kꓶ. NY. L SU Dꓯ ꓛY, ꓒꓱ; GO: ꓥ M: Sꓶ.-. YI JO, CW SI. NI, ꓞ Xꓵ: ꓥ M: Sꓶ.-. YI. ꓘꓶ: KW NY L: C. C. DU ꓕI: M TI.. H, SE: ꓥ= ꓕO: ZI YI: Nꓯ ꓕI: ꓛO: KW NY M D LI ꓕI: LI JW,-. M D LI KW NY “ꓕU: ꓕU: ꓕU:”Bꓯ NE DO D Xꓵ: YI XY ꓕI: Dꓵ: JW,-. ꓕO: LI G; Lꓯ; G; JI NY Xꓵ. Hꓶ LI JO:-. Xꓵ. Hꓶ LI KW NY A KW ꓛI ꓛI A. MO: ꓘE: ꓘE: H, ꓥ= A. MO: ꓘE: ꓕI: Bꓱ M NY ꓒU LI. Kꓶ YI GU-. ꓕI: Bꓱ M NY M: ꓛO, YI SE;-. ꓕI: Bꓱ M NY YI. Sꓯ; LI. V NY, SE: SI.-. ꓒ.. ꓘE: DO L M LI T. ꓥ= Xꓵ. Hꓶ M NY A. MO: NE Kꓯ Z: GU SI. YI. Mꓶ. Dꓵ: LI ZE; ꓒE,-. Z: DU NY ꓕI: Xꓵ: LI. HW M: W=

A. ꓘꓶ: DO NY VI ꓘW NY, M LI: M: ꓥ-. VI; Mꓶ; ꓕꓯ; YI JY LI. BO ꓥ= Z: DU ꓕI: Xꓵ: LI. M: JW, CI; LI. L: C. C DU KW CO. YI ꓞ., A. TI. ꓤ: F DO Bꓯ D SE: ꓥ SW; SI.-. A.-N NY SI. CO. ZE H, M ꓛU Kꓶ-. A. ꓕO. ZI SI. YI ꓞ., F DO ꓥO Dꓵ: JW: SI.-. A.-N NY YI JY ꓘO; YI W= YI JY ꓘꓶ: KW ꓛI SI. YI JY D: BI.. YI T. ꓕꓯ;-. ꓕI: ꓕꓶ. NE SI, LI KW CO. “ꓒU: ꓛꓵ:-. ꓒU: ꓛꓵ: ”Bꓯ NE JO: ꓤ: M ꓞI N ꓘU MU Sꓯ; Bꓯ JW: ꓥ= A.-N NI, ꓞ YI JY F T. YI.-. P L SI. YI ꓕꓯ:-. YI. MU ꓕI: Bꓱ ꓒU YI Xꓵ: A. MO: ꓕI: ꓛI.. M NY SI, LI KW DO: H, SI. YI. Sꓯ; A WU H NY, ꓥ= Fꓯ, NY N ꓘU “ꓒU: ꓛꓵ:-. ꓒU: ꓛꓵ: ”MU NY,-. YI. ꓛI ꓒꓯ, D ꓯNY ꓘE: P; L; O: Nꓶ: H,-. A: ꓘꓶ. ꓛꓵ: NU= SI: SI, Xꓵ:-. Xꓵ LI. Xꓵ:-. ꓒU CY, Mꓵ; Xꓵ; NE Tꓶ. FO M

KO DƎ: NY BI., ƆՈ: JO: YI NY,-. YI: PU. YI MU: SI: SI: BYƎ NY, Λ= YI. ꓶ CI, H, M NY RU Kꓶ BO-. Gꓶ SI. A.-MO: CI, DU M NY GO LI LI. Mꓯ, H, SE: Λ= A.-N NY "CՈ CՈ LI. ꓕI: ꓞI; FI ꓤ: DU Λ Bꓶ-. XՈ ꓘꓶ: KW ƆI LI. ꓶ CI, H, ƆՈ M"SW; NY, Λ= A.-N YI. Tꓯ. SI L M MO ꓕꓯ;-. A. MO: M NY MY BI., XՈ, L-. Fꓯ, NE A.-N Tꓯ. ƆO; SI HO NY, SI.-. CYO. JW Lꓯ B ꓯNY, O. JO: T. Λ= ꓕI M NY A: ꓶ, ꓶ JE GU SI. N DU LI.M: G; JE NY, YI. FI XՈ: A. MO: ꓕI: ƆI Λ= A.-N NY A. MO: ꓕI LI T. M Dꓯ MO ꓕꓯ;-. XW. YI ꓤ: SI. MY BI., DO L WO=

""A. MO: N ꓘU MU NYN BI NI, MՈ SI. ΛIN BI NI, MU NY ꓞ MY: ZI SI. V-. A. MO: HW: ƆU ꓕꓯ; VE; M G; CI;-. VE; M G; M A. MO: Dꓯ YI. ꓶ CI, ꓕꓯ; DO: LE Λ"Bꓯ CI; Λ= A.-N NY A. MO: Dꓯ A: ꓘꓶ. ƆՈ: NU LI. M: K:-. A. MO: KO DƎ: KW XO, GO: NYI ꓕꓯ;-. A: ꓘꓶ. ƆU ꓞ M LI T. Λ= A. MO: ꓕI M NY YI. ꓕI: LI, LI. N NY, Bꓶ= N DU ꓕI XՈ: T. ꓕꓯ; Nꓯ ꓞI; ꓤƎ: D ΛO SW; SI.-. A.-N NY A. MO: N DU M JI JI ꓤ: NYI GU ꓕꓯ; T KO LƎ: Z SE: SI. NE-. SI, LI KW CO. XՈ, XՈ CI NYI: XՈ: HW L-. YI. DO ZE_M Kꓶ, Lꓯ: CI SI. DO; L: CI M LO ꓞI KW CO. YI. B; L; TI. Nꓶ: Kꓶ ꓕꓯ; A. MO: Dꓯ CW. NY, Λ= A.-N ꓕI MY JI M Sꓶ. Λ M: Sꓶ.-. Nꓯ ꓞI; KO M ꓘW: D M Sꓶ. Λ M: Sꓶ.-. A. MO: NY Nꓯ ꓞI; M ꓕI: ꓘꓶ: LI. M: ZE Z: GU W= A.-N NY YI. ꓕI MY WU. N M MO ꓕꓯ;-. YI. O. Lꓶ, KW CO. YI JY D: L SI. A. MO: Dꓯ S LI ꓘO, DO Kꓶ ꓕꓯ; SI. A. TO. KW BI; ꓘꓶ: KW LI; JE SI. YI ꓞ F DO NY, Λ= L: C. C. DU KW YI JY A MY M: JW, SI.-. YI JY SI, M: ꓘW:= A.-N NY Fꓯ, NE ꓕI: ꓕU: ꓘO; SI. F DO N Kꓶ LEO=

YI ꓞ A: MY, F DO Kꓶ ꓕꓯ;-. VE; M M "GO: LO: LO:-. GO: LO: LO:"Mꓶ NY, SE: LI. A JY SI; A NE VE; Mꓶ; M A. TI. ꓤ: KW: YI W= NI, ꓞ YI JO, JW SI. ΛO SW; Λ= Gꓶ SI. YI. NY A. M_: N DU M Dꓯ V LƎ M: BO T. SI. KO. BO. JE SI. NYI N, YI NY, Λ= YI. YI JY ꓘꓶ: KW ƆI ꓕꓯ; ꓕI: MY ꓯ' LEO= A. MO: N DU M ꓘW: LI SI.-. YI. ꓕꓯ. YI YI JY ꓘꓶ: KW YI JY HW DO NY,-. XՈ. Hꓶ Kꓯ Z: NY, Λ= A.-N NY K, ƆՈ; LI SI. A. MO: M CO. BO. ꓤ_: SI NE KO DƎ: M XY XY. ꓤ: ꓞI: GO: NY, Λ=

Bꓯ LI. Bꓯ "ꓞO BI NY Bꓯ ꓞ-. : BI ƆՈ-. A. MO: BI NY CI, DU BI ƆՈ"Λ Bꓯ CI; Λ= ꓞI: GO: LI: M: D SE:-. A. MO: Kꓶ NE JI JI BI., Yꓯ ƆՈ Λ= ꓕI: KO ꓕI: DƎ: ꓘƎ; P; L; JO, JO: T. M A. MO: GO ꓕI: ƆI M NY A.-N NE JI JI ꓞI: GO: GU ꓕꓯ; Sꓯ; JO JO ꓤ: Bꓯ NE T.-. O. DՈ A. MO.. ƆU: L-. N. ꓭO T T. ꓤ: T. L-. YI. Mꓶ. ꓶ, NE XՈ Hꓶ Kꓯ Z: L W= A.-N NY K, ƆՈ: NE M: GE; A. MO: Dꓯ EՈ; CՈ, SI. "ΛW NY YI JO CW SU Λ-. NU Dꓯ NYI LO. M: W WO-. NU NY TI. Nꓶ: TI. JI KW ꓞO JI

ꓕI: VI HW SI. TO, K, YI ꓨ:”Bꓯ GO: NY,-. Bꓯ GU ꓕꓯ; NI, ꓞ D; JEO=

ꓕI: TO. ꓤO: JE GU ꓕꓯ;-. A.-N NY ꓕI: ꓕꓶ. NE Kꓶ. NY. Sꓯ “ꓕI: ꓕ;-. ꓕI: ꓕ;”Mꓶ Sꓯ; Bꓯ JW: L SI.-. Kꓶ. NY. ꓒO, NE NYI N, ꓕꓯ;-. A. MO: M NY A. MO: CI, DU M M: ɾU Mꓯ SI. G; L NY, Bꓶ= A.-N NY N: H, SI. G; LI; JI NY, ꓥ-. Gꓶ SI. A. MO: M NY YI. Dꓯ JO: YI. ꓥꓶ; NY,-. A LI LI. LI; JE M: XO..= C, NYI ꓕꓯ; YI. NY A.-N N: ꓞO JI ꓥ SW; ꓥ, NY YI. Dꓯ YI. SI M SW; NY, ꓛO: ꓶ O= A. MO: ꓕI LI T. M MO ꓕꓯ;-. A LI M: YI O= Fꓯ, B ꓯLI. YI. JO, KW ꓛO: ꓒꓯ, ꓕI: M JW, ꓕꓯ; A: ꓘꓶ. K, ꓛꓵ; ꓥ = ꓕI M KW CO.-. A. -N ꓕI: ꓕO; NY A. MO: ꓕI: ꓕO;-. A.-N ꓕI: ꓕO. NY A. MO: ꓕI: ꓕO. JE NY, ꓥ= YI. JO, A: HUI, HUI Xꓵ: KW ꓛI LI.-. A. MO: NY A.-N TI.. BY. ꓤ: JE NY, ꓥ= Xꓵ. Hꓶ NI, ꓛI; Xꓵ: MO ꓕꓯ;-. A.-N NY A. MO: Dꓯ Z: BO FI ꓕꓯ; SI. JE NY,-. Xꓵ. Hꓶ ꓕI: Bꓱ M A. MO: Kꓯ Z: W M: D ꓕꓯ;-. YI. NY WO: Hꓶ M: JO-. Dꓯ, B: Dꓯ.. NE A. MO: Tꓯ. CW. NY, ꓥ= A.-N NE JI JI. ꓤ: Vꓱ GO: ꓕꓯ;-. A. MO: NY KO Dꓱ: A: ꓘꓶ. JI L-. O. Dꓵ A: MO. MO ꓛꓵ: ꓘꓵ LI: M: ꓞI-. YI. MU Gꓶ YI, Lꓱ. ꓤ; T. L W= ꓕI M Dꓯ MO ꓕꓯ;-. A.-N NY A: ꓘꓶ. K, ꓛꓵ; NY,-. KO ꓷꓱ: KO MI KW Bꓯ ꓞI: Xꓵ: M C, M: W W A. MO: Dꓯ CI, NY,-. WO: Hꓶ M MI LE-. VE; M M MI LE-. M: N: Mꓶ: ꓕꓯ; JE NY, ꓥ=

40 LU: NI, ꓛI; M ꓘ, Bꓶ, KW SU-. ꓝO ZU Tꓯ. JW M Mꓶ: YI

ꓒ.. CYO. Sꓯ. LE M A. MO: M KO Dꓱ: A ꓤ ꓤ JE L SI.-. A.-N NI, M KW NY A: ꓘꓶ. K, ꓛꓵ; NY, ꓥ= YI. Cꓱ, Sꓱ: NY, SI.-. YI. NY WO: Hꓶ SI. VE; Mꓶ; M LI. MI LE-. C, M: W KW NE Mꓶ: ꓘꓶ; KW JE ꓛI SI.-. TI. Nꓶ: TI. JI ꓝO K, M: JW, Xꓵ: Xꓵ Hꓶ DI.. ꓕI: G ꓛI LE ꓕꓯ; SI. WO: Hꓶ Sꓯ; B: T. C, W ꓥ= YI. NY A. MO: CI, H, LO YI. ꓶ M RU ꓱE., L SI.-. A. MO: Dꓯ Xꓵ Hꓶ Kꓯ Z: FI NY,-. YI. NY Xꓵ. Hꓶ DI.. KW DO: H, SI. VE; Mꓶ; NE YI: Mꓶ M: D-. MI; WO; KW KO M ꓤꓶ SI. V B ꓛI Dꓯ NYI N, NY, ꓥ= Fꓯ, NY A LI Bꓯ SI. ꓝO ꓘ, LI. M: JW, Xꓵ: ꓕI: G ꓛI YI MI,?A LI SI. NYI M: MO YI ꓥ MI?WO: ꓒY: WO: YI ꓕI: ꓘꓶ: ꓤ: DO W LI. VE; Mꓶ; M: ꓛꓵ W Dꓵ: JW: K, NY, ꓥ= ꓕI ꓕꓯ;-. Xꓵ. Hꓶ DI.. W: ZI: KO. BO. ꓕI: ꓛO: KW NY A. N: LU Sꓯ; Bꓯ JW: L W= A. N: LU Sꓯ; Bꓯ JW; ꓕꓯ; TI. Nꓶ: KW ꓝO K, JW, DU ꓥ M SW; W LEO=

A.-N NY ꓕI: NYI WO: Hꓶ Gꓶ LI. M: K:-. W: ZI: ꓕꓯ; SI Dꓯ JE SI. NYI N, NYI ꓕꓯ;-. A. TO. MU: ꓘU: DO-. A. ꓕO. B Lꓱ B Lꓱ M MO LEO= A.-N NY YI. Sꓯ; ꓕI: ꓘꓶ: V Kꓶ ꓕꓯ;-. "K, Bꓶ..-. K, Bꓶ (ꓘ, D: M)"B ꓯNY,-. Bꓯ GU ꓕꓯ; Xꓵ. Hꓶ DI.. KW LI; JE SI. YI. ꓶ M XW Kꓶ-. A. MO: SI SI. ꓘ, Bꓶ Tꓯ. ꓛO: Sꓯ JE ꓥ= W; ZI: KW CO. ꓤꓯ; JE ꓕꓯ; YI M ꓕI: Dꓵ: JW, SE:-. YI. M ꓕꓯ; SI NY D: GU: TI: TO JW,-. D: GU: LO, L SI. A: MO, MO TO TO ꓤO: Xꓵ: ꓕI: G LO, YI ꓕꓯ; ꓘ ꓘꓶ: KW ꓛI LEO=

ꓘ, KW Dꓵ: YI T. ꓕI: B, M KW-. A. TO. BY Xꓵ: ꓕI: BE; MO-. ꓤ: Mꓶ: ꓤ: ꓕI: RO M NY ꓤ: Nꓱ ꓕI: RO HO: SI. Mꓶ ꓛY ꓕI: Xꓵ: GO NY,-. Fꓯ, NY "A. NYI: ꓤ: O: A. NYI: ꓤ:-. NU A. Xꓵ: N DU JW, ꓥꓯ? Xꓵ LI. Xꓵ N ꓛI"Bꓯ NY,-. Lꓯ; Xꓵ Bꓯ Lꓯ: Xꓵ ꓥU NY, ꓥ=

A.-N NY JE SI. A LI ꓥ M N NYI NY, ꓥ= C, W ꓕꓯ;-. ꓤ: Mꓶ: GO ꓕI: VI M NY A. NYI: ꓤ: ꓕI: K, LI: JW, ꓥ= NYI: NYI Mꓶ: JY: KW-. A. Xꓵ: N L LI. M: Sꓶ.-. M: Z: M: DO T.-. VE; M JO, JO: G; L-. A Mꓶ NY VI; LI. VI; M: HW. W YI-. VI CI NY NI, M XW. SI. ꓥU NY, ꓥ Bꓶ= A.-N NY A. NYI: ꓤ: N DU M SI. YI. WU: A. MO: N M A: L ꓕI: LI, T. ꓥ Bꓯ JW: ꓕꓯ;-. GO Lꓯ; CI SI. DO; L: CI ꓕI: ꓘꓶ: ꓤ: ZE., H,

M RU DO L SI.-. LO ꓞI, NE YI. Hꓶ: TI. SI. A. NYI: ꓤ: Dꓯ TO NY,-. A. NYI: ꓤ: M ꓨꓶ A: ꓘꓶ. DO XO.. ꓥ= ꓕI: B, ꓤO: ꓕꓯ:-. A. NYI: ꓤ: VE; M KW “GU LU LU”ꓕI: N: Mꓶ Kꓶ-. “PO,”Bꓯ NE ꓘE: ꓕI: ꓕꓶ, ꓩU Kꓶ ꓕꓯ;-. YI. Tꓯ. YI A ꓤ ꓤ TU L-. YI. Mꓶ. ꓶ, Lꓶ ꓤ: ꓶ, Lꓶ Xꓵ. Hꓶ Kꓯ Z: YI W=

VI CI NY A.-N NE A. NYI: ꓤ: N DU N X, ꓘW: LI MO ꓕꓯ;-. ꓯ’ LI. ꓯ’ YI-. K, LI. K, ꓛꓵ; LI W= YI. NY O. Dꓵ ꓕꓱ; SI. A.-N Dꓯ XW. MO: Bꓯ GO: NI, Xꓵ NY,-. A.-N NY NI, ꓞ YI. Dꓯ GO TU L SI. “SU Tꓯ. YI JW NY Sꓯ; M CYO. O. JO: ꓥ-. ꓕI M NY WO S ꓒU; L NE M. L Xꓵ: ꓥ= Fꓯ, NY ꓕI M N: A. TI. ꓕI: Xꓵ: _LI ꓥ-. WO: Hꓶ LI. M: ꓛꓵ= Gꓶ SI.-. NYI M ꓤ: WO:-. K. ꓘO: ꓥO Bꓯ ꓥW Dꓯ NU VI ꓘW ꓕI: Mꓶ: ꓘꓶ; ꓤ: N: K, FI L ꓥO Bꓯ A: ꓘꓶ. XW. MO W”Bꓯ NY, ꓥ= ꓤ: Mꓶ: GO ꓕI: RO M NY NI, ꓞ “ꓒU: L ꓕI: LI, M A. WO: M WO:-. VI ꓘW NY A: ꓘꓶ. XW. NY, LI. Mꓶ: V ꓕO, M: W-. MI: VI JO; M: W-. A. WO: M NE D ꓥO Bꓯ ꓕI: Mꓶ: ꓘꓶ; ꓕ: Bꓯ SE:-. ꓕI: ꓛO S ꓘO; ꓥW: ꓘO; LI. NY, K, ꓛY-. ꓕI Bꓯ ꓥW: NU: NYI: M. L; LI. A: ꓘꓶ. K, ꓛꓵ; LEO”Bꓯ ꓥ= Lꓯ: Xꓵ Bꓯ Lꓯ: Xꓵ A. NYI ꓤ: SI SI. Mꓶ: ꓕꓯ; YI. JO, HO: M. NY,-. ꓕI: B, ꓤO: ꓕꓯ; ꓤ: Mꓶ: GO ꓕI: RO M VI ꓘW ꓛI L W=

M BY, VI ꓕU: H, LO ꓤ: Mꓶ: VI GO M NY DI.. DI.. ꓤ: XY., XY. ꓤ: T. ꓥ= SI, CO. SI, MI-. MI: YI ꓤꓱ: DU YI ꓶ YI. MI-. A. NYI: YI JY TO DU LU ꓕU.. Bꓯ Xꓵ: NY JI JI. ꓤ: ꓛY, H, SI.-. ꓕI: NYI NE ꓤ: Mꓶ: GO ꓕI: RO M A: ꓘꓶ. L TI.. M Sꓶ. D ꓥ= VI CO. BO. ꓤO: KW NY A. NYI: Bꓱ ꓥ.A. NYI: Bꓱ M NY A. TI. ꓤ: T. LI. BO ꓒI: JI JI ꓕꓯ, H,-. ꓕO: Hꓶ., JI JI. ꓤ: ꓘO: H, SI. Lꓱ Lꓱ. ꓤ: T. ꓥ= A. NYI: Bꓱ Dꓯ Sꓯ NY Xꓵ. Hꓶ JU ꓕI: ꓒꓵ, ꓒꓵ, H,-. A. NYI: ꓤ: M A: MY NYI N GU ꓛO: ꓶ ꓥ= G: BO: ꓕI: F. KW NY Dꓱ: Lꓱ; VI ꓕI: VI JW,-. ꓕI M NY ꓤ: Mꓶ: GO NYI: M. L; NY, GU M ꓥO=

VI CI SI. A.-N NY Dꓯ: Sꓯ CO. Xꓵ. Hꓶ ꓕꓯ, L SI. A. MO: A. NYI: ꓕI: ꓛO Bꓱ H, M KW CW. YI NY,-. Bꓯ NYI ꓕꓯ; A. MO: SI. A. NYI: Gꓶ A: ꓘꓶ. ꓕ:-. ꓥW NE NU Dꓯ Lꓶ,-. NU NE ꓥW Dꓯ Lꓶ, NY,-. Mꓶ R M: MO Lꓯ: HO M LI T. ꓥ=

JO: Z CW. GU ꓕꓯ;-. NI, M A: ꓘꓶ. JI_M VI CI NY A.-N Dꓯ VI ꓘU: KW Dꓵ: YI FIN Y,= VI ꓘU: KW NY XY., XY., G; G; T.-. A. Xꓵ: LI. JI JI. ꓤ; XW H, ꓥ= VI ꓘU: KW NY NI. ZI; NE A. TO. KW BE; ꓕI: M X, H,-. LO ꓞI S M TO, H,-. Dꓯ Sꓯ NY Nꓱ. BE., ꓕI: M TI.. H,-. Bꓯ,-. SI. Kꓶ.-. YI, GU Bꓯ Xꓵ: NY VI KW SI. K. NYI: S K. NE X, DO L_M S; L ꓕꓯ; SI ꓛY, H, ꓥ= A. TO. KW BE; ꓘꓶ: KW NY JO: M NYI: JO: ꓘO: H,-. JO: M KW NY L: B: SI. A. ꓛꓵ; JI ꓘO: H,-. JO: M ꓕꓯ; SI NY YI. BI: ꓤO: T. Xꓵ: CI DU ꓕI: ꓘꓱ, ꓤ: JW, LI. JI JI. ꓤ: Dꓱ.. H,-. XY., XY. ꓤ: T.

ꓥ=

VI CI NY A JY F.. H, GU ꓕꓯ;-. XW. TO TO; ꓤ: YI SI. “A. WO: M WO-. VI ꓘW Cꓵ Cꓵ XW. NE M: D O= MO: LO ꓕꓯ; KO Dꓯ CO. KO WO: A. TI. ꓤ: HW L M ꓘ, ꓤ: K, M Dꓯ ꓕI: ꓘꓶ: ꓤ: B, GO: Kꓶ-. ZE H, M NY ꓥW NU: NYI: M. L; NE C. Z: Kꓶ ꓕꓯ: M: JW, YO-. ꓕI: B, LO NY, SE:-. ꓥW NU Dꓯ Z: DU A. TI. HW GO: YI_NE”Bꓯ ꓥ= A.-N NY ꓕI M MO ꓕꓯ; “NYI M WO-. NU NY YI ꓞ: ꓕI: ꓘꓶ: DO FI L ꓕꓯ D W”Bꓯ ꓥ= ꓤ: Mꓶ: GO M NY “A. WO: M NE-. ꓕI: ꓘꓶ: Z: BO N T. Xꓵ: NY HW W D ꓥ-. NU JW: XW. M: ꓛꓵ”Bꓯ ꓥ= Bꓯ GU ꓕꓯ; NI, ꓞ DO JEO=

MU: ꓘU: NYI: GW. Cꓵ; GU Jꓵ, ꓕꓯ;-. ꓤ: Mꓶ: GO M NY M D K. NE A. TO. KW BE; KW ꓛI, SI. BI; NYI: M ꓛU H,-. A. B. ɾU C. SI. A.-N Dꓯ Z: FI NY, ꓥ= BI; M Kꓶ ꓛU NE KO ꓕU. ꓤ: A: ꓘꓶ. Z: MI N T. ꓥ= Z Z: BO SU LI. A: ꓘꓶ. Z: NI, Xꓵ N T.-. VE; Mꓶ; NE KU LU KU LU Mꓶ; T. SU Dꓯ Bꓯ ꓕꓯ; Lꓯ: HW. LI. Z NI, Xꓵ NY, W= Gꓶ SI. A.-N Cꓱ NE WO: TO ꓕI: ꓕꓶ, T. M YI. M YI. ꓤ: NYI: M. L; M Dꓯ MO ꓕꓯ;-. A LI LI. Z: Dꓵ: YI M: D= NU NY ꓥW Dꓯ Z: Bꓯ-. ꓥW NY NU Dꓯ Z: Bꓯ NY,-. Kꓶ. NY. ꓕꓯ; A.-N NY YI. W: NYI: M. L; Dꓯ Jꓵ GO: GꓶO=

BI; ꓥ SI. A. B. ɾU M Z: GU ꓕꓯ;-. YI. ꓤ: Mꓶ: M NY YI. M Lꓯ GO; KW YI Mꓶ YO= A.-N SI. ꓤ: Mꓶ: GO M NY YI: GU KW DO: H, SI. ꓕI: VY; Bꓶ Bꓶ XW. ꓕꓱ K, NY, ꓥ=

Bꓯ NYI ꓕꓯ;-. K, GO M NY ꓘ,-Bꓶ MI H, ꓥ= Gꓶ SI. Nꓯ YI SI. YI JY NE GU, H, M Pꓶ. DU-. S,-ꓘ,-Bꓶ-. X,-ꓘ,-Bꓶ Bꓱ H, ꓥ= ꓤ: Mꓶ: GO M NY A.-MI MI H,-. NYI: ꓞI S; ꓘO; LI: LO; SE:-. YI. WU. NY S,-ꓘ,-Bꓶ KW SU ꓥ-. ꓞI KU., ꓘO; GO ꓕI: ꓘO; M A.-TI: MI Xꓵ: ꓕI: RO Dꓯ ɾU ꓤ: L SI. X,-K,-Bꓶ KW ꓛI Xꓵ: ꓥ= A.-TI: NY A. TI. ꓕꓯ; LI ꓤ: ꓛꓵ: ꓤ: LO; YI SI.-. Xꓵ: ꓤ: WO; ꓤ: NE ꓕI: VI ꓕI: Z: CW.-. Bꓯ ꓞI: LO. ꓕI.. Gꓶ NU ꓕI: ꓘꓱ, ꓥW ꓕI: ꓘꓱ, GW. SI. Vꓱ WU: L Xꓵ: ꓥ= ꓕI SI. NE ꓕI: Xꓵ: LI. JW, M: ꓘU= Kꓶ SI. YI. W: Lꓯ: F. ꓤꓶ., ꓕU: GU Kꓶ. NY. ꓕꓯ;-. A: ꓘꓶ. NI, ꓒU Lꓯ: HO KU.-. ꓘ, ꓤ: K, M NE YI JW M KW-. ꓘꓶ. Xꓵ; A. NYI: NYI: Fꓱ ꓕꓵ. H,-. VI X, H,-. A. ꓛꓵ: NYI: S M-. A. NYI: ꓕI: ꓘ, Vꓱ HW. LEO= Sꓯ; ꓕꓵ: Kꓶ ꓕꓯ; YI ꓒE; L CI; ꓥ-. YI. W: NYI: RO NE L: TI.. TI.. ꓤ: YI. MI: YI GU ꓕꓯ;-. ꓒ.. WU. ꓕI: ꓘO; M LI Z A: MY, XW W LI W-. ꓛO ꓒꓵ NY Z: GU LI. M: D-. Fꓯ, NE NY Z XW. SU NYI: S; VI M Dꓯ GO: NY, SE: ꓥ= A. ꓛꓵ; NY YI. WU. NYI: M ꓥ M KW CO. A Mꓶ ꓛO; M JW, LE-. A. NYI: M Gꓶ YI. ꓤ: ꓕI: ꓘ, HO: L W= A: ꓘꓶ. BO W Bꓯ M: JI LI. ꓞO JO M A: L NY, S ꓥ= ꓕI M LI: M: ꓞI-. GO ꓕI: ꓘO; M KW YI. M ꓕI: LI, BI., Xꓵ: ꓤ: Mꓶ: ꓕI: RO Vꓱ L W= K, ꓤ: K, M BU LI. A: ꓘꓶ. K, ꓛꓵ; SI. “ꓕI NYI: RO M N: Cꓵ

C∩ LI. WO S dU: L NE YI JW X∩: Λ B⅂”B∀ Λ=

G⅂ SI. K, Ɔ∩; LO VY; NYI M M⅂ RO KO: M: W= GO ⊥I: ꓘO; M⅂: NU B.. YI ⊥I: NYI M KW-. MI; WO; LI. NI, ƆI; ƆI; T.-. ⊥I: ⊥⅂. NE B⅂ D∩: ꓘ⅂: ⊥I: ƆO: KW CO. M⅂: TI.. LI. N∀ YI GU ⊥I: D∩: L NY, Λ= ⊥I: MY ꟻI._NE M∩: GU: ꓘ∀. ꓘ∀. PO,-. YI ZI; YI L: G;-. LO H LI. ᗺ ɾU WU X∩: TI. L NY,-. V MI KW Z WO: LO WO: LI. ⊥I: B, NE TI. NE YI. MY; L∀; K⅂ YI= L: ꟻO BU NE Z A: ꓘ⅂. W X∩: M∩: Λ B∀ NY, M ꓘ,-B⅂ KW LI. Z ⊥I: ꓘ⅂: LI. XW N M: JW, K⅂ LEO= CW NY, ⊥∀; ꟻO ꓤ: ⊥I: BƎ M NY GO ⊥I: NYI M LO V TI. N: YI ⊥∀;-. MI: TI.. KW CO. LƎ: ɾU LI T. X∩: ⊥I: M DO L NY,-. B⅂ DO ꓘ⅂: ⊥I: ƆO: KW KO D∀ A ꓤ ꓤ LO; YI O B∀ NY C∩ C∩ Λ M: V M: S⅂.= GO ⊥I: NYI M K⅂. NY. ⊥∀; ꓘ, B⅂ B⅂ DO ꓘ⅂: ⊥I: ƆO: KW NY A ⊥∀; M⅂: ⊥∀; “HO: LO:-. HO: LO:”M⅂ S∀; B∀ JW: L-. ⊥I: ꓘO, ꓘO, ⊥∀; M⅂: TI.. ⊥I: ꓘI: LI. M: TI.. KW NE V ZO: K: L KU. Λ= ꟻO ZU NY ꓘ, B⅂ M∩: KW M∩: S∀; M YI. TƎ, ⊥I: X∩: K⅂ YO B∀ NY, Λ=

⊥I M NY YI. WU. A.-Ɔ.. D∀ V∀. FO LO LU: NI, ƆI; GO ⊥I: M M NY KO D∀ LU: BƎ KW NY, M: HW. SI. WO S dU: L C, M: W ⊥∀; M: WO, WO, N∀ YI B⅂ D∩: ⊥I: ƆO: KW CO. B⅂ DO ⊥I: ƆO: ꓘ,-B⅂ KW L SI. ꟻO ZU T∀. V∀. NY, Λ B⅂=

SU B∀ NE XW. DU NY ⊥I: X∩: K⅂. NY. ⊥I: X∩: ZI L KU. ΛO B∀ M NY C∩ C∩ LI. Λ B⅂= K⅂. NY. ⊥I: ꓘO; M∩: NU ƆI L ⊥∀;-. K, KW SU NY LO V TI. SI. XW. DU ZI LI M LI. M: JY: YI ⊥∀; LI F∀, NE ꟻO ꓤ: SI. JO: ꓤ: M ꟻI D∀ HW: Ɔ∩-. dE; L⅂, dE; HO-. VE; M G; X∩: N DƎ: ⊥I: X∩: DO L W= ꓘ, ꓤ: K, M SI. JO: ꓤ: M ꟻI A: MY, M NY N DƎ: ⊥I M NE S∀; M RU JE W=

ꟻO ZU NY ꟻO MO: NE B⅂ DO ꓘ⅂: ⊥I: ƆO: MI: MI DO GU KW G⅂ L∀: CI Λ SI. TO; L: CI NY N DO GO ⊥I: X∩: M D∀ X, ꓘW: D Λ B∀ M N N, W Λ= G⅂ SI. N∀ ꟻI; GO NYI: X∩: M HW YI ΛO B∀ A. ꟻO,_LI ⊥∀, X∩: ᗺ. NYI: ᗺ. KW CO. LO, YI Ɔ∩ Λ= ꓘ, ꓤ: ꓘ, M SI. JO: ꓤ: M ꟻI S∀; M T∀. PO: W FI ΛO SW; SI.-. ꓤ: ꓘ, d: A: MY M NY N∀ ꟻI; GO NYI: X∩: M HW ⊥⅂ YI FO Λ= G⅂ SI. ᗺ. B: KW d.. ƆI ⊥∀; JE M: d⅂. SI. N: YI W=

N DƎ: M ⊥I: NYI ꓘ⅂. NY. ⊥I: NYI V⅂ L NY,-. X∩ M⅂: YI SU L∀: HW. L∀: HW. MY: L NY, M MO ⊥∀;-. A.-TI: NY F∀, NE ZI: M: D W= ⊥I: V M⅂: ⊥∀; ⊥I: N∀; W M KW-. A.-TI: NY NI, NI, ꟻ ꟻ A.-MI NE Z X, H, M Z: GU ⊥∀; ꓘ, ꓤ: ꓘ, M BU NY ⊥: JE ⅁: B ∀LI. M: C..-. A. ⊥: T∀,-. YI. ꟻO MO: M SI. YI. ꓤ: M⅂:-. ꓘ, ꓤ: ꓘ, M BU D∀ V, SI.-. NI. B∀; ꓤ: GU ⅂∀. NYI: RO HO NE N∀ ꟻI; HW ⊥⅂ JEO=

YI. W: NY ⊥I: RO NE ⊥I: RO D∀ KO. TO.-. ⊥I: RO NE ⊥I: ROD ∀ YI JW

SI.-. ꓭ. CI. KW Dꓯ NY, ꓥ= Gꓶ LI. A.-TI.. BU ꓕI: ꓕO. ꓤ: Dꓯ Kꓶ ꓕꓯ;-. TO.. TO.. Mꓵ: T. Xꓵ: ꓕI: G., ꓛI-. YI. ꓛO: ꓒꓯ, NYI: RO M A LI Gꓶ G; M: Mꓶ L WO= ꓕI: RO M Lꓯ: HW. A LI Lꓱ. ꓞE., YI SI. Sꓯ; M LI. M: JW, LEO= A.-TI: NY A LI LI. YI B L D ꓥ SW; SI.-. YI. ꓕI: ROT ꓯ. LI: M: N: Mꓶ: ꓕꓯ; Dꓯ NY,-. GO. ꓕI: Dꓯ N: GO. ꓕI: Dꓯ-. WO: Hꓶ NE ꓞ Cꓵ. YI LI. Mꓶ: V LI. ꓒ; YI M ꓕI: LI, ꓒI: MY KW Xꓵ: Xꓵ: YI L NY,-. ꓒI: MY KW CO. ꓒ: NE K.. Tꓯ ꓛI-. K Tꓯ CO. ꓒ; NE ꓛI ꓒꓯ, Dꓯ ꓛI-. ꓭ. CI. KW LI. Fꓯ ꓕI: YI NY, ꓥ= MI XW. MI XW. ꓭ. ꓕI: ꓒE., ꓞ_ ꓤ: ꓕ-. : RO LI: VI; DI.. Xꓵ: ꓕI: G Dꓯ ꓛI LEO= A.-TI: NY A. TI. ꓤ: Eꓵ, NY, SI. WO: Hꓶ ꓕI: B, N: K, NY, ꓕꓯ;-. TI. Nꓶ: ꓤO: ꓭ. M KW A: Nꓯ. T. Xꓵ: ꓭ. ꓘU ꓕI: ꓘU JW, M MO LE-. ꓭ. ꓘU: ꓘꓶ: KW NY M D Cꓱ; Lꓱ; LI JW, ꓥ= M D SI. Cꓱ; Lꓱ; ZI Dꓯ NYI ꓕꓯ; A ꓕꓯ; Mꓶ: ꓕꓯ; ꓕI: Xꓵ: NE ꓕO; H, M LI T. ꓥ= ꓘ, ꓤ: ꓘ, M BU Dꓯ CYO. W FI ꓥO Dꓵ: JW: SI.-. G; Lꓯ: G; JI NYI ꓕꓶ NY, M: Mꓶ_M A.-TI: NY G: BO. Dꓯ Cꓱ, HW ꓕꓶ NY, ꓥ=

ꓕI: ꓕꓶ, M: JO-. ꓭ. ꓘU: KW NY “WO..-. WO..-. WO..”Bꓯ NE A WU Mꓶ Sꓯ; Bꓯ JW: L W= A.-TI: YI. Sꓯ; Bꓯ JW: M Tꓯ. SI NYI NYI ꓕꓯ;-. Lꓱ: ꓩU Lꓱ: ꓩU LI T.-. ꓩU Dꓯ M: ꓒYꓱ: Xꓵ: ꓕI: M M YI. ꓘU KW CO. YI. Kꓶ. FI. LI. A WU A Xꓵ ꓛO L NY, ꓥ= Lꓯ BE KW NY YI. Mꓶ: FI A Xꓵ Xꓵ: NU: H,-. YI. ꓛI ꓛY, Lꓯ M ꓕI: NYI: ꓕꓶ, ꓶ, L NY, ꓥ= ꓘW: BE; LI. SI: Cꓵ, ꓘW: MU Bꓯ NE ꓥ. H, SI. MI: VI HO: HO: JO; NY, M LI T.-. A.-TI: Tꓯ. Sꓯ L NY, ꓥ= ꓕI JO Xꓵ: Dꓯ MO ꓕꓯ;-. A.-TI: NY Lꓯ; RW ꓕI: B, M NI, ꓞ A. ꓕ: Cꓵ, DO L-. Lꓯ: ꓶ. ꓕI: B: M ꓭ. CI. KW Mꓯ, L: ZI NU: H, M Tꓯ. TI, TI, ꓤꓱ: H,-. YI. ꓘU KW MI: VI JO; L M Tꓯ. ꓛO: Sꓯ ꓒ.. Xꓵ: ꓕI: ꓘO, SE; Lꓯ: HO N JY: Gꓶ: H, W= MI JO MI JO GO ꓕI: M M Mꓶ: Lꓶ, LI. SI: CU, MU Bꓯ NE YI. O. Dꓵ KW ꓛI L ꓕI: B, M-. A.-TI: NY Mꓯ, L: ZI Dꓯ ꓤꓱ: TI.. H, LO Lꓯ: ꓒꓯ, M ꓩU Kꓶ SI. NYI: B: A: Jꓵ: A. ꓕ: M Dꓶ. Dꓶ. ꓤꓱ: H,-. BY: TU NE Tꓶ. W LI ꓕI: LI, ꓕI: ꓕꓶ. Bꓯ NE TUT ꓶ, L SI. A. ꓕ: NE MI JO MI JO GO ꓕI: M M Tꓯ. ꓛꓵ YI NY, ꓥ= ꓛꓵ GU ꓕꓯ; GO ꓕI: M M Kꓶ. FI. KW ꓛꓵ ꓤꓯ; LI SI.-. ꓕI: B, NE YI. SI: M YI. JY ꓕꓵ ꓕI: LI, ꓕU DO L-. ꓭ. D ꓯLI. YI. SI: YI. HO: Nꓶ; LE W= N ZI: M: HW. SI. NE-. MI JO MI JO GO ꓕI: M M NY YI. KO Dꓱ: LI. A WU Bꓯ NE YI. ꓘU KW CO. BYꓱ DO L-. YI. Mꓶ. ꓕI: ꓕꓶ, ꓶ, L ꓕꓯ;-. A.-TI: Tꓯ. NY ꓒY NY, M: Mꓶ SI. ꓭ. KW CO. A. Nꓯ. T. M LO ꓘꓵ: KW JO; ꓞE LEO=

Xꓵ ꓘꓶ: KW ꓛI L, ꓕꓯ;-. A.-TI: NY NI, ꓞ ꓕI: ꓕO ꓞE ꓛI ꓕꓯ; “XW:”Bꓯ NE ꓭ. B: KW Mꓯ, L: K. Dꓯ Tꓶ, ꓤꓱ: W LE SI.-. TO LO ꓤ: TO LO GO KW ꓞO, ꓛꓵ: LEO=

ꓕI M MO ꓕꓯ: ꓭ. CI KW G; L NY LO YI. ꓛO: ꓒꓯ, NYI: RO M NY ꓯ’ LE W=

Gꓶ SI. YI. W: HW. ꓛI: ꓕꓯ;-. A.-TI: NY CY, MI; ꓕI: LI, KO Dꓱ: ꓒO, SI. SI, ZI Dꓯ ꓤI.. ꓤI; ꓤ: VI; H,-. YI. Lꓯ: ꓒꓯ, KW A. ꓕ: M LI. BYꓱ: Lꓱ; Lꓱ; B NY, ꓥ= A: ꓘꓶ. ꓤ: ꓘ, M A.-TI: NY ꓕI: Xꓵ: LI. M: JO JO Fꓯ, NE SE; Lꓯ; HO ꓥO: Dꓵ: JW: H, W=

A: ꓘꓶ. Vꓶ LO GO ꓕI: B, M KW-. MI JO MI T. LO GO ꓕI: M M NY A KW CO. Sꓯ; TI, L M: Sꓶ.-. ꓭ. KW CO. “HO: LO: LO:”Mꓶ Gꓶ ꓕꓯ; ꓭ. M LI. XU: XU: Gꓶ. YI SI. ꓝE L NY, ꓥ= A.-TI: Dꓯ NY ꓭ. ꓝE L M NE TI. W SI. A. Nꓯ. MO LI. M: D M LO ꓘU: KW ꓝE ꓝO LEO= A.-TI: NY ꓘ, ꓤ: K, M Tꓯ. CYO. Pꓶ. DU Sꓯ; M Mꓶ: LEO=

YI. ꓛO: ꓒꓯ, NYI: RO M NY ꓭ. B: YI. ꓘU ꓕI: G KW PY W ꓕꓯ; SI. Sꓯ; M M: Mꓶ: YI ꓥ=

A.-MI NY YI. ꓝO: MO: ꓒ: Mꓶ: YI SI. NI, M A: ꓘꓶ. XW. NY,-. VI ꓘU: KW A. ꓛꓵ; ꓛO; M M SI. NE Z: ꓘꓶ: DO ꓘꓶ: V ꓥ M ꓤꓱ: SI. YI. MO., M XW Tꓵ. KꓶO= ꓕI SI. NE YI. BE YI. ꓤ: Mꓶ: NYI: M. L; M NY ꓕI MY XW. YI Xꓵ: ꓥ= Gꓶ SI. YI ꓝO MO: ꓒ: NY ꓘ< ꓤ: ꓘ, M Pꓶ. DU Mꓶ: YI Xꓵ: ꓥ SW; W ꓕꓯ;-. YI. ꓝO MO: ꓒ: A: ꓘꓶ. D ꓥ SW; SI. NI, M A. TI. ꓤ: S NY, ꓥ= YI. NY ꓒ.. Xꓵ Sꓯ; ꓕꓵ; SI. VI ꓘU: KW BO L FI-. YI. ꓤ: Mꓶ: Dꓯ JI J Vꓱ GO: W FI ꓥO Dꓵ: JW: NY, ꓥ=

YI. NY ꓤ: Nꓱ Mꓯ SI. Mꓶ: ꓘꓶ; Nꓯ; W Bꓯ N M: JO YI. MI: YI NY,-. SU NYIU: NYI SI. YI GU N T. Xꓵ: YI. MI: M ꓕI: NYI NE YI GU FI NY, ꓥ= Fꓯ, NY A. NYI: NYI: ꓘ, M JI JI Vꓱ W FI NY, ꓥ= ꓘ, ꓤ: K, M BU NY YI. N: “Cꓵ Cꓵ LI. A: ꓘꓶ. D Xꓵ: ꓕI: RO ꓥ”ꓒU: GO: NY, ꓥ= Gꓶ SI. YI. A. NYI M G M NY N Dꓱ: N SI. Xꓵ Kꓶ W= A Mꓶ A. NYI: ꓤ: M Kꓶ Nꓯ YI SI.-. NI, M A: ꓘꓶ. XW. NY, ꓥ= A. WO: M Dꓯ MO ꓕꓯ; SI. A. NYI: ꓤ; M Dꓯ CYO. Sꓯ. LEO=

41 ꓭ. ꓒE; KW NYI: HW, SE; Lꓯ: HO-. Nꓯ ꓞI; HW SI. Sꓯ; M CYO.

A.-TI: Mꓶ: YI GU Kꓶ. NY.-. N Dꓱ: N SU Lꓯ: HW. MY: L NY, LI.-. ꓘ, KW NY ꓭ. Dꓯ SI. Nꓯ ꓞI; HW Pꓶ. SU M: JW, W=

A.-N NY A.-MI NE CW M. L M N N. GU ꓕꓯ;-. A LI YI SE, SW; NY-. ꓤ: ꓘ, ꓒ: M Dꓯ A: ꓘꓶ. NYI ꓒꓵ: NY,-. Fꓯ, NY ꓘ, ꓤ: ꓘ, M BU Tꓯ. JW: XW. JW NY, ꓥ= YI. NY ꓘ, ꓤ: ꓘ, M BU Dꓯ Sꓯ; M CO. DU Nꓯ ꓞI; M HW JW, ꓥO SW; NY, SI.-. YI. NY A.-MI Dꓯ ꓕI LI SW; H, ꓥ Bꓯ GO: NY, ꓥ=

A.-MI NY A.-N NE XW. M M: JO ꓘ, ꓤ: ꓘ, M BU Dꓯ Nꓯ ꓞI; HW GO: YI Bꓯ L M N N, Kꓶ ꓕꓯ;-. A: ꓘꓶ. XW. MO NY,-. YI. Kꓶ. NY. ꓷO T JE Bꓯ ꓥ= A.-N NY A.-MI M: D M: S; JE Bꓯ M N N, W ꓕꓯ; A LI M: YI SI. D ꓥ Bꓯ Kꓶ W=

Kꓶ. NY. ꓕI: NYI Nꓯ; Nꓯ; ꓕꓯ;-. YI. W: NY A. MO: A. NYI: Z CW. GU-. YI. WU. ꓕI: Mꓶ: ꓘꓶ; Z: ZE BE; ꓥ SI. A. ꓭ. ꓩU M Z: GU-. A.-MI YI. ꓤ: Mꓶ: M SU Dꓯ NYI JW FI GU ꓕꓯ; A. ꓘꓶ: DO JEO= ꓘ, ꓤ: ꓘ, M BU NY A.-N SI. A.-MI Xꓵ LI. M: JO Nꓯ ꓞI; HW YI Bꓯ M C, W ꓕꓯ;-. VI ꓘW A. Xꓵ: JW, M Tꓯ, L SI. GO: NY,-. YI W: Dꓯ JI JI R MO W FI Bꓯ NY,-. YI. W: Dꓯ HO: H, YI NY, ꓥ=

MI: MI NYI: BO MO ꓷI JW, ꓕꓯ;-. YI. W: NY ꓭ. ꓕI: B. KW ꓷI LEO= G: BO. NYI NYI NY ꓭ. NYO M MI; WO; KW TO, H, ꓕI: LI, T.-. Tꓯ, L DU M NYI LI. V DO NE T. ꓥ= ꓕI ꓕꓯ; SI. GO ꓕI: ꓘO; M A.-DI: BUD ꓯ LO, YI M A MY D M C, W D ꓥO= A Mꓶ ꓤ: Mꓶ ꓷꓵ: NYI: RO M GO KW Dꓯ Bꓯ M Dꓵ: JW: LI. M: Pꓶ.= YI. W: NYI: RO M A: ꓘꓶ. JW: XW. NY, ꓕI: B, M KW-. SI, LI KW CO. XI.-LI.-Xꓱ..-Lꓱ.. ꓕI: M BYꓱ L SI. YI. W: ꓒ.. ꓕI.. ꓥW: H, SI. “XI. LI. Sꓱ: Lꓱ.. Lꓱ..-. NI, M ꓕ: XW. ꓥW Bꓯ GO: NE-. O. MY ꓕ: JO ꓥW Bꓯ NE-. J: ꓥO: M NY YI. JO, Sꓶ. ꓥ”Mꓶ NY, ꓥ= Mꓶ GU ꓕꓯ; Fꓯ, NE SI, LI KW BYꓱ ꓞO LEO= NY, ꓤ: GO LI M. GO: L ꓕꓯ; A.-N NY GO ꓕI: B, LI Tꓯ, Tꓶ, M J: ꓥO: M Tꓯ. Dꓵ: JW: W LEO= YI. NY “A P Xꓵ JY GU-. A. ꓤW ꓒU JY GU (A P Tꓯ. XU J: ꓥO:-. A. RW: Tꓯ. ꓒU J: ꓥO:)-. ꓥW NY ꓭ. Dꓯ Nꓯ ꓞI; HW YI ꓥ-. Nꓯ ꓞI; HW SI. Sꓯ; M CYO= A P J: ꓥO: M ꓭ. ꓒE; ꓒU-. A. ꓤW: ꓒU J: ꓥO: M JY GU X,”Bꓯ NY,-. Bꓯ GU ꓕꓯ; J: ꓥO: M ꓷꓵ: SI. ꓭ. Dꓯ NYI: S ꓕꓶ, Eꓵ; NY, ꓥ= Eꓵ; GU ꓕꓯ; ꓭ. KW NY YI. Cꓱ, ꓕI: Cꓱ, Gꓶ; YI SI.-. YI. W: NY

S S ꓤ: LO, YI-. V Lꓱ BO DU JW, LEO= GL SI. Fꓯ, NE XW. DU A. Xꓵ: ZI L KU. M NY C, M: W WO=

YI. W: M: N: N: JE SI. ꓭ. NYI: ꓭ. ꓕI: G M KW ꓛI ꓕꓯ; SI. VE; LI. VE; M: ꓤI., ꓕꓯ_LI-. SI, N ꓯLI KW NY MI JO MI JO “W. WO-. W. WO”Mꓶ Sꓯ; Bꓯ JW: L SI.-. A.-MI NY JO NE NI, ꓞ A.-N Kꓶ. NY. ꓘE PY YI W= A.-N NY “YI. NYI M WO:-. JO M: ꓛꓵ-. N, WO: M ꓥW ꓕI KW NY, M-. YI. NYI M WO: ꓕ: JW; XW.-. A. WO: M NY J: ꓥO: JW, ꓥ”Bꓯ NY, = B ꓯNY, ꓕI: B, M KW-. A.-DI: Tꓯ. ꓘO; SE; Kꓶ LI A WU Xꓵ: ꓕI: K: ꓥ M L YI-. YI. ꓛI LI. ꓛY, Lꓯ MO D Jꓵ: NE ꓶ, Lꓶ ꓤ: ꓶ, Lꓶ ꓶ, NY,-. YI. Sꓯ; HO: HO: V SI. YI. Mꓶ: FI M LI. JO; NE “Xꓵ: LU: Xꓵ: LU:”T. ꓥ= JO; NE SI. N ꓯ LI KW ꓕI: ꓘO, Kꓶ. NY. ꓕI: ꓘO, “HW: L: L:-. HW: L: L: ”Bꓯ JW:-. A.-DI: NE ꓛU N YI_M Kꓶ. FI. KW NY SI: ꓛꓵ: LI. Xꓵ YI GU YI NY,-. ꓛꓵ: NU NE LI. M: D T. ꓥ= YI. Mꓶ. ꓕꓯ; ꓤ: Mꓶ: BE: ꓛꓵ: NYI: RO VE; H, MO ꓕꓯ; Lꓯ: HW. ꓕI: Xꓵ: LI. M: JO JU: L W= B ꓯNY, M: Mꓶ ꓕꓯ;_LI-. A.-N NY Lꓯ; ꓒꓯ, KW J: ꓥO: M RU SI. YI. O. Dꓵ KW N N Hꓶ, NY,-. ꓕI: ꓕL,-. NYI: ꓕꓶ, Hꓶ, Kꓶ ꓕꓯ;-. MI JO MI JO T. LO GO ꓕI: M M NY ꓶ, Lꓶ, ꓤ: ꓶ, Lꓶ Kꓶ LEO= A.-N NY YI. NE A.-DI: Dꓯ SE; Kꓶ M Dꓵ: JW; W-. ꓘ, ꓤ: ꓘ, M A: MY, M Nꓯ ꓞI; ꓤꓱ: N T. SE; M Dꓵ: JW: W ꓕꓯ; Sꓯ; M LI. ꓞE, YI M: NYI NI, SI; NY,-. Lꓯ; HW. TI. Lꓯ: HW. D L-. Lꓯ; HW. TI. YI. Sꓯ; Lꓯ; HW. TI, L W= NYI: S; ꓘO, TI. Lꓯ: HO Kꓶ ꓕꓯ;-. GO ꓕI: M M NY A.-N Dꓯ HW. M: ꓘU SI. NI, ꓞ ꓘE, LO, YI = YI. KO Dꓱ: M ꓕI: Lꓱ. ꓒ: YI SI. ꓭ. ꓤ: ꓕI: ꓭ. ꓕI: LI, A.-N Dꓯ Bꓱ: TI. L-. YI. O. Dꓵ M Dꓯ: Sꓯ; MO. H, SI. ꓘꓯ: BE; LI. SI: Cꓵ, MU ꓨ: H,-. A: SI. NE ꓥꓯ, M ꓯNY, M LI LO. NY, H, ꓥ= A.-N NY YI. A. Xꓵ: YI T. M Sꓶ. LE SI.-. Lꓯ; ꓒꓯ, NYI: B: M J: ꓥO: M Dꓯ TI, TI, ꓤꓱ: H, SI.-. YI. MY ꓞI; NY, ꓕI: B, M KW ꓒ.. Xꓵ Sꓯ; ꓕꓵ: SI. J: ꓥO: M NE TI. NI, ꓥ= J: ꓥO: M ꓒ.. TI. Kꓶ ꓕꓯ;-. “PO.”ꓕI: ꓘꓶ: Bꓯ C; ꓕꓯ; Mꓵ: LU, M ꓕI: LI, Kꓶ LE-. Bꓶ Dꓵ: ꓘꓶ: Tꓯ. SI MU: ꓘU: NI, ꓛI MO ꓕI: Dꓱ: LO, YI W= ꓕI: B, NE MI JO MI JO T. LO GO ꓕI: M M YI. HW: M NY MI; WO; KW CO. LO ꓘU: LO Nꓯ. KW ꓒYꓱ JE GU W=

SI, Nꓯ LI-. YI JY ꓘꓶ: KW ꓞE, YI_M YI. HW: NY YI. Hꓶ: Nꓶ; YI LI Xꓵ M: ɾU SE:-. MU: NU ꓕꓯ; Fꓯ, NE Sꓯ. L SI.-. Mꓶ R LO; ꓕꓯ; YI. ꓛU: G: ꓥ MU NU: Xꓵ: LO; YI-. MO M: D Xꓵ: KW NU: H, SI.-. A KW M: ꓛI ꓞO ZU JE Cꓱ, M Tꓯ. K: H, ꓥ= ꓕI M NY Kꓶ. NY. SI. CW Xꓵ: ꓥ-. ꓕI KW NY M: Bꓯ W=

MI JO MI JO T. LO GO ꓕI: M M Dꓯ SE; Kꓶ ꓕꓯ;-. A.-N NY ꓒ-. SI LI. ꓤ: YI SI. ꓭ. ꓒE; HW Xꓵ: YI. ꓥO: Dꓵ: JW: NY,-. YI. ꓥO: Cꓱ: GU ꓕꓯ; Fꓯ, NE Lꓯ: ꓒꓯ, KW Tꓯ, H, LO J: ꓥO; M NE ꓭ. Dꓯ ꓭ. Dꓯ: Sꓯ ꓛI D Xꓵ: YI. ꓒE; ꓕI: ꓒE; HW DO

LEO= Kꓶ. NY. ꓕꓯ; L: ꓞO BU NY ꓭ. ꓒꓱ; GO NYI: ꓒE; M Dꓯ "ꓭ. K. ꓘꓶ: (ꓭ. A. ꓘꓶ:-. ꓭ. ꓒE;)"ꓘU NY, ꓥ=

ꓭ. A. ꓘꓶ: KW CO. Tꓯ, ꓭ; ꓤO: Dꓯ JE ꓕꓯ; ꓭ. Dꓯ Sꓯ ꓷI SI.-. Mꓶ ꓞ B Lꓱ Lꓱ-. MI: VI ꓒI.. SI ꓒI.. SI T.= YI. ꓘꓶ: LI. MO M: D M Xꓵ Hꓶ LI KW NY SI, YI JO: JO; YI BI LE-. MI WO; NI, ꓷI T.-. ꓕO: Tꓶ NY, NY A LI K, ꓷꓵ; NE Lꓯ: Xꓵ Mꓶ Lꓯ: XU BYꓱ K, NY, = T. ꓥ. Bꓯ Xꓵ: NY Xꓵ Hꓶ LI KW-. SI, Nꓯ LI KW-. M D LI KW Tꓶ, K, NY,-. L..-. ꓷꓵ..-. Wꓯ; TI.-. NYI: KO. Bꓯ LO Xꓵ: NY Xꓵ Hꓶ BY; KW YI. Z Kꓯ Z: NY,-. K, ꓷꓵ; NE M: D T. NY,-. Xꓵ Hꓶ DI.. SI. SI, N ꓯLI ꓘꓶ: KW NY ꓞO ꓤ, NE YI FI M LI Xꓵ: KO ꓕU: YI A: MY, JW,-. A: ꓘꓶ. BI NE T.-. BY: M-. Bꓵ: LU: NY, SI, YI Dꓯ: Sꓯ ꓥW: H, SI.-. Lꓯ; HW. BI NE MO ꓥ=

ꓕI MY BI LI. A.-N SI. A.-MI Nꓯ ꓞI HW YI M Dꓯ ꓕI: ꓘꓶ: LI. X M: W= YI. W: NY YI JY LI. ꓕI: ꓘꓶ: DO NY, M: Mꓶ-. NI, ꓞ XU Hꓶ LI-. SI, PO-. YI ZI; P; L;-. SI, ZI Yꓯ; ꓘW Gꓶ Lꓯ; CI SI. DO; L: CI CU. ꓕꓶ NY, ꓥ= MI MI A: L XO.. YI ꓤO: ꓕꓯ;-. NYI: ꓘ, ꓕU CU. W SI.-. NI, ꓞ Mꓯ LI; JE W=

J: ꓥO: NE YI. ꓒE; ꓒU Kꓶ_M ꓭ. ꓒE; KW ꓷI ꓕꓯ;-. A.-N NY A. Xꓵ: ꓕI: Xꓵ; YI NI, Xꓵ NY, M LI T.-. A.-MI Dꓯ WO: Hꓶ ꓕI: B, N: K, Bꓯ ꓥ= A.-N NY J: VO; M NE ꓭ. K. ꓘꓶ: M Dꓯ Lꓯ: Xꓵ Eꓵ; Lꓯ: Xꓵ ꓕI LI Bꓯ NY, ꓥ=

"WO S ꓒU: L WO:-. WO S ꓒU: L-.

NU NY Mꓵ: ꓕꓯ; SI KW MI SI ꓥ-. NU NY Mꓵ: KW DI.. KW MI SI ꓥ=

NU NY NI, M JI Xꓵ: ꓥ-. NU NY JI JI YI JW Lꓯ=

NU NY N Dꓱ: M Dꓯ G; ꓵU Kꓶ-. NU NY Sꓯ; M CYO JW Lꓯ=

WO S ꓒU; L WO:-. WO S Pꓵ: L=

ꓘ, Bꓶ ꓘ, KW ꓞO JI NY,-. ꓘ, Bꓶ LO KW FO JI MY:=

ꓘ, Bꓶ Mꓵ: Tꓯ. YI JW Lꓯ-. ꓘ, KW Iꓶ ꓤ; ꓕ: JW, FI=

ꓘ, Bꓶ SU NU Tꓯ. XW. MO W-. K, Bꓶ SU NU Tꓯ. TI.. GO: ꓥ"

ꓕI KW Bꓯ ꓷI ꓕꓯ;-. A.-N NY ꓕ BO. ꓒO, L SI. J: ꓥO: M ꓘ, Bꓶ Tꓯ ꓷO: SI MO. NE Lꓯ: Xꓵ B ꓯNY, SE: ꓥ=

"A P ꓒU: L ꓒ: WO:-. A. RW: ꓒꓵ: L M WO:-.

NU NY Mꓵ: KW ꓒU Bꓵ, ꓒ:-. NU NY DI.. KW Xꓵ Bꓵ, M-. (ꓒU Bꓵ, ꓒ:-. ꓒU X, ꓒ:= Xꓵ Bꓵ, M-. Xꓵ X, M)

NU NY ꓒꓵ KU. KOꓒꓵ, H,WO-. NU NY XU Xꓵ: Bꓵ, ꓭꓵ, H, WO=

NU NY ꓞO ZU Dꓯ Xꓵ JW, FI-. NU NY ꓞO ZU Dꓯ ꓒU ꓘO: H, WO=

ꓘ, Bꓶ Mꓵ: KW ꓞO JI MY:-. K, Bꓶ LO KW ꓞO JI JO=

YI. ꓞI; YI. P JI Xꓵ: YI-. V ꓕꓯ: Mꓶ: ꓕꓯ; JI Xꓵ: YI=

ꓕI Xꓵ: Mꓵ: KW Z Bꓶ, FI TO: Pꓶ. DU-. ꓕI Xꓵ: LO KW ꓒU JW, FI TO: O. NYO=

LO ꓘU: ꓕI M ꓒU LO Mꓵ: (ꓒU JW, Xꓵ; LO ꓘU:) LO; YI FI-. Nꓯ YI ꓘꓶ: KW Xꓵ Hꓶ: DI..”Bꓯ NY, ꓥ= ꓕI LI Bꓯ GU ꓕꓯ;-. YI. NY Kꓶ. NY. ꓒ_, SI. A.-MI ꓒ.. ꓕI.. VE; H,-. J: ꓥO: NE A.-MI O. Dꓵ KW A; ꓤ. ꓤ; Eꓵ; SI. Lꓯ: Xꓵ Eꓵ; Lꓯ: Xꓵ ꓕI LI Bꓯ NY, ꓥ=

“ꓤ: Vꓱ KU. M A P ꓒU: L WO:-. NI, M N KU. M A. RW: ꓒU: L WO:-. Mꓵ: KW JI SU NU NE Vꓱ-. Mꓵ: KW XW. SU NU NE JW=

NYI M A.-MI NI, M JI-. NYI M A.-MI A: ꓘꓶ. D=

ꓘ, ꓤ: ꓘ, M A: Jꓵ: MO-. WU: WU: YO YO A: Jꓵ: ꓒU:

VI SI ꓒ: NY A.-DI: ꓥ-. NU, ꓒU Lꓯ; ꓘO ꓞO JO S=

ꓘ, ꓤ: ꓘ, M CYO. Pꓶ. DU-. A.-DI.. Nꓯ ꓞI; HW KW Xꓵ=

A.-MI ꓕI MY XW. T. LI.-. SU Dꓯ JO, JO: YI JW NY,=

A P ꓒU: L WO: YI JW Lꓯ-. Mꓶ: ꓕꓯ; SI A.-MI VI ꓘW Mꓶ: ꓞO NYO (A: ꓘꓶ. D_M ꓤ: Mꓶ:)DO=

A. RW: ꓒU: L WO: YI JW Lꓯ-. Mꓶ: ꓕꓯ: SI A.-MI VI KW ꓞO NYO ꓒ: (A: ꓘꓶ. D_M ꓤ:)JW,”=

A.-N NE ꓕI LI Cꓱ: GO; NY, SI. NE-. Kꓶ. NY. ꓕꓯ; A. Xꓵ: LI. YI. NE Bꓯ M CW CW YI ꓒE; L W= GO M Kꓶ. NY.-. ꓘ, Bꓶ: Mꓵ: ꓘꓶ. NY. LO ꓘU: KW NY A KW ꓛI ꓛI ꓒU CU. W D SI.-. LO ꓘU: D: M Dꓯ NY L: ꓞO BU N: “ꓒU LO”MI H, ꓥ= Gꓶ SI. K. B: DU M NY ꓤ: ꓕI: RO M NY YI. VI ꓘꓵ: YI. CO, KW ꓒU ꓘW: H, SI. NI, N M: KU. ꓕ BO. ꓕO; KO. BO; ꓕO; NY, SI.-. ꓒU M ꓞꓶ; LO YI W= Fꓯ, NY ꓞꓶ; LI. NE ꓭ. K. ꓘꓶ: NYI: ꓒE; LO, YI ꓕꓯ; SI. CU. W D WO=

GO M KW NI. ꓕꓯ;-. ꓘ, -Bꓶ Mꓵ: W:-B Nꓯ YI ꓘꓶ: ꓛꓵ DI.. KW NY JI JI ꓤ: HW ꓕL SI. O. P. WU T. Xꓵ: ꓥ, NY GW: L WU T. Xꓵ: Xꓵ ꓕI: ꓘU. GO W M NY Cꓵ. CW LI. M: MU WO Xꓵ: ꓥ= Gꓶ SI. NE-. ꓕI: ꓘO; M KW NYI: ꓞI ꓘO; LI: LO; SE:-. A. TI. ꓕI: NYI_LI YI. ꓒ: YI. M NE A: ꓘꓶ. M: Yꓯ; Xꓵ: ꓤ: TI. ꓕI: RO JW,-. YI. ꓒ: N DO: LE-. YI. M NY N SU Dꓯ CO ꓣU N Kꓶ LE SI.-. YI. Dꓯ NYI: S; NYI Bꓱ GU_M A. NYI: M Nꓯ YI ꓘꓶ: P ꓒU: LI KW KW G; LO. YI FI ꓕꓯ;-. ꓤ: GU Lꓯ. GO ꓕI: RO M NY ꓘꓶ: ꓛꓵ TI.. KW ꓕ BO. ꓕꓶ, KO. BO. Tꓶ, SI. A. NYI: G; NY, ꓕꓯ;-. ꓕI: ꓕꓶ. ꓕI: Xꓵ: NE Pꓯ, Lꓱ. YI W= YI. TU L SI. NYI NYI ꓕꓯ; K, ꓛꓵ; NE A MO FI Tꓶ, L W-. YI. NY ꓕI: RO NE Tꓯ, LI. M: HW. Xꓵ: Xꓵ ꓕI: K.. Dꓯ Pꓯ: YI ꓥ

Bꓶ= YI. NY K, ꓛꓵ: Xꓵ SI. A. NYI: LI. JI JI M: LO.-. YI. ꓒ: N NY, SE: M LI. MI LE SI.-. K ꓛO: NYI: ROW U. NE Xꓵ M Mꓯ H, SI. B ꓯLI. M: Bꓯ T. GO: YI JE LO, YI-. Xꓵ M ꓝO ZU Xꓵ: Xꓵ: T. M Cꓵ-Tꓶ.. Jꓵ ꓘU: KW WU: Kꓶ SI. Z: ꓒY, DO ꓒY, K, NY, ꓥ=

Fꓯ, Bꓯ NY LO. SU M: JW, M A. NYI: GO ꓕI: HW. M Xꓵ.. LI. ꓤ: A: L ꓶ; D L LO XW ꓕI: ꓘꓵ. KW Z: Kꓶ SI.-. V MI JO ꓒ: NE G; LI; JE Kꓶ-. A. NYI: HW SU L ꓕꓯ; SI. YI. ꓒU: Tꓯ. ꓥO SW; NY, ꓥ= A: ꓘꓶ. N NY, M YI. ꓒ: NY YI. ꓤ: A LI YIN Y, M Sꓶ. LE ꓕꓯ: NI, SI; SI. SI: ꓘU. ꓒE; NE Mꓶ: YI W= YI. ꓤ: M ꓝO K L LO; YI-. VI SI ꓒ: M N Xꓵ Kꓶ ꓕꓯ;-. YI. M Gꓶ NE NI, SI; Xꓵ Kꓶ W= ꓘ, ꓤ: ꓘ, M NY ꓝI; Lꓯ. Sꓯ; TI, SU Xꓵ: ꓤ: NYI: RO Dꓯ WO; HW SI. S ꓘU S MI Cꓵ-Tꓶ.. KW JE SI. ꓤ: GU Lꓯ. GO ꓕI: RO M Dꓯ M. GO: FI NY,-. YI. Dꓯ NI ꓝ LI; JE SI. YI. ꓒ: YI. M XW Tꓵ. YI ꓨ: Bꓯ NY, ꓥ= YI. NY Jꓵ ꓒꓶ: YI; NY, SI.-. ꓕI Xꓵ: Xꓵ: WU N N, W LE NI, M: XW. DU ꓕI: ꓘꓶ: LI. M: JW,-. Lꓯ: HW. LI. Jꓵ ꓒꓶ: Lꓯ: Xꓵ DO Lꓯ: Xꓵ ꓕI LI D: DO: NY, ꓥ “ZO: LE W-. ZO: LE W(JI Xꓵ: ꓥ-. JI Xꓵ: ꓥ)”.YI. Dꓯ KU SUN Y YI. Jꓵ ꓒꓶ: YI; SI. A: TO Bꓯ ꓥO SW; SI. YI. Dꓯ ZI: ZI: PI, PI, YI Cꓱ, ꓘꓶ: KW HO: JE SI. YI ꓛꓵ; ꓘO; ꓕI: NY,-. YI. HW. ꓛI: M MO ꓕꓯ; YI. Dꓯ NI, ꓝ LI; JE ꓨ: Bꓯ NY, ꓥ= Gꓶ SI. YI. NY Cꓵ Cꓵ LI. NI, M M: JI SU LO; YI-. YI. Dꓯ ꓘU L SU Tꓯ. “ꓥW NU: W: Dꓯ Jꓵ ꓒꓶ: ꓒU: GO:_NE-. Jꓵ ꓒꓶ: WU: GU ꓕI: G HW SI. Jꓵ ꓒꓶ: WU DO YI ꓨ:-. ꓥW Gꓶ CY ꓕ: NI, ZI(NI, Bꓶ) NY, ꓨ:”Bꓯ ꓥ= Bꓯ GU ꓕꓯ; GO NYI: RO M Dꓯ ZI: ZI: PI, PI, ꓒU Hꓶ: A. TI. GO: SI. LI; JE FI NY, ꓥ= GO NYI: RO M NY A LI M: YI SI. LI; JE Gꓶ-. ꓘ, ꓤ: ꓘ, M BU ꓕI: ꓛO ꓤ: Bꓯ NE ꓝO MO: NYI: RO M Dꓯ XW Dꓵ. KꓶO= ꓤ: ꓛꓵ: GO ꓕI: RO M Gꓶ NE A MY NYI LI. M: JW, ꓕꓯ_LI Jꓵ ꓒꓶ: DO YI; LE SI. Jꓵ: ꓘU: KW CO. Xꓵ KꓶO= GO M KW NI. ꓕꓯ;-. L: ꓝO BU NY Fꓯ, NE ꓘꓶ: ꓛU DI.. KW XU ꓘU. GO ꓕꓶ M: W WO= ꓕI M LI: M: ꓝI-. NI, M M: JI SUN Y Lꓯ: HW. ꓕI: ꓘꓶ: LI. GO M: W WO=

GL SI. NE GO KW NY Z A: ꓘꓶ. Tꓶ Z: JI_M ꓘ, Bꓘ W: DI.. Mꓵ: LO; YI-. ꓕI: ꓝI; Kꓶ. NY. ꓕI: ꓝI; A: ꓘꓶ. ꓝO JO S LEO=

NI, M JI-. MI: A: ꓘꓶ. YI KU._M A.-MI NY GO KW NI. ꓕꓯ; Z Tꓶ Z Bꓶ W-. JO: Vꓱ JO N ꓥ= ꓝO JO M ꓕI: NYI Kꓶ. NY. ꓕI: NYI BO L WO= ꓝO ꓤ: Kꓶ A: ꓘꓶ. MY: L W= Mꓶ: R LO; GU ꓕꓯ;-. A.-MI VI KW NY Cꓵ Cꓵ LI. ꓝO NYO ꓕI: RO DO L-. L: FOB U NY YI. Dꓯ A:-GO.-M Bꓯ ꓥ= A:-GO.-M NY ꓕI: BO M: ꓝI Xꓵ: YI: GW: GW: ꓛꓵ-. ꓕI: VY; NE A Xꓵ Xꓵ: YI Cꓱ, ꓕI: Cꓱ, X, W ꓘU-. V MI ꓥO NY ꓕI: NYI NE A. NYI: ꓕI: V Zꓱ M: M MY ꓥO W ꓘU ꓥ......M: JI SU Tꓯ. X,-. XW. SU Mꓶ;

SU Tꓯ. YI JW NY, SI. YI. ꓞI; YI P LI. MI DO: JW, LE W=

A.-N SI. A.-MI Dꓯ Bꓯ ꓛI ꓕꓯ;-. WO: Hꓶ ꓕI: B, LI. N: NY, M: Mꓶ MI: MI M: LO, YI ꓕꓯ; LI NI, ꓞ LI; JE NY,-. MI: MI LO, YI ꓤO: ꓕꓯ; ꓘ, KW LI; ꓛI LEO= ꓘ, ꓤ: K, M BUN Y YI. Sꓯ; LI. V M: HW. T.-. Cꓵ. YI M ꓒ; SI. YI JY KW ꓞO YI_M A. ꓭ. LI T. M A.-N SI. A.-MI Dꓯ MO ꓕꓯ;-. XW. YI ꓤ: NE MY BI., XU: XU: Kꓶ YO= ꓤ: Mꓶ: ꓤ: BU NY Z: DU Z: MI JY: Gꓶ: H, M Tꓯ, DO L SI. Z: FIN Y, ꓥ= Gꓶ SI. A.-N NY WO: Hꓶ LI. N: NY, M: Mꓶ-. YI JY LI. DO NY, M: Mꓶ Bꓯ NE WO S ꓒU: L Dꓯ YI JW Lꓯ Bꓯ SI. Cꓱ: ꓥO: YI GO: NY,-. Nꓯ ꓞI WON ꓯ ꓞI; C. DO NY,-. N SU ꓕI: RO M: JO Nꓯ ꓞI; DO W LE ꓕꓯ; SI. Z Z: NY, ꓥ= Z ꓒ.. Z: DO ꓕꓯ; A. ꓭ. Bꓵ Jꓵ. LI. ꓛI LE SI.-. Kꓶ. NY. ꓕI: NYI ꓛI LE W= N Dꓱ: N SU NY A.-N NE Nꓯ ꓞI; C. H, M DO GU SI.-. Kꓶ. NY. ꓕI: NYI ꓕꓯ;_LI N DU M A: ꓘꓶ. ꓘW: YI M LI C, W ꓥ= Fꓯ, NE NYI: ꓘO, S ꓘO, DO Kꓶ ꓕꓯ; N DU M A: Jꓵ: D LEO=

G; Lꓯ: G; JI KW NY, SUN Y A.-N NY N Dꓱ: N M X, KU. ꓥ Bꓯ M Sꓶ. LE ꓕꓯ; ꓘ,-Bꓶ Mꓵ: KW JO: L SI. Nꓯ ꓞI; HW DO L NY, ꓥ= N Dꓱ: N NY, SU Dꓯ YI JW W FI NI, Xꓵ SI. A.-N NY ꓘ, Bꓶ KW ꓕI: Jꓵ, NY, KW ꓛI LEO= A.-MI NY YI. Tꓯ. SO SU SI. YI JW SU LO; YO= YI. W: NY A.-MI VI KW CO. N X, GU YI H,-. GO KW Nꓯ ꓞI; DI: L SU V ꓥ M Dꓯ NI, ꓒU NI, LI; ꓤ; Nꓯ ꓞI; GO: NY,-. YI. ꓒU: LI. ꓕI: ꓘꓶ: LI. M: XW SI. GO KW Nꓯ ꓞI; HW L SU NY Jꓵ: ꓘU: Jꓵ MI KW LI. ꓞO Sꓯ; Xꓵ: Xꓵ: T. ꓥ=

42 L: S. LO ꓝI LO; YI-. ꓒꓵ: L SI, YI ꓕI: ꓘO; LI YI

N Dꓱ: M Nꓯ YI ꓘꓶ: KW A KW ꓛI ꓛI N L NY,-. GO KW Nꓯ ꓝI; HW L SU SU A: ꓘꓶ. MY: L-. A.-N YI. W: NE Nꓯ ꓝI; HW H, M NY NI, ꓝ ꓤꓱ: GU SI.-. YI. W: NY A LI M: YI NE Fꓯ, NE Nꓯ ꓝI; HW GW ꓛI YI= Nꓯ ꓝI; A: MY, HW LI; L SI.-. A.-N NY A. MO: G; JE SI. Nꓯ ꓝI; YI. Bꓶ, ꓤO: CI, LI; L SW;-. Gꓶ SI. YI. ꓘO; A: ꓘꓶ. JW, N DU ꓒ.. ꓘW: YI_SE: M A. MO: M JE HW. JE M: HW. NE SW; SI.-. A. MO: Mꓶ: ꓕꓯ; JE SI. “A. MO: WO:-. A. MO:-. N Dꓱ: Pꓶ. DU ꓝO ꓤ: LI. Xꓵ GU T. W-. RO: NY M: CYO. M: D W= ꓥW NU: NE Nꓯ: ꓝI; HW H, M ꓤꓱ: GU LEO-. NU NY ꓥW NU: Kꓶ. NY. JE SI. Nꓯ ꓝI; ꓕI: CI, CI, LI; L SI. N Dꓱ: M X, ꓘW: YI FI NE D M: Dꓯ?”Bꓯ ꓥ= A. MO: NY YO. Dꓵ ꓕO, Eꓵ; ꓕO, Eꓵ; YIN Y, ꓥ= A. MO: LI. ꓕI MY ꓕI: Bꓱ Dꓵ: JW: KU.-. A: Jꓵ: SU BE ꓶ: YI JW NY, M SW; SI.-. A.-N NY NI, M Nꓯ.; KW A: ꓘꓶ. K, ꓛꓵ; NY, ꓥ=

YI. NY A. MO: O. Dꓵ KW Eꓵ; SI.-. A. MO: Dꓯ “NU N: Cꓵ Cꓵ LI. ꓥW Tꓯ. A. MO: Dꓯ ꓒI: ꓥ-. ꓥW A. MO: Dꓯ ꓒI: ꓥ= NU JI NI, M NY WO S ꓒU: L Sꓶ. D ꓥ-. YI. NY RO: Tꓯ. ꓕI: ꓝI; PO: JW L ꓥ”Bꓯ NY, ꓥ=

Kꓶ. NY. ꓕI: NYI Nꓯ; W A. B. ꓒ: Bꓵ ꓕꓯ; LI-. A.-N SI. A.-MI NY A: Jꓵ: TU L W= A.-N NY A. MO: SI. A. NYI: Z CW. YI JY TO NY,-. A.-MI NY YI Mꓶ H, SE: M A ꓤ. ꓤ; Xꓵ. T. YI SI.-. CI DU CI H, GW-. A. ꓕO. KW BE; KW CO. ꓘ, ꓤ: ꓘ, M BU NE YI. W: Dꓯ Mꓶ: ꓤU Tꓯ, GO: L M Lꓱ NY, ꓥ= Mꓶ: ꓤU YI. Nꓱ NY YI. ꓛU: A: ꓘꓶ. NU: H, ꓥ= Cꓵ Cꓵ LI. Mꓶ ꓤU Z: MI Lꓱ XW. ꓥ= A.-MI NY Mꓶ ꓤU M Lꓱ GU ꓕꓯ;-. Mꓶ: ꓤU YI. FI M A KW ꓛI ꓛI ꓒꓵ.. L NY, ꓥ= YI. NY A.-N Dꓯ ꓥU, W M JO SI.-. A. ꓘꓶ: M K. ꓕI.. H, SI. A.-N Dꓯ M: ꓝO L FI NY, ꓥ= A.-N NE A.-MI Dꓯ NYI: S ꓘꓶ: ꓘU Kꓶ LI. “A. WO: M WO: NU ꓕ: ꓷꓵ: L SE:-. ꓥW Lꓱ GU ꓕꓯ; SI. Dꓵ: L FI _NE ”LI: Bꓯ NY, ꓥ= A.-N NY YI. A. Xꓵ: Dꓵ: JW: NY, M Sꓶ.-. Cꓵ Cꓵ LI. SU BE ꓶ: A: ꓘꓶ. Dꓵ: JW: KU. SU ꓥO SW; ꓥ= A.-MI VI ꓘW A. NYI: Z M LO; YI FI ꓥO SW; SI.-. A.-N NY ꓘ, ꓕU ꓕI: M Mꓯ NE NYI MO NYI M: MO ꓘ, ꓘꓶ: V MI KW Xꓵ. Hꓶ., ꓶ; NY, ꓥ=

M: ꓥ LI. A. Xꓵ: LI. A: ꓘꓶ. KU. T. M A.-N NY-. ꓕI: B, ꓕꓯ; LI Xꓵ. Hꓶ.,ꓕI: ꓶ ꓶ;

W LEO= LI; JE YIN Y, ꓕI: B, M KW-. V MI Bꓵ, KW A: ꓘꓶ. JI Xꓵ: Xꓵ Hꓶ., ꓕI: FU MO SI.-. A.-N NY Fꓯ, NE ꓘ, ꓕU M N: H, SI. ꓶ; YI NY, ꓥ= YI. NY KO Dꓯ JE LO YI. Jꓵ, M LO, YI M JO SI.-. NI, ꓝ ꓶ; NY, ꓥ= ꓕI: ꓕꓶ. NE-. “ZI.”Bꓯ NE NI, M LI. PO YI M: NYI N C, W-. Xꓵ. Hꓶ., ꓤꓱ: H, ꓕI: B: M Dꓯ MO; ꓝO, NE ꓶ; W LE SI.-. YI. SI: LI. YI. JY YI NE YI XU: XU: Kꓶ YI W= ꓕI ꓕꓯ LI. Mꓶ: ꓘꓶ: M: JI.. SE:-. V MI KW NY YI JW SU ꓕI: RO LI. M: JO-. YI. KO Dꓱ: KW Gꓶ PO: DU ꓕI: Xꓵ: LI. M: JW,= ꓕ BO. HW KO. BO. HW LI.-. YI, ꓘW: ꓕI: NYI ZI JW, M LI: NI. Bꓯ; ꓕI: Xꓵ: LI. M: JW,= YI. NY ꓕI: ꓕꓶ. ꓕI: Xꓵ: Dꓵ: JW: W LE SI.-. YI, ꓘW: NI, ꓛI; ꓕI: MY. Tꓯ, L SI. LO ꓝI, KW CO. YI. Hꓶ: TI. Nꓶ; Kꓶ SI. YI. FO. M KW PO: H,-. YI. SI: M ꓝI: W FI NY, ꓥ= YI. NY N M ZI: H, SI. Xꓵ. Hꓶ., ꓶ; H, M Mꓯ SI. LI; JE W=

A.-N NY Xꓵ Hꓶ., ꓶ; L M JI JI ꓤ: XW ꓛ, H, GU SI. VI ꓘW ꓒ.. ꓛI ꓕꓯ;-. A.-MI Gꓶ NE Mꓶ: ꓤU M Lꓱ GU LEO= ꓒ.. HW. ꓛI: L SE: M YI. ꓤ: Mꓶ: M Mꓯ H, SI.-. A. ꓘꓶ: DO NE A. WO: ꓒ: Gꓶ JY Mꓶ: ꓤU Hꓶ: JO YI SW; NY, ꓥ= A.-MI NE YI. Dꓯ A LI K: LI. M: D-. A.-N NY A.-MI ꓕI: ꓛO Mꓶ: ꓤU MI Hꓶ: JO YIN Y, ꓥ= Gꓶ SI. YI. NY N YI LO Lꓯ: ꓒꓯ, GO ꓕI: B: M Cꓵ H, SI. M: MO FIN Y,-. Z Hꓶ: Lꓯ; Xꓵ JO Cꓵ. YI G: G: YIN Y,-. Lꓯ; Xꓵ A.-MI SI. NE A. WO: M Dꓯ. XW. ꓕꓱ Mꓶ: Tꓱ NE YI K, NY,-. GO ꓕI: B, NE “XI XI HA HA”Sꓯ.. K, NY, ꓥ= ꓒ.. ꓕI.. NY, SU NE YI. Lꓯ: ꓒꓯ, N YI SI. SI: YIN Y, SE: M ꓕI: RO LI. C, M: W=

Mꓶ: ꓘꓶ: ꓒ.. JI ꓕꓯ;-. Z MI Hꓶ: M Gꓶ JOG U W= YI. W: NYI: RO NY A.-MI VI ꓘW LI; ꓛI ꓕꓯ;-. ꓘ, ꓤ: ꓘ, M BU NY ꓕI: Bꓱ N: SI, BY: NE Z MI Hꓶ: Vꓱ, H, Xꓵ: Tꓯ, GO: L-. ꓕI: Bꓱ M NY HW JU Lꓱ. H, Xꓵ: Tꓯ, GO: L-. ꓕI: Bꓱ M NY A. B. ꓩU Tꓯ, GO: L-. ꓕI: Bꓱ M NY Z Bꓵ, ꓥO. SI. Tꓯ, GO: L NY, ꓥ=

A.-N NY GO Xꓵ: VY; NYI M KW A: Jꓵ: SU LI. A: ꓘꓶ. XW. NY,-. ꓕI Xꓵ: NY ꓘ, ꓤ: ꓘ, M BU Z: M: Yꓯ; DO M: Yꓯ; Tꓯ, GO: L Xꓵ: ꓥ M Sꓶ. SI. NE-. A LIB ꓯ LI. RU M: XO..= ꓕI LI SI. NU N: ꓥW Dꓯ Dꓱ:-. NU N: ꓥW Dꓯ Dꓱ: NE Xꓵ: Xꓵ: ꓩU NY, ꓥ= ꓘ, KW ꓕI: V ꓘO; M: ꓝI YI_M A P ꓒI: (A. Lꓯ,)LU-Cꓵ (ꓒU: MI-. JO: A: ꓘꓶ. LO. KU. SU ꓥ, NY JO: ꓤ: M ꓝI Tꓯ. HO: SU)LI. Sꓶ. LEO= A. P ꓒI: NY NYI: ꓛO: KW SU Bꓯ M LI. YI. LI JW, M LI T. SI.-. WU: SU ꓝI; SU ꓥ ꓕꓯ; ꓕI LI Bꓯ ꓥ-. “A.-N YI. WO: M(YI. A. WO: M) WO:-. NU NY ꓘ, ꓤ: ꓘ, M ꓕI MY Xꓵ Dꓯ Sꓯ; M CYO. JW NY, ꓥ-. NU NY MI XW. MI XW. Nꓯ ꓝI; HW YI ꓛꓵ SE: ꓥ-. Nꓯ ꓝI; HW ꓕꓯ; NU YI. ꓒU: LI. M: Nꓵ-. NU W: Dꓯ Z: DU M: JW, JW, Nꓯ ꓝI; HW JE FI M: CI; Mꓯ,-. ꓕI M A. Xꓵ: SW; D SE:-. A. NYI: YI. ꓝI ꓘ,-. YI. V ꓘ, GO: LI. Sꓯ; M ꓕI M CYO. W M; D= VE; Mꓶ: ꓕꓯ; KO Dꓯ M: HW.-. ꓕI: Xꓵ: Xꓵ: ZI L LI. TO, M:

HW.-. N∀ ꓝI; LI. HW M: HW. ΛO”= ⊥I KW B∀ ƆI ⊥∀; A P dI: NY A.-N SI. A.-MI D∀ NYI H, SI. “NU W: NY A LI LI. ⊥I X∩: KO LO CO. KO D∀ N∀ ꓝI; HW ⊥∀; Z: DU ⊥I: NYI: X∩: T∀, Ɔ∩ VI M: Λ ΛO B∀ ΛW SI. ꓘ< KW SUN Y ⊥I: ꓘ⅂: LI. K. M:Ɔ∩; ”B∀ Λ= F∀, NY ꓘ, ꓤ: ꓘ, M BU D∀ “YI. W: RU ZE H, M NY MI T∀. MI T∀, LI; JE SI. Z: YI ꓨ:”B∀ GO: NY, Λ=

A P dI: d.. B∀ GU ⊥∀;-. A: J∩: SU NY “Z: LI W(ZO: X∩)”B∀ NY, Λ= ⅂ ꓤ V SUN Y F∀, NE ⊥I; ꓘO, A.-N D ∀PO: H, SI. NE ⅂ ꓤ; GO: NY, Λ= ⊥I M NE B∀ NY “ΛW VI KW A P N DU M X, D LI SI.-. YI. NE V L B∀ X∩: Λ”B∀ NY,-. GO M NY “ΛW VI NY LI. RO JW,-. S RO N YI LI. X, ꓘW: LE W-. ΛW VI M T∀, JE CO, Λ”B∀ NY,= F∀, NE NY “ΛW ꓤ: TI. M N SI. A: L X∩ LI.-. N∀ ꓝI; M Z: K⅂ ⊥∀; D YI W-. M: Λ ΛO B∀ ΛW NU: MO YI ⊥∀; A LI YI?ΛW NU: VI M T∀, JE ”B ∀NY, = F∀. NE ⊥I: RO M NY “ΛW VI ꓘ,; ꓝO ꓤ: SI. A. NYI: A: J∩: N LI LI. S∀; M A: J∩: CYO. W LEO-. ⊥I ⊥I: ꓘ⅂: ꓤ: M LI. M: RU ΛO B∀ ΛW NU: D∀ A LI YI FI B∀”B∀ Λ......

C∩ C∩ LI.

ꓝO ꓤ: N NE NI, M JW,-. JI M: JI M BƎ K∩. Λ=

JI ΛO: YI NY dU: SU MY:-. P S∀; B∀ M ƆO Ɔ∩ Λ=

YI. M⅂: KW-. A.-N NY A LI M: YI SI.-. ⊥I: VI KW T∀, L M ⊥I: ꓘ⅂: ꓤ: RU H, ⊥∀; SI. A: J∩: SU N: YI L W=

A.-N SI. A.-MI NY NI, ꓝ ꓘ, ꓤ: ꓘ, M NE Z: DU T∀, L M Z: K⅂ ⊥∀;-. KO D∀ Z Ɔ∩: JY: G⅂: ⊥∀;-. A: J∩; SU NE A. MO: M VI KO LO SI ƆI-. A. MO: CI, DU X, H, GW-. ꓤƎ: DU YI. X∩: YI. J∩: M JY: G⅂: H, GU W= A.-N-. A.-MI DO L M MO ⊥∀;-. A: J∩: SU NY A. MO: D∀ CI, N T. M A: J∩: CI, H, GU-. YI. W: NYI: RO A. X∩: ꓤƎ N T. M A: ꓘ⅂. RU S NE YI H, GW-. ⊥I: ꓘ⅂: LI. WO: H⅂ M: Ɔ∩ A. ꓘ⅂: DO W D WO= YI. W: NYI: RO NY ꓘ, ꓤ: K, M BU T∀. V, G⅂ SI. A. MO: SI NE ⊥I: ⊥O; ⊥I: ⊥O; KO D∀ D∀ JE W=

A.-N D∀ MO; ꓝO, NE ⅂; W LE M KW ZI. ꓤ: ZI. N L NY,-. NI, M JU: KW ƆI NE N L NY, Λ= G⅂ SI. YI. NY L∀: d∀, M O. M⅂: KW JO: C∩ H,-. ⊥I: ꓘ⅂: LI. M: ⊥∩; SI. A.-MI D∀ M: S⅂. FIN Y, Λ= WO:-MI-DI.. KW D∀ ƆI ⊥∀;-. KO WO: dY: SI. NE MO; ꓤ; X∩. ꓤ: NE YI. CƎ, M A: J∩: dƎ: YI BO= DI.. DI.. T. CI; ΛO B∀ X∩. H⅂., X∩. MI NI, ƆI; ƆI; T. X∩: KW JE NY, ⊥∀; C∩ C∩ A: ꓘ⅂. K, Ɔ∩; Λ= G⅂ SI. A M⅂ dI: MY LI. B. B: KW N⅂: YI T. M KW JE NY, ⊥∀; X∩. H⅂., X∩. MI ⊥I X∩: NY A: ꓘ⅂. ƆO; Λ= YI. W: NY ⊥I: ⊥O; ⊥I: CY,-. ⊥I: ⊥O; ⊥I: CY, MI XW. MI

XW. JE NY, ꓥ= YI. FO. M N L-. Fꓯ, NY WO: Hꓶ MY; ZI SI.-. A.-N NY ꓕI: ꓕꓶ, O. Mꓶ L-. M: ꓥ LI. Lꓯ; ꓒꓯ, ꓕI: B: NE LI: ꓭ. B: Dꓯ ꓤꓱ: H, SI. Dꓯ NY M A.-N NY Xꓵ. Hꓶ., LI KW ꓒ.. N: Kꓶ ꓕꓯ; BYꓱ_M ꓕI: LI, ꓛO; Lꓱ. YO= A.-MI NY JO NE ꓛI ꓒꓯ, NYI: B: M P; ꓤ: P; PI, NY, SI. W. ꓤ: W. “A. WO: M WO:-. NI, ꓞ ꓤꓱ: H,-. NI, ꓞ ꓤꓱ: H,”ꓘU NY, ꓥ= A.-MI ꓘU Sꓯ; M Bꓯ JW: ꓕꓯ;-. A.-N NY ꓒ.. HW. ꓛI: L M ꓕI: LI,-. Lꓯ; ꓒꓯ, N YI M Tꓯ. Dꓵ: JW: M: Mꓶ-. “ꓤE:”YI RU DO L SI. Lꓯ: ꓒꓯ, NYI: B: NE A. Xꓵ: ꓤꓱ; W D M GO Xꓵ: Tꓯ. G; ꓤꓱ: ꓕꓶ NY, ꓥ=

ꓞO JI XW. DU ZI LI. WO S NE YI JW KU. ꓥ= A.-N N YI LO Lꓯ; ꓒꓯ, ꓕI: B: M NY M PO ꓤ: ꓕI: PO Dꓯ ꓤꓱ: TI.. W LE SI. CO. BO. GO MY M: XO.. JE W= M PO Dꓯ CY, ꓤꓱ: W L E ꓕꓯ;_SI. ꓛO. BO. NYI NYI ꓕꓯ; ꓛI ꓒꓯ, NYI: B: M A MO TO LO MO ꓯ’ H, M Tꓯ. MO ꓥ= MY Dꓵ: M A: TO ꓕI: ꓘꓶ: NYI NYI ꓕꓯ;-. A. ꓕ: NE A. MO: NO ꓘU. ꓶ_M LI T. LO ꓭ. B: M NY VI LI. ꓞI ꓥW: ꓞI VI MO ꓛI JW, ꓥ= ꓕI M NY YI. M PO Dꓯ CY, ꓤꓱ: M: W CI; ꓥO Bꓯ-. CO. BO. ꓞE JE SI. YI. Hꓶ: Nꓶ; LE DU ꓥO Bꓯ M ꓥO=

W. DU ꓕI: MY ZI LI_M A.-N NY O. Nꓶ. TI.. SI: SI. ꓤ: T. ꓥ= YI. NY Lꓯ: ꓒꓯ, NYI: B: M M PO D ꓯ TI, TI, ꓤꓱ: H, SI.-. ꓛIꓒꓯ, ꓕO; GU ꓕI: G HW ꓕꓶ NY, ꓥ= Gꓶ SI. ꓒ.. Xꓵ ꓕI: N: HW ꓕꓶ Kꓶ-. Cꓵ. YI G: G: Kꓶ YI LI. ꓛI ꓒꓯ, ꓕO; G ꓕI: G LI. HW M: W= A: ꓘꓶ. Vꓶ NE Kꓶ LE ꓕI: B, M-. A.-MI Gꓶ NE Gꓶ Xꓵ. Gꓶ: XO.. Xꓵ. XO.. NE ꓛI L SI.-. Lꓯ; ꓒꓯ, ꓕI: B: M M PO Dꓯ TI, TI, ꓤꓱ: H,-. ꓕI: B: M A.-N Lꓯ; ꓒꓯ, Dꓯ ꓤꓱ: SI. ꓥ ꓘU ꓘU GO Dꓯ L W= ꓕI: B, ꓤ: N: Kꓶ ꓕꓯ; SI. Sꓯ; A. TI. V D LE-. YI. W: NYI: RO M ꓥW N: NU Dꓯ NYI-. NU N: ꓥW Dꓯ NYI NY,-. B: Hꓶ; Hꓶ; ꓤ: Sꓯ; NY, ꓥ= A.-N NY ꓕI ꓕꓯ; SI. ꓶ W LO Lꓯ; ꓒꓯ, M N C, W SI.-. Lꓯ: ꓒꓯ, M Dꓯ JI JI ꓤ: NYI ꓕꓯ; YI. WU. YI. FO. A WU ꓕI: FO. M A Mꓶ A. TI. ꓤ: Kꓶ YI BO= Fꓯ, NE ꓕI: ꓘO, NYI ꓕꓯ;-. YI. FO. KW NY A,-Xꓵ-WO: (A: G KO Dꓯ JW, Xꓵ: MO; ꓕI: Xꓵ:)ꓒY: ꓕI: LI, M YI. FO. ꓕI: ꓘꓶ: LI: JW, BO= Dꓵ: JW: LI. M: W M NY A.-MI NE A.-N Dꓯ GO GO: L ꓕI: B, M KW DO G.. KW ꓶ W YI SI. YI. SI: XU: XU: YI NY,-. A.-MI NY N SI. N ꓘꓶ; SO. SO. MU T. ꓥ= A.-N NY Vꓯ,-Xꓵ -WO: ꓕI: Hꓶ HW L SI. ꓘ: BE; KW CO. GW: GW: SI. A.-MI N DU YI. FO. KW Nꓶ; GO: NY, ꓥ= A.-MI NY ꓕI: B, LI ꓛꓵ; FI; ꓤ; Kꓶ YI M LI T.-. M: N Kꓶ LEO= YI. W: NY ꓕI: B, ꓤ: N: Kꓶ SI. YI. FO. KW NYI NYI ꓕꓯ; YI. FO. LI. A. TI. ꓤ; Kꓶ YI BO= GO M Kꓶ. NY.-. KO Dꓯ JE SU NY A. ꓕ: Tꓯ, ꓛꓵ W-. A. ꓞO, NI. W ꓥ, NY NI. Bꓯ; N DU LE SI. YI. FO. JW, LE ꓕꓯ; Nꓯ ꓞI; GO ꓕI: Xꓵ: M ꓤꓱ: NY, ꓥ=

ꓕI: N: ꓘꓶ Lꓶ: Kꓶ SI. Mꓶ: ꓕꓯ; JE YI NY, ꓕꓯ;-. ꓕI: ꓕꓶ, M: JO A.-N Lꓱ. ꓛI

GU ꓒ.. ꓕI.. KW ꓕI: RO_LI: Zꓱ; Zꓱ; MO JE D ꓕI: G KW-. YI. Bꓵ A: ꓘꓶ. ꓕI: Xꓵ: ꓛꓵ: NU L NY, SI.-. YI. W: NY A. Xꓵ: ꓥ M A: ꓘꓶ. ꓯ’ LE= A. Xꓵ: Bꓵ: ꓥ M Sꓶ. LE FI NI, Xꓵ SI.-. A.-N NY Zꓱ; Zꓱ; MO YI H, SI. ꓕI: ꓕO; ꓕI: ꓕO; XO.. JE NY, ꓥ= ꓭ. ꓒE; KW ꓛI ꓕꓯ;-. TO, TO, MU T. Xꓵ: ꓭ. ꓕI: G ꓛI ꓕꓯ;-. Yꓯ; ꓘW NY ꓛO, ꓛO, ꓤ: T. Xꓵ: YI. ꓘU ꓕI: ꓘU JW, M MO LEO= YI. ꓘU TI. Nꓶ: ꓤO: KW ꓛI ꓕꓯ;-. Xꓵ Hꓶ., JU-. SI, ꓒY: JU NE YI. ꓘꓶ., ꓕI: ꓘꓶ., ꓘꓶ H, SI.-. XO. ꓘꓶ ꓤ: ꓕI: HW. M NY Z: BO DO BO YI-. M: WO. ꓤ: YI: T. H, ꓥ= XO. ꓘꓶ ꓘꓶ: ꓒ.. ꓕI.. NY ꓒU ꓒꓵ Xꓵ Xꓵ Xꓵ:-. ꓕO: Hꓶ ꓒY: LI T. Xꓵ: A: MY, JW, ꓥ= KO ꓷꓯ ꓞO JO FO_M A.-N NY GO M N: XO. ꓘꓶ NE L HW: Z: Kꓶ SI. ZE., H, Xꓵ: ꓥ M Sꓶ.-. Fꓯ, NY L ꓒ: Mꓵ ꓥ M Sꓶ. LE SI.-. TI. Nꓶ: KW JI JI ꓤ; HW ꓕL NY, ꓥ= Cꓵ Cꓵ LI.-. XO. ꓘꓶ ꓤ: Gꓶ YI. HW: YI. HW: M: ꓥ-. YI. JI YI. JI M: ꓥ Xꓵ: Z: M: HW.= ꓕI M NY A: ꓘꓶ. ꓒU:-. M K. JO: ꓥ Bꓶ= “Hꓶ Hꓶ-. ꓕI M NY A: ꓘꓶ. ꓒU: ꓥ-. A. WU Xꓵ: K. JO: ꓕI: M K, Bꓶ”Bꓯ SI.-. A.-N NY SI, ꓒY: GO NE K. JO: KW XO. ꓘꓶ: Mꓶ: ꓶ Nꓶ; H, M XY., XY. ꓤ: SI: Kꓶ-. Bꓯ ꓞI: KW WO: JO, ꓕI: JO, Cꓵ, SI. NE K. JO: M JI JI ꓤ; ꓞO H,-. A ꓤ. ꓤ: XW LI; L W=

M. MI: M Tꓯ. CW ꓛI ꓕꓯ;-. WO S NE YI_M ꓕI: LI, GO ꓕI: NYI M Nꓯ; W NY Mꓶ: TI.. A. TI. TI.. H,-. Mꓶ; ꓞ GL ꓕI: B, ꓤO ꓕI: B, M: ꓤO T. SI.-. A: ꓘꓶ. K, ꓛꓵ; ꓥ= GO ꓕI: NYI M NY Mꓵ: ꓞU: Jꓵ, KW YI. Cꓱ, A: ꓘꓶ. JE S ꓥ, NY YI. MI: A: ꓘꓶ. YI JI Xꓵ: ꓕI: NYI ꓥ= ꓕI LI NE A.-N BU NY WO: Hꓶ LI. M: N JE NY, ꓥ= MO: LO ꓕꓯ; ꓭ. A. ꓘꓶ: KW ꓛI LEO= YI. W: NYI: RO M NY Nꓯ; W ꓕꓯ; NI, NI, ꓞ ꓞ L: C. NYI: ꓘꓶ. LI: DO W SI.-. ꓕI B, M KW VE; Mꓶ; NE “GO: LU: LU:”Mꓶ NY, ꓥ= KO Dꓱ A. TI. ꓤ: JI L SE: M A. MO: NY YI. ꓶ A MY M: CI, H, LI. ꓕI: Nꓯ; W A: Jꓵ: Tꓯ, Dꓯ SI. Cꓵ. YI XU: XU: YI JY KW ꓞO YI_M A. ꓭ. LI T.-. VI; H, LI. ꓛI ꓒꓯ, Lꓯ: ꓒꓯ, ꓛO: ꓤ: ꓛO: T. ꓥ=

ꓭ. A. ꓘꓶ: NYI: TO M ꓘꓱ GU ꓕꓯ;-. Tꓯ, ꓭ; JO: ꓥ SI. Lꓯ: HW. JE XW. LE W= ꓞO ꓥ CI; LI. HO N JW, ꓛꓵ ꓥ= ꓞO ꓤ: SI. A. MO: A: Jꓵ: LI. S S ꓤ: ꓭ. A. ꓘꓶ: ꓘꓱ LO, YI FI ꓥO Bꓯ SI.-. YI. W: NY ꓭ. A. ꓘꓶ: ꓒ.. WU. ꓕI: ꓒE; KW A. MO: SI. ꓞO ꓤ: NYI: RO ꓕO DI.. Xꓵ: ꓕI: G HW SI. WO: Hꓶ ꓕI: B, N: NY, ꓥ= Mꓯ H, CI, H, LO YI. ꓶ M RU ꓱE Kꓶ-. ꓕI: RO NY A. TO. FI YI JY ꓘO;-. ꓕI: RO NY M ꓒY: NI, ꓛI; HW SI. A. MO: Dꓯ CW. NY, ꓥ=

ꓕI: B, ꓤO: ꓕꓯ;-. ꓭ. CI KW NY A. TO. MU: ꓘU: Jꓵ NU ꓤ: Jꓵ NU DO NY, ꓥ= ꓕI: B, ꓕꓯ;-. Bꓶ Dꓵ: ꓘꓶ: ꓕI: ꓛO: KW Mꓶ: TI.. ꓕI: Dꓱ: L NY, W= Mꓶ: TI.. NY YI. W: NY, M KW ꓛI L SI.-. ꓕI: B, NE Mꓵ: GU: Pꓱ, NE Mꓶ V LI L-. LO V TI. NE ꓕ. ꓕ.

Kꓶ LE-. YI. W: LI. PY G; M: JW, LEO= A.-N SI. A.-MI NY A LI M: YI SI. ꓭ. M Dꓯ Nꓶ: NE PY H,-. ꓭ. TO TO MU ꓕI: ꓘꓶ: ꓤ: M Dꓯ W: ꓘO, NY,-. A. MO: Gꓶ NE YI. SI M Dꓯ SO NE ꓭ. Dꓯ Nꓶ: NE VI; H,-. O. ꓷU M ꓭ. ꓘU ꓕI: ꓘU KW Sꓶ Gꓶ NY, ꓥ= ꓝO ꓤ: SI. A. MO: NY O. Dꓵ M M D YI ꓕꓯ; YI. Mꓶ. N M K: M: W WO=

Gꓶ SI. Mꓶ: V ꓕI.. ZO: M NY A. ꓭ. ꓘE: ꓘE: M LI ꓕI: B, LI LI ꓥ= MU: ꓘU: ꓕI: GW. ꓛꓵ; Mꓶ Jꓵ, LI. M; ꓛI ꓕꓯ_LI Bꓯ, KW YI JY HO. Kꓶ M LI ꓕI: B, NE ꓕI: ꓝꓯ LI. M: JW, LI W=

Gꓶ LI Bꓯ-. M: ꓥ LI LI B.. Lꓱ. ꓤ; T. M A LI SI. ꓕI: ꓕꓶ. NE V ZO: K: L Nꓱ?Bꓯ NYI ꓕꓯ;-. YI. WU. A.-N NE YI. Hꓶ: TI. Nꓶ; Kꓶ_M MI JO MI JO GO ꓕI: M M YI. V M MU KU. ꓕI: Dꓱ: ꓒꓶ. SI. Bꓶ Dꓵ: ꓘꓶ: KO Dꓯ LO, L SI.-. KO ꓕꓯ; LU: Bꓱ KW NY, LO LU: ꓒ: M Dꓯ T NY, Bꓶ= YI. NY A LI ꓕI: B, M LI A.-N Dꓯ X, ꓥO: YIN Y, ꓥ= MI. MI A ꓶ CO. A.-N A.-MI Dꓯ HO: NE KO Dꓯ Nꓯ ꓝI; HW NY, M MO ꓕꓯ;-. LU: NI, ꓛI; Dꓯ ꓕI LI N: GO LI M. GO: NY, ꓥ= LU: NI, ꓛI; NY YI. Dꓯ SE; N LE M A.-ꓛ.. NI, ꓒU SU ꓥ M Sꓶ. ꓕꓯ;-. YI. Dꓯ YI D ꓥ Bꓯ SI.-. MI JO MI JO T. M Bꓶ: D GO ꓕI: M M NE YI L Xꓵ: ꓥ= YI. NY A.-N BU Dꓯ SE; Kꓶ NI, Xꓵ NY, LI.-. Cꓵ Cꓵ SE; M: HW. LE SI. ꓥ= ꓕI M Pꓶ. DU-. Mꓶ: V GO ꓕI: ZO: M A: ꓘꓶ. V L-. V ZO: K: L LI. ꓕI: B, ꓕꓯ; N: YI W= GO ꓕI: B, M LI. SE; M: HW. ꓕꓯ;-. YI. NY ꓕI: Xꓵ: LI. YI M: N LEO=

Mꓶ: V V GU SI. A. TO. KW BE; ꓘꓶ: KW NYI L ꓕꓯ;-. A. TO. HO: HO: BY NY, M LI. YI. Mꓶ: ZI; LI. ꓕI: ꓘꓶ: LI. M: JW, BO-. Fꓯ, NY A. TO. ꓛI, DU M LI. Mꓶ: V NE CO. BO. Bꓵ; JE BO= A. TO KW BE; KW YI JY F H, DU M Gꓶ LO V NE TI. BO LI W= Fꓯ, NE ꓝO ꓒI: Z ꓘO(HW: JI NE CI; H, M A. ꓘꓶ: DO ꓕꓯ; Z: ꓘW Kꓶ Mꓯ DU MO NO) M YI. ꓘU: KW CO. Z MI Hꓶ: ꓕI: Tꓵ, Tꓵ, SI. NYI NYI ꓕꓯ;-. MO NO M ꓒ; ꓒ; MU-. Z MI Hꓶ: M YI. G YI. G Kꓶ YI BO= YI. W: NY YI ꓶ M JI JI ꓕI: ꓘO, XW NYI ꓕꓯ;-. Nꓱ. ꓭI., GO ꓕI: M M LI: Mꓶ: YI Bꓶ= ꓕI M NY A: ꓘꓶ. M: ꓛꓵ SE:-. A MY M: ꓒU:= Gꓶ SI. Cꓵ Cꓵ A: ꓘꓶ. ꓤꓱ: ꓕO: ꓥ= VI ꓘW LI; ꓛI Mꓶ. JY NY-. Z C. ꓕ: Bꓯ SE:-. YI JY ꓕI: ꓘꓶ: ꓤ: DO DU LI. M: JW, W= ꓕI M NY Cꓵ Cꓵ LI. Bꓶ DI.. Xꓵ M Xꓵ.. Bꓯ NE-. SE; M: Xꓵ LI. NI, SI; Xꓵ WO=

Z MI Hꓶ: M YI. G Gꓶ LI SI. YI JY Gꓶ SI. Vꓱ, M: ꓛꓵ LE-. Lꓯ: Xꓵ Tꓵ, Z: Lꓯ: Xꓵ JE NY,-. YI. Jꓵ, LI. A: ꓘꓶ. ꓝE: W LEO= ꓕI KW SW; ꓛI ꓕꓯ;-. YI. W: NY A. MO: Dꓯ Hꓶ. ꓕꓯ; A WU ꓕI: Lꓱ. Tꓵ, CW. GU ꓕꓯ; ꓕI: RO ꓕI: Lꓱ. Tꓵ, SI. Lꓯ: Xꓵ Z: Lꓯ: Xꓵ JE NY, ꓥ=

Mꓶ: V ꓕI: ZO: LI Kꓶ ꓕꓯ;-. Mꓶ ꓝ ꓤO L-. A. MO: Xꓵ, YI LI. DO L NY SI. A-.

KO D∀ F. H,-. YI M LO K. D∀ F. H, Λ= SI, N∀ LI KW NY MI: VI ԁI: ԁI: T.-. NY, X∩: V∀, X∩: S∀; JO:-. B∩: LU, Gꓶ SI, YI KW LO ꓤI: ꓤI: BYƎ ꓕꓶ NY,-. BY M M∀. L∀. ꓤ: M∀. L∀. Mꓶ NY,-. A: ꓘꓶ. K, Ɔ∩: NE M: D T. Λ= ꓕI M D∀ MO ꓕ∀;-. K, Ɔ∩; DU M B∀ GU M: D SI.-. A.-N SI. A.-MI NY YI. JO, ꓕI: JO, WO: Hꓶ M MI LE-. XW. DU ZI LE M MI LE-. S∀; TI, TI, ꓤ: BE Mꓶ: ꓕ∀; JE NY, Λ=

Gꓶ SI. NE GO ꓕI: B, M KW-. YI. W: NY XW. DU ꓕI: X∩; ZI LE T. SE: W= A.-N NE TI. SE; Kꓶ _M Bꓶ: DI GO ꓕI: M M HW: Hꓶ: M ꓭ. A. ꓘꓶ: NYI: TO KW SI. ꓭ. CI. ꓭ. B: KW Nꓶ; YI SI.-. YI. V M NE MI; WO; KW CO. NI: Mꓶ V LI ꓕI.. GO SI. NI, Ⅎ S∀. L-. MI Ɔ∩: MI Ɔ∩: X∩: Bꓶ: DI ſU LO; YI W= ꓕI M NY C∩ C∩ LI. J: ΛO: TI. X∩ GU M: D-. NI: Mꓶ: V NI S∀. L FI X∩: ΛO=

A.-N BU ꓭ. A. ꓘꓶ: KW ꓘƎ NY,-. A: L ꓘO: LO, YI T. ꓕI: B, M NY-. Mꓶ: V LI; N: YI SI. B YI-. A. ꓕI. ꓤ; LƎ L MU KU. ſU, NE T. Λ= ꓕI ꓕ∀; Bꓶ: DI ſU ꓤ: Ɔ∩: M DO L SI. SI, ԁY: WO: YI Ɔ∩; L-. X∩. Hꓶ KW C∩. Ɔ∩; L NY, ꓕI: B, M ZO: LEO=

A.-N YI. W: NY ꓭ. A. ꓘꓶ: KW-. LO ⅎI K: L: KW-. ꓭ. ƆI. ꓭ. B: KW Bꓶ: DI ſU ꓕI MY JW, M: ƆI ƆW,-. W: ꓕ∩; ꓕ∩; KO D∀ K, NY, Λ=

A. X∩: Pꓶ. DU LI. M: Sꓶ.-. YI. WU. ⅎO ꓤ: Kꓶ. NY. SI H, M A. MO: M NY A.-N SI. A.-MI Mꓶ. ꓕ∀; Tꓶ. JE W= A.-N SI. A.-MI NY A. MO: N: KO D∀ X∩. Hꓶ K∀.. Z: NI, X∩ SI. V T. SW; NY, SI.-. NI. N∀; D∩: JW: M; W=

L∀; X∩ D∀ N: L∀: X∩ D ∀NY,-. A. MO: NY Mꓶ. ꓕ∀; JE NY,-. ꓕI: ꓕꓶ. NE A. WU ꓕI: ꓘꓶ: Mꓶ DO L GU ꓕ∀;-. ƆI FI. Gꓶ: H, SI. S∀; H_; N: S∀; HO: Kꓶ LEO= A.-MI NY NI, Ⅎ D∀ JE SI. NYI YI T.-. Gꓶ SI. YI. Bꓶ, ꓕI: ꓘꓶ: SW; W ꓘU_M A.-N NE K: Kꓶ W= YI. NY A.-MI D∀ “ꓕ: LU ꓕ KW RO C, W M: D X∩: ꓕI: X∩: JW, SI. A. MO: D∀ V∀. W LE Λ T.-. ΛW NE J: ΛO: KW CO. ꓕI: ꓘꓶ: ꓤ, NYI GU ꓕ∀; SI.-. NI, Bꓶ Bꓶ MO T. LO GO X∩: T∀. X, GO: NE”B∀ Λ= B∀ GU ꓕ∀; L∀: ԁ∀, KW J: ΛO: M ꓶ, SI. ꓕI LE CƎ: NY, Λ=

“MI; WO; KW ԁU: L A P (A P)WO:-. A. Tꓶ.-. Tꓶ.-. (CƎ: ꓘꓶ:-. WO: SI LI. ꓕI: LI, ΛO)-. M∩: ꓕ∀; SI M ԁU: L A. RW: (A. RW:)WO:-. Tꓶ.-. Tꓶ.=

NU D∀ X∩: WU WO: HW N T. WO-. Tꓶ. Tꓶ.-. XW. ZI SI. NU NE YI JW N T. WO Tꓶ.-. Tꓶ.=

S∀. M CYO. B∀ SI. ꓭ. D∀ D∀..-. Tꓶ.-. Tꓶ.-. N DƎ: X, B∀ SI. N∀ ⅎI; HW-. Tꓶ.-. Tꓶ.=

ꓭ. D∀ D ∀NY XW. DU JW,-. Tꓶ.-. Tꓶ.-. N∀ ⅎI; HW HW NI: ZI LE-. Tꓶ.-. Tꓶ.=

SI, Nꓯ LI KW NI: JO, JO:-. Tꓶ.-. Tꓶ.-. ꓭ. G: L: KW MI SI JO:-. Tꓶ.-. Tꓶ.=

NI: L NY ꓝO ꓤ: Dꓯ Z:-. Tꓶ.-. Tꓶ.-. MI SI L NY ꓝO ꓤ: Dꓯ Vꓯ.-. Tꓶ.-. Tꓶ.=

A P ꓒU: L WO: NI: G; Lꓯ-. Tꓶ.-. Tꓶ.-. A. RW: ꓒU: L WO: NI: SE; Lꓯ-. Tꓶ.-. Tꓶ.=

A P NI: MO J: ꓥO: Dꓯ MO-. Tꓶ.-. Tꓶ.-. A. RW; NI: MO J: ꓥO: Dꓯ MO-. Tꓶ.-. Tꓶ.” =

Cꓱ: GU ꓕꓯ; W. ꓤ: W. “NI: SE; (NI: Dꓯ SE;)-. SI SE; (MI SI Dꓯ SE;)= NI: ꓘE, (NI: ꓘE, JE)-. SI Jꓵ (MI SI Jꓵ Kꓶ)”ꓘU NY,-. Lꓯ: Xꓵ ꓘU Lꓯ: Xꓵ J: ꓥO: M CO LO ꓤ: CO LO ꓶ, Cꓵ, NY, ꓥ= ꓕI LE YI GU ꓕꓯ; SI. A.-MI Tꓯ. A. MO: ꓛY JE SI. A LI ꓥ M NI N, FI NY, ꓥ= A.-MI M: MO ꓕꓯ; M: ꓛꓵ SE:-. ꓒ.. MO LE ꓕꓯ; JO NE “A.”FI, NY,-. A.-N ꓒ.. ꓕI.. KW Lꓱ L SI. JO NE ꓛO: ꓤ: ꓛO: Bꓯ NE T. ꓥ= A.-N NE YI. Dꓯ A. Xꓵ: MO W N NYI ꓕꓯ;-. A.-MI NY ꓘꓶ: ꓕI: N: ꓘꓶ: ꓕI: Bꓯ NE “Eꓵ,-. ꓩU-. ꓩU-. A: MY,-. A MY-. ꓩU A MY Xꓵ: JW, Bꓶ”Bꓯ NY, ꓥ= A.-N NY A.-MI Dꓯ JO M: ꓛꓵ NYI: S ꓘꓶ: Bꓯ GU ꓕꓯ;-. YI. Tꓯ. YI. JE SI. NYI N, NYI ꓕꓯ; MI ꓛY-. ꓭ. ꓘU ꓭ. MI KW A: Jꓵ: LI. Lꓯ: NYI Lꓯ: M WU-. YI. L: ꓛO LI. A Xꓵ ꓛO H, Xꓵ: ꓩU JO, JO: ꓥ Bꓶ= Gꓶ SI. A.-N NE J: ꓥO: ꓤꓱ: SI. Cꓱ: Kꓶ ꓕꓯ;-. ꓩU GO ꓕI: HW. M NY Mꓵ: ꓝU: YI. JW KW TI, W SI. JY GO, LE M LI Kꓶ YI GU-. LU LI. LU Mꓶ KU. W= GO M KW NI. ꓕꓯ;-. ꓩU NY Mꓵ: NU Mꓶ V LI B.. YI GU ꓕꓯ; SI. A ꓘW ꓛI ꓛI JE ꓕꓶ SI. YI. W: A: ꓘꓶ. DO MI ꓥ SW;_M Bꓶ: D A WU M NE ꓝꓯ L Xꓵ: Cꓵ. M Xꓛꓵ; DO NY,-. KO Dꓯ JO: LO. SU BE YI. MI YI SU Tꓯ. A: ꓘꓶ. ꓘO; L KU.-. YI. DO; A: ꓘꓶ. ꓶ YI S ꓥ= ꓕI LI NE LI-SU Xꓵ: A NE NE Bꓯ ꓘꓶ: NY Mꓵ: ꓝU: Lꓱ: ꓩU ꓘO; M: HW.-. LO ꓝI, ꓒ.. LO. NY, LO Xꓵ Kꓶ= Mꓵ: NU JU, KW Lꓱ: ꓩU NY YI. Z HW ꓕꓶ NY, SI. ꓝO ꓤ: Tꓯ. A: ꓘꓶ. M: ꓘO;-. ꓝ Jꓵ, Mꓶ: V LI GU ꓕꓯ; Cꓵ ꓛꓵ. W SI. YI. DO; JW,-. ꓝ Jꓵ, Lꓱ: ꓩU YI. ꓘU KW NY,-. Xꓵ LI SI LI KW HW.. HW.. Mꓶ Bꓯ CI; ꓥ= ꓕI M NY NI. Bꓯ; ꓕI: Xꓵ: ꓥO-. ꓕI KW M: Bꓯ W=

A.-N NY A. MO: G: Lꓯ: G: JI KW Lꓱ: ꓩU GO MY JW, M MO ꓕꓯ;-. M LI KW CO. M D K. ꓕI: K. ꓛU L-. “Lꓱ: ꓩU Xꓵ M-. Lꓱ: ꓩU Xꓵ M”Bꓯ SI.-. Lꓯ: Xꓵ Bꓯ Lꓯ: Xꓵ Lꓱ: ꓩU M ꓕI: Cꓱ, ꓕI: Cꓱ, TI. SE; SI. A ꓶ KW ꓒE, LO Kꓶ W= Gꓶ SI. M: Xꓵ Xꓵ: ꓕI: Cꓱ, JW, SE; SI. A.-N R MO M: W ꓕꓯ; BYꓱ_M LI CO. BO. TI. TI. MO XO.. LO, YO= A.-N NY M K. M NE ꓕI: ꓕꓶ, Tꓯ, LO Kꓶ SI. LU LU. ꓤ: Lꓱ: ꓩU O. Dꓵ KW ꓤꓯ; LE-. NI. Vꓱ: KW ꓛO, ꓕI.. LI LI.-. YI. Mꓶ. M M K. M Dꓯ CO H, SI. LU ꓤ: LU HO Tꓶ, NY, SE: ꓥ=

G: Lꓯ: G: JI KW Lꓱ: ꓩU M ꓒE, ꓥ. GU SI. MI ꓛY DO:_M A. MO: Dꓯ NYI NYI

ꓕꓯ;-. A. MO ꓛI Bꓵ; M KW Lꓱ: ꓩU NE ꓘO; W LE SI. SI: ꓛꓵ: LU. M LI T.-. YI. DO; GO LE H, BO= A. MO YI. Sꓯ; V M Lꓯ: HW. Lꓯ: HW. MI L-. Lꓯ: HW. Lꓯ: HW. WU: L W= A.-N NY YI. A. TI. T. ꓕꓯ; YI. ꓒ: NY K. JO: KW CO. Lꓱ: ꓩU NE ꓘO; W LE_M ꓞO ꓤ: SI. JO: ꓤ: M ꓞI Dꓯ X, GO: NY, M Dꓵ: JW: W LE-. K. JO: Tꓯ, H, M NI, ꓞ RU DO L SI. T-GO-Lꓱ CI KW Vꓱ, SI. A. MO: Dꓯ Kꓶ-. ꓩU DO; M G; DO L FI NY, ꓥ= ꓕI GU ꓕꓯ;-. T-GO-Lꓱ CI SI. K. JO: ꓕI: W Vꓱ, NE TI. ꓒ; Kꓶ SI. ꓩU NE ꓘO; W YI M YI. ꓘꓶ: YI JI KW PO: H, SI. YI. DO; M YI. ꓘU: M M: Dꓵ: YI FI NY, ꓥ= YI. Mꓶ: KW K. JO: Hꓶ: M A. MO: Dꓯ ꓕI: KO ꓕI: Dꓱ: MI GO: NY, ꓥ= ꓕI: B, ꓤO: ꓕꓯ;-. A. MO: M N ꓘU NYI: ꓘꓶ: Mꓵ Kꓶ ꓕꓯ; Cꓵ Cꓵ LI. TU VI; L W=

GO M KW CO.-. L: ꓞO BU NY K. JO: SI. T-GO-Lꓱ- CI ꓕI: W Vꓱ SI. Lꓱ: ꓩU NE ꓩU NE ꓘO; W M Tꓯ. N X, KU. LEO= A. ꓘꓶ: DO ꓕꓯ;-. M: D M NY A. MO: G; SI. ꓶ R CO ꓕꓶ SU NY K. JO: M: Tꓯ, M: D= M D NY ꓩU ꓕꓯ: SI XO.. MI SI. Lꓱ: ꓩUT ꓯ. SE; W D-. ꓩU MY: Xꓵ: Mꓵ: KW JE ꓕA;-. M D K. ꓕI: K. Tꓯ, SI. J: ꓥO: YI ꓕꓯ; Lꓱ: ꓩU A: ꓘꓶ. M: ZI L ꓥ= ꓩU ZI CI; LI. M D K. NE TI. SE; ꓕꓯ; NI. Bꓯ; SI. K. NE TI. M ꓕꓯ; SI JI ꓥ=

M. MI: M Tꓯ. CW ꓛI ꓕꓯ;-. ꓕI ꓕI: ꓘO, M A.-N NY J: ꓥO: Tꓯ, SI. YI. Mꓶ. ꓕꓯ; SI JE NY,-. A LI B ꓯLI. A. MO: SI. A.-MI Dꓯ Mꓶ: ꓕꓯ; M: JE FI W=

J: ꓥO: M A: ꓘꓶ. JI SI. ꓥ M: Sꓶ.-. K. JO: Sꓯ; NU: W SI. ꓥ M; Sꓶ.-. Lꓱ: ꓩU NY A.-N YI. W: JE M Tꓯ. ꓛO: Sꓯ A: ꓘꓶ. L M: Pꓶ. W=

YI. Cꓱ, KW K: ꓞI: DU M: JW, ꓕꓯ;-. Sꓱ: Gꓶ A: ꓘꓶ. Sꓱ: S LEO= MU: ꓘU: NYI: GW. ꓛꓵ; Mꓶ Jꓵ, ꓕꓯ; YI. W: NY ꓭ. A. ꓘꓶ: NYI: ꓒE; M ꓘE LO, YI SI.-. Nꓯ ꓞI HW GU ꓛꓵ;-LO.-M-DI.. KW ꓛI LEO= W: DI.. KW ꓛI ꓕꓯ;-. YI. W: NY YI. ꓶ M ꓕI: ꓛO: KW RU ꓛY, H,-. A. MO: Dꓯ Xꓵ Kꓯ Z: FI NY, GU ꓕꓯ;-. ꓘ: ꓕU Mꓯ SI. Nꓯ ꓞI; Lꓯ; Xꓵ HW ꓕL-. Lꓯ: Xꓵ CU. NY,-. ꓕI: B, ꓕꓯ; G; Lꓯ; G; JI KW Nꓯ ꓞI; M CU. GU LEO= YI. W: NY Fꓯ, NE YI: Nꓯ ꓕI: ꓛO: KW JE SI. ꓛꓵ;-LO.-M-DI.. Tꓯ. N LI NYI: ꓕꓶ, JE ꓛU ꓶ GU, H, M NYI:-LO.-M-DI.. KW JE SI. Nꓯ ꓞI; Lꓯ: Xꓵ CU. ꓕꓶ NY, SE: ꓥ= Mꓶ: ꓞ XO.. YI ꓤO: ꓕꓯ;-. Nꓯ ꓞI; ꓒ.. Xꓵ NYI: ꓶ CU. W LEO=

YI. W: NY ꓕI ꓕꓯ; SI. ꓭ. A. ꓘꓶ: NYI: ꓒE; KW CO. LI; JE NY KO ꓤꓯ; M: LO, YI ꓕꓯ; LI NYI M: M L KU. ꓥO-. NYI:-LO.-M-DI.. KW CO. KO ꓤꓯ; JE-. DI..-W:-ꓘ, KW JW SI. WO: Hꓶ: N: YI M LI. HW. LEO SW; W LEO= ꓕI LE Dꓵ: JW: SI.-. A. MO: Dꓯ YI. ꓶ CI, H,-. YI. ꓶ M JI JI XW GU ꓕꓯ; W: ZI: CW CW ꓤꓯ; L YO= KO Dꓯ Dꓯ NY WO: Hꓶ NE Cꓵ. YI G: G:-. Gꓶ SI. Tꓯ, ꓤꓯ; LI. A MY M: S Xꓵ= YI. ꓶ Mꓯ H, SI. ꓕI: ꓕO; ꓕI: ꓕO; Tꓯ, ꓤꓯ; ꓛꓵ LE-. ꓛO; N ꓛO; A: ꓘꓶ. JE

XW. Λ= C∩ C∩ LI. T∀, D∀ NY ƆI: WO: H⅂-. T∀, ꓤ∀; NY XO.. Ɔ∩ LE-. T∀, D∀ NY C∩. YI XU:-. T∀, ꓤ∀; NY ƆI J∩: dO, B∀ M ΛO=

B⅂ D∩: ꓘ⅂: PI,-LO:-W: KO NYO KW NY MI; M⅂: Ⅎ (CY, MI; M⅂: Ⅎ)TƎ, L NY, ⊥I: B, M ⊥∀; SI. YI. W: NY MI XW. MI XW. DI..-W-ꓘ, ⊥∀; A.-W∀;-LO.-⊥⅂ GU KW ƆI L Λ= WO: H⅂ N WO: H⅂-. YI JY SI; N SI; T. Λ= A.-MI NY A. MO: SI. A.-N LI. ƆI d∀, ƆO: ƆO: T. M MO ⊥∀;-. “A. WO: M WO:-. ⊥I MY WO: H⅂ NE JE M D∀ S∀ N: WO: H⅂ ⊥I: B, N: M LI. HW. Λ-. A. TI. WO: H⅂ ꓘW: LE ⊥∀; L∀: HW. JE MYO ΛO” B∀ Λ= A.-N G⅂ NE YI. LI JW, M LI T. SI. “JE M: HW. HW. JE ⊥⅂ M ⊥∀; SI NY A. TI. JE HW. SI. JE M ZO: Λ-. RO: NY WO: H⅂ N: GU ⊥I: G HW SI. ⊥I: B, N: K, GU ⊥∀; SI. R∀; JE L∀” D: DO, NY, Λ= B∀ NY, ⊥I: B, M YI. W: NY T∀, B: ⊥I: G ƆI LE-. T∀, B: KW NY J∩: J∩: ꓤO: T.-. YI. KO LO KW NYI: S RO SI. WHO ƆID _M M∀, L ZI ⊥I: ZI JW,(M∀, ZI YI. ꓘU: KW A. DI: WU LO ⊥I: X∩:)-. A. WU A MO T. Λ= M⅂: ꓘ⅂; Λ SI. MI: VI A. TI. ꓤ: JO; L ⊥∀; dI.. SI dI.. SI T.-. M∀, ZI M∀, K. M G; LO; ꓤ; G; LO; ⊥I: F. ⊥I: F. T. SI. BI LI. BI NY,-. WO: H⅂ LI. A: ꓘ⅂. N: K, JI Λ= M∀, ZI Y∀; ꓘW ƆI ⊥∀;-. YI. W: NY ⊥I: RO NE ⊥I: RO D∀ YI JW SI. YI. ⅂ M RU ⅎE L-. WO: H⅂ N: NY, Λ=

A. MO: NY YI. SI M WO: H⅂ JI JI ꓤ: N: W M MO LE ⊥∀: DI.. DI, ꓤO: ⊥I: G HW SI. MY D∩: MY ⅎI. H, SI. N: K, NY, Λ=

GO ⊥I: J∩, M KW-. M∀, L: YI YI HO: YI GU SI.-. YI. dY: LI: GW, LI: MO JW, H, Λ= M∀, ZI Y∀. ꓘW: NY, ⊥∀;-. M∀, ZI KW NY “CO, A: ƆW; ƆW;-. CO. A ƆW; ƆW;”M⅂ NY, Λ= A.-MI O. DU G: BO. Ɔ∩; SI. NYI N, ⊥∀; M∀, ZI KW NY ⊥I: ⊥⅂. NE YI. YI YI BI LE BO= SI, YI KO LO NY YI. KO. TO. SI: LI. ꓤ:-. YI. M∩ CY; L∀. ꓤ:-. YI. M⅂. A X∩: ᗺ. dU ⊥I: M M NY d.. ⊥I.. ⊥I: X∩: LI. M: MO M LI ꓤI: LI: ꓤI: LI: LU ⊥L NY, Λ= ᗺ dU SI, YI KO LO NY, ⊥∀; C∩ C∩ LI. BI X∩ W = ⊥I M D∀ MO ⊥∀;-. A.-MI NY K, Ɔ∩; LE SI. “A. WO: M-. A. WO: M-. NI, F NYI L∀-. A. ᗺ. B∩ ⊥∀; M∀, L: YI LI. YI L SE: W” ꓘU NY, Λ= A.-N N N, GU ⊥A; G⅂ ∀’ LE SI. “⊥I B, M A LIB ∀ SI. M∀, L: YI YI M NE?” B∀ Λ= L∀: X∩ B∀ L∀: X∩ TU L SI. A.-MI d.. ⊥I.. L SI.-. ꓘU NY⊥I: ƆO: KW NYI NYI ⊥∀; ∀’ LEO= YI. A. TI. D∩: JW: M⅂ ⊥∀; “dU: L B, B..(dU: L SI, YI)-. C∩. C∩ LI. dU: B, B.. ΛO” B∀ NY, Λ= GO M KW CO. NY-. L: ⅎO BU NY YI. YI A: ꓘ⅂. WU:-. A: ꓘ⅂. ⊥U-. A: ꓘ⅂. BI LO M∀, L: YI M NY A: ꓘ⅂. JI X∩: dU: L SI, YI Λ B∀ NY, SI.-. M∀, ZI GO ⊥I: X∩: M M: ꓘ⅂,-. SI, YI GO ⊥I; X∩: M M: Ⅎ⅂, W= L: ⅎO BU NY M∀, L: YI GO ⊥I: X∩: M A: ꓘ⅂. YI BI ⊥I: ꓘO; ⊥∀; Z W ꓘO;-. JO: N ꓘO; Λ-. M: Λ NY XW. ꓘO;

M⅂: ꓘO; ɅO B∀ NY, SE: Ʌ=

NI. B∀; M: B∀-. M. MI: M CW Ɔ∩ W= A.-N BU NY MO M: ZO X∩: ⊥I X∩: MO LE ⊥∀; K, Ɔ∩; LE SI. ⊥I: WO: H⅂ ⊥I: B, N: K⅂ ⊥∀-. WO: H⅂ C, M: W LEO= G⅂ SI. NE YI JY SI; SI. L∀.. BI., KW LI. A. TO. ƆU M LI T. C, W Ʌ= ⊥I M NY C∩ C∩ LI. YI JY SI. NE A. TO. CU M LI LI. KO D∀ NY, SI. A LI M: YI-. ⅂: Y YI JY S∀; B∀ JW: LI. ⊥I: ꓘ⅂: LI. L⅂; W M: D B∀ M ɅO= C∩ C∩ TO, M: D L ⊥∀;-. A.-MI NY YI. T∀. YI. “⊥I KW YI JYJW, CI; B∀-. O. D∩ ꟻI TO ⊥Ǝ; GO: NE-. WO S dU: L D∀ XW. MO W-. A: ꓘ⅂. SI; L W” B∀ NY, Ʌ= ⊥I ꓘ⅂: M N N, W ⊥∀; A.-N NY ⊥I: X∩: D∩: JW: W SI.-. J: ɅO: TO, NE TU VI; L-. L∀: d∀, NYI: B: M ⊥I: W FƎ H, SI. “A P dU: L: WO:-. NU NY S∀; M CYO. SU Ʌ-. A. RW: dU: L M NE-. NU NE JW SU MI SI Ʌ-. ꟻO ZU T∀. N∀ ꟻI; HW JW ⊥∀;-. LI; L CƎ, KW WO: H⅂ X∩ O= N DƎ; N SU T∀. JW NE NY-. LI; L M KW YI SI; X∩ O= NU NY NI, ꓘO; NI, ꓤƎ; SI.-. NU NY X∩: ɅO: X∩ SI. NE= J: ɅO: M NE YI CƎ, D⅂..-. J: ɅO: M NE YI JY HW= WO S WO S WO S d: O-. dU: L dU: L dU: L d: O= NU JI NI, M MI M: D-. NU NE JW M M: MI FI”B∀ NY,-. B∀ GU ⊥∀; J: ɅO: M DI..-W-ꓘ, T∀. ƆO: S∀ MO. ɾU NY,-. ⊥I ⊥∀; SI, KO: LO KO: KW NY YI. dE; ⊥I: dE; JW, L-. KO ᗡ∀ YI. CƎ, M A: ꓘ⅂. JE S LE-. YI. CƎ, M A. MO: NYI: ƆI TI.. ZƎ, ꓤ: JE DI., N T. Ʌ= YI. NY F∀, NE SI, ZI Y∀. KW JE SI. J: ɅO: NE ꓭ. CI. M D∀ NYI: S ⊥⅂, CU. G⅂ ⊥∀; ꓭ. CI; K W NY “DI: TO: DI: TO: ”B∀ NE YI JY ⊥I: D∩: YI L W= GO M KW CO. L: ꟻO BU NY KO D∀ YI JY NY A: J∩: LI. SI d: SI M NE K: NY, Ʌ SW; ɅO= YI JY DO M⅂. ⊥∀; KW A LI LI. YI. ɅO: CƎ: Ɔ∩-. SI d: SI M D∀ DI: GO: L∀ DI: NY, Ʌ= F∀, NY KO D∀ YI JY NY L: ꟻO T∀, W MY T∀, GO: L KU. ɅO B∀ NY,-. ⊥I: ꓘO; M: JO LI. ꓘO; X∩; V dU ⊥I: NYI A. ꓭ. B∩ J∩, KW LI J∩ d⅂:-. L: CW.-. W∀; HW: S X∩: T∀, SI. YI JY SIT ∀. TI.. GO: CI;-. XO. S DƎ; ƆU SI. YI JY WU. ꓘO; CI;-. YI JY SI D∀ YI JW L∀ DI: CI; Ʌ= ⊥I M NY NI. B∀; ⊥I: CƎ, Ʌ-. YI. B⅂, M: B∀ W=

B∀ NYI ⊥∀;-. YI JY M “TI: DO:-. TI: DO: ”YI L GU ⊥∀;-. A.-N SI. A.-MI NY K, Ɔ∩; X∩ W= YI. W: SI. A. MO: NY SI, ZI Y∀. ꓘW JE SI. CO. BO. E∩, NY, H, SI.-. O. D∩ LI. M: Ɔ∩: “GU: DO:-. GU: DO:” B∀ NE YI JY DO BO FI NY, Ʌ=

YI JY DO BO LI-. YI. S∀; A. TI. JW, L-. J: ɅO: NE YI. JO, HW SJW L ⊥∀;-. A ⅂ M: JW, ⊥∀; LI ƆI D ɅO= MU: ꓘU: NYI: S GW. Ɔ∩; M⅂ J∩, ⊥∀;-. YI. W: NY DI..-W: -ꓘ, KW ƆI LEO=

GO ⊥∀; DI..-W; -ꓘ, M NY ꓘ, B∀ M D∀ S∀ N: ꟻO VI B∀ SI. L∀: HW. ZO: N

T. ꓥ= A. Xꓵ: Pꓶ. DU Bꓯ ꓕꓯ; NE K, GO M KW NY ꓝO VI ꓕI: VI LI: JW, ꓥ= GO TI: VI KW NY NYI: RO LI: NY, ꓥ= YI. W: NY YI. YI; BY:-M-BO-. NYI: ꓤ: BY:-JI-ꓝꓯ: ꓥO= YI. YI; NYI ꓤ: NYI: Xꓵ. YI M NY YI ꓤ: L MO, ꓕꓯ; NI, ꓒU NI, LE; ꓤ: VI ꓘU: KW HO: JE NY,-. YI. W: Dꓯ A. MO: KW CI, H, M ꓤꓯ; JW NY,-. A. MO: Z CW. JW NY,-. YI ꓝ F..-. L: C. C. GO: NY, YI: GU GU GO: NY, ꓥ= ꓕI GU ꓕꓯ;-. YI. YI; NY YI. NYI ꓤ: Dꓯ MY Jꓵ: MY Jꓵ: YI SI. YI. NYI ꓤ: NY SI, LU: Pꓯ,(SI, NE X, H, Xꓵ: Pꓯ,) ꓕI: M RU SI. YI. YI; Kꓶ. NY. JE Kꓶ W=

ꓕI: B, ꓤO: ꓕꓯ;-. YI. W: NYI: Xꓵ. YI NY SI, LU, Pꓯ, ꓕI: RO ꓛꓵ:-. Xꓵ LI. T. Xꓵ: XW Nꓱ ꓕI: RO Tꓯ, SI. LI; L W= YI. W: NY XW. DO DO ꓤ: T. SI. “A. WO: M SI. NYI M BE. (NYI M ꓤ:)WO:-. A LI M: YI W-. A: NI, ꓕꓯ; Z Tꓶ H, M LO V TI. YI SI. ꓕI: ꓘꓶ: LI. XW M: W LEO-. VI ꓘW Z: DU ꓕI: Xꓵ: LI. M: JW,= NU W: NY XW Nꓱ ꓛU SI. SI, BY: Z: ꓕI: G; LI: ꓥO”Bꓯ L NY, ꓥ= A.-N MO LI ꓕꓯ; NI, M KW A: ꓘꓶ. SW; DU JW, LE SI.-. “S. ꓤ: (YI. S. ꓤ:) WO:-. A. ꓘꓶ: DO SU Dꓯ YI: T. G: ꓕI: G; HW GO: ꓕꓯ; D Xꓵ W= NU W: NYI: Xꓵ. YI NY XW. Xꓵ; M LI. ꓥW NU: Dꓯ Z: FI L-. Fꓯ, NY SI: BY: LI. CW. L SE:-. ꓕI M NY RO: LI-SU Tꓯ. Bꓯ ꓕꓯ; W M: D M ꓥO-. Cꓵ Cꓵ A: ꓘꓶ. XW. MO W= ꓥW NU: NY Z: MI LI: M: ꓝI-. NI, M KW A: ꓘꓶ. K, ꓛꓵ; ꓥ ”BA NY, ꓥ= Bꓯ GU ꓕꓯ;-. XW Nꓱ Lꓯ: Xꓵ ꓛU Z: L: C. Lꓯ: Xꓵ C. DO-. VI ꓘW A LI ꓥ Xꓵ: XW. ꓕE K, NY, ꓥ=

⅁O KW NY SI, ZI LO ZI NI, ꓛI; ꓛI;-. KO Bꓯ KO JW,-. KO Dꓯ SI, ZI JO, JO:-. Tꓯ, B; KW NY Xꓵ. Hꓶ Xꓵ. MI NI, ꓛI; ꓛI; T. SI.-. JO: A: ꓘꓶ. LO. JI N T. ꓥ= YI JY Bꓯ YI JY JW,-. G: Lꓯ: G: JI S ꓛO: KW NY A ꓘW LI. YI FO, Mꓶ JW,-. MU: ꓘU: ꓘ, LI. YI JY ꓤꓱ: W D-. YI JY ꓯ’ L LI. YI JY Xꓵ. W D ꓥ= V MI Bꓯ V MI JW,-. ꓘ, KW NY DI.. DI. Xꓵ: A WU ꓕI: Mꓵ: JW, SI. A. NYI: M: NE V MI ꓕꓵ; ꓛꓵ N T. ꓥ= ꓕI: ꓘO; ꓝI NYI: V LI. Mꓵ: Sꓯ; A: ꓘꓶ. JI-. Cꓵ Cꓵ LI. KO Bꓯ KO KW ꓒU: Xꓵ: JW,-. A. ꓘꓶ: KW LI. YI JY JO: JO: Xꓵ: JI Mꓵ: ꓕI: Mꓵ: ꓥ =

GO Bꓯ ꓕI MY JI Xꓵ: ꓕI: Mꓵ: M-. A LI Bꓯ SI. ꓝO ꓤ: ꓕI LI LI: NY, NE? Bꓯ NYI ꓕꓯ;-. TI. Nꓶ: KW KO D ꓯNY L: S. ꓕI: M JW, ꓥ= L: S. GO M NY A. NYI: A. ꓛꓵ; Dꓯ MO LI. Z: ꓕO, YI-. A. NYI: A. ꓛꓵ; Xꓵ: M: JW, ꓕꓯ; A. N: Z: ꓥ= TI M LI: M: ꓝI-. ꓝO ꓤ: MO LI. G; SE; NY,-. YI. ZI: YI. MO YI. TU ꓘO; YI Kꓶ ꓕꓯ;-. ꓒU LI. Xꓵ: L: S. ꓒ: K ꓕI: M LO; YI W= ꓕI LI SI. GO KW NY, Pꓶ. SU M: JW, =

BY:-M-BO ꓒ: NY A: ꓘꓶ. D_M HW: Tꓱ. ꓒ: ꓕI: RO ꓥ-. Sꓯ. ꓕY, ꓕꓯ;-. L: S. ꓕ; Bꓯ SE: Wꓯ;-. WO ꓒ:-. L: M Bꓯ Xꓵ: SE; W M Bꓯ GU LI. M: D= YI. NY YI. TU ꓘO; LO; Xꓵ: L: S. ꓕI: M NE A ꓕꓯ; Mꓶ: ꓕꓯ; JO: ꓤ: M ꓝI SI. ꓝO ꓤ: Tꓯ. ꓘO; NY,

M C, W ꓕꓯ;-. VI SI M SI. YI. ꓤ: Dꓯ HO: SI. A: ꓶ M KO-Tꓶ, Mꓵ; KW CO. L NE L: S. ꓒ: K M Dꓯ SE; NY, ꓥ-Gꓶ SI. GO KW ꓒ.. ꓛI-. V MI KW XW ꓘW H, LO ꓒ.. WU. ꓕI: Mꓶ M LI. XW NY. M: Mꓶ ꓕꓯ; LI VI; M N Hꓶ N SI.-. YI. SI. YI. VI SI M Sꓯ; M RU JE W=

ꓤ: ꓛꓵ: ꓤ: NYI: RO LI ꓝO ꓤ: LI. M: NY, Xꓵ: Mꓵ: KW ZE., ꓒE, SI.-. WO S ꓘU LI. ꓘU M: W-. ꓒU: L ꓘU LI. ꓘU M: W ꓕI: B, M KW-. YI: Nꓯ ꓕI: ꓛO: KW A Nꓯ. T. Xꓵ: B. ꓘU: ꓕI: ꓘU: KW CO. O. ꓝꓱ., ꓒꓵ LI. ꓤ: T.-. Mꓶ: FI LI. Mꓶ ꓛY GO:_Xꓵ: A P ꓕI: RO L SI. YI. W: NYI: Xꓵ. YI Dꓯ A. ꓘU: KW ꓤꓱ: DU ꓤꓱ: Mꓶ. SI. NE Z: Xꓵ: DO Xꓵ: A. TI. HW NE YI. ꓒ: YI. M Dꓯ XW. ꓕꓵ. Kꓶ W= A. P NY Fꓯ, NE YI. W: NYI: Xꓵ. YI Dꓯ “ꓕI KW J_: ꓤ: M ꓝI; SI. ꓝO ꓤ: Dꓯ ꓘO; Z: NY, M L: S. M NY WO S ꓒU: L Tꓯ. A. N: ꓕI: M ꓥ-. WO S ꓒ: Tꓯ. Nꓯ. NO. ꓘU: Z: Kꓶ SI. ꓕI: ꓘO, TI. Kꓶ ꓕꓯ; M: WO, WO, Mꓵ: KW DI.. KW ꓘE, ꓒO L SI. SIN ꓯ LI ꓕI M KW J_: ꓤ; M ꓝI Z:-. ꓝO ꓤ: Dꓯ ꓘO; ꓥO: YI NY, ꓥ= ꓥW NY Mꓵ: BE MI Nꓯ D ꓯLI: K: D SI. YI. Dꓯ ꓕI: Xꓵ: LI. YI M: N= WO S Dꓯ Bꓯ M. GO: ꓕꓯ;-. WO S NY ꓝO ꓤ: FI SI. RU L FO ꓥ-. Kꓶ SI. RU M: W ꓘE, LI, YO= ꓕI KW NY SI. N ꓯLI ꓛ-. ꓥ CI; LI. A: ꓘꓶ. JI Xꓵ: Mꓵ: ꓕI: Mꓵ: JW, ꓥ= NU W: NY M: JW: XW. XW. TI KW NY, K, ꓛ-. L: S. GO M Dꓯ JO M: ꓛꓵ-. ꓥW ꓒ.. ꓕI KW NY, H, ꓕꓯ; YI. ꓕI: Xꓵ: LI. YI M: Pꓶ.= Fꓯ, Bꓯ NY-. Mꓶ: JY: SI NY A: ꓘꓶ. D Xꓵ: ꓤ: Mꓶ: ꓕI: RO L SI. YI. Dꓯ SE; L KU. ꓥO”Bꓯ GO: L ꓥ=

YI. YI; NYI ꓤ: NYI: Xꓵ. YI M ꓥ SI. A.-N-. A.-MI NY A. TO KO SI. XW. ꓕꓱ Mꓶ: ꓕꓱ NE YIN Y, ꓕI: B, M KW-. A. MO: NY “ꓒU:-. ꓒU:”Bꓯ NE N ꓘU Mꓵ NY, ꓥ= ꓕI Kꓶ. NY NY YI: Nꓯ ꓕI: ꓛO: KO Dꓯ CO. L: S. “AO.-. AO.”Mꓶ Sꓯ; Bꓯ JW: L ꓥ= A. TO. ꓘꓶ: KW NY, M ꓝI; Lꓯ. SU S; RO M NI ꓕI: ꓕL. NE JO JO Mꓵ: Gꓶ LE-. NI, ꓝ XO. K. HW SI. A. ꓘꓶ: M TI, TI, TO, H, ꓥ= A. Xꓵ: LI. MO FO_M A.-N NY M: JO JO Bꓯ NE J: ꓥO: M RU SI. O: NO: ꓤ: O: NO: Cꓱ: NY, ꓥ=

Bꓯ NY, LI. M: Mꓶ-. A.-N YI. ꓥO: M ꓒ.. Cꓱ: GU ꓕꓯ;-. V B., ꓛI NE Tꓱ, M KW BYꓱ; Lꓱ; Lꓱ; T. M ꓒU LI. T. LO L: S. GO ꓕI: M M NY MI JO MI JO ꓛY, Lꓯ N: ꓛY, Lꓯ A. ꓘꓶ: Dꓵ: KW ꓛI L SI.-. TI, TI, TO, H, LO Cꓱ: Lꓱ; VI A. ꓘꓶ: M Dꓯ GO: ꓤ: GO: ꓛI, Cꓵ, NY, ꓥ= YI. ꓛI SI: Lꓯ: SI: M A: ꓘꓶ. ꓕꓯ, SI. NE “XW: ꓤ: XW: ”CY, Cꓵ, NE A. ꓘꓶ: M LI. Gꓶ: ꓤ: Gꓶ: Mꓶ NY, ꓥ= L: S. NY GO. ꓕI: CY, NE CY,-. GO. ꓕI: ꓶ, NE ꓶ, LI. A. ꓘꓶ. M ꓥ. Dꓱ: M: HW.-. CY, V: YI M: ꓘU= L: S. ꓒ.. WU. ꓕI: HW, Dꓵ: L TO; M Dꓵ: L M: W WO=

Fꓯ, NE ꓕI: B, ꓤO: ꓕꓯ;-. L: S. NY Fꓯ, NE ꓕI: HW, Dꓵ; L TO: NY, LI. M: D=

Fꓯ, NE ꓕI: B, N: Kꓶ ꓕꓯ;-. S HW, ꓕI: HW, M NY Lꓯ” HW. Vꓶ NE YIN Y, ꓥ= YI. NY SI: ꓛI NE ꓘO; Jꓵ, NY, SI.-. ꓕI: B, ꓕꓯ; A. Wꓯ; NE LU ꓕU ꓘO; NY, M LI T.SI. “Gꓶ: Tꓶ; Gꓶ: Tꓶ; ”Bꓯ JW:-. ꓕI: B, ꓕꓯ; Vꓯ, NE Cꓵ. Dꓵ: Tꓯ. ꓘO; NY, M LI T. SI. “XW: XW: XW:”Bꓯ JW:-. ꓕI: B, B, NY ꓞO Mꓯ, ꓕI: LI, G; NE ꓛI, NE T. ꓥ= ꓕI LI N: GO LI YI SI.-. YI. Lꓯ: SI: ꓛI SI: LI. ꓘƎ, YI GU-. A. ꓕ: LI ꓕꓯ,_M SI: ꓛI LI. ꓘƎ, YI GU-. Pꓯ, LI T. M Mꓶ: Lꓶ, KW NY SI: XU: XU: YI NY,-. CƎ: LƎ; VI SI. K. M Dꓯ LI. Xꓵ YI NY, ꓥ= Gꓶ SI. GO LI. LI. YI. ꓘU: KW Dꓵ: L M: D Gꓶ. NY. LI; JE W= ꓕI ꓕI: ꓕO ꓕꓯ;-. YI. NY YI. Mꓶ. LI. ꓶ, M: HW. LE= SE; Lꓯ: HO M: HW. LI_M Dꓶ: TI. Lꓯ: HO SU LI T. SI.-. YI. Mꓶ. Mꓶ ꓛY GO NE O. Dꓵ LI. ꓛꓵ: M: ꓘU JE LO, YI W= Cꓵ Cꓵ LI. O. P. GW: BE KO, LO. ꓕꓶ GW: H, M LI-. YI. Tꓯ. YI. LI. JE M: N=

A.-N NY L: S. NY YI. Tꓯ. HW L Xꓵ: ꓥ-. L: S. NY YI. Xꓵ Gꓶ ꓕꓯ; SI. K, ꓛU ꓥ M ꓕO, ꓕI.. ꓥ= L: S A LI T. M Sꓶ. ꓕꓯ; SI. YI. Dꓯ HW. D ꓥ Bꓯ SI.-. A.-N NY ꓞI; Lꓯ. SU S; RO M Dꓯ JO M: ꓛꓵ Bꓯ NY, ꓥ= Fꓯ, NY ꓕI LI ꓕI LI GO LI GO LI M. GO: NY, ꓕꓯ;-. ꓞI; Lꓯ. SU S; RO M Kꓶ ꓥ ꓛ Bꓯ ꓥ= ꓕI GU ꓕꓯ;-. A M A LI YI N T. M YI NY,-. KO DƎ: Lꓯ; M WU: ꓤ: T. M A.-MI NY CƎ: LƎ; VI Dꓯ ꓥO H, LO A. ꓕ: ꓛO, (ꓕ: LI. T. Xꓵ: A. ꓕ:)M Cꓵ, DO L SI. Kꓶ. NY. VI; H, SI. YI JW JY: Gꓶ: NY, ꓥ= YI. YI; NYI: ꓤ: NYI: Xꓵ. YI M NY ꓕI: RO A. ꓕ: ꓕI: ꓛI Tꓯ, SI. A. ꓘꓶ: NYI: ꓛO: KW ꓕI: RO ꓕI: ꓛO: VI; H,-. L: S. ꓒ.. L ꓕꓯ; SE W FI TO: NY, ꓥ= A.-N NY YI. KO LO VI; H, SI. J: ꓥO: M Dꓶ. Dꓶ. ꓤƎ: H,-. A. ꓘꓶ: ꓒE; KW CO. Mꓶ Sꓯ A LI ꓥ M NYI N H, SI. L: S. L ꓕꓯ. ꓒ.. Xꓵ SE; GO: TO: NY, ꓥ=

SU Tꓯ. XW. MO XW. C.. SU Tꓯ. NY N.. N.. M: SE; M: D= A.-N Dꓵ: JW: H, M LI LI.-. L: S. GO M NY YI. CƎ, KW YI ꓛꓵ; DO BO LI ꓕꓯ; Fꓯ, NE VI ꓘW L SI.-. A: SI, NE Vꓯ, Nꓯ M ꓕI: LI, Nꓯ NY,-. CƎ: LƎ; VI A. ꓘꓶ. M Dꓯ JO: NYI LO. H,-. Mꓶ ꓛY Gꓶ: YI. H, SI. ꓕI: ꓕꓶ, ꓤ; Tꓶ L YI NY, ꓥ=

A: L MU: ꓘU: S KW. ꓛI ꓛꓵ GU Jꓵ, ꓕꓯ;-. L: S. NY LO. NY, M: D SI. Fꓯ, NE ꓕI: ꓘO, YI. ꓘU: KW Dꓵ: L KW; NY, ꓥ= ꓕI: ꓘO, M YI. NY CY, N CY,-. ꓛI, ꓥO: M: YI-. CU. ꓥ. NY, ꓥ= A. ꓘꓶ: DƎ: TI.. Yꓯ. ꓘW CO. GO ꓕI: CU. N: GO ꓕI: CU. NY, ꓥ= ꓕI: B, ꓤO: ꓕꓯ; Cꓵ Cꓵ LI. SI. Kꓶ WU: ꓕI: ꓘU CU. DO LEO= Fꓯ, NY YI. ꓘU: KW NU: L NY, ꓥ= A Xꓵ A WU T. LO YI. Mꓶ. M YI. ꓘU KW CO. ꓶ, Lꓶ ꓤ: ꓶ, Lꓶ ꓶ, SI. ꓤ, NYI NY, ꓥ= Gꓶ SI. NE YI JY T. M A.-MI Dꓯ ꓒ.. Xꓵ ꓕI: ꓕꓶ, Pꓯ: W SI.-. “PO: DO: ”Bꓯ NE A.-N Lꓯ GO; KW LƎ. L NY,-. A.-N NE SO. ꓕI: H, ꓕꓯ; SI. M: LƎ. N YI= A.-N NY SE; Jꓵ, A: L ꓛI M MO ꓕꓯ; A.-MI Dꓯ Kꓶ. NY. LI; Bꓯ

SI.-. YI. YI; NYI ꓤ: NYI: Xꓵ. YI M Dꓯ L: S. Mꓶ. L TI.. TI, ꓤꓱ: H, FI SI. W: ꓕꓵ; ꓕꓵ; ꓕI: RO ꓕI: ꓛO: GO FI NY,-. L: S. M N SI. “O. O. ”Mꓶ NY, ꓥ= A-N NY A.-MI Dꓯ NI, ꓞ A. ꓘꓶ: ꓒU Gꓶ FI SI.-. YI. NY A: ꓘꓶ. MI NE J: ꓥO: M ꓤꓱ: SI. L: S. Dꓯ TI. ꓒ; NY,= YI. Mꓶ; ZI; LI. ꓛY; Lꓯ; Gꓶ YI ꓕꓯ;-. ꓒU LI. T. LO L: S. Mꓵ M “ꓒꓵ; ”Bꓯ NE Mꓵ: ꓞU: W: GW L M LI ꓕI: Mꓵ: ꓒꓵ LEO= ꓕI: ꓕI: ꓕꓶ, M Dꓶ: Kꓶ ꓕꓯ; L: S. M NY A: ꓘꓶ. JO LI SI.-. M: HW. N T. M C, W LE-. Tꓱ N LI. M: JO NI, ꓞ ꓘE, JE SW; NY, ꓥ= YI. NY A: ꓘꓶ. W: ꓕꓵ; SI. Mꓶ. ꓕꓯ; Tꓶ. HO.. NY,-. YI. YI; NYI ꓤ: NYI: Xꓵ. NE ꓤꓱ: TI.. H, LO YI. Mꓶ. M A: ꓘꓶ. Cꓵ, N ꓕꓯ; SI. HO LE, L W=

Bꓯ NYI ꓕꓯ;-. L: S. GO M NY YI. Mꓶ. M A: Jꓵ: YI. ꓘU.. KW CO. HO LE, L Xꓵ: M: ꓥ Bꓶ= Lꓯ: HW. LI. ꓞO R NY ꓒ.. Xꓵ Cꓵ,-. L: S. NY ꓒ.. Xꓵ HO.. SI. YI. Mꓶ. DO.. KW YI. MU M_LI Gꓵ; YI Xꓵ: ꓥ Bꓶ= YI. Mꓶ. KU. JI M NY YI. YI; NYI ꓤ: NYI: Xꓵ. YI NE Dꓶ. Dꓶ. Cꓵ, HO, Kꓶ SI. Lꓵ. YI W= ꓕI M KW CO.-. KO Dꓯ L: S. NY YI. Mꓶ. M A. TI. ꓒI, ꓒI, ꓤ: Kꓶ YI ꓥO CI; JO:=

Fꓯ, Bꓯ NY A.-N NY L: S. M ꓘE LE, YI T. MO ꓕꓯ;-. A. ꓘꓶ. DO SI. G; L SI. NYI ꓕꓯ;-. L: S. ꓒ: G.. M NY N SI. “O.-. O. ”Mꓶ SI. Mꓶ ꓛY.. Lꓱ. DO-. SI: XU: XU: T. M YI. Mꓶ. Dꓯ Lꓶ; Cꓵ, NY, Bꓶ= A.-N NE J: ꓥO: M ꓤꓱ: SI. Fꓯ, NE TI. L M MO ꓕꓯ;-. N ZI: NY, M: Mꓶ-. ꓕI: ꓕꓶ. YI: Nꓯ ꓕI: ꓛO: KO Dꓯ ꓘE, JE W= A.-N NY ꓤI, Tꓶ, JE SI. J: ꓥO: M NE L: S. K, Mꓶ: CY.. NI, M CI JW, ꓕI: ꓛO: KW ꓒ.. Xꓵ ꓕI: ꓕꓶ, TI. Kꓶ ꓕꓯ;-. L: S. ꓒ: G.. M NY “O.”ꓕI: ꓘꓶ: Mꓶ Gꓶ ꓕꓯ; NYI M: MO MO MI: VI LI. JO; Dꓵ: YI M: D M M D LI KW ꓘE, ꓞ OLEO= ꓞO ZU NY L: S. M Fꓯ, NE L M: ꓒꓶ. DU ꓥ SW; H, SI.-. VI ꓘU: KW LI; JE SI. YI: T. Gꓶ W=

ꓕI M KW CO.-. KO Dꓯ MI JO MI JO T. LO L: S. NY A: TO TO ꓞO ꓤ: Z: M: Pꓶ.-. ꓘO; M: Pꓶ. LE W= Gꓶ SI. YI. W: NY ꓞO ꓤ: Tꓯ. Z: M: Pꓶ. LI. HW: Tꓱ. ꓘꓶ: Dꓯ ꓘO; Z: NY,-. Z. N: JO: ꓘO; Z: SI.-. KO Dꓯ A. N: Dꓯ A: ꓘꓶ. Z: Xꓵ: NI. JO: LO; YI W=

Dꓵ TI. B SI. Bꓯ ꓕꓯ;-. Kꓶ. NY. ꓕI: NYI Nꓯ; Nꓯ; TU L M A.-N BU NY-. VI B: C, KW A KW ꓛI ꓛI ꓒꓵ: LI. ꓤ: T. M L: S. MU SI. NE SI: Nꓯ JO: JW, M MO ꓥ= Mꓶ: JY: SI. JW: XW. DU M: JW, FI ꓥO SW; SI.-. A.-N NY Fꓯ, NE ꓞI; Lꓯ. SU S; RO M Dꓯ HO: NE SI: JO, JO: T. LO L: S. ꓛI Dꓵ CW SI. YI: Nꓯ ꓕI: ꓛO: KO Dꓯ L: S. HW ꓕꓶ YI NY, ꓥ= KO ꓕI: ꓒE.,KW HW ꓛI ꓕꓯ;-. BY:-M-BO YI. YI; NYI ꓤ: NYI: Xꓵ. YI Dꓯ YI JW FO_M A P Dꓯ ZI LE-. YI. NY A.-N Dꓯ MO ꓕꓯ; A: ꓘꓶ. K, ꓛꓵ; NY, SI. “ꓤ: Mꓶ ꓛꓵ: (VI SI ꓒ: JW, SU ꓤ: Mꓶ)NU NY A: ꓘꓶ. TI. W ꓘU Bꓶ-. ꓕI: ꓕꓶ, TI. NE L: S. Dꓯ TI. Lꓱ. Kꓶ-. Fꓯ, NE ꓕI: ꓕꓶ, TI. Tꓯ; NI, M SI. Bꓵ: Mꓵ

LI. Yꓯ; YI GU M”Bꓯ SI.-. Mꓶ ꓛY YI. SI: ꓕI: P, ꓕI: P, M Dꓯ K. SI. “ꓕI M NY ꓞO ꓤ: KO; Z: SU L: S. Sꓯ; M Jꓵ: KW CO. SI: YI L Xꓵ: ꓥ-. YI. NY A: MI Mꓶ: ꓘꓶ; KO Dꓯ ꓘE, LI; ꓛI ꓕꓯ; Xꓵ Kꓶ W-. YI. NY Xꓵ CO, ꓥ= Sꓯ. TY, ꓕꓯ; Sꓯ; M A NY Mꓶ: YI FI LI. M: Sꓶ.-. ꓞO ꓤ; SI. JO: ꓤ: M ꓞI SI: A MY ꓛꓵ; GU LI. M: Sꓶ.-. YI. NE Z: Kꓶ M WO: TO WO: MI NY Bꓯ GU LI. M: D-. Xꓵ. LI. Xꓵ G; M: JW, ꓕꓯ; SI. ZO: ꓥ= Gꓶ SI. ꓥW SW; NYI NY YI. WU. L: S. NE ꓞO HW: Z:-. A Mꓶ NY ꓞO ꓤ: NE YI. W: Z: N T. SI.-. YI. MO M KO Dꓯ Tꓵ. H, P Sꓯ; Tꓯ. YI JW FI NE-. NU W: HW ꓕL YI M: ꓛꓵ W”Bꓯ GO: L ꓥ= Bꓯ GU ꓕꓯ;-. A P GO M NY MU: ꓘU: ꓕI: Dꓵ: Pꓶ. SI. NE ꓕI: ꓕL. M: MO LEO= A P NE Bꓯ M CW CW NYI NYI ꓕꓯ;-. KO Dꓯ ꓭ. M NY A: Jꓵ: LI. ꓒU LI. ꓤ: Gꓶ YI BO= ꓕI M NY L: S. Xꓵ MO M MU: K: ꓒU: L NE Tꓵ. Kꓶ K. NY.-. LO ꓒU KO ꓕI: KO LO; YI FI BO= GO M KW NI. ꓕꓯ;-. LO ꓒU GO ꓕI: Xꓵ: M NY L: ꓞU A: ꓘꓶ. ꓤꓱ: JI-. Lꓯ: ꓒꓯ, NE ꓞI; LI. ꓞI. Hꓶ: YI D-. L: ꓞO BU ꓤꓱ: ꓕꓯ; YI. Hꓶ: TI. Nꓶ; M: ꓛꓵ LEO=

O. ꓞE., LI. W: ɾU. LI ꓒU_M Mꓵ: K: ꓒU: L NY ꓕI KW A: ꓘꓶ. NY, JIO ꓥ Bꓯ M ZO: ꓥ B ꓯNY,= Kꓶ. NY. ꓕꓯ; L: ꓞO BU NY DI..W K, KW NI: Bꓵ VI ꓕI: VI X, Kꓶ-. YI. Pꓶ. A: MY, Xꓵ: JW, SI. M: D M: S; Cꓵ. N T. ꓕꓯ; NI: Bꓵ VI KW TO, H, LO ꓒU: L M NY YI. WU. TO, H, M KW A: MY, ꓘO, ꓘE, LI JE KU. JO:=

Bꓯ NY L: S. Xꓵ MO M HW SI. LI; L GU-. XW Nꓱ ꓛU Z: SI: BY: Z: GU ꓕꓯ;-. BY:-M-BO YI. YI; NYI: ꓤ: NYI: Xꓵ. YI M NY YI. ꓞI; JE YI_M A.-N SI. KO Dꓱ: A MY M: JI M A.-MI GO MY LI: Xꓵ: YI. ꓶ Mꓯ M MO ꓕꓯ;-. A: ꓘꓶ. NI, N NY, SI.-. Nꓯ ꓞI; Nꓯ MI Kꓶ H, LO ꓘ, ꓕU M Mꓯ JW SI. ꓘ,-Bꓶ-ꓘ, A.-MI VI ꓘW ꓛI LEO=

A.-N SI. A.-MI NY BY:-M-BO BU NYI: Xꓵ. YI NE YI JW M KW-. Mꓶ: ꓞ XO.. YI T. ꓕꓯ; SI. ꓘ, ꓕꓯ; LO. LO. T. LO W: ZI: M KW ꓛI L ꓥ= W: ZI: GO M KW NY ꓕO: ZI A: MY, JW,-. YI. JO, ꓘꓶ: KW ZO:-. ꓕO: ZI Dꓯ Sꓯ NY NYI: S; RO ꓕꓯ; SI. SO. ꓛI D Xꓵ: NY, Z ZI (NY, ꓤ: Z SI, ZI)ꓕI: ZI JW, SI.-. JE JE LI; LI; SUN Y Yꓯ. ꓘW: WO: Hꓶ A: ꓘꓶ. N: K, JI ꓥ= YI. JO, Yꓯ. ꓘW NY Tꓯ, FO, ꓤO: T. Xꓵ: Xꓵ. Hꓶ DI.. ꓕI: DI.. JW, ꓥ= NY, Z ZI Yꓯ. ꓘW: NY Mꓵ: ꓞU ꓕꓯ; Lꓱ..Mꓵ: NU ꓕꓯ; ꓛꓵ; Xꓵ: YI JY ꓕI: Dꓵ: JW,-. Mꓵ: ꓞU: Kꓶ YI JY Sꓱ.. LI M: KU.-. NYI JU: KO.. M: KU.-. Mꓵ NU LI. YI JY Jꓵ: M: KU.-. YI JY Nꓶ, M: KU. Xꓵ; YI JY ꓕI: Dꓵ: ꓥ= WO: Hꓶ NE Sꓯ; HO: Sꓯ; HO: T. M YI. JO, Sꓱ: SU NY-. YI JY GO M A. TI. DO Kꓶ ꓕꓯ; ꓕI: B, NE K, ꓛꓵ; ꓛꓵ. T. L KU. ꓥ= Fꓯ, NE Cꓵ; FI. ꓤ: T. M W: DI.. KW ꓕI: B, ꓤ: N: Kꓶ ꓕꓯ;-. ꓕI: KO ꓕI: Dꓱ; LI. Sꓯ; JW, M LI T. C, W ꓥ= ꓕI M Pꓶ. DU-. GO KW NY L: ꓞO KO Dꓯ-. KO ꓤꓯ; ꓕꓯ; A LI LI. WO: Hꓶ N: ꓛꓵ_M ꓕI: Mꓵ: LO; YI-.

YI. MI Gꓶ NE N:-Tꓶ. (N: GU)MI H, ꓥ= Bꓯ LI. M: ꓛꓵ WO-. A.-N BU GO KW ꓛI Gꓶ ꓘ, ꓕU Mꓯ H, M N: Kꓶ-. A. MO: Dꓯ CI, H, M ꓤꓯ; Gꓶ SI. Xꓵ. Hꓶ DI.. KW ꓛY, H,-. A. TO. FI L: C. C DO GU ꓕꓯ; SI. VI ꓘW LI; JE YI NY, ꓥ=

A. MO: Mꓶ ꓛY; NYI: ꓕO Lꓱ. K, Kꓶ-. L: C. Gꓶ C. FI LE ꓕꓯ;-. Yꓯ. ꓘW CO. Sꓯ; HO: ꓤ: Sꓯ; HO: ꓕI: RO Dꓯ L Bꓯ JW: L O= SI, LI KW Dꓯ ꓛI SI. NYI NYI ꓕꓯ; ꓘ,-Bꓶ ꓘ, KW WO-CI-ꓞꓯ; ꓥ Bꓶ= WO-CI-ꓞꓯ; NY LU Lꓵ. ꓤ; A. TO. KW BE; ꓘꓶ: KW L NY,-. YI. NY M: ꓥ LI. L KO. L KO. T. SI. Bꓯ ꓤꓱ: ꓥ-. ꓕI B, M A.-N Dꓯ MO SI. Lꓯ: HW. XW. ꓕꓱ M: ZE;-. ꓘꓶ: ꓕI: N: ꓘꓶ: ꓕI: A.-N Dꓯ “A.-. A.-. A. WO:-. WO: WO: M-. M:-. M: M:-. M: ZO: WO-. A P ꓒI: LU-Cꓵ NY M: D L W-. NI, ꓞ:-. NI, ꓞ-. ꓞ M: D-. D-. D L, W= ꓘ,-. ꓘ,-. ꓘ, ꓤ: ꓘ, M BU-. ꓥW-. ꓥW-. ꓥW Dꓯ FI SI.-. NU Dꓯ NI, ꓞ-. NI, ꓞ-. NI, ꓞ LI;-. LI; Lꓯ JO:-. YI.-. YI.-. YI. W: L L-. ꓞI L NY, WO”Bꓯ ꓥ= WO-CI-ꓞꓯ; NYꓒ. Bꓯ GU ꓕꓯ, ꓛO: MY LI. SI: LE GU T.-. Lꓯ BE., KW YI. JU: M LI. A WU D: Gꓶ: MU MO T. ꓥ=

L: C. Lꓶ. NY, M A.-N NY A P ꓛꓱ,-LU-Cꓵ A: ꓘꓶ. N Bꓯ M C, W ꓕꓯ;-. L: C. C DU-. L: C. Kꓶ. Bꓯ Xꓵ: M NI, ꓞ ꓛY, Kꓶ SI. TU VI; L-. Lꓯ; ꓒꓯ, ꓕI: B: M KO,- Lꓯ:-CI RU-. ꓕI: B: M DO; -L: CI RU SI. “NU W: Kꓶ. NY. CO. Lꓯ”Bꓯ GU ꓕꓯ;-. BYꓱ_M LI Tꓶ. LI; JE Kꓶ=

A.-N W: ZI: KW CO. A. P ꓛꓱ,- LU-Cꓵ YI; GU ꓘꓶ; KW Tꓶ, ꓛI ꓕꓯ;-. ꓕI: KO Dꓱ: LI. Cꓵ. YI XU: XU: Kꓶ LEO= YI. NY A P ꓛꓱ,-LU-Cꓵ Sꓯ; M M: ꓞE, YI SE; MO ꓕꓯ;-. ꓒ-. : MY KW Cꓵ. YI LI. SI, NY, M: Mꓶ-. NI. ꓞ Nꓯ ꓞI; TI.-. YI JY KW JU, SI. Mꓵ: Mꓵ. ꓤ: Kꓶ YI ꓕꓯ; NI. Bꓯ; SU Dꓯ ꓥ. Dꓱ; Kꓶ SI. SI, ꓒI: KW CO. ꓕI: ꓘꓶ: ꓕI: ꓘꓶ: M, DO NY, ꓥ= Sꓯ; V ꓕI: G; LI. T. M A P ꓒI: NY A.-N ꓕI NY JI M MO ꓕꓯ;-. MY Dꓵ: ꓥ. M: HW. ꓥ Bꓯ LI. Nꓯ ꓞI; M A: Jꓵ: DO GU LE ꓕꓯ; Mꓶ: YI W=

A.-N NY ꓕI: ꓕꓯ; SI. JI: FI. N-. ꓛI FI. Lꓯ: FI. N M LI T. C, W-. Mꓶ ꓛY NY, ꓩU Kꓶ ꓕꓯ; TU M: HW. LEO= ꓘ, ꓤ: ꓘ, M BU NY YI. Dꓯ YI ꓞ Tꓯ, GO: L SI. ꓛO: MY ꓞI; FI NY,-. WO:-MY-WO: (SI, CI Nꓯ ꓞI; MI)C. SI. ꓛI ꓒꓯ, TI, FI NY,-. SI, BY: KW CO. A. B. ꓩU C. H, Xꓵ: Tꓯ, CW. L NY,-. A: ꓘꓶ. NI, ꓘO; GO: NY, ꓥ= YI. NY ꓛO: MY ꓕI: Fꓯ; SI, Kꓶ-. A WU O..._M ꓛI ꓒꓯ, M A. TI. TI, Kꓶ GU ꓕꓯ; A. B. ꓩU C. GO: L Xꓵ: ꓕI: Kꓶ. Z: Kꓶ W= ꓘ, ꓤ: K, M BU NY ꓕI ꓕꓯ; SI. A. TI. W: Sꓱ., L ꓥ=

A. B. ꓩU M Z: GU ꓕꓯ;-. A.-N NY ꓛI ꓒꓯ, JI JI TI, NY, M: Mꓶ-. ꓕI: VI GU ꓕI; VI KW JE SI. N DU A LI ꓥ M ꓛ: NYI NY,-. Nꓯ ꓞI; C. DO NY,-. A. B. Bꓵ Jꓵ, ꓛI T. ꓕꓯ; SI. A.-MI VI ꓘW LI; ꓛI SI. YI: T. W LEO= V V MO MO Bꓯ NE YI: Mꓶ LE

ꓕꓯ;-. VI B: CY, KW ꓞO ꓤ; L SI. Fꓯ, NE N DO: LE SU JW, ꓥ Bꓯ M Bꓯ JW: ꓕꓯ;-. SU A. ꓘꓶ: Eꓵ; L NY, M: Mꓶ-. A.-N SI. A.-MI NY TU L SI.-. A. MO: A. NYI: Z CW. LO Xꓵ: WU M BY:-M-BO YI. YI; NYI: ꓤ: NYI: Xꓵ. YI M Dꓯ Nꓱ T. YI SI.-. A.-MI ꓤ: Mꓶ: M HO: NE ꓕI: VI ꓕI: VI N X, GO: YI SE: W= A: L ꓕI: V ꓛI M KW-. A.-N SI. A.-MI NY ꓕI: NYI M: JO LI. Mꓶ: ꓘꓶ; A: ꓘꓶ. ꓕI: Nꓯ; SI. LI; JE SI. ꓕI: B, YI: T. W D ꓥ= VI ꓘW Xꓵ: WU M NY A: Jꓵ: LI. BY:-M-BO NYI: Xꓵ. YI M NE XY XY G; G. ꓤ: YI JW H, GU BO= V MI KW ꓘO: XW MI Kꓶ A: Jꓵ: MO; JW GU-. XW Gꓶ A: Jꓵ: ꓶ; XW, H, GU-. A. NYI: ꓤ: M Kꓶ A: WU RO H, GU-. A. MO: Kꓶ NE KO Dꓱ: ꓘW: SI. YI. MU LI. YI, LU. ꓤ: T. GU BO=

ꓞI NYI V. ꓤO: ꓕꓯ;-. A.-N O. ꓞꓱ., M ꓒU LI GU-. A.-MI Gꓶ NE MY Pꓶ. SO. LE GU W= Gꓶ SI. N Dꓱ: M X, D LEO-. A P ꓒI: LU-Cꓵ Bꓯ LO L: ꓞU YI. TU RO M Sꓯ; M CYO. W LE W=

N Dꓱ: N SU Dꓯ MI XW. MI XW. N X, GO: M KW-. A.-N SI. A.-MI NY A: ꓘꓶ. ꓕ: Lꓯ: HO KU. ꓥ= YI. W: NY ꓕI: Xꓵ: ꓕI: ꓛU L: M: ꓥ LI. ꓕI: VI SU Dꓯ Sꓯ JI Lꓯ; HO KU. ꓥ= Cꓵ Cꓵ LI. ꓕI: ꓛU M: ꓥ LI. ꓕI: VI SU LI T. ꓥ=

A: ꓘꓶ. XW Gꓶ M ꓕI ꓞI NYI V. M KW LI:-. A.-MI NY BY:-M-BO Dꓯ NU, ꓒU Lꓯ: HO LE W= A.-N-. A P ꓒI: LU-Cꓵ SI. ꓘ, ꓤ: ꓘ, M NE Bꓯ JW M KW-. YI. W: NYI: RO M NY Lꓯ: F. Kꓶ-. ꓕI: ꓞI; ꓕI: P ꓕI: VI LO; YI W= Kꓶ. NY. ꓕꓯ;-. YI. W: NY A: ꓘꓶ. JI NE ꓞO JO NY, SI. L: ꓞO BU NE SI: SI: CW Lꓯ; HO K, NY, ꓥ= ꓕI Xꓵ: NY ꓕI KW M: Bꓯ W=

43 ꓢꓲꓹ ꓜꓲ ꓓꓱꓽ ꓑꓶ ꓢꓲꓹ ꓬꓲ ꓡꓳꓼ꓾ ꓡ ꓙꓲ ꓕꓳꓽ ꓶꓽ ꓮꓸ ꓠꓽ ꓜꓽ

ꓝꓯꓹ ꓐꓯ ꓠꓬ꓾ ꓠ ꓓꓱꓽ ꓟ ꓫꓹ ꓓ ꓡꓲ ꓖꓴ ꓕꓯꓼ꓾ ꓮꓸ-ꓟꓲ ꓖꓶ ꓠꓰ ꓬꓲꓸ ꓔꓯꓸ ꓬꓲꓸ ꓠ ꓫꓹ ꓗꓴꓸ ꓡꓰꓳ꓿ ꓮꓸ ꓪꓳꓽ ꓟ ꓮꓸ ꓠ ꓠꓬ ꓬꓲꓸ ꓫꓵꓽ ꓪꓴ ꓬꓲ ꓙꓰ ꓠ ꓔꓸ ꓪꓳ꓿

ꓟꓶꓽ ꓔꓲꓺ ꓮꓸ ꓔꓲꓸ ꓤꓽ ꓢꓲꓽ ꓫꓵꓽ ꓕꓲꓽ ꓠꓯꓼ ꓪ ꓟ ꓗꓪ꓾ ꓘꓹ ꓤꓽ ꓗꓹ ꓟ ꓐꓴ ꓠꓬ ꓬꓲꓸ ꓪꓽ ꓢꓯꓼ ꓟ ꓚꓬꓳꓸ ꓙꓪ ꓢꓴ ꓮꓸ-ꓠ ꓔꓯꓸ ꓠꓬꓲ ꓡ ꓥ꓿ ꓬꓲꓸ ꓪꓽ ꓠꓬ ꓕꓲꓽ ꓐꓱ ꓟ ꓠꓬ ꓮꓸ ꓐꓸ ꓔꓯꓹ꓾ ꓕꓲꓽ ꓐꓱ ꓟ ꓠꓬ ꓜ ꓐꓵꓹ ꓥꓳꓸ ꓫꓵꓽ ꓔꓯꓹ꓾ ꓕꓲꓽ ꓐꓱ ꓟ ꓠꓬ ꓮꓸ ꓐꓸ ꓩꓴ ꓔꓯꓹ꓾ ꓕꓲꓽ ꓐꓱ ꓟ ꓠꓬ ꓪꓯꓼ ꓒꓱꓺ ꓧꓪꓽ ꓔꓯꓹ꓾ ꓕꓲꓽ ꓐꓱ ꓟ ꓠꓬ ꓖꓪꓽ ꓧꓶꓽ ꓔꓯꓹ꓾ ꓕꓲꓽ ꓐꓱ ꓟ ꓠꓬ ꓫꓪ ꓧꓶꓽ ꓔꓯꓹ꓾ ꓕꓲꓽ ꓐꓱ ꓟ ꓠꓬ ꓘꓳꓽ ꓫꓪ ꓪꓳꓽ ꓡꓲꓽ ꓔꓯꓹ꓾ ꓕꓲꓽ ꓐꓱ ꓟ ꓠꓬ ꓢꓲꓹ ꓐꓬ ꓢꓲꓸ ꓟꓶ ꓤꓴ ꓧꓶꓽ ꓦꓱꓹ ꓧꓹ ꓫꓵꓽ ꓔꓯꓹ꓾ ꓤꓽ ꓟꓶꓽ ꓤꓽ ꓕꓲꓽ ꓐꓱ ꓟ ꓠꓬ ꓜꓲꓽ ꓛꓲ ꓠꓰ (ꓜꓲꓽ ꓗꓪ ꓚꓳꓸ ꓐꓼ ꓧꓹ ꓫꓵꓽ ꓛꓲ ꓠꓰ)ꓔꓯꓹ ꓡ꓾ ꓕꓲꓽ ꓐꓱ ꓟ ꓠꓬ ꓬꓯꓽ ꓛꓵꓽ ꓧꓹ ꓫꓵꓽ ꓔꓯꓹ ꓡ꓾ ꓮꓸ ꓪꓳꓽ ꓟ ꓕꓲꓽ ꓣꓳ ꓟ ꓠꓬ ꓬꓲꓸ ꓗꓳ ꓓꓱꓽ ꓔꓯꓸ ꓚꓺ ꓢꓲꓸ ꓬꓯꓽ ꓐꓯ ꓞꓲꓽ ꓚꓲꓼ ꓧꓹ ꓟ ꓔꓯꓹ ꓡ꓾ ꓮ ꓑ ꓒꓲꓽ-ꓡꓴ-ꓚꓵ ꓖꓶ ꓠꓰ ꓖꓳꓼ ꓖꓳꓼ ꓪꓳꓽ ꓤꓽ ꓡ ꓢꓲꓸ ꓬꓲꓸ ꓔꓯꓸ ꓬꓲꓸ ꓘꓳꓽ ꓧꓹ ꓫꓵꓽ ꓡꓽ ꓐꓽ ꓩꓴꓸ ꓕꓲꓽ ꓘꓱꓹ ꓔꓯꓹ ꓖꓳꓽ ꓡ ꓢꓲꓸ ꓮꓸ-ꓠ ꓓꓯ “ꓠꓴ ꓠꓰ ꓠ ꓓꓴ ꓟ ꓫꓹ ꓘꓪꓽ ꓡꓲꓸ ꓟꓽ ꓥ ꓠꓬ꓾ ꓥꓪ ꓠꓽ ꓦ ꓕꓯꓼ ꓡꓲꓸ ꓗꓳ ꓓꓯ ꓚꓬꓳꓸ ꓡꓳ ꓗꓶ ꓖꓴ ꓪ꓿ ꓕꓲ ꓟ ꓠꓬ ꓥꓪ ꓦꓰꓼ ꓦ ꓧꓶꓹ (ꓦꓰꓼ ꓦ ꓕꓯꓼ ꓞꓶꓽ ꓫꓵꓽ ꓬꓳ ꓧꓶ)ꓠꓰ ꓛꓵꓽ ꓓꓳ ꓡ ꓫꓵꓽ ꓥ꓾ ꓙꓬ ꓕꓯꓼ ꓚꓲ ꓓꓴ ꓬꓲ ꓓ꓾ ꓟꓶꓽ ꓦ ꓡꓲ ꓕꓯꓼ ꓪꓸ ꓧꓹ ꓓ꓾ ꓬꓲꓸ ꓶ ꓟꓯ ꓕꓯꓼ ꓗ ꓟꓶꓽ ꓚꓬ ꓠꓳꓸ ꓓ꓾ ꓪꓳꓽ ꓧꓶ ꓠꓽ ꓕꓯꓼ ꓘꓳꓽ ꓠꓬꓹ ꓓ ꓥ꓾ ꓠꓴ ꓠꓬ ꓶ ꓣ ꓙꓰ ꓛꓵ ꓢꓰꓽ ꓥ꓾ ꓕꓲ ꓟ ꓔꓯꓹ ꓧꓹ ꓨꓽ”ꓐꓯ ꓥ꓿ ꓐꓯ ꓖꓴ ꓕꓯꓼ ꓮꓸ-ꓠ ꓔꓯꓸ ꓪꓸ ꓖꓳꓽ ꓠꓬꓹ ꓥ...... ꓮꓸ-ꓟꓲ ꓦꓲ ꓘꓴꓽ ꓗꓪ ꓠꓬ ꓞꓳ ꓢꓯꓼ ꓫꓵꓽ ꓫꓵꓽ꓾ ꓙꓵ ꓖꓼ (ꓙꓵ ꓘꓴꓽ ꓗꓪ ꓙꓰ ꓥꓹ ꓠꓬ ꓙꓵ ꓗꓪ ꓶ ꓤꓽ ꓶ ꓟ ꓔꓲꓺ ꓪꓴ ꓙꓰ)ꓔꓶꓸ ꓟ ꓕꓯꓼ ꓢꓲ ꓡꓲꓸ ꓢꓴ ꓥ꓿ ꓤꓽ ꓤꓽ ꓟꓶꓽ ꓟꓶꓽ꓾ ꓞꓳ ꓟꓳꓽ ꓤꓽ ꓠꓱ ꓮꓽ ꓙꓵꓽ ꓡꓲꓸ ꓟꓬ ꓐꓲꓻ ꓫꓴꓽ ꓫꓴꓽ꓾ ꓮꓸ-ꓠ ꓡꓯꓼ ꓒꓯꓹ ꓗꓪ ꓤꓱꓽ ꓧꓹ ꓢꓲꓸ ꓦ ꓟꓽ ꓬꓯꓼ ꓠꓬꓹ꓾ ꓕꓽ ꓙꓰ ꓨꓽ ꓐꓯ ꓠꓬꓹ ꓥ꓿ ꓮꓸ-ꓟꓲ ꓡꓯꓽ ꓧꓪꓸ ꓡꓲꓸ ꓮꓸ-ꓠ ꓡꓯ ꓐꓶꓽ ꓜꓲ ꓗꓪ ꓪꓸ ꓧꓹ ꓢꓲꓸ ꓥꓴ ꓠꓬꓹ ꓥ꓿

ꓮꓸ-ꓠ ꓠꓬ ꓮ ꓑ ꓒꓲꓽ ꓡꓴ-ꓚꓵ ꓠꓰ ꓔꓯꓹ ꓖꓳꓽ ꓡ ꓡꓳ ꓡꓽ ꓐꓽ ꓩꓴꓸ ꓟ ꓔꓯꓹ꓾ ꓬꓲꓸ ꓚꓱꓹ ꓗꓪ ꓤꓱꓽ ꓓꓴ ꓮꓸ ꓔꓲꓸ ꓤꓽ ꓫꓪ ꓠꓰ ꓮꓸ ꓟꓳꓽ ꓓꓯ ꓚꓲꓹ ꓧꓹ꓿ ꓡꓲ-ꓢꓴ ꓡꓲ ꓤꓱꓽ ꓠꓰ ꓛꓲ ꓝꓲꓸ ꓖꓶꓽ ꓢꓲꓸ ꓮ ꓑ ꓒꓲꓽ ꓡꓴ-ꓚꓵ ꓢꓲꓸ ꓘꓹ ꓤꓽ ꓗꓹ ꓟ ꓐꓴ ꓓꓯ ꓫꓪꓸ ꓟꓳ ꓪ ꓐꓯ ꓖꓴ ꓕꓯꓼ꓾ ꓮꓸ ꓟꓳꓽ ꓢꓲꓺ ꓢꓲꓸ ꓙꓰ ꓬꓲ ꓪ꓿

ꓮꓸ-ꓠ ꓠꓬ ꓠꓯ ꓬꓲ ꓘꓶꓽ ꓗꓪ ꓛꓲ ꓕꓯꓼ ꓬꓲ ꓛꓵꓼ ꓓꓳ ꓗꓶ ꓢꓲꓸ ꓠ ꓡ ꓟ ꓓꓯ ꓓꓵꓽ ꓙꓪꓽ ꓪ ꓢꓲꓸ꓾ ꓕꓲ ꓕꓲꓽ ꓘꓳꓹ ꓟ ꓠꓬ ꓪꓽ ꓜꓲꓽ ꓓꓯ ꓚꓳꓸ ꓙꓰ ꓠꓬꓹ ꓥ꓿ ꓮ ꓑ ꓒꓲꓽ ꓢꓲꓸ ꓮꓸ-ꓟꓲ ꓠꓬ ꓘꓹ ꓤꓽ ꓘꓹ ꓟ ꓓꓯ ꓧꓳꓽ ꓢꓲꓸ ꓠꓽ-ꓕꓶ ꓗꓪ ꓧꓳꓽ ꓧꓹ ꓖꓴ ꓕꓯꓼ ꓢꓲꓸ ꓦꓹ ꓟꓽ ꓬꓯꓼ ꓬꓯꓼ ꓤꓽ ꓡꓲꓼ ꓙꓰ ꓬꓳ꓿ ꓮ ꓑ

ꓒꓲꓼ ꓢꓲꓸ ꓘꓹ ꓤꓼ ꓗꓹ ꓟ ꓐꓴ ꓠꓬ ꓡꓯꓻ ꓒꓯꓹ ꓶꓹ ꓢꓴꓶꓹ꓾ ꓠꓼ ꓥꓳꓹ ꓶꓹ ꓢꓴꓶꓹ꓾ ꓳꓸ ꓡꓶꓹ ꓶꓹ ꓢꓴꓶꓹ꓾ ꓕꓲ ꓐꓱ ꓟ ꓠꓬ ꓜꓲ ꓕꓶꓹ ꓤꓼ ꓜꓲꓔ ꓶ ꓔꓶꓹ ꓢꓲꓸ ꓪꓸ ꓤꓼ ꓪꓸ “ꓫꓹ ꓖꓶ ꓡꓲꓻ ꓡ꓾ ꓫꓹ ꓖꓶ ꓡꓲꓻ ꓡ”ꓘꓴ ꓠꓬꓹ ꓥ꓿ ꓮꓸ-ꓠ ꓖꓶ ꓠꓰ ꓡꓯꓼ ꓫꓵ ꓙꓰ ꓡꓯꓼ ꓫꓵꓼ ꓗꓶꓸ ꓠꓬꓸ ꓒꓳꓹ ꓢꓲꓸ ꓡꓯꓼ ꓒꓯꓹ ꓕꓲꓼ ꓐꓼ ꓟ ꓮꓸ ꓟꓳ ꓢꓲ꓾ ꓕꓲꓼ ꓐꓼ ꓟ ꓶꓹ ꓠꓰ ꓘꓹ ꓤꓼ ꓗꓹ ꓟ ꓐꓴ ꓓꓯ “ꓫꓹ ꓖꓶ ꓜꓲ ꓡꓯ꓾ ꓫꓹ ꓖꓶ ꓜꓲ ꓡꓯ(ꓫꓹ ꓠꓬꓲ ꓢꓲꓸ ꓜꓲ ꓡꓯ)”ꓐ ꓯꓠꓬꓹ ꓥ꓿ ꓬꓲꓼ ꓠꓯ ꓙꓰ ꓒꓰꓻ ꓟ ꓗꓪ ꓚꓳꓸ ꓕꓯꓻ ꓮ ꓤ ꓤ ꓐꓯ ꓟꓼ ꓙꓪꓼ ꓬꓲ ꓪ꓿

ꓮꓸ-ꓠ ꓠꓬ ꓮꓸ ꓟꓳꓼ ꓢꓲ ꓧꓹ ꓢꓲꓸ꓾ ꓕꓲꓼ ꓐꓹ ꓔꓯꓹ ꓐꓻ ꓓꓯ꓾ ꓕꓲꓻ ꓐꓹ ꓬꓲ ꓙꓬ ꓖꓴꓼ꓾ ꓕꓲꓼ ꓐꓹ ꓡꓴ ꓘꓴꓼ ꓚꓪ꓾ ꓕꓲꓼ ꓐꓹ ꓪꓼ ꓜꓲ ꓘꓱ ꓠꓬꓹ꓾ ꓓꓲꓸꓸ ꓓꓲꓸ ꓫꓵꓼ ꓕꓲꓼ ꓐꓹ ꓡꓲꓸ ꓙꓰ ꓟꓼ ꓪ꓿ ꓚꓵ ꓚꓵ ꓡꓲꓸ ꓬꓲꓼ ꓠꓯ ꓙꓰ ꓚꓱꓹ ꓶ ꓣ ꓜꓳꓼ꓾ ꓪꓼ ꓜꓲꓼ ꓓꓯ ꓖꓴ ꓔꓯꓹ ꓐꓼ ꓓꓯ꓾ ꓕꓲꓼ ꓕꓳꓻ ꓕꓲꓼ ꓕꓳꓻ ꓢꓱꓼ ꓛꓵ ꓡꓲ꓾ ꓟꓲ ꓫꓪꓸ ꓟꓲ ꓫꓪꓸ ꓙꓰ ꓛꓴ ꓡꓰ ꓪ꓿

ꓟꓳꓼ ꓡꓳ ꓜ ꓙꓳꓼ ꓜꓼ ꓙꓵꓹ ꓕꓯꓻ꓾ ꓚꓳ ꓡꓳ ꓚꓳ ꓡꓳ ꓗꓳ ꓷꓮ ꓙꓰ ꓠꓬꓹ ꓟ ꓮꓸ-ꓠ ꓠꓬ ꓮꓼ ꓘꓶꓸ ꓪꓳꓼ ꓧꓶ꓾ ꓮꓼ ꓘꓶꓸ ꓦꓰꓻ ꓟꓶꓻ ꓚꓹ ꓪ ꓥ꓿ ꓬꓲꓸ ꓠꓬ ꓡꓯꓼ ꓫꓵ ꓙꓰ ꓡꓯꓼ ꓫꓵ ꓮ ꓗꓪ ꓛꓲ ꓕꓯꓻ ꓜ ꓙꓳꓼ ꓜꓼ ꓠꓴ ꓟꓲ ꓓꓵꓼ ꓙꓪꓼ ꓠꓬꓹ ꓥ꓿ ꓕꓲ ꓕꓯꓻ꓾ ꓡꓳ ꓘꓴꓼ ꓗꓳ ꓐꓻ ꓪꓼꓜꓲꓼ ꓗꓪ ꓮꓸ ꓔꓳꓸ ꓟꓴꓼ ꓘꓴꓼ ꓓꓳ ꓮ_ ꓟꓳ ꓥ꓿ ꓮꓸ ꓔꓳꓸ ꓟꓴꓼ ꓘꓴꓼ ꓕꓲ ꓪꓴ ꓓꓳ _ꓟ꓾ ꓞꓳ ꓤꓼ ꓕꓲꓼ ꓧꓪꓸ ꓠꓬꓹ ꓓꓴ ꓥꓲꓟꓼ ꓥ ꓠꓬ ꓘꓶꓸ ꓫꓵꓻ ꓕꓵꓻ ꓢꓴ꓾ ꓟꓼ ꓥ ꓠꓬ ꓢꓲꓹ ꓘꓶꓹ ꓢꓲꓹ ꓓ ꓧꓪ ꓢꓴ꓾ ꓟꓼ ꓥ ꓠꓬ ꓙꓳꓼ ꓡꓳꓸ ꓢꓴ ꓜ ꓙꓳꓼ ꓫꓹ ꓜꓼ ꓬꓲ ꓠꓬꓹ ꓓꓴ ꓥ꓿ ꓮꓼ ꓠꓱ ꓐꓯ ꓘꓶꓼ ꓡꓲꓸ “ꓞꓳ ꓜꓲꓻ ꓟꓲꓼ ꓞꓼ ꓓꓳ꓾ ꓜ ꓜꓼ ꓛꓳꓼ ꓒꓯꓹ ꓟꓲ(ꓞꓳ ꓤꓼ ꓟꓬ ꓠꓬ ꓟꓲꓼ ꓬꓲ ꓞꓼ꓾ ꓛꓳꓼ ꓒꓯꓹ ꓙꓪꓹ ꓠꓬ ꓜ ꓜ ꓟꓲ)”ꓐꓯ ꓚꓲꓻ ꓥ꓿ ꓟꓴꓼ ꓘꓴꓼ ꓓꓳ ꓖꓴ ꓗꓪ ꓠꓬ ꓞꓳ ꓤꓼ ꓠꓬꓹ꓾ ꓞꓳ ꓤꓼ ꓠꓬꓹ ꓕꓯꓻ ꓛꓳꓼ ꓒꓯꓹ ꓙꓪꓹ ꓪꓳ ꓓꓵꓼ ꓙꓪꓼ ꓥ꓿

ꓕꓲ ꓡꓲꓓ ꓵꓼ ꓙꓪꓼ ꓢꓲꓸ ꓠꓰ ꓮꓸ-ꓠ ꓠꓬ ꓮꓸ ꓟꓳꓼ ꓢꓲ ꓢꓲꓸ ꓠꓲꓹ ꓞ ꓙꓰ ꓠꓬꓹ꓾ ꓕꓲꓼ ꓐꓹ ꓤꓳꓼ ꓕꓯꓻ ꓟꓴꓼ ꓘꓴꓼ ꓓꓳ_ꓟ ꓪꓼ ꓜꓲꓼ ꓗꓪ ꓛꓲ ꓡꓰꓳ꓿ ꓖꓶ ꓢꓲꓸ ꓖꓳ ꓗꓪ ꓞꓳ ꓤꓼ ꓕꓲꓼ ꓧꓪꓸ ꓟ ꓠꓬ ꓡꓯꓼ ꓜꓳ ꓫꓵꓻ ꓕꓲꓼ ꓟ ꓘꓶꓼ ꓗꓪ ꓠꓬꓹ ꓥ꓾ ꓕꓲꓼ ꓫꓵꓼ ꓫꓵꓼ ꓬꓲ ꓠꓬꓹ꓾ ꓳꓸ ꓓꓵ ꓗꓪ꓾ ꓙꓲꓼ ꓝꓲꓸ ꓗꓪ ꓜꓲꓼ ꓞꓳ ꓧꓹ ꓫꓵꓼ ꓞꓲꓻ ꓡꓯꓸ ꓢꓴ ꓢꓲꓸ ꓤꓼ ꓠꓱ ꓕꓲꓼ ꓐꓱ ꓟ ꓠꓬ ꓖꓴꓶ ꓘꓶꓼ ꓗꓪ ꓳꓸ ꓓꓵ ꓕꓱꓻ ꓠꓬꓹ꓾ ꓒꓸꓸ ꓕꓲꓸꓸ ꓠꓬ ꓡꓲꓸ ꓞꓲ ꓥꓪꓼ ꓞꓲ ꓘꓳꓻ ꓛꓲ ꓫꓵꓼ ꓠꓬꓲꓼ ꓢ ꓣꓳ ꓟ ꓳ ꓟꓶꓼ ꓓꓶꓼ ꓓꓶꓼ ꓥꓴ ꓠꓬꓹ ꓥ꓿ ꓔꓲꓼ ꓠꓬꓲ ꓠꓬꓲ ꓠꓰ ꓞꓳ ꓤꓼ ꓕꓲꓼ ꓣꓳ ꓒꓸꓸ ꓫꓵ ꓢꓰꓻ ꓟ ꓢꓶꓸ ꓓ ꓥꓳ꓿

ꓤꓼ ꓕꓲꓼ ꓧꓪꓸ ꓟ ꓠꓬ ꓐꓶ ꓚꓪ ꓢꓲꓸ ꓠꓰ ꓢꓲꓸ ꓗꓸ ꓐꓯ ꓡꓳ ꓫꓵꓼ ꓙꓬꓼ ꓖꓶꓼ ꓠꓬꓹ꓾ ꓖꓴꓼ ꓚꓬꓳꓸ ꓔꓸ ꓟ ꓡꓲ ꓔꓸ ꓥ꓿ ꓟꓲ ꓦꓲ ꓟ ꓗꓳ ꓓꓯ ꓢꓲꓹ ꓜꓲ ꓟ ꓙꓳꓻ ꓠꓰ “ꓧꓪꓼ ꓧꓪꓼ”ꓐꓯ ꓙꓪꓼ ꓡꓲꓸ꓾ ꓞꓳ ꓜꓴ ꓠꓰ ꓮꓸ ꓔꓳꓸ ꓝꓲ ꓧꓹ ꓟ ꓕꓴꓼ ꓘꓶꓼ ꓡꓲꓸ ꓟꓼ ꓫꓵ ꓗꓶ꓾ ꓡꓯꓼ ꓧꓪꓸ ꓡꓲꓸ ꓡꓯꓼ ꓜꓳ ꓚꓳ ꓡꓳ ꓡꓳ ꓗꓪ ꓥꓳꓸ ꓧꓹ ꓥ꓿ ꓐꓶ ꓚꓪ ꓙꓬꓼ ꓖꓶꓼ ꓠꓬꓹ ꓢꓴ ꓤꓼ ꓠꓬꓲꓼ ꓢꓻ ꓣꓳ ꓟ ꓠꓬ ꓟꓴꓼ ꓘꓴꓼ ꓢꓲꓸ ꓢꓲꓸ ꓠꓰ ꓟꓬ ꓐꓲꓺ ꓫꓴꓼ ꓫꓴꓼ ꓗꓶ ꓡꓰ꓾ ꓕꓲꓼ ꓣꓳ ꓟꓼ ꓙꓳ ꓮꓼ ꓦꓯꓻ ꓤꓼ ꓮꓼ ꓦꓯꓻ ꓝꓲꓸ ꓧꓳ ꓠꓬꓹ ꓥ꓿ ꓖꓶ ꓢꓲꓸ ꓮꓼ ꓟ ꓡꓲꓸ ꓕꓲ ꓟ ꓮꓸ ꓡꓲ ꓗꓶ ꓬꓲ ꓟ ꓟꓼ ꓢꓶꓸ꓾ ꓮꓼ ꓙꓵꓼ ꓢꓴ ꓡꓲꓸ ꓚꓬꓳꓸ ꓙꓰ ꓡꓲꓸ ꓟꓼ ꓥꓲꓟꓼ ꓚꓬꓳꓸ ꓙꓰ ꓡꓲꓸ ꓟꓼ ꓟ ꓔꓸ ꓥ꓿

ꓮꓸ-ꓠ ꓠꓬ ꓞꓳ ꓤꓼ ꓫꓵ ꓫꓵꓼ ꓟꓳ ꓕꓯꓻ ꓙꓵ ꓗꓶ ꓢꓪꓻ ꓡꓲꓸ ꓙꓰ ꓒꓰꓻ ꓟꓼ ꓙꓪꓹ ꓪ꓿ ꓮ ꓡꓲ ꓟꓼ ꓬꓲ ꓢꓲꓸ ꓡꓴ ꓡꓴꓸ ꓤꓼ ꓙꓰ ꓠꓬꓹ ꓥ꓿

ꓞꓳ ꓤꓼ ꓡ ꓟ ꓟꓳ ꓕꓯꓻ꓾ ꓥꓴ ꓠꓬꓹ ꓢꓴ ꓬꓲꓸ ꓘꓴꓼ ꓗꓪ ꓚꓳꓸ ꓤꓼ ꓕꓲꓼ ꓣꓳ ꓟꓶꓼ ꓕꓲꓼ ꓣꓳ ꓓꓳ ꓡ ꓢꓲꓸ ꓮꓸ-ꓠ ꓟꓶꓼ ꓕꓯꓻ ꓢꓲꓖ ꓶꓼ ꓧꓹ ꓢꓲꓸ ꓕꓲ ꓡꓲ ꓐꓯ ꓥ “ꓞꓳ ꓟꓳꓼ ꓠꓰ ꓐꓯ ꓠꓬ ꓞꓳ ꓤꓼ ꓟꓶꓼ ꓬꓲ

ꓕꓯ; VI ꓘU: KW ꓛO: ꓒꓯ, L NY Xꓵ SU MY JI JO:= MI. MI NY ꓥW ꓤ: Xꓵ Kꓶ SI.-. A: L LI. A. WO: M NU Dꓯ M: ZI LEO-. JI M: JI M M: Bꓯ SE:-. ꓝO MO M A LI LI. CYO. JI M: N W-. ꓝO MO: NE A. TI. NYI GO: Lꓯ MO:”Bꓯ L ꓥ=

A.-N NY VI SI ꓒ: VI SI M GO NYI: RO M Dꓯ GO TU L SI. “YI. WO YI. M YO WO: (ꓤ: Nꓱ Tꓯ. SI Cꓵ, SI. A WO M YO ꓘU M)-. ꓝO ꓤ; S XW. S BO M MI; WO: NE YI(S ꓘO, S L S ꓘO, XW. L M NY WO S NE YI)-. XU SU G; M NI: SI JO(Xꓵ Xꓵ Sꓯ. Sꓯ. M NY NI: NE YI)ꓥ= ꓝO ꓤ: Xꓵ Kꓶ ꓕꓯ; Sꓯ. L M: D WO-. Sꓯ. ꓕY, SU NY Mꓶ: ꓕꓯ; Sꓯ MY: ꓶ SW; W FI ꓛꓵ ꓥ= ꓥW NY A LI ꓥ M Sꓶ. LE ꓕꓯ; SI YI JW N ꓥ-. RO NY YI. WU. A LI ꓥ M CW Lꓯ: HO GU ꓕꓯ; SI. NYI Lꓯ ꓨ:”Bꓯ ꓥ= ꓝO ZU NY A.-N M: TI: LI NE D M LI T.-. XW. ꓕꓱ Gꓶ M: ꓕI: Xꓵ: NE T. M MO ꓕꓯ;-. M: WO. ꓤ: A.-N NE Bꓯ M N N, NY, ꓥ=

“ZI: WO; M: CO ZI: Fꓯ. M: JI(ZI: ꓘꓶ LI NY Yꓯ: ꓛꓵ: M: N)”= A.-N NY VI CI NE L: C. GO: L M RU DO NY,-. L: C. Lꓯ: Xꓵ DO Lꓯ: Xꓵ: YI. W: NE NI, ꓒU Lꓯ: HO M ꓝI; Lꓯ. SU NYI: RO M A LI Mꓶ: YI M CW M. L M N N, NY, ꓥ=

ꓛ, W ꓕꓯ;-. ꓤ: Lꓯ. Mꓶ: Lꓯ. GO NYI: RO M NY ꓕO:-LO:-ꓘ ꓘ, GW:-ꓤ:-ꓛY. SI. NY,-S-TO, NYI: V M KW ꓤ: T. Mꓶ: TI. ꓥ= GW:-CI-S NY GW:-ꓤ:-ꓛY. VI ꓘW ꓤ: TI. ꓥ= NY,-JI-LU. NY NY,-S-TO, VI ꓘW ꓤ: Mꓶ: TI. ꓥ= ꓝI NI, A: Jꓵ: LI. NYI: ꓝI ꓘO; LO; GU= YI. W: NYI: VI Dꓱ: Lꓱ; VI M NY ꓒ.. Nꓶ: KW ꓥ-. VI Lꓯ; MI; LI. Nꓶ: Lꓯ: HO H, ꓥ-. YI. W: NYI: Xꓵ. YIN Y A. TI. ꓕI: NYI LI ꓕI: ꓛO WU: L_M NI, ꓒU Lꓯ: HO SU ꓥ= YI. W: ꓝI; A. TI. ꓤ: DI; YI ꓕꓯ;-. A: ꓘꓶ. JI Lꓯ: HO KU.-. ꓕI: B, M: MO LI. M: D T. ꓥ= NYI: VI KW YI. MI: M NY A MY Vꓶ Xꓵ: LI: M: K;-. YI. Hꓶ: YI. Bꓯ ꓤ: Xꓵ: LI. M: K-. A: Jꓵ: LI. ZI ZI MO MO ꓤ: YI KU. ꓥ= YI. W: NE A: ꓘꓶ. Sꓯ; ꓕꓵ; Kꓶ ꓕꓯ:-. NYI: VI A: Jꓵ: KW LI. Z Tꓶ Z XW W-. JO: Vꓱ JO: Mꓶ L ꓥ=

NYI: ꓛO: KW ꓝO MO: NY YI. W: ꓕI LI T. M MO ꓕꓯ; A: ꓘꓶ. K, ꓛꓵ; NY, ꓥ= ꓘ, ꓤ: ꓘ, M BU Gꓶ “ꓕI NYIU: Xꓵ. YI M Cꓵ Cꓵ LI. A: ꓘꓶ. ZO: Xꓵ: ꓕI: Zꓱ ꓥ Bꓶ-. Mꓶ: ꓕꓯ; S ꓯNY A: ꓘꓶ. NI, ꓒU Lꓯ: HO SU LO; YI DU ꓥ”Bꓯ NY, ꓥ=

A: NI, YI XO V MI; NYI (YI XO: LO MI; NYI GO ꓕI: NYI KW= YI XO V M NY ꓝI NYI: V ꓕꓯ; ꓥ) ꓕꓯ;-. NYI: ꓛO: KW ꓒ: M NY ꓤ: Nꓱ BU WU: L W Bꓯ SI. YI XO.. GO: ꓥO: SW; NY, ꓥ= Gꓶ SI. NYI: ꓛO: LI. NE YI. ꓤ: YI. Nꓱ M GO: DO YI M: Yꓯ;= ꓕI M Gꓶ M: XW.-. YI. W: NYI: VI M M: ꓥ LI. ꓕI: VI ꓝO ꓤ: LI JI Lꓯ: HO KU. M-. Bꓱ LI. Bꓱ N M: JW, W= ꓕI LI NE ꓤ: LI. Mꓯ. WU M: TO.-. Mꓶ: LI. ꓤ: VI ꓘW ꓛI Mꓯ; M: MO JE-. NYI: VI ꓕI: ꓛO ꓤ: NY,-. Fꓯ, NY ꓝI NI, YI XO.. V KW ꓛI

M ꓘU SI. Mꓯ. WU TO, ꓥO: M ꓕI: ꓘO, ꓒ.. YI Kꓶ ꓥO SW; ꓥ=

Gꓶ SI. MI; WO; MU KU. SU NE SU-. ꓞO ꓤ: XW. DU ZI L KU. Bꓯ CI; ꓥ= ꓞI NI, A. NYI: ꓘO; Xꓵ; V (NYI: V V ꓒꓵ VE; NYI Tꓯ. Bꓯ ꓥ)ꓕꓯ;-. A: ꓶ CO. L M A. MO: G; SU ꓕI: HW. ꓛI L SI.-. W:-B Nꓯ YI ꓘꓶ: KW N: H, ꓥ= ꓞO ꓤ: ꓕI: Bꓱ M ꓘ, KW A. MO: Z P L-. Fꓯ, NY A. ꓭ.-. A. ꓭ. ꓩU-. WO: ꓒY: Bꓯ Xꓵ: WU L NY, ꓥ=

GW:-CI-S VI SI. NE NY,-S-LU VI ꓘW NY A. MO: G; SU Tꓯ. A. MO: Z P GO: Kꓶ W-. A. MO: Z P L SUM ꓯ M: HW. SI. NE GW:-CI-S-. NY,-S-LU Bꓯ LO ꓞI; Lꓯ. SU ꓛO; ROT ꓯ. Mꓯ JW FI NY,-. A. MO: Z M Nꓯ YI ꓘꓶ: KW Mꓯ ꓛI ꓕꓯ;-. MO, GW: VI KW CO. LI. ꓞI ꓘO; G: Lꓯ: G: JI JW,-. Bꓯ ꓞI: BYꓱ; Lꓱ; Lꓱ; GW: H,-. A MO T. Xꓵ: ꓤ: ꓕI: RO DO L-. A. MO: G; SU Tꓯ. K: SU LI T. ꓥ= YI. NY A. MO: Z M NYI Kꓶ ꓕꓯ; A. MO: Z Mꓯ JW SU Tꓯ. JI JI NYI GU ꓕꓯ;-. NY,-S-LU Dꓯ Bꓯ SI. A. MO: Z P SU Tꓯ. “YI. NY A GW SU ꓥꓯ?VI ꓘW A. Xꓵ: FO ꓤ: NY, SE:” Bꓯ Xꓵ: N NYI NY, ꓥ= A. MO: Z P SU NY A LI ꓥ M JI JI ꓤ: CW M. Kꓶ W=

GW:-CI-S NY A. MO: G; SU Tꓯ. K: SU M YI. Tꓱ, ꓕI: Xꓵ: Dꓵ: JW: H, M Sꓶ. SI. NY,-JI-LU Dꓯ YI. Kꓶ. NY. GO Cꓵ Kꓶ-. NI, SI, SI. MY Dꓵ: LI. A. NYI” MY Dꓵ: WU NYI NY, ꓥ= NI. Bꓯ; ꓛO: ꓒꓯ, NYI: S RO M Kꓶ Lꓯ: ꓒꓯ, TU, H, SI. NI, SI, NI, N GW:-CI-S ꓒ.. ꓕI.. JE NY, ꓥ=

A. MO: G; SU Tꓯ. K: SU GO ꓕI: RO M NY ꓞO ꓤ: FI SI. MO, GW: VI KW CO. MI LI: MI LI: Xꓵ: ꓕI: ꓕꓱ, RU DO L SI. GW:-CI-S BU Mꓶ: ꓕꓯ; SI JE SI. FI, ꓥ. FI, ꓥ. Sꓯ SI. GW:-CI-S BU Dꓯ “NYI ꓤ: WO:-. ꓥW NY Mꓶ: Lꓯ. ꓕI M Tꓯ. NI, Xꓵ ꓥ-. ꓕI M NY TI. ꓞꓯ: GO: M ꓥO”Bꓯ L NY, ꓥ= YI. Bꓯ GU NY, M: Mꓶ NY,-JI-LU NY GW:-CI-S Kꓶ. NY. CO. DO L SI. A. MO: G; ꓒ: Lꓯ: ꓒꓯ, KW ꓕI: NO, M Mꓶ ꓛY RU LO Kꓶ W= “GW. T. T. ”Bꓯ JW: LE ꓕꓯ; ꓒU M Mꓶ ꓛY ꓕI: Mꓵ: ꓞE LE W=

ꓕI M MO ꓕꓯ;-. A. MO: G; SU Tꓯ. K: ꓒ: ꓕI M MO SI. K. Xꓵ. YI NY, ꓕꓯ;-. Fꓯ, NE K: SU LI Xꓵ: ꓕI: RO L SI. YI. N. BO ꓘꓶ: KW ꓒ.. ꓛY: ꓒ.. ꓛY: Bꓯ NE A. Xꓵ: LI. M: Sꓶ. NYI: S ꓘꓶ: Bꓯ Kꓶ W= ꓕI ꓕꓯ; K, ꓛꓵ; SI. B: Hꓶ: B: Hꓶ: ꓤ: Bꓯ NE “NYI ꓤ: BU WO:-. NYI ꓤ: BU WO:-. ꓥW NY A: TO LO GW K, ꓥ-. Cꓵ Cꓵ M: ꓥ”Bꓯ ꓥ= Bꓯ GU ꓕꓯ; A. MO: Z ꓒU: M JI JI GO: FI NY,-. GW:-CI-S BU Gꓶ K, K, ꓛꓵ; ꓛꓵ; ꓤ: K, KW LI; JE W=

NYI: NYI Mꓶ: ꓕꓯ; KW-. A. MO: G; SU GO ꓕI: HW. M Fꓯ, NE YI: Nꓯ KW CO. LI; L SE: W= ꓕI: Nꓯ; W M KW-. A. MO: G; SU Tꓯ. K: SU NY YI. Mꓯ; ꓕI: ZU M HO: SI. ꓒU:-LO L: B: PO: DU-. ꓒU Xꓵ KW CO. X, Xꓵ: A. Kꓶ. A. MI-. MI: MI ꓞꓶ.,-. A. NYI: HW: BA LO Xꓵ: NYI: CI, CI, SI.-. NY,-JI-LU VI KW VI SI M

DI: L NY,-. Gꓶ SI. NY,-S-TO.-. GW:-ꓤ:-ꓛY.-. L:-CI-ꓝꓯ;-. A.-ꓒU-Dꓶ. Λ SI. ꓘ, KW ꓝI; Lꓯ. SU NE K; ꓘƎ, ɾU KꓶO= Gꓶ LI. NE A. MO: G; ꓒ: GO M NY NI, ꓘW; M: Xꓵ-. Nꓯ YI ꓘꓶ: KW NY, H, SI. ꓕI: NYI M: JO ꓝO ꓤ: FI SI. NY,-JI-LU A LI YI NY, M Tꓯ. ꓘU: NYI N, FI NY, Λ= ꓕI: NYI M KW-. NY,-JI-LU ꓕI: ROT ꓯ. LI: NYI: VI Tꓯ. A. ꓛꓵ: ꓛO; ꓝI M V. M G; SI. KO Dꓯ A. ꓛꓵ; LO. YI NY, Λ= ꓘU: NYI N, SU MO YI ꓕꓯ; A. MO: G; ꓒ: Tꓯ. K: SU GO ꓕI: RO M Dꓯ M. GO: YI NY, Λ= A. MO: G; ꓒ: GO ꓕI: RO M NY ꓝO ꓤ: ꓕI: HW. HO: NE NY,-JI-LU Tꓯ. Vꓵ LI; JE W= Mꓶ: ꓘꓶ; ꓕꓯ;-. VI ꓘU: KW SU NY A. ꓛꓵ; ꓕI: HW. M ꓕI: B, ꓕI: NYI: M LI; L NY, M LI: MO-. NY,-JI-LU Tꓯ. M: MO W= ꓕI LI NE ꓘ, KW SU NY A. TO. BY SI. A KW M: ꓛI HW ꓕL Nꓶ: LE-. GW:-CI-S Lꓯ: HW. LI. NI, M XW. Xꓵ T. SI.-. A. TO. A WO ꓕI: BE; ꓒY NE ꓛO: NO NE NY,-JI-LU Tꓯ. ꓘU ꓕꓶ NY,-. YI. Sꓯ; M NY KO ꓕꓯ; LO M KW A KW ꓛI ꓛI Bꓯ JW: NY, Λ=

ꓝO ZU BU ꓕI: VY; HW GU LI. NY,-JI-LU Dꓯ M: MO= YI. ꓒ: SI. NE GW:-CI-S NY Lꓯ: HW. JW: XW. SI. A LI LI. M: Λ T. Λ= Mꓶ: ꓘꓶ: CI LI ꓕꓯ;-. YI. W: NY NY,-JI-LU Lꓯ: BY CY; Lꓯ; M HW W LEO= Lꓯ: BY M NY SI. K. Dꓯ ΛO H,-. YI. ꓘU: KW NY ꓒU JO: JO: Kꓶ BI H, Λ=

GW:-CI-S NY A LI Λ M Sꓶ. LEO-. YI. NI, ꓒU SU Tꓯ. NY SU NE Vꓵ JE Λ Bꓶ= XW. MO LI. SU VI SI M Dꓯ XW. MO: M: CI;= GW:-CI-S NY NI, SI; NE ZI: M: D SI.-. A. ꓕ: Mꓯ H, M GO DO L-. W. ꓤ: W. “SE;-. SE;-. SE;”PƎ,-. BYƎ_M LI W:-B Nꓯ YI ꓕI: ꓛO: KW Tꓶ JE NY, Λ= YI. ꓛO: ꓒꓯ, ꓕI: HW. M GL A. ꓕ: CƎ. NE GW:-CI-S Kꓶ. NY. G; JE NY, ꓒ.. Xꓵ ꓕI: ꓘO, SE; Lꓯ: HO DO L T. W=

YI. ꓒ: NYI: RO M ꓤ: NƎ ꓕI: HW. M Sꓯ; M LI. M: NU SE; YI T. M MO ꓕꓯ;-. JW: XW. XU KꓶO= RO: NY KO D ꓯNY, SU Λ-. ꓝO ꓤ: SE; M: CI;-. Fꓯ, Bꓯ NY VI SI M N: Vꓵ CI: Λ Dꓵ: JW: NY, Λ= SW; NYI SW; NYI ꓕꓯ;-. ꓒ.. ꓕI.. KW NY, M ꓤ: Vꓯ., NYI: RO M Dꓯ FI SI. NI, ꓝ ꓤ: NƎ BU Dꓯ A; TO ꓕ: YI Λ Bꓯ GO: FI NY, Λ=

Fꓯ, Bꓯ NY-. YI. LI A: ꓘꓶ. Sꓶ. M GW:-CI-S SI. YI. ꓛO: ꓒꓯ, BU NY W:-B Nꓯ YI ꓘꓶ: KW ꓛI ꓕꓯ; YI. LI CW NY,-. A. MO: G; ꓒ: ZU D ꓯNY,-JI-LU Tꓯ. JU L ꓕꓯ; N: YI Λ Bꓯ GO: NY, Λ= A. MO: G; ꓒ: NY NY,-JI-LU Dꓯ M: MO Bꓯ Kꓶ. L ꓕꓯ; SI. YI. W: NY NI, SI; M: HW. SI. A. ꓕ: GO DO L SI. MO, GW: VI KW SE; JE NY, Λ= Gꓶ SI. MO, GW: VI ꓘU: KW NY YI. ꓘꓶ Lꓶ:-. NY,-JI-LU Dꓯ HW M: MO= YI. F M: JW, SI.-. YI. W: NY ꓕI: Xꓵ: LI. Bꓯ M: JI-. TI: RO M: JO A. ꓕ: Tꓯ, SI. MO, GW: VI KW CO. DO L-. A. MO: G; ꓒ: Dꓯ MY PU MY Xꓵ. LI; L W=

GO Bꓯ ꓤ: Mꓶ: M A KW JE Λ MI?GO ꓕI: NYI M KW NY,-JI-LU A. ꓛꓵ; LO.

GU KO B: ⊥I: ƆO: KW JO: LO. SU NY YI. W: D∀ NY,-JI-LU T∀. NY C∩ C∩ SU NE V∩ JE W B∀ GO: L Λ= KO ⊥∀; KW NY VI SI M V∩ CI; Λ-. GL SI. V∩ GU LI. VI ꓘU: KW SU ⊥I: RO D∀ LI. M: MO L M-. YI. LI M: JW, M∀;= ⊥I Pꓶ. DU ⊥I ⊥O M ⊥∀; ꓞO MO: LI. A: ꓘꓶ. NI, SI; LEO= ꓞO ꓤ: ⊥I: BƎ M NY "Kꓶ. Kꓶ. SU NE HW.-. SE; SE; RO NE HW. (Kꓶ. NY SU NE HW.-. SE; NY RO NE HW.)"ꓘU NY, Λ=

ꓘU GU ⊥∀; ꓤ: ꓤ: Mꓶ: Mꓶ: WU: WU: RO RO A: J∩: LI. TI. DU T∀, SI. NE ⊥I: DƎ: ꓒ: W:-B N∀ YI ⊥I: ƆO: KW JU: JE W= YI. W: F∀, NE ⊥I: ꓘO, W:-B N∀ YI ꓘꓶ: KW ƆI ⊥∀;-. A. MO: G; SU NY A KW JE LI. M: Sꓶ. LE W=

GW;-CI-S BU G; JE ⊥I: B, ꓤO: ⊥∀;-. Kꓶ. NY. G; L LO ꓘ, ꓤ: ꓘ, M BU NY "NY-JI-LU NY N∀ N∀ X∩: Hꓶ: B∀ ꓞI: (A: ꓘꓶ. JI X∩: Y∀; B∀ ꓞI:) ⊥I: ꓤꓶ.. GW: SI. KO D∀ ꓘꓶ: Ɔ∩: X∩ KꓶO "B∀ GO: L Λ= ⊥I ⊥∀; ꓘ, ꓤ: ꓘ, M BU NY ⊥I: ꓘO, X∩: X∩: CW L∀: HO GU ⊥∀;-. ΛU S∀; JO: B∀ JW: L W=

CW, W ⊥∀;-. NY,-JI-LU D∀ Vꓶ LI; JE GU ⊥∀;-. A. MO: G; ꓒ: NY ZI: ZI: PI, PI, YI. D∀ B∀ ꓞI: X∩; TI: ꓤꓶ.. GW: H, FI NY,-. A LI Kꓶ. N GO LI Kꓶ. NY, LI.-. NY,-JI-LU NY M: C= Gꓶ SI. ꓤ: Mꓶ: Λ Pꓶ. DU-. A. MO: G; ꓒ: D∀ M: HW. SI.-. YI. D∀ ZI: ZI: PI, PI, RU NYI. NE XW. MO XW. C Kꓶ W= A. ꓭ. BU J∩, A. MO: G; ꓒ: WO: MY ꓘO, NY, ⊥∀: LI NY,-JI-LU NY M; WO; ꓤ: ꓘE, ꓒO L= YI. NY L∀: X∩ JE L∀: X∩: D∩: JW: NYI SI. YI. A: ꓘꓶ. NI, NU_M GW:-CI-S MI DO: ꓒY, W LE-. YI. ꓒ: YI. M SI. ꓘ, ꓤ; ꓘ, M BUD ∀ MO M: Pꓶ. WO D∩: JW: NY,-. LI; JI CƎ, M KW ꓘꓶ: Ɔ∩: X∩ Kꓶ X∩: Λ Bꓶ=

F∀, B∀ NY-. A. MO: G; ꓒ: GO M NY X∩: WU D: M DO L M MO ⊥∀; NI, ꓞ ꓘE, JE ΛO SW; SI.-. YI. M∀; ⊥I: ZU M T∀. HO: NE ꓘE, JEO= ⊥I: B, JE GU ⊥∀;-. GW:-CI-S BU G; L M JO SI. YI. ꓒU: YI. Bꓶ, GO: NE LƎ KU. SI. N∀ YI ꓘƎ., NE Bꓶ D∩: ꓘꓶ: ⊥I: ƆO: KW ꓘE, LO, YO= GW;-CI-S BU N∀ YI ꓘꓶ: KW G; ƆI ⊥∀; YI. BYƎ: LI. M: MO YI= LƎ ΛW. GO: SU GO ⊥I: RO M LI. JO SI. NE LƎ LI. ꓶ, ꓒE, SI. ꓘE, LO, YI SI.-. G; SU NY ⊥I: X∩: LI. G; M: W YI. GO: Ɔ∩: LI; L W=

ꓘ, KW LI; ƆI ⊥∀;-. GW:-CI-S NY YI. NI, NU SU T∀. SU NE XW. MO XW. C.. Gꓶ SI. X∩: Kꓶ M Sꓶ. LE ⊥∀;-. M∀, YI M LI NY,-JI-LU YI. MO ꓘꓶ: KW Tꓶ, JE SI. ΛU LƎ. MYO. ꓷO: LE O= ꓞO ZU NE YI. D∀ NYI: S ꓘ_, HW. ƆI L FI LI. NYI: S ꓘO, MYO. ꓷO: LE= Kꓶ. NY. ⊥∀;-. YI. ꓒ.. ⊥I.. KW NY, SU NY, SU NY YI. O.. Mꓶ: KW "PO,"⊥I: ꓘꓶ: Mꓶ L B∀ JW: GU ⊥∀;-. YI. N ꓘU-. YI. Mꓶ: Lꓶ, KW LI. SI: N∀ JO: YI L MO-. L∀: Mꓶ.. M: Tꓶ, L-. MY D∩: LI. MY ꓞI. M: D A ꓤ ꓤ S∀; M

ꓞE, LEO=

ꓤ: Vꓯ M Xꓵ Gꓶ ꓕꓯ;-. YI. ꓒ: YI. M SI. NE ꓘ, ꓤ: K, M BU NY NI, M A: ꓘꓶ. XW. NY, ꓥ= ꓒU: ꓒ: P ꓒ: NE CI; M CW CW-. Lꓯ: ꓒ, M: F. SU (ꓕI: VI M: LO; SU) Mꓶ: YI NY ꓕI: W Tꓵ. M: D-. L: ꓞO BU NY GW:-CI-S Dꓯ NI. Bꓯ; ꓕI: G Tꓵ. YI SW; NY, ꓥ= Gꓶ SI. NE ꓕI M KW Fꓯ, NE Xꓵ: WU ꓕI: Xꓵ: ZI LEO=

A.-N N N, GU ꓕꓯ; A: ꓘꓶ. ꓒ.,, ꓒ-. : WO SW; SI. “Cꓵ Cꓵ A: ꓘꓶ. ZO: Xꓵ: NI, ꓒU Lꓯ: ꓘO SU ꓥ-. A: ꓘꓶ. ZO: Xꓵ: ꓕI: Fꓱ ꓥ”Bꓯ NY, ꓥ= Fꓯ, NY “Sꓯ. TY, ꓕꓯ; ꓕI: NI, M LI:-. Xꓵ Kꓶ ꓕꓯ; ꓕI: W NY, CI;= YI. W: N: Lꓯ: ꓒꓯ, M: F. SE: Bꓯ LI. YI. W: NI, M A ꓕꓯ; LI T Lꓯ: HO GU W= RO NY A. Xꓵ: Pꓶ. DU YI. W: Sꓯ. TY, ꓕꓯ; ꓕI: W NY, M: W M Xꓵ Kꓶ ꓕꓯ; ꓕI: W NY, FI M: D NE? A: Jꓵ: SU YI. W: ꓕI: W M: ꓛI M JO ꓕꓯ;-. ꓥW NE YI. W: Dꓯ ꓕI: W NY, FI NE”Bꓯ NY, ꓥ=

ꓞO ZU NY A. N NE Bꓯ M ZO: ꓥO SW; SI.-. ꓕI: W Tꓵ. GO: YI NY, ꓥ=

GW:-CI-S SI. NY,-JI-LU Dꓯ ꓕI: W Tꓵ. GU K. NY.-. A. WO: M A.-N NY J: ꓥO: TO, SI. YI. W: Lꓯ: ZO Kꓶ. NY. VI; SI. NI: Bꓶ: TI.. Cꓱ,(XW. JW: MU: GW:) M GW NY, ꓥ=

A.-WO:-M A.-N NE NI: Bꓶ: TI.. Cꓱ, GW L M NY ꓞI; Lꓯ. SU NYI: RO M Sꓯ; M Mꓶ: YI W Bꓯ M Mꓶ: JY: GW NY,= Fꓯ, NY YI. W: Xꓵ; ꓤ; WO; ꓤ: A LI M: Yꓯ; LI. WO S NE YI Pꓶ. DU M: D ꓥ GW NY,-. YI. W: M: XU Mꓶ: ꓕꓯ; KW A LI L TI..-. A LI ꓤ: K, Xꓵ: GW NY,-. YI. W: Dꓯ Z Xꓵ. LO Xꓵ.-. JO: ꓤ: M ꓞI Xꓵ. GO: ꓩU NY,-. YI. W: Dꓯ M. MI SI Mꓵ: KW JE ꓕꓯ; ꓤꓱ: DU ꓤꓱ: Mꓶ. GO: NY,-. YI. W: Dꓯ M. MI SI Mꓵ: KW JE Cꓱ, Bꓯ M. GU: NY, ꓥ......

ꓕI: ꓘꓶ: M: JO LI. YI. Cꓵ M Tꓯ. GW NY,-. YI. FI. YI. LI CI; M CW CW GW NY,-. ꓕI: ꓘꓶ: M: JO LI. L: ꓞO NI, M KW Bꓯ ꓤꓯ; NY, SI.-. GO KW NY, SU

NY ꓥU NE Xꓵ: ꓤ: Xꓵ:-. KO ꓕꓯ; LO ꓘU: KW LI. ꓥU Sꓯ; JO: Bꓯ JW: NY, ꓥ=

A.-N GW Sꓯ; M ꓕI: B, B, ꓕꓯ; A Bꓶ, LI Bꓯ JW:-. ꓕI: B, B, ꓕꓯ; A: ꓘꓶ. Bꓯ M: JW:-. ꓕI: B, B, NY A: ꓘꓶ. MI NE GW NY,-. ꓕI: B, B, NY A ꓤ ꓤO: GW NY,-. TI.. ꓥO: XW. JW: ꓥO: M KW CO. Xꓵ: Mꓶ: YI SU Tꓯ. A: ꓘꓶ. NI, ꓘO; NI, NU NY, M GW DO L FI NY, ꓥ= GW; Sꓯ; M NY GO KW NY, SU NI, M Tꓯ. LU, W LE LI: M: ꓞI-. G: Lꓯ: G: JI KW SI, ZI LO ZI Tꓯ. Gꓶ LU, ꓤꓯ; LE SI.-. SI, LI KW NY “XI: XU:-. XI: XU:”Mꓶ NY,-. MI; WO; KW Gꓶ “TI: T-. TI: T”Bꓯ NE Mꓶ V LI L NY,-. Cꓵ Cꓵ LI. MI; WO; MI Nꓯ ꓞO ꓤ: ꓕI: LI, ꓤ: NI, XW. LE M LI ꓥO=

ꓕI B, M KW-. NY,-JI-LU Lꓯ; ZO KW MU: ꓘU: O. H, M Gꓶ MU KU. ꓕI: Dꓱ:

LO; YI SI. A ꓤ ꓤ MI; WO; KW Dꓯ JE W= ꓕI M KW CO.-. L: FO BU NY ꓞO ꓤ: Xꓵ Kꓶ ꓕꓯ A LI LI. MO: KW Tꓯ JE KU.-. M. MI SI Mꓵ: KW ꓛI KU. ꓦ Bꓯ NY, ꓦ=

Fꓯ, Bꓯ NY A.-N NY A: L GW GU LI ꓤO: ꓕꓯ; “ꓦꓯ..-. GW-CI-S WO:-. ꓕI-. NU Sꓯ. TY, ꓕI: ꓞI NYI M KW-. NU Mꓶ Xꓵ ꓕI: VY; M KW,NY,-JI-LU NY NU ꓛO: ꓒꓯ, ꓦ-. Vꓯ..-. M: Xꓵ ꓕI: NYI NU W: ꓕI: VI SU M: LO;-. M: Mꓶ: YI ꓕI: NYI NU W: Lꓯ: F. M: W= ꓕI..-. A Mꓶ NU W: NY Lꓯ: ꓒꓯ, ꓤꓱ: NE JE-. ꓕI B, NU W: NY ꓕI: Fꓱ; LI JE-. WO S ꓕI: ꓛO ꓞO JO YI-. VI SI ꓒ: VI SI M LO; YI FI”GW NY, ꓦ=

A. WO: M A.-N ꓕI NYI: S ꓘꓶ: M ꓒ.. GW GU ꓕꓯ;-. Lꓯ: ZO KW NY Dꓱ: Pꓶ ꓒU NYI: M BYꓱ L NY,-. Lꓯ: ZO: Dꓯ: Sꓯ SI. ꓞO ZU NY, M ꓕꓯ: SI BYꓱ NY, ꓦ= ꓕI M MO ꓕꓯ;-. A.-N NY “NU NY M MI SI Mꓵ: KW JE-. ꓦW NY ꓞO JO Mꓵ: KW JE= VW ꓛI ꓒꓯ, LI. N YI W-. ꓦW BI.. WU: LI. N YI W= NU JE ꓨ:-. NU JE ꓨ:-. NU NY M. MI SI Mꓵ: KW JE ꓨ:”GW NY, ꓦ= ꓕI ꓕꓯ; Dꓱ: Pꓶ GO NYI: M M NY A ꓕꓯ; LI. C, M: W BYꓱ L NY, M Dꓱ: Pꓶ ꓕI: HW. M Dꓯ HO: SI.-. ꓞO ZU NY, M ꓕꓯ; SI S; CO BYꓱ CO Kꓶ ꓕꓯ; ꓶ: R KO Dꓯ BYꓱ JE W=

MO. MO. GO ꓕI: B, M KW-. Tꓶ, NE Sꓯ; HO: N: Sꓯ; HO: T. Xꓵ: A. MO Zꓶ: SU NYI: RO M A. N ꓒ.. ꓕI.. Tꓶ, ꓛI L-. ꓒ.. ꓤꓯ; L NY O. Dꓵ S; TO.. ꓕꓱ; GU ꓕꓯ; “ꓦW NU: Yꓯ: -ꓛꓵ:-DI.. KW Gꓶ N Dꓱ: N L SI.-. ꓘ, ꓤ: ꓘ, M A: MY, Xꓵ GU W-. NU NY N Dꓱ: Dꓯ A: ꓘꓶ. X, KU. JO:-. ꓘ, ꓤ: ꓘ, M BUN Y ꓦW NU: Tꓯ. Bꓯ SI. NU Dꓯ N X, WO: HW L ꓦ”Bꓯ ꓦ= A.-N NY YI. W; ꓘ, KW N Dꓱ: N NY, M C, W ꓕꓯ;-. Lꓯ: ꓒꓯ, KW L: C. Kꓶ. Tꓯ, H, M NI, ꓞ ɾU Kꓶ SI.-. “NU W: NE Bꓯ M MY M: D-. Gꓶ SI. RO NY Sꓯ; M Mꓶ: JY: CYO. ꓛꓵ ꓦ= NU W: L LI. L_M-. Fꓯ, ꓕI: RO A. MO: ꓕI: ꓛI JW,-. ZO: Xꓵ W= A. MO: CI, DU Tꓯ, H, SI.-. ꓦW K. NY. KO Dꓯ Nꓯ ꓞI; HW YI Lꓯ”Bꓯ ꓦ= ꓕI LI SI. L SU NYI: RO M NY YI. Kꓶ. NY. KO Dꓯ Nꓯ ꓞI; HW JEO=

YI. W: JE NE Dꓱ: Pꓶ GO ꓕI: HW. M NY, ꓒ.. ꓕI KW ꓛI ꓕꓯ;-. A: ꓶ JO. NYI NY Dꓱ: Pꓶ ꓕI: HW. SI, LI KW BYꓱ ꓕꓶ NY, M LI Xꓵ: SI, LI ꓕI: LI MO-. A: ꓘꓶ. BI., ꓦ= Tꓶ. Nꓶ: JE SI. NYI NYI ꓕꓯ; SI. GO M N: Dꓱ: Pꓶ ꓒU LI T. Xꓵ: SI, YI ꓕI: Xꓵ: YI H, ꓦ Bꓶ= ꓕI M Dꓯ MO ꓕꓯ; A.-N NY Dꓵ: JW: NY, LI. M: Mꓶ “Dꓱ: Pꓶ SI, ZI-. Dꓱ: Pꓶ SI, ZI(Dꓱ: Pꓶ ZI)”ꓘU NY, ꓦ= ꓕI M KW CO. NY-. Dꓱ; Pꓶ ZI M NY GW:-CI-S SI. NY,-JI-LU NI, M NE Pꓶ. Xꓵ: ꓦ Bꓯ NY, ꓦ= ꓕI M NY Dꓱ: Pꓶ YI M NY NI, M LI T. SI. ꓦO= Dꓱ: Pꓶ ZI NY ꓒI.. SI LI. ꓤ: T.-. A: ꓘꓶ. K, ꓛꓵ; Xꓵ: Mꓵ: KW _LI JW, SI.-. NU, ꓒU Lꓯ; HO SU NY A ꓕꓯ; Mꓶ: ꓕꓯ; LI. JO: LO.-. KO WO: HW-. SI, CI Nꓯ ꓞI; HW SU Xꓵ: YI. Jꓵ, ꓤꓱ: NE Dꓱ: Pꓶ YI YI M SI, ZI Yꓯ. ꓘW: JE SI. NI, ꓒU ꓦO: ꓕꓱ NY, ꓦ=

ꓞI KU. ꓤꓶ., ꓕI: ꓘO; M KW-. Rꓶ: MI: KO, HO: KUꓷ; FO LI COU-EN-L: NY Bꓶ: KUꓷ; KW Sꓱ: JO YI SI. A: ꓘꓶ. BI LO SI, YI M Dꓯ MO ꓕꓯ;-. SI, YI GO M A KW JO. HW L ꓥ N NYI NY, ꓥ= KUꓷ; GO M KW HO: M. SU NY FO LI Dꓯ SI, YI GO M N: CO-KUꓷ; Yꓱ:-N: Bꓶ Dꓵ: ꓘꓶ: YI: Nꓯ W:-B Mꓵ: KW JO. HW L ꓥ Bꓯ GO: NY, ꓥ= ꓕI M KW CO.-. SI, YI GO ꓕI: Xꓵ: M NY Mꓵ: KU, DU DU KW LI. MI DO: A: ꓘꓶ. JW, LE W=

Bꓯ LI. A.-N NY G; L SU NYI: RO M Dꓯ HO: SI. S ꓘW S MI Nꓯ ꓞI; S CI, HW LI; L GU ꓕꓯ;-. NI, NI, ꓞ ꓞ Yꓯ:-ꓛꓵ:-DI.. KW ꓛI LE-. WO: Hꓶ: N: NY, M: Mꓶ ꓘ, ꓤ: K, M BU Dꓯ N X, GO: NY, ꓥ= NYI: S; NYI ꓤO: ꓕꓯ;-. Yꓯ:-ꓛꓵ:-DI.. KW N Dꓱ: M Gꓶ NE A: Jꓵ: X, ꓘW: LE W=

N X, Jꓵ, M KW-. A. WO: M A.-N NY ꓯ’ ꓯ’ Mꓵ T.-. GO KW NY, SU NY A: ꓘꓶ. L TI..-. M: D M NY ꓤ: Mꓶ: NY ꓕI: RO M: JOY O Hꓶ, A: ꓘꓶ. Jꓵ, KU.-. ꓕI: YO M: JO Yꓯ; ꓛꓵ: KU.-. Yꓯ:-ꓛꓵ:-DI.. MI H, M A: TO M: ꓥ Bꓶ M Sꓶ. LEO= Gꓶ SI. DI.. DI. T. Mꓵ: KW Gꓶ Z Mꓶ A: ꓘꓶ. M: JI-. GE LI G: Lꓯ; LI. JW, SI.-. GO KW NY, SU Dꓯ N NYI NY, ꓥ= GO KW NY, SU NY YI. Dꓯ ꓕI LIB A GO: L ꓥ-. Yꓯ:-ꓛꓵ:-DI.. NY W:-B Mꓵ: KW A: ꓘꓶ. WU: M DI.. Mꓵ: ꓥ-. Gꓶ SI. Z Tꓶ, Jꓵ, ꓕꓯ; KO Kꓶ. NY. ꓕI: ꓛO: KW Mꓵ: GU: Pꓱ, M LI: Bꓯ JW:-. W: DI.. KW NY Mꓶ: V ꓕI: ꓘꓶ: LI. M: LI L= ꓕI LI NE Z Tꓶ H, CI; LI. YO M: HW. ꓛO, Xꓵ GU.,= ꓤ: BU NY KO Dꓯ HW: G; ꓥ, NY Z: DU HW ꓕꓶ ꓛꓵ-. Mꓶ: NY W; DI.. KW NY, H, SI. Yꓯ; ꓛꓵ: Yꓯ: X, NE Z: DU P Z: ꓛꓵ LI HW: NE-. GO ꓕI: Mꓵ: KW NY Yꓯ:-ꓛꓵ:-DI.. MI H, ꓥ=

A.-N NY O. Dꓵ G: BO. ꓛꓵ: SI. A: ꓘꓶ. BO JO, M Mꓵ: Tꓯ NYI NYI ꓕꓯ;-. KO GO M NY LU: MY Dꓵ: NYI: B: LI. T. M MO LEO= Fꓯ, NE NY A WU Xꓵ: GW: L: ꓕI: M NY M. DO M A MO Pꓶ, H,-. O. Dꓵ M Yꓯ:-ꓛꓵ:-DI.. KW Sꓶ., L NY, LI. YI JY ꓕI: Zꓯ LI. ꓕꓵ; M: HW. ꓥ= ꓕI M MO ꓕꓯ;-. A.-N NY A LI ꓕI: Xꓵ: ꓥ M Sꓶ. LEO= “LU: ꓒ: NYI: M M NE GW: L: Dꓯ NYI. ꓕI.. H, SI. GW: L: M YI. JY ꓕꓵ; M: HW. ꓥ Bꓶ= GW: L: Dꓯ YI JY M: ꓕꓵ; FI ꓥO Bꓯ ꓥW NU W: Dꓯ YI JY ꓕꓵ; FI ꓥ”SW; SI. NE-. ꓘ, ꓤ: ꓘ, M BU Dꓯ B ꓒU: ꓒ: ꓕI: M SE; FI-. A. Wꓯ; O. Dꓵ S M TI.. H,-. L: C. TI.. H,-. XO. Dꓱ: ꓛU NE MU: ꓘU: Jꓵ NU Jꓵ NU T. ꓕꓯ; ꓕI LI Bꓯ NY, ꓥ-. “HO.-ꓯ:-. MI; WO; WO S ꓒU: L ꓒ: WO:-. Mꓶ: TI.. WO S ꓒU: L M WO:= NU NY Mꓵ: Dꓯ Sꓯ JW, FI MI SI ꓥ-. NU Mꓵ: Dꓯ Sꓯ M: L N: M: D M:-. NU M: NY, NY Mꓵ; KW DI.. KW YI M: JI W-. NU NY JW SU FI ꓩU Lꓯ-. NU NY NI, ꓞ YI JW Lꓯ ꓨ:-. HO.-ꓯ:”=

HO.-ꓯ:-. Yꓯ:-ꓛꓵ:-DI.. Mꓵ: ꓕI ꓕI: Mꓵ:-. Yꓯ; ꓛꓵ:-DI: SU ꓕI ꓕI: HW.-. MU:

GU: Pꓱ, Sꓯ; LI: Bꓯ JW:-. Mꓶ: V LI. L MO M: FO= Yꓯ:-ꓛꓵ:-DI.. Mꓵ: ꓕI ꓕI: Mꓵ:-. Yꓯ:-ꓛꓵ:-DI.. LO ꓕI ꓕI: LO-. Mꓵ: NU Z Xꓵ. LO: Xꓵ.-. Mꓵ: NU Z WO: KU LO: Tꓶ= XW Jꓵ, ꓛO ꓒU K, M: BI-. Mꓵ: ꓛU: Z XW K, M: BI......

HO.-ꓯ:-. WO S ꓒꓵ: L Tꓯ. WO: HW-. WO S ꓒU: L M Dꓯ DI:-. Yꓯ:-ꓛꓵ:-DI.. Mꓵ: Tꓯ. XW. ꓤ: Lꓯ-. Yꓯ;-ꓛꓵ:-DI.. LO Tꓯ. XW. ꓤ: Lꓯ......

J: ꓥO: M Dꓯ YI JW FI-. LU: Tꓯ. YI JY ꓕꓵ; L FI-. GW: L: Tꓯ. YI JY DO L FI= DO Lꓯ-. DO Lꓯ-. DO Lꓯ”ꓘU GU ꓕꓯ;-. Lꓯ: ꓶ. ꓕI: B: M J: ꓥO: ꓤꓱ:-. Lꓯ; RW ꓕI: B: M LU: LI T. LO KO M Dꓯ MO. H, SI. A ꓤ. ꓤ: Eꓵ; SI. “Lꓯ: RW ꓕI: ꓛO: M LU: ꓒ: WO:-. Lꓯ: RW ꓕI: ꓛO: KW M LU: ꓒ:= MI; WO; WO S NU Tꓯ. K:-. MI Nꓯ ꓒU: L NU Dꓯ NYI= ꓕI: B, K, GU ꓕꓯ; NU N: ꓨ:-. K, BO LI NY MI: YI ꓛꓵ= L: ꓞO BU Tꓯ. YI JW SI.-. ꓞO ZU BU Tꓯ. YI JW ꓕꓯ;-. NU NY MI SI LO; YI D-. NU NY ꓒꓵ: L LO; YI D ꓥ”Bꓯ GU ꓕꓯ;-. J: ꓥO: M Lꓯ: RW ꓕI: ꓛO: KW RU L-. Lꓯ; ꓶ. ꓕI: B, M Lꓯ: ꓶ. ꓕI: ꓛO: KW LU: LI. T. M KO Dꓯ MO. SI.-. A ꓤ. ꓤ: Eꓵ; SI. “Lꓯ: ꓶ. ꓕI: ꓛO: M LU: ꓒ: WO:-. Lꓯ: ꓶ. ꓕI: ꓛO: M LU: ꓒ:-. A Mꓶ NU HW. ꓛI: Jꓵ, ꓛI WO-. ꓕI B, NU TU L Jꓵ, ꓛI WO= Mꓵ: KW JW ꓕꓯ; SI. NU SI: ꓒ: LO; D-. DI.. KW JW ꓕꓯ; SI. NU ꓒU: L LO; D”Bꓯ NY, ꓥ=

LU: ꓒ: NYI: M M Dꓯ DI: GU ꓕꓯ;-. A. WO: M A.-N NY J: ꓥO: M LU: ꓒ; NYI: M M MY Dꓵ: KW MO. H,-. Lꓯ: Xꓵ Kꓯ. Lꓯ: Xꓵ ꓕI LI Bꓯ NY, ꓥ “LU: MY Dꓵ: WO: LU: MY Dꓵ:-. NI, F YI JY DO L ꓨ:-. YI JY M: DO NY LU: MY Dꓵ: M: ꓥ= LU: MY Dꓵ; KW YI JY DO SI.-. ꓞO ZU BU Tꓯ. DO FI Lꓯ= LU: MY Dꓵ: NE LU: MY Dꓵ:-. NI, F YI JY YI DO L-. YI JY DO SI. V MI ꓕI:-. V MI KW Z: Tꓶ JI FI= LU: MY Dꓵ: WO: LU: MY Dꓵ:-. NI, ꓞ YI JY YI DO Lꓯ-. YI JY DO SU ꓤꓶ., JO ꓥ= LU: MY Dꓵ: NE LU: MY Dꓵ:-. NI, F YI JY YI DO Lꓯ-. V MI KW Kꓶ NY Z Bꓶ, Bꓶ,-. Z M G, KW ꓒ.. PI PI= LU: MY Dꓵ: WO: LU: MY Dꓵ:-. NI, ꓞ YI JY YI DO Lꓯ-. JO: ꓤ: M ꓞIT ꓯ. TO W FI-. JO: ꓤ: M ꓞI Vꓱ JI FI= ꓤ L., JO NU Tꓯ. MI M: D-. Z Bꓶ, NU Tꓯ. MI M: D= YI DO L(YI JY DO L)-. YI DO L”Bꓯ ꓥ= Bꓯ NY, M: Mꓶ ꓕꓯ; LI-. KO Dꓯ CO. YI JY YI ꓛI. Xꓵ: ꓕI: Dꓵ: YI L W= YI JY GO M NY MI; WO; KW CO. YI L M LI Bꓯ NE GU: ꓤ: GU: Yꓯ:-ꓛꓵ:-DI.. W: DI.. KW YI ꓞO LEO= GO M KW NI. O. TU TU-. LU: ꓒ: GO NYI: M M A: TO YI M: Pꓶ.-. M: WO. ꓤ: Bꓶ DO ꓘꓶ: ꓕI: ꓛO: KW NY, H,-. YI JY JO: JO: DO NY, ꓥ= Yꓯ:-ꓛꓵ:-DI.. Mꓵ: M Gꓶ Z Bꓶ, Bꓶ, MI LO; YI-. ꓕI: ꓞI; Kꓶ. NY. ꓕI: ꓞI; LI. W: ꓘW: W LEO=

LU: ꓒ: NYI: M M YI JY DO L-. GW: L: M YI JY ꓕꓵ; L SI.-. GO KW NY, SU Nꓯ.; KW NY Nꓯ YI S Dꓵ: Fꓱ H, M Mꓵ: Tꓯ. K: SU LI. DO L FO ꓥ= ꓕI M NY NI.

Bꓯ; ꓕI: Xꓵ: ꓥO-. ꓕI KW YI. Bꓶ, M: Bꓯ W=

A. WO: M A.-N NY Yꓯ:-ꓛꓵ:-DI.. KW SU Tꓯ. JI LO Xꓵ: WU ꓕI: Xꓵ: YI JW T. YI. SI.-. Yꓯ:-ꓛꓵ:-DI.. SU NY YI. ꓝI; YI. B.. LI. YI. Dꓯ MI LE M: D W= A. WO: M A.-N Dꓯ XW. MO ꓥ Bꓯ SI.-. YI JY DO L Kꓶ. NY. ꓕI: NYI M Mꓶ: ꓘꓶ: LI. M: CI.. ꓕꓯ;_LI-. ꓤ: ꓕI: ZU M NY WU. Lꓯ: HO SI. KO Dꓯ HW: G; YI W=

KO Dꓯ ꓒ.. ꓛI ꓕꓯ;-. ꓤ: ꓕI: ZU M NY HW: ꓕI: NYI G; Gꓶ LI. ꓕI: Xꓵ: LI. G; M: W= Mꓶ: ꓘꓶ; ꓕꓯ; A: Jꓵ: SU O. Dꓵ LI. ꓛꓵ: M: ꓘU LI; JE YIN Y, ꓕI: B, M KW-. HW: Tꓱ. ꓘꓶ: NY KO B: LO ꓘU: ꓕI: ꓛO: KW CO. “W.-. W.-. W.”LU NY, ꓥ= HW: G; KU. SUN Y A. N: ꓕI: LI LU ꓕꓯ; HW: Tꓱ. ꓒ: Dꓯ HW: MO LE-. A: Bꓶ, LI T. Xꓵ: HW: MO SI. M. GO: L NY, M Sꓶ. ꓥ= ꓕI ꓕꓯ; HW: Tꓱ. SU NY Fꓯ, NE K, ꓛꓵ; LE-. ꓕI: NYI WO: Hꓶ M LI. XY XY, MI LE GU W= YI. W; NY ꓕI: Bꓱ M N: Bꓶ ꓛꓵ MU SI. A. N: Tꓯ. G; YI FI NY,-. ꓕI: Bꓱ M NY “A. HO, YI-. A. HO, HO, YI”Bꓯ SI. ꓕ BO. KO BO. M Lꓯ: HO NY, ꓥ-. ꓕI: Bꓱ M NY YI. JO, YI. ꓒE; KW JE SI. PY H,-. ꓛY, MO. H, SI. LI ꓛI HW: Tꓶ, L M Dꓯ LO. NY, H, ꓥ=

HW:-LU-Cꓵ-ꓒ: (HW: G; SU Tꓯ. K: SU ꓥ, NY HW: A: ꓘꓶ. G; KU. SU) L:_ꓤ:-BO NY ꓕI HW: M N: Wꓯ; TI. M: ꓥ NY A. NYI: KO. V Bꓶ ꓥO Dꓵ: JW: K, NY, SI.-. YI. ꓒU: ꓒ: B ꓒ: NE ꓛ, GO: ꓒE, LO SI: SI: T. Xꓵ: ꓛY, A WU ꓕI: K. M(Z SO: ꓛY,) KW DO; ꓛꓵ CY, Cꓱ, (DO; MI H, Xꓵ: CY Cꓱ,)MO. H, SI. XO. ZI ꓕI: ZI Dꓯ Sꓯ Dꓯ NE M: WO; ꓤ: HW: Tꓶ, L M Dꓯ LO. NY, ꓥ= HW; Tꓱ. ꓘꓶ: M “W.-. W.-. W.”LU SI. KO B: ꓕI: ꓛO: KW S; CO CO Kꓶ ꓕꓯ;-. HW:-LU-Cꓵ-ꓒ: NY, M Tꓯ. ꓛO: Sꓯ Tꓶ, L W= ꓕI: ꓕꓶ, M: JO-. A. N: LU M Mꓶ: ꓕꓯ; Sꓯ ꓕI: TO. ꓤO: KW-. HW: Tꓱ. ꓘꓶ: SI. LI ꓛI HW: “XW: XW: XW: ”Tꓶ L Sꓯ; Bꓯ JW: L W= YI. NY M: WO. ꓤ: ꓛY, M MO. H, SI. Bꓶ L: CW. ꓤ: YI H, ꓥ= Gꓶ SI. YI. ꓒ.. ꓕI.. Tꓶ, ꓛI SI. NYI NYI ꓕꓯ;-. YI. Dꓵ: JW: H, M LI Bꓱ A WO Xꓵ: LI ꓛI HW: M: ꓥ Bꓶ-. L SI. ꓕI: M Tꓶ, L Bꓶ= L ꓒ: GO ꓕI: M M NY A Xꓵ-. Xꓵ LI. Xꓵ: SI: ꓛI NYI: ꓛI JW,-. YI. Bꓵ ꓒU LI. ꓤ: T.-. Mꓶ: ꓶ ZI; ꓤO: T. ꓕI: B, M NYI NYI ꓕꓯ; BYꓱ; Lꓱ BYꓱ; Lꓱ T. ꓥ= HW: G; M KW NY “Z JO: Z: Jꓵ, HW: G; S-. Z JO: Z; GU G; M: JI-. MO: LO HW: G; CI; ꓥO Bꓯ-. A LI G; LI. G; M: W= Mꓶ: ꓘꓶ; HW: G; W ꓥO Bꓯ-. ꓒU: Xꓵ: M: ꓥ NY WU: Xꓵ: ꓥ”Bꓯ CI; ꓥ= Gꓶ SI. HW:-LU-Cꓵ-ꓒ: NY L ꓕI: M LI: ꓥ M MO ꓕꓯ; ꓛY, LI. A ꓤ ꓤ XW LI; L NY, ꓥ= DO; ꓛU CY Cꓱ, M DO; M: MI H, Xꓵ: CY Cꓱ, ꓕI: ꓕꓶ, Lꓶ. NE Fꓯ, NE L Tꓯ. MO. H, SI. “BO,”ꓕI: ꓕꓶ, Bꓶ Kꓶ ꓕꓯ;-. L M NY A MO ꓕI: ꓕꓶ, ZI Tꓶ, Kꓶ ꓕꓯ; M: LU MI ꓛY DO: YI W=

HW:-LU-Cꓵ-ꓒ: LI. SI, ZI KW CO. ꓤꓯ; L NY, M: Mꓶ ꓕꓯ; LI-. Kꓶ. NY. CO. G;

L_M HW: Tꓱ. ꓘꓶ: ꓕI: HW. M NY L Tꓯ. CO LO LO G: TI.. H, GU W= YI. WU. ꓕI LI T. CI; Bꓯ HW: Tꓱ. ꓘꓶ: NY A ꓕꓯ; LI NU ꓕI: ꓘꓶ: ꓥW ꓕI: ꓘꓶ: ꓘO; KU. ꓥ= Gꓶ SI. NYI. NYI NY A. N: ꓕI: HW. M K: H, ꓕI: G; LI M: ꓘO; NY-. L Gꓶ NE M: LU. ꓤ: Mꓶ ꓛY DO: H, SI. RU L M Dꓯ LO. NY, H, M LI T. ꓥ= ꓕI M NY Cꓵ Cꓵ LI. “ꓕI: TU ꓘO; LO; Xꓵ: L NY ꓒU. LI. ꓤ:-. L ꓒ: NY A: Jꓵ: LI. A: ꓘꓶ. ꓒU:-. ꓶ; M: ꓛO NY M: W L-. ꓒU: Xꓵ: D ꓯNY ꓘꓶ: M: ꓘO;”Bꓯ M ꓥ Bꓶ=

HW: Tꓱ. ꓒ: ꓕI: HW. M NY ꓕI MY ꓒU: Xꓵ: L ꓒ: ꓕI: M G; W M MO ꓕꓯ;-. S ꓘW S MI K, K, ꓛꓵ; ꓛꓵ; ꓤ: CYO. LI; L W= A. WO: M A.-N Dꓯ HW SI. “A. WO: M WO:-. A. WO: M-. NU NY ꓥW NU: K, KW N Dꓱ: M X, ꓘW: LE W-. K, ꓤ: K, M BU NE XW. MO GO: Pꓶ. DU-. ꓥW NU: NY KO Dꓯ CO. L ꓕI: M G; W SI. NU Dꓯ Tꓯ, GO: L WO-. NU A LI LI. RU H, ꓛꓵ ꓥ”Bꓯ ꓥ=

A.-N NY L ꓒ: GO ꓕI: M M Dꓯ ꓕI: BYꓱ; NYI GU ꓕꓯ;-. Cꓵ Cꓵ LI. A: ꓘꓶ. ꓒU: ꓥ Bꓶ= YI. NY YI. JO, ꓕI: JO, LI. K. JO: M Tꓯ, H, SI. ꓘ, ꓤ: ꓘ, M BUD ꓯ N X, GO: JI ꓥO Sꓯ; SI.-. K, K, ꓛU; ꓛꓵ; BE “A: Nꓱ Mꓶ: Nꓱ LI-. L NY NI, ꓛI; Xꓵ: LI: JW, CI; ꓥ-. W: LI ꓒU Xꓵ: MO M: FO-. ꓕI M NY Cꓵ Cꓵ LI. W M; D Xꓵ: ꓕI: M ꓥ-. A: Jꓵ: SU Tꓯ. XW. MO W= Gꓶ SI. RO KO D ꓯNY MO SU V ꓥ M ꓕI: ꓛO Bꓱ Lꓯ: HO CI; ꓥ-. NY, ꓤ: ꓕI: M LI: ꓥ Bꓯ LI. ꓞI Xꓵ: ꓨU. Bꓱ CI; ꓥ= A. YI; NYI ꓤ: BU (A. YI SI. NYI ꓤ:) NY L JI M Xꓵ Kꓶ SI.-. ꓕI: K, Lꓱ. Lꓱ: KW SU Dꓯ ꓕI: VI ꓕI: ꓨU. Bꓱ GO: Kꓶ-. O. Dꓵ M NY HW:-LU-Cꓵ-ꓒ: Tꓯ. GO: = L JI SI. K. JO: M NY ꓥW Dꓯ GO: Lꓯ ꓛ-. YI. JI M NY A. MO: CI, DU YI NE-. K. JO: M NY YI. JO, KW ꓘ, ꓤ: ꓘ, M BU Dꓯ N X, GO: DU YI NE”Bꓯ ꓥ=

HW: Tꓱ. ꓒ: ꓕI: HW. M NY A.-N NE ꓕI LIB ꓯ M N N, GU ꓕꓯ;-. K, LI. K, ꓛꓵ; NY YI. LI LI. JW, M LI T. ꓥ= A. WO: M A.-N NE Bꓯ DO L ꓕꓯ; A. NYI: KU., ꓘ, LI. GO LI; L W M: D M Sꓶ. ꓥ= A: Jꓵ: SUN Y A LI M: YI SI. ꓛI LU Lꓯ: LU L HW; M BY, Kꓶ-. NI, M SI. SI: ꓒꓯ; M K, KW YI. ꓞI; A. DI: WU: SU A P ꓒI: NY,-Z-HW-ꓒ: Dꓯ GO: Kꓶ-. O. Dꓵ M NY HW:-LU-Cꓵ ꓒ: Tꓯ. GO: Kꓶ-. NI. Bꓯ; L HW: M NY ꓕI: K, SU ꓕI: VI A. TI. Bꓱ Lꓯ; HO Kꓶ W= YI. JI ZE H, M SI. K. JO: M NY A.-N Dꓯ GO: Kꓶ W=

A.-N NY Tꓱ N LI. M: JO RU L NY,-. YI. NY K. JO: M JI JI XW H, GU ꓕꓯ; A. TO. BY SI. L JI M Dꓯ JI JI. ꓤ: NYI NY, ꓥ=

ꓕI: ꓕꓶ, NE-. A.-N NY ꓯ’ LE SI. “ꓕI M N: Cꓵ Cꓵ LI. A: ꓘꓶ. JI Xꓵ: HW: JI ꓥ Bꓶ-. HW: JI Dꓯ NY GO; LO; GO; LO; Xꓵ: ꓕO: ꓶ: FO, A: MY, BO H, ꓥ” Bꓯ NE-. Fꓯ, NY “A: Jꓵ: SU NYI N, Lꓯ-. L JI M KW NY ꓕO: ꓶ: Zꓱ JO, JO: BO H,

Bꓶ-. ꓕI M NY WO S ꓒU: L NE RO ꓞOX ꓵ: Tꓯ. ꓕO: ꓶ: Zꓱ CI; X, GO: L M ΛO-. RO NY ꓕO: ꓶ: Zꓱ M: JW, M JO M: ꓛꓵ WO"Bꓯ NY, Λ=

A: Jꓵ: SU NY A. TO.PY SI. ꓕI: ꓛO NYI NYI ꓕꓯ;-. L JI M KW NY Cꓵ Cꓵ LI. ꓕO: ꓶ: Zꓱ JO: BO BI H, SI.-. ZI ZI MO MO ꓤ: WU.. NYI ꓕꓯ;-. ꓕI: TU NE S ꓞI FO, JW, Bꓶ=

A.-N NY ꓕO: ꓶ: BO H, LO L JI M Tꓯ, SI. ꓕ BO. ꓒO, K OBO. ꓒO, JI JI NYI NY, Λ= Lꓯ; ꓒꓯ, KW J: ΛO: M NY L JI M Dꓯ MO. ꓩU Kꓶ-. A. TI. BO Cꓵ, ꓘL ꓕꓯ;-. ꓕI: Zꓱ ꓕI: Zꓱ ꓛO: DO L W= A: Jꓵ: SU NY A. WO: M A.-N NE L JI KW ꓕO: ꓶ: BO H, M A: Jꓵ: ꓛO: KU. MO ꓕꓯ; Lꓯ: HW. ꓯ' LEO= A. Xꓵ: LI. A. TI. ꓤ: MO FO_M HW:-LU-Cꓵ-ꓒ: LI: LI. M: ꓯ' LI K, ꓛꓵ; NY, Λ= YI. NY A: Jꓵ: SU Tꓯ. "NU W: GO MY ꓯ' M: ꓛꓵ-. ꓕO: ꓶ: ꓕI M NY WO S ꓒU: L NE ROD ꓯ CI; X, GO: L Xꓵ: Λ-. A. WO: M A.-N NY ꓕO: ꓶ: M. M ΛO (ꓕO: ꓶ: M. SU)"Bꓯ GO: NY, Λ=

A: Jꓵ: SUN Y MI Tꓯ. MI ꓤꓱ: DU ꓕO: ꓶ: JW, LI-. Fꓯ, NY A. WO: M A.-N NY A: Jꓵ: SU Tꓯ. M. SU Λ M Sꓶ. ꓕꓯ;-. K, ꓛꓵ; LI SI. Xꓵ: ꓤ: Xꓵ: "K, ꓛꓵ; W-. K, ꓛꓵ; W-. K, S W-. K, S W"ꓘU NY, Λ=

A.-N NY ꓘ, ꓤ: K, M BU ꓕO: ꓶ: Zꓱ M Dꓯ ꓕI: M NYI ꓒU: NY,-. ꓕI MY K, ꓛꓵ; NY, M MO ꓕꓯ;-. GO ꓕI: Mꓵ: KW Mꓶ. ꓕꓯ; M. W FI ꓕꓯ; SI. YI. Xꓵ: WU YI ꓕꓶ YI ΛO Sꓯ; ꓞE, Kꓶ W=

A: Jꓵ: SU NY A. WO: M A.-N YI. Xꓵ: WU LI. M: YI JE Bꓯ NE A: Jꓵ: SU Dꓯ ꓕO: ꓶ: M. NE Bꓯ M MO ꓕꓯ;-. Fꓯ, NE ꓕI: ꓘO, "ZO: LI W(ZO: Xꓵ O)-. K, ꓛꓵ; N S W"ꓘU NY, Λ=

Kꓶ. NY. ꓕI: NYI Nꓯ; Nꓯ; ꓕꓯ;-. ꓘ, KW ꓤ: ꓤ: Mꓶ: Mꓶ:-. ꓞO MO: ꓤ: Nꓱ A: Jꓵ: LI. A.-N NY, M HW:-LU-Cꓵ-ꓒ: VI ꓘW ꓛI L W= HW:-LU-Cꓵ-ꓒ: VI NY M: Λ LI. A. TI. ꓤ: T.-. Dꓱ; Lꓱ; VI NYI: KO, ꓤ: M LI. LO ꓞI Fꓶ, H, GU ꓕA; SI. X, H, Xꓵ: Λ= VI B: C, KW NY ꓘO, BYꓱ; LI. T. Xꓵ: NY, Z C, ZI ꓕI: ZI JW, Λ= ꓕI: ꓘ, Lꓱ. Lꓱ: KW SU GO KW ꓛI L ꓕꓯ; Cꓵ Cꓵ LI. NY, M: DI.. M LI: T. Λ= Gꓶ LI Bꓯ LI.-. A; M LI. LI; JE NI, M: Xꓵ= ꓕI: Bꓱ M NY YI: T. GU KW NY, H,-. ꓕI: Bꓱ M NY A. TO. ꓘW BE; ꓘꓶ: KW NY, H,-. ꓕI: Bꓱ M NY A. ꓘꓶ: Kꓶ. NY. VI; H,-. ꓕI: Bꓱ M NY GO GO MU K, Kꓶ. NY. Eꓵ, NY, H,-. ꓕI: Bꓱ M NY Dꓱ: Lꓱ; VI Dꓯ KO H,-. NY,-Z-C, SI Yꓯ; ꓘW Eꓵ, NY, SU Eꓵ, NY,-. VI; SI VI;-. NY, SU NY, H, Λ= F. ꓨ: SU ꓕI: Bꓱ M NY Lꓯ; HW. LI. SI, ZI Dꓯ SI. CY, MI; ꓕI: LI, NY, H, Λ= TI M Dꓯ NYI ꓕꓯ;-. Jꓵ G; M LI LI. T. NY YI XO.. (Lꓯ: F. YI ꓤ: ꓘU)NY, M LI LI. T. Λ=

A.-N NY ꓘ, ꓤ: K, M BU ꓕO: ꓶ: ꓕI MY SO NI, Xꓵ M MO ꓕꓯ;-. NI, M Nꓯ.;

KW A: ꓘꓶ. K, ꓛꓵ; NY,-. ꓕO: ꓶ: JI JI M. ꓥO SW; NY, ꓥ-=

ꓘ, ꓤ: K, M BU Dꓯ ꓕO: ꓶ: SO JI LI FI ꓥO SW; SI.-. A LI M. N M JI JI SW; H, GU W= YI. NY A: Jꓵ: SU Tꓯ. “A: Jꓵ: SU ꓕO: ꓶ: ꓕI MY SO NI, Xꓵ NY, M-. Cꓵ Cꓵ A: ꓘꓶ. ZO: W= ꓕO: ꓶ: M SO KU. LI ꓕꓯ;-. Mꓶ. ꓕꓯ; Sꓯ A. Xꓵ: LI. YI JI D ꓥ= ꓕO: ꓶ: KW O H, ꓕꓯ; SU NE RO Dꓯ Kꓶ. W M: D-. A: Jꓵ: SU Tꓯ. ꓕO: ꓶ: SO KU. LE FI ꓥO SW; SI.-. ꓥW NY S; NYI ꓛO: M. GO: ꓥ-. ꓛO: KU. LE ꓕꓯ; SI. BO M. GO: NE = BO KU. LE ꓕꓯ; RO NY JI JI ꓤꓱ: W FI-. MI: YI FO JO M Dꓯ M: X W FI TO: Pꓶ. DU-. MI. MI Kꓶ. NY. NY RO: N: MO: LO NI: YI-. Mꓶ: ꓘꓶ; SI. ꓕO: ꓶ: SO K, Lꓯ= Mꓶ: ꓘꓶ; Gꓶ NE ꓕO: ꓶ: SO JI ꓥ-. A: Jꓵ: SU XO, BO.. A. TI. Tꓯ, Lꓯ” ꓯNY, ꓥ= ꓕI LI BE-. A. WO: M A.-N NY ꓕO: ꓶ: M. ꓥO: YI Kꓶ W=

HW:-LU-Cꓵ-ꓒ: VI NY S: G, M: JW, SI. A: ꓘꓶ. NYI M: MO NE T.-. ꓞO ꓤ: A MY ꓕO M: DI., NE T. ꓥ= A.-N NY ꓤ: ꓘ, ꓘ, Xꓵ: ꓤ: GU Lꓯ. ꓕI: NYI RO ꓘU SI. M K. HW SI.-. ꓕO: ꓶ: Zꓱ BO H, LO L JI M Mꓶ Sꓯ M K. M Dꓯ ꓥO H,-. Fꓯ, NY TI. Nꓶ: KW SI, Dꓱ: ꓒꓵ, H, M KW CO. SI, Dꓱ; A. TI. Tꓯ, L FI SI. NYI, T. GU A: MY, M FI. DO L-. A: Jꓵ: SU Tꓯ. ꓕI: RO Kꓶ. NY. ꓕI: RO TI.. Zꓱ. ꓤ; NY, SI. ꓕO: ꓶ: SO FI NY, ꓥ= HW:-LU-Cꓵ-ꓒ: SI. YI. VI SI M NY A: Jꓵ: SU Dꓯ YI JW, N T. Xꓵ: YI JW NY,-. A: Jꓵ: SU Dꓯ L: C. C. GO: NY, ꓥ=

ꓘ, ꓤ: K, M BU ꓕO: ꓶ: JI JI. ꓤ: SO NY, Pꓶ. DU-. A.-N ꓕI: NYI M. GU ꓕꓯ; ꓞI; Lꓯ. SU ꓕI: Bꓱ M NY ꓕO: ꓶ: Zꓱ ꓞI Zꓱ M: ꓞI SO KU. LEO= YI. ꓞI; A. TI. JE SU Gꓶ NE ꓕO: ꓶ: NYI: S Zꓱ SO KU. LEO= A. N NY K, ꓛꓵ; LE SI. “ꓕI LI SO KU. CI; ꓥO Bꓯ-. A Mꓶ M: JW, ꓕꓯ;_LI A: Jꓵ: SUN Y ꓕO: ꓶ: SO ꓤꓱ: KU. ꓥO-. YI. W: Gꓶ M. ꓒ: M. M YI D ꓥO-. M. SU MY: ꓕꓯ;-. SO SU MY: SI.-. ꓞO Xꓵ: V ꓥ M LI. ꓤꓱ: KU. D ꓥO”Dꓵ: JW: NY, ꓥ=

Mꓶ: ꓘꓶ; SO N: Jꓵ, KW-. VI; H, SI. ꓕO: ꓶ: ꓕI: NYI M. GU_M A.-N NY A: ꓘꓶ. WO: Hꓶ LI W= YI. NY HW:-LU-Cꓵ-ꓒ: VI SI M NE NE Mꓶ: ꓘꓶ; Z C. GO: H, M RU L SI.-. A. TO. ꓘW BE; ꓘꓶ: KW M. MI: ꓕI: N: CW Lꓯ: HO Kꓶ ꓕꓯ;-. HW:-LU-Cꓵ-ꓒ: VI SI M NE YI: GU ꓘW: H, M KW YI: T. Gꓶ SI.-. A: ꓘꓶ. K, ꓛꓵ; NE ꓕI: Mꓶ: ꓘꓶ; YI: T. W LEO=

A. WO: M A.-N ꓕI MY YI: Mꓶ K,ꓛꓵ; M MO ꓕꓯ;-. A: ꓘꓶ. NI, ꓞ NY, M HW:-LU-Cꓵ-ꓒ: SI. YI. VI SI M Gꓶ Mꓶ Sꓯ M K. KW ꓥO H, LO L JI M XW MI LE-. YI: T. JE W=

A. ꓭ. BU Jꓵ, A: L ꓛI T. ꓕꓯ;-. L: ꓞO BU A: ꓘꓶ. YI Mꓶ K, Jꓵ, SE: ꓥ= Gꓶ SI. HW: Tꓱ. ꓒ: Dꓯ Bꓯ ꓕꓯ; TU L SI. A. N: Z CW.-. Z: Xꓵ: LO Xꓵ: XW Kꓶ SI. KO Dꓯ

JE Jꓵ, ꓛI L W=

HW:-LU-Cꓵ-ꓒ: NY YI. WU. ꓕI: LI, TI. HW. ꓛI: Jꓵ, KW HW. ꓛI: L W= GL SI. KO Dꓯ HW: Tꓱ. YI M: ꓥ SI.-. YI. NY KO Dꓱ: ꓒO, Kꓶ ꓕꓯ; Fꓯ, NE YI: T. K, NY, SE: ꓥ= YI. YI: GU ꓒO, SI. Fꓯ, NE YI Mꓶ YI NY, ꓕꓯ;-. K, GU: K, DO KW LI. ꓕI: ꓕꓶ, NE A. N: “W.-. W.-. W.”LU Sꓯ; Bꓯ JW: ꓥ= Gꓶ SI. YI. VI A. N: NY YI. Sꓯ; LI. Bꓯ M: JW:= YI. NY A: M Xꓵ: ꓤ: WO; ꓤ: Kꓶ JY K, YI SI.-. A. Mꓶ SI. A. TO. PY SI. LI; JE NY, ꓥ T. SW; SI.-. NI, M KW M: ꓘL H,-. Fꓯ, NE YI: T. Dꓵ: JW: ꓥ= Gꓶ SI. MO: LO M K. Dꓯ ꓥO H, LO L JI M NY ꓞO ꓤ: NE ꓛU, NY, M LI Bꓯ NE “XW; L: L:-. XW: L: L: ”NYI: ꓘꓶ: Bꓯ JW; L ꓥ= YI. Sꓯ; Bꓯ JW: ꓕꓯ; SI. YI. VI ꓘW A. N: M NY ꓕI: ꓕL, XI. HW. ꓛI: YI_M LI-. NYI: S M ꓕI: ꓛO “W.”Mꓶ L-. Fꓯ, NY ꓘ, YI. B: KW Tꓯ. Sꓯ G; JE NY, ꓥ=

HW:-LU-Cꓵ-ꓒ: NY K, KW A: ꓘꓶ. Vꓵ Xꓵ: NI. JO: ꓕI: Xꓵ: L-. Fꓯ, NY YI. VI ꓘU: KW LI. ꓛI M Sꓶ. LEO= YI. NY HW: Tꓱ. ꓒ: Pꓶ. DU-. NI, ꓞ TU DO L SI. Bꓯ ꓞI: GW: H,-. NYI: ꓕO; NE O. GO; LO ꓥO H, LO ꓛY, SI. ꓛY, PU. M RU-. A. ꓘꓶ: Tꓶ, DO JE SI. WO JI ꓛY, PU. KW CO. Bꓶ ꓛꓵ M RU NE “O:-. O:”MU NY, ꓥ=

ꓘ, KW A. N: NY HW: Tꓱ. ꓒ: NE Bꓶ ꓛI MU_M Bꓯ JW: ꓕꓯ; A: Jꓵ: LI. “W.-. W.-. W.”LU SI. TI: ꓛO ꓒ: G; L W=

ꓘ, KW HW: Tꓱ. ꓘꓶ: LI. A ꓶ G; M: ꓛI ꓕꓯ: LI-. A: ꓘꓶ. ꓕI.._M HW:-LU-Cꓵ-ꓒ: NY ꓘ, ꓘꓶ: KW Tꓶ JE-. YI. G LI. M: JW, JW, NI. JO: M Dꓯ G; JE W=

ꓘ, KW YI: Mꓶ NY, SE: M HW: Tꓱ. ꓒ: ꓕI: HW. M NY HW: Tꓱ. ꓘꓶ: LU Sꓯ; SI. Bꓶ ꓛI Sꓯ; M Bꓯ JW: ꓕꓯ;-. ꓕI: RO M: JO LI. Mꓶ R ꓤ, GU M Mꓯ; ꓕI: LI, YI GU KW CO. TU Tꓶ, L SI. Tꓯ, N T. Xꓵ: ꓶ ꓤ: Tꓯ, NE NI, ꓞ HW:-LU-Cꓵ-ꓒ: Tꓶ, JE M Tꓯ. Sꓯ Tꓶ, JE NY, ꓥ=

Fꓯ, Bꓯ NY YI. ꓞI; JI GU M ꓤ: Mꓶ: ꓕI: ROT ꓯ. Bꓯ ꓕꓯ;-. NI. JO: Bꓯ LO Xꓵ: L ꓕꓯ: K: LI. K: M: ꓛꓵ= Gꓶ SI. A.-N NY WO: MY ꓘO, NY, M ꓕI: LI, M K. Dꓯ L JI ꓥO H, M “XW: L: L:-. XW: L: L: ”Sꓯ; ꓒ.. Bꓯ JW: ꓕI: B, M YI. NY ꓕI: Xꓵ: LI. M: T.= HW:-LU-Cꓵ-ꓒ: ꓕI: ꓕꓶ. A. ꓘꓶ: Tꓶ. DO JE C, W ꓕꓯ; SI.-. ꓕI: ꓕL. ꓤ: VI B: C, KW L JI ꓥO H, M M: XW LI; L SE: M. Dꓵ: JW: W LEO= NI. JO: M NY L JI M Dꓯ HW L ꓥ SE, SW; SI.-. NI, F TU DO JE NY, ꓥ= YI. A. ꓘꓶ: ꓒ.. DO ꓕꓯ;-. HW:-LU-Cꓵ-ꓒ: VI SI M Gꓶ ꓕI: ꓛO DO L W=

A.-N NY NI, ꓞ HW:-LU-Cꓵ-ꓒ: VI SI M Dꓯ “A; MI., Mꓶ: ꓘꓶ; N: WO: Hꓶ MY: ZI SI. ꓕO: ꓶ: BO H, LO L JI M LI. XW ꓛY, MI LI, BO-. NU: W: NYI: RO M Dꓵ: JW: W M: Wꓯ?”N NYI NY, ꓥ= ꓕI LI N NYI ꓕꓯ; SI.-. HW:-LU-Cꓵ-M Gꓶ

SW; W LE SI. "Cꓵ Cꓵ ꓥO Lꓯ.-. ꓥW NU: Gꓶ Dꓵ: JW: M: W Mꓯ:" Bꓯ ꓥ=

Bꓯ GU ꓕꓯ;-. YI. W: NYI: RO NY ꓕI: ꓛO ꓒ.. L SI. L JI ꓥO H, M KW NYI NYI ꓕꓯ;-. NU ꓕI: NYI N: ꓥW ꓕI: NYI-. ꓯ' LE GU W=

A.-N NY "O,-. A: SO YI: Mꓶ NY, ꓕꓯ; WO: MY ꓘO, M LI 'XW: L: L:-. XW: L: L: 'Bꓯ JW: M ꓕO: ꓶ: BO H, M L JI M A. Xꓵ: ꓥ LI. M: Sꓶ. Xꓵ: NI. Jꓵ: NE Cꓵ, Z: Kꓶ BO"Bꓯ SI.-. ꓕI M N: Xꓵ: WU D: M ꓥ SW; NY,= HW:-LU-Cꓵ-M Dꓯ "RO" NY NI. JO: GO M Dꓯ G; YI Lꓯ "Lꓯ: Xꓵ Bꓯ Lꓯ: Xꓵ YI. YI: T. GU KW JE SI. J: ꓥO: M RU NE-. HW:-LU-Cꓵ-M Dꓯ GO SI. HW:-LU-Cꓵ-ꓒ: BU JE M Tꓯ. ꓛO: Sꓯ; JE YI W=

LI-SU Xꓵ: ꓕI: ꓘ, KW Xꓵ: WU JW, ꓕꓯ; A: Jꓵ: SU ZI; L CI; ꓥ= TI. Nꓶ: TI. JI M ꓝO ꓘ, KW SU Gꓶ NE Yꓯ:-ꓛꓵ:-DI.. KW A. N: LU Sꓯ; SI. Bꓶ ꓛI MU Sꓯ; M Bꓯ JW: ꓕꓯ; NI. JO: ꓝO K, KW ꓒY, L M Tꓯ. Sꓶ. LE-. ꓘ, KW HW: Tꓱ. ꓒ: ꓕI: HW. M NY Bꓯ M: ꓛU ꓛꓵ A. TO. PY-. ꓛY, Tꓯ,-. CY, PU. Mꓯ-. A. ꓕ: Tꓱ; SI. HW:-LU-Cꓵ-ꓒ: BUT ꓯ. ꓛO: Sꓯ G; L NY, ꓥ= Cꓵ Cꓵ Bꓯ NYI ꓕꓯ; NI. JO: GO M NY ꓘE, Tꓶ. LI. M: JW, N ꓛI ꓥO=

CO LO LO LI. A. TO. JO: B Lꓱ Lꓱ T.-. ꓝO Sꓯ; Xꓵ: Xꓵ: T.-. ꓕI: G.. LI. ꓘE, G; M: JW, M MO ꓕꓯ; NI. JO: GO M NY Nꓯ YI ꓘꓶ: Tꓯ. Sꓯ Tꓶ, JE W=

ꓕI ꓕꓯ;-. A.-N NY NI, ꓝ HW:-LU-Cꓵ-ꓒ: BUD ꓯ G; Mꓶ FI SI.-. NI. JO: M W:-B Nꓯ YI KW Tꓶ, ꓝO LE T. M MO ꓕꓯ;-. HW: Tꓱ. ꓒ: BU Tꓯ. Lꓯ: Xꓵ G; Lꓯ: Xꓵ W. ꓤ: W. "A: Jꓵ: SU ꓝꓯ, NE A. TI. Sꓯ; ꓕꓵ: SE:-. NI. JO: GO M Tꓯ. Nꓯ YI KW ꓕ: Tꓶ, ꓝO YI FI"ꓘU NY, ꓥ=

A.-N ꓕI LIB ꓯ NY, ꓕI: B, M KW-. YI. WU. Nꓯ ꓝI; ꓕO: MU T. LO MI; WO; M NY ꓕI: ꓕꓶ, NE Lꓯ: Lꓯ. ꓤ: Kꓶ YI SI. V B., ꓛI ꓤO.. L-. NI. JO: Tꓶ, JE M KW NY Lꓯ; Lꓯ. ꓤ: MO ꓥ=

V B., NE Tꓱ, M KW-. ꓝO ZU NY YI. W: Xꓵ M: ꓭU G; NY, LO NI. JO: GO M Tꓯ. NYI ꓕO, ꓕI.. LE-. GO M NY YI. Mꓵ LI. ꓒU LI. Xꓵ: LI ꓛI A. N: ꓕI: M ꓥ Bꓶ= Bꓯ LI. M: ꓛꓵ WO-. YI. MU ꓒU LI. ꓤ; T. M KW NI. L: ꓝO BU NY GO M N: ꓕI: TU ꓘO; ꓛI LO;_M A. N: ꓕI: M ꓥ M Sꓶ. D ꓥO=

ꓕI B, M KW-. A. N: GO M NY Sꓯ; M LI. ꓝE, YI M: NYI., Mꓶ. ꓕꓯ; Tꓶ, NY,-. Lꓯ; ꓛO A Xꓵ-. Mꓶ: ꓶ XU: XU:-. ꓕO: ꓶ: BO H, LO L JI M Lꓯ: Xꓵ: Z: NY, SE: ꓥ= L: ꓝO BU NY A. N: GO M ꓕI MY Vꓶ M Tꓯ. MO ꓕꓯ:-. Lꓯ: HW. NI, ꓝI, Xꓵ SI.-. ꓕI: RO M: JO A: ꓘꓶ. TI. SE; NI, Xꓵ NY, = ꓕI: ꓛO ꓤ: Sꓯ; ꓕꓵ: SI. Mꓶ. ꓕꓯ; G; JE NY, ꓥ=

A. N: GO M NY A: ꓘꓶ. ꓕI.. SI.-. L: ꓝO Lꓯ: HW. G; Lꓯ: HW Sꓯ; JO-. Lꓯ: HW. G; Lꓯ: HW. MI M MO ꓕꓯ;-. A LIT ꓶ, HW. GO LI Tꓶ, NY, ꓥ= YIN Y ꓕI: B Lꓯ: ꓶ. ꓕI: ꓛO: KW Tꓶ,-. ꓕI: B, Lꓯ: RW ꓕI: ꓛO: KW Tꓶ, SI.-. L: ꓝO BU Dꓯ Gꓶ ꓕI: B, ꓕI: ꓛO: KW G; FI NY, ꓥ= L: ꓝO BU Lꓯ: RW ꓕI: ꓛO: KW G; NY, ꓕꓯ;-. YI. NY A: MO Tꓯ, B: KW Tꓶ, Dꓯ JE W= L: ꓝO BU A: MO KW Dꓯ JE ꓕꓯ;-. YI. NY LI: LI: ꓕI: ꓕꓶ. ꓤ: YI. Cꓱ, KW Tꓶ, SI. ꓘE, NY, ꓥ......

A. WO: M A.-N NY A. N: GO M ꓕI MY T. M MO ꓕꓯ;-. HW:-LU-Cꓵ-ꓒ: Dꓯ “YI. Dꓯ G; W FI Bꓯ NY YI. A LI T ꓶ, NY M Dꓯ NYI ꓛꓵ ꓥ-. M: ꓥ ꓥO Bꓯ RO G; M: HW. YI LI. YI Tꓯ. G; W M: D”Bꓯ GO: NY, ꓥ=

A. WO: M A.-N NE Bꓯ M N N, GU ꓕꓯ;-. HW:-LU-Cꓵ-ꓒ: Gꓶ ZO: M LI T. SI.-. Cꓵ Cꓵ LI. ꓕI: HW. M BY: Yꓱ_M LI Yꓱ., Bꓵ: M: JW, W SW; ꓥ= YI. NY NI, ꓝ ꓕI: Bꓱ M Tꓯ. KO Dꓯ JE Cꓱ, KW K: H, FI-. ꓕI: Bꓱ M Dꓯ Lꓯ: ꓶ. ꓕI: ꓛO: KW K: H, FI-. ꓕI: Bꓱ M Dꓯ Lꓯ; RW ꓕI: ꓛO: KW K: H, FI NY,= YI. SI A. WO: M A.-N Bꓯ LO HW: Tꓱ. ꓒ: BU NY XU M: JU A. N: GO M Kꓶ. NY. G; NY, ꓥ=

ꓝO ZU BU NY GO. ꓕI: G; N: GO. ꓕI: G;-. Kꓶ. NY. ꓕꓯ; Nꓯ YI ꓘꓶ: KW M: ꓛI NYI: S BO_LI JW, LI ꓕꓯ;-. MY JI SI. ꓥ M: Sꓶ.-. A. N: GO M Xꓵ NE ꓛI SI. ꓥ M: Sꓶ.-. SI. CI ꓕI: Gꓶ., Lꓶ NE A. N: GO M Tꓯ. Bꓯ: W SI. Tꓯ, Lꓯ: ꓘꓯ; MO Lꓱ. DO: YI SI. A: ꓘꓶ. HO Tꓶ, NY, ꓥ=

Kꓶ. NY. G; H, M HW:-LU-Cꓵ-ꓒ: NY ꓛY, MO. H, SI. “BO, ”ꓕI: ꓕꓶ, BO Bꓶ ꓕꓯ;-. CY Cꓱ, M LU LU. ꓤ; A. N: Kꓶ. FI. KW Bꓶ ꓤꓯ; YI W= A. N: M NY “WO,”ꓕI: ꓘꓶ: Mꓶ Gꓶ ꓕꓯ; TU Tꓶ, L SI.-. Mꓶ ꓛY CO. A: L ꓕI: BO MU FI Tꓶ, L GU ꓕꓯ;-. KO Dꓱ: M ꓶ, Lꓶ ꓤ: ꓶ, Lꓶ ꓕI: Cꓱ., ꓤ: W:-B Nꓯ YI KW Tꓶ, ꓝO LEO=

A.-N NY A N: GO M ꓘE, Lꓶ, YI T. M MO ꓕꓯ;-. J: ꓥO: M KW Tꓯ, K, SI. BYꓱ_M LI Tꓶ JE SI.-. J: ꓥO: M KW CO. TI. NY, ꓥ= MU: GU: Pꓱ Sꓯ; M WU ꓕI: ꓘꓶ: Bꓯ JW: LE ꓕꓯ;-. Nꓯ YI KW A: L Tꓶ, ꓝO LE_M A. N: GO M JI: FI. KW TI. W SI.-. XY: Lꓯ: Mꓶ ꓛY: Lꓯ: YI. Hꓶ: TI. Nꓶ; YI-. Nꓯ YI KW Bꓵ JEO= ꓕI: TU ꓘO; ꓛI LO; GU M MI JO MI JO T. Xꓵ: A. N: GO ꓕI: M M NY A: L LI. Nꓯ YI KW NI. M: Mꓶ: LEO=

A. N: M NY KO: ꓤ: KO: YIN Y, M Nꓯ YI KW ꓝO LE ꓥ Bꓯ LI.-. YI. TU ꓘO; LO; Xꓵ: A. N: ꓥ SI. YI. V M GO LI LI. NY, SE: ꓥ= ꓕI Pꓶ. DU-. A.-N NY ꓝO ꓤ: ꓕI: Bꓱ M DꓯYꓯ:-ꓛꓵ:-DI.. G: BO. TI: F. KW K: H, FI-. ꓕI: Bꓱ M Dꓯ ꓘ, Kꓶ. NY. KO Dꓯ K: H, FI-. YI. SI. HW:-LU-Cꓵ-ꓒ: NY ꓝO ZU A: MY, ꓕI: HW. HO: SI. NE A. N: ꓝE ꓝO LI_M Nꓯ YI ꓘꓶ: KW K: H, ꓥ= YI NY ꓕI: Xꓵ: M N: A. N: M Tꓯ, NE

SꓯꓸL SI. FO ZU Tꓯ. Vꓯ. L M K: W FI NI, Xꓵ NY,-. Fꓯ, ꓕI: Xꓵ: M NY A. N: NE Z: Kꓶ LO L JI KW ꓕO: ꓶ: M HW LI; L NI, Xꓵ NY, ꓥ=

ꓝO ZU NY A.-N A LI Bꓯ GO LI YI NY,-. MI Tꓯ. MI K: Tꓶ. KW K: NY, SI. MY Dꓵ: LI. MY ꓝI. M: Pꓶ.= Gꓶ SI. ꓕI: VY; LO, YI SI. Mꓶ: ꓘꓶ; JI LI. ꓕI: Xꓵ: LI. M: MO=

YI. Xꓵ; ꓕI: NYI M KW-. L: ꓝO NY L JI KW BO H, LO ꓕO: ꓶ: M HW ꓕꓶ, Lꓯ: HO NY, SI.-. A: Jꓵ: A. N: ꓝE ꓝO YI_M Nꓯ YI ꓘꓶ: KW LI; ꓛI L SE: W= NYI NYI ꓕꓯ; Mꓶ: ꓕꓯ; Kꓶ. NY. YI JY KU: KU: YI NY, M W:-B Nꓯ YI KW NY A. N: LI T. Xꓵ: Mꓵ: ꓕI: Mꓵ: JW, ꓥ= ꓛY, NE Bꓶ N LI SI. A. N: M YI. Sꓯ; M: JW, LI ꓥ T.-. Nꓯ YI KW Mꓵ: GO M Gꓶ Nꓯ YI ꓘꓶ: KW LI. ZO: ꓥ= Mꓵ: GO M KW NY YI JY LO A: ꓘꓶ. MY: M B SI-. Xꓵ. Hꓶ Xꓵ. MI LI: A. TI. JW, ꓥ= ꓕI Xꓵ: Xꓵ. Hꓶ NY ꓶ: R CO. NYI ꓕꓯ; XO. ꓘꓶ YI. MU LI T.-. A: ꓘꓶ. NYI XW. ꓥ= Gꓶ LI. NE-. Mꓵ: GO M SI. G: Lꓯ: G: JI KW JI JI ꓣ: HW ꓕꓶ ꓕꓯ;-. A Mꓶ KW ꓛI LI.-. L: ꓝO BU NY ꓕO: ꓶ: BO H, M LI T. Xꓵ: LO ꓝI, GO W D ꓥ= L: ꓝO BU NY LO ꓝI KW ꓕO: ꓶ: M NY GO ꓕI: ꓘO; KW A.-N NE J: ꓥO: KW CO. TI. SI.-. ꓘꓶ: ꓒU GO ꓕI: M M NE Z Kꓶ LO L JI ꓕO: ꓶ: M M: Mꓶ: YI SE: SI. ꓥ Bꓯ NY, ꓥ= LO ꓝI, KW ꓕO: ꓶ: Zꓱ M NY NI,ꓛI Xꓵ: MY: ꓥ= ꓕO: ꓶ: Zꓱ SI: LI, Xꓵ: BO H, M LO ꓒU GO W-. ꓥ, NY SI: LI, Xꓵ: ꓕO: ꓶ: BO H, LO LO NI, ꓛI GO W CI; ꓥO Bꓯ-. LO ꓝI Tꓯ. K, ꓛꓵ; SUN Y A: ꓘꓶ. ꓶ ꓛO-. Jꓵ: A: ꓘꓶ. JI ꓥO=

GO Bꓯ YI. MU ꓒU LI. ꓣ: T. M A. N: KO ꓕI: M M A KW CO. L MI?

Bꓯ NYI ꓕꓯ;-. YI. MU ꓒU LI. T. LO A. N: GO ꓕI: M M NY W:-B Nꓯ YI Bꓶ Dꓵ: ꓘꓶ: ꓕI: ꓛO: KW PI,-LO: W: KO LU: Bꓱ KW NY, M LU: NI, ꓛI; Tꓯ. JW SU ꓥ=

Xꓵ: WU M NY ꓕI LE ꓥ-. A ꓕꓯ, LI. A.-N Dꓯ Xꓵ FI NI, Xꓵ NY, M X, ꓒ: NI: NY A.-N Tꓯ. WO S ꓒU: L NE ꓕO: ꓶ: Zꓱ GO:-. ꓝO ZU Tꓯ. M. NY, M M ꓘU: NYI N, W LE SI.-. ꓝO ZU ꓕO: ꓶ: Sꓶ. LE-. Sꓶ. NI, JW, LE M Dꓯ MO ꓕꓯ;-. ꓝO ZU Lꓯ; HW. ꓕI.. L KU.-. ꓝO ZU ꓕI.. L ꓕꓯ; A. Xꓵ: LI. A: ꓘꓶ. Sꓶ L KU.-. YI. M: JI ꓥO: ꓕI: Xꓵ: LI. YI M: N-. Mꓯ ꓝI. ꓕꓱ: Mꓵ: KW PY H, SI. M: JI ꓥO: JO: YIN Y, M X, ꓒ: NI: ꓕI: Xꓵ: LI. YI M: N M JO SI.-. LU: NI, ꓛI; Dꓯ FI SI. X, L FI NY, Xꓵ ꓥ= ꓕI M Pꓶ. DU-. YI. NY W: -B Nꓯ YI KW YI. TU ꓘO; NY, GU_M A. N: ꓒU GO M Dꓯ Kꓶ DO: LI SI.-. WO S ꓒU: L NE LI-SU Xꓵ: Tꓯ. L JI ꓕO: ꓶ: GO: M ꓘU: Z: YI FI HW: NE A. N: NE L JI ꓕO: ꓶ: Z: LO Xꓵ: WU DO L NY, ꓥ Bꓶ=

C: C: Bꓯ NYI ꓕꓯ;-. MI; WO; WO S ꓒU: L NY ꓝO CI; ꓕI: NYI LI-. Mꓵ: KW

ꟻO X∩: V Λ M D∀ LI. ⊥O: ⅂: CI; X, GO: H, GU W= ꟻO ZU T∀. ⊥O: ⅂: JI JI SO W FI ΛO BA SI.-. WO S dU: L NY MI KW MI ⊥O: ⅂: (⊥O: ⅂: ZƎ Λ, NY ⊥O: ⅂: BO dY.)T∀. K: SU dU: L ᴚ: FI ɾU L NY, Λ=

ꟻI; L∀. M dU: L ᴚ: NY ꟻO ZU T∀. ꟻOX ∩: ⊥O: ⅂: M BƎ GO: ⊥∀;-. YI. SI. dU: L ᴚ: M⅂: NI, dU L∀: HO NY, ⊥I: J∩, M ZO: Λ= ⊥I: NYI M KW-. YI. MO. MO. ꟻO X∩: T∀. ⊥O: ⅂: BƎ GO: NY, SI. A: ꓘ⅂. NI, F ⊥I: B, M KW-. YI. ƆO P. NY "M⅂: L∀. ⊥I: RO M NU T∀. LO NY, H, Λ"B∀ GO: L NY,= ⊥O: ⅂: dU: L ᴚ: M JE SI. NYI N, YI ⊥∀;-. YI. NI, dU SU M Λ SI.-. YI. D∀ YI. ꓘ⅂: KW ⊥I: B, LO NY, H, SE: B∀ Λ=

Ɔ, M: N M NY-. MI; WO; MI N∀ ⊥I: LI, ᴚ: Λ B⅂= ⊥O: ⅂: dU: L ꟻO X∩: ⊥O: ⅂: BO SI. K⅂. NY. ᴚO: KW ƆI ⊥∀;-. ⊥O: ⅂: TA, L M ᴚƎ: GU LI SI.-. K⅂. NY. dO, NE NI, dUS U M D∀ NYI ⊥∀;-. NI, dUS U M NY K, M: ƆU; M LI T. M MO LEO= ⊥I: X∩: M NY ⊥O: ⅂: M NI, ꟻ BOG U FI N T. LI. ⊥O: ⅂: M ᴚƎ; GU LEO-. ⊥I: X∩: M NY YI. NI, dU SU M LO. NY, M: ꓘU L W= F∀, NE ⊥O: ⅂: HW NY, SE: CI; ΛO B∀ YI. MI: A: MY, X∩: YI N T. SE:-. ⊥I: B, N RU W M: D= NI, dUS U K⅂. NY. K, T M: W LI: M: ꟻI-. GO ⊥I: NYI M KW YI. MI: M LI. YI GU M: D SI. K. X∩. L KU. Λ= ⊥O: ⅂: dU: L NY A LI YI M: Λ T. NY,-. JW: XW. NE BO: LO A. TO. T⅂. NE T⅂. T. Λ = TI: ⊥⅂, NE YI. ƆO P. NE B∀ ꟻI: CI; DU HW: JI T∀, SI. A. ꓘ⅂: K⅂. NY. d∩, H, M MO LE SI.-. HW: JI M ⊥O: ⅂: YI SI. BO M: GU SE: LO ꟻO X∩: ⊥O: ⅂: M BO NY, Λ= L JI M RU ƆI ⊥∀;-. LI-SU ⊥O: ⅂: ZƎ M BO ƆI LI SI.-. LI-SU ⊥O: ⅂: ZƎ M NY L JI KW BO H, SI. GO: L NY, Λ=

⊥O: ⅂: BO H, LO L JI M A. N: NE Z: YIP ⅂. DU-. LI-SU X∩: NY ⊥O: ⅂: M: JW, CI; Λ=

K⅂. NY. ⊥∀:-. WO S U: L NY dU: L M∩: KW DI.. KW Ɔ: ⊥⅂ NYI ⊥∀:-. LI-SU ⊥O: ⅂: ZƎ GO: FO M M: JW,-. MI T∀. MI ꟻO X∩: ⊥O: ⅂: S⅂. SU ⊥I: RO LI. M: JW,-. ᴚƎ: KU. SU L∀: HW. M: JW, M S⅂. LI SI. A: ꓘ⅂. NI, SI; NY,-. ⊥O: ⅂: dU: L ᴚ: ⊥I: HW. M D∀ ꓘU L NY, Λ=

⊥O: ⅂: dU: L NY L JI ⊥O: ⅂: M A. N: NE Z: K⅂ M YI. WU. LI S⅂. GU W-. YI. ΛO: YI M S⅂ SI.-. K⅂ ΛO: SW; NY, Λ= GL SI. WO S dU: L NE S⅂. LE W= WO S dU; L NE YI. D∀ MY SE: A WU NYI H, M MO ⊥∀;-. YI. NY K⅂ W M: D WO SW; NY,-. YI. XW DI ZI L T. M S⅂. LE-. ⊥I: KO ⊥I: DƎ: ƆO: NY,-. C∩. YI ⊥I: FO, L∀: M WU Z∀ L NY,-. ƆI FI. G⅂: H, SI. "ΛW ΛO: LE W-. ΛW NE LI-SU ⊥O: ⅂: M L JI KW M; BO H, ΛO B∀ A. N: NE Z: YI M: KU.= ΛW ΛO: LE M S⅂ W-. ΛW

ΛO: M S⅂ W= ΛW T∀. A. TI. G GO: L∀”DI: NY, Λ=

WO S dU: L N N, W ꓕ∀; NI, SI; SI. S; L M D∀. ꓕ. E∩; NE “ꟻOX ∩: ꓕI: X∩: ꓕO: ⅂: ZƎ M M⅂: YI FI M X∩: WU ꓤ: Λ SƎ: ∀?”B∀ SI. “ꟻO ꓤ: D∩: L∀”ꓘU NY, Λ=

“Λ,”ꓕI: ꓘ⅂: B∀ JW; ꓕ∀;-. d.. ꓕI.. BO. dUB ∀ ꟻI: KW: H, X∩: NYI: S RO L SI.-. ꓕO: ⅂: dU: L ꓤ: D∀ RU NYI. H, W=

WO S dU: L NY “ꓕI: X∩: LI. M: ꓕO: SU-. YI. D∀ ΛW; V ꓕ⅂, TI.”B ∀NY, Λ=

ꓕI LI SI.-. ꓕO: ⅂: dU: L NY ΛW: V T⅂, TI. W LE LI: M: ꟻI-. M∩: ꓕ∀; SI ꓕO: ⅂: K: LO J∩: W: M G⅂ M: JW, LE-. MI; WOK W A. MO: VƎ A. MO: LO. SU YI JE FI W=

WO S dU: L NY ꓕO: ⅂: dU: LO: ⅂: JW, M A: ꓘ⅂. ZO: Λ SW; SI.-. dU: L ꓤ: BUT ∀. M: YI FI-. YI. ꓤ: M⅂: DI.. A.-DU. T∀. FI SI. YI L FIN Y, Λ=

A.-DU. M⅂: L∀. NY M∩: KW : DI.. KW SU D∀ A: ꓘ⅂. XW. YI ꓤ: NY,-. YI. d: NE YI. MI: ꓕI MY V⅂ X∩: YI FI L ꓕ∀;-. S∀; ꓕ∩; SI. YI JI FI NI, X∩ NY, Λ= YI. NY ꓕO: ⅂: dU: L M. ꓘW: DI; LI DU M JI JI XW ꓭ; NY,-. ꓕO: ⅂: ZE M ꓕO: ⅂: dY: KW BO H, SI. GO: ΛO: M L⅂. NE C, N T. SU Λ, NY V LƎ BO D SU T∀. WO: MY ꓘO W FI ΛO: YI NY, Λ= ꓕO: ⅂: BO H, M M⅂: YI CI; LI. O. N⅂. KW K, H, FI NY, Λ=

ꓕI M P⅂. DU-. LI-SU ꓕO: ⅂: NY K⅂. NY. ꓕ∀; A. N: NE L JI Z: YI M M∩: KW NI: d: D: M (A: ꓘ⅂. TI.. KU. SU)ΛW.-ꓤ: -BO D∀ WO: MY ꓘO W FI NY, Λ=

ꓕI LI HW: NE-. YI. WU. L JI M A. N: NE C∩, N⅂; K⅂ GU KW NY A.-N NE J: ΛO: TI. W ꓕ∀;-. A. N: KO. X∩ MO M LO DI ꓤ: LO; YI W= ꓕI M P⅂. DU-. ΛW.-ꓤ:-BO ꓕO: ⅂: CI; X, ꓕ∀; LO ꟻI LO dY. KW M⅂; ꓕ∀; BO H, Λ= d.. WU ꓕ∀; LO ꟻI KW ꓕO: ⅂: BO H, M NY W: L∀: HO NY W: ZI; L(ꟻO ZU T∀. ꓘU ZI ꓕ∀; S∀; W: JW, L Λ)-. W; ƆI WON Y, dU DI.. CI;(ꟻO ZU T∀. WU. ZI; NY dU JW, L)-. X∩ JW, LI. RO T∀. M: Λ(dU X∩ JW, G⅂ ROT ∀. M: Λ)-. ꟻO ZU ZI; SI. dU ZI: D (HO, ⅂∀; HO SI. dU JW, L)BO H, Λ=

ΛW.-ꓤ: -BO NY WO: MY ꓘO W P⅂. DU LI-SU ꓕO: ⅂: ZE CI; X, DO L-. KUᗡ; C NE ꓤƎ: D Λ B∀ K⅂ LO. YI. M⅂: KW M NI._M ꟻOX ∩: ꓕO: ⅂: ZƎ ꓕI: X∩: LO. YI W= LI-SU X∩: NY GO M KW CO ꓕO: ⅂: ZƎ JW, LE W= ꓕI M NY K⅂. NY. SI. CW DU ΛO=

44 YI. JO, ꓕI: JO, Sꓯ; M CYO.-. O. ꓝꓱ ꓒU LI. NYI LO. TY,

LU: ꓒ: M YI JY DO L ꓕꓯ;-. A: ꓘꓶ. ꓛO, Mꓵ: ꓥ, M Yꓯ:-ꓛꓵ:-DI.. Mꓵ: KW Gꓶ V MI KW YI JY Kꓶ W LE SI. MI HW: A: ꓘꓶ. JI LE-. Z WO: LO WO: A: ꓘꓶ. Tꓶ JI LE-. A KW ꓛI ꓛI NI, ꓛI; ꓛI; T.-. L: ꓝO BU MI: YI NI, JW, LE-. A: L ꓛO, Xꓵ_M Mꓯ, L: ZI Gꓶ YI. YI YI L-. W: DI.. KW SI: LI. ZI Gꓶ YI. YI YI L-. NY, Xꓵ: NY, Jꓵ: NY SI, ZI Dꓯ ꓥW: H, SI. Mꓶ NY,-. Bꓵ: Lꓵ, NY SI, YI ꓘU: KW BYꓱ ꓕꓶ NY,-. Bꓶ; JO; Gꓶ NE SI. LI KW Xꓵ: ꓤ: Xꓵ: Mꓶ NY,-. YI M LO K. KW NY A ꓘW ꓛI ꓛI LI. ꓥW: ꓤ: JO, JO:-. ꓥW. ꓛꓱ. Lꓱ NY V MI KW Tꓶ, NY,-. GO ꓕI: ꓘ, M NY Cꓵ Cꓵ LI. W:-B Mꓵ: KW A. DI: NY. JI Mꓵ: LO; YI W=

A.-N NYI W ꓕꓯ; NI, M KW A: ꓘꓶ. K, ꓛꓵ; NY,-. YI. NY ꓘ, ꓤ: ꓘ, M BUT ꓯ. Fꓯ, NE JI LO Xꓵ: Xꓵ: WU ꓕI: Cꓱ, YI JW Kꓶ W=

Yꓯ:-ꓛꓵ:-DI.. Mꓵ: KW NY DI.. DI. ꓤ: T.-. Mꓵ: Sꓯ; A: ꓘꓶ. JI-. A. MO: A: ꓘꓶ. LO. S ꓥ= A. N Gꓶ NE Yꓯ:-ꓛꓵ:-DI.. Mꓵ: KW NYI: S NYI NY, SI. WO: Hꓶ N: NY, ꓥ=

A: ꓘꓶ. JI KU, M ꓘ, ꓤ; ꓘ, M BU NY A. N Dꓯ VI ꓘU: KW SU MY LI. M: ꓝI JI NY,-. ꓕI: NYI M: JO CO LO LO ꓘU SI. VI ꓘW K, Lꓯ Bꓯ NY, ꓥ= A LI ꓕI: VI KW ꓛI LI. A: ꓘꓶ. Z: MI Xꓵ X, CW. NY,-. A: ꓘꓶ. JI Xꓵ: L: C. C. GO: NY, ꓥ= Gꓶ SI. XW. SU Dꓯ CO ꓛI ꓕꓯ;-. A KW ꓛI ꓛI ꓛꓵ: ꓕꓶ ꓛꓵ SE: ꓥ= A.-N NY ꓕI M MO ꓕꓯ; NI, M A: ꓘꓶ. XW. NY, SI.-. NI, ꓝ Yꓯ:-ꓛꓵ: -DI.. Mꓵ: KW NI. DO JE ꓥ SW; NY, ꓥ=

ꓘ, ꓤ: ꓘ, M BUT ꓯ. C, M: W FI ꓥO SW; NE-. GO ꓕI: NYI M Nꓯ; Nꓯ; A. ꓭ. Bꓵ Jꓵ, ꓕꓯ:_LI-. YI. NY ꓕI: RO Tꓯ. LI: M: WO. ꓤ: A. MO: Z CW. Kꓶ-. YI. ꓶ ꓤ; M XW H,-. Nꓯ. NO. ꓕI: Fꓯ; ꓤ: Z: Kꓶ ꓕꓯ; A: ꓘꓶ. DO ꓥO: YI NY, ꓥ= GL SI. NE-. YI. A. Xꓵ: YI LI. VI CI A. WO: ꓒ: ꓛꓵ;-LO.-ꓒ: SI. A. WO: M ꓛꓵ;-LO.-M NE NYI H,-. YI. JE T. MO, ꓕꓯ; A LI YI M: ꓥ T. ꓥ= YI. W: NY M: WO. ꓤ; Bꓯ NE DO JE SI. A.-N DO JE T. M A: Jꓵ: SU Dꓯ M. GO: Kꓶ W=

ꓘ, ꓤ: ꓘ, M BU NY A.-N DO JE T. M MO ꓕꓯ;-. A: Jꓵ: TU L SI.-. Z C. SU C.-. Z JO: X, SU X,-. Wꓯ; ꓒꓱ HW: ꓶ SU ꓶ-. A. MO: Z XW SU XW YI NY, ꓥ=

A.-N N∀. NO. Z; B∀ SI. Z: DU ꓘO; NY, TI: B, M KW-. VI ꓘU: KW NY ⊥I: ⊥˥. NE ℲO S∀; X∩: X∩: B∀ JW: L O= NYI NYI ⊥∀;-. ꓘ, ᴚ: K, M BU NY A. B. ɾU C. H, X∩: T∀, SU T∀,-. W∀; dƎ HW: T∀, SU T∀,-. Z T∀, SU T∀,-. Z JO: T∀, SU T∀,-. A. MO: Z T∀, SU T∀, SI. GO KW ZI; ƆI L M MO LEO=

NU N: ɅW D∀ DƎ:-. ɅW N: NU D∀ DƎ: SI. ⊥I: N DƎ: L∀; HO K˥ ⊥∀;-. A P A. RW:-. A. WO: d: A. WO: M BU NY A.-N D∀ Z Z: T NY, Ʌ= Z: GU ⊥∀: A.-N NY YI. A. MO: M SI-. YI. ˥ M A. MO: D∀ CI, SI. JE M: Y∀; Y∀; A. ꓘ˥: DO NE YI: N∀ ⊥I: ƆO: KW JE NY, W= ⊥I ꓘO, M NY-. A.-N N: N∀ YI YI JY DO SI. N L M D∀ JO M: Ɔ∩ W= YI. NY HW:-LU-C∩,-d: NE K. JO: GO: L M T∀, H, Ʌ= ⊥I LI SI. N∀ YI ꓘ˥: KW JE P˥. LE-. A: G.. KO D∀ D∀.. M: ƆU WO= Ɔ∩; FI. T. X∩; ⊥I: G HW W ⊥∀; WO: H˥ N: K,-. YI JY MO ⊥A; YI JY DO SI. K. JO: ⊥I: ꓘ˥: MI K˥ ⊥∀; A: ꓘ˥. K, Ɔ∩; LEO=

G˥ SI.-. M∩: NU J∩, KW YI JO, CW NY GO LI LI. A: ꓘ˥. XW. Ʌ= M∩: NU J∩, KW N∀ YI ꓘ˥: KW NY ⊥I: B, B, ⊥∀; dU A MY HW W YI M ˥ L∀; YI SU S∀ NY, M ⊥I: LI, Ⅎ NE M: D T.-. M˥ Ⅎ T˥. NE B. ℲI KW A. B. ɾU CI, H, LI. MI L D N T. Ʌ-A. MO: ꓘE: M LI. ⊥I: B, NE ƆO, YI SI. A. Ɔ∩; ꓘE: LO. LI TI, LE W= A M˥ M: JE ⊥∀:_LI-. A.-N Y∀; B∀ ℲI: T M: W M KW NY Ⅎ SI. YI. LƎ. dU: YI GU W= ⊥I: B, B, ⊥∀; NI, M A: ꓘ˥. XW. NY, M O MO: M K.. ⊥I: RO_LI B∀ NE-. M˥: TI.. TI..-. MU: GU: PƎ,-. V ZO: K: SI. PY K.. LI. M: JW,-. Ɔ∩; ƆU; JY JY MU M∩: ƆU: J∩,_LI T. Ʌ= M˥ V LI L SI. dU: YI M D∀ TI. W ⊥∀; A: ꓘ˥. N SI. ZI: M: HW. T. Ʌ= G˥ SI. ⊥I X∩: NY A.-N T∀. TO; NI, M D∀ ⊥I: X∩: LI. K˥ YI FI M: D-. GO LI TI. M˥. ⊥∀; JE NY, Ʌ=

ℲO ᴚ: NY TO; NI, JW, ⊥∀; ⊥∀; A. X∩: YI LI. YI W ꓘU Ʌ= G˥ SI.-. YI. ℲI; WU: L L A. MO: NY ⊥I MY XW. TO, M: HW. SI.-. F∀, NE ⊥I: ꓘO, N DO: LEO= YI. NY YI. S∀; A WO V SI.-. KO DƎ: M d; YI GU d; YI GU ƆO, YI-. ƆO, YI GU ƆO, YI GU d; YI NY,-. ƆI d∀, LI B: M ƆO: ᴚ: ƆO: T. Ʌ= ⊥I M MO ⊥∀;-. A.-N NY YI G.. ⊥I: G.. HW SI. WO: H˥ ⊥I: B, N: Ʌ LI: SW; NY, Ʌ= G˥ SI. GO X∩: M∩: KW NY M˥: ⊥∀; K. NY. LI. ℲO K, M: JW, M-. ℲO VI A KW NI. L SE: MO? M: ZO: DU M NY M˥: V M L∀; HW. LI L∀: HW. WU: L NY,-. YI. JO, KW YI JY YI. HO: L∀ YI SI.-. F∀, NE M˥: ⊥∀ JE NY A. MO: M DO: YI N T. W= A: NƎ B∀ ꓘ˥: NY “A. MO: NY CƎ M M: JO-. CƎ LI. NE WO: H˥ M: S˥. SE:-. A. MO: NY N M D∀ JO Ʌ-. d.. N NY DO: LI KU. Ʌ”B∀ CI; Ʌ= A. MO: M N DO: LI NY-. F∀, NE TU M: ꓘU LI. M: S˥. WO=

ꓕI LI BE A: ꓘꓶ. Vꓶ NY, ꓕI: B, M KW-. Mꓶ. ꓕꓯ; ꓕI: TO. ꓤO: M ꓭ Yꓯ. ꓘW NY ꓕI: ꓕꓶ, NE A. TO. Mꓵ: ꓘU: DO L NY, MO ꓥ= Cꓵ Cꓵ LI. A. Xꓵ: ZI LI ꓒE ꓞE, W D SE: Bꓶ= A.-N NY A. MO: SI SI. Mꓶ V A WU LI. LI. MI XW. MI XW. KO.. BO. JE NY, ꓥ= ꓒ.. ꓕI.. KW JE SI. NYI NYI ꓕꓯ;-. ꓭ. Yꓯ. ꓘW Nꓯ YI ꓘꓶ: KW NY A: Bꓶ, LI ꓤO: T. Xꓵ: ꓭ. ꓘU: ꓕI: ꓘU: JW, Bꓶ-. MU: ꓘU: M NY ꓭ. ꓘU: Lꓯ: RW ꓕI: ꓛO: KW LO ꓞI D: M ꓕI: M Kꓶ. NY. CO. DO L NY, ꓥ Bꓶ= ꓭ. ꓘU: L: ꓶ. ꓕI: ꓛO: KW ꓭ. ꓒY. Dꓯ: Sꓯ NY YI. ꓘW: Cꓱ, ꓕI: Cꓱ, JW, ꓥ= YI ꓘW: Cꓱ, KW NY ꓞ Sꓯ; PU. NE YI JY ꓕI: Dꓵ: YI NY,-. NU: NYI ꓕꓯ; A. ꓭ. ꓩU ꓛꓵ: NU Sꓯ; NU W M LI T. ꓥ=

A.-N NY A. MO: M ꓭ. ꓘU: KW A. TI. ꓛO, SI. DI.. DI.. ꓤO: T. Xꓵ: ꓕI: G.. ꓞO, H, SI.-. YI. NY A. TO. MU: ꓘU: DO M Tꓯ. ꓛO: Sꓯ JE NY, ꓥ= A ꓶ M: JE ꓕꓯ; _LI-. YI. M YO ꓕI: RO M NY LO ꓞI D: M ꓘꓶ. NY. CO. DO L NY,-. A. WO: M ꓕI: RO L M MO ꓕꓯ; A: ꓘꓶ. K, ꓛꓵ; SI. “A. WO: M NE-. NI, ꓞ L SI. A. TO. KO Lꓯ-. M: ꓥ ꓥO Bꓯ JY W SI. N L NE”Bꓯ ꓥ=

A.-N NY YI. MRO Dꓯ XW. MO Lꓯ: Xꓵ Bꓯ Lꓯ: Xꓵ YI. Kꓶ . NY. L SI. LO ꓞI D: M Kꓶ. NY. ꓛI LEO= LO ꓞI GO ꓕI: M M NY A. ꓘꓶ: ꓕI: ꓒE; LI-. Mꓶ Sꓯ CO. JY Sꓯ; ꓕO. L M Dꓯ K: W D-. Fꓯ, NY A. ꓘꓶ: K: SU ꓕI: LI, A. ꓘꓶ: K: NY, ꓥ= LO ꓞI M Kꓶ, NY. CO ꓛI SI. NYI NYI ꓕꓯ;-. ꓭ. ꓘU: KW NY Fꓯ, NE A: L Dꓱ: Lꓱ: VI ꓕI: KO, WU ꓛI JW, Xꓵ: ꓭ. ꓘU: ꓕI: M JW, SE: ꓥ= ꓭ. ꓘU: ꓤ: M KW ꓭ. ꓒY. M NY ꓞO ꓤ: NE ZE.. DO L M LI DI.. DI. ꓤ: T.-. ꓭ. CI. SI. YI. ꓘU: KW Tꓯ. Sꓯ NY A: L YI GU WU ꓤO: Xꓵ: ꓭ. ꓕI. ꓕI: ꓕI. JW,-. YI T. GU YI N ꓥ= YI. T. GU Mꓶ: ꓕꓯ; ꓭ. ꓒY. M KW NY A. TO KW BE; ꓕI: BE; JW, ꓥ= ꓭ. CI. ꓕI: ꓛO: KW YI GU LI T. LO ꓭ. ꓒY. M KW NY Xꓵ Hꓶ JU A. TI. ꓘO: H,-. Dꓯ Sꓯ NY ꓤ: ꓕI: RO YI: T. H,-. ꓭ. ꓒY. ꓕI: ꓛO: M YI: T. GU M KW NY A. MI: ꓤ: ꓕI: RO NY, ꓥ= A. MI: ꓤ: NY ꓞO ꓤ: ꓕI: RO L M MO ꓕꓯ; YI. LI JO JO ꓤ: TU SI. NYI, T. GU Jꓵ GO: L ꓥ=

Bꓯ NYI ꓕꓯ; GO KW NY S RO Xꓵ: ꓕI: VI NY, ꓥ Bꓶ= YI. W: NY KO ꓕI: ꓒE., ꓤO: M ꓥW.-BO K, KW NY, ꓥ= YI: T. H, LO ꓤ; GO ꓕI: RO M NY VI CI ꓥO= YI. NY GO ꓕI: Mꓵ: KW ꓥW. A: ꓘꓶ. MY GU. SU ꓥ-. Nꓯ YI ꓘꓶ: W LI. JE NY Lꓯ; GO: LI; L M: FO= YI. W: ꓕI: VI M NY ꓥW. MY SI. FO JO NY, ꓥ= YI. W: NY ꓥW. ꓒ.. MY W ꓕꓯ; VI ꓘW Mꓯ LI; L SI.-. ꓘ, KW SU ꓕI: VI M: JO Tꓯ. Bꓱ GO: NY, ꓥ= Mꓶ R LO; ꓕꓯ;-. ꓘ, ꓤ: ꓘ, M BU NY YI. W: ꓕI: VI Tꓯ. A: ꓘꓶ. NYI ꓒU: NY, ꓥ= YI. ꓥW. A: ꓘꓶ. MY KU. SI.-. ꓞO ZU NY YI. DꓯꓥW.-LU-Cꓵ (ꓥW. A: ꓘꓶ. MY KU. SU)ꓘU NY, ꓥ= ꓕI NYI: S; NYI M Mꓶ V LI MY:-. YI. MI: YI K. M: ꓘO: SI. YI. NY YI VI SI M SI. YI. ꓤ: Mꓶ: Dꓯ HO: SI. Nꓯ YI ꓘꓶ: KW ꓥW. MY L NY,-. Z ꓞI.. Z: M: ꓞI.. ꓤ: T.

M ꓘ, ꓤ: K, M BU Dꓯ ꓥW. A. TI. MY CW. NI, Xꓵ NY, ꓥ=

YI. W: NY YI. WU. ꓕI: NYI M MO: LO ꓕꓯ; LI GO KW ꓛI L-. ꓥW.-LU-Cꓵ NY YI. ꓤ: Mꓶ: Dꓯ ꓨU H, SI. Nꓯ YI ꓘꓶ: KW ꓥW. D: DU ꓘꓶ YI NY, ꓥ= Gꓶ SI. Mꓶ: V ꓕI: Mꓶ: ꓘꓶ; LI L SI. YI JY A: ꓘꓶ. Jꓵ: L-. ꓥW. D: DU M Kꓶ Bꓵ., JE-. ꓥW. ꓕI: M LI. HW M: W-. ꓥW. ꓷ: DU M LI. ꓨU. ꓨU. Mꓶ: YI W= NI, ꓝI, LI SI.-. ꓥW.-LU-Cꓵ NY Mꓶ V XU: XU: KW ꓥW. NYO, DU M Kꓶ YI NY, ꓥ= ꓕI: Nꓯ; W JO: LI. ꓕO: LO: Vꓯ.. ꓥW. (GO ꓕI: Mꓵ: KW SU ꓘU MI-. A. TI. ꓤ: T. Xꓵ: ꓥW. ꓕI: Xꓵ:)ꓕI: ꓘ, ꓕU ꓥ SI. NE ꓥW. Mꓶ: ꓒY. (ꓥW. Mꓶ: BY)ꓕI: ꓘ, ꓕU HW W LEO= ꓕI Xꓵ: YI. ꓘU: KW NY A ꓕꓯ; LI. MO M: FO Xꓵ: A. WU. T. M ꓥW. Mꓶ: ꓒY. ꓕI: M JW, SI.-. A: L ꓛI, Bꓶ (Mꓵ: GW: Sꓯ; ꓛI, DU ꓕI: Xꓵ:)ꓕI: K. WU T. ꓥ=

ꓥW.-LU-Cꓵ, NY ꓥW. M Tꓯ, SI. ꓭ, ꓘU: ꓘL: KW ꓛI ꓕꓯ; LIW. ꓤ: W. YI. VI SI M Dꓯ “YI ꓤ: L T. W-. YI ꓤ: L T. W= NYI NYI-. MO LI. M: FO Xꓵ: ꓥW. Mꓶ: ꓒY. ꓕI: M HW W LEO”ꓘU NY, ꓥ= ꓕI GU ꓕꓯ; YI. VI SI M Dꓯ “”ꓥW. Mꓶ: ꓒY. ꓕI M YI Bꓱ KW Vꓱ H,-. YI ꓤ; L ꓕꓯ; SI. SE; Z: NE”Bꓯ GO: NY, ꓥ=

ꓥW. NYO, YI ꓕꓯ; Mꓶ: V ꓕO, W SI.-. ꓕI: KO ꓕI: Dꓱ: LI. YI. ꓒ; L; Kꓶ LI-. ꓛI ꓒꓯ, M Gꓶ Nꓯ YI KW Mꓶ R TI, W SI.-. ꓥW.-LU-Cꓵ NY N DO: LEO= ꓕI: KO ꓕI: Dꓱ: Cꓵ. YI ꓒ; YI-. ꓕI: B, B, ꓕꓯ; JY NI, WU SI. ꓛO: ꓤ: ꓛO: T.-. ꓕI: B, B, ꓕꓯ; WO: TO KW WO; NE ꓥU, L M LI Kꓯ. N ꓥ= ꓕI M Pꓶ. DU-. A LI M: YI SI. Xꓵ. Hꓶ JU A. TI. ꓘO: SI. ZI: NY, H, ꓥ= YI. VI SI M NY ꓕI: Xꓵ: LI. M: Sꓶ. SE: M YI. ꓤ: Mꓶ: HO: NE CO LO CO LO T. ꓕI: Xꓵ: LI. YI M: KU. LEO=

A.-N NY ꓥW.-LU-Cꓵ ꓕI LI N YI M C, W ꓕꓯ;-. YI. VI SI M Dꓯ JW: XW. M: ꓛU Bꓯ GO: NY,-. Fꓯ, NY ꓒI: Z ꓘO KW CO. SI, CI Nꓯ ꓝI; RU DO L SI. L: C. C. DU KW CO. C. SI. ꓥW.-LU-Cꓵ Dꓯ DO FI NY, ꓥ= GU ꓕꓯ; Fꓯ, NE JE SI. A. MO: Dꓯ NYI YI NY, ꓥ= ꓭ. ꓘU: KW ꓛI LE ꓕꓯ; A. MO: M Fꓯ, NE M: ꓛO: W-. Gꓶ SI. Vꓯ, ꓘE, N: Vꓯ, ꓘE, T. SI.-. YI. Z Z: M: N= A.-N NY A. MO: KO Dꓱ: Dꓯ XO, NYI ꓕꓯ; ꓛU. FI. ꓤ: T. ꓥ= A. MO: N DU M NY ꓕI: Fꓯ; LI. M: ꓘW LI SE:= A.-N JI JI ꓤ; Dꓵ: JW: Kꓶ ꓕꓯ;-. ꓕI: Xꓵ: SW; W LEO=

A. MO: M ꓕI: B, ꓝ ꓕI: B, JY T. ꓥ= Cꓵ YI A. TI. ꓤ: G; DO L FI SI. K. JO: A. TI. ꓤ: MI GO: ꓥO Bꓯ D LI. M: Sꓶ. SW; ꓥ= SW; GU ꓕꓯ; ꓭ. ꓘU: A: Nꓯ. KW JE Kꓶ-. YI Lꓱ Dꓵ: DO GU M KW ꓒ.. ꓛI HW JE NY, ꓥ= YI Lꓱ Dꓵ: GO M NY ꓭ. CI; KW CO. YI JY FU_M LI Bꓯ NE “TI.. DO:-. TI.. DO:”Mꓶ NY, ꓥ= YI Lꓱ Dꓵ: ꓝ Sꓯ; NE PU. NE ꓭ. ꓘU: KW LI. Lꓱ Lꓱ. ꓤ: T. ꓥ= GO KW NY A: ꓘꓶ. ZO:_M N X, GU ꓕI: K ꓥ Bꓶ=

A.-N NY ΛW.-LU-C∩ D∀ HO:-. A. MO: SI SI. YI LƎ D∩: JW, Tꓶ. KW JE NY,-. YI. W: D∀ C∩. YI A: ꓘꓶ. G; DO L FI NY,-. YI. Ⅎ NE C∩ YI M ℲI: Kꓶ ⊥∀; SI. DO L FI NY, Λ=

N SU SI. A. MO: YI LƎ D∩: JW, Tꓶ. KW CO. DO L ⊥∀;-. A.-N NY ΛW.-LU-C∩ D∀ F∀, NE N∀ ℲI; ⊥I: ꓘꓶ. DO FI NY,-. A. MO: D∀ K. JO: A. TI. MI GO: NY, Λ= WO: Hꓶ ⊥I: B, N: Kꓶ ⊥∀;-. ΛW.-LU-CU N DU M A: J∩: ꓘW: LI-. YI. ꓶ d.. X∩ ⊥I: ꓶ M∀ SI. N: Kꓶ M LI T. C, W LEO= A. MO: KO DƎ: M Gꓶ F∀. NE Ɔ∩; Ɔ∩; MU M: T. GU-. N ꓘU Kꓶ M: MU NY,-. YI Z Z: L W=

ΛW.-LU-CU N DU M XY XY ꓘW: LE ⊥∀; ⊥I: VI PƎ PƎ A: ꓘꓶ. K, Ɔ∩; NY, Λ= A. WO: M A.-N N: A: ꓘꓶ. N X, KU. SU Λ Bꓶ dU: GO: NY, Λ= A. MO: N DU M Gꓶ KW: LE ⊥∀;-. A.-N NI, M Gꓶ JW: XW. DU M: JW, W=

N ꓘW: LI_M ΛW.-LU-C∩ NY YI. VI SI M D∀ ΛW. Mꓶ: d.,. GO ⊥I: M M RU DO L FI SI. A WU ⊥I: ∀, LU: C. CW. NY, Λ= ΛW. HW: M MI LE ⊥∀;-. YI. W: LI. RO M NY A: ꓘꓶ. Z MI X∩: ΛW. HW: Z: GU ⊥∀; B. ꓘU: KW CO. XW. ⊥Ǝ Mꓶ: ⊥Ǝ NE YI K, NY, Λ=

Kꓶ. NY. ⊥I: NYI N∀; N∀; ⊥∀;-. ΛW.-LU-C∩ NYI: RO M NY A. WO: M A.-N D∀ N∀ YI ꓘꓶ: KW YI. V. NYI: S; NYI K, NY,-. ΛW. HW: A. TI. Z: Kꓶ ⊥∀; SI. JE ⅁: B∀ NY, Λ= Gꓶ SI. A.-N NY NY, NY, M: Mꓶ W B∀ SI. JE TO: NY,-. YI. W: NYI: RO NY A LI M: YI SI. ⊥O: LO: V∀, ⊥I: M A LU: C. SI. A.-N ⊥I: ƆO N∀; W Z Z: T NY, Λ= N∀ YI ꓘꓶ: KW GO LI PU. V N: GO LI PU. V L SI.-. YI. Mꓶ: KW A.-N NE JI JI ꓤ: ꓘꓶ. GO: GU ⊥∀; SI. B. ꓘU: KW LI; JE SI. ΛW. HW NY, YI. W=

A.-N ΛW.-LU-C∩ BU NYI: RO M D∀ V, Kꓶ Kꓶ. NY.-. Mꓶ: V LI NY, M Gꓶ A ꓤ ꓤ B LEO= B LI GU ⊥∀;-. MI; WO; NI, ƆI; ƆI; A: ꓘꓶ. K, Ɔ∩; Λ= A.-N NY A. MO: SI SI. L∀: X∩ JE L∀: X∩ YI. JO, ꓘꓶ: KW NYI N, K, NY, Λ= YI. JO, ⊥I: JO, M A: ꓘꓶ. BI., X∩: dU: LO MO-. A: ꓘꓶ. BI., X∩: Mꓶ:-KUI, SI, YI MO-. SI, YI B∩: A: ꓘꓶ. XO.. MI W LE-. YI. JO, ꓘꓶ: KW BU: LU, BYƎ; NY, M MO-. BY: M SI, YI Ɔ∩; NY, M MO LEO=

⊥I: ⊥ꓶ. NE-. BY: M ⊥I: M M A.-N dI: MY KW WO, WO, WO, B∀ NE BYƎ L NY,-. A LI LI. M: BYƎ JE W= A.-N NYI: S; ꓘO, J∩ Kꓶ LI. M: D SI.-. BY: M D∀ “NU NY ΛW ƆO: d∀, Λ M-. MI. MI X∩: WU JW, Λ∀? VW NU D∀ YI JW N T. NY NU Mꓶ. ⊥∀; YI. JO, HO: M. L∀ ⅁:” B∀ Λ= d.. B∀ GU ⊥∀;-. BY: M GO ⊥I: M M NY ⊥I: B, LI A ꓤ ꓤ YI. JO, ꓘꓶ: Mꓶ: KUI. SI, YI ⊥I: ƆO: KW BYƎ JE W=

A.-N d.. ⊥I.. JE SI. NYI NYI ⊥∀;-. SI, YI ⊥I: YI D∀: S∀-. BY: M NYI: M M

Tꓯ. NY. M Mꓶ: ꓶ NE LI YI SI. BYꓱ DO L M: D-. ꓒ.. Xꓵ HO Tꓶ, NY, Bꓶ= A.-N NY Sꓶ. LE SI.-. BY: M GO M N: YI. Dꓯ WO: HW L Xꓵ: ꓥ Bꓶ Bꓯ SI.-. Xꓵ. K. YI. JU ꓕI: K. HW SI. A ꓤ. ꓤ: Bꓯ NE BY: M Dꓯ LI H, LO NY. M Mꓶ: ꓶ M ꓛI, ɾU Kꓶ W= BY: M NYI: M M NY A. TI. Mꓵ. Cꓵ, Kꓶ ꓕꓯ;-. YI. Dꓵ Lꓯ; Eꓵ; NE A.-N Dꓯ S; CO BYꓱ; CO Kꓶ ꓕꓯ; K, K, ꓛꓵ; ꓛꓵ; ꓤ: BY: ꓛꓵ; JE W= A.-N Gꓶ A: ꓘꓶ. K, ꓛꓵ; LE-. D: JW CW ꓕꓯ; G: Lꓯ; G: JI KW JI JI NYI ꓕꓶ NY,-. YI JW N T. Xꓵ: ꓕꓯ; YI JW FI ꓥO SW; NY, ꓥ=

Fꓯ. NE ꓕI: TO. JE Kꓶ ꓕꓯ;-. ꓕI: ꓕꓶ, NE YI Cꓱ, ꓘꓶ: KW A. N: ꓕI: M YI: T. H, SI. Sꓯ; V NY,-. VI; Gꓶ VI; M: ꓤE..-. YI: T. Gꓶ YI: T. M: N T. NY, M LEO= A.-N Eꓵ, NY, H, SI. JI JI NYI NYI ꓕꓯ;-. A. N: ꓛI ꓒꓯ, ꓕI: B: M KW NY SI: ꓛꓵ: LU. H, SI. WO: ꓛꓵ ꓕI: LI. O.. T. Bꓶ= YI. Mꓶ: Lꓶ, KW NY YI. ɾU. JO: ZI H, ꓥ= ꓕI M NY ɾU NE ꓘO; W SI. Xꓵ ꓘꓶ: KW ꓛI M LI T. ꓥ= A.-N NY NI, ꓞ Z: DU MO NO KW CO. K. JO: M RU DO L SI.-. A. N: Dꓯ JI JI. ꓤ: MI GO: NY, ꓥ= MI GU ꓕꓯ; O..-M A ꓤ ꓤ Sꓱ.. LE-. K. JO: NE ɾU DO; M G; DO L SI. Xꓵ LI. ꓤ: Bꓯ NE ꓘO; W YI. FO. KW CO. YI L GU W=

K. JO: M MI GU ꓕI: B, ꓕꓯ;-. BI.. ꓛꓵ; M G; GU-. YI. Mꓶ: Lꓶ, KW Gꓶ YI. ɾU. M: ZI GU-. YI. KO Dꓱ: M A ꓤ ꓤ LU D LE-. Mꓶ ꓛY CO. TU VI; L-. YI. MU M A. TI. ꓶ, Cꓵ, Gꓶ ꓕꓯ; Nꓯ YI KW JE SI. YI JY DO GU ꓕꓯ;-. A.-N Gꓶ JY L SI. . Mꓶ. ꓶ, NE YI“SI.-. SI.”Mꓶ NY, ꓥ= A.-N JE D L LI. YI. NY Kꓶ. NY. G; Dꓯ H,-. A.-N NE NYI: S ꓘO, G; ɾU Kꓶ LI. ꓘE, JE M: XO..-. A LI M: YI SI. YI. Dꓯ Kꓶ. NY. G; H, FI W=

GO ꓕI: Mꓶ: ꓘꓶ; M KW-. A.-N SI. A. MO:-. A. N: NY Nꓯ YI ꓘꓶ: LO ꓞI D: M ꓕI: M Dꓯ Sꓯ YI: T. ꓥ= Gꓶ SI. A. N: ꓕI: M NY, ꓕꓯ; GO MY JO M: ꓛꓵ LEO=

Kꓶ. NY. ꓕI: NYI Nꓯ; Nꓯ; ꓕꓯ;-. YI. W: NY Fꓯ, NE Mꓶ. Tꓯ: JE NY, ꓥ= MO: LO Z JO: Z: Jꓵ, ꓕꓯ;-. YI. W: NY YI M A WU ꓕI: Dꓵ: JW, Xꓵ: ꓕI: G.. ꓛI LE-. YI: M YI JY A: ꓘꓶ. M: Nꓯ.-. YI JY YI ꓛI. ꓤ: T Bꓯ LI. YI JY M A: Nꓯ. ꓤO: T. M C, W D ꓥ= ꓞO ꓤ: SI. A. MO: GU: LO, YI NY M: D= A.-N NY YI: M G: BO. CO. BO. KW HW ꓕꓶ GU LI. YI JY GU: D Xꓵ: ꓕI: G.. LI. M: MO-. GW: Fꓱ., Gꓶ ꓕI: TO LI. M: MO=

A: ꓘꓶ. JW: XW. NY, ꓕI: B, M KW-. YI: M KO B: Sꓯ NY ꓤ: ꓕI: HW. L YI O= Fꓯ, NY SI. K. LI K. CYO, H, SI.-. GW: Fꓱ., KO.. L M LI T. ꓥ= Gꓶ SI. YI. W: NY SI. K. M YI: M ꓘꓶ: KW GO ꓛI ꓕꓯ; A LI KO.. N T. M M: SL LEO= YI: M M A Xꓱ ꓤO: T.? SI. K. LI K. M KO.. ꓛI D M: D NE? ꓕI: Bꓱ M NY YI JY GU: ꓤ, NY, ꓥ-.

Gꓶ SI. NYI: S ꓕO; LI: GU: ꓕꓯ; _LI O. Dꓵ KW LI. Mꓶ LO, L T. W= KO B: TI: ꓛO: KW NY, SU NE M D K. MO. ꓣU ꓕꓯ; SI. YI. ꓘꓶ: KW GO ꓛI LEO= ꓕI: Bꓱ M NY YI: M ꓘꓶ: KW G: BO. CO. BO. Bꓯ NE GW: Fꓱ., KO.. N Xꓵ: ꓕI: G JW, M: JW, M HW ꓕꓶ NY, ꓥ= ꓤ: GO MY ꓕI: HW. M LI. YI: M ꓘꓶ: KW NY, SI. A LI YI NU LI. C, M: W GU W=

A.-N NY ꓕ B: ꓕI: ꓛO: KW CO NYI N, H,-. NI, M KW A: ꓘꓶ. ꓕI: Xꓵ: Dꓵ: JW: NY, ꓥ= YI. NY A. MO: Dꓯ CI, H, M ꓤꓯ; Kꓶ SI.-. A. MO: CI, DO Pꓶ CW SI. A, MO: SI DU Bꓶ CW M ꓒE.. Kꓶ DO ꓕꓯ;-. ꓕI: Pꓶ. M SI, ZI Dꓯ TI, TI, ꓞO, H,-. ꓕI: Pꓶ. M LO ꓞI ꓕI: M Dꓯ ꓞO, H, SI. O: NO: ꓤ: O: NO: ꓕI: Xꓵ: Cꓱ: NY, Kꓶ GU ꓕꓯ; Sꓯ; ꓕꓵ; ꓕꓵ; Bꓯ NE KO B: ꓕI: ꓛO: KW LO ꓣU Kꓶ NY,-. ꓞO ZU GO ꓕI: HW. M Mꓶ. ꓕꓯ; LO ꓤꓯ; LI W= NYI: ꓛO: KW TI, TI, Cꓵ, H,-. C, DU YI H, GU SI. Pꓶ CW M Fꓯ, NE Cꓵ, LI; L ꓕꓯ;-. YI: M A Xꓱ ꓤO: T. M Sꓶ D ꓥO=

Gꓶ SI. NE Fꓯ, NE ꓕI: Xꓵ: M NY C, NYI ꓕꓯ; YI: M Xꓱ SI MO. M A: L ꓕI: BO ꓛI M: LO; SE: SI.-. ꓤ; ꓕI: ZU M ꓕI: Xꓵ: LI. M: N LEO=

A.-N JI JI ꓤ: Dꓵ: JW: GU ꓕꓯ;-. Fꓯ, NE ꓕI: Xꓵ; SW; W LEO= YI. NY ꓤ: ꓕI: ZU M Tꓯ. YI. Dꓯ SO NE Pꓶ CW M ꓕI: Pꓶ. KW ꓞO, H, SI. ꓕI: Pꓶ. M YI. Dꓯ LO ꓣU L FI NY, ꓥ= Pꓶ CW NYI: Pꓶ. M ꓤI., ꓤI. ꓞO H, GU ꓕꓯ: KO Dꓱ: JI_M ꓤ; NYI: S; RO Tꓯ. Pꓶ CW M Dꓯ Cꓵ, H, SI. ꓕ B: GU: L FI NY, ꓥ= ꓕI: RO GU: LO, L-. NYI: RO GU: LO, L-. S; RO GU: LO, L-. ......ꓞI RO V. NYI: ꓞI RO ꓛI G U: LO, L W= ꓕI GU ꓕꓯ;-. YI. NY NYI: ꓛO: KW NY, SU Dꓯ TI.. MO. ꓤ: T. Xꓵ: GW: Fꓱ., KO DU NYI: G.. FI, H, FI-. FI, DO ꓕꓯ; NYI: ꓛO: KW LI. ꓕI: Lꓯ; BO ꓛI JW, Xꓵ: SI, Dꓱ: ꓘO: H, FI NY, ꓥ= SI, Dꓱ: ꓘO, H, M Dꓯ Sꓯ MI LI: MI LI: Xꓵ: LO ꓞI, NYI. H, FI ꓕꓯ; NYI: ꓛO: A: Jꓵ: LI. SI, Dꓱ: KO.. W LE-. SI. Dꓱ: Xꓵ M: LO; LO Xꓵ: WU M ꓒꓶ ꓞE, W LEO=

Gꓶ SI. NE ꓕI M LI: Xꓵ: M YI: M Dꓯ Sꓯ GW: Fꓱ., A LI KO.. JI NE? ꓕI M NY XW. DU S Xꓵ: ꓕI: Xꓵ: M ꓥO= ꓤ: GO MY ꓕI: HW. M LI. ꓕI: Xꓵ: LI. Dꓵ: JW: M: W O=

A.-N NY KO B: ꓕI: ꓛO: KW NY, SU Tꓯ. GW: Zꓱ KO DU YI: M G: BO. ꓕI: ꓛO: KW CYO. JE FI SI.-. NYI: ꓛO: KW Pꓶ CW FO H, FI SI.-. YI: M ꓕI ꓛO: KW CO. Bꓵ L FI NY, ꓥ= GW: Zꓱ KO.. DU X, H, M KW Bꓵ ꓛI Kꓶ. NY.-. NYI: ꓛO: KW SU ꓕI: ꓛO: ꓕI: Pꓶ. ꓛꓵ: SI. YI: M Dꓯ: Sꓯ Sꓶ H, M ꓕꓯ; SI CI, Kꓶ NY, ꓥ= ꓕI: K. M ꓕI LI-. NYI: K. M ꓕI LE-. S K. M ꓕI LE-. LI K. M ꓕI LI CI, H, ꓥ= NYI: ꓛO: KW M A MO, MO.. CI, Gꓶ ꓕꓯ; YI. KO LO M A WO Bꓯ NE ꓕI: F. Kꓶ. NY. ꓕI: F. TI,

TI, ꓤ: KO.. H, GU W=

ꓞO ZU NY A. WO: M A.-N A: ꓘꓶ. NI, ꓘ, SU ꓥ Bꓯ NY, ꓥ= YI. NE ꓘ, ꓤ: ꓘ, M BU Dꓯ JI Xꓵ: Xꓵ: WU ꓕI: Xꓵ: YI T. GO: YI. M Dꓯ A: ꓘꓶ. XW. MO NY, ꓥ= GW: Zꓱ KO.. SU NY A.-N Dꓯ ꓘ, KW WU. JE SI.-. YI. LI: D: M ꓤꓱ: NE Z: DU DO DU Tꓯ, DO L SI. Z: FI DO FI NY, M NY ꓕI KW M: Bꓯ W-. NYI SU Dꓵ: LI. Dꓵ: JW: W D ꓥO=

A.-N NY GO KW NY, SU Dꓯ V Kꓶ SI.-. A. MO: SI-. A. N: HO: NE Lꓯ: Xꓵ JE NY, SE: ꓥ=

ꓕI: NYI M KW-. Nꓯ YI ꓘꓶ: KW YI. JO, M: JW, SI. A.-N-. A. MO:-. A. N: MY Fꓯ, NE ꓕI: ꓘO, A: ꓘꓶ. Tꓯ. FO, Xꓵ: KO ꓕI: KO Dꓯ ꓛꓵ LEO= YI. W: Dꓯ NE Mꓶ: ꓕꓯ; Kꓶ. NY. LI. ꓞO ꓘ, M: JW, Xꓵ: ꓕI: G.. Dꓯ ꓛI ꓕꓯ;-. MI YI SI.-. YI. W: NY TI. Nꓶ: KW YI JY JW, Xꓵ; ꓕI: G.. HW W LE-. YI JY ꓘꓶ: KW NY XO.. P ZI A WU Xꓵ: NYI: S; ZI JW, ꓥ= XO.. P ꓒY: M A: ꓘꓶ. ZI; SI. VI WU. ꓒꓱ: H, M LI T.-. Mꓶ: V LI LI. ꓕO, JW L M: D= ꓕI M Pꓶ. DU-. SI, ZI Yꓯ. ꓘW NY ꓛO, ꓛO. ꓤ:-. DI.. DI. ꓤ: T.-. Cꓵ Cꓵ LI. WO S ꓒU: L NE YI. W: Dꓯ YI: T. GU X, H, GW M LI: T. ꓥ=

GO ꓕI: VY; M NY Mꓵ: NU Jꓵ, KW A: ꓘꓶ. ZI M: D_M ꓕI: VY; VI B.. Lꓱ. ꓤ: T. Xꓵ: ꓕI: VY; ꓥ= YI: T. GU M HW H, GU ꓕꓯ;-. A.-N NY TI. Nꓶ: KW CO. A. MO: Z ꓕI: Lꓯ GO; HW SI. A. MO: Dꓯ CW. NY, ꓥ= A. MO: NY SI, ZI Yꓯ. ꓘW CO. “ꓒ: ꓕ:-. ꓒ: ꓕ: ” Bꓯ NE Xꓵ NI, ꓛI; Z: NY, ꓥ= A.-N NY Fꓯ, NE SI, HW ꓕꓶ L SI. A. TO. TI: BE; FI H, GU ꓕꓯ;-. ꓘ, ꓤ: K, M BU NE Mꓶ: ꓤO.. MI Hꓶ: Kꓶ GO: L M RU DO L SI. A. N: Dꓯ ꓕI: ꓘU. LO. CW. Kꓶ ꓕꓯ; SI.-. YI. Gꓶ A ꓤ ꓤ Lꓯ: Mꓶ: ꓤO Hꓶ: Lꓯ: Xꓵ Z:-. L: C. Lꓯ: Xꓵ: DO NY, ꓥ= ꓞO ꓤ:-. A. MO:-. A. N: LI. TI: VI SU LI Bꓯ NE-. ꓕ BO. KO. BO. W: ꓘO, W FI NY, ꓥ=

NYI M: MO ꓕꓯ;-. O. Dꓵ ꓛꓵ: SI. G: BO. NYI NY KO MY ꓤI.. ꓛY, Lꓯ; Lꓯ;-. B. ꓒY. KW ꓒU A: MY, ꓛY, H, M LI T. ꓥ= Nꓯ YI KO B: ꓕI: ꓛO: KO Dꓯ NYI ꓕꓯ; A. TO. ꓕI: BE; GU ꓕI: BE; BY NY, M MO D ꓥ= Fꓯ, NY A. N: LU Sꓯ; Bꓯ JW: L SI.-. ꓒ.. ꓕI.. YI: T. H, LO A. N: M Gꓶ “W.-. W.-. W.”ꓕI: ꓘꓶ: ꓘꓶ: LU NY, ꓥ=

Kꓶ. NY. ꓕI: S ꓘW ꓕꓯ; ꓶ: R ꓤO: KW NY, M A. MO: Gꓶ A. TO. GW BE; ꓘꓶ: KW ꓛI L-. Eꓵ, Yꓯ. H, SI. YI: Mꓶ NY, ꓥ= A. N: NY K: Mꓯ; TI: RO LI Bꓯ NE-. ꓕI: B, ꓕꓯ; SI, ZI Yꓯ. ꓘW ꓕI: ꓘO, CO YI NY, ꓥ= Bꓶ Dꓵ: ꓘꓶ: ꓕI: ꓛO: KW Mꓶ: ꓘꓶ: A: L CI.. L T. ꓕꓯ; SI. ꓕI: B, ꓤ: YI: T. NY, ꓥ=

Mꓶ: ꓘꓶ: CI.. L ꓕꓯ:-. A.-N NY SI, ꓒY: ꓘO: H, M KW CO. TU L-. Nꓯ YI KO

B: KW NYI NY,-. KO B: S ꓯNY DI.. DI.. ꓤO: T. Xꓵ: ꓕI: ꓕI. MO ꓥ= DI.. DI.. T. LO GO TI: ꓕI.. M KW NY ꓞO VI TI: VI JW, M LI T. ꓥ= ꓕI ꓕꓯ;-. KO B: TI: ꓛO: KW NY A. N: LU Sꓯ; Bꓯ JW: L W= Gꓶ SI. NE KO B: A. N: M NYI: S ꓘꓶ; LU Kꓶ ꓕꓯ;-. A.-N ꓕI ꓛO: KW A. N: M Gꓶ NYI: S ꓘꓶ: LU NY,-. NYI: ꓛO: KW A. N: LU Sꓯ; M NY NYI: ꓛO: KW SU MU: GW: Bꓵ TO, Lꓯ: HO NY, M LI T. ꓥ=

A. MO: Z CW. GU-. L: C. ꓕI: Kꓶ. C. DO-. Mꓶ: ꓤO Hꓶ: A. TI. Z: Kꓶ ꓕꓯ;-. A Xꓵ JY Gꓶ N T. M GO Xꓵ: JY: Gꓶ: H, GU-. Fꓯ, NE JE D SE: W= Gꓶ SI. A. MO: NY YI. Mꓶ. ꓶ, NE GO KW JO: VI; H, SI. LU LI. M: LU= A. N: Gꓶ NE A.-N G: Lꓯ; G: JI KW NY, SI. “W.-. W.-. W.”LU NY,-. Mꓶ: ꓕꓯ; JE M: XO..-. A.-N LI. A LI YI M: ꓥ T. ꓥ=

A LI YI LI. M: V T. TI: B, M KW-. KO Dꓯ NY, ꓤ: Gꓶ ꓕI: ꓕL, ꓤ: ꓕI: ꓛO Mꓶ L NY,-. YI. W: Mꓶ Sꓯ; M NY MU: GW: Sꓯ; Dꓯ Sꓯ LI. N N, K, ꓛꓵ; ꓥ= A.-N NI, M KW A: ꓘꓶ. LU ꓤꓯ; LI SI. W; DI.. KW YI. ꓛY, Bꓶ Tꓯ Lꓯ: HO SI. VI SI ꓒ: HW LO GO ꓕI: B, M KW NY, M LI T. ꓥ=

ꓕI: ꓕꓶ. M: JO-. XI. LI. Xꓱ., Lꓱ ꓕI: M M SI, ZI Dꓯ Sꓯ CO. “XI. LI. LI. Xꓱ., Lꓱ Lꓱ-. NU NY Nꓯ YI Bꓶ Dꓵ: TI: ꓛO: KW NYI= XI. LI. LI. Xꓱ., Lꓱ Lꓱ-. NU NY Nꓯ YI Bꓶ Dꓵ: TI: ꓛO: KW NYI” Mꓶ NY, ꓥ= NY, Sꓯ; Tꓯ. C, NE A.-N NY Bꓶ Dꓵ: ꓘꓶ: ꓕI: ꓛO: KW NYI NY,-. KO B: ꓕI: ꓛO: KW SUN Y A RO ꓒU LI. Xꓵ: ꓕI: HW. G; SI. DO L NY, ꓥ= A RO GO ꓕI: HW. M NY Mꓶ TI.. KW CO. DO L M ꓕI: LI,-. ꓕI: B, NE Nꓯ YI ꓕI ꓛO: KW ꓛI LE=

L: B: ꓩU. W. H, Xꓵ: RO LO. ꓒ: ꓕI: RO M A RO ꓒ.. ꓕI.. VI; H, SI. A: ꓘꓶ. ꓕI: Xꓵ: HW ꓕꓶ NY, M LI T. ꓥ= O:-. NYI ꓕO, ꓕI.. LEO-. NYI ꓕO, ꓕI.. LE-. O. ꓱꓞ ꓒU YI-. K, Mꓶ: CY A. TI. ꓤ: GO; YO CI; LE-. YI. Lꓯ. T. ꓕꓯ: LI ꓤ: ꓘ, ꓥ = A.-N Hꓶ. ꓕꓯ; NYI PI, LE-. YI. NY A.-N MO LO S ꓘW M: JO Dꓵ: JW: Xꓵ T. M A. YI; A.-ꓛ.. ꓥ Bꓶ= YI. NY “A. YI; A.-ꓛ.. WO:-. A. YI; A.-ꓛ.. WO: ”ꓘU NY,-. YI. ꓘU Sꓯ; M NY W:-B Nꓯ YI-. LO ꓘU: LO MI KW A KW ꓛI ꓛI N N, W ꓥ=

A.-ꓛ.. Gꓶ N N, W LEO-. N N, W LEO= YI. Sꓯ; M ꓞO MO: Sꓯ; Dꓯ ꓛO: LI.-. YI. NY, Cꓱ NY, Sꓯ; LI LI. N N, S SE: ꓥ= GO M NY YI. ꓕI: ꓞI; NI, ꓒU NY,-. ꓕI: ꓞI; HW ꓕꓶ Kꓶ-. ꓕI: ꓞI; LO. NY, NY, M NI, NU SU A.-N ꓥO= YI. Gꓶ NE “NYI M A.-N WO:-. MI. MI MO L W= NYI M A.-N WO:-. MI. MI MO L W”ꓘU NY, ꓥ=

YI. W: ꓘU Sꓯ; M NY W:-B Nꓯ YI ꓘꓶ: KO ꓕꓯ; KO MI KW A KW ꓛI ꓛI SO; YI NY, ꓥ= ꓕI: ꓞI; NI, NU SU NYI: RO M Cꓵ Cꓵ MO Lꓯ: HO YO= Gꓶ SI. NE Nꓯ YI ꓕI WU ꓕI: Dꓵ: GU, H, SI. YI. W: NY K: H, SI. ZI Lꓯ: HO W M: D WO=

A.-ꓛ.. NY Bꓶ Dꓵ: ꓘꓶ: KW CO. O. Mꓶ: Dꓶ: Dꓶ: NY, SI. “WO S ꓒU: L WO:-. ꓥW NU: Dꓯ Lꓯ; ꓒꓯ, A. TI. ꓤꓱ: FI Lꓯ”Bꓯ NY, ꓥ=

A.-N NY Nꓯ YI Bꓶ DO ꓘꓶ: ꓕI: CO: KW CO. MY BI., XU: XU: ꓥU SI. “WO S ꓒU: L WO:-. ꓥW NU: Dꓯ A. TI. SO. Lꓯ: HO FI Lꓯ”Bꓯ NY, ꓥ=

ꓕI B, M KW-. A: MO KW NY, M XI. LI. Xꓱ., Lꓱ NY Nꓯ YI ꓘꓶ: KW BYꓱ L SI. “XI. LI. LI.-. Xꓱ., Lꓱ Lꓱ-. ꓕI: VY; GW; Zꓱ ꓕI: TO KO-. Mꓶ: ꓘꓶ; KO NE Mꓶ: ꓕꓯ; JI.. = XI. LI. LI.-. Xꓱ., Lꓱ Lꓱ-. NU W; N: NE ZI D ꓥO”Mꓶ NY,-. Mꓶ GU ꓕA; KO Dꓯ BYꓱ LI; JE W=

A.-ꓛ.. SI. A.-N NY XI. LI. Xꓱ., Lꓱ ꓕI LI Mꓶ; L M N N, GU ꓕꓯ;-. NYI: RO: A: Jꓵ: LI. MI Tꓯ. MI NY, ꓕI: ꓛO: KW BO. GW: Zꓱ KO DU LO ꓞI, SI. SI. K. SI. MI A: MY, HW ꓛY, NY, ꓥ=

ꓕI: B, NE Mꓶ: ꓘꓶ; ꓛI L W-. YI. W: NY ꓕI: CO: ꓕI: RO NY, H, SI. NI, ꓞ GW: Zꓱ KO NY, ꓥ= GO ꓕI: Mꓶ: ꓘꓶ; M NY A: ꓘꓶ. B.. YI SI. Mꓶ: TI.. LI. ꓕI: ꓘꓶ: LI. M: JW,-. A; L JY ꓞI. KW B.. YI M Mꓶ: ꓘꓶ; LI. T. ꓥ= V B., Lꓯ; Lꓯ. ꓤ:-. A ꓘW ꓛI ꓛI B Lꓱ Lꓱ NYI MO D-. M: ꓥ M: S; A.-N SI. A.-ꓛ.. Dꓯ Tꓱ, JW, SI. GW: Zꓱ KO FI NY, M_LI T. ꓥ= A. ꓭ. Bꓵ Jꓵ, Mꓶ: ꓕꓯ; LI GW: Zꓱ KO DO FI SW; SI.-. YI. W: NY A LI Kꓶ YI M: K: LO ꓞI Tꓯ,-. SI. ꓘ. Tꓯ, NE KO NY, ꓥ= Lꓯ; ꓒꓯ, ꓒU: LE SI. YI. SI: ꓕꓶ. L-. LO ꓞI Dꓯ Nꓶ; LE GU-. N NE ZI: M: HW. T. ꓥ= CO. BO. GO; SI. G: BO. ꓛꓵ: TU L-. ꓒO, ꓒO, L: L: YI. TU ꓘO,-. ꓕ BO. Tꓯ, KO. BO. ꓛY, YI. TU ꓘO, SI.-. YI. W: NY WO: Hꓶ NE JI: FI. LI. Tꓱ, M: HW. LEO= Gꓶ SI. M: D M; S; ZI Lꓯ; HO FI SW; SI.-. YI. W: NY Xꓵ M: ɾU Sꓯ; ꓕꓵ: NY,-. WO: TO WO: MI LI. YI. Hꓶ: Nꓶ; YI M LI Kꓶ LEO=

Kꓶ. NY. ꓕI: S ꓘW ꓛI ꓕꓯ;-. GW: Zꓱ M A: L KO DO LE T. W= Bꓶ DO ꓘꓶ: ꓕI: ꓛO: KW M A.-N NY ꓕI: ꓕꓶ. M: JO WO: Hꓶ: Lꓱ. YI W= Bꓶ Dꓵ: ꓘꓶ: ꓕI: ꓛO: KW NY, M A.-ꓛ.. MO YI ꓕꓯ; NI, M N NE Xꓵ T. LI. ꓕI: Xꓵ: LI. YI M: N-. JW Gꓶ JW M: N WO= YI. NY NI, M A. TO. ꓛU NE ꓛU T.-. Nꓯ YI KO B: ꓕI: ꓛO: KW NYI H, SI. O Mꓶ: Dꓶ: Dꓶ: YI. NY, ꓥ= Cꓵ Cꓵ LI. NE Xꓵ: WU DO M: D ꓕI: B, M Xꓵ: WU DO L W=

Nꓯ YI Bꓶ Dꓶ: ꓘꓶ: ꓕI: ꓛO: KW M A.-ꓛ.. A LI YI LI. M: Sꓶ. T. ꓕI: B, M KW-. A. N: M A.-N CO LO LO NY, SI. YI. Bꓯ ꓞI: Dꓯ ꓘO; Jꓵ, SI. “W.-. W.-. W.”LU NY,-. Gꓶ SI. A.-N NY A LI LI. M: HW. ꓛI L= ꓕI ꓕꓯ; A. MO: Gꓶ JO LE SI. “SI.-. SI.”Bꓯ NE A WU Mꓶ NY,-. Gꓶ SI. YI. SI M NY M: HW. ꓛI: L W= A LI M: YI NE-. A. MO: NY LO ꓞI: HW ꓛY, H, M KW JE SI. Lꓯ: ꓒꓯ, NYI: B: M NE GO ꓕI: ꓛI, N: GO

ꓕꓲ: ꓛꓲ, ꓠꓬ,-. ꓕꓲ: ꓐ, ꓕꓯ;-. ꓡꓳ ꓞꓲ; ꓒꓵ, ꓧ, ꓟ “ꓫꓲ ꓡꓲ ꓧꓪ: ꓡ:-. ꓫꓲ ꓡꓲ ꓧꓪ: ꓡ:”ꓟꓶ ꓢꓯ; ꓐꓯ ꓙꓪ: ꓢꓲ.-. ꓮ.-ꓠ ꓫꓲ. ꓧꓪ. ꓛꓲ: ꓡ ꓳ=

ꓮ.-ꓠ ꓧꓪ. ꓛꓲ: ꓡ ꓕꓯ:-. ꓬꓲ. ꓠꓬ ꓪꓳ: ꓧꓶ ꓟꓬ: ꓜꓲ ꓢꓲ. ꓟꓬꓳ. ꓬꓲ ꓟ ꓢꓶ. ꓡꓰ ꓢꓲ.-. ꓠꓲ, ꓞ ꓠꓯ ꓬꓲ ꓘꓶ: ꓗꓪ ꓙꓰ ꓢꓲ. ꓬꓲ ꓚꓵ; ꓠꓰ ꓳ. ꓓꓵ ꓞꓲ: ꓒꓲ: ꓟꓬ ꓞꓲ: ꓠꓬ,-. ꓟ: ꓓ ꓟ: ꓢ; ꓧꓪ. ꓛꓲ: ꓡ ꓝꓲ ꓠꓬ,-. ꓝꓯ, ꓠꓰ ꓖꓪ: ꓜꓱ ꓗꓳ ꓬꓲ ꓠꓬ, ꓥ=

ꓐꓶ ꓓꓵ: ꓘꓶ: ꓗꓪ ꓠꓬ, ꓟ ꓮ.-ꓛ.. ꓠꓬ ꓮ.-ꓟ ꓧꓪ. ꓛꓲ: ꓡ ꓟ ꓟꓳ ꓡꓰ ꓕꓯ;-. ꓦ ꓡꓱ ꓐꓳ ꓐꓳ ꓤ: ꓢꓯ; ꓕꓵ: ꓠꓬ,-. ꓬꓲ. ꓢꓯ; ꓖꓶ ꓮ: ꓘꓶ. ꓔꓲ, ꓡ ꓟ ꓡꓲ ꓔ. ꓥ=

ꓕꓲ: ꓢ ꓒꓰ., ꓤꓳ: ꓕꓯ:-. ꓖꓪ: ꓜꓱ ꓑꓶ. ꓟ ꓫ, ꓓꓳ ꓡꓰ ꓢꓲ.-. ꓗꓳ ꓕꓲ: ꓗ; ꓡꓲ ꓥꓳ= ꓖꓪ: ꓜꓱ ꓟ ꓗꓳ ꓪ ꓡꓰ ꓕꓯ; ꓮ: ꓘꓶ. ꓗ. ꓘꓳ: ꓡꓰ ꓢꓲ.-. ꓕꓲ: ꓐ. ꓡꓲꓓ ꓵ: ꓙꓪ: ꓠꓬ, ꓢꓴ ꓠꓬꓲ: ꓣꓳ ꓟ ꓠꓬ ꓮ: ꓡ ꓜꓲ ꓓ ꓔ. ꓪ= ꓕꓲ ꓡꓲ ꓢꓪ ꓢꓲ. ꓬꓲ. ꓪ: ꓠꓬꓲ: ꓣꓳ ꓟ ꓠꓬ ꓚꓵ ꓚꓵ ꓡꓲ. ꓢꓲ, ꓐꓬ: ꓜ: ꓪ ꓟ ꓟꓬ ꓡꓲ. ꓟ: ꓞꓲ ꓗ, ꓛꓵ; ꓠꓬ, ꓥ= ꓮ.-ꓛ.. ꓡꓯ: ꓧꓪ. ꓗ, ꓛꓵ; ꓢꓲ.-. ꓐꓶ: ꓓꓵ: ꓘꓶ: ꓕꓲ: ꓛꓳ: ꓗꓪ ꓚꓳ. ꓖꓪ: ꓜꓱ ꓗꓳ ꓓꓴ ꓒ.. ꓪꓴ. ꓕꓲ: ꓗ. ꓟ ꓟꓶ: ꓙꓬ ꓗꓳ ꓩꓴ ꓡ-. ꓮ.-ꓠ ꓓꓯ ꓣꓳ ꓟꓳ ꓪ ꓝꓲ ꓥ ꓐꓯ ꓟ. ꓖꓴ ꓕꓯ; ꓖꓪ ꓜꓱ ꓗꓳ ꓠꓬ,-. ꓖꓪ: ꓜꓱ ꓔꓳ, ꓓꓴ ꓟ ꓔꓳ, ꓓꓳ ꓡꓰ ꓪ= ꓖꓶ ꓢꓲ. ꓠꓰ ꓐꓶ ꓓꓳ ꓘꓶ: ꓕꓲ: ꓛꓳ: ꓗꓪ ꓒ.. ꓗꓳ ꓛꓲ ꓢꓲ. ꓠꓬꓲ ꓠꓬꓲ ꓕꓯ;-. ꓬꓲ ꓟꓶ ꓟꓵ: ꓕꓲ: ꓛꓳ: ꓗꓪ ꓫꓵ: ꓮ. ꓭ. ꓒ: ꓕꓲ: ꓟ ꓟ “ꓳ: ꓥꓳ.-. ꓳ: ꓥꓳ.”ꓐꓵ ꓡ ꓢꓲ.-. ꓔꓲ. ꓠꓶ: ꓔꓲ. ꓙꓲ ꓗꓪ ꓮ. ꓭ. ꓟ ꓖꓶ ꓫꓵ: ꓫꓵ: ꓐꓵ ꓡ ꓪ=

ꓐꓯ ꓠꓬꓲ ꓕꓯ;-. ꓮ. ꓭ. ꓐꓵ ꓙꓴ, ꓟ: ꓛꓲ ꓢꓰ:-. ꓠꓲ, ꓒꓳ, ꓠꓰ ꓟ: ꓓ ꓔ. ꓡꓳ ꓡꓴ: ꓒ: ꓟ ꓠꓰ ꓮ.-ꓠ ꓐꓴ ꓮ ꓡꓲ ꓬꓲ ꓠꓬ, ꓟ ꓓꓯ ꓘꓴ: ꓠꓬꓲ ꓠ ꓪ ꓡꓰ ꓢꓲ. ꓠꓯ ꓬꓲ ꓘꓶ: ꓗꓪ ꓠꓬ, ꓢꓲ. ꓒꓬ, ꓠꓬ, ꓫꓵ: ꓥ ꓐꓶ=

ꓖꓶ ꓢꓲ. ꓮ.-ꓛ.. ꓠꓬ ꓠꓲ, ꓞ ꓢꓯ; ꓕꓵ; ꓢꓲ. ꓖꓪ ꓜꓱ ꓟ ꓗꓳ ꓖꓶ ꓪ= ꓖꓶ ꓢꓲ. ꓚ ꓟ: ꓜꓳ: ꓢꓲ. ꓥ ꓟ: ꓢꓶ.-. ꓪꓳ ꓢ ꓠꓰ ꓬꓲ ꓥ ꓟ; ꓢꓶ.-. ꓢꓲ. ꓗ. ꓟ ꓕꓲ: ꓝꓯ. ꓤ: ꓗꓳ ꓟ: ꓛꓲ ꓢꓲ.-. ꓐꓶ ꓓꓵ: ꓘꓶ: ꓕꓲ: ꓛꓳ: ꓗꓪ ꓖꓪ ꓜꓱ ꓔꓳ, ꓓꓴ ꓟ ꓓꓯ ꓠꓶ: ꓟ: ꓪ ꓠꓯ ꓬꓲ ꓗꓪ ꓞꓰ ꓞꓳ ꓡꓲ ꓢꓲ. ꓐꓵ ꓙꓰꓳ=

ꓮ. ꓟꓳ: ꓠꓬ ꓖꓪ ꓜꓱ ꓮ: ꓡ ꓗꓳ ꓓꓳ ꓡꓰ ꓔ. ꓟꓳ, ꓡꓲ. ꓗꓳ ꓟ: ꓠ ꓟ ꓟꓳ ꓕꓯ;-. ꓬꓲ. ꓪ: ꓐꓰ ꓶ: ꓮ: ꓘꓶ. ꓙꓪ: ꓫꓪ. ꓙꓪ ꓠꓬ, ꓥ= ꓬꓲ. ꓠꓬ ꓬꓲ. ꓪ: ꓠꓬꓲ: ꓣꓳ ꓕꓲ ꓟꓬ ꓠꓲ, ꓒꓴ ꓡꓯ: ꓧꓳ ꓟ ꓑꓶ. ꓓꓴ ꓠꓲ, ꓟ ꓗꓪ ꓡꓴ ꓪ ꓓꓴ ꓮ: ꓘꓶ. ꓙꓪ, ꓢꓲ. ꓮ ꓡꓲ ꓬꓲ ꓙꓪ ꓪ ꓓ ꓖꓳ ꓡꓲ ꓬꓲ ꓙꓪ ꓥ ꓢꓪ; ꓠꓬ, ꓥ= ꓖꓪ; ꓜꓱ ꓗꓳ ꓟ: ꓠ ꓕꓯ; ꓡꓳ ꓦꓲ ꓙꓴ ꓓꓴ ꓕꓲ: ꓟ ꓫ, ꓖꓳ: ꓥ ꓢꓪ; ꓠꓬ, ꓥ=

ꓢꓪ; ꓖꓴ ꓕꓯ;-. ꓭ. ꓚꓲ. ꓗꓪ ꓚꓳ. ꓬꓲ. ꓚꓱ ꓮ ꓫꓵ ꓕꓲ: ꓚꓱ ꓙꓵ, ꓡ ꓢꓲ.-. ꓕꓲ: ꓑꓶ. ꓟ ꓮ.-ꓠ ꓢꓲ. ꓮ. ꓠ: ꓓꓯ ꓖꓳ ꓧ, ꓝꓲ-. ꓬꓲ. ꓠꓬ ꓟꓶ: ꓡꓶ, ꓗꓪ ꓘꓳ; ꓧ, ꓢꓲ. ꓪ: ꓕꓵ; ꓕꓵ; ꓠꓯ ꓬꓲ ꓗꓳ ꓐ: ꓔꓶ. ꓘꓱ ꓙꓰ ꓪ= ꓗ, ꓐ: ꓓꓴ ꓟ ꓠꓬ-. ꓮ. ꓟꓳ: ꓟ ꓟꓳ: ꓬꓲ ꓢꓲ. ꓢꓯ; ꓟ: ꓙꓪ, ꓬꓲ-. ꓬꓲ. ꓡꓯ; ꓒꓯ, ꓟ ꓖꓪ: ꓜꓱ ꓔꓳ, ꓓꓴ ꓟ ꓓꓯ ꓕꓳ; ꓛꓲ ꓕꓲ: ꓐ, ꓟ ꓠꓯ ꓬꓲ ꓗꓪ ꓞꓰ ꓞꓳ ꓡꓰ ꓢꓲ.-. ꓠꓯ ꓬꓲ ꓗꓪ ꓐꓵ ꓙꓰꓳ= ꓮ ꓟꓶ ꓗꓪ ꓛꓲ ꓡꓲ.-. ꓡ: ꓞꓳ ꓐꓴ ꓠꓬ ꓗꓳ ꓐ: ꓕꓲ: ꓛꓳ: ꓭ. ꓟ ꓗꓪ ꓠꓬ ꓮ. ꓟꓳ: ꓛꓲ ꓓꓵ ꓙꓪ, ꓟ ꓓꓯ ꓟꓳ ꓓ ꓢꓰ: ꓥ=

A. N: NY A. MO: ꓕI MY D LI. Mꓶ; YI M Dꓯ MO ꓕꓯ;-. A LI Kꓶ YI M: K: Nꓯ YI KW Tꓶ, ꓝO LE SI. A. MO: Dꓯ CYO. YI NY, ꓥ= A. N: NY A. MO: ꓒ.. ꓕI.. KW ꓛI LE-. A. MO: Dꓯ YI JW SI. Nꓯ YI ꓘꓶ: GU LI; JE SW; NY, ꓥ= Gꓶ SI. A. MO: Lꓯ: ꓒꓯ, M GW: Zꓱ TO, DU Dꓯ ꓕO; ꓕꓯ; ꓘꓱ, LE SI. Cꓵ Cꓵ A LI Gꓶ GU M: HW.-. WO M: HW. LEO= ꓕI M MO ꓕꓯ;-. A. N: NY Sꓯ; ꓕꓵ; ꓕꓵ: Bꓯ NE A. MO: O. Dꓵ M G: BO. TO, H, GW SI.-. GU: HW. ꓕꓯ; GU: JE ꓥ SW; NY, ꓥ= Gꓶ SI. A. N: ꓕI; M M A LI SI. A. MO: ꓕI: ꓛI Dꓯ Nꓯ YI ꓘꓶ: KW GO LI JE HW. SE: MO? A. N: NY A. MO; O. Dꓵ M TO, H, SI. A LIB ꓵ M GO LI Bꓵ FI NY,-. Lꓯ: Xꓵ: Sꓯ; ꓕꓵ; NE WO NY, LI. A LI LI. YI. ꓘꓶ: KW M: CI L=

YI. JY GU: GU: M KW-. A. MO: NY ꓕI: B, ꓕꓯ; A. N: Dꓯ ꓘO; H, SI. ꓶ, Jꓵ, NY,-. ꓕI: B: ꓕꓯ; ꓛ-. ꓒꓯ, NE A. N: Dꓯ PI, Jꓵ, SI. A. N: LI. “W.-. W.”Mꓶ NY, ꓥ= Gꓶ SI. A. MO: NY A LI LI. M: HW. LE SI.-. YI. FI. A: MY, ZI: GU ꓕꓯ; LU: NI, ꓛI; NE ZI: ZI: PI, PI, Nꓯ YI KW GO Z: YO=

A. N: NY NI, SI, NE M: D SI.-. ꓕI: ꓘꓶ: LI. M: JO ɾU NY, ꓥ= YI. NY KO Dꓱ: A. TI. ꓤ: T. M Dꓯ C, NE-. LU: NI, ꓛI; Tꓯ. ꓘO; Lꓯ: HO NY, ꓥ= YI. NY ꓕI: B, ꓕꓯ; LU: O. Dꓵ M Dꓯ KW WO JE SI. ꓘO; NY,-. LU: N. BO Dꓯ ꓘO; Jꓵ, NY, SI.-. LU: NI, ꓛI; NY N NE O. Dꓵ ꓶ Jꓵ, NY, ꓥ= LU: NI, ꓛI; M A: TO TO ꓛI, Jꓵ, NY, ꓕꓯ;-. ꓕI: LI, Yꓯ. ꓘW CO. ꓘE, LO, YI= ꓕI: B, B, ꓕꓯ; LU: NI, ꓛI; VI; M Tꓯ. ꓛO: Sꓯ JE SI. N N NYI: S ꓘꓶ: ꓘO; NY,-. LU: Dꓵ TI. P GO; L ꓕꓯ; YI. NY NI, ꓝ NI. Bꓯ; ꓕI: G.. ꓘE, JE NY, ꓥ= A N: NE ꓕI LI ꓘO; ꓕꓶ, NY, ꓕꓯ;-. LU: NI, ꓛI; M NY ꓕI: Xꓵ: LI. YI M: N-. ꓘE, LI. ꓘE, M: LI,-. A. N: Dꓯ SE; Bꓯ LI. SE; W M: ꓘU W= M: ꓥ LI LI A: DI: ꓝ LO Mꓵ: NU FI. KW A: ꓘꓶ. ꓝE Xꓵ: Bꓶ: DI ꓕI: M M BO: LO Dꓯ ZI YI M LI T. ꓥ= ꓕ BO. K: LI. K: M: D-. KO. BO. K: LI. K: M: D-. ꓕI: ꓛO: KW R MO ꓕꓯ; ꓕI: ꓛ_: KW R MO M: W SI. A: LI M: YI NE Nꓯ YI KW ꓘE, LO, YI=

ꓕI ꓕꓯ; A. N: NY WO: Hꓶ N: GU SI. S S ꓤ: LU: NI, ꓛI; YI. Mꓶ. Dꓯ TI, TI, ꓘO; ꓝO, H, ꓥ= LU: NI, ꓛI; NY N ꓥ; M: HW. SI. YI. Mꓶ. M ꓒ.. Xꓵ ꓕI: ꓕꓶ, ꓶ, ɾU L-. A. N: Dꓯ Bꓶ DO ꓘꓶ: ꓕI: ꓛO: Nꓯ YI ꓘꓶ: KW ꓶ, ɾU Kꓶ ꓕꓯ; SI. N: YI W= GL SI. YI. SI M Dꓯ A: ꓘꓶ. JW KU. _M A. N: NY Xꓵ M: ɾU ꓤ. CI. KW CO. MI JO MI JO LU: NI, ꓛI; Dꓯ NYI LO. H, ꓥ= LU: NI, ꓛI; NY A. N: YI. Dꓯ LO. H, M Sꓶ. SI.-. Nꓯ YI KW Mꓶ R NY, M: Pꓶ.-. M: WO. ꓤ: KO ꓕꓯ; LU: Bꓱ KW ꓘE, LI; JE Gꓶ-. Fꓯ, NE DO L SI. M: JI ꓥO: YI M: Pꓶ. W= A Mꓶ KW ꓛI LI. L: ꓝO BU NY KO-Yꓯ; YI: M SI. W:-B Nꓯ YI Fꓱ H, Tꓶ. ꓤ. CI. KW NY GO ꓕꓯ; MY M: ꓝI. Nꓯ YI KW LU: NI, ꓛI; Dꓯ LO. H, LO A. N: M Dꓯ MO D SE: ꓥ=

45 Lꓯ; BY., JY; Lꓯ; CI; GO: Gꓶ-. Xꓵ: L: Sꓯ; M XO.. MI ꓥ

A.-N SI. A.-ꓛ.. MI XW. MI XW. GW: ZE KO SI. A: L KO DO YI T. ꓕꓯ; MI ꓛU: MI ꓛU: T. M LU: NI, ꓛI; NE M: WO; ꓒY: Kꓶ SI.-. A: TO ɾU. ɾU. Kꓶ YI W= M: NI, SI; M: D M NY-. Xꓵ: WU D: M LI. YI M: DO ꓕꓯ; LI-. A. MO: M Gꓶ Xꓵ Kꓶ-. A. N: M Gꓶ A: KW JE LI. M: Sꓶ. LE-. A: ꓘꓶ. Mꓶ: YI TI.. YI W=

LI-SU Bꓯꓘꓶ: NY "SI, JO SI, KO, Xꓵ-. ꓤ: JO NI, M XW. (SI, ZI NY SI, KO. JI Xꓵ M JO-. ꓤ; NY NI, M XW. L M JO)"Bꓯ Xꓵ: ꓕI: ꓘꓶ: JW, ꓥ= ꓕI: ꓞI; Dꓵ; JW: GU SI. A: L ZI D T. LI. ꓕI: ꓕꓶ, ꓤ: ꓒY: W SI. ZI Lꓯ; HO M: JI LEO= Fꓯ, NY MY Dꓵ: MY MO A. MO: Xꓵ Kꓶ M MO-. A. N: GO MY Sꓵ: ꓕꓵ; NY,-. Xꓵ LI. M: JO Nꓯ YI KW LU: Tꓯ. ꓘO; Lꓯ; HOI NY, M MO ꓕꓯ;-. Cꓵ Cꓵ LI. NI, M A: ꓘꓶ. XW. ꓥ=

ꓕI ꓕꓶ, ꓤ: XW. DU ꓕ-. LI ZI LE SI.-. A.-N SI. Yꓯ:-ꓛI:-LY: Dꓯ Bꓯ NYI ꓕꓯ; NI, M M: XW. A KW D NE?

WO: LI. WO: Hꓶ NI, LI. NI, SI; M A.-N SI. A.-ꓛ.. NY W:-B Nꓯ YI Bꓶ DO Bꓶ Dꓵ: ꓘꓶ: NYI: ꓛO: KW CO. ꓯ'LE-. XW. YI ꓤ: ꓤ. Bꓯ NE ꓕ BO. KO. BO. NYI Lꓯ: HO NY, ꓥ=

Gꓶ SI. NE WO S ꓒU: L Dꓯ YI JW SI. Mꓵ: KW DI.. KW ꓤ: Lꓯ. Mꓶ: Lꓯ. NI, ꓒU Lꓯ: HO M Tꓯ. K; SU ꓒꓵ: L ꓤ: Mꓶ: NY A.-N SI. A.-ꓛ.. Xꓵ: WU M Dꓯ A ꓕꓯ; LI. MI LI M: FO-. A.-N SI. A.-ꓛ.. V YI M LI. Sꓶ.-. NYI GU ꓕꓯ; NI, M KW Gꓶ H, ꓥ= S; JY NI, ꓛꓵ; Xꓵ:-. K, ꓛꓵ; LO Xꓵ: ꓒ.. XY LI. ꓒU: L ꓤ: Mꓶ: NI, M KW Kꓶ H, ꓥ=

ꓕI ꓕI: ꓘO, A.-N SI. A.-ꓛ.. ZI Lꓯ: HO ꓕꓯ; LU: NI, ꓛI; NE ꓒY, NY, M NY YI. W: NE JI JI NYI H, SI.-. YI. W: NY Mꓵ: KW DI.. KW L W M: D Bꓯ LI.-. YI. W: NY MI; WO; KW CO. A. TI. YI JW SW; NY, ꓥ=

MI ꓛU: MI ꓛU: T. M LU: NI, ꓛI; M NE A.-N SI. A.-ꓛ.. Dꓯ Vꓶ Vꓶ MU YI NY, M MO ꓕꓯ;-. ꓒU: L ꓤ: Mꓶ: ꓕI: HW. M A: ꓘꓶ. NI, SI; NY, ꓥ= YI. W: NY M: HW. YI_M LU: NI, ꓛI; M Fꓯ, NE YI. NY, GU KO Dꓯ LU: Bꓱ KW LI; ꓛI M C, W ꓕꓯ;-. MU: GU: "GO.-. GO."Pꓱ, SI. M. NY, ꓥ= ꓕI M Pꓶ. DU-. A Mꓶ KW ꓛI LI. L: ꓞO BU

ꓠꓬ ꓐ ꓬꓲ_ꓡꓲꓸ ꓒꓲꓽ-ꓡꓳꓽ ꓪꓽ ꓗꓳ ꓕꓲꓽ ꓛꓳꓽ ꓗꓪ ꓒꓴꓽ ꓡ ꓤꓽ ꓟꓶꓽ ꓠꓰ ꓟꓴꓽ ꓖꓴꓽ ꓑꓱꓹ ꓢꓲꓸ ꓡꓴꓽ ꓠꓲꓹ ꓛꓲꓼ ꓓꓯ ꓟꓸ ꓠꓬꓹ ꓟ ꓠ ꓠꓹ ꓪ ꓓ ꓢꓰꓽ ꓥ꓿

ꓠꓲꓹ ꓟ ꓮꓽ ꓘꓶꓸ ꓙꓲ_ꓟ ꓒꓴꓽ ꓡ ꓤꓽ ꓟꓶꓽ ꓕꓲꓽ ꓧꓪꓸ ꓟ ꓠꓬ꓾ ꓩꓯꓹ ꓠꓰ ꓕꓲꓽ ꓘꓳꓹ ꓮꓸ-ꓠ ꓢꓲꓸ ꓮꓸ-ꓛꓺ ꓠꓲꓹ ꓒꓴ ꓡꓯꓽ ꓧꓳ ꓟ ꓠꓰ ꓠꓲꓹ ꓟ ꓗꓪ ꓡꓴꓹ ꓤꓯꓼ ꓡꓰ ꓢꓲꓸ꓾ ꓬꓲꓸ ꓪꓽ ꓠꓬ ꓟꓵꓽ ꓗꓪ ꓓꓲꓺ ꓗꓪ ꓐꓬꓱꓽ ꓤꓯꓼ ꓡ ꓠꓲꓹ ꓫꓵ꓾ ꓮꓸ-ꓠ ꓢꓲꓸ ꓮꓸ-ꓛꓺ ꓓꓯ ꓚꓵ ꓚꓵ ꓕꓲꓽ ꓦꓲ ꓢꓴ ꓡꓳꓼ ꓬꓲ ꓩꓲ ꓢꓪꓼ ꓠꓬꓹ ꓥ꓿ ꓖꓶ ꓢꓲꓸ ꓟꓲꓼ ꓪꓳꓼ ꓬꓲꓸ ꓩꓲꓸ ꓟ ꓑꓶꓸ ꓓꓴ ꓬꓲꓸ ꓪꓽ ꓮ ꓡꓲ ꓙꓪ ꓠꓲꓹ ꓫꓵ ꓖꓳ ꓡꓲ ꓙꓪ ꓪ ꓟꓽ ꓓ꓾ ꓟꓽ ꓪꓳꓹ ꓪꓳꓹ ꓤꓽ ꓮꓸ ꓔꓲꓸ ꓬꓲ ꓙꓪ ꓕꓲꓽ ꓖꓼ ꓡꓲꓽ ꓠ ꓡꓰꓳ꓿

ꓒꓴꓽ ꓡ ꓤꓽ ꓟꓶꓽ ꓕꓲꓽ ꓧꓪꓸ ꓟ ꓠꓬ ꓮꓸ-ꓠ ꓢꓲꓸ ꓮꓸ-ꓛꓺ ꓓꓯ ꓗꓳ ꓠꓬꓲꓽ ꓗꓳ ꓑꓶꓸ ꓬꓲ ꓩꓲ꓾ ꓖꓳ ꓕꓯꓼ ꓪꓽ-ꓐ ꓠꓯ ꓬꓲ ꓐꓶ ꓓꓳ ꓘꓶꓽ ꓕꓲꓽ ꓛꓳꓽ ꓗꓪ ꓯ’ ꓯ’ ꓟꓴ ꓦꓲꓼ_ꓟ ꓮꓸ-ꓠ ꓓꓯ ꓠꓬ ꓠꓳꓹ ꓠꓳꓽ ꓡꓲꓸ ꓔꓸ ꓫꓵꓽ ꓡꓱꓸ ꓡꓱꓸ ꓟꓴ ꓗꓳ ꓕꓲꓽ ꓗꓳ ꓡꓳꓼ ꓬꓲ ꓩꓲ꓾ ꓡꓽ ꓝꓳ ꓐꓴ ꓠꓬ “ꓠꓳꓹ ꓠꓳꓽ ꓗꓳ(ꓠꓳꓹ ꓠꓳꓽ ꓓꓯ ꓛꓳꓽ ꓟ ꓗꓳ)”ꓘꓴ ꓠꓬꓹ ꓥ꓿ ꓠꓯ ꓬꓲ ꓐꓶ ꓓꓵꓽ ꓘꓶꓽ ꓕꓲꓽ ꓛꓳꓽ ꓗꓪ ꓦꓲꓼ ꓧꓹ ꓟ ꓮꓸ-ꓛꓺ ꓓꓯ ꓠꓬ ꓮ ꓪꓴ ꓮ ꓟꓳ ꓫꓵꓽ ꓗꓳ ꓕꓲꓽ ꓗꓳ ꓡꓳꓼ ꓬꓲ ꓩꓲ ꓠꓬꓹ ꓥ꓿ ꓡꓽ ꓝꓳ ꓐꓴ ꓠꓬ ꓗꓳ ꓖꓳ ꓟ ꓓꓯ ꓝꓳ ꓐꓬꓱꓽ ꓟꓳꓽ ꓗꓳ (ꓝꓳ ꓟꓳꓽ ꓐꓬꓱꓽ ꓓꓯ ꓛꓳꓽ ꓟ ꓗꓳ)ꓘꓴ ꓠꓬꓹ ꓥ꓿

ꓩꓯꓹ ꓐꓯ ꓠꓬ ꓮꓸ ꓟꓳꓽ ꓢꓲꓸ ꓮꓸ ꓠꓽ ꓠꓬ ꓡꓵꓽ ꓠꓲꓹ ꓛꓲꓼ ꓓꓯ ꓢꓰꓼ ꓡꓯꓽ ꓧꓳ ꓟ ꓗꓪ ꓢꓲꓽ ꓫꓴꓽ ꓫꓴꓽ ꓫꓴꓽ ꓗꓶ ꓡꓰ ꓢꓲꓸ꓾ ꓠꓯ ꓬꓲ ꓕꓲꓽ ꓓꓵꓽ ꓡꓲꓸ ꓢꓲꓽ ꓡꓲꓸ ꓤꓽ ꓗꓶ ꓬꓲ꓾ ꓖꓳ ꓸ ꓕꓲꓽ ꓬꓲ ꓠꓽ ꓖꓳꓸ ꓕꓲꓽ ꓬꓲ ꓠꓰ ꓬꓲ ꓟꓶ ꓕꓲꓽ ꓛ_ꓽ ꓚꓪ ꓟꓯꓹ ꓪꓳ ꓠꓬꓹ ꓟꓵꓽ ꓗꓪ ꓛꓲ ꓡꓰ ꓪ꓿

ꓕꓲꓽ ꓠꓬꓲ ꓟ ꓗꓪ꓾ ꓠꓯ ꓬꓲ ꓓꓯ ꓢꓯ ꓕ ꓐꓳꓸ ꓐꓬꓱ ꓗꓳꓸ ꓐꓳꓸ ꓐꓬꓱꓽ ꓠꓬꓹ ꓟ ꓚꓪ ꓟꓯꓹ ꓪꓳ ꓠꓬ꓾ ꓟꓶꓼ ꓕꓯꓼ ꓗꓶꓸ ꓠꓬꓸ ꓠꓲꓹ ꓛꓲꓸ ꓤꓽ ꓔꓸ ꓫꓵꓽ ꓠꓯ ꓬꓲ ꓟ ꓕꓲꓽ ꓕꓶꓸ ꓠꓰ ꓢꓲꓽ ꓡꓲꓸ ꓗꓶ ꓬꓲ ꓟ ꓟꓳ꓾ ꓩꓯꓹ ꓠꓬ ꓮꓸ ꓟꓳꓽ ꓳꓸ ꓓꓵ ꓡꓲꓸ ꓙꓪꓹ ꓟ ꓮꓸ ꓟꓳꓽ ꓟꓳ ꓕꓲꓽ ꓟꓳ ꓟ ꓖꓶ ꓠꓯ ꓬꓲ ꓗꓪ ꓚꓳꓸ ꓐꓳꓸ ꓐꓵ ꓙꓰ ꓠꓬꓹ ꓟꓳ ꓥ꓿ ꓚꓪ ꓟꓯꓹ ꓪꓳ ꓐꓴ ꓠꓬ “ꓠꓯ ꓬꓲꓽ ꓖꓽ ꓐꓳꓸ ꓕꓲꓽ ꓕꓳꓸ ꓗꓪ ꓠꓬꓹ ꓢꓴ ꓫꓪꓸ ꓓꓴ ꓕꓲꓽ ꓫꓵꓼ ꓜꓲ ꓬꓲ ꓥ ꓔꓸ ꓪꓳ꓾ ꓮꓸ ꓕꓲꓸ ꓤꓽ ꓬꓲ ꓙꓪ ꓪ ꓓ ꓡꓲꓸ ꓟꓽ ꓢꓶꓸ”ꓢꓪꓼ ꓢꓲꓸ ꓠꓰ꓾ ꓠꓲꓹ ꓒꓴ ꓠꓲꓹ ꓡꓲꓼ ꓔꓸ ꓟ ꓛꓳꓽ ꓒꓯꓹ ꓕꓲꓽ ꓧꓪꓸ ꓪꓴꓸ ꓢꓲꓸ ꓠꓯ ꓬꓲ ꓖꓽ ꓐꓳꓸ ꓕꓲꓽ ꓛꓳꓽ ꓗꓪ ꓐꓬꓱ ꓡ ꓠꓬꓹ ꓥ꓿ ꓬꓲꓸ ꓪꓽ ꓮꓸ-ꓠ ꓢꓲꓸ ꓮꓸ-ꓛꓺ ꓖꓪꓽ ꓜꓰ ꓗꓳ ꓕꓲꓽ ꓕꓳꓸ ꓗꓪ ꓛꓲ ꓕꓯꓼ꓾ ꓠꓯ ꓬꓲ ꓹ ꓝꓲꓺ ꓝꓲꓺ ꓤꓽ ꓔꓸ ꓚꓹ ꓪ ꓡꓰ꓾ ꓮꓸ ꓔꓲꓸ ꓟꓽ ꓥ ꓟ ꓡꓲꓸ ꓔꓸ ꓚꓹ ꓪ ꓢꓲꓸ꓾ ꓗꓳ ꓗꓪ ꓠꓬꓹ ꓟ ꓫꓲꓸ ꓡꓲꓸ ꓫꓱꓸꓹ ꓡꓱ ꓠꓬꓹ ꓗꓶꓸ ꓠꓬꓸ ꓖꓼ ꓠꓰ ꓮ ꓡꓲ ꓥ ꓟ ꓠ ꓠꓬꓲ ꓠꓬꓹ ꓥ꓿

ꓚꓪ ꓟꓯꓹ ꓪꓳ ꓐꓴ ꓠꓬ ꓮꓸ-ꓠ ꓢꓲꓸ ꓮꓸ-ꓛꓺ ꓠꓲꓹ ꓒꓴ ꓡꓯꓽ ꓧꓳ ꓫꓵꓽ ꓪꓴ ꓟ ꓢꓶꓸ ꓡꓰ ꓕꓯꓼ꓾ ꓬꓲꓸ ꓪꓽ ꓓꓯ ꓮ ꓡꓲ ꓬꓲ ꓙꓪ ꓪ ꓘꓴ ꓖꓳ ꓡꓲ ꓬꓲ ꓙꓪ ꓥꓳ ꓢꓪꓼ ꓢꓲꓸ꓾ ꓬꓲꓸ ꓚꓺ ꓖꓳ ꓗꓪ ꓠꓬꓹ ꓒꓰꓼ ꓪ꓿

ꓮ ꓟꓶꓸ ꓟꓶ ꓡꓳꓼ ꓖꓴ ꓕꓯꓼ꓾ ꓮꓸ-ꓠ ꓢꓲꓸ ꓮꓸ-ꓛꓺ ꓠꓰ ꓖꓪꓽ ꓜꓱ ꓔꓳꓹ ꓓꓴ ꓩꓲꓹ ꓧꓹ ꓟ ꓠꓬ ꓓ ꓯꓡꓲꓸ ꓓꓯ ꓟꓽ ꓑꓶꓸ ꓫꓵꓽ ꓭꓸ ꓡꓳꓼ ꓬꓲ ꓪ꓿ ꓭꓸ ꓚꓲꓸ꓾ ꓭꓸ ꓘꓴꓽ ꓭꓸ ꓟꓲ ꓟ ꓠꓬ ꓚꓪ ꓟꓯꓹ ꓪꓳꓠ ꓬꓹ ꓖꓴ ꓡꓳꓼ ꓬꓲ ꓪ꓿ ꓪꓽ-ꓐ ꓠꓯ ꓬꓲ ꓘꓶꓽ ꓒꓺ ꓠꓶꓽ ꓥ ꓢꓲꓸ꓾ ꓭꓸ ꓚꓲꓸ ꓟ ꓗꓪ ꓠꓬ ꓮꓸ ꓟꓳꓽ ꓛꓲ ꓐꓵꓽ ꓡꓲꓸ ꓙꓪꓹ ꓢꓰꓽ ꓥ꓿

ꓖꓳ ꓟ ꓗꓪ ꓚꓳꓸ ꓠꓬꓹ꓾ ꓚꓪ ꓟꓯꓹ ꓪꓳꓠ ꓬ ꓕꓲꓽ ꓠꓬꓲ ꓟꓽ ꓙꓳ “ꓚꓲꓼ ꓚꓲꓼ꓾ ꓚꓺ ꓚꓺ”ꓟꓶ

SI. Nꓯ YI ꓘꓶ: KW BYꓱ NY,-. YI. W: NY WO: Hꓶ M: Sꓶ.-. A.-N SI. A.-ꓛ.. DO: M V GO: NY, ꓥ= M: D MI; WO; Pꓶ. L SI. Mꓶ: TI.. Nꓯ ꓛꓵ: ꓤ: TI.. H,-. Sꓯ; ꓒꓯ; NE M: D T. ꓕꓯ;-. CW Mꓯ, WO BU NY Lꓯ: HW. LI. Nꓯ YI Dꓯ: Sꓯ ꓤI: LI ꓤI: BYꓱ NY,-. A: ꓘꓶ. JW: XW. NY, ꓥ= L: ꓝO BU NY ꓕI M N: ꓝO ꓤ NI, M A: ꓘꓶ. ꓤꓱ: KU. M CW Mꓯ, WO BU NY A.-N SI. A.-ꓛ.. NYI: RO M ꓕI: RO NE ꓕI: RO Dꓯ JW: XW. NY, M CW M. GO: NY, M Sꓶ. ꓥ=

ꓕI: NYI ꓘꓶ. NY. ꓕI: NYI-. ꓕI: ꓘO; Kꓶ. NY. ꓕI: ꓘO;-. Tꓯ, FO. ꓤ: T. M ꓭ. CI. GO M KW NY NI, ꓛI; NI, PI, T. Xꓵ: SI. YI CYꓱ A: MY, RO L NY,-. ꓭ. CI. ꓘU: KW CO. ꓕO: ZI-. Lꓯ: M KW Bꓯ Xꓵ: YO L M NY LO ꓘU: TI.. MO MO T.-. MO: KW TO, YI M LI T.-. YI. CYꓱ-. ꓛU: ꓘꓶ Lꓶ: M KW ꓕO: K. ꓛO L M NYI: KO. CO. NY NY, Sꓯ; Xꓵ: Xꓵ: T.-. A: Jꓵ: LI. A.-N SI. A.-ꓛ.. ꓕꓯ. JW: XW. JW NY, ꓥ=

A: Nꓱ Mꓶ: Nꓱ _LI A: ꓘꓶ. L.. TI.._M CW Mꓯ, WO BU NY Lꓯ: HW. LI. ꓕI: NI, ꓕI: W: ꓤ: Bꓯ NE A.-N SI. A.-ꓛ.. Dꓯ YI JW NY, ꓥ= YI. W: NY YI JW, NY, M LI: M: ꓝI-. LO ꓘU: GO M KW A: ꓘꓶ. NYI K, ꓛꓵ; Xꓵ: ꓕI: Xꓵ: LO; YI W=

ꓕI M KW CO.-. L: ꓝO BU NY LO ꓘU: GO M Dꓯ “Mꓶ NY, ꓭ. (CW Mꓯ, ꓭ.)”ꓘU NY, ꓥ=

Fꓯ, Bꓯ NY-. MI XW. MI XW. ꓕI: ꓝI; ꓕI: P HW ꓕꓶ, Lꓯ: HO Kꓶ-. MI XW. MI XW. LO, L-. ꓕI: ꓝI: ꓕI: P TI.. DO Kꓶ_M A.-N SI. A.-ꓛ.. NY TI. Nꓶ: KW ꓛI LI. ZI W M; D ꓕI: B, M NY YI. W: NI, ꓤ: BU: ꓤ: A. DI; SU-. A. ꓷI: K, ꓛꓵ;-. A. DI: V B: LO ꓕI: B, M ꓥ Y. W: ZI Lꓯ: HO M; W LE SI.-. A LI SI. NI, M M: XW. L NE?A LI SI. M: NI, SI; L NE?

ꓕI MY XW. ZI LI M NY A.-N SI. Yꓯ:-ꓛI-LY: Dꓯ Bꓯ NYI ꓕꓯ;-. MU: GU: Pꓱ NE Pꓱ-. V FO: K: NE K:-. ꓕI: B, NE O. Mꓶ CO SI. HW. M: ꓛI: LE-. NYI: RO A: Jꓵ: LI. ꓯ’ ꓯ’ MU W:-B Nꓯ YI ꓘꓶ: KW NY, ꓝO LEO= YI. W: NY YI: MY ꓘO, NY, M LI-. ꓕI: B, B, ꓕꓯ; TI. Nꓶ: KW NY, H, M LI T.= ꓕI: B, B, ꓕꓯ; A ꓶ KU, H, M LI T.= TI: B, B, ꓕꓯ; Eꓵ LI O. NO. XW. ꓕꓱ K, NY, M LI T.= ꓕI: B, B, ꓕꓯ; K, ꓛꓵ; VY; NYI M Dꓯ ꓥO LO. NY, M LI T.= ꓕI: B, B, ꓕꓯ; YI. TU YI. Mꓶ: RO NE Cꓵ, SE; L M LI T. ꓥ= ꓕI LI NE-. XW. ZI LE M YI. W: N: V V MU MU MO GO. ꓕI: VI; N: GO. ꓕI: VI; NE-. S; NYI S VY; VI; KꓶO=

Fꓯ, NE Bꓯ NY-. S; NYI Mꓶ. ꓕꓯ; ꓕI: Mꓶ: ꓘꓶ; M KW-. MI; WO; KW CO. Mꓵ: KW DI.. KW ꓤ: Lꓯ. Mꓶ: Lꓯ. NI, ꓒU Lꓯ: HO Xꓵ: WU Dꓯ K: NY, M ꓒU: L ꓤ: Mꓶ: Xꓵ: RO M NY A.-N SI. A.-ꓛ.. GW; ZE KO NY, M MO ꓕꓯ;-. NI, M A. TI. ꓤ: S ꓥ-. “MU: KW DI.. KW A. ꓘꓶ. XW. ZI M NI, ꓒꓵ Lꓯ: HO SU NYI: RO M A: L ꓕI: W

ZI YI T. O”Dꓵ: JW: NY, ꓥ= Gꓶ SI. Kꓶ. NY. ꓕI: NYI Mꓶ: ꓘꓶ. CO ꓕꓶ SI. MI; WO;
KW CO. NYI N, ꓕꓯ; NI, M LI. JY YI GU= A.-N BU W: Zꓱ M KO M: DO L SI.-.
NYI: RO A: Jꓵ: ꓯ’ ꓯ’ MU Nꓯ YI ꓘꓶ: KW VI; DO, M MO LEO= “YI. W: WO: Hꓶ: N:
NY, ꓥ T.-. WO: Hꓶ N: GU ꓕꓯ; Fꓯ, NE KO Bꓶ ꓥO” SW; NY, ꓥ= Gꓶ SI. S; NYI
ꓕI: NYI-. LI. NYI ꓕI: NYI Mꓶ: ꓘꓶ; Gꓶ ꓕI: Xꓵ: LI. M: YI Y, ꓕꓯ; SI. YI. W: NY
Xꓵ: WU DO LE M Sꓶ. LE-. MU: KW DI.. KW YI: M Nꓯ YI Tꓯ. K: SU ꓒU: L ꓤ: Dꓯ
N NYI Kꓶ ꓕꓯ; SI. A LI ꓥ M Sꓶ. LEO=

MI; WO; KW ꓛO DU YI. FI. M Dꓯ ꓛ LE FI M: D SI.-. ꓒU: L ꓤ: Mꓶ: ꓕI: HW.
M A LI YI LI. M: ꓥ T. NY,-. YI. W: NY ꓕI LI GW Zꓱ.. GO LI GW Zꓱ.. Gꓶ ꓕꓯ;-. M:
D M: S; YI N T. M NY A: ꓘꓶ. NI, XW. LE SI. DO: YI T.-. Xꓵ; ꓘꓶ: KW ꓛI L M A.-N
SI. A.-ꓛ.. NYI: RO M Dꓯ CYO W LE FI ꓕꓯ; SI. D ꓥ Bꓯ ꓥ=

ꓕI LE SW; ꓞE, Kꓶ SI. A M Tꓯ. YI FI M Bꓯ YI NY, ꓕꓯ;-. A.-ꓛ NY LI; LI; ꓕI:
ꓘO, YI. JE ꓛY Bꓯ ꓥ= YI. FI ꓕI: HW. M NY YI. NI, M ꓕI MY JI Pꓶ. DU A: ꓘꓶ. K,
ꓛꓵ; NY,-. A: Jꓵ: LI. YI. Tꓯ. JE ꓛY Bꓯ-. Fꓯ, NE NY A.-ꓛ NE YI. FI NYI M Xꓵ:
Xꓵ. YI MY BI NE CYO HW. ꓛI: YI FI Bꓯ M Dꓯ D ꓥ Bꓯ ꓥ= YI. ZI NYI M ꓛO; Xꓵ.
YI M NY Fꓯ. NE YI. Dꓯ “A: ꓘꓶ. Lꓯ: YI FI M: D-. A.-ꓛ NYI M NU NI, ꓞ JE ꓭ:”Bꓯ
M. NY, ꓥ= A.-ꓛ NY V Lꓱ BO BO ꓤ: BE “A. FI BU JW: XW. M: ꓛꓵ-. RO NY A Mꓶ
LI MY BI M Bꓯ: ꓕU: KW Zꓯ Kꓶ Lꓯ: ꓭ:”Bꓯ SI.-. ꓒU: L ꓤꓱ: DU Bꓯ: ꓕU: M RU DO
L-. YI. Mꓶ. ꓕꓯ; “W.”Bꓯ NE ꓥU DO L W= ꓕI M Kꓶ. NY.-. YI. FI NYI M ꓕI: HW.
M Gꓶ NE ꓥU NY, SI.-. ꓕI: B, NE Bꓯ: ꓕU: KW BI.. LEO=

Kꓶ. NY. ꓕꓯ;-. SU NE CW NY, NY ꓕI: B, B, ꓕꓯ; MI: WO; KW Mꓶ: TI.. M:
JW, Gꓶ MU: GU: Pꓱ, NY, M NY ꓒꓵ: L ꓤ: Mꓶ: BU NE A.-N Dꓯ ꓥU JW Sꓯ; ꓥ Bꓯ
NY, ꓥ=

Bꓯ ꓕꓯ; ꓒꓵ: L ꓤ: Mꓶ: ꓕI: HW. M ꓥU SI. MY BI.. ꓕI: Bꓯ: ꓕU: D: H, GU ꓕꓯ;-.
A.-ꓛ NY Bꓯ: ꓕU: M ꓛꓵ: SI. A.-N NY, M Tꓯ. SI JEO=

Gꓶ SI. NE-. ꓒU: L ꓤ: Mꓶ: BU A.-N Dꓯ CYO NI, Xꓵ NY, M MI; WO; KW A
KW ꓛI ꓛI CO ꓕꓶ NY, M X, ꓒ: NI: NE ꓘU: N N, W LE-. Fꓯ, NY KO Dꓱ: A: ꓘꓶ. M:
JI_M A.-ꓛ NE JW YI M Sꓶ. LE SI. A: ꓘꓶ. K, ꓛꓵ; NY, ꓥ= YI. NY A.-ꓛ Mꓶ: ꓕꓯ;
CO K: H, SI. ꓘꓶ Lꓶ: L NY,-. YI. NI, N NY, M M: D YI SE: ꓥ=

A.-ꓛ MI; WO; YI. JO, KW JE ꓛI ꓕꓯ;-. YI. WU. A: Xꓱ, Xꓱ.. T.-. A: ꓘꓶ. JE
S _M YI. JO, M NY X, ꓒ: NI: NE ꓛU: JO, JO: ꓛY, H, SI.-. A.-ꓛ NY A LI M: YI
SI. Tꓶ LI; JE SI. A. ꓕ: HW NE YI. JO, KW ꓞI: H, LO ꓛU: M ꓒY: GU ꓕꓯ; SI. Fꓯ,
NE Mꓶ: ꓕꓯ; JE D YO= ꓕI: Z JO: JE Kꓶ ꓕꓯ;-. MI; WO; Nꓯ YI ꓘꓶ: KW ꓛI LE-.

YI. WU. ꓕꓯ; MI; WO; GW; Zꓱ M Gꓶ M: MO LEO= A LI M: YI NE-. A.-ꓛ NY YI. JI: Hꓶ, M ꓒꓶ SI. LO VI CU.. KW ꓛI LEO= ꓕ B: LO, L ꓕꓯ;-. YI. NY ꓕI: ꓘO, N: ꓕI: Xꓵ: LI. M: ꓛꓵ Bꓶ ꓥO Dꓵ: JW: K, NY, ꓥ= ꓕI B, M A: L Mꓶ: ꓶ ZI; ꓤO: Kꓶ YI LI. YI. JO, M JE S SE: ꓥ= YI. NY GO ꓕI: B, LI A.-N Dꓯ CYO ꓥ JO: SW; NY, SI.-. Lꓯ: HW. JE Lꓯ; HW. MYO L W= ꓕI ꓕꓯ; X, ꓒ: NI: NY A: ꓘꓶ. K, ꓛꓵ; NY, ꓥ= MI ꓛU: MI ꓛU: M X, ꓒ: NI: NY A.-ꓛ A: ꓘꓶ. JE NI, ꓞ M MO ꓕꓯ;-. JI: Hꓶ A WU ꓕI: Cꓱ, ꓒꓶ L SI. YI. JO, ꓘꓶ: SI, ZI NYI: ZI M Dꓯ Lꓯ: K. K. ꓞO, H,-. YI. W ꓕU H, GU ꓕꓯ; ꓘE, PY H, SI. ꓘU NYI N, NY, ꓥ=

A.-ꓛ NY ꓕI: Xꓵ; LI. M: Sꓶ. SI.-. GO KW Pꓯ: W YI-. Tꓯ, ꓘꓯ: Lꓯ; MO Lꓱ. YI-. MY BI.. M Gꓶ ꓕI: ꓒE HO. LEO=

X, ꓒ: NI: NY ꓕI M MO-. A.-ꓛ Lꓱ. YI SI. A: ꓘꓶ. Sꓯ B M MO ꓕꓯ; ZI: M: HW. SI. W. ꓤ: W. "HA.-. HA.. HA.."Sꓯ DO L W=

A.-ꓛ NY ꓕI ꓕꓯ; SI. D: JW ꓕI: Cꓱ, KW ꓕI: MY K: ꓞI: H, M X, ꓒ: NI: NE YI M Sꓶ. LE-. A. DI: NI. SI; LE SI. Lꓯ; ꓒꓯ, KW Tꓯ, H, LO ꓒU: L ꓤꓱ: DU MO; ꓞO, M NE X, ꓒ: NI: O. Dꓵ KW ꓒ.. Xꓵ TI. NY,-. X, ꓒ: NI: NY JO SI. Sꓯ M Nꓶ Kꓶ-. Mꓶ ꓛY Gꓶ: H, SI. "NI, M A: ꓘꓶ. JI SU A.-ꓛ WO:-. VW NY ꓤ: Mꓶ: Dꓯ A: ꓘꓶ. ꓒY SI. NE ꓕI LE YI ꓥ-. NU Dꓯ XW. ZI FI NE-. NU ꓥW Tꓯ. G GO: Lꓯ-. ꓕ: SE; Lꓯ= A.-ꓛ Mꓶ: Lꓯ. Tꓯ. A: ꓘꓶ. XW. MO W-. A.-ꓛ Mꓶ: Lꓯ. Tꓯ. A: ꓘꓶ. XW. MO W"Gꓶ YI: L NY, ꓥ= Lꓯ; Xꓵ Bꓯ Lꓯ; Xꓵ O. Dꓵ M Mꓶ ꓛY "DO:-. DO:"ꓕꓱ, Jꓵ, NY, ꓥ= ꓕI GU ꓕꓯ;-. MY BI.. LI. NYI: S FO, Zꓯ Kꓶ. M. GO: NY,-. Fꓯ, NE A.-ꓛ Dꓯ "A Mꓶ KO. BO. VW NY ꓕI: Xꓵ: LI. YI M: Pꓶ. W-. ꓕI: Xꓵ: LI. YI M: Pꓶ. W= M: JI Xꓵ: YI NY Xꓵ FI Lꓯ ꓨ:-. Xꓵ FI Lꓯ ꓨ:"Bꓯ NY, ꓥ=

XW. YI ꓤ: M_LI: YI KU.-. YI. XO, M Lꓶ. V Bꓯ Kꓶ. KU. SI.-. M: ꓥ LI. NI, M NU: NU. ꓤ: T. M A.-ꓛ NY "Mꓵ: ꓕꓯ; SI N: M: ꓛ SU M: JW,-. Fꓯ, BA LI. X, ꓒ: NI: NY Mꓶ: Tꓯ; SI. M: JI Xꓵ: Xꓵ: WU M: YI W Bꓯ NY, M-. SU Tꓯ. CYO NY ꓞI JO ꓤꓶ., JO L ꓥ"Dꓵ: JW: NY, SI.-. ꓕI LI GO LI ꓕI: N: M. Kꓶ ꓕꓯ; X, ꓒ: NI: Dꓯ ꓩU Kꓶ W=

YI. JO, KW A Mꓶ JE Kꓶ SI.-. ꓒU: L ꓤ: Mꓶ: A.-ꓛ NY LI. NYI ꓕI: NYI Nꓯ; W ꓕꓯ; SI. A.-N BU NY, M Mꓶ-NY,-ꓭ. Mꓵ: ꓕꓯ; SI KW ꓛI ꓥ= GO ꓕI: B, M-. MI: MI M Bꓶ DO ꓘꓶ: ꓕI: ꓛO: KW CO. ꓒ..DO L SI.-. Bꓶ Dꓵ: ꓘꓶ: ꓕI: ꓛO: KW PI,-LO: W: KO M Dꓯ BYꓱ; Lꓱ; Lꓱ; Tꓱ, H, ꓥ= A.-ꓛ NY Mꓶ: TI.. Mꓶ KU. Dꓯ ꓘU WU. NY, M: Mꓶ-. MI; WO; KE CO. MY BI.. M ꓕI: YI, GU ꓕI: YI, GU ꓘO; ꓕI: ꓩU NY, ꓥ=

Cꓵ Cꓵ LI. NE-. Mꓶ-NY,-ꓭ. MU: Dꓯ S ꓯNY Mꓶ: TI.. ꓕI: ꓘI: LI. M: JW,-. Mꓶ

ꓞꓯ B Lꓱ Lꓱ-. ꓕI: Xꓵ; Sꓯ; LI. Bꓯ M: JW; M KW NI. ꓕI: ꓕꓶ. ꓤ; V FO: ꓕI: ꓕO K: L W= Mꓶ V M NY W:-B Nꓯ YI ꓘꓶ: NYI: ꓛO: KW KO ꓕꓯ; KO MI M LI. XY XY, ꓤ: ꓞI: ſU Kꓶ M LI-. XY XY. ꓤ: Kꓶ LE W= Sꓯ. Xꓵ: Sꓯ. Jꓵ: Kꓶ NE Sꓯ; W: Lꓯ; HW. TI, L M LI-. Lꓯ; HW. BI NE MO T. ꓥ=

Mꓶ V M NY S; NYI S; VY; LU M: KU. VI; H, M A.-N SI. A.-ꓛ.. Dꓯ ꓕI: KO ꓕI: Dꓱ: ꓕI: ꓒ; YI-. ꓕI: ꓘO, GU ꓕI: ꓘO, ꓕI: W LE SI.-. YI. W; NY V V MU MU WO: MY ꓘO NY, M LI T. M KW CO. HW. ꓛI: L W= W: -B Nꓯ YI ꓘꓶ: NYI: ꓛO: KW NY A: ꓘꓶ. BI.. Xꓵ: A. MO: Xꓵ, YI ꓕI: Cꓱ, DO L-. ꓕI: Pꓶ. M NY A.-N Dꓯ F. H,-. ꓕI: Pꓶ. M NY A.-ꓛ.. Dꓯ F. H, ꓥ= CU Cꓵ LI. PI; K. ꓘE, YI LI. YI. Cꓱ, Tꓶ. H, SE: ꓥ=

ꓒU: L ꓤ: Mꓶ: A.-ꓛ NY YI. W: NYI: RO M HW. ꓛI: L M MO ꓕꓯ; YI. W; Dꓯ Mꓶ: ꓞ BYꓱ; Lꓱ; Lꓱ; ꓕꓱ, W D M KO NYI: KO LO; YI FI W= A.-ꓛ.. NY Bꓶ Dꓶ: ꓕI: ꓛO: KW PI:-LO: W: KO O. NYO M ꓞO MO: BYꓱ: KO (ꓞO MO: Dꓯ ꓛO: Xꓵ: KO) LO; YI W= A.-ꓛ.. NY NI, M XW. XW. ꓤ: S; NYI S; VY; VI; Kꓶ ꓕꓯ; O. ꓞꓱ.,-. Mꓶ: FI A: Jꓵ: ꓒU YI GU W= TI M Pꓶ. DU-. ꓞO MO: BYꓱ: KO M NY ꓕI: ꓘO; ꓞI NYI: V LI. W: ꓒU LI. ꓤ: TI.. H, ꓥ= Kꓶ. NY. ꓕꓯ: ꓞO ZU NY “M:-JI:-W: (W: JI: YI M: KU.)”ꓘU NY, ꓥ= A. Xꓵ: LI. NI, M KW M: Kꓶ M A.-N NY S; NYI S; V VI; Kꓶ ꓕꓯ; O. ꓞꓱ., A: Jꓵ: ꓒU LI LI. Nꓯ YI Bꓶ DO ꓘꓶ: ꓕI: ꓛO: S-M KO NYO KWNO, NO: KO LO; YI SI.-. KO ꓕꓯ; SI NY LO ꓒU JO: ꓒꓵ, H, ꓥ= ꓶ R CO. NYI ꓕꓯ;-. NI, ꓛI; ꓒU NI, ꓛI; ꓒU T. ꓥ=

ꓒU: L ꓤ: Mꓶ: A.-ꓛ NY A.-N SI. A.-ꓛ.. Fꓯ, NE ꓕI: ꓘO, ꓞO JO W M MO ꓕꓯ;-. XI. LI. Xꓱ., Lꓱ Tꓯ. Bꓯ M. SI. YI. W: Dꓯ YI. JO, HO: M. FI NY,-. YI. NY NI, M Tꓶ, Tꓶ, MI; WO; KW LI; JE KꓶO=

A ꓕꓯ; LI. YI. MI: JI JI ꓤ: YI Kꓵ. M XI. LI. Xꓱ., Lꓱ NY ꓒU: L ꓤ: Mꓶ: A.-ꓛ NE FI L Pꓶ. DU-. Fꓯ, NE PI:-LO: W: KO KW BY ꓱLI; JE SI.-. W:-B Nꓯ YI ꓘꓶ: Mꓶ-NY,-B. M KW SI, ZI Dꓯ ꓥW: H,-. A ꓤ. ꓤ: Bꓯ NE “XI. LI. LI. Xꓱ., Lꓱ Lꓱ-. MI; WO; B LI. CI; M: B LI. CI;-. ꓞO ꓤ; NY XW. DU ZI L KU.-. A: Jꓵ: JI JI T. Bꓯ NY-. X, Gꓶ NYI ꓕꓯ; ZI L KU. ”Mꓶ NY, ꓥ=

A.-N SI. A.-ꓛ.. NY NY, ꓤ: Mꓶ Sꓯ; M Bꓯ JW: ꓕꓯ; NI, M A. TI. ꓤ: S LEO= NI, M KW “X, Gꓶ ZI Lꓯ”JO: Dꓵ: JW: H, SI.-. YI. W: NY ꓕI: Xꓵ: LI. M: JO ꓞO JO TY, ꓥ= A.-ꓛ.. NY YI. A RO ꓕI: HW. M LO.-. JI JI MI: YI Z: NY, ꓥ= A.-N NY Bꓶ DO ꓘꓶ: ꓕI: ꓛO: KW CO. A.-ꓛ.. Tꓯ. “X, Gꓶ ZI Lꓯ”M Dꓯ Lꓯ: Xꓵ LO. NY, A.-ꓞꓯ: YI. DO:Lꓯ; Xꓵ N NYI ꓕꓶ TY, ꓥ=

ꓞO JO XW. M Bꓯ GU M: D-. XW. DU ꓕI: Xꓵ; ZI GU ꓕI: Xꓵ: ZI LEO= TI NYI

M KW-. A.-N NY W:-B Nꓯ YI ꓶ: R CO. ꓞO ꓤ: ꓕI: HW. L M MO LE SI. “ꓕI M NY YI: Nꓯ Mꓵ: KW YI. ꓞI ꓘO; JE GU M A.-ꓞꓯ; BU ꓥ MI?”Dꓵ: JW: NY, ꓥ= SW; GU ꓕꓯ; YI. NY ꓶ ꓤ: ꓶ M M XW Tꓯ, H, SI. ꓕI: JO ꓤ: Mꓶ-NY,-ꓭ. Mꓶ. ꓕꓯ; Nꓯ YI CO Tꓶ. ꓘꓶ: KW ꓞO ꓤ: GO ꓕI: HW. M Dꓯ LO. NY, H, ꓥ=

ꓨO ꓕI: HW. M NY Cꓵ Cꓵ LI. A.-ꓞꓯ: BU ꓥO= Gꓶ SI. NE A.-ꓞꓯ: NY M: NY, H, BO= YI. C.. MI: YI W: ꓕꓵ; Pꓶ. DU-. A.-ꓞꓯ: NY WO: Hꓶ DO: YI = YI: Nꓯ Mꓵ: KW Mꓵ: Sꓯ; LI. M: JI-. Nꓯ ꓞI; Nꓯ MI M: JW, SI.-. A.-ꓞꓯ; NY M: NY, YI BO= YI. ꓤ: Bꓶ-Jꓵ A.-ꓘE SI. YI. Kꓶ. NY. JW SU NY NI, M A: ꓘꓶ. XW. NY, ꓥ= GL SI. Mꓶ: YI SU NY Sꓯ. L M: CI;-. GO KW NY, M G ꓛO: BU NY YI. Dꓯ JI JI ꓤ: XW Tꓵ. Kꓶ-. LI. ꓞI KU. NYI ꓕꓯ; CYO. SI. ꓞO ꓤ: LI. A: ꓘꓶ. M: JE M W: KO Dꓯ Tꓵ. Kꓶ-. YI. Tꓯ. W:-B Mꓵ: Tꓯ. NYI W FI NY, ꓥ=

VI A MY Xꓵ: X, Gꓶ SI. YI. ꓒ: Mꓶ: YI_M Bꓶ-Jꓵ-A.-ꓘE NY G ꓛO: BU NE GO KW NY, Lꓯ: SE: Bꓯ GO: L M Tꓯ. M: C..-. NI, M ꓞꓯ: Lꓯ: ꓞꓯ: Lꓯ: VI ꓘW LI; L NY, ꓥ=

GO ꓕI: NYI M KW-. W:-B Nꓯ YI W,-ꓩU..-ꓒE; (VI SI ꓒ: Dꓯ NYI LO. Tꓶ.) KW ꓛI T. ꓕꓯ;-. Mꓶ. ꓕꓯ. JE NY, M A. DI: RO M SO SU GW:-ꓤ:-ꓕꓶ, NY ꓕI: ꓕꓶ. NE “NU W: NI, ꓞ NYI-. KO Dꓯ VI; H, M NY A. RW: A.-N M: ꓥꓯ?”ꓘU L NY, ꓥ=

Bꓶ-Jꓵ-A.-ꓘE JE SI. NYI NYI ꓕꓯ;-. A ꓶ Mꓵ: KW VI; H, M NY Cꓵ Cꓵ LI. YI. M A.-N ꓥ Bꓶ= O. ꓞꓱ., LI. ꓒU YI GU T. M YI. M Dꓯ MO-. Fꓯ, NY ꓕI Xꓵ: Mꓵ: KW L SI. ꓞI L LI.-. YI. ꓒ: NY Mꓶ: YI M Dꓯ Dꓵ: JW: W ꓕꓯ;-. YI. NY NI, M ꓕI: ꓘꓶ: LI. M: S= Lꓯ: HW. Dꓵ: JW: Lꓯ: HW. YI. M Dꓯ MO M: Pꓶ. M LI T. SI.-. Nꓯ YI ꓘꓶ: YI. M ꓕI: ꓛO: KW LO ꓞI, ꓕI: M Dꓯ ꓛI FI. Gꓶ: NE W> ꓤ: W. ꓥU SI. MYO. DO: LEO= YI. Kꓶ. NY. ꓛO T _M SO SU Gꓶ NE M. ꓒ: LI. Mꓶ: YI GU M-. YI. W: LI: LI; L Xꓵ: YI. LI M: JW,-. ꓘ, ꓤ: ꓘ, M BUD ꓯ A LI ꓘꓶ: ꓥ. SE: MO,= A.-ꓞꓯ: M. ꓒ: M: JW, YI LI: M: ꓞI-. A Mꓶ Bꓶ-Jꓵ-A.-ꓘE LI. M: JW, LEO SW; SI.-. ꓕI: RO M: JO ꓯ' Xꓵ GU-. ꓕI: RO Kꓶ. NY. ꓕI: RO VI; H, SI. LU M: KU. W= MI; WO; KW NY, M ꓒU: L ꓤ: Mꓶ: BU NY SO SU BU M. ꓒ: Dꓯ ꓕI MY NI, ꓥO KU. M MO ꓕꓯ;-. YI. W: Dꓯ A ꓤ ꓤ XO.. P ZI LO; YI FI-. YI. ꓞI; YI. P Nꓯ YI ꓘꓶ: ꓭ. CI. ꓭ. ꓒE; KW RO H, FI NY, ꓥ= A Mꓶ KW ꓛI LI.-. L: ꓞO NY GO ꓕI: ꓘO; KW A.-ꓞꓯ; Dꓯ SO SU NE Pꓶ. YI LO W:-B Nꓯ YI ꓘꓶ: KW XO.. P ZI ꓕI: Cꓱ, ꓕI: Cꓱ, M NYI W D SE:-. YI. W: NY O. Dꓵ M LI. W:-B ꓕI: ꓛO: KW GO; L NY, SE: ꓥ=

NI, M XW. MY: ZI SI. MYO. DO: YI_M Bꓶ-Jꓵ-A.-ꓘE NY HW. ꓛI: L GU ꓕꓯ; A KW ꓛI ꓛI ꓞO ꓤ: ꓘU ꓕꓶ NY,-. Gꓶ SI. D: DO, SU ꓕI: RO LI. M: NY,= YI. Kꓶ.

NY. ꓒO, SI. NYI NYI LI. ꓝO ꓤ: ꓕI: RO LI. M: NY, GU= Nꓯ YI ꓘꓶ: KW XO.. P ZI ꓕI: Cꓱ, ꓕI: Cꓱ, RO MO LI: MO ꓥ=

Bꓶ-Jꓵ-A.-ꓘE NY YI. WU. ꓕꓯ; YI. ꓒ: LI: Mꓶ YI SI.-. YI. M SI. Xꓵ; ꓤ: WO: ꓤ: Dꓯ A LI Mꓶ YI W SW; NY, ꓥ= A Mꓶ NY YI. ꓛO: ꓒꓯ, ꓕI: HW. M LI. Mꓶ: YI SI. ꓕI: RO LI. M: ZE W-. ꓘ, ꓤ: ꓘ, M Dꓯ A LIB ꓯ GO: NE SW; SI.-. NI, SI, NE M: HW.-. SI: ꓘU. ꓒE; SI. LO ꓝI Dꓯ Lꓱ. Bꓱ YI-. Sꓯ; M Mꓶ: YI W= MI; WO; KW NY, M ꓒU: L ꓤ: Mꓶ: ꓕI: HW. M NY Bꓶ-Jꓵ-A.-ꓘE ꓝO MO: ꓤ: Nꓱ Tꓯ. ꓕI MY JI KU. M MO ꓕꓯ;-. MU: KW DI.. KW SU Tꓯ. A.-ꓘE Dꓯ SO W FI ꓥO Bꓯ SI.-. LO ꓝI GO ꓕI: M M SI. A.-ꓘE Tꓯ. A. WU Xꓵ: ꓭ. Bꓵ, ꓕI: M LO; YI FI-. W:-B Nꓯ YI ꓘꓶ: KW TO, H, ꓥ= Kꓶ. NY. ꓕꓯ;-. L: ꓝO BU NY ꓭ. M Dꓯ ꓭ.-M-G.. (A. WU Xꓵ: ꓭ.)ꓘU NY, ꓥ=

Bꓶ-Jꓵ-A.-ꓘE SI. YI. ꓛO: ꓒꓯ, ꓕI: HW. M ꓕI LI Kꓶ YI M NY Kꓶ. NY. Sꓯ CO. G; L MY, M G ꓛO: ꓒ: A. MO: G; ꓒ: MU:-ꓝU ꓒ: NE MO LE W= YI. W: NY Bꓶ-Jꓵ-A.-ꓘꓱ SI. YI. ꓛO: ꓒꓯ, ꓕI: HW. M GO LI YI NY, SI. NI, M KW LU ꓤꓯ; DU A: ꓘꓶ. JW,-. A: ꓘꓶ. ꓒY, ꓒI: WO SW; ꓥ SI.-. Xꓵ: ꓤ: WO; ꓤ: Mꓶ: YI ꓕI: LI, Nꓯ YI ꓘꓶ: KW CO. YI CO, M YI SI. JI JI ꓤ: XW ꓕꓵ. GO: NY, ꓥ= YI. W: Dꓯ YI. ꓥO: Cꓱ: GO:-. ꓝO V PU. GO:-. NI, ꓝ M. MI SI Mꓵ: KW ꓛI LE FI Bꓯ GO: NY, ꓥ= ꓕI GU ꓕꓯ; SI. A. MO: G; NE W:-B ꓕI: ꓛO: KW L NY, ꓥ=

A.-N NY ꓒ.. WU. L ꓕI HW. M M: MO SI.-. Fꓯ NE ꓕI: HW. KO ꓕU: ꓤ: KO ꓕU: YI. Tꓯ. ꓛO: Sꓯ L MO, ꓕꓯ;-. NI, M KW A: ꓘꓶ. K, ꓛꓵ; NY, ꓥ=

GO ꓕI: HW. M YI. ꓒ.. ꓕI.. KW ꓛI SI. NYI NYI ꓕꓯ;-. G ꓛO: ꓒ: ꓕI: HW. M Dꓯ LI MO SI.-. VI ꓘU: KW SU ꓕI: RO LI. M: MO= A.-N NY G ꓛO: ꓒ: BUT ꓯ. ꓕI: NYI: ꓘꓶ: ꓕꓱ Lꓯ: HO Kꓶ ꓕꓯ;-. A.-ꓝꓯ; SI. YI. ꓤ: Bꓶ-Jꓵ-A.-ꓘE A LI T. M N NYI NY, ꓥ= G ꓛO: BU NY A.-N ꓕI LI N NYI L ꓕꓯ;-. ꓕI: RO NE ꓕI: ROD ꓯ NYI NY, SI. ꓕI: ꓘꓶ; LI. Bꓯ M: DO L= YI. W: ꓕI LI T. M MO ꓕꓯ;-. A: ꓘꓶ. ꓕI.._M A.-N NY SU Bꓯ K. M: ꓘO: Xꓵ: JW, M Sꓶ. LEO= ꓕI: B, NE O. ꓝꓱ., A: Jꓵ: ꓒU LI GU-. MY Pꓶ. A: ꓘꓶ. SO. LE GU= YI. O.. Mꓶ: Dꓶ: Dꓶ: MO: KW NYI H, SI. Sꓯ; D: M V NY, ꓕI: B, M-. XI. LI. Xꓱ., Lꓱ NY YI. ꓒ.. ꓕI.. SI, ZI ꓕI: ZI Dꓯ BYꓱ ꓥW: L SI. ꓕI: ꓘꓶ: Kꓶ. NY. ꓕI: ꓘꓶ:“XI. LI. LI. Xꓱ., Lꓱ Lꓱ-. Xꓵ Xꓵ Sꓯ. Sꓯ. JW, CI; ꓥ-. Xꓵ Kꓶ SU Sꓯ. L Mꓶ KU.= Mꓵ: ꓝU: LO, YI ꓕꓯ; Mꓵ: NU ꓛI-. X, Gꓶ ZI L Mꓯ Tꓯ. SW; ” Mꓶ L NY, ꓥ=

XI. LI. Xꓱ., Lꓱ NE ꓕI LIB ꓯ GO: L M N N, GU ꓕꓯ;-. A.-N NY Fꓯ, NE JI JI ꓝO JOT Y, NI, Xꓵ L W= YI. A ꓤ ꓤ HW. ꓛI: L ꓕꓯ;-. Dꓵ TI. P SI. G ꓛO: BU Dꓯ “Mꓵ: KW DI.. KW NY JI Xꓵ: Xꓵ: WU JO: JW, M: CI;-. Xꓵ CI; Sꓯ. CI; M NY YI.

LI ꓥ= RO M: Xꓵ SUN Y JI JI NY, W FI-. TI M Gꓶ NE Xꓵ: SU Dꓯ V LE BO FI DU ꓥO"Bꓯ NY,-. Bꓯ GU ꓕꓯ; G ꓛO: BU Dꓯ V, NE SI, N ꓯLI ꓛI KW JE Kꓶ-. NI, M KW MI LI M: D_M X, Gꓶ ZI Lꓯ HW ꓕꓶ YI W=

X, Gꓶ ZI Lꓯ ꓕꓯ; Lꓯ: XU A. Xꓵ: GO: NE? A.-N NY A.-ꓛ.. N: ꓕI: NYI M: JO A YO LO. ꓛꓵ-. KO Dꓱ: KW Z JO: SI. YI ꓶ Kꓶ DU ꓕI: Xꓵ: Mꓯ H, ꓕꓯ; ZO: Xꓵ; M: ꓥꓯ ? Lꓯ; BY ꓕI: M Mꓯ H, ꓥO BꓯYI. Dꓯ NI, M KW JW, ꓕI: LI. T. ꓥO Dꓵ: JW: SI.-. A.-N NY ꓛU: Kꓯ. L M M: JO-. KO Dꓯ JW, LO ZI: A: MY, HW L SI. YI JI Xꓵ-. WO: Cꓱ, ꓛꓵ:-. W: LI ꓒU YI GU ꓞI: Kꓶ SI. Yꓯ: ꓛꓵ: NE Lꓯ; BY CY; Lꓯ; ꓕI: M JI; NI, Xꓵ NY, ꓥ= YI. NY RO: NY Nꓯ YI S Dꓵ: Fꓱ H, Tꓶ. KW NY, Xꓵ: SW; SI. Lꓯ: BY Pꓶ. CW M YI. ꓞI; S Xꓵ: ꓣ. H, Xꓵ: ꓕI: Cꓱ, ꓛꓵ: W FI NY,= RO: NY KO ꓕꓯ; SI, LI KW NY, Xꓵ: ꓥ SW; SI.-. Lꓯ; BY: YI. Pꓶ. KWYI. MY. Bꓵ.. A: MY, ꓩU H, ꓥ= YI. W: NYI: RO NI, ꓒU Lꓯ: HO M Dꓯ Tꓱ, MO FI ꓥO Bꓯ SI.-. YI. NY Lꓯ: BY Mꓶ Sꓯ ꓕI: ꓒO, M YI. ꓘꓶ: KW NY A: ꓘꓶ. BI.. Xꓵ: WO: Cꓱ, NYI: S Xꓵ: NE ꓕI: Cꓱ: ꓕI: Cꓱ: Bꓯ NE CI; ꓕI.. H, SI. ZI; ZI. ꓣ: T. ꓥ= Lꓯ: BY: LU. LU. ꓕI: ꓛO: KW NY YI. A. Xꓵ: Dꓵ: JW: GO Xꓵ: JI; NY, SI.-. Xꓵ. Hꓶ DI.. KW SI, YI ꓒU LI. Xꓵ: ꓕI: YI JI; H, ꓥ= A.-ꓛ.. ꓕI: Pꓶ. KW NI. SW; NE Lꓯ; BY: Lꓯ: RW ꓕI: ꓛO: G: KO. ꓣO: KW NY SI, YI ꓛꓵ; NY, Xꓵ: BY: M ꓕI: M CI; ꓥ-. Cꓵ Cꓵ ꓥ M LI T. ꓥ=

A.-N NY Bꓶ DO ꓕI: ꓛO: KW CO. Bꓶ Dꓵ: ꓕI: ꓛO: KW ꓛO JE Xꓵ: W: ZI: ꓕI: M KW NY, H, SI.-. Bꓶ Dꓵ: ꓕI: ꓛO: KW O. ꓞꓱ., W: Jꓵ. LI M A.-ꓛ.. Dꓯ Lꓯ: Xꓵ NYI-. Lꓯ: BY JY; Lꓯ; M Lꓯ: Xꓵ JI; NY, ꓥ= MY BI.. M ꓕI: Zꓯ ꓕI: Zꓯ Lꓯ; BY Dꓯ Zꓯ ꓕI: LE-. F. NE Lꓯ; BY Dꓯ CO. Mꓶ ꓛY Zꓯ TI: LI NY, ꓥ=

MI MI JI;-. X, Gꓶ JI;= GO ꓕI: JI; N: GO ꓕI: JI; NY, ꓥ= ꓕI: NYI Kꓶ. NY. ꓕI: NYI-. ꓕI: V Kꓶ. NY. ꓕI: V LO, YI ꓕꓯ;-. O. ꓞꓱ., ꓒU LI GU-. YI. JO, LI. A: ꓘꓶ. Sꓱ: M: N M A.-N Lꓯ: ꓒꓯ, KW CO. MI BI.. MI .. BI.. Xꓵ: Lꓯ: BY JY; Lꓯ; ꓕI: M JI; DO L W=

MI: BI.. MI.. BI T. LO Lꓯ; BY JY; Lꓯ; M JI; DO L W= A.-N Lꓯ: BY JI; ꓕꓯ; MY BI Zꓯ ꓕI: W M KW NY YI. NE JI; M ꓕI: LI. Xꓵ: Xꓵ. L: ꓕI: ZI RO L W= Xꓵ. L: M NY YI. YI ꓒU LI. Xꓵ: ꓕI: YI YI H, SI. A: ꓘꓶ. XO.. MI NE T. ꓥ=

ꓕI M KW CO.-. W:-B Nꓯ YI B: DO ꓘꓶ: Mꓵ: SI, KO: LO KO: KW NY XI,-Yꓯ.-LY:-Pꓯ,-L: Bꓯ Xꓵ: Xꓵ. L: YI ꓕI: Xꓵ; JW, LEO=

ꓕI: NYI M KW-. A.-N NY Sꓯ; TI, W: WU:_M ꓣ: GU Lꓯ. ꓕI: RO Dꓯ WO: HW SI. BY-NU: (Pꓶ CW ꓕꓱ: SI. X, H, M A: ꓶ KW LO DU ꓕI: Xꓵ:)X, WO: HW NY,-. Lꓯ: BY JY; Lꓯ; M KO B: ꓕI: ꓛO: KW A.-ꓛ.. Dꓯ LO ꓩU GO: KꓶO=

Lꓯ: BY JY; Lꓯ; ꓱE YI GU M KW NY XI,-Yꓯ.-LY:-Pꓯ,-L: Xꓵ. L: A: ꓘꓶ. RO L SE: W=

ꓕI M KW CO. NY-. W:-B Nꓯ YI Bꓶ DO ꓘꓶ: MU: KW NY ꓕI: ꓘO; M: JO LI. X. L: YI A: ꓘꓶ. XO.. MI Ʌ= GO: GO: YI NY, M Nꓯ YI Gꓶ NE A ꓶ Xꓵ: Mꓵ: KW NY_M G ꓛO: BU Dꓯ Xꓵ. L: YI M XO.. MI W FI NY,-. Fꓯ, NY A: NE NE Bꓯ Pꓶ ꓕI: Xꓵ: CW. M. GO: NY, ɅO=

后 记

傈僳族是中华五十六个民族的重要成员，是追赶太阳的民族。我们的祖先很古老的时候就跟随太阳来到了这闻名于世的“三江并流”地区繁衍生息了。他们在这块美丽的土地上留下了一个个神奇的故事，创造了一件件震撼心扉的英雄事迹。为人类文明史上写下了不可磨灭的篇章，在中华民族大家庭的灿烂文化史中增添了又一笔浓墨重彩。

有幸的我们出生在这人间仙境香格里拉的重要组成部分——世界自然文化遗产“三江并流”腹心地的山村里。多民族、多宗教团结和睦相处的熔炉一直炼就着我们宽宏的胸怀；绚丽多姿、美如画卷的自然景色一直陶醉着我们的心扉；丰富多彩的民族文化一直陶冶着我们的情操；古老而又神奇的故事深深地烙印于我们的记忆中。我们的胸膛里无不跳动着民族的灵魂；我们的骨髓里无不凝结着民族的豪迈；我们的血液里无不流淌着民族的热忱。

有前人曾云：“化外多夷族，犹称傈僳豪；风霜鸣劲弩，秋水试长刀；酣饮狂如骥，攀援捷似猱。”

可见，傈僳族人民自古以来就是一个具有强烈的自尊、自信、自强、自立意识而善于拼搏向上、能开拓进取的优秀民族。这呕心沥血积下的财富，后人怎能不开启呢?

“饮水思源，知恩图报。”在中国共产党和人民群众的精心抚育培养下，我们先后担任过这块土地上的人民公仆。为报党的甘露滋养之情，人民的乳汁哺育之恩，在忙里偷闲的工作之余，于处事中的间隙里，曾几多深思，几多梦寐。觉得还应尽我们的微薄之力，为这块火热的土地增添点什么。

为此，我们边司好职，边对自然和人为文化进行了一些收集与研究，最终形成了这部有待完善充实的小说。

这部小说的形成，与其说是我们的作品，不如说是广大人民群众集体智慧的有效结晶。因为，正如引言中所述一样，没有千千万万个如“阿波爷爷”的故事，特别是没有政府的鼎力支持，有关部门的有力配合，就不会有这部小说的出世。

为此，该书出版发行之际，我们向养育支持我们写出此书的党、政府和人民群众表示衷心的感谢！

同时，对在出版这本书过程中，付出了心血的人们和相关单位致以诚挚的谢意！

一是感谢云南民族出版社，于2011年12月出版的汉文版《阿娜的热泪》，二是感谢德宏民族出版社2014年成功申报为2014年度“民族文字出版专项资金资助项目”汉文、傈僳文版《阿娜姑娘的泪》。

生活在这块土地上的同胞们，以及以及一切关心、热爱民族文化繁荣、事业发展的仁人志士，让我们共同用勤劳的双手为这片土地上，已经熊熊燃烧着的烈火上再来增加一根干柴，再给增添一滴油。用我们的智慧来揭开罩在这块土地上的神秘面纱，挖掘出千百年来深藏不露的诸多瑰宝吧！

作　者

二〇一四年十二月

K. Nꓯ. Bꓯ.. ꓘꓶ:

LI-SU Xꓵ: NY RO: KUꓷ: ꓝO Xꓵ: 56 Xꓵ: Nꓯ.; KW NY SU ꓕI: Xꓵ: M ꓥ=. LI-SU Xꓵ: NY Mꓶ: ꓞ Dꓯ G; SU ꓝO Xꓵ: ꓕI: Xꓵ: M ꓥ, LO=. ꓥW NU: LI-SU Xꓵ: ꓝO MO: ꓝO TI NY A: Nꓱ Mꓵ: Nꓱ ꓕꓯ; LI Mꓶ: ꓞ Dꓯ G; SI. NI Nꓯ YI S DU: Fꓱ Lꓯ ꓘO T. W ꓝO JO YI TY, ꓥ LO=. ꓝO MO: FO TI BU NY Mꓶ Nꓯ ꓕꓱ ꓕI: Mꓵ: ꓕꓯ; SI KW A. DI: N S Xꓵ: Bꓯ Pꓶ CW M. VE,-. A. DI: ꓣ: ꓘ, Xꓵ: L: ꓝO MI DO JW, ꓒI, VE, LO=. ꓕꓱ M NY RO: L: ꓝO A: Nꓱ Nꓱ Bꓯ Pꓶ KW BO TI Gꓶ M-LI: M: ꓝI-. RO: KUꓷ: Sꓷ. NI, Nꓯ.; KW LI. NI A: ꓘꓶ. ZO: LI Xꓵ: MI DO: JW, LEO=.

ꓥW NU: NY Nꓯ YI S DU Fꓱ T. KW NY, SU LI-SU L: ꓝO ꓥO-. ꓕꓱ KW NY SU ꓝO Xꓵ: ꓝO ZU BU NY ꓕI: NI, M-LI: HO, L: HO M Pꓶ. DU ꓥW NU: Gꓶ NI, M M B Lꓱ Lꓱ, ꓣ: T.-. ꓕꓱ KW Mꓵ: Sꓯ; LO Sꓯ; Gꓶ BI NI ꓥW NU: NI, M ꓣ: LI. A: ꓘꓶ. K, S-. ꓝO Xꓵ: Sꓷ. NI, A: ꓘꓶ. MY: M Gꓶ ꓥW NU: NI, KW A: ꓘꓶ. NI, ꓘO;-. A: Nꓱ Nꓱ ꓝO MO: ꓝO TI Bꓯ Pꓶ ꓕI: HW. M Gꓶ ꓥW NU: NI, M KW SI: SI: SI: JY TY, LO=. ꓥW NU: NI, M KW A ꓕꓯ; Mꓶ ꓕꓯ; LI. NI RO: LI-SU Sꓷ. NI, M LO Jꓵ SW; TI, V, ꓥ-. ꓥW NU: O: TO KW A ꓕꓯ; Mꓶ ꓕꓯ; LI. NI RO: LI-SU Sꓯ; WU: M ꓕI; KW ZI: V, ꓥ-. ꓥW NU: SI: JU; KW Gꓶ RO: LI-SU SI: JU; M A Tꓯ; Mꓶ ꓕꓯ; ꓕI: ꓛꓵ. GU ꓕI: ꓛꓵ. Jꓵ. ɾW NY, ꓥ LO=.

ꓝO MO: ꓝO TI BU ꓕꓱ LI Bꓯ CI“ꓝO Xꓵ: ꓝO ZU BU Dꓯ Bꓯ Tꓯ;-. LI-SU Xꓵ: NY A: ꓘꓶ. ꓣ: ꓘ, ꓝO Xꓵ: ꓥ-. JY FI. ꓛY, PYꓱ. HW; G; ꓒ:-. ꓞ FI. ꓕ: Mꓯ ꓥW. ꓕU ꓒ:-. Jꓵ DO Gꓶ NI A: ꓘꓶ. D-. L: ꓝO TO, JW A: ꓘꓶ. ꓞ;=.”

LI-SU Xꓵ: NY A: Nꓱ Mꓵ: Nꓱ ꓕꓯ; LI A: ꓘꓶ. ꓣ: ꓘ, DU D ꓒ: ꓝO Xꓵ: ꓕI: Xꓵ: ꓥ, LO-. LI-SU ꓝO MO: ꓝO TI BU ꓕꓱ LI D DU M A Mꓶ L ꓝO BU A LE Bꓯ SI. Lꓯ; HW. Sꓯ; M: ꓕꓵ: SI: NI,?

“SU NY RO: Dꓯ A LE JI M NY NI, M KW SI: SI: SW; V, N LO” FO. KUꓷ: KO, ꓞ T BE P Sꓯ; BU NI RO: LI-SU Dꓯ TO, JW M Pꓶ. DU RO: Gꓶ NI A: ꓘꓶ. ZO: Xꓵ P Sꓯ; YI NY, ꓥ-. RO: LI-SU Xꓵ: Gꓶ NI YI. W: NI TO, JW M Dꓯ X. MO M Bꓯ SI. NI Gꓶ YI MI: JI JI, YI NY,-. A ꓕꓯ; Mꓶ ꓕꓯ; LI. NI YI. W Dꓯ NI, M KW A: ꓘꓶ. ꓒU: GO; NY, ꓥ LO=. GO NY NI, M KW A. Xꓵ: ꓕI: Xꓵ: Z: YI B L Tꓯ; SI. NI ZO:

ꓥ MI SW, NY, ꓥ LO=.

GO Tꓯ; ꓥW NU: NY CI. ꓛY; YI MI: M Lꓯ; Xꓵ YI Lꓯ; Xꓵ LI-SU Sꓷ. NI, M XW ꓭ; SI. NI A Mꓶ ꓕI: Xꓵ: LI-SU Bꓯ Pꓶ ꓕO: ꓶ ꓕI: Pꓶ X, DO L LO=.

ꓕO: ꓶ: ꓕꓱ M NY ꓥW NU: LI Sꓯ; ꓕꓵ M: ꓥ-. ꓕꓱ M NY P Sꓯ; BU A: Jꓵ: Sꓯ; ꓕꓵ: SI. NI JW, M ꓥ, LO=. ꓕO: ꓶ: ꓕꓱ M NY RO: LI-SU Bꓯ Pꓶ NY ꓞO MO: ꓞO TI NI ꓕI ꓛꓵ. GU ꓕI: ꓛꓵ. CW M. VE, -. FAI, NY Cꓶ, ꓣU BE Nꓯ. Bꓯ ꓞO ZU BU NI TO, JW M: ꓥ Bꓯ A LE Bꓯ SI. DO L D SI: LO=.

ꓕI: M O. NIO-. A Mꓶ ꓕO: ꓶ: ꓕꓱ ꓕI: Pꓶ M A: L DO T. Tꓯ;-. ꓥW NU: NY ꓕO: ꓶ: ꓕꓱ ꓕI: Pꓶ Dꓯ TO, JW DU A: Jꓵ; SU Dꓯ X. MO W=.

ꓕI: NY YE-N: ꓞO Xꓵ: ꓕO: ꓶ: DO.. Tꓶ. Tꓯ. X. MO M NY 2011 ꓘO 12 V ꓕꓯ DO.. Gꓶ: Kꓷ M <A-N Tꓯ. MY.. BI.,> DO.. Gꓶ: M ꓥ= NYI: Xꓵ: X. M NY Tꓷ-HO ꓞO Xꓵ: ꓕO ꓶ: DO.. GU Tꓯ. X. MO., M NY 2014 ꓘO 12 V KW ꓞO Xꓵ: ꓕO: ꓶ: DO.. ꓒꓵ: ꓒU YE J L Sꓷ. DO.. Gꓶ: L NY <A. MI: Lꓯ. Lꓯ. MY.. BI., XU:> DO.. Gꓶ: M ꓥ=

LE; LE; Gꓶ ꓕO: ꓶ: ꓕꓱ ꓕI: Pꓶ Dꓯ YI JW SU L: ꓞO BU Dꓯ Gꓶ BO Mꓵ W=.

Nꓯ YI S DU ꓝꓱ T. KW NY, DU RO: LI-SU L: ꓞO BU-. LI-SU Sꓷ. NI, NI, Nꓵ SU BU-. LI-SU ꓞO Xꓵ: Dꓯ NI, Lꓱ SU BU-. RO: NY A: Jꓵ; ꓕI: NI, M LI Sꓯ; ꓕꓵ: HO, Lꓯ; ꓘO SI. LI-SU Sꓷ. NI, M Lꓯ; HW. A: Kꓶ. ZO: N Kꓶ LE ZI Lꓯ=. RO: NY Jꓵ Jꓵ Sꓯ; ꓕꓵ: SI. A: ꓘꓶ. ZO Xꓵ: A: Nꓱ Nꓱ LI-SU Sꓷ. NI, M HW DO L ZI Lꓯ=.

ꓕO: ꓶ: BO SU

2014 ꓘO; 12 V

图书在版编目（CIP）数据

阿娜姑娘的泪：傈僳文 / 李自强，蔡武成著；王春，汉春华译.
—芒市：德宏民族出版社，2014.12
ISBN 978-7-5558-0066-8

Ⅰ. ①阿… Ⅱ. ①李… ②蔡… ③王… ④汉… Ⅲ. ①长篇小说—中国—当代—傈僳语 Ⅳ. ①I247.5

中国版本图书馆 CIP 数据核字（2014）第 248462 号

书　名：阿娜姑娘的泪：傈僳文
作　者：李自强，蔡武成　著　王春　汉春华　译

出版·发行	德宏民族出版社	**责任编辑**	胡兰英
社　　址	德宏州芒市勇罕街 1 号	**责任校对**	张家本　汉春华(特邀)
邮　　编	678400	**封面设计**	金　杰
总编室电话	0692-2124877	**发行部电话**	0692-2112886
汉 编 部	0692-2111881	**民 编 部**	0692-2113131
电子邮件	dmpress@163.com	**网　　址**	www.dmpress.cn
印　　刷	德宏团结报印刷厂		
开　　本	787mm×1092mm　1/16	**版　　次**	2014 年 12 月第 1 版
印　　张	35.27	**印　　次**	2014 年 12 月第 1 次
字　　数	420 千字	**印　　数**	1-2000
书　　号	ISBN 978-7-5558-0066-8/I·178	**定　　价**	56.00 元

如出现印刷、装订错误，请与承印厂联系调换事宜。印刷厂联系电话：0692-2121712